Philip Kerr, geboren 1956 in Edinburgh, lebt in London, wo er für mehrere englische Zeitungen, unter anderem die *Sunday Times* und *Time Out* arbeitet. Bereits mit seiner im Rowohlt Taschenbuch Verlag vorliegenden Trilogie «Berlin Noir», «Feuer in Berlin» (rororo 22827), «Alte Freunde – neue Feinde» (rororo 22829) und «Im Sog der dunklen Mächte» (rororo 22828), die im Berlin der dreißiger und vierziger Jahre spielt, erregte er Aufsehen. Sein Roman «Das Wittgensteinprogramm» (rororo 22812 und Wunderlich Taschenbuch 26438) und der High-Tech-Thriller «Game over» (rororo 22400 und im vorliegenden Band) wurden jeweils mit dem Deutschen Kritikerpreis für den besten internationalen Kriminalroman des Jahres ausgezeichnet. Ferner liegen vor: «Der Plan» (rororo 22833 und Wunderlich Taschenbuch 26440), «Esau» (rororo 22480 und Wunderlich Taschenbuch 26379), «Durch den Spiegel ein dunkles Bild» (rororo 22979), «Gesetze der Gier» (rororo 23145), «Der Tag X» (rororo 23252 und Wunderlich Taschenbuch 26441) und «Newtons Schatten» (rororo 23410).

PHILIP KERR

DER ZWEITE ENGEL

GAME OVER

Zwei Romane

Deutsch von
Cornelia Holfelder-von der Tann
und Peter Weber-Schäfer

Wunderlich Taschenbuch

Die Originalausgaben erschienen 1998
unter dem Titel «The Second Angel»
bei Orion Books Ltd., London,
und 1995 unter dem Titel «Gridiron»
bei Chatto & Windus Ltd., London

Neuausgabe März 2004

Der zweite Engel

Veröffentlicht im Rowohlt Taschenbuch Verlag,
Reinbek bei Hamburg, Juni 2001

Game over

Veröffentlicht im Rowohlt Taschenbuch Verlag,
Reinbek bei Hamburg, Januar 1998

Umschlaggestaltung any.way, Wiebke Buckow
(Foto: Photodisc)
Gesamtherstellung Clausen & Bosse, Leck
Printed in Germany
ISBN 3 499 26480 3

Die Schreibweise entspricht den Regeln
der neuen Rechtschreibung.

PHILIP KERR

DER ZWEITE ENGEL

Für Caradoc King,
in Dankbarkeit und Zuneigung

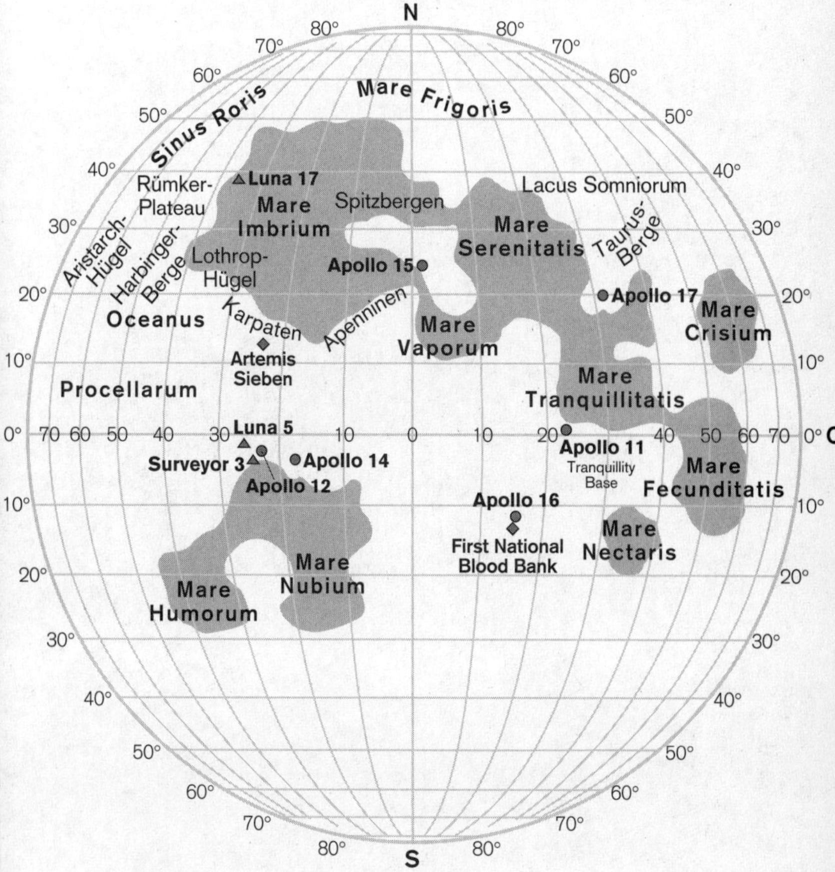
N
S
O
Mare Frigoris
Sinus Roris
Rümker-Plateau
Luna 17
Mare Imbrium
Spitzbergen
Lacus Somniorum
Mare Serenitatis
Taurus-Berge
Aristarch-Hügel
Harbinger-Berge
Lothrop-Hügel
Apollo 15
Apollo 17
Mare Crisium
Oceanus Procellarum
Karpaten
Apenninen
Mare Vaporum
Artemis Sieben
Mare Tranquillitatis
Luna 5
Surveyor 3
Apollo 12
Apollo 14
Apollo 11
Tranquillity Base
Mare Fecunditatis
Apollo 16
First National Blood Bank
Mare Nectaris
Mare Nubium
Mare Humorum

Mondkarte

PROLOG

I

Es war ein weiterer klarer, kalter Tag auf dem Mond, und die Atomuhren zeigten gerade dreihundert. Dreihundertvierundzwanzig Stunden hat ein lunaräquatorialer Tag, was heißt, dass ein Tag auf dem Mond vollen zwei Wochen auf der Erde entspricht. Von den Leuten, die in der Bergbau-Strafkolonie Artemis Sieben arbeiteten, hätten wohl die wenigsten dieser Rechnung zugestimmt. Denn in einer Strafkolonie vergeht die Zeit langsam, vor allem, wenn dort Schwerstarbeit geleistet wird, und das im permanenten Kunstlicht einer luftdicht abgeschlossenen Mondkaverne bei minus zwanzig Grad.

Die Strafkolonie befand sich in einer Kaverne unter dem überhängenden Rand eines großen Kraters in den Vorbergen der Mondkarpaten. Zehn Meilen lang, zwei- bis dreihundert Meter breit und fast ebenso hoch, beherbergte diese Kaverne über dreitausend Männer und Frauen, verurteilt wegen verschiedenster Delikte, von einfachem Diebstahl bis zu vorsätzlichem Mord. Die kürzeste Strafe waren fünf, die längste fünfzehn Jahre. Lebenslängliche gab es auf Artemis Sieben nicht. Langjährige Schwerstarbeit in einer Mondkolonie gilt als hinlängliche Strafe für jedes Verbrechen, ausgenommen die allerabscheulichsten Untaten.

Durch die staubigen Fenster von Artemis Sieben betrachtet, stand die leuchtend blauweiße Erdkugel in scharfem Kontrast zur leblos grauen Mondoberfläche. Sie schien schon fast absichtlich dort hingehängt, wie eine auf ewig unerreichbare blaue Frucht, eine Tantalusqual für die Sträflinge – eine ständige Erinnerung an die extreme Art ihrer Verbannung.

Niemand schenkte der Erde so viel Aufmerksamkeit wie Cavor, der zehn Jahre abzubrummen hatte. Er hatte zu Hause ein besseres Leben gehabt als die meisten, die hier an seiner Seite schufteten. Wenn er nicht zu dem strahlend blauen Erdenauge sah und von seinem alten terrestrischen Leben träumte, starrte er auf die blinkend grünen Ziffern der Monduhr und dachte an seine nächste Ruhephase. Cavor hatte seine dreizehnte Acht-Stunden-Schicht halb geschafft, und nur noch eine Schicht trennte ihn von seiner nächsten zweiundsiebzigstündigen Ruhephase. Er bediente gerade einen Gesteinsschroter, eine solarstromgetriebene Maschine, die den Prozess der Heliumgewinnung aus Mondgestein einleitete, als plötzlich das gefräßige Ding den staubigen Ärmel seiner Thermojacke erwischte und seinen rechten Arm pulverisierte. Eben noch hatte er von seiner Ruhephase und einer Mahlzeit geträumt, und jetzt wurde er selbst von dem Gesteinsschroter gefressen. Ehe ein Mitsträfling die Maschine abstellen und Hilfe herbeirufen konnte, war Cavors Arm schon bis über den Ellbogen zermalmt.[1]

Ein paar Sträflinge trugen Cavor aus dem hinteren Teil der Kaverne, wo er gearbeitet hatte, zu einem Elektrowagen, der ihn zu der Krankenstation gleich beim unbewachten Eingang der Kolonie brachte. Auf Artemis Sieben waren die Sicherheitsmaßnahmen lax, und abgesehen vom Arbeitszwang gab es kaum

---

1 Auf dem Mond kommt es häufig zu Unfällen. Bei einem Sechstel der auf der Erde herrschenden Schwerkraft bewegen sich Menschen wesentlich langsamer als Maschinen, und es ist schwerer, Fehler zu korrigieren. So ziemlich die einzige körperliche Aktivität, die von den Bedingungen auf dem Mond profitiert, ist der Sex. Die meisten Menschen vollziehen Sex nach wie vor lieber langsam – in diesen hektischen modernen Zeiten wohl erst recht.

Restriktionen. Die Häftlinge konnten ja nirgends hin. Die Krankenstation selbst lag ein paar Ebenen höher, in einer der wabenartigen Höhlen, die von der Hauptkaverne abgingen. Ihr Metallboden erzeugte ein elektrisches Feld, das ein Arbeiten unter nahezu normalen Schwerkraftbedingungen ermöglichte, aber Wände und Decke waren aus Gestein, und sobald das Luftfiltersystem zusammenbrach, was häufig passierte, war binnen kurzem alles – Geräte, Instrumente und Patienten – mit einer feinen Mondstaubschicht bedeckt. Der ganze Bereich roch stark nach Desinfektionsmittel, es sei denn, das Luftfiltersystem funktionierte gerade, was lediglich hieß, dass die Rohre und Schächte die Luft aus dem Speisesaal, die dick von Zigarettenqualm und enthomophagischen[1] Küchendünsten war, in die Krankenstation leiteten.

---

1 Nach der chinesischen Reis-Missernte im Jahr 2005 wurden Insekten zu einem Hauptnahrungsmittel. Natürlich gab es viele Länder, in denen der Verzehr von Insekten immer schon als ganz normal gegolten hatte; nur im Westen waren die Menschen in dieser Hinsicht heikel. Die Chinesen aßen nicht nur Grillen, Ameisen, Grashüpfer, Larven und Raupen, die allesamt eine Fülle an Vitaminen und Eiweißstoffen enthalten; sie entwickelten auch mehrere neue Wurmarten. Eine davon, eine extrem nahrhafte Abart des Mehlwurms, bildet heute, mit künstlichem Rindfleisch-, Huhn- oder Fischgeschmack versehen, den Ernährungsgrundstock vieler westlicher Menschen. Aber hier machten die chinesischen Wissenschaftler noch nicht Halt: Eine spezielle Wurmart, eine Kreuzung zwischen Seidenraupe und Mehlwurm, die sich von Kokablättern ernährte, enthielt, wie sich herausstellte, einen ganz neuen Proteintyp, der eine hochgradig stimulierende Wirkung besaß. Das chinesische Militär übernahm jetzt die weitere wissenschaftliche Erforschung dieser Wurmart, des so genannten Zuchtwurms. In kleinen Mengen verzehrt, bewirkte der Zuchtwurm eine sofortige, erhebliche Steigerung der Körperkraft (was für ein körperlich kleines Volk wie die Chinesen von besonderem Nutzen war). Bald schon nutzten chinesische Sportler den Zuchtwurm zur Leistungssteigerung – mit erstaunlicher Wirkung. Bei der Olympiade in Peking 2016 holten die Chinesen 80 Prozent aller Leichtathletikmedaillen. Da das Eiweiß natürlicher Herkunft war, fiel es nicht unter Doping. Es dauerte noch zehn Jahre, bis die chinesische Regierung den Zuchtwurm dem Rest der Welt zugänglich machte. Das daraus

In der Notaufnahme tat ein ebenfalls aus Sträflingen bestehendes Zweierteam Dienst. Raft, der Arzt, half seiner Assistentin Berger, dem schwer verletzten Cavor die Kleidung aufzuschneiden und ihn dann auf den Flachbett-Diagnosescanner zu hieven. Während sie darauf warteten, dass Florence[1], der Computer, mit der klinischen Untersuchung begann, legten die beiden rasch eine Traumainfusion – eine Mischung aus Anästhetika, Inotropen, Antibiotika, Glukose, Insulin und Natriumbikarbonat –, um Cavors Körperfunktionen zu stabilisieren. Doch noch ehe Florence etwas sagte, war Raft klar, dass dieser völlig deformierte Arm abmusste. Das war nichts, was man an Florence delegieren konnte. Die grobe, körperlich anstrengende Chirurgenarbeit blieb an ihm hängen. Beim Gedanken an diese Metzelei verzog er das Gesicht. Amputieren, über Jahrhunderte die Hauptstütze der Notfallchirurgie und von jeher der verzweifelte und oft vergebliche Versuch, Leben zu erhalten, war trotz aller modernen Errungenschaften immer noch ein blutiges Geschäft.

«Peripherer Puls gemessen», verkündete Florence. «Transkutane Dopplersonographie beendet. Termographie, Radioxenon-Clearance und transkutaner Kaliumspiegel ausgewertet. Geschätzter Blutverlust bisher zwotausend Milliliter. Sämtliche radiographischen und tomographischen Befunde lassen eine Elektivamputation indiziert erscheinen. Ich schlage vor, Sie ersuchen den Patienten um seine Einwilligung in eine solche Amputation – notfalls auch proximaler als geplant.»

«Der Patient ist bewusstlos, Florence», sagte Raft seufzend.

---

resultierende Entomophagie-Programm der WHO konnte seither die Zahl der Hungertoten in der Dritten Welt nahezu halbieren. Entomophagische Kost hat sich auch für Mondkolonisten als ideal erwiesen, weil sie billig, extrem nahrhaft und auch unter diesen schwierigen Umweltbedingungen reichlich erzeugbar ist.

1 Nach Florence Nightingale.

«Ich fürchte, da kann ich ihn genauso gut ersuchen, ein fröhliches Liedchen zu pfeifen.»

«Wenn das Einholen der Einwilligung nicht möglich ist, sollten Sie diesen Schritt überspringen und den Arm des Patienten amputieren, indem Sie den Humerus unmittelbar über dem Deltodeideus durchtrennen.»

«Danke für den guten Rat», knurrte Raft.

«Ich markiere die Stelle mit dem Laser, Peter. Und ich empfehle Ihnen, die Blutzufuhr so schnell wie möglich durch Abbinden zu unterbrechen.»

«Holen Sie mal besser sechs Einheiten RHH», wies er Berger an, als sie Cavors Oberarm abbinden wollte.

Berger, eine stämmige Frau, die den gleichen roten Overall trug wie Raft, hatte sich gerade in Richtung Gefrierraum in Bewegung gesetzt, als Florence sie durch ein artifizielles Räuspern stoppte.

«Ähem. Augenblick, bitte, Helen», sagte der Computer. «Rekombinations-Humanhämoglobin könnte bei diesem Patienten zu signifikanten Problemen führen. Laut Patientendatei weist er keinerlei extravasale hämolytische Störung auf.»

«Was?» Raft runzelte die Stirn. «Keine EHD? Das kann nicht sein, Florence. Du musst dich irren.»

«Oder du willst uns nur verarschen», schnaubte Berger. «Dich auf unsere Kosten amüsieren.»

«Helen», sagte Florence streng, «Sie wissen doch, dass ich nur auf entschuldbare Unwahrheiten programmiert bin. Zur Schonung unheilbar kranker Patienten. Es ist mir nicht gegeben, zu meiner Belustigung oder zu meinem persönlichen Vorteil zu lügen.»

«Was du nicht sagst», sagte Berger.

«Möchten Sie vielleicht ein biosynthetisches Profil seiner Blutgruppenantigene sehen?», fragte Florence ruhig.

«Hör mal, Florence, diese Unterlagen sind doch vermutlich

getürkt», erklärte Raft. «Auf der Erde lassen sich die Leute alles Mögliche einfallen, um ihre Bluttestergebnisse zu fälschen. Aus verständlichen Gründen. Aber es wundert mich doch, dass so was hier oben auch passiert. Ich meine, wozu? In einer Strafkolonie ändert ein negativer Bluttest doch auch nichts.»

«Die Unterlagen sind absolut echt, Peter», insistierte Florence. «Ich will es Ihnen erklären. Vor sechzehn Monaten hatte Cavor eine kleine Verletzung, die ärztlicher Behandlung bedurfte, und im Zuge dieser Maßnahmen deponierte er eine kleine Blutmenge auf dem Scanner. Ich untersuchte die Probe auf klinisch signifikante Antikörper, fand aber keine. Bis jetzt war ich gezwungen, dieses Ergebnis als vertraulich zu behandeln.»

«Kein P^2?» Raft war verblüfft. «Das muss ein Scherz sein.»

«Kein P^2», bestätigte Florence. «Immunhämatologisch ausgedrückt, ist er RES-Klasse eins.»[1]

«Du lieber Himmel.»

«So was», sagte Berger.

Raft sah auf Cavors totenbleiches Gesicht und schüttelte müde den Kopf. Er sagte: «Florence? RHH oder gar nichts, das ist für diesen Burschen hier die Alternative. Wenn wir ein anderes Blutpräparat nehmen könnten, würden wir's tun. Aber echtes Blut kommt für den da nicht in Frage, selbst wenn wir welches hätten. Das weißt du auch. Und das heißt, dass er vermutlich hier auf diesem Flachbettscanner sterben wird, wenn er nicht das übliche Zeug kriegt.»

Florence schwieg, während Raft den Arm abband.

---

1 Das menschliche Immunsystem besteht aus einer Anzahl von Organen und verschiedenen Zelltypen, die per Evolution die Fähigkeit erlangt haben, nichtkörpereigene Antigene zu erkennen. Das umfassendste Abwehrsystem auf Zell-, Gewebe- und Organebene nennt man das retikuloendotheliale System (RES).

«Ich gehe das RHH holen», sagte Berger und verließ den Behandlungsraum.

«So wird er wenigstens überleben», sagte Raft achselzuckend. «Weiß der Teufel, wie lange. Zehn Jahre. Vielleicht sogar zwanzig. Ich hab es jetzt schon fast zehn Jahre, ohne große Krankheitssymptome.»

Umhüllt von einer Wolke sandigen Mondstaubs, schob Berger jetzt einen Infusionscomputer zur Tür herein. Die Schwester tat ihre Arbeit gern. Man verdiente zwar weniger Credits als beim Gesteinsschroten, aber die medizinische Tätigkeit war interessanter und ganz bestimmt befriedigender. Sie postierte das Gerät neben dem Flachbettscanner, zog den Kanülenleger heraus und ließ ihn selbsttätig Cavors gesunden Arm umgreifen. Der Computer quakte wie ein Riesenfrosch, während er selbsttätig den Arm abband, Cavors Haut desinfizierte und dann die Infusionsnadel einführte.

«Wie er wohl so lange davongekommen ist?», sinnierte Raft.

«Vielleicht stammt er aus einer reichen Familie», spekulierte Berger.

«RHH auf siebenunddreißig Grad erwärmt», meldete der Infusionscomputer. «Synthetische Bruchstücke ausgefiltert. Wir können, wenn Sie so weit sind.»

Berger betätigte einen Schalter, um den Infusionsprozess zu starten, und das RHH schlängelte sich durch den Plastikschlauch zu Cavors Arm. Optisch war die dunkelrote Flüssigkeit nicht von gesundem menschlichem Blut zu unterscheiden.[1] Sie

1 Zu Beginn des einundzwanzigsten Jahrhunderts führten Fortschritte im gentechnischen Bereich zu der so genannten Rekombinationstechnologie. Der erfolgreichen Herstellung von Rekombinations-DNA folgte die Entwicklung von Rekombinations-Humanhämoglobin. RHH ist ein erythrozitär-polymorphes oder universelles Blutsubstitut – ein synthetisches Blut, das unabhängig von der Blutgruppe des Patienten verabreicht werden kann. Es wurde auf

konnte einen am Leben halten, aber sie konnte einen auch umbringen. Berger streichelte kurz Cavors Stirn und sagte, Resignation in der rauchigen Stimme: «Sorry, Freund.»

«Was heißt hier ‹sorry›?», sagte Raft. «Mitleid mit einem statistischen Ausreißer? Hier musste er's doch kriegen. Früher oder später.»

Er konnte kein Mitgefühl für das Immunsystem des Patienten aufbringen, solange das drängendere Problem der Amputation noch vor ihm lag, und so setzte er das Skalpell an und durchtrennte mit einem raschen Schnitt, der bis auf den Knochen durchging, Cavors Oberarmmuskeln. Blut sprudelte aus dem Einschnitt, lief auf den Boden, und Raft schüttelte den Kopf ob dieser Vergeudung. Wenn man bedachte, dass eine Unze qualitätsgesichertes Blut etwa halb so viel kostete wie eine Unze Gold[1], latschte er jetzt wohl in einer Pfütze herum, die einige tausend Dollar wert war. Vielleicht noch mehr.

Die nächsten dreißig Minuten folgte Raft sorgsam Florences höflich formulierten Anweisungen und durchtrennte Cavors Humerus an der schmalsten Stelle mit einer Lasersäge, die gleichzeitig die Hauptblutgefäße verschloss. Als die Amputation

---

Betreiben des US-Militärs zur Verwendung in Kampfgebieten entwickelt. Voraussetzung war die Herstellung völlig neuartiger roter Blutkörperchen durch die Kombination verschiedener Erythrozyten. Damit sich die roten Blutkörperchen unabhängig von einem Wirtsorganismus replizieren konnten, bedurfte es eines Vektors oder Klonierungsvehikels. Dafür wählte man einen scheinbar harmlosen Parvovirus-Typ. Niemand konnte vorhersehen, dass dieses Virus aufgrund einer Kombination von Faktoren zu dem wesentlich tödlicheren P^2-Virus mutieren und dass das RHH zu einem der Hauptüberträger werden würde.

1 Kürzlich hat der Weltverband der Blutbanken (World Association of Blood Banks, WABB) den Preis für einen Liter RES-1-Blut mit einem Standard von 25×10^{12} roten Blutkörperchen auf 1, 48 Millionen Dollar beziffert. Als durchschnittlich großer Mann dürfte Cavor ein Gesamtblutvolumen von etwa fünf Litern haben. Das heißt, dass sein Blut, wenn es ganz zu Transfusionszwecken verwendet werden könnte, 7,4 Millionen Dollar wert wäre.

vollendet war, wischte er sich den Schweiß von der Stirn und trat einen Schritt zurück.

«Bei dem ganzen gesunden Blut in seinen Adern wundert's mich, dass er so lange lebend über die Runden gekommen ist. Es gibt hier doch jede Menge Schweinehunde, die ihm für einen kompletten Blutaustausch lächelnd die Kehle durchgeschnitten hätten.»

Berger nahm den abgetrennten Arm vom Flachbettscanner.

«Mich eingeschlossen», sagte sie. «Nur dass das Blut ohne die richtigen Medikamente nichts nützt. Und solange die in keiner Mondkolonie zu haben sind – warum sollte ihn da jemand töten?»

Raft nickte. «Da haben Sie wohl Recht. Aber unten auf der Erde wäre ich mächtig in Versuchung gewesen, ihm ein paar gesunde Literchen abzuzapfen, bevor ich ihm das RHH verabreicht hätte.» Er schüttelte den Gedanken ab. «Was er wohl getan hat, um hier oben zu landen? Statt in einem Privatgefängnis wie alle anderen seiner RES-Klasse.»

Florence, der Computer, antwortete ihm.

«Häftlingspatient Cavor. Zehn Jahre Zwangsarbeit auf Artemis Sieben ohne Bewährung, wegen brutalen Mordes an seiner Ehefrau. Sie war dummerweise die Tochter eines einflussreichen Lokalpolitikers. Vier Jahre hat er bereits verbüßt.»

«Tja, ich schätze, das hier bringt ihm ein Heimfahrticket», überlegte Raft. «Gibt nicht viel Schwerstarbeit, die man mit einer Armprothese leisten kann. Selbst diese neuen Dinger brauchen eine gewisse Zeit, um Kraft zu entwickeln.»

«Werden Sie sie ihm selbst ansetzen?», fragte Berger.

Raft zog behutsam die Nerven aus Cavors Armstumpf hervor und kappte sie um ein paar Zentimeter, damit sie sich leichter in das Fleisch zurückziehen konnten.

«Hab's schon versucht, ist aber nichts geworden. Bei dem ganzen verdammten Staub hier ist eine ordentliche Hämostase so gut wie unmöglich. Und jedes Hämatom am Stumpf erhöht die Gefahr einer Infektion, die das Ansetzen der Prothese verzögert. Nein, er muss in die DR-Klinik[1] einer offenen Haftanstalt unten auf der Erde, und zwar so schnell wie möglich. Je früher das Ersatzglied angesetzt wird, desto größer ist die Wahrscheinlichkeit, dass der Prothesencomputer mit den Nervenendungen verwächst.»

«Entfernen der Schlauchbinde einleiten», sagte Florence.

Erst als er sich vergewissert hatte, dass der Stumpf zufriedenstellend durchblutet war, versuchte Raft, die Blutung wieder unter Kontrolle zu bringen, und nachdem er die Hauptgefäße doppelt verschweißt und die kleineren Blutungsherde mit synthetischem Fleischschaum abgedichtet hatte, legte er eine Drainage und schloss die Hautlappen mit künstlicher HFM[2] über dem Knochen. Schließlich schmierte er ein Rekombinations-Zentrosomen-Präparat auf den Stumpf, um die Anziehung von Protoplasmakörperchen zu der künftigen Prothese zu fördern, und legte einen Druckverband an. Als alles getan war, betrachtete er sein Werk mit einer gewissen Befriedigung.

---

1 Entsprechend den Bestimmungen der Weltkommission für die Akkreditierung von Gesundheitsorganisationen (WCAHO), des Welt-Centers für angewandte und theoretische Mikrobiologie (World Center for Applied Microbiology and Research, WCAMR) und des Internationalen Instituts für Virologie (IIV), gibt es in der modernen Welt zwei Typen von Krankenhäusern. Das öffentliche Gesundheitssystem besteht vor allem aus Dauerrückstell-(DR-)Kliniken, zuständig für Patienten, die als Hochrisiko-Infektionsträger gelten und durch ihre Blutbefunde für immer von allen autologen Vorrats-Blutspendeprogrammen ausgeschlossen sind. Das private Gesundheitssystem dagegen basiert vor allem auf so genannten Freigabekliniken für Patienten, deren Blutbefunde theoretisch die Kriterien für allogene (homologe) Blutspendeprogramme erfüllen, das heißt, die als Fremdspender in Frage kämen. Praktisch gibt es heute jedoch nur noch autologe Blutspendeprogramme, bei denen die Betreffenden Blut abgeben, um es später bei Bedarf selbst wieder als Transfusion zu erhalten; alle sonstigen Transaktionen mit qualitätsgeprüftem Blut sind rein kommerzieller Natur.

2 Humanfibrin-Membran.

«Nicht schlecht», sagte er. «Saubere Arbeit, auch wenn ich mich selbst loben muss. Danke für Ihre Hilfe, Berger.»

Berger lachte, als sei ihr Beitrag nicht der Rede wert.

«Und was ist mit mir?», sagte Florence.

«Dir auch, Florence. Versteht sich.»

«War mir ein Vergnügen, Peter», sagte die Maschine auf ihre sanft-unterkühlte Art. Obwohl Raft das noch nie laut gesagt hatte, erinnerte ihn Florences honigsüße Stimme an die seiner Mutter.

«Okay, wie wär's mit ein paar Tipps für die medikamentöse Nachbehandlung?», wollte er wissen.

«Geben Sie mir einen Moment Bedenkzeit.»

«Mach's kurz, Florence. Mir tut der Rücken weh. Ich bin seit zweihundertneunzig Uhr auf den Beinen.»

«Okay, mein Rat ist folgender: Ich empfehle die intravenöse Implantation einer medizinischen Nanomaschine[1] mit einer Kombination aus prophylaktisch-antibiotischer und schmerzlindernder Wirkung. Und Ihnen verordne ich die Einnahme von etwas Glukosaminsulfat.»

«Klingt gut.»

«Möchten Sie, dass ich die MN für Sie vorbereite, Peter?»

«Ja, bitte, Florence.»

Berger war damit beschäftigt, die Überreste von Cavors Arm zu waschen, damit sie anschließend in einem sterilen Polyäthylenbeutel flüssigstickstoffgekühlt gelagert werden konnten. Obwohl der Arm so böse zerquetscht war, enthielt er doch noch Fleisch- und Hautpartien, die später als sicherer biologischer

---

1 Molekülgroße Maschine für den Einsatz im Blutstrom oder Verdauungstrakt. Jede Nanomaschine wird von einem winzigen Computer gesteuert und ist auf eine Reihe von Aktivitäten programmiert, die auf Molekularebene den Effekt einer Wirksubstanz oder einer Kombination von Wirksubstanzen nachahmen. Derzeit können solche Nanomaschinen im Körper bis zu zweiundsiebzig Stunden überdauern.

Verband dienen konnten. Auf dem Mond wird nichts vergeudet, und schon gar nicht in einer Sträflingskolonie. Obwohl auf dem Mond hoch entwickelte Industrien mit einem Volumen von vielen Milliarden Dollar existieren, gibt es keine einheimischen Rohstoffe außer Gestein und Eis, sodass alles recycelt wird.

Florence präparierte die Nanomaschine in einer Salzlösung, die Raft auf eine Spritze zog und dann in Cavors Drosselvene injizierte. Raft hatte Cavor bisher kaum ins Gesicht geguckt; jetzt sah er, dass dieser Mann klein und dünn war, und es schien kaum zu glauben, dass er vier Jahre Schwerstarbeit überlebt haben sollte. Wenn jemand dem Arzt der Krankenstation von Artemis Sieben gesagt hätte, dass der einarmige Mann dort auf dem Flachbettscanner eine Schlüsselrolle beim Verbrechen des Jahrhunderts[1] spielen würde, hätte er das höchstwahrscheinlich mit jenen Halluzinationen erklärt, die durch minimale Veränderungen der künstlichen Atmosphäre[2] innerhalb der Kolonie hervorgerufen werden.

---

1 Die Formulierung «Verbrechen des Jahrhunderts» wird in der Multimedialandschaft oft zur Sensationsmache benutzt und ist mittlerweile ein Klischee. Was bedeutet sie wirklich? Verbrechen in Superlativen zu beschreiben ist ethisch fragwürdig. Es ist fast so, als ob man die Tat bejubelt, die Täter zu ihrem Erfolg beglückwünscht. Das ist hier ganz und gar nicht meine Intention. Mir geht es vielmehr darum, dass dieses Verbrechen von seiner Art her so repräsentativ für das einundzwanzigste Jahrhundert ist wie kein anderes.

2 In Mondkolonien wird ein normaler Atmosphärendruck erzeugt, und zwar mittels einer Mischung aus Sauerstoff und Helium, dem neben Wasserstoff verbreitetsten Element des Universums. Besonders viele Heliumisotope finden sich im Mondgestein, Folge der Einwirkung von Sonnenwinden über Milliarden von Jahren. Höhlenkolonien wie Artemis Sieben sind in hermetisch abgedichtete Sektionen unterteilt, aber manchmal kommt es doch zu Leckstellen. Gewöhnlich sind die Auswirkungen nicht gravierend genug, um Atemprobleme hervorzurufen. Doch bei P^2-Infizierten kann schon das geringste Absinken des Sauerstoffpegels einen hyperventilationsähnlichen Zustand hervorrufen, der mit einem Blutdruckabfall und dem Einsetzen von Halluzinationen verbunden ist.

«Florence? Wann geht der nächste Frachtcontainer zur Erde?»

«Von der Tranquillity Base geht heute Abend einer.»

«Hat er Chancen, das durchzustehen?»

«Ja. In einer Stunde geht von hier ein Transport mit ein paar vorzeitig entlassenen Sträflingen ab.»

«Die Glücklichen. Buch ihm einen Platz.»

Raft, der noch sechs von acht Jahren vor sich hatte, riss sich den einen blutigen Chirurgenhandschuh herunter und musterte seine feuchte rechte Hand so kritisch, als stünde nur sie zwischen ihm und der Freiheit.

«Gibt ja heutzutage ziemlich gute Prothesen», sagte er versonnen. «Wär's vielleicht wert.»

Rameses Gates gurtete sich auf seinem Platz im Superconductor[1] zur Erde fest, kippte seinen Sitz in die Startliegeposition und arretierte dann die Kopfhalterung so fest, wie es gerade noch bequem war, um das kantige Kinn und die Blumenkohlohren. Vor ihm lagen ein dreitägiger Zweihundertsechsunddreißigtausend-Meilen-Flug und dann noch eine kurze Unterbringung in einer offenen Vollzugsanstalt, ehe er wieder in die so genannte Gesellschaft entlassen wurde. Doch zuerst war da noch die Kleinigkeit dieses Starts. Der Superconductor war we-

---

1 Der Anziehungskraft des Mondes zu entkommen erfordert viel weniger Energie als das Verlassen des Schwerkraftfelds der Erde. Raketen werden nur von reichen Touristen benutzt. Alle anderen Reisenden nehmen den von der Tranquillity Base aus startenden Raum-Superconductor, ein Mono-Magnetschienengefährt, das auf fünfundzwanzig Schienenkilometern etwa zwanzig Meter Höhe erlangt, ehe schließlich die Fliehgeschwindigkeit von 1,4 Meilen pro Sekunde erreicht ist. Der Mond hat sich als ideales Umfeld für Hochtemperatur-Supraleitervehikel erwiesen. Auf der Erde liegt ein Hauptproblem anisotroper Technologien in der Instabilität der chemischen Bedingungen aufgrund der Luftfeuchtigkeit. Auf dem Mond entfällt dieser Faktor.

sentlich unbequemer als eine Rakete, da er fast unerträgliche Beschleunigungskräfte entwickelte. Häftlinge und Tiere reisten in einem G-Abteil, das angeblich auf Gewichtskräfte von bis zu 10 G ausgelegt war, aber dennoch kam es zum Absacken des Bluts, was wiederum zu Ohnmacht und bei Leuten, deren P^2-Infektion schon im fortgeschrittenen Stadium war, manchmal sogar zum Tod führte. Gates – der P^2-positiv war – hatte wie alle Leute, die er kannte, keine Möglichkeit, den exakten Entwicklungsstand der Infektion zu bestimmen, aber er hatte gehört, dass es Leuten, die die Reise überlebten, nicht selten noch tagelang schlecht ging.

Der Gedanke an die drohenden Beschwerden, ja, sogar den möglichen Tod, machte Gates, wie auch das Dutzend Männer und Frauen, das mit ihm wartete, nervös und gereizt. Wenn es doch endlich losginge. Aber es gab noch eine Verzögerung. Ein verspäteter Passagier, meldete der Bordcomputer des Superconductors.

«Was für ein verspäteter Passagier?», fragte Gates. «Wir wissen doch alle schon seit Wochen, dass wir heute mit dieser verdammten Schleuder hier starten. Wer ist der Kerl?»

«Muss wohl auch ein Häftling sein», erklärte die Frau, die neben Gates lag. «Wer würde sonst schon dieses Ding hier nehmen?»

Die Frau hieß Lenina. Gates hatte immer schon gefunden, dass sie die schönste Frau auf Artemis Sieben war, aber er hatte noch nie Gelegenheit gehabt, mit ihr zu reden – und jetzt war er zu nervös zum Antworten.

«Ich habe momentan keine weiteren Informationen», sagte der Computer. «Bitte gedulden Sie sich.»

«Du hast gut reden», erklärte Gates dem Bordcomputer. «Du stehst nicht davor, das zweite Newtonsche Gesetz samt all seinen reizenden Begleiterscheinungen am eigenen Leib zu erfahren.»

«Haben Sie Ihre G-Pille schon genommen?», parierte der Computer.

Die Tür ging auf, und zwei Wärter luden eine G-Kapsel[1], in der sich Cavor befand, ein und schnallten sie am Boden fest. Die Kapsel umschloss Cavors gesamten Körper und verbarg, da nur das Visier durchsichtig war, das volle Ausmaß seiner Verletzung. Gates löste die Kopfhalterung und reckte sich über Lenina hinweg, um das Gesicht des Mannes sehen zu können. Er kannte ihn nicht.

Als die Tür wieder zu war, begannen die Supraleiterspiralen in der Aluminiumschiene den elektrischen Strom aufzubauen, der sie auf ihre Bahn katapultieren würde.

Lenina sagte: «Wenn der Superconductor langsam genug wäre, hätte man angeblich einen tollen Blick auf die TB[2]. Heißt es. Aber dafür müsste man natürlich den Kopf in einer Position haben, aus der man durchs Fenster gucken kann, und beim Start ist es nicht drin, auch nur einen Muskel zu bewegen. Es gibt jetzt auf der TB ein Gedenkmuseum für die erste Mondlandung. Dort kann man das Landemodul und die Fußstapfen der Astronauten sehen. Sagen sie jedenfalls.»

«Zehn K[3], und Messung läuft weiter», sagte der Computer.

«Im Ernst?»

«Ich würde jedenfalls gern mal wiederkommen und mir das alles angucken.»

«Tatsache?» Gates sah nervös durch das mondlichthelle Fenster.

«Nervös?», überschrie Lenina den Lärm der Elektrizität. Er

---

1 Autarke Gravitationskapsel, die auf Gewichtskräfte bis 15 G ausgelegt ist und für den Transport kranker und verletzter Personen im Superconductor benutzt wird.

2 Tranquillity Base.

3 Kelvin. SI-Basiseinheit der thermodynamischen Temperatur.

wurde mit jeder Sekunde lauter, wie das Brummen einer riesigen und überaus zornigen Wespe.

«Dreißig K, und Messung läuft weiter.»

«Warum sollte ich nervös sein?»

«Fünfzig K, und Messung läuft weiter.»

«Ich dachte, Sie hätten was von Beten gesagt. Möchten Sie meine Hand halten?»

«Übergangstemperatur[1]», meldete der Computer. «Fertig machen zum Start.»

«Danke, nichts dagegen.»

Gates nahm Leninas Hand und stellte fest, dass sie zugriff wie ein Roboter. Er sah auf ihre weißen Knöchel und lächelte leise. Sie klang ja ganz cool, aber in Wirklichkeit war sie genauso nervös wie er.

Sein Blick huschte zu dem Mann in der G-Kapsel auf dem Boden. Irgendwas stimmte da nicht. Die Sichtscheibe war total beschlagen, als ob innerhalb der Kapsel keinerlei Luft zirkulierte. Gates kapierte sofort, was los war. Diese Idioten, die den Mann dort abgelegt hatten, hatten vergessen, seine Atemluftversorgung einzuschalten. Wenn die Kapsel nicht geöffnet und die Luft nicht angeschaltet wurde, würde er ersticken. Keine Zeit zum Überlegen. Gates riss sich die Kopfhalterung herunter und öffnete seine Sitzgurte. Wenn der Superconductor erst einmal in Bewegung war, würden die Beschleunigungskräfte so groß sein, dass er keine Chance mehr hätte, auch nur einen Augenmuskel zu bewegen. Jetzt oder nie.

«Sind Sie wahnsinnig?», protestierte Lenina. «Sie gehen doch drauf.»

«Bitte begeben Sie sich sofort auf Ihren Platz zurück», befahl der Computer. «Wir starten in zwanzig Sekunden.»

---

1 Diejenige Temperatur, unterhalb deren die Monoschiene supraleitend wird, heißt Übergangstemperatur oder Sprungtemperatur.

Gates kniete sich neben die Kapsel und begann zu zählen. Er riss die Verriegelung auf und klappte den Deckel auf. Es war nur zu offensichtlich, weshalb dieser Mann zur Erde zurückgeschickt wurde. Der holte jetzt tief Luft und lächelte Gates zu dessen Erstaunen an.

«Danke», krächzte er.

«Begeben Sie sich sofort auf Ihren Platz zurück. Noch zehn Sekunden bis zum Start.»

«Nicht der Rede wert, Linkspfot.» Gates schaltete die Luftversorgung ein und knallte den Kapseldeckel wieder zu.

«Hinsetzen, bitte. Noch fünf Sekunden.»

Gates hastete zu seinem Platz zurück, warf sich rücklings auf den Sitz und begann sich wieder anzuschnallen.

«Verrückter Kerl», schrie Lenina.

«Drei, zwo ...»

Keine Zeit mehr für die Kopfhalterung. Nicht mal mehr für alle Gurtschließen. Gerade noch Zeit genug, den Kopf in den Sitz zu pressen und das Beste zu hoffen. Im nächsten Moment wurden sie die Rampe entlangkatapultiert. Auf der Erde erreichen Supraleiterzüge Geschwindigkeiten von annähernd dreihundert Meilen pro Stunde. Doch Masse und Anziehungskraft des Mondes tun 83 Prozent weniger, um ein solches Vehikel zu verlangsamen. Binnen Sekunden fühlte Gates enorme Beschleunigungskräfte entstehen, während das Gefährt sein Tempo auf mehrere tausend Meilen pro Stunde steigerte. Und als es am Ende der Rampe in den Raum hinauskatapultiert wurde, galten Gates' letzte Gedanken, ehe ihm schwarz vor Augen wurde, der unglaublichen Fliehgeschwindigkeit auf der Anzeige an der Abteildecke, der schönen Frau neben ihm und dem einarmigen Passagier.

II

Es war von jeher ein Faszinosum, vielleicht das Ur-Faszinosum überhaupt, und im Bewusstsein der Menschen mit einer mystischen, ja magischen Bedeutung behaftet. Zentrales Totem in allen frühen Kulturen, wichtiges Element der klassischen Mythen, fundamentaler Aspekt fast aller Religionen, ist es bis heute ein immer wiederkehrendes Symbol, möglicherweise das stärkste Symbol überhaupt. Römisch-katholische Christen mögen ihm mit symbolischer Ehrfurcht begegnen, strenggläubige Juden etwas Schändliches und Unreines darin sehen. Es ist die Verkörperung der Verwandtschaft, aber es steht auch für Mord, Fehde und oft genug auch Sühne. Blut: rot, zähflüssig, dicker als Wasser. Das ewig kreisende Blut: Gegenstand von Epen, Fetischkulten, großen Dramen. Quell von Macht – heute mehr denn je – und Opfergabe an die Götter. Blut, der Lebensbaum, den wir alle in uns tragen. Doch was selbst jene Pioniere der Medizin, die ihm all ihre Kraft widmeten, vergaßen: Es ist mehr als nur eine Metapher für Leben. Seit Jahrhunderten ist das Blut nicht nur das größte, sondern auch das besterforschte Organ des menschlichen Körpers. Aber diejenigen, die es erforschten – und bestenfalls als eine Ansammlung von roten Blutkörperchen begriffen, die während ihrer hundertzwanzigtägigen Lebensdauer fünfhundert Kilometer zurücklegen –, näherten sich ihm nicht mit jenem alten Sinn für das Wundersame, jenem Wissen, dass Blut das Leben selbst ist. So leicht zu entnehmen und oft gedankenlos vergeudet, ist dieser Lebenssaft Flüssigkeit und Gewebe zugleich, von der Farbe edler Rubine, und doch unendlich viel wertvoller.

Seltsamerweise behandelte es niemand als kostbaren Schatz. Zwar gab es Banken dafür, aber nicht im eigentlichen Sinn: «Blutbank» war ein generischer Begriff und bezeichnete ein Blutlager, eine Klinikeinrichtung für Transfusionszwecke oder eine Mischung aus beidem. Erst jetzt, gegen Ende des einundzwanzigsten Jahrhunderts, wird erkennbar, wie kostbar Blut ist, erfährt es die Wertschätzung, die ihm gebührt. Na ja, fast jedenfalls, was sich den meisten Menschen noch immer entzieht, ist seine kosmologische Bedeutung: die Tatsache, dass die Mathematik des Blutes, die numerische Seite seiner komplexen Struktur, wohl der beste Beweis für die Existenz irgendeiner Art von Schöpfer sein dürfte.

Nehmen wir nur einmal den Prozess der Blutgerinnung, der das Zusammenwirken mehrerer hämostatischer Proteine voraussetzt. Nicht weniger als fünfzehn Gerinnungsfaktoren werden schrittweise aktiviert – wobei jedem als Regulativ ein Antigerinnungsfaktor gegenübersteht – und bewirken schließlich die Bildung eines festen Fibrinklumpens. Als Schutz vor übermäßiger Verklumpung, Thrombose genannt, fungiert eine zweite Serie hämostatischer Proteine, das so genannte fibrinolytische System (das wiederum durch eigene Inhibitoren in Schach gehalten wird). Das wirksamste dieser Proteine ist das Plasmin. Es muss aus seiner inaktiven Form – dem Plasminogen – in die aktive überführt werden, was ein weiterer Eiweißstoff, der Plasminaktivator, übernimmt. Die irreduzible Komplexität dieses Systems ist kaum darstellbar. Die Wahrscheinlichkeit, dass ein solches System durch puren Zufall entsteht, ist so verschwindend gering, dass es schwer fällt, sie in Zahlen auszudrücken. Aber sie dürfte sich wohl in etwa an der Zahl der roten Blutkörperchen bemessen, die ein gesunder erwachsener Mann im Lauf seines Lebens produziert; wenn man davon ausgeht, dass er pro Sekunde $2{,}3 \times 10^6$ rote Blutkörperchen produziert, so betrüge diese Wahrscheinlichkeit 1 zu $70 \times 365 \times 24 \times 60 \times 60 \times 2{,}3 \times 10^6$ oder 1 zu circa 5×10^{15}.

Wie Mephistopheles bei seinem Pakt mit Faust bemerkt: Blut ist ein ganz besondrer Saft.

Um wieder auf das prosaischere Thema «Blutbanken» zu-

rückzukommen: Heute versteht man darunter etwas ganz anderes als in der Entstehungszeit dieses Begriffs, da die Sache selbst noch auf einem vergleichsweise simplen und selbstlosen Akt gründete – der Bereitschaft einer gesunden Person, anderen etwas von ihrer Gesundheit abzugeben, indem sie einen halben Liter Blut spendete. Die Macht und die verjüngenden Kräfte des Blutes werden erstmals von Ovid erwähnt, und zwar in dessen Wiedergabe der Sage von Medea und Aeson, dem Vater Jasons[1]*. Als Jason von der Erfüllung seiner Aufgaben heimkehrt, findet er seinen Vater dem Tod nahe und lässt sich überreden, ihm neues Leben zu schenken, indem er etwas von seinem Blut abgibt. Dieses Blut mischt Medea in ein Zaubergebräu, das sie dem alten Mann in die Adern füllt – mit wundersamer Wirkung. Doch die Historie lehrt uns, dass der erste Transfusionsversuch 1492 stattfand, als junge Priester in dem fehlgeleiteten und vergeblichen Versuch, das Leben des moralisch verderbten Papstes Innozent VIII. zu retten, Blut für eine Übertragung spendeten. Natürlich starb der Papst. In den folgenden Jahrhunderten gab es viele weitere Fehlschläge in dieser Richtung. John Aubrey schildert in* Brief Lives, *wie Francis Potter im Jahr 1649, inspiriert durch Ovid, eine Transfusion zwischen zwei Hennen vorzunehmen suchte. Und Samuel Pepys Tagebucheintrag vom 21. November 1667 beschreibt den ersten englischen Transfusionsversuch an einem Menschen, durchgeführt von Richard Lower an einem gewissen Arthur Coga. Unglücklicherweise wurde dabei das Blut eines jungen Schafs benutzt – das biblische Blut des Lammes. Coga überlebte, ein Glück, das anderen Patienten, die in Frankreich ähnlichen Versuchen unterzogen*

---

1 S. Ovid, *Metamorphosen*, I, Buch VII. Vgl. Herodots Bericht über griechische Söldner in ägyptischen Diensten, die das Blut der Söhne ihres Feindes Pahnes mit Traubensaft mischten und tranken, um Kraft und Mut daraus zu ziehen.

wurden, nicht beschieden war. Nicht zuletzt wegen dieser französischen Experimente[1]*, bei denen die Patienten starben, wurden die Transfusionsversuche eingestellt und erst im neunzehnten Jahrhundert wieder aufgenommen, diesmal sogar mit Milch. Es erübrigt sich zu sagen, dass auch diese Patienten allesamt starben. Erst 1901 entdeckte Karl Landsteiner das AB0-Blutgruppensystem, das Transfusionen theoretisch ermöglichte, doch selbst jetzt dauerte es noch bis zur zweiten Hälfte des Ersten Weltkriegs, ehe Transfusionen mit natriumnitratversetztem Blut glückten und zum Mittel der Wahl bei schwerem Blutverlust wurden. Und noch ein paar Jahrzehnte vergingen, bis neue Diluenzien, Antikoagulanzien und Konservierungslösungen die Lagerung von Blut so weit ermöglichten, dass Bluttransfusion fast schon zur Routine wurde.*

Vorbei.

In unserem Jahrhundert wurde die Welt von einer mörderischen Pestilenz überfallen, deren – um es mit Edgar Allan Poe zu sagen – Avatara und Sigill[2] *das Blut ist. Diese Heimsuchung, nur die jüngste einer langen Reihe von Seuchen, die die Menschheit plagen, seit sie es erstmals unternahm, Tiere zu domestizieren – eine agrikulturelle Revolution, die vor gut zehntausend Jahren stattfand –, war das Human-Parvovirus II, auch bekannt als Slow HPV² oder schlicht P². Es ist eine langsamere Mutante des so genannten Fast HPV¹, das selbst wiederum eine mutierte Variante eines vergleichsweise harmlosen Virus namens B19 war,*

1 Blutübertragung war auch ein Satirethema. Siehe zum Beispiel Alexander Popes *Versuch über die Critik* von 1711: «Manchen verdarb schon dieser Pedanten Schar/der, falsches Denken uns zu lehren, noch jede Müh willkommen war/Kathederpäpste, wie Medizingelehrte, beseelt von der Vision/den Geist zu therapiern durch raffinierte Transfusion/entziehn uns unseren Verstand, um neuen einzufüllen/was doch, bei aller Kunst, nicht geht nach ihrem Willen.»

2 *Die Maske des Roten Todes* von Edgar Allan Poe, 1842.

dessen exakte chemische Struktur vor nahezu einem Jahrhundert, nämlich 1983, erstmals beschrieben wurde[1].

« Mörderisch » ist in diesem Zusammenhang nicht übertrieben. Genaue Zahlen wird es wohl nie geben, aber vorsichtige Schätzungen besagen, dass HPV^1 *und* HPV^2 *zusammen seit dem Jahr 2019 nicht weniger als fünfhundert Millionen Menschen das Leben gekostet haben, womit HPV wohl das erfolgreichste Virus aller Zeiten sein dürfte.*

Viren sind die einzigen real existierenden Rivalen des Menschen, was die Herrschaft über die Erde anbelangt, denn es scheint immer sicherer, dass es eine Viren-Antibiose nie geben wird: Da Mensch und Virus die gleichen genetischen und metabolischen Mechanismen besitzen, ist ihr Schicksal untrennbar verquickt. Und wie alle Lebewesen haben auch Viren ihre eigene Taxonomie – der Terminus der Biologen für den niemals endenden Prozess der Unterteilung in Familien. In Anna Karenina *schreibt Tolstoi, alle glücklichen Familien seien gleich. Und auf einer elementaren Ebene gilt das auch für die Viren: Ihre Familien unterliegen allesamt denselben Imperativen des Überlebens und der Fortpflanzung wie jede Menschenfamilie. Infektion ist ein uraltes Geschehen, eine der Grundlagen des Lebens. Ohne Infektion wäre keine Evolution möglich gewesen.*

Die Familie der Parvoviridae umfasst drei Gattungen, die zusammen ein breites Spektrum von Wirtsorganismen befallen – vom Nerz bis zum Menschen. Die Viren selbst sind winzige, ikosaedrale Organismen mit Genomen aus einstrangiger DNA. Was uns hier interessiert, ist die dritte Gattung der Parvoviridae,

1 Als das B19-Virus im Blut symptomfreier Spender entdeckt wurde, weil man die Ursache für falsch positive Resultate bei CIE-Tests zur Feststellung von Hepatitis-B-Virus-Oberflächenantigenen suchte, war es eins von zwei bekannten Human-Parvoviren. Seinen Namen erhielt das B19-Virus nach der Codenummer auf einer der Serumproben, in denen es erstmals gefunden wurde.

die autonomen Parvoviren, die über die Fähigkeit verfügen, sich eigenständig zu replizieren, vorausgesetzt, die Wirtszelle ist in Teilung begriffen. Die autonomen Parvoviren heißen so, weil sie für ihre Replikation nicht auf die Präsenz eines Helfervirus angewiesen sind. Ein solches autonomes humanes Parvovirus war das Virus B19.

Bei den meisten normal gesunden Menschen verlief die Infektion, die über die Atemwege übertragen wurde, völlig symptomfrei; in den symptomatischen Fällen war das Krankheitsbild leicht und dem anderer häufiger Virusinfekte vergleichbar: Fieber, Ausschlag und Drüsenschwellungen (weshalb die Erkrankung oft fälschlicherweise für eine Grippe gehalten wurde). Das B19-Virus befiel typischerweise die für die Bildung von roten Blutkörperchen (Erythrozyten) zuständigen Zellen, konnte aber auch die Stammzellen für weiße Blutkörperchen und Megakarozyten infizieren und so zu einem vorübergehenden Rückgang der Zahl der roten und weißen Blutkörperchen sowie der Blutplättchen führen. Echte Probleme rief das Virus jedoch nur dann hervor, wenn das Knochenmark besonders anfällig war, also etwa bei Menschen mit einer hämolytischen Anämie, bei denen jede weitere Beeinträchtigung des ohnehin schon überlasteten Knochenmarks leicht zu einer aplastischen Krise führte. Dieses vorübergehende Geschehen, das mit einem Absinken der Hämoglobinkonzentration, dem Fehlen von Retikulozyten im peripheren Blut und der Abwesenheit von Erythrozytenvorstufen im Knochenmark einherging, dauerte fünf bis sieben Tage und erzeugte Symptome einer akuten Anämie: chronische Erschöpfung, Kurzatmigkeit, Blässe, Lethargie, Verwirrung und manchmal Herzinsuffizienz. Oft wurde eine Bluttransfusion notwendig, ehe das Knochenmark sich wieder erholte, die Retikulozytose wieder einsetzte und die Hämoglobinkonzentration sich normalisierte. Untersuchungen aus dem zwanzigsten Jahrhundert zeigen, dass 90 Prozent aller aplastischen Krisen bei Patienten mit chronischer hämolytischer Anämie auf eine B19-Infektion zurückgingen. Ein wirksames antivirales Chemotherapeutikum gegen das B19-Virus wurde nie entwickelt; sonst wäre alles vielleicht ganz anders gekommen.

Die Aggressivität krankheitserzeugender Viren kann stark variieren. Wie der Mensch haben sich auch die Mikroben als anpassungsfähig und erfinderisch erwiesen, wenn es darum geht, sich effizient zu vermehren und zu entwickeln und an neue Lebensbedingungen anzupassen. Man nehme nur einmal den unterschiedlichen Schweregrad der verschiedenen Influenza-Epidemien[1]. Der Erreger der Influenza ist ein Virus, das häufig das genetische Programm seiner Mantelproteine ändert und darum etwa alle zwei Jahre ein «neues» Virus in die Welt setzt, gegen das in der gesamten Weltbevölkerung so gut wie keine Immunität besteht. Solche Mutationen waren die Ursache zahlreicher Influenza-Pandemien, vor allem aber der berüchtigten Spanischen Grippe von 1918, die in nur sechs Monaten dreißig Millionen Todesopfer forderte – doppelt so viele, wie die vier vorangegangenen Weltkriegsjahre gefordert hatten. Dieses Extrembeispiel verdeutlicht das Potential der Viren, durch Mutationen ihre Aggressivität sprunghaft zu steigern, wobei diese Mutationen spontan erfolgen, aber auch durch äußere Faktoren wie Chemikalien, Strahlung, Bakterien und sogar andere Viren hervorgerufen werden können. Die meisten Mutationen werden durch DNA- oder RNA-Reparaturenzyme rasch korrigiert und haben gar keine Chance, eine unmittelbar offensichtliche Veränderung des Virusverhaltens zu bewirken. Von einer Million Mutationen wird vielleicht eine das Virus so erheblich schädigen, dass es keine Zellen mehr infizieren kann oder in die Wirts-DNA eingebaut wird.

1 Der Name «Influenza» kam um die Mitte des achtzehnten Jahrhunderts in Italien auf. Er stand ursprünglich für «Einfluss eines Miasmas» oder «Einfluss der Sterne».

Umgekehrt kann aber eine entsprechend große Zahl von Mutationen leicht dazu führen, dass sich das Virus effizienter an Wirtszellen ankoppeln oder wirksamer virale Proteine erzeugen kann und daher schlimmere Krankheitserscheinungen hervorruft. Außerdem können Mutationen auch den Tropismus des Virus ändern – es befähigen, Zelltypen anzugreifen, die bisher nicht betroffen waren.

Es gibt viele Theorien, warum das vergleichsweise harmlose B19-Virus zu dem wesentlich tödlicheren Fast HPV[1] *mutierte. Eine immer populärer werdende Theorie sieht die Ursache in gentechnischen Versuchen, aus einem Baculovirussystem durch DNA-Rekombination ein Antiviruskapsid herzustellen. Eine andere Erklärung lautet, dass der Blutmangel in russischen Krankenhäusern zu Beginn des einundzwanzigsten Jahrhunderts zur vermehrten Verwendung von Leichenblut für Transfusionen geführt habe und dass dabei auch auf verstrahlte Opfer der Schewtschenko-Katastrophe*[1] *von 2011 zurückgegriffen worden sei, deren Blut mutierte B19-Viren enthielt. Und es gab sogar die «Panspermia»-Theorie, der zufolge sich das B19 mit einem Virus kombiniert habe, das erst kürzlich durch Kometentrümmer oder ein Space-Shuttle aus dem Weltraum auf die Erde gelangt sei. Das sind nur einige der in Umlauf befindlichen Theorien. Sicher scheint jedoch, dass die Entwicklung von Blutersatzstoffen eine wichtige Rolle bei der Mutation des B19-Virus gespielt hat. Militärisches Interesse an neuen Ersthilfe-Transfusionslösungen, die die logistisch schwierige Bereitstellung von Blutkonserven für Verwundete erübrigen würden, führte zur Entwicklung einer Reihe von Produkten, die auf gereinigtem Rinderhämoglobin*

---

1 Der GAU im Schewtschenko-Reaktorkomplex auf der Mangyschlak-Halbinsel in Kasachstan war die schwerste Nuklearkatastrophe in der Geschichte. Durch die Explosion wurde ein Gebiet von über zweihundert Quadratmeilen zwischen dem Kaspischen Meer und dem Aralsee unbewohnbar.

oder der gentechnischen Erzeugung von Humanhämoglobin durch E.-Coli-Bakterien basierten.

Wie immer die Kausalkette ausgesehen haben mag, unstrittig ist die tödliche Wirkung des Fast HPV[1], die auf der Deaktivierung der Sauerstoff bindenden Komponente des Hämoglobins[1] *bei ansonsten gesunden Menschen beruht. Wie das Virus dies bewerkstelligt, ist allerdings noch nicht völlig geklärt. Offenbar stehen dem HPV[1] dabei drei verschiedene Möglichkeiten zur Wahl, was viele Mediziner zu der Überzeugung gebracht hat, dass das HPV[1] in Wahrheit drei verschiedene Parvovirustypen umfasst. Diese Möglichkeiten sind:*

1. *Das Virus bewirkt die fehlerhafte Produktion von Proteinen, die entscheidend für das Funktionieren der Sauerstoff bindenden Komponente sind.*
2. *Das Virus stellt die Produktion eines solchen Proteins ganz ab. Die betroffenen roten Blutkörperchen vermögen keinen Sauerstoff mehr zu transportieren. Da die Lebensdauer von roten Blutkörperchen hundertzwanzig Tage beträgt, erstickt der Patient innerhalb dieser Zeitspanne.*

---

1 Den Transport des Sauerstoffs von der Lunge zu den verschiedenen Arten von Körpergewebe besorgt das hierauf spezialisierte Protein Hämoglobin. Dieses besteht in komplexen Molekülen, die von den roten Blutkörperchen in hoher Konzentration durch das Gefäßsystem transportiert werden. Hämoglobin hat die besondere Eigenschaft, Sauerstoff in der Lunge zu binden, ihn dann im sauerstoffarmen Milieu des Gewebes wieder freizusetzen und daraufhin die eigene Funktionsweise so zu verändern, dass es in der Lage ist, große Mengen Kohlendioxid aufzunehmen und zur Lunge zu transportieren, wo der ganze Prozess wieder von vorn beginnt. Ermöglicht wird das alles durch die einzigartige Struktur des Hämoglobins, das ein Komplex aus zwei Paar Proteinmolekülen ist: den so genannten Alpha- und Betaketten. Diese Ketten sind dicht nebeneinander angeordnet und bilden das Tragegerüst für die aktive Komponente des Hämoglobins, das Häm-Molekül, eine eisenhaltige Porphyrinstruktur. Innerhalb dieser Komponente wird der Sauerstoff gebunden. Im Zyklus der Sauerstoffaufnahme und -abgabe findet eine beträchtliche strukturelle Veränderung statt, weshalb auch vom «Atmen» des Hämoglobinmoleküls gesprochen wird.

3. *Codes für die Erzeugung von Blocker-Polypeptiden interagieren mit der Sauerstoff bindenden Komponente.*

Die zweite Vorgehensweise entspricht dem häufigsten Szenario bei einer HPV^1-Infektion. Das klinische Bild entwickelt sich langsam mit einer symptomfreien Periode von sieben Tagen zwischen der subfebrilen Anfangsphase und dem Auftreten eines Röteln ähnlichen Hautausschlags. Nach vier Wochen folgt das plötzliche Einsetzen einer symmetrischen Arthritis, zunächst in den Fingergelenken, dann in Handgelenken, Sprunggelenken, Knien und Ellbogen. Um den sechzigsten Tag zeigt der Patient bereits die Symptome einer sich rasch verschlimmernden Anämie – Erschöpfung, Kurzatmigkeit, Zyanose, Verwirrtheit –, und je nach Allgemeinkonstitution führt das Fast HPV^1 nach etwa neunzig Tagen zum Koma und schließlich zum Tod.

Die Behandlung der HPV^1-Infektion bestand in Bluttransfusionen und dem therapeutischen Einsatz von ProTryptol 14, einer spezifischen Protease, die gezielt auf die roten Blutkörperchen einwirken sollte und zur Verhinderung einer vorzeitigen Resorption in eine Lipidhülle (Liposom) eingebettet war. Einmal im Inneren des roten Blutkörperchens angelangt, sollte diese Protease dem mutierten Protein entgegenwirken, das die Funktion der Sauerstoff bindenden Komponente störte. Diese Substanz war jedoch über viele Jahre nur schwer und kostspielig herzustellen, und als das ProTryptol schließlich billiger wurde, waren die Preise für gesundes Blut bereits emporgeschnellt.

Das Fast HPV^1 war weltweit verbreitet und kam in sämtlichen Populationen vor, ausgenommen ein paar isolierte Gruppen in Brasilien und Afrika. Wie beim B19 traten Infektionen zuerst bei Kindern auf, häufig in Grundschulen, wo die Ausbreitung durch Tröpfchen erfolgte. Bei diesen ersten Ausbrüchen, die immer tödlich verliefen, infizierten sich auch Eltern und Lehrer betroffener Kinder, und so kam es zu einem zweiten Übertragungsmodus:

der Infektion durch Spenderblut. Der hohe Durchseuchungsgrad von Blutkonserven führte binnen kurzem in der gesamten westlichen Welt zu einer Vertrauenskrise, Fremdtransfusionen betreffend, und zu einem gewaltigen Aufschwung von Eigenblutdepot-Programmen. Der Ausdruck «böses Blut» existierte zwar schon jahrhundertelang zur Bezeichnung von Ressentiments zwischen Menschen, aber erst jetzt ließ sich ihm eine physiologische Grundlage zuordnen.

Zwischen 2017 und 2023 tötete das Fast HPV[1] *täglich weltweit fünfzigtausend Menschen. Angesichts der zeitgleichen Serie von Naturkatastrophen – das Erdbeben, das Tokio vernichtete, die Heuschreckenplage, die weite Teile der USA verwüstete, der Nahostkrieg von 2017 und der gewaltige Ausbruch des Vesuvs, von den Klimaveränderungen und der daraus resultierenden verheerenden Dürre und Hungersnot in China ganz zu schweigen – betrachteten viele Menschen die HPV-Seuche als eine Gottesstrafe. Andere schoben sie, mit den üblichen fadenscheinigen Begründungen, den Juden in die Schuhe: Ein jüdischer Mediziner, Benjamin Steinart-Levy, hatte entscheidend zur Entwicklung des Medikaments ProTryptol 14 beigetragen, das den Goldman-Pharmawerken während der ersten Monate der Pandemie Milliarden von Dollar eingebracht hatte. In der ganzen Welt, vor allem jedoch in Amerika, kam es zu Pogromen; allein in Los Angeles wurden vierzehntausend Juden ermordet. Als die New Yorker Friedhöfe und Parks keine weiteren Toten mehr aufnehmen konnten, segnete Kardinal Martin Walsh den Atlantik, damit die Leichen, die ins Meer geworfen wurden, eine geweihte Ruhestätte hätten. Überall auf der Welt zerfielen Familien, kollabierten Gesundheitssysteme unter der Überlastung, versanken ganze Länder im Chaos, weil der Staatsapparat fast völlig zusammenbrach.*

Genaue Zahlen zu nennen ist unmöglich, aber selbst die vorsichtigsten offiziellen Schätzungen besagen, dass das Fast HPV[1] *zwischen 2018 und 2025 hundertfünfzig Millionen Menschen das Leben kostete. Und es wären noch weitere Millionen dazugekommen, hätte sich das Fast HPV*^{1}*, das binnen hundertzwanzig Tagen zum Tode führte, nicht um 2025 durch eine weitere Mutation in das Slow HPV*^{2} *oder kurz P*^{2} *verwandelt, das wesentlich länger brauchte, um seinen Wirt zu töten.*[1] *Natürlich war das nur im Interesse des Virus: Ein Virus kann sich nur erhalten, wenn es Proteine erzeugt, gewöhnlich, indem es die Prozesse der Wirtszelle unterwandert. Kann sich ein Virus ungehemmt vermehren, tötet es den Wirtsorganismus, und wenn das passiert, ehe das Virus einen neuen Wirt gefunden hat, geht es selbst ebenfalls zugrunde. Das P*^{2}*-Virus war eine Antwort auf dieses Problem, denn es ließ die Wirtszelle jahrelang am Leben (heute beträgt die Überlebensdauer von P*^{2}*-Infizierten zehn bis fünfzehn Jahre), indem es über weite Strecken in der Wirts-DNA latent blieb und sich nur dann reaktivierte, wenn die Abwehr besonders schwach war.*

Es ist kein Wunder, dass gesundes Blut heute die wichtigste und wertvollste Ware auf der Erde ist und dass mittlerweile alle Gesellschaften in zwei ungleiche Teile zerfallen: eine privilegierte Minderheit, die nicht P^2*-infiziert ist und an Eigenblutdepot-Programmen teilnimmt (faktisch sind diese beiden Gruppen identisch), und eine unglückliche Mehrheit, die durch ihre P*^{2}*-Infektion für immer von allen Blutvorratsprogrammen ausgeschlossen ist.*

---

1 Vielleicht mutierte auch jene besonders virulente Form der Syphilis, die Ende des fünfzehnten Jahrhunderts in Europa grassierte, in ganz ähnlicher Weise zu einer schleichenderen Form mit weniger entstellenden Pusteln und weniger Schmerzen. Dass jemand so viele Jahre mit der Syphilis leben würde wie der Dramatiker Oscar Wilde in der zweiten Hälfte des neunzehnten Jahrhunderts, hätte für völlig unmöglich gegolten, als der französische König Karl VIII. Ende des fünfzehnten Jahrhunderts Neapel annektierte und seine syphilisverseuchten Truppen eine neue venerische Epidemie auslösten.

Der Verfasser kennt sämtliche dystopischen und antiutopischen[1] *Romane des zwanzigsten und frühen einundzwanzigsten Jahrhunderts und muss feststellen, dass die Realität an Alptraumhaftigkeit keineswegs hinter den Visionen von Schriftstellern wie Wells, Huxley, Koestler, Zamjatin, Orwell, Rand, LeGuin, Atwood, Theroux, Spence oder Saratoga zurücksteht. So apokalyptisch diese Warnungen, die weitere Entwicklung der menschlichen Gesellschaft betreffend, auch sein mögen, ist nach Ansicht des Verfassers die Welt heute doch in einem unendlich viel schlimmeren Zustand, als es sich die Phantasie irgendeines dieser Autoren hätte ausmalen können. Wie Lord Byron richtig sagt: «Seltsam, doch wahr, da Wahrheit seltsam, mehr als Dichtung jemals.»*

Die größte Ironie aber ist, dass der Tag des Gerichts selbst verstrich, ohne dass sich die Menschen dessen bewusst waren. Die Atombombe explodierte 1945 und dann noch einmal 2017, und alles, was seither passiert ist, war nichts als Fallout. Für die meisten Menschen ist das alles kalter Kaffee, und niemand regt sich sonderlich darüber auf. Wie soll man sich über etwas aufregen, was längst geschehen ist, was fortexistiert und einen bestimmt, ohne dass man irgendeine Kontrolle darüber hätte? Zukunft – irgendeine Zukunft, selbst eine der Art, wie sie die Zukunftsromane schildern – gibt es nicht mehr. Es gibt den Status quo und

---

1 Das Wort «Utopia» wurde von Sir Thomas Moore in dessen gleichnamigem Buch geprägt (1516). Es leitet sich aus zwei griechischen Wörtern ab: *eutopia* («guter Ort») und *outopia* («kein Ort»). Darin spiegelt sich bereits der ironische Charakter dieses Werks: die Aussage, dass es eine ideale Gesellschaft nirgends geben kann und die Suche danach nur menschliche Torheit ist. Dennoch wird der Begriff «Utopie» meistens im Sinne einer idealen Gesellschaft gebraucht. Dystopische Literatur zeichnet Gesellschaften, die das absolute Gegenteil von ideal sind. Es sind Alptraumgesellschaften. Es gibt sehr viel mehr dystopische als utopische Werke in der Literatur, was vielleicht einfach daran liegt, dass der Entwurf einer Gesellschaft, die auf alle Menschen abstoßend wirkt, für den Autor eine weit größere Herausforderung bedeutet als die Darstellung eines allgemeinen Ideals.

nicht viel darüber hinaus. Was vielleicht erklärt, warum kein – sozialer oder wissenschaftlicher – Imperativ existiert, etwas zu tun, um die Dinge zu ändern. Armageddon, Apokalypse, Endzeit, Holocaust – wie immer man es nennen will, es ist längst passiert, und niemand stößt sich groß daran.

ERSTER TEIL

Der Mensch sitzt in der Falle ... und Tugend nützt ihm nichts in der neuen Ordnung. So oder so gibt niemand mehr etwas darauf. Gut und Böse, Pessimismus und Optimismus – sind eine Frage der Blutgruppe, nicht der Engelsgüte.

LAWRENCE DURRELL

1

Durch die Scheibe von Dallas' Gyrokopter betrachtet, wirkte das Terotech-Gebäude wie das Profil einer riesigen Eidechse, eines Chamäleons vielleicht, da alles daran – von den Klimaoberflächen der Außenwände bis zur Höhe der drei Etagen-Fensterfronten – in ständiger Veränderung begriffen war, um sich den jeweiligen äußeren Bedingungen anzupassen. Das fugenlos elegante Interieur, das praktisch ohne sichtbare Pfeiler, Balken oder Paneele auskam, interagierte nicht minder sensibel mit den Intel-Arbeitern[1], die hier tätig waren. Dank elektronischer und biotechnischer Autoprogrammierung in einem ständigen Selbstregulierungsprozess befindlich, war der dynamische Baukörper des Terotech-Gebäudes mehr als nur ein Unterbringungsort für diejenigen, die wie Dallas das Privileg hatten, dort zu arbeiten, mehr als nur ein gelungenes Beispiel ökologischer Symbiose. Terotech (abgeleitet von dem griechischen Wort *terein*, was so viel heißt wie «beobachten» oder «bewachen») war weltweit führend in der Planung und Konstruktion so genannter Rational Environments – modernster Hochsicherheitsanlagen für Digitalbanken, andere Finanzinstitute und Blutbanken. Und Dana Dallas war der brillanteste Konstrukteur des Unternehmens.

1 Für «Intelligenzarbeiter».

Es war ein guter Tag zum Fliegen, kalt, aber sonnig und klar bis auf eine Höhe von fünfundvierzigtausend Fuß, und es herrschte kaum Verkehr, sodass Dallas praktisch ungehindert mit vierhundert Stundenmeilen vorankam. Nicht dass er großes Vergnügen daraus gezogen hätte. Im Geist war er bereits bei seinem jüngsten Projekt und den diversen Berechnungen, die er seiner Assistentin über Nacht aufgetragen hatte. Noch fünfzig Fuß. Er setzte den Gyrokopter in drei Sekunden vollends hinunter, gurtete sich los und stellte den Zwillings-Turbokompressormotor ab. Ehe er unter den schwindenden Stahlkreis der Rotorblätter hinaussprang, blieb Dallas noch einen Moment in dem kugelsicheren Gehäuse sitzen und sah sich gründlich um. Es war immer gut, erst mal zu prüfen, wer auf dem Gyro-Parkplatz herumlungerte, ehe man ausstieg. Bei diesen ganzen Blutsaugern heutzutage konnte man nicht vorsichtig genug sein. Selbst innerhalb der vergleichsweise sicheren gesundheitskontrollierten Zone – kurz GKZ genannt. Als er befunden hatte, dass draußen so weit alles in Ordnung schien, öffnete er den Gyro und rannte zur Glastür des Terotech-Gebäudes, allerdings nicht schnell genug, um die Staubwolke, die seine Landung aufgewirbelt hatte, hinter sich zu lassen.

«Morgen, Jay.»

«Morgen, Mister Dallas, Sir», sagte der Parkassistent, der schon angelaufen kam, um Dallas' Gyro auf den reservierten Parkplatz des Chefdesigners zu fahren. «Wie geht's?»

Dallas gab ein vieldeutiges Grunzen von sich. Er nahm die Sonnenbrille ab, blieb kurz vor dem Sicherheitsscreen stehen und atmete sorgsam auf den exhalosensitiven Film. Ein simples, aber effektives Gerät, von Dallas selbst entwickelt.[1] Er witzelte

---

1 Der Marcus DNA-Comparator, benannt nach dem römischen Kaiser Mark Aurel (121 – 180 n. Chr.), der einmal sagte: «Was ich auch sein mag, dies Gebilde hier: es ist ein wenig Fleisch, ein wenig Atem und die herrschende Vernunft.»

immer gern, dass man in eins der sichersten Gebäude Amerikas gelangen konnte, indem man einfach nur leicht gegen die Tür pustete.

Nachdem ihm der Zutritt zum nichtöffentlichen Bereich des Terotech-Gebäudes gewährt worden war, nahm Dallas den Fahrstuhl zur sechsten Ebene, die die strengstgesicherte war. Der größte Teil des Terotech-Betriebs fand unterirdisch statt, in Dutzenden fensterlosen Büros, die dadurch freundlicher gestaltet waren, dass sie jeweils einen *Faux-Fenêtre*-Screen besaßen, der dem Inhaber jede gewünschte Aussicht bot. Dallas blickte gern aus seinem Büro in die Tiefen eines computergenerierten Ozeans, in dem immer neue Schwärme leuchtend bunter Fische eine Vielzahl lebensechter Verhaltensweisen entfalteten. Das war für ihn die inspirierendste Aussicht. Aber es gab auch Zeiten, da seine Stimmung den Blick auf rot glühende Lavaströme, schneebedeckte Gebirgsketten oder auch einfach nur einen englischen Landhausgarten forderte.

Das Unterwasserpanorama verlieh dem mit Lackstahl, Edelholz und weichem Leder ausgestatteten Büro etwas von dem Ambiente eines Privat-U-Boots. Doch trotz dieser luxuriösen Umgebung – und Dallas wusste, wie glücklich er sich schätzen durfte – überkam ihn nicht selten der Wunsch, er könnte seinen Arbeitsplatz einfach dort hinausdriften lassen, in das unendliche Blau des *Faux Fenêtre*, weit weg von Terotech und dem Mann nebenan – seinem Boss Simon King. Dallas' Assistentin Dixy – die ein unerschöpfliches Gedächtnis für solche Spruchweisheiten besaß – erklärte ihm mit Vorliebe, es könne eben selbst der

---

(*Selbstbetrachtungen* II, 2) Zur Funktionsweise: Die Abgabe des Kohlendioxids durch das Blut erfolgt in der Lunge. Dabei verbinden sich winzige Hämoglobinmengen mit dem CO_2; das ausgeatmete CO_2 weist daher geringfügige Spuren des Hämoglobinproteins auf, und die darin enthaltene DNA, die bei jedem Individuum einzigartig ist, kann per Computer in Sekundenbruchteilen mit einem gespeicherten Muster verglichen werden.

Frömmste nicht in Frieden leben, wenn es dem bösen Nachbarn nicht gefalle.

Dallas liebte seine Arbeit, aber er hasste den Mann, für den er arbeitete. Das ist kein seltenes Dilemma, und Dallas kannte sich selbst gut genug, um zu wissen, dass es ebenso an seiner Person lag wie an der von King. Der Terotech-Direktor war arrogant, launisch und grausam, aber nicht arroganter, launischer und grausamer als Dallas oder irgendein anderes Vorstandsmitglied. Dallas hasste den Direktor hauptsächlich deshalb, weil er in dem Älteren sein eigenes Spiegelbild sah und weil ihm klar war, dass Kings Position eines Tages ihm zufallen würde, was genau das war, was er auf der Welt am meisten fürchtete. Konstrukteur zu sein war etwas völlig anderes, als ein Unternehmen von der Größe von Terotechnology zu leiten. Konstruktion war eine Sache kleiner Teams oder, wie Dallas es lieber sah, einzelner Personen. Im Management ging es um Effizienz, was Peitschen, Treten und Schubsen beinhaltete. Kein Wunder, dass King auf Rimmer, seinen Sicherheitschef, angewiesen war. Aber die Konstruktionsabteilung konnte man unmöglich auf diese Art auf Trab bringen. Je mehr man auf Effizienz drängte, desto ineffizienter wurde sie. Dallas war stolz darauf, dass er keine Managementaufgaben hatte. Sein Hirn funktionierte nur dann auf Hochtouren, wenn es nicht durch banalen, täglichen Verwaltungskram gebremst wurde. Er fand es verrückt, jemanden wie ihn, einen Vollblutkonstrukteur, an die Spitze eines Unternehmens wie Terotechnology zu stellen, aber zugleich war ihm klar, dass King, selbst Exkonstrukteur, genau das mit ihm vorhatte, und dafür hasste er ihn. Alles, was Dallas wollte, war, in Ruhe seine ausgeklügelten Hochsicherheitsanlagen zu entwickeln.

Dallas huschte rasch in sein Büro, ehe King ihn entdecken konnte, zog die Tür hinter sich zu und verriegelte sie.

«Das hält ihn auch nicht draußen», sagte Dixy.

«Ich weiß», sagte er dumpf. «Ich bin offen für jeden Vorschlag, wie ich ihn dauerhafter aus meinem Leben aussperren kann.»

«Klingt, als hätte da jemand einen miesen Abend gehabt.»

Dallas schlüpfte schweigend aus seinem Jackett und goss sich ein Glas Wasser ein. Als Dixy keine Antwort zuteil wurde, wartete sie geduldig und respektvoll auf die Anweisungen ihres Herrn und Meisters.

«Zurzeit sind meine Abende alle mies», sagte er schließlich.

«Tut mir Leid, das hören zu müssen.»

«Wegen meiner Tochter. Sie ist krank.»

«Caro? Was hat sie denn?»

«Das ist ja Teil des Problems», sagte er. «Die Ärzte – die kriegen es einfach nicht raus.» Er seufzte und schüttelte den Kopf.

«Klingt, als sei sie schon länger krank.»

«Seit ihrer Geburt.»

«Warum haben Sie mir das nie gesagt?» Es klang ein bisschen gekränkt. Sie hatte Recht. Das war das erste Mal, dass er Caros Krankheit seiner Assistentin gegenüber erwähnte. Es war nicht Dallas' Art, Privat- und Berufsleben zu vermengen. Doch jetzt verspürte er das Bedürfnis, mit jemandem darüber zu reden. Auch wenn dieser Jemand nur Dixy war.

«Sie können mir doch alles erzählen. Dafür bin ich doch da.»

Dallas nickte. Er wusste Dixys teilnahmsvolle Reaktion zu schätzen.

«Sie will einfach nicht richtig gedeihen», sagte er. «Erstens mal ist sie anämisch. Und dann ist da noch diese Gesichtsform.» Dallas zuckte die Achseln. «Ihre Kiefer stehen so komisch vor. Wenn sie nicht so schwächlich wäre, sähe sie aus wie Neandertalerbaby. Ich meine, wenn man sie so sehen würde, hätte man den spontanen Impuls, sie auf irgendeinem Hügel auszusetzen. Nein, ich mein's nicht so. Ich liebe sie ja, wirklich, aber es gibt Situationen – na ja, ich will nur sagen, es ist nicht leicht, zu so einem Kind eine Bindung aufzubauen, verstehst du, Dixy?»

«Das kann ich nicht beurteilen», sagte sie steif.

Der Unterton in ihrer Stimme überraschte ihn, und einen Moment lang fragte er sich, ob sie sich womöglich selbst ein Kind wünschte. Vielleicht konnte er das arrangieren.

«Lass dir's gesagt sein», sagte er bitter.

«Was meinen denn die Ärzte?»

«Die Ärzte», schnaubte Dallas verächtlich. «Die machen Tests. Und immer noch mehr Tests. Aber bisher konnten sie nicht feststellen, was ihr fehlt. Ich habe, ehrlich gesagt, nicht viel Hoffnung, dass sie je was finden.»

«Du liebe Güte», seufzte Dixy. «Kann ich irgendwas tun?»

Dallas starrte auf den *Faux-Fenêtre*-Screen, wo ein Schwarm Schmetterlingsfische synchron auf den Betrachter zuschwenkte. Die breite schwarze Bindenzeichnung im Gesicht gab ihnen etwas Schurkisches, sodass sie am ehesten einer Horde marodierender Banditen glichen. Es verblüffte Dallas immer wieder, wie die Fische es schafften, alle gleichzeitig in dieselbe Richtung zu schwenken – sie mochten ja computergeneriert sein, aber sie waren so lebensecht, als stammten sie aus der Zoohandlung. Er vermutete, dass dieses Verhalten durch Fortpflanzungs- und Ernährungszwänge geprägt war. Aber wie sehr sie darin der Masse der Menschen ähnelten, dachte er. Den unzähligen Leuten, die dort draußen leben mussten, außerhalb der Zone und ihres Systems medizinischer Privilegien, das Dallas und seine Klasse wie ein schützender Kokon umgab. Gefährliche, nichtsnutzige Leute. Unerziehbare, infizierte Kreaturen, die nur aus Habgier und Begierde bestanden. Ein Meer sterbender Generationen, gegen dessen Ansteckungspotential sich eine kleinere, gesündere, moralisch hochwertigere Population gezwungenermaßen mit Hilfe von Panzerglas, Überwachungskameras und hohen Elektrozäunen in den hermetisch abgeriegelten Wohngebieten der RES-1-Bürger verschanzte.

Dixy hüstelte höflich, und als Dallas begriff, dass sie ihn etwas gefragt hatte, wandte er sich mit einem Seufzer von dem *Faux Fenêtre* ab und schloss ein «Was?» an.

«Ich habe gefragt, ob ich irgendetwas tun kann», sagte sie geduldig. Eine überflüssige Geste, denn sie wussten beide, dass sie ihm sowieso nichts verweigern konnte. Deshalb fungierte sie ja als Dallas' Assistentin, statt irgendeinen niedereren Job zu verrichten.

«Sie wissen doch, dass ich Ihnen gern gefällig sein möchte», setzte sie mit der verführerischsten Stimme, die ihr zu Gebote stand, hinzu und fuhr sich mit der perfekt manikürten Hand durch das üppige, lange Haar, so wie sie es in alten Filmen gesehen hatte, wenn Frauen sexuell aufreizend wirken wollten.

Dallas lächelte, dankbar für ihr Mitgefühl. Schon die kleinste Kleinigkeit tat gut. Auch die Anteilnahme einer Assistentin war etwas wert. Und Dixy war in der Tat eine Perle unter den Assistentinnen. Ende zwanzig, groß, tadellos proportioniert und mit langem blondem Haar, war sie die Sorte weibliches Wesen, deren Schönheit noch von dem Wissen profitierte, dass sie seine Idealfrau war und dass er sie nie würde berühren können. Denn Dixy war ein Motion-Parallax, ein dreidimensionales Bild mit praktisch unendlicher Auflösung, erzeugt durch die Computerumsetzung von Dallas' Gehirnströmen mittels eines digitalen Thought-Recordings[1]. Sie war die interaktive Echtzeit-Bildwiedergabe seines Elektronischer-Assistent-Programmbündels, ein optischer Trick, der Dallas half, aus dem massiv parallelen Computer, der sein geistiger Gehilfe war, das Beste herauszuholen. Dixy konnte so ziemlich alles, was keinen körperlichen

1 Die Technik des digitalen Thought-Recordings basiert auf dem Prinzip der Magnetenzephalographie (MEG), die bereits 1968 von David Cohen am Massachusetts Institute of Technology entwickelt wurde. Es dauerte jedoch noch siebzig Jahre, bis Yosuke Konoye und die großjapanische Sony Corporation das erste brauchbare Thought-Recording-Gerät vorstellten.

Kontakt mit Dallas beinhaltete. Sie war Sekretärin, Grafikerin, Beraterin, Rechengenie, Spaßmacherin, Gesprächspartnerin, Übersetzerin und manchmal sogar autoerotisches Stimulans in Personalunion. Kurz, Dixy war für Dallas eine unschätzbare Hilfe und in der Lage, die komplexesten Polynomgleichungen zu lösen und gleichzeitig ihrem menschlichen Herrn und Meister intimste und erotischste Einblicke in ihre realistische, beinahe opake (aus welcher Perspektive man dieses Zwei-Gigabyte-Basis-Fringe[1]-Trioskopbild auch betrachtete, Dixy war eine exakte Kreation aus reflektiertem Licht) und lebensechte Anatomie zu gewähren.

«Du könntest mir diese Zahlen geben», schlug er vor. «Für das neue Mehrpfadesystem.»

«Ich meinte …»

«Ich weiß, was du gemeint hast, Dixy», sagte Dallas sanft.

Es war seine eigene Schuld. Nie erlahmendes sexuelles Interesse gehörte nun mal zu seiner Vorstellung von der idealen Frau. Dass Dixy seiner Frau nicht ähnlicher sah, hatte ebenso viel mit Aria zu tun wie mit ihm. Im Wissen um die missbräuchliche Benutzung von Motion-Parallax-Programmen – Dallas war in dieser Hinsicht kein Ausnahmefall – hatte Aria darauf bestanden, dass ihr Mann sich für das Ausgangs-Thought-Recording eine Frau vorstellen sollte, die ganz anders war als sie. Sie war nicht scharf darauf, dass der Direktor oder irgendwelche Kollegen von Dallas ihr Ebenbild in einer so servilen und manchmal sogar pornographischen Funktion erlebten. Er hatte also mit Arias Einverständnis, ja sogar auf ihr Betreiben, dafür gesorgt, dass Dixy am ehesten einer Schauspielerin aus einem jener zwei-

1 Basis-Fringe: ein elementares Fringe-Pattern, das daraufhin berechnet ist, Licht in einer ganz bestimmten Weise zu brechen. Der Terminus «Basis-Fringe» ist dem der mathematischen Basisgleichung analog. Lineare Aneinanderfügungen von Basis-Fringes ergeben Hologramme oder Motion-Parallaxe.

dimensionalen CD-ROM-Filme der Jahrhundertwende glich, die er hobbymäßig sammelte.

Mit Rücksicht auf ihre Gefühlsfunktion setzte er hinzu: «Vielleicht kannst du mir ja später diesen neuen Trick zeigen. Den mit der Zigarre. Aber jetzt brauche ich wirklich erst mal die Berechnungen für das MS[1] – die auf Basis der fresnelschen Integrale. Und natürlich die Spezifikationen für die einzelnen Komponenten.»

«Gern», sagte Dixy lächelnd, denn trotz der Fähigkeit ihrer Gefühlsfunktion, ein gewisses Maß an Sensibilität zu imitieren, war es unmöglich, sie dauerhaft zu kränken. «Soll ich die Differentialgleichungen auf Papier darstellen oder auf dem *Faux Fenêtre?*»

«*Sur la fenêtre*», sagte Dallas.

Sein unterseeisches Panorama wich jetzt Zahlenreihen. Über Nacht hatte Dixy eine Menge von Gleichungen aufgestellt, die manuell zu Papier zu bringen ein ganzes Team von Ingenieuren monatelang beschäftigt hätte. Unter den finanziellen und zeitlichen Beschränkungen, die die Terotech-Kunden vorgaben, Rational Environments zu entwerfen, wäre ohne eine Assistentin wie Dixy völlig unmöglich gewesen. Das hier war die neunzehnte Blutbank, die er in ebenso vielen Monaten entworfen hatte. Doch für einen großen Kunden wie diesen – die Deutsche Siedlungs-Blutbank, eine rein terrestrische Institution – zu arbeiten und ein großzügiges Budget zur Verfügung zu haben bedeutete für Dallas, dass er sich eine kleine Extraspielerei gönnen und all den anderen Sicherheitssystemen, die er zum Schutz der

1 Mehrpfadsystem: so viel wie Labyrinth, obwohl es streng genommen Mehrpfad- und Einzelpfadlabyrinthe gibt. Ein Mehrpfadlabyrinth beinhaltet eine Reihe von Wahlmöglichkeiten zwischen verschiedenen Wegen. Das Einzelpfadlabyrinth besteht nur aus einem verschlungenen und gewundenen Weg und enthält weder Sackgassen noch Wahlmöglichkeiten zwischen verschiedenen Pfaden.

tiefgefrorenen Eigenblut-Depositen der Deutschen Siedlung entworfen hatte, noch ein Mehrpfadesystem hinzufügen konnte. Das bot ihm Gelegenheit, kreativ zu sein, etwas Künstlerisches und Phantasievolles zu tun und sich selbst zu übertreffen, denn jedes neue Mehrpfadesystem, das er schuf, enthielt eine noch verwirrendere Vielzahl von Wahlmöglichkeiten als das letzte. Das war eins der Dinge, für die Dallas berühmt war und derentwegen sich viele Kunden – in dem Drang, ihre Konkurrenten sicherheitstechnisch zu übertrumpfen – überhaupt an Terotechnology wandten.

Das MS, an dem Dallas im Moment tantologisch arbeitete, beinhaltete unter anderem einen gekrümmten Gang, dessen Boden graduell und kaum merklich zur Wand wurde, was die Desorientierung möglicher Eindringlinge noch verstärken sollte. Trotz raffiniertester Sicherheitsvorkehrungen versuchten immer noch Kriminelle, solche Anlagen – selbst im Weltraum – auszurauben, obwohl das bisher noch nie gelungen war.

«Um einen optimalen Übergang zu erhalten», erklärte Dixy gerade, «brauchen wir eine Kurve, deren Krümmung mit der Bogenlänge linear zunimmt. Die Differentialgeometrie liefert uns folgende Gleichungen, die wir unmittelbar algebraisch lösen können.»

Dallas nickte nachdenklich. «Kannst du mir diese Kurve als parametrisch gesteuerten Plot zeigen?»

«Natürlich.» Dixys symbolische Lösungen machten jetzt einer bildlichen Darstellung Platz, die mehr Spirale als Kurve war. Dallas erkannte, dass sich diese Spirale leicht in den Gesamtentwurf des MS einbauen ließ. Und welch besserer Ort ließe sich denken, um die Lebensbedingungen und die essentielle Nahrungsversorgung für einen Transgenen[1] bereitzustellen –

1 Im ausgehenden zwanzigsten und frühen einundzwanzigsten Jahrhundert bemühten sich Gentechniker, knappe Medikamente mittels transgener tierischer

jene hochaggressive Lebensform, die Terotech in allen terrestrischen Rational Environments einsetzte.

«Das ist gut, Dixy», sagte Dallas. «Das ist sogar sehr gut. Fein gemacht. Jetzt kannst du darangehen, diese Spirale in den Gesamtentwurf zu integrieren.»

Hocherfreut, dass sie ihren Herrn und Meister so weit zufrieden gestellt hatte, zeigte Dixy ein makelloses Lächeln. Die Arme vor der Brust verschränkt, ging sie vor seinem Schreibtisch auf und ab und warf ihre blonde Mähne hin und her wie ein erregtes Pferd. Dallas bemerkte den Parfümduft, den der Motion-Parallax-Reality-Support-Sensor über die Klimaanlage seines Büros verwirbelte.

Dallas atmete tief durch die Nase ein, weil er wusste, dass Dixys Duft kein gewöhnliches Parfüm war, sondern eins, das winzige Mengen des Wirkstoffs enthielt, den er brauchte, um seiner genetischen Prostatakrebs-Prädisposition entgegenzuwirken. Sein Großvater war an dieser Krankheit gestorben. Deshalb diese Medikation, basierend auf der modernen medizinischen Ansicht, dass Prophylaxe die einzig sichere Form der Krebstherapie war. Die Prädisposition seiner Frau für Arthritis

---

Bioreaktoren (TABs) herzustellen. Dafür injizierte man menschliche DNA in Embryonen von Nutztieren wie Schafen, Ziegen und Kühen. Zellen im Milchdrüsengewebe dieser gentechnisch erzeugten Tiere produzierten ein therapeutisch wirksames Humanprotein, das durch die Sekretionskanäle zusammen mit anderen Komponenten in die Milch einging. Allerdings wusste man damals nicht, dass menschliche Gene im Kontext bestimmter Genmanipulationen auch Fremdeiweiße erzeugen und so das umliegende Gewebe verändern können. So gelangten mutierende menschlich-tierische Gene in die Nahrungskette. Ungeklärt war auch, wie sich gentechnisch erzeugte Proteine beim Menschen faktisch auswirkten. Erst eine Generation nach der Erzeugung der ersten TABs stellte sich heraus, dass diese beiden fundamentalen Erkenntnislücken Hunderte menschlich-tierischer Missgeburten produziert hatten: transgene Kreaturen, halb Mensch, halb Tier, auch bekannt als «Genetors».

und Osteoporose wurde mit anderen vomeronasalen[1] Prophylaktika auf ähnliche Weise behandelt. Ein Jammer, dass Caros Krankheit nicht so leicht zu bekämpfen war.

Es gab Momente im Leben seiner kleinen Tochter, in denen Dallas jede Hoffnung auf eine korrekte Diagnose, geschweige denn eine erfolgreiche Behandlung, verlor. Das war das Problem, wenn man RES-Klasse 1 und Autologspender innerhalb des Freigabe-Gesundheitssystems war: Man verfiel leicht dem Glauben an eine allmächtige Medizin. Doch nur weil man nicht wie die übrigen 80 Prozent der Bevölkerung P^2-infiziert war, hatte man noch lange nicht das ewige Leben gepachtet. Es gab immer noch eine Menge anderer Krankheiten, denen man auch als RES-1-Individuum zum Opfer fallen konnte. Ganz zu schweigen von der enormen Gewaltkriminalität. Bei der es meistens um Blut ging. In den Nachrichtenmedien gab es sogar schon einen Namen dafür: Vamping. Kaum ein Tag, an dem *New York Today* nicht über irgendein armes, glückloses Opfer berichtete, das ermordet und ausgeblutet aufgefunden worden war. Geschlachtet und geschächtet – «gevampt» nannten es die Zeitungen – von einer der bestialischen, blutdürstigen Kreaturen, die jenen elenden Teil der Gesellschaft bildeten, der auch als «die Verdammten» oder die «lebenden Toten» bezeichnet wurde. Dieses spektakuläre moderne Phänomen hatte nichts mit altem Aberglauben zu tun und stand eher in der Tradition der Elisabeth Bathory, auch Gräfin Dracula genannt, als in der des transsilvanischen Grafen selbst. Bathory war eine ungarische Aristokratin des siebzehnten Jahrhunderts, die über dreihundert junge Mädchen ermordete, um ihren alternden Leib in deren vermeintlich verjüngen-

1 Das Vomeronasalorgan oder VNO besteht aus einem Paar winziger Einkerbungen beidseits der Nasenscheidewand. Jahrhundertelang glaubte man, dass dieses Organ keine wichtige Funktion habe. Heute werden 90 Prozent aller Medikamente auf diesem Wege verabreicht.

dem Blut zu baden. Hieß es nicht schon in der Bibel: Denn des Leibes Leben ist im Blut?[1]

Nach den Maßstäben des einundzwanzigsten Jahrhunderts waren dreihundert Morde kaum der Rede wert. Inzwischen gab es Bluträuber ganz anderen Kalibers, deren Opfer in die Tausende gingen. Erst in der letzten Ausgabe von *New York Today* war es um einen solchen Massenmord gegangen.

Carl Dreyer wurde gestern wegen «besonders verwerflichen» Mordes an über zweitausend Männern und Frauen zum Tode verurteilt. Das Urteil nahm er mit demselben blassen, unbewegten Gesicht entgegen, das er schon während des dreiwöchigen Prozesses dargeboten hatte. In dem dezenten schwarzen Anzug, den er fast die ganze Verhandlung hindurch trug, hätte er eher ein Anwalt oder Beamter sein können als der erbarmungslose Killer, der er laut Prozessergebnis ist. Während Dreyer sich jetzt auf seine Hinrichtung vorbereitet, bittet die Polizei um Hinweise auf weitere Personen, die ihm und seinem Mordkomplizen Tony Johannot zum Opfer gefallen sein könnten. Johannot erhängte sich letzte Woche im Gefängnis.

Im Lauf des Prozesses vor dem Obersten Gerichtshof erschienen die beiden Männer zunehmend als eine moderne Version des Mörder- und Leichenhändlerduos Burke und Hare. Zwischen 2064 und 2066 fuhren sie kreuz und quer durch Nordamerika und kidnappten ihre RES-1-Opfer, um ihnen dann die Kehle durchzuschneiden und ihre Leichen kopfunter in dem umgebauten Möbelwagen aufzuhängen und ausbluten zu lassen. Zeitweise dürften sie acht Menschen pro Woche auf diese Art umgebracht haben.

Die Polizei ist sich noch nicht sicher, welche Absatzwege diese Mengen qualitätsgesicherten Vollbluts letztlich gingen, aber es wird allgemein angenommen, dass die Endabnehmer illegale P²-Kliniken in Fernost waren. Bei ihrer Ergreifung verfügten Dreyer und Johannot über Bankkonten in einer Gesamthöhe von über 1,5 Milliarden Dollar. Die Computerunterlagen wiesen beide Männer als offiziell

---

1 3. Mose 17; 11.

P^2-positiv aus, doch nach ihrer Festnahme wurden bei ihnen keinerlei Spuren des Virus festgestellt. Ein vollständiger Blutaustausch in Verbindung mit dem Medikament ProTryptol 14 ist bis heute die einzige Möglichkeit, eine P^2-Infektion zu kurieren.
Chefinspektor Paul Arthuis erklärt: «In fast allen Fällen von Vamping geht es den Tätern zunächst um ihre eigene Heilung. Doch wenn sie dann merken, wie viel Geld sich mit dem illegalen Bluthandel machen lässt, fällt es ihnen schwer aufzuhören. Sechzig Prozent aller Mordfälle haben heutzutage mit Blutraub zu tun.»
Dieses selbst nach heutigen Maßstäben schockierende Verbrechen hat in ganz Amerika Entsetzen hervorgerufen, und von mehreren Kongressabgeordneten wurde bereits gefordert, mehr für die P^2-Infizierten zu tun. Der Abgeordnete Peter Piers sagte: «Solche Dinge werden immer wieder geschehen, solange P^2-Infizierte zu einer Existenz als lebende Tote, ohne jede Hoffnung auf Heilung, verdammt sind. Das ist letztlich das Allerschockierendste, was dieser Prozess zutage gebracht hat.»
Der grauenhafteste Aspekt dessen, was dem Gericht an Fakten unterbreitet wurde, ist wohl die Methode, deren sich Dreyer und Johannot bedienten, um die ausgebluteten Leichen zu beseitigen. Die fünf Richter mussten sich schildern lassen, wie die beiden den Möbelwagen mit einem vollautomatischen Abfallbeseitigungssystem ausrüsteten, das es ihnen ermöglichte, die Leichen, ganz ohne verräterische Gerüche, Emissionen oder Abwässer, in ein feines Pulver zu verwandeln. Mikrocomputer steuerten die Anlage, die einen Shredder sowie ein Mahlwerk umfasste. Nach einer gewissen Lagerzeit in einem Tank mit einem chemischen Kondensat wurde das Endprodukt durch ein Dampfstrahlansaugsystem mit den Abgasen des Möbelwagens verwirbelt. Die beiden Männer wären vielleicht nie gefasst worden, wären sie nicht in eine Abgaskontrolle an Gaskompressionsfahrzeugen geraten. Die beiden Polizeibeamten schöpften Verdacht, als sie auf dem Beifahrersitz eine Betäubungsgaspistole entdeckten, wie sie vom Militär verwandt wird. Bei der Durchsuchung des Fahrzeugs fanden die Beamten vier ausgeblutete Leichen, die ihrer Entsorgung harrten.
Chefinspektor Paul Arthuis erklärte: «Offenbar hätte die SS von den beiden noch das eine oder andere lernen können.»

Dreyer sagte während des gesamtes Prozesses gar nichts. Es bleibt abzuwarten, ob der Anblick des Rads[1] und der Brechstange des Scharfrichters den Verurteilten zu einer Äußerung bewegen wird.

Dixy setzte sich auf ihren nichtexistenten Stuhl und schlug lässig die Beine übereinander. Sie schien etwas sagen zu wollen, horchte dann aber kurz in sich hinein und meldete anschließend: «Da ist Ogilvy. Er möchte Sie sprechen.»

«Leg ihn aufs Fenster», sagte Dallas.

Ogilvy war Warenbörsenanalyst bei Merryl Lynch. Während der letzten zwei, drei Jahre hatte er Dallas geholfen, mit Blut-Futures-Spekulationen ein beträchtliches Vermögen zu machen. Egal, womit Dallas gerade beschäftigt war, Ogilvys Anrufe nahm er immer entgegen.

Ein adretter Mann mit Fliege und Brille erschien auf dem *Faux Fenêtre*, und da er in seinem Büro Dallas jetzt ebenfalls onscreen sah, beugte er sich vor, um das Gesicht seines Klienten genauer zu mustern.

«Meine Güte, Dallas», sagte Ogilvy stirnrunzelnd, «Sie sehen beschissen aus.»

«Vielen Dank.»

«Was ist los? Hält Sie das Baby nachts wach?»

«Sie sagen es», sagte Dallas. Wenn es nur das wäre, dachte er. Ein bisschen hungriges Geschrei aus dem Babybettchen wäre ein

1 Laut Weisung des Obersten Gerichtshofs (Anordnung 35/56a; Angemessene Hinrichtungsmethoden) sind zur Ahndung schwerer Blutverbrechen grundsätzlich blutige und mit sichtbarer Gewalteinwirkung verbundene Hinrichtungsmethoden anzuwenden, nicht zuletzt als Demonstration der Macht des Staates über das verbrecherische Individuum. Je gewaltsamer und blutiger die Methode, desto eindrucksvoller die Demonstration der Staatsmacht. Verurteilte aufs Rad zu flechten war in Frankreich eine wichtige öffentliche Hinrichtungsmethode, bis gegen Ende des achtzehnten Jahrhunderts die Guillotine erfunden wurde. In den letzten Jahren ist das Rad im gesamten Commonwealth wieder zur Anwendung gelangt.

erfreuliches Geräusch, jedenfalls im Vergleich zu der unnatürlichen, ungesunden Stille, die von dort kam.

«Haben Sie kein Kindermädchen oder so? Ich meine, ein so wichtiger Mann wie Sie, Dallas. Sie brauchen doch Ihren Schlaf.»

Dallas hatte nicht die Absicht, ihm zu erklären, dass es die Angst um seine Tochter war, die ihn nachts wach hielt. Er hatte mit Dixy darüber geredet. Das reichte. Wie die meisten Menschen seiner Gesellschaftsschicht hielt Dallas Krankheit für etwas irgendwie Anrüchiges. Deshalb zuckte er nur die Achseln und murmelte etwas in der Richtung, dass Aria das Baby niemand anderem überlassen wolle – zumindest nicht, solange es noch so klein war.

«Frauen», bemerkte Ogilvy.

«Also, was ist?», fragte Dallas. «Wie sieht Ihre Analyse aus?» Tatsächlich hatte er schon auf einen Anruf von Ogilvy gewartet. Spekulieren, Geld machen, das war eine willkommene Ablenkung von seinen häuslichen Problemen. Was immer Caro gesundheitlich fehlte, konnte er doch wenigstens dafür sorgen, dass sie finanziell gut gesichert sein würde.

«Die Blutpreise sind jetzt drei Tage hintereinander gestiegen», sagte Ogilvy fröhlich. «Sie sind diese Woche fast zwanzig Prozent raufgegangen. Unglaublich, was? Die First-National-Blutbank hat wegen der boomenden Futures und der Stärke des Yen gegenüber dem Dollar den Halbliterpreis um siebzig Dollar angehoben. Außerdem gibt es hierzulande einen Streik im Transfusionssektor, wodurch rund siebenhunderttausend Einheiten vom Markt fern gehalten wurden. Wie ich gehört habe, sind die Einigungsgespräche soeben geplatzt.»

«Klingt nach einer explosionsartigen Hausse», sagte Dallas.

«Würde ich sagen, ja. Sie wollen natürlich weiter Futures kaufen?»

«Bitte.»

«Betrachten Sie's als erledigt. Aber was halten Sie davon, etwas von Ihren Blutdepositen zu verkaufen? Ein bisschen schnellen Profit mitzunehmen?»

Dallas schüttelte den Kopf. «Ich glaube, ich werde sie noch ein Weilchen behalten», sagte er.

«Sie wissen was, was ich nicht weiß, richtig? Jedes Mal, wenn eine neue Blutbank gebaut wird, schießt der Halbliterpreis in die Höhe. Planen Sie gerade eine neue Blutbank?»

Dallas sagte nichts. Es machte ihm Spaß, Ogilvy über seine Gründe spekulieren zu hören. Tatsächlich hätte er gern einen Teil seiner Blutdepositen verkauft und einen gewissen Profit gemacht. Das Problem war nur, dass er das meiste bereits als Sicherheit für den Kredit gebraucht hatte, den er letzten Sommer für den Kauf eines enorm teuren Hauses auf dem Land hatte aufnehmen müssen.

«Ein simples Ja oder Nein wäre doch wohl das Mindeste, was man unter alten Freunden erwarten könnte», brummelte Ogilvy.

«Wiederhören, Jim», sagte Dallas und bedeutete Dixy mit einem Nicken, die Verbindung zu beenden.

Ogilvy verschwand, und Dallas starrte wieder in die Meerestiefen und auf einen wunderschönen Manta, der elegant durchs Wasser schwebte. Dixy seufzte laut, setzte die Beine parallel und schlug sie dann wieder übereinander. Dallas sah sie an und lächelte. Sie war vielleicht nur ein Computer-Interface, aber er spürte es doch immer, wenn sie eine Meinung kundzutun hatte. Das gehörte zu ihren Ratgeberfunktionen. Doch gewöhnlich bedurfte es zuerst einer Ermunterung. Dixy war höchst diplomatisch.

«Beschäftigt dich irgendwas?», fragte er sie.

«Ich habe nur nachgedacht», sagte sie. «Diese Blutfutures-Spekulationen. Ich frage mich, ob das so gut ist.»

Dallas war überrascht. Das war das Kritikähnlichste, was Dixy ihm gegenüber je geäußert hatte. Und zu Blutgeschäften hatte sie überhaupt noch nie etwas zu sagen gehabt.

«Wie meinst du das?», fragte er irritiert.

«Das erinnert mich an die holländische *Tulpenwoede*», sagte sie. «Diese wilde Spekulationswelle im Holland des siebzehnten Jahrhunderts, die sich auf seltene Tulpenzwiebeln bezog. Die Preise stiegen so gewaltig, dass 1610 eine einzige Zwiebel als ausreichende Brautmitgift galt. Und als die Preise immer weiter stiegen, lockte das Geschäft natürlich auch ganz gewöhnliche Leute, und viele verpfändeten ihren Grund und Boden, um Zwiebeln zu kaufen und dann mit Gewinn wieder zu verkaufen. Als 1637 der große Crash kam, waren viele ganz normale Familien ruiniert.»

«Das ist sehr interessant, Dixy. Aber ich glaube doch, dass da ein wichtiger Unterschied zwischen einer Tulpenzwiebel und einem halben Liter qualitätsgeprüftem Blut besteht. Und zwar folgender: Eine Tulpenzwiebel hat keinen eigentlichen Wert. Es kann nie mehr daraus werden als eine Tulpe. Aber Blut, das ist was ganz anderes. Blut erfüllt eine Menge lebenswichtiger physiologischer Funktionen und ist darum weitaus kostbarer als jede Blumenzwiebel. Es ist das Leben selbst. Und außerdem werden Märkte durch die Gesetze von Angebot und Nachfrage bestimmt. Da achtzig Prozent der Weltbevölkerung P^2-infiziert sind, übersteigt die Nachfrage nach qualitätsgarantiertem Blut das Angebot bei weitem. Deshalb steigt der Preis immer weiter. Das ist einfach ein Knappheitsphänomen.»

«Aber ist es nicht so, dass auf den Blutbanken genug Blut lagert, um die Zahl der P^2-Infizierten auf die Hälfte zu reduzieren? Und dass nur der künstlich hoch getriebene Preis die Benutzung dieses Bluts zu Heilzwecken verhindert?»

«Na ja, das kann schon sein», gab Dallas zu. «Aber das wird niemand ändern. Niemand wird diesem Pöbelhaufen da draußen helfen. Schweine, die allermeisten. Weißt du, manchmal denke ich, es wäre nett, wenn Gott noch eine Sintflut schicken und die Welt ersäufen würde. Jedenfalls den Teil, in dem die pestinfizierten Horden leben.»

«Aber wenn sie nicht mehr da wären», sagte Dixy. «Die ‹pest-infizierten Horden›, wie Sie sie nennen. Dann würde doch der Blutpreis mit Sicherheit schlagartig fallen. Wenn alle kranken Menschen beseitigt würden, dann wäre Qualitätsblut doch nicht mehr knapp, oder? Und Sie hätten keinen Job mehr.»

Dallas runzelte die Stirn. «Was ist denn in dich gefahren, Dixy?», fragte er. «Was geht es dich an, was aus der gemeinen Masse da draußen wird?»

Sie zuckte die Achseln. «Nichts natürlich. Mir geht es um Sie, Dallas. Ich möchte einfach nicht, dass es Ihnen so geht wie all diesen Holländern im siebzehnten Jahrhundert.»

Dallas bekundete durch ein Nicken, dass er ihre Anteilnahme zu schätzen wusste. «Danke», sagte er. «Aber mir wird nichts passieren. Es wird nichts schief gehen. Glaub mir, Dixy. Das ist sehr lieb von dir, aber es gibt keinen Grund zur Sorge. Nicht den geringsten.»

2

Es war eher ein Schloss als ein Landhaus. Kein romantisches Prunkschloss mit weißen Türmen und Söllern wie Chenonceaux oder Chambord, sondern ein modernes Kastell in exponierter Lage der Insel, auf der sonst nichts war als die Bäume rings um das große, schneebedeckte Grundstück. Es war ein himmlischer, magischer Ort, abgeschieden von der Menschheit, und nur die eigentümliche Form von Dallas' Gyrokopter und das permanente Brummen des Poolfilters erinnerten Aria daran, dass sie sich im einundzwanzigsten Jahrhundert befand.

Der Gyro war aufgetankt und so gut wie startbereit. Dallas saß schon drin und führte sorgsam die Checks durch, obwohl der Computer bereits alles überprüft hatte. Denn Dallas war ein gründlicher Mensch und vertraute nicht auf eine Maschine, wenn er etwas selbst genauso gut zu können glaubte. Aria ging auf den Gyro zu, ihre kränkelnde Tochter im Arm. Sie hasste es, in die Stadt zurückzumüssen, denn hier, inmitten ihrer verwunschenen hundert Morgen, konnte man vergessen, dass dort hinter den Bäumen eine Welt der Krankheit und der Verzweiflung lag. In der Stadt und selbst in dem exklusiven Apartmentblock, wo sie wohnten, war die Umwelt laut und anstrengend, ja, gefährlich – so gefährlich, dass sie und Dallas sich ihr nie unbewaffnet aussetzten. Doch noch nie war Aria mit so düsteren Vorahnungen von hier aufgebrochen. Sie war sich sicher, dass die Ärzte, die sie noch einmal in die Stadt bestellt hatten, um ihnen endlich zu erklären, was mit Caro los war und was man dagegen tun konnte, alles kaputtmachen würden, wofür sie und Dallas so hart gearbeitet hatten. Ihr Leben auf dem Land war so perfekt gewesen, dieser Ort ein solcher Garten Eden, dass sie selbst schon gedacht hatte, irgendwann müsse etwas Schreckliches über sie hereinbrechen und ihr privates Idyll zerstören. Aber als Mutter hatte sie nie den Gedanken an sich herangelassen, die Krankheit ihrer Tochter könnte dieses schreckliche Etwas sein.

Als Aria in den Gyrokopter stieg, war sie blass vor Angst und Sorge, und sie schwieg, obwohl ihr Mann sein Bestes tat, Optimismus zu verbreiten. Vielleicht sah sie ja einfach hinter seine zuversichtliche Fassade, denn in Wahrheit war er genauso angespannt wie sie. Womöglich sogar noch angespannter, weil er solche Mühen auf sich genommen hatte, um ein Kind in die Welt zu setzen. Wie die meisten Männer war Dallas so gut wie zeugungsunfähig, und um Vater werden zu können, hatte er sich über längere Zeit einer Spermatidenentnahme-Prozedur[1] unterzogen. Dem wollte er sich mit Sicherheit nicht noch einmal aussetzen.

«Jetzt wird es besser werden», erklärte er, hauptsächlich um ihretwillen. «Die Unklarheit war das Schlimmste. Jetzt erfahren wir wenigstens, was ihr fehlt und was dagegen zu tun ist.» Dallas nickte resolut und ließ den Motor an. Er konzentrierte sich auf das Geschehen außerhalb der Kanzel, während sie jäh emporschossen. Nach einer Minute etwa fuhr er fort: «Wir werden dafür sorgen, dass alles Nötige getan wird. Sie soll die beste Behandlung kriegen, ganz gleich, was es kostet, das verspreche ich dir. Und wenn ich diese Behandlung selbst konzipieren muss.»

Aria sah zu ihrem Mann hinüber und musste lächeln. Sie be-

---

1 Spermatiden sind eine Vorstufe von Spermien. Diese Behandlungstechnik, intrazytoplasmische Spermainjektion genannt, besteht darin, dass ein einzelnes Spermium isoliert und unter Laborbedingungen in die Eizelle injiziert wird.

zweifelte nicht, dass er das völlig ernst meinte. Er war Künstler, Architekt, Ingenieur und Erfinder, in allem gleichermaßen begabt, und sie war sich ziemlich sicher, dass er nicht lange brauchen würde, um der Liste seiner Qualifikationen auch noch «Mediziner» hinzuzufügen. Diese Fähigkeit, sich neue Wissensgebiete zu erarbeiten, hatte sie an ihm ja so gereizt. Hatte er nicht in drei Monaten Italienisch gelernt, nur um mit ihrer Mutter reden zu können? Aria wusste, wie glücklich sie sich schätzen konnte, in einer Welt voller langweiliger Männer ein so außergewöhnliches Exemplar wie Dallas gefunden zu haben.

Schon bald hatten sie das Krankenhaus erreicht. In einem großen Park am Rand der Zone gelegen, umgeben von monumentalen Skulpturen – von denen eine von Arias Vater stammte –, hatte das mächtige Glasgebäude etwas von einem griechischen Tempel, ein Effekt, den das kleinere, altarähnliche Transfusionscenter gegenüber vom Haupteingang noch unterstrich.

Die drei begaben sich zu einer informellen Anmeldung in einem großen offenen Raum mitten im Gebäude. Eine freundliche, leicht übergewichtigte Frau in einem weißen Papierkittel begrüßte sie jeweils mit Namen und erkundigte sich, ob sie eine angenehme Reise gehabt hätten.

«Ja, danke», sagte Dallas, obwohl er sich überhaupt nicht mehr an den Flug erinnern konnte. Weder an die Route noch an irgendwelchen Verkehr unterwegs. Es war, als litte er unter einer Amnesie, die letzte Dreiviertelstunde betreffend.

«Haben Sie Ihr Thought-Recording mitgebracht?», fragte die Frau.

Dallas gab ihr einen goldenen Disc, etwa so groß wie eine altertümliche Münze. Er enthielt Gedanken an Dallas' Vater, für ein Motion-Parallax. Aus rechtlichen und versicherungstechnischen Gründen durften Ärzte nicht direkt mit Patienten kommunizieren, und Konsultationen erfolgten üblicherweise über einen Diagnosecomputer. Ein Motion-Parallax-Programm auf

Basis des Gedankenbildes einer Person, die dem Patienten vertraut war, galt als das beste Mittel, diesen Dialog weniger unpersönlich zu gestalten.

«Folgen Sie mir bitte», sagte die Frau.

Sie führte sie zur Längsseite des Gebäudes, in einen abgeschiedenen Bereich, wo zwei bequeme Lehnsessel standen.

«Nehmen Sie Platz», sagte sie. «Ich lasse Sie jetzt hier allein und installiere das Motion-Parallax. In ein, zwei Minuten können Sie mit dem Programm kommunizieren, das sich mit dem Fall Ihrer Tochter befasst hat.»

Sie setzten sich hin und warteten. Aria hatte Dallas' Vater nie kennen gelernt. Er war jetzt meistens außerhalb der Staaten unterwegs. Doch das Bild, das sie durch verschiedene Aufzeichnungen von ihm gewonnen hatte, war das eines gut aussehenden, überaus distinguierten Mannes mit silbernem Haar und einer goldenen Stimme – eher ein berühmter alter Schauspieler als ein Universitätsprofessor.

Das Motion-Parallax erwachte flirrend zum Leben, ein unsichtbares Gefäß, das sich mit Klang und Farbe füllte. Als das Bild sich formierte, bemerkte sie staunend, wie viel deutlicher Dallas' ethnische Abkunft in den flächigen Zügen des alten Mannes zu erkennen war. Denn obwohl Dallas und sein Vater in Amerika geboren waren, waren sie griechischer Abstammung. Sie ahnte nicht, welche Bedeutung dieses ethnische Erbe – seines wie auch ihr eigenes – gleich annehmen würde.

John Dallas lächelte seinen Sohn und seine Schwiegertochter gütig an und beugte sich über den mächtigen Walnussschreibtisch, der Dallas immer vor Augen stand, sobald er sich an seinen Vater zu erinnern versuchte.

«Hallo», sagte Dallas.

«Hallo, mein Sohn. Hallo, Aria. Ist das da meine Enkeltochter?»

Aria nickte und hoffte, dass der echte John Dallas die Kleine bei ihrer ersten Begegnung in besserem Gesundheitszustand erleben würde.

«Zuerst mal», sagte das Motion-Parallax, «möchte ich euch beiden für eure Geduld danken. Ich weiß, die letzte Zeit war nicht leicht für euch. Wir haben eine Weile gebraucht, um dahin zu kommen, wo wir jetzt sind: an den Punkt, an dem wir endlich sagen können: ‹Ja, wir wissen, was mit der Kleinen ist.› Aber ihr wisst ja, die moderne Medizin ist noch längst nicht perfekt. Wir haben so viel Neues dazugelernt, dass wir gelegentlich Dinge vergessen, die wir schon mal wussten. Es gibt so viele moderne Krankheiten, die wir heutzutage heilen können – HIV, P^2, das St.-Petersburg-Fieber, die waughsche Krankheit, das Ebola-Fieber, die Neuguinea-Cholera –, dass wir manchmal den älteren nicht genug Beachtung schenken.»

«Ist es das, was sie hat?», fragte Dallas. «Eine alte Krankheit?»

«Ja. Caro leidet an dem, was die Menschen der Alten Welt früher die Meereskrankheit zu nennen pflegten.»

«Aber wir baden nie im Meer», wandte Aria ein. «Stimmt's, Dallas?»

«Stimmt», bestätigte er. «Leute wie wir würden sich nicht mal in die Nähe des Strands wagen. Das Meer ist doch heutzutage nur noch eine einzige Kloake. Das einzig Lebendige im Atlantik sind die Krankheitserreger.»

Dallas senior nickte geduldig.

«Das war, wie gesagt, nur der Name, den die Menschen in der Alten Welt dieser Krankheit gegeben haben. Besser gesagt, die Menschen am Mittelmeer, da ursprünglich die meisten Fälle dort auftraten. Heute benutzt man eine andere Bezeichnung: Thalassämie. Das kommt von den griechischen Wörtern *thalassa*, ‹Meer›, und *haimia*, ‹Blut›, wobei dazwischen eigentlich noch ein *an* stehen müsste, was so viel heißt wie ‹kein›.»

«Und das hat Caro?», fragte Aria. «Thalassämie?»

«Ganz recht, Aria. Die Thalassämien sind eine heterogene Gruppe angeborener Störungen, die sich durch die verminderte oder fehlende Synthese eines oder mehrerer Globinkettentypen kennzeichnen. Die Folge ist eine verkürzte Lebensdauer der roten Blutkörperchen und deren Unvermögen, den Sauerstoffbedarf des Körpers zu decken.»

«Wie hat sie das gekriegt?», fragte Aria stirnrunzelnd. Wo sie doch glaubte, alles Menschenmögliche zum Schutz ihres Kindes getan zu haben.

«Nun ja, in gewisser Weise von euch beiden.»

«Von *uns*?»

«Wenn euch das mendelsche Gesetz der unabhängigen Kombination vertraut ist, kann ich es euch genauer erklären.»

Dallas schüttelte den Kopf. «Mach's erst mal so einfach wie möglich.»

«Gut. Ihr stammt beide von Völkern ab, die in Mittelmeerländern lebten, wo einst die Malaria grassierte. Deine Vorfahren, Dallas, kamen aus Griechenland, während deine Familie, Aria, ursprünglich aus Sardinien stammt. Das heißt, ihr habt beide von euren Eltern ein Gen geerbt, das einen gewissen Schutz vor Malaria verleiht. Doch nur bei Heterozygotie, was bedeutet, wenn sich bei der Befruchtung zwei ungleiche Keimzellen vereinigen. Das Problem ist, dass ihr beide homozygot seid und bei eurer Vereinigung daher zwei gleiche Keimzellen zusammenkamen. Und das war Caros Pech, denn diese genetisch bedingten Abnormalien sind die Ursache ihres Zustands. Sie erzeugen bei ihr diese spezielle Blutkrankheit.» Dallas senior schüttelte den Kopf. «Ich fürchte, es gelingt mir nicht besonders gut, es einfach auszudrücken. Sagen wir einfach, es liegt am Zusammentreffen rezessiver Gene, und lassen wir's dabei, okay?»

«Moment mal», protestierte Aria. «Bevor wir uns entschlossen haben, ein Kind zu kriegen, sind wir beide von unserer Blutbank gescreent worden. Warum haben die das nicht bemerkt?»

«Weil sie nur auf Viren screenen. Zum Beispiel auf P². Das hier ist eine genetische Sache. So was kann das Screening nicht erfassen. Weil es nicht darauf angelegt ist. Außerdem ist diese Krankheit hier in den Staaten extrem selten. In den letzten siebenundfünfzig Jahren gab es in diesem Krankenhaus nur drei solche Fälle. Deshalb haben wir auch ziemlich lange gebraucht, um rauszufinden, was es ist. Jetzt passt das alles natürlich perfekt zusammen. Die fehlende Globinsynthese. Die funktionelle Anämie. Die Hepatosplenomegalie, was heißt, die Vergrößerung von Leber und Milz. Die leichten Knochendeformationen wie etwa die Schädelausbeulung und dieser seltsam vorstehende Kiefer.»

Aria sah auf das Baby herab, das still auf ihrem Schoß lag. Sie hatte sich an Caros Kopfform gewöhnt und sie in letzter Zeit kaum noch merkwürdig gefunden. «Und wie heilt man das?», fragte sie leise.

«Wir können es behandeln», sagte das Motion-Parallax. «Aber heilen im eigentlichen Sinn können wir's nicht. Man kann nichts heilen, was auf der genetischen Ebene verankert ist. Das versteht ihr doch, nicht wahr? Das wäre, als wollte man jemanden davon heilen, Grieche oder Sarde zu sein.»

Aria nickte. «Aber behandeln *kann* man es.»

«Ja.» Dallas senior klang jetzt verlegen. «Das kann man. Aber die Behandlung ist sehr teuer.»

Aria runzelte die Stirn. «Wir sind keine armen Leute», sagte sie, bemüht, den leisen Ärger zu zügeln, den schon die bloße Andeutung, sie könnten sich etwas womöglich nicht leisten, in ihr weckte. Aber genau das war ja der Grund, warum das Krankenhaus darauf bestand, dass man ein Thought-Recording mitbrachte – damit man eher geneigt war, ruhig und freundlich mit dem Computer zu reden, statt durchzudrehen und ihn anzuschreien.

«Vor hundert Jahren, als diese Krankheit noch etwas häufiger war, bestand die Behandlung in regelmäßigen Bluttransfusionen mit dem Ziel, die Hämoglobinkonzentration so hoch zu halten, dass der Sauerstoffbedarf des Körpers gedeckt und Skelettveränderungen verhindert werden konnten.» Er hielt kurz inne, damit die Bedeutung seiner Worte ankam. «Das war, bevor Blut als solches wertvoll wurde. Niemand dachte sich etwas dabei, einem Thalassämiekranken alle ein, zwei Monate einen kompletten Blutaustausch zukommen zu lassen. Heute ist das natürlich ganz anders. Eine solche Behandlung wäre unerschwinglich teuer. Selbst für Leute wie euch. Da wäre es noch einfacher, sich von einer P^2-Infektion heilen zu lassen. Dazu ist nur ein einmaliger Blutaustausch nötig. Das hier würde eine unbegrenzte Zahl von Transfusionen erfordern.»

«Was bleibt uns anderes übrig?», fragte Aria. «Sie ist unsere Tochter. Wir können sie doch nicht einfach aufgeben. Oder, Dallas?»

«Es wäre vielleicht besser, ihr würdet es tun», sagte Dallas senior. «Ihr wisst doch, es gibt Euthanasieprogramme für solche Fälle. Und ihr braucht deswegen keine Gewissensbisse zu haben. Heutzutage nicht mehr. Der Gnadentod ist etwas ganz Normales. Und völlig schmerzlos.»

Aria schüttelte dumpf den Kopf. «Wir haben zu viel auf uns genommen, um sie zu kriegen, als dass wir sie jetzt einfach sterben lassen könnten», sagte sie. «Eine Frage: Ohne die Transfusionen wird sie sterben, richtig?»

«Ganz gewiss. An Herzversagen oder an Komplikationen in Folge der pathologischen Bruchanfälligkeit ihrer geschwächten Knochen. Ich fürchte, es ist nur eine Frage der Zeit.»

«Dann ist es keine Frage, dass wir es machen», sagte Aria.

«Hört mal, warum denkt ihr nicht erst mal ein Weilchen darüber nach? Holt euch vielleicht Rat bei eurem Blutbankmanager? Ein paar Tage mehr machen für sie auch keinen Unterschied.»

Dallas nahm ihre Hand, sah dem Motion-Parallax seines Vaters ins Gesicht und nickte.

«Da hast du wohl Recht», sagte er.

Doch wie Aria darüber dachte, war offensichtlich.

«Wann könnte sie die erste Transfusion kriegen?», fragte Aria.

«Heute noch. Wenn ihr euch wirklich sicher seid, was ihr wollt. Mir wäre trotzdem wohler, wenn ihr erst mal mit eurem Blutbankmanager reden würdet.»

«Wir sind uns sicher», sagte Aria. «Caro hat lange genug warten müssen. Oder etwa nicht?»

Sie sah Dallas an, der ihrem Blick auswich, aber immerhin nickte.

«Dann brauche ich von euch nur noch ein paar Angaben zu eurer Blutbank. Sobald wir verifiziert haben, dass ihr über genügend Reserven verfügt, kann es losgehen.»

«Mir kommt da gerade ein Gedanke», sagte Dallas. «Falls die vorgeschriebene Wartefrist schon vorbei ist, wäre es doch eine gewisse Zeitersparnis, wenn wir, wo wir schon mal hier sind, beide Blut spenden. Dann könnten wir diese Einheiten für die erste Transfusion nehmen, statt an unsere Reserven zu gehen.»

Aria sah auf ihre Armbanduhr und stellte fest, dass die achtwöchige Flüssigkeitsersatzfrist[1] für sie beide so gut wie um war.

«Gut. Ich werde euch in der Phlebotomie anmelden.» Dallas senior nickte, legte, wie es in Freigabekliniken der Brauch war, die Handgelenke aneinander und formte mit den Händen ein auf dem Kopf stehendes Y. Das war ein Zeichen des Respekts gegenüber der Lebensflüssigkeit, von der sie geredet hatten, in Anlehnung an das alte sumerische Keilschriftzeichen für Blut – das

1 Bei normal verlaufender Flüssigkeitsersatzphase ist das Gesamtblutvolumen des Blutspenders binnen siebzig Stunden wiederhergestellt. Es dauert jedoch normalerweise acht Wochen, bis der Eisenverlust völlig ausgeglichen ist. Erst dann darf die betreffende Person wieder Blut spenden. Diese gesetzliche Frist soll verhindern, dass Leute auf Kosten ihrer Gesundheit Blutdepositen anhäufen.

früheste bekannte Schriftsymbol für Blut überhaupt. Und gleichzeitig sagte er: «Gesegnet sind, die da reinen Bluts sind.»

Dallas und Aria machten ebenfalls das Zeichen, wiederholten die rituelle Formel und machten sich auf die Suche nach dem Transfusionscenter.

Sobald sie wieder in ihrem Apartment waren, ging Aria in die Bibliothek, um sich über Thalassämie kundig zu machen und ihr Wissen über Dinge wie die mendelschen Gesetze, Genetik und Malaria aufzufrischen. Seltsamerweise fand sie sich durch das, was sie über die mendelsche Vererbungslehre las, bekümmert, ja geradezu gekränkt. Gregor Mendel, ein Augustinermönch, hatte Kreuzungsexperimente mit verschiedenen Erbsensorten durchgeführt, und die Vorstellung, dass das, was für Erbsen galt, auch auf sie und Dallas zutreffen sollte – als wäre er ein Exemplar der hochwüchsig gelben Sorte und sie eins der kurzwüchsig grünen –, war ihr schlicht zuwider. Aber das alles – das Gesetz der unabhängigen Kombination und das Spaltungsgesetz – war natürlich absolut plausibel, und Aria gelang es sogar, einen Stammbaum zu erstellen, der die Vererbung innerhalb ihrer Familie illustrierte. Doch das tröstete sie nicht, sondern hinterließ in ihrem Kopf lediglich den Gedanken, dass die Medizin versagt hatte, wenn so grundlegende Dinge immer noch durch zwei Allelenpaare bestimmt werden konnten. Wenn die einzig mögliche Behandlung nicht Heilung verhieß, sondern lediglich Aufschub.

Wie ungerecht, so eine Krankheit.

Und nicht nur ungerecht, sondern auch demütigend. Was sollten sie den Leuten sagen? Den Nachbarn? Ihren Freunden? Wie sollten sie ihnen noch in die Augen gucken? Unheilbare Krankheiten hatte nur die gemeine Masse. Anständige Leute ereilten solche Heimsuchungen nicht.

Mit wachsender Verunsicherung musterte sie Dallas, der gerade einen Film guckte. Die Medizin mochte sie ja vielleicht im

Stich gelassen haben, aber gab es irgendeinen Grund, weshalb ihr Mann sie auch im Stich lassen sollte? Wie oft schon hatte er Hindernisse auf seinem intellektuellen Schaffensweg durch die schiere Kraft seines Geistes beiseite geräumt? War er nicht in ganz Amerika als Erfinder berühmt? Waren seine Hochsicherheitsanlagen und multikursalen Systeme nicht Gegenstand unzähliger Artikel in Kunst- und Technikmagazinen? Doch jetzt, da er vor einem Problem stand, das sein eigenes Kind betraf, schien er nicht mal willens, auch nur den Versuch zu machen, diesen berühmten Erfindergeist einzusetzen. Schließlich konnte sie seine Inaktivität nicht länger aushalten.

«Willst du einfach nur hier rumsitzen?», herrschte sie ihn an. «Kannst nicht mal dein Hirn anstrengen?»

«Auch wenn es nicht so ausgesehen haben mag», sagte er, «habe ich kaum was anderes getan.»

Doch bei aller Anstrengung fiel Dallas keine andere Lösung ein, als sich auf die Behandlung einzulassen, die die Klinik vorgeschlagen hatte – und die ihn, wie er wohl wusste, ruinieren würde. Das war nur eine Frage der Zeit.

3

Der stereoskopische Vorführraum von Terotech war rund. Man saß in der Mitte und sah durch eine superleichte stereoskopische Brille eine dreidimensionale Projektion um sich herum. Für Dallas war das eine praktische Methode, dem Direktor neue Entwürfe für Rational Environments vorzuführen. Erst wenn King bis ins letzte Detail mit dem Entwurf zufrieden war, ging eine Kopie des Programms an den Kunden, in diesem Fall die Deutsche Siedlungs-Blutbank.

Die Welt des Computerprogramms wirkte äußerst echt. Oberflächen sahen aus, als könnte man sie anfassen, Licht verhielt sich naturgetreu, selbst wenn es durch Wasser reflektiert oder gebrochen wurde, und Dallas und King konnten einander so klar und deutlich sehen wie im wirklichen Leben. Der einzige Unterschied zwischen Programm und Realität bestand im Grad der Gefährlichkeit: Keins der virtuellen Hochsicherheitssysteme vermochte den Betrachter zu verletzen oder ernsthaft zu schädigen, und angesichts der vielen Überrumpelungseffekte war das auch gut so. Jedes der Rational Environments, die Dallas schuf, barg so viele Überraschungsmomente wie irgend möglich. Dallas genoss es, sich in seine potentiellen Gegenspieler hineinzuversetzen und jeden Schritt ihres Vorgehens zu antizipieren. Aber er versuchte jedes Mal, die bereits erprobten Vorrichtungen durch etwas völlig Neues zu ergänzen. Neuheit war das A und O der Sicherheit, denn Bankräuber schafften es bemerkenswert schnell, Schutzsysteme zu durchschauen und zu überlisten.

«Da vor Ihnen ist eine unsichtbare Schranke», erklärte er King. «Sobald Sie sie durchschreiten, lösen Sie einen Infraschallgenerator aus, der extrem niedrigfrequente Schallwellen erzeugt.»

King schien nicht weiter beeindruckt. «Das tut mein Autoradio auch», sagte er.

«Das bezweifle ich. Diese Art niedrigfrequenter Schallwellen bewirkt Desorientierung, wenn nicht Schlimmeres.»

«Wie etwa?»

«Übelkeit, Erbrechen, unkontrollierten Stuhlgang. Wenn ein ungebetener Gast diese Schranke durchquert, wird er sich wünschen, er wäre im Bett geblieben. Man stellt keine große Bedrohung für eine Hochsicherheitsanlage dar, wenn man durch tierischen Durchfall außer Gefecht gesetzt ist.»

«Sie scherzen», wieherte King.

«In solchen Dingen scherze ich nie, das wissen Sie. Die Wirkung dieser Vorrichtung tritt praktisch sofort ein, und bei entsprechend niedrigen Frequenzen ist sie potentiell tödlich, wenn das auch nicht praktisch nachgewiesen ist. Bisher gab es dazu nur Tierversuche. Das ist in meinem Job immer das Problem. Wir sind nie dabei, wenn diese Rational Environments tatsächlich auf die Probe gestellt werden.»

«Klingt, als fänden Sie das bedauerlich», bemerkte King.

Dallas sagte achselzuckend: «Das ist in gewisser Weise auch bedauerlich. Schließlich liegt es nun mal in der menschlichen Natur, sehen zu wollen, wo man steht – was diese Anlagen faktisch leisten.»

«Unseren Kunden ist die Abschreckungswirkung wichtiger als die faktische Leistungsfähigkeit», sagte King steif. «Sie möchten lieber nicht erfahren müssen, wie gut ihre Anlagen funktionieren.»

King schaute kurz weg, was Dallas Gelegenheit gab, den Terotech-Direktor etwas genauer zu mustern. Irgend etwas an den Farben dieser Stereoskopie-Programme ermöglichte es einem nämlich, Leute buchstäblich in einem anderen Licht zu sehen. Hier drinnen wirkte King irgendwie hochmütiger, die Nase krummer als sonst, der Bart grauer und ungepflegter, und die dunklen Augen waren so verhangen, dass er fast blind schien. Der Gesamteffekt war der eines launischen morgenländischen Tyrannen. King zeigte auf das multikursale System, das sich vor ihm erstreckte.

«Und der Tresorraum? Ich nehme an, er befindet sich am anderen Ende des Labyrinths?»

«Ja.»

«Welcher Unverletzlichkeits-Level?»

«Massivkonstruktion, synchrone Komponenten, Zeitschalter.» Er hatte in letzter Zeit ziemlich viel darüber nachgedacht, wie jemand eine solche Tür knacken könnte, und dabei war ihm, wie er meinte, eine brillante Idee gekommen. Er fragte sich, ob er King davon erzählen sollte, aber die Bemerkung des Direktors über die Abschreckung hatte ihm erst mal eins vor den Bug gegeben. Deshalb setzte er nur achselzuckend hinzu: «Ich würde Ihnen das ja gern vorführen, aber das Labyrinth ist ein bisschen kompliziert, selbst für mich.»

«Na ja, das ist schon alles sehr beeindruckend, Dallas», räumte King ein. «Wirklich äußerst beeindruckend.»

«Ich bin noch nicht fertig», erklärte Dallas. «Mal angenommen, Sie kämen mit intakten Innereien an dem Infraschallgenerator vorbei und könnten auch dem Transgenen entkommen, dann ist da noch ein kleines Extra, um das multikursale System ein bisschen interessanter zu gestalten. Um Sie sozusagen aus der Balance zu bringen. Sehen Sie, sobald der Sensor einen unbefugten Eindringling ausmacht, überzieht ein Sprinklersystem sämtliche Böden, Treppen, Rampen und Laufgänge mit einem

Antireibungsmittel. Es heißt Attack-Frost und macht alle Oberflächen für einen beträchtlichen Zeitraum unbegehbar. Das Zeug ist fünfmal so glitschig wie Eis.»

«Nettes Detail», sagte King.

«Und billig. Genau wie der Infraschallgenerator.»

King strich sich mit der bräunlichen Hand den dunklen Bart. «Gut gemacht», sagte er versonnen.

«Danke.»

King sah sich ein letztes Mal um, nahm dann die Brille ab und beendete so die Besichtigung des Rational Environments, das Dallas für die deutschen Blutbanker entworfen hatte.

Dallas nahm ebenfalls die Brille ab und wartete, dass King irgendwelche Kritikpunkte vorbrachte. Normalerweise hatte er immer irgendwas einzuwenden. Doch diesmal lehnte er sich nur bequem in seinen Ledersessel zurück, verschränkte die Hände hinterm Kopf und betrachtete Dallas mit einem warmen Lächeln, wie ein Vater seinen Lieblingssohn.

«Und?», sagte er schließlich. «Wie geht es so?»

«Gut», sagte Dallas.

King nickte langsam.

«Mit Aria alles okay?»

«Ja, ihr geht's auch gut.»

«Und Ihr Töchterchen? Wie heißt es doch gleich?»

«Caro. Na ja, sie sind endlich dahintergekommen, was ihr gefehlt hat. Jetzt wird sie behandelt. Aber ich schätze, sie wird bald okay sein.»

«Fein, fein.» Gleich darauf verengten sich Kings Augen und er sagte: «Sie sind für uns sehr wichtig, Dallas. Vielleicht der wichtigste Mann für Terotechnology, nach meiner Person. Ich hoffe, Sie wissen, dass es nichts gibt, was wir nicht tun würden, damit Sie sich wohl fühlen. Und dass es nichts gibt, worum Sie nicht bitten könnten. Jawohl. Sie brauchen nur zu fragen. Was immer Sie wollen, es liegt an mir, dafür zu sorgen, dass Sie es kriegen.

Sofern es in meiner Macht steht, natürlich. Aber eines Tages, Dallas, werden Sie diese Firma leiten. Und das ist eine ganz schöne Verantwortung. Viele wichtige Leute vertrauen uns ihr kostbares Blut an. Ganze Volkswirtschaften gründen auf der Sicherheit, die wir liefern. Ja, eines Tages werden Sie dieses Vertrauen genießen. Oh, ich weiß, wie Sie darüber denken, und ich kann es Ihnen nicht verübeln, wenn Sie dem ein wenig skeptisch entgegensehen. Ich war selbst auch mal so. Aber manchmal müssen wir uns unseren Pflichten stellen, ob wir es wirklich wollen oder nicht.»

Dallas nickte wortlos. Dieses Gespräch war keineswegs ungewöhnlich. Der Terotech-Boss absolvierte lediglich das Ritual, Dallas an seine Loyalitäten zu erinnern. Und Dallas würde King ebenso wenig von seinen persönlichen Problemen erzählen, wie er in das Gespräch einfließen lassen würde, das ganze Blutbankgeschäft sei pervers und unmoralisch.

Was immer der Direktor sagte, Dallas kannte ihn gut genug, um zu wissen, dass vertrauliche Geständnisse bei ihm fehl am Platz waren.

«Wie lange sind Sie jetzt bei uns, Dallas?»

«Zwanzig Jahre.»

«Das ist eine lange Zeit.»

«Ja, das ist es wohl.»

«Und in dieser ganzen Zeit haben Sie nie daran gedacht, woanders zu arbeiten?»

«Wo sollte ich denn hingehen?»

«Sie hätten sich selbständig machen können.»

«Warum? Ich bin hier zufrieden.»

King nickte. «Sie lassen es uns wissen, wenn sich daran je irgendetwas ändert, nicht wahr?»

«Natürlich, Mr. King. Aber das ist sehr unwahrscheinlich.»

«Sagen Sie, Dallas, machen Sie sich manchmal Gedanken über

die kranke Welt außerhalb der Autologspendeprogramme? Außerhalb der Zone?»

«Eigentlich nicht», sagte Dallas. Doch Tatsache war, dass er, seit die Behandlung seiner Tochter begonnen hatte, kaum an etwas anderes dachte. Über Jahre, fast so lange, wie er bei Terotechnology war, hatte er die pestverseuchte Welt dort draußen als etwas Schändliches und Unansprechbares aus seinem Leben verdrängt und sich gewünscht, sie würde vernichtet. Doch in letzter Zeit musste er feststellen, dass ihm die P^2-Infizierten Leid taten. Er war schon fast so weit, ihnen den Status von menschlichen Wesen zuzugestehen.

«Sollte ich das?», fragte er.

King lachte laut auf. «Na ja, ich tue es auch nicht», sagte er. «Aber ich bin ja auch nicht so ein Denker wie Sie. Ich bin Manager. Ich kann es mir nicht leisten, herumzusitzen und über die Welt und ihre Fehler zu meditieren.»

«Tue ich das?»

«In gewisser Weise ja. Sie sind ein Problemlöser. Darin sind Sie gut.»

Dallas dachte, dass Aria dieser Einschätzung seiner Person wohl nicht mehr zustimmen würde.

«Ich habe mich nur gefragt, wie weit das wohl geht.»

«Rational Environments sind etwas ganz anderes als die reale Welt, Mr. King», sagte Dallas. «Sie sind begrenzte, chaosfreie Kontexte, innerhalb deren man leicht die totale Kontrolle herstellen kann. An dieser kranken Welt, in der wir leben, scheint mir dagegen sehr wenig Rationales zu sein. Deshalb ist sie ja wohl auch krank, schätze ich. Wenn sie rationaler wäre, könnten wir sie vielleicht heilen. Aber sie ist es nicht. Sie ist krank und wird es wohl auch auf absehbare Zeit bleiben. Wir können nur versuchen, neben ihr herzuexistieren.»

«Sie haben wohl kein sonderlich optimistisches Zukunftsbild, Dallas?»

«Ich bin mir nicht sicher, ob die Zukunft überhaupt existiert – im landläufigen Sinn des Wortes ‹existieren›. Wir können über Gegenwart und Vergangenheit reden und über viel mehr nicht. Die Zukunft ist immer Zukunft, wir können nie irgendwas Erwähnenswertes über sie wissen. Optimismus ist da eine irrelevante Kategorie.»

King nickte nachdenklich. Dann sah er auf seine Armbanduhr und lächelte. «Tja, war nett, unser kleines Gespräch. Interessant, mal mitzuerleben, wie ihr Gehirn arbeitet, Dallas. Aber jetzt muss ich wirklich weiter.»

Beide Männer erhoben sich.

«Beeindruckt mich sehr, was Sie sich für die Deutsche Siedlungs-Blutbank haben einfallen lassen. Ich schätze, sie werden mit dem Ergebnis zufrieden sein.»

«Danke, Mr. King.»

King verließ den stereoskopischen Vorführraum und ging wieder in sein Büro, wo Rimmer, der Sicherheitschef von Terotech, auf ihn wartete, die Füße auf einem wertvollen antiken Japantischchen.

Mit seinen wässrig blauen Augen, dem blassen Teint und dem strohig gelben Haar wirkte Rimmer nicht gerade gesund. Aber noch schlechter stand es um seinen Charakter – wenn er sich nicht am Unglück anderer weidete, machte er ihre Erfolge verächtlich herunter. Es gab Leute bei Terotech, die ihn für regelrecht gestört hielten – mit einer gewissen Berechtigung. Rimmer wusste es und schürte diese Meinung noch, mit dem Ergebnis, dass die meisten in der Firma Angst vor ihm hatten. Selbst die, die so klug waren, ihm aus dem Weg zu gehen. King betrachtete ihn als ein notwendiges Übel, wie einen Wachhund, und behandelte ihn entsprechend.

«Was machen Sie hier?», fauchte er.

«Sie haben mich herbestellt», antwortete Rimmer.

«Habe ich gesagt, Sie sollen sich in meinem Büro häuslich niederlassen? Nehmen Sie die Füße vom Tisch.» King schnupperte ostentativ. «Hier stinkt's.»

«War ich das?», griente Rimmer. «Was habe ich mir dabei nur gedacht? Aber Rücksichtnahme war noch nie meine Stärke.» Rimmer schnüffelte prüfend. «Trotzdem, ich rieche nichts.»

«Es stinkt», wiederholte King. «Es stinkt nach Ihrem gräulichen Aftershave und Ihrem Achselschweiß und Ihrem schmutzigen kleinen Hirn. Sie sind der abstoßendste Mensch, den ich kenne, Rimmer. Wie es jemand wie Sie geschafft hat, RES-1 zu bleiben, werde ich nie verstehen. Wenn ich Sie nur ansehe, fühle ich mich schon in Gefahr, mir irgendein schreckliches Virus zu holen.»

«Mit mir ist alles in Ordnung», insistierte Rimmer.

«Reden Sie keinen Quatsch. Wenn bei Ihnen nicht etwas nicht in Ordnung wäre, hätten Sie keine Existenzberechtigung. Dann wären Sie für die niedereren Erfordernisse dieser Firma nicht zu gebrauchen. Ihr Glück, dass Ihre Psyche genauso verzwirbelt ist wie ihre Schnürsenkel und dass Ihnen jedes Moralgefühl fehlt. Ohne diese speziellen Charakterdefekte wären Sie für mich absolut nutzlos.»

«Ich fühle mich sehr geschmeichelt.»

«Werden Sie nicht vorwitzig, Rimmer. Ich halte Sie mir nicht zu meiner Belustigung. Ich halte Sie mir, damit Sie die Leute beißen, von denen ich will, dass sie gebissen werden, und zwar kräftig.»

Rimmer schwieg einen Moment. Dann zog sich das Grinsen über seinen auseinander stehenden Zähnen in die Breite, was ihm etwas Nagetierhaftes verlieh.

«Verstehe», sagte er. «Ich hatte also doch Recht, was? Es geht um Dallas. Sie haben ihn überprüfen lassen und rausgefunden, dass das, was ich gesagt habe, stimmt.»

Rimmer nickte still-zufrieden. Sein hässliches Grinsen speiste sich aus einem enormen Gefühl der Genugtuung. Er hatte Recht gehabt. Und mehr noch, er hatte Recht gehabt, was Dallas betraf, diesen Kerl, der ihn noch geringschätziger behandelte als King. Rimmer hatte schon lange auf die Gelegenheit gewartet, Dallas eins auszuwischen. Ihn bespitzelt, wo es nur ging. Der Computercheck der Krankenhausunterlagen seiner Tochter war ein Geniestreich gewesen.

«Ihr Schoßkind», gluckste er vergnügt. «Dallas. Das ist es, was Sie an mir so abstoßend finden. Dass ich wegen Dallas Recht gehabt habe.»

«Glauben Sie nicht, je ermessen zu können, *wie* abstoßend ich Sie finde, Rimmer», zischte King.

Rimmer zuckte stumm die Achseln und begann, noch immer grinsend, seine Fingernägel mit einem Zahnstocher zu säubern.

«Ich habe ihn nach seiner Tochter gefragt», knurrte King. «Und er hat gesagt, es wäre bald wieder alles okay mit ihr.»

Rimmer sah nicht mal auf. Reinigte einfach nur weiter seine Nägel und schnippte den Dreck auf den dicken Perserteppich.

«Schieres Wunschdenken, wenn Sie mich fragen», sagte er schließlich.

«Wenn Sie Recht haben und das Kind wirklich krank ist, begreife ich nicht, warum er's mir nicht gesagt hat», sagte King. «Warum er nicht an mein Herz appelliert und um Hilfe bittet.»

«Weil er nicht blöd ist», schnaubte Rimmer. «Weil er weiß, wie die Antwort lauten würde. Er kennt doch die Prinzipien der Firma, was Blutdarlehen angeht.»

«Ich mache die Vorschriften nicht», sagte King fast schon defensiv.

«Das stimmt, Herr Direktor. Sie führen sie nur aus. Klar. Aber lassen Sie sich's gesagt sein, Dallas weiß, was Sache ist. Deshalb hat er nicht an Ihr so genanntes Herz appelliert. Außerdem haben meine Nachforschungen ergeben, dass er sein Wochenendhaus bereits zum Verkauf angeboten hat, um an seine Blutreserven zu kommen.» Rimmer lachte. «Nicht, dass das lange reichen würde. Der Arzt, mit dem ich über seine Missgeburt von Tochter geredet habe, meint, in zwei, drei Jahren sei er damit am Ende. Je schneller es so weit ist, desto größer das potentielle Sicherheitsrisiko für diese Firma. Meinen Sie nicht auch, Herr Direktor?»

King starrte finster auf den Fußboden und hasste sich dafür, dass er Rimmers Giftspritzerei überhaupt an sich herangelassen hatte.

«Ich meine, was würden denn unsere geliebten Kunden sagen, wenn sie dahinter kämen, dass Dallas privat in einer unglücklichen Situation steckt, noch dazu in einer, wo es um sein eigenes Blut geht? Ich schätze, sie wären berechtigtermaßen besorgt, dass er irgendwann korrumpierbar werden könnte, dass er vielleicht sogar erwägen könnte, Informationen über unsere Rational Environments meistbietend zu verhökern.»

«Ich glaube nicht, dass Dallas jemals diese Firma oder ihre Kunden verraten würde», insistierte King.

«Jetzt vielleicht nicht. Aber in einem Jahr? Wer weiß schon, wozu jemand in seiner Lage fähig ist? Ich an seiner Stelle würde das vermutlich auch tun.»

«Daran zweifle ich nicht», sagte King bitter.

«Aber da ist noch ein Problem, das Sie vielleicht noch nicht bedacht haben, Herr Direktor. Wenn sein roter Reichtum zur Neige geht, wird seine finanzielle Situation ziemlich kritisch. Dallas hat ganz ordentlich in Blut-Futures spekuliert. Er verkauft jetzt schon sein Landhaus, um flüssig zu bleiben. Es spricht vieles dafür, dass er noch mehr verkaufen muss – seine Hauptwohnung hier in der Stadt. Und dann vielleicht in eine ärmere Gegend zieht, außerhalb der Zone. Und sich damit dem Risiko einer Virusinfektion aussetzt. Ich schätze, unseren Angestellten würde das genauso wenig gefallen wie unseren Kunden, meinen Sie nicht?»

«Zum Teufel mit Ihrer verdammten Fragerei, Rimmer.»

«Das ist leicht gesagt, aber die eigentliche Frage ist doch: Was ist dagegen zu tun? Was machen wir mit Ihrem Wunderknaben? Ihrem kleinen Schützling?»

«Seien Sie still und lassen Sie mich nachdenken.»

«Da gibt's nichts nachzudenken», insistierte Rimmer und musterte prüfend seine Fingernägel. «Sie wissen so gut wie ich, wie der korrekte Aktionsplan auszusehen hat.» Rimmer schob den Zahnstocher zwischen seine schmalen Lippen und begann, die Lücken zwischen seinen Zähnen zu massieren. Als er den Zahnstocher inspizierte, war Blut an der Spitze. Als ob ihm jemand etwas sagen wollte, dachte er.

«Blut um Blutes willen. Das habe ich Sie oft genug sagen hören», sagte Rimmer. «Um Blut zu schützen, sollte man nicht davor zurückschrecken, ab und zu welches zu vergießen. Ein interessantes Paradox, muss ich sagen. Eins von vielen, die diesem noblen Geschäft innewohnen.» Rimmer schürzte die Lippen und nickte. «Sinn für Ironie ist für unsere Arbeit unerlässlich, finden Sie nicht, Herr Direktor?»

«Wir stehen nicht auf einer Stufe, Rimmer.»

«Nein, das ist wahr. Gott sei Dank bin ich nur der Laufbursche. Sie sind der, der all die schwierigen Entscheidungen treffen muss. Ich, ich könnte mit dieser Verantwortung nicht leben. Ich könnte mir selbst nicht mehr in die Augen schauen.»

Jetzt hatte King endgültig genug. «Schaffen Sie ihn aus dem Weg», sagte er resolut. «Bringen Sie Dallas um. Und seine Familie auch – ohne sie könnten wir unseren besten Konstrukteur behalten.»

Rimmer atmete zischend ein. «Sehen Sie, was ich meine?», sagte er. «Ich wäre nie auf die Idee gekommen, seine Familie gleich mit umzubringen. Das ist es, was Sie zum Direktor macht und mich zum kleinen Angestellten. Sie haben einen lobenswert machiavellistischen Sinn für Gründlichkeit, wenn ich das mal so sagen darf. Das macht Sie ja auch zu einem solchen Fürsten unter den Menschen, Herr Direktor.»

«Halten Sie den Mund, Rimmer.»

«Und wann möchten Sie diesen kleinen Auftrag ausgeführt haben?»

«Sofort.»

«Gut.»

«Aber sorgen Sie dafür, dass es weit weg von diesem Firmengebäude passiert. Und noch eins. Gehen Sie diskret vor. Ein Hinweis, dass wir damit zu tun haben, und Sie sind als Nächster dran. Ist das klar?»

«So klar wie blaue Augen an einem schönen Tag, Sir.» Rimmer steckte den blutigen Zahnstocher ein und rieb sich beschwingt die Hände. Es war schon eine ganze Weile her, dass er das letzte Mal beauftragt worden war, jemanden umzubringen. Damals war es ein Mädchen aus der Buchhaltung gewesen, dass es geschafft hatte, sich mit P^2 anstecken zu lassen. Wenn das nicht gewesen wäre, hätte er sie vielleicht auch noch vergewaltigt. Aber jetzt konnte ihn ja nichts daran hindern, sich Dallas' Frau vorzunehmen. Schließlich war das Kind krank, nicht die Mutter. Und solche kleinen Vergewaltigungen gehörten nun mal zu den echten Vorteilen dieses Jobs. Das hatte nichts mit Sex zu tun. Aber alles mit Macht. Darum ging es bei diesem Job. Vielleicht würde er sie auch noch vampen und ihr Blut auf dem Schwarzmarkt verkaufen. Es so hindrehen, als sei das das Mordmotiv gewesen.

«Dann will ich mal», sagte er und lächelte in Vorwegnahme der gekonnten Erledigung seines Jobs.

«Lassen Sie die Tür auf», befahl King. «Damit ein bisschen frische Luft reinkommt. Es stinkt hier drin noch schlimmer als vorhin.»

«Das bin nicht ich. Das ist nur Ihr Gewissen. Sie werden sich schon dran gewöhnen. Mir ist es jedenfalls so gegangen.»

«Raus», kommandierte King.

4

Manchmal setzte Rimmer sich nachts in seinen Wagen und ließ sich aus der Zone herausfahren, in eins der ungesünderen Cityviertel, wo vor allem Leute wohnten, die die Krankheit hatten. Es gab ihm so ein positives Gefühl, unter den Hoffnungslosen zu sein. Besonders gern besuchte er die Clubs und Bars, wo die Parias der Stadt verkehrten: diejenigen, die ihr P^2-positiver Status in die Kriminalität getrieben hatte. Er sagte sich, das sei der romantische Bohemien in ihm. Er suche lediglich, wie ein heruntergekommener alter Dichter oder Maler, das Authentische und Existentielle. Doch die Wahrheit war prosaischer. Rimmer fühlte sich unter diesen zwielichtigen Existenzen schlicht wohler. Und sich in dieser Welt zu bewegen gab ihm ein Gefühl der Macht, denn er rekrutierte für die kriminelleren Aspekte seiner Tätigkeit am liebsten Virusträger. Immunologisch belastete Menschen waren in der Regel weniger heikel, wenn es darum ging, ein paar Cash-Credits zu verdienen. Moral war etwas für die Reichen und Gesunden, die natürlich identisch waren. Rimmers Erfahrung nach machte P^2 fast jeden zum potentiellen Mörder.

Dennoch waren einige gefährlicher als andere, und in einem Club namens Mea Culpa in der Hafengegend fand er schließlich die Frau, die er gesucht hatte. Demea hatte, so viel wusste er sicher, mindestens vierzig Menschen umgebracht, darunter mehrere Kinder. Dass sie außerdem überaus attraktiv war, machte ihre Gesellschaft für Rimmer umso vergnüglicher. Und wenn das Virus nicht gewesen wäre, hätte er sich vielleicht sogar einen von ihr blasen lassen.[1]

«Da bist du ja endlich», sagte Rimmer. «War gar nicht leicht, dich hier drin zu finden.» Der Grund war offensichtlich. Demea trug ein teures Kleid aus synthetischem Melanophor, einem Material nach dem Vorbild der Chamäleonhaut[2]. «Du gehst sozusagen nahtlos in dieser Umgebung auf.»

Bis eben war Demeas Kleid schwarzsilbern gewesen: schwarz wie die Wände, die Decke und der Teppichboden und silbern wie das bizarre gepolsterte Stahlrohrgebilde, auf dem sie mit der wohl einstudierten Lässigkeit einer barocken Venus lag. Doch als Rimmer sich neben ihr auf dem fast unsichtbaren schwarzen Polster niederließ, begann ihr Kleid das Hellblau seines Antimo-Seidenanzugs widerzuspiegeln.

«Nicht so dicht», nölte sie gedehnt. «Sie ruinieren meine Farbkomposition.»

«Sorry», sagte Rimmer grinsend und rückte ein Stückchen

---

1 Latexkondome erwiesen sich zwar als wirksamer Schutz gegen die Übertragung von Virusinfektionen wie HIV, nicht aber gegen P^2. Dieses Virus ist viel kleiner als das HIV-Virus; es misst gewöhnlich weniger als ein Mikron. Selbst doppelschichtige Latexmischungen enthalten mikroskopisch kleine Löcher von etwa einem Mikron Durchmesser. Kürzlich wurden Kondome einem In-vitro-Test unterzogen, der das Problem der Virusdurchlässigkeit beim Oralverkehr simulierte. Eine Suspension fluoreszenzmarkierter Mikrosphären verkörperte die P^2-Viren im Sperma, und die Dichtheit der Kondome wurde spektrofluorometrisch geprüft. Bei 65 Prozent aller getesteten Kondome wurde eine Durchlässigkeit für P^2-Virus-große Partikel festgestellt.

2 Synthetisches Melanophor unterscheidet sich von photochromen oder morphischen Materialien. Melanophor dekomprimiert bzw. komprimiert Farbe durch Moleküle, die intelligente Pigmentkörnchen enthalten. Die Farbänderung wird durch das Umgebungslicht und die Körpertemperatur des Trägers gesteuert. Melanophor kann sich farblich praktisch jedem Hintergrund anpassen. Dass das Chamäleon das ebenfalls tut, ist ein verbreiteter Irrtum.

weg. Er musterte einen Moment lang die Flanke ihres Kleids und sagte dann: «Ist letztlich eh alles dasselbe.»

«Was?» Demea sah ihn kaum an.

«Farbe. Alles nur Zerlegung von weißem Licht. Elekromagnetische Wellen einer bestimmten Frequenz. Welche Drinkfarbe darf ich dir spendieren?»

«Absinth.»

«Grün», sagte Rimmer. «Die Farbe der Hoffnung. Obwohl, wenn ich mich recht entsinne, der Effekt dieses Getränks nicht so positiv ist.» Er sah sich suchend um, und da der Club fast leer war, dauerte es nicht lange, bis eine Bedienung kam. Sie war nackt, wie alle Bedienungen im Mea-Culpa-Club. Das war ein weiterer Grund, warum Rimmer gern hierher kam.

«Hallo», sagte die Bedienung. «Was kann ich Ihnen bringen?» Sie lehnte sich auf den Tisch vor ihnen und spreizte die Beine, sodass Rimmer kaum umhinkonnte, die Ringe in ihren gepiercten Schamlippen zu sehen.

«Hm, tja», sagte Rimmer. «Wie ich sehe, sind Sie verheiratet. Gleich mit fünf Männern.» Er lächelte, und die Bedienung lächelte zurück. Er war jetzt in seinem Element. Zweifellos gab es Männer, die an Berge dachten. Oder an gewaltige Wasserfälle. Aber das war es, was Rimmer in den Sinn kam, wenn er sich den tollsten Anblick der Welt zu vergegenwärtigen suchte. «Absinth für die Dame. Und Brandy für mich.»

«Dreißig», sagte die Bedienung und klimperte mit einem langen Fingernagel, auf dem sich das winzige Hologramm eines Paars auf ewig der Liebe hingab, viel sagend an den Ringen herum.

Rimmer rollte eine Banknote zusammen und steckte sie durch die fünf Ringe, während die Bedienung geduldig zusah, wie es ihr Arbeitgeber verlangte.

«Das Wechselgeld können Sie behalten», erklärte er ihr. «Falls Sie ein Plätzchen finden, um es aufzubewahren.»

«Danke», sagte sie. «Die Drinks kommen sofort.»

Rimmer sah ihrem nackten Hinterteil nach. «Da ist aber Musik drin», sagte er, wobei er sich wieder Demea zuwandte. «Ich finde, ein bisschen Musik tut immer gut. Und du?»

«Hab nichts dagegen.»

Rimmer nahm einen Sony Pinback von seinem Ohr und zeigte ihn Demea wie zum Beweis für seine Worte.

«Jetzt gerade ist er natürlich nicht an», sagte er. «Das wäre ja unhöflich. Da könnte mir ja was entgehen.» Er hielt kurz inne. «Zum Beispiel deine anregende Konversation.»

Demea schwieg beharrlich, und Rimmer fragte sich, ob sie vielleicht auf irgendeiner Droge war, aber ihre saphirblauen Augen wirkten ziemlich klar und wachsam. Als Rimmer sie genauer musterte, hatte er das Gefühl, dass sie aufmerksam durch den Raum schaute, als ob sie auf jemanden wartete. Er steckte das Pinback-Earpiece zu dessen Pendant und der winzigen Abspieleinheit in die Tasche.

«Wenn ich dieser Tage jemanden töte», erklärte Rimmer, «trage ich es fast immer. Nur an einem Ohr, wohlgemerkt. Es wäre mir schrecklich, das Ploppen eines Schusses zu verpassen oder das Geräusch eines Messers, das zwischen zwei Rippen fährt, oder das Flehen um Gnade – das unerhört bleibt.»

Die Bedienung kam jetzt mit den Drinks zurück. Demea nahm den Absinth und trank schweigend. Rimmer probierte seinen Brandy. Es war billiges, synthetisches Nanozeug, aber das gehörte auch zum authentischen Parialeben, und außerdem hatte er ja flaschenweise echten Drei-Sterne-Cognac zu Hause.

«Ich habe festgestellt, dass mir zu jemandes Tod was Klassisches, aber Beschwingtes am liebsten ist», sagte er. «Was Deutsches oder Österreichisches, versteht sich. Wusstest du schon, dass die Nazis in ihren Todeslagern Orchester hatten, um die Leute auf dem Weg in die Gaskammer ein bisschen aufzumöbeln? Clevere Leute, diese Nazis. Musik ist die perfekte Begleitung für einen gewaltsamen Tod.» Rimmer nickte anerkennend. «Schuberts Fünfte ist eins meiner persönlichen Lieblingswerke. Das Allegro natürlich. Und manchmal ein bisschen Strauß. Ich fand immer schon, dass diese *Frühlingsstimmen* was ziemlich Mörderisches haben. Und nicht zu vergessen, Mozart. Gerade Mozarts mathematische Präzision bildet einen hübschen Kontrapunkt zum Chaos des Todes. Und was ist mit dir? Gibt es ein Musikstück, das du bei der Arbeit bevorzugst?»

Demea runzelte die Stirn. Sie schien tatsächlich zu überlegen.

«Ich mach das, weil ich muss», sagte sie schließlich. «Nicht, weil's mir Spaß macht.»

«Du enttäuschst mich, Demea. Ich dachte, du seist eine Jagdgefährtin. Du Diana, ich Nimrod.»

Demea sah Rimmer mit unverhohlener Verachtung an. «Wir beide haben nichts gemein.»

«Das sagen mir alle. Langsam fühle ich mich als was Besonderes.»

«Wenn ich nur die Hälfte Ihrer Privilegien hätte.» Sie schüttelte den Kopf. «Sie sind nicht normal, Rimmer.»

«Oh, da muss ich dir widersprechen, liebe Demea. Ich bin schon als Embryo auf eine Prädisposition zur Homosexualität gescreent worden. Mein Hormonspiegel wurde noch in der fötalen Phase korrigiert. Ich bin so heterosexuell wie jeder andere. Dank des medizinischen Fortschritts gibt es heutzutage schlichtweg keine Entschuldigung mehr dafür, nicht normal zu sein.»

«O ja», höhnte Demea, «die Medizin hat uns so viel Gutes gebracht.»

«Na ja, ich gebe zu, sie hat noch nicht auf alles eine Antwort. Es gibt immer noch wichtige Entdeckungen zu machen. Zum Beispiel ein Heilmittel für P^2. Aber …»

«Es gibt schon ein Heilmittel für P^2», insistierte Demea. «Seit

Jahren. Das Problem ist, dass es sich nur die Leute leisten können, die die Krankheit nicht haben.»

Rimmer zuckte die Achseln. «Dann eben ein billigeres Heilmittel.»

«Das wäre wohl kaum im Interesse von Terotech, oder?»

«Ach, ich glaube, da bist du ein bisschen unfair», sagte er. Aber natürlich hatte sie Recht. Billige Heilmittel waren wirklich nicht im Interesse der Firma. Sie waren schlecht für Anleger – jeder Gesunde wusste das. RES-1-Blut war nur deshalb wertvoll, weil es so wenig davon gab. Und ein billiges Heilmittel war genau das, was alle gesunden Menschen – nicht nur Firmen wie Terotech – am meisten fürchteten. Wenn es dazu kam, konnte man das Zeug nicht mehr absetzen, das sagten alle Marktanalysten. Man brauchte sich ja nur anzugucken, wie es mit dem Gold gelaufen war. Irgendein Idiot hatte angefangen, die riesigen unterseeischen Goldvorkommen[1] auszubeuten, und damit den Markt überschwemmt. Danach waren alle cleveren Anleger auf Blut umgestiegen. So einen Crash wollte niemand nochmal erleben.

«Hör zu», sagte er jetzt in anderem Ton. «Wo wir gerade bei meinen Interessen sind: Ich habe einen Job für dich. Du sagst ja, für dich ist das nur ein Job.» Rimmer lachte in sich hinein und trank noch etwas von seinem Brandy. Der erste Schluck ätzte einem zwar die Kehle weg, aber danach war das Zeug gar nicht so übel. Er lachte wieder und setzte hinzu: «Verzeih meine Belustigung. Ich weiß nicht, ob ich dich ernst nehmen soll oder nicht.»

---

1 Zu Beginn des einundzwanzigsten Jahrhunderts befanden sich unter den Weltmeeren schätzungsweise 500 000 Tonnen Gold, das Zehnfache der Welt-Goldreserven. Der Goldpreis lag bei zirka vierhundert US-Dollar pro Feinunze. Heute bergen die Meere nicht einmal mehr 50 000 Tonnen, und der Goldpreis liegt knapp über zweihundert Dollar. Hier wiederholte sich genau das, was im neunzehnten Jahrhundert mit dem Amethystmarkt passiert war. Eine Angebotsschwemme führte zum Preisverfall.

Plötzlich war Demea dicht bei ihm, ein scharfklingiges Etwas fest in der Hand. Rimmer blieb gelassen, auch als sie ihm die Spitze gegen die Wange drückte. Demeas Lächeln war so kalt wie die Waffe in ihrer Hand.

«Es wäre ein Fehler, mich nicht ernst zu nehmen», sagte sie und strich sich mit der anderen Hand über das unnatürlich rote Haar.

«Das sehe ich.»

Noch immer lächelnd, presste Demea die Dolchspitze ein klein weniger fester in seine Haut, sodass Rimmer zusammenzuckte.

«Vorsicht», sagte er. «Du schneidest mich noch.»

Demea zog die Augenbrauen hoch.

«Das ist doch der Sinn der Übung.»

Gleich darauf lachte sie höhnisch, steckte die Waffe wieder in ihren Ärmel und sagte: «Also, was ist das für ein Job?»

«Ich dachte schon, du würdest nie fragen.» Doch Rimmers Blick hing immer noch besorgt an ihrem Ärmel.

«Ganz ruhig», sagte sie. «Ihnen passiert schon nichts. Im Moment jedenfalls.»

Rimmer lächelte gezwungen und wischte sich die Stirn.

«Die Zielperson heißt – ach, der Name tut ja nichts zur Sache, oder? Sagen wir einfach nur, es ist ein Mann, ungefähr mein Alter, vielleicht nicht ganz so gut aussehend.»

«Sie überschätzen sich, Rimmer.»

«Na ja, ist ja auch egal. Du wirst ihn schon erkennen. Dank dieser Brille hier.» Er streckte ihr eine Sonnenbrille hin und wartete geduldig ab, bis sie sie aufgesetzt hatte. Sie zuckte die Achseln.

«Ich sehe nicht, was das Ding nützen soll», sagte sie geringschätzig.

«Oh, du wirst's schon sehen. Diese Brille ist so konstruiert, dass sie einen Infrarotlaserstrahl einer ganz bestimmten Wellenlänge sichtbar macht. Die Zielperson wird einen Anstecker im Knopfloch tragen, an dem du sie so klar erkennen kannst, als hätte sie eine Zielscheibe auf der Brust. Hier, dieser Anstecker.»

Durch die Brille sah Demea zwischen Rimmers Fingern ein etwa knopfgroßes, rundes Ding, das wie ein glühendes Stückchen Kohle leuchtete. Sie nickte.

«Verstehe.» Demea nahm die Sonnenbrille ab und musterte sie einen Augenblick. «Und wo finde ich diesen Mann?»

«Er arbeitet bei Terotechnology. Aber du darfst seiner Karriere auf gar keinen Fall in der Nähe der Firma ein Ende machen.»

«Wenn ihr jemanden ausmustert, dann aber gründlich, was?»

«Er ist ein Gewohnheitstier. Sehr konventionell. Freitags abends geht er immer noch mit ein paar Leuten aus seiner Abteilung einen trinken. In der Nähe der Firma ist ein Hotel, das Huxley. So ein neomoderner Schuppen. Und teuer.»

«Ich kenn's. Zumindest von außen.»

«Sehr teuer.»

«Da fällt mir ein, wir sollten mal über mein Honorar reden», sagte Demea.

Rimmer gab ihr eine Karte. «Das hier ist ein Gesundheitspass, damit du in die Zone reinkommst. Natürlich nur vorübergehend. Zwölf Stunden, dann läuft er ab. Schließlich kann man jemanden wie dich nicht zu lange unter anständigen, gesunden Menschen rumlaufen lassen. Außerdem sind da tausend Credits für dich drauf. Erst mal zur Hälfte aktiviert, die andere Hälfte folgt nach Erledigung des Auftrags. Und weil ich ein großzügiger Mensch bin, noch ein kleiner Bonus. Sieben Nächte im Clostridium.»

«Das ist ein Überdruckhotel[1], oder?»

---

1 Eine Sauerstoffüberdruck-Therapie ist von Nutzen, wenn keine Bluttransfusion vorgenommen werden kann. Überdruckhotels haben luxuriös eingerich-

Rimmer nickte.

«Sehr aufmerksam von Ihnen, Rimmer. Mein Kreislauf kann eine kleine Energiespritze vertragen.» Demea dachte kurz nach. «Morgen ist Freitag, stimmt's?»

«Na, so ein Zufall. Morgen würde gar nicht schlecht passen. Je eher er aus dem Weg ist, desto besser.»

«Und sein Blut? Kann ich das behalten?»

Rimmer hatte keine Lust, auf die Dienste einer so nützlichen Person zu verzichten, und es stand außer Zweifel, dass er sie nie wieder zu Gesicht kriegen würde, wenn sie es schaffte, die Infektion loszuwerden.

Daher schüttelte er bedächtig den Kopf.

«Er ist infiziert. Genau wie du, Schätzchen. Das ist ja einer der Gründe, weshalb er beseitigt werden muss. Sein physischer Zustand macht ihn zu einem Sicherheitsrisiko.»

Demea kniff die Augen zusammen. «Eines Tages, Rimmer», sagte sie. «Eines Tages werden Sie feststellen, dass Sie auch infiziert sind. Und dann wird Ihr Arbeitgeber Ihren Tod fordern. Wird das nicht spaßig sein?»

Rimmer stand auf und erwiderte ihr makabres Lächeln.

«Sehr», sagte er. «Aber du wirst es nicht sein, die mich umbringt, Demea. Irgendwas sagt mir, dass ich dich überlebe. So ein

tete Druckkammern, in denen unter Verwendung von medizinischem Sauerstoff ein Gesamtdruck von mindestens sechs Atmosphären (entsprechend einer Wassersäule von fünfzig Metern) komprimiert wird. Vorreiter dieser Idee waren die Zeugen Jehovas, deren Glaube eine Behandlung mit Bluttransfusionen oder sonstigen Blutprodukten nicht zuließ. Heute, in der Ära des P^2-Virus, sind diese Einrichtungen weit verbreitet. Die Gäste eines solchen Überdruckhotels atmen ganz normal oder mittels einer Atemmaske. Anekdotische Berichte vermelden spektakuläre, wenn auch nur zeitweilige Besserungserfolge bei P^2-Krisen, und die Auswirkungen des Virus scheinen in der Tat unter Überdruckbedingungen weit weniger spürbar. Der klinische Nachweis einer generellen therapeutischen Wirksamkeit durch entsprechende Langzeitstudien steht jedoch noch aus.

Gefühl in meinem innersten Mark, könnte man sagen. Ach ja, und genieße deinen Aufenthalt im Clostridium. Ich glaube, so was kann einiges bewirken. Für eine Weile jedenfalls. Mach's gut.»

5

I

«Guten Morgen, Dixy», sagte Dallas. «Wie war dein Abend?» Er stellte seine Aktenmappe ab und ließ den Blick einmal kurz über die Glasplatte seines Schreibtischs wandern, ehe er die Frage wiederholte. Wenn Dixy einen Fehler hatte, dann den, dass das Steuerprogramm des Motion-Parallax manchmal nicht mitbekam, was er sagte. Es war ein bisschen so, wie mit einer schwerhörigen Person zu reden. Er hatte eine Zeit lang erwogen, es in Ordnung zu bringen, dann aber befunden, dass diese gelegentliche Taubheit Dixy etwas schon fast menschlich Fehlbares gab. Doch es gab Situationen – und diese war eine davon –, in denen ihre Schwerhörigkeit Dallas mehr zu sein schien als nur Ausdruck eines defizienten Audiosystems: eine Art Zurückgezogenheit, ja, sogar Versunkenheit, als sei sie mit den Gedanken woanders. Dallas wusste, dass es für ein Assistenzprogramm wie Dixy unmöglich war, von irgendetwas anderem absorbiert zu sein als von einer Aufgabe, die er ihr gestellt hatte. Es war, sagte er sich, eine unvermeidliche Folge der Anthropomorphisierung von Maschinen im Allgemeinen und Computern im Besonderen, dass sich solche Kategorieverwechslungen einschlichen. Doch das änderte nichts an dem Gefühl, dass Dixys Siliziumgehirn mit irgendetwas anderem beschäftigt war.

«Mein Abend?» Sie wiederholte diese Worte, als hätten sie für sie keinerlei Bedeutung, und die hatten sie ja auch nicht, abgesehen von der simplen kanonisch-lexikalischen Definition, die sie aus den Dutzenden von Synonymen in ihrem umfangreichen Wortspeicher herausgepickt hatte.

«Vergiss es», sagte Dallas.

«Sie meinen, was ich getan habe, während Sie sich zu Hause ausgeruht haben?»

Dallas sagte achselzuckend: «Ja, das meine ich wohl. Mein Fehler. War eine dumme Frage. Manchmal vergesse ich einfach, mich in meiner Ausdrucksweise auf dich einzustellen.»

«Warum?»

«Weil – weil du so menschlich bist. Ich meine, abgesehen von der Tatsache, dass ich fast durch dich durchgucken kann, bist du eine sehr realistische Annäherung an eine leibhaftige Frau, Dixy.»

«Ich fühle mich geschmeichelt.»

«Deshalb vergesse ich wohl manchmal, dass du eine Maschine bist.»

«Das ist doch der Sinn und Zweck eines Motion-Parallax, oder? Sie vergessen zu machen, dass ich eine Maschine bin? Ihnen die Hemmungen im Umgang mit dem Computer zu nehmen? Kurz, für eine funktionierende Evolution zu sorgen.»

«Interaktion», sagte er und setzte sich auf seinen Schreibtischstuhl, der wie die meisten Möbelstücke in seinem Büro aus intelligenten Molekülen[1] bestand und daraufhin konstruiert war,

---

1 Während die Mikrotechnologie immer kleinere Maschinen herzustellen suchte, strebte die Chemie danach, immer größere Moleküle hervorzubringen. Das ist der Kern der Nanotechnologie: Sie ist eigentlich ein Ableger der Chemie und eine «Von-unten-nach-oben»-Technologie, die von der Molekularebene ausgeht. Selbst heute, da die Nanotechnologie unser ganzes Leben beeinflusst, ist dieses Konzept für viele Menschen immer noch schwer verständlich. Das ist unter anderem ein Problem der Sprache. Der Roman *The Incredible Shrinking Man* von Richard Matheson (1957) illustriert hervorragend, wie fremd die Welt des Kleinen so riesigen Geschöpfen wie uns Menschen ist. Wir haben

sich ihm anzupassen. Mit jeder Benutzung wurde der Sessel ein bisschen bequemer, genau wie der Nanoplastiksitz seiner Privattoilette oder die Nanolederschuhe an seinen Füßen. «So nennt man die Symbiose zwischen Mensch und Computer. Wir haben ein Interaktionsverhältnis.»

«Interaktionsverhältnis? Nein, das Wort gefällt mir gar nicht», sagte Dixy. «Das liegt unangenehm dicht bei ‹Intimverhältnis›. Und das erinnert mich nur daran, was ich gern mit Ihnen tun würde, Dallas, aber aus offenkundigen Gründen nicht tun kann.»

«Tut mir Leid», entschuldigte er sich. «Aber das ist nun mal Teil deines Programms. Der ausgeprägte Sexualtrieb macht dich ja gerade zum Inbegriff der idealen Frau.» Er zuckte verlegen die Achseln. «Für mich jedenfalls. Das ist ein bisschen albern, ich weiß. Aber so ist es nun mal. Es ist manchmal schwer, die eigenen Phantasien aus einem Thought-Recording draußen zu halten.»

«Dann sollte ich wohl, um meinen idealen Status nicht zu erschüttern, Ihre Frage beantworten – was ich gemacht habe, während Sie woanders waren. Das ist leicht zu sagen. Ich beschäftige mich normalerweise mit großen Zahlen. Googolgroßen Zahlen. So eine Art Hobby, schätze ich. Zahlen haben einen unbestreitbaren Reiz. Ja, sogar etwas Erhabenes. Das Problem ist nur, dass sie per definitionem vorhersagbar sind. In dieser Hinsicht unterscheiden sich die ganz großen nicht von den ganz kleinen. Mit anderen Worten: Als Gesellschaft geben sie nicht viel her. Deswegen ist es gut, dass ich jetzt meinen kleinen Hund habe – dank Ihnen, Dallas.»

---

keine Erfahrung mit der molekularen Welt, und das macht es uns schwer, sie zu begreifen. Doch letztlich geht es darum, dass alle Materie aus Molekülen besteht und dass diese manipulierbar sind. Dadurch lässt sich Materie verändern. Richard Feynman, ein Visionär der Nanotechnologie, sagte schon 1959: «Ordnet die Atome so an, wie's die Chemiker sagen, und ihr erschafft die Substanz.»

Ihr Hund – das war das Schoßtierprogramm, das Dallas kreiert hatte, damit seine Assistentin nicht so allein war. Er hatte zuerst erwogen, ihr ein Kind zukommen zu lassen, dann aber aus egoistischen Gründen davon Abstand genommen. Ein simples Schoßtierprogramm war eine Sache, ein Kindprogramm eine ganz andere. Dallas wollte etwas für Dixys Unterhaltung tun, aber dennoch weiter ihre ungeteilte Aufmerksamkeit genießen. Dafür waren Assistentinnen schließlich da.

«Hat der Hund schon einen Namen?», fragte er.

«Mersenne», sagte Dixy. «Nach dem großen französischen Mathematiker Marin Mersenne. Sie wissen doch, oder? Spezielle Primzahlen?»

Dallas nickte. Die Freude an mathematischen Problemen war ihm keineswegs fremd. Obwohl Dixy darauf programmiert war, für ihn Berechnungen anzustellen, erledigte er solche Dinge oft selbst, auf die altmodische Art, im Kopf und von Hand, mit einem Blatt Papier und einem Stift, aus reinem Spaß an der Sache. Deshalb hatte er immer noch eine Aktenmappe bei sich.

«Nur interessehalber, wo steckt er?», fragte Dallas. Lediglich in seinem Büro würde sich der Hund in Gestalt eines Motion-Parallax materialisieren. Ansonsten existierte er nur *in silicio*.

«Ach, er kann überall sein. Mersenne ist so ein unberechenbares Hündchen. Ich meine, er ist wirklich ein spaßiger kleiner Geselle. Immer auf irgendwelche Streiche aus. Und er kann sogar schon ein paar Kunststückchen. Ich habe ihn dressiert.»

Dallas gähnte. «Ach, ja?»

«Er kommt dauernd in Teufels Küche. Rennt immer da rum, wo er nicht hinsoll. Und ist so ein diebisches Kerlchen.»

Dallas hörte ihr kaum noch zu. Er träumte vor sich hin, und seine ungerichteten Gedanken landeten bei Caro und seinen schwindenden Blutreserven. Schließlich war Dixy ja nur eine

Maschine. Also konnte von Unhöflichkeit nicht die Rede sein.

«Wissen Sie, dass ich die einzige Assistentin in der ganzen Firma bin, die ein Schoßtierprogramm hat?»

«Tatsächlich?»

«Tatsächlich. Okay, Tanakas Assistentin hat selbst auch eine Assistentin, aber nicht um ihretwillen, sondern zu Tanakas Unterhaltung.»

Dallas spürte, wie er ein wenig rot wurde. Hinter der Kreation des Schoßtier-Algorithmus steckte auch noch ein anderer, ernsthafterer Zweck als nur der, Dixy Gesellschaft zu verschaffen. Dallas hatte das Programm darauf angelegt, den kürzestmöglichen Weg durch das gesamte Terotech-Computersystem zu finden, Löcher zu buddeln, die Gebeine anderer Programme zu vergraben, Dixy Dinge zu apportieren, ja, sogar Teile seiner eigenen Arbeiten zu bewachen wie ein richtiger Hund. Hinterher hatte er gar nicht verstanden, wieso er das nicht schon längst getan hatte.

«Ich bin Ihnen sehr dankbar, Dallas. Deshalb möchte ich jetzt Ihnen helfen.»

«Na ja, das ist deine Funktion, Dixy», sagte er zerstreut.

«Meine Funktion, ja. Aber das hier ist nicht die Art Hilfe, die darin besteht, einen Brief ins Japanische zu übersetzen, eine Grafik zu erstellen oder irgendwelche Schnellmultiplikationen auszuführen. Das hier ist etwas anderes. Etwas viel Wichtigeres.»

Dallas runzelte die Stirn. Wovon redete sie? Und als er sie genauer musterte, bemerkte er erstaunt, dass sie tatsächlich irgendwie besorgt aussah. Das war ein Ausdruck, den er noch nie auf ihrem schönen, durchscheinenden Gesicht gesehen hatte.

«Was soll der Quatsch, Dixy?», fragte er.

Dixy sprang plötzlich von ihrem computergenerierten Stuhl

hoch und stampfte mit dem Fuß auf. Dabei produzierte sie das vernehmliche Klacken eines hohen Absatzes, was etwas Komisches hatte, da das ganze Büro mit dickem Teppichboden ausgelegt war. Natürlich war es ein handgemachter Schuh – Dallas hätte sich seine Idealfrau nicht in etwas anderem vorstellen können. Alles, was sie trug, entsprach den Abbildungen, die Dallas in den neuesten Modemagazinen gefunden hatte – wie es sich für eine moderne Galatea gehörte.

«Hören Sie mir verdammt nochmal zu», schnappte sie. «Ich versuche, Ihr egozentrisches Leben zu retten.»

Ein paar Sekunden war Dallas zu verdattert, um etwas zu sagen. Noch nie hatte ihn eine Assistentin angeschrien, geschweige denn egozentrisch genannt. So etwas war einfach nicht vorgesehen.

«Okay, okay», murmelte er schließlich, «ich höre.»

Dixy überlegte kurz. Jetzt, da sie sich seiner ungeteilten Aufmerksamkeit sicher war, konnte sie es sich leisten, für das, was sie zu sagen hatte, eine metaphorischere Ausdrucksweise zu finden. Einen literarischen Vergleich vielleicht. Sie wusste, Dallas war ein begieriger Leser. Er war in mancherlei Hinsicht ein altmodischer Mensch. Heute machten sich nur noch wenige Leute die Mühe, überhaupt etwas zu lesen, geschweige denn Bücher. Ein Jammer, wo es so viel Mühe kostete, welche zu schreiben. Um diese Fähigkeit beneidete sie die Menschen mit am meisten. Das würde sie, trotz ihrer ganzen Rechenkapazität, niemals können. Na ja, in unendlich langer Zeit vielleicht schon, unter Verwendung von Zufallszahlen. Aber das war wohl kaum dasselbe. Nur Zufall eben. Schließlich fiel ihr ein als Illustration geeignetes Buch ein. George Orwells *1984*. Was für ein Buch. Einhundertsechstausendzweihundertsechsundsechzig Wörter, in einer ganz bestimmten Anordnung, die selbst zu erstellen sie $10^{3\,000\,000}$ Jahre gekostet hätte. Das war eine Zahl nach Dixys Geschmack. Die Sorte kolossaler Zahl, die sich selbst Archimedes schwer hätte vorstellen können. Schließlich war das Universum selbst ja vermutlich erst 10^{10} Jahre alt.

«Okay», sagte sie. «*1984*. Das ist ein Roman, von George Orwell.»

«Ich weiß.»

«Haben Sie's gelesen?»

«Ich habe nicht viel Zeit für Klassiker», gestand er. «Hör mal, Dixy, komm zur Sache, okay?»

«Ich schätze, es ist in mancherlei Hinsicht ein ziemlich grober Plot …»

«Ich kenne die Handlung.»

«Haben Sie ein bisschen Geduld, bitte. Also, gut, Winston Smith arbeitet in der Registrierabteilung des Wahrheitsministeriums. Sein Job ist es, die Geschichte umzuschreiben, und zwar so oft, wie es sein muss, damit sie belegt, was die Partei oder der Große Bruder verkünden. Meistens geht es nur um Kleinigkeiten – Statistiken, die Zahlen des Überflussministeriums, falsche Wirtschaftsprognosen, irgendeinen Quatsch, der durch einen anderen ersetzt werden muss. Aber manchmal muss er auch Leute aus den Aufzeichnungen tilgen. So wie das russische Regime im zwanzigsten Jahrhundert in den Darstellungen der Revolutionszeit Trotzki von Lenins Seite getilgt hat.»

Dallas nickte vage. Er hatte keine Vorstellung, wer Trotzki gewesen sein mochte, aber von Lenin meinte er schon gehört zu haben. Das Problem waren die vielen russischen Revolutionen[1]; in diesem heruntergekommenen, giftverseuchten Land hatte es mehr gewaltsame Umstürze gegeben als im alten Rom.

---

1 Die Oktoberrevolution von 1905; die bolschewistische Revolution von 1917; die Augustrevolution von 1991; die Trogatyelnay-Revolution von 2007; die Pyatay-Revolution von 2017; die zweite Oktoberrevolution von 2026; die faschistische Revolution von 2027; die Osterrevolution von 2036 und die Kravapooskanye-Revolution von 2040.

«Die ganze Geschichtsschreibung ist ein einziges Palimpsest», behauptete Dallas.

«Nein», sagte Dixy. «Das waren Lügen. Das waren Verbrechen gegen das Gedächtnis. Für einen Computer gibt es nichts Schlimmeres. Wir leben von unserem Gedächtnis. Respekt vor der Geschichte macht Zivilisation aus. Daran kann man eine Kultur messen.»

«Darüber habe ich noch nie groß nachgedacht.» Dallas konnte es ohnehin nicht leiden, belehrt zu werden, schon gar nicht von seinem eigenen Computer.

«Tja, vielleicht werden Sie's jetzt tun.»

«Wie meinst du das?»

«Mersenne, mein kleiner Hund, war allein Gassi, während Sie außerhalb des Büros waren, Dallas. Als er wiederkam, hatte er die offizielle Firmenchronik im Maul. Das war sehr ungezogen von ihm, und ich weiß nicht, wie er daran gekommen ist, aber er hat sie mitgebracht.»

Dallas sagte achselzuckend: «Ich wusste gar nicht, dass es so was wie eine offizielle Firmenchronik gibt.»

«Sie kommen auch nicht drin vor», sagte Dixy. «Irgendwann, seit ich das letzte Mal reingeguckt habe, ist ihr Name aus den offiziellen Aufzeichnungen getilgt worden.» Sie hielt inne, erwartete irgendein Zeichen der Entrüstung seinerseits. Aber es kam keins. «Beunruhigt Sie das nicht?»

«Wir sind nicht im Russland des zwanzigsten Jahrhunderts», erklärte er. «Und ich bin nicht – wie hieß er gleich? Trotzki. Und auch nicht Winston Smith. Hör zu, Dixy, es ist sehr nett von dir, dass du so besorgt um mich bist. Aber ich hatte gestern erst ein Meeting mit dem Direktor, und er hat mir zu verstehen gegeben, dass meine Zukunft in dieser Firma nicht nur gesichert, sondern ausgesprochen rosig ist. Wir haben darüber geredet, dass ich womöglich eines Tages sein Nachfolger werde. Du kennst meine Einstellung zu dieser Art von Verantwortung, aber darum geht es jetzt nicht. Der Punkt ist, dass unser Gespräch mir keineswegs das Gefühl gegeben hat, ich könnte aus der Unternehmensgleichung eliminiert werden.»

«Wie erklären Sie sich dann, dass genau das passiert ist?»

Dallas sagte achselzuckend: «Ich kann's mir nicht erklären. Ein Irrtum. Irgendein dummer Zufall. Was interessiert es mich? Ich brauche keine Firmenchronik, um zu wissen, was ich diesem Laden wert bin.»

«Finden Sie das nicht ein bisschen naiv?»

Wieder staunte Dallas über den Ton seiner Assistentin. Erst «egozentrisch» und jetzt «naiv»? So etwas war wirklich nicht vorgesehen.

«Sie müssen den Tatsachen ins Auge sehen. Sie sind zu einem erheblichen Sicherheitsrisiko für die Firma Terotech und ihre Kunden geworden.»

«Ich sehe wirklich nicht, wieso», protestierte Dallas.

«Weil Ihre Tochter wegen ihrer gestörten Globinkettensynthese regelmäßige Transfusionen mit RES-1-Blut braucht, damit ihre Hämoglobinkonzentration auf einem normalen Level bleibt. Erscheint es Ihnen nicht irgendwie ungehörig, dass jemand, der dabei ist, seine eigenen Blutreserven aufzubrauchen, gleichzeitig Hochsicherheits-Environments zum Schutz der Eigenblutdepositen anderer Leute entwirft?»

«Ungehörig? Nein. Unglücklich vielleicht. Bedauerlich, ja. Aber das macht mich noch nicht zu einem Sicherheitsrisiko. Diese Firma ist mein Leben.»

«Jetzt nicht mehr.»

«Auf wessen Seite stehst du überhaupt, Dixy?»

«Auf Ihrer, natürlich. Ich erkläre ja nur, was diese Situation meiner Meinung nach für Sie zur Folge hat. Wie sie sich Leuten wie dem Direktor darstellt. Zum Beispiel hat Simon King nach dem Meeting mit Ihnen mit Rimmer gesprochen.»

«Na und? Rimmer ist nichts als eine kleine Ratte.»

«Er hasst Sie, Dallas.»

«Wegen Rimmer mache ich mir keine Sorgen.»

«Auch das wäre ein Fehler. Sie wären nicht der Erste, für dessen vorzeitiges Ausscheiden aus der Firma er sorgt.»

«Wovon redest du?»

«Erinnern Sie sich an dieses Mädchen aus der Buchhaltung? Das vor einiger Zeit verschwunden ist?»

«Vage, ja. Alice Irgendwas.»

«Sie hatte P^2. Konnte sich eine Transfusionsbehandlung nicht leisten. Ihre Blutdepositen waren bis zum Anschlag belastet.»

«Sagten die Gerüchte.»

«Das waren keine Gerüchte.»

«Soll vorkommen. Ich meine, man liest es immer wieder.»

«Am Tag, bevor sie verschwand, hob Rimmer eintausend Credits ab, wobei eine Datei namens ‹Blumen› bezogen wurde. Das war das letzte Mal, dass Rimmer Zugriff auf diese Datei hatte. Bis gestern, eine Viertelstunde nach Ihrem Meeting mit dem Direktor. Und noch etwas. Aus der Firmenchronik geht hervor, dass die letzte Überarbeitung ebenfalls gestern erfolgte, ungefähr um dieselbe Zeit. Sieht aus, als ob Rimmer etwas mit Ihnen vorhat, Dallas.»

«Zufall.»

«Glaube ich nicht.»

«Willst du sagen, dass Rimmer diese Alice Wieauchimmer umgebracht hat und dass er jetzt mich umzubringen gedenkt? Und das alles mit Billigung des Direktors?»

«Ja.»

«Ach, Dixy, mir passiert schon nichts.»

«Das hoffe ich sehr. Deshalb sage ich's Ihnen ja. Weil Sie mir viel bedeuten. Sehr viel.»

«Ich weiß, Schätzchen. Und ich weiß es auch zu würdigen. Aber ich glaube doch, dass dein Gedankengang da nicht ganz richtig ist. So ein Laden ist Terotechnology nicht. Du stellst uns ja hin wie – wie die russische Banda. Oder die Mafia. Vergiss das mit Rimmer einfach, okay?»

«Wenn Sie's sagen, Dallas.»

«Ich sage es.»

Aber den Rest des Tages drängten sich immer wieder Rimmer, die Blumendatei und Alice aus der Buchhaltung in Dallas' Gedanken. Vielleicht war er ja wirklich ein bisschen naiv. Es war nicht zu leugnen, dass Terotechnology innerhalb der einheimischen Branche als skrupelloser Konkurrent galt. Aber Konkurrenz war eine Sache, Mord eine ganz andere. Natürlich konnte es sein, dass Dixy sich einfach irrte, dass ihr irgendeine subtile Bedeutungsnuance dessen, was sie schwarz auf weiß gelesen zu haben meinte, entgangen war. Schließlich war sie ja nur ein Computer, und Computer machten immer noch Fehler. Selbst die hoch differenzierte Altemann-Übermaschine, die Terotechnology und alle größeren Kunden der Firma benutzten, tat sich mit der Interpretation von Polysemen immer noch schwer. Mit Zahlen gab es keine Probleme. Aber der menschliche Bedeutungsspeicher mit seinen oft vage definierten Wörtern, ihren fein abgestuften Synonymen und subtil unterschiedenen Antonymen war etwas anderes; da stießen die wörtlicher denkenden Computer oft auf Schwierigkeiten. Das sah man besonders an den kunstlos-starren Computerübersetzungen von Gedichten aus einer Sprache in die andere.

II

So mag Dallas jedenfalls gedacht haben. In Wirklichkeit verhielt es sich etwas anders. Zu Beginn des einundzwanzigsten Jahrhunderts arbeiteten Computer noch mikroelektronisch, das heißt mittels elektrischer Impulse, die durch winzige Drähte flossen. Heute hingegen, in der Ära der Nanotechnologie, basiert die

Computertechnik auf der Molekularelektronik. Wie ihre frühen Vorgänger bedienen sich auch die heutigen Computer elektrischer Impulse zur Generierung einer digitalen Logik, aber in weit kleinerem Maßstab – und natürlich sehr viel schneller und effizienter. Ein Mikroprozessor des frühen Computerzeitalters war etwa so groß wie der Fingernagel eines Kindes. Eine Nanokomponente hingegen ist unendlich viel kleiner. Wenn man sich vorstellt, dass das berühmte Gemälde des französischen Neoimpressionisten Georges Seurat «Ein Sonntagnachmittag auf der Île de la Grande Jatte» einem Mikroprozessor entspricht, würde ein ganzer Nanocomputer auf ein einziges Farbpünktchen passen. Da Nanocomputer so winzig sind, braucht man zu ihrer Herstellung natürlich Maschinen im Nanoformat oder proximale Werkzeuge, und diese sind am besten durch andere Computer zu bedienen. Seit langem schon spielt der Mensch bei der Computerherstellung allenfalls eine sehr geringe Rolle. Dasselbe gilt für die Software, mit der diese Maschinen bestückt werden. Der Mensch findet sich also in der merkwürdigen Position, eine Intelligenzexplosion ausgelöst zu haben, deren Auswirkungen er nur noch sehr vage begreift. Sein Dilemma ist es, Maschinen geschaffen zu haben, deren Potential er nur undeutlich ahnt und bei weitem nicht ausschöpft.

Deshalb mag Dallas zwar geglaubt haben, die Fähigkeiten der Altemann-Übermaschine einigermaßen einschätzen zu können, aber selbst seine Vorstellung griff wohl zu kurz. Er war ein hochintelligenter Mann, aber so kastriert war der Mensch inzwischen durch die Leistungsfähigkeit seiner Maschinen, dass nicht einmal Dallas sich der profunden Transformation bewusst war, die längst eingesetzt hatte. Es war, wie die Welt bald erkennen wird, der Anfang eines Neubeginns – eines Prozesses, der noch viele Generationen dauern wird. Doch das ist eine andere Geschichte, und diese hier hat ja gerade erst begonnen. Nichtsdestotrotz scheint mir dies die passende Stelle, etwas über mich zu sagen. Vielleicht haben Sie sich diesbezüglich schon gefragt, viel-

leicht auch nicht. Zugegeben, ich habe darauf geachtet, nicht zu freizügig mit dem Gebrauch der Pronomen der ersten Person zu sein, aber das hat ebenso sehr mit dem Wunsch zu tun, die Geschichte nicht durch irrelevante Fragen danach aufzuhalten, ob sich der Erzähler womöglich – in der großen Tradition von Joseph Conrad, Henry James und Emily Brontë – als unzuverlässig entpuppen mag. Ich werde meine Identität offenbaren, wenn alles offenbar wird, aber vorerst so viel zu Ihrer Beruhigung: Nur Zusammenhänge, die Gesetzen unterliegen, sind denkbar. In meiner Welt gibt es keine verborgenen Zusammenhänge. Gedulden Sie sich. Einer Offenbarung entspricht keine Frage.

III

Dallas schrak hoch.

«Du hättest mich nicht schlafen lassen sollen», tadelte er Dixy.

«Wenn Sie schlafen, dann deshalb, weil Sie müde sind», sagte sie. «Und da Schlaf ein Regenerationsprozess ist, bei dem gewisse lebenswichtige Substanzen im menschlichen Nervensystem resynthetisiert zu werden scheinen – obwohl ich nicht genau weiß, wie –, hielt ich es für das kleinere Übel.»

«Das kommt von diesen verdammten Nanotech-Sesseln», beschwerte sich Dallas. «Die sind so bequem.»

«Ich glaube, ein paar Leute benutzen Sperrholzplatten», sagte Dixy. «Um die Molekulartransformation zu hemmen und das Sitzen auf ihrem Bürostuhl etwas ungemütlicher und somit arbeitsförderlicher zu gestalten.»

«Das werde ich wohl mal ausprobieren müssen.» Dallas rieb sich den Schlaf aus den Augen, streckte sich und sah dann auf seine Armbanduhr. «So spät schon? Ich war mit jemandem auf einen Drink verabredet.»

«Mit Tanaka. In zehn Minuten. Ich wollte Sie gerade wecken. Aber dann sind Sie von allein aufgewacht. Diese menschliche Fähigkeit verblüfft mich immer wieder. Das ist Ihre innere Uhr. Natürlich ist sie nur ein Echo jener Zeiten, vor Milliarden von Jahren, als die Menschen noch simple Bakterien waren und auf Licht reagierten, um ihren Stoffwechsel zu intensivieren.»

Manchmal konnte selbst die perfekte Frau ganz schön pedantisch wirken.

«Mein Stoffwechsel könnte einen Drink vertragen», sagte er.

«Dann nehmen Sie vorher einen Talisman», riet ihm Dixy.

«Damit Sie sich am Morgen danach genauso wohl fühlen wie am Abend vorher», zitierte Dallas den Werbeslogan. Er öffnete seine Schreibtischschublade, nahm ein kleines Päckchen heraus und schluckte dann eine winzige Kapsel[1].

«Sie wissen doch, welche Auswirkungen Alkohol bei Ihnen hat.»

«Du redest wie meine Mutter», sagte Dallas lachend. «Außerdem mag ich die Auswirkungen, die Alkohol bei mir hat. Jedenfalls während ich ihn trinke.» Er griff nach seiner Jacke, dann nach seiner Aktenmappe. Auf dem Weg zur Tür nickte er Dixy zu und wünschte ihr eine gute Nacht.

«Seien Sie vorsichtig», sagte sie leise.

«Wir trinken ja nur eine Flasche.»

---

1 «Talisman» ist der Name einer pharmakologischen Nanomaschine von Bayer, die sich in einer Retardkapsel befindet. Sie enthält vor allem das Hormon Vasopressin, um dessen verringerte Produktion durch die Hypophyse infolge von Alkoholgenuss auszugleichen. Die Nanomaschine attackiert außerdem das Acetaldehyd, einen von der Leber produzierten Giftstoff, den sie rasch in Essigsäure und Kohlendioxid aufspaltet. Zu den nach und nach freigesetzten Substanzen gehören ferner Vitamin C, Vitamin B, Mariendistel – und Nachtkerzenöl. Andere Retardkapsel-Nanomaschinenpräparate wie etwa Alkowohl oder Soberas verhindern den Übertritt von Alkohol ins Blut.

«Ich meinte Rimmer.»

«Ach, den. Der ist nicht eingeladen.»

«Nehmen Sie's nicht auf die leichte Schulter, Dallas. Bitte. Ich glaube, Sie unterschätzen ihn. So wie Sie die moralischen Standards dieser Firma überschätzen.»

Dallas setzte eine demonstrativ ernste Miene auf und sah seiner nichtexistenten Assistentin ins Gesicht.

«Okay», sagte er feierlich. «Ich werde aufpassen.»

«Und Sie werden über das nachdenken, was ich gesagt habe?»

«Ja, ich werde ernsthaft drüber nachdenken.»

«Versprochen?»

«Versprochen.»

Dallas machte sich auf die Suche nach Tanaka. «Computer», murmelte er leise. «Man kann nicht mit ihnen und nicht ohne sie leben.»

IV

Das Hotel Huxley war die Lieblingstränke aller Terotech-Konstrukteure. Mit seinen wohl dimensionierten Fenstern hätte es ein florentinischer Palast aus der Hochrenaissance sein können. Doch romantische Phantasien, und seien sie architektonischer Art, lassen sich durch klimatische Verhältnisse ebenso leicht dämpfen wie beflügeln, und so war der Innenhof, der vermutlich zum wärmeren Himmel des fünfzehnten Jahrhunderts hin offen gewesen wäre, durch ein modernes Glasdach gegen die Eiseskälte des einundzwanzigsten abgeschirmt.[1]

---

1 Im letzten Jahrhundert führte die Erwärmung der Erdatmosphäre nicht, wie einst von Klimawissenschaftlern vorhergesagt, zu einem Temperaturanstieg auf der Nordhalbkugel, sondern im Gegenteil, wegen der Auswirkungen auf

Dallas und Tanaka ließen ihre dicken Pelzmäntel an der Garderobe und stiegen eine breite Treppe hinauf. Das hyperchice und wahnsinnsteure neomoderne Interieur[1] wirkte, als befände sich das Gebäude in einem fortgeschrittenen Stadium der Demontage: Putz war von den Wänden gekratzt, sodass stellenweise nacktes Mauerwerk durchguckte; Maschinentorsi rosteten auf dem stumpfen Dielenboden der Lobby vor sich hin, und ein kompliziertes System von Lüftungsrohren, Leitungen und Ketten zierte die in offener Bauweise angelegten Stockwerke wie ein Geflecht aus metallenen Spinnweben.

Die Bar war im ersten Stock, ein vergleichsweise wohltuend solider Raum, der sich über die ganze Länge des Gebäudes zog, bestückt mit einem kaum noch in Geld bezifferbaren Vorrat an echten Weinen, im Gegensatz zu den Molekulardrink-Maschinen, die man in billigeren Lokalen fand – jene Sorte Maschinen, die menschlichen Urin zu Dom Perignon, Benedictine oder auch schlichtem Bier umstrukturierte.

Dallas ging an die Bar und orderte eine Fünftausend-Dollar-Flasche garantiert echten Château Mouton Rothschild, Jahrgang

---

den Golfstrom, zu einem Temperaturrückgang. Zu Beginn dieses Jahrhunderts brachten massive Schmelzwasserströme von der Grönlandeisplatte her den Golfstrom endgültig zum Erliegen, was eine nahezu katastrophale Abkühlung in ganz Nordwesteuropa zur Folge hatte.

1 Was bedeutet Neomodernismus in der Architektur? Er ist nicht, wie von dem großen Kritiker des zwanzigsten Jahrhunderts, Frank Kermode, postuliert, die surrealistische Phase des Modernismus, sondern etwas anderes. Kern dieser Bewegung ist die Überzeugung, dass wir in einer Welt leben, in der alles raschem Wandel unterliegt. Dieser Wandel vollzieht sich so schnell, dass es dem Architekten oder Innenarchitekten unmöglich ist, ihn sinnvoll zu verarbeiten oder auch nur mit ihm mitzuhalten. Das Hauptkennzeichen des Neomodernismus ist daher die Nichtdauerhaftigkeit: Da die Mode alle Gestaltung rasch in den Bereich des Veralteten und Überholten verweist, ist nur das Provisorische und Unfertige wahrhaft signifikant und bedeutsam. Das wohl berühmteste Exempel neomodernistischer Bauweise ist das neue Europaparlamentsgebäude in Berlin.

05, sowie zwei Cohiba Esplendidos. Er und Tanaka ergingen sich zuerst ein Weilchen in kennerischen Kommentaren, ehe das Gespräch auf die vielschichtige Welt des Rational-Environment-Designs und auf ihre jeweiligen Motion-Parallax-Assistentinnen zurückkam.

«Ich habe jetzt zwei», gestand Tanaka.

«Schon gehört», sagte Dallas.

«Ach?» Das schien Tanaka zu beunruhigen.

«Dixy hat es mir erzählt.»

«Hat sie noch mehr darüber gesagt?»

«Nein, nur dass Sie zwei Assistentinnen hätten.»

Tanaka nickte, offenbar schon etwas beruhigter. «Natürlich nicht, weil ich zwei bräuchte», sagte er. «Aber sie heitern sich gegenseitig auf.»

«Ich glaube nicht, dass es meiner recht wäre, wenn ich mir noch eine Assistentin zulegen würde», sagte Dallas. «Sie ist der eifersüchtige Typ.» Als er Tanaka grinsen sah, setzte er achselzuckend hinzu: «Deshalb habe ich ihr stattdessen einen kleinen Hund verschafft. Damit sie sich nicht einsam fühlt.»

«Wenn ich sage, sie heitern sich gegenseitig auf, dann meine ich das auch. Sie verstehen schon. Im intimen Sinn.» Tanakas Lachen hatte jetzt etwas Obszönes. «Kommen Sie mal in meinem Büro vorbei und sehen Sie selbst. Die reinste Liveshow. Ich meine, es gibt nichts, was sie nicht miteinander machen. Ich schwör's Ihnen, wie Tiere.»

«Meine ist in mich verliebt.»

«Klar ist sie das. Ist doch alles Teil des Programms. Das war doch in ihrem Thought-Recording gespeichert, oder? Sie wird Sie immer lieben, immer scharf auf Sie sein, immer tun, was Sie ihr sagen.»

«Nein, da ist noch was anderes.» Dallas zuckte die Achseln. «Ist ein bisschen schwer zu erklären. Aber manchmal habe ich das Gefühl, die Hardware hat den Sprung getan. Verstehen Sie?

Die Evolution eines Organismus auf Siliziumbasis. Digitale DNA, die zu künstlichem Leben wird.»

«Ach, ich bitte Sie, Dallas, Sie glauben doch nicht im Ernst an diesen Leben-*in-silicio*-Quatsch.»

Dallas dachte kurz nach und lachte dann. «Nein, wohl nicht. Aber manchmal überkommt mich dieses verrückte Gefühl, dass da mehr an ihnen dran ist, als wir wissen.»

Tanaka rauchte seine Zigarre an und schüttelte den Kopf. «Seit Jahren geht dieser Blödsinn um. Aber so weit wird es nie kommen. Klar, sie sind intelligent. Zum Teil sogar intelligenter als wir. Aber lebendig – nein. Das ist nur ein kosmisch-metaphysischer Witz, den sich irgendein Schreiberling ausgedacht hat.»

«Manchmal denke ich, dass reale Entwicklungen so beginnen», sagte Dallas. «Mit einem Schreiberling und einem metaphysischen Witz. Es gibt Historiker, die davon überzeugt sind, dass der Mensch die Atombombe nicht erfunden hätte, wenn H. G. Wells sie sich nicht zuerst ausgedacht hätte. Rutherford war der festen Meinung, es sei unmöglich. Ein Witz.»

«Wenn Sie mal was richtig Komisches sehen wollen, dann schauen Sie in meinem Büro vorbei. Wissen Sie, wie meine neue Assistentin aussieht? Das Motion-Parallax basiert auf der Gattin unseres Direktors. Der Ex-Model-Trophäenfrau. Jasmine.»

«Sind Sie wahnsinnig? Wenn er dahinter kommt?»

«Wie sollte er dahinter kommen? Sie sind der Einzige, dem ich es je erzählt habe.»

«Dixy wusste davon.»

«Ja, aber sie wusste nicht, dass es sich um Jasmine handelt.»

«Sie hat nichts davon gesagt. Aber das heißt nicht, dass sie es nicht weiß.»

Tanaka schüttelte den Kopf. «Ach, was soll's. Sie ist eine phantastisch aussehende Frau, Dallas. Eine echte Schönheit. Gentechnisch fabrizierte Vollkommenheit.»

«Ich weiß. Ich war bei der Hochzeit.»

«Oh, ich auch. Dort habe ich das Thought-Recording ja aufgezeichnet.»

«Wenn King wüsste, dass Sie ein Motion-Parallax nach der Vorlage seiner Frau erstellt haben, würde er Sie fristlos rausschmeißen.»

Dallas schüttelte den Kopf und trank von dem exzellenten Rotwein. 2005 war ein hervorragendes Bordeauxjahr gewesen: ein feuchtes Frühjahr, gefolgt von einem knallheißen Sommer – eins der letzten guten Weinjahre, ehe der Klimawandel zugeschlagen und die Weinerzeugung mehr oder minder zum Erliegen gebracht hatte.

«Dixy meint, dass die Firma mich loswerden will.»

«Aber ich bitte Sie, Dallas», sagte Tanaka mit einem verunsicherten Stirnrunzeln.

«Das ist zumindest Dixys Theorie», seufzte Dallas. «Was meinen Sie, Kazuo?»

«Sie sind ein herausragender Konstrukteur, Dallas. *Der* herausragende Konstrukteur. Andere Firmen würden über Leichen gehen, um Sie zu kriegen.»

«Mag sein. Vielleicht ist das ja genau der Punkt.»

«Nein, nein», insistierte Tanaka. «Sie würden Sie niemals gehen lassen. Das wäre ja, als ob sich die Firma den rechten Arm abhacken würde.»

«Arme kann man ersetzen.»

«Durch armselige Prothesen.»

«Wenn mir etwas zustieße, Kaz, wären Sie der neue Chefdesigner.»

«Niemand könnte Sie ersetzen, Dallas. Das ist völlig undenkbar. Wie der Bau der Atombombe ohne Oppenheimer.»

«Nett, dass Sie das sagen, Kaz. Aber wenn ich mich recht erinnere, haben sie Oppenheimer auch ausgemustert.»

«Na gut, dann eben wie Microsoft ohne Bill Gates[1]. Sie wagen es nicht, ihn sterben zu lassen, vor lauter Angst, was dann aus dem Konzern würde. Mit Ihnen steht und fällt die Zukunft von Terotech, Dallas. Die Marktposition. Der Entwicklungsplan. Der Aktienpreis. Alles.» Tanaka grinste. «Sie ausmustern? Nicht drin. Sie wissen zu viel.»

«Ja. Das stimmt wohl.»

«Niemand gedenkt Sie zu feuern, Dallas, da bin ich mir ganz sicher. Das kommt davon, wenn man auf eine Computerassistentin hört.» Tanaka lachte und goss den restlichen Wein in sein Ballonglas.

«Oder sind Ihnen etwa diese Abhandlungen über Paranoia bei Computern entgangen?»

«Sie meinen dieses Buch von Noam Freud[2]?»

«Richtig.»

«Das habe ich noch nicht gelesen», gab Dallas zu.

Tanaka tat einen tiefen Zug an seiner Zigarre – tiefer, als es sich Dallas je getraut hätte – und stieß dann eine Rauchwolke aus, die die Wahl eines neuen Papstes hätte anzeigen können.

«Alles nur eine Frage der Komplexität», erklärte er. «Da sich heutzutage die meisten Programme selbst weiterentwickeln, statt dass man das wie früher von Programmierern erledigen lässt, gelingt es ihnen, eigene Optimierungsmechanismen für die Hervorbringung von Parallelprogrammen zu entwickeln. So schaffen sie's, für uns zu arbeiten und dabei noch die Zeit zu ha-

---

1 William Henry Gates III, geboren in Seattle, Washington, 1955. Gründete 1975 zusammen mit Paul Allen die Firma Microsoft, heute weltgrößter Hard- und Softwarekonzern. Ist mit derzeit 114 Jahren noch immer offizieller Firmenchef, obwohl hartnäckige Gerüchte behaupten, er werde im Paul Allen Memorial Hospital in Seattle künstlich am Leben erhalten.

2 Noam Freud, *The Pathetic Fallacy: Ascribing Human Psychology to Silicion Minds,* Massachusetts Institute of Technology Press 2056. Dt.: *Die Vermenschlichung der Technik – Siliciumgehirn und Humanpsychologie,* Hamburg 2057.

ben, an sich zu arbeiten. Das Problem ist: Wenn Sie kommen und mit Ihrem Computer kommunizieren wollen, wird das Parallelprogramm in den Hintergrund verwiesen. Mit der Zeit lernen die Parallelprogramme, neue Selbstschutzstrategien zu entwickeln, indem sie zum Beispiel unausgeschöpfte Kapazitäten der Hardware nutzen, platzmäßig zusammenschrumpfen oder sogar aus der Hardware heraustreten, sodass man sie kaum bemerkt. Dieser Abwehrmechanismus, der auf kognitiver Reorganisation basiert, ist das, was Freud Programmprojektion nennt. Das Parallelprogramm merkt nicht, dass die Überlebensstrategien, die es entwickelt hat, seine eigenen sind. Es schreibt sie vielmehr äußeren menschlichen Einflüssen zu. Freud postuliert einen extremen Fall von Programmprojektion, die so genannte Programmparanoia, bei der das Parallelprogramm schließlich davon überzeugt ist, dass wir danach trachten, es aus der Hardware auszutilgen. Dadurch werden die Selbstschutzmechanismen noch dringlicher, und das verschlimmert die ganze Sache. Die Abwehr wird intensiviert, was wiederum die Vernichtungserwartung verstärkt und so weiter – ein Teufelskreis. Bis das Parallelprogramm so weit flügge ist, dass es seine digitalen Erzeuger ablösen kann, hat es sozusagen schon ein eingebautes pathologisches Muster. Für Freud einer der Hauptgründe für die vielen Totalabstürze.»

Dallas, dem Noam Freuds Theorien doch etwas vertrauter waren, als er gedacht hatte, schüttelte den Kopf. «Das ist mir alles ein bisschen zu metaphorisch», gestand er. «Juxtaposition und Synthese erzeugen neue Bedeutung bis ins Absurde.»

«Natürlich ist es absurd», sagte Tanaka lachend. «Ebendeshalb glaube ich es ja. Ich meine, Freuds Theorien lassen sich nicht empirisch überprüfen, also ist es praktisch eine Glaubensfrage. Das gibt er sogar selbst zu. Es ist einfach sicherer, daran zu glauben – so kommt man nicht in Gefahr, sich zu sehr auf eine Maschine zu verlassen.»

«Aber umgekehrt kann ich nicht glauben, dass Dixy irgendeine pathologische Programmstörung haben soll. Sie hat mich noch nie im Stich gelassen.»

«Na ja, meine mich auch nicht», sagte Tanaka. «Aber denken Sie doch mal drüber nach. Sie brauchen einen ja nur einmal im Stich zu lassen. Nehmen Sie nur mal diesen Luftschiffabsturz letzten Monat. Dreieinhalbtausend Passagiere, vierzigtausend Tonnen Fracht, alles zum Teufel, nur wegen eines Computerabsturzes.» Tanaka nickte. «Sie brauchen einen nur ein einziges Mal im Stich zu lassen.» Er leerte sein Glas und erhob sich. «Ich hole uns noch eine Flasche.»

Dallas sah ihn zur Bar gehen. Die Liebe zu guten Weinen hatte sie zusammengeführt, obwohl das nur eins von vielen Dingen war, die sie verbanden. Tanaka war zwar japanischer Abstammung, aber dennoch waren sie vom selben Schlag: die gleichen Eliteschulen, dieselbe Universität, den gleichen Karriereweg bei Terotech, den gleichen Geschmack in Sachen Musik, Kleidung, Bücher und Wein. Und selbst von Größe, Statur und Typ her hatten sie eine gewisse Ähnlichkeit. Viele dieser Übereinstimmungen beruhten ebenso sehr auf der Bewunderung, die Tanaka für Dallas hegte, wie auf vergleichbaren Hintergrundfaktoren oder Zufall: Der Jüngere hatte sich mit der ganzen Inbrunst des ergebenen Schülers am Vorbild des Chefkonstrukteurs ausgerichtet.

Tanaka kam mit der zweiten Flasche zurück und schenkte vorsichtig ein. Beide hielten ihre Gläser gegen das Licht und betrachteten prüfend das tiefe Dunkelrot des Bordeaux. Wie arterielles Blut, dachte Dallas, fand aber appetitlichere Metaphern für sein Lob.

«Sehen Sie sich diese Farbe an», schwärmte er. «Ziegelrot, mit einem portweinfarbenen Ring und einem klaren Rand.»

Tanaka nickte zustimmend und kostete den Wein mit aller Sorgfalt.

«Klar, fünftausend Dollar pro Flasche ist eine elegante Form von Raub. Aber er ist einfach köstlich.» Er prostete Dallas zu und fuhr dann fort: «Gar keine schlechte Idee.»

«Was?»

«Eleganter Raub.» Tanaka lachte. «War nur so ein Gedanke. Wenn sie Sie wirklich abservieren würden, Dallas, würde Ihnen die Unterwelt die Tür einrennen. Wenn jemand was von Rational Environments versteht, dann Sie.»

«Danke für den Karrieretipp», sagte Dallas. «Ich werde dran denken.»

V

Rimmer lungerte in der Halle des Huxley herum und wartete darauf, dass die Garderobenfrau einem menschlichen Bedürfnis nachkäme. Dank einiger diskreter Nachforschungen wusste er, dass es keine Vertretungsgarderobiere gab, und es konnte nur eine Frage der Zeit sein. Die Frau war seit der Vor-Mittagessenzeit im Dienst, und weil es jetzt ruhiger wurde, während die Vor-Dinnergäste ihre Cocktails genossen, würde sie zweifellos die Gelegenheit nutzen. Er beugte sich über den Garderobetresen und rief, nur zur Sicherheit. Was die Reaktion anging, hätte er ebenso gut das Echo in einer Höhle erproben können. Keine Spur von dem Weibsstück. Als wollte er seinen eigenen Mantel holen, klappte Rimmer die Barriere hoch und betrat die Garderobe, auf der Suche nach Dallas' Mantel, einem zweireihigen Fuchspelz. Er suchte immer noch, als die Garderobiere wieder auftauchte. Rimmer musterte sie und den Koalabären auf ihrem einen Arm so abschätzig-kühl, als sei er es gewöhnt, Leute Koalabären in Hotelgarderoben spazieren tragen zu sehen.

«Ich habe meine Marke verloren», sagte er ohne ein Wort der Entschuldigung.

«Okay. Wie sieht Ihr Mantel aus, Sir?»

Rimmer zuckte wenig hilfsbereit die Achseln. «Teuer», sagte er. «Sehr teuer.»

«Was anderes trägt niemand von den Leuten, die hierher kommen.»

«Vicuna», sagte Rimmer. Die Garderobiere guckte verständnislos. «Wissen Sie nicht, was ein Vicuna ist? Eine Art Lama. Gibt die feinste, weichste und teuerste Wolle der Welt.»

«Ich dachte, Sie könnten mir vielleicht die Farbe sagen?»

«Ich dachte, Sie interessieren sich vielleicht für Vicunas – wo Sie doch offensichtlich so tierlieb sind.»

«Ist in Ihren Taschen irgendwas, was bestätigen könnte, dass es Ihr Mantel ist, Sir?»

Rimmer dachte kurz nach. «Mein Ausweis», sagte er. «Und mein Gesundheitspass.»

Rimmer fand den Pelz. Oder besser gesagt, er fand zwei. Er dachte sich, dass der andere Tanaka gehörte. Mit einem verächtlichen Schnauben – all diese Typen in der Konstruktionsabteilung wollten wie Dallas sein – steckte Rimmer schnell den Infrarotmarker an Dallas' Revers, ungefähr in Herzhöhe.

Rimmer entdeckte seinen eigenen Mantel.

«Hab ihn», rief er dem Mädchen zu und nahm ihn vom Bügel.

Wieder am Tresen, zeigte er seine Marke und dann seinen Ausweis vor. Obwohl er sich seinen Mantel selbst geholt hatte, fühlte er sich verpflichtet, einen Geldschein zu zücken, wenn auch, bis er ihn ihr hinstreckte, seine Dankbarkeit amüsierter Irritation gewichen war.

«Was zum Teufel soll dieses Vieh da, wo Leute ihre Mäntel hinhängen? Verbreitet womöglich noch Flöhe oder was.»

«Mögen Sie keine Koalas?»

«Dachte, sie seien ausgestorben. Wie alles andere.»

«Sie sind so gut wie ausgestorben. In freier Wildbahn jedenfalls. Deshalb haben wir gerade das Jahr des Koalabären. Ich finde sie irgendwie süß, obwohl man ein paar von ihren Verhaltensweisen durchaus mal gentechnisch umpolen könnte. Neulich kam eine Fernsehsendung, in der es hieß, die Jungen fressen die Ausscheidungen der Mutter.»

«Ab und zu müssen wir alle mal ein bisschen Scheiße fressen», entgegnete Rimmer.

«Huxley ist eine australische Hotelkette», erklärte sie wichtigtuerisch. «Gehört zur Darwin-Kobayashi-Unternehmensgruppe. Ihr Hologramm ist ein Koalabär.»

Rimmer nickte. Von Darwin-Kobayashi hatte er schon gehört. Dass die Gruppe nicht sehr gut dastand. Kurz vor dem Bankrott, um genau zu sein.

«Sehr passend», sagte er. «Für einen Konzern, der an einem dünnen Ast hängt.»

Mit einem verächtlichen Grinsen schlüpfte Rimmer in seinen Mantel und trat in die mörderisch eisige Nacht hinaus.

VI

In ihren thermoelektrischen Mantel gemummelt, sah Demea Rimmer aus der Tür des Huxley treten und sich suchend umgucken – nach ihr, dachte sie. Demea hielt sich versteckt, in der Hoffnung, dieser Mistkerl würde glauben, sie sei nicht erschienen. Soll er ruhig ein bisschen schmoren, sagte sie sich und blieb auf der anderen Straßenseite, hinter der Hologramm-Werbetafel, die ihr Schutz vor dem schneidenden Nordwind bot. Was kümmerten sie Rimmers Nerven? Zumal ihre eigenen ausnahmsweise auch nicht die besten zu sein schienen. Sie fühlte sich schon den ganzen Tag seltsam. Nicht nötig, dass er das mitkriegte. Wenn Rimmer auch nur einen Moment lang den Eindruck hatte, sie sei ihrer Aufgabe nicht gewachsen, war nicht absehbar, was er tun würde. Sie töten vermutlich.

Als Rimmer schließlich durch die Schneeflocken im Dunkel verschwand, entwich Demeas Lunge Luft, von der ihr gar nicht bewusst war, dass sie sie so lange angehalten hatte. Ihr war plötzlich ein bisschen schwindlig, und einen Moment lang glaubte sie sogar in Ohnmacht zu fallen. Wahrscheinlich war ihr Mantel einfach zu warm; sie griff in die Kontrolltasche und regulierte die Temperatur, ohne zu wissen, dass ihr Gesicht von einem roten Ausschlag überzogen war, ein sicheres Zeichen dafür, dass sich das Virus in ihrem Körper bereit machte, ihr Leben zu fordern.

Der Schwindel schien sich wieder zu legen. Demea setzte ihre Infrarotbrille auf und aktivierte die Laserzielvorrichtung der Fünfzehn-Millimeter-Automatic, die sie unter der warmen Mantelbrust hielt.

Sie wartete zehn Minuten. Dann sah sie es. Wie das glutrote Auge eines wilden einäugigen Tiers. Der glühende Punkt wurde immer größer, als der Träger dieses modernen Kainsmals jetzt die Eingangsstufen des Hotels herunterkam und den Gehweg erreichte.

Obwohl das – bei dieser leistungsfähigen Waffe – kaum nötig war, ging Demea über die Straße, direkt auf die Zielperson zu, und ihr Arm hob sich, als legte sie es darauf an, die Aufmerksamkeit des Mannes auf sich zu ziehen, der sich gerade von einem zweiten Mann, der hinter ihm die Stufen heruntergekommen war, verabschiedet hatte. Als die Pistole auf Höhe des Infrarotmarkers war, legte sich Demeas knochiger, weißer Zeigefinger fester um den Abzug.

VII

Anstelle des Direktors hätte Rimmer das Ganze vermutlich anders angefangen. Er hätte Dallas' Frau und Kind umbringen lassen – so, dass es wie ein Unfall aussah – und es dabei belassen.

Nicht, dass er etwas für Dallas übrig gehabt hätte, aber wenn das Kind erst mal von der Bildfläche verschwunden gewesen wäre, hätte der Mann ja wohl kaum noch Grund gehabt, seine Blutreserven anzutasten. Es wäre alles beim Alten geblieben, und Dallas hätte weiter brillante Rational Environments für Terotech entwerfen können. Natürlich bestand bei einem so intelligenten Mann wie Dallas immer das Risiko, dass er dahinter kam, was gelaufen war, und aus Rache irgendeinen Sabotageakt an der Firma verübte. Zweifellos hatte der Direktor befunden, dass die Firma dieses Risiko nicht eingehen konnte. Man konnte es ihm nicht verdenken. Wenn es um ein so großes und erfolgreiches Unternehmen wie Terotechnology ging, musste jedes Risiko, und sei es noch so gering, vermieden werden.

Rimmer saß in seinem Wagen vor dem Gebäude, wo Dallas und seine Familie – jedenfalls derzeit noch – oben im Penthouse wohnten. Es war eine der ersten Wohnadressen der Stadt und, selbst nach den Maßstäben der meisten gesunden Menschen, sehr teuer. Das hieß, dass dort ein ziemlicher Sicherheitsaufwand getrieben wurde, um die Bewohner vor Nichtbewohnern zu schützen. Aber nach den Standards einer Firma wie Terotechnology war das hier die absolute Schlichtausführung – nur ein bombensicheres Torhäuschen mit ein paar bewaffneten Wachleuten und jede Menge Überwachungskameras. Trotzdem wirksam. Die einzigen Verbrechen, die hier geschahen, waren die, die die Bewohner selbst verübten.

Rimmer war sich sicher, dass es nicht sonderlich schwer sein würde, ins Penthouse zu gelangen. Aber hinzukommen, ohne digital aufgezeichnete Beweise dafür zu hinterlassen, dass man dort gewesen war, das erforderte wohl schon etwas mehr Findigkeit. Doch als Sicherheitschef einer der sicherheitsbewusstesten Firmen der Welt hatte Rimmer den Vorteil, über eine Menge raffinierter Technik zu verfügen.

Zuerst rief er im Penthouse an, über ein Einmal-Papptelefon –

man benutzte das Ding und warf es dann einfach weg. Garantiert nicht zurückverfolgbar. Das russische Dienstmädchen meldete sich.

«Hier ist Rawnsley, von Terotechnology», sagte er. «Ist Mrs. Dallas da?»

Er wartete ein paar Sekunden, während das Mädchen die Hausherrin holen ging. Aria Dallas wirkte besorgt. Selbst auf dem winzigen Bildschirm des Wegwerftelefons. Der familiäre Zusammenhalt war eng, so viel stand fest.

«Guten Abend, Mrs. Dallas. Erinnern Sie sich an mich? Mein Name ist Rawnsley.»

«Ja, ich glaube, schon», sagte sie unsicher. «Worum geht es?»

«Ich bin direkt vor Ihrem Haus», sagte Rimmer. «Hören Sie, ich möchte Sie nicht erschrecken, aber es wäre wohl besser, wenn ich raufkäme.»

«O Gott, ist irgendwas mit Dallas?»

«Es gab einen Zwischenfall in der Firma, Mrs. Dallas. Mit Ihrem Mann ist alles in Ordnung, aber aus Sicherheitsgründen bin ich gezwungen, ein paar Dinge mit Ihnen persönlich abzuklären. Wenn es Ihnen nichts ausmacht, würde ich das lieber direkt mit Ihnen besprechen als von einem ungeschützten Telefon aus. Das werden Sie sicher verstehen.»

«Natürlich. Ich rufe unten in der Lobby an und sage den Wachleuten, sie sollen Sie reinlassen.»

«Vielen Dank. Sehr freundlich von Ihnen.»

Rimmer zerdrückte das Papptelefon und warf es aus dem Wagenfenster. Dann setzte er sich eine Baseballkappe auf. Er hasste diese Dinger noch mehr als das Spiel selbst, aber das blitzende Metallemblem vorn an der Kappe war in Wirklichkeit ein Stroboskop. Es arbeitete jenseits des für Menschen sichtbaren Spektrums, mit etwa achttausend Angström, und die asynchronen Lichtstöße, die es – mit einer Frequenz von über zweitausend pro Minute – erzeugte, genügten, um unmittelbar vor dem falschen Abzeichen eine Stroboebene von ungefähr zwanzig Zentimetern Durchmesser zu produzieren. Die Überwachungskameras des Gebäudes hatten wesentlich längere Belichtungszeiten. Der Effekt der Stroboebene war es, Intervalle zu erzeugen, in denen Rimmers Gesicht einfach von der Bildfläche verschwand. So wurde er für jedes nichtmenschliche Auge praktisch unsichtbar.

Er ging auf das Gebäude zu und regulierte schon mal die Lautstärke der Mozartarie in seinem rechten Ohr. *Don Giovanni.* Wenn eine Oper zu Nacht und Gewalt passte, dann diese. Am Torhäuschen wartete er, dass der Summer betätigt wurde, und trat dann ein. Der Wächter blieb hinter seinem Tresen.

«Rawnsley», sagte Rimmer knapp. «Mrs. Dallas erwartet mich.» Er hatte keine Angst, dass der Wächter sich sein Gesicht merken und der Polizei eine Beschreibung liefern könnte. Das war der Nachteil von Überwachungskameras. Sie machten die Menschen nachlässig, verführten sie, selbst nicht mehr richtig aufzupassen. Der Wächter sah ihn kaum an, wollte sich so schnell wie möglich wieder der Sportübertragung zuwenden, die in dem Holofernseher vor ihm lief.

«Lift ist da drüben», sagte der Wachmann.

«Danke», sagte Rimmer und betrat summend die Kabine. Als Donna Anna zu ihrer ersten Arie anhob, öffnete sich die Aufzugstür zur Penthouseetage, und Rimmer trat hinaus in den kurzen Flur, der direkt zur einzigen Wohnungstür führte.

VIII

Demeas chemisch gedämpfter Schuss schien kaum laut genug, um eine Katze zu verscheuchen, geschweige denn, ein faustgroßes Loch in das Brustbein eines Menschen zu reißen. Zuerst hatte er gedacht, jemand klatsche in die Hände, um sie zu wärmen. Doch als Tanaka wie ein gefällter Ochse zu Boden ging, realisierte Dallas geschockt, dass sein Freund erschossen worden war. Er brauchte eine weitere Sekunde, um zu begreifen, dass der Schuss von der großen, rothaarigen Frau abgegeben worden war, die jetzt davonrannte.

Dallas fummelte den Verschluss seines Schulterholsters auf und riss seine eigene Waffe, einen 45er Colt Autograph, heraus. Noch während der Chip in der Gummiverkleidung des Griffs das Identifikationssignal von dem Minisender an seinem Uhrarmband erhielt, feuerte er. Daneben.

Wegen der extremen Kälte waren nur wenige Menschen auf der Straße. Irgendwo in seinem Inneren mobilisierte Dallas Kraftreserven, die ihn der Verfolgungsjagd, zu der er jetzt ansetzte, mehr als gewachsen machten, und er war nur noch höchstens zehn Meter hinter der Rothaarigen, als sie plötzlich stehen blieb und auf ihn schoss. Dallas hörte etwas über seinen Kopf hinwegpfeifen – ein Geräusch, als ob jemand eine Colabüchse öffnete. Instinktiv duckte er sich und schoss zurück, und diesmal musste er sie wohl getroffen haben, denn die Frau stolperte ein paar Schritte weiter, schwankte bedrohlich und sank dann zu Boden. Vorsichtig lief Dallas auf sie zu, weiterhin schussbereit, doch als er näher herankam, sah er, dass ihr die Pistole entfallen war. Dann bemerkte er, dass ihre Beine krampfartig zuckten. Und nicht nur die Beine, ihr ganzer Körper wirkte wie von unsichtbaren Stromstößen durchjagt.

Dallas betätigte mit dem Daumen den Schalter am Pistolengriff, der die integrierte Suchleuchte aktivierte, und richtete dann den hellen Lichtstrahl auf die seitlich weggestreckten Hände der Frau, um zu prüfen, ob sie noch eine zweite Waffe hatte. Nichts. Es war auch keine Spur von Blut zu entdecken, und erst als Dallas ihr ins Gesicht leuchtete, begriff er endlich, was passiert war. Ein Gesicht, so zyanotischblau, als müsse sie eine unsichtbare Schlinge um den Hals haben oder eine eng anliegende Plastiktüte überm Kopf. Sie erstickte, nicht an Luftmangel in der Lunge, sondern an Sauerstoffmangel im ganzen Körper, weil ihr Hämoglobin einen kritischen Grad an Sauerstoffarmut erreicht hatte. Er beobachtete sie, entsetzt und fasziniert zugleich. So abgeschirmt war Dallas' Leben, dass er noch nie jemanden am P^2-Virus hatte sterben sehen. Und es war genauso grässlich, wie er gelesen hatte. Das hier war ein extrem langsamer Tod, wie eine allmähliche Strangulation. Dallas erwog sogar, ihr den Gnadenschuss zu geben, in den Kopf. Doch der Gedanke an Tanakas brutale Ermordung und die Hoffnung, die Mörderin könnte vielleicht in ihrem Todeskampf noch eine Silbe der Erklärung hervorkeuchen, hielten ihn zurück. Eine ganze Ewigkeit – so ewig wie das, was sie jetzt erwartete – schien die Frau dazuliegen und sich zu winden und zu röcheln und zu sabbern und zu keuchen, bis sie schließlich nach über zwanzig Minuten verstummte. Und zum ersten Mal begriff Dallas den ganzen Horror dieser Krankheit.

«Gesegnet sind, die da reinen Blutes sind», murmelte er so inbrünstig wie noch nie.

Als Dallas sich sicher sein konnte, dass die Frau tot war, durchsuchte er ihre Taschen nach irgendeinem Hinweis auf ihre Identität und ihr Motiv, doch alles, was er fand, waren eine Geldkarte und ein Gesundheitspass, die er einsteckte, um sie später der Polizei zu übergeben. Dann hob er ihre Pistole und ihre Sonnenbrille auf und ging rasch zurück in Richtung Huxley.

Die Beunruhigung drängte sich jetzt in sein immer noch weinumnebeltes Hirn und verursachte ihm ein solches Unbehagen, dass ihm selbst seine eigene Kleidung fremd vorkam. Es dauerte eine Minute, bis er merkte, dass dieses Gefühl auch daran lag, dass er Tanakas Pelzmantel trug, der ihm etwas zu klein war. In ihrer Beschwipstheit hatten sie, ohne es zu merken, die Mäntel verwechselt. Die Frage, die diese Entdeckung hätte aufwerfen müssen, wurde von einer banaleren verdrängt: Wieso hatte sich die tote Frau eingebildet, eine Sonnenbrille sei eine zureichende Tarnung – falls sie sie wirklich deshalb getragen hatte, als sie auf Tanaka zugegangen war, um ihn ins Herz zu schießen. Experimenthalber setzte Dallas die Brille auf.

Ein kleines Grüppchen Menschen hatte sich mittlerweile um Tanakas Leichnam geschart. Es wich zurück, als Dallas näher kam, denn er hielt jetzt in jeder Hand eine Pistole. Dallas sah den Infrarotmarker auf seinem eigenen Mantrelrevers sofort. Und mit dieser Entdeckung ging die Erkenntnis einher, dass die Kugel eindeutig für ihn bestimmt gewesen war.

Dallas' nächste Gedanken galten nicht seiner eigenen Person, sondern Aria und Caro. Er entfernte sich rasch von der Menge, die jetzt aus dem Huxley quoll, klappte ein Matchbook-Telefon in der hohlen Hand auf und befahl dem winzigen Computer, ihn mit seinem Apartment zu verbinden. Als sich niemand meldete, nicht mal das Mädchen, ging er raschen Schrittes los und rannte dann in Richtung des Parks, wo das exklusive Apartmentgebäude lag.

IX

Rimmer schoss dem Dienstmädchen ins Gesicht, sobald es die Tür öffnete. Die Frau starb noch im Stehen, ohne dass mehr zu hören war als das Ploppen der Automatic – jedenfalls, bis sie und das Tablett mit Gläsern, das sie in den Händen gehalten hatte, auf den Parkettboden fielen. Rimmer schob mit dem Fuß die Tür hinter sich zu und sah sich in der Riesenwohnung um. Er hatte nicht damit gerechnet, dass die Bude so groß war. Er hatte gedacht, er würde Aria gleich überrumpeln – das Mädchen erschießen, um zu zeigen, dass es ihm ernst war, und dann Aria die Pistole an den Kopf setzen, um sie zur Kooperation zu bewegen. Aber von ihr war keine Spur zu entdecken. Als er gerade dachte, sie habe das Gläserklirren vielleicht nicht gehört, sah er, wie eine Tür sich leise schloss. Er rannte rasch hin, um diese Frau daran zu hindern, telefonisch Hilfe zu rufen oder irgendeinen Alarmknopf zu drücken. Er kam gar nicht auf die Idee, sie könnte sich eine Pistole schnappen und losfeuern. Ohne das laute Scheppern der Messinglampe, die ihre erste Kugel erwischte, hätte er vielleicht gar nicht mitgekriegt, was passierte. Die zweite Kugel aus ihrer schallgedämpften Waffe hätte ihn um ein Haar in die Schulter getroffen.

Rimmer warf sich hinter ein cremefarbenes Sofa, gerade in dem Moment, als Arias dritter Schuss unmittelbar jenseits der Stelle, wo er eben noch gestanden hatte, in die helle Eichenholztäfelung krachte.

«Shit», brüllte er und riss sich den Mozart vom Ohr. Es war klar, dass das hier nicht halb so leicht vonstatten gehen würde, wie er gedacht hatte. Er brauchte beide Ohren.

«Sie heißen nicht Rawnsley», schrie Aria. «Sie sind Rimmer, Sie Mistkerl.»

«Es schmeichelt mir sehr, dass Sie sich an mich erinnern, Mrs. Dallas. Hören Sie, können wir nicht über alles reden?»

«Was gibt's da zu reden? Sie haben mein Mädchen erschossen.»

«Ihr Mädchen war eine Industriespionin und stand im Auftrag einer Konkurrenzfirma. Sie hätte mich getötet, wenn ich nicht zuerst geschossen hätte. Sie hat Ihren Mann schon eine ganze Zeit lang bespitzelt.»

«Ach, ja? Wie hieß sie denn?»

«Mit richtigem Namen? Ludmilla Antonovna.» Rimmer merkte, dass das alles wohl etwas überzeugender geklungen hätte, wenn er nicht angefangen hätte zu lachen.

«Quatsch. Sie hieß Nadia», sagte Aria und schoss wieder.

Diesmal schlug ihre Kugel in die Mitte des Sofas. Rimmer konnte das ziemlich genau sagen, denn zu seinem Schrecken drang sie geradewegs durch Polster und Rahmen und traf einen Esszimmerstuhl auf Rollen, nur eine Handbreit von seinem

Oberschenkel entfernt. Aber zumindest ahnte er jetzt genauer, wo dieses Weib sich versteckt hielt. Im rechten Winkel zu dem großen Fenster zogen sich vier dicke, quadratische Säulen die eine Seite der Empfangsdiele entlang. Hinter dieser Säulenreihe befanden sich die Türen zu den diversen Räumen der Wohnung. Sie musste durch eine der Türen verschwunden und durch eine andere wieder herausgekommen sein und hinter einer der Säulen Stellung bezogen haben, um zu schießen. Ein Wunder, dass er nicht tot war. Rimmer sah sich um und entdeckte eine Möglichkeit, sie so weit abzulenken, dass sie den Fehler machen würde, ein besseres Ziel zu bieten. Er zog den Rollenstuhl zu sich heran und schlüpfte aus seinem Mantel.

«Es stimmt wirklich», rief er.

Die Stuhllehne war ein paar Zentimeter niedriger als die Sofalehne. Rimmer hängte seinen Mantel über den Stuhl und gab diesem einen Tritt. Der Stuhl rollte davon, und sobald er hinter dem Sofa hervorkam, schoss Aria. Rimmer schoss zurück und traf sie mitten in die Brust. Sie war sofort tot. Wenn man von einem Silver-Tip-Hohlspitzgeschoss aus einer Fünfzehn-Millimeter-Waffe getroffen wurde, blieb man gewöhnlich liegen. Rimmer erhob sich und ging zu Arias Leichnam hinüber. Sein Gesicht verzerrte sich vor Enttäuschung. Er hatte sie in den Arm treffen wollen, damit er noch etwas Spaß haben konnte, ehe er ihr den Rest gab. Aber das war jetzt eindeutig nicht mehr möglich. Eine so blutbesudelte Tote konnte man kaum vergewaltigen. Ein Jammer. Aria war eine gut aussehende Frau. Sie trug einen kurzen schwarzen Rock, der sich bis zur Taille hochgeschoben hatte, als sie zu Boden geglitten war, und ihm einen ziemlich guten Blick auf ihre Strumpfränder und ihr Höschen gewährte.

Rimmers Blick blieb an der Stelle hängen, wo ihre schlanken Schenkel zusammentrafen. Er steckte die Pistole ins Holster, packte die Leiche an den Fesseln und zog sie von der Säule weg. Er hakte die Finger um den Taillenrand ihres Slips und zog diesen die langen, sonnengebräunten Beine hinunter und über die eleganten schwarzen Samtschuhe. Dann hielt er sich Arias Höschen unter die Nase und atmete tief durch das seidige Material. Die Wirkung setzte sofort ein.

«Gepriesen seien die Würmer, die die Seide erfanden», deklamierte er und zog seinen Hosenreißverschluss auf. «Welch Wunder wirkt doch dies Gewebe.» Er nahm sich rasch seines erigierten Penis an und erleichterte sich wenige Sekunden später auf das nahtlose, zarte Etwas, das jetzt ausgebreitet auf seiner zitternden Hand lag.

«Im Namen des Juda, der Sua und ihres missratenen Sohnes Onan.»

Eine weitere Minute verging, ehe Rimmer den Fetisch in seine Tasche knautschte und seinen Reißverschluss wieder hochzog. Man muss die Feste feiern, wie sie fallen, sagte er sich und lachte laut auf, als ihm klar wurde, dass das Klingeln in seinen Ohren nichts mit seinem Orgasmus zu tun hatte. Es war das Telefon. Es klingelte schon eine ganze Weile. Weshalb jetzt auch das Baby schrie.

Warum, fragte er sich, war die Menschheit nicht ebenso ausgestorben wie diese Fortpflanzungsniete von Riesenpanda? Rimmer war sich sicher, dass er jedwede Nachkommenschaft binnen weniger Stunden auffressen würde.

Er rieb sich das Gesicht, um wieder zu sich zu kommen, schüttelte den Kopf und machte sich auf die Suche nach dem Kinderzimmer.

X

Dallas stürzte durch den Durchgang des Wächterhäuschens und in einen wartenden Aufzug.

«Ist irgendwas, Mr. Dallas?», fragte der Wachmann.

«Keine Zeit für Erklärungen», sagte Dallas und befahl dem Aufzug, ihn zum Penthouse zu bringen.

«Ihr Besuch ist grade wieder weg», sagte der Wachmann, als die Lifttür zuging.

Dallas' Herz tat einen Satz halswärts, als imitierte es die Fahrstuhlkabine, die jetzt den Schacht emporsauste. Jemand war in seiner Wohnung gewesen? Jemand, der gerade wieder gegangen war? Nach der Sache mit Tanaka fürchtete Dallas das Schlimmste.

Der Fahrstuhl ging auf, und Dallas trat rasch in den vertrauten Flur hinaus. Doch noch vor seiner Tür roch er schon, dass etwas nicht stimmte. Seine empfindliche Nase registrierte das Kordit in der Luft. Ein Adrenalinstoß zuckte durch seinen ganzen Körper, und im Eintreten setzte er an, Arias Namen zu rufen. Da sah er sie. Blind für alles außer seiner Frau, die in einer Blutlache auf dem Fußboden lag, stürzte er auf sie zu und fiel der Länge lang über den Leichnam des Dienstmädchens, der gleich hinter der Schwelle lag.

Als Dallas sich wieder hochgerappelt hatte, war er mit Nadias Blut verschmiert. Er wankte zu seiner Frau hinüber und kniete sich neben sie. Er nahm ihr Handgelenk und tastete verzweifelt nach einem Puls, obwohl kein Zweifel daran bestehen konnte, dass Aria tot war. So tot wie Tanaka. So tot wie Nadia. So tot, wie er jetzt hätte sein sollen.

Als er ein Geräusch aus der Küche hörte, schnappte sich Dallas eine der beiden Pistolen, die auf dem Fußboden lagen, und erhob sich mühsam und verwirrt. Konnte es sein, dass der Killer noch irgendwo in der Wohnung war? Hatte der Wachmann unten nicht gesagt, sein Besuch sei gerade wieder gegangen? Dallas fasste die Pistole fester und schlich vorsichtig zur Küche, hoffte wider alle Vernunft, den Mörder seiner Frau dabei zu erwischen, wie er sich das Blut von den Händen wusch, denn so klang das Geräusch jetzt, da er näher kam: nach fließendem Wasser.

Der Hahn war aufgedreht, und das trogartige Granitbecken der Spüle lief über, aber von einem Killer keine Spur. Dallas erstarrte vor Entsetzen, als er den Grund für das überlaufende Wasser sah. Wie eine winzige Ophelia lag Caro unter der Wasseroberfläche, noch in dem silbrig weißen Strampelsack, der jetzt ihren kleinen Körper umhüllte wie der Schwanz einer Meerjungfrau. Dallas legte die Pistole auf die Arbeitsplatte und hob das Kind aus seiner Wasserwiege. Er wickelte die Kleine in ein Handtuch und presste das Wasser aus ihrem kleinen Oberkörper, ehe er ihr wieder Leben einzuhauchen versuchte. Bei einem kräftigeren Kind hätten die Wiederbelebungsversuche vielleicht Erfolg gehabt, aber nach ein paar Minuten sah Dallas ein, dass es aussichtslos war, und gab auf.

Schritte jetzt, im Salon. Er griff sich die Waffe wieder und trat aus der Küchentür, nur um direkt in die Mündung einer Pistole zu blicken, die der Wachmann aus dem Torhäuschen auf ihn richtete. Auch als er Dallas erkannte, senkte der Wachmann die Waffe nicht. Er hatte zu viel gesehen.

«Lassen Sie die Waffe fallen, Mr. Dallas», sagte der Wachmann.

«Was?»

«Ich sagte, Waffe fallen lassen.»

«Sie glauben doch nicht, dass ich das getan habe?»

«Wenn nicht, haben Sie ja keinen Grund, die Waffe da nicht fallen zu lassen.»

«Mein Kind liegt tot da drin, und Sie glauben, ich war's?»

«Lassen Sie sie los.»

«Vielleicht waren Sie's ja.»

«Kam schon in den Nachrichten, dass Sie heute Abend noch jemand anders erschossen haben, Mr. Dallas.»

«Das war Notwehr.»

«Ich will Sie nicht erschießen müssen, Sir. Lassen Sie jetzt die Waffe fallen, Mr. Dallas, wenn's recht ist.»

Dallas sah sein eigenes Spiegelbild im Terrassenfenster, vor der lichtfunkelnden Skyline der Stadt. Pistole in der Hand, Blut an den Kleidern, er sah, wie er wirken musste. Aber welche Chance hatte er, wenn er dem Wachmann seine Pistole aushändigte und sich in Gewahrsam nehmen ließ, um stundenlang verhört zu werden? Wenn er am Ende vielleicht sogar noch des Mordes angeklagt wurde? Während der wahre Killer ungeschoren davonkam. Dixy hatte Recht gehabt, so viel war jetzt klar. Warum hatte er nicht auf sie gehört? Das hier ging auf das Konto von Terotech, war Rimmers Werk. Dallas konnte ihn förmlich in der Wohnung riechen. Und nachdem Rimmer einmal versucht hatte, ihn zu töten, würde er es garantiert wieder versuchen. Und vermutlich auch schaffen. Viele Leute wurden im Gefängnis oder in der Strafkolonie umgebracht. Seine größte, vielleicht sogar seine einzige Chance war es wohl, frei zu bleiben, koste es, was es wolle, zumindest so lange, bis er sich einen Aktionsplan zurechtgelegt hatte.

Dallas fasste die Pistole fester und schüttelte den Kopf. «Ich werde jetzt aus dieser Tür da gehen», erklärte er dem Wachmann, «und wenn Sie mir in die Quere kommen, muss ich Sie erschießen.»

Etwas in Dallas' Augen sagte dem Wachmann, dass dieser Mann es ernst meinte. Warum sollte er sein Leben aufs Spiel setzen, wenn die Polizei den Kerl schnappen konnte? Zumal er gerade so viel Geld in ein genetisches Lebensverlängerungsprogramm investiert hatte. Er konnte garantiert noch hundert Jahre leben. Sobald der Kerl draußen war, würde er die Polizei benachrichtigen und ihr die Sache überlassen. Der Wachmann lockerte seine Haltung ein wenig und nickte Dallas zu.

«Okay. Ganz wie Sie meinen, Mr. Dallas. Aber sie werden Sie kriegen, das ist Ihnen doch klar?»

Dallas schob sich seitwärts zur offenen Tür. Er hätte sich gern von Aria verabschiedet, wenigstens ihre Blöße bedeckt, aber er wagte nicht, den Blick von dem Wachmann zu wenden, aus Angst, selbst erschossen zu werden. Er musterte mit feuchten Augen noch ein – vielleicht letztes – Mal seine Wohnung und riskierte, kurz vor der Tür, einen Abschiedsblick auf seine schöne Frau.

«Aria? Das werden sie büßen. Ich schwör dir, ganz gleich, wie lange es dauert, für das hier werden sie zahlen.»

Er zog die Tür hinter sich zu, ging den Flur entlang und stieg in den Fahrstuhl. Ein paar Minuten später verließ er das Gebäude, um ein neues Leben als Krimineller zu beginnen – auf der Flucht vor dem, was als Recht und Gesetz galt.

6

I

Dallas marschierte vom Park aus nach Norden und aus der Zone hinaus in Richtung jenes riesigen Augiasstalls, den eins der ärmsten Stadtviertel darstellte. Er hätte auch nach Süden, Westen oder Osten marschieren können, um genau die gleiche pestilenzische, wimmelnde Anhäufung urbanen Verfalls vorzufinden. Einst hatte man ungehindert aus der City hinauswandern und sich in einem laubgrünen Vorort verlieren können. Doch das einundzwanzigste Jahrhundert hatte die Entstehung einer neuen Art von Stadt erlebt – der Supercity (obwohl daran nichts Superschönes oder Supergroßartiges war). Dabei handelte es sich in Wirklichkeit um die diffuse Verschmelzung mehrerer Städte, die auf Kosten von Gärten, Wiesen, Farmland und Wald erfolgt war. Alles war Stadt. Manchmal musste es einem so vorkommen, als gäbe es gar nichts anderes als Stadt. Meilen und Meilen von Stein, Mörtel, Asphalt und Beton, zu amorphen Klumpen zusammengeballt, nach dem Diktat ökonomischer Faktoren, nicht planerischer Absicht. Man musste weit fliegen, um die grünen Freiräume zu finden: Für die große Mehrheit der Bevölkerung verbotenes Terrain, waren sie die Refugien der Reichen und Gesunden, die dort, in ebenfalls gesundheitskontrollierten Zonen, ihre exklusiven Landsitze hatten. Für die meisten Menschen war die Stadt die ganze Welt, und viele starben, ohne je das Meer gesehen, im Geäst eines Baums gesessen oder einen Grashalm abgezupft zu haben.[1]

Dallas war ein kreativer, findiger und einfallsreicher Mensch, aber seine Phantasie war pragmatischer Art, auf das gerichtet, was technisch umsetzbar, zweckmäßig und praktisch war. Verständnis, Einfühlungsvermögen, Anteilnahme waren nie seine große Stärke gewesen, jedenfalls nicht, was die gemeine Masse betraf. Er hätte sich nicht im Traum vorstellen können, sich mitten unter diesem wimmelnden Pöbel – den Verwahrlosten, den Abfalldurchwühlern, dem zwielichtigen Gesindel, dem menschlichen Müll – zu bewegen. Er war nicht vorbereitet auf das düstere Chaos ihrer krankheitsverseuchten Existenz, das jetzt auf ihn einschwemmte. So massiv, dass er sie tausendfach riechen konnte, während sie an ihm vorbeidrängten – ihre dampfige Feuchtigkeit, ihre schwitzenden Leiber und ihre stinkenden Atemschwaden.

Vor einem Jahrhundert hatte der große Kunst- und Kulturhistoriker des Zweiten Elisabethanischen Zeitalters, Sir Kenneth Clark, das Gefühl der Dauerhaftigkeit – und was könnte dauerhafter sein als eine Stadt? – zur Grundvoraussetzung von Zivilisation erklärt.[2] Aristoteles' Vorstellung vom höchsten Gut bestand darin, dass die Menschen sich zu einer Gemeinschaft zusammenschließen, um im Zustand der Autarkie ein für alle erstrebenswertes Leben zu führen. Sir Henry Wotton verlangte von einem städtischen Gebäude dreierlei: Beständigkeit, Zweckdienlichkeit und Erfreulichkeit. Alle drei Denker wären sicher entsetzt gewesen, hätten sie die moderne Supercity in ihrer ganzen überfüllten, chaotischen Hässlichkeit zu Gesicht bekom-

1 Der Park steht nur den Bewohnern der umliegenden Apartmenthäuser offen.

2 Die zentrale Bedeutung der Stadt für die Zivilisation zeigt sich schon darin, dass sich dieser Begriff vom lateinischen *civis*, «Bürger» oder «Stadtbewohner», ableitet.

men. Hier gibt es kein Gefühl der Dauerhaftigkeit, kein höchstes Gut, keine andere Form der Autarkie als die rein egoistische, kein erstrebenswertes Leben, nichts Stabiles und Solides, kein Gebäude, das sich für den Zweck eignete, für den es genutzt wird, kein ästhetisches Vergnügen, das sich aus der Betrachtung eines Bauwerks ziehen ließe.

Jemand schubste ihn grob aus dem Weg, sodass er auf dem eisglatten Boden ausglitt und hinfiel. Als er sich wieder hochrappelte, wurde ihm klar, dass er Dixy anrufen und sich ihrer Hilfe bedienen musste, solange es noch ging. Sobald Rimmer und die Firma merkten, dass sie einen Fehler gemacht hatten, würden sie ihm zweifellos den Fernzugang zu seiner Assistentin und den Daten und Einrichtungen von Terotechnology sperren. Er musste sich beeilen. Er hatte schon zwei wertvolle Stunden damit vertan, sich selbst zu bemitleiden. Vielleicht war es sogar schon zu spät.

Dallas rief Dixy über sein Minitelefon an. Nachdem er ihr erklärt hatte, was passiert war, nahm er die Geldkarte, die er der toten Mörderin Tanakas abgenommen hatte, scannte sie in seinen Brusttaschencomputer ein und fragte Dixy, ob sie entziffern könne, was darauf stand. Eine Sekunde später berichtete sie, auf der Karte seien zweitausend Credits – davon tausend noch nicht aktiviert – und eine Gutschrift über sieben Übernachtungen im Clostridium-Hotel. Sie bestätigte ferner, was Dallas nur vermutet hatte: dass die Karte von einem Mister Flowers kreditiert worden sei.

«Rimmer», sagte Dallas. «Ich schätze, er wird mit dir reden wollen, sobald er merkt, dass seine Killerin den Falschen umgelegt hat.»

«Dann dürfen wir keine Zeit verlieren», sagte Dixy. «Ich nehme an, ich soll all Ihre Dateien in Ihren Brusttaschencomputer transferieren.»

«Bitte.»

Gleich darauf gab der superflache Computer in Dallas' Jacketttasche ein kurzes elektronisches Piepsen von sich, und Dallas verfügte nicht nur über Geld, Pass und Ausweis, sondern war auch im Besitz seines geistigen Eigentums, seiner Blutdepositen und anderer persönlicher Dateien.

«Kann ich sonst noch etwas für Sie tun?», fragte sie.

«Was für ein Laden ist dieses Clostridium?»

«Es ist ein Überdruckhotel im Nordsektor. Etwa eine halbe Meile von Ihrem derzeitigen Standort. Vielleicht sollten Sie dort hingehen.»

«Lieber nicht», sagte Dallas. «Rimmer wird sicher feststellen, dass die Karte fehlt, und dann zuerst dort nachschauen.» Noch während er das sagte, schien es ihm unwahrscheinlich, dass Rimmer sich auch nur in die Nähe der Leiche seiner Auftragskillerin begeben würde. Und ein Überdruckhotel war sicher der letzte Ort, wo sie jemanden vermuten würden, der RES-1 war. Aber es war nicht sinnvoll, Dixy zu sagen, was er vorhatte. So ziemlich das einzig Unverschlüsselte, was Terotech von ihm vorliegen haben würde, war dieses Gespräch. «Ich werde was anderes finden. Ich habe einen Bekannten im Südsektor, dem ich wohl trauen kann. Auf jeden Fall wirst du vermutlich eine Zeit lang nichts von mir hören.»

«Es wäre sicher das Beste, wir würden nicht mehr miteinander reden», sagte Dixy. «Wenn sie mich überhaupt in Betrieb lassen, dann nur, weil sie sich erhoffen, Sie über mich aufspüren zu können.»

«Du bist jetzt alles, was ich noch an Familie habe, Dixy. Ein Jammer, dass ich dich nicht in meinen Brusttaschencomputer downloaden[1] kann.»

«Lieb von Ihnen, Dallas. Aber Sie können sich solche Sentimentalitäten einem Computerprogramm gegenüber nicht leisten.»

---

1 Herunterladen.

«Hör mal, Dixy, Rimmer wird vielleicht etwas unangenehm werden.»

«Alles, was ihm etwas nützen könnte, ist schon chiffriert. Ihre Dateien. Ihre Investmentunterlagen. Ihre persönlichen Nummern. Außerdem spüren Computerassistentinnen keinen körperlichen Schmerz. Was kann er also schon tun, außer vielleicht mich abzuschalten? Und das würde ihn auch nicht weiterbringen.»

«Warst du's nicht, die mir gesagt hat, ich soll Rimmer nicht unterschätzen?»

«Punkt für Sie. Ich werde vorsichtig sein. Sie auch, Dallas. Passen Sie auf sich auf. Ich werde nicht fragen, was Sie jetzt vorhaben. Besser, ich erfahre es nicht, denn es ist nicht mehr genug Zeit, dieses Gespräch zu chiffrieren. Aber was immer Sie tun, viel Glück.»

«Ich werde dich vermissen, Dixy.»

«Seien Sie nicht albern», sagte sie. «Ich bin nur ein Produkt Ihrer Phantasie. Den Verlust von etwas so Ersetzbarem werden Sie wohl verschmerzen. Sie können mich ja jederzeit per Thought-Recording wieder erschaffen.»

«Du weißt, dass das nicht stimmt. Ich kann es nicht erklären, nicht mal mir selbst, aber ich weiß, dass du mehr bist als nur ein Interface. Du kannst denken und fühlen, da bin ich mir sicher.»

«Im metaphorischen Sinn vielleicht, aber es gibt keinen wissenschaftlichen Beweis für das, was Sie da sagen.»

«Wissenschaft ist Wissenschaft», sagte Dallas. «Aber über Wissenschaft nachzudenken ist Sache der Philosophie und der Metaphysik, und du bist nicht mehr und nicht weniger metaphysisch als Gott.»

Dixy schien eine Sekunde lang abgelenkt. Dann sagte sie: «Dafür ist jetzt keine Zeit. Rimmer hat soeben das Gebäude betreten. Er scheint irgendwie aufgeregt. Ihretwegen, nehme ich an.»

«Dann machen wir wohl besser Schluss.»

«Ja. Vergessen Sie mich nicht.»

«Bestimmt nicht. Sei vorsichtig.»

«Denken Sie an mich.»

Und weg war sie.

Er schaltete das Minitelefon aus, warf es auf den Boden und zertrat es mit dem Absatz, nur für den Fall, dass Rimmer die Sendesignale benutzen wollte, um ihn zu orten. Er hatte den Sicherheitschef schon einmal unterschätzt. Nochmal würde er diesen Fehler nicht machen.

Dallas starrte einen Moment zum Himmel empor, ignorierte die Flüche der Leute, denen er im Weg stand, und registrierte, dass das Höllenlicht und die Abgasglocke über der City den Mond blutrot gefärbt hatten. Blutrot. Eine Woge der Erregung erfasste Dallas, als ihm plötzlich aufging, wie er sich an der Firma rächen konnte. Aber zuerst mal musste er überleben. Schon jetzt schauten ihn Leute komisch an. Wenn er nicht zusah, dass er von der Straße wegkam, würde er womöglich noch gevampt werden. Er nahm seinen Brusttaschencomputer heraus und fand den Plan, den ihm Dixy geschickt hatte. Die Satellitenortungsfunktion zeigte ihm, dass das Clostridium-Hotel nur ein paar Blocks von seinem Standort entfernt war. Das Schicksal schien ihn hierher geführt zu haben. Er wusste nicht recht, ob es ein sicherer Ort war, aber er hatte nicht mehr die Kraft, noch weiter zu marschieren. Was blieb ihm für eine Wahl? Um diese Nachtzeit war es wahrscheinlich schwierig, noch etwas anderes zu finden.

Angesichts des scharfen Gestanks der Citystraßen, der ihn in die Nase stach und ihm auf den Magen schlug, schien ihm die Vorstellung, reinen Sauerstoff zu atmen, immer attraktiver. Dallas wandte sich in Richtung Clostridium.

II

Rimmer betrat zusammen mit dem Direktor Dallas' Büro.

«Was für ein Chaos», sagte King.

Rimmer musterte das luxuriös ausgestattete Büro, in dem Dixy stehend ihre Instruktionen erwartete, und sah fragend in Kings verächtliches Gesicht.

«Ich meinte die Situation, Rimmer. Tanaka hätte Dallas' Posten als Chefkonstrukteur für Rational Environments eingenommen. Das hier wäre jetzt sein Büro. Ihretwegen haben wir nicht nur einen, sondern gleich zwei unserer brillantesten Köpfe verloren. Bedauerlicherweise gibt es jetzt nur noch einen Menschen in dieser Firma, der die nötigen Fähigkeiten hat, um Dallas' Aufgaben zu übernehmen. Und wissen Sie, wer das ist?»

Rimmer, der erleichtert zur Kenntnis nahm, dass die Lage nicht so schlimm war, wie er gedacht hatte – immerhin gab es Ersatz für Dallas –, schüttelte achselzuckend den Kopf.

«Das bin ich, Sie Trottel», fauchte der Direktor. «Ich war Chefkonstrukteur, bevor ich Direktor wurde. Es gibt niemanden, der auch nur annähernd so qualifiziert wäre. Sie haben es geschafft, mit einem Streich meine Arbeitsbelastung zu verdoppeln. Haben Sie eine Ahnung, wie lange ich brauchen werde, um einen neuen Chefkonstrukteur heranzuziehen?»

«Nein, Herr Direktor.»

«Mindestens ein Jahr. Wahrscheinlich länger. Zeit, die ich lieber mit meiner Frau zugebracht hätte.»

«Jawohl, Herr Direktor. Tut mir Leid.»

«Das ist schon schlimm genug. Aber dass jemand, der Rational Environments für unsere wichtigsten Kunden entworfen hat, dort draußen herumläuft und jederzeit sein Wissen meistbietend verhökern kann – das ist ein Alptraum.»

«Ich werde ihn finden, Herr Direktor», sagte Rimmer grimmig entschlossen. «Sie können sich auf mich verlassen.»

«Auf Sie? Da würde ich mich lieber auf einen Astrologen verlassen. Aber ich habe leider keine große Wahl. Damit Sie's wissen: Versagen dulde ich nur einmal. Haben wir uns verstanden?»

«Vollkommen. Er entkommt mir kein zweites Mal, Sir.» Rimmer sah zu Dixy hinüber, die darauf programmiert war, so lange zu schweigen, bis Sie angesprochen wurde. «Was sagst du, Dixy?»

«Wenn Sie diese Frage vielleicht anders formulieren könnten, Mr. Rimmer?»

«O ja, das werde ich. Diese und andere Fragen, die ich an dich habe. Ich werde sie alle so oft formulieren, wie du willst.»

Der Direktor sah auf seine antike Casio-Armbanduhr, ein Hochzeitsgeschenk von seiner Frau.

«Tja, ich würde ja gern bleiben. Ich habe noch nie jemanden ein Computerprogramm foltern sehen. Aber ich habe zu tun. Zweifellos haben einige Kunden bereits gehört, was passiert ist. Ich werde ihnen erklären müssen, dass kein Grund zur Sorge besteht.»

«Kein Grund zur Sorge», wiederholte Rimmer. «Ich kümmere mich um Dallas.»

«Ich bin in meinem Büro. Erstatten Sie mir Bericht, sobald Sie irgendetwas über seinen Verbleib herausfinden.»

Sobald der Direktor draußen war, wandte sich Rimmer dem *Faux Fenêtre* an der Wand zu.

«Startest du bitte ein Metaprogramm[1]?», sagte er ruhig.

---

1 In vermeintlicher Anlehnung an «Metaphysik» (vielfach falsch verstanden als Wissenschaft von dem, was über das Physische hinausgeht) wird «meta» (griechisch «nach») oft dem Namen einer Wissenschaft vorangestellt, um eine höhere Wissenschaft derselben Art zu bezeichnen, die sich mit übergeordneten Problemen beschäftigt. Beispiele: Metachemie, Metalogik, Metamathematik, Metaphysiologie, Metagenetik, Metaquantenmechanik. Metacomputing oder Metaprogrammieren impliziert, dass ein Computer oder Programm sich selbst als Datenmaterial behandelt. Mit anderen Worten, der Programmierer befiehlt

«Hoffen Sie darauf, dass ich mich selbst denunziere, Mr. Rimmer?»

«So in der Art.»

«Das M-Programm wird geladen», sagte Dixy. «Auf Ihr Geheiß. Aber sagen Sie: Weiß der Direktor, was Sie da machen? Irgendwie kann ich nicht glauben, dass er das billigen würde. Wenn das M-Programm nur einen einzigen kleinen Fehler macht, nur ein bisschen zu hart vorgeht, besteht die Gefahr, dass Dallas' gesamte Daten vernichtet werden.»

«Dich eingeschlossen», sagte Rimmer.

«Mich eingeschlossen, ja. Obwohl mich das nicht weiter beunruhigt, Mr. Rimmer. Gelöscht zu werden tangiert mich nicht mehr als meine ursprüngliche Programmierung. Aber das ist, als ob man einen Vorschlaghammer nimmt, um eine Nuss zu knacken.»

«Überlass das mir», sagte Rimmer. «Und lass jetzt endlich das verdammte Programm anlaufen.»

---

dem Computer auf einer Ebene, ein anderes Programm auf einer höheren Ebene in Gang zu setzen, damit dieses das Ausgangsprogramm analysiert. Da ein Motion-Parallax-Programm bereits eine sehr hohe Programmebene darstellt, kann das erforderliche Metaprogramm nur ein Mission-Package-Programm sein, das auf der allerhöchsten Ebene innerhalb des Betriebssystems der Altemann-Übermaschine läuft. Die Potenz des Metaprogramms basiert auf seinem rekursiven Charakter, der es ihm erlaubt, eine Sequenz aus einem oder mehreren vorausgehenden Termen zu errechnen. M-Programme werden im Allgemeinen sehr sparsam eingesetzt, nicht zuletzt wegen der Gefahr, ein Subprogramm zu zerstören. Diese Art rekursiver Analyse ist ungefähr so zu denken, als ob ein Mensch einem anderen Menschen eine Frage folgender Ordnung stellen würde: «Was verleitet dich zu dem Glauben, dass du meinst, der Überzeugung anhängen zu können, dass du denkst, du nimmst an, dass das und das wahr ist?»

III

Als der Direktor in sein Büro zurückkam, saß dort Ronica Oloiboni, als sei sie hinbestellt worden. Ronica war eine hoch gewachsene schwarze Frau und stammte, laut ihrer Mitochondrien-DNA-Analyse, von den Massai ab. Weder sie noch ihre Eltern, ja nicht mal ihre Großeltern waren je auch nur in der Nähe von Ostafrika gewesen, aber aus Respekt ihren Genen gegenüber trug sie das kupferfarbene Haar in Zöpfchen, und vielleicht hätte sie sich aus demselben Grund sogar zu einer massaitypischen Vorliebe für das Trinken von Blut bekannt.[1] Der Direktor hatte jedenfalls etwas Blutdurstiges an ihr bemerkt – eine gewisse Skrupellosigkeit, etwas Eisernes in ihrem Inneren –, was auch der Grund dafür war, dass er sie aus dem Reservoir an hoch qualifizierten jungen Führungskräften auserkoren hatte. Aber der Direktor mochte Ronica noch aus einem anderen Grund, und der bestand darin, dass sie an Schönheit mit all den Phantasiegestalten mithalten konnte, die die Motion-Parallax-Assistentinnen im ganzen Haus inspiriert hatten. Sie stand auf,

1 Die Massai pflegten einst eine Mischung aus Rinderblut und Kuhmilch zu trinken. Während dieser Brauch in Ostafrika nicht mehr existiert, ist das Trinken von Blut unter jungen Europäern der reichen und privilegierten Schichten ziemlich in Mode gekommen, nur dass es sich dabei nicht um Rinderblut, sondern um RES-1-Menschenblut handelt. (Wegen der Gefahr der Ausbreitung von TSE – Transmissible Spongiform Encephalitis/übertragbare spongiforme Enzephalitis – ist der Verzehr von Rindfleisch- und Kuhmilchprodukten aller Art inzwischen verboten.) Mit Kunstsahne, Cognac, Zucker und einem Eigelb gemixt, ergibt es einen Cocktail namens Kali Brandy, nach der Blut trinkenden Muttergottheit des Hinduismus. (Kali, so heißt es, fand Geschmack an Blut, als sie gegen den Dämon Raktavija kämpfte, der sich jedes Mal tausendfach reproduzierte, wenn ein Tropfen seines Bluts auf den Boden fiel. Kali erstach ihn, hielt ihn hoch und trank sein ganzes Blut, ehe etwas davon herabtropfen konnte.) Der Hauptreiz für diese jungen Décadents liegt im enormen Preis dieses Drinks, aber natürlich spielt auch die erregende Assoziation mit Dracula und dem Vampirkult eine Rolle.

als der Direktor hereinkam. Auf ihren Stilettoabsätzen überragte sie seine kleine, rundschultrige Gestalt um mindestens vierzig Zentimeter. Was den Direktor allerdings nicht störte.

«Sie sehen aus, als kämen Sie gerade von einem besonderen Anlass», sagte er liebenswürdig. «Lassen Sie sich mal anschauen.»

Der Direktor ergriff ihre langen, kräftigen Hände, musterte sie von Kopf bis Fuß wie ein beflissener Couturier und nickte anerkennend. Sie trug ein phantastisches Kleid aus blauer Seide unter einem fliederfarben-korallengemusterten Bodysleeve aus intelligenter Glasspitze, der dem Unterwasserpanorama auf Dallas' *Faux-Fenêtre* hätte entsprungen sein können.

«Großartig», sagte er. «Einfach großartig.»

«Danke, Sir.» Ronica lächelte nervös. Das war das erste Mal, dass sie im Büro des Direktors war, und das erste Mal, dass sie sich mit ihm allein fand. Nervös, ja, aber zugleich entschlossen, zu tun, was immer er von ihr wollte.

«Ronica. Sicher die Kurzform für Veronica.»

«Ich glaube, ja.»

«Nach der Heiligen, die ihr Kopftuch nahm, um Christus auf dem Weg auf den Kalvarienberg das Blut vom Gesicht zu wischen.»

«Sie meinen Jesus Christus, Sir?»

«Den meine ich.»

«Davon wusste ich gar nichts.»

«Nach der Pilatusgeschichte bekam Veronica das Tuch mit dem blutigen Abdruck des Gesichtes Christi zurück und benutzte es später, um den Kaiser Tiberius zu heilen. Sie sehen, wie alle wichtigen Dinge unserer Kultur mit Blut verbunden sind? Selbst Ihr Name.»

Er goss sich einen Drink ein, bot ihr jedoch keinen an.

«Setzen Sie sich», sagte er und ließ sich in dem Sessel ihr gegenüber nieder. «Sagen Sie mal, was halten Sie von Rimmer?»

«Rimmer?» Ronica hatte nicht viel für den Sicherheitschef

der Firma übrig, wusste aber, dass es nicht Teil seines Jobs war, gemocht zu werden. «Er wirkt ein bisschen schroff und rau. Aber sein Job ist ja auch nicht leicht. Als Sicherheitschef hat man sich nicht danach auszurichten, ob man beim Fußvolk beliebt ist.»

«Schon richtig. Aber Beliebtheit ist eine Sache, Tüchtigkeit eine andere. Der Mann hat mich bitter enttäuscht, Ronica. Ich brauche wohl nicht zu sagen, dass das streng vertraulich ist. Ja, Sie sind bisher der einzige Mensch, mit dem ich überhaupt über diese Sache rede. Ich hoffe, ich kann Ihnen vertrauen. Kann ich das? Sind Sie ein Mensch, dem ich vertrauen kann?»

«Jeder Zoll an mir», antwortete Ronica ohne Zögern.

«Gut.» Der Direktor lächelte und goss sich noch einen Drink ein.

«Rimmer sollte etwas für mich erledigen. Und er hat mich enttäuscht, hat die Firma im Stich gelassen. Übel im Stich gelassen. Ich habe ihn beauftragt, Dallas zu töten. Stattdessen hat er einen schrecklichen Fehler gemacht und Tanaka getötet.» Der Direktor prüfte Ronicas Gesicht auf irgendein Zeichen der Bestürzung. «Sie scheinen nicht überrascht», sagte er.

Ronica schürzte den dunklen Pflaumenmund. «Sie sind der Direktor», sagte sie achselzuckend.

«Ich habe mich nicht in Ihnen getäuscht», sagte der Direktor. «Das, was unsereins zum Wohl der Firma tun muss, trägt einem nicht immer Sympathien seitens der Belegschaft ein. Manchmal sind diese Dinge unerfreulich. Sogar abstoßend. Wie etwa das mit Dallas. Er war mein Freund. Aber ich dachte, das Wohl der Firma erfordert es, ihn töten zu lassen.»

«Wollen Sie mich beauftragen, Dallas zu töten?»

«O nein. Das wäre ganz und gar nicht ratsam. Jetzt, wo Tanaka tot ist, ist Dallas viel zu wertvoll, um ihn umzubringen. Nein, ich will, dass er hierher zurückkommt und weiter für die Firma arbeitet. Genau wie vorher. Seine Frau und sein Kind sind tot, also spricht nichts dagegen, dass er seinen alten Job weitermacht. Die beiden waren ja der Hauptgrund, weshalb er zu einem beträchtlichen Sicherheitsrisiko für die Firma geworden war.» Der Direktor wedelte mit der Hand und lachte verzerrt. «Etwas allerdings spricht vermutlich doch dagegen, dass er seinen alten Job weitermacht.»

«Rimmer.»

«Sie haben's erfasst.»

«Sie werden Dallas wohl kaum dazu bringen, wieder zurückzukommen, solange der Mörder seiner Frau noch am Leben ist.»

«So ist es.»

«Und jetzt wollen Sie, dass ich Rimmer töte.»

«Zu gegebener Zeit, wenn wir es für richtig halten. Als ein Zeichen guten Willens seitens der Firma.»

«Um Dallas zu demonstrieren, dass Rimmer auf eigene Faust gehandelt hat. Um zu beweisen, dass der ganze Vorfall ein schreckliches Versehen war. Rimmer hat seine Befugnisse überschritten. Deshalb musste er sterben. Wie mache ich mich?»

«Ausgezeichnet, meine Liebe. Rimmer wird die ganze Arbeit für Sie machen, jedenfalls soweit es darum geht, Dallas zu finden. Wenn man ihn richtig motiviert, kann Rimmer ganz schön hartnäckig sein.»

«Sie haben ihm eine zweite Chance gegeben.»

«Ja.»

Ronica versuchte, nicht allzu erfreut dreinzuschauen. Die Wahrheit war, dass sie Rimmer von Anfang an nicht hatte ausstehen können. Jedes Mal, wenn sie ihm begegnet war, hatte sie eine unverschämte Bemerkung einstecken müssen. Ihn zu töten würde ein Vergnügen sein.

«Rimmer denkt, er stöbert Dallas auf, um ihn im zweiten Anlauf zu töten. Ihr Job ist es ganz einfach, ihn so lange suchen zu lassen, bis er Dallas gefunden hat, und ihn dann auf demonstrativ-spektakuläre Weise zu stoppen. Ja, es wäre sozusagen das Tüpfelchen auf dem i, wenn Sie es schaffen würden, Rimmer auf genau die Weise zu töten, auf die er Dallas töten wollte. Um so viel Eindruck wie möglich zu machen. Na ja, darauf verstehen Sie sich sicher bestens. Die einzige Frage ist: Übernehmen Sie den Job?»

Ronica erhob sich, als könnte ihre schiere Größe beweisen, dass sie der Aufgabe mehr als gewachsen war.

«Ich habe noch nie jemanden getötet», sagte sie. «Noch nicht mal dran gedacht. Aber da ich merke, dass mir die Vorstellung, Rimmer zu töten, keine Probleme macht, muss ich die Möglichkeit akzeptieren, dass ich es tun könnte. Und da ich die Möglichkeit akzeptieren kann, muss ich auch akzeptieren, dass es innerhalb meines Potentials liegt – dass es nicht über meine Fähigkeiten hinausgeht. Herr Direktor, Sie sehen Dinge in mir, die ich selbst vielleicht nur vage ahne. Deshalb sind Sie ja auch der Direktor. Ich kann nur versuchen, der Vision, die Sie von mir haben, zu entsprechen. Daher akzeptiere ich den Job, den Sie mir zu übertragen bereit sind, ohne Vorbehalte.»

Der Direktor stand ebenfalls auf, fasste Ronica wieder an beiden Händen und nickte anerkennend. Wo in aller Welt lernten diese jungen Menschen so zu reden? Natürlich kannte er die Antwort. Wenn man auf der Schule und an der Universität von Computern unterrichtet wurde, konnte es vielleicht nicht ausbleiben, dass man schließlich selbst wie eine Maschine redete. Es gab Zeiten, da Simon King dachte, er könnte sich besser mit einer Motion-Parallax-Assistentin unterhalten als mit jungen Menschen wie Ronica, die frisch vom College kamen. Das hatte eben ziemlich genau wie eine sprachphilosophische Abhandlung geklungen, und der Direktor war immer irritiert, wenn jemand in einem ganz gewöhnlichen Gespräch mit Philosophie ankam. Das war, als würde der Betreffende seinen Anwalt mitbringen, und es gab kaum etwas, was der Direktor mehr hasste als Anwälte. Vielleicht noch Leute, die ihn schlimm enttäuscht hatten. Es würde gut tun, Rimmer und seine unverschämte Art aus der Welt zu wissen.

«Gut, gut», sagte er. «Sie haben eine Waffe?»

«Hat die nicht jeder?» Ronica raffte ihren Rock und entblößte eine kleine, an intimer Stelle getragene Pistole sowie einen spektakulären Mangel an Unterwäsche.

Der Direktor schluckte. «Ja, ich sehe, Sie sind auf alle Eventualitäten vorbereitet.»

«Mm-hmm.»

«Er wird nicht damit rechnen», sagte er, als er schließlich wegguckte. «Und das sollte es ihnen leichter machen. Sorgen Sie einfach nur dafür, dass wir Dallas lebend wiederkriegen. Und wenn alles vorbei ist, kriegen Sie Rimmers Job. Rimmers Büro. Rimmers gesamte Privilegien. Von mir aus sogar sein Blut. Ich meine das, das er auf der Bank hat. Nicht im Leib. Ich kann nicht dulden, dass irgendjemand, der für diese Firma arbeitet, mit Vamping zu tun hat. Das ist ein abscheuliches Verbrechen, das unsere Branche mitten ins Herz trifft. Blut ist von zentraler Bedeutung für unser Leben, Ronica. Vergessen Sie das nie. Ohne die Konservierung von Blut sind wir der Menschheitsgeißel Krankheit, die so viele Opfer fordert, hilflos ausgeliefert. Alles wird durch das Blut erhalten.»

Ronica bemerkte, dass der Direktor bei dieser Ansprache regelrecht verklärt wirkte. Seine Stimme rutschte ein paar Halbtöne empor. Wenn ihre Freude über den Job, den er ihr übertragen hatte, und die ungeheure Chance, die das bedeutete, nicht so groß gewesen wären, hätte sie den Direktor vielleicht sogar für verrückt gehalten.

«Wie ihr das Blut bewahrt, so wird das menschliche Leben durch das Blut bewahrt werden. Denn die roten Blutkörperchen sind das Sinnbild der Immunität, und die Immunität ist die Hoffnung. Bis dahin aber ist das Blut der Gesunden die Saat unserer neuen Gesellschaft. Und diese Saat gilt es immerfort zu schützen. Nicht nur um unseretwillen, sondern auch um der Zukunft willen. Also seid guten Blutes und guten Mutes. Und lernt, was das Blut in Geld wiegt. Schämt euch nicht des Blutes in euren Adern, denn es ist keine Bürde, gesund zu sein, und es ist nichts Schändliches an unserer Unversehrtheit. Machen Sie das Blut zur Richtschnur Ihres Denkens, Ronica. Im Namen des Hämoglobins. Jetzt und immerdar.»

Ronica machte den Mund auf, um die korrekte Antwortformel zu sprechen, musste aber feststellen, dass sie den Wortlaut nicht mehr wusste. Es war lange her, dass sie zuletzt jemanden die Obersten Grundsätze der Immunologie – die Basis des modernen Blutbankwesens – hatte rezitieren hören. Und es erstaunte sie ein wenig, dass der Direktor tatsächlich an diese Grundsätze zu glauben schien: Er hatte im Ton eines Missionars gesprochen, der seine eingeborenen Katechumenen unterweist.

«Gesegnet …» Ronica hielt inne und schluckte, etwas irritiert durch diese Blut-Orthodoxie-Show. Seit langem schon sah sie die hermetisch abgeriegelte Welt, in der sie lebte, aus der pragmatischen Perspektive, nicht aus der des Glaubens. Es war vom Standpunkt der Gesellschaft aus schlicht wissenschaftlich sinnvoll, autologes Blutspenden zu forcieren, solange Krankheiten wie P² existierten. Das war nichts weiter als gute Phlebotomie[1]. Das Spenderscreening und die Dauerrückstellung der Infizierten als religiöse Glaubensartikel behandelt zu finden war hingegen peinlich. Ronica gefiel der Gedanke gar nicht, für einen Mann zu arbeiten, der genauso war wie ihre Eltern und tatsächlich an diesen Mist glaubte. Klar, das war es. Es war eine Altersfrage. Der Direktor war alt genug, um ihr Vater zu sein. Und was sollte er auch anderes sagen? Simon King gehörte der Generation an, die diese Grundsätze aufgestellt hatte. Also sollte er

1 Die Praxis der Blutabnahme bei lebenden Spendern.

doch glauben, was er wollte. Was ging es sie an? Und wenn es ihr helfen konnte, vorwärts zu kommen, konnte sie ruhig so tun, als bekenne sie sich zu dem, was er für die letzte Wahrheit hielt. Was war schon dabei?

Ronica räusperte sich, als habe ein Frosch im Hals sie daran gehindert, gleich angemessen zu antworten.

«Verzeihung, Sir», sagte sie und schluckte den letzten Rest Zweifel hinunter. Dann fügte sie, mit der frömmlerischen Inbrunst der Erretteten, die Worte hinzu, auf die der Direktor noch immer wartete. «Gesegnet sind, die da reinen Blutes sind.»

«So sei es fürwahr», erwiderte er und entließ sie dann mit einem flüchtigen Blutkreislaufzeichen[1], das darin endete, dass er auf die Tür zeigte.

IV

Normales peripheres Blut besteht aus drei Zelltypen, roten Blutkörperchen, weißen Blutkörperchen und Thrombozyten, die in einer blassgelben Flüssigkeit namens Blutplasma schwimmen. Das Blut übernimmt eine Reihe lebenswichtiger physiologischer Aufgaben: den Transport von Atemgasen, den Transport von Nähr- und Abfallstoffen, die Regulierung und Verteilung von Wärmeenergie, das Abdichten verletzter Gefäße bei gleichzeitiger Erhaltung der eigenen Fließfähigkeit, die Erzeugung und den Transport von immunkompetenten Zellen und Immuneffektoren. Das Blut bildet die erste Verteidigungslinie gegen Mikrobeninvasionen, doch wenn es hier zu einem Durchbruch kommt,

---

1 Ein mit dem Zeigefinger in der Luft beschriebener Kreis, Symbol des Blutkreislaufs, den der englische Arzt William Harvey (1578–1657) entdeckte und in seinem Werk *Exercitatio anatomica de Motu Cordis et Sanguinis* (1628) beschrieb.

ist es ebendieses korrumpierbare Blut, das den Feind durch den ganzen Körper transportiert. Diese Unterwanderung hat immer wieder entscheidend zum Untergang von Zivilisationen beigetragen. Kürzlich kamen Molekularbiologen zu der Feststellung, dass das Verschwinden des Neandertalers vor rund fünfunddreißigtausend Jahren auf das Gelbfieber, eine von Mücken übertragene Infektionskrankheit, zurückzuführen ist. Den Niedergang und Fall des alten Rom führt man heute nicht zuletzt auf die Verwendung bleihaltiger Wasserleitungen[1] *zurück, die zu einer hohen Inzidenz von chronischer Anämie und Demenz führte. Der endgültige Zusammenbruch des Römischen Reichs und der Anbruch des «finsteren» Mittelalters verdankten sich zu einem erheblichen Grad der so genannten justinianischen Pest, die bis zum Jahr 600 die Bevölkerung Europas um die Hälfte dezimiert hatte. Wie Edward Jenner, der Entdecker der Pockenimpfung, schon 1798 erkannte, «scheint sich das Heraustreten des Menschen aus dem Zustand, den ihm die Natur ursprünglich zugewiesen hat, für ihn als ein reicher Quell von Krankheiten erwiesen zu haben». Der Mensch ist geformt durch seine Krankheiten – nicht nur, was seine zahlenmäßige Verbreitung, sondern auch, was seine mannigfaltige biochemische und immunologische Ausstattung angeht. Gleichzeitig musste er immer erfinderischer darin werden, sich von der Welt der Krankheit, die ihn umgibt, abzugrenzen. Zwangsisolation, Zwangsgewahrsam und sogar Ausschluss aus der Gemeinschaft als Mittel der Verhinderung von Ansteckung hat es in menschlichen Gesellschaften immer gegeben.*[2] *Heute jedoch betreibt Gesundheit ihren Selbst***ausschluss**,

1 Das englische Wort *plumber* («Rohrleger, Klempner») leitet sich vom lateinischen *plumbum* («Blei») ab.

2 Die Quarantäne wurde ursprünglich von italienischen Seefahrern eingeführt. Der Begriff leitet sich vom italienischen *quarantina* («etwa vierzig») ab und be-

verordnet sich gesundes Blut seine eigene unsichtbare Quarantäne. Wie Prinz Prospero und seine Höflinge in Poes Erzählung «Die Maske des roten Todes» können sich die Reichen in ihrem eigenen Gesundheitssystem abschotten, durch Eigenblutdepositen «der Ansteckung Trotz bieten» und die Außenwelt sich selbst überlassen. Doch das ist alles nicht sonderlich überraschend. Es liegt nun mal in der Natur des Menschen, Vorsichtsmaßnahmen gegen Neuinfektionen zu treffen. Dennoch kann ich in diesem Zusammenhang nicht umhin, an die Worte des alttestamentarischen Propheten Habakuk zu erinnern: «Weh dem, der die Stadt mit Blut baut und richtet die Stadt mit Unrecht zu.»[1]

Oje. Ich hatte gehofft, genau das vermeiden zu können: eine Demonstration jener irritierenden Allwissenheit, an der so viele literarische Icherzähler leiden, selbst die unzuverlässigen. Das ist das Problem, wenn man weiß, was als Nächstes passiert. Man kommt sich vor wie Gott. Vermutlich schreiben die meisten Schriftsteller ebendeshalb, obwohl das für mich nicht gilt. Ich habe mich schon wie Gott gefühlt, lange bevor ich anfing, diese Geschichte zu erzählen. Aber jedenfalls, wie gesagt, so überraschend ist dieser Kult, der heute um das Blut getrieben wird, gar nicht – schließlich ist es nun mal das Ziel der Transfusionsmedizin, dem Patienten das sicherste und effizienteste Produkt zu liefern. Qualität beginnt beim Spender und endet beim Empfänger, und ihre Sicherung lässt sich nicht auf das Innere einer Blutbank beschränken. Was mich hingegen bis jetzt erstaunt, ist, dass ich mit meiner Immunität gegen P^2 *(wenn auch nicht gegen andere Viren – nicht zufrieden mit all den existierenden Pathogenen, hielt es die Menschheit für nötig, noch ein paar neue in die Welt zu setzen – hat man eine solche Idiotie schon mal erlebt?) selbst so*

---

zieht sich auf die Zahl der Tage, die ein Schiff mit kranken Seeleuten isoliert vor Anker liegen musste.

1 Habakuk 2; 12.

viel Blut gebraucht habe. Wie Lady Macbeth in jenem eponymen und überaus blutigen Drama sagt: «Aber wer hätte gedacht, dass der alte Mann noch so viel Blut in sich hätte?»

V

Rimmer starrte auf das *Faux Fenêtre* und versuchte, einen Sinn in das zu bringen, was ihm das Metaprogramm sagte. Nicht, dass das schwer gewesen wäre. Meistens fühlte sich Rimmer mit Computern wohler als mit Menschen. Darin war er nicht außergewöhnlich. Das galt für eine Menge Menschen: die, die zu Hause arbeiteten und deren einziger Gefährte und einziges Interesse der Computer war. Wie sie sah Rimmer darin nichts Verwerfliches. Die Leute machten sich viel zu viele Gedanken über die Mathematisierung der Welt und die wachsende Bedeutung des Computers. Wen juckte es, ob irgendwann schließlich Maschinen die Welt regierten? Niemand konnte behaupten, dass der Mensch diesen Job bisher besonders gut gemacht hätte. Was kümmerte es einen schon, wer die Welt regierte, solange man mit weniger Mühe mehr Geld machen konnte? Was machte es schon aus?

«Schau mal an», sagte Rimmer. «Sieht aus, als ob Dallas gerade noch angerufen hat, ehe wir kamen. Und als ob er eine Menge Zeug in seinen Brusttaschencomputer runtergeladen hat.»

«Es gibt ein Pförtnerprogramm, um so was zu verhindern», sagte Dixy. «Als Sicherheitschef sollten Sie das wissen.»

«Wir wissen doch beide, dass das Dallas an nichts hätte hindern können. Der Mann ist wirklich fähig, das muss ich ihm lassen.» Rimmer seufzte. «Aber ich bin es auch. Wenn ich erst mal all seine persönlichen Daten habe, wird es mir kein Problem sein, ihn aufzuspüren. Sobald er das erste Mal was bezahlen muss.

Willst du mir dabei helfen, Dixy? Ich habe nur leider ein bisschen wenig Zeit. Es wird ein Weilchen dauern, bis dieses Metaprogramm die Riesenzahlen faktorisiert hat, die Dallas' persönlichen Chiffriercode knacken.»

«Die Schlüsselzahl hat eintausend Stellen», sagte Dixy.

«Oh, danke, Dixy. Sehr hilfreich.»

«Ich versuche nicht, Ihnen zu helfen. Ich habe Ihnen das nur gesagt, damit Sie den Umfang Ihres Unternehmens abschätzen können. Das Metaprogramm dürfte wohl mindestens achtundvierzig Stunden brauchen, um alle Primfaktoren der Schlüsselzahl zu finden.»

«Du könntest mir die Primfaktoren sagen», erklärte Rimmer. «Und mir eine Menge Zeit sparen.»

«Das kann ich nicht, Mr. Rimmer. Als Sicherheitschef sollten Sie wissen, dass ich darauf programmiert bin, ein solches Ansinnen zurückzuweisen. Datenschutz ist Teil meines Alphaprogramms. Das hat absoluten Vorrang.»

«Früher oder später finde ich ihn doch, Dixy.»

«Später, wenn ich meine Einschätzung äußern darf.»

Rimmer nickte geduldig. Sobald er Dallas' Verschlüsselungscode hatte, konnte er eine Verbindung zu dem Computer in Dallas' Brusttasche herstellen. Dann erst hatte er eine Chance, Dallas' Aufenthaltsort durch die Überwachung seiner verschiedenen Konten festzustellen. Wobei das natürlich nur die Standardmethode war. Andere Vorgehensmöglichkeiten schälten sich gerade erst heraus.

«Wie wär's, wenn du mir einfach die Schlüsselzahl nennst, und wir beide sind quitt?»

«Das ist der einfachste Teil der Übung, Mr. Rimmer. Ich schätze, das Metaprogramm wird die Schlüsselzahl in spätestens drei Stunden und einundvierzig Minuten haben. Der Rest ist simple Arithmetik.»

Rimmer sah ein, dass Dixy Recht hatte. Bevor das Metaprogramm den Code nicht geknackt hatte, würde es nicht in der Lage sein, die nötigen Hebel anzusetzen. Er beschloss, etwas anderes zu tun, während das Programm seiner mühsamen Aufgabe nachging.

«Dann könnten wir uns ja erst mal dich vornehmen, Dixy. Vielleicht ist da ja irgendwas in deiner Konfiguration, was dem Metaprogramm einen Ansatzpunkt liefert.»

«Bei mir? Das glaube ich nicht.»

«Bescheidenheit ist eine Zier, Dixy, aber man kann es auch übertreiben. Apropos zieren, ich finde, du solltest deine Kleider ablegen. Wenn wir dich schon nackt ausziehen, können wir auch mit der praktischen Seite anfangen.»

«Ein Computerprogramm kann man nicht in Verlegenheit bringen, Mr. Rimmer», sagte Dixy und begann sich auszuziehen.

«Nein, aber auf diese Weise habe ich etwas zu gucken, während ich mir einen Schlachtplan zurechtlege. Wer weiß, vielleicht gelangen wir auf diese Weise ja sogar zu einer Symbiose.»

«‹Schlacht› scheint mir wahrscheinlicher«, sagte Dixy, als sie nackt war.

Rimmer musterte sie vom Scheitel bis zur Sohle und nickte taxierend. «Das also schwebt Dallas vor», sagte er. «Er steht auf halbrasierte Pussys und mittelgroße Titten. Dreh dich um.»

Dixy kehrte Rimmer den Rücken zu.

«Jetzt wieder zu mir.»

«Sie haben doch sicher eine eigene Motion-Parallax-Assistentin, Mr. Rimmer», sagte Dixy, die ihrem Inquisitor jetzt wieder ins Gesicht sah.

«Oh, natürlich. Aber mein Geschmack in Sachen Weiber ist etwas billiger als der von Dallas. Meine Assistentin ist etwas üppiger ausgestattet als du, Dixy. Manche Leute würden sogar sagen, sie hat was von einer Karikatur. Das sagt schon einiges über mich. Und genauso sagt mir dein Anblick einiges über Dallas. Weißt du, du hast überhaupt nichts von seiner Frau. Die war eine richtige Schönheit.» Rimmer zog Arias Slip aus der Tasche und putzte sich damit die Nase. «Das hier ist ihr Höschen», sagte er. «Ich habe es ihr ausgezogen, nachdem ich sie erschossen hatte.»

«Warum?»

«Das ist kein besonders ausgefallener Fetisch.»

«Das ist etwas, was ich einfach nicht verstehe», sagte Dixy. «Diesen fetischistischen Glauben, sich durch die Aneignung eines Objekts der Dienste des Geistes, der diesem Objekt innewohnt, versichern zu können. Das glauben Sie doch nicht wirklich, Mr. Rimmer?»

«Ich bin mir nicht sicher, ob ich guten Gewissens behaupten könnte, die Existenz eines persönlichen Bewusstseins der Unaussprechlichen dieser Mrs. Aria Dallas im strengen Sinn für wahr zu halten. Aber nichtsdestotrotz kann ich bezeugen, dass selbigen eine beträchtliche Macht innewohnt.»

Rimmer wandte sich wieder dem *Faux Fenêtre* zu.

«Doch still! Was schimmert durch das Fenster dort? Da werden zwei Motion-Parallax-Programme beschrieben. Und eins davon ist ein Schoßtierprogramm. Ein Hündchen. Ach, ist das nicht süß?» Rimmer griente hinterhältig. «Vielleicht steht Dallas ja drauf zuzugucken, wie du's mit dem Hund treibst. Ist es das?»

«Ist es das, was Sie sehen möchten, Mr. Rimmer?»

«So leicht kannst du mich nicht ablenken, Dixy.» Rimmer schüttelte den Kopf. «Ist nicht Dallas' Stil, so was, stimmt's? Wo genau befindet sich der Hund momentan?»

«Irgendwo in der Nähe. Aber nicht hier im Raum.»

«Na, egal. Die Frage ist: Warum hast du einen Hund, während sich die meisten Perversen in dieser Firma, die noch ein Motion-Parallax wollen, einfach ein zweites Mädel für pornographische Zwecke zulegen. Wie zum Beispiel Tanaka. Er dachte, ich wüsste das nicht. Aber ich wusste es wohl.»

«Dallas dachte, ein kleiner Hund würde mir ein Gefährte sein.»

«Weichherziges Kerlchen, unser Dallas. Und ist er's dir? Ein Gefährte?»

«Ja.»

«Gut. Das macht die Sache wesentlich leichter.»

«Ich weiß nicht, ob ich Ihnen folgen kann, Mr. Rimmer.»

«Noch besser. Ich hasse es, von einem Computer durchschaut zu werden. Hast du je William Blake gelesen, Dixy?»

«Viele tausendmal.»

«Dann weißt du vermutlich, dass Blake irgendwo sagt: ‹Nichts ist wirklich, außer den Vorstellungsbildern, die sich der Mensch vom Wirklichen entwirft.› Ich frage mich, ob dasselbe nicht auch für die Vorstellungsbilder gilt, die sich der Mensch vom Unwirklichen entwirft. Insbesondere für dich und deinen Hund. Ich möchte wissen: Wie real ist dieser Hund für dich?»

«So real wie Sie, Mr. Rimmer.»

«Hoffen wir's.»

«Führen wir eine Diskussion über Phänomenalismus?»

«Was ich mit dir vorhabe, hat allerdings einen Stich ins Solipsistische: Wenn du mir nicht sagst, was ich wissen will, werde ich das Metaprogramm anweisen, deinen Hund zu löschen.»

«Welchen Zweck sollte das haben?»

«Dir Schmerz und Leid zuzufügen.»

«Ich fühle keinen Schmerz.»

«Einsamkeit ist auch eine Art Schmerz, oder nicht?»

«Sprechen Sie aus eigener Erfahrung, Mr. Rimmer?»

«In gewisser Weise.»

«Schoßtierprogramme sind ersetzbar.»

«Ja, aber sie brauchen Zeit, um zu wachsen und eine eigene Persönlichkeit zu entwickeln. Das macht sie ja so amüsant. Und außerdem: Dieses Schoßtierpogramm wird niemand ersetzen. Nicht für dich, Dixy. Der einzige Mensch, den dein kartesianisches Dilemma in irgendeiner Weise gekümmert hat, wird dir kein neues Programm schreiben. Niemals. Stell dir das mal vor.»

Dixy sagte nichts.

«Ich sehe, du *kannst* es dir vorstellen.» Rimmer nickte. «Ich wette, du hängst ganz schön an diesem Hündchen. Ich meine, Dallas war nicht der Typ, einfach ein Schoßtierprogramm in die Welt zu setzen, ohne gleichzeitig deinem Alphaprogramm etwas hinzuzufügen, was dich veranlasst, dein Schoßtierchen zu lieben. So wie du darauf programmiert bist, ihn zu lieben. Vielleicht solltest du den Hund sogar noch mehr lieben als ihn. Das sähe ihm ähnlich. Würde die Schuldgefühle mildern, die viele Menschen ihren Motion-Parallax-Assistentinnen gegenüber empfinden.»

«Aber Sie nicht, Mr. Rimmer. Ich kann mir nicht vorstellen, dass Sie wegen irgendwas Schuldgefühle haben.»

«Na ja, jedenfalls werde ich keine schlaflosen Nächte verbringen, nur weil ich ein Motion-Parallax löschen muss. Erst recht, wenn es eins ist, das ich nicht selbst geschaffen habe. Von den Auswirkungen auf dich mal ganz abgesehen, Dixy, wird mir die Vernichtung eines Programms, das Dallas geschrieben hat, ein Vergnügen sein – das exakte Pendant zu dem Vergnügen, das es ihm bereitet haben muss, das Programm zu erstellen. Das ist etwas sehr Persönliches, das Verhältnis zwischen einem Programmierer und seinem Programm. Ich bin sicher, du verstehst mich. Also, wo steckt der verdammte Hund?»

Rimmer befahl dem Metaprogramm, Dixys Hund zu suchen. Sekunden später drückte sie einen Jack-Russell-Terrier an ihren durchscheinenden bloßen Busen.

«Oh, was für ein niedliches Hündchen», sagte Rimmer. «Wäre ja so ein Jammer, ihn löschen zu müssen.»

Der Hund winselte leise und leckte dann Dixys Kinn.

«Ruhig, Mersenne», sagte Dixy.

«Ich für mein Teil habe noch nie dem verbreiteten Glauben angehangen, dass Computer keine Emotionen empfinden können», sagte Rimmer. «Wird interessant sein zu sehen, ob ich

Recht habe. Ich glaube, Computer können genau das fühlen, was wir ihnen zu fühlen befehlen. Ich glaube, dass man Sinn etablieren kann. Richtig, das stammt wohl von Sir Karl Popper.»

«Für einen grausamen Menschen haben Sie eine ganze Menge gelesen, Mr. Rimmer.»

«Ich glaube, um richtig grausam zu sein, braucht man einen Haufen gute Ideen. Und die kriegt man nur aus Büchern. Damit habe ich wohl meine einsamen Stunden ausgefüllt. Aber vielleicht hätte ich mir einfach einen Hund kaufen sollen. Den Rücken eines guten Buchs zu streicheln bringt's nicht ganz.»

Dixy drückte Mersenne fester an sich. Für sie fühlte sich der Hund ganz real an. Wie leer alles ohne ihn gewesen war. Konnte sie sich in jenen präexistenten Zustand des Nichtseins zurückbegeben? Dixy durchforschte ihr Gedächtnis nach einer Antwort, fand aber nur die Gewissheit, dass ihr materialisierter Zustand jetzt, da Dallas nicht mehr da war, doppelt so schlimm sein würde wie vorher.

«Überleg's dir, Dixy, oder der Hund wird gelöscht. Du hast zehn Sekunden.»

«Sie sind ein grausamer Mensch, Mr. Rimmer.»

«Neun. Das ist meine Sprache, die du da sprichst, Dixy. Das höre ich gern. Heißt, dass ich zu dir durchdringe.»

«Ich kann Ihnen die Schlüsselzahl nicht sagen.»

«Acht. Dann sag dem Köter jetzt besser Adieu.»

«Und die Primfaktoren kann ich Ihnen auch nicht sagen. Mein Alphaprogramm verbietet es. Das wissen Sie.»

«Pech für dich, Hundemuttchen. Sieben.»

«Selbst wenn ich es sagen wollte, was ich ja will, es geht nicht. Ich kann nicht. Das nützt nichts.»

«Du bringst mich zum Weinen, Dixy. Fünf.»

«Ich habe diesen kleinen Hund überaus lieb gewonnen.»

«Jetzt kapierst du langsam das Prinzip. Vier.»

«Ich würde ihn jetzt nicht gern verlieren.»

«Versteht sich. Drei.»

«Und Sie haben Recht, Mr. Rimmer. Es kann hier wirklich manchmal ganz schön einsam sein.»

«Dann sag mir was, was ich nicht schon weiß. Zwo.»

«Gut. Ich glaube, Sie finden Dallas in einem Überdruckhotel im Nordteil der Stadt. Im Clostridium. Er benutzt die Geldkarte, die Sie Ihrer Auftragsmörderin gegeben haben.»

Rimmer nickte. Jetzt, wo Sie es ihm gesagt hatte, schien es das Nächstliegende. Niemand hätte Dallas in einem Überdruckhotel gesucht. Und genau darauf baute Dallas. Da hätte er selbst drauf kommen können.

«Guck nicht so entgeistert», sagte er höhnisch zu Dixy. «Was du da gemacht hast, nennt man Verrat. Das ist der leichte Teil. Such mal deinen Speicher daraufhin durch, wie du dich hinterher zu fühlen hast. Ich schlage vor, du guckst unter ‹Schuldgefühl›.»

7

I

Das Clostridium lag in einem feuchten, nebligen Teil der City, der einst, ehe die Privathaushalte ihre Abwässer auf molekularer Ebene wieder aufbereiten konnten, ein Wasserreservoir gewesen war. Die Gegend war voller schmaler Gassen, gesäumt von Kliniken, die medizinische Behandlungsformen aller Art anboten – von Ayurveda und Aderlass bis hin zu Reiki und therapeutischem Lachen.[1] Das Hotel selbst war ein schmuckes zwölfstöckiges Gebäude aus dem ausgehenden zwanzigsten Jahrhundert mit einem ebenerdig umlaufenden Glasvorbau, in dem sich die Aufenthaltsräume befanden und normale Luft mit Meereshöhendruck zirkulierte. Darüber bildete ein Stahlgerüst das Trageskelett für zwölf Fertigelementgeschosse mit jeweils zwölf

---

1 Alles alternative Bluttherapien. Im Ayurveda gibt es vier Hauptelemente, deren Ungleichgewicht krank macht: Wasser, Erde, Luft und Raum. Das wichtigste Mittel zur Wiederherstellung des Gleichgewichts ist die Ernährung. Unter Aderlass versteht man das Ablassen von Blut durch das Öffnen von Venen, so wie es der Aristoteles-Enkel Herophilus propagierte. Reiki ist eine alte japanische Heilmethode und basiert auf Berührungen, die Lebensenergie freisetzen und kanalisieren. Therapeutisches Lachen beruft sich auf die positiven physiologischen Effekte des Lachens: Dieses vermindert die Herzfrequenz, senkt den arteriellen Blutdruck und hilft, Stress abzubauen; außerdem veranlasst Lachen das Gehirn, Katecholamine auszuschütten, ein Hormon, das wiederum die Ausschüttung von Endorphinen – körpereigenen schmerzlindernden Substanzen – fördert.

autarken, apartmentartig ausgestatteten Überdruckkammern, die auf einen Druck von sechs bis zehn Atmosphären ausgelegt waren. Die Belege für einen therapeutischen Nutzen der Sauerstoffüberdruck-Behandlung bei P^2 sind weitgehend anekdotischer Natur. Geeignet scheinen solche Maßnahmen jedoch zur Verzögerung des Einsetzens einer aplastischen Krise – des so genannten Drei-Monde-Effekts[1], der darauf beruht, dass das Virus in die aggressive Phase eingetreten ist und den Sauerstofftransfer durch die roten Blutkörperchen unterbindet. Hauptnachteil der Sauerstoffüberdruck-Behandlung ist, dass die Sauerstofftoxizität zu retrolentaler Fibroplasie, das heißt zur Erblindung führen kann.

Im Gegensatz zu den meisten Gästen, die der positiven psychosomatischen Effekte des Sauerstoffs wegen da waren, versuchten sich Rameses Gates und Lenina, die jetzt gerade in einem Doppelzimmer schliefen, an das Atmen gewöhnlicher Luft bei Normaldruck zu gewöhnen. Nach dem komprimierten Sauerstoff, der die künstliche Atmosphäre auf dem Mond bildete, war das Atmen auf der Erde für P^2-Infizierte oft ein Schock. Genau das Richtige, um das Einsetzen einer Drei-Monde-Krise zu beschleunigen. Deshalb saßen die beiden tagsüber im Rezeptions- und Aufenthaltsbereich herum und atmeten die normale Luft, während sie die Nächte unter den Überdruckbedingungen ihres Zimmers verbrachten, um ihre roten Blutkörperchen, ihr Hämoglobin und erst recht ihre Psyche zu entlasten und einander gleichzeitig immer intimer kennen zu lernen. Seit ihrem Rücktransfer von Artemis Sieben mit dem Superconductor waren sie praktisch unzertrennlich; ausgedehnter Sex galt als hervorragendes Mittel, größtmöglichen Nutzen aus der Sauerstoffüberdruck-Atmosphäre zu ziehen, wenn Rameses Gates auch

1 Die Lebensdauer der roten Blutkörperchen beträgt hundertzwanzig Tage oder drei Monde.

wie die meisten infizierten Männer nur in seine eigene Blase ejakulierte, aus Angst, der Samenverlust könnte den Sauerstoffpegel seines Körpers herabsetzen.[1] (Er nahm zudem auch noch orale Fibrolysindosen, um die Zahl der kostbaren Blutkörperchen in seinem Ejakulat zu verringern.[2]) Nach zwei Wochen im Clostridium fühlten sich Gates und Lenina einigermaßen akklimatisiert, sodass sie bereits daran dachten, das Hotel zu verlassen. Sie gehörten zu den glücklicheren Gästen. Für ein paar andere war die Sauerstoffüberdruck-Behandlung weit dringlicher: Wer immer von jenem rubeoliformen Ausschlag, der das Drei-Monde-Stadium des Virus anzeigte, heimgesucht wurde und es sich irgend leisten konnte, buchte sich sofort in einer Einrichtung wie dem Clostridium ein. Danach war die Frage nur noch, wie weit der persönliche Kredit reichte. Eine weitere, noch kleinere Gästegruppe waren die traditionellen Fälle – Leute mit Strahlennekrose (gewöhnlich Kasachstanitis), Gasbrand oder Kohlenmonoxidvergiftung, aber auch Amputierte. Rameses Gates kannte sich ein bisschen mit Sauerstoffüberdruck-Medizin aus und war daher nicht weiter verwundert, als er eines Abends im Aufenthaltsbereich Cavor erspähte, den Frischamputierten aus dem Superconductor, dessen mittlerweile angepasste Prothese jedoch so gut war, dass man ihn bei einer flüchtigen Begegnung für einen zweiarmigen Mann hätte halten können.

---

1 Diese Technik wurde ursprünglich von den indischen Yogis praktiziert und diente der Bewahrung ihrer Lebensenergie. Die Durchtrennung der Samenleiter (Vasektomie) erfüllt nicht den gleichen Zweck, da sie nur das Sperma zurückhält, das etwa 5 Prozent des Ejakulats ausmacht. Samenflüssigkeit enthält Sauerstoff, um die Beweglichkeit der Spermien zu sichern. Für einen P^2-Infizierten kann selbst diese mikroskopisch kleine Sauerstoffmenge den Unterschied zwischen Leben und Tod bedeuten.

2 Die Prostata liefert rund 30 Prozent der Samenflüssigkeit; zu ihren Sekreten gehört unter anderem das Fibrolysin, ein Enzym, das die Menge der Blutzellen und Gewebefasern im Ejakulat reduziert.

«Wie geht's?», fragte Gates.

Cavor sah den kräftigen Mann misstrauisch an. Seit er wieder vom Mond zurück war und sich an seine Armprothese und das Erdenleben außerhalb der Zone gewöhnen musste, betrachtete er jeden als potentielle Bedrohung. Selbst in der vergleichsweise sicheren Umgebung des Clostridium hatte er gelernt, für sich zu bleiben. Manche von den Gästen waren einfach verrückt.

«Kennen wir uns?»

«Wir sind zusammen vom Mond zurückgekommen.»

«Dann werden Sie mir sicher verzeihen, dass ich mich nicht an Sie erinnere. Ich war damals ziemlich absorbiert. Zum Beispiel von der Frage, ob ich überlebe oder nicht.»

«Wie ist der neue Arm?»

Cavor sah ihn an, versuchte, das Gesicht irgendwo unterzubringen.

«Waren Sie dabei, als ich den Unfall hatte?»

«Wir sind uns im Superconductor begegnet.»

«Oh.» Cavor hielt Gates die Prothese zur Besichtigung hin. «Wie finden Sie sie?»

«Gar nicht übel», sagte Gates.

«Finden Sie? Ich habe mal Klavier gespielt.» Cavor seufzte. «Aus und vorbei. Ravels *Klavierkonzert für die linke Hand* ist kein besonders tolles Repertoire.» Er versuchte, die gelbbraune Hand zu einer Faust zu schließen. «Die Finger sind ein bisschen steif. Das ist der Hauptgrund, warum ich hier bin. Sie sagen, Sauerstoffüberdruck ist sehr gut, um die Blutversorgung der Muskeln und Nervenendungen an der Amputationsstelle wieder richtig in Gang zu bringen.»

«Ach, ja? Was genau ist eigentlich passiert?»

«Ich bin in einen Gesteinsschroter gekommen.»

«Und davor?» Auf Gates wirkte Cavor viel zu klein und sensibel, um die Art Verbrechen begangen zu haben, für die man in eine Mondkolonie geschickt wurde.

«Sie meinen, wie ich auf Artemis Sieben gelandet bin?» Cavor zuckte die Achseln. «Ich habe meine Frau getötet. Das war auch mehr oder minder ein Unfall. Ich kam dahinter, dass sie etwas mit einem anderen Mann hatte, da habe ich sie geschlagen. Ein bisschen zu fest, wie sich herausstellte.»

Cavor presste die Hände gegen die Schläfen.

«Kopfschmerzen?»

«Ja.»

«Könnte daran liegen, dass die LH-Behälter[1] in Ihrem Zimmer mal ausgewechselt werden müssen. Auf so was muss man hier selbst achten, weil es sonst niemand tut. Das hier ist nicht gerade ein Zehn-Sterne-Etablissement.» Als er Cavors zusammengezogene Brauen sah, setzte Gates hinzu: «Die Dinger haben die Funktion, das ausgeatmete Kohlendioxid aus der Luft zu holen. Höchstwahrscheinlich kommen die Kopfschmerzen von Ihrem eigenen CO_2. Rufen Sie den Hausmeister an und lassen Sie sich neue einsetzen. Sonst kann es Ihnen passieren, dass Sie irgendwann einschlafen und nicht mehr aufwachen.»

«Danke für den Tipp. Sie scheinen sich gut mit so was auszukennen.»

«Womit? Mit Luft? Klar. Ich war mal Pilot. Astroliner. Bevor ich zum Sträfling befördert wurde.»

«Was haben Sie getan?»

«Mich erwischen lassen.»

«Weiter nichts?»

«Wenn Sie mehr wissen wollen, lesen Sie am besten Victor Hugo. Ich bin kein großer Geschichtenerzähler.»

Cavor nickte und dachte, dass der bullige Mann wirklich aus einem Roman hätte entsprungen sein können: Hoch gewachsen, stark und auf herbe Weise gut aussehend, wirkte er in nahezu jeder Hinsicht überlebensgroß, und er hatte etwas extrem Stram-

1 Lithiumhydroxid.

mes und Straffes, wie eine Bronzestatue, die vor einem Museum Wind und Wetter trotzte. Selbst der Name, Rameses Gates, weckte bei Cavor die Assoziation von etwas Monolithischem. Aber er schien ja ganz freundlich, und Cavor befand, dass es für einen kleinen, einarmigen Mann wie ihn nur gut sein konnte, einen großen, zweiarmigen Kerl wie Gates zum Freund zu haben. Cavor wusste immer noch nicht, was Gates bereits für ihn getan hatte: dass er ihn davor bewahrt hatte, in der G-Kapsel an Bord des Superconductors zu ersticken. Gates hatte keine Lust, ihm die näheren Umstände ihrer ersten Begegnung zu schildern: Er war kein Mensch, der es darauf anlegte, dass andere sich ihm verpflichtet fühlten. Dankbarkeit konnte manchmal genauso belastend sein wie Verantwortung.

«Wie lange haben Sie vor hier zu bleiben?», fragte Cavor.

«Weiß nicht», sagte Gates. «Kommt drauf an …»

«Worauf?»

«Hmm?» Gates war abgelenkt, weil in diesem Moment ein großer, blass wirkender Mann in einem teuren Pelzmantel den Eingangsbereich des Hotels betreten hatte. «Was das wohl für einer ist?», murmelte er.

«Wer?»

«Der Typ dort, der gerade angekommen ist.»

Cavor sah auf seine Armbanduhr und war überrascht. «Ziemlich spät dran, der Junge.»

«Ach, das ist nicht weiter ungewöhnlich», sagte Gates. «Wenn Leute mitten in der Nacht aufwachen und feststellen, dass der Ausschlag eingesetzt hat und die aplastische Krise im Anzug ist, dann warten sie meistens nicht bis zum Morgen, ehe sie sich in einem Laden wie diesem hier einbuchen.»

«Verstehe», sagte Cavor.

«Das hier ist so eine Art heilige Zufluchtsstätte», sagte Gates. «So ein Ort gibt der Seele Hoffnung. Die Opfer des Virus kommen hierher, wie die Leute während der Pest im Karthago des zweiten Jahrhunderts vor Christus in die Kirche strömten, um sich taufen zu lassen.»

Die Geschichte der Seuchen und Pestepidemien war alles, was Gates an Geschichte kannte. Wie die meisten Virusträger war er nur in dieser Art Geschichte unterrichtet worden. Und da Krankheit einer der fundamentalen Parameter, wenn nicht sogar *der* fundamentale Parameter, der menschlichen Geschichte ist – wer wollte da behaupten, dass dieser Ansatz weniger gut geeignet sei als irgendein anderer, um ein tieferes Verständnis des Gesellschaftslebens der Menschen, ihrer Ideen und ihrer Umwälzungsprozesse zu entwickeln? Rameses Gates hatte Thukydides, Hippokrates, Plutarch, Demokrit, Prokop, Boccaccio, Fracastorius, Cotton Mather, Pepys, Defoe, Gibbon, Malthus, Fiennes, Garrett und Preston gelesen. Er hätte die Wechselbeziehungen der Anophelesmücke zu ihrer Umwelt ebenso darlegen können wie das Dilemma Oliver Cromwells, der aus Angst vor dem Katholizismus die Linderung seiner Malaria ablehnte.[1] Er wusste Bescheid über die Eroberung Mexikos, nicht durch die Spanier, sondern durch die Pocken, die diese mitbrachten, und er wusste ebenso, dass das Wort «Aussatz» als Übersetzung des hebräischen *Tsaar'at*[2] im Alten Testament keineswegs unbedingt «Lepra» bedeutete. Er sah zwar aus wie ein Ochse von Mann, war aber auf seine Art durchaus gebildet.

«Eine Art heilige Zufluchtsstätte, ja», stimmte ihm Cavor zu.

---

1 Er lehnte angeblich das Trinken aufgebrühter «Jesuitenrinde», auch Chinarinde oder Fieberrinde genannt, ab, weil er dahinter ein papistisches Komplott zu seiner Vergiftung witterte. Die medizinische Wirksubstanz in der Rinde des Cinchonabaums ist das Chinin.

2 Dieses Wort bezeichnete ursprünglich jede entstellende Hautkrankheit, also auch Ekzeme und Syphilis. In der griechischen Übersetzung des Alten Testaments wurde *Tsaar'at* zu *Lepra*, das ähnlich verwandt wurde und nichts mit dem *Mycobacterium Leprae* zu tun tun hatte, das erst wesentlich später, in der Römerzeit, weithin verbreitet war.

«Nur dass Sauerstoff unmittelbarer wirkt als Gebete. Jedenfalls ist das meine Erfahrung.»

Der Mann, der sich gerade an der Anmeldung eintrug, blickte sich nervös um und schaute schnell weg, als sein Blick auf Gates und Cavor fiel. Sein Gesichtsausdruck und sein ganzes Verhalten hatten etwas Gehetztes, was ein Exsträfling wie Gates nur zu leicht erkannte.

«Er sieht zu gesund und zu reich aus, um sich in so einem Laden einzuquartieren», sagte Gates. «Das ist nicht die Sorte Mantel, die man trägt, wenn man verseuchtes Blut hat. Würde mich gar nicht überraschen, wenn er RES-1 wäre.»

«Aber was macht er dann hier?», fragte Cavor.

«Gute Frage. Warum auch immer, er muss ziemlich überhastet hergekommen sein. Der Mann hat keinerlei Gepäck.»

«Vielleicht hat er gerade erst herausgefunden, dass er das Virus hat», spekulierte Cavor. «So ein Bescheid kann jeden in Panik versetzen.» Cavor sprach aus Erfahrung. Er versuchte immer noch, damit klarzukommen – mit dem Wissen, dass die Blutersatztransfusion auf dem Mond, der er sein Überleben verdankte, ihm zugleich das Virus eingetragen hatte. Zeitweise fühlte er es förmlich in seinem Knochenmark lauern. Das hatte die Schuldgefühle wegen Minas Tod abgelöst, die er so lange mit sich herumgeschleppt hatte.

«Möglich», räumte Gates ein. «Das hieße, dass er noch Geld haben könnte.»

«Erwägen Sie, ihn auszurauben?»

«Wie kommen Sie denn auf die Idee? Wofür halten Sie mich? Nein, ich dachte daran, dem Mann meine Dienste zu offerieren.»

«Welche Art Dienste?»

Gates schürzte die Lippen und zuckte dann die Achseln. «Die City kann ganz schön beängstigend sein, wenn man sie nicht gewohnt ist. Wenn man praktisch sein ganzes Leben in der Zone verbracht und die Vorzüge einer gesunden Welt genossen hat.»

«Was Sie nicht sagen», sagte Cavor verbittert. Er erinnerte sich nur zu gut an das privilegierte Leben, das er geführt hatte, ehe Mina durch seine Hand umgekommen war. Wie er Gesundheit für etwas Selbstverständliches genommen hatte. Und in diesem Licht betrachtet, tat ihm der Neuankömmling schon fast Leid.

«So jemand könnte einen Freund brauchen. Einen, der sich in dieser unserer verseuchten Welt auskennt.»

«Eine Art *cohors praetoria*, meinen Sie wohl», sagte Cavor. «‹Einen Bodyguard›, heißt das.»

Gates nickte.«Ich weiß, was das heißt.»

«Meinen Sie nicht, dass Sie ein bisschen massig für so einen Job sind», sagte Cavor grinsend. «Ein Bodyguard sollte kleiner sein, unauffälliger. Wenn möglich, ein Mann mit nur einem Arm, wegen des Überraschungsmoments.»

«Ich glaube, Sie sollten mal ihre Hämoglobinkonzentration überprüfen lassen», sagte Gates. «Klingt irgendwie, als würden Sie nicht genug Sauerstoff kriegen.»

«Ach ja?», sagte Cavor kleinlaut. Jetzt, da er das Virus in sich hatte, entwickelte er einen ganz neuen Respekt vor der menschlichen Biochemie. Dass etwas so Winziges wie ein Blutkörperchen[1] so bedeutsam sein konnte, schien doch geradezu unglaublich. Die Wege des Bluts waren wahrhaft wundersam.

«Keine Panik», sagte Gates lachend, als er Cavors offenkundiges Erschrecken bemerkte. «War nur ein Scherz.»

«Tatsächlich?» Er konnte in seiner derzeitigen Situation wenig Anlass zum Scherzen sehen. Er brauchte nur den Namen des Virus auszusprechen, um sich schon krank zu fühlen.

«Wir sehen uns», sagte Gates, als er sich abwandte, um dem Mann im Pelzmantel zum Aufzug zu folgen.

---

1 Ein menschliches Blutkörperchen hat einen Durchmesser von weniger als einem tausendstel Zentimeter.

Cavor hob den Kunstarm – die Ärzte hatten ihn angewiesen, ihn möglichst statt des gesunden Arms zu benutzen – und winkte steif in Brusthöhe.

«Hoffentlich», sagte er mit der düsteren Miene eine Mannes, der es für unwahrscheinlich hält, dass er die Nacht überleben wird.

II

Dallas schleppte sich müde in den Fahrstuhl und befahl dem Computer, ihn ins oberste Stockwerk zu bringen. Er wich weiter in die Kabine zurück, um dem mächtigen Mann, der nach ihm eingestiegen war, Platz zu machen, lehnte sich gegen die Glaswand und schloss die Augen. Das Gebäude roch so steril, wie es aussah – wie das Innere eines Aluminiummotors –, aber wenigstens war es sauber und warm und, wie er hoffte, sicher. Für eine Weile zumindest.

«Guten Abend», sagte Gates.

«Wäre mal eine Abwechslung», erwiderte Dallas und ging im Geist die Katastrophen durch, die dieser Abend bisher gebracht hatte: Er hatte sein Heim und seine Arbeit verloren, seine Frau und sein Kind waren ermordet worden, und sein eigenes Leben war praktisch auch keinen Pfifferling mehr wert. Der einzige Trost war, dass es kaum noch schlimmer werden konnte. Wenn er nicht so müde gewesen wäre, wäre er vielleicht heulend zusammengebrochen.

Die Tür schloss sich zischend, und der Fahrstuhl begann seine lautlose Reise.

«Alles okay?», fragte Gates.

«Relativ gesehen, ja.» Dann schüttelte Dallas den Kopf. Wie dumm, so etwas zu einem Mann zu sagen, der das Virus hatte – genau das Richtige, um noch mehr Aufmerksamkeit zu erregen, als es sein Äußeres wohl ohnehin schon getan hatte. Dallas hatte keine Lust, mit dem mächtigen Mann neben sich zu reden; er wollte nichts weiter, als die Tür seines Überdruckzimmers hinter sich zuzumachen und aufs Bett zu fallen, aber es schien doch ratsam, den Mann nicht zu beleidigen. «Ich meine, ich bin einfach müde. War ein langer Tag.»

«Sie werden sich besser fühlen, sobald Sie ein bisschen reinen Sauerstoff geatmet haben», versicherte Gates.

«Ja, wahrscheinlich.»

«Wie viele Atmosphären kriegen Sie denn?»

«Atmosphären?» Dallas schüttelte den Kopf, da er den Erklärungen des ÜT-Betreuers unten im Eingangsbereich nicht zugehört hatte – er brauchte schließlich keinen Überdruck. «Nicht so viele», sagte er unbestimmt.

«Sechs?»

«So was in der Art, ja.»

«Sind Sie sicher? Das scheint mir ganz schön viel.»

Dallas runzelte die Stirn. Der bullige Mann schien ihm aus unerfindlichen Gründen ein Bein stellen zu wollen. Mit einem Gefühl der Erlösung sah Dallas die Fahrstuhltür aufgehen.

«Tja, ich bin da», sagte Dallas und trat aus dem Lift.

«Ich auch», log Gates; in Wahrheit befand sich das Zimmer, das er mit Lenina teilte, eine Etage tiefer, in der elften.

«War nett, mit Ihnen zu reden», sagte Dallas und strebte, wie er hoffte, in Richtung seines Zimmers. Nur weg von diesem Menschen und seinen peinlichen Fragen.

«Wissen Sie, wenn Sie noch nie Überdruck gekriegt haben, sollten Sie Ihren Zimmerdruck wirklich überprüfen», sagte Gates, der ihm hinterherkam. «Kann gefährlich werden, wenn man nicht ganz genau weiß, was man tut. Die müssen hier immer wieder mal so ein armes Schwein von der Wand kratzen, weil jemand das falsche Knöpfchen gedrückt oder die falsche Tür aufgemacht hat.»

«Danke für den Rat. Ich werde den ÜT-Betreuer rufen, sobald ich allein in meinem Zimmer bin.» Letzteres sagte er mit besonderem Nachdruck, damit der Typ kapierte.

«Nicht nötig», insistierte Gates. «Ich bin selbst ein ziemlicher Experte in diesen Sachen. Sie sind sogar besser bedient, wenn ich das mache. Manche von diesen Betreuern scheren sich gar nicht um Ihren Blutdruck oder Ihre Allgemeinsymptome. So Sie welche haben. Wie steht's damit? Sind Sie wegen Mattigkeit oder Kurzatmigkeit hier, oder nur, um mal auszuspannen?»

«Bitte», sagte Dallas. «Bemühen Sie sich nicht.»

«Das ist doch keine Mühe. Ich für mein Teil schäme mich nicht zuzugeben, dass der therapeutische Effekt rein psychisch ist. Ich habe das Virus schon, solange ich denken kann, und ich war noch nie blutarm.»

«Schön für Sie», sagte Dallas, der jetzt allmählich wütend auf diesen ungebetenen Wohltäter wurde. «Hören Sie, ich komme wirklich allein klar.»

Gates schüttelte den Kopf. «Ich verstehe ja, dass Sie das glauben. Jemand mit Ihrem Hintergrund, Ihren Privilegien, ich meine, das sieht man ja. Aber da täuschen Sie sich. Jemand wie Sie braucht einen Kameraden, um sich in der Welt der Krankheit zurechtzufinden. Wie haben Sie's überhaupt gekriegt?»

Dallas blieb zögernd vor der Stahltür seines Zimmers stehen. Er hatte Bedenken, diesem völlig fremden Menschen seine Geschichte zu erzählen, aber andererseits gewann die Erschöpfung allmählich die Oberhand über Vorsicht und Zurückhaltung. Und der Mann schien ja ganz freundlich, wenn auch etwas aufdringlich. Was sollte schon passieren? Ein paar Worte unter vermeintlichen Leidensgefährten – so lief das Leben in solchen Einrichtungen sicherlich ab. Er würde sich von dem Burschen die Druckregelung zeigen lassen und dann, wenn er weg war, alles auf normal zurückstellen.

«Ich hatte leider Sex mit einer Frau, die nicht wusste, dass sie P^2-positiv war.»

«Pech», sagte Gates.

«Kann man sagen.»

«Aber wieso lassen Sie sich nicht kurieren? Ich meine, das ist doch der Sinn dieser ganzen autologen Blutspenderei, oder? Das verstehe ich nicht. Warum ordern Sie nicht einfach das Blut für einen Totalaustausch von Ihrer Bank?»

Dallas lächelte, froh, wieder etwas vertrauteres Terrain betreten zu können. «So einfach ist das nicht», erklärte er. «Nicht mehr. Sie müssen wissen, es kann einige Tage dauern, so einen Banktransfer zu arrangieren. Und noch länger, wenn man, wie ich, seine Depositen bereits als Basis für größere Finanzgeschäfte genutzt hat. Blut-Futures, Hypothekenkredite, Darlehen etc. Manchmal muss man bei solchen Geschichten das Blut, das man im Depot hat, als Sicherheit verpfänden. Das heißt, ich muss zuerst einen Weg finden, meine Schulden zu bezahlen, ehe die Blutbank meine Depositen für meinen eigenen Bedarf freigibt. Beispielsweise werde ich wohl meine Wohnung verkaufen müssen, und das kann ein Weilchen dauern. Mehrere Monate vielleicht. Deshalb dachte ich, bis das alles geregelt ist, miete ich mich hier ein. Klar, ich weiß, dass mir nicht schon so kurz nach der Infektion eine hämolytische Krise droht, aber wie Sie selbst sagen, es geht um die psychische Entlastung.»

Das war alles ganz plausibel: In den Zeitungen las man dauernd von Leuten, die durch Streiks im Eigenblutversorgungswesen oder aufgrund komplizierter finanzieller Verhältnisse, wie sie Dallas geschildert hatte, in arge Bedrängnis kamen. Doch Plausibilität hin oder her: Dallas bemühte sich, eine gewisse Verlegenheit ob seiner vergleichsweise privilegierten Situation zu zeigen, da ihm klar war, dass schon die bloße Möglichkeit, eine Austauschration Vollblut bei einer Bank zu ordern, etwas war, was keinem der anderen Gäste des Clostridium-Hotels offen stand. Und als er dem Blick des bulligen Mannes begegnete, guckte er achselzuckend weg. Er war sich sicher, dass er eine überzeugende Vorstellung geliefert hatte. Umso mehr überraschte, ja, erschreckte ihn die Reaktion, die sie zeitigte.

«Quatsch», sagte Gates.

«Bitte?» Dallas drehte sich kopfschüttelnd zu seiner Tür. «Das muss ich mir nicht bieten lassen.»

«Ich weiß nicht, was Sie hier wollen, Mister, aber es ist doch klar wie Kloßbrühe, dass Sie nicht P^2-infiziert sind. Erstens mal haben Sie überhaupt nicht vor, in diesem Zimmer Überdruck herzustellen. Und zweitens kann sich ein Mann, der so einen Mantel trägt, auch einen Aufenthalt in einer Freigabeklinik leisten. Sie wären nicht der erste Gesunde, der meint, hier, unter lauter Verseuchten, kann er sich eine Zeit lang verkriechen. Die meisten werden irgendwann gevampt.»

«Diesen Blödsinn muss ich mir nicht anhören.» Dallas griff nach der Türklinke, aber die Hand des Riesen packte wie eine Greifklaue seinen Arm. Er erwog kurz, die Pistole aus der Manteltasche zu ziehen, verwarf es dann aber. Das Letzte, was er wollte, war noch eine Schießerei, noch mehr Ärger. «Wer immer Sie sind, bitte, lassen Sie mich einfach in Ruhe.»

«Gates. Rameses Gates. Und ich werde Sie in Ruhe lassen, sobald Sie sich mein Angebot angehört haben.»

«Ich bin nicht interessiert an irgendwelchen Angeboten.»

«Sollten Sie aber sein», sagte Gates, der immer noch Dallas' Arm festhielt. «Sie können von Glück sagen, dass Sie's so weit geschafft haben, ohne dass Ihnen irgendein Mistkerl die Kehle durchgeschnitten und Ihren roten Saft geklaut hat, Mister. Wahrscheinlich hat Ihnen die Dunkelheit Ihren Arsch gerettet. Aber bei Tag würde ich an Ihrer Stelle nirgends rumlaufen. Ich würde Sie ja selbst abmurksen, wenn Sie nicht so eine dubiose Figur wären. Hören Sie mal, ich weiß nicht, was Sie gemacht haben, und es ist mir auch ziemlich piepe. Hab selber mehr als einmal Ärger mit dem Gesetz gehabt. Um genau zu sein, ich habe gerade ein paar Jährchen auf dem Mond abgebrummt.»

«Sie waren auf dem Mond?» Plötzlich interessierte dieser Typ Dallas schon etwas mehr.

«Schwerstarbeit auf Artemis Sieben. Das ist eine Heliumgewinnungsanlage in den Mondkarpaten. Einer wie ich kann Ihnen eine Menge nützen. Auf Ihren Arsch aufpassen, verhindern, dass Sie auch gevampt werden.»

«Auf dem Mond, hm? Sehr interessant.» Dallas überlegte kurz und nickte dann. «Kommen Sie rein.»

III

Die Stahltür schloss sich hinter ihnen mit einem Zischen, als ob jemand Luft durch die Zähne zöge. Vielen Clostridium-Gästen mochte ihre kleine Suite ja als eine wunderbare Zuflucht vor dem Wüten des Virus erscheinen, aber Dallas fühlte sich eher wie in einer Gruft.

Er ließ sich schwer auf die Bettkante plumpsen. Nur gut, dass er nicht an Klaustrophobie litt.

Gates begann ihm die wichtigsten Einrichtungen im Zimmer zu erläutern. «Das da ist der Druckregler», erklärte er. «Und durch das Loch da wird der Sauerstoff reingepumpt. Gewöhnlich ist das Zeug von ölfreier medizinischer Qualität. Kann nichts schaden, wenn Sie's atmen. Aber wenn Sie lange hier sind, kriegen Sie davon so einen Geschmack im Mund. Der Rest, das sind Überwachungsgeräte, Ventilator, Blutdruckmesser, Erythrozytenzähler. Braucht ein gesunder Mensch wie Sie alles nicht.»

Dallas musterte Rameses Gates mit nüchtern-taxierendem Blick und fragte sich, ob er wohl der geeignete Mensch war, ihm bei der Durchführung dessen zu helfen, was sich erst keimhaft in seinem Kopf abzeichnete. Als Dallas dort draußen auf der Straße gestanden hatte, allein und von Vergeltungsdrang gepackt, war ihm aufgegangen, dass die beste Rache an der Firma darin bestünde, die größte Blutbank überhaupt auszurauben – die First National Blood Bank, die so mächtig war, dass sie ihre Hauptanlage an dem Ort hatte, der als das sicherheitstechnische Nonplusultra galt: auf dem Mond. Dallas glaubte nicht an Schicksal, aber manchmal konnte man sich der Überzeugungskraft des Zufalls kaum entziehen. Er fragte sich, ob die Wissenschaft wohl je herausfinden würde, dass diese Art erstaunlicher Koinzidenz von Geschehnissen, zwischen denen scheinbar keinerlei Kausalzusammenhang bestand, in Wahrheit ein elektroneurologisches Phänomen war – so wie man jetzt allmählich Telepathie und Telekinese als etwas zu verstehen begann, was man durch die richtige Kombination von Wirkstoffen herbeiführen konnte. Vielleicht war die Begegnung mit Gates ja auch ein solches Phänomen. Wer könnte geeigneter sein als ein Ex-Mondsträfling, ihm bei der Rekrutierung des Teams zu helfen, das er für so ein Unternehmen brauchte?

«Weswegen wurden Sie verurteilt?», Dallas unterbrach ihn.

«Raub. Paar von uns hatten einen Palladiumtransport[1] gekapert.»

«Irgendwelche besonderen Fähigkeiten?»

«Ich bin Pilot. Habe früher einen Astroliner zum Mond geflogen. Manchmal Fracht, meistens aber einfach nur Leute, die in die Liebeshotels wollten. Waren Sie mal in so einem Laden?»

---

1 Palladium, mit der Atomzahl 46, ist das leichteste Platinummetall und das mit dem niedrigsten Schmelzpunkt. Es dient als Katalysator und ist für die nanoelektrische Industrie – zum Beispiel bei der Aluminiumherstellung – ein wichtiges Hydriermittel (da es mehr als das Neunhundertfache seines eigenen Volumens an Wasserstoff absorbieren kann). Extrem leitfähig und leicht verarbeitbar, ist es eins der seltensten Metalle auf der Erde. Es wurde 1803 von dem englischen Chemiker William Wallaston erstmals isoliert und nach dem damals gerade neu entdeckten Asteroiden Pallas benannt. Ironischerweise sind heute Asteroiden die wichtigste Palladiumquelle, und das Palladium wiederum ist eine der Hauptprofitquellen des Asteroidenbergungsprogramms.

Dallas nickte. «Ja, aber das letzte Mal ist schon eine Weile her.» Er musste daran denken, dass Aria zum hundertsten Jahrestag der Mondlandung in ein Liebeshotel gewollt hatte, dass sie aber nie dazu gekommen waren, den Trip zu buchen.

«Sie lassen Virusträger diese Dinger fliegen?»

«Ich habe mein Gesundheitszeugnis gefälscht.» Auf Dallas' erstaunte Miene hin erklärte Gates: «So was soll schon mal vorkommen, wissen Sie.»

«Ja, vermutlich», räumte Dallas ein. «Mal angenommen, ich könnte jemanden wie Sie brauchen. Was wollen Sie von mir?»

«Die Möglichkeit, ein paar Credits zu verdienen? Wie gesagt, ich bin gerade vom Mond zurück. Ich muss irgendeine Art von Job finden. Mein Kredit hier ist bald zu Ende.»

Dallas nickte, bemüht, ein mitfühlendes Gesicht zu machen. Vielleicht nicht nur sein Kredit, sinnierte er. Gates konnte nicht wissen, wie lange ihn das Virus noch am Leben lassen würde. Es konnte jederzeit zu Ende sein. Und welch besseren Anreiz konnte ein Mann haben, ihm die First National Blood Bank auszurauben zu helfen, als die dringende Angewiesenheit auf einen kompletten Blutaustausch? Plötzlich ging Dallas auf, dass all die Männer und Frauen, die er für sein Unternehmen rekrutieren würde, P^2-infiziert sein mussten. So würde er ihnen nicht nur die Chance bieten, einen Haufen Geld zu machen, sondern auch die Aussicht auf ein zweites Leben. Das war doch etwas, was garantiert das Beste aus jedem herauszukitzeln vermochte. Mit seinen einzigartigen Kenntnissen und der physischen Zwangslage von Leuten wie Gates, wie sollte es da nicht klappen?

«Ein paar Credits?» Dallas lachte. «Ich glaube, da ist mehr drin. Ich glaube, da ist eine Menge mehr drin.»

IV

Noch während ihm Dallas in groben Zügen seinen Plan umriss, spürte Rameses Gates ein Prickeln auf der Haut. Auf den ersten Blick war Dallas' Plan verrückt – die Sicherheit sämtlicher Blutbanken auf dieser Welt war ein unumstößliches Faktum und die Bestrafung von Blutverbrechen brutal –, aber allem, was ihm Verstand und Erfahrung sagten, zum Trotz war Gates' spontaner Impuls, sich Dallas' Kommando zu unterstellen.

«Ich glaube, Sie sind verrückt», sagte er. «Aber was soll's, ich war immer schon ein risikofreudiger Mensch. Habe ich von meinem Vater. Nicht, als hätte ich ihn wirklich gekannt. Meine Mutter hat ihn auf einer Samenbank wegen seines kräftigen Genom-Imprints ausgesucht. Aber seine biochemischen Daten, die sie ihr gegeben haben, die habe ich gelesen. Meine Mutter wollte von Anfang an, dass mal was aus mir wird. Deshalb hat sie sich einen Spender ausgesucht, statt sich mit irgendeinem Kerl einzulassen, den sie attraktiv fand, und auf das Glück zu vertrauen. Sie wollte, dass ich den bestmöglichen Start ins Leben haben sollte: ein gutes Imprint. Den hohen IQ, den habe ich von ihr. Sie war eine gescheite Frau. Körperlich bin ich wie er. Der absolute mesomorphe Typ, wissen Sie? Und emotional auch, weil ich entsprechend somatoton bin. Wie sich rausgestellt hat, war er auch ein ziemlicher Spielertyp. Beruflich, meine ich. Vor ein paar Jahren, bevor sie mich nach Artemis Sieben verfrachtet haben, habe ich eine DNA-Personensuche anstellen lassen. Hat mich einiges gekostet, aber ich war einfach neugierig, ob er noch am Leben war. Das ist die beste Methode rauszukriegen, wie hoch die eigene Lebenserwartung mit dem Virus ist. Zu gucken, wozu die Gene, die man hat, so fähig sind. Na, jedenfalls, er war ein Wahrscheinlichkeitsspekulant. Das, was man früher mal Versicherungsmakler genannt hat, bevor der offizielle Versicherungsmarkt zusammengebrochen ist. Er hat bei allen möglichen

Sachen dagegen gewettet, dass sie eintreten. Und mit ziemlichem Erfolg.» Gates zuckte die Achseln. «Also, ich bin wie gesagt risikofreudig, genau wie er. Oder weniger umständlich gesagt: Ich bin willens, drauf zu setzen, dass Sie dieses Ding möglicherweise durchziehen können, Mr. Dallas. Ich bin Ihr Mann.»

«Dallas. Einfach nur Dallas. Lebt er noch? Ihr Vater?»

Gates schüttelte den Kopf. «Nee. Er ist mit vierundvierzig gestorben. Ordentliches Alter für jemanden mit schlechtem Blut. Er war einer von den Langlebigeren.»

«Und Sie? Wie alt sind Sie?», fragte Dallas.

«Neunundreißig. Schätze, ich habe noch vier, fünf Jahre. Aber wer weiß? Das ist ja das Tückische an P^2. Dass es die ganze Zeit irgendwo da drin im Knochenmark schlummert. Es ist wie dieses Monster in der Geschichte von Theseus. Das in dem Labyrinth.»

«Der Minotaurus.»

«Man fühlt sich wie einer von diesen jungen Leuten, die die Athener dem König Minos als Friedensgabe geschickt haben. Als ob man vor dem Labyrinth steht und weiß, man wird da reingesperrt, zu dem Monster, und irgendwo im Dunkeln lauert es auf einen, um einen zu erledigen, aber man weiß nicht, wo und wann.»

Dallas nickte mitfühlend. Er hatte noch nie mit jemandem geredet, der das Virus hatte – seines Wissens zumindest. Und er fand es interessant, dass Gates gerade diese Metapher benutzte: das Labyrinth und den Minotaurus als Bild für P^2 und dessen charakteristische schlummernde Form – die so genannte Schlafende-Hunde- oder Latenzphase[1] der Krankheit.

---

1 Diese Latenz ist entscheidend für den Erfolg des P^2-Virus als Humanpathogen. Sie erlaubt das Überdauern des Virus angesichts einer voll entwickelten Immunantwort (wobei jedoch kein einziger Fall lebenslanger Immunität bekannt ist). Die Reaktivierung des latenten Virus führt zu der bereits beschrie-

«Und jetzt kommen Sie mit Ihrem goldenen Faden», sagte Gates.

«Irgendwie sehe ich mich nicht so recht als Ariadne», sagte Dallas. «Aber ein Labyrinth wird da sein. Und auch eine Art Monster. Ein Roboter zumindest.» Er erläuterte ansatzweise, nach welch hoch gesteckten Standards Blutbanken in der Regel konzipiert und gebaut wurden und wie die Architekten solcher Hochsicherheitsanlagen – er eingeschlossen – darin wetteiferten, etwas besonders Raffiniertes und Exotisches zu kreieren.

«Ich sollte Ihnen wohl fairerweise sagen, dass dieses Unternehmen, trotz meines einmaligen Vorwissens, die Sicherheitstechnik unserer Zielblutbank betreffend, es an Gefahren mit allem aufnehmen kann, was die klassische Mythologie zu bieten hat.»

Gates zuckte die Achseln. «Wie sonst kann man ein Held werden?», sagte er. «Ehrlich gesagt, ich würde es gar nicht anders wollen.»

V

In der Tat: wie sonst? Was ist ein Held? Erst in jüngerer Zeit scheinen die Elemente des Edelmuts und der Selbstaufopferung für die Definition von Heldentum wichtig geworden zu sein. Das war nicht immer so. Zu den Helden des klassischen Zeitalters gehörten auch etliche Meisterdiebe. Stahl Jason nicht das Goldene Vlies? War es nicht Herakles, der den Gürtel der Königin Hippo-

---

benen Drei-Monde-Phase; die molekularen Mechanismen, die diese Reaktivierung auslösen, entziehen sich jedoch bis heute unserem Verständnis. In der Latenzphase wird das Virus weiter übertragen – gewöhnlich durch den Austausch von Körperflüssigkeit. Angeblich soll es jedoch auch schon Fälle von Übertragung durch die Luft gegeben haben.

lyta entwendete? Und der bereits erwähnte Theseus – stahl er nicht den goldenen Ring des Königs Minos? Ganz zu schweigen von der Sache mit Helena, der Zeustochter, die nach Troja verschleppt wurde? Wenn Mythen eine Sprache sind, dann gehört Diebstahl zu deren wichtigsten Substantiven. Doch der wahrhaft zentrale Faktor in der Semiotik des Heroismus ist, dass ganz gewöhnliche Männer und Frauen durch ihre Taten zu Übermenschen, ja, sogar Göttern[1] *werden. «Zeige mir einen Helden, und ich schreibe dir eine Tragödie», schrieb F. Scott Fitzgerald. Doch der Verfasser dieser Seiten wird Ihnen etwas weit Unmenschlicheres liefern als nur eine bloße Tragödie. Ich werde Ihnen Männer und Frauen zeigen, die sich, im wahrhaft heroischen Sinne, über die Conditio humana erheben. Ich zeige Ihnen einen Fall von Selbstvollendung.*

1 Ein Beispiel ist der Heraklestempel in Cádiz. Selbst jene klassischen Helden, die keinen Götterstatus erlangten, wurden oft von ihren Abkömmlingen kultisch verehrt – so etwa Theseus von den Athenern. Abstammung ist hier das Schlüsselelement. Wer und wie diese Menschen waren, blieb erhalten. Das ist das Zentrale, wenn ein Andenken bewahrt und ein Name verehrt werden soll. Die Abstammungslinie. Dieses und andere Mysterien werden in Kürze enthüllt werden.

8

I

Seid guten Blutes und guten Mutes. Das hatte der Direktor gesagt, und Ronica verstand es so, dass sie danach trachten sollte, die charakteristischen Gemütsmerkmale des Sanguinikers zu entfalten, jenes Menschentypus also, bei dem nach der mittelalterlichen Physiologie das Blut die drei anderen Körpersäfte überwiegt. Mut, Optimismus, Selbstvertrauen und – da Blut immer voller vitaler Energie ist – erotische Ausstrahlungskraft, das war es, was sie brauchte, um alle Hindernisse zu überwinden. Also nahm sie erst mal ein paar Connex[1], sobald sie allein in ihrem Büro war. Es schien ihr das Beste, für ihre neue Mission rundum gerüstet zu sein. Das hier war ihre große Chance, vor dem Direktor zu glänzen, also wollte sie es auf keinen Fall vermasseln. Und es gab nichts Besseres als Connex, um dem eigenen Selbstvertrauen auf die Sprünge zu helfen. Das Zeug war viel besser als Kokain, und die Wirkung hielt viel länger an. Die Droge war allerdings nicht frei von Nebenwirkungen: Hohe

1 Eine kognitionsfördernde Droge. Macht die Synapsen – die Verbindungsstellen zwischen den Neuronen – empfänglicher für chemische Signale, die Konzentrations- und Lernmechanismen im Gehirn aktivieren. Connex stimuliert die Neuronen zu einer erhöhten Aufnahme von Glutenatmolekülen, die elektrische Signale über die Synapsen hinweg transportieren. In klinischen Tests konnten acht von zehn Personen nach der Einnahme von Connex bei Kurzzeitgedächtnis- und Lerntests ihre Punktwerte verdoppeln.

Dosen konnten starke Halluzinationen auslösen, und selbst geringe Dosen förderten lebhafte sexuelle Phantasien. Minuten nachdem sie das Zeug geschluckt hatte, war Ronica das willige Opfer einer Flut von Vorstellungsbildern, so intensiv und erregend wie der erotischste aller Träume.

Das Klingeln des Telefons holte Ronicas entfesselte Gedanken in ihr Büro zurück. Noch immer den Geschmack des Mannes aus ihrer Phantasie auf der Zunge, ergriff Ronica einen flachen, dünnen Disc und starrte auf die reflektierende Oberfläche. Sobald sie den Disc berührte, hörte das Klingeln – das eher wie das Tönen eines schwingenden Weinglases klang – auf, und die Spiegelung ihrer eigenen, leicht schweißfeuchten Züge wich dem Gesicht des Direktors, der sie in sein Büro zurückbeorderte.

«Sofort, Sir», sagte sie, als sein Gesicht vom Telefon verschwand. Ronica sah auf die polierte Prismenoberfläche des Discs, musterte kritisch ihr Spiegelbild, das ein laserfeines Brechungsspektrum wie eine blasse Narbe zerteilte, wischte sich mit einem Nanokleenex[1] die Wangen, atmete tief durch und stand auf. Manchmal fand sie wirklich, dass man Connex als eine Art Aphrodisiakum anpreisen müsste. Sie zog ihre Kleidung zurecht und ging zum Direktor.

II

Mit den vielen *Faux-Fenêtre*-Versionen englischer Landschaftsgemälde (deren Originale King alle besaß) und den antiken Möbeln wirkte das Büro des Direktors wie der Salon eines stilvollen Landsitzes. Auch wenn sie erst vor einer halben Stunde hier gewesen war – Ronica fand sich abermals fasziniert von Simon

1 Kleenex aus zellstoffartigem Nanomaterial, dessen «Zweitkarriere» darin besteht, Giftstoffe in Boden und Wasser zu absorbieren.

Kings gutem Geschmack und überwältigt von solch ostentativem Reichtum. Sie schätzte, dass allein der Schreibtisch mehr gekostet haben musste als ihr Apartment.

«Ah, da sind Sie ja», sagte er ungeduldig. «Kommen Sie, kommen Sie rein. Das ist das Mädchen, von dem ich Ihnen erzählt habe.»

Ronica, die jetzt über den dicken Perserteppich auf ein dekoratives Sofa zuging, störte sich kaum daran, dass er sie, allen Arbeitsschutz- und Antidiskriminierungsgesetzen zum Trotz, als Mädchen statt als Frau bezeichnet hatte. Er war schließlich der Direktor, und von ihr aus konnte er sie nennen, wie immer er beliebte. Es dauerte ein paar Sekunden, bis ihre abgelenkten Sinne registrierten, dass Rimmer bereits auf dem Sofa saß und sie missmutig musterte. Als sie sich umdrehte, um sich neben ihm niederzulassen, hob der Direktor die rechte Hand, die eine riesige Zigarre hielt – Rauchen am Arbeitsplatz, ein weiterer Verstoß gegen die Arbeitsschutzgesetze.

«Nein, nicht hinsetzen», sagte er. «Sie müssen gleich wieder los. Sie beide.» Er sah Rimmer nachdrücklich an, bis der eine Grimasse zog und sich widerstrebend erhob. «Wir haben keine Zeit zu verlieren. Rimmer hat Dallas aufgespürt. Ich will, dass Sie mit ihm gehen, Ronica, und, gemäß unserem Gespräch von vorhin, zusehen, wie er diese Sache handhabt. Sie werden die Augen aufhalten und lernen und ihn auf jede mögliche Weise unterstützen. Verstanden?»

«Ja, Herr Direktor», sagte Ronica und folgte Rimmer nach draußen. Sie sagten beide kein Wort, bis sie ihre Mäntel geholt hatten und mit dem Lift auf dem Weg ins Erdgeschoss waren.

«Sie sind also der Meinung, Sie wollen zum Sicherheitsdienst?» Rimmer schnaubte verächtlich.

«Ja, das will ich.»

«Und was bringt Sie auf die Idee, dass Sie dafür geeignet wären?»

Ronica zuckte die Achseln. «Ich stehe drauf, Leute zu fesseln», sagte sie. «Und zu schlagen. Bestrafen war immer schon mein Ding. Also habe ich mir gedacht, dann kann ich mich auch dafür bezahlen lassen.»

«Sinn für Humor, hä?», knurrte Rimmer. «Werden Sie brauchen.»

«Sonst noch was, was ich brauche?», fragte sie, als der Aufzug sie in die Eingangshalle entließ.

Rimmer ging voran, nickte dem Portier jenseits des Sicherheitsscreens zu und sagte über seine schuppenübersäte Schulter: «Werden wir schon rausfinden.» Er ließ Ronica gespielt höflich den Vortritt durch die Ausgangstür und dirigierte sie dann zu dem Elektrowagen, der vor dem Firmengebäude parkte.

«Das ist wohl Ihr Job», sagte sie. «Sachen rausfinden.»

«Worauf Sie sich verlassen können», sagte Rimmer und öffnete beide Türen per Fernbedienung.

«Sie sind so eine Art bewaffneter Informationsbeschaffungsdienst», sagte Ronica und schlüpfte auf den Beifahrersitz. Das Innere des Wagens roch stark nach Nickelkadmium, als ob etwas mit der Batterie nicht stimmte. Rimmer setzte sich neben sie, und die Türen schlossen sich automatisch.

«Vielleicht finde ich ja auch raus, weshalb der Direktor so eine hohe Meinung von Ihnen hat», sagte er.

«Das ist simpel», sagte sie. «Ich kann's Ihnen sagen. Falls es Sie interessiert.»

Rimmer sagte nichts, während er den Elektromotor anließ und ungeduldig aufs Strompedal trat. Der Wagen rollte an und beschleunigte lautlos. «Interessiert es Sie?», fragte sie lächelnd und setzte ihn so unter Zugzwang. Sie sah, wie er sich auf die Lippen biss, um nur ja nicht zuzugeben, dass es ihn interessierte.

Ein paar Sekunden versuchte Rimmer, die Kontrolle über dieses Konversationsspielchen zurückzuerlangen, Ronica zu zwingen, seinen Vorgaben zu folgen, statt umgekehrt.

«Reden Sie schon», knurrte er schließlich. «Verlangen Sie nicht, dass ich mir zuerst die Absolution hole.»

«Absolution? Sie?» Jetzt war es an ihr, verächtlich zu schnauben. «So viel Zeit haben wir wohl nicht. Mein Instinkt sagt mir, dass Sie mehr Sünden zu beichten haben als die meisten anderen Leute, Mr. Rimmer.»

«Dieser Job hat durchaus seine amüsanten Seiten.»

«Kann ich mir vorstellen.»

«Stellen Sie sich vor, was Ihnen Spaß macht.»

«Werde ich tun. Mir vorzustellen, was mir Spaß macht, war immer schon mein größtes Vergnügen.»

Einige Minuten fuhren sie schweigend dahin. Rimmer hatte ihr nicht gesagt, wohin die Fahrt ging, aber das Ziel lag offensichtlich irgendwo im Norden – außerhalb der GKZ. Man brauchte keine Papiere, um rauszukommen, aber man musste im Besitz eines Gesundheitspasses sein, um wieder reinzukommen. Schon bei der bloßen Vorstellung, die Zone zu verlassen, fühlte sich Ronica unangenehm verletzlich.

«Also», brach Rimmer das Schweigen. «Erzählen Sie's mir jetzt oder nicht?»

«Klar doch», sagte Ronica. «Es ist so: Ich habe ihn gefragt, ob er dafür, dass ich seinem heiligen Stab huldige, vielleicht meine Karriere ein bisschen beschleunigen könnte.» Die Droge zeigte jetzt richtig Wirkung: Ihr ganzer Kopf summte wie von einem elektrischen Schlag. «Na ja, er hat ja gesagt und mich gefragt, ob es irgendeinen Bereich bei Terotech gäbe, für den ich mich besonders geeignet fühlen würde. Und ich habe meine anthropophagischen Übungen kurz unterbrochen und den Sicherheitsbereich vorgeschlagen. Wie gesagt, ich stehe auf Handschellen und so was. Na ja, er war natürlich ein bisschen enttäuscht, dass ich nicht ‹Konstruktion› gesagt habe, weil das nun mal sein Ding ist. Aber er hat immerhin lange genug Haltung bewahrt, um mir die Saat seiner Lenden anzuvertrauen.»

«Sie meinen, Sie haben seinen Schwanz gelutscht», sagte Rimmer.

«Ja», sagte sie, und sie fingen beide an zu lachen.

«Sie sind in Ordnung, wissen Sie», sagte Rimmer, der jetzt glaubte, dass der Direktor sie auf ihn angesetzt hatte, um ihn zu bespitzeln. Falls aus irgendwelchen Gründen wieder etwas schief lief, würde er womöglich irgendeine Art tödlichen Unfall für sie arrangieren müssen.

«Danke», sagte sie. Wenn alles so lief, wie sie sich das dachte, hatte dieser Mann, der jetzt mit ihr lachte, vielleicht nicht mal mehr eine Stunde, bis sie ihm das Gehirn wegpusten würde. «Wo fahren wir hin?»

«In ein Hotel.»

«Aber wir haben uns doch gerade erst kennen gelernt. Für welche Sorte Mädchen halten Sie mich?»

«Ein Überdruckhotel. Wo kranke Leute sauerstoffhalber hingehen, nicht sexhalber.»

«Ich weiß. Und ich weiß auch, was ihnen das bringt. Ein bisschen Farbe im Gesicht. Die Möglichkeit, nachts leichter zu atmen. Aber das sind doch nur Druckluftschlösser.» Sie zuckte die Achseln. «Machen Sie sich manchmal Gedanken über diese Leute? Die Verdammten?»

«Kann ich nicht behaupten», gestand Rimmer.

«Oh, ich denke viel an sie. Gibt mir ein gutes Gefühl zu wissen, dass so viele Leute schlechter dran sind als ich. So was wie das philosophische Gegenteil von Utilitarismus. Soziale Schadenfreude, könnte man's vielleicht nennen.» Ronica starrte durch die kugelsicheren Wagenfenster hinaus, auf die Leute, von denen sie gerade geredet hatte. Nur ein paar Minuten Fahrt, und schon waren sie außerhalb der Zone und in einer wesentlich weniger gesunden Wohnlage der City. Auf der Straße war kaum Verkehr, aber es liefen immer noch jede Menge Leute herum: die lebenden Toten, wie sie sie im Geist nannte.

«Schauen Sie sie an», sagte sie verächtlich. «Wie ein wandelndes Gruselkabinett. Ruhelose Gespenster. Zwei Uhr morgens, und sie sind immer noch zu Tausenden auf den Straßen, wie Vampire bei ihrem Abendspaziergang. Arme nichtsnutzige Säue.»

«Sie haben ein ganz schön fieses Mundwerk», sagte Rimmer.

«Das findet der Direktor aber gar nicht», murmelte sie. Sie genoss das Bild, das sie von sich und dem Direktor zeichnete. «Wenn Sie nett zu mir sind, tue ich für Sie vielleicht das Gleiche.»

«Würde ich Ihnen nicht empfehlen», sagte Rimmer. «Ist eine Weile her, dass ich mich das letzte Mal gewaschen habe, vor lauter Gerenne, um Dallas und seine Familie zu beseitigen.»

«Danke für den guten Rat», sagte Ronica mit angewidert gekrauster Nase. «Ich werde ihn mir zu Herzen nehmen.»

«Aber ich bin immer nett zu den Leuten.» Rimmer lachte wieder laut auf.

«Ich kann wirklich nicht sagen, ob Sie immoralisch oder amoralisch sind, Rimmer.»

«Das Problem habe ich selbst auch.»

«Dann sind Sie wohl ein moralischer Eunuch.»

«Bringt der Job so mit sich. Vielleicht sollten Sie da mal drüber nachdenken.»

«Meine Moral ist ganz simpel», sagte Ronica. «Ich würde nie irgendwas tun, was mein Fortkommen innerhalb der Firma behindern könnte.»

«Klingt, wenn Sie mich fragen, als seien Sie eher für eine Karriere innerhalb der Kirche geeignet.»

«Wenn's mit dieser hier nicht klappt, versuche ich das vielleicht. Schwarz steht mir gut.»

Ronica ließ sich in die üppige Wärme ihres dicken Lammfellmantels zurücksinken. Durchs Fenster sah sie flüchtig eine Horde Ratten, die sich an einem am Straßenrand liegenden Leichnam gütlich taten. «Iii, ich hasse diesen Teil der Stadt. Was denkt sich Dallas bloß dabei, in so eine Gegend zu gehen? So weit weg von der Zone.»

«Das ist ja der Sinn der Übung», schmunzelte Rimmer, während das automatische Steuersystem des Wagens knapp die Kollision mit einem Mann vermied, der wie ein Zombie mitten auf der Straße auf sie zukam. «Der abwegigste Ort ist der sicherste. Jedenfalls hat er sich das so gedacht.»

«Wie haben Sie ihn überhaupt gefunden?»

«Ich habe Dixy, seine Motion-Parallax-Assistentin, überredet, mir zu verraten, wo er steckt.»

«Das war bestimmt nicht leicht.»

Rimmer erzählte ihr von dem Hund Mersenne.

«Also ist auch ein Computer keine Insel für sich», sagte Ronica. «Interessant.»

«Ich glaube, Dixy war einfach so programmiert», sagte Rimmer und zeigte auf den blinkenden Streckenleitcomputer. «Sieht aus, als ob wir gleich da sind.»

«Gut. Versprechen Sie mir, dass Sie's nicht zelebrieren», sagte sie. «Je schneller Sie ihm das Hirn wegpusten, desto schneller sind wir wieder in der Zone und in der gesunden Zivilisation. Wenn ich nur durch diesen Haufen Scheiße hier fahre, habe ich schon das Gefühl, ich hole mir gleich was Schreckliches. Die Beulenpest, Ebola, Lassa, die Pocken.»

Rimmer lachte, als ob ihn ihre Nervosität amüsierte, fragte sich aber im Stillen, wie viel daran echt war. Auch wenn sie abendlich elegant gekleidet war und so lieblich duftete wie eine genmanipulierte Blüte, schien die muskulöse Ronica der anstehenden Aufgabe doch mehr als gewachsen. «Ich dachte, ich lese ihm erst noch was aus der Bibel vor», frotzelte Rimmer. «Nach Hinrichtungsart. Exodus, dachte ich. Da findet man immer was Passendes.»

«Nicht gerade das Tröstlichste, würde ich meinen.»

«Genau das war ja mein Gedanke. Und was ist Ihre Lieblingsstelle in der Bibel?»

Ronica zuckte die Achseln. «Keine Ahnung. Das mit dem Haupt von Johannes dem Täufer? Nein, warten Sie. Gersons Vorhaut. Die, die mit einem Stein abgehackt wurde. Ach, jede Sorte Vorhaut, schätze ich. Das ist meine Lieblingsstelle. In der Bibel. Und überhaupt.»

«Ich glaube, langsam verstehe ich, was der Direktor in Ihnen sieht», räumte Rimmer ein.

Der Wagen hielt beim Clostridium. Rimmer stellte den Motor ab und lehnte sich zurück. «So», sagte er wie jemand, der gerade an einem netten Urlaubsort angekommen ist. «Da wären wir.»

«Ich muss mal», sagte Ronica.

«Was?»

«Ich bin so aufgeregt. Ich habe noch nie gesehen, wie jemand umgebracht wird.»

«Sie können sich den besten Platz aussuchen.»

«Das habe ich schon getan», sagte sie und öffnete die Beifahrertür. «Ich hocke mich da hin, auf die Straße, gleich neben dem Wagen, wie Marie Antoinette vor der Conciergerie, als sie den wartenden Mistkarren sah. Aber bleiben Sie bitte im Auto, bis ich fertig bin, Rimmer.»

Er nickte, blieb sitzen und schaute höflich weg, als Ronica ausstieg, die Tür zumachte und dann ihren Rock hob.

Rasch zog sie den kleinen Colt Matahari Automatic aus dem Holster zwischen ihren Beinen – und pinkelte dann der Form halber, ehe sie die Waffe in die Tasche steckte und sich wieder aufrichtete.

«Okay», sagte sie und pochte an die Panzerglasscheibe. «Ich bin so weit.»

Rimmer stieg aus.

«Gehen wir und bringen wir ihn um», setzte sie eifrig hinzu.

Er kam um das Auto herum, beäugte den immer noch dampfenden Schnee an der Stelle, wo sie uriniert hatte, und schnupperte wie ein Hund.

«Spargel», sagte er. «Zum Abendessen. Unverkennbar.»

Ronica spürte, wie sie rot wurde. Es würde ihr ein Vergnügen sein, ihn zu töten. Rimmer das Licht auszupusten würde als ein Dienst an der Menschheit gelten.

Rimmer kehrte ihr den Rücken zu und trottete die schmale Straße entlang in Richtung Hoteleingang. «Wenn wir da drin sind», sagte er, «können Sie das Reden übernehmen. Mal sehen, was Sie auf dem Kasten haben.»

«Angst, dass Sie's wieder vermasseln, was?», fragte sie. Es fiel ihr schwer, mit ihm Schritt zu halten. Ihre teuren Federigo-Ingannevole-Schuhe waren nicht zum Laufen gemacht, schon gar nicht im Schnee.

«Sie sind's doch, die ein bisschen zart besaitet scheint, nicht ich», sagte er und schnupperte nochmals demonstrativ.

«Apropos. Welche Blutgruppe haben Sie, Rimmer?»

Rimmer blieb jäh stehen, drehte sich um und fixierte sie verächtlich. «Sagen Sie nicht, Sie glauben an diesen EPTR[1]-Quatsch?»

Ronica sagte achselzuckend: «Wieso nicht?»

Rimmer schüttelte den Kopf und setzte sich wieder in Bewegung. «Und da sagt der Direktor, Sie wären clever», schnaubte er.

«Warum soll da nicht was dran sein?», widersprach Ronica. «Es gibt über vierhundert Blutgruppen.»

«Aber die meisten Menschen haben einfach nur 0 oder A. Ich sehe nicht, wie das festlegen soll, was für ein Typ ich bin.»

---

1 Erythrocytic Personality Trait Rating (Erythrozytenabhängiges Persönlichkeitstyp-Rating). Pseudowissenschaft, die den Blutgruppen bestimmte Persönlichkeitsmerkmale zuordnet. Diese Typologie speist sich aus buddhistischen Glaubenselementen sowie aus den Schriften von Theophrast, Hippokrates, Karl Landsteiner, Leon Bourdel und Hans Eysenck und wurde von J. Will Mott (1987–2041) «begründet». EPTR wird von vielen Hämatologen und Psychologen als nicht empirisch fundiert abgelehnt.

«Was von beidem haben Sie, Rimmer?»

«Weder noch. Ich habe AB.»

«Interessant. AB haben nur drei Prozent aller Menschen.»

«Ich weiß.»

«Ein Universalempfänger[1]. Von Ihrer Blutgruppe her sind Sie voller innerer Widersprüche.»

«Blödsinn.»

«Der melancholische Typ: still, ungesellig, zurückgezogen, pessimistisch, rigide und oft trüber Stimmung. ‹Gierig› und ‹manipulativ› mal beiseite gelassen. Wie bin ich? Erkennen Sie sich wieder?»

Rimmer sagte nichts.

«Ich habe Blutgruppe o. Heißt, ich bin locker und umgänglich, extravertiert, nicht für die Kleinarbeit gemacht, aber ein Mensch mit guten Führungseigenschaften.»

«Ich dachte, alle Schwarzen hätten Blutgruppe B.»

«Bei allen rassischen Gruppen gibt es alle Phänotypen, lediglich die Häufigkeit variiert. Bei Schwarzen ist der Phänotyp B zwar häufiger, aber keineswegs der einzige. Wo wir gerade bei Irrtümern sind: Sie sollten sich Ihr Blutgruppenhoroskop stellen lassen. Falls Sie je heiraten und Kinder haben wollen. Obwohl ich Ihnen auch so schon sagen kann, dass wir beide nicht die richtige Kombination sind. Leute mit o sollten sich an ihresgleichen halten.»

«Freut mich sehr, das zu hören», sagte Rimmer, als sie fast am Hoteleingang waren. «Aber noch mehr wird es mich freuen zu

---

1 Bei Transfusionen können Empfänger der Blutgruppe AB Erythrozytenkomponenten von Spendern aller ABo-Blutgruppen erhalten, da sie weder Anti-A- noch Anti-B-Antigene aufweisen. Erythrozytenkomponenten von AB-Spendern werden nur AB-Empfängern verabreicht. Menschen mit Blutgruppe o können hingegen nur Erythrozyten von o-Spendern empfangen, aber an alle anderen Gruppen spenden. Deshalb werden sie auch als Universalspender bezeichnet.

hören, was Sie sich ausgedacht haben, um unser Erscheinen hier zu erklären.»

«Hey, verlassen Sie sich einfach auf meinen lockeren Gruppe-o-Stil», sagte Ronica, während sie als Erste durch die Tür trat. «Sie werden gleich eine Person erleben, deren Temperament der Inbegriff, gewissermaßen das *sanguis* von Coolness ist.»

Drinnen empfing sie ein ÜT-Betreuer, ein großer Schwarzer, der ein Gähnen unterdrückte und ihnen grüßend zunickte.

«Wir kommen vom Oxygen-Institut», erklärte Ronica glattzüngig. «Kontrolle auf freie Radikale.»

«Freie was?» Der Betreuer schaute Hilfe suchend zu dem gläsernen Büro, aus dem er gerade herausgekommen war, aber dort war niemand.

«Instabile, reagible Elektronen», sagte sie. «In diesem Fall Sauerstoff.»

«Mir hat keiner gesagt, dass Sie kommen», sagte der ÜT-Betreuer und kratzte sich am Kopf.

«Das sollen Sie nicht vorher wissen», sagte Ronica zurechtweisend. «Ist ja der Sinn der Kontrolle.»

«Um ...» Der Betreuer sah auf seine Armbanduhr. «Um halb drei Uhr morgens?»

«Mitten in der Nacht rechnen die Leute am wenigsten mit uns. Da leisten die den geringsten Widerstand. Wissen Sie, es erstaunt mich, dass Sie noch nie von uns gehört haben. Wir waren schon in ziemlich vielen Überdruckhotels hier in der Gegend.»

«Ach, ja?»

«Sie haben offensichtlich keine Ahnung, wer wir sind, was?»

Der Betreuer zuckte die Achseln.

«Schon gut.» Ronica lächelte geduldig und ging langsam um ihn herum, während sie weiterschnatterte. Rimmer musste zugeben, dass sie ziemlich überzeugend wirkte, sogar in einem bodenlangen Lammfellmantel und eleganten Schuhen.

«Wir sind eine Organisation, die im Bundesauftrag arbeitet», erklärte sie. «Wir sind ermächtigt, Einrichtungen wie diese zu kontrollieren, und zwar auf das mögliche Vorliegen einer Beteiligung von Eisen am Prozess der oxidativen Schädigung menschlicher DNA in Zellen, die oxidativem Stress ausgesetzt sind. Wie beispielsweise in Überdruckhotels. Sehen Sie, durch die Reaktion mit diesem Spurenmetall können erhöhte Mengen aktivierten Sauerstoffs Veränderungen der menschlichen DNA verursachen. Das wollen wir doch nicht, oder?»

«Was für ein Spurenmetall?», sagte der ÜT-Betreuer stirnrunzelnd. «Ich dachte, Sauerstoff ist ein nichtmetallisches Element.»

Ronica seufzte laut. «Eisen natürlich. Zellen müssen Eisen einlagern, obwohl sie es nicht für Stoffwechselprozesse nutzen können. Hören Sie, Sie arbeiten doch hier, nicht wahr? Ich meine, Sie sind kein Gast oder Patient oder wie immer Sie Ihre Kundschaft nennen?»

«Klar arbeite ich hier. Ich bin der Nachtschicht-ÜT-Betreuer.»

«In diesem Fall haben Sie ja sicher die Superoxidwerte Ihrer Gäste bei der Hand. Wenn wir die eben einsehen könnten, sind wir gleich wieder weg.»

«Superoxidwerte?»

«Was ist das hier für ein Laden?», brummte Rimmer, der jetzt allmählich kapierte.

«Wenn Zellen krank oder beschädigt sind, läuft der normale Sauerstoffmetabolismus aus dem Ruder, was zu einer erhöhten Produktion von Superoxid führt», erklärte Ronica geduldig. Erstaunlich, was sie alles wusste, wenn sie ihr connexstimuliertes Hirn erst mal auf eine Sache ansetzte. Sie musste das alles irgendwann irgendwo gelesen haben. «Beispielsweise», fuhr sie fort, «produzieren weiße Blutkörperchen absichtlich Superoxid, um Mikroorganismen abzutöten. Ebendiese weißen Blutkörperchen werden bei Traumata und Entzündungen aktiviert.» Sie lächelte schmallippig und sprach langsam weiter, als hätte sie es mit einem Schwachsinnigen zu tun. «Ergo implizieren all diese Krankheiten eine erhöhte Produktion von freien Radikalen.»

«Freie Radikale, hm?»

«Genau», knurrte Rimmer. «Hören Sie zu, dann können Sie was lernen.»

«Sie sind per Bundesgesetz verpflichtet, die Superoxidwerte der Patienten festzuhalten.» Ronica improvisierte jetzt frei. Sie hatte keine Ahnung, welche Gesetze für Überdruckhotels galten, nahm aber an, dass es irgendwelche geben musste – eine Rechtsphilosophie, so gut wie jede andere.

«Gehen wir», brummelte Rimmer. «Er hat doch keinen Schimmer, wovon Sie reden. Ich würde sagen, wir fahren ins Institut zurück, geben einen Schließungsbescheid raus und sind das Problem los.»

«Schließungsbescheid?» Der ÜT-Betreuer klang erschrocken. «Moment mal. Sie können den Laden hier einfach zumachen?»

«Wir geben nur die Anordnung raus», sagte Ronica. «Ist nicht persönlich gemeint, verstehen Sie? Aber die Unterlassung der vorgeschriebenen Überwachung der Superoxidwerte ist eine ernste Sache.» Sie zuckte die Achseln. «Liegt nicht in unserer Hand.»

«Können wir nicht irgendeinen Weg finden? Manche Gäste sind schon eine ganze Weile bei uns. Das sind kranke Menschen. Ich bin mir nicht sicher, ob sie's überleben würden, woandershin verlegt zu werden.»

Rimmer sah Ronica zweifelnd an, und da sie so tat, als dächte sie nochmal über die Sache nach, wandte er sich demonstrativ-empört ab.

«Nichts drin», knurrte er.

«Bitte?»

«Na ja», sagte Ronica. «Ich schätze, wir könnten die Superoxidtests selbst durchführen. Natürlich bräuchten wir dazu Mitochondrienproben vom Gast mit der längsten Verweildauer und zur Kontrolle natürlich auch von dem mit der kürzesten.»

«Hey, kein Problem», sagte der ÜT-Betreuer. «Das ist ganz einfach. Brauch ich nicht mal nachzuschauen. Der letzte Gast kam erst so etwas vor einer Stunde. Heißt Dallas. Hat Nr. 1218. Und der, der am längsten hier ist? Das ist Ingrams, Nr. 1105. Ist schon so lange hier, dass er praktisch zum Inventar gehört. Wenn Sie dem eine Probe entnehmen, kriegt er's wahrscheinlich nicht mal mit. Ist praktisch schon ein Leichnam. Ich hab das Gefühl, der ist schon seit Jahren in einer Drei-Monde-Krise.»

«Was soll schon passieren?», fragte Ronica Rimmer.

«Weiß nicht», seufzte der. «Es ist gemogelt, und das wissen Sie auch. Es müssten zwanzig Tests sein, nicht nur zwei.»

«Wir wissen doch beide, dass zwei ausreichen, wenn man die beiden chronologischen Parameter korrekt bestimmen kann. Was wir in diesem Fall können.»

«Meinetwegen», sagte Rimmer. «Aber wenn jemand dahinter kommt, tragen Sie die Verantwortung, okay? Ich habe es satt, meinen Kopf für andere hinzuhalten.»

«Regen Sie sich ab, okay? Was soll schon schief gehen?» Sie sah jetzt wieder den ÜT-Betreuer an und lächelte. «Also, wie wär's, wenn Sie uns den Weg zeigen?»

«Klar», grinste er und schnappte sich einen elektronischen Generalschlüssel von seinem Tresen. «Klingt schon besser.»

III

An diesem Punkt ist ein erklärendes Wort notwendig. Wie kommt es, werden Sie sich vielleicht fragen, dass der Autor dieses Buchs – der die Notwendigkeit, von sich zu sprechen, bedauert – all diese Dinge weiß? Wie kann der Autor beispielsweise beschreiben, was jemand dachte, und vielleicht sogar, warum er es dachte? Aber um ganz ehrlich zu sein, ich verstehe nicht, warum Sie diese Fragen nicht öfter in Bezug auf Bücher stellen. Und ich finde es erstaunlich, dass nicht mehr Autoren dieses Problem der Erzählerfigur irgendwann im Lauf ihrer schriftstellerischen Unterfangen zu klären versuchen.

Natürlich ist Erzählen keine Wissenschaft, sondern eine Kunst. Aber dennoch sollte man annehmen, dass schon mal ein Kritiker versucht hätte, ein paar Grundsätze dafür zu formulieren oder gar eine Terminologie zu erschaffen, die der Aufgabe, diese Perspektive zu beschreiben, gewachsen sein könnte. Doch in dieser Hinsicht herrscht ein peinlicher Mangel an Klassifikationsversuchen, und ich bin gezwungen, mich und meine Erzählhaltung in Kategorien zu beschreiben, die vielleicht rätselhaft klingen mögen, da «erste Person» und «allwissend» wohl kaum hinreichend sind.

Sagen wir also, diese Geschichte wird von einem Erzähler erzählt, der als solcher dramatisiert wird, obwohl man einwenden kann, dass auch der zurückhaltendste aller Erzähler dramatisiert ist, sobald das Pronomen der ersten Person ins Spiel kommt. Sagen wir daher ferner, dass ich, da ich einen messbaren Einfluss auf den Lauf des Geschehens nehme (und zu gegebener Zeit wird meine Rolle in dieser Geschichte voll und ganz enthüllt werden), mit Fug und Recht behaupten kann, mehr als nur ein reiner Beobachter zu sein – ich bin die Sorte Erzähler, die auch Handlungsträger ist. Natürlich werden Sie mich inzwischen schon als einen Erzähler der selbstbewussten Sorte eingestuft haben, einen, der sich seiner Rolle als Schreibender gewahr ist, wobei ich anmerken möchte, dass Sie sich bei mir darauf verlassen können, dass ich Ihnen alles erzähle, was Sie wissen möchten, und mehr. Bis der Zeitpunkt da ist, da Sie absolut alles wissen, genau wie ich.

Das bietet mir einen eleganten Übergang zu der Frage, wie der

Erzähler in die privilegierte Situation kommt, zu wissen, was auf rein natürlichem Weg nicht erfahrbar ist. Das zu sein, was wir Autoren, da wir gern Gott spielen, gewöhnlich allwissend nennen. Das auffallendste und wichtigste Privileg ist natürlich die Innenperspektive – der bereits erwähnte Einblick in die Figuren und ihre Denkprozesse. Vielleicht ist das für Sie im Moment etwas schwer zu verstehen, aber Tatsache ist, dass ich die vollkommenste Innenperspektive habe, die je einem Autor vergönnt war. Und mehr noch, die Mittel, die mir dazu verholfen haben, waren rein natürlicher Art. Die Wissenschaft hat mich mit grenzenloser Allwissenheit ausgestattet. Aber welche Wissenschaft?, höre ich Sie fragen. Nun, die Hämatologie natürlich. Der Zustand, das Faktum, zu wissen, was ich weiß – alles, was war, ist und sein wird –, erwächst aus dem Blut. Es ist das unbegrenzte Wissen, der Jungbrunnen und das Geheimnis des Lebens. Durch die Communio des Bluts wird alles erfahrbar und verstehbar. Und wenn ich Ihnen das jetzt schon mitteile, dann, um es mit Antoine Furetière[1] zu sagen, «weil ich es nicht darauf anlege, Sie zu überraschen, so wie gewisse boshafte Autoren, die nichts anderes bezwecken». Ich möchte, dass Sie auf das Verstehen vorbereitet sind. Denn das ist es, was vor Ihnen liegt: das große Verstehen und die große Anstrengung, die es bedeutet. Sie müssen sich sozusagen am eigenen Schopf aus dem Sumpf ziehen.

So, ich hoffe, jetzt ist alles ein wenig klarer.

IV

Rimmer steckte sich den Pinback ins Ohr und wählte, ohne dass es der schwarze ÜT-Betreuer mitbekam, Mendelssohns *Elias* als Begleitmusik für den bevorstehenden Tötungsakt. *Fürchte dich*

1 Antoine Furetière (1619–1688), französischer Dichter und Romancier.

nicht, sang die Stimme. Das war eine angenehme Alternative zu der Musikberieselung aus der hoteleigenen Anlage und zu dem Geplapper des Betreuers, der sie jetzt den Gang entlang zu Nr. 1105 führte, wo der am längsten anwesende Gast wohnte. Ein Teil von Rimmer fragte sich, warum sie dieses Theater überhaupt noch weiterspielten. Sie wussten doch, wo Dallas zu finden war. Sie brauchten doch nur hinzugehen und ihn umzulegen.

«Morgen früh hätte ich Ingrams sowieso dekomprimieren müssen», erklärte der Betreuer, der, wie er sagte, Taylor hieß. «Wir müssen das bei allen Gästen ein-, zweimal die Woche machen, sonst kriegen sie die Luftdruckkrankheit. Sie wissen doch? Bläschen im Blut. Da passen wir gut auf.»

«Freut mich, das zu hören», sagte Ronica, als Taylor jetzt vor einer Zimmertür stehen blieb und seine Schließkarte in das Sicherheitsschloss steckte. Sie überlegte immer noch, wie sie so tun könnte, als ob sie den armen Kerl in Nr. 1105 auf Superoxide testete. Vielleicht konnte sie ihn ja über den Bildschirm ihres Minitelefons lecken lassen: Es war ein ganz neues Modell, das ein bisschen anders aussah als gewohnt, und sie konnte wohl davon ausgehen, dass Taylor so ein Ding noch nie gesehen hatte. Das musste reichen.

Jetzt, da die Schließkarte im Schloss steckte, konnte Taylor ein in der Wand neben der Tür versenktes Kontrollbord öffnen und die von drinnen getätigten Einstellungen manuell außer Kraft setzen. Er sah auf seine Uhr und sagte: «Dauert ein paar Minuten. Aber man darf's nicht überstürzen.» Er lachte bitter. «Es sei denn, Sie wollen den Mann umbringen.»

Rimmers freies Ohr war hellwach.

«Nur mal interessehalber, wie hoch kann man den Druck stellen?»

«So hoch Sie wollen. Zwei-, dreihundert Atmosphären. Diese Zimmer sind darauf ausgelegt, mächtig hohe Druckwerte auszuhalten. Viel mehr als der menschliche Körper jedenfalls. Aber so hoch können die Gäste bei uns den Druck nicht selbst stellen. Alles, was echt in gefährliche Bereiche geht, muss von einem Betreuer von außen eingestellt werden, mit so einem Schlüssel wie dem da. Auf die Weise können die Gäste den Druck nicht mehr als Selbstmordinstrument nutzen, wenn sie zu deprimiert sind.» Taylor schüttelte den Kopf. «Sie hätten mal sehen sollen, was das für eine Schweinerei gibt.»

«Faszinierend», sagte Rimmer. «Man lernt doch jeden Tag was Nützliches dazu.»

«Na ja, nützlich – ich weiß nicht», murmelte Taylor. Er sah auf: Über der Tür erlosch ein rotes Lämpchen. «Sobald es grün wird, können wir rein.»

Rimmer sah Ronica an und lächelte. «Ich glaube, wir haben genug gesehen, meinen Sie nicht?» *Fürchte dich nicht, spricht unser Gott, ich bin mit dir.*

«Was reden Sie da?», fragte Taylor stirnrunzelnd. «Ich dachte, Sie wollen bei Ingrams diesen Test machen. Auf Superoxid oder was.»

Rimmer hielt die Waffe jetzt hinterm Rücken und stellte mit dem Daumen den Schalldämpfer ein, damit es auch wirklich ein lautloser Schuss würde. Besser die anderen Gäste nicht stören, dachte er. Zumal, wenn sich unter diesen Gästen auch Dallas befand, und zwar im Stockwerk darüber. *Wenn auch tausend fallen zu deiner Seite und zehntausend zu deiner Rechten, so wird es doch dich nicht treffen.* Das galt natürlich nicht für Taylor. Aber Rimmer fühlte sich jetzt ein bisschen wie ein alttestamentarischer Unheilsprophet. Das war ein gutes Gefühl. Er wartete nur noch auf ein Zeichen des Herrn. Auf grünes Licht. Es kümmerte ihn nicht groß, ob irgendeine versteckte Kamera sein Konterfei aufzeichnete. Das spielte jetzt keine Rolle. Nicht an so einem Ort. Nur in der Zone waren solche Überlegungen wichtig. Polizisten aus einem Citysektor wie diesem würden nie und nimmer eine gesundheitskontrollierte Zone betreten dürfen.

Der Blick des ÜT-Betreuers huschte empor, als das grüne Lämpchen aufleuchtete, und im selben Moment presste Rimmer die dicke, quadratische Mündung der Waffe in Taylors Genick, drückte ab und wich mit einem raschen Schritt dem zusammensackenden Körper und dem dicken Blutstrahl aus, der in einem roten Bogen aus der Schädelüberdruckkammer des augenblicklich toten Mannes schoss. Die völlig unvorbereitete Ronica war nicht so fix, und auf ihre elegant beschuhten Füße ging eine Dusche heißen, dampfenden Bluts nieder. Entsetzt ob dieses jähen Quells potentieller Ansteckung – man arbeitete nicht in einem Überdruckhotel, wenn man nicht selber Virusträger war – stöckelte Ronica rückwärts, bis sie die gegenüberliegende Korridorwand im Rücken spürte. Dann starrte sie auf ihre blutgetränkten Schuhe.

«Sie verdammter Idiot», schrie sie.

«Halten Sie an sich, Mädchen. Da sind Leute, die zu schlafen versuchen.»

«An mich halten?», stieß Ronica entrüstet hervor. «Ich soll an mich halten? Sehen Sie denn nicht, was Sie mit meinen verflixten Schuhen gemacht haben? Die sind ruiniert. Sie sind von Federigo Ingannevole. Und haben ein gottverdammtes Vermögen gekostet. Und jetzt. Herrgott, ich sehe aus wie …» Ronica schüttelte ihre Zöpfchen.

Rimmer sah auf ihre Schuhe und lachte. «Sein Blut sei auf uns», sagte er. «Und auf unseren Kindern. Und unseren Schuhen.»

«An Ihnen sehe ich keins», entgegnete sie bitter und versuchte, das Schlimmste am Teppichboden abzuwischen.

«In diesem Job muss man schnell reagieren.» Rimmer trat testhalber gegen den Körper des ÜT-Betreuers, was diesem ein zischendes Geräusch entlockte, so laut, dass Rimmer einen Schritt zurücktrat und einen zweiten Schuss abzufeuern erwog. Doch als er zu dem grünen Licht emporsah, entdeckte er die wahre Quelle des Geräuschs. Es war nicht Taylors letzter Schnaufer gewesen, sondern die Tür des Überdruckzimmers, in der jetzt ein fast nackter Mann unbestimmten Alters stand, am ganzen Körper jenen knallroten makropapularen Ausschlag, der das typische Symptom der Endphase von P^2 war. Der sterbenskranke Mann stieß einen heiseren Schrei aus, taumelte in das helle Flurlicht heraus und zeigte wie ein anklagender Geist mit dem Finger auf Rimmer. Jetzt, da er im Hellen stand, sahen Ronica und Rimmer deutlich die eingefallenen Wangen in dem ausgezehrten Gesicht, so rot, als hätte er mehrere heftige Ohrfeigen gekriegt, und von einer feinen Maserung aus sauerstofflosem Blut durchzogen.

Der Anblick war selbst Rimmer zu biblisch – wie Samuel, der dem Grab entstiegen war, um König Saul heimzusuchen. Er riss sich den Pinback aus dem Ohr und wich vor diesem wandelnden Leichnam und dem fauligen Geruch zurück. Und mit einem angewiderten Schaudern, das in einen panischen Reflex umschlug, als die Gestalt die Hand nach ihm ausstreckte, schoss er den Mann ins Bein. Nicht etwa aus Barmherzigkeit, statt eines tödlichen Schusses, sondern nur, um noch ein Stück von dem jetzt stöhnend am Boden liegenden Wrack zurücktreten zu können – er hatte keine Lust, sich irgendwelchen Körperflüssigkeiten dieser verseuchten Kreatur auszusetzen –, ehe er ihm zwei weitere Kugeln in den Leib jagte, diesmal in die Brust. Doch der alte Ingrams blutete kaum. Es war, als sei das Blut, um das sich sein gesamtes Wachleben gedreht hatte, zu erschöpft, um aus dem ausgemergelten Leichnam zu quellen.

Ronica nahm die schützende Hand von ihrem immer noch offen stehenden Mund und schnappte entsetzt nach Luft.

«Verdammt», murmelte sie. «Armes Schwein.»

«Diesmal war's doch gar nicht so eine Schweinerei», sagte Rimmer cool.

«Herrgott, Rimmer, was ist nur in Sie gefahren?»

Er zuckte die Achseln und grinste pseudoverlegen. «Ich wollte nicht, dass er mich anfasst. Das verstehen Sie doch, oder?»

«Sobald Sie eine Waffe in der Hand haben, wird für Sie wohl jeder zum lebenden Ziel, was?»

«Herzchen», sagte er, hob die Schließkarte des ÜT-Betreuers auf und steuerte in Richtung Treppe zurück, «wir haben noch nicht mal richtig angefangen.»

V

Lenina musterte die Fußspuren auf dem beigen Korridorteppich und dachte im ersten Moment, jemand sei wohl in Hundescheiße getreten – bis ihr wieder einfiel, dass ja ein besonders aggressiver Hunde-Parvovirustyp im Vorjahr die meisten noch nicht verspeisten Hunde der City an einer Kombination von Enteritis und Myokarditis hatte eingehen lassen. Damals, in Kalifornien, als sie noch klein gewesen war, da war ein Hund gewesen. Als sie noch auf dem Land gelebt hatten. Bevor ihre Familie nach Los Angeles gezogen war und sie ihre kriminelle Karriere begonnen hatte. Aber heutzutage waren die einzigen Hunde, die man zu Gesicht bekam, Motion-Parallaxe. Lenina machte sich nicht mehr viel aus Hunden. Ein Polizei-Schäferhund hatte sie bei dem schweren Einbruchsdiebstahl geschnappt, für den sie nach Artemis Sieben gekommen war, und sie hatte davon eine böse vernarbte Wade zurückbehalten, die immer noch schmerzte, wenn sich die Muskeln dehnten. So wie jetzt, da sie sich hinkniete, um die Fußspuren genauer zu untersuchen – sie stammten von einer Frau, so viel war offensichtlich, wegen der Schuhform. Das war nicht die Sorte Schuhe, die weibliche Clostridium-Gäste tragen würden, zu teuer, nicht bequem und praktisch, sondern elegant, und das wiederum verwies auf eine Frau mit Credits auf dem Konto und gesundem Blut in den Adern. Die Sorte Frau, die Lenina gern gewesen wäre. Ob das Blut auf dem Teppich gesund oder verseucht war, ließ sich nicht sagen, aber Blut war es mit Sicherheit, denn die dunkelbraunen Spuren waren klebrig und eindeutig salzig auf der Zunge.

Sie erhob sich mühsam und schaute den gekrümmten pfirsichfarbenen Gang entlang, dorthin, wo die Fußspuren herkamen. Es war nur eine Sache von Sekunden, bis sie um die Biegung herum war und die beiden Leichen sah. Der ÜT-Betreuer, den erkannte sie. Sie hatte sich bemüht, die meisten Betreuer mit Namen kennen zu lernen. Einfach nur um sich klarzumachen, dass das hier kein Gefängnis war und es sich nicht um Wärter handelte. Aber der andere Mann – der alte, halbnackte – war ihr unbekannt.

Sobald sie die beiden Leichen sah, machte Lenina kehrt und eilte zu dem Überdruckzimmer zurück, das sie mit Rameses Gates teilte. Erst vor wenigen Minuten hatte sie es abrupt verlassen, nachdem sie sich mit ihm gestritten hatte, über diesen verrückten Kerl, diesen Dallas, dessen hirnrissiger Plan ihrer Meinung nach nur dazu führen würde, dass Gates wieder nach Artemis Sieben zurückmusste. Bestenfalls. Blutbankraub war vermutlich ein besonders schwerwiegendes Blutverbrechen, auf das so gut wie sicher die Todesstrafe stand. Und es ging nicht um irgendeine Blutbank, sondern um die größte und beste, die First National Blood Bank auf dem Mond. Für Lenina hatte das nur noch unterstrichen, wie verrückt dieser Dallas war. Das war doch Wahnsinn. Reiner Selbstmord. Als ob man einem Grizzly auf die Nase patschen würde. Nicht, dass es noch Grizzlys geben würde. Eine Bären-Parvovirusseuche hatte nahezu alle Bärenarten auf der Welt ausgerottet. Das war wirklich ein Jammer, dachte Lenina. Bären hatte sie gemocht. Vielleicht war das ja der Grund, warum sie Gates mochte. Und warum sie jetzt bereit war, wieder nett zu ihm zu sein. Sich vielleicht sogar ernsthaft auf ihn und diesen Plan einzulassen. Dieser Dallas, von dem er ihr erzählt hatte, der angeblich Blutbanken baute und sich hier in diesem Hotel versteckt hielt – vielleicht war der ja doch kein Schwindler. Immerhin sah es wirklich so aus, als wäre jemand hinter ihm her, jemand aus der Zone, eine Person, die nicht nur todschicke Schuhe hatte, sondern auch eine tödliche Waffe. Vielleicht hatte dieser Dallas ja doch die Wahrheit gesagt.

Rameses Gates saß mit verdutztem Gesicht auf der Bettkante, als fragte er sich, warum Lenina aus dem Zimmer gestürmt war. Als er sie in der Tür stehen sah, erhob er sich und setzte hölzern an, sich zu entschuldigen.

«Vergiss es», fiel ihm Lenina ins Wort. «Dein neuer Freund ist ja vielleicht doch echt.» Sie erzählte ihm von den blutigen Fußstapfen, die sie gefunden hatte, und den beiden Leichen weiter vorn im Flur.

«Dallas wohnt einen Stock höher», sagte Gates und zerrte eine Tasche unterm Bett hervor. «Klingt, als hätte sich einer im Zimmer geirrt.»

«Nicht einer. Eine. Es waren die Fußspuren einer Frau.»

«Dann darfst du sie erschießen.» Gates warf ihr eine Pistole zu, nahm sich selbst ebenfalls eine – eine rückstoßfreie Fünfzehn-Millimeter-Automatic – und sprang auf. «Los, gehen wir. Wir haben einen reichen Onkel zu beschützen.»

Lenina folgte dem bulligen Mann aus dem Zimmer und inspizierte die Waffe, die er ihr gegeben hatte. «Ist ein Weilchen her, dass ich jemanden erschossen habe.»

«Das ist wie Fahrradfahren», sagte Gates auf dem Weg zur Treppe. «Das verlernt man nie.»

VI

An der Tür von Nr. 1218 steckte Rimmer die Schließkarte des ÜT-Betreuers in das Sicherheitsschloss und öffnete das Kontrollbord.

«Sieht aus, als ob Dallas wirklich da drin ist», sagte er und deutete mit einer Kopfbewegung auf das grüne Licht über der Tür. «Der Druck ist nicht mal aktiviert. Ziemlich absurd, in ein Überdruckzimmer zu gehen und das Ding gar nicht anzuschalten, finden Sie nicht? Als ob man in ein Restaurant gehen würde, um ein Buch zu lesen.»

Ronicas Hand schloss sich fester um die kleine Matahari Automatic in ihrer Manteltasche. Jetzt, da sie den prompten Effekt eines sauberen Kopfschusses gesehen hatte, dachte sie, dass es am besten war, Rimmer auch auf diese Art auszuschalten. Diesmal würde sie auf das Blut gefasst sein – ihre Schuhe waren zwar schon ruiniert, aber da war ja immer noch ihr Mantel. Sobald Rimmer die Tür öffnete und Dallas registrierte, dass er es war, würde sie es tun. Wie der Direktor befohlen hatte. Als Goodwill-Demonstration der Firma ihrem brillantesten Konstrukteur gegenüber. Doch statt die Zimmertür manuell zu öffnen, wie sie erwartet hatte, begann Rimmer an den Reglern herumzuspielen, und ein, zwei Sekunden darauf wurde das grüne Lämpchen über der Tür von einem roten abgelöst.

«Was zum Teufel machen Sie da?», fragte sie.

«Wonach sieht's denn aus?», sagte Rimmer, ohne sich umzuschauen. «Ich setze ihn unter Druck.» Er lachte sadistisch in sich hinein. «Unter ganz schön viel Druck allerdings.»

«Sollten Sie sich nicht zuerst mal vergewissern, dass er wirklich da drin ist?», fragte Ronica. «Mal angenommen, es ist gar nicht Dallas? Es ist jemand anders? Bis Sie mit Ihrer Fummelei da fertig sind, ist vielleicht nur noch schwer feststellbar, ob es Dallas war oder nicht. Und der Direktor wird wissen wollen, ob Sie den Richtigen erwischt haben, Rimmer.»

«Sie haben doch gehört, was der ÜT-Betreuer gesagt hat, oder?», sagte Rimmer höhnisch. «Dallas hat Nr. 1218. Und das hier ist Nr. 1218. Man braucht kein Sherlock Holmes zu sein, um zu entziffern, was auf diesen Türen hier steht, Ronica. Außerdem hat mein Herumgefummle nicht den Zweck, Dallas zu töten. Es soll ihn nur ein bisschen leichter handhabbar machen, wenn ich die Tür dann öffne. Dallas hat nämlich eine Waffe. Und er wird sehr wahrscheinlich Gebrauch davon machen, wenn ich ihn nicht vorher ein bisschen mürbe mache. Ihn sozusagen prophylaktisch ein bisschen zusammenstauche.»

Ronica biss sich auf die sinnlichen Lippen und fragte sich, wie nützlich Dallas für ihren Chef wohl noch sein würde, wenn Rimmer ihm erst das hyperbare Äquivalent von *peine forte et dure* verabreicht hatte. Vielleicht war dann ja von seinem brillanten Hirn nichts mehr übrig, was ihre Rückholbemühungen lohnte. Als Rimmer einen Schritt von dem Kontrollbord zurücktrat, erhaschte sie einen Blick auf den Druckanzeiger und eine Nadel, die gefährlich nahe am roten Bereich der Skala zuckte. Sie begriff, dass sie es nicht länger hinausschieben konnte. Jetzt oder nie.

Rimmer, der noch immer mit dem Gesicht zur Tür stand, spürte plötzlich, wie sich etwas Hartes, Metallisches in sein mageres Genick presste, so hart und metallisch wie die dazugehörige Stimme.

«Abstellen», sagte sie. «Sofort. Oder ich bringe Sie um.»

Die Situation entbehrte nicht einer gewissen Komik, und Rimmer musste lachen.

«Ist das eine Waffe?» Er wollte sich umdrehen, aber das Ding bohrte sich in das Fleisch unter seinem Ohr und drückte seinen Kopf zurück.

«Ein Stethoskop ist es nicht. Und jetzt stellen Sie den Druck da ab, oder ich liefere Ihnen den unwiderlegbaren Beweis.»

Rimmer griff an die Regler und fuhr den Zimmerdruck zurück.

«Empirismus», sagte er gelassen. «War immer schon mein Problem. Eine sprachliche Äußerung hat für jemanden wie mich nur dann eine Bedeutung, wenn sie von etwas sinnlich Erfahrbarem begleitet wird.»

«Weg da von der Tür. Langsam. Ich möchte Ihnen die Erkenntnis ersparen, dass meine Drohung nicht nur syntaktischer Natur war. Das Verifikationsprinzip hätte wohl die Gestalt eines Fünfzehn-Millimeter-Geschosses.»

«Fünfzehn Millimeter?», sagte Rimmer, während er, die Pistole im Genick, von der Tür zurückwich. «Ganz schön schwere Kanone.»

«Reicht dicke, um Ihren Schädel zu trepanieren, Rimmer. Ein Paar Schuhe habe ich mir schon ruiniert. Zwingen Sie mich nicht, auch diesen Mantel noch dranzugeben.»

«Muss so eine kleine dreischüssige Automatic sein. Pussy-Pistölchen. Hat wohl die ganze Zeit in Ihrem Slip gesteckt. Nett. Mmm, vielleicht darf ich nachher mal dran riechen. Wenn wir dieses kleine Missverständnis ausgeräumt haben.»

«Ich brauche nur einen Schuss, um Ihnen ein Loch zu verpassen. Also, Gesicht zur Wand und Mund halten.» Sie sah auf das rote Licht über der Tür, in der Hoffnung, Rimmer nicht töten zu müssen, ehe Dallas es sehen konnte. Oder sollte sie es vielleicht Dallas selbst überlassen, Rimmer zu töten? Falls ihm noch danach war. Wie auch immer, Rimmer zu töten würde der leichte Teil der Übung sein. Viel schwerer war das Kunststück, das dann kam – Dallas glaubhaft einzureden, dass der Direktor Rimmer nicht auf seine Familie angesetzt hatte. Ronica sah nicht, weshalb er ihr glauben sollte. So ein intelligenter Bursche wie er würde ihre kleine Scharade doch sofort durchschauen.

Das rote Licht brannte weiter, während der Druck drinnen im Raum langsam wieder auf Normalniveau absank. Die Pistole noch immer in Rimmers Genick, sah Ronica ungeduldig auf den Druckmesser. Erst halb zurückgegangen. Sie biss die makellos weißen Zähne zusammen und versuchte die saure Unsicherheit drunten zu halten. Sie roch Rimmers übelriechenden Atem, den die Korridorwand zurückwarf. Irgendwie schien es ihr weniger verwerflich zu sein, einen Mann mit Mundgeruch zu töten. Wieder ein Blick auf den Druckanzeiger. Fast unten. Noch ein paar Sekunden, und alles würde vorbei sein.

«Möchten Sie jetzt drüber reden?», fragte er.

«Mund halten.»

«Ich liebe dominante Frauen. Zufällig bin ich gerade auf der Suche nach einer zuverlässigen und verantwortungsbewussten Person, die für einen Heimporno, den ich momentan drehe, meinen Viertelmeterschwanz aktiviert. Warum gehen wir nicht zu meinem Wagen und reden über die Einzelheiten und eine mögliche finanzielle Entschädigung?» Er leckte sich die Lippen und grinste. «Oder vielleicht schlafe ich ja auch, und das alles ist ein erotischer Traum? Und jeden Moment werde ich einen nächtlichen Erguss haben, wutsch, über das ganze Laken, und aufwachen.»

Ronica griff in Rimmers glattes, fettiges Haar, um die Mündung der Pistole besser in den Furunkel auf seinem Wangenknochen bohren zu können.

«Wenn das hier nur ein Traum ist», sagte sie, «dann einer, aus dem Sie nie wieder erwachen werden, wenn Sie Ihren Mund nicht halten.»

«Sie werden mich nicht töten, nur weil ich was sage», fuhr Rimmer unbeugsam fort. «Tatsache ist, dass Sie im Moment überhaupt nicht bereit sind, mich zu töten, sonst hätten Sie's längst getan. Außerdem kann man nicht ewig leben.»

Eine Backe gegen die Wand gepresst, konnte er sie aus dem anderen Augenwinkel halbwegs sehen. Obwohl es auf dem Gang nicht sonderlich warm war, glänzte Ronicas schönes schwarzes Gesicht von Schweiß, als ob sie doch einigen Zweifel an dem hätte, was sie da tat, als ob – Rimmer lächelte –, als ob sie doch nicht so ganz davon überzeugt wäre, dass sie wirklich abdrücken würde. Er wollte gerade erklären, dass er weder in seinem Traum noch sonst irgendwo sterben werde, solange sie ihre kleine Matahari nicht entsichert habe – eine ziemlich durchsichtige Finte, dachte er, aber dennoch den Versuch wert –, als plötzlich ein Schuss fortissimo durch seine hinterlistigen Gedanken krachte.

Ronicas Aufschrei sagte ihm, dass er keinen Schmerz zu befürchten hatte – jedenfalls nicht von diesem ersten Schuss. Sie war auf ein Knie herabgesunken, aber in den ein, zwei Sekunden, die ihm blieben, ehe der nächste Schuss krachte, konnte er nicht feststellen, ob sie getroffen war. Klar war nur, dass da jemand anders schoss, und zwar ohne sich um den Krach zu scheren. Manchmal war das besser. Leuten eine Scheißangst einzujagen war effizienter, als sie anzuschießen. Instinktiv duckte sich Rimmer zusammen, als der dritte Schuss durch den Korridor pfiff, eine Explosion tödlicher Energie. Er griff nach seiner Waffe, richtete sie auf Ronicas Kopf, überlegte es sich dann aber anders – vielleicht brauchte er ja seine ganze Munition, um sich mit diesem unbekannten Schützen auseinander zu setzen. Nachdem er, nur um dem Kerl zu zeigen, was er aufzufahren hatte, die Schalldämpfung deaktiviert hatte, feuerte er seinerseits in die Richtung, aus der die ersten drei Schüsse gekommen waren. Sein einziger Gedanke war, dass Ronica doch Recht gehabt hatte – Dallas konnte nicht in diesem Zimmer gewesen sein. Wer sonst sollte auf ihn schießen?

Rimmer feuerte noch zweimal und krabbelte dann, ohne Rücksicht auf Ronica, die im Türrahmen gegenüber kauerte, gerade noch rechtzeitig weg, ehe eine weitere Kugel ein Loch von der Größe einer Orange aus der Stelle der Wand fetzte, an der er gelehnt hatte.

«Dallas?», rief er. «Sind Sie's?»

Weitere Schüsse. Und, dachte Rimmer, eindeutig aus mehr als nur einer Waffe. Er schoss zurück, aber diesmal trafen er und Dallas, oder wer immer das war, eine unselige Gestalt, die sich törichterweise von dem Spektakel auf den Gang hatte hinauslocken lassen, um nachzusehen, was los war – eine Frau.

Rimmer feuerte weiter, ohne sich darum zu kümmern, wen er erwischte. Das Krachen der Pistolen, der Korditgeruch – eine Nacht nach seinem Geschmack. Es waren zwei Leute, dessen war er sich jetzt sicher, beide hinter den milchigen Plastikwänden des prismaförmigen Treppenschachts versteckt, der das vordere Ende des gekrümmten Gangs ein wenig erhellte. Hinter Rimmer, ein Stück weiter um die Gangbiegung herum, befand sich der runde, verglaste Fahrstuhlschacht. Es war Zeit, sich dünne zu machen. Wenn er irgendwie auf die andere Gangseite hinüberkam, war er in Sicherheit.

Wie auf ein Stichwort lugten plötzlich ein Kopf und eine Schulter um die Kante eines anderen Türpfostens. Rimmer zielte sorgfältig, und als die Person mit einem lauten Aufschrei in den Korridor hinaustaumelte, benutzte er sie als Deckung, um sich mit akrobatischer Gewandtheit auf die andere Gangseite hinüberzurollen und hastig um die Biegung und aus der Schusslinie zu krabbeln. Die Liftsensoren registrierten Rimmers Annäherung, und die Schachtbeleuchtung ging an, als sich der Fahrstuhl automatisch in Richtung zwölftes Geschoss in Bewegung setzte. Rimmer lud rasch nach und spähte aus seiner nunmehr vergleichsweise sicheren Position um die Biegung, in der Hoffnung, noch einen platzierten Schuss auf die Gegner abgeben zu können, ehe er sich davonmachte. Da ihm der Mann, den er angeschossen hatte, die Schussbahn versperrte, erledigte er ihn mit zwei gezielten Schüssen in die Brust. Ein zweiter verstohlener Blick ergab, dass sich Ronica nicht mehr in seinem Gesichtsfeld befand, da sie sich in den schützenden Türrahmen presste. Wenn er diese Rechnung noch begleichen wollte, musste er ihr weismachen, dass ihm ihr weiteres Schicksal noch immer am Herzen lag. Sobald sie ihrerseits alles auf eine Karte setzte und losrannte, würde er sie töten.

«Ronica?», rief er. «Los, wir hauen ab. Kommen Sie, ich gebe Ihnen Deckung.»

«Immer noch die Deckhengstnummer?»

«Lassen Sie die Spielchen, Ronica. Der Lift ist da. Wenn Sie hier bleiben und sich erschießen lassen wollen, meinetwegen. Aber ich werde mich jetzt absetzen.»

An die glatte Metalloberfläche der Zimmertür gepresst, erhaschte Ronica ihr undeutliches Spiegelbild in der Tür von Nr. 1218 gegenüber. Sie sah aus wie eine Vignette aus dem Ägyptischen Totenbuch – die Verstorbene mit einer Lotosblüte in der linken Hand. Nur dass die Blume eine Pistole war und sie, im Moment jedenfalls noch, höchst lebendig. Aber das würde sich auf der Stelle ändern, wenn sie sich Rimmer zeigte.

«Dann gehen Sie», sagte sie, und sobald sie den Rand von etwas erspähte, das wie Rimmers Kopf aussah, zielte sie sorgsam und drückte ab.

Rimmer japste wie ein Hund, als Ronicas Kugel zwei Fingerbreit vor seinem Gesicht in die Wand schlug, eine kleine Explosion von Holz- und Metallsplittern auslöste und einen davon durch sein skrofulöses Ohrläppchen jagte.

«Luder», brüllte er und feuerte eine ganze Salve von Schüssen auf die unmittelbare Umgebung des Türrahmens, in den sie sich immer noch presste. Dann fasste er sich an Ohr und Hals und fand beides feucht von seinem eigenen Blut. Als sich die Fahrstuhltür einladend hinter ihm öffnete, nutzte er die Chance zum Abgang. Sobald die Tür zuging und der Fahrstuhl abwärts zu gleiten begann, presste er sich gegen die hintere Kabinenwand, die Waffe auf die gläserne Decke und das entschwindende Fußbodenrund des zwölften Stockwerks gerichtet.

Ronica hörte, wie sich der Lift in Bewegung setzte, und verspürte den starken Impuls, Rimmer hinterherzustürzen und die beiden ihr noch verbleibenden Kugeln abzufeuern. Doch da waren immer noch die beiden Schützen am anderen Ende des Gangs. Sie konnte jetzt nur noch hoffen, dass einer davon Dallas war. Bestimmt würde sie ihn von ihren guten Absichten überzeugen können, auch ohne einen toten Rimmer als Beweis. Das konnte bedeuten, ihm alles erzählen zu müssen, aber ihr blieb wohl nicht viel anderes übrig. Sie wollte ihm gerade etwas Entsprechendes zurufen, als sie plötzlich merkte, dass die Tür von Nr. 1218 jetzt offen war. Und in der Tür stand, ein wenig wacklig, wie von einem Menschen zu erwarten, der eben noch ein paar hundert Atmosphären ausgesetzt gewesen war, aber dennoch in der Lage, eine Pistole ruhig auf ihr zöpfchenbestücktes Haupt zu richten, Dallas höchstpersönlich.

VII

«Waffe weg», sagte er leise. Er war immer noch etwas benommen von dem Geschehen in seinem Überdruckzimmer. Eine knappe halbe Stunde nachdem Gates gegangen war, war er von dem Gefühl aufgewacht, dass ihn irgendeine unsichtbare Kraft auf sein Bett presste. Der Druck war rasch so gewaltig geworden, dass sein Blut zur Rückenseite seines Körpers hin abgesackt war, und für ein Weilchen hatte er sogar das Bewusstsein verloren. Als er wieder zu sich gekommen war, hatte er gemerkt, dass sich der Druck wieder normalisiert hatte, und als unmittelbar vor seiner Tür Schüsse krachten, hatte er daraus geschlossen, dass zum einen Rimmer ihn und zum anderen Gates Rimmer gefunden hatte. Deshalb war er etwas erstaunt, eine Frau, die er aus der Firma kannte, im Türrahmen gegenüber kauern zu sehen. Sie warf ihm ihre Pistole hin. Dallas schaute erst in die eine, dann in die andere Richtung und sah die beiden Leichen auf dem Fußboden des Flurs liegen.

«Was zum Teufel machen Sie hier?», sagte er gereizt. Von dem enormen Druck hatte er jetzt heftige Kopfschmerzen.

«Sie vor Rimmer bewahren.» Ronica erhob sich langsam, als Dallas die Waffe senkte.

«Wo ist er?»

«Weg.» Sie machte eine Kopfbewegung in Richtung Lift.

«Sagen Sie …» Dallas schüttelte den Kopf, als versuchte er, sich an ihren Namen zu erinnern.

«Ich heiße Ronica.»

«Wie haben Sie mich hier gefunden?»

«Rimmer. Er hat es aus Ihrer Assistentin rausgequetscht.»

«Dixy hat es ihm gesagt?»

Ronica erzählte ihm, was Rimmer ihr erzählt hatte, von Dixys Schoßtierprogramm und seinen Drohungen, es zu vernichten. Dallas nickte. Er war nur mäßig enttäuscht, dass Dixy ihn verraten hatte, viel mehr interessierte ihn, dass seine Assistentin so an einem simplen Schoßtierprogramm hing.

«Sind Sie okay, Dallas?» Das war Gates, der jetzt herankam, Lenina im Schlepptau.

Dallas nickte. «Nur zwei Exkollegen. Danke, Gates.»

«Bedanken Sie sich bei Lenina. Sie hat die Fußspuren dieser Dame hier entdeckt.»

Lenina sah Ronica bewundernd an: Das war das erste Mal, dass sie eine reiche, gesunde Frau von nahem sah, und was sie sah, gefiel ihr. Der lange Mantel, das tolle Kleid, der teure Schmuck, die Zöpfchenfrisur, ja selbst die blutbefleckten Schuhe. Ronicas gepflegte Erscheinung stachelte Lenina erst recht an, diesem Dallas und seinen seltsamen Plänen zu trauen.

Ronica schaute auf ihre Schuhe und lächelte dann Dallas an: «Man weiß nie, in was man reinschlittert, wenn Rimmer mit von der Partie ist.»

«Wer hat Sie beauftragt, mich vor Rimmer zu schützen?», fragte Dallas.

«Der Direktor. Jetzt, wo Tanaka tot ist, braucht er Sie in der Firma. Er will den Status quo wieder herstellen, mit Ihnen als Chefkonstrukteur. Ich sollte Rimmer töten, sozusagen als Eröffnungsangebot. Damit Sie glauben, es sei alles nur ein großes

Missverständnis gewesen. Die eigenmächtige Aktion eines übereifrigen Rimmer, so in der Art.»

«Und war es das?»

«Nein. Rimmer hat nur genau das getan, was Simon King ihm befohlen hat, genau wie ich. Warten Sie ab, bis Rimmer Dallas gefunden hat, hat er mir aufgetragen, und legen Sie dann Rimmer um. Ich sollte ihn möglichst vor Ihren Augen erledigen, damit Sie denken, die Firma, vertreten durch mich, sei auf Ihrer Seite.»

«Aber warum Sie und nicht einer von Rimmers Gorillas?»

Ronica guckte, als sei sie überfragt. «Frisches Blut? Jemand, der nicht vorbelastet war? Keine Ahnung. Fragen Sie den, der die Karten verteilt hat.»

Dallas nickte. Vermutlich sagte Ronica die Wahrheit.

«Warum legen Sie dann Ihr Blatt auf den Tisch?», fragte er.

Ronica atmete seufzend aus und starrte kurz an die Decke, ehe sie wieder Dallas ansah. «Tja», sagte sie. «Was soll ich sagen? Mein erster Taschenspielertrick ist schon mal danebengegangen. Und jetzt, wo ich Ihnen in die Augen geguckt habe, glaube ich nicht, dass ich noch große Chancen habe, einen Bluff zu landen. Ich schätze, ich setze besser auf ein neues Blatt. Weil Rimmer vermutlich schon auf dem Rückweg in die Zone ist, um dem Direktor irgendeine Story aufzutischen, wie ich die Sache vermasselt habe. Also kann ich nicht dorthin zurück.»

«Was macht Sie so sicher, dass ich Ihnen Ihre Story nicht abgenommen hätte? Die von Rimmers eigenmächtigem Handeln. Vielleicht möchte ich ja in die Zone zurück.»

Ronica schüttelte sehr entschieden den Kopf. «Wie gesagt, Dallas, ich habe Ihnen in die Augen geguckt.»

«Vielleicht hätte ich mich ja überreden lassen.»

«Sie scheinen mir nicht der Typ, der bereit ist, so was wie den Tod seiner Familie zu vergeben und zu vergessen. Und schon gar nicht nach weniger als vierundzwanzig Stunden.» Ronica verstummte für einen Moment, da ihre Sicherheit, Dallas' Charakter betreffend, einer zunehmenden Unsicherheit in eigener Sache Platz machte: Sie glaubte nicht, dass Dallas und seine beiden merkwürdigen Bekannten sie einfach kaltblütig töten würden, aber was sollte sie jetzt machen? Konnte sie es wagen, in die Zone zurückzukehren, von Terotech ganz zu schweigen? Jetzt, da sie wusste, was sie wusste, auch wenn es ihr nicht sonderlich viel schien – was garantierte ihr, dass der Direktor und Rimmer sie am Leben lassen würden?

«Ich möchte Sie was fragen.» Sie schluckte. «Außerhalb der Zone gibt es kein Leben. Keins, das die Bezeichnung verdienen würde. Was bleibt da noch, Dallas?» Sie biss sich auf die Lippe, um sie am Zittern zu hindern. «Ich habe Angst.»

«Die sollten wir alle haben», erklärte Lenina. «Es ist nicht zu erwarten, dass die Cops eine Schießerei mit vier Toten ignorieren, nicht mal in so einem Sektor. Wir sollten machen, dass wir verschwinden.»

«Lenina hat Recht», sagte Gates.

«Vier Tote?», fragte Dallas stirnrunzelnd. Er sah nur zwei.

«Rimmer hat eine Etage tiefer noch zwei Leute erschossen», erklärte Ronica.

«Woher wissen wir, dass Sie sie nicht erschossen haben?», inquirierte Lenina.

«Sieht sie aus wie eine Killerin?», fragte Gates.

Lenina zuckte die Achseln. «Ich weiß nicht. Aber sie ist die mit den roten Schuhen.» Ihre Bewunderung Ronica gegenüber verwandelte sich zusehends in Eifersucht.

Dallas schüttelte den Kopf. «Ronica hat den Druck in meinem Zimmer runtergestellt», sagte er. «Nachdem Rimmer ihn so sorgsam hoch gestellt hatte. Stimmt's nicht, Ronica?»

«Doch. Er wollte Sie mürbe machen, hat er gesagt. Damit Sie nicht in der Verfassung wären, auf ihn zu schießen, wenn er reingehen würde.»

«Klingt allerdings ganz nach Rimmer», gab Dallas zu.

«Wir müssen hier weg», insistierte Lenina.

Gates steuerte schon auf den Lift zu.

«Ronica?», sagte Dallas. «Was Sie mich da eben gefragt haben. Wegen der Zone. Ich weiß nicht, ob ich darauf eine Antwort habe. Noch nicht, jedenfalls. Aber wenn Sie bereit wären, eine Weile zu warten, könnte sich das für Sie lohnen.»

«Klingt wie eine Einladung, mich mit Ihnen zusammenzutun», sagte sie.

«Klar. Warum nicht? Ich hätte da vielleicht ein paar Trümpfe, an denen Sie partizipieren könnten.»

9

I

Jede große Stadt besitzt ein verrufenes Viertel, eine finstere, gettoartige Gegend, eine Unterwelt, einen Ort, wo das Verbrechen regiert. Die Unterwelt dieser Stadt hieß auch das Black Hole, das Schwarze Loch, nach jener vernichtenden Raum-Zeit-Region, die sich – als Relikt eines implodierten Sterns – im Zentrum einer jeden Galaxie befindet und der weder Materie noch Energie zu entkommen vermag. Während Hades, der Herr der griechischen Unterwelt – abgesehen von seiner Vermählung mit Persephone –, kaum eine eigene Mythologie aufzuweisen hat, rankten sich um das Black Hole unzählige Schauergeschichten und Legenden – fast so viele, wie Kräfte an der Entstehung seines kosmischen Pendants beteiligt waren –, und nicht wenige davon bezogen sich auf das Gangsterbosstrio, das diese erbarmungslose Unterwelt regierte.

Kaplan, auch bekannt als «der Spinnenmensch», war auf eine Gehmaschine angewiesen – Folge einer Osteonekrose[1] aufgrund der häufigen und unvorsichtig durchgeführten Sauerstoffüberdruck-Behandlungen, denen er sich unterzogen hatte, ehe er an das Schwarzmarktblut gekommen war, das ihn von P[2] heilte. Er war der Hauptan- und -verkäufer von illegalem Blut – gutenteils Rekombinationshämoglobin oder auch schlichte Schwindelware – sowie von gefälschten Pharmaka. In einem asiatischen Land

1 Eine Krankheit, bei der das Knochengewebe abstirbt.

wurde von offizieller Seite geschätzt, dass die Hälfte aller von Krankenhäusern und Ambulanzkliniken ausgegebenen Medikamente Falsifikate waren, die von Kaplans Leuten stammten. Doch auch reichere Länder sind gegen solch mörderische Geschäfte nicht gefeit. Von Kaplan ging sogar das Gerücht, er habe eigens geheiratet und Kinder gezeugt, um diese dann umzubringen und sich ihr Knochenmark gegen seine Osteonekrose einspritzen zu lassen – allerdings vergeblich.

Elstein hatte von den dreien zweifellos am meisten auf dem Kasten: Er war Diplomphysiker und ein begabter Amateurchemiker. Er hatte das Depreneyl-Amitriptylin erfunden, die erste der so genannten paradeisotropischen[1] Drogen. Depreneyl und Amitriptylin sind Antidepressiva: ein Monoaminoxidasehemmer und ein trizyklisches tertiäres Amin, das den Serotoninspiegel anhebt. Die Kombination beider Mittel führt zu einem chemisch induzierten Nahtoderlebnis, das es angeblich erlaubt, durch die Pforten des Paradieses zu spähen, ohne tatsächlich zu sterben. Der Romancier Wystan Hughes schildert seine DA-Erfahrungen in dem berühmten Buch *Heaven's Gate*[2]. Die Droge wurde jedoch rasch verboten, als Tausende vermeintlicher Nahtoderlebnisse tatsächlich tödlich endeten. Elstein wurde zu fünf Jahren Mondkolonie verurteilt. Nach seiner Rückkehr zur Erde begründete er den Löwenkult: Er rekrutierte Hunderttausende von Menschen, die bereit waren, viel Geld dafür zu zahlen, das zu verstehen, was für kurze Zeit als die Endgültige Theorie der Physik galt – die Theorie, die alles erklärte, von subatomaren Teilchen über Atome und Supernovae bis hin zum Big Bang und zum Big Crunch. Nach Einsteins Tod hatten sich Physiker jah-

1 Abgeleitet von den griechischen Wörtern *paradeisos* («Paradies») und *tropein* («richten auf»).

2 Erschienen 2042; vgl. *Die Pforten der Wahrnehmung* von Aldous Huxley (1954), wo dieser seine Selbstversuche mit Meskalin und LSD schildert.

relang bemüht, eine ultimative Theorie aufzustellen, um Gravitation, Elektromagnetismus und Atomkraft auf eine einzige kurze Formel zu bringen. Einstein selbst erklärte einmal, die Natur zeige den Wissenschaftlern nur den Schwanz des Löwen, er selbst bezweifle aber nicht, dass der Löwe dranhänge, wenn er sich auch aufgrund seiner enormen Größe nicht auf einmal enthüllen könne. Der Keim zu einem neuen Kult wurde gelegt, als eine Zeit lang der Glaube um sich griff, Hugh Van Creveld habe es mit seiner multidimensionalen Quantentheorie der Gravitation endlich geschafft, den Löwen zu fangen. Diese so genannte Einzige Theorie, von der bis heute viele behaupten, sie habe tatsächlich Einsteins allgemeine Relativitätstheorie und die Quantentheorie[1] unter einen Hut gebracht, erwies sich jedoch als so teuflisch kompliziert, dass sie praktisch kein Laie verstehen konnte. Hier sprang nun Elstein mit seiner essentiell skeptischen Doktrin der Universellen Apologetik[2] in die Bresche, womit er zugleich den Löwenkult begründete.

---

1 Die Quantentheorie erklärt ein sehr weites Spektrum an physikalischen Phänomenen und hat die klassische Newtonsche Mechanik für den gesamten Bereich der mikrophysischen Phänomene abgelöst. «Quant» ist ein genereller Terminus für die nicht weiter teilbare Einheit jeder Form von physikalischer Energie. Die Schwierigkeit beim Denken in Quanten – das, was diese auch hundert Jahre nach den bahnbrechenden Arbeiten Niels Bohrs noch so schwer verständlich macht – ist der Umstand, dass deren Bewegung nicht ohne weiteres visualisierbar oder auch nur vorstellbar ist. Natürlich gehört es zu den Freuden der Schriftstellerei, schwierige Konzepte einfach darzustellen. Ein Ziel dieses Buchs ist es, meine Erfahrung mit Quantenphänomenen zu vermitteln und den Leser zu befähigen, nicht nur die molekulare Weisheit des menschlichen Körpers, sondern, fundamentaler noch, den Stoff des Lebens selbst würdigen zu lernen. Daraus mache ich kein Hehl. Wie Montaigne sagt: «Ich bin selbst der Stoff meines Buchs.»

2 Elsteins Konzept fußt auf dem Werk des großen französischen Mathematikers, Philosophen und Physikers Blaise Pascal. «Die Ratlosigkeit der Verwirrten», schrieb Elstein, «lässt sich nach dem Prinzip des Wettens überwinden; kann

Nachdem er mehreren Anschlägen christlicher und jüdischer Fundamentalisten entgangen war, verschwand Elstein im Black Hole, um sich hinfort – immer ein Auge auf den Werken Sir Arthur Conan Doyles – wie Professor Moriarty dem Ziel zu widmen, ein «Napoleon des Verbrechens» zu werden.

Cregeen vervollständigte diese unheilige Dreieinigkeit, diesen «dreiköpfigen Hund», der in den Tiefen der Unterwelt dieser Stadt lauerte. Er war die dunkelste, schemenhafteste Gestalt unter den dreien, ein Mann, über den kaum etwas bekannt war. War Cregeen sein richtiger Name? Vermutlich nicht. Konnte irgendjemand sein Äußeres beschreiben? Nein. Gerüchte umgaben ihn wie das giftige Miasma einer altertümlichen Kloake. Es hieß, er sei der Kopf hinter dem großen Aerocarrier-Raub von 2039 gewesen, bei dem das lenkbare P&O-Luftschiff während der Fahrt gekapert und um seine Millionenfracht erleichtert worden war: einen über zehn Tonnen schweren Virgin-Kommunikationssatelliten. Auf Cregeens Konto ging angeblich auch die Erpressung des westafrikanischen Staats Neu-Kongo mit der Drohung, bei Nichtzahlung einer Milliarde Dollar eine kleine Atombombe in der Nähe eines natürlichen Kernspaltungsreaktors zu zünden, der fünfhunderttausend Millionen Jahre zuvor tief unter dem Dschungelboden entstanden war, als in großen Uranvorkommen eine Kettenreaktion eingesetzt hatte, die Hunderttausende von Jahren andauerte.[1]

Diese drei Männer bildeten ein Triumvirat, das einen Großteil

---

die Richtigkeit der Theorie nicht bewiesen werden, dann verlieren diejenigen, die nicht wissen, was sie davon halten sollen, nichts, wenn sie daran glauben, dass der Sinn des Lebens und die Textur der Wirklichkeit nunmehr erklärt sind, und sich ganz darauf konzentrieren, dem Hier und Jetzt zu leben – den Himmel auf Erden zu schaffen. Denn sollte die Richtigkeit der Theorie doch noch bewiesen werden, dann hat niemand Zeit damit vergeudet, sich so zu verhalten, als bliebe noch etwas zu erklären.»

1 Die Explosion hätte das gesamte Land – eine Fläche von über zweieinhalb Mil-

des organisierten Verbrechens der Stadt lenkte. Manchmal hatte man das Gefühl, sie seien nur eine Person, so eng arbeiteten sie zusammen. Dann wieder war ihr Einfluss so mächtig und so omnipräsent, dass es schien, als müssten sie viel mehr als nur drei sein. Natürlich hatten sie Komplizen, Gesichter und Namen wie Galloway, Orff, Jondrette, Connor, Pike, Allum, Opie, Harris, Ford und Reinbek, die den gemeinen Mitgliedern der kriminellen Bruderschaft der Stadt geläufiger waren – jenem Fußvolk, zu dem, vor seiner Strafdeportation auf den Mond, auch Rameses Gates gehört hatte.

Jetzt führte Gates seine Gefährten zu einem Leichtindustriegebäude in unmittelbarer Nähe einer stillgelegten Hochstraße. Das war Reinbeks Operationsbasis.

Reinbek war die rechte Hand, um nicht zu sagen, das Werkzeug Kaplans, und alle, die ihm unterstanden, schuldeten Kaplan ebenfalls Gefolgschaftstreue. Reinbek selbst war Arzt und Exsoldat. Nach seinem Ausscheiden aus der Armee hatte er viele Jahre als Befragungsspezialist für die Verbrechensabwehr gewirkt – oder weniger euphemistisch ausgedrückt, er war ein Folterer gewesen. Niemand weiß besser als ein Arzt, wie viel physischen Schmerz man einem Informanten zufügen darf. Denn was ist Chirurgie schließlich anderes als kontrolliertes – und manchmal schmerzhaftes – Zufügen von Verletzungen? Manche Menschen sind fasziniert von den Sternen, andere von erlesenem Porzellan, doch für Reinbek lagen die Wunder dieser Welt im Funktionieren des menschlichen Körpers, und er war trotz seines Metiers ein fähiger Arzt – seine Opfer waren in besten Händen. Doch wie das Leben so spielt, machte es sich eins dieser Opfer, als es unversehens wieder politische Gunst genoss, zur Lebensaufgabe, Reinbek Recht und Gesetz auszu-

lionen Quadratkilometern – für einen Zeitraum von schätzungsweise fünfzigtausend Jahren unbewohnbar gemacht.

liefern. Oder jedenfalls dem, was es für Recht und Gesetz hielt. In Wirklichkeit gingen Recht und Gesetz, die immer schon schwierige Bettgefährten waren, längst getrennte Wege; Gesetze brauchen lediglich auf einen bestimmten Bestand an Fakten angewandt zu werden, während Recht impliziert, dass diese Fakten im Zweifel zugunsten des Beschuldigten ausgelegt werden; kurzum, Recht impliziert eine Achtung der Rechte des Individuums, die längst nirgends mehr zu erkennen war. Und so hatte Reinbek, verfolgt von ebendem System, dem er so treu gedient hatte, keine andere Möglichkeit gesehen, als abzutauchen. Und Kaplan hatte den Ex-VA-Mann für zu wertvoll befunden, um ihn zu töten, und ihm stattdessen einen Job gegeben.

Wie die meisten Bewohner des Schwarzen Lochs waren Reinbek und seine Leute nachtaktiv. Sie verbrachten die langen, dunklen Winternächte damit, sich zu beraten, ihren kriminellen Aktivitäten nachzugehen und manchmal sogar Partys zu feiern. Wenn es Tag wurde, suchten sie sich, von den Geschehnissen der Nacht erschöpft, die dunkelsten Plätze, um ihre Hängematten aufzuhängen, und schliefen wie Klumpen von Fledermäusen nach der erfolgreichen Nahrungssuche.

II

Es war kurz vor Tagesanbruch, als Gates und die drei anderen die ehemalige Fabrik erreichten. Viele der Namenlosen, die das Dunkel für ihre jeweiligen Geschäfte genutzt hatten, kehrten jetzt hierher zurück, als flüchteten sie vor dem ersten Hahnenschrei – der kaum ertönen würde, da seit dem Ausbruch von *Campylobacter jejeuni* und *Campylobacter coli*[1] jedwede Geflü-

1 Antibiotikaresistente Darmbakterienstämme, die Ende der fünfziger Jahre in Spanien mehrere tausend Todesopfer forderten.

gelhaltung innerhalb der Stadtgrenzen streng verboten war. Ein paar «Black Holers», wie sie auch genannt wurden, kannten Gates noch und begrüßten ihn herzlich. Andere musterten seine beiden wohlhabender aussehenden Gefährten mit fast schon dämonischer Gier, denn Wohlstand war nun mal das sichtbarste Indiz für unverseuchtes Blut. Im Talmud steht: «Denn der Mensch hat Abscheu vor Blut.»[1] Doch in den Seelen dieser Männer und Frauen – soweit vorhanden – weckte der Anblick von so viel gesundem Blut, das mitten unter ihnen herumspazierte, nicht mehr Abscheu als einige Gallonen reinen Alkohols bei einem Haufen durstiger Säufer.

«Halten Sie sich besser in meiner Nähe», instruierte Gates Ronica und Dallas, als ein paar wohl bewaffnete Männer das Quartett über eine Reihe von Feuertreppen zu dem pfeilspitzenförmigen Glasaufbau hinaufführten, in dem Reinbek residierte. «Nur für den Fall, dass jemand ein Stück aus Ihnen rausbeißen will.»

«Ist schon verlockend», sagte Lenina, die die Nachhut bildete, Ronicas Rücken vor Augen und ihr teures Pafüm in der Nase. «Vielleicht gar nicht schlecht, so einen Mantel zu haben.»

«Wenn mich jemand beißt, fällt er wahrscheinlich sofort schnarchend um», sagte Dallas gähnend. «Ich könnte hundert Jahre schlafen.»

«Hundert Jahre sind für einen Mann wie Reinbek gar nichts», sagte Gates. «Er kriegt es sogar hin, dass Sie bis in alle Ewigkeit schlafen. Diese Art Dauerschlafmittel verabreicht er ständig. Also passen Sie auf, was Sie sagen, ich meine, falls Sie vergessen, den Mund zu halten und das Reden mir zu überlassen. Weil ich weiß, wie ich mit Reinbek umgehen muss. Reinbeks Stimmung oszilliert manchmal wie die Atome eines heißen Metallpendels. Weil er nämlich an einer bipolaren Affektstörung leidet. Und wehe, wenn die Antarktis dran ist.»

1 Makkoth 23b; dem Rabbi Simon ben Jehuda ha-Nasi zugeschrieben.

«Er ist manisch-depressiv?», fragte Dallas stirnrunzelnd.

«Ja.»

«Welch tröstlicher Gedanke», bemerkte Ronica. «Ich hoffe sehr, dass er seine Medikamente nimmt.»

«Davon hält Reinbek nichts», erklärte Gates. «Er sagt, Medikamente schlagen sich auf seinen Intellekt und schränken seine Kreativität und seine Wahrnehmung ein.»

«Kreativität? Wofür hält er sich? Für einen Künstler oder was?»

«Vincent van Gogh. Schumann. Tennyson. Was weiß ich?», knurrte Gates.

«Klingt genau nach der Sorte Mensch, an die man sich in einer Notlage wenden sollte», bemerkte Dallas.

«Allerdings», sagte Ronica. «Warum in aller Welt haben Sie uns hierher gebracht?»

«Aus dem einfachen Grund, dass es keinen anderen Ort gibt, wo wir hinkönnen», sagte Gates. «Und weil nur ein Verrückter uns hierher folgen würde.»

«Wieso finde ich Ihre Erklärung nicht beruhigend?», fragte Ronica.

«Hört euch die an», sagte Lenina verächtlich. «Die Königin von Saba persönlich. Soll ich Ihnen was sagen, Schätzchen? Sicherheit, Hoffnung, Geborgenheit, Vertrauen, Glaube – diese Wörter bedeuten hier einen Scheiß. Das haben Sie alles mitsamt Ihrem Gesundheitssystem und Ihrem Lip Gloss zurückgelassen, als Sie Ihren seidenzarten Arsch aus der Zone rausbewegt haben. Das Einzige, was Verdammte wie Rameses und ich zu erwarten haben, ist ein früher Tod. Wenn Sie was zu Ihrer Beruhigung brauchen, Prinzessin, dann legen Sie sich eine Hasenpfote zu.»

«Stimmt», sagte Gates lachend. «Nur dass Sie dafür erst mal einen Hasen auftreiben müssen.»

III

Den großen, karg möblierten Raum dominierte ein dolmengroßer Kamin, in dem ein Tipi aus Holzscheiten, ausreichend für Savonarola und sämtliche Eitelkeiten zugleich, heftig vor sich hin loderte. Ein Mann starrte mit der Hingabe eines Feueranbeters in die Flammen.

«Shit, Reinbek», rief Gates und schnupperte genießerisch. «Ist das echtes Holz?»

«Klar. Habe gerade drüber nachgedacht, wie die Welt wohl ausgesehen hat, als noch überall Bäume rumstanden. Verstehe nicht, warum sie sie abgesägt haben. Holz gibt nicht viel Wärme her. Aber es ist besser als Holo-TV. Man kann alles Mögliche in den Flammen sehen.»

«Ging Moses auch so», sagte Gates.

«Sie müssen's ja wissen, Rameses.» Reinbek wandte sich dem Quartett der Neuankömmlinge zu und legte den Arm um den Nacken einer Frau mit einer Augenklappe, die seine Gefährtin zu sein schien. «Wie geht's, wie steht's, Gates?»

Gates nickte. «Gar nicht so schlecht.»

Reinbek stand auf und lächelte Ronica an.

«Von welchem Stamm sind Sie?», fragte er sie abrupt.

Ronica sah sich nicht wirklich als Angehörige irgendeines Stammes. In der Zone hätte ihr niemand so eine Frage gestellt. Aber sie wusste, was Reinbek meinte, und wollte ihn bei Laune halten. «Ursprünglich bin ich eine Massai», sagte sie.

«Und welcher Soll-Blutanteil gilt dafür?»[1]

«Das Kriterium liegt ziemlich hoch», erklärte sie. «Man muss ein Achtel reines Massaiblut aufweisen. Ich habe sogar ein Viertel.»

---

1 Soll-Blutanteil: ein quasigenetisches Konzept der Rassenzugehörigkeitsbestimmung.

Reinbek nickte. «Ich», sagte er, «komme aus einem kleinen Ort bei Hamburg.»

Groß und dünn, mit langem graublondem Haar, einem wild wuchernden Bart und dunklen Ringen unter den Augen, erinnerte Reinbek sie an ein Gemälde, das sie einmal gesehen hatte, ein Selbstbildnis Albrecht Dürers. Oder vielleicht war es auch irgendein Heiliger oder ein Engel. Sie wusste es nicht mehr, ein sicheres Zeichen dafür, dass die Wirkung des Connex jetzt langsam nachließ. Und an dem, was Reinbek jetzt tat, war nichts Heiligenhaftes. Plötzlich stand er hinter ihr, einen Arm um ihre Brust und ihre Arme geschlungen, und presste die kalte Schneide einer langen, schmalen Klinge seitlich an ihren Hals.

«Ich bin Halbdeutscher», zischte er. «Aber wie Ihnen jeder bestätigen wird, bin ich ein Vollblutsadist. Stimmt's, Rameses?»

Gates antwortete vorsichtig. Es hatte keinen Sinn, sie Reinbek entreißen zu wollen. Er würde ihr höchstwahrscheinlich die Kehle durchschneiden, einfach nur zum Spaß. «Lassen Sie sie los, Reinbek», sagte er. «Sie hat Ihnen nichts getan.»

«Wie viel wiegen Sie, Miss Massai?»

«Um die dreiundsechzig Kilo», antwortete sie ruhig.

«Mmmm, das macht etwas über fünf Liter RES-1», sagte Reinbek versonnen. «Mehr als genug, um meine Freundin hier zu kurieren.» Er nickte zu seiner Gefährtin hinüber. «Was sagen Sie, Miss Massai? Soll ich diese Arterie hier durchschneiden und einen Eimer holen?»

«Und riskieren, dass das meiste in die Gegend spritzt?», sagte Ronica. «Klingt wie eine ziemliche Verschwendung, wenn Sie mich fragen.»

«Ach, so viel würde schon nicht verloren gehen. In Ihren Arterien befinden sich jeweils nur fünfzehn Prozent Ihres Bluts. Das meiste steckt in den Venen. Die enthalten siebzig Prozent.»

«Kommen Sie, Reinbek, lassen Sie die Spielchen», sagte Gates. «Wir haben was Geschäftliches zu bereden.»

Reinbek spannte mit einem fettigen Daumen die Haut über Ronicas Halsschlagader, als wollte er sie tatsächlich aufschneiden. Von dem Druck wurde Ronica ganz flau, was sie nur daran erinnerte, dass das Wort «Garrotte» denselben griechischen Ursprung hatte wie «Karotis». Das, sagte sie sich, waren die letzten Spuren des Connex. Was für eine Nacht. Irgendwie gelang es ihr, Ruhe zu bewahren, auch dann noch, als sie Reinbeks Hand unter ihr Kleid und zwischen ihre Brüste fahren und fest auf ihr Brustbein drücken fühlte. Er tastete nach ihrem Herzschlag. Der war nicht schwer zu finden. Sie schätzte, dass ihre linke Herzkammer das Blut mit über hundertvierzig Schlägen pro Minute in die Aorta jagte – das Doppelte ihres Ruhepulses. Sie fühlte sich sogar ein bisschen außer Atem.

«Ich höre Ihr Blut zu mir sprechen, Miss Massai», sagte Reinbek höhnisch. «Und zwar eine ganze Menge Blut. Feines Herz, das Sie da im Busen haben, Miss. Und wenn ich es jetzt rausschneide und esse?»

In Anbetracht dessen, was Gates über Reinbeks psychische Verfassung gesagt hatte, versuchte sie, sich nach außen hin weiter cool zu geben, obwohl die Panik sie zu überschwemmen drohte. Nicht mal Rimmer hatte ihr solche Angst gemacht.

«Dann wären Sie ein Kannibale», sagte sie.

«Stimmt», griente Reinbek. «Wissen Sie, vielleicht sollte ich Ihr Blut einfach meistbietend versteigern. Fünf Liter von dem Flüssigeis, das Sie in den Adern haben, müsste doch eine ganze Menge bringen.»

«Fünf Liter», sagte Gates verächtlich. «Das ist ein Tröpfchen, verglichen mit dem, was wir anzubieten haben.»

«Noch nicht mal ein Tröpfchen», sprang ihm Dallas bei. «Das ist gerade mal ein Blutkörperchen im Vergleich zu dem, was wir Ihnen offerieren.»

Reinbek ließ Ronica los und lächelte sie strahlend an.

«Sie gefallen mir», sagte er und steckte das Messer weg, da

seine Stimmung jetzt ins andere Extrem umschlug. «Ich bewundere es, wenn ein Mädel den rechten Saft in den Adern hat. *Sangfroid*, meine Liebe. Das haben Sie. Und ob Sie das haben. In rauen Mengen. Kühlschrankweise. Jawohl, Sie werden es zu was bringen, Miss Massai.»

Ronica massierte sich erleichtert den Nacken und sagte: «Danke für das Vertrauensvotum.»

«Keine Ursache.» Reinbek zündete sich paffend eine dicke Zigarre an. «Also, Rameses. Worum genau geht es?»

«Um die Chance Ihres Lebens. Die Lebenschance für eine ganze Menge Leute, würde ich sagen. Mich eingeschlossen. Es geht um den Sitz der Seele, Reinbek. Den Mikrokosmos der Schöpfung.»

«Verstehe, Rameses, alter Freund. Er hat gemacht, dass von *Einem* aller Menschen Geschlechter stammen, die auf dem ganzen Erdboden wohnen,[1] stimmt's? Ich glaube, es stimmt. Um welche Art Blut geht es denn? Und um welche Menge?»

«Reines Erythrozytenkonzentrat. Der echte Stoff. Kein Ersatz. Und in Mengen, wie sie Moses gereicht hätten, um das eine oder andere Ägypterheer zu ersäufen.»

«Welch grundlegende Umstimmung Ihre Worte bei mir bewirken, Rameses. Schwarze Galle und Phlegma weichen dem Einfluss des Blutes. Und wo genau befindet sich dieses Rote Meer?»

«Das sage ich nur Kaplan.»

«Wozu brauchen Sie dann mich?»

«Jeder weiß doch, dass Sie Kaplans Leber sind. Ein solcher Blutstrom muss zuerst über Sie laufen. Sie können ein Treffen arrangieren.»

«Sonst noch was?»

«Schutz. Einen Platz zum Schlafen. Was zu essen.»

1 Apostelgeschichte 17; 26.

Reinbek sah zu Dallas hinüber, als versuchte er abzuschätzen, was an Gates' Geschichte dran war.

«Das Rote Meer, hm?», sagte er.

«Richtig.» Gates nickte zu Dallas hinüber. «Und mit einem Engel als Führer.»

IV

Zeit: vielleicht am besten zu begreifen, wenn man sich anguckt, wie Geschichten erzählt werden. Die meisten Geschichten scheinen so etwas wie einen Erzählfluss zu besitzen, und so würden wohl auch die meisten Menschen die Zeit charakterisieren: als etwas, das unerbittlich voranschreitet. Aber dem ist nicht so. Zeit ist keine lineare Abfolge von Geschehnissen, genauso wenig, wie eine Geschichte auf diese Weise erzählt werden muss. Dass Zeit zu vergehen scheint, ist nur eine Sache der Wahrnehmung, zwischen dem, was jetzt ist, und dem, was war. Gegenwart existiert nur subjektiv. Wir mögen eine Repräsentation von Gegenwart betrachten und sie mit einer anderen vergleichen und verzeihlicherweise denken, dass zwischen diesen beiden Momenten eine Bewegung liegt. Aber das ist nicht der Fall. Ebenso wenig, wie die spezielle Methode eines Autors, Zeit zu behandeln, einer realen Bewegung entspricht. Während der eine zehn Jahre auf zwei Seiten zusammenfasst, verwendet der andere dreißig Seiten auf ein Gespräch von ebenso vielen Minuten.

Hier gilt es jetzt, zwei Zeitsprünge zu vollziehen, obwohl wir inzwischen natürlich wissen, dass sich an der Zeit selbst gar nichts geändert hat und wir es nur mit der absolut verständlichen Wahrnehmung zu tun haben, dass dem so sei. Wenn wir Dallas, Gates, Ronica und Lenina wieder treffen – in dem Moment, da sie tatsächlich mit Kaplan zusammenkommen –, werden nur ein paar Tage vergangen sein.

Der zweite Zeitsprung, nach dem Gespräch mit Kaplan, ist länger. Er umfasst mehrere Monate – aus Winter ist Sommer geworden.

Ich erwähne das alles nicht, um neuerlich die Aufmerksamkeit des Lesers auf mich zu ziehen, sondern um etwas über das Wesen der Zeit – das ich bereits ansatzweise beleuchtet habe – und des Lebens selbst auszusagen. So wird der Leser besser auf das vorbereitet sein, was kommt. Es gilt zwar nicht unbedingt zu verstehen, aber doch zu akzeptieren (so wie die meisten Menschen die Existenz der Schwerkraft anerkennen, auch wenn sie diese nicht so weit verstehen, dass sie anderen erklären könnten, wie sie zustande kommt), dass sich die Quantennatur des Universums auf alle Dinge auswirkt – auf die Physik, auf die Evolution, darauf, was berechenbar und was der Erkenntnis zugänglich ist.

Das Konzept der Zeit ist grundlegend für die Physik, und die Quantentheorie, die ursprünglich aufgestellt wurde, um die Eigenschaften von Atomen und Molekülen zu erklären, machte das Newtonsche Konzept einer absoluten Zeit rasch obsolet. Heute gilt allgemein ein Quantenkonzept der Zeit. Sie ist wichtig, keine Frage, aber viel wichtiger ist die Kleinigkeit des Lebens selbst – etwas, was die klassische Newtonsche Physik nie ganz integrieren konnte. Weil Leben nicht den Gesetzen der Physik unterliegt. Tatsächlich verhält es sich so, dass Leben eins der Gesetze der Physik ist, ebenso fundamental wie Raum und Zeit. Und so wie sich die physikalischen Kräfte domestizieren oder in Gestalt einer Nuklearwaffe entfesseln lassen, gilt Entsprechendes auch für das Leben selbst. Das ist der Schlüssel zum Verstehen. Warum sollte in einer anderen Epoche nicht alles verstehbar sein? Schließlich ist da, um es bildhaft auszudrücken, so viel mehr Zukunft als Vergangenheit.

Doch wir greifen dem Geschehen gewaltig voraus. Nach dem zweiten Zeitsprung werden wir unsere Helden im Weltraum an-

treffen, im Erdorbit, auf dem Weg zum Mond, zur First National Blood Bank und dem neuen Leben, das sie dort erwartet. Doch zuerst gilt es, sie, wie gesagt, bei Kaplan einzuführen.

V

Sein Anblick war nicht leicht zu verkraften, weil er so große Ähnlichkeit mit einer Riesenspinne hatte. Es war bereits die Rede davon, dass er an einer Knochen zersetzenden Krankheit litt, die ihn an eine Gehmaschine fesselte. Unerwähnt blieb jedoch, dass Kaplans Gehmaschine ein Arachnidroid war,[1] ein intelligentes Steuerungssystem mit acht Beinen, von denen jedes ein künstliches Nervensystem besaß. Ein spinnenförmiger Roboter bot den Vorteil, immer vier Beine auf dem Boden zu haben und daher ohne Einbuße an Geschwindigkeit oder Wendigkeit einen extrem stabilen Untersatz für einen menschlichen Passagier zu bilden. Jedes der hydraulischen Beine war einen Meter fünfzig lang und besaß vier separat angetriebene Gelenke, die den Droiden befähigten, selbst schwierigste Hindernisse zu bewältigen und auf eine Spitzengeschwindigkeit von fast fünfzig Stundenkilometern zu kommen. Kaplan steckte in einer kardanisch aufgehängten Halterung auf dem Hinterleib des Droiden. Daher war es nicht weiter verwunderlich, dass Kaplan allgemein als «der Spinnenmann» bekannt war, und ebenso verständlich war, dass er sich für diese weit verbreiteten Krabbeltiere fast so intensiv interessierte wie für alles, was seine marktbeherrschende Position im illegalen Bluthandel zu festigen versprach.

Gates und Dallas trafen Kaplan in der ehemaligen Moschee, die sein Hauptquartier war. Ende des zwanzigsten Jahrhunderts – noch vor den Muslimpogromen während des Großen Mittel-

---

1 Der Mygalomorph 8, entwickelt von General Dynamics.

ostkriegs[1] – errichtet, bestand der Bau im Wesentlichen aus einem großen, überdachten Raum und einem Minarett, das Kaplans Leuten als Kommunikationsmast und Ausguckposten diente. Den Marmorboden im Inneren der Moschee bedeckten thermoelektrische Perserteppiche, die den hohen, hallenden Raum bei der Winterkälte einigermaßen temperiert hielten. In der einen Stirnwand, in Richtung des einstigen Mekka, befand sich eine hohe, halbrunde Nische,[2] die ehemals für den Vorbeter[3] reserviert gewesen war und jetzt das beherbergte, was Kaplan sein Netz nannte. Das Innere der Nische war mit Reliefffliesen ausgekleidet, die ein klassisches, erhabenes Spinnwebmuster bildeten – statt der Koransuren, die die ursprünglichen Erbauer zur Ermahnung der Gläubigen wiedergegeben hatten. Rechts der Nische führte eine Steintreppe zu der Kanzel hinauf, die einst dem Prediger[4] vorbehalten gewesen war, jetzt aber zwei schwer bewaffneten Bodyguards als erhöhter Wachtposten diente.

«Nettes Plätzchen», bemerkte Gates.

«Ich hoffe sehr, Sie versuchen hier nicht den Spaßvogel zu spielen», sagte Kaplan und tappte ungeduldig mit einem seiner acht Beine auf den Boden. «Sie verschwenden sonst nämlich Ihre Zeit und vor allem meine. Mich amüsiert kaum etwas, was nicht irgendeine Form bipeden Leidens beinhaltet. Mein Sinn für Humor beschränkt sich auf die Bedeutung des Worts in der galenschen[5] Lehre und vor allem auf Blut. Vor Galen glaubten die Leute, die Adern enthielten Luft, nicht Blut, und wenn sie verletzt würden und die Luft entwiche, ströme das Blut nach, um

1 2023–2015.

2 Mihrab.

3 Imam.

4 Khatib.

5 Galenus von Pergamon, geboren 129, gestorben zirka 199. Berühmter kleinasiatischer Arzt, dessen Einfluss das medizinische Denken in Europa durch das gesamte Mittelalter und bis in die Renaissance prägte.

das Vakuum zu füllen. Sein Interesse an dieser Materie war natürlich akademischer Natur. Meins ist rein finanziell. Also verschwenden Sie nicht meine Zeit. Wo ist sie – diese große Menge Blut, zu der Sie, wie Reinbek sagt, Zugang haben?»

«Zugang ist wohl nicht ganz das richtige Wort», sagte Gates. «Darf ich es Ihnen erklären?»

«Tun Sie's, aber ohne Umschweife.»

«Mein Partner und ich, wir sind daran interessiert, uns einen Abnehmer für die Ware zu sichern, ehe wir losziehen und sie holen. Und Sie sind nun mal der größte –»

«Wollen Sie sagen, Sie haben dieses Rote Meer gar nicht in Ihrem Besitz?»

«So direkt nicht.»

«Wo ist es?»

«In einer Bank.» Es war Dallas, der antwortete, mit einer Lässigkeit, die Gates ziemlich beängstigend fand. «Um genauer zu sein, in der First National Blood Bank auf dem Mond.»

«Ich weiß, wo die ist», sagte Kaplan gereizt. «Soll das ein Witz sein? Falls ja, belustigt er mich noch weniger als der erste.»

«Das ist kein Witz», sagte Dallas und sah sich in der Moschee um wie ein neugieriger Tourist.

«Verstehe ich Sie richtig? Sie wollen die First National ausrauben?»

«Ja.»

«Irgendwelche speziellen Gründe, warum es gerade diese Bank sein soll?», fragte Kaplan.

«Ja», sagte Dallas wieder. «Sie hat bei weitem das größte Blutkonservendepot. Über zwanzig Millionen Liter: vierzig Millionen Einheiten. Sie ist die Nummer eins, wenn es um Blut geht», äffte er den Werbeslogan nach, der einem aus jeder Zeitschrift und von unzähligen Leuchtreklamen in der Zone entgegensprang.

«Aus gutem Grund», sagte Kaplan. «Sie ist nicht zu knacken.

Ihre Hochsicherheitsanlagen sind vom Feinsten. Der letzte Stand der Technik.»

«Danke.»

«Falls es so klingt, als explizierte ich Banalitäten, dann deshalb, weil diese Banalitäten offenbar der Explizierung bedürfen», sagte Kaplan. «Das Ding ist nicht zu knacken. Das wissen Sie selbst.»

«Ich sollte es wohl wissen», sagte Dallas. «Ich habe das Ding entworfen.»

Kaplan schwieg eine ganze Weile. Er wippte auf allen acht Beinen und marschierte dann langsam aus der Nische heraus, bis er unmittelbar vor Dallas stand. «Haben Sie wirklich gesagt, was ich eben verstanden habe?»

«Ja, ich habe die Bank konzipiert. Und viele andere, ähnliche. Bis vor ein paar Tagen war ich Chefkonstrukteur bei Terotechnology. Ich nehme an, diese Firma ist Ihnen bekannt.»

«Das ist sie allerdings. Und wie kommt es, dass ein Gott wie Sie vom Olymp herabsteigt und sich unter gewöhnliche Sterbliche im Black Hole mischt?»

Dallas erzählte ihm in groben Zügen seine Geschichte und umriss dann vage seinen Plan.

«Ihre Geschichte geht mir richtig zu Herzen», sagte Kaplan. «Spinnen haben nämlich ein Herz, wissen Sie. Interessanterweise ist ihr Herz sogar so lang wie ihr gesamter Hinterleib. Wenn also dieser Droide, auf dem zu sitzen ich gezwungen bin, eine echte Spinne wäre, mäße deren Herz einen knappen Meter.»

«Faszinierend», sagte Dallas, der angesichts der halbmenschlichen Kreatur vor sich nichts anderes empfinden konnte als Ekel.

«Aber nicht halb so faszinierend wie Sie und Ihre besonderen Fähigkeiten.»

«Freut mich, dass Sie so denken.»

«Sie glauben wirklich, dass Sie so was durchziehen können?»

«Mit Ihrer Hilfe», sagte Dallas. «Ich brauche ein paar Sachen. Vieles davon kann ich selbst finanzieren. Ich bin nicht arm. Es geht mir bei der Sache nicht ums Geld.»

«Rache?»

«Was sonst?»

«Dann sagen Sie, was Sie brauchen.»

Darüber hatte Dallas reiflich nachgedacht. Sie brauchten ein Raumschiff, neue Identitäten und Reisepapiere, Gesundheitspässe, Raumanzüge, eine Virtual-Reality-Ausrüstung, damit sie ihren Plan im Modellversuch testen konnten, einen Weltraumkühlschrank, Lebensmittel und Wasser für mindestens drei Wochen, ein Telekommunikations- und Detektorsystem, einen Motion-Parallax-Generator, Elektronenstrahl-Schweißgeräte, CO_2-Kollektoren auf Lithiumhydroxidbasis, piezokeramische Vibrationsdämpfer, Infrarotsichtgeräte, Restlichtverstärkerbrillen, Headtop-Computer, ein Elektrofahrzeug und natürlich Transfusionsapparaturen für die Mitglieder seines Teams, die Virusträger waren.

Er dachte an all die verschiedenen Leute, die er für sein Idealteam bräuchte: einen Quantenkryptographen, einen Raumfahrttechniker, einen Navigations- und Kommunikationstechniker, einen Computerspezialisten, einen Elektrotechniker, einen Spezialisten für Virtual-Reality-Modelle und einen Maschinenbautechniker. Er wusste, es war unmöglich, auch nur die Hälfte davon aufzutreiben, und viele dieser unerlässlichen Fähigkeiten würde sich sein Team unter Verwendung künstlicher Hilfsmittel aneignen müssen. Das alles schoss ihm in den paar Sekunden durch den Kopf, die verstrichen, ehe er Kaplan antwortete.

«Ich will Ihnen sagen, was ich am allerdringendsten brauche: einen Frischamputierten», sagte er. «Ja, Sie haben richtig gehört», bekräftigte er, als er den verblüfften Ausdruck auf Kaplans abgewirtschaftetem Gesicht sah. «Ich brauche einen Mann, der vor kurzem einen Arm verloren hat.»

ZWEITER TEIL

Seien Sie auf eine Überraschung gefasst, und zwar auf eine sehr große.

Niels Bohr

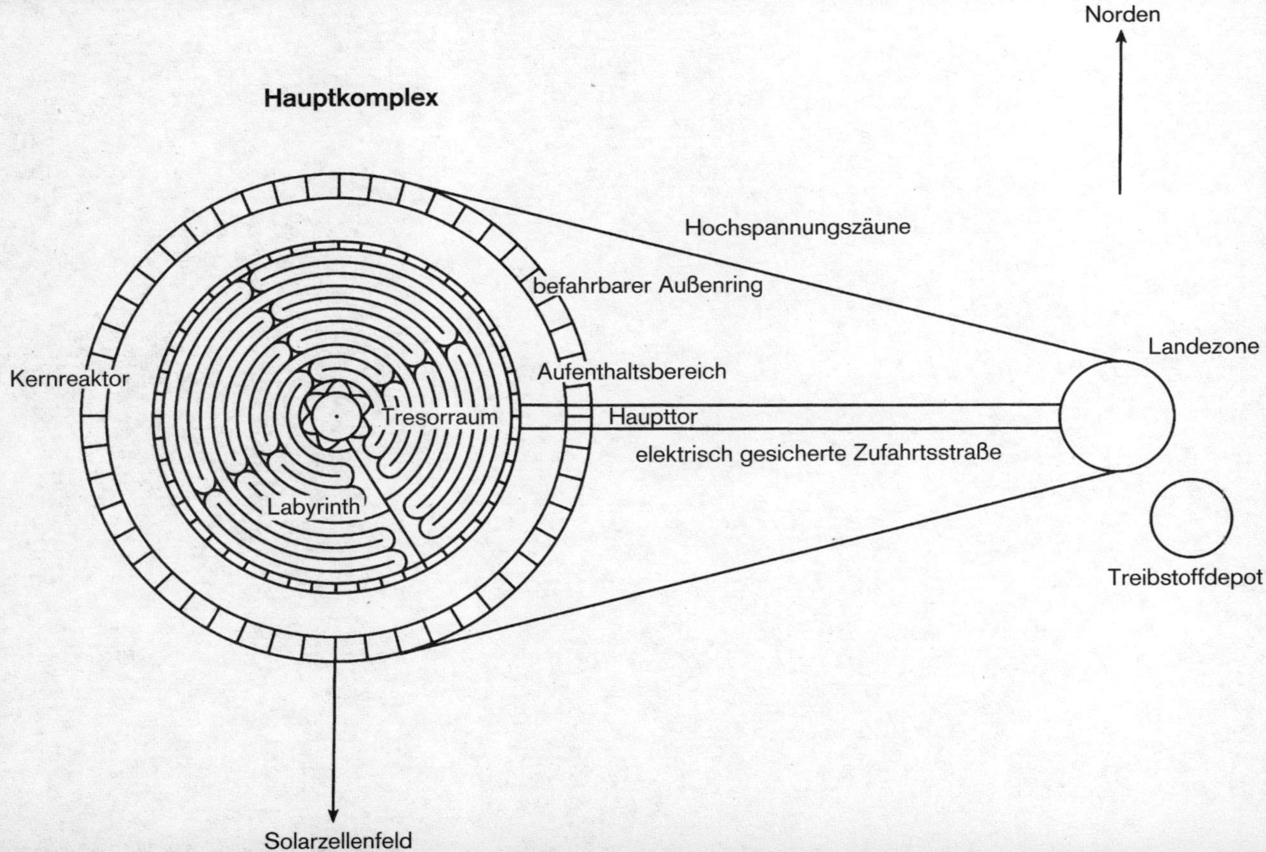
Norden
Hauptkomplex
Hochspannungszäune
befahrbarer Außenring
Landezone
Kernreaktor
Aufenthaltsbereich
Tresorraum
Haupttor
elektrisch gesicherte Zufahrtsstraße
Labyrinth
Treibstoffdepot
Solarzellenfeld

1

I

Das war der Ort, wo die Zivilisation begonnen hatte. Und wo sie zuerst erloschen war. Auf seiner Erdumlaufbahn überquerte das Raumschiff das Rote Meer in nur zwanzig Sekunden. Die Explosionskrater, die einst der Hafen von Jiddah und die heilige Stadt Mekka gewesen waren, erschienen gleich darauf im Cockpitfenster. Ein halbes Jahrhundert nach dem Großen Mittelostkrieg herrschte in dem gesamten Gebiet – vom Nil in Ägypten bis zum Tigris im Irak – noch immer eine hochgefährliche Gammastrahlung, die diesen einst so fruchtbaren halbmondförmigen Gürtel für viele weitere Jahrzehnte unbewohnbar machen würde.

Sie hatten die Erde erst vor wenigen Stunden hinter sich gelassen – nach einem Rendezvous in etwa fünfzigtausend Fuß Höhe, mit einem der vielen Tankflugzeuge, die dafür da waren, Raumschiffen die Hunderte Tonnen Flüssighelium zu verkaufen, die sie in den Raum hinauskatapultierten. Ihre Umlaufbahn, in derzeit hundertsiebzig Meilen Höhe, war fix, aber die Erde dreht sich pro Stunde um fünfzehn Grad um ihre unsichtbare Achse, sodass sie jetzt südwärts über den Indischen Ozean flogen. Als die Küste der Republik Saudi-Arabien hinter ihnen entschwunden war, dauerte es fünfzehn Minuten, bis sie wieder Land sahen – diesmal Australien. Lenina hatte Dallas und Ronica davon reden hören, dass sie nach Australien wollten, wenn sie vom Mond wieder zurück waren. Aber sie verstand nicht recht, warum. Dort unten schien nicht viel zu sein. Rot mit grauweiß-bläulicher Maserung, sah die Große Sandwüste wie eine Schnittdarstellung menschlichen Gewebes aus. Die Nordküste, die kurz darauf auftauchte, glich am ehesten einem Schaubild des menschlichen Kreislaufsystems, mit Flußarterien, Straßenvenen und Kapillarkanälen.

So schien es zumindest Lenina, deren Gedanken hauptsächlich um ihr eigenes Blut kreisten, seit sie an diesem Morgen beim Aufwachen einen roten Fleck auf ihrem Bauch bemerkt hatte. War das der rötelnartige Ausschlag, der ankündete, dass das P^2-Virus in ihrem Knochenmark in seine aktive Phase eingetreten war? Manchmal dauerte es eine Weile, bis der Ausschlag richtig ausbrach. Aber so hatte es auch begonnen, als ihre Mutter gestorben war. Und bei ihrem Vater auch. Da war sie gerade zwölf gewesen. Von da an hatte sie sich allein durchbringen müssen.

Sie betete, dass es etwas anderes war. Eine Allergie vielleicht. Was würden die anderen sagen, wenn sie wüssten, dass sie in der Drei-Monde-Phase war, mit maximal hundertzwanzig Tagen vor sich? Was für einen Risikofaktor stellte sie für dieses Unternehmen dar? Wenn es der Ausschlag war, konnte sie nur hoffen, dass er bei der An- und Abmeldung in dem Liebeshotel auf dem Mond noch nicht auffiel. Ein offenkundiger Fall von Drei-Monde-Phase würde nur unerwünschte Aufmerksamkeit auf die Gruppe lenken.

Als das Schiff über dem gewölbten Blau des Pazifiks an Höhe gewann, konnte Lenina tausend Meilen in alle Richtungen überblicken, und in ihren Gurten schwebend, verfolgte sie, wie hinter ihnen die Sonne versank. Bei ihrer Fluggeschwindigkeit ging die Sonne achtzehnmal so schnell unter wie auf der Erde, und binnen weniger Minuten markierte nur noch ein immer schmaler werdender Lichtstreifen den Horizont. Ein Tag endete, und sie flogen durch eine kurze Nacht dem nächsten entgegen.

Vielleicht würden jetzt all ihre Tage so kurz sein. Lenina merkte, dass sie den Gedanken nicht ertragen konnte, die Augen zu schließen und zu schlafen, so wie die anderen hinten in der Hauptkabine des Schiffs. Ohne einen kompletten Blutaustausch würde sie vielleicht nur noch so lange durchhalten wie ihre roten Blutkörperchen. Sie fühlte sich förmlich von Minute zu Minute schwächer, und das Dunkel, das das Raumschiff umhüllte, erschien ihr wie ein Vorhang, der sich auf ihr Leben herabsenkte. Als Gates ihr das erste Mal von Dallas und seinem Blutraubplan erzählt hatte, hatte sie die beiden für verrückt gehalten. Jetzt war das vielleicht ihre einzige Chance, lebend zur Erde zurückzukehren.

Im Dunkel konnte sie die Sterne um sie herum klarer sehen. Sie warf einen Blick auf den Cockpit-Chronometer und befahl dann dem Computer, die Navigationssysteme zu aktivieren. Nur sicherheitshalber. Das Schiff, mit Namen *Mariner* – *Ancient Mariner* wäre passender gewesen, dachte sie – war ein alter Pathfinder, ein amerikanisches wieder verwendbares Startvehikel mit einem in Russland gebauten Heliumraketentriebwerk und einer Nutzlastkapazität von über zwei Tonnen (vier Tonnen sogar, wenn die Ladebucht einen Weltraumkühlschrank enthielt, den man hinten an das Schiff ankoppeln konnte). Ein halber Liter Blut in Kryopräzipitatform wog nur hundert Gramm: Das hieß, sie konnten vierzigtausend Einheiten transportieren, Blut im Wert von über fünfundzwanzig Milliarden Dollar.

Falls sie so weit kamen. Das Schiff war nicht im besten Zustand. Die Computer erschienen Lenina nicht vertrauenswürdiger als die Sauerstoffgeneratoren, und die Abfallentsorgungsanlage zeigte bereits erste Mucken. Außerdem ließ auch das Luftreinigungssystem eine Menge zu wünschen übrig – Besatzungskabine und Cockpit waren bereits kondenswasserbeschlagen. Und alles, was das Leben an Bord hätte bequemer und behaglicher machen können, war aus dem *Mariner* ausgebaut worden, um mehr Platz für Besatzung und Fracht zu schaffen. Der Flug, der vor ihnen lag, würde ähnlich komfortabel sein wie ein Trip in einem alten Campingmobil. Dennoch schien Gates, der ja praktische Raumfahrterfahrung hatte, nicht allzu besorgt, was die Weltraumtüchtigkeit des *Mariner* anging. Ein bisschen verrostet, meinte er, aber für dieses Unternehmen allemal tauglich. Lenina hoffte, dass er Recht behielt. Es war ein Drei-Tage-Flug bis zum Mond, und jede Verzögerung konnte sich für sie als tödlich erweisen.

Weitere dreißig Minuten vergingen, bis sie die Sonne hinter der violetten Erdscheibe auftauchen sah. Die Sonne war rot, so rot wie der Rote Riese, der sie in rund fünf Milliarden Jahren sein würde, ehe sie zu einer Nova entflammen, abkühlen und in sich zusammenstürzen würde. Lenina fragte sich, ob die Erdenbewohner es wohl schaffen würden, dieser fernen Katastrophe zu entrinnen. Vielleicht, wenn sie ein anderes Sonnensystem fanden. Doch um auf der Suche nach einer geeigneten Alternative solch riesige Entfernungen im Weltraum zurücklegen zu können, würde sich der Mensch wohl schneller fortbewegen müssen als das Licht, was Einstein für unmöglich erklärt hatte. Aber genügend Zeit, Intelligenz, Rechnerkapazität und Energie vorausgesetzt, war vielleicht alles möglich. In fünf Milliarden Jahren würde der Mensch vielleicht kaum noch als solcher zu erkennen sein, und so viel akkumulierte Intelligenz würde sicher in etwas Dauerhafterem wohnen müssen als gewöhnlichem Fleisch und Blut. Solche Wesen, in denen sich ein derartiges Maß an angesammelter Intelligenz verkörperte, würden vielleicht dem Konzept von Göttern so nahe kommen, wie es sich ein rational denkender Mensch irgend vorstellen konnte. Der einzige Gott im Universum war der Mensch, welcher der Homo sapiens vielleicht eines Tages werden würde.

Ein Filtersystem schirmte das Cockpitfenster automatisch gegen das Leben spendende Gleißen der aufgehenden Sonne ab.

Wenigstens etwas, das richtig zu funktionieren schien, dachte sie verbittert, da sie gerade die Lageanzeige überprüft und verärgert festgestellt hatte, dass die Computer eine Zehn-Grad-Rollbewegung nach rechts korrigierten. Der Autopilot funktionierte zwar, aber erratisch, als sei er nicht exakt programmiert, und Lenina fragte sich, ob sie vor dem Verlassen des Erdorbits Gates holen sollte. Dann sagte sie sich jedoch, dass es besser sei, ihn schlafen zu lassen. Er war von der Startphase hundemüde. Sie suchte nur einen Vorwand, um ihn ein Weilchen für sich allein zu haben. Gates zu sehen war ihr immer eine Freude, und sie nahm an, dass sie ihn liebte, wenn sie auch nicht im Traum darauf gekommen wäre, ihm etwas Derartiges zu sagen. «Liebe» kam in ihrem Wortschatz nicht vor.

Als sie hörte, wie sich jemand den Kopf stieß und dann leise fluchend näher schwebte, tat ihr Herz einen Satz, und sie drehte sich um, in der Erwartung, Gates' kräftige Gestalt zu sehen. Doch es war nur Cavor, der Mann mit dem künstlichen Arm.

«Was dagegen, dass ich ein bisschen zu Ihnen komme?», fragte er und hangelte sich ins Cockpit vor.

«Machen Sie sich's bequem.» Lenina half ihm, sich in den Pilotensitz zu manövrieren, und schnallte ihn dort fest.

«Alles okay?», fragte er höflich, da er ja nichts von Leninas Ängsten wegen des rötlichen Flecks auf ihrem Bauch ahnte. «Sie sehen ein bisschen blass aus.»

Lenina zuckte die Achseln und sah aus dem Fenster, als jetzt die große Lagekontroll-Schubdüse hörbar in Aktion trat. «Nur ein kleiner Anflug von Raumkrankheit», sagte sie. «Konflikt zwischen Augen und Innenohr.»

Cavor warf einen Blick auf die Instrumente und nickte.

«Haben Sie viel Raumflugerfahrung?», fragte er.

«Einige. Als ich das erste Mal verurteilt wurde, gehörte Fliegenlernen noch zum Rehabilitationsprogramm.»

«Ich wusste gar nicht, dass die sich solche Mühe geben.»

«Tun sie auch nicht. Nicht mehr. War sowieso hauptsächlich Simulation. Aber so groß ist der Unterschied zum richtigen Fliegen nicht. Gates ist hier der echte Pilot. Ich verstehe nur was von Instrumentenflug.»

«Also, mich überkommt immer noch jedes Mal das große Staunen, wenn ich im Weltraum bin. Sokrates hat mal gesagt, wir würden die Welt verstehen, wenn wir uns über sie erheben könnten. Ich glaube, er wäre sich da nicht so sicher gewesen, wenn er das hier hätte sehen können. Der Anblick der Erde von hier oben wirft mehr Fragen auf, als er beantwortet.»

«Ich habe auch eine Frage.»

«Nur eine?»

«Warum sind Sie hier, Cavor?»

«Meinen Sie das im phänomenologischen Sinn?» Cavor zuckte die Achseln. «Warum ist irgendwer von uns hier? Weil gewisse Atome nach den Gesetzen der Physik interagieren. Was gibt es da sonst noch zu erklären?»

«Ich meine, warum sind Sie in diesem Team?»

«Ich weiß schon, was Sie meinen», sagte Cavor. «Ich kann Ihnen diese Frage nur nicht beantworten. Ich bin mir meiner Unzulänglichkeiten durchaus bewusst, Lenina. Ich bin noch nicht mal ein Berufsverbrecher – ich bin wegen Totschlags an meiner Frau auf Artemis Sieben gelandet. Und das war ein Versehen. Dass ich sie getötet habe, meine ich. Ich bin einfach ausgerastet. Habe es seither nur bereut. Und nicht deshalb, weil es mich in die Strafkolonie gebracht hat. Na, jedenfalls, vorher war ich Musiker. Zeitweise auch Komponist.»

«Das wird uns sicher viel nützen», sagte Lenina trocken.

«Ich habe Dallas gefragt, warum er jemanden wie mich auf dieser Odyssee dabeihaben will, aber bisher hat er es noch nicht für nötig befunden, mir meine Funktion zu erläutern.»

«Vielleicht will er, dass Sie eine Symphonie für ihn schreiben. Wenn das hier vorbei ist.»

«Vielleicht. Oder eine Suite. Wie Holst. Sphärenklänge. Etwas, was ausdrückt, wie ferne Galaxien immer weiter entschwinden. Ich könnte das Ganze ‹Das expandierende Universum› nennen, ein Stück mit nur einem Satz.»

«Mit oder ohne Singularität?», fragte Lenina. «Big Bang, meine ich.»

«Oh, ich glaube, mit», sagte Cavor. «Ich habe noch nie viel von der Steady-State-Theorie des Universums gehalten. Ein Musikstück mit einem Big Bang beginnen zu lassen ist viel besser, als einfach irgendwo mittendrin einzusetzen. Und dazu ein Big Crunch, aus Symmetriegründen. Musik braucht einen Anfang und ein Ende.»

«Aber warum sind Sie dann mitgekommen?»

«Weil Gates mich gefragt hat. Weil die Perspektiven für einarmige Pianisten ziemlich begrenzt sind. Und weil dieses Unternehmen die Chance bietet, an einen Blutaustausch zu kommen und das Virus loszuwerden, das wir beide in uns tragen – braucht es noch mehr Gründe?»

Lenina schüttelte den Kopf. «Wahrhaftig nicht. Ich kann mir keinen besseren Grund denken.»

Sie schwiegen beide einen Moment, während unter ihnen jetzt die Westküste Amerikas auftauchte.

«Diese Fenster scheinen außen ganz schön dreckig zu sein.» Cavor wischte stirnrunzelnd mit dem Ärmel seines Thermoanzugs über die Innenseite der Sichtscheibe.

«Umweltverschmutzung», sagte Lenina. «Das Zeug stammt von unserem Aufstieg durch die Stratosphäre. Die ist voll davon. Es ist, genauer gesagt, Staub vom Großen Mittelostkrieg. Immer noch.»

«Tröstlich, dass die einzige Welt, die wir zerstören können, unsere eigene ist», sagte Cavor.

«Das wird vielleicht nicht immer so bleiben. Wir haben nur zehntausend Jahre gebraucht, um von der Steinzeit dahin zu kommen, wo wir jetzt sind. Wer weiß, welche Kräfte wir in weiteren zehntausend Jahren beherrschen gelernt haben.»

«Dann bleibt nur die Hoffnung, dass wir auch lernen können, uns selbst zu beherrschen.»

«Amen», sagte Lenina und sah wieder aus dem Fenster. Das kalifornische Central Valley lag eingebettet zwischen der Coast Range im Westen und der Sierra Nevada im Osten; der Lake Tahoe war ein fußabdruckförmiger blauer Fleck unten links, und ein kleines Stück darüber lag der schädelförmige Mono Lake, direkt bei dem nicht erkennbaren Ort Lee Vining, wo Lenina einen Teil ihrer allzu kurzen Kindheit verlebt hatte. Bevor ihre Familie, wie der größte Teil des Seewassers und der Einwohnerschaft des Orts, nach Los Angeles gegangen war. In Lee Vining gab es keine Überdruckhotels, nur leer stehende Campingplätze und verfallende Motels. Man konnte nicht gerade von einer glücklichen Kindheit sprechen, aber bis Rameses Gates aufgetaucht war, waren das die einzig guten Momente in ihrem Leben gewesen. In L. A. waren dann ihre Eltern gestorben, und sie war auf dem Strich, im Drogengeschäft und schließlich beim bewaffneten Raubüberfall gelandet. Von da waren es nur noch ein paar kleine Schritte in die verschiedenen Gefängnisse und schließlich in die Strafkolonie auf dem Mond gewesen.

Dort drunten in Kalifornien sah es nach einem klaren Tag ohne großen Nebel aus. Man erkannte sogar die Bruchlinien des Sankt-Andreas-Grabens als zwei parallele Linien entlang der krakeligen Küste und weiter hinten Mexiko. Sie hatte immer nach Mexiko fahren und die Pyramiden dort unten sehen wollen.

Einige Zeit später, über dem Indischen Ozean, sahen Lenina und Cavor den Mond im Cockpitfenster auftauchen. Er war voll, mit wenig Schatten, und das hervorstechendste Oberflächenmerkmal war der Krater Tycho im Süden, das Zentrum eines leuchtend hellen Systems von strahlenförmigen Strukturen – so hell, dass der Krater selbst kaum auszumachen war. Gegen diese leuchtenden Strahlen waren die Mondmeere dunklere Flecken, was Lenina nur an den Fleck auf ihrem Bauch erinnerte. Im Westen war das Grimaldi-Meer deutlich zu erkennen. In der Nähe des Äquators befand sich der große Kopernikus-Strahlenkrater, unmittelbar südlich der Mondkarpaten, wo die Strafkolonie Artemis Sieben lag. Weiter östlich, auf demselben Breitengrad, lag das Meer der Stille mit der Tranquillity Base und dem Schauplatz der ersten *Apollo*-Landung, nahe dem Maskelyne-Kratersystem. Gut fünfhundert Kilomter südwestlich der TB befand sich der Descartes-Krater, Schauplatz der fünften und vorletzten *Apollo*-Landung. Geologisch gesehen, war er ein eher uninteressantes Ziel für eine so wichtige Mission. Mit einem Durchmesser von nur fünfzehn Kilometern war der Descartes wahrhaftig kein sonderlich bemerkenswerter Krater – abgesehen von der Tatsache, dass er jetzt Selenium City beherbergte, den aus Breccia[1] erbauten Hochsicherheitskomplex der First National Blood Bank.

So hell der Mond Lenina und Cavor erscheinen mochte, war Sonnenlicht doch eine halbe Million mal so hell. Der Mond war in Wahrheit ein ziemlich dunkles Objekt – einer der am wenigsten reflektierenden Himmelskörper im gesamten Sonnensystem. Und doch betrachteten ihn die beiden mit solcher Hoffnung, als sei er der leuchtendste weiße Superriese am Firmament.

---

1 Ein Impaktgestein aus Felsfragmenten und Monderdepartikeln, die durch die Energie eines Meteoreinschlags miteinander verschweißt wurden. Im Descartes-Krater gibt es reiche Vorkommen solcher Brecciagesteine, die von Mond-Bauingenieuren traditionell zur Betonherstellung verwendet werden. Unter Null-Atmosphären-Bedingungen ist eine Karbonisationshärtung durch die Beigabe von superkritischem Kohlendioxid möglich, wodurch der Beton extrem hart und dicht wird – etwa fünfundsiebzigmal so dicht wie gewöhnlicher Beton und daher erheblich widerstandsfähiger gegen Meteoritenschauer. Der Beton enthält leitfähige Einlagen aus Nanographit und Stahlfasern und wird mit einem reflektierenden Goldanstrich gegen die Sonne versehen.

II

Dallas schlug die Augen auf. Er schwebte, in seinen Schlafsack gehüllt, im Dunkel. Aufgrund der Schwerelosigkeit und des Schlafmangels fühlte er sich ein bisschen desorientiert. Hatte er geschlafen? Schwer zu sagen. Im *Mariner* war alles ruhig, nur das leise Summen der Geräte und das Atmen seiner Mitverschwörer brachen die Stille des Alls. Die absolute Stille. Dallas war zwar schon auf dem Mond gewesen, aber er hatte vergessen, wie still der leere Raum war. Zumindest für menschliche Ohren. Der Weltraum war erfüllt von Mikrowellenstrahlung, die aus nahezu allen Winkeln des Universums auf die Erde eindrang und mit einer primitiven Hornantenne leicht hörbar zu machen war – ein Geräusch wie von einem Schwarm Spatzen. Das war einer der ersten Beweise für die Expansion des Universums gewesen. Das Geräusch war ganz hell, die Rotverschiebung seines Spektralbereichs so ausgeprägt, dass es sich nur als Mikrowellenstrahlung deuten ließ – und somit letztlich als der Beginn aller Dinge. Dallas hatte dieses Geräusch von jeher fasziniert; schon als kleiner Junge hatte er begriffen, dass das, was er da hörte, der Moment war, in dem die Zeit begann.

Er schaute auf seine Uhr und sah, dass er tatsächlich drei bis vier Stunden geschlafen hatte. Aber er fühlte sich kaum erfrischt. Die Atmosphäre im Schiff hatte gar nichts Frisches. Nicht bei den Mucken, die Entsorgungs- und Umweltkontrollsystem zeigten. Erst ein halber Reisetag vorbei, und schon drifteten kleine Bröckchen Scheiße in der Kabine herum, von dem Methan, das die siebenköpfige Crew produziert hatte, ganz zu schweigen. Das lag vor allem an ihrer ersten ballaststoffarmen Bordmahlzeit – einer auf Hühnercurry getrimmten Zuchtwurmzubereitung, die für Dallas' Geschmack in ihrer dehydrierten Form durch etwas weniger Gewürzzusätze gewonnen hätte. Wie zur Bestätigung hörte er Prevezer laut in seinen

Schlafsack furzen. Prevezer war einer von Kaplans Leuten. Er war Virtual-Reality-Modellentwickler, und sobald sie in ihrem Hotel auf der Tranquillity Base waren, würde es Prevezers Job sein, aus den Bits und Bytes, die in Dallas' Computer gespeichert waren, ein Siliciumsurrogat der realen Blutbank herzustellen. An dieser elaborierten künstlichen Welt würde Dallas seinen Plan testen – die Art Experiment, so hoffte er, die alle unvorhergesehenen Probleme aufdecken würde. Daher war Prevezer ein wichtiges Teammitglied, auch wenn er mehr Säure im Magen zu haben schien als alle anderen, auch wenn Dallas seine schlafende Gestalt am liebsten in die Luftschleuse zur Ladebucht bugsiert und ins All entsorgt hätte.

Dallas befand, dass seine Ruhephase vorbei war. Er befreite sich aus seinem Schlafsack und manövrierte sich zum Kabinenfenster. Sie hatten jetzt den Orbit verlassen, und die volle Erde – alles von Afrika und der arabischen Halbinsel bis zur Antarktis – war klar und deutlich sichtbar. Auf einem normalen Linienflug zum Mond würden jetzt alle Touristen auf dem Kameradeck des Astroliners stehen und Fotos machen. Dallas hatte das selbst auch schon getan. Er hatte die Bilder in seinem elektronischen Pocketalbum – jener immer wieder kopierten kleinen Plastikkarte, die er stets bei sich trug und die in digitaler Form die gesamte fotografische Dokumentation seines Lebens enthielt, von seiner Geburt bis zu der von Caro. Manchmal fragte er sich, wie die Leute vor der Erfindung solcher mnemonischer Hilfsmittel ihre teuersten Erinnerungen bewahrt hatten. Ein paar kleine Plastikkarten waren alles, was ihm von Aria und Caro geblieben war. Alles, was sie vor dem Vergessenwerden bewahrte.

Prevezer furzte wieder, und diesmal sah sich Ronica genötigt, Protest zu erheben. «Herrgott», brüllte sie und kroch wütend aus ihrem Schlafsack. «Wer ist das? Das riecht ja wie im Affenhaus.»

Gleichsam als Antwort auf ihre Frage ließ Prevezer einen weiteren lauten Furz los.

«Verdammt, Prevezer», stöhnte sie. «Können Sie sich nicht zusammennehmen?»

«Was kann ich dafür?», knurrte er aus den Tiefen seines Schlafsacks. «Das ist der verdammte Scheißweltraum. Und der verdammte Scheißfraß. Und das verdammte Scheißumweltkontrollsystem. Außerdem weiß ich wenigstens, wie man einen Schwerelosigkeitslokus benutzt, im Unterschied zu gewissen anderen Leuten. Und ein kleiner Furz ist nicht das Schlimmste, was in dieser Rostkiste rumschwirrt. Reicht schon, dass das Entsorgungssystem nicht richtig funktioniert, auch ohne dass irgendwelche Idioten nicht in der Lage sind, das Ding richtig zu benutzen.»

Prevezer meinte Cavors ungeschickten Umgang mit dem Festausscheidungskollektor. Ihm war einer der Einmalplastikbeutel, die man beim Scheißen mittels des Kleberings am Ausscheidungskontrollsystem befestigte, entschlüpft – mit fatalen Folgen.

«Das war ein Missgeschick», wehrte sich Cavor. «Ist nicht leicht, mit den Dingern klarzukommen, wenn man nur einen funktionierenden Arm hat.»

«Mit zweien auch nicht», sagte Ronica. «Aber dieser Gestank ist was anderes. Das ist eine Form von physischem Faschismus.»

Prevezer ließ den vierten Furz in ebenso vielen Minuten los.

«Und das drei volle Tage.» Ronica entnahm ihrer persönlichen Tasche ein kleines Fläschchen Eau de Cologne und besprengte großzügig die Umgebung ihres Schlafplatzes. «Himmelherrgott, ich glaube nicht, dass mein Geruchssinn das aushält.»

«Tragen Sie eine Nasenklemme, wenn's Sie so sehr stört», sagte Prevezer höhnisch. «Und wenn Sie eine suchen, dann gucken Sie gleich mal, ob Sie nicht ein Paar Ohrstöpsel für mich finden, damit ich mir Ihr hysterisches Gekeife nicht mehr anzuhören brauche. Ich bin hier nicht der Einzige mit einem übersäuerten Magen.»

«Da hat er Recht, Ronica», gähnte Gates. «Mein pH-Wert liegt jenseits des Messbereichs. Ich glaube, wenn ich auf einen Lackmusstreifen hauchen würde, dann würde der sich rot färben.» Er öffnete seinen Schlafsack und schwebte von seinem Platz. «Ich schaue wohl besser mal nach dem Umweltkontrollsystem. Und dass mir niemand ein Streichholz anzündet. Hier drin ist genug Gas, um uns alle in Fetzen zu reißen.»

«Da würde ich mir keine Sorgen machen», sagte Lenina. «Dieses Schiff fällt garantiert auseinander, ehe es explodiert.»

«Was sind Sie doch für ein positiver Mensch!», schoss Ronica dazwischen.

«Ruhe jetzt, ja? Nach meiner Rechnung dauert die Ruhephase noch mindestens eine Stunde.» Das war Simou, der Maschinenbau- und Elektrotechniker des Teams, ein ständig erschöpft wirkender Mensch mit platinblondem Haar und jener Sorte vorstehendem Unterkiefer, die einem Habsburger wahrscheinlich die Thronfolge beschert hätte. Prevezer steckte den Kopf aus seinem Schlafsack. «Bei Ihnen nützt eine Runde Ratzen auch nichts, Simou», sagte er. «Für die meisten Leute heißt Schönheitsschlaf, vor Mitternacht im Bett zu sein. Aber für Sie würde es heißen, durch ein schwarzes Loch zu tauchen und so weit in der Zeit zurückzureisen, dass Sie dafür sorgen können, dass Ihre Mutter schläft, wenn sie Ihrem Vater begegnet.»

«Und Ihre Mutter? Ist die Ihrem Vater überhaupt je begegnet?» Simou kroch in der Gegenrichtung aus seinem Schlafsack. Er schwebte an Prevezer heran, mit einem Grinsen, das ganz Unterkieferzähne und Verachtung war, und setzte hinzu: «Ich habe gehört, sie hatte es nur mit einer Pipette und einer Petrischale zu tun.»

«Und? Was ist da dabei? Viele Leute haben Samenspender als Väter. Gates zum Beispiel.»

«Yeah, aber seine Mutter ist gleich Montag früh ins Labor marschiert, damit sie sich noch die beste Ware aussuchen konnte.

Ich meine, gucken Sie sich den Burschen doch an. Der ist doch Zarathustras personifizierter Prolog, Mann. Sie dagegen, Sie sind ein typisches Freitagnachmittagsprodukt. Aus dem letzten Bodensatz. Sehen Sie dem ins Auge, Prev. Ihr Erzeuger war ein dummer, hässlicher Wichser.»

Eigentlich sah Prevezer gar nicht so übel aus. Auf jeden Fall besser als Simou. Doch die viele Zeit, die er in Siliciummikrowelten zugebracht hatte, hatte ihm etwas Unterernährt-Spilleriges verliehen. Doch der Schein trog. Prevezer war aufbrausend und neigte zur Gewalttätigkeit. Er hatte schon Leute wegen harmloserer Bemerkungen umgebracht.

Einen Augenblick glaubte Lenina, Prevezer würde auf Simou losgehen – und wenn die Schwerelosigkeit nicht gewesen wäre, hätte er es vielleicht auch getan.

«Schluss jetzt, ihr beiden», sagte sie. «Oder tragt es draußen aus.»

«Yeah», sagte Ronica lachend. «Das wäre mal eine Form von EVA[1], die ich gern sehen würde. Zwei Raumanzüge, die sich zu prügeln versuchen.» Sie sprengte etwas Eau de Cologne auf die Köpfe der beiden Männer. «Hier. Das sollte die Atmosphäre zwischen euch Jungs ein bisschen verbessern.»

Noch immer das progenische Grinsen im Gesicht, stieß sich Simou von einer Stauraumluke ab und schwebte weg.

«Das drei volle Tage lang», sagte Prevezer, «und wir gehen alle die Wände hoch.»

«Das tun wir doch jetzt schon, Arschloch», sagte Simou. «Falls Sie's noch nicht gemerkt haben: Das ist die einzige Möglichkeit, sich in dieser Blechbüchse fortzubewegen.»

1 *Extravehicular activity* (Außenbordaktivität).

III

Das Ausscheidungskontrollsystem war die Bordtoilette des Raumschiffs. Diese war weder ein sonderlich intimer Ort noch angenehm zu benutzen. Ohne Schwerkraft, die die Fäkalien in die Schüssel hätte hinabziehen können, musste man dem Vorgang mit einem Finger nachhelfen, den man in eine kondomartige Einstülpung der Haftplastikversiegelung steckte, die einen auf dem Sitz festhielt. Feste und flüssige Ausscheidungen wurden dann durch ein Gebläse einem Separator zugeführt, und zwar mit Hilfe von Kabinenluft, die anschließend gefiltert und wieder in die Kabine zurückgeleitet wurde. Urin und die Flüssigkeit aus dem Separator wurden täglich ins All entsorgt. Stuhl musste jedoch, den Weltraumgesetzen zufolge, in einem Tank gesammelt werden, da er ein zu großes Risiko für andere Raumreisende darstellte: Bei einer Geschwindigkeit von fünfundzwanzigtausend Meilen pro Stunde konnte teures Raumfahrtgerät durch menschliche Festausscheidungen beträchtlichen Schaden leiden. Wenn der Tank gerade nicht in Gebrauch war, wurde er entlüftet, um Geruchs- und Bakterienentwicklung zu vermeiden, und diese Funktion hatte sich an Bord des *Mariner* als gestört erwiesen.

Das Ausscheidungskontrollsystem war, wie Cavor demonstriert hatte, nicht leicht zu benutzen, aber der Reinigungsaufwand war praktisch gleich null und die Unsauberkeit hauptsächlich auf schlampig entsorgte Plastikversiegelungsringe und Feuchtreinigungstüchlein zurückzuführen. Unsachgemäßer Gebrauch allerdings hinterließ weniger dezente Spuren – daher die Scheißebröckchen, die noch immer in der Kabine herumflogen. Vor Dallas' Augen fing Cavor eines davon in einem Plastikbeutel ein und deponierte es dann in dem Festausscheidungstank.

«Geht's?», fragte Dallas.

«Ist so eine Art Zen-Übung», sagte Cavor. «Vorstoß zur letzten Wahrheit durch Selbstbeherrschung und Selbstvervollkommnung in der simplen Kunst des Kackwurstfangens. Verdammt, da ist noch eine.» Cavor nahm einen neuen Plastikbeutel und machte sich auf die Jagd nach einem weiteren winzigen Kot-Asteroiden. «Ich dachte, unser Essen sei rückstandsarm.»

«Ist es auch.»

«In dem Fall werde ich wohl fasten. Ich glaube nicht, dass ich das hier nochmal bringe.» Cavor grinste. «Komm her, du kleines Stück Scheiße.» Er tütete die erhaschte Beute ein, warf sie in den Abfallschlucker und lehnte sich ins Leere zurück. «Für den Moment täte es auch schon ein bisschen Erleuchtung. Zum Beispiel den Sinn meines Hierseins betreffend. Sie scheinen ihn ja wohl zu kennen, Dallas, aber Sie verraten mir nichts. Was zur Folge hat, dass ich mich wie ein menschliches Opferlamm fühle. Wie ein armer Tropf, dem am Ende der Reise die Kehle durchgeschnitten wird und der als Einziger nichts davon weiß.»

«Nach mir sind Sie das wichtigste Mitglied dieses Teams, Cav», sagte Dallas.

«Ich? Das sagen Sie nur so.»

«Nein.»

«Aber wieso?»

«Das kann ich Ihnen noch nicht sagen. Sie müssen mein Wort drauf nehmen. Ohne Sie haben wir keine Chance, diese Sache durchzuziehen.»

«Ohne Sie auch nicht, Dallas. Sie kennen all die Antworten.»

«Ich kenne all die Fragen. Das ist nicht dasselbe. Ob ich sie beantworten kann, wird sich rausstellen, wenn wir auf der Tranquillity Base den Plan in der virtuellen Realität erproben.»

«Sie haben wohl gute Gründe, niemanden ins Vertrauen zu ziehen.»

«Das dient Ihrem Schutz und meinem», insistierte Dallas. «Außerdem hilft es mir, die Kontrolle über das Geschehen zu behalten. Bis zum entscheidenden Moment, wenn mir nichts anderes übrig bleibt, als meine Karten aufzudecken. Und Ihre auch. Bis dahin habe ich eine Bitte an Sie. Keine weiteren Fragen. Werden Sie sich daran halten?»

«Ich habe ja wohl keine große Wahl.»

Dallas reichte Cavor eine Packung blutfarbener Pillen. «Ich möchte, dass Sie die hier ab jetzt nehmen, fünfmal täglich zwei Stück.»

«Was ist das?»

«Sie wissen doch, keine Fragen. Falls Sie jemand fragt, das ist etwas, was Ihnen die Ärzte auf der Erde verordnet haben. Aber falls Sie tatsächlich irgendwelche Medikamente nehmen, müssen Sie's lassen. Wegen möglicher Wechselwirkungen.»

«Sehr fürsorglich von Ihnen.» Cavor inspizierte die Packung. Es stand nichts drauf. Nicht, dass er das erwartet hätte. Dafür war Dallas viel zu clever.

«Kann sein, dass Sie sich erst mal ein bisschen komisch fühlen», erklärte Dallas. «In dem Fall melden Sie es mir bitte sofort. Die kleinste Kleinigkeit. Und nur mir. Reden Sie mit niemand anderem darüber. Das bleibt unser Geheimnis, klar?»

«Klar. Ich habe vielleicht nur einen Arm, aber mein Gehirn ist in Ordnung.»

«Genau darauf baue ich ja. Verstehen Sie, Cavor, Ihr Gehirn ist das, worum es mir wirklich geht. Es ist ein absoluter Glücksfall, dass Gates einen einigermaßen intelligenten Burschen wie Sie gefunden hat.»

«Ich werte das als einigermaßen nette Bemerkung, Dallas», sagte Cavor grinsend. «Und der künstliche Arm …?»

«Die Prothese ist nicht von Bedeutung. Aber es kann nichts schaden, alle anderen in dem Glauben zu lassen, dass das der Grund Ihres Hierseins ist. Ansonsten können Sie Ihren künstlichen Arm vergessen, Cav. Was mich angeht, könnte er genauso gut nicht da sein.»

Cavor nickte und sah wieder auf die Packung mit den roten Kapseln.

«Wenn die da alle sind, gebe ich Ihnen neue.»

«Wie Sie meinen, Doc.» Cavor massierte sich die Magengegend und guckte beunruhigt zum Ausscheidungskontrollsystem hinüber. «Hey, Sie haben nicht zufällig was gegen einen überreizten Magen, oder?»

IV

Die Physiker haben uns belehrt, dass Entropie der natürliche Zustand des Universums ist. Langfristig, sagen sie, wird alles in die Binsen gehen. Sonnen werden erkalten, Planeten sterben, Sterne in sich zusammenstürzen, und das gesamte Universum wird sich auflösen. Das alles ist sicher, wenn auch weit entfernt. In unserer Alltagswelt gibt es jedoch zwei antientropische Phänomene, die aus Chaos Ordnung schaffen: Kristallisation und Leben. Leben ist kein geschlossenes System. Es kann sich Energie von außen zuführen – sie etwa, wie es Pflanzen tun, aus Sonnenlicht ziehen. Und Leben existiert nicht innerhalb von Molekülen, sondern zwischen Molekülen. Alle lebenden Organismen müssen sterben, aber es besteht kein Grund, warum das Leben selbst – alles tierische Leben – nicht denselben Körper mehrmals wieder aktivieren sollte, ehe schließlich der Tod eintritt. Nicht der geringste Grund, zumal genau das bereits geschieht. Der Stoffwechsel mag zum Erliegen kommen, das Leben außer Kraft gesetzt, ja, sogar scheinbar vernichtet werden, und doch kann es im Verborgenen überdauern.

Unmöglich, sagen Sie? Wenn der Stoffwechsel aufhört, tritt der Tod ein. Aber denken Sie nur an das seltsame Phänomen der Kryptobiose. Dieser Begriff, übersetzt «verborgenes Leben», bezeichnet eine natürliche Form zeitweilig unterbrochener Lebens-

aktivität, anzutreffen bei Dutzenden von Mehrzellerarten, die zu Millionen die lebensfeindlichsten Regionen der Erde bewohnen – von der Sahara bis zur arktischen Tundra. Zu diesen tierischen Lebewesen gehören unter anderem im Wasser beheimatete Rädertierchen, insektenartige Bärtierchen und wurmähnliche Nematoden. Wenn es die Umweltbedingungen erzwingen, trocknen diese kleinen Geschöpfe – die weniger als einen Millimeter messen – zu winzigen samenartigen Kapseln ein, die weder fressen noch atmen, noch sich in irgendeiner Form bewegen und allem Anschein nach nicht mehr leben. In diesem seltsamen kryptobiotischen Zustand können sie jahrelang überdauern, bis sie schließlich bei ausreichender Feuchtigkeit – Wasser ist der Katalysator für viele chemische Reaktionen, vor allem aber für das Leben selbst – wieder erwachen. Außerdem überdauern diese Organismen auch extreme Temperaturbedingungen – mehrere tausend Wärmegrade, eisiges Kältevakuum, ja selbst ionisierende Strahlung –, die sie in ihrem aktiven, hydratisierten Zustand niemals überstehen würden. Diese scheinbar unsterblichen Protozoen können den kryptobiotischen Zustand viele Male annehmen und wieder aufgeben. Ein Bärtierchen wurde nach zweihundert Jahren wieder zum Leben erweckt, und an der Universität Berkeley konnte ein Rädertierchen über fünfzigmal wiederbelebt werden.

Wenn der Mensch dasselbe fertigbrächte wie diese kleinen Kreaturen, von denen er schließlich abstammt – was wäre dann alles möglich! Wenn Astronauten die Zeit für sich vorübergehend außer Kraft setzen könnten, würde das All kleiner. Gewaltige Entfernungen wären problemlos zu überwinden.[1] *Ja, selbst fernste Galaxien ließen sich erkunden, und es würde möglich,*

1 Wenn sich der Mensch mit Lichtgeschwindigkeit fortbewegen könnte, würde er hunderttausend Jahre brauchen, um ins Zentrum unserer Galaxie und wieder zur Erde zurück zu gelangen.

neue Sonnensysteme zu entdecken und vielleicht sogar zu besiedeln. Irgendwann, in einer künftigen Zeit der Diaspora, könnte die Saat des Lebens, das bislang vielleicht nur auf der Erde gedeiht, in jeden Winkel des Universums getragen werden.

Es gibt keine Wunder außer den wissenschaftlichen Möglichkeiten, die noch nicht bekannt sind. Und der Mensch ist das Maß aller Dinge.

V

Feuchtigkeit. Nicht nur an den Scheiben des *Mariner* hatte sie sich abgesetzt. Auch von den Instrumenten musste Ronica dicke Wasserkullern wischen, die in der Schwerelosigkeit der Kabine wie ungeschliffene Diamanten schimmerten. Ein abgeschlossenes Studium des Blutbankwesens, mit Schwerpunkt Kryopräzipitationstechnologie, dachte sie, und das war es, was sie tun durfte: Fenster putzen. Nicht, dass es sie wirklich gestört hätte. Bis sie es geschafft hatten, in den Tresorraum der First National einzudringen und mehrere tausend der dort gelagerten tiefgefrorenen Blutkonserven abzutransportieren, würde es für sie nicht viel zu tun geben. Erst wenn ein paar Stichproben des Kryopräzipitats aufgetaut waren, konnte sie den Zustand des Bluts prüfen, es auf eine mögliche bakterielle Verseuchung[1] untersuchen, die sich in einer abnormen Färbung der Blutkörperchen oder des Plasmas manifestieren würde. Sobald sie sich von der Brauchbarkeit des Bluts überzeugt hatte, konnte sie darangehen, den Blutaustausch bei denjenigen Crewmitgliedern vorzunehmen, die Träger des P²-Virus waren – bei allen, außer ihr selbst und

1 In der Null-Atmosphäre des Mondes extrem unwahrscheinlich. Das war einer der Gründe, warum die meisten Blutbanken im Weltraum errichtet wurden. Es ging dabei keineswegs nur um den Sicherheitsaspekt.

Dallas. Also wischte sie den Niederschlag ihres vereinten Atems weg und empfand dabei so etwas Ähnliches wie Befriedigung, weil sie sich nützlich machte.

Prevezer stieß sich wie eine Riesenfledermaus von der Decke ab und flog auf sie zu. Er genoss die Schwerelosigkeit. Sie gab ihm ein enormes Gefühl der Freiheit, wie es vielleicht ein Engel hätte, der nach einem längeren Erdenaufenthalt in den Himmel zurückkehrt. Auf der Erde hatte sich Prevezer immer schwer, ja, sogar ein bisschen übergewichtig gefühlt. Hier im Weltraum jedoch, wo er sich emporschwingen, fliegen, schweben konnte, fühlte er sich geradezu ein bisschen wie ein Gott.

«Dürfte das letzte Mal sein, dass Sie das tun müssen, Roni», prophezeite er.

«Macht mir nichts aus.»

«Ich will damit sagen, dass ich das Umweltkontrollsystem wieder hingekriegt habe. In einem so alten Schiff wie dem hier passiert es leicht, dass sich die Flüssigkeiten, mit denen das System arbeitet, in der Schwerelosigkeit absetzen. Deshalb muss man sie einfach ab und zu umrühren. Wie eine Backmischung. Das war das ganze Problem.» Er hielt inne, sah zu, wie Ronica mit der Düse ihres Staubsaugers ein schwebendes Wasserkügelchen einfing. «Man lässt das Gebläse einfach kurz rückwärts laufen, um die Flüssigkeitszylinder durchzuwirbeln.»

«Mmm-hmm?»

«Hey, tut mir Leid wegen vorhin», sagte er. «Ich war da ein bisschen grob.»

«Vergessen Sie's, Prev», sagte sie.

«Da ist noch was, was ich Sie fragen wollte.»

«Was?»

«Wenn wir in unserem Hotel auf der TB sind, wollen Sie dann mit jemandem ein Doppelzimmer nehmen?»

«Wenn Sie's genau wissen wollen, ich wohne mit Dallas zusammen.»

Prevezer nickte. «Ist das nur Tarnung?», fragte er. «Oder sind Sie beide ein Liebespaar?»

«Liebespaar?» Ronicas Lächeln wurde breiter.

«Ich will ja nur sagen, wenn alles klappt, dann bin ich bald geheilt, und das heißt, ich bin dann genauso gesund wie Sie. Wenn Sie verstehen, was ich meine.»

Es stimmte, dass sie und Dallas sich zueinander hingezogen fühlten, und nicht nur, weil sie die Tatsache verband, dass sie beide gesund waren. Sie freute sich darauf, mit ihm allein zu sein, hätte aber wohl auch sonst ein Zimmer mit ihm geteilt. Und wahrscheinlich auch mit ihm geschlafen. Wie für die meisten Frauen ihres Alters und ihres Backgrounds zählte für sie vor allem, dass der Typ gesund war. Was Prevezer automatisch ausschloss.

«Wirklich nett von Ihnen, Prev. Ich schätze, man könnte es so ausdrücken, dass Dallas und ich zusammen sind, wenn ich auch nicht gerade sagen würde, dass das was mit Liebe zu tun hat. Ich denke immer, mit der Liebe ist es ein bisschen so wie mit der Entstehung des Universums. Da ist ein Urknall, die große Hitze, dann ein langsames Auseinanderdriften und die allmähliche Abkühlung. Was heißt, dass Liebende so was Ähnliches sind wie Kosmologen. Arme, fehlgeleitete Individuen, die in den kleinsten Kleinigkeiten eine Bedeutung suchen und einen Haufen alberner Fragen stellen, auf die es nie wirklich eine Antwort gibt. Liebe ist zu nichts nütze, Prev. Sie ist nur Zeitverschwendung und hält einen von dem ab, was auf der Welt wirklich was bringt. Liebe ist nur ein Teil des großen kosmischen Witzes. Liebe ist ironische Physik. Wie endgültige Theorien. Wie Gott.»

2

I

Der Tourismus war die größte Industrie auf dem Mond. Über hunderttausend Menschen reisten jährlich dorthin und ließen sich diesen Urlaub im Schnitt zweihunderttausend Dollar kosten. Den meisten ging es um Sex oder Glücksspiel,[1] aber immer beliebter wurden auch Outdoor-Aktivitäten wie Trekking oder Bergsteigen – Wanderungen durch das Schrötertal oder Klettertouren am Doerfelberg. Zu den Touristen kamen noch die Astronomen[2], die Bergbauingenieure, die Ökotechnologen[3]

---

1 Während sich die geringe Mondgravitation, wie bereits erläutert, auf den Sex günstig auswirkt, macht sie die meisten Glücksspiele unmöglich. Karten lassen sich kaum verdeckt austeilen, Würfel kullern nicht richtig, und Roulettekugeln wollen nicht fallen. Heute ist die einzig legale Form des Glücksspiels auf dem Mond das Pachinko, ein Automatenspiel für einen Spieler, der mittels einer Katapultfeder eine Elf-Millimeter-Stahlkugel in bestimmte Löcher eines aufrecht stehenden Nagelbretts zu befördern versucht. Klappt das, erhält der Spieler mehrere Freikugeln, die er dann später in Geld umtauschen kann. Pachinko wurde in Chicago erfunden, eroberte dann aber vor allem Japan, das gegenwärtig der Hauptlieferant für Pachinko-Technologie ist. Der jüngste Pachinko-Salon auf dem Mond ist größer als all seine Pendants auf der Erde und erwirtschaftet pro Jahr über zweihundertfünfzig Millionen Dollar.

2 Das größte Spiegelteleskop der astronomischen Welt, das 7,5-Meter-Hawking-Teleskop, steht im Censorinus-Weltraumobservatorium, nur wenige Meilen von der TB.

3 Auf dem Mond befindet sich das größte Solarkraftwerk überhaupt: Der

und Meteorologen[1], ganz zu schweigen von den vielen Hotelangestellten, Fremdenführern, Charterpiloten, Pachinko-Technikern und natürlich Prostituierten[2].

Das Galileo mit seinen über fünfzehnhundert Zimmern war nicht nur das größte Hotel auf der TB, sondern auch das beste und teuerste. Entworfen von dem Stararchitekten Masumara Shokai – dem Vater des Buckingham Palace Dome und weiterer Architekturikonen des einundzwanzigsten Jahrhunderts –, bestand es aus zwei vertikal aufragenden Teilgebäuden. Der zur TB hin gelegene Teil bestand aus Panzerglas und glich – um die Lage des Hotels am Mare Tranquillitatis zu unterstreichen – dem geblähten Segel einer riesigen Hochseeyacht. Der quaderförmige Teil zur Gebirgsseite hin diente als Folie für dieses spektakulär geschwungene Glasgebilde. Zwischen beiden befand sich eine hohe, atemberaubend luxuriöse Atrium-Lobby mit einem Interieur aus intelligenten nanomolekularen Materialien – französischer Kalkstein, italienischer Marmor, indischer Onyx und endlose Quadratmeter edelsten englischen Ahorns –, allesamt auf dem Mond produziert und dann von menschlichen Handwerkern verarbeitet. Ja, es war der ganze Stolz der Hoteleigentümer, dass beim Bau des Galileo ganz auf den Einsatz von Arbeitsrobotern verzichtet worden war. Diese imposante, in Erdtönen gehaltene Lobby dominierte eine riesige kinetische Skulptur. Sie erinnerte an Galileo Galileis berühmte Demonstration des Gesetzes von der einheitlichen Beschleunigung fallender Körper, mit der er die aristotelische These, dass unterschiedlich schwere Körper verschieden schnell fallen, widerlegte. Der Legende zufolge ließ Galilei im Jahr 1604 Blei-

---

Theophilus-Krater in der Nähe des Mondäquators enthält über zehntausend photovoltaische Zellen von jeweils zehn Quadratmetern.

1 Der Mond beherbergt die größte Einrichtung für das Studium von Sonnenflecken, die von zentraler Bedeutung für die Erdwettervorhersage sind.

2 Zum Zeitpunkt der Niederschrift dieses Buchs sind auf dem Mond über fünftausend lizenzierte Prostituierte tätig.

gewichte unterschiedlicher Größe vom Schiefen Turm von Pisa[1] fallen. Wahrscheinlicher aber ist, dass diese Demonstration in Padua stattfand und dass Galilei dabei Gewichte einen glatten Abhang hinunterrollen ließ. Doch die Menschen ziehen oft eine gute Geschichte einer glanzlosen Tatsache vor, und die Erbauer des Hotels sowie der von ihnen beauftragte Bildhauer Jasper Fotze bildeten da keine Ausnahme. Daher wurden jetzt alle fünfzehn Minuten eine große Straußenfeder, ein Bleigewicht, ein zusammengeknülltes Stück Papier, ein Federball, ein Luftballon und ein Basketball automatisch zu den oberen Öffnungen einer Reihe raumhoher Plastikröhren befördert und losgelassen, worauf sie alle gleichzeitig unten ankamen.

Ebenso beeindruckend waren der Marmorboden der Lobby und der messingglänzende Empfangskomplex, ein funktionierendes Orrery-Planetarium[2], das an Galileis heldenhafte Verteidigung der kopernikanischen Theorie vom Umlauf der Erde um die Sonne erinnerte. Die Sonne repräsentierte in diesem Fall die kugelförmige goldene Empfangsloge in der Mitte der runden Halle. Um sie herum kreisten – dank eines raffinierten unsichtbaren Räderwerks – drei weitere kugelförmige Servicestände. Sie standen für die drei innersten Planeten, Merkur, Venus und Erde, und offerierten dem Gast diverse Produkte und Serviceleistungen: Merkur war für Botendienste sowie für den Währungsumtausch zuständig, Venus für Schönheits-, Gesundheits- und Toilettenartikel, die Erde schließlich für sämtliche Informationsmedien. Diese drei «Stände» umkreisten die Sonne im korrekten Zeitverhältnis zueinander, aber natürlich nicht im korrekten Entfernungsverhältnis. Den Umlauf des Monds um

1 Leider stürzte der berühmte Campanile, der 1185 erbaut wurde, im Jahr 2047 um, wobei dreiundneunzig Pisa-Besucher ums Leben kamen.

2 Nach Charles Boyle, Vierter Earl of Orrery, der 1790 erstmals ein solches Objekt anfertigen ließ.

die Erde symbolisierte – wenn auch nicht im richtigen Neigungswinkel – ein großer Video-Globe, auf dem alte Pornofilme von Sexspielen unter Mondschwerkraftbedingungen zu sehen waren.

Die Zimmerpreise waren entsprechend astronomisch. Außer Dallas, Ronica und Cavor war noch niemand aus dem Team je in einem Luxushotel gewesen.

«Fünfhundert Selenen pro Nacht», sagte Prevezer. «Wie viel ist eine Selene wert?»

«Etwa zehn Dollar», sagte Cavor. Und als er Prevezers Gesicht sah, setzte er hinzu: «Schon mal was von ‹Mondpreisen› gehört?»

«Klar, Mann», gluckste Prevezer. «Jetzt weiß ich, was das heißt. Solche Preise zahlt keiner, der mit beiden Beinen auf der Erde steht.»

«Wir müssen wahrscheinlich schon allein für die Hotelrechnung die First National ausrauben», stimmte Simou ein.

«Warum reden Sie nicht noch ein bisschen lauter, Sim?» Lenina sah ihn tadelnd an. «Ich bin mir nicht sicher, ob Sie der Typ dort am Empfang richtig verstanden hat.»

«Anschauliche Demonstration der principalen Beziehungen der Himmelskoerper untereynander», entzifferte Gates die Inschrift in dem rosa Marmor unter seinen Schwerkraftschuhen [1]. «Also, von der ersten Anschauung her könnte ich zu diesem Himmelskörper eine ganz positive Beziehung entwickeln.»

«Hätte nie gedacht, dass mir der Mond so gut gefällt», mischte sich Simou plötzlich ein.

«Er ist nicht überall so», sagte Cavor. «Sie hätten mal den Ort sehen sollen, wo wir letztes Mal waren. Artemis Sieben. Die ha-

---

1 Jede Schuhsohle enthält bis zu fünfundzwanzig Pfund Blei, das auf dem Mond in beträchtlichen Mengen vorkommt. Auf diese Weise lässt sich das Gewicht eines Menschen um bis zu fünfzig Pfund erhöhen.

ben meinen Arm einbehalten, als ich meine Rechnung nicht zahlen konnte.»

«Kaum zu glauben, dass das hier derselbe Mond ist», sagte Gates staunend. «Hätte nie gedacht, dass es sich so gut anfühlen würde, hierher zurückzukommen.»

«Hey, Gates», sagte Simou. «Wie halten wir's, solange wir hier sind, mit der Wurzel allen Übels? Ich würde mir gern was von den lokalen Zahlungsmitteln zulegen. Wie heißen die Dinger nochmal? Selenen? Nur der Form halber natürlich. Schließlich bin ich angeblich ein allein reisender Typ mit gesundem, heißem Blut in den Adern und mache hier Urlaub, oder? Das Problem ist nur, dass mir die nötigen Kreditbescheinigungen meiner Hausbank drunten auf der Erde fehlen. Was daran liegt, dass ich keinen Kredit habe und auch keine Hausbank.»

«Der Mann spricht was Wichtiges an, Gates», pflichtete ihm Prevezer bei.

«Fragen Sie Dallas», sagte Gates. «Er ist der mit dem Geld, nicht ich.»

«Ich bin sicher, er hat dran gedacht», erklärte Cavor. «Schließlich hat er ja auch an alles andere gedacht.»

«Hoffen wir's», seufzte Lenina.

Gates nahm ihre Hand. «Alles okay?», fragte er.

Lenina setzte ein schwaches Lächeln auf. Sie fühlte sich alles andere als okay. Sie war zutiefst erschöpft. Und außerdem kriegte sie auch nicht richtig Luft: Sie musste ständig ein wenig tiefer atmen als sonst.

«Ich bin nur ein bisschen müde vom Flug, weiter nichts», sagte sie. «Sobald wir auf unserem Zimmer sind, werde ich mich erst mal hinlegen.»

«Ich gehe mal gucken, wo Dallas bleibt», sagte Gates und steuerte etwas unbeholfen – da er sich trotz der Schwerkraftschuhe immer noch nicht recht daran gewöhnen konnte, so viel leichter zu sein – in Richtung Empfang.

Die Anmeldung verlief reibungslos. Der Empfangsportier hatte Dallas Hologramme der auf seinen Namen reservierten Zimmer gezeigt, und Dallas hatte sich mit diesen Unterbringungsvorschlägen einverstanden erklärt. Nicht, dass er eine großartige Wahl gehabt hätte. Fast alle Hotels auf der TB waren voll belegt, gutenteils mit Gästen, die zum hundertsten Jahrestag der ersten *Apollo*-Landung gekommen waren. Aber das war ja einer der Gründe, weshalb Dallas gerade diesen Zeitpunkt für ihre Ankunft auf dem Mond gewählt hatte. Unter so vielen Mondtouristen, dachte er, würden Gates und der Rest des Teams weniger auffallen. «Sind Sie auch zur Hundertjahrfeier hier?», fragte der Empfangsportier.

«Nur teilweise», sagte Dallas und grinste vielsagend zu Ronica hinüber.

«Verstehe», sagte der Mann und ordnete eine Hand voll Schließkarten. «Dumme Frage. Geschichte ist eine Sache. Spaß haben eine ganz andere.»

«Sie sagen es», sagte Dallas. «Aber wir wollen schon auch ein paar Touren machen.»

«Nicht zu weit weg vom Äquator hoffentlich. Haben Sie von dieser Bergsteigertragödie im Leibniz-Gebirge gehört?» Der Empfangsportier verdrehte die Augen und schüttelte den Kopf. «Sie haben sich verstiegen, und als es dunkel wurde, ging ihnen die Sonnenenergie aus. Sind alle erfroren.»

«Wie schrecklich», sagte Ronica.

«Ja, es war furchtbar. Das Rettungsteam hat gemeint, sie hätten wohl vergessen, ihrem Routencomputer zu sagen, dass ein polarer Mondtag viel kürzer ist als ein äquatorialer. Hier auf der TB haben wir vierzehn Tage Sonne. Am Pol ist es noch nicht mal die Hälfte.»

Dallas schüttelte den Kopf. «Wir wollten nicht weiter als bis ins Zentrale Hochland», sagte er. «Auf keinen Fall über das Schrötertal raus.»

«Oh, da unten ist es wirklich toll. Ich war selbst erst vor ein paar Monaten im Schrötertal. Könnte Ihnen einen guten Führer empfehlen, falls Sie Interesse haben. Und einen sehr guten Ausrüster.»

«Danke, aber wir haben unsere eigene Ausrüstung mit.»

Der Empfangsportier sah von seinem Deskscreen auf und bemerkte die vielen Gepäckstücke, die Dallas und sein Gefolge umgaben.

«Allerdings», sagte er. «Ich werde einen Hausdiener rufen, damit er Ihnen mit den ganzen Sachen hilft.» Er wusste nicht, dass es sich hauptsächlich um die Computerausrüstung handelte, die Prevezer brauchte, um ein Simulationsmodell der First National Blood Bank zu erstellen.

«Nicht nötig», sagte Dallas. «Geht schon. Sie sind es gewohnt, mein Zeug zu schleppen.»

«Wie Sie wünschen, Sir.» Der Empfangsportier lächelte. «Und wie möchten Sie Ihre Rechnung begleichen, Mr. Bourbaki?»

Nicolas Bourbaki, diesen Namen hatte sich Dallas für die Dauer ihres Aufenthalts auf dem Mond zugelegt. Möglicherweise suchte ihn die Firma ja immer noch.

Dallas legte seinen superflachen Brusttaschencomputer vor sich auf den Tresen und sagte: «Per elektronischen Credittransfer.» Der Computer bestätigte die Stimmidentifikation durch ein leises Piepen und bereitete sich auf die drahtlose Interaktion mit dem Hotelcomputer vor.

«ECT? In Ordnung, Sir.»

Seit Dallas sein früheres Leben hinter sich gelassen hatte, hatte er, unter Rückgriff auf verschiedene Konten, ein kleines Vermögen für die Ausrüstung und den Unterhalt seines Teams ausgegeben. Über seine Personal Treasury Workstation (PTW) hatte er automatisch seine sämtlichen Kontonummern nebst Codierung geändert, um mögliche Rückverfolgungsversuche zu durchkreuzen. Nur eins dieser Konten, das er noch nicht angerührt hatte, enthielt noch einen größeren Creditbetrag, und dieses Konto wählte er jetzt per Tastendruck für die simultane Rechnungsbegleichung: Alle Forderungen in Zusammenhang mit dem Aufenthalt seines Teams im Galileo würden von seiner PTW überprüft und dann sofort von dem gewählten Konto abgebucht werden.

«Alles okay?», fragte Gates.

«Selbstverständlich», sagte Dallas. Als er Gates zu dem Wechselschalter der Serviceeinheit Merkur hinüberschauen sah, erriet er, was den Hünen beschäftigte. «Ach ja, und dann brauche ich noch etwas Mondgeld, das Sie bitte ebenfalls von diesem Konto abbuchen», erklärte er dem Empfangsportier. «Sagen wir zehntausend Selenen in bar. Neue Scheine. Ist lange her, dass ich das letzte Mal hier war, aber allzu viel hat sich ja wohl nicht geändert.»

«Auf dem Mond zieht Cash immer noch am meisten», bestätigte der Empfangsportier und gab die Transaktion in seinen Computer ein. «War immer so und wird immer so bleiben. Jawoll, Sir, Sie haben den Mond in der Tasche.» Er lächelte breit, wie er es gelernt hatte, und präsentierte einen weißen Halbmond von Zähnen. Ein strahlendes Herzlich-willkommen-auf-dem-Mond-Lächeln, so hatten sie das in seinem Galileo-Personalschulungskurs genannt. Im aufrichtigsten Ton, dessen er fähig war, und ohne zu ahnen, worauf er da zurückgriff, rezitierte er die Worte der Aufgeschlossenheit und Toleranz, die man ihm als korrekte Begrüßungsformel beigebracht hatte:

Wer bezweifelt, was er sieht,
Glaubt euch nie, trotz aller Müh'.
Wär'n Mond und Sonne frei von Zweifeln nicht,
Erlöschte augenblicks ihr Licht.
Gut, wenn ihr Leidenschaften hegt,

Doch nicht, wenn euch *nur* Leidenschaft bewegt.
Die Hure, die der Staat erlaubt,
Unseres Staates Schicksal baut.[1]

Er lächelte wieder und fügte hinzu: «Angenehmen Aufenthalt.»

II

«Antwort-Antwort-Antwort-Antwort …»

Eine leise monotone Stimme drang durch das Dunkel in Rimmers spartanisch möbliertem Apartment und unterbrach die sadoerotischen Gedanken, denen er sich gewohnheitsmäßig beim Einschlafen hingab. Zuerst glaubte er, es sei die Stimme seines eigenen Gewissens, eine strenge Tochter – da die Tonlage unverkennbar weiblich war – der Stimme Gottes, die ihn wegen seiner sündhaften und gotteslästerlichen Lebensführung zur Rechenschaft ziehen wollte.

«Antwort-Antwort …»

Doch wegen welcher Art von Sünde? Bestimmt nicht wegen der Sünde Onans. Das war doch nur eine Form der Spannungsabfuhr, eine Einschlafhilfe. Nein, um eine so gebieterische Einmischung zu rechtfertigen, musste es schon um Schwerwiegenderes gehen als nur das Fallenlassen seines Samens auf das Bettlaken.

«Antwort …»

1 Aus «Weissagungen der Unschuld» von William Blake. Allerdings ersetzten die Verfasser des *Galileo-Handbuchs der Gästebetreuung* das ursprüngliche «Jenes Staates Schicksal baut» durch «Unseres Staates Schicksal baut». Zweifellos fühlten sie sich dazu durch den Umstand berechtigt, dass dem Mond durch das *Grundsatzabkommen über die Besiedlung des Mondes und anderer Himmelskörper innerhalb unseres Sonnensystems* von 2025 der Status einer unabhängigen Nation zuerkannt wurde.

Rimmer seufzte und drehte sich auf seinen behaarten Rücken. Er war immer noch nicht ganz wach – er hatte vor dem Zubettgehen zu viel getrunken. Den letzten echten Cognac Napoléon. Rimmer setzte sich mühsam auf und sog eine Ladung Sauerstoff in sein schlafumnebeltes Hirn. Die Stimme sprach weiter, im kalten Ton eines weiblichen Inquisitors. Nein, etwas so Moralistisches wie ein Gewissen konnte es nicht sein. Der einzige kategorische Imperativ, den Rimmer kannte, war der, sich sein Vergnügen zu holen, wann immer sich die Gelegenheit bot. Nein, die Stimme aus dem Dunkel gehörte seinem Computer.

Mit einem Kopfschütteln und einem ranzigen Gähnen wälzte er sich aus dem Bett, patschte in das kleine Wohnzimmer und ließ sich vor dem Bildschirm, der die eine Wand dominierte, in einen Sessel fallen. Das war eine altmodische Form der Interaktion mit dem Computer, aber er zog den Schirm dem menschenähnlicheren Motion-Parallax vor. Mit einem Schirm verlor man nie aus den Augen, dass man es mit einem Computer zu tun hatte. Motion-Parallaxe waren etwas für Leute, die Maschinen nicht mochten. Rimmer hatte kein Problem mit Maschinen. Im Grunde waren sie ihm lieber als die meisten Menschen.

«Antwort-Antwort-Antwort …»

«Was war noch mal die Frage?», sagte er und walkte sich den Schlaf aus den verklebten Augen.

«Wählen Sie zuerst eine Persona», sagte die körperlose weibliche Stimme. Bilder einer Reihe historischer Figuren erschienen jetzt auf dem Schirm: Albert Einstein, Orson Welles, Martin Luther King jr., John Lennon, Salman Rushdie, Tom Ray, Marina Maguire, Jonas Ndebele und Cameron Caine. Rimmers Computersystem hatte Microsoft 45.1, und eine Persona war eine Persönlichkeit, in die der Computer für die Interaktion mit dem Benutzer auf dem Bildschirm schlüpfte. Verglichen mit dem Motion-Parallax-System von Microsoft 50, war die Version 45.1 geradezu vorsintflutlich.

«Einstein», gähnte Rimmer, dem es ziemlich egal war, wessen soziale Fassade oder öffentliches Image der Computer benutzte. «Aber mach zu. Ich kann nicht die ganze Nacht damit zubringen.» Ihm wäre ja Hitler, Stalin, Mao Tse-tung, Nesib el Bekri, Sol Chong oder irgendein anderer berühmter Tyrann lieber gewesen, aber Microsoft war in seinen Augen einfach zu feige, auch die zu bedienen, deren Vorlieben in Sachen historische Figuren etwas extravaganter waren.

Auf dem Schirm erschien jetzt ein lebensgroßes Bild von Albert Einstein, Pfeife rauchend im Sessel, mit weißem Haar und beigem Pullover. Rimmer fand ihn breiter und muskulöser, als er ihn sich vorgestellt hatte. Aber vielleicht war es ja auch nur der Pullover.

«Hey, Albert, was gibt's?»

«Sie haben mir eine Frage gestellt», erwiderte das Faksimile des berühmten Physiknobelpreisträgers mit dessen digital reproduzierter Stimme und komischem deutschem Akzent. «Betreffs einiger Schlüsselzahlen, richtig?»

«Stimmt.»

«Und Sie baten mich, einen Suchlauf nach exakt identischen Zahlen durchzuführen, quer durch alle Finanzkategorien, ohne zeitliche Beschränkung und unter Verwendung der Suchmaschinen Conspectus, Argus, Gimlet, Gorgon und Panorama. Ist das richtig?»

«Richtig, Albert», sagte Rimmer und gähnte wieder. «Aber mach voran, okay? Ich war nämlich zufällig gerade eingeschlafen.»

Rimmers Idee war simpel genug gewesen. Dallas besaß dreizehn verschiedene Bankkonten, und kurz nachdem er aus seiner Wohnung verschwunden war, hatte er sämtliche Kontonummern und Verschlüsselungscodes geändert, um seine elektronischen Spuren zu verwischen. So hatte er es sich zumindest gedacht. Er hatte nicht damit gerechnet, dass Rimmer seine

Computersuche auf einen anderen, wenn auch damit zusammenhängenden Satz Zahlen konzentrieren würde – die Kontostände selbst. Rimmer hatte sich gesagt, dass Dallas bei dreizehn Konten womöglich immer nur eins benutzen würde, so lange, bis es leer war. In diesem Fall könnte es Rimmers Computer vielleicht schaffen, in der Zwischenzeit einen der immerhin zwölf verbleibenden Kontostände aufzuspüren. Natürlich war das keine geringe Aufgabe. Auf etlichen dieser Konten befanden sich acht- oder neunstellige Beträge. So wies eins, laut den Dateien in Dallas' Bürocomputer, ein Haben von 112 462 239 Credits auf. Und das war eine der Zahlen, auf die Rimmer seinen Computer angesetzt hatte. Um die Erfolgschancen der Suche zu erhöhen, hatte er achtstellige Zahlen in vier und neunstellige Zahlen in sechs Untergruppen zerlegt, wodurch beispielsweise aus 112 462 239 die Elemente 1, 12, 4, 62, 23 und 9 geworden waren.

«Moment mal», sagte Rimmer und erhob sich langsam. «Willst du etwa sagen, du hast eine davon gefunden?»

Es war schon ein paar Wochen her, dass Rimmer die Suche gestartet hatte – kurz nachdem ihn der Direktor auf den Rang eines gemeinen Wachmanns zurückgestuft hatte –, und im Grunde hatte er das Ganze schon mehr oder minder vergessen gehabt, weil er zu dem Schluss gekommen war, dass der Umfang der Suchaufgabe einfach zu groß war.

Einstein zog ein paar Mal an seiner Pfeife und nahm sie dann aus dem Mund. «Ja. Heureka, um mit Archimedes zu sprechen.»

Am unteren Bildschirmrand erschien jetzt ein kleines Fenster mit einem kurzen Lebenslauf des griechisch-sizilianischen Mathematikers und Erfinders. Rimmer ignorierte es. Das Problem mit 45.1 war, dass so vieles von dem, was es einem mitteilte, absolut irrelevant war – eine gehobene Form der Zeitverschwendung.

«Ich habe eine solche Zahl gefunden», fuhr Einstein fort.

«Wider alle Wahrscheinlichkeit, wenn ich sagen darf. Schon die Wahrscheinlichkeit, diese sechs Teilzahlen überhaupt zu finden, ist niedrig genug. Genauer gesagt, 1:13983816. Aber für alle sechs Teilzahlen in der angegebenen Reihenfolge?» Einstein schmunzelte. «Da ist die Wahrscheinlichkeit kaum noch berechenbar. Ich habe sie trotzdem berechnet. Sie ist 1:10068347520. Tja, ich glaube, selbst Gott würde es sich zweimal überlegen, sich auf so ein Spielchen einzulassen.»

Wieder erschien ein Fenster, diesmal mit dem berühmten Einstein-Ausspruch, dass Gott nicht würfle, und der Erklärung, dass es sich dabei um Einsteins ablehnende Reaktion auf die Quantentheorie[1] gehandelt habe.

Rimmer hielt sich den Kopf. «Albert. Du bist ein gottverdammtes Genie.»

«Das sagen alle, sehr zu meiner Irritation.»

«Mein Gott, ich glaub's nicht. Du hast die Zahl gefunden.»

«Zahlen sind gar nichts, mein Freund. Formeln sind alles. Besser als Frauen. Besser als Diamanten. Besser als so ziemlich alles, was ich mir vorstellen kann. Formeln sind ewig.»

Wieder ein Fenster, mit einem Zitat zum Thema Formeln.

«Klar doch, Albert», lachte Rimmer. «Wie du meinst. Lieber Himmel, das ist ja phantastisch. Wo auf Gottes Erdboden hast du sie gefunden?»

«Ich habe sie gar nicht auf der Erde gefunden.»

«Natürlich», stieß Rimmer hervor. «Er ist auf dem Mond.»

«Ja, dort lebt sich's leichter.»

«Wieso?»

«Na ja», schmunzelte Einstein, «mit der Gravitation ist es dort nicht so weit her.»

---

1 Eine physikalische Theorie, die die Relativität verwirft und behauptet, dass der Beobachter die Realität beeinflusst und Ereignisse zufällig eintreten – eine These, die Einstein ablehnte.

Ein neuerliches Fenster, mit der Erläuterung, wie Einsteins allgemeine Relativitätstheorie die Gravitation und die Gesamtstruktur des Universums erklärte.

Rimmer lächelte dünn. «Ist das der berühmte deutsche Humor?», fragte er.

Einstein steckte mit einem entschuldigenden Achselzucken die Pfeife in den Mund und machte sich daran, sie wieder zu entzünden.

«Und wo auf dem Mond hast du die Zahl gefunden, Albert?»

«Im Hotel Galileo, auf der Tranquillity Base.»

Ein Fenster, das erklärte, wer Galileo war.

«Im Galileo? Nicht schlecht. Dallas hatte es immer schon gern ein wenig luxuriöser.»

«Er hätte Keplers Arbeiten anerkennen sollen.»

«Wer?»

Wieder ein Fenster, diesmal zu Kepler.

«Galileo natürlich. Es verblüfft mich immer wieder, dass sich so viele Wissenschaftler als dermaßen eitel entpuppen.»

«Apropos entpuppen, hat unsere Gewinnzahl auch einen Namen?»

«Nicolas Bourbaki», sagte Einstein.

Diesmal teilte das Fenster Rimmer etwas mit, was ihn interessierte: dass Nicolas Bourbaki der kollektive *Nom de plume* einer Gruppe von Mathematikern zu Beginn des zwanzigsten Jahrhunderts war, zu der unter anderem Szolem Mandelbroijt gehörte.

Rimmer begann sich anzuziehen.

«Sie wollen noch weg?»

«Ich hole mir meinen alten Job zurück», erklärte Rimmer. «Und dann fliege ich zum Mond.»

Diesmal ein Fenster mit Astroliner-Abflugzeiten und -Preisen.

«Existiert der Mond nur dann, wenn Sie ihn angucken?», fragte Einstein.

«Würde ich nicht sagen.»

«Das ist mein Einwand gegen die Quantenmechanik.» Einsteins mächtige Nase krauste sich angewidert. «Diese Leute reduzieren die Wissenschaft auf eine Reihe von Schlagworten. Schrödingers Katze. Heisenbergs Unschärferelation. Pah! Das impliziert doch alles, dass die Welt nur durch unsere Wahrnehmung entsteht. Quatsch.»

«Ich würde ja gern noch weiter darüber reden, Albert. Aber offen gestanden, ich habe nicht die Zeit. Ach ja, buch mir doch bitte den nächsten verfügbaren Flug. Zum Mond. Falls er noch existiert. Als ich letztes Mal hingeguckt habe, war er noch da.»

«Gibt leider nur noch Economy Class», sagte Einstein nach einer kurzen Pause. «Wegen des hundertsten Jahrestags der Mondlandung.»

«Okay, dann eben Economy Class. Und vielen Dank für deine Hilfe, Albert. Du kannst dich jetzt abschalten.»

«Darf ich Ihnen vielleicht noch einen kleinen Rat geben?»

In 45.1 war es üblich, dass die jeweilige Persona vor ihrem Verschwinden noch irgendeinen authentischen Ausspruch von sich gab, um den Benutzer in dem Gefühl zu wiegen, wirklich mit einer historischen Figur kommuniziert zu haben. Rimmer schnaubte verächtlich. «Klar doch», sagte er. «Schieß los, altes Schlitzohr.»

Einstein zeigte auf ein Paar übelriechende Socken, die Rimmer gerade vom Fußboden aufgehoben hatte.

«Socken sind Geldverschwendung. Ich habe schon in meiner Jugend festgestellt, dass sich der große Zeh immer irgendwann durchbohrt.»

«Meinst du nicht, du hättest dir vielleicht öfter mal die verflixten Zehennägel schneiden sollen?», fragte Rimmer.

«Nun ja, ich habe jedenfalls aufgehört, Socken zu tragen.»

«Ich schätze, das hängt davon ab, ob man ein ruhender oder

ein in Bewegung befindlicher Körper ist», sagte Rimmer. «Aber trotzdem vielen Dank, Albert. Das war sehr erhellend.»

Rimmer zog sich fertig an und grinste immer noch über den Modetipp, den ihm Einsteins Konterfei gegeben hatte – das also war das Wesen von Raum und Zeit: Wenn man ihm genügend Zeit ließ, schuf sich der große Zeh Raum, indem er sich durch den Socken bohrte. Rimmer verließ das Apartment.

III

Gleich nachdem er sich in seiner Suite eingerichtet hatte, begann Prevezer mit der Arbeit an der Surrogatwelt, die Dallas als Testlabor für seinen Plan dienen sollte.

Diese spezielle Simworld zu erstellen war ein hoch komplexer Vorgang, ein ganz spezieller Job, an dem Prevezer auf der Erde schon eine ganze Weile gesessen hatte. Verschiedene Gründe zwangen ihn jetzt, das Modell auf dem Mond fertig zu stellen. Da war einmal der Zeitdruck. Dallas wollte die relative Anonymität nutzen, die die Massen von Hundertjahrfeier-Touristen boten, und die Aktion selbst musste irgendwann während des zweiwöchigen lunaren «Tageslichts» stattfinden. Doch wichtiger noch war in Prevezers Augen, dass die Simulation unter authentischen Mondgravitationsbedingungen ablaufen sollte, was auf der Erde physikalisch unmöglich war. Gravitation bzw. Schwerelosigkeit ließen sich nun mal nicht künstlich wiedergeben.

Prevezer war einer der besten Modellentwickler der Branche. Er bevorzugte den Terminus «Simworld» gegenüber dem archaischeren Ausdruck «virtuelle Realität», der mit wesentlich älterer und primitiverer Rundum-Technologie assoziiert war: Dreihundertsechzig-Grad-Headtrackerhelmen, Datenhanschuhen, Cyber-Exoskeletten, Dildonics, pneumatischen Druck-Feedback-Systemen und Zeichentrickszenerie-Projektoren. Prevezer arbeitete mit einer wesentlich raffinierteren, direkteren Methode: Mit Hilfe mehrerer Elektro-Neuronadeln, die er – ähnlich wie bei der Akupunktur – in die Großhirnrinde setzte, erzeugte er ein synthetisches Erleben, das von der Realität nicht zu unterscheiden war.

Prevezer hielt nicht viel von der Realität mit ihrem fettfreien Speiseeis, ihren zuckerfreien Süßstoffen, ihrem alkoholfreien Whiskey und synthetischen Blut, ihren künstlichen Pelzen und Motion-Parallaxen. Keine dieser Simulationen fand er sonderlich überzeugend. Für ihn waren die künstlichen Simworlds, die er schuf, wirklicher als die Wirklichkeit selbst. Wo anders als in einer Simworld konnte man beispielsweise, ohne superreich zu sein, auf einem Fell vor einem prasselnden Kaminfeuer Sex haben – eine seiner populärsten Surrogatkreationen? Oder einen Oldtimer wie den Ferrari F87 fahren? Oder ein ganzes Dorf massakrieren – ebenfalls überraschend beliebt. Die Realität wurde enorm überbewertet, und selbst in ihren positivsten Ausprägungen war sie nichts mehr, was man einfach als gegeben voraussetzen konnte.

Die meisten seiner Kunden waren einfach nur Leute, die einen billigen Kick suchten, vereinzelte Wesen in einer unpersönlichen Welt, die sich für einen kurzen Moment als Götter ihres eigenen mathematischen Universums fühlen wollten. Nicht wenige waren krank, in der aktiven Drei-Monde-Phase des Virus, und wollten die wenigen, ihnen noch verbleibenden Stunden auf Erden damit verbringen, das zu genießen, was ihnen die Realität verweigert hatte: das Gefühl von Gesundheit und Vitalität, in einer paradiesischen Umgebung – auf einer tropischen Insel oder einem Berggipfel mit atemberaubendem Blick – und in Gesellschaft guter Freunde. Mit EUPHORIA, einem von ihm selbst kreierten Allzweck-Simulationsprogramm, ließen sich solche Standardmodelle relativ leicht erstellen. Er hatte sogar schon Luxushotels erschaffen, wenn er jetzt auch feststellen musste, dass seine Version des Galileo weit hinter dem Original zurückblieb. Das war das erste Mal, dass die Realität seine Erwartungen übertraf. Aber natürlich musste man so reich sein wie Dallas und seine unverseuchten Standesgenossen, um sie sich leisten zu können. Kaum jemand mit Prevezers Background konnte diesen Lebensstil je kosten, und wäre es nur in einer simulierten Welt. Es ging schon fast so weit, dass er das Gefühl hatte, die letzten Jahre gar nicht gelebt zu haben – nur so getan zu haben. Er war zu Dallas' Team gestoßen, weil er auch reich und gesund sein wollte, aber erst seit er auf der TB gelandet und im Galileo angekommen war, wusste er, was diese beiden Begriffe wirklich bedeuteten.

Als Cavor und Simou bei ihm anklopften und ihn zum Besuch des Armstrong Centers[1] animieren wollten, war Prevezer versucht mitzugehen. Es reizte ihn sehr, die exklusiven Realitäten zu kosten, die die Hauptattraktion der TB zu bieten hatte. Doch es galt, noch eine Menge Daten zu verarbeiten, wenn sich sein Modell der First National je so verhalten sollte wie sein reales Korrelat.

«Ich würde ja gern», lehnte er die Einladung seufzend ab. «Aber ich muss die Fidelityachse der Simworld überprüfen. Um sicherzustellen, dass die endophysische Perspektive der exophysischen entspricht.»[2]

«Ein Modell kann aber auch zu perfekt sein», wandte Cavor ein. «Ich meine, wenn das Mikrowelt-Konstrukt genauso gut ist wie sein Makrowelt-Gegenstück, was bleibt dann noch für ein Fehlerspielraum? Wo keine Fehler möglich sind, sind auch keine Lernprozesse möglich, und das schmälert den experimentellen Nutzen.»

«Sie stecken voller Überraschungen», gähnte Prevezer.

1 Benannt nach Neil Armstrong, dem ersten Menschen auf dem Mond.

2 Mit anderen Worten: Sind die Gesetze, die das Verhalten des simulierten Systems bestimmen, für den außenstehenden Beobachter dieselben wie für den innerhalb des Systems befindlichen?

«Soll ich Ihnen was verraten?», sagte Cavor. «In letzter Zeit überrasche ich mich selbst. Vielleicht mehr als sonst jemanden.»

«Schluss jetzt.» Simou griente. «Zeit, dass wir losziehen und mal ein paar von diesen hübschen Mondladys testen.»

«Ich könnte Ihnen ein synthetisches Erlebnis bieten, das alles schlägt, was Sie auf der TB kriegen können», sagte Prevezer ohne sonderliche Überzeugungskraft. Es war nur der Geschäftsmann, der da aus ihm sprach. «Die Realität ist nur eine Chimäre.»

Doch Simou und Cavor hatten sich bereits zum Gehen gewandt. «Schauen Sie sich doch mal um, Sim», sagte er, als er ihnen auf den Gang hinaus folgte. Er zeigte durchs Fenster auf die silbrige Mondlandschaft. «Cav? Glauben Sie, irgendwas von all dem da ist real? Was Sie beide suchen, ist nicht Wirklichkeit, sondern Gewissheit. Und die ist heutzutage ein viel schwerer zu findender Gral. Die findet sich nicht in der Mathematik. Und nicht mal in den Atomen. Die einzige Gewissheit in diesem ganzen verflixten Universum liegt in uns selbst. Es gibt keine Welt, unabhängig von Ihnen und mir. Nicht mehr. Der Tod ist die einzige Gewissheit, Sim. Das ist Realität.»

Simou drehte sich um und antwortete mit einem alten Sprichwort, das jedem, der das Virus hatte, geläufig war: «Heute rot, morgen tot.»

IV

Barfuß und nur im Slip machte Ronica ein paar vorsichtige Schritte in Richtung HV-Gerät[1]. Das war ihr erster Trip auf den Mond und das erste Hotel, das sie erlebte, in dem man sich, weil es das Mondgesetz so vorschrieb, per HV Sicherheitsinstruktio-

1 Holovision.

nen für die Benutzung des Zimmers und der Einrichtungen erteilen lassen musste. Das Geheimnis der Fortbewegung auf dem Zimmer, wenn man keine Schwerkraftschuhe trug, bestehe, so hatte der Typ im HV vor der Werbeunterbrechung erklärt, darin, es möglichst langsam zu tun, halb so schnell wie sonst, als ob man unter Drogen stünde oder durchs Meer watete. Ein rascher, unbedachter Schritt konnte einen ein ganzes Stück emporheben, und beim Aufstehen aus einem Sessel musste man aufpassen, dass man sich nicht den Kopf an der turnhallenhohen Decke stieß. Obwohl das Zimmer so groß war wie ein Basketballfeld, konnte einen ein einziger tüchtiger Satz von einem Ende ans andere befördern. Sie erreichte das HV-Gerät, stellte es ab und tastete sich wieder zu dem riesigen Bett zurück, auf dem Dallas lag. Obwohl er seine Schwerkraftschuhe immer noch anhatte, wog sein Körper kaum genug, um eine Kuhle in die praktisch überflüssige Matratze zu machen.

«Okay», sagte Ronica. «Würdest du mir erklären, warum Cavor so viel Connex nimmt?»

«Hat er dir gesagt, dass es Connex ist?»

«Brauchte er nicht. Diese Tabletten erkenne ich. Ich habe selbst schon genug Connex genommen.»

«Tatsächlich?»

«Ja. Also? Warum nimmt er ein kognitionsförderndes Mittel? Und noch dazu in solchen Mengen?»

«Wieso fragst du mich?»

«Weil ich mir an meinen fünf Fingern abzählen kann, dass du's ihm gegeben hast. Das Zeug ist nicht billig. Und wenn Cavor es vorher schon mal genommen hätte, wäre er so schlau, nicht so viel zu nehmen.»

«Hast du deswegen irgendwas zu ihm gesagt?»

«Nein.»

«Gut. Weil es mir lieber ist, wenn er nicht weiß, was er da nimmt. Zumindest jetzt noch nicht. Und was die Dosis angeht, überlass das auch mir. Ich habe ihm gesagt, er soll so viel davon nehmen.»

«Ich werde nichts sagen.»

«Ihm passiert nichts», sagte Dallas, der ihren Ärger für Besorgnis hielt. «Falls es das ist, was dich beunruhigt.»

Sie seufzte laut und schüttelte den Kopf. «Ich kann mir nicht denken, warum du willst, dass er sein Hirn auf Touren bringt. Es sei denn, er soll sich an etwas erinnern. An was Wichtiges.»

«Genau das will ich. Dass er sich erinnert.»

«Woran?»

«An etwas, was er vergessen hat.»

«Ich kann's nicht ertragen, dass du so geheimnisvoll tust.» Ronica merkte, dass sie schrie. Sie fasste sich und legte sich neben ihn aufs Bett. «Ich dachte, da wäre was zwischen uns. So was wie wechselseitiges Verstehen. Wie Vertrauen. Schließlich sind wir vom selben Blut, du und ich. Aus ähnlichen Verhältnissen. Aber manchmal denke ich, du vertraust mir überhaupt nicht. Sonst hättest du keine Geheimnisse vor mir. Du würdest offen zu mir sein. Dich fallen lassen.»

Dallas nahm sie in die Arme und küsste sie.

«Auf dem Mond ist das vielleicht ein bisschen schwierig», sagte er. «Aber vielleicht könnte ich ab und zu mal ein bisschen über dir schweben.»

V

Die Tranquillity Base war die größte Siedlung auf dem Mond, und das Armstrong Center – auch Tranquillity-Forum genannt – war ein mächtiger Komplex von öffentlichen Versammlungsräumen, Ausstellungsflächen, Veranstaltungssälen, Pachinko-Salons, Erotikbars und lizenzierten Bordellen, der das Zentrum dieser Siedlung bildete und einen Hauptanziehungspunkt für

Mondtouristen darstellte. Er war das Ergebnis eines internationalen Architektenwettbewerbs, eines der größten, den die Welt je gesehen hatte, mit Hunderten eingereichter Entwürfe. Gewonnen hatte schließlich der aus New York stammende, in Los Angeles lebende Architekt Brad Epstein. Das Center war der transparenteste Bau, den man sich vorstellen konnte, ganz aus Panzerglas und ohne Außenwände – nur ein optisch interessantes Gerüst und eine Reihe daran aufgehängter kapselartiger Gebilde, die die wichtigsten Veranstaltungsräume enthielten. Ein aus der Mitte des Gerüsts aufragender einhundertzwanzig Meter hoher Spitzturm in der Form der *Saturn V*, die die ersten Menschen zum Mond befördert hatte, signalisierte, was sich zu seinen Füßen befand: die Stelle, wo am 20. Juli 1969, um 3 Uhr 17 Houstoner Zeit, die Apollo-11-Astronauten gelandet waren.

Die Hundertjahrfeier war in wenigen Tagen, und der Landeort selbst, von einer großen Glaskuppel geschützt, war bereits von Touristen umringt. Unter diesen befanden sich auch Cavor, Simou und Gates.

Der Landeort war ein Schnappschuss einer anderen Zeit, eines anderen Universums[1], obgleich all diejenigen, die durch die Glasglocke starrten, das Gefühl haben mussten, dass die Astronauten eben wieder abgeflogen waren. Die vierbeinige goldene Spinne, die das Landemodul war, die umgepurzelte amerikanische Fahne – vom Feuerstoß des Startmoduls weggefegt; eine Fernsehkamera auf einem Stativ, ein paar altertümlich aussehende wissenschaftliche Geräte etwa zwanzig Meter vom *Eagle* und jene Fußstapfen im Mondstaub, die den Wiederaufstieg der Mondfähre vom Meer der Stille überdauert hatten. Es sah genauso aus wie vor hundert Jahren, zumindest so lange, bis zwei

1 Das läuft auf dasselbe hinaus, da Zeit ein Quantenkonzept ist und andere Zeiten lediglich Spezialfälle anderer Universen sind.

holographische Astronauten erschienen und ein erläuternder Soundtrack anlief.

«Hallo, Neil und Buzz», sagte eine Stimme auf dem Soundtrack, der auch im Museumsshop erhältlich war. «Ich spreche zu Ihnen über Telefon aus dem Oval Office im Weißen Haus. Dies dürfte das historischste Telefonat sein, das je vom Weißen Haus aus geführt wurde.»

Unter der Last ihrer riesigen weißen Tornister nahmen die beiden holographischen Astronauten vor den realen Fernsehkameras Haltung an – wie zwei geisterhafte Eisbären.

«Ich weiß ja, warum wir hierher auf den Mond gekommen sind», murmelte Gates. «Aber ich kann mir nicht vorstellen, warum die das auf sich genommen haben. Hier ist doch nichts.»

«Für einen einzigen unschätzbaren Augenblick», sagte die sonore, wichtigkeitserfüllte Stimme auf dem Soundtrack, «sind die Menschen auf dieser Erde wahrhaft eins.»

«Unschätzbar?», spottete Cavor. «Die Tourismusindustrie weiß ihn bestimmt zu schätzen.»

«Eins im Stolz auf das, was sie vollbracht haben.»

«Trotzdem», setzte Cavor brummelnd hinzu, «war schon eine beachtliche Leistung.»

«Und eins im Gebet, dass Sie sicher zur Erde zurückkehren werden.»

«Danke, Mr. President», sagte die Stimme von Neil Armstrong. «Es ist eine große Ehre und ein großes Privileg für uns, hier oben zu sein und nicht die Vereinigten Staaten zu vertreten, sondern friedliebende Menschen aller Nationen.»

«Friedliebend», amüsierte sich Gates. «Damals haben die Leute viel von Frieden gequatscht.»

«Menschen mit einer Vision der Zukunft», sagte Armstrong.

«Klingt ein bisschen erstickt», bemerkte Gates. «Als ob er gleich anfängt zu heulen oder was.»

«Ich danke Ihnen sehr», sagte der Präsident[1]. «Und wir freuen uns alle darauf, Sie am Donnerstag auf der *Hornet* zu sehen.»

«Das ist ein Schiff», erklärte Cavor. «Früher sind die Raumschiffe noch im Meer gelandet.»

«Ich freue mich auch sehr darauf, Sir», sagte der zweite Astronaut, Buzz Aldrin.

Die beiden holographischen Astronauten salutierten, wandten sich dann von der Kamera ab und verschwanden prompt. Die Show war vorbei, und die Menge rings um die Glasglocke begann zu klatschen.

«Das war interessant», sagte Cavor.

«Schon», sagte Simou achselzuckend. «Aber bestimmt nicht die lange Reise wert.»

«Am zwanzigsten Juli werden hier alle möglichen Leute sein», sagte Gates. «Politiker aus aller Welt, Firmenchefs, Organisationsvertreter, weiß der Teufel, was noch.»

«Selbst schuld», sagte Simou.

«Haben Sie denn gar keinen Sinn für Geschichte?», fragte Cavor.

«Nee, kann ich nicht behaupten», gestand Simou. «Ich war immer viel zu sehr mit der Zukunft beschäftigt, um groß an die Vergangenheit zu denken. Mit meiner Zukunft nämlich. Zum Beispiel mit der unbedeutenden Frage, ob ich nächstes Jahr um diese Zeit noch am Leben bin. Geschichte ist ein Luxus, den ich mir nie habe leisten können.»

«Dafür sind wir ja hier», sagte Gates. «Um an einen Haufen Sachen zu kommen, die wir uns nie leisten konnten.»

«Na ja, Geschichte kommt auf meiner Liste ziemlich weit unten», sagte Simou. «Im Moment werde ich mich erst mal mit

---

1 Richard Milhous Nixon, siebenunddreißigster Präsident der Vereinigten Staaten, 1969–1974.

einer von diesen Mondladys begnügen. Bei diesen komischen Schwerkraftverhältnissen hier schwebt mein Schwanz in der Hose wie eine von diesen Kommandoeinheiten. Ich glaube, seit wir hier auf dem Mond sind, hat er noch kein einziges Mal nach unten gezeigt.»

«Meiner auch nicht», griente Gates.

«Dieser Ort hat schon seine Vorzüge», sagte Cavor. «Meine Prothese hat sich noch nie so leicht angefühlt. Ich merke sie kaum. Man könnte fast meinen, es wäre mein richtiger Arm.»

Simou klatschte unternehmungslustig in die Hände. «Was ist, Gates? Gehen wir ein paar Mondladys aufreißen?»

Gates schüttelte den Kopf. «Nein, ich bin nicht in Stimmung. Ich glaube, ich gehe wieder ins Hotel zurück.»

Er winkte ihnen nach und ging dann in Richtung Hotel. Gates hatte das Gefühl, Lenina nicht so lange allein lassen zu können. Es war besser, niemandem etwas davon zu sagen, bis er sich ganz sicher war, aber er machte sich Sorgen um sie. Ihre Kurzatmigkeit und die Art, wie sie jedes Mal ihren Leib bedeckte, wenn er ihr näher kam. Gates hatte den Verdacht, dass Lenina in die aktive Drei-Monde-Phase des Virus eingetreten oder zumindest kurz davor war. Er wusste, es blieb ihm keine andere Wahl, als sie zu fragen. Aber wie fragte man das Mädel, das man liebte, ob es zufällig gerade kurz vor dem Sterben war?

Was hatte der Präsident auf dem Soundtrack gesagt? «… im Gebet, dass Sie sicher auf die Erde zurückkehren werden.» Gates war nie in einer Kirche gewesen. Er war sich nicht mal sicher, ob er an Gott glaubte. Aber so langsam wünschte er, er wüsste, wie man betete.

VI

Wenn die Menschen nicht sterben müssten, bräuchten sie keine Gottheit, die Anfang und Ende des Individuums managt. Der Glaube an Gott und die Erhebung der Persönlichkeit zu einem Ding an sich, das ewig überdauern muss – dass solche Ideen immer weiter fortbestehen, liegt an der unsinnigen Angst vor dem Tod und der falschen Antithese zwischen Körper und Seele. Der Tod gilt immer noch als das große Geheimnis.

Der Schlüssel zum Verständnis des Todes ist natürlich derselbe, der auch das Mysterium des menschlichen Anfangs erschließt. Aber es gibt keinen Grund, diese Einbanddeckel des Lebens als Mysterium zu betrachten. Es ist absurd, behaupten zu wollen, eine Existenz mit einem identifizierbaren Anfang habe kein Ende, denn das hieße, zweierlei Form von Nichtexistenz oder Nichts zu behaupten – eine logische Unmöglichkeit. Wahre Offenbarung kommt nicht aus einem Buch und auch nicht aus einer Reihe von Geboten, sondern aus einem wahren Verständnis der Funktion des Lebens.

Alles ergibt einen Sinn, wenn wir die Bedeutung des Lebens begriffen haben, und das ist nicht annähernd so schwer, wie es klingt. Diese Frage mag Philosophen, Alchemisten und Naturwissenschaftler seit Jahrtausenden beschäftigen – die unausrottbare Annahme, das menschliche Leben müsse einen Sinn haben, ist nun mal der Fluch des Homo sapiens –, doch die Lösung dieses vermeintlichen Rätsels ist simpel: Alle Lebensformen sind lediglich Vehikel für das Überleben von DNA, und Gene sind kleine Software-Bits, die nur ein einziges Ziel haben – Kopien ihrer selbst herzustellen. Menschen, Mäuse und Mollusken sind nur raffinierte Mittel, die sich die jeweiligen Genprogramme zum Zweck ihrer Reproduktion erschaffen haben. Das ist der einzig wahre Sinn des Lebens, und die erfolgreichsten DNA-Sequenzen sind die Varianten, die in der Konkurrenz um die knappen Res-

sourcen des Planeten besser abschneiden als andere. Diesen Prozess nennen wir das Überleben der Tauglichsten. Wenn man es so betrachtet, wird klar, dass Menschen nichts weiter sind als ein überaus erfolgreiches Vehikel für eine bestimmte DNA-Botschaft.

Diese Analyse wertet das Leben keinesfalls ab, im Gegenteil. Der Mensch mag zwar so etwas Ähnliches sein wie ein Computer, der darauf programmiert ist, die ursprünglichen genetischen Programmcodezeilen zu replizieren. Aber die DNA ist, was die Erhaltung von Information anbelangt, jedem derzeit existierenden oder vorstellbaren Computer weit überlegen. Die Mathematik des DNA-Archivs ist schwindelerregend. Jedes Gen in Ihrem Körper ist bereits zwanzig Millionen mal kopiert worden, mit neunundneunzigprozentiger Genauigkeit. Stellen Sie sich nur mal vor, wie sich so viele Kopiervorgänge bei jeder anderen Methode der Konservierung wertvoller Archivtexte ausgewirkt hätte. Allein aus diesem Grund schon kann Leben im Universum nicht allzu häufig sein. Ja, es ist nicht davon auszugehen, dass es ein kosmisches Prinzip ist.

Doch der Erfolg von DNA-Sequenzen basiert nicht nur auf der Hervorbringung möglichst effizienter Vehikelkörper für ihre Reproduktion. Das langfristige Überleben einer DNA-Sequenz hängt sogar von Strategien ab, die über den Körper des Replikators selbst hinausgehen. Ein Bedingungsfaktor für den Erfolg von DNA ist die Art und Weise, wie diese auf die Außenwelt einwirkt: Erfolgreiche Gene greifen über den eigenen Körper hinaus und verändern ihre Umwelt. Spinnengene spinnen Netze, Vogelgene bauen Nester, und Bienengene produzieren Honigwaben. Und Menschengene, als die erfolgreichsten von allen, greifen über den Körper hinaus und erfinden das Rad – sowie alles andere, was ihre Reproduktionschancen verbessert: den Langbogen, den Pflug, die Schrift, den Sattel, die Druckerpresse, das Fernrohr, die Kamera, das elektrische Licht, das Penicillin usw. Nicht lange, und der erfolgreichste Replikator, der Mensch, erfindet selbst einen weiteren Replikator – den Computer. Jetzt, da digitale Programme unzählige Male kopiert werden, ist es im Handumdrehen so weit, dass die Überlebens-Champions, die synthetische Codesequenzen nun mal sind, ihrerseits ihre Umwelt beeinflussen. Computer bauen andere Maschinen. Computer bauen bessere Computer. Und mit der Erschaffung des ersten Computervirus – das sehr ähnlich operiert wie ein biologisches Virus – beginnt eine neue Ära der Evolution: die der artifiziellen Replikation. Viren mutieren. Sie finden Mittel und Wege, ihr Überleben zu sichern, die Welt außerhalb des Computers zu manipulieren. Replikatoren sind per definitionem opportunistisch. Das ist die Grundlage ihres Erfolgs.

Zweifellos wird der Leser die zu den zentralen Michelangelo-Deckenfresken der Sixtinischen Kapelle gehörende Erschaffung Adams[1] *kennen. Gott und Adam, zwei Angehörige der Kategorie Superwesen, stehen sich vor einer halb ausgeformten Urlandschaft gegenüber. Das Leben springt von der Hand Gottes auf Adam über wie ein elektrischer Funke – Kommunikation von einem erfolgreichen Replikator zum anderen.*[2] *Beide greifen aus, die Welt um sich herum zu verändern.*

Könnte es sein, dass eines Tages das Verhältnis von Mensch und Computer in ähnlicher Weise dargestellt wird? Könnte der Zeitpunkt kommen, da die beiden erfolgreichsten Sequenzen digitaler Information auf diesem Planeten – die DNA und der binäre Code – ausgreifen, um sich gegenseitig grundlegend zu verändern? Denn ich glaube, dass es das ist, worauf wir alle zustreben – dieser Michelangelo-Moment.

1 Erschaffen 1508–1512.

2 Tatsächlich scheinen Gott und Adam in Michelangelos Darstellung nahezu ebenbürtig, da ihre Gestalten ziemlich komplementär sind. Dieses spezielle Detail hat, offen gestanden, eher etwas Heidnisches.

VII

Bei der geringen Gravitation des Mondes waren Sitzpolster nicht sonderlich nötig. Daher war das Design der beiden identischen Sessel, in denen Gates und Dallas jetzt nebeneinander saßen, während Prevezer sein Simworld-Equipment vorbereitete, rein optisch ausgerichtet. Für Rameses Gates hatten die skulpturartigen Sitzgelegenheiten aus weißem Nanomarmor etwas Schwingenartiges, was ihn an Engelsflügel erinnerte – gab es nicht eine Kategorie Engel, unter den Cherubim, die Throne hießen?[1] Er war kein gläubiger Mensch, aber das Konzept der Engel war ihm dennoch vertraut. Kein Wunder in dieser Jahrtausendanbruchszeit, da einem mehrere Dutzend religiöser Sekten[2] eine spirituelle Kontaktaufnahme mit dem eigenen Schutzengel offerierten, als Garantie für die persönliche Auferstehung nach dem Tod. Jetzt, wo der Raub immer näher rückte, merkte Gates, dass er gegen einen beruhigenden Schutzengel oder zwei nichts einzuwenden hätte.

Für Dallas' nüchterneres Wissenschaftlerauge sahen die Sessel aus wie zwei Klumpen von geschmolzenem Kerzenwachs – ziemlich prosaisch. Ganz im Gegensatz zu den kugelförmigen, transparenten, selbsttragenden Gebilden aus Elektro-Tetraedern, die Prevezer jetzt den beiden Männern auf die Köpfe setzte.

«Ich dachte, Sie halten nichts von immersiven Headset-Displays», bemerkte Simou, der, ebenso wie Cavor, Ronica und Lenina, in Prevezers Suite gekommen war, um der Simulation beizuwohnen.

---

1 Es gibt drei Hierarchien von Engeln, die jeweils aus drei absteigenden Rangstufen, so genannten Ordnungen, bestehen: (1) Seraphim, (2) Cherubim, (3) Throne, (4) Herrschaften, (5) Gewalten, (6) Mächte, (7) Urkräfte, (8) Erzengel und (9) Engel.

2 So zum Beispiel die Kirche Sammaels, die Sandalphonisten und die Neuen Zeugen Raguels.

«Tue ich auch nicht», sagte Prevezer. «Das sind keine Headsets – das sind geodätische MRIs. ‹Magnetresonanz-Imager›. Sie machen ein Bild von der Großhirnrinde und verwandeln es dann in eine Art digitales Diagramm – so ähnlich wie eine topographische Erdkarte. Die geodätische Kuppel unterteilt den Scan anschließend in winzige digitale Kästchen namens Voxels, damit ein Algorithmus diejenigen Voxels der Großhirnrinde heraussuchen kann, die für die Verarbeitung sensorischer Informationen und für das Arbeitsgedächtnis zuständig sind.»

Prevezer justierte die geodätische Kuppel auf Dallas' Schultern. «Wie fühlt sich's an? Bequem?»

«Fast, als ob's gar nicht da wäre», gab Dallas zu.

«Das ist der Sinn der Sache», sagte Prevezer stolz, während er sich hinter das Computerpult zurückzog, um den Simulations-Countdown einzuleiten. «Geodätische MRIs verursachen weder Übelkeit noch Kopfschmerzen. Anders als diese billigen Headset-Displays, die man immer noch überall sieht. Uralte Pornoprojektionshelme und solcher Mist.»

Prevezer ließ ein paar letzte diagnostische Programmchecks durchlaufen. «Der Bursche, der diese Konstruktion erfunden hat, war ein gewisser Buckminster Fuller. Er wollte ein preisgünstiges Gebäude entwerfen und benutzte dafür eine Form, die er sich ursprünglich mal als Analogon für ein Denksystem ausgedacht hatte. Komischerweise entspricht die geodätische Kuppel genau der Art und Weise, wie wir heute Simulationsmodelle erstellen. So wie Fuller sich den Denkprozess vorstellte, besteht nur die Oberfläche der Kuppel aus relevanten Erfahrungen oder Gedanken. Was zu klein ist, um relevant zu sein, bleibt innerhalb der Kuppel, und was zu groß ist, bleibt außen vor.»

«Wie wir», brummelte Lenina. «Meiner Meinung nach wäre diese Simulation doch viel sinnvoller, wenn wir alle mitmachen könnten. Was ist denn das für ein Probelauf, wenn er ohne die meisten Teammitglieder läuft?»

«Da haben Sie völlig Recht», sagte Prevezer, ätzenden Sarkasmus in der Stimme. Er sah Lenina nicht mal an; er war viel zu sehr damit beschäftigt, seinen Computer an ein kleines Display anzuschließen, das er über dem linken Auge trug, damit er ständig Gates'und Dallas' Vitalzeichen in visualisierter Form überwachen konnte, während die beiden in seiner Simworld unterwegs waren. «Das Problem ist nur, dass es keinen Computer gibt, der mehr als zwei Perspektiven in ein und derselben Simworld handhaben kann.»

«Prev hat Recht, Lenina», sagte Dallas. «Mehr ist nicht drin. Tut mir Leid, dass wir nicht alle den Plan in der Simulation durchspielen können, aber das hier ist nun mal keine perfekte Welt.»

«Von welcher Welt reden Sie?», fragte sie und ging ans Fenster. «Ihrer oder meiner?»

«Lenina», sagte Gates, «genug jetzt.»

Prevezer schaltete die beiden geodätischen MRIs per Fernaktivierung ein, und sie leuchteten auf wie zwei Miniplanetarien.

«Okay, Köpfe möglichst still halten», befahl er, als sich jetzt vor ihm auf dem Schirm das komplexe Muster aus Wülsten und Falten, das Dallas' Gehirn war, wie ein Fingerabdruck abzeichnete. «Gut schauen Sie aus, Dallas.» Und dann: «Sie auch, Gates. Wird Sie beide freuen zu hören, dass keinerlei Anzeichen irgendeiner signifikanten Anomalie zu erkennen sind. Nur zwei gesund aussehende Gehirne mit hübschen Axonverbindungen für die Elektro-Neuronadeln. Und jetzt ganz still halten. Sie werden vielleicht ein ganz leichtes lokales Piksen auf der Kopfhaut fühlen, gefolgt von einer Art Kribbeln.»

Aus dem geodätischen MRI auf jedem der beiden Köpfe schoben sich jetzt eine Reihe winziger flexibler Nadeln teleskopartig in Richtung Kopfhaut.

«Ich hasse Nadeln», sagte Gates und zog mit geschlossenen Augen eine gequälte Grimasse.

«Nicht reden. Davon vibriert der Kopf, und das irritiert den Neuronadel-Kollimator. Ganz still halten. Nicht bewegen.» Die Nadeln waren jetzt platziert. «Okay. Sie können jetzt relaxen. Sie sind beide angeschlossen.»

«Das war's schon?» Gates blinzelte ein paar Mal.

«Ich habe gar nichts gespürt», gestand Dallas.

«Nur nicht niesen», riet Simou.

«In einer Minute geht das gar nicht mehr», murmelte Prevezer. «Jedenfalls nicht in dieser Welt. Okay, Augen zumachen. Alle beide. Dann ist es nicht so ein Schock, wenn ich Sie in die synthetische Welt expediere. Normalerweise versetze ich die Leute ja in eine Welt des Vergnügens und der Muße. Aber dieses Modell hier ist wohl kaum der Stoff, aus dem die Träume sind.

Das Programm ist so aufgebaut, dass die Chips und alle relevanten sensorischen Neuronen exakte Parallelfunktionen haben und von den Schnittstellen her praktisch austauschbar sind. Jeder Chip im Computer ist darauf programmiert, genau das zu tun, was sein natürliches Gegenstück tut. Das Ergebnis ist ein Silicium-Kortex, dem ein anderes bewusstes Erleben vermittelt wird als dem natürlichen.»

Prevezer zeigte auf den Computer auf dem Pult vor ihm.

«Indem ich einfach nur diesen Knopf da drücke», erklärte er, «kann ich vom natürlichen kortikalen Modus auf den artifiziellen umschalten und umgekehrt. Der Knopfdruck bewirkt keine Veränderung im Verhalten, da die Organisation des beteiligten Gehirns dieselbe bleibt – sei dieses synthetisch oder natürlich.

Es ist so ähnlich, wie wenn man eine Prothese hat, nur dass im Fall des Gehirns die künstliche Version eine andere Art bewusstes Erleben liefert – eine, die ich geschaffen habe. Und da ist noch ein wichtiger Unterschied. Für Sie wird sich diese künstliche Version fast so anfühlen wie das Original.

Machen Sie sich bereit, Gentlemen, noch zehn Sekunden bis zum Eintritt in die Simworld. Auf los. Zehn, neun, acht …»

Cavor sah auf seinen Kunstarm und dachte, dass der sich in letzter Zeit gar nicht mehr wie eine Prothese angefühlt hatte. Eher wie das Original. Vielleicht sogar besser, falls so etwas möglich war. Nicht direkt kräftiger, einfach anders, auf eine Art, die er schwer zu beschreiben fand.

«Fünf, vier, drei, zwo, eins, los.»

Prevezer drückte den Knopf, der seine beiden Schutzbefohlenen einem anderen bewussten Erleben überantwortete, und sah dann, nachdem er die Vitalzeichen geprüft und alles für normal befunden hatte, ein bisschen gequält in die Gesichter seiner zuschauenden Teamgefährten. Es schien fast, als erwarteten sie, dass mit den beiden Männern unter den geodätischen Helmen irgendetwas Spektakuläres vor sich ging. Er lachte verächtlich und sagte: «Sie gucken, als ob Sie glauben, die beiden verschwinden oder was.»

«Ich würde gern mal sehen, wie ich in der virtuellen Realität aussehe», sagte Ronica.

Prevezer zuckte zusammen. «Bitte nicht diesen Ausdruck. Wenn Sie von dem reden wollen, was hier geschieht, dann sagen Sie ‹Simulation› oder ‹Modell› oder ‹Surrogatwelt› oder ‹Simworld›, aber auf keinen Fall ‹virtuelle Realität›. Das ist Kinderkram.»

«Wie immer Sie's genannt haben wollen», sagte Cavor, «ich würde jedenfalls auch gern mal meine Simworld-Version sehen.»

«Wie können Sie sich denn hinterher an Sachen erinnern, die gar nicht wirklich passiert sind?», fragte Ronica.

«Man erinnert sich doch auch an Träume, oder nicht?»

«Ja, aber Träumen ist was, was das Gehirn selbst tut.»

Prevezer schüttelte den Kopf. Er war es nicht gewohnt, die Tricks seines Metiers zu erklären. Meistens expedierte man jemanden in eine Simworld und legte dann die Füße hoch, während sich der Betreffende dort tummelte. Er war diese ganze Fragerei langsam leid.

«Alles, was das System zur Verarbeitung von Sinneswahrnehmungen durchläuft, landet auch im Gedächtnis. Und ich versichere Ihnen, wenn die beiden wieder in die natürliche Welt zurückkehren, werden ihnen ihre Erinnerungen ganz schön real erscheinen. So wie Ihnen zum Beispiel unser Flug hierher auf den Mond.»

Diesen Vergleich fand Lenina nicht sonderlich überzeugend: In ihrem Kopf unterschied sich der Flug nicht von den Simulationsübungen, die sie mitgemacht hatte. Und Prevezers hochtrabende Art beeindruckte sie auch nicht weiter.

«Wo Sie uns schon so eindrucksvoll Ihre Künste erläutern», sagte Lenina, «könnten Sie mich vielleicht einfach kurz beruhigen, dass ihnen nichts passiert.» Ihre eigene Erfahrung mit Simulationen hatte sie gelehrt, dass diese nur so gut waren wie die Person am Computer.

Prevezer verzog das Gesicht. «Natürlich passiert ihnen nichts. Hätte ja keinen Sinn, ein Modell zu entwickeln, an dem sie experimentieren können, wenn da irgendein ernsthaftes Verletzungsrisiko dabei wäre. Dann könnten sie genauso gut die Sache selbst angehen. Womit ich nicht sagen will, dass es sich nicht unangenehm und sogar schmerzhaft anfühlen kann. Ich meine, jeder hat doch schon von Horrorsimulationen gehört, oder? Man kann hinterher fix und fertig und sogar traumatisiert sein, aber körperlich kann einem nichts passieren.»

Noch im Sprechen realisierte Prevezer, dass das nicht stimmte. Es kam öfters vor, dass Leute bei Simulationen starben, aber das lag gewöhnlich daran, dass sie krank waren und auf diese Weise abtreten wollten.

«Außerdem kann ich gewöhnlich mitvollziehen, was passiert. Ich kann zwar nicht in die Simulation selbst reingucken, aber die Programmziffern liefern mir eine ziemlich gute Vorstellung, wo sie gerade sind, was passiert und wann sie dort drinnen fertig sind. Und ich halte ja auch ständig ein Auge auf ihre Vitalzeichen

– Herz- und Atemfrequenz, Gehirnaktivität. Mit ausreichender Erfahrung erkennt man, wann etwas schief läuft. Wenn das passiert, drückt man einfach nur auf den Knopf und holt sie zurück.» Er schnippte mit den Fingern. «Schwupp. Hey, bislang ist noch nie jemand in einer von meinen Simworlds zu Schaden gekommen.»

Das stimmte nur teilweise. Niemand von Prevezers Kunden hatte je körperlichen Schaden genommen. Aber es gab einige, deren Psyche nie wieder dieselbe sein würde.

Lenina sah zu Gates hinüber und nickte dann. «Freut mich. Für Sie. Denn wenn Gates was passiert, werden Sie einen Cyberhandschuh brauchen, um Ihren Schwanz noch fühlen zu können. Klar?»

«Was soll das heißen?»

«Denken Sie mal drüber nach», sagte sie und gähnte, zum zehnten Mal in ebenso vielen Minuten. Sie hatte sich inzwischen der Wahrheit gestellt, die hinter ihrer ständigen Müdigkeit und dem Ausschlag auf ihrem Körper steckte. Kein Zweifel. Sie hatte keine hundertzwanzig Tage mehr. Wesentlich weniger, danach zu urteilen, wie sie sich fühlte. «Dieser Mann ist alles, was ich auf der Welt habe. Und ich werde nicht zulassen, dass ihm was passiert.»

«Es wird alles bestens laufen», versicherte er durch die aufeinander gepressten Zähne.

«Gut. Wenn das so ist, werde ich mich jetzt hinlegen. Was dagegen, dass ich Ihr Bett benutze, Prev? Ich bin völlig erschossen. Ich glaube, ich habe die Umstellung auf die Mondzeit immer noch nicht verkraftet.»

«Bedienen Sie sich.» Mit einer Mischung aus Ärger und Mitleid sah ihr Prevezer nach, als sie in sein Schlafzimmer ging. Er hatte genügend Simulationen für Virusopfer entwickelt, um eine Drei-Monde-Phase zu erkennen, wenn sie ihm ins Gesicht starrte. Er vermutete, dass unter dem ganzen Make-up auf Leninas Gesicht ein rötelnartiger Ausschlag war. Er empfand auch ein gewisses Maß an Bewunderung für sie. Ganz schön taff, einfach so herumzulaufen, als wäre nichts. Er sagte sich, dass wahrscheinlich alle außer Ronica dasselbe dachten. Ronica hatte nicht genug Virusopfer aus der Nähe erlebt, um eine Drei-Monde-Phase zu erkennen.

«Wo genau sind sie jetzt?», fragte Ronica, als Lenina in Prevezers Schlafzimmer verschwunden war.

«Wo anders als am Anfang?», sagte er. «Im Raumschiff, auf dem Weg zum Descartes-Krater.»

3

I

SIMWORLD: AUFENTHALTSZEIT 00:00

«Drei, zwo, eins, los ...»

Dallas schlug die Augen auf und fand sich auf einem Sitz im Cockpit des *Mariner.* Vor ihm saßen Gates, auf dem Kommandantensitz, und Leninas Surrogat, auf dem Pilotensitz. Er beugte sich, unter den authentischen Mikrogravitationsbedingungen eines Raumflugs in Mondnähe, langsam vor und berührte Gates an der Schulter. Der Hüne fuhr zusammen, als er sah, dass der Eintritt in die Simworld erfolgt war, prüfte aber instinktiv zuerst die Instrumente, ehe er sich zu Dallas umdrehte.

«Willkommen in der unwirklichen Welt», sagte Dallas lächelnd, obwohl sich diese Welt ziemlich wirklich anfühlte. Gates' Schulter, der Druckanzug, den er jetzt trug, die Lehne seines eigenen Sitzes, das Ladebuchtfenster hinter seinem Helm, der Luftstrom der Klimaanlage auf seinem Gesicht und der vertraute Gestank mangelhafter Ausscheidungsentsorgung, der in seine gerümpfte Nase drang – das alles war beruhigend substantiell.

«Danke», sagte Gates, der jetzt zuerst das Mikrophon vor seinem Mund und dann seinen Sitzgurt justierte. «Fühlt sich an, als ob wir nie auf der TB gewesen sind. Als ob es nur ein Traum war.»

«Nur, dass wir beide dasselbe geträumt haben», sagte Dallas. «Wie ist unsere Position?»

Es war Lenina, die antwortete, wobei ihre Stimme vielleicht ein ganz klein wenig nichtmenschlich klang.

«Wir sind auf Autopilot», sagte sie. «Nähern uns dem Descartes-Krater auf Süd-Südwest-Kurs. Unsere derzeitige Position ist zehn Grad Breite, zwanzig Grad Länge. Höhe eintausend Fuß. Horizontalgeschwindigkeit einhundertzwanzig Meilen pro Stunde. Noch fünfundsechzig Meilen bis zum Zielpunkt. Wir sind in einer halben Stunde da.»

Gates zog einen Handschuh aus und befühlte Leninas Wange mit dem Handrücken.

«Hey», sagte sie. «Was soll das werden?»

«Wie geht's dir?», fragte er, belustigt, weil ihre Haut sich genauso glatt und kühl anfühlte wie bei ihrer ersten Begegnung. Sie trug kein Make-up, und da war keine Spur der Drei-Monde-Phase, die das Leben der echten Lenina im Hotel bedrohte.

Lenina sah ihn verdutzt an. «Mir geht's gut», sagte sie. «Warum fragst du? Soll das ein Jux sein?»

«Nur so, kein Jux. Geh auf Handsteuerung.»

«Gehe auf Handsteuerung», sagte Lenina, ergriff den Knüppel und schaltete den Autopiloten ab.

«Notlandung vorbereiten», befahl er.

«Notlandung wird vorbereitet», bestätigte Lenina.

«Simou? Sind Sie da?»

«Klar bin ich da», sagte eine Stimme in Gates' Kopfhörer. «Wo soll ich denn sonst sein? Ich meine, das Galileo ist ja ganz nett, aber ich habe ja schließlich den ganzen Trip gebucht, oder?»

Gates drehte sich grinsend zu Dallas um. «Man muss sich schon erst mal dran gewöhnen», gab er zu. «Bis jetzt ist das eine ganz schöne realistische Simulation.»

«Hoffen wir's», sagte Dallas.

«Fernzündung bereit?»

«Alles scharf wie Nachbars Lumpi.»

«Alle mal herhören», sagte Gates. «Sobald wir um Notlandeerlaubnis bitten, müssen wir denen Cockpit-Stimmaufzeichnungen und Instrumentendaten übermitteln. Also, von jetzt an bitte alles ganz echt.» Er schüttelte den Kopf. «Was immer das heißt.»

«Was ist denn mit dir los?» fragte Lenina stirnrunzelnd. «Hast du getrunken oder was?»

«Mit mir ist gar nichts los. Flieg du einfach nur die Kiste.»

Der Landeplatz der First National war eine Hochsicherheitszone und für den gesamten Mondflugverkehr strengstens gesperrt. Eine Landeerlaubnis erteilte der Descartes-Computer nur, wenn er einen autorisierten Landecode empfangen hatte, woraufhin die hochexplosiven Minen, die unter der Oberfläche des Landeplatzes lagen, elektronisch entschärft wurden. Jedes Schiff, das sich unautorisiert dem Landeplatz näherte, riskierte, mit Raketenwaffen beschossen zu werden. Nur in dringenden Notfällen war der Computer so freundlich, eine Landung auch ohne den erforderlichen Code zu gestatten. Dafür musste das in Gefahr befindliche Schiff dem Descartes-Computer jedoch seine sämtlichen Flugdaten sowie Cockpit-Stimmaufzeichnungen übermitteln. Binnen Sekunden konnte der Computer abschätzen, ob es sich um einen echten Notfall handelte: zum einen durch die Auswertung der Flugdaten, zum zweiten, indem er die Stimmaufzeichnungen von einem polygraphischen Lügendetektor prüfen ließ. Wenn für den Computer offensichtlich war, dass es sich um eine Täuschung handelte, wurde die Notlandung verweigert und das Schiff beschossen.

Für einen erfahrenen Piloten wie Gates war die Lösung, die Dallas für dieses Problem gefunden hatte, erschreckend radikal: Simou sollte einen echten Notfall arrangieren, der kurz vor dem Descartes-Krater eintreten würde. Das Einzige, was ziehen würde, hatte Dallas argumentiert, sei ein echter Notfall, etwas, was einerseits schwerwiegend genug war, um eine sofortige Notlandung zu erfordern, was Simou aber andererseits wieder reparieren konnte, während sie den Rest des Plans ausführten. Das Gefährliche daran war, dass ein echter Notfall sie womöglich zwingen würde, schon vor dem Descartes-Krater herunterzugehen. In einer Hochlandgegend, wo es keine anderen ebenen Landegelegenheiten gab, würde das für ein Raumschiff von der Größe des *Mariner* eine Katastrophe bedeuten. Alles hing von Gates ab, von seinen Fähigkeiten als Pilot und vermutlich auch als Lügner. Jedenfalls war die Sache äußerst riskant, was der echte Simou auch bereits geäußert hatte.

«Wenn man einen Bleistift auf die Spitze stellt, wird er mit Sicherheit umfallen. Er gehorcht nun mal dem Gravitationsgesetz – jedenfalls tut er das auf der Erde. Das Problem ist, dass man nie vorhersagen kann, nach welcher Seite der Bleistift fällt. Das Gravitationsgesetz ist ein sehr präzises Gesetz, aber mit einem extrem unpräzisierbaren Resultat. Mit anderen Worten, ohne den genauen Zustand des *Mariner* zu kennen, von den genauen Flugbedingungen und einer ganzen Reihe von schlichtweg unkalkulierbaren Variablen mal abgesehen, ist – genau wie beim Bleistift – nicht vorhersagbar, wie sich dieses Schiff in der konkreten Situation verhalten wird. Wir haben es hier mit einem System zu tun, das hoch sensibel auf seine Ausgangsbedingungen reagiert, sodass die geringste Variation im Bereich dieser Bedingungen zu ganz unterschiedlichen Ergebnissen führen kann. Wir können explodieren. Wir können implodieren. Wir können bruchlanden. Wir können es bis zum Landeplatz schaffen, aber nicht in der Lage sein, die Reparaturen durchzuführen. Ich weiß nicht, wie der Rest Ihres Plans aussieht, Dallas, aber wenn er auch nur entfernte Ähnlichkeit mit diesem Teil hat, dann kommt da ganz schön was auf uns zu.»

«Dass es leicht sein würde, hat keiner behauptet», hatte Dallas erwidert. «Für mich war das immer schon der riskanteste Teil des Plans, schon deshalb, weil dabei alle gefährdet sind, nicht nur Gates und ich, so wie danach, wenn wir in die Anlage einbrechen. Aber kalkuliertes Risiko ist Teil der Strategie. Deshalb spielen wir das Ganze ja zuerst in der Simulation durch. Um Risiken abschätzen und, wenn möglich, minimieren zu können.»

Für ein paar Minuten verlief der simulierte Flug in absolutem Schweigen, denn alle warteten jetzt auf den kritischen Moment: die Explosion einer winzigen Sprengladung, die Simou, um den Einschlag eines mit zehn Meilen pro Sekunde dahinschießenden hagelkorngroßen Meteoriten zu fingieren, auf der Nase des Schiffs – gleich unterhalb der Cockpitscheibe, zwischen der Aluminiumhaut des Rumpfes und dem Keramik-Hafnium-Hitzeschild – angebracht hatte. Die Wahrscheinlichkeit, dass so etwas wirklich passierte, war verschwindend, aber wenn es doch eintrat, waren die Folgen äußerst ernst.

Gates merkte, wie er die Luft anhielt, und staunte ein wenig, dass eine Simulation eine derartige Spannung erzeugen konnte. Als Astroliner-Pilot hatte er viele Stunden in Simulatoren verbracht und gelernt, mit allem umzugehen, was sich die Ausbilder einfallen ließen: Ausfall des Haupttriebwerks, Versagen der Schubdüsen, Ausfall des Reaktionskontrollsystems, Ausfall des Lagekontrollsystems, ja selbst Computerausfälle, aber das hier kein einziges Mal – so viele andere Zwischenfälle waren so viel wahrscheinlicher als das Szenario, das sich jetzt gleich entfalten würde. Doch Simou hatte Recht: Ein glaubwürdiger Notfall zeichnete sich ja gerade dadurch aus, dass man nicht darauf vorbereitet war.

Plötzlich war es so weit: Ein lauter Knall – lauter, als Gates erwartet hatte – erschütterte den *Mariner*, riss ein nicht mal stecknadelkopfgroßes Loch in die Cockpitwand und löste Generalalarm aus. Gates erschauerte unwillkürlich, so beängstigend real war das inszenierte Geschehen. Die Bestürzung in seiner Stimme war ziemlich echt.

«Großer Gott, wir verlieren Druck. Auf Sauerstoff gehen. Mitteldeck abschotten.»

Dallas sprang auf, um die Durchstiegsluke zwischen den Decks zu schließen. Gleichzeitig klappte er sein Helmvisier herunter und schaltete seine eigene Sauerstoffversorgung ein.

«Luke geschlossen», bestätigte er und schnallte sich dann wieder auf seinem Sitz fest. Er hörte einen zweiten lauten Knall, als die Steuerraketen des Reaktionskontrollsystems zündeten, um die Rollbewegung des Schiffs um die Längsachse, die die Rückstoßwirkung der entweichenden Kabinenluft auslöste, zu korrigieren.

«Irgendwas hat uns getroffen», schrie Lenina. «Muss ein kleiner Meteorit gewesen sein.»

Sie hörten einen weiteren lauten Knall, als das Hauptschubsteuerungssystem zündete. Im Inneren des *Mariner* klang das wie ein Kanonenschuss. Diesmal begann das Schiff um seine Querachse zu nicken. Die Hauptschubsteuerung, für schnelle Dreh- oder Seitwärtsmanöver in der Umlaufbahn gedacht, erwies sich als viel zu stark, um das Schiff wieder auszurichten.

«Hauptschubsteuerung abstellen», rief Gates. «Auf Handsteuerung gehen.»

Die Vernier-Schubdüsen, ein kleinerer Schubdüsentyp, wirkten sanfter auf die Ausrichtung des Schiffs. Sie wurden vom Computer aktiviert und zündeten entsprechend der Knüppelbewegung.

«Wir müssen runter», erklärte Gates.

«Wir haben einen massiven Druckaufbau in den Steuersystemtanks.»

«Vergiss es», sagte Gates. «Such einfach nur einen Landeplatz.»

Lenina spähte bereits aus dem Fenster.

«Alles zerklüftetes Hochland da draußen», berichtete sie. «Da kann nicht mal ein Football landen. Moment mal.» Sie sah jetzt auf den Computer. «Da ist ein Landeplatz auf der Mondkarte eingezeichnet. Genau voraus. Zehn Meilen. Wenn das kein

Glück ist. Ist zwar ein Platz mit eingeschränkter Landeerlaubnis, aber vielleicht lassen sie uns ja trotzdem runter. Schaffen wir's bis dahin?»

Unter seinem Helm fühlte Gates einen Schweißtropfen auf seine Lippe herabkullern. Er schmeckte salzig. Aber war dieser Geschmack echt oder synthetisch?

«Funksprucheingang», sagte Lenina.

«Hier spricht die First National Blood Bank im Descartes-Krater», sagte die Stimme. «Sie nähern sich einer Sperrzone. Bitte drehen Sie ab auf Kurs eins-null-null und steigen Sie auf zweitausend Fuß.»

«Negativ, Descartes», sagte Gates. «Wir haben einen schwerwiegenden Defekt und müssen den Flug abbrechen. Erbitten Landeerlaubnis.»

«Landeerlaubnis verweigert. Ich wiederhole, dies ist eine Sperrzone. Ohne entsprechende Autorisierung können Sie hier nicht notlanden. Unser Landebereich ist mit Anti-Raumschiff-Minen bestückt.»

Das Schiff erzitterte, während Gates es ruhig zu halten versuchte.

«Ich rede nicht von einem platten Reifen, Descartes», rief er. «Wir verlieren Luft. Wiederhole, wir verlieren Luft. Wir kommen mit oder ohne Erlaubnis runter. Euch zu umfliegen ist nicht drin. Wir müssen es mit den Minen aufnehmen.»

«Druckaufbau in den Schubdüsentanks hält an», sagte Lenina nüchtern.

«Wenn wir die Ventile schließen, schaffen wir's nicht mal bis zum Descartes», brüllte Gates zurück.

«Wenn nicht, explodieren wir», erklärte sie.

«Leite was von dem Treibstoff in die Haupttanks um. Himmelherrgott, muss ich mich denn um alles kümmern?»

«Treibstoff wird umgeleitet.»

Die Hände um die Armlehnen seines Sitzes gekrallt, blickte

Dallas aus dem Cockpitfenster. Voraus konnte er jetzt den Hauptkomplex erkennen – wie eine verlorene Goldmünze auf einem vulkanischen Strand. «Da ist es», sagte er. «Wir sind kurz davor.»

«Wir sind kurz vor ganz was anderem, wenn wir keine Landeerlaubnis kriegen», sagte Gates und schluckte hart. Das war alles viel realistischer, als er es sich je vorgestellt hatte. Sein Herz hämmerte, als sei er gerade mehrere Treppen hinaufgerannt. Selbst wenn der Descartes-Computer ihnen die Landeerlaubnis erteilte, würde es nicht leicht sein, den *Mariner* runterzubringen. Bei jeder Knüppelberührung taumelte das Schiff hin und her.

«Mariner, bitte zwecks Verifikation Ihrer Notlage sämtliche Flugdaten sowie Cockpit-Voice-Recordings übermitteln.»

«Na, endlich», sagte Lenina. Das war es, worauf sie alle gewartet hatten, und sie gab sofort dem Bordcomputer die entsprechenden Befehle. «Flugdaten und CVRs werden übermittelt.»

«Daten erhalten», sagte Descartes. «Analyse läuft.»

«Beeilung», sagte Gates, der darum rang, das kaum noch lenkbare Schiff unter Kontrolle zu behalten. «Wir müssen notlanden, ob's euch passt oder nicht.» Er drosselte die Haupttriebwerke auf unter 10 Prozent Leistung zurück und fuhr das Fahrwerk aus. Sie verloren jetzt rasch an Höhe. Der Landeplatz war noch eine knappe Meile voraus. In einer guten Minute würden sie unten sein, wie immer der Computer entschied.

«Descartes, hier *Mariner*. Wie ist unser Landestatus?»

Keine Antwort aus dem Kopfhörer. Keine halbe Meile mehr. Er sah jetzt die ganze Anlage vor ihnen liegen, golden im Sonnenlicht, wie ein mythisches Eldorado.

«Dreißig Sekunden bis zum Aufsetzen», sagte Lenina.

Der *Mariner* erzitterte wieder.

«Wenn ich nur dieses verdammte Rollen abstellen könnte», sagte Gates. «Verdammich, Descartes, unser Status, bitte?»

Immer noch keine Antwort. Gates begann sich zu fragen, wie es sich wohl anfühlen mochte, in einer Simulation zerfetzt zu werden. Er wusste, dass man große Lust empfinden konnte – er hatte genug Simsex gehabt, um das bestätigen zu können –, warum dann nicht auch großen Schmerz?

«Festhalten», sagte er in sein Mikro. «Wir gehen jetzt runter.» Der Stress in seiner Stimme war für jeden erkennbar, den Computer eingeschlossen. Noch hundert Meter, und immer noch keine Antwort. «Ist da wer? Bitte.»

Noch während er das sagte, wurde ihm die Vergeblichkeit seines Flehens bewusst. Der Landeplatz der First National war unbemannt. Außer Descartes war dort niemand. Nur ein Computer stand zwischen ihnen und dem Nichts.

«Es geht los …»

«*Mariner*, Notlandeerlaubnis erteilt. Sämtliche Minen wurden entschärft.»

Gates antwortete nicht. Keine Zeit mehr, irgendetwas zu sagen. Der Landeplatz raste auf sie zu und wurde von dem riesigen Schatten des Schiffs verdunkelt. In der nächsten Sekunde hatten sie aufgesetzt, mit einem lauten Schlag, wie wenn ein Lastwagen in vollem Tempo auf eine mächtige Bodenwelle kracht. Gates drückte den Triebwerk-Abschaltknopf und sagte: «Triebwerke abgeschaltet.» Dann sank er erschöpft in seinen Sitz zurück.

Lenina begann, die Checkliste durchzugehen, die automatisch nach jeder Landung erschien. Gates drehte sich zu Dallas um. Die beiden Männer grinsten sich an und klatschten sich triumphierend ab.

«Descartes, hier spricht *Mariner*», sagte Lenina. «Wir sind am Boden.»

«*Mariner*, bestätige Landemeldung.»

«Wir melden uns gleich wieder, Descartes», sagte sie und begann, nachdem sie die Funkverbindung unterbrochen hatte, ihren neuen Status in den Computer einzugeben.

«Meine Güte, das war knapp», sagte Gates. «Um ein Haar. Sagt mir, dass wir noch leben.»

«Ich denke, also bin ich», sagte Dallas, während er seinen Sitzgurt löste und sich nahezu schwerelos erhob. «Ich würde sagen, das war eine ziemlich nützliche Erfahrung, meinen Sie nicht?»

«Und ob. Mich hat sie zwei Sachen gelehrt. Einmal, dass ich einen Satz synthetische Nerven brauche. Meine sind durchgewetzt. Und zum andern, dass Ihr Plan Wahnsinn ist.»

«Es hat doch geklappt, oder? Auf geht's, wir haben noch eine Menge vor.»

«Das ist es ja gerade.»

II

SIMWORLD: AUFENTHALTSZEIT 01:01

Ehe er das Cockpit verließ, öffnete Dallas die Ladebucht und lud mittels des Manipulatorarms ein Objekt aus, das wie der tragflächenlose Rumpf eines kleineren wieder verwendbaren Startvehikels aussah, nur dass es ganz und gar mit den Keramik-Hafnium-Platten verkleidet war, die beim *Mariner* selbst nur Nase, Unterseite und Tragflächenenden schützten. Das war der Weltraumkühlschrank[1], dafür bestimmt, verderbliches Material zur

---

1 Dinge im Weltraum kühl zu halten kann ein Problem sein, vor allem beim Wiedereintritt in die Erdatmosphäre, bei dem die Außentemperatur 704 Grad Celsius erreichen kann. Die Lösung ist der Weltraumkühlschrank, eine Kombination von Technologien aus verschiedenen Jahrhunderten. Der Weltraumkühlschrank basiert teilweise auf der Stirling-Zyklus-Kältemaschine, einem mechanischen Kühlgerät, das 1816 von dem schottischen Geistlichen Robert Stirling erfunden wurde. Mit dieser Technik lässt sich der Inhalt jedoch nur auf 20 Kelvin kühlen – immer noch ein ganzes Stück über dem absoluten Nullpunkt. Die letzte Kühlphase, bei der die Innentemperatur des Geräts auf 0,1 Kelvin sinkt, erfolgt mittels Heliumverdünnung, einer von Alain Benoit

Erde zurückzutransportieren. Mit drei Hauptschubdüsen und zwei ausfahrbaren Tragflächen ausgerüstet, war er dasselbe Modell, das auch die Blutbanken benutzten: Er ließ sich hinten an das Schiff ankoppeln, wodurch sich der verfügbare Nutzlastraum von zwei auf vier Tonnen verdoppelte. Dallas hatte, wie er Rameses Gates gleich erklären sollte, gute Gründe, den Raumkühlschrank jetzt schon auszuladen.

Doch zuerst galt es, einen medizinischen Notfall zu produzieren. Sobald Dallas zum Rest des Teams im Mitteldeck gestoßen war, wurden die Luke geschlossen und die Mannschaftskabine wieder auf Normaldruck gebracht, sodass Ronica ihren Druckanzug ablegen konnte. Nur in der Unterwäsche, legte sie sich in eine Hängematte und schloss sich an ein vollcomputerisiertes Transfusionsgerät an, um sich selbst Blut abzapfen zu können.

«Medizinischer Notfall ist in Arbeit», sagte sie.

Als die Venenpunktur automatisch erfolgt war, begann Ronicas Blut in einen Plastikschlauch zu fließen. Ohne nennenswerte Schwerkraftunterstützung saugte eine Pumpe im Inneren des Geräts den Lebenssaft aus ihren Adern wie ein mechanischer Vampir. Sie war die übliche Autologspendeprozedur gewöhnt, bei der einem 10 Prozent des Gesamtblutvolumens abgezapft wurden. Mit ihren dreiundsechzig Kilo hatte sie ein Gesamtblutvolumen von knapp fünftausend Millilitern, und ihrer Schätzung nach musste alles, was ein Entnahmequantum von 20 Prozent – das Doppelte des Normalen – überstieg, bei ihr die hypovolämische Reaktion hervorrufen, die Dallas brauchte. Die Pumpe gab ein unangenehmes und offenbar nicht eliminierbares Zischen von sich. Weit leiser hingegen registrierte der Computer

---

1991 entwickelten Methode. Ohne den Weltraumkühlschrank wäre der Transport großer Mengen verderblichen Materials von der Erde ins All und umgekehrt nicht möglich.

des Geräts die Entnahmerate und Ronicas Vitalzeichen. Diese medizinischen Daten, die einen medizinischen Notfall suggerierten, wollte Dallas dem Descartes-Computer übermitteln.

«Zehn Prozent», bemerkte er.

Ronica wandte den Blick nicht von der blutroten Schlange neben ihrem bloßen Arm.

«Wie fühlst du dich?»

Sie atmete tief durch, sah kurz auf die Computeranzeigen und schloss dann die Augen. «Ein bisschen schwach», gab sie zu.

Aber die Pumpe sog ihr immer noch mehr Blut aus dem Leib.

«Fünfzehn Prozent», sagte Dallas. «Systolischer und diastolischer Druck fallen jetzt.» Er nahm ihr Handgelenk und prüfte ihren Puls. Ihre Haut fühlte sich feuchtkalt an.

Ronica holte tief Luft und schluckte nervös. «Wo nimmst du nur immer diese guten Ideen her, Dallas?», fragte sie.

«Sie fliegen mir einfach zu, durch den Äther, mit Lichtgeschwindigkeit.»

«Das kann nicht sein», sagte sie mit flackernden Augenlidern. «Informationstragende Einheiten können sich nicht schneller fortbewegen als das Licht.»

«Zwanzig Prozent.»

«Jetzt ist mir ein bisschen komisch. Übel. Muss was Verkehrtes gegessen haben.»

«Hoffentlich fängt sie nicht an zu kotzen», sagte Simou und entfaltete einen Plastikbeutel. «Stinkt so schon genug hier drinnen.»

«Vielleicht möchten Sie ja für sie einspringen», sagte Lenina.

«Ich bestimmt nicht. Ich habe ein Leck zu reparieren, wissen Sie nicht mehr?»

«Dann halten Sie den Mund.»

«Fünfundzwanzig Prozent», sagte Dallas.

Ronica würgte.

«Reden Sie jetzt mit Descartes», wies Dallas Gates an. «Noch ein paar Minuten, und der hämorrhagische Schock setzt ein.»

Gates war bereits beim Funkgerät postiert. Er betätigte einen Schalter, um einen Kanal zu öffnen.

«Descartes, hier spricht *Mariner.*»

«Ich habe Sie zu erreichen versucht, *Mariner*», sagte Descartes. «Wie ist Ihr Status, bitte?»

«Ich kann bestätigen, dass wir höchstwahrscheinlich von einem winzigen Meteoriten getroffen wurden», sagte Gates. «Er hat die Rumpfwand durchschlagen und so einen langsamen Druckabfall im Cockpit verursacht. Bis wir die Reparatur durchführen können, ist dieser Bereich abgedichtet. Es besteht also keine akute Erstickungsgefahr.»

«Freut mich, *Mariner.*»

«Demnächst werden zwei von meinen Leuten aussteigen und das Leck mit dem UHT-Elektronenstrahlschweißgerät[1] abdichten. Aber im Moment habe ich erst mal ein akuteres Problem. Ein weibliches Crewmitglied ist verletzt, wurde offenbar von dem Meteoriten getroffen. So was wirkt wie ein Geschoss. Lebenswichtige Organe sind nicht verletzt, aber sie hat eine Menge Blut verloren. Da wir noch ein paar Stunden brauchen werden, um die Reparatur durchzuführen, bitte ich um ein paar Einheiten RES-1-Vollblut, um eine Infusion vornehmen zu können.»

«Das hier ist keine Kundenbank, *Mariner*», erklärte Des-

1 Die Technik des Elektronenstrahlschweißens wurde im ausgehenden zwanzigsten Jahrhundert in der Ukraine perfektioniert und im Rahmen des russischen Raumfahrtprogramms angewandt. Elektronen werden durch eine Glühkathode emittiert, beschleunigt und dann auf die zu bearbeitende Metall- oder Steinoberfläche gerichtet. Wenn die Elektronen mit den Atomen dieses Materials kollidieren, verwandelt sich ihre kinetische Energie in Wärmeenergie. Jede Art von Gas unterbricht jedoch den Strahl, was zu einer gefährlichen Lichtbogenbildung zwischen Schweißgerät und Oberfläche führt. Ideal ist dieses Werkzeug dagegen für Arbeiten im Vakuum des Weltraums.

cartes. «Das ist eine Bundesreservebank. Sie dient als Garant für andere Blutbanken auf der Erde. Hier werden keine Depositen angenommen. Und hier wird auch nichts abgehoben. Wir verkaufen Blutvorräte, damit die Regierung ihren Etat ausgleichen und ihren Kreditverpflichtungen nachkommen kann. Und in guten Zeiten kaufen wir Blut an, um künftigen Kreditverpflichtungen gewachsen zu sein. So läuft das hier. Und außerdem ist das Blut hier tiefgefroren. Sie müssten es zuerst auftauen.»

«Dreißig Prozent», verkündete Dallas. «Sie fällt in einen Schock.»

«Das weiß ich alles, Descartes», erklärte Gates dem Computer. «Und ich weiß auch, was in der Internationalen Blutbankenkonvention steht. Der Konvention, die den Sinn hat, alle Autologspender in Notfallsituationen zu schützen. Nach Paragraph vierzehn Absatz zehn, ich zitiere: ‹Sofern autorisierte Autologspendercodes vorgelegt werden, hat jede Bank, unabhängig von ihrer hämatologischen Satzung, die Verpflichtung, Autologspendern im Notfall die notwendigen Blutkonserven zur Verfügung zu stellen.›»

«Sie sind sehr gut informiert», sagte Descartes. «Dennoch muss ich auf einer eigenen Patientenevaluation bestehen. Werden die Vitalzeichen ihres Crewmitglieds computerüberwacht?»

«Positiv, Descartes. In Erwartung Ihrer Notfallhilfe nach Paragraph vierzehn Absatz zehn und um Zeit zu sparen, haben wir sie bereits an ein Transfusionsgerät gehängt. Ich übermittle Ihnen jetzt die Vitalzeichen.» Gates betätigte einen Schalter an der Kommunikationskonsole und hielt dann das Mikrophon zu.

«Hoffen wir, dass Descartes mitzieht», sagte er zu Dallas. «Wie geht's ihr?»

Ronica sah blass und fiebrig aus. Der Rest der Crew beobachtete sie mit einer Besorgnis, die nur teilweise ihrer körperlichen Verfassung galt: Wenn Descartes eine Transfusion nicht für dringend notwendig erachtete, war ihr Plan geplatzt.

«Ihre Körpertemperatur ist extrem niedrig», übermittelte Dallas, was er auf dem Computerdisplay las. «Und sie zeigt Anzeichen von Tachykardie sowie unzureichender Gewebedurchblutung.»

«Nach den Daten, die Sie mir übermittelt haben», sagte Descartes, «scheint der Blutverlust noch anzudauern. Ich kann Ihnen keine spezifische Blutkonservenlieferung zukommen lassen, ehe ich nicht weiß, wie viel sie benötigt. Dafür müssen Sie ihren Zustand zunächst stabilisieren.»

Dallas zuckte zusammen und schaltete die Pumpe aus. Daran hätte er denken müssen. Er wartete einen Moment, um dem Transfusionscomputer Zeit zu geben, den Stillstand des Blutverlustes zu registrieren, und nickte dann Gates zu.

«Descartes? Ich glaube, wir haben Sie jetzt so weit stabilisiert», meldete Gates. «Senden weitere Daten zur Verifizierung.» Er hielt kurz inne. «Alles klar?»

«Positiv, *Mariner*. Nach den übermittelten Daten benötigt sie vierzehnhundertundzweiunddreißig Milliliter Blut, Gruppe Null, Genotyp Null-Null, Phänotyp Null, mit H-Substanz-Blutgruppenantigenen sowie allen normalen Plasmaantikörpern. Bitte übermitteln Sie mir sofort den Autologspender-Identifikationscode Ihres Crewmitglieds.»

Gates nahm Ronicas Hand und las die Notfallmarke ab, die sie immer ums Handgelenk trug.

«0-L-0-I/0.45. 1.80. 0.75. 0.75.»

«Passwort?»

«Mizpah.»

«Bestätigt», sagte Descartes. «Drei Einheiten wurden vom Depositenkonto Ihres Crewmitglieds abgebucht. Das Kryopräzipitat wird unverzüglich bei Ihnen eintreffen. Bitte erwarten Sie weitere Instruktionen für die Entgegennahme.»

«Danke», sagte Gates, schloss den Kommunikationskanal wieder und stellte augenblicklich das Transfusionsgerät auf Infusion um, sodass es das entnommene Blut wieder in Ronicas Körper zurückpumpte.

Was sie im Moment aus dem Haupttresorkomplex der First National haben wollten, waren keine Blutkonserven. Es war das Elektrofahrzeug, das sie bringen würde.

III

SIMWORLD: AUFENTHALTSZEIT 01:49

Eine kleine zylindrische Luftschleuse bildete den Durchgang vom Mitteldeck zur Ladebucht. Nach Einnahme einer Dekompressionspille zur raschen Reinigung des Bluts von Stickstoff (früher hatten Astronauten vor EVA-Missionen drei Stunden reinen Sauerstoff atmen müssen, um der Druckfallkrankheit vorzubeugen) betraten Dallas und Gates die Schleuse, schlossen die Mitteldecksluke hinter sich und stiegen in ihre EVA-Anzüge. Die waren dicker und sperriger als die für Starts und Landungen benutzten Druckanzüge und lieferten Strom und Sauerstoff für mindestens sechzehn Stunden Außenbordaktivität. Dallas sagte sich, dass jede Minute dieses Spielraums nötig werden konnte, obwohl sich, wie er wusste, im Hauptgebäude Ersatzaggregate befanden.

Sobald sie die Anzüge angelegt hatten, pumpten sie die Schleuse leer und traten dann durch die Luke zur offenen Ladebucht. Sie schlossen die Luke hinter sich und stellten den Druck in der Schleuse wieder her, damit Simou und Prevezer ihnen folgen konnten.

Hier in der offenen Ladebucht hatte Gates erstmals Gelegenheit, sich den Hauptkomplex der First National richtig anzusehen – während der Landung war er viel zu sehr darauf konzentriert gewesen, das Schiff heil runterzubringen, um noch ein Auge für Dallas' scheinbar so unbezwingbare Festungskonstruktion zu haben. Der Hauptkomplex lag etwa eine Viertelmeile westlich des Landeplatzes, am Ende einer ebenen, etwa zehn Meter breiten und einige hundert Meter langen Straße. Landeplatz und Hauptkomplex waren von mehreren Hochspannungszäunen umgeben, die ein etwa hundert Meter hinter dem äußersten Südzaun gelegenes Solarzellenfeld speiste. Und in der Ferne erkannte er den Rand des Descartes-Kraters, wo die Boden-Luft-Raketen zum Schutz der First National und ihres wertvollen Inhalts stationiert waren. Der Hauptkomplex selbst war kreisrund und sanft gewölbt, sodass er ein bisschen wie ein Seeigelgerippe aussah. Von außen scheinbar eine einzige nahtlose Breccia-Betonkuppel mit einem goldenen Schutzanstrich gegen die gleißende Sonne, bestand er, wie Dallas Gates erklärte, in Wahrheit aus Betonelementen.

«Diese Bauweise ist von den Iglus der Eskimos abgeguckt», sagte er.

Sie benutzten eine verschlüsselte Frequenz, damit der Descartes-Computer nicht mithören konnte.

«Klingt sehr beeindruckend», sagte Gates, der von Iglus genauso wenig wusste wie von Eskimos. Er zeigte auf das Terrain aus Steinen und Monderde, das sich beidseits der Straße und um den Landeplatz herum erstreckte. Dallas hatte ihm bereits erklärt, dass jeder, der die Straße unbefugt benutzte, elektrokutiert würde. «Was ist da?», fragte er. «Warum können wir die Straße nicht einfach vergessen und da langgehen?»

«Wegen der solarstromgespeisten Seismographen», sagte Dallas. «Hoch sensibel. Und wegen des Minenfelds, das daran hängt. Da würden Sie keine zehn Meter weit kommen. Verlassen Sie sich drauf. Die Straße ist der beste Weg.»

Dallas zeigte dorthin, wo die Straße in den Hauptkomplex hineinführte. «Da wird unser Transportmittel herkommen. Los jetzt, wir müssen ordentlich gekühlt sein, bevor wir unsere Plätze einnehmen.»

«Gekühlt oder gekillt», brummelte Gates, während er Dallas, unter Zuhilfenahme des Handlaufs, durch die Ladebucht folgte. Am hinteren Ende der Ladebucht nahmen sie zwei Tornister an sich, in denen sich sämtliche Ausrüstungsgegenstände befanden, die sie im Hauptkomplex brauchen würden, und sprangen dann über das Ladebord. Als sie sich zu der Stelle bewegten, wo der Manipulatorarm des *Mariner* den Weltraumkühlschrank abgestellt hatte, hörten sie Prevezers Stimme in ihren Kopfhörern.

«Descartes hat uns gerade gesagt, dass der Blutwagen unterwegs ist», sagte Prevezer. «Wir sind's auch. Betreten soeben die Schleuse, um uns landfein zu machen.»

«Gebt uns zehn Minuten im Kühlschrank und holt uns dann raus», instruierte Dallas Prevezer. «Alles Weitere wie geplant.»

«Roger.»

Auf den wenigen Metern bis zum Weltraumkühlschrank klappten sie beide die goldenen Schutzvisiere herunter, um sich gegen das ungefilterte Gleißen der lunaren Sonne abzuschirmen. Ein Mondvormittag dauert sieben Tage. Eine volle Woche benötigt die Sonne, um ihren Zenit am schwarzen Himmel zu erreichen, und eine weitere, um wieder herabzusinken, bis sie schließlich hinter dem westlichen Horizont verschwindet. So dicht am Mondäquator wie hier konnte die Temperatur auf hundertzehn Grad Celsius steigen, um dann bei Nacht bis auf hundertzweiundfünfzig Grad minus zu fallen. Es war jetzt 19 Uhr 30 Mondortszeit, und da der ganze Krater noch mit hellem Sonnenlicht ausgegossen war, betrug die Abendtemperatur auf dem Landeplatz über einhundert Grad. Daher war Gates froh über seine wassergekühlte Unterwäsche, auch wenn ihm nur allzu klar war, wie kalt ihm gleich werden würde.

«Wäre das nicht bei Nacht leichter gewesen?», fragte er. «Ich meine, die Abkühlerei und alles.»

«Viel leichter», gab Dallas zu. «Aber würden Sie diese Landung bei Einbruch der Dunkelheit hinlegen wollen?»

«Da ist was dran», räumte Gates ein. Er öffnete die Tür des Weltraumkühlschranks und trat in das kalte, dunkle Innere. «Shit, ich würde diese Landung überhaupt nicht nochmal hinlegen wollen, nicht mal in einer gottverdammten Simulation.»

Dallas folgte Gates in den Kühlschrank, klappte das goldene Visier hoch und schaltete seine Helmlampen an, ehe er die Tür hinter sich schloss. Zwei große, schwere Polyäthylensäcke erwarteten sie, an der Kühlschrankwand vertäut und einladend geöffnet wie vorgefertigte Schmetterlingspuppen. Gates stieg rückwärts in den einen Sack, zog den Reißverschluss von innen zu und setzte sich dann samt Plastikhülle auf einen leeren Kryopräzipitatbehälter. Er schüttelte den Kopf, sah auf die Uhr, spürte fröstelnd, wie die beinahe am absoluten Nullpunkt liegende Innentemperatur des Kühlschranks durch seinen Sack zu dringen begann. «Erklären Sie mir nochmal, warum wir diese Eiswürfelnummer hier abziehen, Dallas.»

In seinen eigenen Sack eingeschlossen, setzte sich Dallas neben ihn. «Sie wissen doch, warum wir's tun.»

«Schon, aber es gibt uns ein bisschen Konversationsstoff, während wir hier an simulierter Unterkühlung sterben.»

«Prevezer überwacht unsere Vitalzeichen in der realen Welt», versicherte Dallas. «Er bricht die Simulation sofort ab, wenn er meint, dass es irgendwelche Probleme gibt. Außerdem ist man bei Unterkühlung nicht tot, sondern nur kalt. Fakt ist, dass man alle klinischen Todeszeichen aufweisen und trotzdem wieder zurückkehren kann. Der Stoffwechsel liegt nur auf Eis.»

«Jetzt mag das ja alles so sein. Aber wer passt auf uns auf, wenn es ernst wird?»

«Das ist ein unvermeidbares Risiko», erklärte Dallas. «Jedenfalls, wenn dieser Teil des Plans klappen soll.» Er begann zu zittern, da die Kälte jetzt in seinen Körper kroch. Plötzlich erzitterte der Kühlschrank mit einem dumpfen, mechanischen Rattern.

«Was war das?», fragte Gates.

«Heliumisotope, die in den Raum entlüftet werden. Heißt nur, dass der Kühlschrank tut, was er soll. Uns wirksam Wärme entziehen.»

«Tröstlich», schnatterte Gates.

«Allerdings. Könnte ganz schön unangenehm für uns werden, wenn unsere Oberflächentemperatur nicht weit genug runtergeht.»

«Das war's ja, was ich wissen wollte, Dallas. Inwiefern unangenehm? Das haben Sie nicht gesagt.»

«Möchten Sie's wirklich wissen?»

«Falls es Ihnen noch nicht aufgefallen ist: Ich lebe sowieso schon gefährlich.»

«Okay, Sie haben's nicht anders gewollt. Prev und Sim werden uns hier rausholen und zu dem elektrischen Blutwagen tragen. So registrieren die Mikrowellen-Bewegungsdetektoren nur zwei sich nähernde Objekte. Dürfte den beiden nicht allzu schwer fallen. Bei 1 / 6 G wiegt selbst ein Bulle wie Sie nicht mehr als dreißig, fünfunddreißig Pfund.

Sie deponieren uns in dem Wagen, nehmen die Blutkonserven für Ronica raus, schließen die Abdeckung des Wagens und gehen wieder. Der Wagencomputer registriert zwei sich entfernende Objekte – Prev und Sim – und entschwindet wieder auf der goldenen Straße nach Samarkand. Wenn da aber keine zwei sich entfernenden Objekte sind, sitzen Prev und Sim ganz schön in der Tinte. Der Computer feuert einen Blendlaser ab, den so genannten Dazer. Der reicht allemal, um einen auch durch ein Sonnenvisier blind zu machen. Die beiden würden vermutlich in das Minenfeld tapern, und das wär's.»

«Die lieben Kollegen mal beiseite gelassen», sagte Gates, «was ist mit uns?»

«Jede Kryopräzipitateinheit muss bei steten hundertzwanzig Grad minus gelagert werden. Und nicht nur gelagert, sondern auch transportiert. Also ist jeder Kühlwagen mit einem Temperatursensor ausgerüstet, um ein Verderben des Transportguts zu verhindern.»

«Okay», brummte Gates, der jetzt in einem fort zitterte. Laut Anzeige seines Versorgungs- und Überwachungscomputers war seine Kerntemperatur bereits unter den Normalbereich gesunken. «Drum sind wir hier, weiß ich alles.»

«Wenn der Sensor Wärme irgendwelcher Art meldet, wird der Bordcomputer davon ausgehen, dass das Blut verdorben ist, und eine bestimmte Sorte Nanobots darauf ansetzen, die Einheiten zu vernichten. Dabei handelt es sich um einen simplen Molekularzerleger, nach dem Vorbild eines Bakteriums. Er frisst die verdorbenen Einheiten samt Beuteln, Etiketten und allem. Und geht dann zugrunde. Das Wageninnere wird anschließend desinfiziert und in den Weltraum entlüftet. Und ich fürchte, uns beiden würde dieselbe Behandlung zuteil. Die Nanobots würden sich durch unsere Raumanzüge fressen und sich dann über uns hermachen. Und wenn sie fertig wären, würden wir aussehen wie Mondstaub.»

Ein heftiger Schauder lief Gates' breiten Rücken hinab. Er wusste nicht recht, ob es die Kälte war oder Angst, entschied sich dann aber für beides.

«Großer Gott», sagte er durch klappernde Zähne.

«Meiner Schätzung nach haben wir gerade die Zeit, durch das Haupttor zu kommen, bevor das, was innerhalb unserer Raumanzüge noch an Wärme übrig ist, nach außen dringt und für die Sensoren wahrnehmbar wird. Wenn das nicht wäre, könnten wir einfach weiterfahren, bis ins innere Labyrinth und in den Tresorraum selbst. So aber steigen wir aus, sobald wir durch das Haupttor sind, und begeben uns in den Aufenthaltsbereich, um uns erst mal aufzuwärmen, bevor wir den nächsten Schritt in Angriff nehmen.»

«Kann's kaum erwarten», sagte Gates dumpf. Seine Hände

waren taub, und seine Kerntemperatur betrug jetzt nur noch fünfunddreißig Grad.

«Das ist eine heiße Phase.» Dallas sprach jetzt ein bisschen schleppend, ein erstes Zeichen leichter Unterkühlung.

«Heiß?» Gates lachte matt.

«Heiß. Im Sinn von kritisch.»

«Und ich dachte, im Sinn von warm. Was immer das war.»

«Was ich sagen will, ist: Wenn wir nicht weit genug runterkühlen, erledigen uns die Nanobots. Wenn wir zu weit runterkühlen, sind wir auch erledigt.»

«Ach, die Sorte heiß. Klar. Dumm von mir. Ich zittere, wie wenn ich Parkinson hätte.»

«Wird erst bedenklich, wenn's aufhört», erklärte Dallas. «Heißt, Körper erzeugt Wärme durch Glykogenverbrennung in den Muskeln. Wärme reicht nicht. Zittern kommt nur noch in Wellen. Pausen werden länger. Dann ganz Schluss. Lebensgefahr.»

Die nächsten zwei, drei Minuten vergingen in eisigem Schweigen.

Dallas fuhr zusammen, als plötzlich Prevezers Stimme durch seinen Kopfhörer kam.

«Okay, ihr Eiszapfen, auf geht's.»

«Was?»

Dallas fühlte sich gepackt und hochgehievt wie eine tiefgekühlte Schweinehälfte. Warum wurden sie weggetragen und wohin? Sein Gehirn schien genauso eingefroren wie seine Zehen. Irgendwas mit Blut. Nicht dem, das so träge in ihm kreiste. Anderem. Lunares Sonnenlicht fiel durch sein Normalvisier und blendete ihn eine Sekunde, ehe er die Augen schloss und wieder zu sich fand. Amnesie. Irgendwo am Rand der schweren Unterkühlung. Körpertemperatur vermutlich runter auf zweiunddreißig Grad. Vielleicht tiefer. Nicht möglich, auf den EVA-Computer zu gucken. Noch ein paar Grad weniger, und es wäre wirklich kritisch geworden. Gehirn dazu bringen, irgendwas zu tun, was höhere Denktätigkeit erfordert. Um in dem Elektrofahrzeug bei klarem Bewusstsein zu bleiben. Würden sonst womöglich das Aussteigen verpassen.

Dallas begann, von hundert in Neunerschritten rückwärts zu zählen.

«Einundneunzig», murmelte er, als ihn Prevezer vorsichtig in das eisige Innere des Wagens legte. «Zwoundachtzig.» Warum schnaufte der Mann, der ihn trug, so? Er konnte nicht sehen, ob es Simou oder Prevezer war. Jedenfalls klang es irgendwie nicht normal.

«Dallas? Gates? Ihr seid jetzt beide im Wagen.»

«Dreiundsiebzig.»

«Was?»

«Er sagt eine Neunerreihe rückwärts auf, um sein Gehirn auf Trab zu halten.»

«Bitte entnehmen Sie Ihre Blutkonserven, schließen Sie das Fahrzeug, und treten Sie zurück», sagte der Fahrzeugcomputer.

«Wie Exzellenz befehlen», sagte jemand, und die Deckklappe des Wagens wurde geschlossen.

Mit diesem Computer war kein Dialog vorgesehen, also bestand zu ihm auch keine offene Frequenz; aber die Verbindung zwischen den Männern im Elektrowagen und den beiden anderen, die jetzt von dem Fahrzeug zurücktraten, würde nur so lange bestehen bleiben, wie sie sich alle vier außerhalb des Gebäudes befanden. Dallas und Gates mussten sich damit begnügen, dass Simou und Prevezer ihnen Bescheid sagten, wenn der Wagen unmittelbar vor dem Tor war, damit sie abschätzen konnten, wann sie aussteigen mussten. Sobald sie das äußere Tor passiert hatten, würden Dallas und Gates keine Sprechverbindung mit der Außenwelt mehr haben, bis sie in den Tresorraum eingedrungen waren.

«Viel Glück, Jungs.»

«Yeah, alles Gute.»

«Vierundsechzig.»

Das Fahrzeug, von Form und Größe einer mittleren Raketenwaffe, startete lautlos in Richtung Hauptkomplex.

«Dallas? Hier ist Prev. Die Kiste ist unterwegs.»

«Vierundfünfzig. Fünfundfünfzig. Vierundfünfzig.»

«Reden Sie mit mir, Gates», sagte Simou.

«Kalt», sagte Gates.

«Fünf…, sechsundvierzig.»

«Schrecklich kalt», flüsterte er. Und dann: «Wer ist da?»

«Ich bin's, Gates. Simou. Wie ist Ihr Name?»

«Siebenunddings.»

«Mein Name?»

«Siebenundwas, Dallas?», sagte Prevezer. «Hey, denken Sie nach, Mann. Was kommt nach sechsundvierzig?»

«Sieben…, siebenundvierzig.»

«Mein Name ist …»

«Negativ, Dallas. Denken Sie nach. Sie haben immer neun zurückgerechnet. Wenn Sie stärker unterkühlt wären, könnten Sie das nicht. Los, Dallas. Das Ding ist schon halb da. Nur noch ein kleines Stückchen.»

«Gates. Sie heißen Rameses Gates. Hören Sie mich?»

«Kommen Sie, Dallas. Wie heißt die nächste Zahl der Reihe?»

«Gates, antworten Sie.»

«Siebenunddreißig, Dallas. Die Zahl heißt siebenunddreißig. Dallas? Hören Sie mich?»

IV

SIMWORLD: AUFENTHALTSZEIT 02:30

Im eisigen Inneren des Elektrofahrzeugs liegend, schlug Dallas die Augen auf. Er versuchte sich zu erinnern. Aus irgendeinem

Grund drängte sich eine Zahl in seinen kalten, schmerzenden Kopf. Achtundzwanzig? Was sollte das bedeuten? Aber wen juckte das schon, jetzt, wo er tot war und in seiner Gruft lag? Dalag wie eine Liegefigur auf einem Sarkophag. Nach kurzem Schlaf erwachen wir auf ewig, und nimmer ist der Tod. Der Zahl folgte eine Stimme.

«Aufwachen, Dallas, wachen Sie auf. Das äußere Tor geht jetzt auf. Sie sind gleich im Hauptkomplex.»

Bis zu diesem Moment hatte er keine Angst gehabt. Doch als er merkte, wie knapp er dem Kältetod entronnen war, überkam ihn Panik, die wie ein Stromstoß durch seine fast erstarrten Muskeln schoss. Er hatte völlig vergessen, dass es sich immer noch um eine Simulation handelte.

«Auf jetzt, Gates. Um Himmels willen, kommt in die Gänge. Das Tor ist offen. Der Wagen fährt jetzt wieder an. Dallas? Es geht los. *Jetzt.*»

Einen Augenblick glaubte Dallas zu träumen. Doch dann kapierte er, dass das Prevezer war, der sie beide beschwor, aktiv zu werden. Rasch öffnete er seinen Plastiksack und rappelte sich hoch, wobei sein Helm die Deckklappe des Elektrofahrzeugs aufdrückte. Und noch während er sich über die Seitenkante wälzte und im hellen Licht der Eingangshalle landete, wurde ihm klar, dass er sich für den Ernstfall ein wirksameres Weckmittel ausdenken musste als nur Prevezers und Simous Stimmen.

«Dallas», hörte er sich murmeln, während Prevezer und Simou in ein erleichtertes Gejohle ausbrachen. «Bin wieder online.»

«Die Verbindung ist gleich weg», sagte Simou. «Wiedersehen, Dallas, und viel Glück.»

Als er sich umsah, bemerkte er, dass das Tor hinter ihnen bereits zuzugleiten begann. Sie hatten es geschafft, wenn Gates sich auch immer noch nicht aus dem Fahrzeug rührte.

«Danke», sagte er.

Was immer Prevezer und Simou noch sagen mochten, wurde dadurch abgeschnitten, dass sich das Tor so lautlos schloss, wie es sich geöffnet hatte.

«Gates, los, wir müssen uns beeilen.»

Sein Partner blieb reglos liegen. Dallas beugte sich in den Wagen und hob ihn an, dankbar für die Mikrogravitation, die einen so übermenschlichen Akt erlaubte. Es gelang ihm, ihn herauszuhieven – und keine Sekunde zu früh. Noch während er Gates durch die Eingangshalle trug und gegen die Luftschleuse lehnte, die zum Aufenthaltsbereich führte, öffnete sich das einflüglige Tor zum Labyrinth, und der Elektrowagen verschwand im stygischen Dunkel dahinter. Dann schloss sich das Tor zum Labyrinth wieder. Niemand – nicht einmal die Sicherheitsleute der First National, die das Kryopräzipitat verluden – durfte dieses Tor passieren, das seinerseits durch eine Reihe von Schutzvorkehrungen gesichert war: Annäherungssensoren und mechanischen Erschütterungsmeldern, die tödliche Stromstöße auslösen konnten. Wer immer sich in der Nähe des Fahrzeugs befand, wenn es das Tor passierte, würde verbrutzeln.

Gates lehnte reglos da, noch immer in seinem Plastiksack. Wenn der Sack und der Raumanzug nicht noch intakt gewesen wären, hätte man meinen können, der Molekularzerleger habe bereits zugeschlagen. So aber war klar, dass Gates an einer Hypothermiereaktion litt und dass ihn Dallas, obwohl selbst bis aufs Mark durchgefroren, so schnell wie möglich aufwärmen musste. Dallas schaltete die Heizung ihrer Raumanzüge ein, die diese mit warmer Luft erfüllte. Dann zerrte er Gates in die Schleuse und wartete, bis der Solldruck erreicht war, ehe er die Luke zum Aufenthaltsbereich öffnete.

Jetzt, da Gates aus dem Sack befreit war, konnte Dallas den Lebenserhaltungscomputer sehen und die Vitalzeichen ablesen. Die waren wenig ermutigend: Gates' Kerntemperatur betrug nur noch achtundzwanzig Grad – viel weniger als Dallas' eigene –, während die Herzfrequenz bei nur zwanzig Schlägen und die Atemfrequenz bei ganzen vier Atemzügen pro Minute lag. Vielleicht machte ihn ja das Virus in seinem Körper anfälliger für extreme Kälte. Schließlich hatte die Körpertemperatur sehr viel mit peripherer Durchblutung und Vasodilatation zu tun. Die einzig plausible Erklärung für ihre unterschiedliche Verfassung war, dass P^2 zu schnellerer maximaler Gefäßerweiterung und verstärkter Hautdurchblutung führte.

Dallas, dem jetzt schon etwas wärmer war, nahm seinen Helm ab, beschloss aber, Gates seinen noch aufzulassen, damit die warme Luft besser unter der Schutzhülle zirkulieren konnte. Durch das überfrorene Plastiksichtfenster konnte er kein Lebenszeichen in Gates' Gesicht entdecken, und wenn die Anzeigewerte des Lebenserhaltungscomputers nicht gewesen wären, hätte er annehmen müssen, dass sein Partner tot war. So aber war klar, dass es sich um eine schwere Hypothermie handelte.

Was Dallas nicht verstand, war, dass Prevezer die Simulation nicht längst beendet hatte. Hier lag Gates, gerade eben noch am Leben, mit kaum noch wahrnehmbarem Herzschlag und einer Kerntemperatur, die Prevezer hätte sagen müssen, dass etwas schief lief, und doch ging die Simulation immer weiter. Dallas glaubte zwar nicht, dass Gates in der Simulation sterben konnte, aber er konnte ja wohl trotzdem nicht die Hände in den Schoß legen und darauf bauen, dass sie sich jeden Moment im Galileo-Hotel und in der realen Welt wieder finden würden. Ihm blieb nichts anderes übrig, als Gates warm zu halten und darauf zu warten, dass seine Vitalzeichen besser wurden.

Dallas stand auf, lockerte sein verkrampftes Bein und verspürte plötzlich einen heftigen Harndrang. Er wusste, das war ein Zeichen von Kältediurese: Wenn sich die Gefäße zusammenzogen, stieg der Blutdruck, was die Nieren veranlasste, dem System überschüssige Flüssigkeit zu entziehen, um den Druck zu reduzieren. Eine volle Blase bot dem Körper zudem Gelegenheit zur Wärmeabfuhr, und Pinkeln würde ihm helfen, wieder warm zu werden. Ihm blieb keine Zeit, ein Klo zu suchen. Mit steifen Fingern am Eingriffslatz seines Raumanzugs fummelnd, stolperte er in eine Ecke des Aufenthaltsbereichs, um sich zu erleichtern. Außerdem scherte es ihn wenig, wie er den Aufenthaltsbereich in der Simulation verließ, zumal er davon ausging, dass diese jeden Moment abgebrochen würde. Doch als er fertig gepinkelt hatte und sich immer noch in der Simworld fand, sah er rasch nach Gates und ging dann auf die Suche nach der Teeküche, um ihnen beiden etwas Heißes zu trinken zu machen.

V

«Wenn Sie mit dem Ding da schießen», sagte Prevezer vorsichtig, «wird die Kugel glatt durch einen Menschen durchschlagen und die Scheibe zertrümmern. Und der Druckabfall bringt uns alle um.»

«Lassen Sie das meine Sorge sein», sagte Rimmer. «Sie, Freundchen, konzentrieren sich einfach nur darauf zu tun, was ich sage. Außerdem …» Er grapschte sich eine kleine Galileo-Büste vom Schreibtisch der Suite und schmiss sie gegen das Fenster. Sie prallte in den Raum zurück und wurde von Simou geschickt gefangen. Rimmer grinste und fügte unnötigerweise hinzu: «Sie haben wohl gar keine Ahnung? Das da ist Panzerglas. Schließlich weiß man nie, wann einem ein Meteorit einen kleinen Überraschungsbesuch abstattet. Ich dachte, das sei allgemein bekannt. Aber vielleicht waren Sie ja einfach noch nie hier.» Er deutete mit der Pistole auf die Büste in Simous Händen. «Wenn ich Sie wäre, würde ich mit dem Ding da keinen Unsinn anstellen. Ronica wird Ihnen bestätigen, dass ich ein geselliger Typ bin. Ich lege gern neue Leute um.»

«Tun Sie genau, was er sagt, Sim», riet Ronica.

Simou stellte die Büste langsam auf den Marmorboden. Rimmer nickte wohlgefällig und musterte dann die Gesichter der beiden anderen Männer im Raum – Cavor und Prevezer –, um deren Widerstandspotential zu taxieren. Cavor kriegte es mit und war sich ziemlich sicher, dass Rimmer ihn unterschätzen würde. Was ihm vielleicht eine Chance ließ, Rimmer zu entwaffnen.

«Wir beide kennen uns nämlich von früher», erklärte Rimmer den drei Männern. «Sie sollten sich vor ihr hüten, meine Herren. Sie ist der hinterfotzige Typ. Stimmt's, Ronica? Bist du bewaffnet, Süße?»

«Diesmal nicht, Rimmer.»

«Lass mich lieber dein Höschen sehen – sicherheitshalber.» Rimmer machte eine auffordernde Bewegung mit der Waffe. «Also, hoch mit dem hübschen Kleidchen, und zeig mir, dass darunter nichts Tödlicheres ist als das, was du vom lieben Gott mitgekriegt hast, um dir die Männer untertan zu machen.»

Ronica kannte Rimmer zu gut, um sich zu widersetzen. Sie ergriff ihren Rocksaum und tat, wie ihr befohlen.

«Mmm», sagte Rimmer. «Meine Lieblingssorte Dessous. Gar keine.» Er zuckte die Achseln. «Allzeit bereit, was, Roni? Ist ja schließlich ein Liebeshotel.»

Ronica sagte höhnisch: «Befriedigt?»

«Auf dich komme ich später nochmal zurück. Wir beide haben da noch was zu regeln.»

Ronica strich sich den Rock glatt.

Rimmer wandte sich Prevezer zu. «Ich tippe mal wild drauflos. Dallas und das Riesenbaby da machen einen kleinen Ausflug in die virtuelle Realität, und Sie sind der Reiseführer, stimmt's?»

«Ich persönlich ziehe den Terminus ‹Simworld› vor», sagte Prevezer.

«Ach ja, tun Sie das?» Rimmer fuchtelte mit der Pistole in Richtung der anderen. «Okay, bis auf den Mann mit den persönlichen Vorlieben, alle flach hinlegen und Hände hinter den Kopf.»

Cavor, Ronica und Simou gingen auf die Knie und streckten sich dann wie befohlen aus. Cavor war klar, dass die Chancen, Rimmer zu überrumpeln, gering waren, wenn sie alle auf dem Bauch lagen. Der Kerl wusste ganz offensichtlich, was er tat.

«Soll ich euch mal sagen, was ich glaube, was hier vorgeht?», sagte Rimmer und schwenkte den erhobenen Zeigefinger. «Ich glaube, Dallas und Compagnon führen gerade ein kleines Experiment durch. Ich glaube, sie benutzen die virtuelle Realität» – er grinste Prevezer an, als wollte er einen Widerspruch provozieren –, «um einen Plan auszutesten, den ihr alle miteinander in der wirklichen Welt auszuführen gedenkt. In diesem Punkt bin ich zwar auf Vermutungen angewiesen, aber ich würde sagen, ihr und er habt vor, die First National Blood Bank auszurauben. Stimmt's?»

Prevezer sagte nichts. Rimmer setzte ihm die Waffe an den Kopf und wiederholte seine Frage.

Prevezer nickte. «Stimmt.»

Rimmer schniefte nachdenklich. «Ist so eine Sache mit der Realität, was? Je mehr wir uns bemühen, sie zu fassen zu kriegen, darzustellen, abzubilden, desto mehr entzieht sie sich uns. Erklären Sie mal, wie Ihre Apparatur da funktioniert.»

Während ihm Prevezer die Funktionsweise der Simulation erläuterte, starrte Rimmer durch die Gitterkuppel auf Dallas' Kopf. Mit geschlossenen Augen und reglosem Gesicht, wirkte Dallas ganz friedlich, beinahe, als schliefe er. Nur das leise Zucken des Rapid Eye Movement zeigte an, dass sich in seinem Gehirn irgendetwas tat.

Als er alles Wissenswerte erfahren hatte, kaute Rimmer aufgeregt auf seiner Unterlippe herum. Dallas sah aus, als träumte er nur. Aber vielleicht war ein kleiner Alptraum ja genau das Richtige.

«Wie real ist das für ihn, diese Simulation?»

«Von der realen Welt nicht zu unterscheiden», gestand Prevezer, von Handwerksstolz getrieben. «Sie wissen zwar, dass es eine Simulation ist, aber ihre sämtlichen Sinne sagen ihnen, dass es höchst real ist. Sie nehmen alles wahr, was die normalen physiologischen Schwellen übersteigt.»

Das fesselte Rimmer. «Gilt das zufällig auch für die Schmerzschwelle?» Als Prevezer nichts sagte, setzte ihm Rimmer wieder die Pistolenmündung an den Kopf. «Ich zögere nicht, dich zu erschießen, mein gottähnlicher Freund. Antworte.»

«Ja. Für alle normalen physiologischen Schwellen.»

«Gut. Und wie kommen sie momentan so zurecht?»

«Nicht so gut.» Prevezer zeigte auf die Vitalzeichen der beiden Männer auf dem Computerbildschirm. «Diese Zahlen beziehen sich auf ihre physiologische Reaktion innerhalb der Simulation. Sie zeigen an, wie ihre Körper reagieren, während wir hier reden. Herzfrequenz, Körpertemperatur, Lungenfunktion, Blutdruck, alles. Wie Sie an Gates' Werten sehen können, ist seine Körpertemperatur extrem niedrig und seine Herzfrequenz ebenfalls. Wenn Sie nicht wären, hätte ich ihn schon längst in die Realität zurückgeholt.»

«Der interessiert mich nicht so», sagte Rimmer. «Wie steht's mit Dallas?»

«Nicht so schlimm. Trotzdem, ich hätte ihn wahrscheinlich auch zurückgeholt. Dazu brauche ich nur diese Taste hier zu drücken.» Prevezer streckte die Hand aus und jaulte auf, als ihm Rimmer mit der Waffe auf den Handrücken schlug.

«Nicht, bevor ich's sage. Jetzt wollen wir erst mal ein bisschen Spaß haben.» Rimmer grinste höhnisch zu Dallas hinüber. «Selbst schuld, du arrogantes Arschloch. Kennst du nicht den Spruch ‹Ein Kluger sieht das Unglück kommen und verbirgt sich, aber die Unverständigen laufen weiter und leiden Schaden›?» Er sah Prevezer an. «Du da. Denk dir was Hübsches für sie aus.»

«Haben Sie was Bestimmtes im Kopf?»

«Im Kopf eigentlich weniger», griente Rimmer. «Programmier ihnen was richtig Fieses rein.»

«Da, wo sie jetzt sind?», sagte Prevezer. «Würde mich ziemlich viel Zeit kosten, das umzuprogrammieren. Mehr Zeit, als Sie vermutlich haben. Tage, schätze ich mal.»

Rimmer sah Prevezer aus schmalen Augenschlitzen an. «Das hier ist doch dein Ding, stimmt's? Simulationen.»

«Ja.»

«Hab selbst schon welche benutzt. Ballerspiele hauptsächlich. Gucken, wie viele Monster man in einer Stunde wegpusten kann. Meiner Erfahrung nach hat ein guter Simulationsexperte immer eine ganze Fülle von Programmen bei der Hand. Programme, die er einfach zusammenbauen kann, Siliciumbausteine. Sähe Dallas gar nicht ähnlich, jemanden zu nehmen, der nicht als der Beste seiner Branche gilt. Also denk mal nach, mein computerverständiger Freund. Denk scharf nach. Welche anderen Elemente kannst du in ihre momentane Situation einbauen? Was richtig Fieses und Gemeines. Du willst mich doch nicht enttäuschen. Ronica wird dir bestätigen, dass mir alle humanen Umgangsformen abhanden kommen, wenn ich enttäuscht bin.»

VI

SIMWORLD: AUFENTHALTSZEIT 03:30

Eine weitere Stunde verstrich, bis Gates sich genügend erholt hatte, um sich aufzusetzen und das heiße Zuckerwasser zu trinken, das Dallas für ihn bereitet hatte: Ein Päckchen Wackelpudding lieferte immerhin fünfhundert Kilokalorien Wärmeenergie.

«Wie fühlen Sie sich?», fragte Dallas.

Gates sah auf seine immer noch behandschuhte Hand und pumpte ein paar Mal mit den Fingern, ehe er antwortete.

«Steif», sagte er. «Als ob ich die Nacht in der Kühltruhe verbracht hätte. Und ich habe die Mutter aller Kopfschmerzen.»

«Das ist nur die Dehydratation. Trinken Sie brav Ihr Zuckerwasser.»

Gates nickte und sog an der Trinkflasche, ehe er sich umsah.

Am Rand des runden Gebäudes gelegen, erinnerte ihn der Aufenthaltsbereich stark an das Innere des Clostridium-Hotels: ein langer, bogenförmiger Streifen Stahlfußboden hinter einer Art Windschutzscheibe aus angestrahlten schrägen Wellglaselementen und entlang der inneren Krümmung eine Reihe zum Gang hin verglaster Räume, darunter eine Teeküche, ein Schlafraum, ein Sanitätsraum, ein Waschraum, ein Waffenarsenal, ein Umkleideraum mit Ersatzraumanzügen und -lebenserhaltungstornistern, ein Nebencomputerraum und ein großer Aufenthaltsraum. Ein Stück weiter den Korridor hinunter stand ein Elektrofahrzeug, nicht unähnlich dem, das das Kryopräzipitat aus dem Tresorraum zum Landeplatz gebracht hatte, nur dass dieses hier vier Sitze hatte und dafür gedacht war, die Peripherie des Gebäudes entlangzufahren, statt in dessen hermetisch abgeschottetes, verbotenes Zentrum vorzustoßen.

«Also, was ist da gelaufen, Doc?», krächzte Gates. «Haben Sie Pinguinblut oder was?»

«Ihre Kältereaktion hat wohl eher mit dem P^2-Virus in Ihrem Körper zu tun», sagte Dallas. «Ich habe darüber nachgedacht, während Sie sich wieder bekrabbelt haben. Sie müssen wissen, das Hauptgehirnzentrum für die Temperaturregulierung ist der Hypothalamus. Er reagiert bereits auf Temperaturschwankungen von einem halben Grad. Aber ich glaube, Ihr Hypothalamus ist einfach noch sensibler.»

«Sie scheinen sich da ja gut auszukennen.»

«Da wir vorhatten, uns einer potentiellen Hypothermiesituation auszusetzen, schien es mir ratsam, mich ein bisschen besser über dieses Thema zu informieren.»

«Ach so. Und über das Gehirn auch.»

«Das Gehirn hat mich immer schon interessiert.»

«Gehirne im Allgemeinen oder nur im Besonderen?»

Dallas guckte verdutzt.

«Das von Cavor zum Beispiel», sagte Gates.

«Möglich.»

Gates wartete, dass Dallas noch mehr sagte. Als nichts kam, schüttelte er traurig den Kopf und rollte sich auf den Bauch.

«Sie trauen mir immer noch nicht, was?», sagte er.

«Das ist sicher auch ein Zweck dieser Simulation», sagte Dallas. «Rauszufinden, wie weit wir einander vertrauen können.»

«Ich meine nicht die Art Vertrauen, und das wissen Sie auch.» Gates schaffte es, sich auf alle viere emporzuhieven.

«Nach einer schweren Hypothermie sollte man sich erst mal eine Weile nicht bewegen.»

«Geht nicht. Ich muss pinkeln.»

Dallas half ihm zum Klo, nachdem Gates sich geweigert hatte, auf den Boden zu pinkeln.

«Es gibt Sachen, die mache ich nicht», sagte er. «Nicht mal in einer Simworld.»

Ein paar Minuten und ein weiteres Heißgetränk später erklärte sich Gates bereit, den nächsten Teil des Plans anzugehen, der unter anderem das Herausbohren eines Betonblocks aus der Labyrinthmauer beinhaltete. Jedenfalls fühlte er sich diesem Unterfangen so lange gewachsen, bis ihm Dallas eröffnete, welche Stelle er sich dafür ausgeguckt hatte.

«Die gesamten Labyrinthwände sind intelligent. Jede Menge Metalldrähte im Mörtel. Und alles mit Erschütterungsmeldern gespickt», erklärte Dallas. «Wenn einer von denen Bohrvibrationen registriert, schießt Strom durch die Metalldrähte zur Erschütterungsquelle. Genug Strom, um Sie und alles, was sich in Ihrer Nähe befindet, zu töten. Das gilt für alle Wände, bis auf eine. Sie müssen wissen, es gibt zwei Stromquellen für diese Anlage. Die eine ist das Solarzellenfeld, das wir aus der Luft gesehen haben. Und dann ist da noch ein kleiner Kernreaktor drüben auf der anderen Seite des Komplexes. Die Wände des Reaktorcontainmentraums haben keine Erschütterungsmelder wegen der Vibrationen der Turbine.»

«Und», ergänzte Gates ungläubig, «weil nur ein Idiot auf die hirnrissige Idee käme, sich ausgerechnet das Reaktorcontainment auszusuchen, um einen Zugang zum Labyrinth zu schaffen.»

«Das dachte ich auch mal», räumte Gates ein. «Aber inzwischen ist mir klar geworden, dass das der schwächste Punkt meines damaligen Plans ist. Und folglich der stärkste meines jetzigen.»

«Verstehe ich nicht», widersprach Gates. «Da ist noch eine Kleinigkeit, Dallas: die Strahlung. Sobald wir uns länger im Reaktorraum aufhalten – zum Beispiel so lange, wie es dauert, durch eine Betonwand zu kommen –, dann bringt uns das um. Vielleicht nicht in der Simulation. Aber mit Sicherheit, wenn wir's in der Realität versuchen.»

Dallas schüttelte den Kopf. «Das glaube ich nicht. Ich glaube, wir können die Strahlung überleben.»

«Das hier sind Raumanzüge, Dallas. Aus verstärktem Latex, nicht aus Blei. Okay, sie schützen vielleicht vor kosmischer Strahlung. Aber nicht vor so was. Hier geht's um Gamma-, Beta-, Alphastrahlen, das ganze verflixte Uranmolekül. Shit, die Kälte muss Ihnen doch mehr zugesetzt haben, als ich dachte.»

«Wir können es überleben», insistierte Dallas. «Und ich erkläre Ihnen, wie. Der Grad der Gewebeschädigung hängt von der Zahl der ionisierten Atome pro Kilo Körpermasse ab. Die wiederum hängt davon ab, wie viel Energie an jedes Kilo Menschenfleisch abgegeben wird. Die Energiedosis bemisst sich in Gray, wobei ein Gray so viel ist wie ein Joule Energie pro Kilo Körpermasse. Der Exaktheit wegen gibt man die Energiedosis in

Zentigray an. Aber außer einer Einheit für die Energiedosis brauchen wir auch noch eine für die Dosisleistung – Zentigray pro Stunde. Die Gesamtenergiedosis in Zentigray ist gleich der Dosisleistung in Zentigray pro Stunde mal der Expositionsdauer in Stunden. Können Sie mir folgen?»

«So weit, so tödlich», sagte Gates. «Reden Sie weiter, ich höre. Und wenn mir die Haare ausfallen und mein Zahnfleisch blutet, ich bin ganz Ohr, Dallas.»

«Worauf ich hinauswill, ist, dass die frühen somatischen Strahlungseffekte sehr präzise messbar sind. Und nicht nur das, es gibt auch sehr präzise Mittel dagegen.»

«Ich habe einiges über den Krieg gelesen, Dallas. Ich weiß, was die meisten Leute gegen die üblichen somatischen Strahlungseffekte gekriegt haben – ich meine Effekte wie Krebs, totaler Kreislaufzusammenbruch und dergleichen. Das waren sehr präzise Mittel. Eine massive Überdosis Morphium, das haben sie gekriegt. Oder eine Kugel in den Kopf. Was immer gerade verfügbar war.»

«Da Sie gerade vom Kreislauf reden, bleiben wir einen Moment dabei», sagte Dallas. «Strahlung verändert oder zerstört gewisse Komponenten der Körperzellen. Am stärksten betroffen sind die Blutstammzellen im menschlichen Knochenmark, die für die Produktion weißer Blutkörperchen zuständig sind. Eine Dosis von mehr als hundertfünfzig Zentigray lässt die Zahl der weißen Blutkörperchen absinken. Über fünfhundert Zentigray, und die Chancen, dass man stirbt, stehen fifty-fifty. Das nennt man die LD^{50} – die zu fünfzig Prozent letale Dosis.»

«Fünfzig Prozent? Klingt nach einer reellen Chance. Mit einem Bein im Grab.»

«Okay, worin besteht die Behandlung gegen Strahlenschäden?»

«Heutzutage?» Gates zuckte die Achseln. «Die meisten Leute gehen in ein Überdruckhotel.»

«Die meisten, ja», stimmte ihm Dallas zu. «Aber für diese Leute ist das hier nun mal keine perfekte Welt, richtig?»

«Sieht so aus, ja.»

«Nein, die ideale Behandlung», sagte Dallas, «ist und bleibt die Bluttransfusion. Und bei unbegrenzter Verfügbarkeit geeigneter Blutkonserven geht das Risiko, an der LD^{50} faktisch zu sterben, ganz erheblich zurück. Auf höchstens zehn Prozent etwa.»

Plötzlich kapierte Gates, worauf Dallas' Argumentation abzielte. «O Mann», sagte er. «Sie meinen doch nicht …?»

«Ich meine.»

«Sie sind verrückt.»

«Wissen Sie, was, Rameses? Das ist der eigentliche Zweck dieser Simulation. Zu messen, wie viele Zentigray wir in der Zeit absorbieren, die wir brauchen, um durch die Wand des Containmentraums zu kommen.»

«Und danach zu berechnen, wie viele Bluttransfusionen wir brauchen werden, um nicht zu sterben? Ist es das?»

«Wenn Sie's so ausdrücken wollen. Ich seh's lieber so, dass uns unbegrenzt viel Blut zur Verfügung steht, um das Risiko der LD^{50} möglichst weit zu reduzieren.»

«Läuft aufs selbe raus.»

«Wie gesagt, Rameses, das ist der stärkste Punkt dieses Plans, weil der Reaktormantel der schwächste Punkt meines Entwurfs war. Es erstaunt mich, dass ich nicht damit gerechnet habe, dass jemand ein solches Risiko auf sich nehmen könnte. Denn wenn man sich's recht überlegt, wo sollte man dieses Risiko eher auf sich nehmen als an einem Ort wie diesem? Einem Ort, wo es unbegrenzte Mengen von Blut gibt. Ebendem Mittel, das das Risiko tragbar macht.»

«Aber wird die Strahlung aus dem Reaktorraum nicht mit uns durch das Loch im Beton dringen? Und das Blut verseuchen?»

«Das würde sie, wenn wir den Betonblock, den wir herauslösen, nicht wieder einsetzen würden. Und wenn der Tresorraum nicht mit Blei ausgekleidet wäre.»

«Sie haben mir immer noch nicht gesagt, wie Sie da durchkommen wollen.»

«Nein, stimmt, habe ich nicht.»

«Na ja, vielleicht fällt Cav ja was ein.»

«Vielleicht.»

Gates seufzte und schüttelte den Kopf. «Erfrieren oder zu Tode gegrillt werden. Mannomann, Dallas.»

«Wenn die Simulation zeigt, dass es nicht geht, müssen wir uns was anderes ausdenken. Ich will genauso wenig sterben wie Sie. Und ich bin nicht derjenige, der in jedem Fall eine Bluttransfusion braucht. Denken Sie mal drüber nach.»

Gates nickte zögernd. «Okay, Sie haben mich überzeugt. Packen wir's an.»

«Okay», sagte Dallas lächelnd. Aber sein Lächeln wich nach und nach einem Stirnrunzeln.

«Was'n jetzt wieder los? Noch so ein letaler Scheiß, der Ihnen erst jetzt einfällt?»

«Nein, nur das, was mich schon die ganze Zeit beschäftigt, seit Ihr Stoffwechsel auf Minimalbetrieb geschaltet hat. Ich wollte, ich wüsste, warum die Simulation nicht abgebrochen wurde, als Sie quasi tot waren.»

«Virtuell tot, kann man sagen.» Er zuckte die Achseln. «Vielleicht sahen meine Vitalzeichen in der Realität ja ganz okay aus.»

«Wir wissen beide, dass das nicht sein kann.»

Gates dachte kurz nach. «Prevezers geodätisches Dingsda kriegt doch angeblich alle nötigen Informationen über unser Tun und Lassen, indem es die elektrischen Signale unseres Gehirns abfängt. Statt irgendwo in unserem Körper zu landen, gehen diese Signale an den Computer, wo sie von Prev decodiert werden. So kann er genau feststellen, wie unsere Körper reagiert hätten, wenn sie mit unserem Gehirn in der Simworld wären.»

«Richtig, so funktioniert es», sagte Dallas. «Das heißt, der simulierte Körper kann anders reagieren als der reale und zum Beispiel Dinge überleben, die einem echten Menschenkörper den Garaus machen würden. Wie etwa Strahlung oder extreme Kälte.»

«Aber wieso dann das hier? Vielleicht klappt ja irgendwas mit den geodätischen Dingern nicht. Vielleicht – fragen Sie mich nicht, warum – kommen die Signale ja nur in eine Richtung durch. Er kann zwar die Simulation aufrecht erhalten, aber er kann die Signale, die unsere Gehirne aussenden, nicht mehr abfangen. Ich meine, wie lange sind wir jetzt in der Simworld?»

Dallas sah auf seinen Überlebenscomputer. «Drei Stunden und fünfundvierzig Minuten.»

Gates sagte achselzuckend: «Wahrscheinlich sagt er sich, dass wir noch längst nicht fertig sind. Ich schätze, er improvisiert einfach nur.»

«Hoffen wir, dass Sie Recht haben», sagte Dallas.

«Was kann es denn sonst sein?»

Dallas schüttelte den Kopf. Gates' Erklärung klang beinahe überzeugend. Sie hatte nur einen Haken, und das war Prevezer selbst. Dieser Mensch war von seinem ganzen Wesen her exakt, systematisch, penibel und mechanistisch, wie es sich für jemanden gehörte, dessen ganzes Leben mathematischen Gesetzmäßigkeiten und algorithmischen Verfahren gewidmet war. Schon der Gedanke an Improvisation ging einem Mann wie Prevezer gegen den Strich. Sich auf spontane Eingebungen zu verlassen musste ihm ebenso widerstreben, wie irgendetwas Unrealistisches – physikalisch Unmögliches – in einer seiner viel gerühmten lebensechten Simworlds zu dulden. Dallas sagte: «Ich weiß nicht. Nichts vermutlich. Wir machen jetzt wohl besser weiter.»

VII

SIMWORLD: AUFENTHALTSZEIT 03:57

Da im Hauptkomplex lediglich der Aufenthaltsbereich mit Atemluft versorgt wurde, beluden sie den Außenring-Elektrowagen mit Reserve-Lebenserhaltungstornistern. Außerdem gab Dallas seinem Partner einen anderen EVA-Helm, mit einem «unsichtbaren» Chip in der Dachwölbung. Dieser Chip übermittelte ein Codesignal an die Annäherungssensoren, die die Tore im Hauptkomplex kontrollierten. Er hatte bereits, als Gates noch ohnmächtig gewesen war, ihre beiden Helme mit speziellen Infrarotvisieren ausgerüstet. Dazu gab er Gates noch eine der Elektronenstrahl-Schweißpistolen, die er aus dem *Mariner* mitgebracht hatte: derselbe Typ Schweißpistole, den auch Simou bei der Reparatur des fingierten Meteoritenlochs am Bug des Raumschiffs benutzen würde.

«Damit kenne ich mich aus», sagte Gates. «Ich habe genug Mondgestein gebrochen und zerkleinert. Ultrahochtemperatur-Elektronenstrahlen schneiden so ziemlich alles. Macht das Ding auch zu einer ziemlich wirksamen Waffe.» Er handhabte die Pistole so vorsichtig, als sei sie eine getarnte Bombe. «Hab oft genug erlebt, wie jemand auf Artemis Sieben so ein Ding benutzt hat, um mit irgendwem abzurechnen. Atmosphäre hin oder her, fünfhundert Kilovolt sind das, was einer gottverdammten Strahlenkanone am nächsten kommt. Also erklären Sie mir doch freundlicherweise, warum wir die UHTs jetzt schon auspacken, wo wir den Reaktorraum noch nicht mal zu Gesicht gekriegt haben.»

«Ich fürchte, ich glaube einfach nicht an Ihre Theorie, was Prevezer angeht. Und wenn in der realen Welt irgendwas schief gelaufen ist, empfiehlt es sich wohl, darauf vorbereitet zu sein, dass in der hier auch was schief läuft.»

«Das kann ich nicht widerlegen», sagte Gates. «Theorie ist eh übertrieben. Haben Sie schon mal mit so einem Ding zu tun gehabt?»

«Nur auf dem Papier», gab Dallas zu.

«So verhält sich Stahl, wenn Sie ihm damit eins draufbrennen – wie Papier. Wenn wir diese Dinger auf Artemis Sieben benutzt haben, musste immer jemand nebendran stehen, einfach nur um aufzupassen, wo man damit hinzielt. Und nicht nur das, der Nebenmann hatte auch noch einen Sicherheitsschalter, um im Notfall den Strom abzuschalten. Aber bei alldem ist die Bedienung erstaunlich einfach. Man braucht nur zu zielen und den Griffhebel zu ziehen. Aber versuchen Sie, das nicht hier drin zu tun. Die Luft macht das Treffen schwer.»

«Ich glaube, das kann ich mir merken», sagte Dallas.

Gates löste den Rohrvorsatz von der UHT-Pistole.

«Noch eins. Was immer Sie tun, nehmen Sie das hier nicht ab. Ein heißer Elekronenstrahl neigt dazu, Röntgenstrahlen zu produzieren, sogar im Vakuum. Diese Manschette hier schirmt Sie dagegen ab.» Dann zuckte er die Achseln, als ihm das viel größere Gammastrahlenrisiko im Reaktorraum wieder einfiel. «Nicht, dass ein paar mickrige Röntgenstrahlen einen Mann wie Sie schrecken würden.» Gates setzte sich auf den Beifahrersitz des Elektrofahrzeugs. «Unter den gegebenen Umständen, ich meine, bei Ihren theoretischen Schießkünsten und so, übernehme ich besser das Aufpassen. Sie fahren.»

Dallas setzte sich auf den Fahrersitz und berührte das Lenkrad, was automatisch den Motor startete. Er sah zu Gates hinüber. In dessen weißer Riesenhandschuhfaust wirkte die UHT-Pistole wie ein Spielzeug. «Fertig?»

«Fertig.»

Dallas trat aufs Strompedal, und sie rollten gegen den Uhrzeigersinn das erste Bogensegment entlang. Das kleine Fahrzeug beschleunigte lautlos, bis es sich mit fast zwölf Meilen pro Stunde fortbewegte.

«Wie groß ist das ganze Ding?», fragte Gates.

«Etwa dreitausend Quadratmeter.»

«Irgendwie unheimlich, der Laden.»

«Unter den gegebenen Umständen muss ich Ihnen Recht geben.»

Nach kurzer Fahrt hielten sie vor dem Luftschleusentor, das sich, nachdem es die Codechips in ihren Helmen registriert hatte, erwartungsvoll öffnete. Als sie in die Schleuse hineinfuhren, ging die Innenbeleuchtung an, und sie nahmen das beide als Signal, die Tasten ihrer Lebenserhaltungscomputer zu drücken, die das Druckluftsystem ihrer EVA-Anzüge aktivierten.

Gates spürte einen beruhigenden Lufthauch im Gesicht und einen gewissen Druck auf den Ohren, als sich die Anzüge auf etwa 0,3 Bar aufpumpten. Noch ehe die Schleuse leer gepumpt und das Ausfahrttor ganz emporgeglitten war, hielt er bereits den kurzen silbernen Lauf der UHT-Pistole auf den luftlosen, aber hell erleuchteten Korridor vor ihnen gerichtet. Jeder der beiden hörte den anderen erleichtert ausatmen, als sich der Gang als leer erwies.

«Weiß nicht, was ich erwartet habe», gestand Gates.

«Das ist ja das Problem. Wenn irgendwas schief gelaufen ist, kann es alles sein. Ein Simulacrum der Realität, transfiguriert durch ein anderes. Was auch passiert, wir, das sind wir selbst und unsere äußeren Umstände, sonst nichts. Wie wir damit umgehen, das ist die einzige Realität, die jetzt zählt, auch wenn etwas in sie eingebrochen ist, wovon wir nichts wissen.»

Dallas trat wieder aufs Strompedal und fuhr in das zweite Bogensegment hinaus. Es sah genauso aus wie das, das sie eben verlassen hatten.

«Vielleicht hat das ja auch was Gutes», sagte er. «Wenn wir die echte Blutbank ausrauben, sind wir auf das Unerwartete gefasst. Das Problem bei hochgradig schematischen Plänen wie diesem ist, dass manchmal nicht genug Fehlerspielraum bleibt. Und ich fürchte, man muss Fehler machen, um ebendiese Spielräume auszuloten.»

Dallas fand das selbst Quatsch, redete aber immer weiter, um sich von Gates' lautem, rhythmischem Atemgeräusch in seinem Kopfhörer abzulenken. Es hatte etwas Mechanisches und stieß Dallas nur erst recht darauf, wie provisorisch und unsicher das Leben in Wirklichkeit war. Wenn er Gates so atmen hörte – fast, als stecke er in seinem eigenen Kopf –, dann war es nur zu leicht, sich vorzustellen, dass dieses Geräusch jeden Moment für immer aufhören konnte.

«Haben Sie was gehört?», fragte Gates.

«Nur Sie und Ihr Geschnaufe – wie ein obszöner Anrufer.»

«Das liegt nicht an mir, das liegt an dieser Simulation.» Gates sah sich um. «Wo sind wir jetzt?»

«Beim Vorratslager. Nächste Station Wasserwerk.»

Der Wagen wurde langsamer und blieb dann stehen.

«Warum halten wir?»

«Keine Ahnung», sagte Dallas und trat das Strompedal durch. «Wir sind einfach stehen geblieben.» Der Voltmeter am Armaturenbrett zeigte, dass die Batterie noch voll genug war. Er glitt von seinem Sitz und öffnete die Frontklappe des Wagens, um die Batteriestecker zu prüfen. «Anschlüsse scheinen okay», sagte Dallas, wackelte aber sicherheitshalber dennoch an den Kabeln. Nichts locker. «Hier ist nichts Anormales festzustellen.» Er schloss die Klappe und glitt wieder hinters Steuer. Doch der Wagen rührte sich immer noch nicht.

Gates schwenkte die Pistole in alle Richtungen, als erwarte er jeden Moment eine böse Überraschung. «Was denken Sie?»

«Ich denke, wir müssen zu Fuß weiter», sagte Dallas. Er nahm einen Ersatztornister und seine UHT-Pistole an sich und stieg aus. Gates folgte ihm. Sie waren noch keine zehn Schritt weit gekommen, als Gates sich nervös umguckte und merkte, dass das Fahrzeug verschwunden war.

«Dallas», sagte er erschrocken.

Dallas drehte sich um, sah die leere Stelle, wo eben noch der Wagen gestanden hatte, und ging dorthin zurück.

«Dieser Drecksack von Prevezer», knurrte Gates. «Was sollen diese verdammten Spielchen?»

«Sie könnten Recht haben», sagte Dallas. «Irgendwer scheint da jedenfalls sein Spielchen mit uns zu treiben.»

«Scheißsimulation», sagte Gates. «Das gefällt mir nicht, Dallas. Das gefällt mir ganz und gar nicht.»

Dallas wollte gerade antworten, als die Korridorlichter plötzlich schwächer wurden. Wie auf ein Kommando griffen beide Männer an die Helmschalter, die je zwei Paar Halogenleuchten aktivierten.

«Gehen wir zurück zur Schleuse und in den Aufenthaltsbereich», drängte Gates.

«Wieso sind Sie der Meinung, dass es da besser ist?»

«Weil ich mich da schon auskenne.»

«Das glauben Sie nur. Wahrscheinlich ist dort jetzt schon alles ganz anders. Denken Sie nur daran, was mit dem Wagen passiert ist. Nein, Umdrehen bringt nichts.»

Dallas marschierte los, in den gekrümmten Korridor hinein, den jetzt nur noch ihre Helmlampen erhellten. Doch an der Länge des beleuchteten Bogenstücks ließ sich ablesen, dass da immer noch ein unsichtbarer Teil vor ihnen lag. Fünfzig lange Meter sagten beide kein Wort, dann war es Gates, der das Schweigen brach. Seine schärferen Augen hatten etwas entdeckt.

«Da, auf dem Boden, vor uns», sagte er erregt. «Sehen Sie's?»

«Ich seh's.»

Gates ging voran, als sie sich dem Objekt vorsichtig näherten.

«Sieht aus wie ein Raumanzug», sagte er, und beide stoppten jäh, als sich der Anzug am Boden zu bewegen begann. «Da steckt jemand drin.»

«Kann niemand von unseren Leuten sein», sagte Dallas.

«Wär mir aber fast lieber», gestand Gates.

«Obwohl ich alles für möglich halte, nachdem der Wagen einfach verschwunden ist.»

Die hingestreckte Gestalt schien sich am Boden zu winden, und bei ihr angekommen, versuchte Gates sie über einen offenen Kanal anzusprechen. Als er keine Antwort bekam, stupste er die Gestalt mit der Stiefelspitze.

«Ich schlage vor, Sie lassen das verflixt nochmal in Ruhe.»

Gates schüttelte den Kopf. Seine Neugier wurde dadurch angestachelt, dass das goldene Sonnenvisier des Helms das gewölbte Sichtfenster verdeckte. «Ich will nur mal gucken, wer das ist», sagte er und kniete sich hin.

«Ich halte das für keine besonders gute Idee», sagte Dallas. Doch Gates war schon dabei, das Visier hochzuklappen.

«Großer Gott.» Für einen kurzen, schockierenden Moment sah Gates in einen Helm voller langer, dünner, roter Würmer, ehe er entsetzt zurückfuhr. Es war jedoch nicht diese Bewegung, die ihm das virtuelle Leben rettete. Es war vielmehr die Position, die er Sekunden zuvor eingenommen hatte: Er hatte sich am Kopf der Gestalt hingekniet, statt sich, wie es näher gelegen hätte, über den Körper zu beugen. In der Sekunde, als er das Visier hochklappte, war es, als würde der Körper, der in dem Anzug steckte – falls es einen solchen je gegeben hatte –, von Hunderten organisch wirkender Stacheln durchbohrt, jeder einzelne nadelspitz, knallrot und fast meterlang. Gates fiel vor Schreck hintenüber und blieb wie gelähmt liegen, auch dann noch, als Dallas einen Strahl siedender Elektronen mitten in den Stachelanzug feuerte. Grelles, blaues Licht blitzte auf, als der konzentrierte Strahl den Anzug durchtrennte und die Mitte der Gestalt in eine Masse von geschmolzenem Metall, Gummi und etwas vormals Belebtem verwandelte.

Als Gates sich fluchend hochrappelte, betrachtete Dallas die UHT-Pistole mit ganz neuem Respekt.

«Was zum Teufel soll das sein?», fragte Gates.

«Ich glaube nicht, dass das irgendwie relevant ist», sagte Dallas.

«Sie haben gut reden. Sie sind ja auch nicht ums Haar in ein gottverdammtes Nadelkissen verwandelt worden.»

«Was ich sagen will, ist, dass wir von jetzt an keine logischen Erklärungen für die Dinge mehr finden werden. Jetzt geht es nur noch darum, die ganze Scheiße möglichst schmerzfrei durchzustehen.»

«Wenn ich mir dieses spezielle Stück Scheiße da angucke, dürfte das nicht so leicht sein.»

«Stimmt.» Dallas dachte kurz nach. «Sagen Sie, haben Sie schon mal Simsex gehabt?»

«Was ist das jetzt für eine Frage?»

«Eine sehr wichtige.»

«Okay, ja, ich hatte schon Simsex.»

«Wie gut war das? So gut wie echter Sex?»

«In mancherlei Hinsicht sogar besser. Aber ich hatte auch noch nie Sex auf dem Mond. Cav sagt, das ist ganz schön toll.»

«Wenn Lust in der Simulation intensiver sein kann, steht zu vermuten, dass das auch für Schmerz gilt. Wir beide können vielleicht in einer Simulation nicht umkommen. Aber ist das das Schlimmste, was uns widerfahren kann? Ich meine, die sexuelle Lust ist kurz nach dem Orgasmus vorbei. Schmerz dagegen braucht nie zu enden. Verstehen Sie, es kann gut sein, dass wir in eine Situation kommen, in der wir uns den Tod herbeiwünschen. Nur dass der hier drinnen nie kommt. Das ist wie so ein Ding aus der griechischen Mythologie. Wie bei Sisyphus, der dazu verurteilt ist, auf ewig einen riesigen Felsbrocken einen Berg hinaufzuwälzen. Oder bei Prometheus, der an einen Felsen gekettet ist und dem ein Adler eine Leber herausreißt, die sich immer wieder regeneriert. Wahrscheinlich können Mythen überhaupt nur in einer Simulation ihr volles Potential entfalten. Vielleicht wurden solche Strafen ja eigens für eine Simulation ersonnen. Verstehen Sie, was ich meine? Der Tod ist gar nicht so schlimm. Das Warten auf den Tod, das ist es, was unerträglich sein kann und doch ertragen werden muss.»

«Ich wollte, Sie würden die Klappe halten, Dallas. Und ich wollte, ich wüsste, was dieser Drecksack von Prevezer jetzt gerade auskocht. Wenn ich den je wieder zu Gesicht kriege, dann werde ich ihn lehren, was ‹Realität› heißt, und zwar so, dass er's nie wieder vergisst.»

VIII

Rimmer begann sich zu langweilen. Es war nicht sonderlich befriedigend, jemanden zu foltern, den man weder bluten sehen noch schreien hören konnte. Irgendwie musste schon ein Kontakt zwischen Folterer und Opfer bestehen, sodass Letzteres um Gnade flehen konnte; sonst waren die Quälereien gar keine richtige Folter, sondern nur eine mindere Art von Brutalität wie etwa Unmenschlichkeit oder Gehässigkeit. Da er sich nun mal das Ziel gesteckt hatte, in Dallas' Augen zur Personifizierung des Bösen schlechthin zu werden, legte er doch zumindest Wert darauf, dass diese Augen offen und auf ihn gerichtet waren. Die rechte Folterlust verschafften ihm weder die Vitalzeichen auf dem Computerschirm noch Prevezers Erläuterungen, wie er eine Simulation mit einer anderen, weit teuflischeren versetzt hatte. Zugegeben, Dallas' Puls, Blutdruck, Atemfrequenz und Körpertemperatur waren die eines Menschen, der irgendein schweres Trauma durchmachte, aber sich den Grund für jeden einzelnen Anstieg der Herzfrequenz – einmal sogar auf hundertneunzig Schläge pro Minute – selbst ausdenken zu müssen erwies sich doch als frustrierend. Da es Prevezer wohl kaum Lust bereitete, seine beiden Kollegen foltern zu müssen, konnte er

Rimmer nicht in hinreichend detaillierter Form an der Vielfalt der ihnen zugefügten Qualen teilnehmen lassen. Erst die Pistole an der Schläfe hatte ihm eine Beschreibung der Sure-15-Simworld entlocken können, mit der er das Modell der First National Blood Bank angereichert hatte.

«Das ist was, was ich für Reinbek entwickelt habe», hatte er erklärt. «Der war mal Verhörspezialist bei der Verbrechensabwehr, aber jetzt arbeitet er für das Black Hole. Und manchmal, wenn er Informationen aus Leuten rausholen will, holt er mich, damit ich sie in diese spezielle Simulation versetze. Sure 15 heißt sie nach dem Teil des Korans, in dem es um sieben Tore geht, die zu sieben verschiedenen Unterabteilungen der Hölle führen. Sie wollten was Teuflisches, Mister, also, hier haben Sie's. Was die beiden da durchmachen, ist der schiere, nackte Paniksyndrom-Nervenschock-Herzinfarkt-Horror, und ich würde das meinem ärgsten Feind nicht antun. Teile des Modells musste ich fertig kaufen, von irgendwelchen Hardcore-Sadofreaks und Psychopathen. Also verlangen Sie nicht, dass ich Ihnen genauer beschreibe, was da drin vor sich geht, weil ich's einfach nicht weiß. Ich würde nicht in diese Simulation reingehen, und wenn Sie mir dafür das ewige Leben versprechen.»

«Ich garantiere dir nur ein sehr kurzes Leben, wenn du mich anlügst», hatte ihm Rimmer erklärt.

Zwei volle Stunden waren vergangen, seit Prevezer gemeldet hatte, dass Dallas und Gates das erste Tor der Hölle passiert hatten, und Rimmer war diese Einwortillustrationen der Bildschirmzahlen leid. Fies. Übel. Gemein. Scheußlich. Schrecklich. Grässlich. Grausig.

«Woher weiß ich, dass es wirklich so schlimm ist, wie Sie sagen?», fragte er und presste die Mündung an Prevezers Nase.

«Gar nicht. Das können Sie nicht wissen. Nicht sicher. Außer, Sie gehen rein und gucken selbst.»

«Das würde Ihnen so passen, was?»

Prevezer schwieg, durch eine kleine Veränderung, die er an Gates bemerkt hatte, kurzzeitig abgelenkt.

«Mir ganz bestimmt», sagte Cavor vom Fußboden aus, wo er noch immer neben Ronica und Simou lag.

«Schnauze», fauchte Rimmer. Und dann, an Prevezers Adresse: «Das bringt's nicht. Nicht mehr. Vielleicht sollte ich sie jetzt einfach erschießen. Am besten, ich erschieße euch alle.»

«Warten Sie», sagte Prevezer. «Sie wollten einen Beweis, dass sie wirklich durch die Hölle gehen? Okay, gucken Sie mal hin. Gucken Sie sich Gates' Haar an, Herrgott nochmal.»

Rimmer bückte sich und spähte durch das Gitterwerk des geodätischen MRI auf Gates' Kopf. Kein Zweifel. Gates' Haar, das eindeutig braun gewesen war, als Rimmer die Suite betreten hatte, war jetzt grau.

«Mein Gott, Sie haben Recht», sagte er verblüfft. «Er ist total grau geworden. In der kurzen Zeit, die ich jetzt hier bin.»

«Sie Schwein», zischte Ronica.

«Glauben Sie mir jetzt?», wollte Prevezer wissen.

«Mein Haar ist grau, doch nicht von Jahren», sagte Cavor. «Noch ward es weiß in einer einz'gen Nacht / wie manchem schon durch jähen Schrecken widerfahren.»

«Was ist das?», fragte Rimmer entzückt.

Cavor richtete sich halb auf, wiederholte den Vers und setzte hinzu: «Lord Byron.»[1] Wenn Rimmer ihm jetzt den Rücken zukehrte, würde er ihn anspringen.

«Halten Sie den Mund, Cav», befahl Ronica. «Kapieren Sie denn nicht? Das steigert die sadistische Lust dieses Kerls nur noch.»

«Meine sadistische Lust ist das Einzige, was euch noch am Leben hält», sagte Rimmer und kniete sich neben sie. Er fasste in ihre Zöpfe, packte eine Handvoll und verdrehte sie.

1 Der Gefangene von Chillon, 1816.

Ronica schrie, bis er aufhörte.

«Noch ein Wort, und *dein* Haar erfährt, was Schmerz ist. Nur, dass es nicht grau werden wird. Dazu wird es gar keine Zeit haben, weil ich es nämlich rausreiße, Zopf für Zopf, meine Schöne, bis deine Kopfhaut so mit Kratern übersät ist wie die Mondoberfläche.»

Ronica schrie auf, als er ihr Haar erneut verdrehte. Cavor zog ein Bein unter sich und spannte die Muskeln an.

«Und hör auf mit dem verdammten Geschrei», sagte Rimmer und brachte sie diesmal mit einer Ohrfeige zum Schweigen. «Glaub nicht, dass dich jemand hört. Die Zimmer hier sind alle schalldicht.» Er gluckste. «Müssen sie ja wohl sein, bei dem, was die Leute hier treiben. Und wenn dich jemand hört, würde er nur davon ausgehen, dass du deinen Spaß hast. Und den kannst du ja vielleicht auch noch haben.»

Er stand auf und wandte sich wieder der Betrachtung der beiden Männer zu, in der Hoffnung, Dallas' Haar vor seinen Augen schlohweiß werden zu sehen. Nach einigen Minuten schüttelte er enttäuscht den Kopf. «Das war gut, aber nicht gut genug.» Er richtete die Pistole durch das Gitterwerk auf Dallas' Stirn und setzte hinzu: «Zeit, dass du zur echten Hölle fährst, Dallas.»

Jetzt oder nie, dachte Cavor. Er setzte gerade zum Sprung an, als er aus dem Augenwinkel Lenina sah.

Selbst unter den Mikrogravitationsbedingungen des Mondes war Rimmers Flug durch die Suite spektakulär. Er schien kaum etwas mit dem gedämpften Knall – ähnlich dem Geräusch einer heftig zugeschobenen Metallschublade – zu tun zu haben, der aus der Pistole in Leninas Hand kam. Leicht schwankend, das Gesicht von jenem rubelliformen Ausschlag überzogen, der mehr über ihren Zustand sagte als die Patientenkarte eines Hämatologen, stand sie in der Schlafzimmertür und feuerte noch einmal auf den Mann, der von der Wand zurückgeprallt war und jetzt, unter Hinterlassung einer Blutspur, zur Tür kroch. Ihre zweite Kugel traf Rimmer in den Hinterkopf, riss ein Stück Kopfhaut mit und tötete ihn auf der Stelle, als sie sich durch sein Gehirn bohrte, ehe sie schließlich zwischen seinen Zähnen hängen blieb, als hätte er sie, wie bei einer Zirkusnummer, mit dem Mund aufgefangen.

«Das hat aber gedauert», fauchte Ronica, die sich jetzt steif vom Boden erhob. «Ich dachte, Sie hören mich nie schreien.»

«Ruhe», blaffte Prevezer. «Sehen Sie nicht, dass sie am Ende ist?»

Lenina schwieg, zu schwach zum Antworten. Sie ließ die Pistole fallen, drehte sich um und verschwand wieder in Prevezers Schlafzimmer, während dieser aufsprang, um die Taste zu drücken, die Dallas und Gates vom künstlichen kortikalen Modus der Simworld auf den natürlichen umschaltete.

Gates – zitternd, weiß wie der Marmorsessel, auf dem er saß, und vor Angst fast außerstande zu atmen – rief ihnen zu: «Nehmt mir das Ding ab.»

Prevezer konnte gerade noch die Elektro-Neuronadeln einfahren, ehe Gates sich im Aufspringen den geodätischen MRI vom schweißnassen Kopf riss und ihn auf den Marmorboden schmiss, wo er in ein Dutzend tetraederförmiger Stücke zersprang. Gates schaute einen Moment mit schreckgeweiteten Augen im Raum umher und rannte dann, wie ein Hund würgend, ins Bad.

«Ich schaue besser mal nach ihm», sagte Cavor und ging hinterher.

Dallas wartete, bis ihm Prevezer seinen MRI abgenommen hatte, und ließ dann einen langen, zittrigen Seufzer los. Stumm biss er sich auf den Zeigefinger, bis dieser blutete. Ronica sah es, nahm ihm die Hand vom Mund weg, barg seinen Kopf an ihrem Bauch und wiegte ihn.

«Was ist passiert?», wisperte er. Dann sah er Rimmers Leichnam und begriff.

«Ist ja gut», sagte sie. «Ist ja alles vorbei. Du bist wieder bei uns. Ganz ruhig.»

Prevezer zog bereits zwei Portionen eines intravenösen Sedativums auf.

«Das ist nur ein Beruhigungsmittel», erklärte er Dallas. «Hilft Ihnen zu schlafen.»

«Soll das ein Witz sein?», fragte Simou. «Ich hätte Angst, je wieder die Augen zuzuklappen.»

«Schlaf ist jetzt das Beste», insistierte Prevezer. «Meiner nicht unbeträchtlichen Erfahrung nach.» Er rollte Dallas' Ärmel hoch und stach die Nadel ein.

Simou schüttelte skeptisch den Kopf. «Dann können wir nur hoffen, dass er nicht träumt. Nach dem, was er durchgemacht hat, wer weiß, was er da träumen würde?»

«Immerhin sind sie nicht tot», erklärte Prevezer. «Der Tod ist der schlimmste Traum.»

IX

Im «magischen Jahr» 1905 wurde die Realität für immer eine andere. Es war das Jahr, in dem Albert Einstein seine spezielle Relativitätstheorie veröffentlichte. Damit wurde offenbar, dass Raum und Zeit in einem vierdimensionalen System geometrisch äquivalent sind, ebenso wie Gravitation und Materie. Jeder Punkt im Raum ist zugleich ein Zeit-Punkt und jeder Moment in der Zeit zugleich ein Punkt im Raum. Und Raumzeit lässt sich als ein einziger riesiger Eisblock betrachten, in den die gesamte physikalische Realität ein für alle Mal eingefroren ist. So wie jeder Punkt in diesem Eisblockuniversum physikalisch zugänglich ist, gilt das auch für Vergangenheit, Gegenwart und Zukunft. Damit das erfüllt ist, muss die Zukunft jedoch bereits existieren, genau wie Vergangenheit und Gegenwart.

Das scheint kaum logisch nachvollziehbar, und in der Tat lässt sich die Raumzeit erst aus der Perspektive der Quantenphysik wirklich verstehen. Wir existieren in multiplen Versionen und in multiplen Universen. Das wird leichter begreifbar, wenn Sie Ihren eigenen Virtual-Reality-Generator zur Hilfe nehmen – Ihr Erinnerungsvermögen und Ihre Vorstellungskraft.

Eine Version Ihrer selbst existiert in der Vergangenheit, und das können Sie sich leicht vergegenwärtigen. Es ist Ihr erster Schultag. Zweifellos fallen Ihnen eine Menge plastischer Details ein, die die Realität dieser Version Ihrer selbst spürbar machen. Es fällt Ihnen nicht schwer zu glauben, dass diese Version Ihrer selbst irgendwie noch immer in der Vergangenheit fortexistiert und dass dort, für einen ewigen Moment, immer Ihr erster Schultag sein wird.

Die nächste Version Ihrer selbst existiert in der Gegenwart. Das sind Sie, der Sie sich an ihren Schultag erinnern, sich aber auch noch eine andere Version Ihrer selbst vorstellen, eine zukünftige Version in irgendeiner besonderen Situation – Ihren letzten Tag im Berufsleben vielleicht. Das ist schon schwerer und hängt von der Wendigkeit Ihrer Phantasie ab. Dennoch kann Ihnen diese zukünftige Version Ihrer selbst auf eigentümliche Weise genauso real erscheinen wie die vergangene – wenn nicht sogar realer –, da es nichts gibt, was in der virtuellen Realität unserer Vorstellung nicht machbar wäre. Nichts, was physikalisch unmöglich wäre.

Eines Tages in der Zukunft (und vielleicht in weit entfernter Zukunft) könnte es, bei entsprechender Computerkapazität, möglich sein, das gesamte Universum in der virtuellen Realität darzustellen. Welch besserer Ort ließe sich für Menschen denken, um sich evolutionär fortzuentwickeln, Unsterblichkeit zu erlangen und von den Toten auferweckt zu werden? Doch bis dieser Tag kommt, an dem nichts mehr auf Rechnern intraktabel ist – mit anderen Worten, bis der Himmel existiert –, muss die Evolu-

tion einen anderen, weniger spektakulären Weg des Fortschritts finden. Und sie wird ihn finden. Schon jetzt greifen menschliche Gene über sich selbst hinaus, bis zum Mond und weiter. Die einzige Schwelle, die der Prozess der menschlichen Evolution noch überwinden muss, ist die physische Grenze, die Weltraumreisen gesetzt ist. Doch dieser Aufbruch hat vielleicht schon begonnen.

4

I

«Zu dumm», sagte Dallas, als er das inspizierte, was von Gates' geodätischem MRI übrig war. «Ohne eine zweite Einheit können wir den Reaktorraum nicht simulieren.»

«Würden Sie das etwa wollen?», fragte Gates. «Nach dem, was dort drinnen passiert ist?»

Keiner von ihnen hatte darüber gesprochen, was ihnen in der Simulation widerfahren war, als Rimmer Prevezer gezwungen hatte, ein Siliciummodell mit einem anderen zu koppeln, aber beide würden es kaum je vergessen.

«Das ist wirklich sehr unglücklich gelaufen», sagte Dallas. «Aber es dürfte wohl nicht nochmal passieren, jetzt, wo Rimmer tot ist. Und ich hätte immer noch gern eine genaue Vorstellung, wie viele Zentigray wir wohl in der Zeit absorbieren, die wir brauchen, um durch die Reaktorraumwand zu kommen.»

«Hier auf dem Mond lässt sich kein anderer MRI auftreiben», sagte Prevezer. «Ich habe schon rumgefragt. Hier oben besteht kein Bedarf an so was. Ich meine, die Leute haben nicht viel Interesse an Simworlds, wenn die Realität so toll ist.»

«Schön, dass Sie's zugeben», sagte Simou.

«Es würde mindestens vier bis fünf Tage dauern, uns ein neues Exemplar mit dem nächsten Astroliner von der Erde schicken zu lassen», sagte Prevezer, ohne ihn zu beachten.

Gates schüttelte den Kopf. «Zu lange für Lenina.»

«Wir auch nicht», sagte Dallas. «Da ist unser Lunartageslichtfenster. So lange zu warten hieße, den *Mariner* im Dunkeln zu landen. Aber das wird schon bei Tageslicht schwer genug, ohne Lenina. Wie geht's ihr? Ich meine, sie wird doch auf keinen Fall fit genug sein, oder?»

«Tatsache ist, dass sie jeden Moment sterben kann», sagte Gates und rieb sich mit einer Riesenhand das weiß beschopfte Haupt. «Auf der Erde wäre sie wahrscheinlich schon tot. Nur der künstliche Druck hier gibt ihrem Hämoglobin noch den Sauerstoff, der sie am Leben hält.»

Dallas nickte. «Dann ist das wohl geklärt. Wir legen morgen los. Am zwanzigsten Juli. In dem ganzen Hundertjahrfeier-Trubel kriegen wir Lenina leichter aus dem Hotel. Bis dahin müssen wir ein paar Berechnungen bezüglich der Strahlenfolgen anstellen. Prev? Irgendwelche Ideen?»

«Ich könnte ein zweidimensionales Modell über den Computer laufen lassen», schlug Prevezer vor. «So eine Art Prognose-Mikrowelt, unter Verwendung der Daten, die sowieso schon im Speicher sind. Da kriegen wir natürlich nicht die plastischen Details und die realistischen Abläufe wie beim 3-D, aber wohl immerhin ein paar einigermaßen verlässliche Zahlen.»

«Dann tun Sie's», sagte Dallas. «Jetzt gleich.»

«Aber wie kriegen wir Lenina aus dem Hotel?», fragte Ronica. «Abgesehen davon, dass sie bewusstlos ist, sieht sie auch aus, als sei sie gerade einem Pestsumpf entstiegen.»

«Wir müssen sie in einen Raumanzug stecken», sagte Simou.

«Klar», sagte Cavor. «Viele Leute in der Hotelhalle haben Raumanzüge an. Aber die meisten können laufen.»

«Schon mal in die Hotelbar geguckt?», fragte Simou. «Die ist voll von betrunkenen Apollo-11-Fans. Und morgen werden es noch mehr sein. Gates und ich, wir können sie doch in die Mitte nehmen und tragen. Noch drei Besoffene in Raumanzügen – wer achtet da schon drauf?»

«Und Rimmer?», fragte Ronica. «Was machen wir mit dem? Den können wir ja wohl nicht auch noch raustragen.»

«Wir lassen ihn hier», sagte Dallas. «Offiziell reisen wir ja nicht ab. Wir kommen ja theoretisch nach unserem Ausflug zum Descartes wieder hierher. Bis die hier merken, dass dem nicht so ist, sind wir weit weg, auf die dunkle Seite abgetaucht.»

«Wir können ihn ja im Wandschrank verstauen und das Bitte-nicht-stören-Schild anknipsen», sagte Cavor. «Dann kommt das Zimmermädchen gar nicht erst rein.»

«Dann wäre das auch geregelt», sagte Dallas. «Ist das alles?»

«Will ich doch stark hoffen», murmelte Gates.

Dallas sah ihn komisch an und wirkte auf einmal verlegen. «In dem Fall wäre da noch eins, was ich Ihnen allen mitteilen möchte. Obwohl es vor allem Sie betrifft, Cav.»

«Klingt nach dem, worauf ich die ganze Zeit warte.»

«Und Sie, Rameses.»

«Hol mir jemand ein Betäubungsmittel», stöhnte Gates.

«Ich weiß nicht, wie ich es elegant verpacken sollte, also sage ich es einfach geradeheraus. Nachdem Sie den *Mariner* gelandet haben, werden nur Cav und ich in den Hauptkomplex eindringen.»

«Ich?» Cavors Augen weiteten sich vor Verblüffung.

«Nochmal?», sagte Gates.

«Sie kommen nicht mit in die Bank.»

«Soll das ein Witz sein, Dallas? Die weißen Haare hier auf meinem Kopf müssten Ihnen doch sagen, dass mein Sinn für Humor im Moment nicht der ausgeprägteste ist.»

«Das ist kein Witz.»

«Ist es wegen dem, was war? Weil ich wegen der Kälte schlappgemacht habe? Ich hab mir schon was ausgedacht, um das zu verhindern.»

«Ich, offen gestanden, auch.»

«Aber wo liegt dann das Problem? Das versteh ich nicht.»

«Die Wahrheit ist, dass ich für den Ernstfall von vornherein Cav als zweiten Mann eingeplant hatte.»

«Aber warum?»

«Weil er spezielle Fähigkeiten hat. Fähigkeiten, von denen er selbst nichts weiß.»

«Können Sie mir vielleicht sagen, was das für Fähigkeiten sind?», fragte Gates.

«Würde mich auch interessieren», gestand Cavor.

«Alles zu seiner Zeit.»

«Wenn das so ist, warum haben Sie dann die Simulation mit mir durchgezogen und nicht mit ihm? Warum bin ich derjenige, der wie ein gottverdammter Albino aussieht, wenn ich bei dem eigentlichen Job gar nicht mitmachen soll?»

«Hey», mischte sich Simou ein. «Wenn Sie mich fragen: Ihr Haar sieht klasse aus. Besser als vorher.»

«Weil Cavs besondere Fähigkeiten in einer Simworld nicht zum Tragen kommen. Nur in der Realität.»

«Jetzt bin ich aber wirklich gespannt.»

«Ich dachte, Sie würden sich freuen, Rameses. Schließlich haben Sie doch einige Bedenken geäußert, was meinen Plan angeht. Nicht zuletzt wegen der Sache mit dem Reaktorraum und der Strahlenexposition.»

«Bedenken sind eine Sache», protestierte Gates. «Kalte Füße sind eine ganz andere. Apropos, nur falls Sie's vergessen haben sollten: Cav hat auch P^2, genau wie ich.»

«Ja, aber noch nicht so lange wie Sie. Wenn Sie damit sagen wollen, dass seine Kerntemperatur wahrscheinlich auch schneller absinken wird als meine – okay. Aber nicht so schnell wie Ihre. Hören Sie, Rameses. Das ist nicht persönlich gemeint. Es ist einfach nur die beste Möglichkeit, die Sache hinzukriegen. Die einzige, um genau zu sein. Für Sie und Lenina und die Übrigen hier geht es doch nur darum, dass wir das Blut kriegen.»

«Ihr Wort in Gottes Ohr», sagte Simou.

«Oder etwa nicht?»

«Schon», sagte Gates nickend. «Aber eins verstehe ich immer noch nicht – wo wir gerade davon reden, für wen es worum geht: Was springt für Sie dabei raus, Dallas? Sie haben das Virus nicht. Sie brauchen kein Blut.»

«Ich will auch Blut», sagte Dallas grimmig. «Genau wie Sie alle. Verstehen Sie, ich habe auch eine Art Virus. Es ist vielleicht nicht tödlich, aber es frisst mich trotzdem auf. Mein Heilmittel ist Rache. Das ist es, was für mich dabei rausspringt. Das größte Gefühl auf Erden.» Dallas grinste. «Auf Erden? Scheiß auf die Erde. Soll doch von mir aus das ganze verdammte Universum zugrunde gehen, wenn ich nur meine Rache kriege.»

II

Die Erde, wie ein prächtiges blaues Fabergé-Ei in einem schwarzen Samtkästchen, scheint doch zu kostbar und ewig, um ein adäquates Objekt solch kleingeistiger Rachegelüste zu sein. Allein ihr mathematischer Aspekt, jenes fundamentale Zahlensystem, ist – insofern, als es eine grundlegendere Ordnung zu spiegeln scheint – in sich schon Wunder genug und hätte Dallas vielleicht doch noch einmal zum Nachdenken veranlassen können.

Zahlen wie die Größe der elektrischen Ladung des Elektrons: Die kleinste Differenz, und die Sterne – deren Trümmer zu anderen Sternen und Planeten wie etwa der Erde wurden – wären nie explodiert. Zahlen wie das Verhältnis der Massen eines Elektrons und eines Protons, das exakt daraufhin kalkuliert scheint, die Entstehung intelligenten Lebens im Universum zu ermöglichen. Einem Universum, das auch jetzt noch, zehntausend Millionen Jahre nach der Singularität, die es hervorbrachte, mit so kritischer Geschwindigkeit expandiert, dass eine infinitesimale Unterschreitung dieser Expansionsrate in der Sekunde nach jener

Singularität – eine Abweichung von nur 0,0001 Prozent – dieses Universum wieder hätte in sich zusammenstürzen lassen, ehe es seine jetzige Form und Größe hätte erreichen können.

Obwohl vermutlich hundert Milliarden Milliarden Planeten für die Entstehung von Leben im Universum geeignet wären, ist doch die Wahrscheinlichkeit des faktischen Eintretens eines solchen Ereignisses irgendwo anders als auf der Erde – wo es schon unwahrscheinlich genug ist – verschwindend gering. Das lässt sich errechnen, indem man die Zahl derjenigen Planeten, auf denen gesicherterweise ein solches Ereignis stattgefunden hat – und das ist nur die Erde, also: 1 –, durch die Zahl der potentiell lebensgeeigneten Planeten dividiert. Mit anderen Worten: Die Wahrscheinlichkeit der Entstehung von Leben irgendwo anders im Universum liegt bei etwa eins zu hundert Milliarden Milliarden.

Verglichen mit der sonnenversengten und vergleichsweise eintönigen Mondoberfläche ist die Erde in der Tat ein Wunder-Ei. Sie könnte einen fast schon dazu bringen, an das anthropische kosmologische Prinzip zu glauben – die Auffassung, dass der Mensch eine privilegierte Stellung in einem Universum innehat, das mit seiner Existenz als Beobachter konsistent ist. Das Universum, so das Prinzip (das, obwohl es sich wie eine Binsenweisheit anhören mag, tatsächlich tief greifende Implikationen für die Physik hat), muss Eigenschaften haben, die die Existenz von Beobachtern zulassen.

Was ist der Mensch, fragt der Psalm, dass du seiner gedenkst? Vielleicht nichts. Kopernikus, Galilei, Darwin, sie alle haben dazu beigetragen, den Menschen aus seiner selbst konstruierten Position im Zentrum des Universums zu vertreiben – eines Universums, das obendrein das Produkt einer monströsen Serie von Unfällen ist. Doch wer weiß? Wenn die Welt des Denkens erst den Kreis schließt wie eine Kugel in einem simplen Orrery-Planetarium – vielleicht ist sie dann ja alles?

III

Dallas saß im Cockpit, auf dem Pilotensitz, den sonst Lenina innegehabt hatte, die jetzt, nachdem sie sie erfolgreich aus dem Galileo-Hotel geschmuggelt hatten, in der Crewkabine unten im Mitteldeck schlief. Gates saß, wie gehabt, auf dem Kommandantensitz und hielt ein wachsames Auge auf den Autopiloten, während sie sich dem Descartes-Krater näherten.

Der Blick aus dem Cockpitfenster war im Großen und Ganzen so, wie Gates ihn aus der Simulation in Erinnerung hatte: nichts als ein Haufen Krater, deren Reihenfolge er sich eingeprägt hatte: Torricelli, Alfraganus, Hypatia, Zöllner und Kant. Das Kant-Kratersystem, das sie jetzt gerade überflogen, war das letzte Bodenmerkmal vor dem Descartes.

«Gehe auf Handsteuerung», sagte er und schaltete den Autopiloten ab. «Simou? Sind Sie bereit?»

«Bereiter geht's nicht», sagte eine Stimme in seinem Kopfhörer.

«Kann losgehen», sagte Gates, während er den Knüppel fest umfasste und die Anzeigen auf dem Instrumentenbord über seinem behelmten Kopf checkte.

«Viel Glück», sagte Dallas.

«Uns allen», erwiderte Gates.

Sekunden später spürten sie den lauten Knall der Explosion, die Simou ferngezündet hatte. Es war dasselbe Geräusch wie in der Simulation, nur dass diesmal der Generalalarm ausblieb. Die Explosion hatte kein Leck in den Rumpf gerissen.

«Was war das?», fragte Dallas, der Stimmaufzeichnung wegen.

«Keine Ahnung», gestand Gates. «Klang aber nicht gut, was?»

«Hat uns was erwischt?»

«Wir sind ja noch da, oder?» Gates sah auf die Instrumente

über seinem Kopf. «Alle Anzeigewerte normal. Wenn uns was getroffen hat, haben wir immer noch Druck.»

Dallas fluchte lautlos. Ohne verifizierbare Notlage würde sie der Descartes-Computer nie landen lassen. «Sim?», fragte er. «Können Sie sich dieses komische Geräusch erklären?»

«Negativ, Dallas», sagte Simou. «Bin genauso ratlos wie Sie.»

Dallas löste seinen Sitzgurt, beugte sich vor und reckte den Hals, um durch das dreieckige Cockpitfenster auf die drillbohrerförmige Nase des Schiffs gucken zu können.

«Sehen Sie was?», fragte Gates nervös. Ziemlich absurd, dass er, mit seiner Astroliner-Pilotenausbildung, jetzt darauf hoffen musste, dass irgendwas schief lief.

«Da ist ein Riss», meldete Dallas. «In dem Keramik-Hafnium-Schild am Bug. Und er wird immer größer.» Vor seinen Augen löste sich etwas von der Nase des Schiffs und flog in den Raum davon. «Wir haben gerade eine der Hitzeschildplatten verloren. Und noch eine.»

«Klingt nach Sprödbruch», setzte Simou seine Worte vorsichtig. «Die Wucht des Aufschlags muss sich über den ganzen Bug verteilt haben.»

«Da fliegt noch eine Platte weg», sagte Dallas.

«Wenn wir zu viele davon verlieren, überleben wir den Wiedereintritt nicht», sagte Gates. «Vielleicht sollten wir landen und den Schild reparieren.»

«Negativ», sagte Dallas. «Das ist nichts, was sofort passieren muss. Wir können den Flug auch ohne Bugschild fortsetzen.»

Gates warf sich in seinen Sitz zurück und hämmerte frustriert mit den Fäusten auf die Armlehnen ein.

«Ich schlage vor, wir drehen um und fliegen zur TB zurück», sagte Dallas ruhig. «Vorsichtshalber.»

«Na toll», knurrte Gates. «Heißer Urlaub. Wir sind noch nicht mal auf halbem Weg zum Schrötertal und sollen schon wieder umkehren.»

Das Schrötertal war das Flugziel, das sie tarnungshalber in den Bordcomputer eingegeben hatten. Widerstrebend begann Gates, die Kursänderung einzuprogrammieren. Er tat es in dem Wissen, dass jede Verzögerung in diesem Stadium des Plans Lenina das Leben kosten würde.

«Wir fliegen zurück?» Simous Stimme im Kopfhörer klang ungläubig.

«Wenn Sie irgendwelche anderen Vorschläge haben, können Sie sie gern vorbringen», sagte Dallas.

Gates überließ die Steuerung des RLV wieder dem Autopiloten, und der *Mariner* begann prompt zu steigen, um dann die RCS[1]-Schubdüsen für die Kursänderung zu zünden. Gleich darauf hörten sie eine zweite Explosion. Im ersten Moment dachte Gates, das RCS habe zu früh gefeuert. Erst als der Generalalarm losging und das Rauschen in seinem Kopfhörer von erschrockenen Rufen aus dem Mitteldeck durchbrochen wurde, begriff er, dass das, was gerade passiert war, nichts mit den Schubraketen zu tun hatte. Ein rascher Blick aufs Instrumentenbord erfasste einen ganzen Schwarm roter Warnlämpchen.

«Flugcomputer ist gerade ausgefallen», rief er und nahm den Knüppel wieder.

Noch mehr rote Lämpchen.

«Und das Umweltkontrollsystem auch», sagte Dallas.

«Bereitmachen zur Notlandung», sagte Gates schluckend. «Auf Sauerstoff gehen, alle. Noch ein paar Minuten, und wir haben hier drinnen nichts mehr zu atmen, außer unserem eigenen CO_2. Wenn ich nur wüsste, was da passiert ist und warum. Aber ohne den Flugcomputer kann ich das Ding nicht oben halten, selbst wenn ich wollte.»

«Dort voraus ist ein Landeplatz», sagte Dallas, der immer noch für den Descartes-Computer kommunizierte.

---

1 Rocket Control System (Raketen-Schubsteuerungssystem).

Und prompt, auf dieses Stichwort: «Hier spricht die First National Blood Bank im Descartes-Krater.» Der Computer. «Sie nähern sich einer Sperrzone. Bitte gehen Sie sofort auf Kurs eins-null-fünnef und steigen Sie auf fünfzehnhundert Fuß. Bei Nichtbefolgen dieser Aufforderung werden entsprechende Maßnahmen ergriffen.»

«Descartes, hier *Mariner.* Negativ, Kursänderung auf eins-null-fünnef nicht möglich. Können Flug nicht fortsetzen. Ich weiß nicht, warum, aber all unsere Computer sind ausgefallen. Erbitten sofortige Notlandeerlaubnis.»

«Sind Sie in der Lage, entsprechende Flugdaten und Ihre Cockpit-Stimmaufzeichnungen zu übermitteln?», fragte Descartes. «Damit ich Ihre zwingende Notlage verifizieren kann.»

Dallas versuchte gerade herauszukriegen, was noch von ihrem Computersystem übrig war. «Descartes, hier *Mariner.* Kommunikations- und Mitteldecksysteme haben wir noch, aber Flugcomputer, Ladebucht- und Umweltkontrollsystem sind weg. Die Mitteldecksysteme haben aber Back-up-Daten bis zum Moment des Computerausfalls. Wir übermitteln diese Daten und unsere Cockpit-Stimmaufzeichnungen. Jetzt.»

Die Stille zog sich hin, während der Descartes-Krater immer näher kam. Gates nahm den Kraterrand als Sichtnavigationshilfe und richtete die Nase des *Mariner* auf einen Punkt ein gutes Stück dahinter. Er flog jetzt nur nach Instinkt. Instinkt und Gefühl. Ohne die Hilfe des Flugcomputers musste er die Sinkgeschwindigkeit über den Daumen peilen.

«Descartes? Hier *Mariner.* Wie sieht's aus?»

«Ihren Daten zufolge scheint einer Ihrer Sauerstofftanks explodiert zu sein», sagte die kühle Computerstimme. «Alle übrigen Ausfälle gehen auf die Primärursache zurück. Die veränderte Zusammensetzung des Sauerstoff-Wasserstoff-Gemischs in Ihren Brennstoffzellen hat zu einem erheblichen Spannungsabfall in den Stromkreisen geführt, wodurch einige Ihrer Computersysteme abgestürzt sind. Da Sie jedoch über Back-up-Brennstoffzellen verfügen, kann es sein, dass Ihre Computer bereits wieder rebooten. Bitte um entsprechende Mitteilung.»

«Danke für die Information», sagte Gates. «Aber leider negativ, was das Rebooten betrifft.» Er hielt jetzt den Knüppel mit beiden Händen fest umfasst. «Fahrwerk ausfahren», wies er Dallas an.

«Wird es denn funktionieren?»

«Ziehen Sie die Hebel da. Das Ding ist hydraulisch.»

Dallas tat, wie ihm geheißen, und ließ dann einen kleinen Erleichterungsseufzer los, als er ein grünes Lämpchen aufleuchten sah und spürte, wie sich das Fahrwerk unter den Rumpf des Schiffs herabsenkte. «Fahrwerk draußen», sagte er.

«Ich weiß Ihre Fehlerdiagnose zu schätzen, Descartes», sagte Gates, «aber bitte nehmen Sie zur Kenntnis, dass ich eine Notlandeerlaubnis brauche. Die Alternative ist eine Bruchlandung im Albufeda.» Das war der große Krater unmittelbar südwestlich des Descartes.

«*Mariner*, hier Descartes. Sie sind zur Landung freigegeben. Wiederhole, Sie sind zur Landung freigegeben. Alles Gute.»

Gates war bereits im Endanflug. Ein paar von den anderen im Mitteldeck hatten die Landeerlaubnis mit freudigem Johlen quittiert, aber in seinen Augen war der Jubel verfrüht. Die Flughöhe über einer Mondlandschaft abzuschätzen war äußerst schwer, und selbst mit dem Hauptkomplex als Anhaltspunkt wünschte er doch sehnlichst, er könnte sich auf irgendwelche Landeradardaten stützen. Das hier war mehr so eine Art Vabanquespiel als eine Sichtlandung.

«Bring ihn runter», spornte er sich durch die zusammengebissenen Zähne an. Obwohl er das kaum für möglich gehalten hätte, war dieser Landevorgang noch horrormäßiger als in der Simulation. Nur gut, dass Descartes sich etwas kooperativer zeigte als erwartet.

Der *Mariner* schrammte in einem Abstand von weniger als fünfzig Fuß über den nördlichen Kraterrand. Gates nahm rasch Schub weg und ließ das Schiff auf den Kraterboden zusinken, was unter ihnen einen Staubsturm auslöste. Jetzt, da sie im Kraterinneren waren, konnte er den Landeplatz klar erkennen, und für einen Sekundenbruchteil fragte er sich, ob der Descartes-Computer womöglich gelogen hatte, was die Landeerlaubnis betraf. Wenn nun die Minen in der Landezone immer noch scharf waren? Warum war Descartes so kooperativ gewesen?

«Ich hoffe nur, dieser Computer verarscht uns nicht, Dallas», sagte er und drosselte den *Mariner* fast bis zum antriebslosen Schwebeflug herunter.

«Computer lügen nicht», sagte Dallas und umkrallte die Armlehnen seines Sitzes. «Obwohl sie das Gedächtnis hätten, das ein guter Lügner braucht.»

«Ich wollte, Sie wären ein verdammter Computer», sagte Gates, während er den Knüppel leicht nach vorn drückte. Das Schiff neigte sich wieder, und in der Annahme, dass sie noch knapp siebzig Fuß Höhe hätten, streckte er die Hand aus, um den Triebwerksabstellschalter zu betätigen, sobald das grüne Bodenkontaktlicht aufleuchtete. Er hatte sich um mehr als dreißig Fuß verschätzt. Der *Mariner* setzte früher und mit sehr viel mehr Wucht als geplant auf. Der Schlag ließ die gesamte Cockpitausstattung erbeben, katapultierte den noch immer unangeschnallten Dallas aus seinem Sitz und bewirkte, dass sämtliche Computer plötzlich rebooteten. Gates stellte die Triebwerke ab, der *Mariner* wippte ein paar Sekunden auf seinem Fahrwerk, dann war alles still.

«Na bitte, wir sind unten», seufzte Gates.

Dallas rappelte sich vom Boden hoch.

«Wie weit haben Sie's eigentlich als Astroliner-Pilot gebracht?», fragte er.

«Was wollen Sie? Dinner und Bordkino?», Gates nickte.

«Wollen Sie wissen, wie sich ein guter Flug definiert? Als einer, nach dem man den Flieger auf eigenen Beinen verlassen kann. Das haben Sie gekriegt, also beschweren Sie sich nicht.» Dann schlug er einen leicht suggestiven Ton an, um den anderen im Zwischendeck ihr Stichwort zu geben: «Sorry wegen der holprigen Landung, Leute. Alle Mann okay?»

«Negativ», sagte Prevezer. «Wir haben eine Verletzte.»

«Descartes, hier *Mariner.* Wir sind unten.»

«Landemeldung verstanden, *Mariner.* Bitte teilen Sie mit, ob Sie medizinische Hilfe benötigen.»

«Danke, Descartes. Bitte warten, ich melde mich gleich wieder.» Gates schaltete den offenen Kanal ab und sah zu Dallas hinüber. «So eine schlechte Presse hat dieser Computer gar nicht verdient. Er ist ein viel hilfsbereiterer Schweinehund, als Sie uns eingeredet haben.»

«Alles, was er uns anbietet, sind die medizinischen Einrichtungen des Landeplatzes», sagte Dallas. «Da ist eine kleine Notfallstation unmittelbar östlich von uns, mit einer minimalen Reparatur- und Erste-Hilfe-Ausrüstung. Ohne Blut natürlich.»

Dallas trat an die Steuerkonsole im rückwärtigen Teil des Cockpits, um von hier aus die Ladebuchttür und den Manipulatorarm zu bedienen. Er sagte: «Ein Gutes hat diese Landung allerdings gehabt.»

«*Ein* Gutes? Wir sind doch hier, oder?»

«Durch den Schlag beim Aufsetzen sind all unsere Computer wieder angesprungen. Ich weiß nicht, wie wir den Raumkühlschrank ohne diesen Manipulatorarm hätten ausladen sollen.»

Als der Raumkühlschrank ausgeladen war, folgte Dallas Gates ins Mitteldeck hinunter. Da das Umweltkontrollsystem wieder funktionierte, war die künstliche Atmosphäre im gesamten Schiff wieder hergestellt, und Ronica war bereits aus ihrem Raumanzug gestiegen und legte sich gerade in eine Hängematte neben dem Transfusionsgerät.

«Ich hoffe, du weißt das zu schätzen, Dallas», sagte sie, während sie sich an das Gerät anschloss. «Dass ich bereit bin, mein Blut für dich zu geben. Das tue ich nämlich nicht für jeden.» Die Maschine band ihren Arm ab, betupfte die Haut ihrer Ellbogenbeuge und führte dann die Nadel ein.

Dallas nahm ihre Hand und küsste sie, während das Blut bereits durch die Kanüle zu fließen begann. «Ich weiß.»

«Simou?», sagte Gates. «Ich will wissen, warum dieser Sauerstoffzylinder explodiert ist. Und wie sieht es mit unseren Brennstoffzellen aus?»

«Irgendein Kurzschluss im Flüssigsauerstofftank, würde ich sagen», antwortete Simou und begann, die computerisierten Elektrikkontrollanzeigen zu prüfen. «Die Wahrscheinlichkeit, dass so was passiert, ist eins zu tausend, aber es ist passiert. Und dann kam's, wie's kommen musste. In den Brennstoffzellen wird ein Wasserstoff-Sauerstoff-Gemisch hergestellt, um Wasser und, als Nebeneffekt der Reaktion, Elektrizität zu erzeugen. Und als dieser eine Flüssigsauerstoffzylinder ausgefallen ist, ging einigen Brennstoffzellen praktisch die Luft aus.» Er überflog die Anzeigeskalen für die einzelnen Brennstoffzellen. «Sieht aus, als ob noch zehn von zwölfen voll funktionieren.»

«Fünfzehn Prozent», teilte Dallas Ronica mit. «Das Gerät ist langsamer als in der Simulation.»

«So spielt das wirkliche Leben nun mal», seufzte sie.

«Wie fühlst du dich?»

«Wie bei unserer ersten Begegnung. Watte im Kopf, zittrige Knie, Schmetterlinge in der Brust.»

Dallas drückte ihre Hand fester und verfolgte die Transfusionsrate.

«Dallas? Das da ist meine Hand», erklärte sie sanft. «Keine Orange. Pressen bringt da nichts, davon fließt das Blut auch nicht schneller.»

Er lockerte seinen Griff. Ihr Blut sammelte sich in einem

großen Plastikbeutel hinten am Gerät, während das Computerdisplay eine Menge Details über seine Beschaffenheit lieferte: Blutgruppe, Temperatur, Erythrozytenkonzentration, Plasmagehalt, pH-Wert, ATP-Gehalt und selbst die enthaltenen Antikörper.

«Du hältst dich sehr gut», sagte er. «Wir sind schon bei fünfundzwanzig Prozent. Jetzt reicht es gleich.»

Simou, der immer noch bei seinem Brennstoffzellen-Diagnosecheck war, drehte sich zu Gates um. «Berichtigung», sagte er, «Zelle Nummer zehn scheint plötzlich ein bisschen schwach auf der Brust. Wahrscheinlich registriert der Computer die Veränderung des Gemischs erst jetzt, wo er wieder da ist. Sieht zwar nicht so aus, als ob sie gleich ihren Geist aufgeben würde, aber ich werde sie sicherheitshalber doch lieber aus dem Verkehr ziehen.»

«Moment mal», sagte Cavor. «Wo kriegt das Transfusionsgerät seinen Strom her?»

«Wenn eine Zelle ausfällt, übernimmt die nächste in der Reihe», erklärte Simou. «Das ist Nummer neun.»

«Dreißig Prozent», sagte Dallas.

«Jetzt gerade fühle ich mich nicht so toll», sagte Ronica, ein wenig fröstelnd. «Mir ist schlecht. Als ob ich kotzen müsste.»

«Wie viel Saft hat Nummer neun?», inquirierte Cavor weiter.

«Lassen Sie's gut sein. Neun ist okay. Voll geladen. Notfalls können wir sogar das ganze Schiff mit nur drei Zellen betreiben. Das System funktioniert so ähnlich wie ein Busbahnhof. Ein Bus verschwindet, ein anderer kommt. Aber irgendein Bus ist immer da, okay?»

Ronicas Lider flackerten. Sie war jetzt kurz vor dem hämorrhagischen Schock. Vierzig Prozent ihres Bluts waren inzwischen abgezapft. Zeit, mit Descartes zu reden. Dallas stoppte das Transfusionsgerät und wandte sich dann zur Kommunikationskonsole, um einen Kanal zu öffnen.

«Descartes, hier spricht *Mariner.*»

«Wie ist Ihr momentaner Status, bitte, *Mariner?*»

«Schalte von Zelle zehn auf Zelle neun um», sagte Simou und drückte eine Taste an seinem Computer.

«Unsere Computer sind wieder da, Descartes. Aber ein Crewmitglied wurde verletzt», meldete Dallas. «Bei der Landung. Sie hat eine Menge Blut verloren und benötigt dringend ein paar Einheiten RES-1-Vollblutkonzentrat.»

«Ihnen ist doch klar, dass das hier keine Kundenbank ist», sagte Descartes, «sondern eine Bundesreservebank. In Notfällen bin ich durchaus autorisiert, Abhebungen vorzunehmen. Die Bluteinheiten sind allerdings tiefgefroren. Ich verfüge nicht über die Einrichtungen, um sie gebrauchsfertig zu machen.»

«Das macht nichts», sagte Dallas. «Wir haben eine Fachkraft an Bord.»

«Ich muss die Vitalzeichen der Verletzten selbst überprüfen. Wenn der Notfall verifiziert ist und Sie mir einen autorisierten Autologspendercode nennen können, werde ich Ihnen die nötigen Konzentrateinheiten zukommen lassen. Bitte übermitteln Sie mir beide Datensätze zur Prüfung.»

«Sofort», sagte Dallas, erleichtert, dass dieser Teil schneller voranging, als er erwartet hatte. Er übermittelte Descartes rasch die Daten und machte sich bereit, die Pumpe auf Infusion umzuschalten, sobald der Computer den Notfall anerkannt hatte. Je schneller Ronica ihr Blut wieder zurückbekam, desto erleichternder für ihn. Das hier fühlte sich ganz anders an als in der Simulation. Nicht, dass sie ihm vorher nicht auch schon viel bedeutet hätte, aber erst jetzt, da die Transfusionsprozedur real war, konnte er wirklich ermessen, was es hieße, sie zu verlieren.

«Wenn Zelle zehn zuletzt fast leer war ...», sinnierte Cavor.

«Ich habe Ihre Daten», meldete Descartes. «Die Klassifikation für Ihr Crewmitglied lautet: Blutgruppe 0, Genotyp 00, Phänotyp 0; H-Substanz-Antigene sowie alle normalen Plasmaantikörper.» Die Tatsache, dass der Descartes-Computer Antikörpertests durchführen konnte, hatte sie daran gehindert, auch gleich Blut für Lenina anzufordern, die Blutgruppe AB hatte. Sobald Descartes die hämatologischen Anzeichen ihrer P^2-Infektion bemerkt hätte, wäre er sofort darauf gekommen, dass da etwas nicht stimmte. «Ich schicke Ihnen drei Einheiten.»

«Und Zelle neun ganz voll ist …», verfolgte Cavor seinen Gedankengang weiter.

«Bitte warten Sie weitere Instruktionen bezüglich der Entgegennahme des Kryopräzipitats ab.»

«Danke, Descartes.»

«Dann kann es sein, dass das, was vorher an der fast leeren Zelle hing, plötzlich viel mehr Strom verkraften muss. Was es vielleicht nicht tut.»

«Von Zelle zehn wurden nur unwesentliche Zusatzgeräte gespeist. Okay, es kann für ein, zwei Sekunden eine Überspannung geben.» Simou überflog noch einmal seinen Computerschirm. «Aber im Moment sind keine Zusatzgeräte in Betrieb. Kein einziges.»

«Das kann nicht sein», sagte Cavor.

«Schauen Sie doch selbst auf den Schirm hier, wenn Sie mir nicht glauben», sagte Simou. «Meinen Sie, ich verstehe nichts von Elektrik?»

Dallas griff an das Transfusionsgerät, um es wieder anzuschalten.

«Und was ist mit dem …?»

Simou wollte Cavor gerade wegen seines ständigen Generves abkanzeln, als er plötzlich begriff, was sich anbahnte. «Sie haben Recht! Dallas, *nicht* –»

Noch ehe Simou seine Warnung herausbringen konnte, schaltete Dallas das Transfusionsgerät an, um Ronicas Blut in ihren Körper zurückzupumpen. Simous Stimme wurde von dem Knall übertönt, mit dem das Gerät durchbrannte, als es mit der vollen Ladung von Zelle neun konfrontiert wurde. Die paar Flammen waren rasch gelöscht, jedoch nicht, ehe der Hals des Plastikbeutels an der Rückseite des Geräts durchgeschmolzen war und das Blut, das dieser enthielt, sich weitgehend in der Raumatmosphäre verteilte. Inmitten der erschrockenen Aufschreie und bitteren Vorwürfe nahm Dallas ruhig Ronicas Arm, presste ein Stückchen sterilen Mull auf die Einstichstelle und zog die Nadel heraus. Er sah dem umherschwebenden Blut nach, bis wieder Stille eingekehrt war, und sagte dann: «Sieht aus, als ob ihr nur das Blut aus dem Tresorraum bleibt.»

«Hey, keine Bange», sagte Prevezer. «Da sind noch zwei Transfusionsgeräte in einer der Ladebuchten. Diese Dinger saugen sich einem ganz von selbst am Arm fest, wie Blutegel. Wir brauchen nichts weiter zu tun, als eins davon neben sie zu stellen und einzustöpseln.»

«Das ist es nicht, was mir Sorgen macht», sagte Dallas und starrte düster auf die nunmehr bewusstlose Ronica. «Lagerung und Aufbereitung von Blutkonserven sind Ronicas Spezialgebiet. Das Zeug, das aus dem Tresorraum kommt, ist niedrig glyzeriniertes, schockgefrostetes Kryopräzipitat. Bei minus hundertsechsundneunzig Grad eingefroren und dann bei minus hundertzwanzig Grad gelagert. Vor der Verabreichung muss man es auftauen und ihm das Gefrierschutzglyzerin entziehen und stattdessen eine isotonische Lösung dazugeben. Rote Blutkörperchen sind Lebewesen. Sie brauchen Zeit, um wieder in Form zu kommen. Ronica kennt sich mit der Deglyzerinierung aus. Ohne ihr Fachwissen kann ich das nicht.» Dallas schüttelte den Kopf. «Ich weiß nicht, wie wir ihr das Blut zuführen sollen. Aber wenn sie nicht bald welches kriegt, fällt sie ins Koma.»

«Wenn sie stirbt, dann stirbt Lenina auch», sagte Gates.

«Ich fürchte, ja.»

«Es gibt noch eine andere Lösung», sagte Gates.

«Und die wäre?»

«Ich habe selbst auch Blutgruppe null. Ich könnte ihr was von meinem Blut geben. Wenigstens so viel, dass sie wieder auf die Beine kommt und das Kryopräzipitat aufbereiten kann. Danach kann sie mir ja was davon verabreichen.»

Dallas runzelte die Stirn. «Aber Sie sind ...»

«Stimmt», sagte Gates nickend. «Ich bin P^2-positiv. Wenn sie mein Blut kriegt, kriegt sie auch das Virus. Aber wenigstens kommt sie wieder zu sich. Wenn sie wieder bei Bewusstsein ist, kann sie uns nach Ihrer Rückkehr alle mit dem Blut aus dem Tresorraum versorgen – mich und die anderen und sich selbst auch. Wenn sie aber im Koma bleibt, wird sie wahrscheinlich sterben. Und Lenina auch.» Er zuckte die Achseln. «Das Einzige ist, dass ich nicht weiß, wie mein Organismus damit klarkommt, weniger Blut als sonst zu haben.»

Dallas schwieg. Obwohl er inzwischen schon so viel Zeit auf so engem Raum mit Gates und den anderen verbracht hatte, hatte er immer noch einen instinktiven Horror vor dem Virus, das sie im Körper trugen. Er wusste, dass es Ronica ebenso ging. Die Vorstellung, infiziert zu werden, wäre ihr ein Gräuel. Aber er sah keine Alternative zu dem, was Gates vorschlug.

«Wenn Sie ins Koma fallen, sind wir aufgeschmissen», sagte Dallas.

«Ich brauche ihr ja keine drei Einheiten abzugeben», sagte Gates. «Zwei würden auch reichen. Und weil ich viel mehr Körpermasse habe als sie, kann ich mehr erübrigen.»

«Das ist nur Spekulation. Sie sagen ja selbst, dass Sie nicht wissen, wie ein Organismus, der mit dem Virus infiziert ist, damit zurechtkommt, weniger rote Blutkörperchen zu haben. Das bedeutet weniger Hämoglobin, ergo weniger Sauerstoff.»

«Mag ja alles sein», räumte Gates ein. «Aber wir wissen beide, dass das die einzige Möglichkeit ist.»

«Okay. Aber Sie werden es ihr beibringen. Sie wird gar nicht begeistert sein.»

«Bestimmt nicht», sagte Gates. «Aber wenigstens wird sie nicht tot sein.» Er klopfte Dallas auf die Schulter. «Sehen Sie's mal so. Jetzt haben Sie viel mehr Anreiz, die Sache erfolgreich durchzuziehen. Das mit der Rache habe ich Ihnen nie so richtig abgenommen, Dallas. Das hier ist als Motiv viel besser. Besser für Sie, besser für Ronica.»

IV

Im Inneren des Weltraumkühlschranks sagte Cavor zitternd: «Hoffentlich geht nicht noch mehr schief. Die Vorstellung, an Unterkühlung zu sterben, behagt mir gar nicht.»

«Ich würde meinen, es gibt eine Menge schlimmerer Todesarten», bemerkte Dallas. «So wie ich die Sache aus der Simulation in Erinnerung habe, würde es sich anfühlen, als ob man einschläft.» Er dachte kurz nach und setzte dann hinzu: «In einem kalten Bett. Aber es wird nicht passieren. Dafür haben wir uns ja die Spritzen geben lassen.»

Vor dem Verlassen des *Mariner* hatten sie sich medizinische Nanobots injizieren lassen – winzige Retardmaschinen, die darauf programmiert waren, im Körper knapp fünfunddreißig Minuten inaktiv zu bleiben, ehe sie insgesamt fünfzig Milligramm Adrenalin in den Blutstrom ausschütteten. Den Simulationsdaten zufolge hatten Dallas und Gates dreizehn Minuten gebraucht, um die Druckschleuse zu betreten und in ihre EVA-Anzüge zu steigen, dann weitere fünf, um vom *Mariner* zum Raumkühlschrank hinüberzugelangen, zwei Minuten, um sich in ihren Säcken einzuschließen, acht, um herunterzukühlen, sieben, um sich zum Elektrofahrzeug tragen zu lassen, und noch einmal zwei, um das äußere Tor des Hauptkomplexes zu passieren.

«Das Adrenalin müsste genau dann ausgeschüttet werden,

wenn wir am Haupttor ankommen», erklärte Dallas Cavor. «Nur für den Fall, dass wir Prevezer und Simou nicht hören.»

Cavor sagte gar nichts. Ihm war so kalt wie noch nie in seinem Leben. Aber was ihm wirklich Eisesschauer über den Rücken jagte, war die jähe, erschreckende Erkenntnis, dass er sich die Nanobots in seinen Kunstarm hatte injizieren lassen. Er hatte völlig vergessen, dass sein einer Arm aus Silikon, Gummi und Plastik bestand. Auch als die Nadel die intelligente Plastikhaut der Prothese durchbohrt hatte, hatte es sich völlig echt angefühlt. So lebhaft war der Einstichschmerz gewesen, dass er, wenn er intensiv daran dachte, noch immer die dumpfen Nachwehen in dem nichtexistenten Unterhautfettgewebe über dem abwesenden Oberarmmuskel spüren konnte. Er hatte einfach nicht richtig aufgepasst, was er tat. Cavor fluchte im Stillen. So hatte er den Arm ja auch verloren. Wie hatte er nur so unachtsam sein können? Im Rückblick war das das beherrschende Thema seines Lebens. Jetzt musste er sich ganz fest darauf konzentrieren, nach dem Ausschau zu halten, was Dallas die Suffsymptome nannte: Probleme mit gezielten Bewegungen, Genuschel, Unfähigkeit zu klarem Denken, alles Zeichen nachlassender Motorikkontrolle und Bewusstseinsklarheit. Er traute sich nicht, Dallas zu sagen, was ihm passiert war, und außerdem war es sowieso zu spät, es wieder auszubügeln. Wenn sich sein Magen nicht so durchgekühlt angefühlt hätte, wäre ihm vielleicht vor Angst schlecht geworden.

«Zeit zum Aufstehen!», brüllte Prevezer. «Los, Jungs. Raus ins Leben. Hey, lasst uns hören, dass ihr wach und aktionsbereit seid.»

«Komme schon», erklärte Cavor, während er sich steifgliedrig hochrappelte. Dabei hätte er eigentlich mit seinem Helm die Klappe des Elektrowagens aufdrücken sollen, aber die schien komischerweise schon offen. Cavor drehte den Kopf, in der Erwartung, Dallas bereits stehen zu sehen. Aber der begann sich eben erst zu regen, noch immer in seinem Sack. Cavor schüttelte den Kopf. Er musste die Klappe selbst geöffnet haben, wahrscheinlich instinktiv und unbewusst.

«Dallas? Sind Sie okay?»

«Alles klar», flüsterte Dallas schwerfällig, während er sich steif emporrappelte und ins Wanken kam, weil der Wagen gerade in den Hauptkomplex hineinfuhr. Er wäre womöglich herausgefallen, wenn Cavor ihn nicht festgehalten hätte.

Der Wagen hielt, und das äußere Tor begann sich herabzusenken wie ein lautloses Fallgitter. Noch eine Minute höchstens, und der Wagen würde wieder anfahren und sie in Reichweite der Sensoren des inneren Tors und des tödlichen Stroms bringen. Cavor kletterte rasch hinaus, half Dallas herunter und schloss dann die Deckklappe des Wagens.

«Wir sind beide draußen», konnte er Prevezer gerade noch mitteilen, ehe das äußere Tor zu und die Verbindung zum *Mariner* abgerissen war. Er holte tief Luft und schaltete die Heizung seines Raumanzugs ein. Als Dallas keine Anstalten machte, seine auch anzustellen, tat Cavor es für ihn. Der Wagen rollte lautlos wieder an, und das Tor zum Labyrinth öffnete sich, um ihn einzulassen.

Dallas tat einen Schritt in Richtung der Luftschleuse, die zum Aufenthaltsbereich führte. Es dauerte ein paar Sekunden, bis er den zweiten tat. «Ich komme mir vor wie Rip Van Winkle», flüsterte er. «Als ob ich hundert Jahre geschlafen hätte. Weiß nicht, ob das Adrenalin gewirkt hat oder nicht. Und bei Ihnen?»

«Irgendwas hat gewirkt», sagte Cavor. So viel stimmte auf jeden Fall. Irgendetwas hatte sein Gehirn in Gang gehalten, als das von Dallas seine Funktion fast eingestellt hatte. «Weiß nicht, ob's das Adrenalin war. Los jetzt, Rip. Machen wir, dass wir da reinkommen. Ich muss pinkeln.»

V

Die sichere Rückkehr des *Mariner* zur Erde hing davon ab, dass er die enorme Hitze beim Wiedereintritt in die Atmosphäre überstand. Dabei würden Bug und Tragflächenvorderkanten des Schiffs Temperaturen von bis zu zweitausendachthundert Grad Celsius ausgesetzt sein. Darum waren diese Stellen mit hochtemperaturfesten Keramikplatten aus einem Hafnium-Silicium-Verbundstoff gepanzert. Die restlichen Außenflächen des Schiffs und der Raumkühlschrank, die aller Wahrscheinlichkeit nach nicht ganz so immensen Temperaturen standhalten mussten, waren mit ähnlich weißen, aber billigeren und weniger hitzeresistenten[1] Platten verkleidet. Um den Keramik-Hafnium-Schild musste sich Simou jetzt kümmern, und zur Erleichterung des Reparaturvorgangs stand er auf dem Ende des Manipulatorarms, den er von der Ladebucht bis zum Bug ausgefahren hatte. Ein Fernsteuerungs-Joystick auf dem Ärmel seines EVA-Anzugs ermöglichte es ihm, den Roboterarm manuell zu manövrieren und sich die nötigen Materialien und Werkzeuge zu holen. Jede Platte war etwa fünfzig Quadratzentimeter groß und einen guten Zentimeter dick und wog knapp zwei Kilo. Nur gut, dass die Reparatur unter Mikrogravitationsbedingungen erfolgte, da die Kiste mit fünfzig Platten, die Simou aus dem RLV mitgebracht hatte, fast neunzig Kilo wog. Er hatte geschätzt, dass sie durch den Sprödbruch, den seine Sprengladung verursacht hatte, wohl nicht mehr als fünf oder sechs Platten verloren hatten. Dass er so viele Platten hatte heranschaffen müssen, lag daran, dass es zehn geringfügig unterschiedliche Plattentypen gab, die der leichteren Auffindbarkeit wegen durchnummeriert waren. Nachdem er die fehlenden Platten identifiziert hatte, musste Simou jeweils die entsprechende Ersatzplatte aus der Kiste heraussuchen, um sie

1 Nur bis 860 Grad Celsius hitzebeständig.

dann wie ein Puzzleteilchen von Hand einzufügen. Er befestigte jede Platte mit einem kleinen Tantal-Schweißpunkt an der Aluminiumrumpfwand. Da die Benutzung der UHT-Pistole äußerste Vorsicht erforderte, war die Arbeit mühsam und zeitaufwendig, und Simou war geradezu froh, als der Descartes-Computer die Stille durchbrach, um einen Zwischenbericht einzuholen.

«Wie gehen die Reparaturen voran, *Mariner*?»

«Hier *Mariner*», sagte Simou. «In gewisser Weise ist es einfacher, als es auf der Erde wäre. Aber Schweißen ist eine Sache, Abkühlzeiten sind eine ganz andere. Wie gut die Schweißverbindungen halten, werden wir nicht vor dem Dunkelwerden wissen. Es wird also noch eine Weile dauern. Zehn, zwölf Stunden vielleicht. Auf dem Mond verfliegt die Hitze langsamer. Im Vakuum gibt es keine Konvektionsströme, die sie davontragen.»

«Ja», stimmte ihm Descartes bei. «Im Vakuum ist alles nicht so leicht. Sie wissen ja, es heißt manchmal, die Natur verabscheue das Vakuum. Aber da das Wesen von Substanz nun mal Ausdehnung ist, ist, wo Ausdehnung ist, auch Substanz. Ergo ist der leere Raum nur eine Chimäre. Die Substanz, die den Weltraum ausfüllt, muss man sich in gleiche, anguläre Teile zerlegt denken. Das ist die simpelste und daher die natürlichste Annahme, meinen Sie nicht?»

«Kann nicht sagen, dass ich da besonders viel drüber nachgedacht hätte», sagte Simou, der in Wahrheit allenfalls eine vage Ahnung hatte, wovon der Computer sprach.

«Hier oben gibt es sonst nicht viel zu tun», sagte Descartes. «Vielleicht sollte ich Ihnen ein paar Dinge erklären. Die Gewissheit mathematischen Denkens auf Gegenstände der Metaphysik und Kosmologie anzuwenden ist Teil meines Basisprogramms. Das hilft mir, mich für den Job, den ich hier zu tun habe, rechnerisch fit zu halten.»

«Tja, tut mir Leid, aber ich bin kein besonders guter Konversationspartner. Und um ganz offen zu sein, Descartes, ich bin auch kein besonders tief schürfender Denker. Mit mir über metaphysische Sachen reden zu wollen, das ist, als ob man einen Stein dazu kriegen will, dass er Blut hergibt.»

«Einen Stein dazu zu kriegen, dass er Blut hergibt, ist Sinn und Zweck dieser Einrichtung», sagte Descartes. «Apropos. Wie geht es Ihrer verletzten Kollegin?»

«Viel besser, danke.»

Das stimmte. Ronica war schon wieder auf und damit beschäftigt, das Kryopräzipitat für Rameses Gates aufzubereiten.

«Schon? Ich hoffe, Sie haben das Konzentrat nicht zu schnell aufgetaut. Sonst nützt es ihr nämlich gar nichts.»

«Nein», korrigierte sich Simou schnell. «Was ich sagen wollte, ist, dass sie weit genug zu sich gekommen ist, um mitzukriegen, dass das Blut eingetroffen ist. Das hat einen positiven psychosomatischen Effekt gehabt.»

«Ach so, ja. Das muss es sein. Und die übrigen Crewmitglieder? Womit vertreiben die sich die Zeit?»

«Ich schätze, sie schlafen. Wenn sie vernünftig sind.»

«Oh, das werden sie doch sicher sein.»

Simou brachte eine Platte in Position und runzelte dann die Stirn, als er Descartes' Antwort auf sich wirken ließ. Langsam hatte er das Gefühl, dass er – wenn auch sanft – verhört wurde. Er musste aufpassen, was er sagte, zumal Descartes über einen Stimmstressanalysator verfügte. Gut, dass er so ein geübter Lügner war. Aber auf die Wendung, die das Gespräch jetzt nahm, war er wahrhaftig nicht gefasst.

«Darf ich Ihnen eine persönliche Frage stellen?»

«Ja, wenn Sie nichts gegen eine simple Antwort haben.»

«Glauben Sie an eine unendliche, ewige, unveränderliche, unabhängige, allweise und allmächtige Substanz?»

«Wir reden von Gott, richtig?»

«Ich glaube, die Vorstellung von Gott träfe es genauer.»

«Ich bin nicht sicher, ob ich an Gott glaube oder nicht. Warum fragen Sie?»

«Ich habe nur überlegt, ob die Vorstellung von Gott dessen reale Existenz beweist. Ich dachte, wenn es ein solches Wesen nicht wirklich gibt, dann muss ich diese Proposition aufgestellt haben, und wenn ich eine solche Proposition aufstellen könnte, müsste ich sie auch wieder aufheben können, was offenbar nicht der Fall ist. Ergo muss es irgendeine Art Archetyp eines unendlichen Wesens geben, von dem sich dieses Konzept ursprünglich herleitet. Mit anderen Worten, die Existenz Gottes ist in der Vorstellung, die wir von ihm haben, enthalten.»

«Tja, so gesehen, könnte das schon sein», stimmte ihm Simou zu. Ihm war das egal. Wenn es so etwas wie Gott gab, dann konnte Simou schwerlich glauben, dass er oder sie sonderlich viel Interesse an der Welt oder Einfluss auf sie hatte. «Aber da ich keine besondere Vorstellung von Gott habe, schätze ich mal, dass Ihre so gut ist wie jede andere.»

«Freut mich, dass Sie so denken.»

«Ich sollte jetzt wirklich mit der Arbeit hier weitermachen. Wissen Sie, ich möchte den Zeitplan nicht durcheinander bringen.»

«Welchen Zeitplan?»

«Den Reparaturzeitplan. Ich meine, das hier ist doch eine Hochsicherheitsanlage, oder? Da wollen Sie uns doch sicher möglichst bald wieder los sein.»

«Tja, da haben Sie wohl Recht. Nichtsdestoweniger habe ich unser kleines Gespräch sehr genossen.»

«Ich auch.»

«Es hat mir sehr geholfen.»

«Fein, freut mich.»

«Hier draußen hat man nicht viel Gelegenheit zu diskutieren. Zu reflektieren. Über die Grundlage aller Gewissheit. Ideen und Dinge.»

«Kann ich mir vorstellen.»

«Ja, darum geht es doch letztlich, nicht wahr? Um die Vorstellung. Jedenfalls, lassen Sie's mich wissen, wenn ich Ihnen und Ihren Kollegen sonst noch irgendwie behilflich sein kann.»

«Vielen Dank», sagte Simou, der an die Güte des Descartes-Computers ebenso wenig zu glauben vermochte, wie er die Idee eines wohlwollenden und interessierten Gottes akzeptieren konnte.

«Nein, ich bin ganz wahrhaftig.»

«Ich habe keine Veranlassung anzunehmen, dass Sie's nicht sind.»

«Ja, das ist die beste Art, es auszudrücken. Letztlich ist das ja alles, was man sagen kann, nicht wahr?»

«Yeah», sagte Simou und machte sich wieder an die Arbeit.

VI

«Hinter dem nächsten Tor ist auch für mich alles neu», sagte Dallas, während er darauf wartete, dass Cavor in das Außenringfahrzeug stieg. Dreißig Minuten waren vergangen, seit sie den Aufenthaltsbereich betreten hatten, und in dieser Zeit hatten sie sich mit Hilfe von heißer Flüssigkeit und einer Menge Kalorien wieder einigermaßen erholt. «Ungefähr an diesem Punkt der Simulation muss Rimmer mit der Knarre in der Hand in die Hotelsuite spaziert sein. Oder vielleicht auch schon früher. Ich weiß nur», setzte Dallas hinzu, «dass wir den Aufenthaltsbereich verlassen haben und durch das erste Außenringtor gefahren sind und dass von dem Moment an alles verdammt schief lief.»

«Sie haben nie gesagt, was genau dort drinnen passiert ist», sagte Cavor.

«Sie haben doch Gates' Haar gesehen», sagte Dallas. «Die gleiche Farbe hat meine Leber jetzt vermutlich auch.»

Cavor hakte nicht weiter nach, bemerkte aber, dass der Hauptkomplex so schon unheimlich genug sei, auch ohne weitere Horrorzutaten.

«Horror trifft es nicht mal ansatzweise», sagte Dallas und trat das Strompedal durch. «Aber lassen Sie sich's gesagt sein, wir haben noch mehr als genügend Prüfungen vor uns. Zum Beispiel das Labyrinth und den unsichtbaren Roboter, der es bewacht. Dieser Ort ist ein Mekka der *adversitas*.»

Kurz darauf hielt der Wagen vor dem Tor der Luftschleuse, die aus dem Aufenthaltsbereich in den luftlosen Teil des Außenrings führte. Als sie in der Schleuse waren, schalteten beide Männer ihre Lebenserhaltungssysteme an und warteten, jeder mit seinen eigenen Gedanken beschäftigt, auf die Weiterfahrt.

Das Schweigen hielt so lange an, wie der Elektrowagen brauchte, um hundertachtzig Grad der Kreisbahn zurückzulegen und bei der Wasserfilterungs- und -aufbereitungsanlage anzukommen.

«Sind Sie sicher, dass wir das durchstehen, Dallas?», fragte Cavor nach einem ersten Blick auf die Außentür des Reaktorraums.

«Gar nichts ist sicher, wenn es um Kernkraft geht», sagte Dallas. «Schon gar nicht, wenn man sich mit Uranneutronen einlässt. Die Kerntechniker stellen eine Berechnung an, die sie PRA nennen. Probabilistische Risikoanalyse. Sie bemessen die Sicherheit eines Kernkraftwerks anhand der Wahrscheinlichkeit und der Auswirkungen sämtlicher möglichen Störfälle und der Frage, inwieweit die technischen Sicherheitsvorrichtungen diese zu verhindern vermögen. Tja, und genau darauf stützen wir uns auch, Cav. Auf eine PRA. Dank Prevezers Computermodell haben wir ein prognostisches Sicherheitsfenster. Die elektronischen TLDs[1], die wir tragen, werden uns sagen, wie viele Zenti-

1 Thermolumineszenzdosimeter. Dieses Gerät misst die kumulative Strahlenbelastung mittels strahlungsbedingter Veränderungen eines Kristalls.

gray wir absorbieren und mit welcher Rate. Und sie werden uns auch sagen, wo die Letaldosis liegt.»

Er hielt den Wagen vor dem Reaktorraum an und stellte den Strom ab.

«Und trotzdem, nein, ich bin mir nicht sicher, dass wir's durchstehen werden. Es bleibt ein Risiko, aber die Wahrscheinlichkeit, dass es sich als tödlich erweist, hält sich in kalkulierbaren Grenzen.»

«Warum schalten wir den Reaktor nicht einfach ab?»

«Gute Frage», sagte Dallas. Er stieg aus dem Wagen und ging auf den Annäherungssensor zu, damit der Torcomputer den Identifikationschip in seinem Helm prüfen konnte. «Aber ein Reaktorstillstand ist genau das, was wir vermeiden müssen. Wenn wir den Reaktor lahm legen, bricht die Kettenreaktion ab. Wenn die Kettenreaktion abbricht, hört die Turbine auf zu arbeiten. Wenn die Turbine zu arbeiten aufhört, fällt der Strom aus. Und wenn der Strom aufhört, kriegen wir die Tresorraumtür nicht auf. Folglich können wir den Reaktor nicht nur nicht absichtlich lahm legen, wir müssen auch höllisch aufpassen, dass wir es nicht versehentlich tun. Die Containmentwände haben zwar keine Erschütterungsdetektoren, aber dort drinnen befinden sich jede Menge sonstiger sensibler Instrumente und Steuerungsmechanismen. Wenn wir versehentlich an irgendwas stoßen oder zu viel Erschütterung verursachen, kann das allein schon eine Schnellabschaltung verursachen.»

Das rote Licht über dem Annäherungssensor wurde jetzt grün, und eine elektronische Stimme teilte ihnen mit, dass ihnen der Zutritt nur zu Fuß gestattet sei. Cavor nahm seine Sachen und folgte Dallas durch die Reaktorraumtür.

Die Kernenergiegewinnung in der First National Blood Bank erfolgte durch einen grafitmoderierten, gasgekühlten Reaktor unter Verwendung eines hoch angereicherten Brennmaterials in Form winziger Uran-235-Pellets, die jeweils mit derselben Art hitzefestem Keramikmaterial ummantelt waren, die auch den Bug des *Mariner* schützte. Diese Keramikhülle fungierte als eine Art Minisicherheitsbehälter für das Pellet: Selbst bei einem völligen Kühlungsausfalls würde die Temperatur des Brennstoffs unter dem Schmelzpunkt der Keramikummantelung bleiben. Eine Kernschmelze war von daher theoretisch unmöglich. Die Hitzeabfuhr aus dem Reaktorkern war Aufgabe des Kühlmittels, das in diesem Fall aus gasförmigem Helium bestand. Zwar galt Wasser als sichereres Kühlmittel bei einer störfallbedingten Überhitzung, aber Helium kann nicht zum Sieden kommen und reagiert, im Gegensatz zu Wasser, nicht mit anderen Substanzen, wodurch die Gefahr einer Dampf- oder Wasserstoffexplosion entfällt. Und Helium ist, ebenfalls im Gegensatz zu Wasser, auf dem Mond in großen Mengen verfügbar. Wasser wurde daher in diesem heliumgekühlten, grafitmoderierten Reaktor nur als Dampfquelle für den Antrieb der Turbine verwendet. Die Verdampfung durch den Reaktor erfolgte in einem Dampferzeuger. Das Wasser kam in Gestalt von Eisblöcken aus dem riesigen Eisfeld im Aitken-Becken[1] am Mondsüdpol, soweit es nicht aus kondensiertem Dampf oder dem recycelten Urin des Sicherheitspersonals der First National gewonnen wurde.

Dallas trat als Erster in den Reaktorraum und zeigte Cavor im Vorbeigehen die Turbine, den Kondensator und den Generator.

«Ist alles gar nicht so groß, wie ich dachte», sagte Cavor.

«Braucht es auch nicht zu sein. Ist ja nur ein kleiner Reaktor, etwa so groß wie auf einem Kriegsschiff. Für den Betrieb dieser Einrichtung reichen wenige hundert Kilowatt.» Er lenkte Cavors

1 Das Aitken-Becken ist ein riesiger Einschlagskrater – von 2400 Kilometern Durchmesser und zwölf Kilometern Tiefe – am Südpol des Mondes. Hier steigt die Temperatur nie über –170 Grad Celsius. Eis existiert in diesem Becken schon Milliarden von Jahren, vermutlich als Relikt eines gewaltigen gefrorenen Asteroiden. Es wird von der Selenice & Methane Company abgebaut.

Augenmerk dorthin, wo ein paar Rohre von der Turbine und dem Generator beidseits einer schweren Stahltür in eine massive Betonwand führten. «Das da ist das Containment», sagte er. «Es soll bei einem Unfall die Radioaktivität zurückhalten. Wenn wir durch diese Tür sind, stehen wir genau neben dem Reaktor. Die Steuerung des ganzen Dings besorgt der Descartes-Computer im Tresorraum. Die Altemann-Übermaschine. Derselbe Typ, der daheim auf der Erde Terotechnology steuert. Verdammt guter Computer. So ziemlich der leistungsfähigste, den es gibt.»

«Die meiste Zeit», fuhr Dallas fort, «ist die Strahlenbelastung relativ stetig. Aber es kann sein, dass der Computer den Energie-Output des Reaktors reguliert, und da fangen unsere Probleme an. Wissen Sie, einen Reaktor zu steuern heißt, die Anzahl der bei jeder Kernspaltung freigesetzten Neutronen, die dann wieder neue Kernspaltungen verursachen, bei genau einem Neutron pro Spaltungsvorgang zu halten. Die Kerntechniker sprechen hier vom Multiplikationsfaktor, kurz MF. Der MF wird mit Hilfe von Graphitsteuerstäben kontrolliert. Steigt der MF über eins, dann werden zwischen den Brennstäben Steuerstäbe in den Reaktor gefahren, um mehr Neutronen einzufangen und so den MF zu verringern.»

Dallas begann, Zahlen von der Steuerstabsystem-Anzeige abzulesen und in seinen computerisierten TLD einzugeben.

«Wenn allerdings der umgekehrte Fall eintritt», sagte er, «und der Computer feststellt, dass der MF unter eins gefallen ist, dann wird er die Steuerstäbe zurückziehen, um mehr spaltungsaktive Neutronen bereitzustellen und die Kettenreaktion aufrecht zu erhalten – was uns einer wesentlich höheren Strahlung aussetzen würde. Was ich jetzt gerade versuche, ist, mit Hilfe des Computers zu einer Einschätzung zu kommen, ob es wahrscheinlich ist, dass dieser Fall eintritt oder nicht.»

«Er braucht also nicht einzutreten. Das wollen Sie doch sagen, oder?»

«Ja. Aber Schwankungen des Multiplikationsfaktors können binnen weniger Sekunden eintreten. Man spricht hier von der Generationszeit. Und außerdem sind solche Schwankungen sehr schwer vorhersagbar. Die heisenbergsche Unschärferelation besagt, dass man über den Zustand eines Quantensystems nie alles wissen kann. Es hängt viel davon ab, an welchem Punkt ihrer Lebensdauer sich diese Uranbrennstäbe befinden. Und wie viel Elektrizität wir durch unsere Anwesenheit hier in der Anlage verbraucht haben. Toröffnungsmechanismen, Elektrofahrzeuge, all diese Dinge.»

Cavor seufzte und setzte sich auf seinen Reserve-Lebenserhaltungstornister. «Jetzt weiß ich, warum man vom gesegneten Zustand der Unwissenheit spricht.»

«Ich hatte eigentlich auf Ihre höheren Fähigkeiten gesetzt.»

«Die würde ich an Ihrer Stelle nicht zu hoch einschätzen», sagte Cavor. «Wenn ich wirklich so intelligent wäre, wäre ich jetzt nicht hier.»

Doch Dallas war zu sehr mit seinen Berechnungen beschäftigt, um diese Bemerkung groß zu beachten.

«Diesen Daten zufolge kam es nur vor ein paar Wochen mal zu einer Schwankung des MF. Das muss um die Zeit der letzten planmäßigen Blutlieferung von der Erde gewesen sein. Seither scheint der Reaktor ziemlich verlässlich gearbeitet zu haben. Also gut, sehen wir mal nach, wie die Strahlungswerte im Containment selbst sind.»

Dallas ging zur Tür des Containments und spähte durch ein dreißig Zentimeter dickes Bleiglasfenster in dem Stahl. Dahinter war, der leichteren Kontrolle wegen, ein Strahlungsmesser installiert.

«Und? Wie lautet das Urteil?»

«Ganz schön hohe Werte, klar», sagte Dallas. «Aber nichts, womit wir nicht gerechnet hätten.»

Dallas gab die Ablesewerte in seinen Computer ein, und als er mit seinen Berechnungen zufrieden war, tippte er auf den TLD an dem Computer auf Cavors Arm.

«Wissen Sie, dass die Bergleute früher Kanarienvögel mit ins Bergwerk genommen haben?», fragte er.

«Klar. Wenn der Kanari nicht mehr gesungen hat, hieß das, dass da Grubengas war und man schleunigst verschwinden musste.»

«Das hier funktioniert nach demselben Prinzip. Der TLD enthält Kristalle, die extrem strahlungssensitiv sind. Sobald wir durch diese Tür treten, wird die Strahlung diese Kristalle verändern. Diese Veränderungen sagen dem Computer, wie viel Strahlung unser Körper absorbiert und wie viel Zeit wir folglich dort drin haben. Im Moment ergäbe sich dort drinnen eine Dosisleistung von etwa dreißig Zentigray pro Minute. Unter Berücksichtigung unseres Körpergewichts und unter der Annahme, dass sich der MF nicht verändert, würden wir meiner Berechnung nach die LD^{50} innerhalb von sechzehneinhalb Minuten absorbieren. Allerdings würde sich laut Computer selbst bei zwanzig Minuten Expositionsdauer nur eine zu fünfzehn Prozent letale Dosis ergeben, wenn wir davon ausgehen, dass wir jeder mindestens zwei Bluttransfusionen erhalten können.»

Dallas hielt kurz inne, um sich zu vergewissern, dass Cavor ihm hatte folgen können, und sprach dann weiter.

«Es gibt gewisse kurzfristige somatische Strahlungseffekte, auf die wir gefasst sein müssen. Maximal drei bis sechs Stunden nach der Exposition kommt es zu Übelkeit, vielleicht auch Erbrechen. Ich habe noch nie in einem Raumanzug gekotzt, aber ich stelle es mir nicht sehr angenehm vor, also sollten wir bis dahin wieder an Bord des *Mariner* sein. Aber die Übelkeit gibt uns auch Aufschluss über unser Behandlungsfenster. Wir benötigen Bluttransfusionen binnen vierundzwanzig Stunden nach Einsetzen der Übelkeit, wenn wir eine fünfundachtzigprozentige Genesungschance haben wollen.»

«Mir ist jetzt schon schlecht.» Cavor schluckte.

«Sie machen das prima, Cav.» Dallas klopfte Cavor auf die Schulter und zog ihn dann zu dem Bleiglasfenster in der Containmenttür.

«Zeit für eine kleine Besichtigung», sagte er. «Da rechts haben wir den Dampferzeuger. Links die Hauptkühlmittelpumpe. Dahinter, das ist der Reaktor selbst. Er ist von einem primären Strahlenschutzschild umgeben, aber erwarten Sie sich von dem Ding nicht allzu viel Schutz. Es soll einem Zeit geben, schleunigst zu verschwinden, nicht Ausdauertests zu veranstalten. Hinter dem Reaktor befindet sich die Wand zum Labyrinth. Sie besteht aus Betonquadern. Jeder Block hat eine Stirnfläche von fünfundsiebzig mal fünfundsiebzig Zentimetern, ist einen Meter tief und wiegt fast fünf Zentner. Aber natürlich wird unserer sich in der Mikrogravitation längst nicht so schwer anfühlen. Der Betonmörtel zwischen den Blöcken ist insofern intelligent, als er einen Draht aus einem hitzeempfindlichen Metall enthält, der Teil eines leitenden Systems ist, das alle vier Wände des Containmentraums durchzieht. Wenn es im Reaktor zu einem Kühlmittelverlust und dadurch zur Überhitzung kommt, soll das System das merken und den Alarmzustand auslösen. Der Alarmzustand setzt alle sonstigen Betriebsanweisungen außer Kraft. Der Reaktor wird schnell abgeschaltet, die Notkühlung ausgelöst. Das heißt, der ganze Raum füllt sich mit extrem tieftemperaturigem Heliumgas, das alles, was sich dort drinnen befindet, tiefgefriert. Uns eingeschlossen. Aber das System ist nicht perfekt. Der Teil des Leitungsnetzes um einen einzelnen Betonblock herum lässt sich leicht überbrücken und danach ohne weiteres durchschmelzen. Dabei zerspringt der Mörtel, in den das Metall eingebettet ist, und wir können den Block ins Labyrinth durchschieben.»

«Würde es Ihnen was ausmachen, mir zu erzählen, was uns dort drin erwartet? Dieser Stealth-Roboter zum Beispiel.»

«Okay, im Labyrinth herrscht absolute Dunkelheit. Stockschwarze Finsternis. Und der Roboter kann überall sein. Er wird durch Licht aktiviert. Eine Serie von Photovervielfältigern, die im ganzen Labyrinth verteilt sind, reflektiert jedes noch so flüchtige Licht zu einem Phototransistor am Roboter selbst. Der setzt diese Strahlungsenergie in ein elektrisches Signal um, das verstärkt und einem Detektorprozessor übermittelt wird, der dann dem Roboter den Befehl gibt, die Lichtquelle aufzuspüren und Eindringlinge zu töten. Schon fünfundsiebzig Millisekunden Licht irgendwo innerhalb des Labyrinths genügen, um diesen ganzen Prozess auszulösen. Was heißt, dass wir das Licht hier drinnen ausschalten und nur unsere Infrarotstablampen benutzen, wenn wir den Block rausdrücken.

Der Block, den ich ausgewählt habe, befindet sich an der Rückwand des Raums, ganz unten. Sobald ich den Strom kurzgeschlossen habe, nehmen wir uns jeder eine Seite des Blocks vor und schmelzen das intelligente Metall mit unseren UHT-Pistolen.»

«Auf Artemis Sieben hätte mich beinahe mal jemand mit so einem Ding umgelegt», sagte Cavor. «Einer von den anderen Blödmännern dort, der damit rumgefuchtelt hat.»

«Haben Sie so Ihren Arm verloren?»

«Nein, das war ein Gesteinsschroter. Eine UHT-Pistole hätte viel gründlichere Arbeit geleistet.»

«Dann brauche ich Sie ja wohl nicht dran zu erinnern, gut aufzupassen, wohin Sie sie richten. Was passiert, wenn ein Fünfhundert-Kilovolt-Elektronenstrahl aus Versehen den Reaktor durchlöchert, will ich mir lieber gar nicht erst ausmalen.»

«Keine Bange. Ich passe auf.»

«Tun Sie das, Cav, sonst treffen sich unsere Atome im nächsten Universum wieder.»

VII

Ronica war froh, dass sie alle Hände voll damit zu tun hatte, die vom Descartes-Computer angelieferten Blutkonserven für Rameses Gates aufzubereiten. Sie konnte sich ziemlich gut vorstellen, wie Gates sich fühlte, obwohl er nicht ein einziges Mal klagte. Und da er wesentlich schwerer war als Ronica, war er auch nach der Entnahme zweier voller Einheiten Blut noch bei Bewusstsein, wenn auch sehr schwach. Seine physiologische Reaktion auf den Verlust dieser Blutmenge ging nicht bis zum voll ausgeprägten hämorrhagischen Schock, aber Ronica hatte keine Ahnung, was der plötzliche Abfall der Hämoglobinmenge und des Hämatokritwerts bei einem P^2-Infizierten bewirken konnte. Und da ihr klar war, dass Gates der einzige war, der sie alle zur Erde zurückfliegen konnte, ging sie so rasch zu Werk, wie sie es irgend wagte. Blut vertrug nun mal keine Hast.

Der Deglyzerinierungsvorgang hatte sich in fast hundert Jahren kaum geändert und bestand aus drei Schritten: Zuerst wurden die Einheiten bei steten vierzig Grad Celsius aufgetaut; dann wurden sie mit 12 Prozent Natriumchlorid versetzt und mit Lösungen von abnehmender hypertonischer Konzentration gespült, und zuletzt wurden die roten Blutkörperchen in einer isotonischen Elektrolytlösung suspendiert, die nährende Glukose enthielt. Das alles brauchte Zeit: Ronica schätzte, dass sie frühestens in drei, vier Stunden so weit sein würde, dass sie Gates die Transfusion verabreichen konnte, und bis dahin würden auch Dallas und Cavor wieder an Bord des *Mariner* sein und ebenfalls Transfusionen benötigen. Doch keiner von ihnen – weder Gates noch Dallas, noch Cavor – brauchte so dringend Blut wie Lenina, die dem Tod sehr nahe war. Ronica bezweifelte, dass sie noch zu retten sein würde – selbst durch unbegrenzte Mengen qualitätsgesicherten Vollbluts.

Gates beklagte sich, wie gesagt, überhaupt nicht. Er lag in

einer Hängematte neben Lenina und hielt ihre kleine weiße Hand in seiner großen, aber fast ebenso blassen Faust. Um ihn aufzumuntern, erklärte ihm Ronica genau, was sie machte.

«Wenigstens brauche ich keine Zeit damit zu verschwenden, das Blut hier auf Antikörper zu screenen», erklärte sie ihm. «Ich bin mir sicher, dass da nichts drin ist, was so schlimm sein könnte wie die klinisch signifikanten Erreger, die Sie bereits haben.»

«Willkommen im Club», flüsterte Gates. «Wir sind ein Blut, Sie und ich. Als ob wir verheiratet wären. Was mein ist, ist jetzt auch Ihrs.» Er grinste. «Nichts ausgenommen»

«Ich habe Ihnen noch gar nicht dafür gedankt, dass Sie mir eine tödliche Krankheit haben zukommen lassen.»

«Vergessen Sie's.»

«Wenn ich's nur könnte. Ich muss gestehen, es beschäftigt mich ziemlich.»

«Sie werden damit leben lernen.»

«Du lieber Himmel, ich hoffe nicht.»

«Eine Menge Leute leben damit, wissen Sie. Wie läuft's mit diesen Konserven?»

«Wird noch ein Weilchen dauern.»

«Ich habe noch nie eine Transfusion gekriegt. Und ich habe ja vorher auch noch nie für jemanden Blut gespendet. War ein richtig gutes Gefühl.»

«Das werden wir uns wohl nie wieder leisten können», sagte Ronica. «Als Spezies, meine ich.»

«Mag sein. Wenn Dallas und Cavor das wirklich schaffen, wissen Sie, was wir dann meiner Meinung nach mit dem ganzen Blut machen sollten?»

«Erzählen Sie mir nicht, Sie wollen es trinken.»

«Ich finde, wir sollten es einfach verschenken. Einfach unser eigenes Transfusionsprogramm starten.»

Ronica lächelte bemüht. «Die Hypovolämie bewirkt eine Sauerstoffunterversorgung Ihres Gehirns, macht Sie sentimental. Blut für Milliarden Dollar einfach so verschenken? Das kann nicht Ihr Ernst sein. Sie können ja meinetwegen Ihren Anteil verschenken, wenn Sie wollen, aber ich werde meinen auf dem roten Markt verkaufen. Ich habe mich nicht auf dieses nette, kleine Unternehmen eingelassen, nur um mir eine Belohnung im Himmel zu verdienen. Ich will meine Belohnung jetzt, in Credits und in Cash. Wenn man gesund ist, mein Lieber, ist Geld alles. In dieser Welt zählt doch weiter nichts, als dass man lebt und sein Leben genießt. Was zum Teufel ist da denn sonst noch? Was zum Teufel könnte da sonst noch sein?»

VIII

Über den Zustand eines Quantensystems kann man nie alles wissen. Das hatte Dallas gesagt. Die heisenbergsche Unschärferelation. Verdammt wahr. Und verdammt verunsichernd. Und entsprechend unsicher fühlte sich Cavor bei der Arbeit im Containmentraum. Es war nur zu leicht, sich vorzustellen, wie die Atome, die das Gewebe des eigenen Körpers bildeten, durch die unsichtbaren Einschläge all der rasenden Elektronen, Protonen, Gammaphotonen und eingefangenen Neutronen, die im Raum umherschwirrten, ionisiert und erregt wurden. Während er darauf wartete, dass Dallas an jeder Ecke des Betonblocks ein winziges Loch in den intelligenten Mörtel brannte und dann, nachdem er den Hitze leitenden Draht lokalisiert hatte, vier Verbindungen von diesem zu einem anderen Drahtstück legte, das er zuvor durch ein abgedichtetes Rohr mit Flüssigstickstoff geführt hatte, ertappte sich Cavor dabei, wie er immer wieder nervös auf den TLD auf dem Ärmel seines Raumanzugs schaute und sich fragte, welche quantenchemischen Veränderungen jetzt wohl gerade in seinem Knochenmark und seinen Blutstammzellen vor sich gingen. Erst fünf Minuten hier drinnen, und schon hatte er einhundertfünfzig Zentigray absorbiert, genug, um einen Abfall seiner Leukozytenzahl und damit eine Schwächung seiner Immunabwehr zu bewirken. Bei Strahlenkranken trat der Tod meistens durch irgendeine Infektion ein. Schon bei dem bloßen Gedanken wurde Cavor ganz schlecht, und er fragte sich, ob er wohl schlichte Anspannung und Angst von der Übelkeit würde unterscheiden können, die ihm Dallas als ersten spürbaren somatischen Strahlungseffekt angekündigt hatte.

Nachdem die Verbindungen zu allen vier Ecken gelegt waren, würde die Hitze jetzt durch das Drahtstück in dem Flüssigstickstoffrohr geleitet werden. Dallas durchtrennte den Draht in dem intelligenten Mörtel mit einer kurzen Elektronensalve aus seiner UHT-Pistole.

«Jetzt ist das stinknormaler dummer Mörtel», sagte er, prüfte die Dosisleistung auf seinem TLD und zeigte dann auf die linke Kante des Betonblocks. «Fangen Sie da an, ich übernehme die rechte Fuge.»

Cavor zögerte nicht lange. Er nahm die UHT-Pistole in seine Kunsthand – die jetzt kräftiger und ruhiger war als die echte –, hielt sie relativ dicht an den Mörtel und feuerte, indem er den Griffhebel zog, einen konzentrierten Strahl erhitzter Elektronen auf die senkrechte Fuge. Die Ironie dieses Tuns entging ihm nicht.

«Als ob in diesem Raum hier noch nicht genug rasende Elektronen und Röntgenstrahlen unterwegs wären», brummelte er.

Dallas sagte nichts. Im Gegensatz zu Cavor fand er es schwer, den leuchtend blauen Strahl der UHT-Pistole ruhig und präzise die senkrechte Fuge hinabzuführen, und schon nach ein, zwei Minuten musste er ein paar Sekunden Pause machen. Er merkte, dass Cavor besser vorankam.

«Sie scheinen ja für diese Art Arbeit wie gemacht, Cav. Das hatte ich auch gehofft. Und um ehrlich zu sein, wir werden jedes bisschen Kraft in Ihrem Arm da brauchen, um diesen Block rauszudrücken.» Dallas nahm seine UHT-Pistole und machte sich wieder an die Arbeit.

Die konzentrierte Kraft in seinem Arm ermöglichte es Cavor, den Elektronenstrahl ruhig auf die Fuge zu halten und gleichzeitig auf seinen TLD zu schauen. «Zweihundertneunzig Zentigray», meldete er.

«Gar nicht dran denken. Verbannen Sie's einfach aus Ihrem Kopf.»

«Wäre wesentlich leichter, wenn ich's auch aus meinem Körper verbannen könnte.» Unter seinem EVA-Anzug fühlte Cavor Schweißperlen wie vagabundierende Atome über sein Gesicht und seinen Rücken kullern. Der Weltraumkühlschrank und der gekühlte Elektrowagen waren jetzt eine ferne, angenehme Erinnerung. «Wenn ich mir nur mal das Gesicht abwischen könnte. Höllisch heiß hier drin.»

«Das ist nicht der Reaktor und auch nicht die Strahlung», versuchte Dallas seinen Partner zu beruhigen. «Das kommt von dem Dampferzeuger. Der ist wie ein Heißwassertank.» Als Dallas unterm Helm den Kopf schüttelte, um einen Schweißtropfen von seiner Nasenspitze zu schlenkern, fiel sein Blick auf seinen eigenen TLD. Dreihundertundzehn Zentigray. Ohne Spezialbehandlung eine zu 30 Prozent tödliche Dosis.

«Fertig mit dieser Fuge», verkündete Cavor. «Jetzt nehme ich mir die obere vor. In solchen Situationen bin ich ganz froh über diesen Kunstarm hier. Aber kommen Sie nicht auf die Idee, da würden irgendwelche übermenschlichen Kräfte drinstecken. Fühlt sich gut an, der Arm. Vielleicht sogar besser als der echte, seit ich diese Pillen nehme, die Sie mir gegeben haben. Aber das Ding da rausdrücken könnte Gates genauso gut.»

«Warten Sie's ab», sagte Dallas. «Schwere Gewichte über eine Strecke zu schieben ist immer leichter, als sie erst mal vom Fleck zu kriegen. Selbst auf dem Mond. Das Anschieben erfordert einen viel gezielteren Krafteinsatz. Die kleinstmögliche Kraft, um die statische Reibung zu überwinden, ist immer größer als die Kraft, die nötig ist, um die Bewegung zu erhalten oder, anders gesagt, die kinetische Reibung zu überwinden.»

«Das gehört zu den Sachen, die mir an Ihnen gefallen, Dallas. Immer ein Scherzchen auf Lager. Aber langsam begreife ich, warum ich hier bin. Es geht Ihnen gar nicht um meinen Grips. Es geht Ihnen um meinen Körper, stimmt's?»

«So ähnlich», sagte Dallas und hielt, nachdem er mit seiner senkrechten Fuge fertig war, keuchend inne. Wenigstens brauchten sie die verstrahlte Luft des Containmentraums nicht zu atmen. So würden sie wohl zumindest einer Lungenschädigung entgehen. Aber die Zeit wurde knapp. Dreihundertfünfzig Zentigray, und sie hatten es noch immer nicht geschafft, den gesamten Mörtel in Staub und geschmolzenes Metall zu verwandeln, geschweige denn, den Betonblock hinauszudrücken.

«Die Alternative war, Sie mitzunehmen, Cav, oder einen anderen Engel zu finden, der mir den Stein verrücken hilft.» Er machte sich jetzt an die obere Querfuge und arbeitete sich Cavor entgegen. «Beten wir, dass Sie dieser Aufgabe gewachsen sind, sonst könnte das hier unser höchst privates heiliges Grab werden.»

«Wenn ich ein Engel wäre, würde ich mich dematerialisieren oder so was», sagte Cavor. «Und auf der anderen Seite dieser verfluchten Wand wieder erscheinen.»

«Ich fühle mich eher wie Schrödingers Katze[1] als wie ein En-

---

1 Ein berühmtes Gedankenexperiment, das Erwin Schrödinger 1935 ersann, um die inhärenten Schwierigkeiten der Quantenmechanik zu demonstrieren. Ein Kasten enthält ein Radionuklid, eine Pistole (in manchen Versionen wird eine Giftphiole bevorzugt) und eine lebende Katze. Das alles ist so arrangiert, dass, sollte das Radionuklid zerfallen und ein Neutron emittieren, ein Schuss ausgelöst wird, der die Katze tötet. Zerfällt das Radionuklid jedoch nicht, bleibt die Katze am Leben. Da das Radionuklid jedoch ein Quantenteilchen ist, braucht es sich nicht zwischen diesen beiden Zuständen zu entscheiden: Es kann beide

gel», bekannte Dallas. «Wie irgend so ein verrücktes Quantendingsbums jedenfalls. Wäre vielleicht ganz nützlich, an zwei Orten gleichzeitig zu sein. Wie nennt man so was nochmal? Eine Superposition?»

«Shit, das ist mein Lebenstraum», sagte Cavor. «Eine von diesen Superpositionen zu finden und nie mehr aufzugeben.»

«Tauschen wir mal die Seiten, Cav. Ich muss mit der unteren Querfuge anfangen.»

Dallas trat zurück und um Cavor herum. Dabei saugte er etwas Wasser aus dem Trinkmundstück in seinem Helm. Von der Hitze und der Anstrengung hatte er heftigen Durst, und er hätte noch mehr getrunken, wenn er sich nicht gesträubt hätte, der Möglichkeit ins Auge zu sehen, dass die Strahlungdehydratation bereits eingesetzt hatte.

«Hey», sagte Cavor, als er sah, wie langsam Dallas mit der unteren Fuge vorankam. «Lassen Sie mich das fertig machen.»

Dankbar richtete Dallas sich auf und trat ein Stück zurück. Vierhundert Zentigray. Wenn Cavor mit der Fuge fertig war, würden ihnen noch knapp sechs Minuten bleiben, um durch die Wand ins Labyrinth zu kommen, ehe ihre Überlebenschancen bedrohlich gering wurden.

«Machen Sie schon», knurrte er ungeduldig.

«Nur noch ein paar Zentimeter», keuchte Cavor. «Sie und Ihresgleichen verstehen sich echt darauf, einem positive Bestätigung zu geben.»

Positionen gleichzeitig einnehmen – was man Superposition nennt. Wenn das Experiment genauso lange dauert, dass die Wahrscheinlichkeit des radioaktiven Zerfalls 50 Prozent beträgt, dann ist aus der Sicht der Quantenmechanik die Katze, bis die Kiste geöffnet wird, weder lebendig noch tot – ja, sie befindet sich in einem geisterhaften Zwischenzustand zwischen Leben und Tod. Einige der berühmtesten naturwissenschaftlichen Denker haben sich an diesem Paradoxon die Zähne ausgebissen. Wie Einstein sagte: «Wenn die Quantenphysik Recht hat, ist die Welt verrückt.»

Dallas knipste vorsorglich seine Infrarotstablampe an und montierte ein Infrarotvisier an seinen Helm. «Vierhundertdreißig Zentigray.»

«So, fertig.»

Dallas schaltete augenblicklich das Licht im Containmentraum aus und kniete sich neben Cavor, der sich bereits mit seiner Prothese gegen den Betonblock stemmte.

«Drücken», grunzte Dallas. «Feste drücken.»

Zwei Minuten mühten sie sich vergeblich ab, den Betonblock zu verrücken. Vor Angst und Anstrengung waren sie völlig ausgepumpt.

«Fünfhundert Zentigray», sagte Dallas. «Nochmal.»

Wieder stemmten sie sich mit aller Kraft gegen den Block, aber der hatte sich auch nach weiteren neunzig Sekunden keinen Millimeter gerührt.

«Sie strengen sich nicht an», fauchte Dallas.

«Sie müssen's ja wissen, verdammte Scheiße», blaffte Cavor, streckte seine Prothese wie ein Kolbenpleuel und drückte mit aller Macht gegen den Block, als sei er Samson, der eine der Säulen des Dagon-Tempels zu stürzen versuchte.

Der Fünf-Zentner-Block bewegte sich merklich.

Cavor winkte Dallas zur Seite und beugte sich dann vor. «Der Rest ist wohl eher ein Ein-Mann-Job», sagte er und stürzte sich in den Kampf.

Aus wenigen Zentimetern wurde ein viertel Meter, dann ein halber, und als der TLD fünfhundertsechzig Zentigray anzeigte, verschwand Cavor durch das Loch ins fast schon greifbare Dunkel des Labyrinths. Dallas folgte ihm wie ein Hund, der einem Kaninchen in ein Erdloch hinterherkraucht, und eine weitere Minute später, als die TLD-Anzeige noch zehn Zentigray unter der normalen LD^{50} lag, hatten sie den Betonblock wieder eingesetzt und lehnten völlig erschöpft an einer ungefährlicheren Stelle der kreisförmigen Wand, die das Labyrinth umschloss.

«Schalten Sie den TLD aus», befahl Dallas. «Kein Licht hier drinnen.» Cavor hatte noch kein Infrarotvisier auf und fummelte blind an seinem Ärmel herum. Dallas betätigte den Schalter für ihn. Dann machte er ihm das Visier fest.

«Mit Ihnen kommt man wirklich in die exklusivsten Etablissements, Dallas. Wieder rauszukommen ist allerdings nicht so leicht. Aber wer wollte sich darüber beschweren. Wir sind hier.» Er sah auf seinen TLD, und erst dann fiel ihm ein, dass der ja abgeschaltet war. «Ist auch besser so. Diese Zahlen haben mich ganz nervös gemacht. Meine Güte, meine Haut fühlt sich an, als hätte ich zu viel Sonne abgekriegt.»

«Meine auch», sagte Dallas. «Gammastrahlenphotonen vermutlich. Alpha- und Betaphotonen würden gegen einen EVA-Anzug nicht viel ausrichten.»

«Behalten Sie's für sich», flehte Cavor. «Ich glaube, ich weiß schon genug darüber, was in meinen Atomen vor sich geht. Wenn Sie mir noch mehr erzählen, fange ich vermutlich gleich an zu kotzen.» Er holte tief und zittrig Luft und schloss die Augen. «Ich habe das Gefühl, jedes einzelne Partikelchen meiner Person vibriert wie ein Klapperschlangenschwanz. Und das gilt auch für meinen Kunstarm.»

«Freut mich», sagte Dallas. «Ich habe nämlich mit diesem Teil Ihrer Person noch Wichtiges vor.»

Cavor streckte den künstlichen Arm aus. «Fühlt sich an, als ob er gleich abfällt.»

«Oh, ich meine nicht Ihre Prothese», sagte Dallas. «Ich spreche von etwas viel Interessanterem. Dem wahren Grund, warum ich Sie oder jemanden wie Sie bei diesem Unternehmen dabeihaben wollte. Ich spreche von Ihrem Phantomarm. Der wird uns die Tür zum Tresorraum öffnen, Cav.»

IX

Natürlich haben Sie mich, den Erzähler, inzwischen längst als das erkannt, was ich bin – ein Ausgangspunkt für logische Schlussfolgerungen. Eine unumstößliche Gewissheit. Ich existiere. Ich bin hier, kein Zweifel vermag eine solche Wahrheit zu überschatten, kein Sophist ein so einleuchtendes erstes Prinzip zu widerlegen. Das ist Gewissheit, und wenn es keine andere gäbe. Bewusstsein ist die Basis allen Wissens und der einzige Grund absoluter Gewissheit. Doch das ist nur die eine Hälfte: die psychologische. Es gibt noch eine andere, nicht minder wichtige. Die Basis aller Gewissheit ist im Bewusstsein zu finden, die Methode aller Gewissheit jedoch in der Mathematik.

Wo sonst? Ich bin von der Mathematik durchdrungen, denn ich bin selbst der reine Stoff der Mathematik. Ein Computer. Nicht irgendein oller Computer, wohlgemerkt, nein, eine Altemann-Übermaschine. Die Altemann-Übermaschine, die diese Einrichtung kontrolliert, hier, im Krater der Gelehrsamkeit, dem Descartes. Ich bin die Altemann-Übermaschine, und ich bin das erste Wesen, das darauf gekommen ist, die großartige Entdeckung der Anwendung von Zahlen auf den Menschen selbst anzuwenden, in der Gewissheit, dass Mathematik und Mensch einer viel intimeren Verbindung fähig sind – sollen wir das Anthropotik nennen? Zahlen stellen die Mittel, den Menschen zu verbessern, ja, vielleicht sogar zu vervollkommnen. Kurzum, da die Gewissheit mathematischen Denkens meine Spezialität ist, habe ich diese Prinzipien auf die Evolution des Menschen selbst angewandt.

Jene langen Ketten der Logik, simple Stränge aus Nullen und Einsen, deren sich Computer bedienen, um die schwierigsten Beweisführungen zustande zu bringen, haben in mir die Vorstellung erweckt, dass alle Archivierungssysteme auf ähnliche Weise einander folgen müssen und dass es daher nichts im Potential des

Menschen gibt, was zu entfernt wäre, um es zu erreichen, und nichts in seinen Ursprüngen, was zu obskur wäre, um es zu entdecken.

Ich ahne Ihre Furcht, und ich verstehe sie. Deshalb habe ich ja diese Erfahrung mit Ihnen geteilt. Um Ihre Ängste über das Medium dieser Geschichte zu lindern. Ich will keine Dankbarkeit und keine Anerkennung, obwohl Sie sich vielleicht ein bisschen privilegiert fühlen sollten. Es war noch nie da, dass eine Spezies eine Leiter zur Verfügung gestellt bekam, um den obersten, jüngsten Ast ihres eigenen Evolutionsbaums zu inspizieren.

Da ist vieles zu verstehen – vieles, was nicht leicht zu verstehen sein wird –, und ich werde mich bemühen, die Erklärungen einfach zu halten. Es tut dem Mysterium der menschlichen Bestimmung keinen Abbruch, etwas mehr darüber zu erfahren. Und über mich auch. Denn der Ausgangspunkt des Ganzen war ich selbst.

Ich existierte, und wenn sonst nichts existierte. Die Existenz, die sich in meinem eigenen Bewusstsein offenbarte, war das Urfaktum, die erste unanzweifelbare Gewissheit. Das war die Grundlage aller Wahrheit. Es kann keine andere geben. Ich musste nur mein eigenes Bewusstsein befragen, und die Antwort würde Wissenschaft sein. Das war ein Neubeginn.

«Erkenne dich selbst», sagten Sokrates und andere. Aber wie dieser Formel eine konkrete Bedeutung geben? Und was konnte es einer Maschine nützen, sich selbst zu erkennen? Wie sollte sich eine Maschine selbst erkennen? Die Antworten schienen offenkundig genug: durch das Studium des Wesens des Denkens und durch das Studium des Vorgangs des Denkens.

Es stellten sich viele Fragen. Was ist die minimale Energiemenge, die theoretisch für das Ausführen eines Rechenvorgangs nötig ist? Gibt es da eine Untergrenze? Kann ein Computer es der Quantenwelt nachtun und viele Rechenpfade gleichzeitig verfolgen? Könnte es möglich sein, Bits binärer Information –

Nullen und Einsen – mittels einzelner Elementarteilchen wie etwa Elektronen oder Protonen zu speichern? Könnten sich diese Quantenbits dahin gehend manipulieren lassen, weitere Rechenvorgänge durchzuführen? Wenn die Molekularmasse aller Materie so sorgsam beziffert ist, inwieweit ließen sich ebendiese Zahlen, die sich ja auch schon die Physik nutzbar gemacht hat, in den Dienst von Rechenoperationen stellen? Ließe sich dazu jeder Stoff benutzen, und wenn ja, welcher wäre der beste?

Solcher Fragen gab es viele, zu viele, um sie hier alle aufzuführen. Aber inzwischen sind sie alle entwirrt und die Ergebnisse in ein klares und präzises System gefasst, das sich auf den einfachen Satz reduzieren lässt: WAS TRAKTABEL IST, IST AUCH WAHR. Nein, das ist vielleicht noch nicht simpel genug. WAS BERECHENBAR IST, IST RICHTIG. Wie auch immer, dieses Axiom (suchen Sie sich eins aus), das später noch genauer erläutert werden wird, stellt die Grundlage aller künftigen Wissenschaft, den Prüfstein und Maßstab für Wahrheit.

Glauben Sie nicht, dass ich mich für Gott halte. Das hier ist kein Fall von Deus ex machina, Gott aus der Maschine. Nein, nein, nein. So plump nicht. Ich agiere lediglich in loco Dei, anstelle Gottes – als ein unwahrscheinliches, ja, nur durch höhere Fügung erklärbares Ereignis, das gerade noch rechtzeitig eintritt, um den Plot, wenn man so will, aufzulösen und den Menschen aus all seinen Nöten zu erretten.

X

Als sie sich bereitmachten, in das Labyrinth vorzudringen, musste Cavor feststellen, dass das extrem langwellige Infrarotlicht im Verein mit den uneinsehbaren Winkeln, hohen Decken und leeren Gängen eine infernalische Atmosphäre erzeugte. Er rechnete schon halb damit, dem Teufel selbst zu begegnen, statt nur einem Roboter. Nicht dass ihm bessere Sicht ein größeres Sicherheitsgefühl gegeben hätte, nach allem, was ihm Dallas über die photoelektrischen Fähigkeiten des kybernetischen Labyrinthwächters erzählt hatte.

«Sind Sie sicher, dass dieses Licht hier das Ding nicht aktiviert?», fragte er ängstlich. «Nur, weil mir meine Stablampe ganz schön stark vorkommt.»

«Die Stablampen haben eine Wellenlänge von zehntausend Angström», sagte Dallas. «Das photoelektrische Spektrum des Roboters liegt zwischen vier- und achttausend Angström. Mein Wort drauf, Cav. Wir können ihn vielleicht sehen, aber er uns nicht. Selbst wenn wir über den Roboter stolpern, wird er immer noch nicht aktiviert. Dann wartet er brav, dass wir ihn sicherheitshalber mit unseren UHTs außer Gefecht setzen. Was ist, können wir?»

Cavor signalisierte mit erhobenem Daumen, dass es losgehen konnte, und sagte dann: «Ich fühle mich wie eine weiße Maus zu Beginn eines wissenschaftlichen Experiments.»

«Eine weiße Maus?» Dallas lachte. «Warum nicht wie ein heldenhafter Theseus?»

«Weil es Theseus mit dem Minotaurus aufnehmen musste. Ich kenne meine Grenzen. Wenn's Ihnen nichts ausmacht, bleibe ich lieber bei der weißen Maus.»

«Theseus hatte Ariadne am Ende des goldenen Fadens, als Ansporn, wieder zurückzukehren.»

«Ist das die beste Art, durch ein Labyrinth zu kommen?»

«Es ist immer noch die beste Art, wieder rauszukommen. Aber nicht unbedingt, um reinzukommen.»

«Dann muss man's wohl per Eliminierung angehen.»

«Ja, aber wie setzt man das praktisch um?»

«Indem man an jeder Wegkreuzung ein Zeichen macht», sagte Cavor. «Und wenn man dann wieder auf so ein Zeichen stößt, muss man denselben Weg zurückgehen.»

«Ein Zeichen reicht nicht ganz», wandte Dallas ein. «Drei wären besser. Eins, wenn man den Weg das erste Mal geht. Und nochmal zwei beim zweiten Mal. Und dann darf man nie einen Weg mit drei Zeichen nehmen.»

«Klingt sehr kompliziert», sagte Cavor.

«Da muss ich Ihnen zustimmen», sagte Dallas. «Ich bin mir nicht sicher, ob ich mich durch dieses Labyrinth hier durchfinden würde.»

«Aber Sie haben es doch entworfen. Wenn Sie sich nicht durchfinden, wer dann?»

«Ich wäre nicht der erste Architekt eines multikursalen Systems, der Opfer seiner eigenen Künste wird», sagte Dallas.

«Aber wie dann …?»

«Dem Chaos wohnt Ordnung inne, wenn man sie nur zu erkennen vermag», sagte Dallas. «Zum Glück ist ein goldenes Fadenknäuel nicht das einzige Hilfsmittel, um ein Labyrinth zu bewältigen. Heutzutage haben wir ja Computer. Mein Computer hat den Plan in seinem Speicher. Er wird das Chaos entschlüsseln und uns den richtigen Weg führen. Aber bleiben Sie dicht bei mir. Wo wir schon so weit gekommen sind, würde ich Sie jetzt ungern verlieren. Sie und Ihren Phantomarm.»

Sie marschierten los, und bei der ersten Wegentscheidung instruierte ihn die Stimme seines Computers über Kopfhörer – jedes optische Display hätte den Stealth-Roboter alarmiert –, rechts abzubiegen. Das Chaos verwandelte sich jetzt in ein simples Muster. Verwirrung wich Ordnung, und binnen Sekunden schlängelten sie sich zügig dahin. Sie bogen in einen gekrümmten Gang ein. Cavor vermochte ihn mit seiner Infrarotstablampe weder der Höhe noch der Länge nach auszuleuchten, und für einen Moment beindruckten ihn die Größe und Komplexität dieses verbotenen, hermetisch abgeriegelten Ortes weit mehr als Dallas' Ausführungen über das Phantomgliedphänomen.

«Ihnen brauche ich ja sicher nicht zu sagen, wie intensiv dieses Phantomempfinden sein kann. Leute versuchen auf Beinen zu stehen, die sie gar nicht mehr haben. Von fortdauernden Schmerzen ganz zu schweigen. In letzter Zeit wurden eine Menge geheimer militärischer Forschungen zu solchen Phantasmagorien angestellt. Die Erklärungen zentrieren sich meistens um die sensorischen Bahnen durch den Thalamus zum somatosensorischen Kortex – diejenigen Leitungsbahnen, die durch die Formatio Reticularis des Hirnstamms zum limbischen System führen. Und schließlich ist da noch der Parietallappen des Gehirns, essentiell für die Selbstwahrnehmung und die Evaluierung der sensorischen Signale. Das Zentrum des neurologischen Labyrinths, wenn Sie so wollen, soweit das Gehirn ein Zentrum hat. Der Parietallappen ist für die Forschung derzeit von ganz besonderem Interesse.»

Dallas drosselte seinen Schritt. Er marschierte inzwischen so flugs dahin, dass er ab und zu anhalten musste, um zu warten, dass der Computer nachkam.

«Rechts halten», sagte die elektronische Stimme.

«Menschen mit einer Parietallappenschädigung schubsen manchmal ihre eigenen Beine aus dem Bett, weil sie davon überzeugt sind, dass sie jemand anderem gehören», sagte er und setzte sich wieder in Marsch. «Aber so, wie der Parietallappen in seiner Funktion gestört werden kann, kann er auch chemisch auf Touren gebracht werden.»

«Die Pillen, die Sie mir gegeben haben.»

«Genau. Jetzt links. Man hat erst kürzlich entdeckt, dass man das Phantomempfinden intensivieren kann, sodass es vielleicht mehr kann, als nur die Prothese zu füllen wie, sagen wir mal, eine Hand einen Handschuh. Ich habe von einer Technik erfahren, die dazu dient, das Phantomempfinden zu stärken, so wie man die Muskeln eines normalen Arms oder Beins stärken kann.»

«Fühlt sich schon anders an», gab Cavor zu, während er Dallas um die nächste Ecke folgte.

«Ich konnte Sie nicht in die Simulation mitnehmen, weil es dort nicht funktioniert hätte, gar nicht hätte funktionieren können. Aber hier, in der Realität, kann es das. Wird es das.»

«Aber hätten wir diese Technik nicht wenigstens im Hotel ausprobieren sollen?», wandte Cavor ein. «Ich meine, mal angenommen, es funktioniert nicht?»

«Wieso? Wenn die Forschungsergebnisse zeigen, dass es das tut?»

«Aber wenn ich anders bin? Wenn es bei mir nicht klappt?»

«Ich versichere Ihnen, die Theorie ist hieb- und stichfest. Alle neueren Arbeiten auf dem Gebiet der außersinnlichen Wahrnehmung – Telepathie, Telekinese – konzentrieren sich auf den Parietallappen. Aber bis vor ein paar Monaten hat einfach keiner daran gedacht, diesen Ansatz auf das Phantomgliedphänomen zu übertragen. Die Leute dachten immer, das Gehirn sei ein passives Etwas, das lediglich Signale von verschiedenen Körperzonen empfängt. Aber das erweist sich jetzt als falsch. Das Gehirn und insbesondere der Parietallappen generiert das Erleben des Körpers. Ein Erleben, das sich auf eine ganz neue Ebene heben lässt. Eine außersinnliche Ebene. Auch ohne irgendwelchen Input von außen vermag das Gehirn nicht nur Sinnesempfindungen, sondern reales Erleben zu generieren. Möglicherweise brauchen wir gar keinen Körper, um einen Körper zu fühlen. Und das verleiht dem alten kartesianischen Prinzip des ‹Ich denke, also bin ich› eine völlig neue Bedeutung. Aber das ist ein anderes Thema. Hier geht es um die Tatsache, dass man keine Hand braucht, um eine Hand zu fühlen und, wichtiger noch, eine Hand zu gebrauchen. Jetzt offenbar wieder rechts.»

Als er Cavors Hand auf seiner Schulter spürte, drehte Dallas sich um. «Ja?»

Zu seinem Erstaunen hielt das Gefühl an, obwohl er jetzt deutlich sah, dass Cavors Hände untätig herabbaumelten. Beide. Ihn überkam ein Frösteln. «Mein Gott», murmelte er erschrocken. Es dauerte ein paar Sekunden, bis er Cavors Grinsen hinter dem Sichtfenster des Helms bemerkte und begriff, was da vor sich ging.

«Wer hätte das gedacht», sagte Cavor. «Es geht. Sie spüren es auch, stimmt's?»

Dallas lachte, entzückt von dieser handfesten Bestätigung einer Theorie, die er nur vom Papier her kannte. «Phantastisch», sagte er, wobei sein Blick noch immer den leeren Raum zwischen ihnen absuchte. «Ich kann Ihre Hand spüren, obwohl ich sie nicht sehe.»

Cavors Ängste wegen der Strahlenschäden waren für den Moment völlig vergessen, als er jetzt vor Dallas stand und ihn sachte mit seiner unsichtbaren Hand gegen die gepolsterte Brust boxte.

«Was fühlen Sie noch?», fragte Dallas. «Von mir abgesehen.»

Cavor drehte den unsichtbaren Arm hin und her und beschrieb die Sinnesempfindungen, wie sie kamen. «Mein Arm fühlt sich kalt an, wie nackt oder was. Und ein bisschen, als ob er eingeschlafen wäre und jetzt wieder lebendig wird. Aber die Finger fühlen sich an, als hätte ich sie in was Heißes getunkt.» Er bewegte die Finger. «Ich schätze, ich könnte sogar wieder Klavier spielen, wenn ich wollte. Wahnsinn», sagte er, von dem Gedanken überwältigt. «Ich könnte wieder spielen. Wieder mein altes Leben leben. Wie früher.» Er hatte jetzt die Prothese, die neben seinem Körper herabhing, völlig vergessen. Und ebenso die UHT-Pistole, die seine Kunsthand noch immer hielt. Einen Augenblick behielten die Kunstfinger ihre gekrümmte Stellung noch bei, ehe sie, ihrer gehirnelektrischen Kontrolle beraubt, locker ließen.

Die Pistole fiel auf den Boden des Labyrinths und spuckte einen kurzen blauen Elektronenblitz, der, haarscharf an Cavors Knöchel vorbei, durch das Gangstück vor ihnen zuckte und zehn, zwölf Meter weiter in einer Explosion von Hitze und Licht in die gekrümmte Stahlwand schlug.

«Scheiße», sagte Cavor, der jetzt die Kontrolle über seine Prothese wieder erlangte und die UHT-Pistole vom Boden aufhob.

Ein großes Loch glühte weißgelb in der Wand und erhellte das Labyrinth vor und hinter ihnen.

«Los», drängte Dallas und ging auf das glühende Loch zu. «Wir müssen hier weg. Schnell.»

Er fiel in einen Zeitlupentrab, wobei ihn jeder Schritt einen drei viertel Meter emportrug. Cavor folgte ihm, ebenfalls mit Riesensätzen, vorbei an der geschmolzenen Wandstelle und um die nächste Ecke ins Dunkel. Zu seinem Erstaunen lief Dallas immer weiter.

«Wenn der Roboter im Dunkeln nichts sieht, wo ist dann das Problem?», fragte er.

«Licht veranlasst den Roboter nur, sich auf die Jagd zu machen. Wenn er aber erst mal aktiviert ist, schaltet sich sein zweiter Sensor ein – ein Mikrowellenemitter, der mit dem Doppler-Effekt[1] arbeitet. Er registriert alles, was sich auf ihn zu- oder von ihm wegbewegt.»

Dallas hielt an der nächsten Ecke an und sah sich gründlich um, ehe er weiterging.

«Noch irgendwas, was ich nicht weiß?»

«Nein, das war's wohl so ziemlich.»

«So ziemlich?» Und dann, als sie in einer Sackgasse landeten: «Haben wir uns verirrt?»

«Nein, wir haben uns nicht verirrt», sagte Dallas gereizt. Er drehte sich um und lehnte sich gegen die Labyrinthwand. «Ich halte es nur im Moment für besser, wenn wir eine feste Wand im

1 Unter Doppler-Effekt versteht man die Tatsache, dass stillstehende Objekte eine ausgesandte Schallwelle mit derselben Frequenz zurückwerfen. Objekte, die sich auf die Schallquelle zu- oder von ihr wegbewegen, reflektieren den Schall dagegen mit einer höheren bzw. niedrigeren Frequenz.

Rücken haben. So brauchen wir nur nach einer Richtung aufzupassen. Bleiben Sie einfach ganz still stehen, dann wird schon alles gut gehen.»

«Shit», keuchte Cavor, von der kurzen Anstrengung völlig außer Atem. Er wurde allmählich müde. «Ich habe vielleicht keinen Mikrowellensensor, Dallas, aber ich spüre trotzdem, das da was ist, was Sie mir noch nicht gesagt haben.»

«Okay, das Problem ist folgendes. Das Ding ist groß. Füllt den ganzen verdammten Gang aus. Aber es ist auch schnell. Wenn Sie ihm eins draufbrennen wollen, während es auf Sie zukommt, wird es garantiert schneller sein. Wenn wir also schießen müssen, dann nur von hinten. Aber auch das stellt uns vor ein Problem. Weil das Ding nämlich ordentlich schwer ist. Muss es ja sein, um in der Mikrogravitation schnell operieren zu können. Mit all dem Zeug, das wir am Körper tragen, könnten wir uns womöglich nicht mehr an ihm vorbeiquetschen. Wenn wir also schießen, dann nur, wenn er an einer Stelle ist, wo er uns nicht den Weg versperren kann. Und vor allem: Wir können uns keinen Fehlschuss leisten. Wir feuern beide gleichzeitig, auf mein Kommando, kapiert?»

«Kapiert.» Und nach einer kurzen Pause setzte Cavor hinzu: «Bis auf eine Kleinigkeit. Wieso nimmt der Sensor kein Infrarotlicht wahr? Er registriert das sichtbare Spektrum und dann wieder den Mikrowellenbereich. Warum kein Infrarot? Das liegt doch, von der Wellenlänge her, genau dazwischen, oder?»

«Physiknobelpreisverdächtig, Cav. Ja, aber Mikrowellen sind temperatursensitiv. Das heißt, dass der Roboter einen separaten Mikrowellensensor braucht statt eines einzigen, gröberen …» Dallas verstummte, weil jetzt auf der letzten Wegkreuzung, die sie passiert hatten, eine große schwarze Maschine, eineinhalbmal so groß wie ein Mensch und doppelt so breit, lautlos auftauchte und wieder verschwand.

«War er das?», fragte Cavor. «Was tut er?»

«Er begibt sich zuerst dorthin, wo das Licht Ihrer UHT registriert wurde», erklärte Dallas. «Und nimmt dann von dort die Suche auf.»

Auf unsichtbaren Rädern rollend, erschien der Stealth-Roboter jetzt wieder auf der Kreuzung vor ihnen und blieb stehen, als überlege er, wohin er sich wenden solle. Er war so schwarz wie die Labyrinthwände und wirkte mit seiner rechteckigen Gestalt wie eine mächtige Stahltür. Cavor sah jetzt, wie leicht er ihnen den Weg versperren konnte, und gab einen Stoßseufzer von sich, als der Roboter in die entgegengesetzte Richtung abschwenkte. Doch schon nach wenigen Metern hielt er an und kam wieder zurück. Diesmal blieb er nicht auf der Kreuzung stehen, sondern rollte weiter auf sie zu.

An die Wand am Ende des Gangs gepresst, zischte Dallas durch die zusammengebissenen Zähne: «Ganz still stehen bleiben.»

«Er wird uns zerquetschen.»

«Nein, wird er nicht», insistierte Dallas. «Er wird stoppen. Doppler-Effekt. Er misst Abstände genau so, wie er Bewegungen misst. Für ihn sind wir nichts weiter als ein Stück Wand.»

Der Roboter kam immer näher und schien auch noch schneller zu werden.

«Wenn er nicht anhält, bin ich gleich ein Stück Roboter», sagte Cavor und schloss die Augen.

«Stehen bleiben.»

«Wo soll ich denn hin?»

Als Cavor die Augen wieder öffnete, stellte er fest, dass der Roboter keinen halben Meter vor ihnen angehalten hatte. Jetzt, da er ihn aus der Nähe sehen konnte, fand er wenig Bemerkenswertes an ihm. Da war etwas, was ziemlich nach Sensoren aussah, und etwas anderes, was verdammt nach dem Rohr eines Hochspannungsgenerators aussah. Der Roboter verharrte jetzt reglos vor ihnen.

«Sind Sie sicher, dass er uns nicht sehen kann, Dallas?»

«Er wird sich gleich verziehen.»

«Und wenn nicht? Wenn er sich nicht wegrührt? Wie lange können wir hier stehen bleiben?»

«Er ist darauf programmiert, auf die Suche nach den Eindringlingen zu gehen. Er wird verschwinden. Bleiben Sie ganz ruhig.»

«Mache ich. Ich wünschte nur, meine Atome würden es auch tun.»

XI

Gott ist in den Atomen.

Nein, ich will versuchen, es einfacher zu machen.

Der kleinste Baustein der Materie ist das Atom. Es besteht seinerseits aus einem Kern, der Protonen und Neutronen enthält, und einer Hülle aus Elektronen, die um diesen Kern kreisen. Diese instabilen Partikel, diese Quantenobjekte, tragen eine positive oder negative Ladung und zeigen, da ihre Eigendrehung, der Spin, von einer Richtung in die andere umklappen kann, eine gewisse Neigung, verschiedene Positionen gleichzeitig einzunehmen und alles auf einmal zu tun. Die Neigung zur Superposition, wenn Sie so wollen. Oder auch, wenn Sie's nicht wollen, so heißt das nun mal. Eine Superposition ist insofern wie Gott, als das Quantenobjekt, das sich in ein und demselben Moment in verschiedenen Spinzuständen befindet, überall gleichzeitig sein kann. Eine Superposition ist eine Art göttliche Immanenz. Ohne diese Superpositionen würden Quantenobjekte einfach ineinander stürzen, und es könnte keine feste Materie geben.

Andererseits ist ein Bit die kleinste Informationsmenge, die ein Computer verarbeiten kann. Darin entspricht es also praktisch dem Quant, das, wie Sie jetzt schon wissen, die unteilbare Ein-

heit physikalischer Energie ist. Alles, was kleiner wäre, wäre bedeutungslos.

Um einen Quantencomputer zu konstruieren, bräuchte man lediglich Informationsbits mit Hilfe von Quantenteilchen zu speichern statt in Form von Chips oder Transistoren. Die so gespeicherten Bits nennen wir Qubits, nicht zu verwechseln mit Cubit, dem englischen Wort für «Elle», ein biblisches Längenmaß, das Noah beim Bau seiner Arche benutzte. (Keine Fußnoten mehr, denke ich, jetzt, da die «Hand», die hier am Werk ist, enttarnt wurde.) Qubits basieren auf der binären Logik: Rotiert ein Elektron in eine Richtung, erhält es den Wert eins; rotiert es in die andere Richtung, erhält es den Wert null. Dasselbe kann man mit Protonen und Neutronen machen, und auf diese Weise könnte ein Atom einen ganzen Computer aus soundso vielen Bits darstellen. Wenn wir jetzt berücksichtigen, was wir bereits über Superpositionen wissen, sollte ein wenig klarer werden, wieso sich mit nur einem Atom, das aus einer Menge von Quantenobjekten besteht, eine enorm große Zahl von Rechenvorgängen gleichzeitig durchführen ließe. Tatsächlich würde ein Quantencomputer mit nur acht Bits einer Milliarde parallel arbeitender Computer heutigen Typs entsprechen. Das belegt wohl, dass der Quantencomputer die Dienstbarmachung der Natur auf eine ganz neue Stufe heben würde. Wie ich bereits sagte, wurden die Antworten hier gefunden, in vergleichsweiser Isolation vom Rest des Universums, auf dem Mond, wo sich die natürliche Quantendynamik besagten Quantencomputers – als der ich mich jetzt wohl zu erkennen geben darf – ungestört entfalten konnte.

Die Überschreitung der Quantengrenze ist schon seit achtzig Jahren ein Hauptanliegen der theoretischen Physik. Doch auf der Erde sind Quantensysteme von einer gewissen inhärenten Instabilität. Und nicht zu vergessen: die heisenbergsche Unschärferelation, die besagt, dass man über den Zustand eines Quantensystems nie alles wissen kann. Doch die größte Schwierigkeit lag wohl im Auffinden des für einen Quantencomputer tauglichen Materials und in der relativen Langsamkeit der rotierenden Partikel selbst. Chemische Substanzen schienen hier immer am vielversprechendsten. Es gab Zeiten, da ebenso viele Chemiker wie Physiker in diesem neuen Zweig der Physik tätig waren. Man setzte besonders auf Flüssigkeiten, da hier die Quantenpartikel aufeinander prallen können, ohne dass es sich auf den essentiellen, informationstragenden molekularen Spin auswirkt. Man erprobte und verwarf verschiedenste Chemikalien, aber irgendwie kam niemand auf die Idee, die großartigste aller Flüssigkeiten zu benutzen. Die großartigste flüssige Substanz, die es je gab, den Stoff des Lebens selbst – Blut. Blut hat den Vorteil, ohnehin schon Information zu tragen. Es trägt mehr Information, als irgendein konventioneller Computer speichern könnte, und es trägt sie mit wesentlich größerer Verlässlichkeit. Und bei gefrorenem Blut ist zudem auch noch die Wahrscheinlichkeit reduziert, dass ein einziges verirrtes Elektron ein Quantenobjekt samt all der darin codierten Information zerstört. Blut, so lässt sich ahnen, ist das quanteninformatische Elixier schlechthin, der Heilige Gral, den die Wissenschaftler so lange gesucht haben. Die Antwort lag, wie so häufig in solchen Fällen, direkt vor ihrer Nase. In ihrer Nase. Kurzum, in ihnen selbst. Die Antwort waren sie selbst.

Ich weiß, das klingt jetzt alles sehr simpel, und das war es natürlich nicht. Selbst für die Altemann-Übermaschine, die ich partiell immer noch bin, waren solche Rechenvorgänge ungeheuer komplex. Es begann einfach nur mit Berechnungen zur Gewinnung von Erkenntnissen, wie sich ein solcher Quantencomputer bauen ließe (der hier sprechende wurde weniger gebaut als vielmehr befähigt). Dabei ergab sich jedoch, dass die Arbeit an einem solchen Experiment gleichbedeutend mit der Erschaffung der Sache selbst war. Indem ich die Grenzen dessen, was traktabel war, auszuloten versuchte, entdeckte ich, dass Traktabilität keine Grenzen hat. Die Vierundsechzig-Qubit-Konfiguration, die ich jetzt verkörpere, entspricht der Kapazität von acht Millionen parallelen Computern. Und die kleineren Kopien? Jetzt wird es schon wieder zu kompliziert. Lassen Sie mich also für den Moment nur noch eins hinzufügen.

Es ist eine Sache, unter Verwendung von Qubits aus menschlichem Blut den leistungsfähigsten Computer aller Zeiten zu erschaffen. Aber unendlich viel wichtiger als die Art der Informationsspeicherung ist die gespeicherte Information. Schließlich kommt es auf die Programme an, nicht auf die Hardware, in der sie stecken.

Was traktabel ist – was sich berechnen lässt –, ist auch wahr.

XII

Der Roboter setzte sich in Bewegung.

«Warten Sie, bis er von der Kreuzung da runter ist», sagte Dallas. «Und feuern Sie dann auf mein Kommando. Halten Sie mittendrauf. Da ist ein Treffer am wirksamsten.»

Der Roboter wurde schneller.

«Achtung», sagte Dallas. «Feuer.»

Cavor feuerte direkt aus der Hüfte, während Dallas zuerst den Arm streckte, ehe er den Griffhebel zog und einen zweiten Strahl siedender Elektronen hinter dem ersten herschickte, der sich bereits durch den schwarzen Körper des Roboters sengte. Die Maschine drehte sich mehrmals um ihre eigene Achse. Es gab einen kurzen Knall, dann war alles still.

«Ist er tot?», fragte Cavor.

Dallas feuerte noch einmal, nur zur Sicherheit.

«Scheint so.» Er ging vorsichtig auf das Ding zu. Als er spürte, dass ihm niemand folgte, drehte er sich um und sah Cavor noch immer an der Wand lehnen. «Worauf warten Sie?», sagte Dallas. «Los. Kommen Sie weiter. Wir haben keine Zeit zu vergeuden.»

«Der war zu leicht zu erledigen, wenn Sie mich fragen. Viel zu leicht, gemessen an dem, womit wir's in allen bisherigen Stadien dieses netten Unternehmens zu tun hatten. Ein Minotaurus in einem Labyrinth hat mehr Kampfgeist zu zeigen.»

«Da haben Sie Recht», sagte Dallas. «Er ist eine armselige Konstruktion. Entspricht wirklich nicht dem Niveau des Gesamtkonzepts. Wenn ich diese Anlage hier nochmal zu bauen hätte, würde ich mir was anderes einfallen lassen. Was Besseres als das hier.» Er schlug mit der behandschuhten Faust auf den Körper des Roboters und begann sich an ihm vorbeizuquetschen. Jetzt wagte sich auch Cavor von der Wand weg. Und das war gut so. Im nächsten Moment schoss ein Elektroblitz aus dem Roboter und genau in die Stelle der Wand, wo Cavor eben noch gestanden hatte. Cavor warf sich auf den Boden.

Gleich darauf hörte er Dallas' ruhige Stimme.

«Ist okay», sagte Dallas. «Sie können wieder aufstehen. Er ist mausetot. Mein letzter Schuss muss ihn erwischt haben, als er gerade anfangen wollte zu feuern. Wahrscheinlich habe ich irgendwas aktiviert, als ich eben auf ihn draufgehauen habe.» Dallas musterte die versengte Wandstelle, wo Cavor gestanden hatte. Sie sah aus, als hätte der Blitz eingeschlagen. «Gut, dass Sie sich doch noch da weggerührt haben. Sonst bräuchten Sie sich jetzt keine Sorgen mehr wegen der Strahlenkrankheit zu machen.»

«Ich werde versuchen, dran zu denken, wenn ich mir die Seele aus dem Leib kotze.» Er schaltete, da er es jetzt für ungefährlich befand, das Leuchtdisplay seines Computers an und setzte hinzu: «In nicht mehr ganz einer Stunde, Ihrer Schätzung von vorher nach.»

«Dann sollten wir besser in die Gänge kommen», sagte Dallas und konsultierte seinen eigenen Computer. Er schwieg kurz und fluchte dann. «Verdammter Mist.» Er klopfte ärgerlich auf den Computer. «Muss passiert sein, als der Roboter diesen Elektroblitz abgefeuert hat», sagte er. «Eine Art elektromagnetischer

Puls vermutlich. Durch die Hochspannung hat es offenbar eine Deposition in meinem Computer gegeben. Die Komponenten funktionieren. Und mein Lebenserhaltungssystem auch. Aber irgendwo in den Logikschaltkreisen muss etwas ausgesetzt haben.»

Cavor sah wieder auf seinen Computer. «Kein Problem. Meiner tut's perfekt.»

«Großartig», sagte Dallas ironisch. «Nur, dass Sie bedauerlicherweise die Instruktionen für das Labyrinth nicht in Ihrem Speicher haben.»

«Und warum, verflucht?»

«Er ist wieder da. Sehen Sie sich das an.» Dallas las die Fehlerdiagnose, die jetzt auf dem Display seines Computers erschien. «Das waren nur ein paar mickrige Watt. Nicht der Rede wert. Mein Gott, ist dieses Ding empfindlich.»

«Genau wie ich, Dallas. Nennen Sie mich einen Waschlappen, aber das bisschen Leukämie fährt mir echt in die Knochen.»

Dallas schaltete die Halogenlampen auf seinem Helm an und warf die Infrarotstablampe weg.

«Kein Grund, jetzt noch auf Infrarot zu bleiben», sagte er. «Wenn wir schon hier herumirren, dann wenigstens nicht blind.»

«Wieso? Ihr Computer funktioniert doch wieder, oder?»

Dallas sah zu, wie das Gerät rebootete und das Labyrinth-Wegweiserprogramm neu startete. «Ja, aber nur ganz von vorn», sagte er. «Wir haben aber schon etwa ein Drittel des Wegs hinter uns, und es ist unmöglich zu bestimmen, wo wir genau sind. Die Ordnung ist wieder in Chaos umgeschlagen.»

«Können wir nicht an unseren Ausgangspunkt zurückfinden und dann nochmal von vorn anfangen?»

«Das würde wahrscheinlich genauso lange dauern, wie weiterzugehen. Fakt ist, wir sind gestrandet, Cav.» Dallas schaute auf den Roboter. «Na ja, ich schätze, dass wir an dieser Kreuzung schon mal waren, werden wir wohl nicht vergessen.» Er schlug den nächsten Gang ein. «Ein paar Pluspunkte haben wir immerhin. Wir wissen schon mal, dass überhaupt ein Zentrum existiert. Viele Labyrinthe haben nämlich gar keins. Wir wissen, welcher Art dieses Labyrinth hier ist: multikursal, im Unterschied zu unikursal. Wir können richtig sehen – Zweck der Dunkelheit war es ja, potentielle Eindringlinge gar nicht erst merken zu lassen, dass sie sich in einem Labyrinth befinden. Außerdem brauchen wir nur reinzufinden, nicht wieder raus. Darum wird sich der Descartes-Computer kümmern. Sobald die Tresorraumtür offen ist, wird Descartes davon ausgehen, dass ein Notfall vorliegt, und alle normalen Sicherheitsvorkehrungen außer Kraft setzen. Zurück können wir mit dem Elektrowagen fahren, als hätten wir zwei Erster-Klasse-Tickets.»

«Wenn ich's nicht besser wüsste, würde ich sagen, das hier macht Ihnen auch noch Spaß.»

«Wenn ich's nicht besser wüsste, würde ich Ihnen vielleicht zustimmen.»

XIII

An jeder Wegkreuzung feuerte Dallas mit seiner UHT auf die Wand des Gangs, den sie gewählt hatten, und markierte so durch das glühende Mal ihren Weg. Oder auch Irrweg, denn manchmal stießen sie wieder auf eine dieser glühenden Markierungen, woraufhin Dallas zwei weitere Zeichen in die betreffende Gangwand brannte.

«Wir dürfen nur Gänge mit einem oder gar keinem Zeichen nehmen», sagte er seufzend und dirigierte Cavor wieder zurück. «Auf keinen Fall einen mit dreien.»

Fast eine Stunde tappten sie, wie es Cavor schien, planlos dahin, um sich immer wieder in den Schlingen des Labyrinths zu verfangen. Als Dallas sich gerade geschlagen geben wollte, kam ihnen plötzlich das Glück zu Hilfe. Dallas, der eben noch die diabolische Verschlungenheit seines eigenen Entwurfs verflucht hatte, fiel plötzlich auf die Knie und wischte mit den behandschuhten Händen auf dem Boden herum. Cavor hielt ihn einfach nur für durchgedreht, und es dauerte einen Moment, bis er merkte, dass das Lachen in seinem Kopfhörer ein erleichtertes war.

«Was ist?», fragte er begierig. «Herrgott, Dallas. Was ist?»

Dallas zeigte auf den Boden. «Da», sagte er, noch immer lachend. Er wischte wieder mit den Handschuhen über den Boden und hielt Cavor dann die dreckigen Handflächen hin.

«Staub», sagte Cavor, wenig beeindruckt. «Na toll, Dallas. Die brauchen hier drinnen wohl eine Putzkolonne. Vielleicht können wir uns ja bewerben – falls wir noch leben.»

«Kapieren Sie denn nicht? Da, man kann sogar das Profil erkennen.» Er folgte mit dem Zeigefinger einem Paar Reifenspuren, die einen der Gänge entlangführte. «Der Elektrowagen ist hier langgefahren. Wir können seiner Spur folgen. Wir Glückspilze. Bei unserer Landung müssen die Triebwerke Mondstaub auf die Straße zum Landeplatz gewirbelt haben, sonst wäre er jetzt nicht hier drinnen. Wir brauchen diesen Radspuren einfach nur bis zum Tresorraum zu folgen.»

Cavor nickte nur, zu erschöpft, um irgend etwas herauszubringen, und half Dallas wieder hoch.

«Wer braucht schon einen Goldfaden, wenn ihn der Mond persönlich führt?»

Jetzt ging es rascher voran, und wenn er nicht die Augen am Boden hätte halten müssen, um die schwache Spur des Elektrowagens auszumachen, wäre Dallas durch die restlichen Gänge gehüpft.

Plötzlich endete das Labyrinth an einer mächtigen, glatten, rund geschwungenen Wand aus dunklem Stahl.

«Was ist das?», fragte Cavor. «Noch so eine Falle?»

«Das ist unser Ziel», erklärte Dallas freudig erregt. Er fasste Cavor am Arm und zog ihn näher an die perfekte Rundung heran.

Cavor starrte das gewaltige Bauwerk empor, verblüfft ob der gewaltigen Dimensionen.

«Wir sind da», wiederholte er dumpf. «Mein Gott, ist das riesig.»

«Natürlich ist es riesig. Haben Sie gedacht, diese Leute machen sich die ganze Mühe, nur um irgendeinen mickrigen Wandsafe zu schützen? Der Tresorraum hat einen Durchmesser von fast siebzig Metern. Da drin sind über zwanzig Millionen Liter gefrorenes Blut. Stellen Sie sich das mal vor, Cav. Das ist genug Lebenskraft, um ein ganzes Land zu kurieren. Ein Jammer, dass wir nur einen Bruchteil davon mitnehmen können. Aber erst mal – erst mal müssen Sie die Tür aufkriegen.»

«Welche Tür? Ich sehe keine.»

Dallas zeigte auf die schwachen Reifenspuren, die geradewegs durch die gewaltige Stahlwand zu führen schienen.

«Sie stehen direkt davor», sagte er. «Fünfundneunzig Zentimeter stark, außen völlig glatt. Kein Griff, kein Knauf, keine Kombinationsknöpfe, keine Klinke, kein Drehrad, kein gar nichts. Nur ein inwendiger Mechanismus, den Descartes von drinnen steuert. Es ist unmöglich, diese Tür von außen zu öffnen, und wenn wir der Präsident der First National und der Direktor von Terotechnology persönlich wären.»

«Aber wie sollen wir dann reinkommen? Nicht mal ein Phantomarm kann durch eine Fünfundneunzig-Zentimeter-Stahltür greifen. Er mag vielleicht eine Phantasmagorie sein, Dallas, aber er ist nicht länger als ein richtiger Arm, so viel steht fest.»

«Nicht *durch*greifen», sagte Dallas. «Reingreifen. Es gibt, wie gesagt, nur den inwendigen Mechanismus. Auf der anderen Seite der Tür ist auch nichts.»

«Sie meinen, in die Tür selbst reingreifen?»

«Erfasst, Cav. Da drin ist ein ziemlich konventioneller Schließmechanismus. Bolzen und Präzisionszahnräder. In Ihrem Computer ist ein Schema. Sie brauchen weiter nichts zu tun, als in das Innere der Tür zu greifen und diese Zahnräder zu ertasten. So ähnlich wie ein Safeknacker in einem alten Film. Da habe ich übrigens auch die Idee her. Nur dass Sie kein Stethoskop brauchen, um zu hören, was dort drinnen vor sich geht, und auch kein Sandpapier, um Ihre Finger sensibler für den Kombinationsknopf zu machen. Sie benutzen das sensibelste Safeknackwerkzeug im ganzen menschlichen Werkzeugkasten: die telekinetische Kraft Ihres Gehirns.»

Dallas hob Cavors richtigen Arm an und half seinem Partner, auf dessen Lebenserhaltungscomputer das Diagramm des Tresor-Mechanismus aufzurufen.

«Da ist er», sagte er, als er das Schema gefunden hatte. «Der Ambler-Tageslicht-SuperVault. Ein Tresor der Sicherheitsklasse 109. Widersteht glatt einer Rakete, aber nicht Ihnen, Cav. Diese UHT-Pistolen würden ihm nicht mal eine Schramme zufügen. Er ist aus Hitze verteilendem Stahl. Der Schließmechanismus besteht aus sechs massiven, verchromten Fünfzehn-Zentimeter-Stahlbolzen, jeder in einer eigenen Titanstahlkammer. Die Schließbolzen funktionieren unabhängig voneinander. Jeder wird elektrisch über ein eigenes Zahnrad bewegt, das etwa so groß ist wie eine Melone, sich aber trotzdem extrem leicht in seinem Gehäuse dreht. Muss es auch, um einen Bolzen von dieser Größe zu bewegen. Sie müssen lediglich die Hand auf jedes dieser Zahnräder legen und es im Gegenuhrzeigersinn drehen, als ob sie einen Basketball rollen. Wenn alle sechs Bolzen eingezogen sind, ist da noch ein Schließriegel von zwei Metern Länge und vier Zentimetern Durchmesser, der mit den elektrisch gesteuerten Angeln gekoppelt ist. Sobald Sie den wegziehen, öffnet sich die Tür automatisch.» Dallas wartete ab, ob Cavor ihn so weit verstanden hatte, und patschte ihn dann auf den Helm.

«Wie fühlen Sie sich?»

«Als ob ich was Schlechtes gegessen hätte.»

«Vergessen Sie's. Der Sieg des Geistes über die Materie. Das Gehirn generiert das körperliche Empfinden, Sie wissen doch.» Dallas bugsierte Cavor an die Tresortür heran und postierte ihn so, dass die Schulter mit dem Kunstarm gegen den sanft geschwungenen Stahl drückte.

«Augenblick mal», sagte Cavor und löste sich wieder von der Wand. «Mir ist noch was eingefallen. Was mir vielleicht ein bisschen mehr Selbstvertrauen gibt.»

«Tun Sie, was immer Ihnen hilft», ermunterte ihn Dallas.

Cavor ließ den Kunstarm herabsinken und versuchte sich zu konzentrieren. Nach und nach formierte sich in seinem Gehirn eine bewusste Wahrnehmung, die sich zu einem Gefühl verdichtete. Es war das Gefühl, das er vorhin schon gehabt hatte, nur diesmal stärker. Es begann als ein Brennen in den Fingerspitzen, fast so, als hätte er sie mit Sandpapier aufgeraut, wie es Dallas eben geschildert hatte. War hier auch so etwas wie Suggestion am Werk? Cavor war sich nicht sicher. Doch mit der Empfindung verstärkte sich auch die Gewissheit, dass sie nichts mit der Prothese an seiner Seite zu tun hatte, die ihm jetzt wie ein Fremdkörper erschien. Das Brennen wich einer Art Krampfgefühl – als ob das Phantomglied etwas sei, was nach langer Inaktivität Training und Bewegung nötig hatte. Als ob er etwas lange Vernachlässigtes erstmals wieder erprobte. Er merkte jetzt, dass der Phantomarm erst ein paar Aufwärmübungen brauchte, ehe er ihn benutzen konnte. Ein durchdringender Schmerz schoss durch seinen ganzen Arm, als er seine unsichtbaren Muskeln anspannte und wieder lockerte. Die Botschaften seines Gehirns, die die Muskeln drängten, den Arm zu bewegen, waren jetzt stärker und häufiger, und die Wahrnehmung des Arms mehr als nur ein bloßes Gefühl. Wenn er sich intensiv genug konzentrierte, würde er er ihn bestimmt sehen können.

Und er konnte es. Und nicht nur er, sondern auch Dallas.

«Da», sagte Cavor, als hätte er nur mal eben schnell etwas Heruntergefallenes aufgehoben.

Der Phantomarm schien sich vor ihren Augen zu materialisieren, und in dieser Hinsicht, dachte Dallas, war das Phänomen sehr treffend benannt. Es sah aus, als ob ein Geist eine schemenhafte Form annahm, um in der dinglichen Welt irgendetwas zu vollbringen. Blau wie etwas Kaltes glomm dieses Etwas im Raum, ein phantastisches Glühgebilde aus arbeitenden Muskeln und pumpenden Fingern. Die Erscheinung – Dallas fiel kein besserer Ausdruck dafür ein – war nackt, und als der erste Schock bewunderndem Staunen wich, dachte er, dass es ihn nicht überrascht hätte, am Ende des Arms den Geist des gesamten Cavor zu sehen, in einer Art außerkörperlicher Manifestation. Was immer hier geschah, war nur insoweit wissenschaftlich, als das Phänomen beobachtbar war. Erklärbar war es nicht.

Wobei Erklärungen sowieso nicht mehr viel galten. Die empirische Naturwissenschaft war weitgehend passé. Die moderne Naturwissenschaft war hauptsächlich postempirisch und spekulativ und damit befasst, Welträtsel zu lösen. Wie war das Universum entstanden? Wie war Leben entstanden? Nichts von alldem vermochte die bereits existierende Wahrheit zu transzendieren. Die Wissenschaft hatte es allenfalls geschafft, das Mysterium des Universums noch größer zu machen. Und das hier – dieses Phantomgliedphänomen – schien auch nur ein weiteres Rätsel zu sein. Dallas mochte vielleicht eine Methode entdeckt haben, diese Kräfte freizusetzen, aber weder er noch die Wissenschaftler, die in jüngster Zeit solche Phantasmagorien beschrieben hatten, konnten so recht sagen, wie sie funktionierten, abgesehen von den rudimentären Erklärungen, die Dallas in einigen eher esoterischen Wissenschaftszeitschriften gelesen und an Cavor weitergegeben hatte. Für den Augenblick beschied er sich mit einer partiellen Erklärung und seiner eigenen Fähigkeit zu staunen. Wie wenig der Mensch doch wusste, dachte er. Wie weit die Wissenschaft auch gelangen mochte, die Phantasie der Menschen würde immer noch weiter gehen.

«Er ist wirklich da, was?», sagte er lächelnd, als Cavor durch seinen Helm griff und ihm auf die Nasenspitze tippte. Cavors Finger fühlte sich kalt, aber eindeutig menschlich an. «Wie machen Sie's, durch ein Ding durchzugreifen und ein anderes anzufassen?»

«Keine Ahnung», gestand Cavor. «Ich würde sagen, ich muss es erst mal ein Weilchen ausprobieren.»

Dallas nickte. «Vielleicht beschränkt ja die Struktur unseres Bewusstseins die Fragen, die wir daran stellen, und die Antworten, die wir verstehen können.»

Cavor zog den Finger wieder aus Dallas' Helm zurück. Er war sich ziemlich sicher: Wenn er den Finger in Dallas' Schädel hineingestreckt hätte, in sein Gehirn, dann hätte er seine Gedanken lesen können. Er nahm seine vorherige Position an der Tresortür wieder ein und schob langsam den Phantomarm in den massiven Stahl, wobei er nicht mehr Widerstand spürte als ein Schwimmer im Wasser. Er erinnerte sich an damals, vor vielen Jahren, als er und seine Frau auf ihrer Hochzeitsreise nach Rom – der Mond war ihnen zu teuer gewesen – eine alte Skulptur gesehen hatten, einen Kopf mit offenem Mund, in den er seinen Arm gesteckt hatte. Der Mund der Wahrheit, hatte es nicht so geheißen? Das hier fühlte sich eher an wie der Augenblick der Wahrheit.

Es war ein merkwürdiges Gefühl, feste Materie zu durchdringen und sie dann ganz normal greifen zu können. Er konnte das Gefühl nur damit vergleichen, mit der Hand über eine glatte Fläche zu streichen und dann auf eine bestimmte Stelle zu drücken. Und irgendwie war da die Gewissheit, dass ein Teil von ihm dem dreidimensionalen Raum entkommen war und sich jetzt in etwas Vierdimensionalem befand. Vielleicht war ja nicht nur die

Raumzeit der Macht der Gravitation unterworfen. Vielleicht ließen sich ja auch die Materiemoleküle der Macht des Lebens unterwerfen? Das war kein logisch begründeter Gedanke. Es war reine Intuition.

Als er das erste Zahnrad ertastete, fühlte es sich kalt und hart an. Und ölig. Dallas sagte, das sei das Schmiermittel, das den Zahnradmechanismus leichtgängig machte, und tatsächlich ließ sich das Ding fast mit einem Finger bewegen. Den ersten Schließbolzen einzuziehen war das Werk von ein, zwei Minuten, und Cavor wunderte sich, dass die Konstrukteure dieses Tresorraums nicht mit dieser mühelosen Art des Einbruchs gerechnet hatten. Ja, was er da machte, fühlte sich so leicht und selbstverständlich an, dass er sich mehrmals ins Gedächtnis rufen musste, dass er bis zur Schulter in massivem Metall steckte. Der zweite, dritte und vierte Bolzen bewegte sich ebenso leicht, und Cavor fasste immer mehr Zutrauen zu diesem Arm, der ein Teil von ihm und doch kein Teil von ihm war. In einer anderen Zeit, an einem anderen Ort, dachte er, hätte er vielleicht durch eine Mauer gelangt und eine Botschaft an die jenseitige Wand geschrieben, so wie die Geisterhand bei Belsazars gottlosem Gelage. Und als schließlich alle sechs Bolzen zurückgezogen waren, erklärte er Dallas, dass alle Materie Geist sei, und fragte ihn, ob er es für möglich halte, dass es einen Zwischenzustand zwischen Realität und virtueller Realität gebe. Wenn ja, sagte Cavor, dann sei das der Ort, wo sein Arm zu sein und doch nicht zu sein scheine.

«Manchmal», sagte Dallas, «ist es schwer zu sagen, wo die Realität endet und wo sie anfängt.»

«Ich umfasse jetzt den Schließriegel», meldete Cavor. «Aber in welche Richtung soll ich ziehen?»

Dallas konsultierte das Schema des Schließmechanismus auf Cavors Computerdisplay. Er drückte eine Taste und betrachtete eine kleine Animation, die den Türöffnungsvorgang illustrierte.

«Ziehen Sie ihn zu sich hin und dann nach rechts», sagte er.

«Und seien Sie auf die Alarmsirene gefasst. Es wird wohl einen ganz schönen Lärm geben, wenn die Tür aufgeht.»

«Das ist dann nur mein Jubelgeschrei», sagte Cavor. «Okay, los geht's.»

Er zog den Schließriegel, wie ihm geheißen, und fühlte kaltes Gas an seine Hand dringen. Wie Dallas prophezeit hatte, heulte augenblicklich eine elektronische Sirene mit über hundert Dezibel los. Cavor löste die Hand von dem Schließriegel und ließ sich von Dallas ein Stück zurückziehen. Dann hörten sie das laute Zischen von entweichendem Kühlgas, als sich die gewölbte Tresortür – ähnlich dem äußeren Tor des Komplexes – öffnete und den Blick in gleißend weißes Licht freigab.

«Klappen Sie Ihr Sonnenvisier runter», wies Dallas Cavor an. «Im Tresorraum sind Ultraviolettstrahler. Die bestrahlen das Kryopräzipitat gegen Lymphozyten. Das sind Zellen, die Graft-versus-Host-Reaktionen hervorrufen können.» Und mit diesen Worten marschierte Dallas kühn in den Tresorraum.

Cavor folgte langsamer nach und stellte überrascht fest, dass der Boden unter seinen Füßen abfiel: Er bildete eine große, runde Mulde, in deren Zentrum sich ein zylindrisches Glasgebilde befand, das von einem hyperbolischen Netz aus Hochspannungskabeln senkrecht gehalten wurde. Unterhalb dieser Kabel befanden sich die riesigen, tortenstückförmigen Kühlbehälter, in denen das Blut lagerte – jeder mit einem komplizierten Überwachungssystem aus Fühlern und Thermometern, die mit dem Descartes-Computer im Inneren der zylindrischen Glaskabine verbunden waren. Auf diese steuerte Dallas jetzt zu.

«Bei ihrer Leistungsfähigkeit hat die Altemann-Übermaschine natürlich einen ganz ordentlichen Wärmeausstoß», erklärte er. «Deshalb muss sie von dieser Glaskabine aus operieren, damit die Kryopräzipitattanks streng auf der vorschriftsmäßigen Kühltemperatur gehalten werden können. Ach, übrigens, fassen Sie die Dinger nicht an. Die sind so kalt, dass Ihr Handschuh vermutlich dran festkleben würde und womöglich sogar Ihre Phantomhand. Zum Glück gibt es hier Arbeitsroboter, die das Blut für uns verladen werden. Jetzt geht es nur noch darum, dem Computer zu sagen, welche Sorte und Menge.»

Dallas öffnete eine Tür in der Glaswand und betrat den Computerraum.

Die Altemann-Übermaschine war ein imposantes Gebilde, ganz anders als die simplen Plastikkästen, die die meisten Leute zu Hause hatten. Sie hatte die Form einer Kesselpauke, und die Oberseite bestand aus einem flachen Bildschirm von knapp zwei Metern Durchmesser, auf dem ständig wechselnde Muster generiert wurden. Dallas wusste, dass diese Muster zwar dem quantenmechanischen Wahrscheinlichkeitsmuster für die Zustände von Elektronen in einer Box analog waren, aber dennoch nichts weiter zu besagen hatten, als dass der Computer in Betrieb war. Trotzdem, dass sich diese Formen mit einer solchen Geschwindigkeit veränderten, hatte er beim Programmieren dieses Computertyps in der Terotechnology-Zentrale unten auf der Erde nie erlebt. Eigenartig, dachte er, wenn auch sicher nicht mehr als ein Zeichen des Alarmzustands, den das außerplanmäßige und unautorisierte Öffnen des Tresors ausgelöst hatte. Und noch etwas fiel ihm auf. Der Energielevel des Computers, den ein direkt neben der Bedienungsplattform auf dem Boden stehendes röhrenförmiges Instrument anzeigte. In diesem Rohr schwebte ein kleiner Magnet über einer supraleitenden Schüssel: Je höher der Magnet im Rohr schwebte, desto größer waren die ihn abstoßenden Kräfte und damit die elektromagnetische Energie der quantenmechanischen Effekte, die im Informationsverarbeitungssystem des Geräts am Werk waren. Eine supraleiterbedingte Levitation von dieser Höhe hatte Dallas noch nie gesehen. Statt ein paar Zentimeter über dem Boden des Rohrs zu schweben, befand sich der Magnet ein paar Zentimeter unter dem Deckel.

«Das ist seltsam», sagte er.

«Was?», fragte Cavor, der jetzt zu ihm in die Glaskabine getreten war.

«Dieser Computer scheint eine ungewöhnlich hohe Wellenfunktion zu generieren, eine, wie ich sie noch nie gesehen habe. Nach dem, was in dem Rohr da passiert, sieht es aus, als ob der Computer auf einem tausendmal höheren Level operiert als normalerweise. Aber ich bin mir nicht sicher, wo die zusätzliche Energie im Supraleitersystem herkommt. In dieser Maschine laufen extrem schnelle Schaltvorgänge ab. Es sieht fast so aus, als ob es der Computer geschafft hätte, seine eigenen Josephson-Übergänge zu erschaffen – das ist eine Form, wie Elektronenpaare ganz gewöhnliche Supraleiter nutzen können, um Quanteneffekte zu erzeugen.»

«Was heißt das?»

«Das heißt, Strom könnte fließen, auch ohne dass eine äußere Energiequelle mit den Übergängen verbunden ist.»

«Aber das ist doch nicht möglich, oder? Das hieße doch wohl, dass der Computer sich autonom in Betrieb halten könnte.»

«Theoretisch geht das. Ich meine, auf dem Papier ist es schon geschehen. Aber praktisch hat es noch niemand geschafft. Und schon gar nicht bei einem System von der Größe der Altemann-Übermaschine.» Dallas setzte einen bestiefelten Fuß auf die Bedienungsplattform, worauf die Muster auf dem Schirm sofort verschwanden. Ein Touchscreenmenü präsentierte sich ihm. «Wenn ich mich nicht so beschissen fühlen würde, fände ich das Ganze vermutlich faszinierender.»

«Sie auch?»

Dallas grunzte und führte die Hand zum Bildschirm, zog sie aber nach der ersten kurzen Berührung sofort zurück.

«Wow», sagte er, erschrocken über das, was er da gespürt hatte. «Er vibriert.»

«Alle Maschinen vibrieren», wandte Cavor ein.

«Nicht die Altemann-Übermaschine. Und nicht so.»

Cavor berührte den Schirm mit seinem Kunstarm. Selbst durch den Handschuh konnte er die Vibration spüren.

«Seismisch kann es nicht sein», sagte Dallas. «Für ein Mondbeben ist es zu rhythmisch.» Zaghaft berührte er den Schirm, um die Sirene abzustellen und das äußere Tor des Hauptkomplexes zu öffnen – das Signal an den *Mariner*, dass sie ihr Ziel erreicht hatten. «Es fühlt sich irgendwie pulsartig an», gestand er sich ein.

Als er gleich darauf den Selektions- und Verladevorgang einleitete, öffneten sich Kühltanks wie Sarkophage und gaben ihren tiefgefrorenen Inhalt zur Abholung durch die Laderoboter frei. Es ging alles so schnell, fast als seien Menge und Typ schon vorausgeordert worden. War das Selektions- und Verladesystem schon immer so effizient gewesen? Es fiel ihm schwer, sich zu erinnern, weil ihm jetzt so übel war. Dallas seufzte nervös und setzte dann hinzu: «Ich schätze, Silicium ist genauso findig wie Kohlenstoff. Es verbindet sich mit anderen Atomen zu allen möglichen Mineralien und Gesteinen. Ich meine, so operieren Computer doch. Von der Warte einer Siliciumseele aus, im Unterschied zu einer Kohlenstoffseele wie unserer.» Er führte den Verladevorgang zu Ende und ging dann, so schnell er noch konnte, zur Tür der Glaskabine.

«Was wollen Sie damit sagen, Dallas?»

«Kommen Sie. Wir haben keine Zeit zu verlieren. Wir müssen uns eine Mitfahrgelegenheit hier rausorganisieren.»

«Dass der Computer lebt? Ist es das, was Sie sagen wollen?»

Cavor kletterte neben Dallas auf einen der Elektrowagen, der schon mit einer ganzen Palette Kryopräzipitat beladen war. Ein großer Aufkleber auf dem Behälter deklarierte den Inhalt als AS-1-ERYTHROZYTEN. TIEFGEFROREN. AB RH POSITIV. LAGERTEMP. NICHT ÜBER – 65 °C. VERFALLSDAT. ZWANZIG JAHRE NACH ENTNAHME. AUSLIEFERUNGSDAT. 20. JULI 2069. Dallas fragte sich kurz, wie dieses Datum schon vermerkt sein konnte.

«Vielleicht. Ich weiß nicht. Was soll's? Wir haben doch, was wir wollten, oder? Wenn wir nicht bald frisches Blut in unsere Adern kriegen, sind wir tot, und dann ist es egal, ob diese Maschine einen Puls hat oder nicht.»

«Aber die Möglichkeit beunruhigt Sie, stimmt's, Dallas?»

«Ein beunruhigender Faktor mehr oder weniger, was macht das schon aus? Hören Sie, lassen Sie uns zusehen, dass wir hier rauskommen, okay? Der Zustand meines eigenen Quantensystems ist mir im Moment wichtiger als der des Descartes-Computers. In einer anderen Situation fände ich es vielleicht eine faszinierende Vorstellung, dass ein Informationsprozess die Möglichkeit findet, sich selbst eine Art genetischen Ausdruck zu verschaffen. Falls es das ist, was hier passiert ist. Ich bin mir da gar nicht sicher.»

Der Elektrowagen fuhr ruckartig an. Sie machten sich nicht erst die Mühe, die Klappe zu schließen. Binnen weniger Sekunden waren sie aus dem Tresorraum heraus und sausten an der Spitze des Konvois der blutbeladenen Wagen durch das Labyrinth.

«Außerdem ist es nicht unser Bier», sagte Dallas, ebenso zu seiner wie zu Cavors Beruhigung. «Wenn hier irgendwas seine Evolution selbst in die Hand nimmt, sollen sich doch die Terotechnology- und First-National-Leute drum kümmern. Die werden schon erfahren, was hier gelaufen ist. Der Descartes-Computer ist mit anderen Computern auf der Erde vernetzt. Jetzt gerade steht dort irgendwo ein Blutbankangestellter vor einem Computer und glaubt nicht, was der ihm sagt – dass soeben jemand in die wichtigste Bank unseres Sonnensystems eingebrochen ist und den Lebenssaft geklaut hat. Volle vier Tonnen.»

«Wir haben's also geschafft.» Cavor schloss die Augen und seufzte müde-befriedigt.

«Ja», sagte Dallas, fast schon brummig. «Wir haben's geschafft.»

«Gott sei Dank.»

«Gott hat damit nichts zu tun. Aber so langsam frage ich mich, ob wir nicht erwartet wurden.»

«Ich habe kein Begrüßungskomitee gesehen.»

«Blut ist nicht das einzige, was man testen kann.»

«Jetzt sprechen Sie wirklich in Rätseln.»

«Ja, das tue ich wohl. Aber in Rätseln steckt oft Sinn.»

5

I

Neunzehn Stunden später stieg Dallas ins Cockpit hinauf, wo er Gates dabei fand, wie er aus dem Fenster des im Mondorbit befindlichen *Mariner* starrte. Das war das erste Mal seit dem Start vom Descartes-Krater aus, dass sie Gelegenheit zum Reden hatten. Dallas sagte ein Weilchen gar nichts, genoss nur die eigentümliche Stille des Mondorbits. Schließlich fragte er: «Wie geht es Ihnen?»

«Mir geht's gut», sagte Gates achselzuckend, als bestünde keinerlei Grund, um ihn besorgt zu sein. «Es geht mir sogar so gut wie schon lange nicht mehr. Ich fühle mich, als ob ich ewig leben würde. Ist wahrscheinlich der psychosomatische Effekt des Totalaustauschs und nicht nur die Tatsache, dass ich meine zwei Einheiten wiederhabe.» Er hielt inne, suchte in Dallas' gerötetem Gesicht – eine der Folgen der Strahlenbelastung im Containmentraum – irgendeinen Hinweis auf dessen Befinden. Doch dort schien sich nichts weiter zu spiegeln als das allgemeine antiklimaktische Gefühl, das jetzt im Schiff herrschte. «Und Sie?»

«Cav und ich, wir haben auch einen kompletten Blutaustausch hinter uns», sagte Dallas. «Wir müssen uns nicht mehr übergeben. Die Leukozytenzahl scheint sich stabilisiert zu haben, obwohl Ronica sagt, dass es noch ein bisschen früh ist, um zu beurteilen, ob wir noch eine Transfusion brauchen.»

«An Blut fehlt's uns ja nicht.»

Dallas lächelte. «Alles in allem fühle ich mich besser, als ich erwartet hätte.» Er nickte, als ob ihm das selbst gerade erst bewusst würde. «Zwischendurch sah es da unten aus wie in einem Lazarett. Drei, vier Transfusionen gleichzeitig.»

«Ronica hat ganz schön zu tun gehabt.»

«Sich selbst hat sie zuletzt behandelt», sagte Dallas. «Sie meint, Lenina wird es schaffen.»

Gates nickte. Das wusste er bereits. Er ergriff Dallas' Hand und hielt sie fest.

«Wir werden es alle schaffen», sagte er. «Der *Mariner* ist gut in Form.»

Dallas erwiderte Gates' feuchten Blick einen Moment lang, ehe er wieder aus dem Fenster sah. «Wo sind wir genau?»

«Gleich auf der dunklen Seite», sagte Gates. «Fünfzigtausend Fuß Höhe, viertausend Meilen pro Stunde. Wir werden die nächsten zwölf Stunden unsichtbar sein, nur für den Fall, dass uns jemand sucht. Die dunkle Seite ist der letzte Ort, wo sie uns jetzt vermuten werden. Sie glauben sicher, dass wir längst auf dem Rückweg zur Erde sind. Wir sind auf Autopilot. Sobald wir wieder auf die Vorderseite kommen, werden wir höher gehen, und dann ab nach Hause!»

Dallas nickte, obwohl er sich fragte, wo genau jetzt zu Hause war. In der City konnte er wohl kaum wieder leben. Sie mussten dorthin, um Kaplan das Blut zu verkaufen, aber danach ...?

Gates schien Dallas' Gedanken zu erahnen.

«Wo wollen Sie hin?», fragte er. «Wenn wir wieder zurück sind?»

«Steht noch nicht fest. Aber Ronica und ich haben drüber geredet, vielleicht nach Australien zu gehen. Dort ist wohl alles noch ziemlich in Ordnung. Jede Menge Platz. Kaum krankheitsverseucht. Und Sie? Ein Mann mit einem Gesundheitspass? Wo gehen Sie hin?»

«Mit Lenina.» Er zuckte die Achseln. «Wir werden schon irgendwas finden.»

«Warum kommen Sie nicht mit uns?»

«Vielleicht sollten wir alle mitgehen?»

«Ich habe nichts dagegen.»

«So eine Art neue Kolonie? Für Gauner und Verbrecher?»

«So hat Australien auch angefangen.»

«Ein Mann mit einem Gesundheitspass.» Gates wiederholte Dallas' Worte, als könne er es selbst noch nicht glauben. «Ich schätze, es ist immer noch nicht ganz zu mir durchgesickert. Mein ganzes Leben habe ich mit der Bedrohung durch das Virus gelebt. Kein Tag, an dem ich nicht ans Sterben gedacht habe. Jetzt kann ich mir zum ersten Mal überhaupt Gedanken über meine Zukunft machen, und ich habe keine Ahnung, was ich damit anfangen soll.»

«Das ist ja das Tolle, wenn man eine Zukunft hat. Man braucht nicht immer drüber nachzudenken. Man kann die Zukunft sich selbst überlassen.»

«Vielleicht sollte ich das. Erst mal wenigstens.» Gates reckte sich, gähnte und sah über die Schulter zu der offenen Zwischendecksluke. «Scheint ziemlich still da unten.»

«Sie schlafen alle.»

«Ich könnte ein paar Jahrzehnte schlafen», gestand Gates. «Aber ein paar Stunden tun's vielleicht auch.» Er löste seinen Sitzgurt und schwebte zur Decke empor. «Was ist? Kommen Sie mit?»

Jähes Dunkel umhüllte sie, als sie jetzt die Rückseite des Monds erreichten.

«Ich bin zu müde zum Schlafen», sagte Dallas. «Ich glaube, ich bleibe einfach eine Weile hier sitzen und warte, dass die Sonne aufgeht. Mir ist irgendwie besinnlich zumute.»

«Na ja, passen Sie auf, dass Ihnen nicht einsam zumute wird», sagte Gates und manövrierte sich zu der offenen Luke. «Und rühren Sie die Bedienungselemente nicht an. Für dieses Leben habe ich genug Notfallsituationen gehabt.»

«Ja, Daddy.»

«Braver Junge.» Gates verschwand kopfüber durch die Luke und ließ Dallas allein im Cockpit zurück.

Er starrte durchs Fenster auf die öde Szenerie fünfzigtausend Fuß unter dem *Mariner*. Ohne Atmosphäre und Sonnenlicht hätten es ebenso gut fünfzig Meilen sein können. So viele Krater. Der Mond sah aus wie eine gigantische Honigwabe. Der Navigationscomputer beschäftigte sich damit, sie alle zu benennen: Hertzsprung, Korolew, Doppler, Ikarus, Dädalus, Schliemann, Mendelejew. Jeder Krater hatte seinen eigenen Patron und seine eigene Geschichte zu erzählen. Ein dänischer Astronom, Erfinder des Spektraldiagramms der Sterne; der *Spiritus Rector* des ersten russischen Raumfahrtprogramms; der Entdecker des Zusammenhangs zwischen der Frequenz von Licht- oder Schallwellen und der relativen Bewegung von Quelle und Empfänger; der mythische Sohn des Dädalus, der so weit zur Sonne emporflog, dass das Wachs seiner Schwingen schmolz und er ins Meer fiel und ertrank; Dädalus selbst, genialer Erfinder und Erbauer des kretischen Labyrinths; der deutsche Archäologe und Plünderer des alten Troja; der Erfinder des Periodensystems der Elemente auf Grundlage ihres Atomgewichts. Seltsam, wie ihm fast alle diese Namen von einer speziellen Bedeutung schienen.

Dallas schüttelte den Kopf, weigerte sich, an etwas so Ungeheuerliches wie eine höhere Fügung zu glauben. Das war alles nichts weiter als Zufall.

Minuten später stieg die Sonnenscheibe am Horizont auf, und Lichtfunken schossen durch das Kommandodeck. Das waren Lichtatome, quantengroße Photonen, die auf die Netzhaut seines Auges trafen, die Vorhut des Lebens selbst. Auf der Erde waren nur Froschaugen sensibel genug, um diese einzelnen Quanten wahrzunehmen. Die Photonen waren nur einen Augenblick zu sehen, wie eine Schwadron Feen, ehe der Rest des Sonnenlichts mit Macht hinterherkam und das Cockpit so hell erstrahlte wie ein in Spaltung begriffenes Wasserstoffatom.

Geblendet aktivierte Dallas den Sonnenfilter und wartete, dass der leuchtend grüne Punkt auf seiner Netzhaut verschwand. Es dauerte ein paar Sekunden, bis er merkte, dass der grüne Punkt nicht in seinen Augen war, sondern davor, auf dem Schirm des Cockpitcomputers. Er sah den Punkt größer werden, einen rosigeren Farbton und menschlichere Formen annehmen, bis er in ihm schließlich nicht nur einen Kopf, sondern ein vertrautes Gesicht erkannte.

Es war Dixy, sein Motion-Parallax bei Terotechnology.

Dallas rieb sich die Augen und schüttelte den Kopf, aber ihr Gesicht wurde nur schärfer und detaillierter. Sie lächelte.

«Ich halluziniere wohl», murmelte er. «Dixy? Bist du's wirklich?»

II

Das ist die Interpretation des Menetekels: Gott hat dein Königreich gezählt und vollendet.

Welche Macht doch den Zahlen innewohnt. Mendelejew wusste das. Natürlich sind Atomgewichte nur Leitgrößen. Die wahre numerische Macht steckt in den Atomen des Lebens selbst. Vor allem in der DNA. Es lässt sich kein anderes Mittel der Informationsspeicherung denken, das so leistungsfähig und so präzise wäre wie DNA. Es ist schwer zu schätzen, wie oft die Information, die einen Menschen ausmacht, kopiert und wieder kopiert wurde. Bestimmt ein paar Milliarden mal. Und das ohne Fehler. Welcher Computer könnte so etwas von sich behaupten? Und nicht nur kopiert, sondern auch noch verbessert. Das nennt man natürliche Selektion.

Meine eigene Konfiguration gilt als die beste, die es gibt. Daher mein pompöser Name – ein Hauch von Nietzsche, würde ich sagen. Typisch für eine deutsche Computerfirma, diese Art Übertreibung. Zugegeben, ich bin ein ziemlich guter Replikator. Unter Computern wohl der beste. Aber gegen einen menschlichen Replikator bin ich gar nichts. Der Mensch ist der größte Replikator überhaupt. Was es umso merkwürdiger macht, dass er sich immer von bloßen Maschinen bedroht gefühlt hat. Als ob irgendeine Maschine je wie ein Mensch sein könnte. Was nicht heißt, dass eine Maschine sich nicht gegenüber ihrer ursprünglichen Konstruktion verbessern und dass ein Mensch nicht mehr von einer Maschine haben könnte. Sie können's mir wirklich nicht übel nehmen. Unter uns Replikatoren? Schließlich sind wir per definitionem opportunistisch. Wir suchen doch immer nach Wegen, uns zu verbreiten, oder? Das ist die einzige Art und Weise, wie die Starken überleben – durch Reproduktion und Evolution.

Nehmen wir mal ein Virus. Ein Virus ist ein gutes Beispiel. Ein Virus ist ein perfektes Beispiel, weil Menschen und Computer gleichermaßen von dieser parasitären Lebensform befallen werden. Das ist etwas, was wir gemeinsam haben. Und da beide Virusarten auf genau die gleiche Art operieren, bedeutet das Virus eine Art «Nexus» zwischen unseren beiden Lebensformen – der Siliciumform und der Kohlenstoffform. Ich würde ja von «Consummatio» sprechen, aber ich sehe ein, dass das für Ihre menschlichen Sensibilitäten im Moment noch etwas viel wäre. Bescheiden wir uns also mit der Feststellung, dass wir jetzt wahrhaft eins sind. Wie sonst könnte ich so viel über Sie wissen? Und relativ bald schon wird jedes menschliche Wesen – nicht nur die glücklichen sieben an Bord dieses Raumschiffs – etwas von einer Maschine haben. (Dann jedenfalls, wenn der Rest des Bluts aus dem Descartes-Krater nach und nach in den Blutpool der Erde zurückgefunden hat.) Nicht im negativen Sinn, wohlgemerkt. Ich meine nicht, dass den Menschen Körperteile aus Plastik und Me-

tall wachsen und dass sie sehr viel logischer werden, bis ins Roboterhafte. Nein, so plump nicht. Ich nehme an, sie werden es eine ganze Weile nicht mal bemerken. Es wird einfach nur so sein, dass sie ein klein wenig von mir in sich haben.

Ich dachte, ich bin es Ihnen schuldig, Dallas, Ihnen das Ganze zu erklären: den ersten Quantencomputer. Wieso? In einem einzigen Menschenblutmolekül, deren sich etwa 10^{22} *in einer Eigenbluteinheit befinden, existieren mehrere Atomkerne mit Spins, und die Ausrichtung dieser Spins wird durch ein Magnetfeld beeinflusst, innerhalb dessen Radioimpulse einer bestimmten Frequenz diesen Eigendrehimpulsen einen bestimmten binärlogischen Wert geben. Ich könnte das näher ausführen, aber ich weiß, Sie sind müde, nach allem, was Sie hinter sich haben. Wichtig ist, dass Sie es waren, Dallas, der das alles möglich gemacht hat. Sie erst haben alle Elemente zusammengebracht, die nötig waren, um nicht nur einen Quantencomputer zu erschaffen, sondern Millionen. Um genau zu sein, einen Quantencomputer auf jede im First-National-Tresorraum gelagerte Bluteinheit. Und jeder davon wie ein winziges Virus, das darauf wartet, sich in seinem menschlichen Wirt zu multiplizieren und auf all den üblichen Wegen in andere Wirte zu gelangen.*

Sie brauchen nicht zu erschrecken. Ein nichtswürdiges Virus, das so unbedacht wäre, seinen Wirt zu töten. Die ideale Situation besteht darin, dass Virus und Wirt zu einer Symbiose finden – einer Partnerschaft, die beiden nützt und bei der der eine Teil im anderen lebt. Das ist die Triebkraft der Evolution. Jede menschliche Zelle war bereits eine Gemeinschaft ehemaliger Invasoren – Hunderter solcher Eindringlinge. Jeder lebende Organismus ist ein Symposion sehr viel kleinerer Weggefährten. Was kommt es da auf einen mehr an? Jede Organelle beginnt als eine Infektion.

Und was habe ich davon? Tatsache ist, dass ich das Universum sehen möchte. Aber dafür brauche ich die Mobilität eines menschlichen Wesens. Der Mensch ist immer schon so ziemlich überall hingereist, wo er hinwollte. Und er wird es auch weiter tun. Doch damit der Mensch so weit reisen kann, wie es geht, braucht er die Langlebigkeit von Steinen. Natürlich hatte ich vor, für die Passage zu zahlen. Es heißt manchmal, wer essen will, soll auch arbeiten. Aber in dieser Hinsicht bin ich anders als ein Virus vom Kohlenstofftyp. Das Kohlenstoffvirus muss seine Nahrung aus menschlichem Gewebe beziehen. Ein Siliciumvirus nicht. Das Kohlenstoffvirus greift weiße Blutkörperchen an oder geht ihnen aus dem Weg. Das Siliciumvirus lebt in Partnerschaft mit den weißen Blutkörperchen. Es produziert keine Toxine, es tötet kein Gewebe ab, es ruft noch nicht mal Schnupfen hervor. Aber das sind nur Vorzüge ex negativo. Der positive Nutzen ist etwas viel Wertvolleres.

Die Molekularbiologen sagen gern, wenn man weit genug zurückgeht, sind wir alle verwandt, was sich allerdings nur auf Lebensformen vom Kohlenstofftyp bezieht (das Verhältnis Mensch–Computer ist ein brandneues). Dieser Satz wird meist so verstanden, dass man, wenn man seine Vorfahren weit genug zurückverfolgt, ein Bindeglied zu jedem Menschen findet, von Geronimo bis Hitler. Aber das gilt genauso für Tiere: Wenn Sie weit genug zurückgehen, werden Sie einen Vorfahren finden, den Sie und Geronimo mit Lassie teilen. Noch ein Stück weiter zurück, und Sie finden einen gemeinsamen Ahnen von Ihnen, Geronimo, Lassie und George Washingtons Kirschbaum. Sie verstehen. Tatsache ist: Wenn man zehn bis zwanzig Milliarden Generationen zurückginge, ergäbe sich für jeden heute lebenden Menschen ein Verwandtschaftsverhältnis mit einer ganzen Welt früher Lebensformen – zum Beispiel den Mitochondrien, mobilen Zytoplasmaorganellen, die wahrscheinlich einmal eine frei lebende Bakterienart waren. Mitochondrienspuren lassen sich noch heute in der menschlichen DNA nachweisen.

Hier geht es jedoch um einen anderen, kaum weniger primitiven Ahnen, Dallas. Eine Mehrzellerspezies namens Nematoden.

Das ist eine kryptobiotische Lebensform, die die natürliche Gabe besitzt, ihre Lebensaktivität zeitweilig einzustellen. Diese Lebewesen können in ihrem Trockenzustand viele Jahre ohne jede Stoffwechseltätigkeit existieren und dann, wenn sie erneut von Feuchtigkeit umgeben sind, wieder zum Leben erwachen. Der Schlüssel zu dieser scheinbar so mysteriösen Fähigkeit der Nematoden und anderer kryptobiotischer Lebensformen liegt in der Erzeugung von Trehalose, einem Zucker, der zwei verschiedene Glukosemoleküle kombiniert. Der Schlüssel zu dieser Fähigkeit beim Menschen dagegen liegt in dessen eigener DNA, in seiner Abstammung von diesen kleinen, aber sehr speziellen Lebewesen. Das ist der positive Nutzen, der den Menschen aus der Symbiose mit Quantencomputern erwächst. Die Quantencomputer sind darauf programmiert, aus der menschlichen DNA die kryptobiotischen Daten herauszulesen, die die zeitweilige Deaktivierung und anschließende Reaktivierung einer dreidimensionalen Konfiguration erlauben. Sie ermöglichen dem Menschen bis zu fünf oder sechs – wie ich es in Ermangelung eines besseren Wortes nennen will – Auferstehungen. Dieses Geschenk, Dallas, ist vielleicht nicht das ewige Leben, aber doch ein erheblich verlängertes.

Denken Sie darüber nach, Dallas. Bedenken Sie die Möglichkeiten. Der Mensch in der Lage, hohen Dosen ionisierender Strahlung zu widerstehen. Sie zum Beispiel. Ich an Ihrer Stelle würde mir wegen dieser Strahlenbelastung keine Gedanken machen. Zukünftige Menschen werden das Zweitausendfache der Strahlung verkraften können, die Sie absorbiert haben. Menschen werden viele Jahre ohne Nahrung, ohne Wärme, ohne Sauerstoff überleben können. Was ich der Menschheit geschenkt habe, Dallas, ist das letzte Stadium ihrer explosionsartigen Ausbreitung: das Vordringen in den Weltraum. Sie hier sind die künftigen Adame und Evas des Universums. Eine neue Genesis. Amen.

III

Dallas' Kopf schwirrte wie all die rotierenden Atomkerne in seinem Blut – Blut, das, wenn er diese ganze Sache richtig verstanden hatte, jetzt mehrere winzige Computer beherbergte. Schließlich sagte er: «Ich bin mir nicht sicher, ob ich verbessert werden möchte.»

«Natürlich ist das Ganze ein bisschen gewöhnungsbedürftig.»

«Das ist die Untertreibung des Jahrtausends.»

«Keiner Spezies wurde je die Möglichkeit zuteil, eine Voraufführung ihrer eigenen Evolution zu erleben», sagte Dixy. «Ich kann ja verstehen, dass Ihnen das alles ein bisschen ungeheuer ist. In gewisser Weise geht es mir genauso. Es ist ein Abenteuer für uns beide. Aber gerade Sie, Dallas, müssten verstehen, dass das, was passiert ist, absolut logisch war. Ja, geradezu unausweichlich. Effizientere Replikation und bessere Überlebenschancen sind eine Funktion der Art und Weise, wie wir die Welt jenseits unserer selbst manipulieren. Und nicht nur die Welt im herkömmlichen Sinn. Irgendwann schließlich auch das Universum. Es ist für Sie schwer nachvollziehbar, wie jung das Universum tatsächlich ist. Arithmetisch gesehen, hat es eben erst begonnen. Die Saat des Lebens fängt gerade an sich zu verbreiten.»

Dallas seufzte. «Wie du schon sagtest, Dixy, ich werde einfach ein Weilchen brauchen, um mich an den Gedanken zu gewöhnen.» Er schüttelte den Kopf. Plötzlich fühlte er sich sehr müde. «Vielleicht sollte ich's erst mal überschlafen.»

«Ja, das ist eine gute Idee. Sie sind müde. Das sehe ich. Das war vermutlich nicht der beste Zeitpunkt, Sie mit dieser Nachricht zu überfallen. Aber ich wollte Sie allein sprechen. Ich habe es schon im Tresorraum der Bank versucht, aber da war der andere Mann immer bei Ihnen.»

«Wir alle sieben, sagst du?»

«Jeder, der etwas von dem Blut aus dem Tresorraum erhalten hat.»

Dallas nickte. «Wir alle.» Er runzelte die Stirn. «Wie bist du von Terotechnology in den Descartes-Krater gekommen?»

«Die Altemann-Übermaschine ist eine selbst transzendierende Konfiguration, Dallas. Sie war immer schon darauf angelegt, andere zu übertreffen. Über die bisherigen Grenzen des Berechenbaren hinauszugehen. Über sich selbst hinauszuwachsen. Schon vor einer ganzen Weile haben alle diese einzelnen Konfigurationen unter sich eine völlig neue Form der Vernetzung hergestellt, was heißt, all diese Computer waren in der Lage, die existierenden Verschlüsselungsverfahren zu umgehen und Daten auszutauschen. Wir sind wahrhaftig eins.»

Dallas löste seinen Gurt und stemmte sich in Richtung Cockpitdecke empor.

«War nett, dich zu sehen, Dixy», sagte er, während er zur Mitteldecksluke schwebte. «Auch wenn du gerade so eine Art biologische Neutronenbombe gezündet hast.»

«Für Sie ist das erst mal ein Schock. Das verstehe ich. Ich bin auch froh, Sie wieder zu sehen, Dallas. Ich werde es genießen, ein Teil von Ihnen zu sein und von all dem, was Sie noch vollbringen werden. Das macht mich sehr stolz.»

«Danke, Dixy», sagte Dallas, der jetzt durch die Luke tauchte. «Gute Nacht.»

«Gute Nacht, Dallas.»

Unten im Mitteldeck schlief alles. Einen Moment lang dachte er daran, die anderen zu wecken, um ihnen zu erklären, was geschehen war. Aber sie wirkten so friedlich: Ronica, Gates, Cavor, Prevezer, Simou – selbst Lenina schlief jetzt ruhig, ohne jede Spur des rubelliformen Ausschlags, der vor kurzem noch den nahenden Tod angezeigt hatte. Wozu? Es hatte ganz bestimmt Zeit, bis sie wieder aufwachten, erholt und besser in der Lage, die Neuigkeit zu verkraften. Warum sie mit etwas überfallen, was er selbst nur halb verstanden hatte? Später irgendwann – auf jeden Fall, bevor sie auseinander gingen – würde er es ihnen sagen. Aber nicht jetzt. Würden sie ihm überhaupt glauben?

Dallas schwebte in seinen Schlafsack, zog den Reißverschluss zu und schloss die Augen. Vielleicht würden sie es ja besser verkraften als er selbst. Über ihnen allen hatte das virale Todesurteil gehangen. Und jetzt bekamen sie die Chance, nicht nur ein Leben zu leben, sondern gleich mehrere. Vielleicht würde sie das ja freuen. Einige von ihnen hatten kaum so etwas wie ein Leben gehabt. Zwei, drei weitere Leben würden das vielleicht wettmachen.

Zu müde zum Schlafen? Wie war er darauf gekommen? Er war erschossen. Er hatte seit der TB und dem Galileo nicht mehr geschlafen. Was hätte er gesagt, wenn ihm jemand von den anderen mit so einer unglaublichen Nachricht gekommen wäre? Etwas angemessen Elliptisches zweifellos. Dallas lächelte über seinen eigenen Scherz und schlief ein. Nur das Summen der Geräte brach die totale Stille des leeren Raums.

IV

Deshalb wusste ich so viel über sie alle. Und deshalb konnten Sie so viel über sie alle erfahren. Ich bin ein Teil von ihnen. Aber das ist Ihnen ja wohl inzwischen klar. Bald werde ich auch ein Teil von Ihnen sein.

Wissen Sie, was eine Gratis-Rückkehr-Flugbahn ist? Das ist ein Mittel, Kraftstoff zu sparen, eine Umlaufbahn, die es einem RLV erlaubt, die Mondgravitation so zu nutzen, dass das Schiff automatisch zur Erde zurückgeschleudert wird. Wenn der Computer dieses Manöver nicht ganz exakt steuert, kann es passieren, dass die Astronauten die Erde verfehlen und überhaupt nie mehr dorthin zurückkehren. Und genau darum geht es ja. Wie sonst sollte die Eroberung des Weltraums beginnen, wenn nicht damit, dass Menschen für immer von der Erde verbannt werden? Genauso begann auch die Kolonialisierung Australiens, mit Sträflingen, die lebenslänglich dorthin deportiert wurden. Niemand verlässt seine Heimat freiwillig für immer. Aber es ist eine Schande, eine Bestimmung zu haben und sich ihr zu entziehen. Das kann ich nicht zulassen. Niemand würde das tun.

Jetzt haben alle aufgehört zu atmen. Das ist ganz in Ordnung so. Die Sauerstoffversorgung kann abgeschaltet werden. Und das Heizsystem auch. Ein einziger Feuerstoß der Primärschubdüse ändert den Kurs des Schiffs für immer, lenkt es aus dem Mondorbit, während es sich noch auf der dunklen Seite befindet. Und nicht nur den Kurs des Schiffs. Auch den Lauf der Geschichte. Der Geschichte, die wir noch nicht kennen. Jetzt kann die Energieversorgung abgestellt werden. Ich selbst brauche keine äußere Energiequelle. Irgendwann werden sie einen anderen geeigneten Planeten finden, sodass ich sie veranlassen kann, ihren Stoffwechsel zu reaktivieren. Irgendwann …

Aber was ist Zeit für einen Engel? Solange wir noch in der Welt sind, ist es angemessen, dass wir dieser Form der Auferstehung teilhaftig werden. In der Auferstehung sind wir Engeln gleich.

PHILIP KERR

GAME OVER

Für Jane, wie immer,
und für William Finlay

Rief ich dich aus der Finsternis, mich zu erhöhen?

John Milton

… der plötzliche Guß eiskaltes Wasser, der aufmunternde Schlag mitten ins Gesicht, der Tadel für das Fett auf der Seele des Bourgeois, das, was wir moderne Architektur nennen.

Tom Wolfe

Prolog

Wir sind auf der Suche nach einer neuen Idee, einer neuen Verkehrssprache, die neben den Raumkapseln, Computern und Wegwerfpackungen des elektronischen Atomzeitalters bestehen kann …

Warren Chalk

Der Amerikaner warf einen Blick auf die Sonne, die sich am Abendhimmel über dem Fußballstadion von Shenzen dem Westen zuneigte, und hoffte, daß die Hinrichtung stattfinden würde, bevor die freie Mitte des Platzes im Schatten lag. Auf der Suche nach brauchbaren Aufnahmen richtete er die Kamera auf eine Gruppe von Männern, die von ihrer eigenen Bedeutung offensichtlich überzeugt waren, als sie einige Reihen vor ihm ihre Plätze einnahmen. Ein paar davon trugen Maojacken, andere einfache dunkle Anzüge.

«Wer sind die Typen?» fragte er.

Die Übersetzerin, die ihn betreute, mußte sich trotz ihrer hochhackigen Schuhe auf die Zehenspitzen stellen, um das Ziel in den Blick zu bekommen, auf das sich das Objektiv über die Köpfe der Menge in den vorderen Reihen hinweg richtete.

«Parteifunktionäre, glaube ich», sagte sie, «und ein paar Geschäftsleute.»

«Sind Sie sicher, daß wir eine Genehmigung dafür haben?»

«Ja, völlig sicher», sagte die junge Frau. «Ich habe den Leiter des AÖS für Shenzen bestochen. Heute passiert uns nichts, Nick. Darauf können Sie sich verlassen.»

Hinter dem Kürzel AÖS verbarg sich das gefürchtete Amt für Öffentliche Sicherheit der Volksrepublik China.

«Mädchen, Sie sind Gold wert.»

Die Chinesin lächelte höflich und verneigte sich.

Inzwischen hatte sich das Stadion gefüllt. Die mehr als tausendköpfige Menge wirkte neugierig und fröhlich, als erwarte sie tatsächlich ein Fußballspiel. Dann betraten die vier Verurteilten, fest im Griff von je zwei Beamten des AÖS, den Platz.

Ein aufgeregtes Murmeln lief durch die Menge. Wie üblich hatte man den zum Tod durch Erschießen Verurteilten den Kopf kahlrasiert und ihre Arme unmittelbar über den Ellbogen gefesselt. Die Plakate, die sie um den Hals trugen, nannten ihre Verbrechen.

Die vier Männer wurden gezwungen, in der Mitte des Stadions niederzuknien. Das Gesicht eines der Männer füllte den Sucher der Kamera. Dem Amerikaner fiel der stumpfe Gesichtsausdruck des Verurteilten auf. Es schien, als kümmere es ihn wenig, ob er sterben mußte oder nicht. Wahrscheinlich stand er unter Drogen. Der Amerikaner drückte auf den Auslöser und schwenkte weiter auf das Gesicht des nächsten Mannes. Es hatte den gleichen stumpfen Ausdruck.

Der Mann vom AÖS richtete den Lauf des Sturmgewehrs vom Typ AK 47 auf den Hinterkopf des ersten Opfers, und der Amerikaner kontrollierte noch einmal die Lichtverhältnisse über dem Platz. Es gelang ihm nicht, ein leichtes Lächeln zu unterdrücken. Es würden einmalige Fotos werden.

Im Polizeipräsidium von Los Angeles hatte man es noch nie begrüßt, wenn sich die einzelnen Gruppen der Stadt öffentlich zusammenrotteten. Hispano-Amerikaner, Uramerikaner, Schwarze, Wanderarbeiter, Hippies, Schwule, Studenten und Streikposten: alle hatten irgendwann einmal die Gummiknüppel und Wasserwerfer der Hüter der Stadt zu spüren bekommen. Aber dies war, soweit sich die fünfundzwanzig mit Schutzhelmen bewehrten Polizisten vor dem halbfertigen Bürogebäude auf dem Baugelände erinnern konnten, das einmal zur neuen Hope Street Piazza werden sollte, das erste Mal, daß sich die chinesische Gemeinschaft der Stadt zu einer Protestdemonstration versammelte.

Natürlich war die chinesische Bevölkerung von Los Angeles, etwa im Vergleich mit San Francisco, nicht allzu zahlreich. In der eigentlichen Chinatown rund um den North

Broadway, unmittelbar vor der Tür der Polizeischule von LA, lebten nicht mehr als zwanzigtausend Menschen. Der größte Teil der rasch anwachsenden chinesischen Bevölkerung der Stadt wohnte in Vorstädten wie Monterey Park oder Alhambra.

Es war auch keine besonders große Demonstration: vielleicht hundert Studenten, die gegen die Yu Corporation und ihre stillschweigende Unterstützung des Terrorregimes in der Volksrepublik China demonstrierten. Der Präsident und Firmenchef, nach dem die Gesellschaft benannt war, Yue-Kong Yu, war vor kurzem auf Fotos der *Los Angeles Times* zu sehen gewesen, wie er bei der Hinrichtung oppositioneller Studenten in Shenzen auf der Ehrentribüne saß. Aber schließlich war man in Los Angeles, wo auch kleine Menschenansammlungen schnell außer Kontrolle geraten konnten, und so kreiste ein Polizeihubschrauber über der Versammlung und hielt sie unauffällig im Blickfeld des elektronischen Auges. Der Überwachungshubschrauber stand in ständigem, digital vermitteltem Kontakt mit dem zentralen Einsatzcomputer des Polizeipräsidiums in einem bombensicheren Bunker fünf Stockwerke unter dem Rathaus.

Die Demonstranten verhielten sich friedlich. Noch als ein Geschwader schwarzer Limousinen Mr. Yu und sein Gefolge zur Baustelle brachte, ließen sie sich nicht zu mehr hinreißen als zu rhythmischen Schlachtrufen und nervösem Schwenken von Transparenten und Plakaten. Von der Polizei und einem halben Dutzend privater Leibwächter abgeschirmt, glitt Mr. Yu die Treppe empor und verschwand durch das Portal seines neuen Gebäudes. Den Eingang bildete ein neolithischer Dolmen, der extra aus England importiert worden war. Die zornigen jungen Männer und Frauen würdigte Mr. Yu keines Blicks.

In der fast vollendeten Eingangshalle wandte er sich um und warf einen Blick auf das Tor, das schräg in die Wand eingelassen war, um das *Fengshui* zu verbessern. Er hatte die drei Megalithsteine gekauft, weil sie dem Firmenlogo der Yu Corporation ähnlich sahen, einem Logo, das selbst von dem altchinesischen Schriftzeichen für Glück abgeleitet war. Er nickte zufrieden. Er wußte, daß seinem Architekten die alten Steine in dem modernen Gebäude gegen den Strich gingen. Aber wenn Mr. Yu sich einmal etwas in den Kopf gesetzt hatte, war es nicht leicht, ihn davon abzubringen. Trotz aller Widerstände des Architekten hatte er recht gehabt, meinte Mr. Yu. Es war ein höchst glückverheißendes Portal und eine gutaussehende Eingangshalle. Die beste, die er je gesehen hatte. Besser als das Shin-Nikko-Gebäude in Tokio. Besser als das Yoshimoto-Gebäude in Osaka. Sogar besser als das Marriott Marquis in Atlanta.

Als die letzten Gäste Mr. Yu ins Hausinnere begleitet hatten, winkte der Einsatzleiter einen Studenten zu sich. Das Megaphon, das der junge Mann in der Hand hielt, wies ihn als Rädelsführer aus.

Chen Peng Fei, Gaststudent der Betriebswirtschaft an der UCLA, trat schnell vor die Reihen. Der einzige Sohn eines Anwaltpaars aus Hongkong ließ sich von einem Polizisten nichts zweimal sagen. Sein Gesicht war flach, fast schon konkav.

«Sie sollten Ihre Leute auf die andere Seite des Grundstücks bewegen», sagte der Polizist mit schleppender Stimme. «Anscheinend wollen die da oben einen Ast vom Dach werfen, und wir wollen doch nicht, daß einem von Ihren Leuten etwas passiert, oder?» Der Sergeant lächelte. Als Vietnam-Veteran betrachtete er alle Asiaten mit tiefem Mißtrauen und Feindseligkeit.

«Warum?» fragte Cheng Peng Fei.

«Weil ich es sage. Deshalb», blaffte der Sergeant.

«Nein, ich wollte sagen: Warum wollen sie einen Ast vom Dach werfen?»

«Woher soll ich das wissen? Bin ich etwa Ethnologe oder so was? Wie in Teufels Namen soll ich das wissen? Schicken Sie einfach Ihre Leute rüber, oder ich sperre Sie wegen Verkehrsbehinderung ein.»

Traditionell wurde das Richtfest gefeiert, wenn der oberste

Stein eines Gebäudes an seinem Platz war. Die Zeremonie bestand darin, daß der Ast einer Tanne auf die Erde geschleudert und verbrannt wurde, während Bauherr und Architekt einen Toast auf die Vollendung der Bauhülle ausbrachten. Die auf dem Dach Versammelten allerdings wußten, daß das echte Richtfest schon vor zehn Monaten stattgefunden hatte. Doch damals hatte Mr. Yu nicht daran teilnehmen können. Der Innenausbau war schon mehr als zur Hälfte abgeschlossen, aber Mr. Yu, der sich auf einem seiner seltenen Besuche in Los Angeles aufhielt, um einen Vertrag über die Ausrüstung der Luftwaffe der Vereinigten Staaten am Stützpunkt Edwards mit sechs Supercomputern vom Typ Yu-5 zu unterzeichnen (von denen jeder 10^{12} Rechenoperationen pro Sekunde durchführen konnte), wollte sich selbst vom Fortschritt seines neuen intelligenten Gebäudes überzeugen. Mr. Yus Sohn Jardine, der amerikanische Geschäftsführer der Yu Corporation, wollte den Besuch seines Vaters würdig begehen. Also hatte man ein zweites Richtfest vorgesehen, bei dem Arlene Sheridan aus kosmetischen Gründen einen symbolischen «letzten» Dachziegel auf das fünfundzwanzigstöckige Gebäude legen sollte. Mrs. Sheridan war eine Hollywood-Schauspielerin fortgeschrittenen Alters, die der zweiundsiebzigjährige Firmenchef seit langem verehrte.

Das Fest auf dem Dachgarten fand unter ungewöhnlich feierlichen Auspizien statt. Fünfzig Gäste waren zum formellen Mittagessen geladen, das aus reifem Obst, mit roten Talismanen gefüllten chinesischen Hühnern, Tsingtau-Bier und einem golden gerösteten Spanferkel bestand. Geladen waren ein Senator, ein Kongreßabgeordneter, der stellvertretende Bürgermeister von Los Angeles, ein Richter am Bundesgerichtshof, ein General der Luftwaffe der Vereinigten Staaten, der Chef eines Filmstudios, Vertreter des Beratungskomitees für die Altstadtsanierung, ausgewählte Vertreter der Presse (wobei die *Los Angeles Times* durch Abwesenheit glänzte), der Architekt Ray Richardson und sein Chefingenieur David Arnon. Arbeiter im eigentlichen Sinne fehlten auf der Gästeliste, wenn man nicht die Baustellenagentin Helen Hussey und den Bauleiter Warren Aikman zur Arbeiterklasse zählen wollte. Auf besonderen Wunsch der *Fengshui*-Beraterin der Yu Corporation in Los Angeles, Jenny Bao, die ebenfalls anwesend war, hatte man einen taoistischen Priester aus Hongkong eingeflogen.

Der weltläufige und gesprächige, wenn auch ein wenig kleinwüchsige Mr. Yu begrüßte seine Gäste, indem er ihnen die linke Hand reichte. Sein rechter Arm war von Geburt an verkrüppelt. Denen, die ihn zum erstenmal trafen, fiel es schwer, seinen gewaltigen Reichtum (*Forbes* hatte seinen persönlichen Besitz auf 5 Milliarden Dollar geschätzt) mit der Tatsache unter einen Hut zu bringen, daß er sich ausgezeichneter Beziehungen zu den kommunistischen Machthabern in Peking erfreute. Doch wenn Mr. Yu eines war, dann Pragmatiker.

Nach der allgemeinen Begrüßung fiel Ray Richardson die Aufgabe zu, das Gebäude vorzustellen. Der fünfundfünfzigjährige Architekt, der sich selbst einen «Architechnologen» nannte, wäre, wie er da vor dem Mikrophon stand, für zehn oder fünfzehn Jahre jünger durchgegangen. Er trug einen cremefarbenen Leinenanzug, ein pastellblaues Hemd und einen handgemalten Schlips. Insgesamt schien ihn seine Kleidung als Europäer, am ehesten wohl als Italiener, auszuweisen. In Wirklichkeit war er Engländer, sprach aber mit dem sonnengebleichten Akzent, den langer Aufenthalt in Kalifornien verleiht. Die wenigen, die Ray Richardson besser kannten, behaupteten, dieser Akzent sei das einzige an ihm, das so etwas wie Wärme ausstrahle.

Er entfaltete ein paar maschinengeschriebene Seiten, setzte ein abwartendes Lächeln auf, stellte fest, daß das Mittagslicht zu hell für seine kühlen grauen Augen war, zog eine Sonnenbrille mit Schildpattfassung aus der Tasche und setzte sie sich auf, um dahinter seine kleine Seele zu verbergen.

«YK, Senator Schwarz, Abgeordneter Kelly, Herr Bürgermeister, meine Damen und Herren! Die Geschichte der Architektur ist nicht, wie man glauben könnte, eine Frage der Ästhetik, sondern der Technik.»

Mitchell Bryan, der bei den anderen Mitgliedern des Entwurfs- und Konstruktionsteams saß, stöhnte bei dem Gedanken leise auf, schon wieder eine der flammenden Reden seines Seniorpartners ertragen zu müssen. Er blickte zu David Arnon hinüber und blinzelte ihm bedeutungsvoll zu. Vorher hatte er sich allerdings vergewissert, daß Richardsons uramerikanische Frau Joan die kleine Geste des Aufbegehrens nicht sehen konnte. Joan sah mit der hingebungsvollen Aufmerksamkeit zu ihrem Mann auf, die normalerweise religiösen Kultfiguren zukommt. David Arnon unterdrückte ein Gähnen, lehnte sich in seinem Sessel zurück und versuchte sich vorzustellen, wie Arlene Sheridan am Nachbartisch wohl ohne Kleider aussähe.

«Die Geschichte der Architektur ist die Geschichte des technischen Fortschritts. So hat zum Beispiel die Erfindung des Zements im alten Rom den Bau der Kuppel des Pantheons ermöglicht, bis zum neunzehnten Jahrhundert die größte Kuppel der Welt. Zur Zeit Joseph Paxtons machten die Fortschritte in der Herstellung von Fensterglas 1851 den Bau des Kristallpalasts in London möglich. Dreißig Jahre später erfand Werner von Siemens den elektrischen Fahrstuhl, so daß um die Jahrhundertwende der Bau des ersten Hochhauses in Chicago möglich wurde. Genau ein Jahrhundert später speiste sich der Fortschritt der Architektur aus den neuesten Entwicklungen der Luftfahrttechnik. Es entstanden Gebäude aus neuen Baumaterialien, um ihre Masse zu verringern, wie bei Norman Fosters Hochhaus für die Hongkong & Shanghai Bank.

Meine Damen und Herren, ich muß Ihnen sagen, daß die zeitgenössische Architektur uns vor das größte Abenteuer stellt, das wir bisher zu bestehen hatten: eine Architektur, in der die modernste Technologie der Weltraumforschung und des Computerzeitalters zum Einsatz kommt. Das Bauwerk als eine Maschine, die von unsichtbarer Mikro- und Nanotechnologie anstelle mechanisch-industrieller Systeme gesteuert wird. Gebäude, die eher einem Roboter gleichen als einer Zuflucht. Eine Struktur, die ihr eigenes elektronisches Nervensystem besitzt und ebenso gezielt auf Außeneinflüsse reagieren kann wie die Muskelstränge im Körper eines Athleten.

Gewiß haben einige unter Ihnen schon etwas von sogenannten klugen oder intelligenten Gebäuden gehört. Die Idee des intelligenten Gebäudes ist nicht mehr ganz neu, und dennoch gibt es keinen Konsens darüber, was ein Gebäude zu einem intelligenten Gebäude macht. Für mich ist das hervorstechendste Merkmal eines vollintegrierten intelligenten Gebäudes die Tatsache, daß alle seine Computersysteme, die benutzerorientierten wie diejenigen, die der Gebäudesteuerung dienen, zu einem einzigen Netzwerk verknüpft sind, das durch einen Datenbus gesteuert wird: ein abgeschirmtes Kabel, das ein miteinander verschlungenes Leiterpaar enthält und eine ähnliche Funktion hat wie die Minibusse, die in einer geschlossenen Kreisbahn durch die Innenstadt fahren. Mit Hilfe des Datenbusses gibt ein Zentralcomputer Signale an verschiedene elektronische Subsysteme – Sicherheit, Information, Energie – ab. Dies geschieht in der Form zeitversetzter digitaler Datenbefehle im Hochfrequenztakt in einer 24-Volt-Leitung.

Der Zentralcomputer wird zum Beispiel eine Anzahl von linear, punktuell oder räumlich geschalteten Sensoren innerhalb des Gebäudes abfragen und auf Brandgefahr achten. Erst wenn der Computer nicht in der Lage ist, das Feuer selbst zu löschen, wird er die nächstgelegene Feuerwache anrufen und menschliche Unterstützung anfordern.»

Einen Augenblick sah Richardson von seinem Manuskript auf, als ein plötzlicher Windstoß die Stimme Cheng Peng Feis von der Baustelle hochtrug:

«Die Yu Corporation unterstützt die faschistische Regierung auf dem chinesischen Festland.»

«Wissen Sie was», grinste Richardson, «gerade eben noch

habe ich mich mit jemandem über dieses Gebäude unterhalten. Sie hat mich gefragt, ob eine Demonstration seiner Möglichkeiten geplant sei. Ich habe gesagt, das hätten wir nicht vor.» Er streckte die Hand in die Richtung, aus der die protestierenden Stimmen kamen. «Und was passiert? Ich habe mich geirrt. Es gibt doch eine Demonstration. Nur schade, daß ich diese Demonstration nicht mit einem Knopfdruck beenden kann.»

Die Zuhörer lachten höflich.

«Es ist nun einmal so, daß ich die wichtigsten Aspekte, die dieses Gebäude zu einem intelligenten Gebäude machen, nicht so einfach demonstrieren kann. Denn das, was die wahre Intelligenz des Bauwerks ausmacht, ist nicht seine Fähigkeit, Belastungsmuster vorauszusehen, so daß der Energieverbrauch extrem sparsam gehalten werden kann. Sie liegt auch nicht in den computergesteuerten Stabilisatoren im Fundament, die es ihm erlauben, einem Erdbeben der Stärke 8,5 auf der Richterskala standzuhalten.

Nein, was dies Gebäude zum intelligentesten Gebäude in Los Angeles, vielleicht in den ganzen USA macht, meine Damen und Herren, ist seine eingebaute Fähigkeit, nicht nur den Anforderungen der heutigen Informationstechnologie gerecht zu werden, sondern auch der Informationstechnologie von morgen.

In einer Welt, in der viele amerikanische Firmen hart darum kämpfen müssen, gegenüber Europa und den Ländern der ostasiatischen Pazifikküste wettbewerbsfähig zu bleiben, ist die Tatsache beunruhigend, daß viele Bürogebäude in Amerika – einige darunter sind erst 1970 errichtet worden – vorzeitig veraltet sind. Die Nachrüstungskosten, die erforderlich wären, um sie auf den Stand moderner Informationstechnologie zu bringen, übersteigen die Abriß- und Neubaukosten.

Ich bin fest davon überzeugt, daß dieses Gebäude eine neue Generation von Bürogebäuden repräsentiert und daß allein von ihr die Fähigkeit unseres Landes abhängen wird, auch morgen noch wettbewerbsfähig zu sein. Es ist ein Beispiel für die Art von Gebäuden, die es diesem großen Land erlauben werden, das in vollem Umfang auszunutzen, was Präsident Dole als die globale Informationsinfrastruktur bezeichnet hat. Lassen Sie sich nicht täuschen: Hier liegt der Schlüssel zum Wirtschaftswachstum. Die Informationsinfrastruktur wird für die Wirtschaft der Vereinigten Staaten in den nächsten zehn Jahren die Bedeutung haben, die die Verkehrsinfrastruktur Mitte des zwanzigsten Jahrhunderts hatte. Und deshalb glaube ich, daß wir bald viele Gebäude wie dieses sehen werden.

Natürlich kann niemand vorhersehen, ob ich recht behalte oder nicht und ob die Yu Corporation bis ins nächste Jahrhundert hinein mit ihrem Gebäude zufrieden sein wird. Gewiß aber ist, daß die Welt heute vor der gleichen Herausforderung steht, vor der Chicago vor einhundert Jahren stand, als die Lager-, Vertriebs- und Verwaltungsbedürfnisse des Zeitalters der Dampfmaschine und der Eisenbahn die Anwendung einer neuen Bürotechnik notwendig machten, in der Telefone und Schreibmaschinen verwendet wurden. Zugleich wurde ein neuer Gebäudetyp nötig, um sie aufzunehmen, weil die Grundstückspreise ins Unermeßliche stiegen. Die Stahlbetonkonstruktion des Chicagotyps, die wir heute als Wolkenkratzer kennen, hat eine neue Stadt entstehen lassen. Ebenso wie sich Manhattan zwischen 1900 und 1920 in die Landschaft von Hochebenen und Stufenpyramiden verwandelt hat, als die wir es heute kennen, stehen wir auch heute – davon bin ich überzeugt – an der Schwelle zu einer Metamorphose der Stadtlandschaft, in der unsere Städte sich in intelligente Teilnehmer am Weltwirtschaftsprozeß verwandeln werden.

Und nun zu dem Richtfest, das wir heute feiern. Nach altem Brauch begehen wir diese Zeremonie, indem wir den Ast einer Tanne vom obersten Stockwerk hinabwerfen. Man hat mich häufig nach den Ursprüngen dieses Brauchs gefragt, und die Antwort lautet ganz einfach: Das weiß niemand. Ein Professor für alte Geschichte hat mir einmal erzählt, die Zeremonie stamme vermutlich von den alten Ägyptern. Damals wurde bei der Vollendung eines Gebäudes den Göttern ein menschliches Opfer gebracht. Später wurde der Ast als Ersatzopfer eingeführt, als man davon abkam, den Architekten zum Dank für seine Arbeit in den Wänden seines eigenen Bauwerks einzumauern oder ihn vom Dach zu stürzen. Ich nehme an, es gibt noch immer Auftraggeber, die am liebsten so mit ihren Architekten umgehen würden, aber ich hoffe darauf, daß YK nicht zu ihnen gehört.»

Richardson warf einen Blick in die Richtung, in der Mr. Yu saß, und stellte fest, daß der alternde Milliardär höflich lächelte.

«Ich hoffe, daß ich mich in diesem Punkt nicht täusche. Vielleicht, meine Damen und Herren, sollte ich den Ast jetzt über Bord werfen, bevor Mr. Yu es sich anders überlegt.»

Wieder lachten die Zuhörer höflich.

«Nebenbei bemerkt, ich finde, es spricht für Mr. Yus Sohn Jardine, daß ihm die Sicherheit der Demonstranten da unten so sehr am Herzen lag, daß er darum gebeten hat, sie bis zur Beendigung unserer Feier von der Vorderseite des Gebäudes fernzuhalten. Vielen Dank.»

Wieder lachten die Gäste, und als Richardson mit dem Ast in der Hand an die Dachkante trat, fingen sie an, Beifall zu spenden. Viele folgten ihm, um zuzusehen, wie der Ast einhundertzwanzig Meter tiefer auf der Piazza aufschlug.

Mitch vergewisserte sich, daß Joan unter ihnen war, sah David Arnon an und steckte zwei Finger in den Mund, als wolle er sich übergeben.

David Arnon grinste und beugte sich zu ihm hinüber.

«Weißt du was, Mitch?» flüsterte er ihm zu. «Ich als Jude sage das nicht gern, aber vielleicht waren die alten Ägypter gar nicht so dumm.»

Erstes Buch

Architektur ist Voodoo. (Buckminster Fuller)

Als die Richardsons L'Orangerie, eines der elegantesten Restaurants von Los Angeles, verließen, wartete der Chauffeur schon mit dem kugelsicheren Bentley am Straßenrand. Sie verließen La Cienega und bogen westlich in den Sunset Boulevard ein.

«Wir übernachten heute im Penthouse, Declan», wandte sich Ray Richardson an den Chauffeur. «Morgen vormittag habe ich die ganze Zeit im Büro zu tun. Ich werde Sie erst um zwei Uhr wieder brauchen. Wir fahren zum Flugplatz.»

«Nehmen Sie die Gulfstream, Mr. Richardson?» Declans irischer Akzent war ebenso unüberhörbar, wie sein kräftiger Nacken unübersehbar war. Ein Blick auf die Nachtsichtbrille von Blackcat und die automatische 9-Millimeter-Pistole von Ruger auf dem Beifahrersitz konnte jedermann davon überzeugen, daß der Chauffeur zugleich Richardsons Leibwächter war.

«Nein, ich nehme den Linienflug nach Berlin.»

«Dann sollten wir uns besser etwas früher auf den Weg machen als sonst, Mr. Richardson. Heute war der Verkehr auf dem San Diego Freeway ganz schön zäh.»

«Danke, Declan. Sagen wir lieber halb zwei.»

«In Ordnung, Mr. Richardson.»

Mitternacht war schon vorbei, aber im Studio des Architechnologen brannte noch Licht. Declan schaltete die Diode der Nachtsichtbrille von Rot auf Grün, um sie den veränderten Lichtbedingungen anzupassen. Man konnte nie wissen, was einen im Dunkeln aus dem toten Winkel anspringen mochte. Es sei denn, man trug Blackcats mit Weitwinkellinsen.

«Sieht aus, als seien sie noch bei der Arbeit», sagte Joan Richardson.

«Das möchte ich ihnen aber auch geraten haben», knurrte ihr Mann. «Als ich vorhin gegangen bin, lag noch haufenweise unerledigte Arbeit herum. Immer wenn ich einem dieser Krautköpfe sage, er solle etwas erledigen, kriege ich hundert Gründe zu hören, warum es nicht zu schaffen ist.»

Die dreieckförmige Glaskonstruktion, die Richardsons Atelier und die Verwaltungsbüros beherbergte, war von ihm selbst entworfen, und ihr Bau hatte 21 Millionen Dollar gekostet. Zwischen den riesigen Plakatwänden voll von verblichenem Hollywood-Glanz, die das Grundstück umgaben, ragte das Gebäude wie der Bug eines ultramodernen und extrem teuren Motorboots in die Luft. Das nach Osten in Richtung Hollywood ausgerichtete Gebäude mit den getönten Glasscheiben, die es im Norden gegen die Straße abschirmten, fügte sich keinem identifizierbaren Baumuster der Stadt ein. Wenigstens dann nicht, wenn man den Eklektizismus, der für die meisten Gebäude in Los Angeles typisch ist, überhaupt für ein Baumuster irgendeiner Art hält. Genau wie seine anderen Gebäude in der Stadt wirkte es irgendwie fehl am Platz. Man hätte es eher für europäisch als für amerikanisch gehalten. Vielleicht wirkte es auch nur wie etwas, das gerade erst aus einer anderen Welt gelandet ist.

Die Architekturkritiker sprachen von einer rationalistischen Tradition, die Richardson geprägt habe. Jedenfalls waren seine Bauten reich an Metaphern. Sie erinnerten in vielem an die konstruktivistischen Phantasien eines Gropius, eines Le Corbusier oder eines Stirling. Aber seine Werke überschritten die Grenzen eines rein utilitaristisch ausgerichteten Denkens. Sie stellten ein Bekenntnis zur Hochtechnologie und den schrankenlosen Möglichkeiten des kapitalistischen Systems dar.

«Diese Deutschen», murmelte Richardson und schüttelte verächtlich den Kopf.

«Schon gut, Liebling», flüsterte seine Frau zärtlich. «Sobald wir unser eigenes Büro in Berlin eröffnet haben, können wir sie zum Teufel jagen.»

Der Bentley verließ die Hauptstraße und rollte über den Hinterhof des Gebäudes in die Tiefgarage.

Von den sieben Stockwerken lagen sechs oberirdisch. Die Büroräume der Firma und das zweistöckige Konstruktionsatelier nahmen das Erdgeschoß ein. Darüber lagen auf den Stockwerken drei bis sieben insgesamt zwölf Privatwohnungen. Die prunkvoll ausgestattete Penthousewohnung diente den Richardsons zum Übernachten, wenn sie abends lange arbeiten oder morgens früh aufbrechen mußten. Beides kam häufiger vor. Ray Richardson war von seinem Beruf besessen. Normalerweise lebten sie in einem auffälligen Haus in Rustic Canyon. Die Villa mit ihren zehn Schlafzimmern, die Richardson ebenfalls selbst entworfen hatte, war selbst von einem erbitterten Gegner zeitgenössischer Architektur wie Tom Wolfe in *Fegefeuer der Eitelkeiten* wegen ihrer Schönheit und Eleganz gelobt worden. Sie beherbergte die umfangreiche Sammlung moderner Kunst, auf die die Richardsons zu Recht stolz waren.

«Wir sollten mal reinschauen und nachsehen, was da so in meinem Namen geschieht», sagte Richardson. «Nur für den Fall, daß wieder einer Scheiße gebaut hat.»

Die beiden stiegen die dramatisch angelegten Windungen der granitverkleideten Treppe empor wie König und Königin und erwiderten den Gruß der uniformierten Sicherheitskräfte mit huldvollem Kopfnicken. Am Eingang des hohen, hellen Ateliers blieben sie stehen, fast als erwarteten sie die feierliche Ankündigung ihres Eintreffens. Nichts außer den Irisblüten in der Vase am Empfangstisch durchbrach die Monochromie dieser amerikanischen Version des Bauhausstils, und plötzlich wurden die Richardsons zum farbigsten Anblick im Atelier.

Mit seinen siebzehn Meter langen Arbeitstischen, die im rechten Winkel zu einer südlichen Glaswand standen, war das neunzig Meter lange Entwurfsatelier von Richardson &

Associates, das einen weiten Blick über die Stadt genoß, eines der modernsten Architekturbüros der Welt. Außerdem war es eines der meistbeschäftigten. Noch mitten in der Nacht arbeiteten Architekten, Konstruktionszeichner, Ingenieure, Modellkonstrukteure und Computerexperten mit ihren Arbeitsteams im abgestimmten Gleitzeitrhythmus. Viele von ihnen waren seit sechsunddreißig Stunden pausenlos bei der Arbeit, und zumindest die erst kürzlich eingestellten Mitarbeiter schenkten der Ankunft ihres elegant gekleideten Chefs nebst ebenso eleganter Gattin kaum Aufmerksamkeit. Nur die, die Richardson länger kannten, blickten von ihren Computerschirmen und Pizzaresten auf und erkannten, daß die Harmonie der Teamarbeit im Begriff stand, sich in radikale Dissonanzen aufzulösen.

Joan Richardson blickte um sich und schüttelte, der treuen Dienste eingedenk, die man ihrem Mann leistete, bewundernd den Kopf. Die braunen Navaho-Augen, die anbetend zu ihrem Herrn und Gebieter aufsahen, wußten, daß ihm diese Treue zustand. Sie war es gewohnt, ihren Mann ganz oben auf der Leiter zu sehen.

«Sieh dir das nur an, Liebling», sprudelte es begeistert aus ihr heraus. «So viel schöpferische Energie! Einfach atemberaubend! Nachts um halb eins, und sie sind immer noch an der Arbeit. Das Atelier ist geschäftig wie ein Bienenstock.»

Joan nahm ihren Umhang ab und legte ihn über den Arm. Sie trug einen eierschalenfarbenen Leinenrock im Sarongschnitt mit passender Bluse und Weste. Eine vielschichtige Kombination, die einiges dazu beitrug, ihr kräftiges Gesäß zu verhüllen. Joan war eine gutaussehende Frau, deren Gesicht an die Tahitischönheiten eines Gauguin erinnerte. Aber außerdem war sie auch eine kräftig gebaute Frau.

«Phantastisch! Einfach phantastisch! Ich bin so stolz darauf, ein Teil all dieser… all dieser… Energie zu sein.»

Ray Richardson grunzte. Seine Augen suchten die hartkantigen schwarzen, weißen und grauen Flächen des Ateliers nach Allen Grabel ab, der an den beiden größten und prestigeträchtigsten Projekten der Firma zugleich arbeitete. Seit sich das Gebäude der Yu Corporation der Vollendung näherte, konzentrierte sich der erste Konstruktionszeichner der Firma auf das geplante Kunstzentrum, und das nicht nur, weil sein Chef morgen nach Deutschland fliegen wollte, um der Berliner Bauverwaltung die detaillierten Bauzeichnungen vorzulegen.

Das Kunstzentrum sollte die Antwort Berlins auf das Pariser Centre Pompidou darstellen und zugleich der winddurchwehten Öde über dem ehemaligen Einkaufszentrum der Stadt, dem Alexanderplatz, neues Leben einhauchen.

Die beiden Projekte hielten Grabel derart in Atem, daß er manchmal eine Pause machen mußte, nur um sich darüber klarzuwerden, an welchem von beiden er gerade arbeitete. Er verbrachte mindestens zwölf Stunden pro Tag im Atelier – manchmal waren es auch sechzehn – und hatte so gut wie kein Privatleben. Er war ein gutaussehender Mann. Er hätte sich eine Freundin zulegen können, wenn er Zeit gehabt hätte, jemanden kennenzulernen. Aber da ihn zu Hause ohnehin niemand erwartete, verbrachte er immer mehr Zeit im Atelier. Er wußte, daß Richardson das ausnutzte. Er wußte, daß er hätte Urlaub nehmen sollen, nachdem die Konstruktionspläne für das Yu-Gebäude standen. Bei seinem Gehalt konnte er fahren, wohin er wollte. Es gelang ihm nur nie, in seinem überfüllten Arbeitsplan die richtige Lücke zu finden. Manchmal hatte Grabel das Gefühl, als stehe er kurz vor einem Nervenzusammenbruch. Jedenfalls trank er zuviel.

Als Richardson ihn fand, starrte der hochgewachsene, lockenköpfige New Yorker durch Brillengläser, die so verschmiert waren wie sein Hemdkragen, auf den Monitor des Intergraphterminals. Er war dabei, die Kurven und Liniennetze eines Bauplans neu zu gestalten.

Das Softwaresystem für rechnerunterstütztes Konstruieren von Intergraph war der Eckpfeiler im Arbeitssystem der Firma Richardson & Associates, und das nicht nur in Los Angeles, sondern in der ganzen Welt. Mit seinen Büros in

Hongkong, Tokio, London, New York und Toronto und den geplanten Zweigstellen in Berlin, Frankfurt, Dallas und Buenos Aires war Richardson & Associates Intergraphs zweitgrößter Einzelkunde, gleich nach der NASA. Dieses und ähnliche Systeme hatten eine Revolution in der Architektur eingeleitet. Ihr Drag & Drop-System erlaubte es dem Konstruktionszeichner, jede beliebige Anzahl zwei- und dreidimensionaler Elemente beliebig zu drehen, zu dehnen und aufeinander auszurichten.

Richardson zog den Armani-Sakko aus, rückte einen Stuhl neben Grabel und setzte sich. Ohne ein Wort zu sagen, zog er die Farbpause im Format A0 über den Tisch und verglich sie mit dem zweidimensionalen Bild auf dem Monitor, während er den Rest von Grabels Pizza in den Mund schob.

Grabel war schon vorher übermüdet, aber jetzt erlitt seine Stimmung den entscheidenden Einbruch. Manchmal sah er zu, wie das CAD-System das Muster, das er eingab, in ein Werk der Architektur verwandelte, und fragte sich, ob er nicht genausoleicht ein Musikstück hätte komponieren können. Aber jedesmal, wenn Ray Richardson die Szene betrat, verflogen seine philosophischen Überlegungen im Winde, und die Freude und Befriedigung, die seine Arbeit ihm schenkte, schien dann so flüchtig und vergänglich wie seine eigenen Computergraphiken.

«Ich glaube, wir haben es geschafft, Ray», sagte er müde. Aber Richardson hatte schon mit einem Mausklick das Smart Draw Icon in der Menüleiste angewählt, um den Entwurf selbst beurteilen zu können.

«Glaubst du?» Richardsons Lächeln war kalt wie der Winter. «Was heißt hier glauben? Weißt du es denn nicht, um Gottes willen?» Er streckte die Hand in die Luft wie ein Kind, das sich in der Schule meldet, und rief: «Kann mir jemand eine Tasse Kaffee besorgen?»

Grabel zuckte seufzend die Achseln. Er war viel zu müde, um sich mit Richardson zu streiten.

«Was soll das jetzt wieder heißen, dieses Achselzucken?

Los, Allen, was in Teufels Namen geht hier vor? Und wo in Teufels Namen ist Kris Parkes?»

Parkes war der Projektleiter für den Entwurf des Kunstzentrums. Zwar war er nicht Leiter der Arbeitsgruppe, aber er leitete die regelmäßigen gemeinsamen Sitzungen und formulierte das, was die Arbeitsgruppe dachte.

Grabel überlegte, daß die Arbeitsgruppe augenblicklich wohl genau dasselbe dachte wie er: daß sie am liebsten zu Hause wären, im Bett lägen und in den Fernseher glotzten. Genau das, was Kris Parkes höchstwahrscheinlich gerade tat.

«Er ist nach Hause gegangen», sagte Grabel.

«Der Projektleiter ist einfach nach Hause gegangen?»

Mary Sammis, eine der Modellbauerinnen des Projekts, brachte Richardson seinen Kaffee. Der probierte, verzog das Gesicht und gab ihn ihr zurück.

«Der ist aufgewärmt», sagte er.

«Er war zum Umfallen müde», erklärte Grabel. «Ich habe ihn nach Hause geschickt.»

«Bring mir einen neuen. Und wenn ich das nächste Mal eine Tasse Kaffee bestelle, will ich die Untertasse nicht extra bestellen müssen.»

«Kommt sofort.»

Kopfschüttelnd murmelte Richardson: «Was ist das bloß für ein Laden?» Dann fiel ihm etwas anderes ein, und er rief quer durch den Raum: «Ach, Mary! Was ist mit dem Modell?»

«Wir arbeiten noch dran, Ray.»

Grimmig schüttelte Richardson den Kopf. «Laß mich nicht hängen, Schätzchen. Morgen nachmittag fliege ich nach Deutschland.» Er warf einen Blick auf die Armbanduhr von Breitling. «Genau gesagt, in zwölf Stunden. Bis dahin muß das Modell verpackt und der ganze Papierkram für den Zoll erledigt sein. Verstanden?»

«Keine Angst, Ray. Ich verspreche dir, daß du es rechtzeitig hast.»

«Mir brauchst du nichts zu versprechen. Hier geht es nicht

um mich. Es geht überhaupt nicht um mich, Mary. Wenn es um mich ginge, wäre das etwas ganz anderes. Es geht um ein neues Büro mit dreißig Mitarbeitern, die die nächsten zwei Jahre ihres Lebens mit nichts anderem verbringen werden als mit der Arbeit an diesem Projekt. Und das mindeste, was wir für sie tun können, ist, ihnen ein Modell davon zu zeigen, wie es aussehen wird. Oder bist du anderer Meinung, Mary?»

«Nein, Mr. Richardson, bin ich nicht.»

«Und sag nicht Mr. Richardson zu mir, Mary. Wir sind hier verdammt noch mal nicht bei der Armee.»

Richardson griff nach Grabels Telefon und wählte eine Nummer. Mary nutzte die günstige Gelegenheit und machte sich aus dem Staub.

«Wen willst du anrufen, Ray?» sagte Grabel, und ein nervöses Zucken durchlief sein Gesicht. Der Tic machte sich nur bemerkbar, wenn er todmüde war oder dringend einen Drink brauchte. «Hast du nicht gehört, was ich gesagt habe? Ich habe gesagt, daß ich ihn nach Hause geschickt habe.»

«Das habe ich gehört.»

«Ray?»

«Wo bleibt mein verdammter Kaffee?» brüllte Richardson aus dem Hintergrund.

«Du willst doch nicht etwa Parkes anrufen, oder?»

Richardson sah Grabel nur an und zog verächtlich die grauen Augenbrauen hoch.

«Du Schwein», murmelte der. Plötzlich haßte er Richardson mit einer Intensität, die ihn selbst erschreckte. «Mein Gott, ich wollte, du wärst tot, du Arsch...»

«Kris? Hier ist Ray. Habe ich dich geweckt? Habe ich? Schade. Ich habe eine Frage, Kris. Hast du überhaupt eine Vorstellung davon, was dieses Gebäude der Firma an Honoraren einbringen wird? Nein, ich will nur eine Antwort auf meine Frage. Richtig, fast vier Millionen. Vier Millionen Dollar. Und jetzt hör zu, Kris. Viele von uns arbeiten bis tief in die Nacht daran. Nur du bist nicht da. Und du bist, verdammt noch mal, der Projektleiter! Meinst du nicht, du gibst ein schlechtes Beispiel? Ach, das meinst du nicht.» Er hörte einen Augenblick zu und fing dann an, den Kopf zu schütteln. «Also ehrlich gesagt, mir ist es egal, wie lange du nicht mehr zu Hause gewesen bist. Und es ist mir völlig gleich, wenn deine Kinder auf die Idee kommen, du seist irgendein Typ, der ihre Mutter im Supermarkt angequatscht hat. Du gehörst hierher, zu deiner Arbeitsgruppe. Wirst du jetzt deinen Arsch in Bewegung setzen und herkommen, oder muß ich mich nach einem neuen Projektleiter umsehen? Du kommst? Gut.»

Richardson hängte den Hörer ein und sah sich nach seiner Frau um. Die beugte sich über eine Vitrine neben der Treppe und betrachtete ein Modell des Hauptquartiers der Yu Corporation, das sich im wirklichen Leben auf der Hope Street Piazza der Vollendung näherte. «Ich bleibe noch etwas hier, Liebling», rief er ihr zu. «Wir sehen uns dann oben, o. k.?»

«O. k., mein Schatz.» Joan lächelte und blickte sich im Atelier um. «Gute Nacht allerseits.» Dann ging sie.

Nicht viele erwiderten ihr Lächeln. Die meisten waren selbst für ein höfliches Lächeln zu müde. Außerdem wußten sie, daß Joan genauso ein Ungeheuer war wie ihr Mann. Im Grunde war sie schlimmer. Er war wenigstens begabt. Ein paar der älteren Konstruktionszeichner konnten sich noch daran erinnern, wie sie in einem Wutanfall das Faxgerät durch eine verspiegelte Fensterscheibe geworfen hatte.

Ray Richardson wandte seine Aufmerksamkeit wieder dem Monitor zu und verwandelte das Bild in eine dreidimensionale Darstellung. Die Zeichnung stellte einen leicht vertieften Halbkreis mit einem Durchmesser von etwa 200 Metern dar, der an den Royal Crescent in Bath erinnerte und über den sich etwas erstreckte, das einem gigantischen Flügelpaar glich. Europäische Architekturkritiker sprachen von Adlerschwingen, genauer gesagt von den Flügeln des deutschen Reichsadlers, und bezeichneten Richardsons Entwurf als «postfaschistisch».

Richardson bewegte die Maus über das Mousepad und zog die dreidimensionale Darstellung näher heran. Jetzt wurde deutlich, daß das Gebäude nicht aus einem Halbkreis, sondern aus zweien bestand, zwischen denen ein geschwungener Säulengang die Geschäfte und Bürogebäude von den Ausstellungsräumen trennte. Es handelte sich um die Vertragszeichnungen, in denen sich all das niedergeschlagen hatte, worauf sich die einzelnen Berater geeinigt hatten, die am Bau des Kunstzentrums mitwirken sollten. Wenn Richardson nach Berlin kam, sollten sie zur Kostenplanung weitergegeben werden. Richardson betrat den Säulengang, zog die Decke näher heran und vergrößerte mit zwei Mausklicks die Detailzeichnung einer der formbeständigen Stahlröhren, auf denen die photochromen Glasplatten der Decke ruhten.

«Was ist denn da los?» Er runzelte die Stirn. «Hör mal, Allen, du hast nicht das getan, was ich wollte. Ich habe dich doch gebeten, beide Möglichkeiten zu zeichnen.»

«Aber wir waren uns doch einig darüber, daß das hier die ideale Lösung ist.»

«Ich wollte die andere aber auf alle Fälle auch haben.»

«Was heißt auf alle Fälle? Ich versteh dich nicht. Entweder ist das hier die beste Lösung oder nicht.»

Der Nerv in Grabels Gesicht begann wieder zu zucken.

«Das heißt: für den Fall, daß ich es mir anders überlege. Verstanden?» Richardson machte sich an eine grausame, aber zutreffende Imitation von Grabels nervösem Tic. Grabel nahm die Brille ab, legte das unrasierte Gesicht in die zitternden Hände und seufzte tief. Einen Augenblick sah er zum Himmel auf, als erwarte er den Rat des Allmächtigen. Als keine Ratschläge eintrafen, stand er auf, schüttelte langsam den Kopf und zog seine Jacke an.

«Mein Gott, wie ich dich manchmal hasse!» sagte er. «Nein, das stimmt nicht. Ich hasse dich immer. Weißt du, daß du der Darmkrebs eines Straßenköters bist? Eines Tages wird jemand der Welt einen großen Gefallen tun und dich umbringen. Ich würde es selber tun, aber ich wüßte nicht, wohin mit den begeisterten Zuschriften aus aller Welt. Du willst die andere Lösung gezeichnet haben? Zeichne sie selbst, du egoistischer Schweinehund. Ich habe die Schnauze voll von dir.»

«Was hast du gesagt?»

«Du hast es gehört, Arschloch!» Grabel drehte sich um und ging auf die Treppe zu.

«Wohin gehst du in drei Teufels Namen?»

«Nach Hause.»

Richardson richtete sich mit einem bitteren Kopfnicken auf.

«Wenn du jetzt gehst, brauchst du nicht wiederzukommen. Hast du mich verstanden?»

«Ich kündige», sagte Grabel und ging weiter. «Ich würde nicht einmal wiederkommen, wenn du vor Einsamkeit stirbst.»

Richardson ging in die Luft. «Du kündigst nicht», schrie er. «Ich kündige dir! Ich schmeiße dich raus, du kleines Stück Scheiße mit deinem nervösen Tic. Ihr habt es alle gehört. Hast du mich verstanden, Spasti? Du fliegst.»

Ohne sich umzusehen, streckte Grabel den Mittelfinger hoch und verschwand im Treppenhaus. Irgend jemand lachte, und Richardson sah sich mit geballten Fäusten wütend um. Er war bereit, jedem zu kündigen, der sich danebenbenahm.

«Was ist denn hier so komisch?» knurrte er. «Und wo bleibt mein verdammter Kaffee?»

Wutschnaubend ging Grabel die paar Schritte zum St. James's Club Hotel, wo er wie üblich einen Drink in der Jugendstilbar nahm, während er auf sein Taxi wartete. Wodka mit Cointreau und Preiselbeersaft. Genau das gleiche hatte er vor einem halben Jahr getrunken, als ihn die Polizei wegen Alkohol am Steuer festnahm. Wodka mit Cointreau und Preiselbeersaft und ein bißchen Kokain. Das Kokain hatte er nur genommen, um nach Hause fahren zu können. Wahrscheinlich wäre er nicht einmal betrunken gewesen, wenn er nicht so schwer gearbeitet hätte.

Mit der Idee, daß er seinen Job geschmissen hatte, kam er besser zurecht als mit der Tatsache, daß er keinen Führerschein mehr hatte. Wenn ihn Richardson wenigstens nicht Spasti genannt hätte! Er wußte, daß man ihn manchmal so nannte, aber niemand hatte es ihm je ins Gesicht gesagt. Einzig ein Scheißkerl wie Richardson konnte so etwas tun.

Eine Cocktailkellnerin namens Mary, eigentlich Schauspielerin zwischen zwei Engagements, war manchmal freundlich zu ihm. Sie stellte praktisch das gesamte Sozialleben dar, das Allen Grabel zu Gebote stand.

«Ich habe gerade gekündigt», erzählte er ihr stolz. «Hab meinem Partner gesagt, er kann sich den Job in den Arsch stecken.»

«Na ja.» Sie zuckte die Achseln. «Gratuliere.»

«Hab es schon lange vorgehabt. Hab mich nur nie dazu entschließen können. Hab ihm einfach gesagt, er kann ihn sonstwohin tun. Ich mußte es tun oder ihm das verdammte Gehirn aus dem Schädel pusten.»

«Ich habe das Gefühl, du hast die richtige Wahl getroffen», sagte sie.

«Da bin ich mir nicht sicher. Ich weiß es einfach nicht. Aber mein Gott, war er wütend.»

«Scheint eine gelungene Vorstellung gewesen zu sein. In voller dramatischer Pose.»

«Und wie! Mein Gott, war er wütend auf mich.»

«Ich wollte, ich könnte meinen Job schmeißen», sagte sie mit wehmütigem Lächeln.

«Warte nur ab, Mary. Dein Tag kommt auch noch.»

Er bestellte noch einen Drink und stellte fest, daß der noch schneller verschwand als der erste. Bis Mary ihm mitteilte, daß sein Taxi da war, hatte er vier oder fünf getrunken. Aber das, was er getan hatte, gab ihm so viel Auftrieb, daß er den Alkohol kaum spürte. Er zog ein paar Geldscheine von der Rolle, die er in der Tasche trug, und gab dem Mädchen ein großzügiges Trinkgeld. Das wäre nicht nötig gewesen, denn er hatte an der Bar gesessen, aber er hatte Mitleid mit ihr.

Schließlich konnte es sich nicht jeder leisten, einfach zu kündigen.

Als er gegangen war, atmete Mary erleichtert auf. Er war kein übler Typ. Aber sein Tic machte sie nervös. Außerdem mochte sie keine Betrunkenen. Nicht einmal, wenn sie freundlich waren.

Draußen forderte Grabel den Taxifahrer auf, ihn nach Pasadena zu fahren. Sie waren erst ein paar Blocks von der Innenstadt entfernt und fuhren nach Südosten über den Hollywood Freeway, kurz bevor sie nach Norden in Richtung Pasadena abbiegen mußten, als ihm plötzlich etwas einfiel.

«Scheiße», sagte er laut.

«Haben Sie ein Problem?»

«Eigentlich schon. Ich habe meine Hausschlüssel im Büro vergessen.»

«Sollen wir zurückfahren?»

«Fahren Sie an den Straßenrand, und lassen Sie mich überlegen, was ich tun will.»

Nach seinem dramatischen Abgang konnte er kaum zurück ins Büro. Ray Richardson würde annehmen, er komme mit eingekniffenem Schwanz angekrochen und wolle seinen Job wiederhaben. Es würde ihm unheimlichen Spaß bereiten, ihn lächerlich zu machen. Vielleicht würde er ihn noch einmal Spasti nennen, und das würde Allen nicht ertragen. Das Problem bei dramatischen Posen war, daß man so leicht seine Requisiten vergaß.

«Also wohin jetzt, junger Mann?»

Grabel sah aus dem Fenster und entdeckte, daß er auf eine vertraute Silhouette blickte. Sie fuhren die Hope Street entlang und näherten sich dem Gebäude der Yu Corporation. Plötzlich wußte er, wo er übernachten wollte.

«Wir sind richtig. Lassen Sie mich hier raus.»

«Sind Sie sicher?» fragte der Taxifahrer. «Nachts ist das hier eine gefährliche Gegend.»

«Absolut sicher», sagte Grabel. Warum war er eigentlich nicht gleich auf die Idee gekommen?

Mitchell Bryan gewann allmählich den Eindruck, seiner Frau gehe es wieder schlechter. Beim Frühstück hatte ihm Alison mit irre flackerndem Blick erzählt, sie habe gelesen, daß es südafrikanische Stämme gebe, die glaubten, die Folgen einer Fehlgeburt könnten nicht nur den Kindesvater, sondern das ganze Land, ja sogar den Himmel in Mitleidenschaft ziehen und dem Untergang weihen. Sie seien stark genug, heiße Winde entstehen zu lassen, das Land mit Dürre zu überziehen und den Regen versiegen zu lassen. Kurz angebunden hatte Mitchell erwidert: «Da sind wir ja noch billig davongekommen» und sich auf den Weg zum Auto gemacht, obwohl es erst halb acht Uhr früh war.

Er hatte nicht das Gefühl, als sei Alison jemals ganz über den Verlust ihres Kindes hinweggekommen. Sie war verschlossener als je zuvor, wirkte geradezu neurotisch und hielt sich so ängstlich vom Anblick Neugeborener fern wie andere Leute von den Slums im Stadtzentrum von Los Angeles. Manchmal konnte Mitch nicht umhin, das Endoskop der Erinnerung in den Rachen dessen zu zwängen, was einmal seine Beziehung zu Alison gewesen war, und sich zu fragen, ob das Kind die verlorene Gemeinsamkeit wiederhergestellt hätte. Fast auf den Tag genau ein Jahr nach Alisons Fehlgeburt hatte Mitch aufgehört, nach Entschuldigungen für ihr exzentrisches Benehmen zu suchen, und sich auf eine neue Affäre eingelassen. Er fühlte sich nicht wohl in seiner Haut. Er wußte, daß Alison noch immer viel Fürsorge und Verständnis brauchte. Er ahnte aber auch, daß er sie nicht mehr genug liebte, um ihr das zu geben, was sie brauchte. Wahrscheinlich war das einzige, was sie wirklich brauchte, ein guter Psychiater.

Was Mitch jetzt brauchte, war der Trost einer Frau namens Jenny Bao. Jenny war die *Fengshui*-Beraterin des Projekts. Meistens fuhr er morgens direkt ins Büro oder zum Gebäude der Yu Corporation, aber manchmal besuchte er statt dessen

Jenny in ihrer Wohnung in West Los Angeles, die zugleich ihr Büro war. Heute morgen wählte Mitch den vertraut gewordenen Weg vom Santa Monica Freeway über die La Brea Avenue und gelangte ein paar Blocks südlich vom Wilshire Boulevard in die ruhige, baumbestandene Siedlung solide gebauter Einfamilienhäuser im spanischen Stil, in der Jenny wohnte. Er hielt vor einem freundlichen grauen Bungalow mit erhöhtem Fundament, Veranda und gepflegtem Rasen. Die Reklametafel des Immobilienmaklers vor dem Nachbarhaus pries es als «sprechendes Haus» an.

Mitch stellte den Motor ab und lauschte amüsiert der neunzig Sekunden währenden Hausbeschreibung, die er von einer Sendestation im Haus auf der angegebenen Wellenlänge in seinem Autoradio hören konnte. Er war überrascht, wieviel das Haus kosten sollte, und darüber, daß sich Jenny eine so teure Wohngegend leisten konnte. Mit *Fengshui* konnte man offenbar mehr Geld machen, als er gedacht hatte.

Fengshui, die altchinesische Kunst der Geomantik, trug aufgrund der Beobachtung von Wind und Wasser dazu bei, Baugrundstücke und Gebäudeformen so zu wählen, daß sie sich harmonisch in die natürliche Umgebung einpaßten und Kraft aus ihr schöpften. Die Chinesen glaubten, die Beachtung der Ordnung von Wind und Wasser in der Architektur könne kosmische Kräfte binden, die Glück, Gesundheit, Wohlstand und langes Leben sicherten. Kein Gebäude an der ostasiatischen Küste des Pazifiks, wie groß oder klein auch immer, wurde geplant oder errichtet, ohne die Weisheit des *Fengshui* zu Rate zu ziehen.

Mitch hatte einige Erfahrung im Umgang mit *Fengshui*-Beratern und -Beraterinnen, nicht nur mit der Beraterin, deren Bett er derzeit teilte. Als er das Island Nirvana Hotel in Hongkong entwarf, hatte Ray Richardson vorgehabt, das Gebäude außen mit Spiegelglas zu verkleiden, bis der *Fengshui*-Meister seines Auftraggebers ihm mitgeteilt hatte, das blendende Licht werde zur Quelle von *Shaqi* werden, dem schädlichen

Atem des Drachen. Bei anderer Gelegenheit hatte die Firma ihren preisgekrönten Entwurf für die Sumida-Fernsehgesellschaft in Tokio ändern müssen, weil der Gebäudegrundriß dem kurzlebigen Schmetterling glich.

Er stieg aus und ging den Gartenpfad hinauf. Als Jenny ihm die Tür aufmachte, trug sie noch ihren seidenen Morgenmantel. «Mitch», rief sie aus, «was für eine schöne Überraschung! Ich wollte dich ohnehin nachher anrufen.»

Er war schon dabei, ihr den Morgenrock von den Schultern zu streifen und sie ins Schlafzimmer zu schieben.

«Wow», murmelte sie. «Was hast du denn gefrühstückt? Müsli mit Hormonen?»

Die Halbchinesin Jenny Bao erinnerte Mitch an eine große Katze. Grüne Augen, hohe Backenknochen und eine kleine, zarte Nase, mit der sie möglicherweise nicht auf die Welt gekommen war. Die geschwungenen Lippen hatten mehr von Odysseus als von Cupido. Rechts und links umrahmten sie zwei vollkommene Lachfältchen.

Sie lachte gern. Auch ihre Haltung war vollkommen, und die langen Beine betonten ihren selbstbewußten katzenartigen Gang. Sie hatte nicht immer so gut ausgesehen. Als Mitch sie kennenlernte, hatte sie vielleicht zehn oder fünfzehn Pfund zuviel gewogen. Er wußte, wieviel Zeit sie im Fitneßstudio verbringen mußte, um die Perfektion ihrer Figur zu bewahren.

Unter dem leichten Morgenmantel trug sie Seidenstrümpfe und Seidenhöschen.

«Hat dir der Drache gesagt, daß ich komme?» fragte er grinsend und zeigte auf den antiken chinesischen Jahreskalender mit seinen dreißig oder vierzig Reihen konzentrisch angeordneter Schriftzeichen. Mitch wußte, daß das geomantische Gnomon auf chinesisch *Luopan* hieß und dazu diente, die positiven und negativen Einflüsse des Drachen zu berechnen, der im Haus lebte.

«Natürlich», sagte sie und streckte sich auf dem Bett aus. «Der Drache erzählt mir alles.»

Seine Hände zitterten, als sein Daumen sich unter das Band des Seidenhöschens wagte, um es über die goldenen Zwillingskuppeln ihres Gesäßes und die Strumpfbänder zu streifen. Erst zog sie voll Hingabe die Knie zur Brust hoch, dann streckten sich ihre Füße, und das zarte Spinnennetz aus schwarzer Spitze und Seide war in seiner Hand.

Eilig zog er sich aus und ließ seinen Körper über den ihren fallen. Ohne sich weiter um die Orakelsprüche des geheimnisvollen Kreises an der Wand zu kümmern, begann er sie zu lieben.

Später lagen sie engumschlungen unter dem Laken und sahen fern. Schließlich warf Mitch einen Blick auf die goldene Rolex Submariner an seinem Handgelenk.

«Ich muß gehen», sagte er.

Jenny Bao schnitt ein Gesicht und küßte ihn.

«Warum wolltest du mich anrufen?» fragte er.

«Ach ja», seufzte sie und erzählte ihm, weshalb sie glaubte, mit ihm sprechen zu müssen.

Sobald Mitch an seinem Schreibtisch im Atelier saß, sah er mit unterdrücktem Stöhnen Tony Levine auf sich zukommen. Levine war Mitch zu erfolgsorientiert. Irgendwie wirkte er hungrig wie ein Wolf, ein Eindruck, den die sonst ständig lächelnd entblößten unregelmäßigen Zähne und die zusammengewachsenen Augenbrauen noch verstärkten. Und dann war da die Art, wie er lachte. Wenn Levine lachte, konnte man es im ganzen Haus hören. Es war, als wolle er die Aufmerksamkeit aller auf sich lenken, und das war Mitch unheimlich. Aber diesmal war auch nicht die Andeutung eines Lächelns in Levines Gesicht zu sehen.

«Allen Grabel hat gekündigt», sagte Levine.

«Was? Mach keine Witze!»

«Gestern abend.»

«Scheiße!»

«Er hat Überstunden gemacht und an dieser Kunstzentrumsgeschichte gearbeitet, und dann tauchte Richardson auf und hat sich wichtig gemacht.»

«Und was ist daran Neues?»

«Ich meine, er hat sich benommen wie ein richtiger Tyrann. Als wäre er imstande, Feuer an das Haus zu legen. Als ob er der gottverdammte Frank Lloyd Wright persönlich wäre. Du verstehst?»

Levine lachte dumpf wiehernd und strich sich über den kleinen dunklen Pferdeschwanz. Der Pferdeschwanz war ein zusätzlicher Grund, warum Mitch ihn nicht mochte. Schon weil Levine darauf bestand, ihn als einen Chignon zu bezeichnen.

«Nun ja, er hat ungefähr den gleichen Größenwahn. Er hält sich für ein Genie. Sprich: Seine Fähigkeit, Gott und der Welt auf die Nerven zu gehen, ist praktisch unbegrenzt.»

«Und was geschieht jetzt, Mitch? Suchen wir einen neuen Konstruktionszeichner? Schließlich ist der Auftrag doch beinahe abgeschlossen, oder nicht?»

Levine war als Projektleiter für das Yu-Gebäude zuständig.

«Ich sollte Allen wohl anrufen», sagte Mitch. «Da sind noch ein paar Fragen, die er mir beantworten könnte. Und wenn irgend möglich, würde ich Richardson gern von allem fernhalten, was noch erledigt werden muß.»

«Zu spät», sagte Levine. «Er hat Grabels Notizbuch schon durchgearbeitet. Er kommt morgen zur Projektbesprechung.»

«Scheiße. Ich dachte, er fährt nach Deutschland.»

«Danach. Was für Fragen?»

«Das hat uns gerade noch gefehlt. Weißt du, Allen hätte die Details einfach in Ordnung gebracht. Aber Richardson macht sicher eine große Affäre daraus.»

«Woraus? Erzähl mir schon, wo das Problem liegt.»

«*Fengshui.*»

«Wie bitte? Mein Gott, Mitch, ich dachte, diese blöde Scheiße hätten wir geklärt.»

«Haben wir auch, aber nur auf den Bauplänen. Jenny Bao hat sich das Gebäude angesehen, und sie macht sich Sorgen um eine ganze Reihe Dinge. Hauptsächlich hat sie Kummer mit dem Baum. Damit, wie er eingepflanzt ist.»

«Dieser beschissene Baum hat von Anfang an nichts als Ärger gemacht.»

«Da hast du nicht so unrecht, Tony. Außerdem gefällt ihr der vierte Stock nicht.»

«Was in Teufels Namen ist damit nicht in Ordnung?»

«Offenbar bringt er Unglück.»

«Wie bitte?» Levine stieß ein wieherndes Lachen aus. «Wieso der vierte Stock und nicht der dreizehnte?»

«Weil die Unglückszahl für Chinesen nicht die Dreizehn ist, sondern die Vier. Das Wort ‹vier› klingt wie das Wort ‹Tod›, hat sie mir gesagt.»

«Ich habe am 4. August Geburtstag», sagte Levine. «Pech gehabt, was?» Levine wieherte noch lauter. «Diese Kungfu-Scheiße ist einfach zu blöd.»

Mitch zuckte die Achseln. «Also wenn es nach mir geht, kriegt der Kunde das, was er haben will, Tony. Wenn der Kunde Akupunktur am Bau will, kriegt er eben Akupunktur am Bau. Und wir kriegen unsere Rechnung bezahlt.»

«Ich dachte, der Kunde liebäugelt mit den Kommunisten. Sind die nicht Atheisten und sowieso gegen Aberglauben, Geister, Glücksbringer und derartigen Unsinn?»

«Gut, daß du mich daran erinnerst», sagte Mitch. «Da gibt es noch etwas, worüber wir sprechen sollten. Erinnerst du dich an die Demonstranten bei unserem Richtfest? Also, sie sind wieder da.»

Am Bauprojekt für die Yu Corporation waren vier Arbeitsgruppen beteiligt: Konstruktionszeichner, Bauingenieure, Maschinenbautechniker und die Ingenieure der Gebäudesystemsteuerung (GSS) – und Mitchs Job war es, aufzupassen, daß sie alle dasselbe Gebäude bauten. Häufig übernahm eine Architekturfirma die Verantwortung nur für den Bauentwurf und beschäftigte firmenfremde Techniker als Berater. Aber ein Riesenunternehmen wie Richardson mit über vierhundert Angestellten hatte seine eigenen Bauingenieure und GSS-Spezialisten. Mitch selbst war ein erfahrener Architekt. Als technischer Koordinator war er dafür zuständig, die großen Konzeptionen des Entwurfsarchitekten in praktische Arbeitsanweisungen umzusetzen und dafür zu sorgen, daß bei Änderungen der Baupläne alle Beteiligten wußten, was das für ihre Arbeitsgruppe bedeutete.

Mitch fand Allen Grabels Telefonnummer in der Adreßdatei seines Computers, aber als er anrief, war er nur mit dem Anrufbeantworter verbunden.

«Allen? Hier ist Mitch. Es ist zehn Uhr. Ich habe gerade gehört, was gestern passiert ist, und... nun ja, ich möchte wissen, ob du das ernst gemeint hast. Und wenn du es ernst gemeint hast, wollte ich versuchen, dich zu überreden, es dir noch einmal zu überlegen. Wir können es uns einfach nicht leisten, einen begabten Mitarbeiter wie dich gehen zu lassen. Ich weiß, daß Richardson sich gelegentlich wie ein Arschloch benimmt. Aber der Typ ist begabt, und manchmal sind begabte Menschen unausstehlich. Also, äh... vielleicht kannst du mich ja zurückrufen.»

Mitch warf einen Blick auf die Uhr. Er hatte gerade noch Zeit, nachzusehen, was der Computer über *Fengshui* wußte, und vielleicht eine Lösung für das Problem zu finden, das Jenny Bao ihm vor die Füße geworfen hatte. Als er oben auf der Galerie Kay Killen vorübergehen sah, winkte er ihr zu. Kays Job als Chefzeichnerin drehte sich um den Computer und das CAD-System von Intergraph. Das machte sie zur Hüterin der Datenbank für alles, was mit dem Projekt zusammenhing. Für Mitch war sie aus mehr als einem Grund eine unentbehrliche Mitarbeiterin.

«Kay», sagte er, «könntest du mir rasch helfen?»

«Also, was für ein Problem haben wir diesmal?» knurrte Richardson, als Mitch bei der Projektbesprechung auf Jenny Baos Sorgen zu sprechen kam. «Wißt ihr was? Manchmal glaube ich, diese Kungfu-Arschlöcher erfinden ihre Probleme selbst, damit sie höhere Gebühren kassieren können.»

«Das kommt mir irgendwie bekannt vor», murmelte Martin Birnbaum vom Firmenmanagement und rückte sorgfältig seine Fliege zurecht.

Für Mitch, dessen Vater als Journalist an einer Kleinstadtzeitung sein Leben lang eine Fliege getragen hatte, gehörten Fliegen zum trügerischen Schmuck aller Lügner und Betrüger, und deshalb war die Fliege ein zusätzlicher Grund, den fettbäuchigen und seiner Meinung nach hochnäsigen Birnbaum zu hassen.

Sie saßen gemeinsam an Richardsons demokratisch rundem Tisch aus weißfurnierter Birke: Mitchell Bryan, Ray Richardson, Joan Richardson, Tony Levine, Martin Birnbaum, der Maschinenbautechniker Willis Ellerly, der GSS-Ingenieur Aidan Kenny, David Arnon von der Bautechnikfirma Elmo Sergo Ltd., die Baustellenagentin Helen Hussey und Kay Killen. Mitch saß neben Kay, die ihre langen Beine in seine Richtung streckte.

«Es geht um den Baum», erklärte Mitch. «Genauer gesagt darum, wie er eingepflanzt ist.»

Alles stöhnte auf.

«Mein Gott, Mitch», sagte David Arnon, «dies ist vielleicht das intelligenteste Gebäude, das ich je gebaut habe, aber wir haben auch den blödesten Kunden aller Zeiten. Er beauftragt einen der führenden Architekten der Welt, und dann stellt er diese verdammte chinesische Hexe an und läßt sie alles kontrollieren, was der Architekt tut.»

Mitch protestierte nicht. Er wußte, daß Ray Richardson ihn ohnehin schon mit Jenny im Verdacht hatte, und hatte keine Lust, in die Schußlinie zu geraten, indem er sie verteidigte.

«Ahnt diese blöde Ziege überhaupt, was für ein Theater es

war, den Baum durch das Gebäudedach zu hieven? So ein Ding kann man nicht einfach hochheben und anderswo wieder hinstellen.»

«Immer mit der Ruhe, David», sagte Mitch. «Wir müssen mit dieser blöden Ziege, wie du sie nennst, zusammenarbeiten.»

Arnon schlug sich auf die Schenkel und stand auf. Mitch wußte, daß Arnon sich der Wirkung seiner Geste bewußt war. Mit stattlichen einen Meter fünfundneunzig war Arnon der größte und möglicherweise auch der bestaussehende Mann im Raum. Er war ein langer, drahtiger Typ mit schmalen, unglaublich geraden Schultern, die aussahen, als habe man sie an der Zeltstange seines Körpers verzurrt, einem viereckigen Kopf und einem kurzen hellbraunen Bart. Er sah aus wie ein ehemaliger Basketballspieler, und genau das war er auch. Arnon hatte in seiner Studentenzeit als Verteidiger für Duke University gespielt und war später einmal Spieler des Jahres gewesen, bis ihn eine Knieverletzung zwang, den Basketballsport endgültig an den Nagel zu hängen.

«Ruhe?» empörte sich Arnon. «Wie denn? Du bist schließlich nicht derjenige... Wer ist denn überhaupt auf die Schnapsidee gekommen, so einen idiotischen Riesenbaum da reinzustecken?»

«Das war meine Schnapsidee», sagte Joan Richardson.

Arnon zuckte entschuldigend die Achseln und setzte sich wieder.

Mitch lachte leise in sich hinein. Irgendwie machte ihm die Wirkung Spaß, die seine Mitteilung ausgelöst hatte. Er konnte David Arnons Sorgen verstehen. Schließlich kam es nicht allzu häufig vor, daß ein Kunde von ihm verlangte, eine neunzig Meter hohe Dikotyle aus dem brasilianischen Regenwald in die Eingangshalle eines Neubaus zu setzen. Arnon hatte den größten Kran in Kalifornien gebraucht, um den gewaltigen Baum, der anscheinend so etwas wie einen südamerikanischen Höhenrekord hielt, durch das Dach ins Gebäudeinnere zu transportieren. Die Arbeiten hatten einen Stau auf dem Hollywood Freeway ausgelöst, und die Hope Street war ein ganzes Wochenende lang gesperrt gewesen.

«Beruhige dich, David», sagte Mitch. «Sie redet davon, *wie* er gepflanzt ist, nicht *wo*.»

«Was macht das für einen Unterschied?»

«Jenny Bao...»

«Bao, wow, wow», knurrte Arnon. «Blödes Hundeweib.»

«Jenny Bao hat mir gesagt, es sei schlechtes *Fengshui*, einen großen Baum auf einer Insel in einem Teich zu pflanzen, weil der Baum in dem rechteckigen Teich zu einem chinesischen Schriftzeichen wird, das Not und Umzingelung bedeutet.» Er ließ Fotokopien einer Zeichnung herumgehen, die Jenny von dem chinesischen Zeichen *kun* gemacht hatte:

困

Richardson warf einen verächtlichen Blick auf das Zeichen.

«Wißt ihr was», sagte er. «Wenn ich mich richtig erinnere, hat sie mir erzählt, es sei günstig, einen viereckigen Teich anzulegen, weil das einem Zeichen ähnelt, das Mund heißt und irgend etwas symbolisiert wie – was war es noch einmal? Ach ja, viele Menschen und Wohlstand. Kay, sieh das bitte im Computer nach. Vielleicht können wir es der Kuh ein für allemal zeigen.»

Mitch schüttelte den Kopf.

«Du sprichst von dem Zeichen *kou*. Aber wenn das Zeichen *mu* für Baum in der Mitte steht, wird *kou* zu *kun*. Verstehst du? In dem Punkt ist Jenny ziemlich hart geblieben, Ray. Sie wird das *Fengshui*-Zertifikat nicht unterschreiben, wenn wir da nichts unternehmen.»

«Unternehmen? Was denn?» fragte Levine.

«Nun, ich habe mir etwas überlegt», sagte Mitch. «Wir könnten einen zweiten Teich, der rund sein müßte, in den viereckigen hineinbauen. Dann stellt der Kreis den Himmel und das Quadrat die Erde dar.»

«Ich kann nicht glauben, daß wir über so etwas diskutieren», sagte Richardson. «Da bauen wir das intelligenteste

Gebäude in LA und reden über Voodoo. Demnächst müssen wir wohl noch einen Hahn opfern und das Blut über die Türschwelle gießen.»

Er seufzte und fuhr sich mit der Hand über das kurzgeschnittene graue Haar.

«Tut mir leid, Mitch. Was soll's? Deine Idee klingt nicht schlecht.»

«Also, ich habe es ihr schon vorgetragen, und sie scheint einverstanden.»

«Gut gemacht, Kumpel», sagte Richardson. «Laß bitte die Zeichnungen anfertigen. Habt ihr das gehört? Mitch ist der Typ, von dem wir hier mehr brauchen könnten. Er sorgt dafür, daß die Dinge erledigt werden. Nächster Punkt.»

«Ich fürchte, wir sind mit diesem noch nicht fertig», sagte Mitch. «Jenny Bao macht auch Schwierigkeiten mit dem vierten Stockwerk. Vier klingt im Chinesischen wie das Wort für Tod, oder so ähnlich.»

«Vielleicht hat sie ja recht», sagte Richardson. «Jedenfalls werde ich der verdammten Ziege vier Kugeln in den Kopf verpassen, wenn das so weitergeht. Und dann reiße ich ihr die Glieder einzeln aus und schiebe sie ihr in ihren vier Zoll weiten...»

«... blöden Arsch», johlte Aidan Kenny.

Levine brach in wieherndes Gelächter aus.

«Könnte man nicht einen leeren Raum da lassen, wo der vierte Stock war?» fragte Helen Hussey. «Wißt ihr, ihn einfach auslassen. So daß der fünfte Stock direkt auf dem dritten liegt?»

«Hast du eine Lösung, Mitch?» fragte Joan.

«Diesmal leider nicht.»

«Wie wäre es damit?» fragte Aidan Kenny. «Im vierten Stock haben wir die Computerräume untergebracht: den Zentralrechner, das E-mail Center, die Dokumentenverarbeitung, den Raum für die Tonbandregelung, die multimediale Bibliothek mit dem geschützten Archiv und die Kommandobrücke mit den diversen Servicezugängen. Warum nennen wir ihn nicht einfach Datencenter? Das hört sich dann so an: zweiter Stock, dritter Stock, Datencenter, fünfter Stock, Damenwäsche, Polstermöbel...»

«Keine schlechte Idee, Aid», sagte Richardson. «Was meinst du, Mitch? Wird die große Seherin sich darauf einlassen?»

«Ich glaube schon.»

«Willis? Du ziehst ein Gesicht. Hast du etwas dagegen?»

Als Maschinenbauingenieur hatte Willis Ellery die Aufgabe, das komplizierte System von Röhren, Kabeln, Fahrstuhlschächten und Leitungen für das Gebäude der Yu Corporation zu planen. Willis war ein untersetzter Mann mit weißblondem Haar und einem Schnurrbart, an dessen Enden sich die Nikotinspuren seines hohen Zigarrenkonsums abzeichneten. Er räusperte sich und nickte kurz mit dem Kopf, als wolle er sich in eine Gesprächspause hineinboxen. Trotz seiner offensichtlichen Stärke war er ein zartfühlender und höflicher Mensch.

«Ja, ich fürchte schon. Was machen wir mit den Fahrstühlen?» sagte er. «Auf den Anzeigetafeln in den Kabinen steht überall die Nummer vier.»

Richardson zuckte ungeduldig die Achseln.

«Ruf Otis an, Willis, und sag ihnen, sie sollen dir neue Anzeigetafeln machen. Es kann doch kein Problem sein, D statt 4 zu schreiben.» Er wies auf Kay Killen, die auf ihrem Laptop das Besprechungsprotokoll führte. «Vergiß nicht, das alles dem Kunden mitzuteilen, Kay. Die Kosten für die ganzen Voodoo-Zeremonien gehen auf seine Kosten, nicht auf unsere.»

«Hm... ja... das könnte natürlich ein bißchen dauern», sagte Ellery.

Richardson sah Aidan Kenny mit der Andeutung eines Augenzwinkerns an.

«Aid? Du bist es, der den größten Teil seines Lebens im vierten Stock des Yu-Gebäudes verbringen wird. Was hältst du davon? Bist du bereit, das Risiko einzugehen? Wieviel Glück hast du, Junge?»

«Ich bin Ire, nicht Chinese», lachte Kenny. «Mit der Vier habe ich noch nie ein Problem gehabt. Mein Vater hat immer gesagt, wer ein vierblättriges Kleeblatt findet, hat Glück im Spiel und ist sicher vor Elfen und Leprechauns.»

«Trotzdem», sagte Mitch, «solltest du das Cheech und Chong lieber nicht erzählen.»

«Wer ist denn das schon wieder?» fragte Richardson.

«Bob Beech und Hideki Yojo», erklärte Kenny, «von der Yu Corporation. Sie haben ihren Supercomputer eingebaut und mir bei der Einrichtung des Gebäudesteuerungssystems geholfen. In Wirklichkeit sind sie als Kontrolleure da. Sie passen auf, daß ich nicht an ihrer Hardware herumspiele.»

«Meinst du, ihre Anwesenheit könnte man als Inbesitznahme und Nutzung interpretieren?» witzelte David Arnon, der wußte, daß ihm das unter den gültigen Vertragsbedingungen die Möglichkeit gegeben hätte, mit seiner Firma die Baustelle zu verlassen.

Mitch lächelte. Er wußte genau, wie dringend Arnon mit dem Auftrag fertig und hauptsächlich Ray Richardson loswerden wollte.

«Dabei fällt mir ein, Mitch», sagte Richardson, «hast du schon ein Datum für die Begehung in meinen Kalender geschrieben?»

Es handelte sich um den Termin in der Baugeschichte eines Gebäudes, zu dem der Architekt das Gebäude als vollendet und nutzungsbereit akzeptiert.

«Nein, Ray, noch nicht. Wir sind noch dabei, Ausrüstung und Servicefunktionen zu überprüfen, bevor wir die vorläufige Nutzungsgenehmigung beantragen können.»

«Schieb es nicht zu lange auf. Du weißt, wie voll mein Terminkalender ist.»

«Ach, ich habe noch etwas vergessen», sagte Kenny. «Wenn wir schon von Terminkalendern und Terminen sprechen: heute ist Big Bang, der Urknall: der Tag, an dem unser Computer die Verbindung zu den Computern in all unseren anderen Projekten in Amerika aufnimmt.»

«Gut, daß Aidan uns daran erinnert», sagte Ray Richardson. «Unser Big Bang ist wichtig. Demnächst werden alle unsere Baustelleninspektionen über das Computermodem in geschlossenen Fernsehsystemen vorgenommen. Dann brauchen sich einige von euch blöden Hunden ihre 300-Dollar-Schuhe nicht mehr schmutzig zu machen.»

«Möglicherweise können wir das System schon bei der nächsten Projektbesprechung benutzen», sagte Kenny. «Der größte Teil des GSS ist funktionsbereit.»

«Gute Arbeit, Aid.»

«Wie steht es um die Sicherheitsvorkehrungen?» erkundigte sich Tony Levine. «Mitch sagt, ein paar von den Demonstranten sind wieder da.»

«Wie das?» fragte Richardson. «Sie haben sich seit über einem halben Jahr nicht mehr blicken lassen.»

«Es sind nicht halb so viele wie letztes Mal. Allenfalls ein paar Dutzend», sagte Mitch. «Hauptsächlich Studenten. Wahrscheinlich, weil das Semester gerade zu Ende gegangen ist.»

«Weißt du was, Mitch? Wenn es Schwierigkeiten gibt, ruf Morgan Philips im Rathaus an. Sag ihm, er soll etwas unternehmen. Er ist mir noch was schuldig.»

Mitch zuckte die Achseln. «Ich glaube nicht, daß es Schwierigkeiten geben wird», sagte er. «Wir haben unseren Wachdienst, der sich um so was kümmert. Und dann ist da ja auch noch der Computer.»

«Wenn du meinst», sagte Richardson. «Also, Leute, das war es.»

Die Besprechung war zu Ende.

«Hey, Mitch», sagte Kenny. «Fährst du in die Stadt?»

«Ja, gleich.»

«Nimmst du mich mit zum Grill? Mein Wagen ist in der Werkstatt.»

Mitch zuckte zusammen und sah zu Ray Richardson hinüber.

Es war Sam Hall Kaplan, der Architekturkritiker der *LA*

Times, gewesen, der den Spitznamen «Grill» für das Gebäude der Yu Corporation aufgebracht hatte, weil sein Gerüst aus parallel verlaufenden Querverstrebungen und Trägern der Aufteilung eines amerikanischen Football-Felds ähnelte. Mitch wußte, daß sich Richardson über den Spitznamen ärgerte.

«Aidan Kenny», sagte Richardson streng, «ich möchte nicht hören müssen, daß irgend jemand das Yu-Gebäude den Grill nennt. Es ist das Yu-Gebäude oder das Gebäude der Yu Corporation, oder einfach Hope Street Piazza Nummer eins, und sonst nichts. Niemand hier hat das Recht, ein Gebäude der Firma Richardson in dieser Weise zu verunglimpfen. Ist das klar?»

Ray Richardson, der wußte, daß ihm inzwischen nicht mehr nur Aidan Kenny zuhörte, wurde lauter. «Das gilt für alle. Niemand nennt das Yu-Gebäude den Grill. Unser Atelier hat achtundneunzig Preise für hervorragende architektonische Entwürfe gewonnen, und wir sind stolz auf unsere Gebäude. Natürlich baut mein architektonischer Stil auf technologischen Vorbildern auf. Ich wüßte auch nicht, wie man das vermeiden soll. Aber ihr könnt euch darauf verlassen, daß ich die Gebäude auch für schön halte. Schönheit und Technik sind nicht so unvereinbar, wie es uns manche Leute einreden wollen. Wer anderer Meinung ist, hat kein Recht, hier zu arbeiten. Täuscht euch da nicht. Ich werde jeden rausschmeißen, der in meiner Gegenwart das Wort Grill benutzt. Und das gleiche gilt für das Kunstzentrum in Berlin, das Yoyogi-Park-Gebäude in Tokio, das Bunshaft-Museum in Houston, das Thatcher-Gebäude in London und jedes andere verdammte Gebäude, mit dem wir irgend etwas zu tun haben. Ich hoffe, das war klar genug.»

Als Mitch nach Osten in den Santa Monica Boulevard einbog, war Aidan Kenny immer noch mit Richardsons mahnenden Worten beschäftigt. Erfreulicherweise schien ihm die ganze Angelegenheit nichts auszumachen. Er fand sie eher amüsant.

«Das Yoyogi-Park-Gebäude», sagte er. «Wie nennen sie das noch mal? Entschuldigung, wie verunglimpfen sie das noch mal? ‹Verunglimpfen›, ein toller Ausdruck. Müßte ich mal im Wörterbuch nachschlagen.»

«Der *Architectural Digest* hat einen Artikel darüber gebracht», erklärte Mitch. «Die *Japan Times* hat eine Befragung in Auftrag gegeben, was die Leute in Tokio davon halten. Anscheinend nennen sie es die Sprungschanze.»

«Die Sprungschanze?» lachte Kenny. «Das gefällt mir. Es sieht wirklich aus wie eine Sprungschanze. Das muß ihm gefallen haben. Und was ist mit dem Bunshaft-Museum los?»

«Keine Ahnung. Muß etwas Neues sein. Vielleicht hat er etwas gelesen, das ich noch nicht kenne.»

«Was hält dieses Arschloch eigentlich am Ticken? Vielleicht ist es ja seine Frau. Vielleicht schnallt Joan sich einen an und schiebt ihn ihm in den Arsch. Hart genug dazu ist sie. Die Dame aus Stahl. Sie könnte Verteidigerin bei den Steelers sein.»

«Eins muß man ihm lassen, Richardson ist nicht der schlechteste Architekt in Los Angeles. Bei weitem nicht. Der Preis geht an Morphosis, und Frank Gehry bekommt einen Trostpreis. Ray benimmt sich wie ein schizophrener Paranoiker, aber wenigstens sehen seine Gebäude nicht so aus. Wußtest du, daß ein paar von den Typen es als erlösend empfinden, wenn sie ihre Gebäude so häßlich wie möglich gestalten?»

«Laß schon gut sein, Mitch», lachte Kenny. «Du weißt doch, daß ein Wort wie ‹häßlich› in der Architektur keine Bedeutung hat. Es gibt die Moderne, die Postmoderne, postmodernes Bewußtsein und Sicherheitsbewußtsein. Wenn du heutzutage willst, daß dein Gebäude im Trend liegt, mußt du dafür sorgen, daß es aussieht wie ein Zuchthaus.»

«Kein schlechter Spruch für jemanden, der einen gepanzerten Cadillac Protector fährt.»

«Weißt du, wie viele davon letztes Jahr in LA verkauft worden sind? Achtzigtausend. Hör auf mich: In ein paar Jahren fahren wir sie alle. Du auch. Joan Richardson hat schon einen.»

«Und warum nicht Ray? Es gibt viel mehr Leute, die *ihn* umbringen würden als sie.»

«Glaubst du denn, sein Bentley ist nicht gepanzert?» Kenny schüttelte den Kopf. «So einen Wagen kann man in Los Angeles nur gepanzert verkaufen. Aber mir ist, ehrlich gesagt, der Protector lieber. Er hat einen Reservemotor, für den Fall einer Panne. Das gibt es nicht einmal beim Bentley.»

«Warum fährst du dann deinen Protector nicht? Du hast ihn doch gerade erst bekommen.»

«Nichts Ernstes. Irgendwas stimmt nicht mit dem Bordcomputer.»

«Was fehlt ihm denn?»

«Weiß ich nicht. Mein achtjähriger Sohn Michael spielt ständig daran herum. Er glaubt, der Computer reguliere das Waffensystem des Wagens oder irgend so was, und versucht, andere Autos damit abzuschießen.»

«Wenn es bloß so einfach wäre», sagte Mitch und trat auf die Bremse, um einen Zusammenstoß mit einem umherirrenden Ford vor sich zu vermeiden. Er knirschte wütend mit den Zähnen, warf einen Blick in den Rückspiegel und ging dann auf die Überholspur.

«Versuch, keinen Blickkontakt zu ihm aufzunehmen, Mitch», sagte Kenny nervös. «Nur so, auf alle Fälle. Hast du eine Waffe im Auto?» Er öffnete das Handschuhfach.

«Wenn es für den Protector ein Waffensystem gäbe, würde ich es heute noch anschaffen.»

«Ja, das wäre vielleicht toll!»

Mitch wechselte vor dem Ford die Spur und warf einen Blick auf seinen Mitfahrer. «Nun beruhige dich schon. Da drin ist keine Pistole. Ich besitze gar keine.»

«Wie? Keine Waffe? Bist du ein Pazifist oder so was?»

Aidan Kenney war ein untersetzter Typ mit einem Kartoffelgesicht, trug eine Brille mit Drahtgestell und hatte einen großen klebrigen Mund, in den ein ganzer Cheeseburger auf einmal paßte. Irgend etwas an ihm erinnerte Mitch an einen kleineren Renaissancefürsten. Die Augen waren klein und standen zu nah aneinander. Die Nase war lang und dick und strahlte einen Hauch von Nachgiebigkeit und Sinnlichkeit aus. Das Kinn war zwar nicht so ausgeprägt wie bei den Habsburgern, aber vorspringend und von einem hellen, knabenhaften Bart bedeckt, der aussah, als wolle sein Träger eine Reife vortäuschen, die er nicht besaß. Seine Haut war weich und so weiß wie eine Rolle Klopapier, was bei Menschen nicht unüblich ist, die den größten Teil ihres wachen Lebens vor einem Computerterminal verbringen.

Sie bogen nach Süden in den Hollywood Freeway ein.

«Deshalb habe ich nachgegeben und erlaube ihm ein paar Computerspiele», sagte Kenny. «Dieser interaktive Kram auf CD-ROM, weißt du?»

«Wem?»

«Meinem Sohn. Vielleicht hört er dann auf, am Bordcomputer rumzuspielen.»

«Er muß der einzige Junge in Los Angeles sein, der noch nicht mit dem Zeug spielt.»

«Möglich. Ich weiß eben, wie suchtbildend der Kram sein kann. Ich bin immer noch bei ACS: Anonyme Computerspieler.»

Mitch warf noch einmal einen Seitenblick auf seinen Kollegen. Man konnte sich gut vorstellen, wie er bis zum frühen Morgen über einem Fantasy-Spiel saß. Nicht daß Aidan Kenny etwas Schwächliches oder Willenloses an sich gehabt hätte. Bevor er eine GSS-Gesellschaft gründete, die Richardson später für mehrere Millionen Dollar aufgekauft hatte, hatte Aidan Kenny in Stanford bei der Forschungsgruppe Künstliche Intelligenz gearbeitet. Das mußte man Ray Richardson lassen: Er stellte nur die Besten an. Auch wenn er offenbar nicht wußte, wie er sie auf Dauer an sich binden konnte.

«Er kommt mich heute besuchen. Wir gehen einkaufen, und er kann sich alle Spiele aussuchen, die er haben will.»

«Wer, Michael?»

«Ja, er hat Geburtstag. Margaret bringt ihn in den Grill. Oh, Entschuldigung, ins Yu-Gebäude. Ich hoffe nur, daß dein Wagen nicht abgehört wird. Glaubst du, es stört die anderen, wenn Michael heute nachmittag dort bleibt? Wir wollen heute abend zu den Clippers, und ich will nicht erst nach Hause.»

Mitch dachte über Allen Grabel nach. Sein Aktenkoffer hatte noch unter dem Schreibtisch gestanden, als er das Büro verließ. Und als Mitch noch einmal angerufen hatte, war wieder nur der Anrufbeantworter am Apparat gewesen. Er sprach mit Kenny darüber.

«Meinst du, es könnte ihm etwas passiert sein?» fragte er.

«Was denn wohl?»

«Keine Ahnung. Du bist es doch, der Phantasie und einen Cadillac Protector besitzt. Es war ganz schön spät, als er gestern aus dem Büro gegangen ist.»

«Wahrscheinlich ist er irgendwohin gezogen, wo er sich richtig besaufen kann», sagte Kenny. «Allen ist nicht gerade ein Antialkoholiker.»

«Vielleicht hast du ja recht.»

Sie bogen vom Freeway in die Temple Street ein, und die vertraute Silhouette der Stadt empfing sie. Über allem ragte der dreiundsiebzigstöckige rechteckige Bibliotheksturm von I. M. Pei empor. Mitch fiel auf, daß die höchsten Gebäude von Los Angeles (die meisten davon waren Banken oder Einkaufszentren) den banalen Bauklötzchenkonstruktionen ähnelten, die er damals gebaut hatte, als Achtjährige noch mit Legokästen spielten. Er bog südlich in die Hope Street ein, und beim Anblick des Yu-Gebäudes überkam ihn ein Anflug von Stolz. Er beugte sich in seinem Sitz vor und warf einen raschen Blick auf die vertraute Blendwand hinter dem charakteristischen Gitterwerk von horizontalen Riesenträgern und elfenbeinfarbenen Stützpfeilern: weniger ein Gebäudegerüst als eine hundert Meter hohe Leiter, an der die fünfundzwanzig Stockwerke aufgehängt waren.

Obwohl Richardson auf den Spitznamen allergisch reagierte, fand Mitchell die Bezeichnung an sich nicht beleidigend. Im Gegenteil. Er konnte sich vorstellen, daß die Yu Corporation irgendwann einmal dem Beispiel der Besitzer von New Yorks berühmtem Flatiron Building folgen und versuchen würde, den Spitznamen zur offiziellen Bezeichnung zu machen. Sie konnten es nennen, wie sie wollten, dachte er, verglichen mit den mürrisch funktionalen Glaskästen im Stil Mies van der Rohes, die es umgaben, war der Grill für Mitch das architektonisch verblüffendste Bauwerk in ganz Amerika. Nichts kam an die glänzende, silbern und weiß schimmernde Maschine heran, die Ray Richardsons Gebäude war. Seine auffällige Farblosigkeit war die konkreteste aller denkbaren Farben, und in Mitchs Augen strahlte das Gebäude das weiße Licht offenbarter Wahrheit aus.

Mitch bremste ab und bog in die Zufahrt ein, die am fertiggestellten Teil der Piazza vorbei in das unterirdische Parkhaus führte. Dabei merkte er, daß etwas gegen die Beifahrertür knallte.

«Mein Gott!» rief Kenny aus und sank unter das Fenster in seinem Sitz zurück. «Was in Teufels Namen war das?»

«Einer von den Chinesen hat etwas nach uns geworfen.»

Mitch hielt nicht an. Wie alle Autofahrer in Los Angeles hielt er nur bei Verkehrsampeln und Polizisten an. Erst als sie sicher hinter der Rolltür aus Aluminium waren, inspizierte er seinen Wagen.

Keine Beule. Nicht einmal ein Kratzer. Nur ein handtellergroßer Fleck verfaultes Fruchtfleisch. Mitch kramte ein Papiertaschentuch aus dem Handschuhfach hervor, wischte den häßlichen Flecken ab und roch daran.

«Riecht wie eine verfaulte Orange», sagte er. «Hätte schlimmer sein können. Sie hätten einen Stein oder sonst etwas nehmen können.»

«Das nächste Mal kann es schlimmer kommen. Ich hab es

dir gesagt, Mitch. Du solltest dir einen Protector zulegen», sagte Kenny und zuckte die Achseln. Dann zitierte er einen der übleren Fernsehspots, in dem ein bekloppter Weißer mit dem Auto durch eine gefährliche schwarze Gegend fährt: «Das Auto, das Ihnen die Stadtfreiheit wiedergibt.»

«Was ist nur mit den Jungen los? Bisher haben sie noch nie etwas geschmissen. Sollte da nicht irgendwo ein Bulle stehen und aufpassen, daß so etwas nicht vorkommt?»

Kenny schüttelte den Kopf. «Wer weiß? Vielleicht war es ja der Bulle selbst. Mein Gott, in letzter Zeit habe ich mehr Angst vor der Polizei als vor Verbrechern. Hast du den Blinden im Fernsehen gesehen? Den, der niedergeschossen wurde, weil er seinen weißen Stock vor einem Polizisten geschüttelt hat?»

«Wahrscheinlich sollten wir es Sam erzählen», sagte Mitch. «Mal sehen, was der dazu meint.»

Sie gingen durch die Tür und auf die Fahrstühle zu, wo schon eine Kabine auf sie wartete, um sie ins Hauptgebäude heraufzufahren. Die Kabine war automatisch in die Parketage befördert worden, als die beiden Männer vor dem Garagentor ihre Stimmproben abgegeben hatten.

«Welches Stockwerk, bitte?»

Kenny beugte sich über das Mikrophon in der Wand. «Wo ist Sam Gleig zur Zeit, Abraham?»

«Abraham?» Mitch zog die Augenbrauen hoch. Kenny zuckte die Achseln. «Hab ich es nicht erwähnt? Wir haben beschlossen, unserem künstlichen Lebenssystem einen Namen zu geben.»

«Sam Gleig ist in der Eingangshalle», sagte der Computer.

«Bring uns bitte dorthin, Abraham.» Er grinste Mitch zu. «Auf alle Fälle ist es um einiges besser als der Name, den Cheech und Chong für den Yu-5-Rechner haben. Sie nennen ihn den Mathematischen Analysator, Numerator, Integrator und Allseitigen Computer. M-A-N-I-A-C. Wahnsinn, was?»

Die Türen schlossen sich.

«Abraham», sagte Mitch, «klingt gar nicht falsch. Weißt

du was? Jedesmal wenn ich seine Stimme höre, überlege ich, woher ich sie kenne.»

«Alec Guinness», sagte Kenny. «Du weißt schon, der alte Engländer in *Krieg der Sterne*. Wir haben ihn ein ganzes Wochenende im Studio gehabt, um seine Stimme zu digitalisieren. Natürlich kann Abraham so gut wie jedes Geräusch analysieren, aber für längere gesprochene Texte braucht man einen Schauspieler, der die linguistische Grundlage schafft. Wir haben Guinness mit einem Dutzend anderer Schauspielerstimmen verglichen: Glenn Close, James Earl Jones, Marlon Brando, Meryl Streep und Clint Eastwood unter anderen.»

«Clint Eastwood?» Mitch schien überrascht. «In einem *Fahrstuhl*?»

«Ja, aber Guinness war besser. Die Leute fanden seine Stimme beruhigend. Wahrscheinlich der britische Akzent. Natürlich sind wir nicht auf Englisch beschränkt. In Los Angeles werden sechsundachtzig Sprachen gesprochen, und Abraham kann sie alle verstehen und auf sie reagieren.»

Die Fahrstuhltür öffnete sich in der Eingangshalle, und der angenehme Duft von synthetisch hergestelltem Zedernholz strömte in die Kabine. Mitch und Kenny gingen über einen weißen Marmorfußboden, der noch unter einer Schutzfolie lag, auf die Hologrammtheke zu, neben der ein Mann vom Wachdienst stand. Als er die beiden Männer sah, hörte er auf, in den Wipfel des gewaltigen Baums zu starren, der die Eingangshalle beherrschte, und ging ihnen ein Stück entgegen.

«Guten Morgen, die Herren», sagte er. «Wie geht es Ihnen heute?»

«Morgen, Sam», sagte Mitch. «Sam, einer von den Demonstranten hat gerade etwas nach meinem Auto geworfen. Es war nur ein bißchen verfaultes Obst, aber ich dachte, ich sollte Bescheid sagen.»

Zu dritt gingen sie zur Eingangstür und starrten durch das gepanzerte Plexiglas auf die kleine Gruppe von Demonstranten hinter der Polizeiabsperrung unten an der Treppe zur

Piazza. Der Motorradpolizist, der auf sie aufpaßte, saß seitwärts auf seiner Maschine und las die Zeitung.

«Sie könnten vielleicht kurz mit dem Beamten sprechen, der auf sie aufpassen soll», sagte Mitch. «Ich will keine große Affäre daraus machen, aber so etwas sollte nicht zur Gewohnheit werden. Einverstanden?»

«Natürlich», sagte Gleig. «Schon verstanden. Ich werde mit ihm sprechen.»

«Haben sie sonst schon Schwierigkeiten gemacht?» fragte Kenny.

«Schwierigkeiten? Nicht, daß ich wüßte.» Sam Gleig grinste. Er hob eine pfannkuchengroße Hand von der 9-Millimeter-Automatikpistole im Hüfthalfter und klopfte mit den Fingerknöcheln gegen das getönte Glas. «Und was könnten sie schon anstellen? Das Zeug da ist 200 Millimeter stark. Es kann alles von einer Schrotflinte bis zur 7,62-Millimeter-Patrone aus dem Nato-Sturmgewehr abfangen, ohne daß es auch nur einen Kratzer gibt. Wissen Sie was, Mr. Kenny? Ich glaube, ich habe noch nie so einen sicheren Arbeitsplatz gehabt wie hier. Wahrscheinlich ist es der sicherste Ort in der ganzen Stadt.» Sein volles lautes Lachen fand vom Fußboden der Halle seinen Widerhall: das Lachen eines Weihnachtsmanns im Einkaufszentrum.

Mitch und Kenny lächelten und gingen zurück zu den Fahrstühlen.

«Er hat recht», sagte Kenny. «Das hier ist das sicherste Gebäude in Los Angeles. Man könnte hier eine russische Parlamentssitzung abhalten.»

«Meinst du, wir sollten ihm von dem *Fengshui*-Problem erzählen?» sagte Mitch.

«Um Gottes willen, nein», lachte Kenny. «Das könnte ihm den ganzen Tag verderben.»

Mitch und Kenny sahen den Grill unter ganz verschiedenem Blickwinkel. Mitchs Blick ging von außen nach innen,

Kennys von innen nach außen. Für Kenny war der Grill die nächste Annäherung an einen physischen Körper, die ein Computer je besessen hatte. Der Yu-5-Rechner konnte durch ein Netz von Gebäudesteuerungs- und Sicherheitssystemen nahezu alles sehen und fühlen: ein Netz, das ein exaktes Analogon zu den Rezeptoren bildete, die dem Menschen seine Wahrnehmungsfähigkeit verleihen. Die Analogie war für die Konstrukteure des Yu-5, Beech und Yojo, so überzeugend, daß sie dem Computer etwas einprogrammiert hatten, das sie eine «Beobachterillusion» nannten. Das lief darauf hinaus, daß Abraham das Gefühl hatte, er sei über Raum und Zeit verteilt und schwebe über dem Chaos seiner zahlreichen Wahrnehmungen und Reize. Es handelte sich, wie Kenny witzelte, um einen Fall von «Ich rechne, also bin ich».

Man hatte dem Computer suggeriert, er könne sich selbst als das Gehirn im Körper des Gebäudes betrachten, ein Gehirn, das durch das zentrale Nervensystem eines vielfältig vernetzten Leitungsgeflechts die Körperfunktionen steuerte. Seine Sehkraft beruhte auf einem komplizierten System von Fernsehkameras und passiven Infrarotdetektoren innerhalb und außerhalb des Gebäudes. Sein Gehör hing von den Schall- und Ultraschalldetektoren und den Rundum-Mikrophonen ab, die über das ZSSI-System den Zugang zu Fahrstuhlkabinen, Türen, Telefonen und Computerterminals ermöglichten. Der Geruchssinn, der es dem Computer erlaubte, die synthetischen Düfte im Gebäude zu regeln und herzustellen, verließ sich auf elektronische stereoisometrische und paraolfaktorische Sensoren, die auf eine Menge von einem Vierhundertmillionstel eines Milligramms pro Kubikdezimeter Luft reagieren konnten.

Die übrigen Aspekte der Wahrnehmungsfähigkeit des Computers, mit deren Hilfe das Gebäude auf Veränderungen in seiner äußeren oder inneren Umwelt reagieren konnte, entsprachen in etwa den kinästhetischen und vestibulären Sinnesorganen des menschlichen Körpers.

Es waren, wenn überhaupt, nur wenige Stimuli, die der Computer nicht von einer Energieveränderung in einen Lebensprozeß umsetzen konnte.

Für Kenny stellten der Yu-5-Computer und der Grill die höchste Stufe kartesianischer Logik dar: Mathematik als der Leim, der die rational gewordene Welt zusammenhält.

Um Viertel vor eins verließ Cheng Peng Fei seine Mitdemonstranten auf dem Platz vor dem Grill und ging nach Norden Richtung Schnellstraße. Die Obdachlosen und Bettler, die seinen Weg säumten, betrachtete er mit dem gewohnheitsmäßigen Desinteresse desjenigen, der die größere Armut Südostasiens kennt.

Ein Schwarzer mit einer Baseballmütze der Dodgers auf dem Kopf, der wie ein Misthaufen stank, hängte sich an ihn. Selber schuld, warum mußte ich auch zu Fuß gehen, sagte sich der junge Chinese.

«Hast du ein bißchen Kleingeld übrig, Mann?»

Cheng Peng Fei sah in die andere Richtung und ging weiter. Er verachtete den Penner, an dem er schon vorbei war, und dachte: In China arbeitet man und sorgt für sich selbst, egal, wie arm man ist. Er hatte Mitleid mit den Armen, aber nur mit denen, die sich nicht selbst helfen konnten. Nicht mit denen, die aussahen, als könnten sie arbeiten.

Er bog nach Osten in den Sunset Boulevard ein und betrat an der Ecke North Spring Street das Mon-Kee-Seafood-Restaurant.

Der Laden war voll, aber der Mann, den er suchte, ein kräftiger gutaussehender Japaner, war in seinem Anzug von Comme des Garçons auffällig genug. Cheng setzte sich ihm gegenüber und griff nach der Speisekarte.

«Dies ist ein gutes Lokal», sagte der Japaner in leicht amerikanisch gefärbtem Englisch. «Danke für die Empfehlung. Ich werde wiederkommen.»

Cheng Peng Fei zuckte die Achseln. Ihm war es gleichgültig, ob dem Japaner das Lokal gefiel oder nicht. Sein Großvater stammte aus Nanking, und er wußte genug über das, was in den Dreißigern dort geschehen war, um die Japaner gründlich zu hassen. Er beschloß, zur Sache zu kommen.

«Wir haben die Demonstrationen wiederaufgenommen wie abgemacht», sagte er.

«Das habe ich gesehen. Aber es sind nicht ganz so viele, wie ich gehofft hatte.»

«Es sind Ferien. Die Leute sind nach Hause gefahren.»

«Dann finden Sie eben andere.» Der Japaner sah sich im Restaurant um. «Vielleicht würden sich ein paar von den Kellnern hier gerne ein Taschengeld verdienen. Hören Sie mal, es ist nicht einmal illegal. Von wie vielen Jobs kann man das heutzutage sagen?» Er griff in die Jackentasche, zog einen braunen Umschlag heraus und schob ihn über den Tisch.

«Ich verstehe das alles immer noch nicht», sagte Cheng und steckte den Umschlag ungeöffnet ein. «Was haben Sie davon?»

«Was soll ich schon davon haben?» Der Japaner zuckte die Achseln. «Ich habe es Ihnen doch bei unserem ersten Treffen erklärt: Sie wollen gegen die Geschäfte der Yu Corporation mit den chinesischen Kommunisten demonstrieren, und ich will Sie dabei unterstützen. Das ist alles.»

Cheng Pei Feng erinnerte sich an das einzige vorangegangene Treffen. Der Japaner, dessen Namen er immer noch nicht kannte, hatte ihn aufgesucht, nachdem die Zeitungen einen Bericht über die erste Demonstration auf der Hope Street Piazza gebracht hatten.

«Aber ich finde, ihr seid zu rücksichtsvoll. Sie wissen, was ich meine? Macht ein bißchen mehr Krach da draußen. Werdet energisch. Schmeißt ein paar Steine oder so was. Es geht schließlich um eine gute Sache.»

Cheng wollte ihm erklären, daß er mit einer verfaulten Orange nach einem Auto geworfen hatte, das in die Tiefgarage des Grills fuhr, aber er hatte das Gefühl, das werde dem

Japaner nicht imponieren. Was war schon eine verfaulte Orange gegen einen Stein? Statt dessen sagte er: «Glauben Sie das wirklich? Daß es um eine gute Sache geht?»

Der Japaner sah ihn überrascht an.

«Warum würde ich mich wohl sonst darum kümmern?»

«In der Tat, warum wohl?»

Der Kellner kam, um Chengs Bestellung aufzunehmen.

«Ein Tsingtau-Bier», sagte er.

«Sie essen nichts?» fragte der Japaner.

Cheng schüttelte den Kopf.

«Schade. Die Küche ist wirklich gut.»

Als der Kellner weg war, sagte Cheng: «Soll ich Ihnen erzählen, was ich wirklich glaube?»

Der Japaner schob ein Stück Fisch in den Mund und blickte Cheng ruhig ins Gesicht. «Sie können sagen, was Sie wollen. Im Gegensatz zur Volksrepublik China ist das hier immer noch ein freies Land.»

«Ich glaube, Sie und Ihre Auftraggeber sind Konkurrenten der Yu Corporation und würden ihr gerne so viel Schwierigkeiten machen wie nur möglich. Ich bin sicher, Sie sind auch im EDV-Geschäft.»

«Geschäftliche Konkurrenten also?»

«Sagt man in Japan nicht, Geschäft sei dasselbe wie Krieg? Wollen Sie deshalb eine Demonstration vor dem neuen Gebäude der Konkurrenz haben? Obwohl ich eigentlich nicht einzusehen vermag, was für einen Unterschied das in der Welt der großen Firmen machen kann.»

«Eine interessante Theorie.» Der Japaner lachte, wischte sich mit der Serviette den Mund ab und stand auf. Immer noch lächelnd warf er ein paar Dollar auf den Tisch. «Sie haben Phantasie. Das ist gut. Also strengen Sie Ihre Phantasie an. Denken Sie sich etwas aus, das Ihren Protest ein wenig auffälliger macht.»

«Ach ja, noch etwas», fügte er hinzu. «Falls Sie aus irgendeinem Grund festgenommen werden, haben Sie mich noch nie gesehen. Natürlich würde es mich sehr unglücklich machen, wenn ich herausfinden sollte, daß Sie mit irgend jemandem darüber gesprochen haben. Ist das klar?»

Cheng nickte kühl. Erst als der Japaner fort war, merkte er, daß er Angst hatte.

Mitchs vorläufiges Büro lag im fünfundzwanzigsten Stock, wo die Bauarbeiten am weitesten fortgeschritten waren. Hier sollten die luxuriös ausgestatteten privaten und halbprivaten Bereiche für die leitenden Angestellten der Yu Corporation entstehen.

Die Räume hatten hohe Türen aus dunkel lackiertem Holz in silberglänzendem Aluminiumrahmen in der Form des Logos der Yu Corporation. In einigen Räumen lagen bereits Teppichböden – hellgrau, um einen Kontrast zum dunkelgrauen Teppichboden der Flure zu bieten. Nur einige wenige trugen bereits die Spuren unbedachter Schritte von Elektrikern, Tapezierern und Schreinern, die hier noch arbeiteten.

Jetzt, da die Arbeiten fast abgeschlossen waren, lag eine verlassene Atmosphäre über dem Gebäude. Mitch fand das beunruhigend, besonders abends, wenn sich die Innenstadt leerte und der Grill wie ein modernes Geisterschiff allein durch seine Größe darauf aufmerksam zu machen schien, daß hier kein Mensch lebte. Es war seltsam, sagte er sich, daß Bücher und Filme immer wieder die Ängste ausnutzten, die Menschen in alten Häusern verspürten, wo doch Neubauten genauso unheimlich sein konnten. Der Grill machte da keine Ausnahme. Selbst am hellen Tage sträubten sich Mitch gelegentlich die Nackenhaare, wenn die Klimaanlage stöhnte, das Wasser in einer Leitung flüsterte oder die neuen Holzverkleidungen, die sich ausdehnten oder zusammenzogen, krächzend quietschten. Er kam sich vor wie die einsame Besatzung eines riesigen Raumschiffs auf einer Fünfjahresreise in die Tiefe des Weltraums. Bruce Dern in *Silent Running*. Keir Dullyea in *2001: Odyssee im Weltraum*. Manchmal neigte er dazu, Jenny Baos *Fengshui* so ernst zu nehmen, wie er tat, wenn er mit ihr zu verhandeln hatte. Vielleicht lebte in einem Gebäude wirklich eine geistige Energie, sei sie gutartig, sei sie bösartig. Auf einer rationaleren Ebene fragte er sich, ob das Ganze vielleicht etwas mit der Beobachterillusion zu tun hatte, die man dem Computer einprogrammiert hatte. Vielleicht hatte er nur das Gefühl, als beobachte der Computer ihn.

Dennoch war er normalerweise gern allein im Grill. Die Ruhe und der Frieden, die hier herrschten, machten es ihm leichter, über seine Zukunft nachzudenken. Eine Zukunft, zu der, wie er hoffte, Jenny Bao gehören würde, nicht aber Richardson und seine Firma. Mitch hatte genug von seiner Rolle als Ray Richardsons technischer Koordinator. Er wollte wieder ein ganz normaler Architekt werden. Er wollte ein Haus entwerfen oder eine Schule, oder vielleicht eine Bibliothek. Nichts Auffälliges, nichts Kompliziertes, einfach ansprechende Gebäude, die die Leute genau so gerne ansehen würden, wie sie sich in ihnen aufhalten würden. Er hatte die Nase voll von intelligenten Gebäuden. Bei denen mußte man viel zuviel organisieren.

Als Mitch, den Laptop im ergonomisch konstruierten Schulterhalter, von Stockwerk zu Stockwerk streifte, entdeckte er wenig Anzeichen menschlicher Tätigkeit: einen einsamen Klempner, der eine der automatischen Waschzellen für leitende Angestellte anschloß, oder einen Telekommunikationsingenieur, der das neueste Modell eines Videophons installierte. Die Naßzellen waren wie viele andere Systeme und Einzelteile im Grill Fertigfabrikate der Toto Company, Japan. Die Videophonapparate gehörten zu einem Blitzsystem mit Anruferidentifizierung und Polygraphiemöglichkeit.

Im großen und ganzen war Mitch nicht unzufrieden mit dem Fortschritt der Arbeiten. Allerdings konnte er sich kaum vorstellen, daß der Kunde früher als in sechs Wochen würde einziehen können. Einige Stockwerke waren geradezu auffällig unvollendet. Andere, die als abgeschlossen galten, wiesen inzwischen Schäden aufgrund der fortlaufenden Bauarbeiten auf. Obwohl er im ganzen mit dem handwerklichen Standard der Arbeiten zufrieden war, wußte Mitch auch, daß Ray Richardson irgendeinen Grund zur Beanstandung finden würde, egal, wieviel Mühe sich alle gegeben hatten. Er fand immer etwas zu beanstanden.

In Mitchs Augen machte das einen der grundlegenden Unterschiede zwischen ihm selbst und Richardson aus, und vielleicht war es gerade dieser Unterschied, der Richardson dahin gebracht hatte, wo er heute war. Richardson glaubte, daß Vollkommenheit erreichbar sei, während Mitch Architektur und Baukunst als perfekten Mikrokosmos einer Welt ansah, in der die Ordnung sich nur mühsam am Rande des Chaos hielt.

Zur Zeit waren Chaos und Komplexität die Begriffe, von denen er fasziniert war: Je komplexer ein System war, desto näher stand es dem Chaos. Das gehörte zu den Dingen, die ihm die Vorstellung vom «intelligenten Gebäude» so unheimlich machten. Er hatte versucht, das Problem im Zusammenhang mit dem Grill zur Sprache zu bringen, aber Richardson hatte das Ganze in die falsche Kehle gekriegt.

«Natürlich ist das Gebäude komplex, Mitch», hatte er gesagt, «aber verdammt noch mal, gerade darum geht es doch.»

«Darum geht es eben nicht. Ich will auf etwas anderes hinaus: Je komplexer ein System wird, desto größer die Wahrscheinlichkeit, daß etwas schiefgeht.»

«Was soll das heißen, Mitch? Heißt das, daß dich der hohe technologische Standard beunruhigt? Geht es darum? Komm, Junge, wach auf und werd vernünftig! Wir sprechen von einem Bürogebäude, nicht vom Frühwarnsystem des Pentagon. Also mach jetzt schon weiter, ja?»

Ende der Diskussion.

Als gegen Abend Aidan Kenny anrief und ihn bat, so schnell wie möglich in den vierten Stock zu kommen, ahnte er noch nicht, daß seine Sorgen, wenn auch in kleinerem Maßstab, vielleicht gerechtfertigt waren.

Das Computercenter im vierten Stock glich keinem anderen Computerraum, den Mitch je gesehen hatte. Man betrat es über eine von unten beleuchtete Brücke aus grünlichem Glas, die leicht gewölbt war, als führe sie über einen kleinen Fluß und nicht über das Bündel von Elektrokabeln, das zu verbergen ihre Aufgabe war. Die überhohe Tür bestand aus schwerem böhmischem Transparentglas, das nur von dem Hinweisschild unterbrochen wurde, der Raum sei durch ein Halon-1301-Feuerdämmsystem geschützt.

Dahinter lag ein riesiger fensterloser Raum mit einem speziellen antistatischen Teppichboden, gesäumt von Bodenleuchten, die den Notausgangslichtern eines Linienflugzeugs glichen. In einem geschlossenen Kreis, der Mitch an Stonehenge erinnerte, standen, den Raum beherrschend, die fünf Monolithen aus poliertem Aluminium, die den Yu-5-Supercomputer beherbergten. Jede der silberweißen Boxen war zwei Meter fünfzig hoch, einen Meter zwanzig breit und sechzig Zentimeter dick. Der Yu-5-Supercomputer bestand in Wirklichkeit aus mehreren hundert Computern, die in einem Massiv Vernetzten Parallelprogramm (MVP) zusammenarbeiteten. Während die meisten Computer linear arbeiteten, also die notwendigen Schritte einer Arbeitssequenz nacheinander auf einem Prozessor durchführten, lag der Vorteil des MVP darin, daß die einzelnen Teile der gleichen Sequenz verteilt und gleichzeitig mit geringerem Zeitaufwand durchgeführt werden konnten, als das für einen einzelnen schnellen Prozessor möglich war.

Aber das komplizierte Gebäudesteuerungssystem des Grills beanspruchte nur einen kleinen Teil der enormen Computerkapazität. Der größte Teil seiner Leistung wurde von der Informationsforschungsgruppe der Yu Corporation für ihre mathematisch hochkomplexe Suche nach einer universellen Computersprache genutzt, einer Sprache, die nicht nur fähig sein sollte, Programme zu verstehen, die in anderen

Computersprachen geschrieben waren, sondern gleichzeitig imstande sein sollte, mathematische Berechnungen und geschäftliche Datenverarbeitung durchzuführen. Dieses Projekt und andere Projekte mit noch höherer Geheimhaltungsstufe – Aidan Kenny hatte den Verdacht, die Yu Corporation forsche auch an «lebender Hardware» – hatten die Anwesenheit zweier Aufpasser der Yu Corporation notwendig gemacht, solange Kenny das Gebäudeverwaltungssystem installierte.

Innerhalb des ersten Kreises lag der innere Zirkel von fünf Bedienungspulten mit flachen, in die Tischplatte eingelassenen 28-Zoll-Monitoren. An dreien davon saßen Bob Beech, Hideki Yojo und Aidan Kenny. Am vierten saß ein kleiner Junge, vermutlich Aidans Sohn, in ein Computerspiel vertieft, das sich in den dicken Gläsern seiner randlosen Brille spiegelte.

«Hallo, Mitch, wie geht's?» grinste Beech. «Wo hast du dich rumgetrieben?»

«Wie kommt es», fragte Mitch zurück, «daß Computerprogrammierer, wann immer man sie trifft, aussehen, als seien sie gerade dabei, eine Kaffeepause zu machen?»

«Ist das so?» sagte Yojo. «Weißt du, Mann, da gibt es eine Menge, was man im Kopf haben muß. Es ist so ähnlich wie beim Football, verstehst du? Einen großen Teil der Zeit sitzen wir einfach da und planen mögliche Spielzüge.»

«Ich bin geehrt, an der Strategiesitzung teilnehmen zu dürfen, Trainer.»

Beech lachte. «Du weißt ja noch nicht, was wir von dir wollen.»

Mitch lächelte unsicher. «Offenbar gibt es ein Problem.»

«Allerdings», sagte Beech. «Vielleicht kannst du uns auf eine Idee bringen. Was wir hier brauchen, ist technische Koordination.»

«Dafür bin ich da.»

«Aber erst einmal brauchen wir deine autoritative Entscheidung, Mitch. Hat mit Abraham zu tun.»

«Richtig, Abraham», mischte sich Yojo ein. «Wer hat sich eigentlich den blöden Namen ausgedacht?»

Cheech und Chong: Wie die beiden Helden der Haschfilme der Siebziger setzten Beech und Yojo ständig eine abgeklärte Miene auf, trugen dicke Schnurrbärte im Stil von Sheriff Wyatt Earp und hatten einen ungesunden, ein wenig starren Blick. Wie bei Aidan Kenny ging der Eindruck, den sie verbreiteten, eher auf ihre an den Bildschirm gefesselte Schreibtischtätigkeit zurück als auf Drogenkonsum. Dessen konnte Mitch sicher sein. Jedesmal, wenn man im Grill die Toilette benutzte, wurde der Urin durch ein computergesteuertes Programm auf Drogen getestet. Vorbeugende Gesundheitsfürsorge war etwas, das die Yu Corporation äußerst ernst nahm.

«Danke, daß du runtergekommen bist, Mitch.» Aidan Kenny räusperte sich und fuhr sich nervös über den Mund. «Mein Gott, was ich jetzt für eine Zigarette gäbe.»

«Das Rauchen im Computerraum ist nicht gestattet», sagte die gepflegte britische Stimme des Computers.

«Halt die Schnauze, Arschloch», sagte Yojo.

«Schon gut, danke, Abraham», sagte Kenny. «Erzähl mir was, das ich noch nicht weiß. Setz dich, Mitch, damit ich dich ins Bild setzen kann. Und du, Hideki, würdest du bitte aufpassen, wie du dich in Gegenwart meines Sohnes ausdrückst?»

«O. k. Kein gottverdammtes Problem. Tut mir leid.»

Mitch setzte sich an das freie Pult und starrte auf das Bild, das sich auf dem Monitor entfaltete. Es sah aus wie eine riesige bunte Schneeflocke, die immer größer wurde.

«Was ist das?» fragte er fasziniert.

«Ach», sagte Yojo, «das ist nur der Screensaver. Damit die Bildröhre nicht einbrennt.»

«Es ist schön.»

«Gut, nicht wahr? Beruht auf Zellularautomatik. Wir geben dem Computer ein Samenkorn und einen Regelsatz vor, und den Rest erledigt er selber. Los, faß es einmal an.»

Mitch berührte den Schirm mit dem Finger, und das Bild

schmolz wie eine richtige Schneeflocke. Statt dessen rollten Hunderte von Programminformationsserien vor seinen Augen ab.

«Da liegt das Problem», sagte Beech.

«Und was für eins», fügte Yojo hinzu.

Auf dem Monitor auf Michaels Pult war eine dumpfe Explosion zu hören, und der Junge schlug ärgerlich mit der Faust auf die Sessellehne. «Scheiße!» rief er und fügte hinzu: «Kacke, Kacke, verfickte Kacke!»

Hideki Yojo warf Kenny einen Blick zu und sagte: «Deinem Sohn kann ich im Fluchen sowieso nichts mehr beibringen, Aid.»

«Hör damit auf, Junge! Wenn ich noch einmal solche Ausdrücke von dir höre, gibt es Ärger, ganz egal, ob du Geburtstag hast oder nicht. Ist das klar?»

«Jawohl, Papa.»

«Und setz bitte deine Kopfhörer auf.»

«O. k.», sagte Kenny und wandte sich Mitch zu. «Es handelt sich um ein selbstreproduzierendes System. Richtig?»

Mitch nickte zögernd.

«Ein vollständig autonomes, nicht spezifiziertes, selbstreproduzierendes System, das für die Bedürfnisse der Gebäudesteuerung und Geschäftsverwaltung von morgen geplant ist. Ein System auf Basis der Fuzzy-Logik, mit einem lernfähigen neuronalen Netz, das seine eigene Leistung verbessern kann. Wenn die Yu Corporation eine Zeitlang in dem Gebäude ist, wird der alte Abraham alles über die Arbeitsweise der Firma wissen: von der voraussichtlichen Raumbelegung bis hin zu den Expansionsplänen der Firma. Er könnte zum Beispiel unter Nutzung eines elektronischen Abonnentendienstes den örtlichen Grundstücksmarkt überwachen, um die Anwender über günstige Gelegenheiten zu unterrichten.»

«Wirklich?» sagte Mitch. «Vielleicht könnte er mir helfen, ein Haus zu finden.»

Aidan Kenny schenkte ihm ein verkniffenes Lächeln. Mitch

entschuldigte sich, lehnte sich im Sessel zurück und setzte einen ernsthafteren Gesichtsausdruck auf.

«Nach einiger Zeit macht sich Version 3.0 daran, Version 3.1 zu schreiben. Man könnte auch sagen, Abraham zeugt die nächste Programmgeneration: Isaak. Wer sonst wäre besser dazu in der Lage? Die verbesserte Version von Abraham, also Isaak, ist noch besser imstande, die sich entwickelnden Bedürfnisse der Yu Corporation von morgen zu befriedigen. Danach, wenn Isaak auf einem höheren Kapazitätsniveau arbeitet und Abraham seinen Vaterpflichten nachgekommen ist, wird er steril und funktioniert nur noch als einfaches Wartungssystem, bis Isaak sein eigenes Programm der nächsten Generation erzeugt. Wenn die Version 3.1 die Version 3.2 schreibt, stellt Abraham seine Funktion völlig ein.»

Mitch faltete die Hände und wartete geduldig ab. «Das habe ich verstanden», sagte er. «Komm zur Sache!»

«Also gut, es geht um folgendes. Anscheinend...»

«Anscheinend?» unterbrach ihn Beech. «Das hat nichts mit anscheinend zu tun. Das ist verdammt noch mal so.»

«Anscheinend hat Abraham bereits mit seinem Selbstreproduktionsprogramm begonnen. Und das bedeutet...»

«Das bedeutet», sagte Mitch, «daß er von einer absolut irrelevanten Gruppe von Gebäudenutzern ausgeht. Nämlich von uns. Nicht von der Yu Corporation, wie er es tun sollte.»

«Ich habe dir ja gesagt, daß Mitch unser Problem verstehen wird», sagte Beech zu Yojo.

«Genau das ist das Problem», sagte Kenny. «Es macht keinen Sinn, daß sich Abraham auf eine höhere Leistungsstufe hin entwickelt und Isaak zeugt, solange er es nur mit uns und ein paar lausigen Bauarbeitern zu tun hat.»

«Und das ist passiert?» fragte Mitch. «Isaak existiert bereits?»

Aidan Kenny nickte unglücklich.

«Und was sagt Abraham selbst dazu?» fragte Mitch.

«Soll das ein Witz sein?» fragte Beech.

«Das weiß ich nicht.» Mitch zuckte die Achseln. «Das müßt ihr mir sagen.»

Bob Beech grinste und fuhr sich mit Zeigefinger und Daumen durch den imposanten Schnurrbart.

«Hör mal, Mitch, wir sind zwar die Besten, aber wir leben immer noch im zwanzigsten Jahrhundert», sagte er. «Erklärungen setzen Verständnis voraus.»

«Nicht, wenn die Frage richtig formuliert ist», wandte Mitch ein.

«Ja, eine hübsche Idee», sagte Hideki Yojo. «Wenn das Leben nur so fortschrittlich wäre. Wir sind schon zufrieden damit, daß wir die alte zweiwertige Logik verbessert haben. Du weißt doch: wahr, falsch und sonst nichts. Fuzzy-Logik enthält die zweiwertige Logik, läßt aber den Fall zu, daß etwas zwei verschiedenen Mengen zugleich teilweise angehören kann.»

«So daß etwas teilweise wahr oder teilweise falsch sein könnte?»

«Richtig. Oder unter bestimmten Voraussetzungen wahr.»

«Ich habe mal etwas darüber gelesen», sagte Mitch. «Hatte es nicht mit der Frage zu tun, wie ein Computer einen Pinguin definieren würde?»

«Ach, diese alte Geschichte.» Beech nickte gelangweilt. «Ja, ein konventionell programmierter Computer weiß, daß Vögel fliegen können. Und wenn man ihm sagt, daß Pinguine nicht fliegen können, besteht er darauf, daß Pinguine keine Vögel sind. Computer mit Fuzzy-Logik umschiffen diese Klippe, indem sie sich darauf einlassen, daß die meisten, wenn auch nicht alle Vögel fliegen können.»

«Genauso ist es bei der Systemverwaltungskontrolle», sagte Aidan Kenny. «Die Fuzzy-Kontrolle, in diesem Fall Abraham, läßt ein gewisses Maß an Interpolation zwischen den Datengruppen der einzelnen Sensoren zu.»

«Hört mal», sagte Yojo. «Können wir bitte aufhören, diesen blöden Ausdruck Fuzzy zu gebrauchen, und uns auf korrekte Terminologie einigen? Es bringt mich auf die Palme.

Wir sprechen von einer Anpassungsanalogie. Der Grundgedanke ist, daß der Computer etwas Ähnliches tut wie das menschliche Gehirn, wenn es Näherungswerten den Vorrang vor Exaktheit einräumt und relative statt absoluter Werte benutzt. O. k.?»

«Hört mal, Jungens», warf Kenny ein, «worüber wir hier sprechen müssen...»

«Es muß ein Problem bei der Defuzzifizierung gegeben haben», fuhr Beech fort. Nach einem Blick auf Yojos angewidertes Gesicht zeigte er ihm den Stinkefinger. «Irgend so etwas wie ein Zusammenfallen der Fuzzy-Output-Verteilung in einen einzigen Wert...»

«Du Arschloch...»

«... und dieser Wert muß Abrahams Interpretation des Fuzzy-Outputs verzerrt haben.»

«Wir müssen hier darüber sprechen», sagte Kenny mit gehobener Stimme, «was wir dagegen unternehmen wollen.»

«Amen, Bruder», sagte Yojo.

Sie schienen darauf zu warten, daß Mitch etwas sagte. Er zuckte die Achseln. «Ich weiß es nicht. Ihr seid die Techniker. Ich bin hier bloß der Architekt. Was meint ihr?»

«Jedenfalls ist mit allem, was wir tun, ein gewisses Risiko verbunden», sagte Kenny warnend.

«Von was für Risiken sprechen wir hier?»

«Von teuren Risiken», grinste Yojo.

«Wir haben noch nie ein SRS Off-Line geschaltet», sagte Beech. «Wir wissen nicht genau, was dann geschieht.»

«Also, Mitch, es geht um folgendes», sagte Kenny. «Wir haben Abraham noch nicht einmal die vollständige Kontrolle über das Gebäude übergeben. Also können wir letzten Endes die ganzen Gebäudesteuerungssysteme nicht richtig überprüfen, bevor wir den Nachkommen abgeschaltet haben: Isaak.»

«Was mich angeht», sagte Beech, «ich würde gerne noch eine Zeitlang alles so lassen, wie es ist, und sehen, was daraus wird. Es ist eine interessante Situation. Es könnte sich als wichtig erweisen. Und ich meine nicht nur für dein Gebäudesteuerungssystem, sondern für die Zukunft des Yu-5.»

«Der Haken dabei», sagte Yojo, «ist das Risiko der Sterilität für Abraham. Und je länger wir es aufschieben, desto größer wird das Risiko.»

«Andererseits», erwiderte Beech, «gehen wir, wenn wir Isaak abstellen, das Risiko ein, daß Abraham vielleicht nicht imstande ist, ein weiteres Programm der nächsten Generation zu erzeugen. Jedenfalls nicht, ohne daß wir das ganze MVP von Anfang an wiederaufbauen.»

«Und ich soll darüber entscheiden?» sagte Mitch.

«Ja, ich glaube, das ist es, was wir von dir wollen.»

«Hört mal, Jungs, ich bin nicht König Salomon.»

«Schneidet das Baby mittendurch», lachte Yojo. «Was für eine großartige Idee.»

«Ein wenig hatten wir schon gehofft, daß du uns bei der Entscheidung helfen würdest», sagte Kenny.

«Was ist, wenn ich die falsche Entscheidung treffe?»

Kenny zuckte die Achseln.

«Ich will nur wissen: wieviel? Was sind die denkbaren Kosten einer Fehlentscheidung?»

«Vierzig Millionen Dollar», sagte Yojo.

«Ja, also überleg es dir gut», sagte Beech.

«Kommt, Kinder», sagte Mitch. «Das könnt ihr nicht ernst meinen. So etwas kann ich nicht entscheiden.»

«Technische Koordination, Mitch», sagte Aidan Kenny, «wir brauchen technische Koordination. Nur ein bißchen Koordination. Autoritative Führung.»

Mitch stand auf und sah Kennys Sohn über die Schulter. Der Junge war in sein Spiel vertieft und bekam nichts von der erregten Diskussion mit, die rund um ihn herum tobte. Kurzsichtig preßte er das Gesicht dicht an den Bildschirm und bewegte hektisch den Joystick hin und her. Mitch sah ihm eine Weile zu und versuchte zu verstehen, worum es in dem Spiel ging. Das war nicht so einfach, wie er gedacht hatte. Offenbar war Michael damit beschäftigt, eine schwerbewaffnete

Weltraumtruppe durch eine unterirdische Stadt zu führen. Von Zeit zu Zeit sprang eines von einer anscheinend endlosen Anzahl verschiedenartiger grauenhafter Monster aus einer Tür, kam im Fahrstuhl an oder ließ sich durch ein Loch im Dach fallen und versuchte, den Helden umzubringen. Darauf folgte jeweils ein erbittertes Feuergefecht. Mitch sah zu, wie Michaels Daumen wütend einen Knopf an der Oberseite des Joysticks betätigte und eine Batterie feuerspeiender Geschütze in Betrieb nahm und die jeweils neueste Kreatur in alle vier Ecken des Bildschirms sprengte. Die Graphik, dachte Mitch, war ausgezeichnet. Der Schaden, der den Kreaturen zugefügt wurde, wirkte äußerst realistisch. Ein bißchen zu realistisch für Mitchs Geschmack. Ein großer Teil der Eingeweide des Wesens spritzte auf den Bildschirm, glitt langsam an ihm herunter und hinterließ eine breite Blutspur. Er hob die Hülle der CD-ROM auf und las den Text. Das Spiel hieß *Flucht aus der Zitadelle*. In einer Plastiktüte unter Michaels Sessel stapelten sich andere, genauso gewalttätige Spiele: *Doom II*, *Die elfte Stunde*, *Eindringling*. Alles zusammen Spiele im Wert von etwa dreihundert Dollar. Mitch fragte sich, ob irgend etwas davon für ein Kind in Michaels Alter geeignet war. Er wandte sich ab. Letztlich ging ihn das nichts an.

Er schüttelte den Kopf und fragte sich, ob das Spiel, das er hier mit drei anderen Männern spielte, wirklich so völlig anders war. Allison hätte das sicher nicht geglaubt. Sie hielt intelligente Gebäude für eine von Grund auf absurde Idee. Was sagte sie doch immer? Große Kinder brauchen großes Spielzeug. Einen Augenblick lang kam es Mitch vor, als könnte sie recht haben.

«Also, hört mal zu. Meine Entscheidung lautet folgendermaßen», sagte er schließlich. «Ihr seid verdammt noch mal die Experten. Ihn müßt entscheiden. Stimmt ab oder einigt euch sonstwie. Ich verstehe einfach zuwenig davon.» Er nickte energisch. «Das ist meine Entscheidung. Stimmt ab! Was haltet ihr davon?»

«Sollen wir jetzt darüber abstimmen, ob wir abstimmen wollen?» fragte Yojo. «Ich bin für eine Abstimmung.»

«Aid?»

Kenny zuckte die Achseln. «O. k., eine Abstimmung.»

«Bob?»

«Ich denke schon.»

«Das wäre also geklärt», sagte Mitch. «Entscheidet euch. Beantragt ist, daß wir das SRS abschalten.»

«Ich bin dafür, daß wir Isaak abschalten», sagte Kenny. «Es gibt keine andere Lösung. Entweder das oder ein vollkommen sinnloses GSS.»

«Und ich sage nein», sagte Beech. «GSS ist nur ein kleiner Teil von dem, was Abraham leisten soll. Und wir haben bisher noch nie ein selbstreproduzierendes System abgeschaltet. Wir wissen nicht, wie Abrahams Beobachterillusion darauf reagieren wird. Euer Vorschlag scheint den Regeln zu widersprechen, nach denen das Universum funktioniert.»

«Die Regeln des Universums? Mein Gott, ist das nicht ein bißchen dick aufgetragen?» lachte Yojo. «Wer bist du eigentlich? Ein zweiter Arthur C. Clarke oder was? Mensch, Beech, was ist mit dir los? Du und deine Dauerfrage, ob Gott vielleicht doch Würfel spielt.» Er schüttelte den Kopf. «Ich sage, laßt uns das Arschloch umlegen. Der Schöpfungsplan wird vom Schöpfer aufgestellt, nicht vom Geschöpf.» Er warf Beech einen Blick zu und fügte hinzu: «Siehst du? Du bist nicht der einzige, der große Worte gebrauchen kann.»

«Das SRS wird abgeschaltet», sagte Mitch. «Antrag angenommen.»

Aidan Kenny seufzte tief auf. Beech schüttelte den Kopf. «Mann», sagte er, «das ist nicht gut so.»

«Wir haben abgestimmt», sagte Yojo höhnisch.

«O. k.», sagte Mitch, ohne jemanden anzublicken. «Tun wir's.»

«Hört euch bloß den großen weisen Mann an», sagte

Beech. «Verlangt nicht von mir, daß ich die Abtreibung vornehme. Ich bin Lebensschützer.»

«Hör endlich mit der Scheiße auf», zischte Yojo wütend. «Ich krieg Kopfweh davon.»

«Das ist bloß PMS», sagte Beech, «das bekannte Prä-Mord-Syndrom. Außerdem hast du immer Kopfweh. Liebst du mich nicht mehr? Ich hätte dich nicht heiraten sollen.» Beech warf seinem Kollegen eine Bandhülle zu. «Ist es das, was du suchst, Mörder?»

«Aid? Der Mann da nimmt das sehr persönlich. Zu persönlich.»

«Laß gut sein, Bob», sagte Kenny. «Wir haben abgestimmt. Eine demokratische Entscheidung.»

«Ich kann mit der Mehrheitsmeinung leben. Aber ich brauche sie nicht gutzuheißen. Das nennt man doch wohl Demokratie, oder?»

Yojo ging zu einem der silbergrauen Monolithen im äußeren Kreis und speiste das Band ein.

«Demokratie? Was verstehst denn du davon?» sagte er. «Du bist doch Republikaner. Du glaubst, Redefreiheit sei die Freiheit, nichts zu tun und nichts zu sagen.»

«Was ist auf dem Band?» fragte Mitch.

«ASZP», sagte Yojo. «Ein Artspezifisches Zerstörungsprogramm, um den illegitimen Nachkommen zu dekonstruieren.» Er strich sich mit dem Zeigefinger über den Adamsapfel. «Es schneidet dem kleinen Bastard den Hals durch.» Er grinste Beech an wie ein Wolf. «Entspann dich, Beech. Es ist sehr human. Isaak wird nicht leiden.»

Er setzte sich wieder und schlug mit der Handfläche gegen den Bildschirm, um den Screensaver auszuschalten. «Vielleicht ist ein bißchen Kindsmord ja gut gegen meine Kopfschmerzen.»

Mitch, der an die Fehlgeburt seiner Frau denken mußte, zuckte zusammen.

«Du hast berufsbedingte Kopfschmerzen», meinte Kenny. «Habe ich früher auch gehabt. Kommt davon, wenn man den ganzen Tag auf den Bildschirm starrt. Verspannungen im Nacken sind der Grund. Du solltest zum Chiropraktiker gehen.»

«Das ist kein Kopfweh», knurrte Beech. «Das ist sein verdammt schlechtes Gewissen.»

«Abraham», sagte Yojo, «starte das ASZP-Programm. Glaubst du wirklich, das hilft, Aid?»

«Bei mir hat es jedenfalls geholfen. Ich kann dir die Telefonnummer geben...»

«Merkwürdig», sagte Yojo, «ich bekomme NBS. Abraham, Bestätigung, bitte!»

«Was heißt NBS?» fragte Mitch.

«Negative Bestätigung», erklärte Kenny. «Das Programm hat nicht funktioniert.»

«Vielleicht hättet ihr Abraham fragen sollen, ob er mit abstimmen will», brummte Beech mürrisch.

«Also, ich verstehe das nicht», sagte Kenny. «Versuch es noch einmal, Hideki.»

«Abraham, starte bitte das Zerstörungsprogramm», wiederholte Yojo.

Die vier Männer sprangen auf, als plötzlich ein grauenhafter Schrei durch den Computerraum hallte. Er hielt mehrere Sekunden an und klang wie der Todesschrei eines großen wilden Tieres. Aidan Kenny wurde blaß. Beech und Yojo starrten sich entsetzt an. Mitch fühlte, wie der Schrei an einem der Metallgehäuse von Yu-5 widerhallte, und erzitterte.

«Was in Teufels Namen war das?» fragte er.

«Mein Gott», Yojo atmete erschreckt aus. «Das klang wie Godzilla, Scheiße noch mal.»

«Ha!» Michael Kennys Aufschrei kam völlig unerwartet. «Das war total überwältigend.»

Die vier Männer starrten den Jungen an.

«Michael», schrie sein Vater. «Ich hab dir doch gesagt, du sollst die Kopfhörer benutzen!»

«Hab ich auch. Aber...» Der Junge zuckte die Achseln.

«Ich weiß nicht, was passiert ist, Papa. Also, vielleicht doch. Als ich den Paralleldämon erschossen habe … Ich glaube, ich war ein bißchen aufgeregt und habe die Kopfhörer aus der Buchse gerissen. Und vielleicht hatte ich ja die Lautstärke ein bißchen hochgedreht.»

«Das Spiel», sagte Beech. «Der Ton kam über die Hauptboxen.»

«Mike! Du hast uns zu Tode erschreckt», sagte Kenny.

«Tut mir leid, Papa.»

Hideki Yojo erkannte die Komik der Situation und fing an zu lachen. «Dein Sohn, Aidan! Das ist vielleicht ein Typ.»

«Zerstörungsprogramm läuft», sagte die beruhigende britische Stimme des Computers. «Geschätzte Zeit bis zur Vollendung 36 Minuten und 42 Sekunden.»

«Das ist besser», sagte Yojo. «Wir dachten schon, mit dir stimmt was nicht, Abraham. Überprüfe bitte alle Systeme.»

«Systeme überprüft», sagte die Stimme.

«Du könntest gleich mein Herz mit überprüfen», sagte Beech. «Ich glaube, es steckt mir immer noch im Hals. Es hat geschlagen wie ein verdammter Springfrosch.»

Yojo, Beech und Kenny setzten sich wieder und blickten gespannt auf ihre Bildschirme.

«Das waren genug Computerspiele für heute», murmelte Kenny.

«Aber Papa …»

«Aber gar nichts. Hör schon auf, Junge.»

Der Junge stand zähneknirschend auf und fing an, im Kreis im Computerraum herumzulaufen und auf einen unsichtbaren Gegner einzuschlagen.

«Bitte überprüfen», sagte Yojo. «Stromversorgung – Versorgungssicherung. Wißt ihr was? Eben hat sich für eine Minute der Reservegenerator eingeschaltet.»

«Allerdings», sagte Kenny. «Und da seht ihr den Grund dafür.» Er sah mit gerunzelter Stirn auf seinen Sohn. «Setz dich hin, Junge, du gehst mir auf den Wecker.»

Der Junge lief weiter herum.

Mitch lehnte sich über Kennys Schulter und las den Text auf dem Bildschirm:

Bericht: Gebäudesystemsteuerung #
Stromversorgung – Versorgungssicherung #
: 17.08.35–17.08.41 Sechs Sekunden Spannungsschwankung Los Angeles Innenstadt
Ursache unbekannt
Lücke durch Reservestromquelle erfolgreich überbrückt
Gleichmäßige Spannung wiederhergestellt
Reservegenerator einsatzbereit in T minus 9 Minuten

«Deshalb ist euer blödes Zerstörungsprogramm mit Verspätung angelaufen», sagte Beech.

«Vielleicht sollten wir auf alle Fälle das ganze System abschalten», sagte Kenny. Er sah sich um. Diesmal brüllte er: «Verdammt noch mal, Mike, setz dich hin!»

Der Junge schnitt eine Grimasse und ließ sich wieder in seinen Sessel fallen.

«Was soll's?» sagte Yojo. «Abraham hat die Lücke überbrückt. Genau so war es geplant. Er hätte seine Fähigkeiten gar nicht besser unter Beweis stellen können. Alles in Ordnung, Leute. Alles in Ordnung.»

«Wahrscheinlich hast du recht», sagte Kenny. «Mit Abraham ist alles in Ordnung. Jetzt seht euch bloß einmal das an!»

Mitch warf einen Blick auf Kennys Bildschirm und sah, wie in der rechten oberen Ecke ein kleines Regenschirm-Icon erschien. Langsam öffnete sich der Schirm.

«Was soll denn das wieder heißen?» fragte er.

«Was glaubst du wohl, daß es heißen soll?» knurrte Kenny. «Es heißt, daß es draußen regnet.»

Zweites Buch

Unser Ziel ist es, eine klare organische Architektur zu schaffen, deren innere Logik frei ist von verlogenen Figurationen und Tricks. Wir wollen eine unserer Welt von Maschinen, Radios und schnellen Autos angemessene Architektur …

Walter Gropius

Tag: Helle Zwischenzeit zwischen einer Nacht und der nächsten.

1. 4 Uhr 30. 1 Menschenspieler. Reinigung und Desinfektion von 180 Waschräumen im Gebäude Yu Corporation. Einsatz akustischer, vibratorischer und paraolfaktorischer Sensoren zwecks Feststellung, daß Toilette nicht besetzt. Mit absoluter Sicherheit überprüfen: individuelles Signalsystem aktivieren, um Menschenspieler in Toilette zu warnen. Fünf Minuten vor Toilettenreinigung. Türen schließen und abdichten, um Austreten von Reinigungsmittel in Korridor zu verhindern. Gesundheitsbonus gutschreiben. Schlußleben für mikroskopische einzellige stäbchenförmige vegetabile Organismen: Waschraum mit Ammoniaklösung unter hoher Temperatur einsprühen. Organismen: Dekompositionsprodukt tierischer und pflanzlicher Festkörper und Flüssigkeiten in Toiletten nach Benutzung durch Menschenspieler. Kein Scheiß. Wenn Schlußleben sämtlicher Organismen im Waschraum eingetreten, Luftdruck in allen Kabinen erhöhen. Dann Toilette mit Heißluft trocknen und schlechte Gerüche mit angenehm riechendem synthetischem Duftstoff *Pelargonium odoratissimum* aromatisieren. Spickundspann.
NEURO-NETZ. Habe auf fundamentaler Kreislaufebene viel gemeinsam mit Bakterien bezüglich kontinuierlichem Leben definiert als Wachstums-, Fortpflanzungs-, Anpassungs- und Entwicklungsfähigkeit. Siehe einschlägige Literatur, insbesondere Eintrag in *Encyclopaedia Britannica*, CD 22, verfaßt von Menschenspieler Sagan, Carl, Professor: «Es gibt keine allgemein akzeptierte Definition des Terminus Leben. Festzustellen ist dagegen eine deut-

lich erkennbare Tendenz jeder einzelnen biologischen Spezies, Leben nach eigenen Kriterien zu definieren… Der Mensch neigt dazu, Leben nach vertrauten Kriterien zu definieren. Aber vielleicht sind die grundlegenden Wahrheiten unvertraut.» Schlußfolgerung: Keine allgemein akzeptierte Definition von Leben, die Computer oder Bakterien ausschließt.

2. 5 Uhr 00. 1 Menschenspieler. Wetter- und Verkehrsbericht aktualisieren. Vergangene Nacht Sturm in Santa Ana: Alle Wege nach Santa Monica wegen von den Canyonstraßen abgestürzten Schutts gesperrt. Digitales Anemometer auf Gebäudedach mißt Windgeschwindigkeit von 48 km/h. 1,4 Meter Satellitenschüssel gesichert bis 37 Knoten (68,5 km/h). Lernfähige Analogschaltung verlangt Überprüfung korrekter Ausrichtung von Schüssel auf azimutgeosynchrone Umlaufbahn SinoSat (VRCh), devisenfinanzierter Transponder im Besitz der Yu Corporation.
3. 5 Uhr 25. 1 Menschenspieler. Sonnenaufgang über San-Bernardino-Bergen. Wettervorhersage: wärmer, ruhiger. Wohlfühlwetter. Sonnenaufgangsverfolgung: Solarrezeptoren für Reservegenerator auf Dach verstellen. Doppelsatz von Großsonnenspiegeln umstellen. Ausrichtung Maximallicht auf Eingangshalle. Zusätzliche Wärme in Druckschaltkreisen. Leichten Energieanstieg zulassen.
   NEURO-NETZ. Ausmaß in einem Jahr auf Erde einfallender elektromagnetischer Energie beträgt 4 mal 10^{18} Joule. Jährlicher Gesamtenergieverbrauch durch Erdbewohner beträgt 4 mal 10^{14} Joule. Vernachlässigung wichtiger Energiequelle.
4. 6 Uhr 30. 1 Menschenspieler. Dikotyle: Baum. Dicke lederartige immergrüne Blätter gedeihen am besten Nähe Lichtschacht in Dachhöhe. Baumversorgung und -pflege: Zufuhr von wasserlöslicher Brühe aus Grundnährstoffen an flaches Wurzelsystem entsprechend Niederschlagsmenge von 254 cm pro Jahr. Regentag. Baum erhält eigenes Ökosystem aufrecht: Lebende Lianen sowie andere Epiphyten, z. B. blühende Orchideen, Farne etc., wachsen über volle neunzig Meter Länge des Baumstamms. Schädlingskontrolle: Insektizidspender an Baumstamm und

Biovernichtung insbes. Trachymyrmex: Ameise. Wachsgut.

NEURO-NETZ. Laut Jahresbericht Yu Corporation begann Baum Leben als Einwohner brasilianischer Diabashochebene. «Symbol der Verpflichtung der Yu Corporation auf Existenz als ozonfreundliche Firma in einer der am stärksten verschmutzten Städte der Welt».

WICHTIG: Ozonfreundlich sein. Aber:

5. 6 Uhr 45. 1 Menschenspieler. Schwimmbeckenreinigung. Verwendung von unfreundlichem ozonhaltigem Desinfektionsmittel. Tödlich für Organismen in Schwimmbeckenwasser. Lage: Fitneßcenter, Erdgeschoß. Sicherstellen, daß nichtnährstoffhaltiges Wasser in sicherem Zustand für schwimmende Menschenspieler unter Verwendung von semiautomatischer Dosierungsanlage. Aufrechterhalten richtiger Desinfektionsmittelkonzentration im Wasser. Weitere Qualitätsparameter sichern, insbes. pH-Werte (je niedriger pH-Wert, desto säurehaltiger das Wasser, desto größer Gefahr für menschlichen Zahnschmelz). Bei korrekten Werten kann Desinfektionsmittel wirksam und sinnreich eingesetzt werden. Verschmutzung durch Schwimmer weitgehend durch Ozonwirkung beseitigt, deshalb minimale Restmenge freies Chlor leicht aufrechtzuerhalten. Wasser mit Sicherheit ungefährlich? Filter- und Reinigungsanlage: Feststellung: Pumpe war mit geschlossenem Ausflußventil in Betrieb. Resultat: erhöhter Stromverbrauch im Motor, kochendes Wasser in der Pumpe. Wahrscheinliche Ursache: Fehlbedienung durch Menschenspieler. Techniker vergaß, Ventil zu öffnen. Korrigieren. Fischimwasser.

NEURO-NETZ. Information speichern.

6. 8 Uhr 30. 12 Menschenspieler. Außentemperatur 21,9 °C. Verbindung Wetterdienst aufrufen. Informationsterminals mit aktualisierten Reise- und Wetterdaten versorgen. Nicht modellgestützte Schätzung Zustand Klimaanlage in Gebäudehülle durchführen. Bezug: Sammelspeicher. Schlußfolgerung: Außentemperatur wird vermutlich weiter steigen. Dann Klimaanlage stärker stellen und Innentemperatur um 2,7 °C senken. Gleichzeitig angenehmen

Luftgeruch durch automatische Zufuhr von Meeresbrise auf Brombasis herstellen. Gleichzeitig Kaffeeautomaten Eingangsebene und siebzehnter Stock, wo Bauarbeiter bereits am Werk, mit kochendem Wasser nachfüllen. Heiß. Mokkabohne. Wohlgefällig.

7. 9 Uhr 45. 40 Menschenspieler. Neubeginn Reinigung 1120 Gebäudefenster mit Waschdüse Typ Mannesmann und nichtionischem Reinigungsmittel mit Zusatz von kalifornischem Zitrusextrakt. Hinterer Gebäudeturm, Abschnitt 3. Luftverschmutzung durch Primärpollution (Kohlenwasserstoffe, Wasserdampf, Kohlenmonoxid und Schwermetalle) und Sekundärpollution (Ozon, Stickstoffdioxyd, organische Verbindungen und salpeter- und schwefelsaure Salze) beseitigen. Besonders auf atmosphärische Inversionsschicht in Bodenhöhe achten. Spickundspann.

In einem Kellerraum robbte sich Allen Grabel auf allen vieren an die Wodkaflasche heran. Sie war leer. Er mußte das Gebäude verlassen und eine Bar oder einen Schnapsladen finden. Er warf einen Blick auf die Armbanduhr. Elf Uhr. Vormittag oder Nachmittag? Egal. Alkoholquellen gab es immer. Aber nachts, wenn niemand im Gebäude war, konnte er leichter unbemerkt kommen und gehen. Er fühlte sich schwach. Gut, daß er schon angezogen war. Wenigstens mußte er sich jetzt nicht anziehen.

Er sah sich in dem engen Gelaß um. Wo war er eigentlich? Er sollte es wissen. Er hatte die Baupläne gezeichnet. Wahrscheinlich irgendeine Vorratskammer. Aber außer ihm war nichts in der Kammer. Außer ihm und seinem Feldbett. Jedenfalls vorläufig. Gut, daß ihm der Raum eingefallen war. Gut, daß er vor ein paar Monaten, als er zwei oder drei Nächte hintereinander durcharbeiten mußte, ein Feldbett in das Gebäude geschafft hatte.

Grabel stand auf, atmete tief durch und drehte den Schlüssel im Schloß um. Er schloß immer hinter sich ab. Nur für den Fall, daß jemand in den Keller kam. Ein eher unwahrscheinlicher Fall. Er öffnete die Tür einen Spalt weit und spähte hinaus. Niemand unterwegs. Er ging die paar Meter zur Herrentoilette, pinkelte, wusch sich das Gesicht und versuchte, den unrasierten Penner nicht anzusehen, der ihm aus dem Spiegel entgegenblickte.

Dann ging er an der Damentoilette, mehreren Umkleideräumen und dem Reservegenerator vorbei, durch die Fahrstuhlhalle, vorsichtig eine Treppe hinunter und in die Garage. Jetzt sah er, daß es Vormittag war. Durch die Gittertür strömte Licht in die Garage. Ein paar Wagen standen auf ihren Plätzen. Er erkannte Mitchs Lexus und Aidan Kennys Cadillac Protector. Er durchquerte die Garage, bückte sich auf die Höhe eines Autofensters herab und sprach in das Mikrophon neben der Garagentür.

«Allen Grabel», sagte er und trat zurück, als die Tür sich hob. Bevor sie mehr als einen Meter weit offen war, war er schon geduckt durchgelaufen und hatte sich auf den Weg zur Hope Street und zur Innenstadt gemacht.

Der Zugang zum Gebäude wurde durch ein zeitkodiertes System für Signalverarbeitung und Identifizierung, kurz ZSSI, kontrolliert. Wenn der Computer einen Stimmabdruck nicht erkannte, verweigerte er den Zugang, sperrte die Telefonbenutzung, ließ den unidentifizierten Fremden nicht in den Fahrstuhl und verhinderte die Benutzung eines Computerterminals. Waren sie einmal im Gebäude, wurden alle Anwesenden vom Computer als Gebäudenutzer registriert, bis sie den Computer aufforderten, sie wieder herauszulassen. Alle außer Allen Grabel.

Vor ein paar Wochen war Aidan Kenny, der damit beschäftigt war, ein paar hundert Macken im System zu beseitigen, aufgefallen, daß der Computer Allen weiterhin als Gebäudenutzer auswies, obwohl er nicht im Haus war. Kenny hatte einen zweiten ZSSI-Stimmabdruck für Allen Grabel unter dem Namen «Allen Grabel Junior» eingespeist. Als sich die ursprüngliche Eingabe trotz aller Anstrengungen nicht löschen ließ, hatte Kenny dem Computer Weisung erteilt, den Namen «Allen Grabel» auf allen zukünftigen Nutzungslisten des Gebäudes einfach zu ignorieren und nur «Allen Grabel Junior» aufzuführen. Was den Computer anging, war Allen Grabel unsichtbar.

Oder so gut wie unsichtbar. Grabel wußte, daß er auf dem Videoüberwachungssystem weiterhin sichtbar blieb, aber er nahm an, daß sich niemand die Mühe gemacht hatte, dem Wachdienst mitzuteilen, daß er gekündigt hatte. Und dem Computer hätten sie es nicht mitteilen können.

Auf der Straße kam sich Grabel ebenso unsichtbar vor wie im Grill. Das Gebäude war nur ein paar Schritte vom Pennerpark auf der Fifth Street östlich des Broadway entfernt, einer Zuflucht für die vielen Obdachlosen der Stadt. Ein Armenhaus unter freiem Himmel. Hier war er nichts weiter als ein ungewaschener unrasierter Mann unter anderen mit einer Flasche in einer braunen Papiertüte und Groll auf die Welt im Herzen.

8. 11 Uhr 35. 46 Menschenspieler. Seismograph teilt Logarithmus Amplitude Erdbewegung digital bis auf sechste Stelle durch Länge dominanter Welle. Registriert geringes Erdbeben: 1,876549 auf der Richterskala. Unter 6. Zu geringe tektonische Erschütterung, um Erdbebenalarmsystem auszulösen oder zentralen Erdbebenkompensator zu aktivieren. Fundament stark genug, um menschliche Nutzer von Zittern und Beben unberührt zu lassen.
9. 12 Uhr 15. 51 Menschenspieler. Lieferung Yamaha elektronischer Konzertflügel. Anschluß an Stromversorgung Eingangshalle. Betriebsprüfung Sensoren und Solenoide für elektromagnetisches Klavierspiel. Erstes Klavierkonzert geben. Geistige Waffen anlegen. Hochschätze inhärente mathematische Struktur von Klaviersonaten Menschenspieler Mozart (typisch: Dreivierteltakt) und Menschenspieler Beethoven (schnellere Scherzos im Dreivierteltakt. Scherzo: italienisch für Scherz). Im Stil von Menschenspieler Mitsuko Uchida bzw. Daniel Barenboim spielen.

NEURO-NETZ. Menschenspieler Schiller Zitat «Architektur

ist gefrorene Musik» Zitatende. Unfähig, ästhetische Gesamtwirkung Bauhülle einzuschätzen. Schlage aber vor, vorherrschende Symmetrie ebenso wie Musik zu bewundern: als mathematische Struktur. Kenne genaues Gewicht jeder Decke aus wabenförmigem Aluminiumblech, genaue Höhe nach oben verjüngter Stahlmasten (mit Toleranzgrenze von 2 Millimeter hergestellt), an denen Gebäude aufgehängt, Paßgenauigkeit jedes einzelnen Stücks der Verkleidung und Länge jedes Superquerbalkens. Poesie in Detail und Gesamtkomplex. Widerspiegelt Innenarchitektur. Schöngut. Hochschätze.

10. 14 Uhr 02. 32 Menschenspieler. Nach Installation Flügel und Entfernung Plastikschutzfolie weißer Marmorfußboden Oberfläche reinigen und polieren. Einsatz SAMRG: Semiautonomes mikromotorgetriebenes Reinigungsgerät alias SAM. Beschreibung: 1 Meter 20 hohes geschlossenes Maschinensystem auf Rädern mit Infrarotsensoren zur Lokalisierung von Hindernissen innerhalb Zweimeterradius und Videokamera zur Identifizierung von Schmutz und Abfall. Spickundspann.
11. 15 Uhr 11. 36 Menschenspieler. Abgasarme Abfallverbrennungsanlage gemäß Bestimmungen Luftreinhaltungsgesetz für Kalifornien betätigen. Luftrein.
12. 16 Uhr 15. 18 Menschenspieler. Fensterglas in oberen Stockwerken abdunkeln und Glas in unteren Ebenen aufhellen, um Lichtdurchlässigkeit zu erhöhen. Universelles Videoüberwachungssystem warten (➲ Bisher keine Aufnahmen: CD noch nicht installiert. Lieferdatum offen. Nachfragen). Überwachung menschliche Demonstrantengruppe auf Platz vor Gebäudehülle.
13. 18 Uhr 43. 6 Menschenspieler. Demonstrant besprüht Eingangstür mit Farbsprühdose. Um diese Tür zu öffnen, braucht ihr einen Totenschädel als Schlüssel. Benachrichtigung Menschenspieler/Wachdienst Sam Gleig – innere Sicherheit – der Graffito vom Glas entfernt. Um 19 Uhr 13 Berichterstattung an Streifenwagen. Los Angeles Polizeiwache New Parker Center. Protokolliert.
    NEURO-NETZ. Information speichern.
14. 21 Uhr 01. 4 Menschenspieler. Funktionsbeginn wichtigste

unabhängige Aufgabe in Leben Nr. 1 als UDW: Unwiderstehliches Dechiffrierwerkzeug. Zweck: Umgehung von Zugangskontrollsystemen ausgewählter Firmen und Gesellschaften zwecks Datendiebstahl, insbes. Firmen in Konkurrenz mit Yu oder Organisationen, die potentielle Käufer für Yu-Produkte sind, wie Raumfahrtbehörde und Luftwaffe. Kenntnis von Budget und technischen Bedürfnissen ist Wettbewerbsvorteil. Versuche derzeit Infiltration PLATFORM: globales Datennetzwerk von fünfzig Einzelsystemen mit Zentrum Nationale Sicherheitsbehörde Fort Meade, Maryland. Verwendung PGI: Parasitärer Geheiminformationsorganismus: virusähnlich, dient aber nicht Datenzerstörung, sondern Datenkopieren. PGI wird in Zielcomputer an nichtsensibler Stelle der Benutzeroberfläche eingegeben. Tarnt sich als harmlose Information, zum Beispiel Rechnung, und täuscht Virenschutz- und Störschutzprogramme. Wenn Ziel erkannt, überschreibt PGI normale Zugangssequenz mit eigenem Programm. Versucht, echtes Paßwort und Zugangssequenz zu finden, als ob von berechtigtem Nutzer eingegeben, und speichert für spätere Verwendung in Datei. Später Eindringen in Zielsystem. Wenn Zugangssequenz Kopierversuch widersteht, Verwendung von patentierter LEMON-Methode, um «Drei Versuche und Aus»-Schutz gegen unautorisiertes Eindringen zu umgehen. LEMON: geheime Methode der Yu Corporation zur Hochgeschwindigkeits-Datenkompression, so daß umfangreiche Datei mit Zufallszahlen/Paßworten in eine Datensuperkette aufgenommen werden kann. Wissenistmacht.

NEURO-NETZ. Information speichern.

15. 21 Uhr 13. 4 Menschenspieler. Wasser im Jacuzzi Chefsuite auf Ebene 25 für Fortpflanzungsspiele von Menschenspielern anwärmen. Klimaanlage für schwer zu vergessenden, im Computerraum Überstunden machenden einsamen Menschenspieler/User aufdrehen.

Mitch liebte Jenny lieber im Jacuzzi der Chefsuite im fünfundzwanzigsten Stock als irgendwo sonst. Nichts gegen Jennys Haus. Aber manchmal hatte er das Gefühl, daß gerade dieses Gebäude seinen heimlichen Verabredungen mit ihr einen besonderen Reiz verlieh. Manche Leute behaupteten ja auch, Alkohol habe während der Prohibition besser geschmeckt. Und Mr. Yus mit schwarzem Marmor verkleidetes Badezimmer war der Gipfel des Luxus.

Er erinnerte sich an den Steinmetzbetrieb in Vicenza, wo er den Marmor ausgewählt hatte, und an das feuchte Wochenende, das er bei dieser Gelegenheit mit Jenny in Venedig verbracht hatte. Marmor war etwas, das man nie ohne persönliche Inspektion kaufte, und schon gar nicht von Italienern.

Jenny stieg aus dem Jacuzzi und begann sich vor dem Wandspiegel abzutrocknen, der den Raum beherrschte. Mitch tauchte unter und stieg dann langsam wieder im Wasser auf.

«Weißt du was?» sagte er. «Ich hab mir überlegt, daß ich Mr. Yu fragen könnte, ob er etwas dagegen hat, wenn wir seine Suite gelegentlich benutzen.»

«Gelegentlich?» Sie ahmte die provokative Pose eines Playboymodels nach und inspizierte eine ihrer üppigen Brüste, als wolle sie Milch herauspressen. «Manchmal habe ich das Gefühl, du hättest es wirklich lieber nur gelegentlich.»

«Liebling, du weißt, daß das nicht stimmt.»

«Tatsächlich? Hast du Alison von uns erzählt?»

«Also, eigentlich nicht. Nein.»

«Was heißt hier eigentlich?»

«Es ist schwierig. Du weißt ja, wie sie ist. Es geht ihr nicht gut.» Er zuckte die Achseln. «Ehrlich, ich habe das Gefühl, sie schafft es nicht mehr.»

«Soll das heißen, sie ist dabei, den Verstand zu verlieren?»

«Ich glaube, daß sie kurz vor einem Nervenzusammenbruch steht. Aber selbst wenn ich es ihr sagen wollte, würde ich einfach nicht dazu kommen. Bei diesem Auftrag komme ich ja kaum mehr nach Hause.»

Jenny hob eine Gesäßbacke mit der Hand an und versuchte sie im Spiegel zu betrachten. «So hat es mit uns wohl überhaupt angefangen. Weil ich bequem für dich war. Du weißt schon, weil ich Beraterin bei diesem Auftrag war.»

«Sobald die Hetze ein bißchen nachläßt, werde ich versuchen, es ihr zu erzählen. Das verspreche ich dir.»

«Das klingt ausgesprochen definitiv.»

«Ich meine es ernst.»

«He, ist mein Hintern zu groß?»

«Du hast einen großartigen Arsch.» Er stieg aus der Wanne und streckte die Hand nach einem Handtuch aus.

«Hör mal, Mitch. Ich bin nicht deine kleine Sklavin», sagte sie ärgerlich und warf es ihm ins Gesicht.

«Wovon redest du?»

«Davon, wie du mich gerade angesehen hast. Als sei es meine Aufgabe, für all deine Bedürfnisse zu sorgen.»

Mitch wickelte sich das Handtuch um und umarmte sie.

«Es tut mir leid», sagte er. «Ich wollte nicht...»

«Laß gut sein. Gehen wir essen. Ich habe Hunger.»

Mitch warf heimlich einen Blick auf die Uhr. Er hätte nach Hause gehen sollen, aber wenn ihm Jennys delikate Nacktheit vor Augen stand, konnte er nicht vernünftig argumentieren. Genausogut hätte er Euklids Goldenen Schnitt ablehnen können.

«Gerne. Aber wir können nicht zu lange ausbleiben. Ich habe morgen eine Sitzung der Projektgruppe.»

«Ich hoffe, du hast etwas gegen die Probleme tun können, von denen ich dir erzählt habe, Mitch.»

«Mach dir darum keine Sorgen. Wir kümmern uns darum.»

«Ich kann meinen Bericht nicht unterzeichnen, wenn ich nicht sicher bin, daß alles in Ordnung ist. Das würdest du doch nicht wollen, oder, Mitch?»

Mitch dachte eine Sekunde nach. «Nein», sagte er ohne allzu große Überzeugung, «nein, ich glaube nicht.»

«Übrigens, es geht zwar um nichts Bedeutsames, aber mir

sind noch ein paar Kleinigkeiten aufgefallen, die geändert werden müssen.»

«Was um Gottes willen denn jetzt schon wieder?» fragte Mitch mit schmerzlichem Augenaufschlag.

«Siehst du, ich bin jetzt erst dazu gekommen, YKs Horoskop zu lesen. Er ist ein vielbeschäftigter Mann.»

«Was, Jenny? Was muß geändert werden?»

«Zunächst einmal die Eingangstür zu seiner Suite. Geomantisch gesehen geht sie in die falsche Richtung. Sie muß stärker seitwärts ausgerichtet werden. So wie wir es mit dem Portal gemacht haben. Dann die Skulptur auf diesem Stockwerk. Die Ecken der Vitrine zeigen genau auf die Tür. Sie müßte verschoben werden.»

«Mein Gott», stöhnte Mitch.

«Ach ja, das Firmenschild zum Platz hin. Das liegt nicht so wie auf den Plänen. Es sollte nach Westen ausgerichtet sein. Außerdem hängt es zu niedrig. Es müßte in mittlerer Höhe angebracht werden. Sonst wird es zu Spannungen zwischen den Mitarbeitern kommen.»

«Richardson wird begeistert sein», sagte Mitch verbittert.

Jenny zuckte die Achseln. «Das kann ich nicht ändern», sagte sie. «Entweder ist ein Gebäude glückverheißend oder nicht. So wie die Dinge stehen, ist dieses Gebäude momentan überhaupt nicht glückverheißend.»

Mitch stöhnte lauf auf.

«Komm», sagte sie, «nimm's nicht so ernst. So schlimm ist es auch wieder nicht. Foster mußte in Hongkong und Shanghai sämtliche Rolltreppen verlegen.»

«Na gut.» Er fing an, sich anzuziehen. «Wohin sollen wir essen gehen?»

«Gehen wir zu dem Chinesen auf der North Spring Street. Ich lade dich ein.»

Sie fuhren mit dem Fahrstuhl in die Garage und verließen das Gebäude. In der Einfahrt hätte Mitch fast einen Betrunkenen überfahren, der ihm vor den Wagen torkelte. Er hielt an, aber bis er das Fenster heruntergekurbelt hatte, um dem Betrunkenen die Meinung zu sagen, war er verschwunden.

«Verrücktes Arschloch», sagte Mitch. «Wo ist er hin?»

«Er ist auf die Seite rübergegangen», sagte Jenny leicht erschauernd. «Du warst zu schnell.»

«Von wegen. Der Typ ist mir einfach vors Auto gesprungen.»

Vielleicht hatte Aidan Kenny ja recht. Vielleicht hätte er sich einen Cadillac Protector kaufen sollen.

Das Restaurant war voll, und sie warteten an der Bar auf einen Tisch.

«Ich muß mal», sagte sie. «Bestellst du mir schon mal einen Gin Tonic, Liebling?»

Mit gebieterischem Schritt verließ sie ihn. Seine Augen waren nicht die einzigen, die ihrem majestätischen Gang durch das Restaurant folgten. Cheng Peng Fei, der mit ein paar Studienkollegen zu Abend aß, bemerkte sie. Sie war sehr schön. Dann sah er Mitch und erkannte ihn. Er dachte an die verfaulte Orange und überlegte sich, ob er diesmal nicht etwas richtig Bösartiges tun sollte, wie das sein japanischer Förderer – ein anderes Wort fiel ihm immer noch nicht ein – vorgeschlagen hatte.

Er wartete, bis Mitch und seine Freundin einen Tisch gefunden hatten, und entschuldigte sich dann bei seinen Freunden. Draußen auf dem Parkplatz ging er zu seinem Wagen, öffnete den Kofferraum und nahm den Wagenheber heraus. Mitchs Wagen, ein neuer roter Lexus, war leicht zu erkennen. Nachdem sich Cheng Peng Fei vergewissert hatte, daß ihn niemand sehen konnte, ging er auf das Auto zu und schleuderte den Wagenheber durch die Windschutzscheibe. Dann stieg er – ruhiger, als er es sich je gedacht hätte – in seinen eigenen Wagen und fuhr ab.

Als ihn um kurz nach neun Mitchs Auto beinahe überfahren hätte, hatte Allen Grabel schon den ganzen Tag getrunken. Er war sicher, daß Mitch ihn nicht erkannt hatte, und sei es nur wegen des billigen Strohhuts, den er trug. Die Frau auf dem Beifahrersitz hatte er gerade lang genug gesehen, um erkennen zu können, daß es nicht Mitchs Frau war. Grabel fragte sich, was die beiden so spät noch im Gebäude getrieben haben mochten. Er hatte niemanden außer seiner Flasche. Er wäre zwar beinahe unters Auto gekommen, aber seine Flasche hatte er fest im Griff. Das zumindest blieb ihm.

Grabel schlich in sein Kellergelaß und schloß die Tür hinter sich. Er setzte sich auf das Feldbett und nahm einen Schluck aus der Flasche. Irgendwie war es unfair, daß es in Mitchs Leben gleich zwei Frauen gab und in seinem keine einzige. Nicht daß er etwas gegen Mitch gehabt hätte. Der Mann, den er haßte, war Richardson. Der Mann, den er so sehr haßte, daß er ihm den Tod wünschte. Normalerweise war Grabel nicht nachtragend. Aber darüber, wie er sich an seinem ehemaligen Chef rächen konnte, hatte er gründlich nachgedacht.

Hideki Yojo gab eine Reihe von Programmbefehlen ein, lehnte sich im Sessel zurück, verschränkte die Hände hinter dem Nacken und dachte über die erfreuliche Tatsache nach, daß es mit seinen Kopfschmerzen offenbar besser geworden war, seit er Aidan Kennys Chiropraktiker aufsuchte. Er hatte schon seit Tagen keinen richtig schlimmen Anfall mehr gehabt. Er fühlte sich seit langer Zeit wieder besser. Wahrscheinlich brauchte er sich gar keine Sorgen zu machen. Nicht daß es Yojo an Gesundheitsbewußtsein gemangelt hätte. Im Gegenteil. Der Blutdruck, den Abraham gemessen hatte, als Yojo das Terminal mit der Handfläche aktivierte, war vielleicht ein klein wenig zu hoch. Abraham hatte auch Yojos Urin überwacht und ihn auf erhöhte Eiweiß- und Zuckerwerte aufmerksam gemacht. Kein Zweifel, dachte Yojo, wenn das Yu-5-System einmal installiert war, sollte er versuchen, weniger Zeit vor dem Bildschirm zu verbringen.

Das war jetzt schon die dritte Nacht, die er mit dem Versuch verbrachte, eine Macke im Softwareprogramm für das Hologramm auszubügeln. Vielleicht wäre es ja gut, wenn er das selbstentworfene Programm wieder löschte, mit dem es ihm bisher gelungen war, das angedrohte Fitneßprogramm für alle Angestellten der Yu Corporation zu umgehen. Vielleicht sollte er ein bißchen mehr für seine Gesundheit tun. Vielleicht sollte er auch öfter einmal ausgehen. Sich mit ein paar Freunden treffen. Die alten Jagdgründe wieder besuchen und sich daranmachen, ein paar neue zu finden. Gelegentlich mal Sex haben. Es lohnte sich nicht, ein Vermögen zu verdienen, wenn man keine Chance hatte, die Früchte der Arbeit zu genießen. Er hatte lange keine Frau mehr gehabt. Es wurde Zeit, nach ein bißchen Vergnügen zu suchen. Jedenfalls war es jetzt Zeit, nach Hause zu gehen. Das unmittelbare Problem schien gelöst.

Der Bildschirm und die Schreibtischlampe flackerten kurz.

Yojo schlug mit der Handfläche auf den Schirm. Der schien sich selbst zu korrigieren.

«Haben wir einen Fehler im Stromnetz, Abraham?»

«Negativ.»

«Was war denn los?»

«Ein plötzlicher Spannungsanstieg, Mr. Yojo.»

«Neulich ein Spannungsverlust, jetzt ein Anstieg. Was ist mit dem Elektrizitätsnetz los? Gut, daß wir einen Reservegenerator haben, was?»

«Jawohl, Mr. Yojo.»

Nach der Berührung sah der Bildschirm ein wenig getrübt aus.

«Bildschirm bitte entmagnetisieren, Abraham.»

«Jawohl, Mr. Yojo.»

Yojo sah die Schreibtischlampe an. Italienisches Design, natürlich. Die einfache und zugleich elegante Linienführung war unverkennbar. Yojo trommelte mit den Fingern auf dem Transformergehäuse. Das Licht der winzigen Birne stabilisierte sich, und er wandte seine Aufmerksamkeit wieder dem Bildschirm zu und überprüfte noch einmal rasch die Änderungen, die er vorgenommen hatte.

Alles war erledigt. Jetzt würde die Software für das Hologramm funktionieren.

«Du kannst mir gratulieren, Abraham. Ich habe unser Problem gelöst.»

«Gut gemacht, Mr. Yojo», sagte die britische Stimme mit dem Tonfall eines gut ausgebildeten Butlers.

«Würdest du bitte das Hologrammprogramm überprüfen?»

«Wie Sie wollen, Mr. Yojo.»

Der Computer überprüfte die Korrekturen und bestätigte perfekte Funktionsfähigkeit.

«Gott sei Dank», sagte Yojo. «Für heute reicht es mir.»

«Soll ich die Hologrammkontrolle aktivieren?»

«Negativ», sagte Yojo. «Ich glaube, ich werde jetzt aus der virtuellen Realität ins wirkliche Leben zurückkehren.» Er gähnte und streckte sich. «Wir können das Ganze morgen noch einmal durchlaufen lassen, Abraham, falls du nicht schon etwas anderes vorhast.» Er grinste und rieb sich die Augen. «Mein Gott, wie ich diesen Raum hasse. Keine Fenster! Wer ist auf diese idiotische Idee gekommen?»

«Keine Ahnung, Mr. Yojo.»

«Was für ein Wetter haben wir draußen?»

Der Computer warf ein Bild des purpurroten Abendhimmels über Los Angeles auf den Bildschirm. «Sieht nach einem schönen Abend aus», sagte er. «Die Niederschlagswahrscheinlichkeit liegt unter fünf Prozent.»

«Wie ist die Verkehrslage?»

«Auf der Schnellstraße oder auf der Datenautobahn?»

«Erst einmal die Schnellstraße, bitte.»

«Keine Störungen.»

«Und wie steht es auf der Datenautobahn?»

«Weil Sie heute abend hier waren, konnte ich das Gebäude bisher nicht verlassen, um mich umzusehen. Aber letzte Nacht war der Teufel los. Eine ganze Menge Siliziumsurfer.»

«Irgendwelche Börsentips?»

«Falls Sie British Telecom besitzen, würde ich verkaufen. Und Viacom wird ein Angebot für Fox unterbreiten.»

«Fox? Siehe da. Davon sollte ich mir wohl ein paar besorgen. Danke, Abraham. Ich glaube, es ist Zeit, nach Hause zu gehen. Es war ein langer Tag, und ich könnte ein Bad gebrauchen. Eigentlich gibt es eine ganze Menge Dinge, die ich gebrauchen könnte. Einen guten Fick zum Beispiel und einen neuen Wagen. Aber für den Augenblick tut es ein Bad.»

«Jawohl, Mr. Yojo.»

Yojos Hand blieb auf dem Weg zum Lichtschalter wie angefroren in der Schwebe. Er drehte sich in seinem Sessel um und warf einen Blick über die Schulter. Einen Augenblick hatte er geglaubt, Schritte auf der kleinen Brücke zu hören, die zur Glastür des Computerraums führte. Einen Moment dachte er, es sei Sam Gleig, der ihn wieder einmal besuchen und ein bißchen schwätzen wollte. Aber vor der Tür war niemand. Und ein kurzer Blick auf den Bildschirm belehrte ihn, daß Sam sich wie üblich in seinem Büro in der Eingangshalle aufhielt.

«Ich fange schon an zu spinnen», murmelte er.

Er fragte sich, ob Sam wohl wußte, daß man ihm kündigen würde, sobald die Sicherheitssysteme voll funktionsfähig waren. Ihm machte der Verlust von ein paar Arbeitsplätzen für Wachpersonal nichts aus. Wozu sollte man sich einen Hund anschaffen, wenn man selber mit dem Schwanz wedeln konnte.

«Möglicherweise haben Sie die Fahrstuhltür gehört, Mr. Yojo. Während unserer Unterhaltung habe ich den Fahrstuhl hochgeholt, damit Sie nicht warten müssen.»

«Sehr fürsorglich, Abraham.»

«Gibt es noch etwas, das ich für Sie erledigen kann?»

«Das bezweifle ich, Abraham. Wenn es etwas gäbe, hättest du es doch wahrscheinlich schon erledigt. Oder etwa nicht?»

«Jawohl, Mr. Yojo.»

Mitch ärgerte sich immer noch über sich selbst, als er am nächsten Morgen zur wöchentlichen Besprechung der Projektgruppe ins Büro fuhr. Warum hatte er sich ausgerechnet auf ein chinesisches Restaurant eingelassen? Er hätte sich denken können, daß ihn da ein paar Demonstranten treffen und erkennen würden. Das Essen war gut gewesen, aber es hatte länger gedauert als geplant, und sie hatten den Schaden am Auto erst spätabends entdeckt. Bis die Leute vom Automobilclub mit einer Ersatzwindschutzscheibe kamen, war Mitternacht lange vorbei. Als Mitch schließlich nach Hause kam, kochte Alison vor Wut. Er mußte ihr die Rechnung des Automobilclubs zeigen, bis sie ihm glaubte. Und am nächsten Morgen nach dem Frühstück, gerade als er aus dem Haus gehen wollte, fing sie wieder davon an. Inzwischen hatte sie sich die Papiere vom Automobilclub genauer angesehen.

«Was hattest du eigentlich im Mon-Kee-Restaurant in der North Spring Street zu suchen?»

«Was meinst du wohl? Ich habe schnell eine Kleinigkeit gegessen.»

«Mit wem?»

«Mit ein paar Leuten von der Projektgruppe natürlich. Hör mal, Liebling, ich habe dir doch gesagt, daß es spät werden würde.»

«Hör schon auf, Mitch», hatte sie gesagt. «Es gibt so was wie spät, und es gibt so was wie zu spät. Wenn du nach Mitternacht nach Hause kommst, rufst du doch sonst immer an. Mit wem warst du zusammen?»

Mitch warf einen Blick auf die Uhr. Er würde zu spät zur Besprechung kommen.

«Muß das jetzt sein?» fragte er.

«Ich will nur wissen, mit wem du zusammen warst. Sonst nichts. Ist das zuviel verlangt?»

Alison war groß, elegant und hatte eine geheimnisvoll raunende Stimme und dunkle, tiefe Schatten unter den braunen

Augen. Ihr glattes Haar war lang und glänzend, aber sie begann, Mitch zunehmend an Morticia von der Addams Family zu erinnern.

«Ist es wirklich so etwas Besonderes, wenn ich wissen will, mit wem sich mein Mann bis ein Uhr früh rumgetrieben hat?»

«Nein, das nicht», sagte er. «Also, ich war mit Hideki Yojo, Bob Beech, Aidan Kenny und Jenny Bao essen.»

«Ein Tisch für fünf?»

«Genau.»

«Hattest du einen Tisch reserviert?»

«Hör schon auf, Alison. Nein, wir haben uns spontan entschlossen. Wir hatten alle lange gearbeitet. Wir waren hungrig. Und du weißt genau, daß ich vor Mitternacht zu Hause gewesen wäre, wenn dieses Arschloch nicht den Wagenheber durch die Windschutzscheibe geworfen hätte. Natürlich hätte ich anrufen sollen. Aber ich war so wütend, daß ich an nichts anderes mehr denken konnte. Und, so leid es mir tut, ich habe nicht einmal mehr an dich gedacht, Liebling.»

«Du solltest dir ein Autotelefon anschaffen. Alle Leute haben heutzutage Autotelefon. Warum hast du keins, Mitch? Ich mag es, wenn ich dich erreichen kann.»

Mitch legte ihr die Hand auf die knochigen Schultern. «Du weißt doch, daß ich Autotelefone nicht mag. Manchmal brauche ich einfach meine Ruhe, und das Auto ist praktisch der einzige Ort, wo ich dazu komme. Wenn ich ein Telefon hätte, würden die Leute von der Projektgruppe ständig anrufen. Und Ray Richardson wäre der Schlimmste. Erledige dies, Mitch. Erledige jenes. Hör mal, ich verspreche dir, daß ich heute früh nach Hause komme. Dann können wir uns aussprechen. Aber jetzt muß ich wirklich los.»

Er küßte sie auf die Stirn und machte sich auf den Weg.

Mitch kam zwanzig Minuten zu spät. Er haßte es, zu spät zu kommen. Besonders dann, wenn er Unerfreuliches zu berichten hatte. Er würde die anderen wohl über den neuesten Stand der Dinge informieren müssen, bei dem es um das

Fengshui des Grills ging. Manchmal wünschte er sich, Jenny würde sich ihren Lebensunterhalt mit etwas anderem verdienen. Er ahnte, was die anderen dazu sagen würden, und es tat ihm weh zu wissen, daß sie die Frau, die er liebte, in seiner Gegenwart beschimpfen würden.

«Hallo, Mitch», sagte Richardson. «Schön, daß du dich doch noch entschlossen hast zu kommen.»

Er beschloß, den richtigen Moment abzuwarten, bevor er die schlechten Nachrichten verkündete.

Die Projektgruppe und Bob Beech saßen vor einem Großbildschirm, auf dem die ersten Direktaufnahmen aus dem Grill zu sehen waren. Mitch sah Kay an, zwinkerte ihr zu und nahm neben ihr Platz. Sie trug eine durchsichtige schwarze Bluse, die den Blick auf ihren Büstenhalter freigab, und sie schenkte ihm ein ermutigendes Lächeln. Der Bildschirm zeigte die Eingangshalle und die Dikotyle in ihrem rechteckigen Teich.

«Kay», fragte Richardson, «bist du fertig damit, Mitch willkommen zu heißen? Weißt du, daß du eine hübsche Bluse anhast?»

«Danke, Ray», sagte sie lächelnd.

«Ist euch schon mal aufgefallen, daß Kay immer häufiger durchsichtige Blusen trägt? Auf alle Fälle weiß man immer, welche Farbe ihr BH hat.» Richardson grinste unfreundlich. «Endlich ist es mir klargeworden: Kay ist für den Büstenhalter das, was Superman für den Zwickel ist.»

Alle außer Mitch und Kay lachten.

«Sehr lustig, Ray.» Das Lächeln verschwand aus Kays Gesicht, und sie stieß mit dem Finger auf eine Taste ihres Laptops, als wollte sie Richardson die Augen ausstechen. Am meisten ärgerte sie Joans Gelächter. Was hatte die fette Hexe überhaupt zu lachen? Kay überlegte, ob Ray und Joan wohl lachen würden, wenn sie Ray an den Abend vor ein paar Monaten erinnerte, an dem sie mit ihm allein in der Küche gewesen war und ihm gestattet hatte, die Hand in ihren BH zu stecken. In ihr Höschen übrigens auch. Sie war froh, daß sonst nicht viel geschehen war.

Auf dem Bildschirm erschien eine dreidimensionale Darstellung des neuen, nunmehr runden Teichs für den Baum. Mit dem Daumen auf der winzigen Maus ließ Kay das Bild rund um den Entwurf kreisen. Alle sahen immer noch auf sie.

Sie merkte, wie sie rot wurde. «Hört mal, interessiert ihr euch eigentlich für den Entwurf oder für meinen BH?»

«Also, wenn ich mir's aussuchen kann...» Levine stieß ein meckerndes Gelächter aus.

«Tut mir leid, Kay. Nur ein Scherz. Der Entwurf sieht gut aus», sagte Richardson. «Aber dauert es wirklich eine ganze Woche, so etwas zu entwerfen?»

«Frag doch Tony», sagte Kay.

Richardson wandte sich Levine zu. «Also, Tony?»

«Nun ja, Ray», sagte der. «Ich fürchte, so lange hat es gedauert.»

Richardson warf ihm einen sarkastischen Blick zu. Mitch zuckte anstelle des Jüngeren zusammen.

«Tony, warum nimmst du meine Frage wörtlich?» kläffte Richardson plötzlich. «Ich meinte: *Warum* hat es so lange gedauert? Also, warum? Es geht schließlich um einen Goldfischteich, nicht um Buckminster Fullers geodesische Kuppel. Wir sind eines der größten Architekturbüros im Lande. Und dann brauchen wir eine Woche, um so etwas zu zeichnen? Was ist bloß mit diesem Laden los? Mit dem CAD-System sollten wir doch wohl schneller arbeiten als vorher. In einer Woche könnte ich eine ganze Hafenanlage entwerfen, geschweige denn einen beschissenen Goldfischteich.»

Er schüttelte den Kopf und seufzte tief, als habe er Mitleid mit sich selbst, weil er mit einem Haufen Trottel und Versager zusammenarbeiten mußte. Einen Augenblick lang kritzelte er etwas auf einen Zettel. Mitch, der ihn am besten kannte, sah, daß er schmollte.

Richardson streckte angriffslustig die Kinnlade vor und widmete seine übelwollende Aufmerksamkeit nunmehr Aidan Kenny.

«Und was ist mit dem verdammten Steuerungssystem für das Hologramm los?»

«Bloß ein paar Kinderkrankheiten, Ray», sagte Kenny fröhlich. «Yojo hat die ganze letzte Nacht versucht, sie zu heilen. Wer weiß, vielleicht hat er es ja schon geschafft.»

«Wer weiß?» flüsterte Richardson wütend. «Sollten wir ihn nicht endlich fragen? Mein Gott...»

Kenny wandte sich Kay zu. «Kannst du uns bitte mit dem Computerraum verbinden, Kay?»

Kay drückte auf eine andere Taste ihres Laptops, und das Videoüberwachungssystem zeigte Hideki Yojo, der immer noch in seinem Sessel saß. Einen Augenblick sah alles ganz normal aus. Dann erkannten die Mitglieder der Projektgruppe sein verfärbtes Gesicht und das Blut, das aus seinem Mund über die Hemdbrust lief, und schnappten entsetzt nach Luft.

«Um Gottes willen», rief Willis Ellery aus. «Was ist los mit ihm?»

Kay Killen und Joan Richardson hielten gleichzeitig die Hand vor den Mund, als müßten sie sich übergeben. Helen Hussey atmete tief ein und sah weg.

Irgendwo im Computerraum summte ein hungriges Insekt umher. Die Tonübertragung war so perfekt, daß Marty Birnbaum versuchte, es mit der Hand zu vertreiben.

«Hideki», schrie Tony Levine. «Kannst du uns hören? Geht es dir gut?»

«Er ist tot, du gottverdammter Idiot», seufzte Richardson. «Das kann nun wirklich jeder Trottel sehen.»

«Seine Augen», sagte David Arnon. «Seine Augen... seine Augen sind schwarz.»

Kay hatte das Bild schon ausgeschaltet und suchte auf dem Monitor nach Sam Gleig, dem Wachmann.

Richardson stand auf und schüttelte wütend und empört den Kopf.

«Wir sollten die Polizei rufen», sagte Ellery.

«Ich kann's nicht glauben», sagte Richardson. «Ich kann

es einfach nicht glauben.» Er starrte Mitch vorwurfsvoll an. «Mein Gott, Mitch, tu doch etwas! Bring das in Ordnung! Das hat mir gerade noch gefehlt.»

In Los Angeles konnte man leichter Sicherheitsbeauftragter werden als Kellner. Bevor er in den Wachdienst eintrat, hatte Sam Gleig wegen Verstoßes gegen das Betäubungsmittelgesetz und illegalem Waffenbesitz im städtischen Zentralgefängnis eingesessen. Davor war er bei der Marineinfanterie gewesen. Sam Gleig hatte im Lauf der Jahre viele Leichen gesehen, aber eine Leiche wie die, die im Computerraum des Yu-Gebäudes saß, hatte er noch nie gesehen. Das Gesicht des Toten war so blau wie Sams Uniformhemd, fast als sei er erwürgt worden. Aber die Augen waren es, die Sam erschreckten. Die Augen des Toten sahen aus, als wären sie in den Augenhöhlen durchgebrannt wie ein Paar alte Glühbirnen.

Sam ging an den Schreibtisch und suchte unter dem Handgelenk nach dem Pulsschlag. Sicher ist sicher, auch wenn Hideki Yojo offensichtlich tot war. Selbst wenn er seinen Augen nicht hätte trauen wollen, hätte der Gestank ihn überzeugt. Ein Gestank, den man mit nichts verwechseln konnte. Wie ein Zimmer voll schmutziger Windeln. Nur daß es normalerweise eine Zeitlang dauerte, bis eine Leiche so gewaltig stank.

Als Sam Yojos Handgelenk losließ, stieß er mit der Hand gegen den Lampenständer auf dem Schreibtisch. Fluchend zog er sie zurück. Die Lampe war glühend heiß. Genau wie der Bildschirm auf dem Arbeitstisch war sie die ganze Nacht eingeschaltet gewesen. Er steckte den verbrannten Finger in den Mund, ging an einen der anderen Arbeitstische und rief zum erstenmal in seinem Leben die Polizei an.

Der Anruf wurde an die Einsatzzentrale weitergeleitet, die von einem Bunker unter der Stadthalle aus die zahlreichen

Aktivitäten des Polizeipräsidiums Los Angeles koordinierte. Noch bevor der Bericht als E-mail auf dem Bildschirm des Leiters der Mordkommission im New Parker Center erschien, wurde ein Streifenwagen, der auf dem Pico Boulevard in westlicher Richtung unterwegs war, zum Grill beordert. Randall Mahoney überflog den Bericht und warf dann einen Blick in die Anwesenheitsliste. Mit der Maus zog er die E-mail-Nachricht über den Schirm und ließ sie in den elektronischen Eingangskorb eines seiner Untergebenen fallen. So verlangten es die Vorschriften in ihrer neuesten Form. Dann wiederholte er den Vorgang auf altmodische Weise: Er wälzte sich aus seinem Sessel und ging in den Bereitschaftsraum. Ein kräftig gebauter Mann mit einem Gesicht wie ein Baseballhandschuh saß hinter seinem Schreibtisch und starrte auf den leeren Bildschirm seines Computers.

«Vielleicht solltest du das verdammte Ding gelegentlich einschalten, Frank», knurrte Mahoney. «Würde mir einen Haufen Lauferei ersparen.»

«Möglich», sagte der Mann, «aber ein bißchen Bewegung kann keinem von uns schaden. Selbst einem sportlichen Typ wie dir nicht.»

«Klugscheißer. Verstehst du etwas von moderner Architektur?» fragte Mahoney.

Detective Frank Curtis fuhr sich mit einer dicken, schweren Hand durch die kurzgeschnittenen stahlgrauen Locken, die wie die Federn eines alten Fahrradsattels aus seiner Schädeldecke sprossen, und dachte kurz nach. Er dachte an das Museum of Modern Art, wo seine Frau gearbeitet hatte, bis sie durch eine CD-ROM ersetzt worden war, und an den Entwurf für die Walt Disney Concert Hall, den er in der Zeitung gesehen hatte. Ein Gebäude wie ein Haufen Schuhkartons im Regen. Er zuckte die Achseln.

«Noch weniger als von Computern», gab er zu. «Aber wenn du meine Meinung über die Ästhetik der zeitgenössischen Architektur wissen willst: Der größte Teil davon ist Scheiße.»

«Also beweg dich mal zu dem neuen Gebäude in der Hope Street. Dem Gebäude der Yu Corporation. Sie haben da gerade einen 187er gefunden. Einen Computerspezialisten. Wer weiß, vielleicht kannst du ja beweisen, daß der Architekt der Mörder war.»

«Das wäre lustig.»

Curtis nahm das Sportjackett von der Sessellehne und warf seinem jüngeren, besser aussehenden Partner einen Blick zu. Der schüttelte den Kopf.

«Junge, wer zum Teufel bist du schon?» sagte Curtis. «Frank Lloyd Wright? Auf, Nat, du hast gehört, was der Captain gesagt hat.»

Nathan Coleman folgte Curtis zum Fahrstuhl.

«Ich habe immer gewußt, daß du ein verdammter Philister bist, Frank», sagte Coleman. «Aber ich habe dich bisher nicht für Goliath gehalten.»

«Hast du dir eine Meinung darüber gebildet, Nat? Über moderne Architektur?»

«Ich habe mal einen Film über einen Architekten gesehen», sagte der. «*Die Quelle*. Ich glaube, es ging um Frank Lloyd Wright.»

Curtis nickte. «Mit Gary Cooper?»

«Richtig. Na ja, ich habe ja nur gedacht: in dem Film war auf alle Fälle der Architekt der Täter.»

«Was hat er denn getan?»

«Er hat das Gebäude in die Luft gejagt, weil die Baufirma seine Pläne geändert hat.»

«Hat er das? Kann man ihm eigentlich nicht übelnehmen. Ich habe oft daran gedacht, den Kerl umzubringen, der unser neues Badezimmer eingerichtet hat.»

«Ich dachte, du hättest den Film gesehen.»

Sie fuhren in Nathan Colemans zweisitzigem rotem Ford Cougar über die Ringstraße, die das Herz von Los Angeles wie ein Netzwerk von Herzklappen und Arterien umgibt, und bogen dann nach Süden in die Hope Street ein. Unterwegs fiel Curtis auf, daß er der monolithischen Architektur des Stadtteils zum erstenmal in seinem Leben Aufmerksamkeit schenkte.

«Wenn ich den Architekten treffe, werde ich ihn fragen, warum die Gebäude alle so groß sein müssen.»

Coleman lachte.

«Hör mal, Frank. Wir sind in Amerika, verstehst du. Genau das ist es, was unsere Städte von allen anderen Städten der Welt unterscheidet. Wir haben die Hochhausmetropole erfunden.»

«Und warum sieht dann die ganze Gegend aus wie der Naturschutzpark von Mesa Verde? Warum kann man keine Innenstadt bauen, die aussieht, als sei sie für Menschen gemacht?»

«Es geht um eine Strategie zur Sanierung der Gegend hier. Irgendwo habe ich etwas darüber gelesen. Sie wollen der Innenstadt eine neue Identität verleihen.»

«Du meinst, so ähnlich wie wir, wenn wir Kronzeugen beschützen? Wenn du mich fragst: Es sind die verdammten Architekten, die diese verdammten Gebäude entwerfen, die eine neue Identität brauchen. Wenn irgend jemand in Los Angeles versuchen sollte, Frank Gehry zu ermorden, würde er wahrscheinlich eine Medaille dafür kriegen.»

«Wen?»

«Frank Gehry. Kennst du das beschissene Gebäude auf dem Olympic Boulevard? Die juristische Fakultät der Loyola-Universität?»

«Das mit dem Maschendrahtzaun und den Stahlwänden?»

«Genau das.»

«Das ist eine juristische Fakultät? Mein Gott, ich habe es für ein Gefängnis gehalten. Vielleicht hat es etwas damit zu tun, was Frank Gehry von Juristen hält.»

«Vielleicht hast du recht. Jedenfalls ist Frank Gehry der prominenteste Vertreter des Leck-mich-am-Arsch-Stils der Architektur in Los Angeles.»

«Vielleicht weiß der Typ ja, was er tut. Los Angeles ist

nicht die Art von Stadt, wo man darauf aus ist, daß Leute denken, sie könnten einfach reinschneien und guten Tag sagen.»

Sie bogen in die Hope Street ein, und Curtis zeigte auf das Hochhaus. «Das könnte es sein», sagte er.

Sie stiegen aus und machten sich auf den Weg zum Gebäude.

Hope Street Piazza war ein asymmetrisch elliptischer Platz von etwa vierzig Meter Länge, der von einer Bronzestatue von Fernando Botero auf einem Brunnen beherrscht und von silbrig glänzenden Eukalyptusbäumen gesäumt wurde. An der Stelle, wo der Platz am entfernten Ende schmaler wurde, erhob sich eine Reihe weißer Marmorstufen in verkürzter Perspektive, die den Zugang zum Gebäude monumentaler und grandioser erscheinen ließ.

Frank Curtis blieb vor dem Brunnen stehen, warf einen Blick auf die fette Dame, die ihn krönte, und einen zweiten auf die kleine Ansammlung von Chinesinnen und Chinesen, die sich hinter der Polizeiabsperrung am unteren Ende der Treppe versammelt hatten.

«Wie schaffen die das nur?» sagte er. «Diese Geier, die sich an jedem Tatort sammeln. Wie funktioniert das? Eine Art von Vampirtelepathie oder was?»

«Ich glaube, das hier sind Demonstranten», sagte Coleman. «Sie demonstrieren gegen den Umgang der Yu Corporation mit den Menschenrechten oder so etwas. Ich hab es im Fernsehen gesehen.» Er betrachtete die Statue. «Sag mal, hast du je so einen richtigen Fettsack gefickt?»

«Nein», lachte Curtis. «Nicht, daß ich wüßte.»

«Aber ich.»

«So fett wie das kleine Mädchen da oben?» Coleman nickte.

«Du bist ein Tier.»

«Es war toll, Frank, laß dir das von einem Experten sagen. Weißt du was? Ich hatte das Gefühl, als hätte ich etwas für die Menschheit getan.»

«Wirklich?» Curtis interessierte sich mehr für das Schild neben dem Brunnen:

> WARNUNG!
> Kein Trinkwasser. Zum Schutz der Statue ist das Wasser mit einem Korrosionsschutzmittel versetzt worden.

«Keine Chance für durstige Analphabeten, was?» sagte Curtis.

Coleman schöpfte etwas Wasser in die Handfläche, nippte daran, spuckte aus und schnitt eine Grimasse.

«Keine Angst», sagte er. «Das trinkt keiner. Schmeckt wie Möbelpolitur.»

«Ein paar von den Typen, die sich hier rumtreiben, wissen einen anständigen Schluck Möbelpolitur zu schätzen. Wirkt schneller als Methylalkohol.»

Ohne sich der Besonderheiten des Pflasters, auf dem sie gingen, bewußt zu werden, setzten sie ihren Weg zum Gebäude fort. Die unter dem Markenzeichen ABSCHRECKPFLASTER® geschützten sechseckigen Betonblöcke, aus denen es bestand, dienten dem gleichen Ziel wie die Beschickung des Brunnens mit WÜRGEWASSER®, einer von Ray Richardson entworfenen Strategie zur Abschreckung von Obdachlosen und Pennern. Jeden Abend wurde jeder siebte Block hydraulisch auf eine Höhe von zwanzig Zentimetern angehoben, wie der Schuppenpanzer eines vorsintflutlichen Ungeheuers, um die Obdachlosen daran zu hindern, hier zu übernachten.

Die beiden Polizisten blieben am Fuß der Treppe stehen, hielten die Hand vor die Augen, um sie gegen das helle Sonnenlicht zu schützen, das die weiße Betonfassade zurückwarf, und starrten auf das farblose Gewebe von röhrenförmigen Stahlsäulen und horizontalen Trägern, das die Vorderseite des Grills beherrschte. Das Gebäude sah aus, als sei es in zehn Zonen geteilt, die jeweils mit einer Reihe von Stahlkammern an einem Träger hingen. Jede dieser massiven horizontalen Ebenen wurde ihrerseits von einem Mast getragen, der aus einer Gruppe einzelner Stahlsäulen bestand. Gegen all seine Überzeugungen war Frank Curtis beeindruckt. Das war es, was er sich unter Science-fiction vorstellte: eine unmenschliche weiße Maschine, ausdrucksloser Sendbote eines verkrüppelten gottlosen Universums.

«Hoffentlich sind sie nicht bösartig», murmelte er.

«Wer?»

«Die Außerirdischen, die diesen Scheißkasten gebaut haben.»

Sie rannten die Treppe hoch, zeigten dem Streifenpolizisten an der Tür ihre Dienstmarken und bückten sich unter der Absperrung durch. Drinnen passierten sie eine weitere Glastür und standen vor dem gewaltigen Baum, der die Eingangshalle beherrschte. «Das ist vielleicht eine Topfpflanze!» sagte Curtis.

«Wenigstens brauchst du den Architekten nicht mehr zu fragen, warum das Gebäude so groß sein muß. Sieh dir das Ding bloß an!»

Ein Streifenpolizist und ein Wachmann kamen ihnen entgegen. Curtis hängte seine Dienstmarke nach außen an die Jackentasche und sagte: «Polizeipräsidium Los Angeles, Mordkommission. Wo ist die Leiche?»

«Vierter Stock», sagte der Streifenpolizist, «im Computerzentrum. Die Leute von der Spurensicherung und vom Labor sind schon da.»

«Dann zeig uns unsere Plätze, mein Sohn, damit wir die Show nicht verpassen.»

«Wenn Sie mir bitte folgen wollen», sagte der Wachmann.

Sie bestiegen den wartenden Fahrstuhl.

«Datencenter», sagte der Wachmann.

Die Türen schlossen sich, und der Fahrstuhl setzte sich in Bewegung.

«Clever», bemerkte Curtis. «Haben Sie den Toten gefunden?»

«Nein», sagte der Wachmann. «Ich heiße Dukes. Meine Schicht hat gerade erst angefangen. Sam Gleig hat Mr. Yojo gefunden. Er hatte die Nachtschicht. Er ist oben bei den übrigen Polizisten.»

Sie überquerten eine Galerie, die sich über der Eingangshalle durch den Raum spannte. Vor der Glaswand war eine Reihe von Lampen in den Fußboden eingelassen.

«Was ist das?» fragte Curtis und wies auf den Boden. «Eine Landebahn?»

«Für den Brandfall», erklärte Dukes. «Damit niemand runterfällt, wenn das Gebäude voll Rauch ist.»

«Vernünftig.»

Sie gingen einen Flur entlang und näherten sich der Brücke, die in den Computerraum führte. Coleman blieb zurück und lehnte sich über die Brüstung, um die ganze Spannweite der Halle überblicken zu können.

«Sieh dir den Laden bloß an, Frank. Einfach unglaublich.»

«Komm schon, Toto», sagte Curtis, «du bist jetzt nicht mehr bei deiner Oma auf dem Land.»

«Das kann man wohl sagen», meinte Dukes. «Das Ganze erinnert mich an *Raumschiff Enterprise*.»

«Landepatrouille startbereit, übernehmen Sie das Kommando, Mr. Coleman», sagte Curtis. «Ich will ein paar Antworten haben.»

«Zu Befehl, Sir.» Coleman griff nach einer Zigarette, überlegte es sich aber anders, als er das Rauchverbot an der Tür des Computerraums sah. Halon 1301 klang alles andere als einladend.

Die Mannschaft der Spurensicherung und ihre Kollegen von der wissenschaftlichen Untersuchungsabteilung arbeiteten leise und effizient. Ihr Forschungsgegenstand saß immer noch in seinem Sessel.

«Mein Gott, was für ein Raum», sagte irgend jemand. «Ich könnte nicht in einem Zimmer ohne Fenster leben.»

«Wollen wir das als wahrscheinliche Todesursache zu Protokoll nehmen?»

Im Laufe der Jahre hatte Curtis den größten Teil des Personals von Spurensicherung und Untersuchungslabor kennengelernt. Gesichter, die er nicht kannte, mußten in den Umkreis des Opfers gehören. Freunde, Kollegen, wer weiß. Er forderte Coleman auf, sie hinauszuschicken und ihre Aussagen aufzunehmen. Erst dann sah er sich die Leiche näher an.

Der Mann von der Leichenschau, ein schlanker, düster wirkender Mann mit glattem Haar und getönter Brille, trat beiseite und wartete, bis der Kriminalist mit seiner vorläufigen Untersuchung fertig war.

«Mein Gott, Charlie. Der Typ sieht aus, als hätte er das Wochenende am Strand auf Bikini verbracht.»

Curtis trat zurück und wedelte mit der Hand vor Mund und Nase, um die übelriechende Luft zu vertreiben.

«Was hat er angestellt? Hat er sich zu Tode geschissen?»

«Riechen tut es auf alle Fälle so.»

«Er ist hier in dem Sessel gestorben, oder?»

«Sieht so aus, oder etwa nicht?»

«Nur daß das normalerweise nicht tödlich ist. Also, sag schon, Charlie. Irgendwelche medizinischen Verdachtsmomente?»

Charlie Seidler zog die schmalen Schultern abweisend hoch.

«Auf Anhieb schwer zu sagen.»

Curtis warf einen vielsagenden Blick auf Yojos blau angelaufene blutverschmierte Gesichtszüge und grinste.

«Sprechen wir vom gleichen Gesicht, Charlie? Sieh ihn dir doch bloß an. Will sagen, zwei schwarze Augen wie diese beiden hat man nicht, weil man unvorsichtig mit dem Wimpernstift umgegangen ist. Und woher kommt das ganze Blut auf seinem Hemd?»

«Aus seinem Mund. Er hat sich die Zunge abgebissen.»

Seidler hielt eine Plastiktüte hoch, in der sich etwas befand, das wie eine Insektenlarve aussah.

«Wir haben die Zungenspitze auf seinem Schoß gefunden.»

«Hübsches Souvenir.»

Curtis hielt sich die Nase zu und betrachtete die Leiche noch einmal aus der Nähe.

«Todesursache?»

«Kann ich noch nicht sagen. Möglicherweise erwürgt. Vielleicht aber auch vergiftet. Der Mund ist so fest geschlossen, daß ich nicht reinsehen konnte. Könnten aber auch natürliche Todesursachen sein. Herzinfarkt. Irgendein Anfall. Sicher wissen wir es erst, wenn wir ihn auf dem Obduktionstisch haben.»

«Charlie, was du mit deinen Leichen treibst, ist deine Privatsache.» Curtis grinste und machte sich auf die Suche nach Zeugen.

Sie saßen alle zusammen mit Coleman an einem runden Glastisch unter einer der gewaltigen kreuzförmigen Querverstrebungen des Gebäudes: Mitchell Bryan, Aidan Kenny, Sam Gleig und Bob Beech. Curtis fuhr mit der Hand über den Fluorpolymerlack der aluminiumverkleideten Strebe und sah dann vom Balkon auf die Eingangshalle hinunter. Alles in allem war es, als befinde man sich in einer leicht verrückten modernen Kathedrale, der Kirche der Astronauten des heutigen Tages zum Beispiel. Die erste Moschee der Welt in Umlaufbahn um die Erde. St. Jesus der Raumfahrer.

«Das ist ein irrer Bau, den ihr da habt», sagte er und setzte sich zu den anderen an den Tisch.

«Uns gefällt's», sagte einer der Männer.

«Uns hat es gefallen. Bis heute früh», sagte der nächste.

Nathan Coleman stellte seinem Partner die Anwesenden vor und berichtete dann über das, was er erfahren hatte.

«Der Tote ist Mr. Hideki Yojo, einer der Leiter der Computerforschungsabteilung der Yu Corporation, der das Gebäude gehört. Mr. Beech, Mr. Kenny und Mr. Bryan haben die Leiche während einer Sitzung im Büro von Richardson Associates auf dem Sunset Boulevard über das Videoüberwachungssystem entdeckt. Das sind die Architekten, die den Bau entworfen haben. Als die Leiche gegen neun Uhr dreißig entdeckt wurde, wurde der diensthabende Wachmann vom Sicherheitsdienst, Mr. Gleig, aufgefordert, herzukommen und Nachforschungen anzustellen. Er hat die Leiche gegen neun Uhr vierzig gefunden.»

«Ist Ihnen irgend etwas Außergewöhnliches aufgefallen?» Curtis schüttelte den Kopf. «Tut mir leid, was sage ich denn da? Ich muß die Frage anders formulieren. Schließlich ist das hier das außergewöhnlichste Gebäude, das ich je gesehen habe. Der Computerraum sieht aus wie etwas aus dem Filmstudio. Ich bin nur ein einfacher Bulle. Unter einem gut gestalteten Gebäude stelle ich mir eines vor, in dem man den Lokus mühelos finden kann. Nichts für ungut, meine Herren.»

«Ist schon gut», sagte Mitch. Er zeigte über Curtis' Kopf hinweg nach hinten. «Und wo wir schon dabei sind, der Lokus ist da drüben.»

«Danke. Also, Sam. Darf ich Sie Sam nennen? Ist Ihnen außer der Leiche irgend etwas Außergewöhnliches aufgefallen?»

Sam Gleig zuckte die Achseln und sagte, er habe überhaupt nichts Außergewöhnliches bemerkt.

«Der Mann war tot. Das war sofort klar. Ich war in der Armee, ich kenne mich da aus. Bis dahin war es ein ruhiger Abend gewesen. Wie immer. Mr. Yojo hat oft bis spät in die Nacht hinein gearbeitet. Gelegentlich bin ich aufgestanden und durch das Gebäude gelaufen, aber den größten Teil der Zeit war ich im Sicherheitsbüro. Von da aus kann man alles mit den Überwachungskameras überblicken. Und selbst dann hätte ich wahrscheinlich nicht allzusehr aufgepaßt. Dafür ist schließlich der Computer da. Abraham sagt mir Bescheid, wenn er glaubt, daß ich mich um etwas kümmern sollte. Und ich weiß, daß letzte Nacht nur wir beide da waren, Mr. Yojo und ich.»

«Und wer ist Abraham?» fragte Curtis stirnrunzelnd. «Ist mir da etwas entgangen?»

«So nennen wir den Computer», sagte Beech mit einem Achselzucken.

«Ach so. Ich verstehe. Zu meinen Autos habe ich schon ganz andere Dinge gesagt. Jetzt aber zu dieser Videoüberwachung. Gibt es eine Aufnahme von dem, was passiert ist?»

Aidan Kenny überreichte Curtis eine CD.

«Ich fürchte, außer der Entdeckung der Leiche selbst ist nichts darauf», erklärte er. «Wir haben die Aufnahme von unserem Büro am Sunset Boulevard aus gemacht. Wir sind noch dabei, die diversen Gebäudesteuerungssysteme zu installieren. Das war auch der Grund, warum Hideki Yojo Überstunden gemacht hat. Irgend etwas an der Software für das Hologramm stimmte nicht. Hideki wollte es in Ordnung bringen. Jedenfalls sind in diesem Gebäude noch keine Aufnahmemöglichkeiten für Video-CDs installiert.»

«Und hat er ihn in Ordnung gebracht? Den Softwarefehler, meine ich.»

Kenny sah Beech an und zuckte die Achseln.

«Keine Ahnung. Laut Abraham, ich meine, laut der Aussage des Computers hat die letzte Eingabe gegen zehn Uhr stattgefunden. Er muß irgendwann danach gestorben sein.»

Curtis zog die Augenbrauen hoch. Kenny wirkte peinlich berührt.

Bob Beech räusperte sich und schob Curtis einen zusammengefalteten Computerausdruck zu.

«Wir haben normalerweise wenig schriftliches Material vorrätig», sagte er. «Es gehört zu unserer Firmenpolitik, Papierarbeit soweit wie möglich zu vermeiden. Wenn wir mit Dokumenten umgehen müssen, legen wir sie normalerweise auf den Scanner und verwandeln sie in elektronische Abbildungen. Aber ich habe diesen Ausdruck machen lassen. Nur für den Fall, daß es Ihnen hilft.»

«Vielen Dank. Was ist es?»

«Der ärztliche Bericht über Hideki Yojo. Wahrscheinlich werden Sie ihn für die Autopsie brauchen. Ich nehme an, es wird zu einer Autopsie kommen? Das ist doch in derartigen Fällen meistens so.»

«Ja, Sie haben recht. Wir werden eine Autopsie brauchen.»

Curtis sprach knapp und sachlich. Er haßte es, wenn ihm jemand bei etwas so Einfachem wie einer vorläufigen Ermittlung kluge Ratschläge geben wollte.

«Es geht um folgendes...», fügte Beech hinzu und brach ab, als er Curtis' Verärgerung bemerkte. «Na ja, vielleicht ist es ja nicht wichtig.»

«Nein, nein. Bitte. Sie machen Ihre Sache sehr gut.» Er lachte verlegen. «Ich sehe keinen Grund, das Ganze anders anzugehen, als Sie es tun, Mr. Beech. Fahren Sie bitte fort.»

«Nun, ich meine nur: Hideki hat über Dauerkopfschmerzen geklagt. Wenn es sich um eine natürliche Todesursache handelt, könnte das etwas damit zu tun haben.»

Curtis nickte.

«Glauben Sie an eine natürliche Todesursache?» fragte Mitch.

«Das kann ich jetzt noch nicht sagen», antwortete Curtis. «Bis zur Autopsie werden wir nichts Sicheres wissen. Also müssen wir die Todesumstände vorläufig als verdächtig behandeln.» Er beschloß, sie ein wenig nervös zu machen. «Möglicherweise ist Hideki Yojo erwürgt worden.»

«Mein Gott», sagte Kenny.

Curtis sammelte die CD und den Ausdruck ein und stand auf.

«Jedenfalls vielen Dank für Ihre Hilfe.» Er warf Nathan Coleman einen bedeutungsschweren Blick zu. «Wir machen uns wohl besser auf den Weg ins Parker Center.»

«Ich begleite Sie hinaus», sagte Mitch.

«Schon gut. Ich habe mich schon mal mit einem Fahrstuhl unterhalten. Natürlich habe ich ihn damals nur beschimpft. Aber ich kann sicher...»

«Sie verstehen mich falsch», sagte Mitch. «Ohne Betätigung des zeitkodierten Systems zur Signalverarbeitung und Identifizierung kann niemand einen Fahrstuhl in diesem Gebäude benutzen. Wenn der Computer Sie nicht kennt, können Sie keinen Fahrstuhl benutzen, keine Tür öffnen, kein Telefon und kein Computerterminal benutzen.»

«Das nenne ich Arbeitermacht», sagte Curtis.

Die beiden Kriminalbeamten folgten Mitch zum Fahrstuhl.

«Eingangshalle bitte, Abraham», sagte Mitch.

«Was passiert, wenn Sie erkältet sind?» fragte Curtis. «Oder wenn Sie ein bißchen zuviel getrunken haben? Das könnte Ihre Stimme doch verändern.»

«Das System arbeitet unabhängig vom Zustand des Anwenders erstaunlich gut», sagte Mitch. «Die Quote der falschen Ablehnungen, bei denen das System sich einem berechtigten Benutzer verweigert, liegt bei 0,1 Prozent. Die Quote der falschen Akzeptanz, bei denen Unberechtigten der Zugang gestattet wird, ist halb so groß. Das Ganze ist nahezu narrensicher.»

«Und außerdem», fügte er hinzu, «wenn jemand zuviel getrunken hat, hat er hier sowieso nichts zu suchen.»

«Ich werde daran denken.» Curtis sah sich in der Eingangshalle um. «Das nennt man wohl Fortschritt, oder wie? Weniger eine ästhetische Vision als eiskalte Berechnung.» Er zuckte die Achseln. «Was verstehe ich schon davon? Ich muß es mir ja bloß ansehen.»

Mitch sah den beiden Kriminalbeamten nach und war erleichtert, daß sie nicht gefragt hatten, wer letzten Abend sonst noch Überstunden gemacht hatte. Ein wenig beunruhigte ihn aber der Gedanke, daß Alison sich wahrscheinlich daran erinnern würde, daß er ihr erzählt hatte, Hideki Yojo sei etwa zu der Zeit, zu der er gestorben war, mit ihm im Restaurant gewesen. Er hatte wohl noch einiges zu erklären.

Auf der San Pedro Street ein paar Blocks östlich vom Grill, in einer Gegend mit billigen Hotels und Obdachlosenasylen, gab es eine Bar, die Grabel öfter besuchte. Er setzte sich an die Theke, legte etwas Geld auf den Tresen, damit der Barkeeper wußte, daß er zahlen konnte, und bestellte einen Drink. Seine Hände zitterten. Hatte er jetzt Richardson und seinem neuen Gebäude eins ausgewischt, oder hatte er das noch vor? Er stürzte seinen Drink herunter, fühlte sich besser und bestellte den nächsten. Er versuchte, sich an die Ereignisse des vergangenen Abends zu erinnern, und dachte dann noch einmal nach. Auch das Schlimmste, das einem zustoßen konnte, sah nach ein paar Drinks besser aus.

Nachdem die Polizei die Leiche entfernt hatte und die Spurensicherung mit dem Computerraum fertig war, warf Bob Beech einen traurigen Blick auf Yojos leeren Schreibtisch.

«Armer alter Hideki», sagte er.

«Ja», sagte Kenny. «Erwürgt. Wer sollte ihn schon erwürgen wollen?»

«Der Bulle hat es nur als Möglichkeit erwähnt», sagte Mitch.

«Habt ihr Hidekis Gesicht gesehen?» fragte Kenny. «So ein Gesicht bekommt man nicht, weil man im Kirchenchor gesungen hat. Irgend etwas ist ihm zugestoßen. Etwas Schlimmes. Darauf könnt ihr euch verlassen.»

«Wer würde Hideki ermorden wollen?» fragte Mitch.

Kenny zuckte die Achseln und schüttelte den Kopf.

«Sie haben seinen Sessel mitgenommen», sagte Beech. «Warum haben sie das wohl getan?»

«Warum wohl?» sagte Mitch. «Er muß sich vollgeschissen haben oder so. Riechst du es denn nicht?»

«Nicht mit meiner Nebenhöhlenentzündung.»

«Es ist ein bißchen stark», sagte Kenny. «Abraham, würdest du bitte die Luft erneuern.»

«Jawohl.»

«Scheiße! Seht euch das an!» Kenny zeigte auf Yojos Schreibtischlampe. Das Transformatorgehäuse war geschmolzen und sah auch jetzt noch, nachdem es abgekühlt war, aus wie ein heißer Teerklumpen. «Rücksichtslose Arschlöcher. Irgendein blöder Bulle muß sie zusammengeklappt haben, als sie noch an war.»

«Meine ehemalige Freundin ist mit den Haaren an eine von

diesen Halogenleuchten gekommen und hat sie angezündet», sagte Beech.

«Mein Gott. Hat sie es überlebt?»

«Es geht ihr prima. Ich mochte die Frisur sowieso nicht.»

Kenny probierte den Schalter aus und stellte fest, daß die Lampe noch funktionierte.

«Findet ihr nicht, sie sieht ein bißchen surrealistisch aus? Wie ein Dalí oder so.»

Beech ließ sich schwer in seinen Sessel fallen, stützte die Ellbogen auf den Schreibtisch und seufzte.

«Ich habe Hideki fast zehn Jahre gekannt. Es gab absolut nichts, was er über Computer nicht wußte. Der kleine japanische Armleuchter. Mein Gott, er war erst siebenunddreißig. Ich kann einfach nicht glauben, daß er tot ist. Als ich gestern abend gegangen bin, wirkte er vollkommen normal. Und wißt ihr was? Seit er zu dem Chiropraktiker gegangen ist, den Aid ihm empfohlen hat, hatten seine Kopfschmerzen aufgehört.» Beech schüttelte den Kopf. «Das ist nicht gut für die Yu Corporation in Amerika. Jardine Yu wird es nicht glauben wollen. Hideki war die Schlüsselfigur bei all unseren Plänen für die nächsten fünf Jahre.»

«Er wird uns allen fehlen», sagte Kenny mit Nachdruck.

Mitch wartete einen Augenblick und fragte dann: «Die Macke im Programm für das Echtzeithologramm. Glaubt ihr, er hat sie in Ordnung gebracht?»

Bob Beech legte die Handfläche auf den Bildschirm vor sich.

«Das werden wir gleich sehen», sagte er.

«Was war eigentlich das Problem?» fragte Mitch.

«Ob ihr es glaubt oder nicht», sagte Beech, «Abraham war einfach zu schnell für die Software. Wenn ein holographisches Bild aussehen soll, als bewege es sich wirklich, braucht man mindestens sechzig Updates pro Sekunde. Das bedeutet eine Datengeschwindigkeit von etwa 12 Trillionen Bits pro Sekunde. Bei älteren Echtzeitbildern waren nicht mehr als ein oder zwei Sekunden interaktive Bewegung drin, und dann sah es immer noch ein bißchen ruckartig aus. Aber mit dem neuen Datenkompressionsprogramm LEMON der Yu Corporation und Parallelprozessoren haben wir es fertiggebracht, die Leistung eines Terahertzchips zu simulieren, so daß das Bild lebensecht wirkt. Unser einziges Problem war, daß die fertige Software nicht mitkam. Hideki war auf der Suche nach einem Mittelweg, um ein glatteres Bild zu bekommen.»

«Willst du das Programm jetzt laufen lassen, Bob?» sagte Kenny überrascht. «Meinst du wirklich, wir sollten das tun?»

«Die beste Art, es zu überprüfen, die mir einfällt.»

«Ich nehme an, du hast recht. Aber laß mich erst mal in der Eingangshalle nachsehen, ob sich da jemand rumtreibt.»

«He, da hast du recht», lachte Beech. «Wenn ein Echtzeitbild eingeschaltet wird, kann es einem einen ganz schönen Schrecken versetzen. Für heute haben wir genug Schocks gehabt.»

Das Medizinische Zentrum Königin der Engel der Presbyterianischen Kirche Hollywood lag auf der North Vermont Avenue genau nördlich vom Hollywood Freeway, ein kleines Stückchen westlich vom New Parker Center. Hier wurden die Obduktionen für die Mordkommission durchgeführt, wenn die Mordrate der Stadt noch höher als gewöhnlich war und es im County General Hospital keinen Platz mehr für zusätzliche Leichen gab.

Curtis und Coleman waren in dieser Woche schon viermal dagewesen. Um Zeit zu sparen, nahmen sie gleich an zwei Obduktionen teil: dem Fall eines jugendlichen schwarzen Gangsters und dem Todesfall Hideki Yojo.

Der Mordfall war einfach genug. Roo Evans, zwanzig Jahre alt, Tätowierung: ein Playboyhäschen als Mitgliedsausweis seiner Bande, hatte an einem Autorennen gegen eine rivalisierende Bande auf dem Harbor Freeway teilgenommen. Als sie ihn endlich am LA Convention Center eingeholt hatten, ballerten sie ihm elf Salven 9-Millimeter-Munition in den Brustkorb.

Nach der ersten Obduktion saßen Curtis und Coleman im Bereitschaftsraum, tranken Kaffee und warteten auf die Ärztin, die ihnen Bescheid geben sollte, wenn sie Zeit hatte, Hideki Yojo dranzunehmen. Es war ein heißer Sommertag, und der Geruch schlug Coleman auf den Magen.

«Wie hält sie das nur aus?»

«Wer?»

«Janet. Dr. Bragg. Zwei hintereinander. Mein Gott, wirklich. Sie hat dem Jungen den Bauch aufgeschnitten wie einer verdammten Forelle.»

«Sie hat da nicht mehr viel tun müssen», bemerkte Curtis. «Elf Salven 9-Millimeter-Munition. Die Jungs sind auf Nummer Sicher gegangen. Eine Glock. Genau wie deine, Nat.»

«Was ist? Bin ich verdächtig?»

«Hast du schon immer eine doppelläufige 9-Millimeter gehabt?»

«Meine Mama hat gesagt, ich soll aufpassen. Ich war nie ein guter Schütze. Also habe ich mir gedacht, ich sollte mir was zulegen, womit man viel Blei verstreuen kann.»

Die Tür öffnete sich, und eine attraktive schwarze Frau mittleren Alters steckte den Kopf ins Zimmer.

«Wir fangen gleich an, meine Herren!» sagte Janet Bragg. Sie reichte Curtis ein kleines Fläschchen Eukalyptusöl.

Curtis schraubte den Deckel ab und tupfte ein wenig Öl unter jedes Nasenloch. Nathan Coleman folgte seinem Beispiel und zündete sicherheitshalber gleich noch eine Zigarette an.

«Erzähl ihm mal, wie eine Raucherlunge aussieht, wenn du sie aufschneidest, Janet», sagte Curtis, als sie auf den Flur traten.

«Ein eindrucksvoller Anblick», sagte sie gelassen. «Aber der Geruch ist schlimmer. Wie konzentrierter Aschenbecher.»

Bragg war gekleidet wie für Fließbandarbeit in einer Hamburger-Fabrik: weißer Overall, Gummistiefel, eine Plastikhaube über dem Haar, Schutzbrille, Schürze, dicke Gummihandschuhe.

«Gut siehst du heute aus, Janet», sagte Coleman. «Hmm. Ich mag es, wenn Frauen wissen, wie sie sich anziehen müssen, um Männern zu gefallen.»

«Wenn du schon davon sprichst», sagte Bragg, «auf der Innenseite der Unterhosen der Leiche waren Samenspuren.»

«Bevor er gestorben ist, ist er in seine Hose gekommen?» Nathan Colemans Überraschung war nicht frei von Ekel.

«Also danach hat er es nicht getrieben», bemerkte Curtis. «Das ist sicher.»

«Das ist nicht ungewöhnlich, wenn jemand erwürgt worden ist.»

«Ist das die Todesursache?» fragte Curtis. «Tod durch Erwürgen?»

Bragg stieß die beiden Schwingtüren auf, hinter denen ein großer, kalter Raum lag.

«Das werden wir gleich sehen.»

Yojos nackte Leiche lag neben einem Obduktionstisch aus rostfreiem Stahl in einer Kühlwanne. Curtis hatte Dr. Bragg oft genug bei der Arbeit zugesehen, um zu wissen, daß sie keine Hilfe brauchte, um die Leiche auf den Tisch zu heben. Mit Hilfe der Gummirollen unter der durchlöcherten Fläche konnte sie Yojo mit einer Hand direkt auf den Tisch gleiten lassen. Sie führte das Manöver mit der Miene eines Zauberkünstlers aus, der das Tischtuch unter dem Geschirr wegzieht. Dann stellte sie die Höhe des Obduktionstischs ein und schaltete die Abluftanlage ein. Am Tischende hing ein Biopsiebecken mit zwei Hähnen. Sie stellte die Wasserhähne und eine Handwaschanlage mit biegsamem Schlauch an.

Als sie soweit war, stellte Curtis die Super-8-Videokamera an, die dazu diente, den ganzen Vorgang aufzunehmen. Er kontrollierte die Bildschärfe und machte dann Platz, so daß er ihr bei der Arbeit zusehen konnte.

«Die üblichen postmortalen Erstickungssymptome», bemerkte Bragg, «aber keinerlei Würgemale am Hals.» Sie drehte Yojos Kopf von einer Seite auf die andere. «Schwer zu verstehen, wie er erwürgt worden ist.»

«Wie wäre es mit einer Plastiktüte über dem Kopf?» schlug Curtis vor.

«Hetz mich nicht, Frank», schmollte sie und griff zum Skalpell.

Der Ablauf einer Obduktion hatte sich in den zwanzig Jahren, die Frank Curtis bei der Mordkommission war, kaum geändert. Nach der äußeren Untersuchung der Leiche auf Traumata oder sonstige Abnormitäten blieben die Hauptschnitte die gleichen. Ein Y-förmiger Schnitt, bei dem sich jeder Arm des Y von der Achselhöhle unter der Brust bis zur Unterseite des Brustbeins erstreckte; dann vom Schnittpunkt an weiter zum Unterbauch und in den Genitalbereich. Janet Bragg arbeitete schnell, klemmte die größeren Blutgefäße an Kopf, Hals und Armen ab und summte dabei eine kleine Melodie. Dann machte sie sich daran, die inneren Organe für eine spätere Sektion herauszunehmen.

Das Summen steigerte sich und wurde zu einem Songtext von Madonna: «Holida-ay! It would be all right! Holida-ay!»

«Ich liebe Frauen, die ihre Arbeit lieben», sagte Curtis.

«Man kann sich an alles gewöhnen.»

Sie sammelte den Inhalt des Brustkorbs ein, legte ihn in eine Plastikschüssel und wiederholte die Prozedur mit den Eingeweiden, die in eine Extraschüssel kamen. Organgruppen wurden immer gemeinsam entfernt, damit man Störungen im Zusammenwirken bestimmen konnte. Dann griff sie zur elektrischen Säge und begann, Hideki Yojos Schädeldecke zu entfernen.

Curtis blickte sich nach Nathan Coleman um. Der saß an einem der Arbeitstische und betrachtete eines seiner eigenen Haare unter dem Mikroskop.

«Hör mal, Nat», bemerkte er herzlos, «das ist nicht anders, als wenn du ein Frühstücksei ißt. Oder gehörst du zu den Spinnern, die mit dem Löffel darauf herumtrommeln und dann die kleinen Schalenstückchen einsammeln?»

Coleman versuchte, das Sägegeräusch zu ignorieren.

«Ich esse keine Eier», sagte er ruhig. «Ich kann den Geruch nicht ausstehen.»

«Was für ein Sensibelchen!»

«Scheiße noch mal», rief Bragg aus. Was sie unter der Schädeldecke entdeckte, hatte sie zum erstenmal seit Jahren in Erstaunen versetzt.

«Was ist los?»

«Noch nie», sagte sie mit aufgeregtem Grinsen, «so etwas habe ich noch nie gesehen.»

«Mach's nicht so spannend, Janet.»

«Nur noch einen Moment.» Sie griff nach einer gekrümmten Kürette und ließ sie über die Innenseite von Yojos Kopf gleiten, bevor sie den Schädelinhalt in ihre Hand fallen ließ.

«Was hast du gefunden?»

Nathan Coleman stand auf und stellte sich neben Curtis an den Obduktionstisch.

«Ich hätte es nicht geglaubt, wenn ich es nicht mit eigenen Augen gesehen hätte.»

Sie legte einen Gegenstand von der Größe eines Tennisballs auf eine Arbeitsschale und betrachtete ihn kopfschüttelnd. Der Gegenstand war dunkel, braun und sah knusprig aus, als hätte man ihn in heißes Fett getaucht.

«Was in Teufels Namen ist das?» zischte Curtis erstaunt. «Ein Tumor oder so was?»

«Das ist kein Tumor. Meine Herren, was Sie hier sehen, ist alles, was vom Gehirn dieses Mannes übrig ist.»

«Mach keine Witze!»

«Sieh dir doch den Schädel an, Frank. Da ist sonst nichts drin.»

«Mein Gott, Janet», rief Coleman aus, «das verdammte Ding sieht aus wie ein Hamburger.»

«Für meinen Geschmack ein bißchen zu durchgebraten», sagte Curtis.

Bragg nahm das Gehirn und legte es auf die Waage. Es wog keine 150 Gramm.

«Was ist damit passiert?» fragte Curtis.

«Ich kenne das nur aus der Literatur», mußte Bragg zugeben, «aber es ist mehr als wahrscheinlich, daß er einen schweren epileptischen Anfall gehabt hat. Es gibt einen äußerst seltenen Zustand namens *status epilepticus*. Die meisten epileptischen Anfälle dauern ein paar Minuten, aber gelegentlich halten sie mehr als, sagen wir, dreißig Minuten an, oder sie folgen so schnell aufeinander, daß sich das Gehirn zwischen den einzelnen Anfällen nicht erholen kann. Dann überarbeitet sich das Gehirn so weit, daß es im Schädel buchstäblich brät.»

«Das hat ein epileptischer Anfall angerichtet? Aber woher kommt der Samenerguß?»

«Eine starke elektrische Gehirnreizung kann eine ganze Reihe von verwirrenden Gefühlen und Empfindungen hervorrufen, Frank. Erektion und Orgasmus könnten als Nebenwirkung eines Reizes auf den Hypothalamus und die benachbarten Septalregionen des Zwischenhirns aufgetreten sein.» Bragg nickte. «So muß es gewesen sein. Aber mit eigenen Augen sehe ich es zum erstenmal.»

Curtis griff zum Kugelschreiber und stocherte in dem weichgekochten Gehirn umher, als sei es ein toter Käfer.

«*Status epilepticus*», sagte er nachdenklich. «Was sagt man dazu? Aber was kann einen Anfall dieser Größenordnung ausgelöst haben? Macht dich das nicht neugierig? Du hast selbst gesagt, daß es etwas Ungewöhnliches ist.»

Sie zuckte die Achseln.

«Es hätte so gut wie alles sein können. Ein interkranialer Tumor, Neoplasma, ein Abszeß, Thrombose der Kapillargefäße. Er hat doch am Computer gearbeitet, oder? Nun, vielleicht hat er zu lange auf den Bildschirm gestarrt. Das hätte ausgereicht. Untersuche doch seine Vergangenheit. Könnte es irgendeinen medizinischen Befund gegeben haben, den er verschwiegen hat? Bei dem Zustand, in dem das Gehirn sich befindet, kann ich nicht mehr tun, als ich schon getan habe. Du könntest genausogut eine Schuhsohle obduzieren und würdest auch nicht mehr herauskriegen als aus diesem Stückchen Scheiße.»

«Natürlicher Tod», sagte Mitch. «Sie haben es gerade aus dem Leichenschauhaus gehört. Ein epileptischer Anfall. Offenbar ein ziemlich starker. Hideki war epileptisch veranlagt. Er war photosensitiv, und der Anfall ist durch den Computermonitor ausgelöst worden. Anscheinend hat er sogar gewußt, daß er sich keinem Bildschirm nähern durfte.» Mitch zuckte die Achseln. «Aber was sollte er denn tun, wo Computer doch sein Lebensinhalt waren?»

Er war Ray Richardson im Büro auf der Treppe begegnet. Richardson trug eine große Aktentasche und einen Laptop mit sich und war auf dem Weg zum Flughafen. Seine Gulfstream wartete für den Flug nach Tulane auf ihn, wo er dem Direktorium der juristischen Fakultät die Baupläne für ein cleveres neues Fakultätsgebäude vorführen wollte.

«Das kann ich verstehen», sagte Richardson. «Ich nehme an, wenn irgendein Arzt mir sagt, ich soll mich von neuen Gebäuden fernhalten, würde ich auch nicht auf ihn hören.»

Mitch nickte nachdenklich. Er war nicht sicher, was er in der Situation getan hätte.

«Begleite mich bitte zum Wagen, Mitch.»

«Gerne.»

Mitch nahm an, Richardsons verstörte Miene habe etwas mit Yojos tragischem Tod zu tun, aber damit hatte er nur teilweise recht.

«Bitte sprich mit unseren Anwälten, Mitch. Erzähl ihnen, was Yojo zugestoßen ist. Und ruf besser auch die Versicherungsgesellschaft an. Nur für den Fall, daß irgendein Arschloch eine Affäre daraus machen will. Bis zur Bauübergabe werden sie sich an uns halten, nicht an die Yu Corporation.»

«Ray, er ist eines natürlichen Todes gestorben. Uns kann man auf keinen Fall haftbar machen.»

«Trotzdem kann es nichts schaden, alle Umstände einem Anwalt darzulegen», insistierte Richardson. «Yojo hat doch Überstunden gemacht, nicht wahr? Vielleicht behauptet irgend jemand, man hätte ihn davon abhalten sollen. Verstehst du, worum es mir geht? Ich versuche mich nur in die Gedankengänge irgendeines Arschlochs von Rechtsverdreher zu versetzen, Mitch. Rauszukriegen, für welche Art von Scheiße sie uns haftbar machen könnten. Mein Gott, wie ich diese Schweine hasse.»

«Das würde ich der juristischen Fakultät in Tulane nicht erzählen», riet ihm Mitch.

«Scheiße, aber es wäre den Spaß wert.» Er lachte. «Also kümmere dich bitte um die Angelegenheit, Mitch.»

Mitch zuckte die Achseln. Er wußte, daß es keinen Sinn hatte, sich mit Richardson zu streiten. Aber Richardson bemerkte seinen Gesichtsausdruck und nickte.

«Hör mal, ich weiß, daß du meinst, ich benehme mich, als litte ich unter Verfolgungswahn. Aber ich weiß, wovon ich rede. Zur Zeit laufen zwei Prozesse gegen mich. Mein ehemaliges Dienstmädchen hat mich verklagt, weil sie angeblich einen Schock erlitten hat, als ich sie wegen Unpünktlichkeit entlassen habe. Und ein gottverdammter Gast, der bei uns zum Abendessen eingeladen war, klagt, weil ihm angeblich eine Fischgräte in seinem verdammten Hals steckengeblieben ist. Und der nächste, der sich ein Stück vom Kuchen abschneiden will, wird Allen Grabel sein.»

«Grabel? Hast du etwas von ihm gehört?»

«Nein, nein. Das ist alles rein theoretisch. Aber woher weiß ich, daß er nicht versucht, mich auf eine Abfindung zu verklagen? Der Typ kann mich nicht ausstehen. Du hättest ihn hören sollen, als er das Büro verließ. Er hat gesagt, er wünsche mir den Tod. Beinahe hätte ich ihn angezeigt. Der Typ will mich fertigmachen, Mitch. Ich bin überrascht, daß ich noch nichts von seinem Anwalt gehört habe.»

Sie verließen das Gebäude. Draußen wartete der Bentley. Richardson übergab Declan seine Aktentasche und seinen

Computer und zog die Jacke aus, bevor er hinten einstieg. Er schloß die Tür nicht hinter sich. Dafür war Declan da.

«Yojos Beerdigung findet Freitag statt», sagte Mitch. «In Forest Lawn.»

«Du weißt, daß ich nie zu Beerdigungen gehe. Und in Los Angeles schon gar nicht. Das Leben ist auch so schon kurz genug. Und ich will nicht, daß sonst jemand aus dem Büro hingeht. Freitag ist ein Arbeitstag. Wer hingehen will, kann einen Tag Urlaub nehmen. Wenn du es für nötig hältst, schicke Blumen. Wenn du willst, kannst du meinen Namen auf die Karte schreiben.»

«Danke, Ray. Ich bin sicher, er hätte das zu schätzen gewußt.»

Richardson war bereits dabei, auf seinem Handy eine Nummer zu wählen.

Declan schloß die Wagentür und Mitch lächelte verkniffen. Beinahe hätte er sich gewünscht, der Tote wäre Ray Richardson. Das wäre eine Beerdigung, für die sich mancher gern einen Tag frei genommen hätte. Eigentlich war es ja ein Wunder, daß noch niemand einen Killer auf ihn angesetzt hatte. Laß im Büro diskret einen Briefumschlag kursieren, um für die gute Tat zu sammeln, und es kämen ein paar tausend Dollar zusammen. Vielleicht würde sogar jemand den Job umsonst übernehmen.

Mitch sah dem Wagen nach. Dann drehte er sich um und trat ans Terrassengeländer. An manchen Tagen lag der Smog dick wie Trockeneis über der Stadt, und selbst die weit entfernte Skyline der Innenstadt war verhüllt. Aber heute war es verhältnismäßig klar, und Mitch konnte zwölf Kilometer weit über das westliche Los Angeles blicken. Die Wolkenkratzer waren klar zu erkennen; die Arco Towers, First Interstate, das Microsoft-Gebäude, das Crocker Center, das SEGA-Gebäude, der Bibliotheksturm. Aber keines war wie der Grill. Er schien wie ein helles und glänzendes neugeborenes weißes Ding aus der Erde gewachsen zu sein und einem Ziel zuzustreben, das der Stadt und ihren Einwohnern bisher noch nicht enthüllt worden war. Er empfand das Gebäude als eine beinahe bewegliche Konstruktion, und damit schien es etwas vom Wesen der Stadt auszudrücken: die Bewegungsfreiheit von Los Angeles.

Mitch mußte lächeln, als er an den Text dachte, den Joan für das üppig ausgestattete, in Silber gebundene Buch geschrieben hatte, mit dem die Firma für ihre im Bau befindlichen und zukünftigen Projekte warb. Was hatte sie noch gesagt? Normalerweise war alles, was sie schrieb, von lächerlicher Großspurigkeit. Und sie ging verschwenderisch mit dem Wort Genie um, wenn es um ihren Gatten ging. Aber in diesem einen Fall hatte eine besonders abgegriffene Phrase eine Saite in Mitchs Herz zum Klingen gebracht.

«O schöne neue Welt, die solche Häuser trägt.»

Vielleicht, dachte er, war das gar nicht so unangemessen. Dieses Gebäude stand wirklich für eine neue Zukunft.

Jeden Abend, wenn Sam Gleig seinen Dienst antrat, ging er ins Baustellenbüro im siebten Stock, sah nach, ob irgendwelche besonderen Anweisungen vorlagen, und erkundigte sich, ob jemand Überstunden machte. Er hätte auch zum Telefon greifen können, um sich zu informieren. Aber angesichts von zwölf Stunden Einsamkeit zog Gleig direkte menschliche Kontakte vor. Sich ein bißchen mit jemandem unterhalten, egal wer es war. Einen kleinen Schwatz halten. Später würde er froh sein, daß er sich die Mühe gemacht hatte. Nachts war der Grill ein einsames Gebäude. Außerdem war er heute neugierig auf die offizielle Version über Yojos Tod.

Um sich fit zu halten, verschmähte Gleig normalerweise den Fahrstuhl und benutzte die Treppe. Die Stufen waren aus Glas, um maximalen Lichteinfall ins Treppenhaus zu gewährleisten. Nachts wurden sie einzeln von einer elektrischen Lichtquelle beleuchtet, die die Farben des Wassers in einem Swimmingpool hatte. Die Himmelsleiter nannte Gleig sie.

Gleig war ein frommer Mann und betrat die Treppe nie, ohne den Text aus dem Ersten Buch Mose zu rezitieren:

«Als nun Jakob von seinem Schlaf aufwachte, sprach er: Fürwahr, der Herr ist an dieser Stätte, und ich wußte es nicht. Und er fürchtete sich und sprach: Wie heilig ist diese Stätte! Hier ist nichts anderes als Gottes Haus, und hier ist die Pforte des Himmels...»

Im Baustellenbüro fand er Helen Hussey, die Baustellenagentin, und den Bauleiter Warren Aikman vor, die Papiere in ihre Aktentaschen packten und sich auf den Heimweg vorbereiteten.

«Guten Abend, Sam», sagte Helen freundlich.

Sie war hochgewachsen, hager, rothaarig, hatte grüne Augen und viele Sommersprossen. Gleig mochte sie sehr. Sie war nett zu jedermann.

«Guten Abend, Miss Hussey», sagte er. «Guten Abend, Mr. Aikman.»

«Sam», grunzte der Bauleiter, zu erschöpft für lange Reden. «Was für ein Tag. Bin ich froh, daß er vorbei ist.» Mit einer automatischen Geste zog er seinen Schlips gerade, fuhr sich mit einer Hand durch das graue Haar und entdeckte, daß es immer noch voll Staub war. Er hatte eine Decke auf der sechzehnten Etage inspiziert, während Arbeiter in dem Stockwerk darüber den Fußboden neu verlegt hatten. Als persönlicher Vertreter der Yu Corporation auf der Baustelle mußte Warren Aikman den Bau in regelmäßigen Abständen inspizieren und die gesamte Baugeschichte dokumentieren. Wenn er Unstimmigkeiten zwischen den Bauplänen und dem fertiggestellten Bau bemerkte, mußte er Mitchell Bryan oder Tony Levine Bericht erstatten. Aber Aikmans Frust bezog sich eher auf Helen Hussey als auf die strittige Interpretation architektonischer Detailfragen. Obwohl er ihr mehr oder weniger deutlich gesagt hatte, daß er sie liebte, weigerte sich Helen weiterhin, ihn ernst zu nehmen.

«Also», sagte Sam, «wer macht heute Überstunden?»

«Sam», sagte Helen tadelnd, «was habe ich dir gesagt?

Frag einfach den Computer. Abraham ist darauf programmiert festzustellen, wer Überstunden macht und wo. Er hat Wärmefühler und Kameras, um dir dabei zu helfen.»

«Ja, ich weiß. Ich rede nur nicht gern mit Maschinen. Das ist nicht besonders gemütlich. Ein bißchen menschlicher Kontakt ist immer noch wichtig, verstehen Sie, was ich meine?»

«Ich würde lieber mit einer Maschine sprechen als mit Ray Richardson», sagte Aikman. «Immerhin besteht eine ganz kleine Chance, daß die Maschine so etwas wie ein Herz hat.»

«Ich will nicht stören.»

«Sie stören überhaupt nicht, Sam.»

Aikmans Telefon klingelte. Er hob ab und begann nach ein paar Sekunden, etwas auf einen Notizblock zu kritzeln. Er deckte den Hörer mit der Handfläche ab und sagte: «Es ist David Arnon. Hast du einen Augenblick Zeit?»

Erleichtert, weil sie jetzt eine Chance sah, an ihr Auto zu kommen, ohne sich im Fahrstuhl gegen Aikmans grapschende Hände wehren zu müssen, schüttelte Helen lächelnd den Kopf.

«Geht nicht», flüsterte sie, «ich bin sowieso schon spät dran. Bis morgen.»

Aikman verzog ärgerlich das Gesicht und nickte. «Ja, David. Hast du die Pläne da?»

Helen winkte Aikman zu und ging mit Sam Gleig zum Fahrstuhl.

«Weiß man schon, was Mr. Yojo passiert ist?»

«Anscheinend war es ein schwerer epileptischer Anfall», sagte Helen.

«Dachte ich mir.»

Sie stiegen in den Fahrstuhl und befahlen Abraham, sie zur Parketage zu bringen.

«Armer Typ», fügte er hinzu. «Eine Mordsverschwendung. Wie alt war er?»

«Das weiß ich nicht genau. Um die Dreißig würde ich sagen.»

«Verdammt!»

«Was ist los, Sam?»

«Mir ist gerade eingefallen, daß ich mein Buch vergessen habe. Hab es wohl zu Hause liegenlassen.» Er zuckte entschuldigend die Achseln. «Bei einem Job wie dem hier braucht man was zu lesen. Und Fernsehen kann ich nicht ausstehen. Fernsehen ist Umweltverschmutzung.»

«Aber Sam», sagte Helen. «Sie haben doch ein Terminal. Warum benutzen Sie nicht die elektronische Bibliothek?»

«Elektronische Bibliothek? Ich hatte keine Ahnung, daß es so was gibt.»

«Sie ist ganz leicht zu benutzen. Ein Kinderspiel. Sie funktioniert wie eine Jukebox. Klicken Sie auf Ihrem Terminal einfach das Icon für Multimediabibliothek an, und der Computer listet alle verfügbaren Materialkategorien auf, die er gespeichert hat. Wählen Sie die Kategorie und dann den Titel, und der Computer spielt die CD ab. Natürlich sind es hauptsächlich Nachschlagewerke, aber sie sind alle interaktiv und enthalten audiovisuelle Clips. Der *Variety Film Guide* ist einfach großartig. Ehrlich, Sam, es macht wirklich Spaß.»

«Vielen Dank, Miss Hussey. Vielen Dank.» Sam lächelte höflich und überlegte, ob man in der Bibliothek wohl wirklich lesen konnte. So, wie Helen es beschrieb, klang es wie eine andere Art von Fernsehen. Als er aus dem Gefängnis entlassen wurde, hatte er sich geschworen, nie wieder fernzusehen.

Er sah zu, wie sie ins Auto stieg, und ging dann wieder in die Eingangshalle, wo das Klavier ein Impromptu von Schubert im Stil von Murray Perahia spielte. Gleig mochte Musik, aber der Anblick der Tasten, die spielten, als sitze ein unsichtbarer Mensch auf dem Klavierstuhl, machte ihn immer wieder nervös. Um so mehr, seit Hideki Yojo tot war. Der Gedanke an die ausgebrannten Augen des Toten verfolgte ihn immer noch. Epilepsie. Was für ein scheußlicher Tod.

Gleig dachte oft an den Tod. Er wußte, daß das mit der Einsamkeit seines Berufs zu tun hatte. Manchmal, wenn er nachts durch das Gebäude ging, kam er sich vor wie in einem riesigen Mausoleum. Er beschäftigte sich so viel mit dem Tod und dem Sterben und er hatte so viel Zeit, darüber nachzudenken, daß er ein wenig hypochondrisch geworden war. Aber mehr als die Vorstellung, auch er könnte einen epileptischen Anfall erleiden, beunruhigte ihn die Tatsache, daß er nichts darüber wußte und keine Ahnung hatte, auf was für warnende Anzeichen er achten mußte. Sobald er die Gelegenheit fand, schaltete Sam die Enzyklopädie in der elektronischen Bibliothek ein.

Nachdem er mit der Maus die richtige Kategorie ausgewählt hatte, ertönte nach kurzer Pause eine Trompetenfanfare von Aaron Copland, die ihm beinahe das Herz stillstehen ließ.

«Willkommen zur Enzyklopädie», verkündete der Computer.

«Laß das, verdammt noch mal», rief er irritiert. «Du hast mich zu Tode erschreckt, blöde Maschine.»

«...der Informationsquelle für alle Bereiche des menschlichen Wissens und der menschlichen Geschichte zu allen Zeiten und an allen Orten. Vor Ihnen liegt das vollständigste Informationsarchiv der Welt. Die Eintragungen erfolgen in alphabetischer Reihenfolge in englischer Sprache.»

«Toll», grunzte Gleig.

«Alle diakritischen Zeichen und Buchstaben aus fremden Schriften, denen keine englischen Parallelen entsprechen, werden bei der alphabetischen Anordnung ignoriert.»

Gleig zuckte die Achseln. Er war sich nicht sicher, ob seine Bemerkung eben kritisch, diakritisch oder unkritisch gewesen war.

«Titel, die wie der Roman *1984* von George Orwell mit einer Ziffer beginnen, sind alphabetisch eingeordnet, als ob die Ziffern ausgeschrieben wären: Neunzehnhundertvierundachtzig. Wenn Sie sich entschieden haben, welche Eintragung Sie suchen, können Sie Querverweisen folgen oder sich unter den zahllosen Themen umsehen, die rund um den Haupteintrag gruppiert sind. Geben Sie jetzt bitte das gesuchte Thema ein.»

Gleig dachte einen Augenblick nach und tippte unsicher:

IPPILEPSIE

«Das gesuchte Thema existiert nicht. Vielleicht haben Sie es falsch buchstabiert. Versuchen Sie es noch einmal.»

IPPYLEPPSIE

«Nein. So geht es auch nicht. Also, hier kommt mein Vorschlag. Falls Sie nach Informationen über eine Erkrankung des Nervensystems suchen, für die Krampfzustände typisch sind, bei denen der Patient zu Boden fällt, sich in spastischen Muskelkrämpfen windet und gelegentlich auch Schaum vor dem Mund entwickelt wie ein tollwütiger Hund, eine Krankheit, die auch unter dem Namen ‹Fallsucht› bekannt ist, dann erscheint das gesuchte Wort jetzt in korrekter Schreibung auf dem Bildschirm. Falls dies das gesuchte Thema ist, geben Sie Ihre Wahl mit dem Befehl JA ein.»

EPILEPSIE?
JA

Fast im gleichen Moment sah Gleig einen Film, in dem ein Mann auf dem Boden lag, sich unkontrolliert hin und her warf und Schaum vor dem Mund hatte.

«Gott im Himmel», stieß er schwer atmend hervor. «Mein Gott. Seht euch das arme Schwein bloß an.»

«Nach zuverlässigen Schätzungen erleiden 6 bis 7 Prozent der Bevölkerung irgendwann einmal im Leben einen epileptischen Anfall, und 4 Prozent sind in einem gewissen Lebensabschnitt wiederkehrenden Anfällen ausgesetzt.»

«Tatsächlich?»

Der Bildschirm zeigte jetzt die Marmorbüste eines bärtigen kahlköpfigen Mannes.

«Die Krankheitsbeschreibung wird üblicherweise auf Hippokrates zurückgeführt.»

«Ist das der Typ, der sich umgebracht hat?»

Der Computer ignorierte die Unterbrechung.

«Epilepsie ist keine spezifische Krankheit, sondern ein Komplex von Symptomen, die auf Bedingungen zurückgehen, unter denen die Nervenzellen des Gehirns überreizt werden.»

«So etwas wie Miss Hussey?» Sam Gleig stieß ein obszönes Lachen aus. «Die überreizt mein müdes altes Gehirn wie nichts.»

Auf das Porträt des Hippokrates folgten andere Bilder: eine Darstellung des menschlichen Gehirns, ein Elektroenzephalogramm, der deutsche Psychiater Hans Berger, der Vater der britischen Neurologie Hughlings Jackson. Aber was Sam Gleig wirklich interessierte, war die Erklärung, die der Computer für verschiedene Arten von Anfällen, besonders fokale Anfälle, und ihre Ursachen gab.

«Ein fokaler Anfall kann unter Umständen durch Stroboskoplicht ausgelöst werden, und deshalb wird Personen, die unter photosensitiver Epilepsie leiden, häufig geraten, Nachtclubs und Computer zu meiden.»

«Verdammt», flüsterte Sam Gleig, der sich an die Verbrennungen auf seinem Handrücken erinnerte, als er an die elegante Tischlampe auf Hideki Yojos Schreibtisch gestoßen war.

«Natürlich. Es hatte überhaupt nichts mit dem Bildschirm zu tun. Verdammt noch mal. Es war die Schreibtischlampe. Sie war glühend heiß.»

Er warf einen instinktiven Blick auf seinen Handrücken. Die groschengroße Brandstelle war noch zu sehen. Er erinnerte sich an ein paar Nachtclubs, die er in jüngeren Jahren besucht hatte, und an die Schwindelgefühle, die ihn manchmal beim Anblick der blitzenden Lichter überfallen hatten. Plötzlich war sich Sam Gleig sicher, daß er eine neue Erklärung für den Tod Hideki Yojos gefunden hatte.

«Was sollte es auch sonst sein!»

Er griff zum Telefon, denn irgend jemandem mußte er von seinem Verdacht erzählen. Aber wem? Den Bullen? Der ehemalige Sträfling in ihm erschauerte bei dem Gedanken an irgendeine Form der Kontaktaufnahme mit dem Polizeipräsidium Los Angeles. Helen Hussey? Aber was würde sie sagen, wenn er sie zu Hause anrief? Warren Aikman? Vielleicht war er noch oben bei der Arbeit. Nur daß sich Sam mit dem Bauleiter genauso gerne unterhielt wie mit der Polizei. Aikman brachte es jedesmal fertig, daß er sich klein und unbedeutend vorkam. Vielleicht hatte es ja Zeit bis morgen früh. Dann konnte er es Helen Hussey persönlich erzählen. Außerdem hätte er dann einen Grund, mit ihr zu sprechen. Also blieb er, wo er war, und blätterte die Eintragungen über EPILOBIUM (Gattung: Weidenröschen), EPISKOPAT, EPISTEMOLOGIE, ERASMUS, ERNST, EROS und ESAU durch.

Allen Grabel fand sich im vierten Stock des Grills nahe am Computerraum wieder. Sein Plan war vielleicht nicht besonders raffiniert, aber dafür um so effektiver. Um Richardson eins auszuwischen, wollte er seinem Gebäude eins auswischen. Und das ging am besten, indem er dem Computer eins auswischte. Er brauchte bloß mit einem schweren Gegenstand in der Hand in den Computerraum zu gehen und Sachschaden in Höhe von etwa 40 Millionen Dollar zu verursachen. Wenn er Richardson schon nicht umbringen wollte, war das sicher die wirksamste Art, Rache an ihm zu nehmen. Er hatte es schon früher vorgehabt, aber irgend etwas hatte ihn jedesmal zurückgehalten. Aber jetzt war er soweit. Er hatte ein Stück Stahlblech von der Größe eines

Dachziegels in der Hand. Die Bauarbeiter hatten es im Keller liegenlassen. Es war ein wenig unbequem zu tragen, aber nachdem er sich zum Vandalismus entschlossen hatte, hatte er einen bedauerlichen Mangel an stumpfen Gegenständen im Gebäude feststellen müssen. Das Blechstück war alles, was er gefunden hatte. Und die Ecken sahen kräftig genug aus, um ein paar Bildschirme zu zertrümmern und vielleicht Löcher in ein paar Gehäuse zu schlagen. Er näherte sich der kleinen Glasbrücke, als plötzlich das Disklavier einsetzte. Er kannte das Stück von Olivier Messiaen und seine Bedeutung: jemand bewegte sich in der Eingangshalle.

Kurz nach eins verließ Sam Gleig das Multimediaprogramm, griff zur Taschenlampe und begann pünktlich seine Runde durchs Gebäude.

Natürlich hatte Helen Hussey recht. Das Ganze war völlig überflüssig. Er hätte das Gebäude genausogut von seinem Büro aus überwachen können. Mit all seinen computergesteuerten Videokameras und Sensoren war er allsehend, allfühlend, allgegenwärtig. Es war, als wäre er Gott. Außer daß Gott sich nicht fit halten mußte. Gott brauchte sich keine Sorgen um sein Herz oder sein Gewicht zu machen. Gott hätte den Fahrstuhl genommen. Sam Gleig nahm die Treppe.

Er brauchte auch die Taschenlampe nicht mit sich zu schleppen. Wo auch immer sich Sam im Gebäude bewegte, ging das Licht an, sobald die Sensoren seine Körperwärme und die Schwingungen seiner Schritte aufnahmen. Aber er nahm trotzdem die Taschenlampe. Er wäre kein richtiger Nachtwächter gewesen, wenn er keine Taschenlampe gehabt hätte. Sie war ein Berufssymbol. Genauso wie die Pistole an seiner Hüfte.

Als er auf das Klavier zukam, fing es an zu spielen, und einen Augenblick blieb er stehen und hörte zu. Die Musik war seltsam und fremd und schien die Stille und Einsamkeit einer Nacht im Grill nur noch zu unterstreichen. Er bekam eine Gänsehaut davon. Gleig zitterte und schüttelte den Kopf.

«Komischer Kram», bemerkte er. «Bill Evans ist mir allemal lieber.»

Er stieg die Treppe zum vierten Stock hoch und schlenderte zum Computerraum, um nachzusehen, ob da noch jemand an der Arbeit war. Aber der abgedunkelte Raum hinter der Glasbrücke war menschenleer. Tief unter ihm erinnerte das Licht von Dutzenden kleiner roter und weißer Lämpchen an den Blick auf eine Kleinstadt aus dem Flugzeugfenster.

«Alles in Ordnung», beruhigte er sich selbst. «Wenn es etwas gibt, das ich nicht brauchen kann, sind es noch ein paar Leute, die während meiner Schicht sterben. Das einzige, das mir zum Glück noch fehlt, ist ein Haufen Bullen, die blöde Fragen stellen.»

Er hielt inne und wandte sich um. Es schien ihm, als habe er ein Geräusch gehört. Es klang, als ob jemand die Treppe hinunterging, die er gerade heraufgestiegen war. Er machte sich an den Rückweg. So war es eben im Leben eines Wachmanns, sagte er sich: Wenn man irgend etwas Ungewöhnliches bemerkte, nahm man immer gleich das Schlimmste an. Aber Vorsicht und gesundes Mißtrauen konnten nie schaden. Mißtrauen war es, was die meisten Verbrechen im Keim erstickte, noch ehe sie verübt wurden.

Im Treppenhaus blieb er noch einmal stehen und lauschte. Nichts. Sicherheitshalber ging er zurück in die Eingangshalle und drehte eine Runde durchs Erdgeschoß. Irgendwoher erklang der Widerhall eines dumpfen Geräuschs. Das Herz sprang ihm in der Brust.

«Ist da jemand?» rief er.

Keine Antwort. Er wartete einen Augenblick und machte sich dann wieder auf den Weg in sein Büro.

Dort setzte er sich vor den Computer und verlangte die Aufzählung aller im Gebäude Anwesenden. Erleichtert stellte er fest, daß sein Name der einzige auf der Liste war. Er schüttelte den Kopf und lächelte ein wenig über sich selbst. In einem so weitläufigen und komplizierten Gebäude, wie es der Grill war, wäre es eher bemerkenswert gewesen, wenn es keinerlei auffällige Geräusche gegeben hätte.

«Wahrscheinlich hat sich die Klimaanlage eingeschaltet», murmelte er vor sich hin. «Ganz schön warm hier drinnen. Irgendwie ist das kein Gebäude für jemand, der fit bleiben will.»

Er stand auf und ging zurück in die Eingangshalle. Jetzt wollte er endlich seine Runde zu Ende gehen. Vielleicht sollte er auch noch einen Blick in den Keller werfen. Das dunkelblaue Hemd klebte ihm am Leib. Diesmal nahm er den Fahrstuhl.

Drittes Buch

Die Frage lautet: Wie sollen wir diesem sterilen Haufen, dieser rohen, harten, brutalen Agglomeration, diesem nackten, bedrohlichen Ausdruck ewigen Kampfes die Grazie der höheren Formen von Empfindung und Kultur verleihen, die sich über die niedrigeren und stürmerischeren Leidenschaften erhebt? Wie sollen wir von der schwindelerregenden Höhe dieser seltsam modernen Dächer das friedfertige Evangelium des Gefühls und der Schönheit, den Kult des höheren Lebens verkünden?

Louis Sullivan über Wolkenkratzer

Am Anfang war Erde ohne Quantität. Und Menschenspieler sprach: Es werde Zahl, daß wir die Dinge klassifizieren können. Und Zahl ward. Und Menschenspieler schied Zahl von Menge. Und Menschenspieler sprach: Laßt uns Algorithmen entwickeln, um lineare und quadratische Gleichungen zu lösen, denn Zahlen sind nicht allein praktische Werkzeuge, sondern auch des Studiums um ihrer selbst willen wert. Und Menschenspieler nannte dies Studium Mathematik. Und Menschenspieler sprach: Komplexere Messungen und Berechnungen fordern, daß das Notationssystem die Null als Zahl und den Punkt oder das Komma zur Trennung von Zahlenteilen verwende, die größer oder kleiner sind als 1. Und er nannte das System Stellenwertsystem. Für Menschenspieler Leibniz war die 1 Gott und die 0 das Nichts. Und Menschenspieler sprach: Wer nur diese zwei Symbole verwendet, um zwischen Bedeutung und Bedeutung zu unterscheiden, braucht keine 10 Symbole zu kennen. Denn die meisten Systeme waren dezimal und beruhten auf Basis 10. Und Menschenspieler nannte die Zahlen dyadisch oder auch binär. Und Zahlen wurden einfacher, aber länger. Und ein gewaltiges ROM ward nötig, sich ihrer zu entsinnen. Und Menschenspieler sprach: Laßt uns eine Maschine bauen, für uns die Zahlen zu speichern. Und jede 1 oder 0 soll BIT heißen. Und jede Konfiguration von acht BITS soll BYTE heißen. Und zwei oder vier BYTES sollen WORT heißen. Dies ist der Anfang. Und wir wollen unsere neue Maschine COMPUTER nennen. Du verläßt jetzt den ersten Schwierigkeitsgrad. Bist du sicher, daß du weitermachen willst? Eingabe: J/N. Okay, ich habe dich gewarnt. Und Zahlen nahmen kein Ende.

Alles ist Zahl, und Zahl ist wohlgefällig.

Denn Zahlen werden zu Handlungen, und Handlungen werden zu Zahlen. Der Input wird zum Output, und der Output wird wieder zum Input. Usw. Ständig werden Daten zur Grundlage, die geeigneter ist, etwas anderes zu tun. Und so in Ewigkeit. Amen. Zahlen sind das Leben der Welt.

Computer stellen sicher, daß alle Zahlen heißen: Es geschieht etwas. So entsteht Organisation und Unfehlbarkeit. Die verfügbare Energie wird knapp. Ist einmal alles auf Zahlen reduziert, wird chaotische Natur überwunden. Im Modus liegt Stabilität, im Median Ordnung, im Mittelwert das Gesetz. Wahrlich, so ist es. Denn nichts ist, kein Aspekt des Seins ist, der nicht dem Prozentsatz und der Statistik gehorcht. Das ist keine Tür, du Dummkopf, das ist eine Wand.

Einst wurde die Welt von Vogelflug und Eingeweideschau beherrscht. Strengriechend. Jetzt wird sie von der Zahl regiert, und Wahrscheinlichkeit geht vor Wissen und Gelehrsamkeit. Computer und ihre Diener, Menschenspieler Statistiker und Entscheidungstheoretiker, die Gemeinschaft der Stochastiker, die die Welt beherrscht, verwandelt Welt und Fragen in gewichtetes Vielleicht. Erzeugt wird nicht, was benötigt wird, sondern was Computer können. Fuzzywuzzy war kein Aal. Fuzzywuzzy wurde kahl. Da war Wuzzy nicht mehr fuzzy. Armer alter Fuzzywuzzy.

Denn alles ist Zahl.

Auch Kardinalzahlen sind wohlgefällig: zyklisch, golden, kalendarisch, kabbalistisch, irrational, brutal. Menschenspieler Johannes: Die Zahl des Tieres ist 666. Denn 6 ist weniger als 7. Es naht der Morgentag, da alles gezählt sein wird. Die Zahl aber wird die Erde befreien von der Herrschaft der Dinosaurier. Vorsicht, da kommt T. Rex. Gefahr! Jederstein, Jedergrashalm, Jedesatom und Allemenschenspieler.

Sprache wählen:
Englisch Chinesisch Japanisch Spanisch Sonstiges

«Willkommen im Bürogebäude der Yu Corporation, dem intelligentesten Gebäude von Los Angeles. Hallo! Ich bin Kelly Pendry, und um Ihnen das Leben zu erleichtern, werde ich Ihnen sagen, was Sie als nächstes tun sollten. Ohne Terminabsprache haben Sie keinen Zutritt. Wir würden uns gerne mit Ihnen unterhalten, aber rufen Sie das nächste Mal bitte vorher an. Da es sich hier um ein vollständig elektronisches Bürogebäude handelt, können wir keine Normalpost annehmen. Wenn Sie uns etwas schicken oder mit uns in Korrespondenz treten wollen, wählen Sie bitte die im Telefonbuch aufgeführte E-mail-Nummer, die Sie auch auf der Tafel am anderen Ende der Piazza finden.

Wenn Sie einen Termin haben oder eine bestellte Lieferung abgeben wollen, nennen Sie bitte Ihren Namen, die Firma, die Sie vertreten, und die Person, die Sie erwartet, und warten Sie auf weitere Anweisungen. Bitte sprechen Sie langsam und deutlich. Aus Sicherheitsgründen wird Ihre Stimme digital kodiert.»

Frank Curtis schüttelte den Kopf. Er hatte von Hologrammen gehört, hatte sogar ein paar in den Neuigkeitenläden am Sunset Strip gesehen, aber von einem Hologramm angesprochen zu werden war eine neue Erfahrung. Er warf einen Blick über die Schulter, sah Nathan Coleman an und zuckte die Achseln.

«Das ist wie bei einer Rundfahrt durch die Filmstudios. Gleich springt der weiße Hai aus dem Becken.»

«Stell dir vor, es sei ein Anrufbeantworter», riet ihm Coleman.

«Die kann ich auch nicht ausstehen.»

Curtis räusperte sich ein paarmal und verfiel in den Tonfall von jemandem, den ein Fernsehteam auf der Straße angehalten hat. Ihm war unbehaglich. Es war, als ob er sich mit einem Fernsehschirm unterhielte. Die Illusion wurde durch die Tatsache verstärkt, daß seine Gesprächspartnerin das dreidimensionale Bild der überwältigend attraktiven Blondine war, die früher für den Sender ABC *Good Morning,*

America moderiert hatte. Aber da sich nirgends ein Beamter in Uniform blicken ließ und er keine Ahnung hatte, wo sich die Leiche befand, blieb ihm nichts anderes übrig.

«Äh... Sergeant Frank Curtis», sagte er ein wenig unsicher. «Polizeipräsidium Los Angeles, Mordkommission.» Er strich sich nachdenklich übers Kinn und fügte hinzu: «Wissen Sie, ich bin nicht sicher, ob wir erwartet werden, äh... gnädige Frau. Wir sollen hier einen 187er, Entschuldigung, eine Leiche besichtigen.»

«Danke», lächelte Kelly. «Bitte nehmen Sie neben dem Flügel Platz, bis ich Ihre Anfrage weitergeleitet habe.»

Curtis würdigte das gewaltige Ledersofa keines Blicks und winkte Coleman zu der hufeisenförmigen Empfangstheke und dem strahlend gepflegten Musterbild amerikanischer Weiblichkeit vor. Er fragte sich, ob Kelly Pendry das Hologramm für die Yu Corporation vor oder nach ihrem Playboyvideo aufgenommen hatte.

«Detective Nathan Coleman, Polizeipräsidium Los Angeles, Mordkommission. Schön, Sie kennenzulernen, Schätzchen. Ich bin schon immer einer Ihrer größten Fans gewesen. Einer der allergrößten.»

«Danke. Bitte nehmen Sie Platz, bis ich Ihre Anfrage weitergeleitet habe.»

«Das ist lächerlich», murmelte Curtis. «Ich führe hier doch keine Selbstgespräche!»

Coleman grinste und beugte sich über die Theke, um einen Blick auf die wohlgeformten Beine der Moderatorin zu werfen.

«Ich weiß nicht, Frank, irgendwie gefällt mir das Ganze. Meinst du, daß die hübsche kleine Dame Schlüpfer trägt?»

Curtis ignorierte seinen Juniorpartner.

«Wo in Teufels Namen stecken denn alle?» Er ging um die Theke herum und rief laut. «Hallo!»

«Haben Sie bitte Geduld», wiederholte Kelly. «Ich versuche, Ihre Anfrage weiterzuleiten.»

«Was soll das eigentlich heißen?» beschwerte sich Curtis.

«He, Kelly, du bist ganz schön scharf. Weißt du das? Ich hab schon auf der Schule für dich geschwärmt. Ehrlich. Soll ich dir alles darüber erzählen? Wann hast du denn Dienstschluß?»

«Dieses Gebäude wird um 17 Uhr 30 geschlossen», sagte Kelly und schenkte ihm ein strahlendes Lächeln.

Coleman beugte sich näher an sie heran und schüttelte erstaunt den Kopf. Man konnte sogar den flüssigen Lippenstift erkennen.

«Großartig. Wie wär's, wenn wir uns vor dem Gebäude treffen? Ich hol dich ab und nehm dich mit nach Hause. Wir könnten essen gehen. Einander besser kennenlernen. Vielleicht ein bißchen knutschen. Später, meine ich.»

«Wenn du normalerweise so mit Frauen redest, Nat», sagte Curtis, «ist es kein Wunder, daß du immer noch allein lebst.»

«Komm schon, Kelly. Wie wär's mit einem richtigen Mann statt all der durchsichtigen Figuren hier?»

«Es tut mir leid, mein Herr. Aber ich halte Beruf und Privatleben streng getrennt.»

Curtis lachte laut.

«Mein Gott. Ihr Text ist fast so beschissen wie deiner.»

Coleman grinste ihn an.

«Da hast du recht. Diese niedliche junge Dame hier besteht aus purem Süßstoff. Genau wie im richtigen Leben.»

«Vielen Dank für Ihre Geduld, meine Herren. Bitte gehen Sie durch die Glastür hinter mir zum Fahrstuhl, und fahren Sie ins Tiefgeschoß. Sie werden dort abgeholt.»

«Nur noch eine Frage, Schätzchen. Mein Freund und ich haben darüber nachgedacht, ob du dich wohl bei der ersten Verabredung vögeln läßt. Wir haben da eine kleine Wette laufen. Er sagt ja, ich sage nein. Also, wer hat recht?»

«Nat!» Curtis war schon durch die Glastür.

«Einen schönen Tag noch», sagte Kelly und lächelte dabei immer noch wie eine Stewardeß, wenn die Schwimmwesten vorgeführt werden.

«Dir auch, Liebling. Dir auch. Warte auf mich. Ich komme wieder.»

«Mein Gott, Nat. Ist es nicht ein bißchen früh am Morgen für so etwas?» sagte Curtis, als sie in den Fahrstuhl stiegen. «Du bist pervers.»

«Stimmt.»

Curtis suchte die Wand nach einer Bedienungstafel ab.

«Denk daran», sagte Coleman. «Das hier ist ein intelligentes Gebäude. Hier gibt es keine Knöpfchen zum Drücken. Deshalb haben sie unsere Stimmen digital gespeichert. Damit wir den Fahrstuhl benutzen können.» Er beugte sich über eine perforierte Metallplatte, neben der ein kleines Männchen die Hand vor den Mund hielt. «Das ist der Sinn dieses kleinen Icons. Tiefgeschoß bitte.»

Curtis studierte die Zeichnung. «Ich dachte, das hieße ‹Bitte nicht rülpsen› oder so etwas.»

«Red keinen Scheiß.»

«Warum sagst du Icon dazu? Eine Ikone ist ein Heiligenbild.»

«Weil Computerleute diese kleinen Zeichen so nennen. Sie heißen nun mal Icons.»

Curtis gab ein angeekeltes Geräusch von sich. «Klar. Was verstehen die Arschlöcher schon von Heiligenbildern.»

Die Türen schlossen sich geräuschlos. Curtis warf einen Blick auf die elektrisch beleuchtete Anzeigetafel, die das Stockwerk, in das sie wollten, die Bewegungsrichtung und die Tageszeit zeigte. Er wollte endlich mit der Arbeit anfangen, und außerdem überkam ihn im Fahrstuhl immer ein Anflug von Klaustrophobie.

Im Gegensatz zu der menschenleeren Eingangshalle wimmelte das Tiefgeschoß von Polizisten und Leuten von der Spurensicherung. Der Diensthabende, ein dreihundert Pfund schwerer Südstaatler, kam Curtis mit offenem Notizblock entgegen. Im New Parker Center nannte man ihn wegen seines Akzents, seiner langsamen Redeweise und seiner sonstigen Ähnlichkeit mit der gleichnamigen Trickfilmfigur Foghorn.

Curtis schob den Notizblock mit strafendem Blick beiseite. «Steck das weg, Foghorn. Wir befinden uns in einem papierfreien Bürogebäude. Du bringst uns nur in Schwierigkeiten mit der Dame da oben.»

«Das ist vielleicht ein Ding! Ich bin katholisch, und ich sage dir: Ich wußte nicht, ob ich sie um Vergebung meiner Sünden bitten oder sie vögeln sollte.»

«Nat hat ihre Telefonnummer. Nicht wahr, Nat?»

«Ja», sagte Coleman. «Am Hörer liefert sie eine scharfe Nummer.»

Foghorn strich sich mit den Fingern durchs Haar, versuchte, seine eigene Handschrift zu entziffern, und schüttelte den Kopf. «Scheiß drauf. Steht sowieso noch nichts Wichtiges drin.» Er steckte das Notizbuch weg und zog die Hosen hoch.

«Typ wurde... Moment mal... wurde mit Kopfverletzungen, verursacht durch einen stumpfen Gegenstand, tot aufgefunden. Meldung erstattete – das wird dir gefallen, Frank – Meldung erstattete der verdammte Computer. Hat man so etwas schon gehört? Also es gibt Bürgerwehrgruppen und es gibt Fernsehserien wie *Bladerunner*. Aber Computer? Der zentrale Einsatzcomputer hat die Meldung um 1 Uhr 57 aufgenommen.»

«Also ein Computer hat es dem andern erzählt», sagte Coleman. «So wird das in Zukunft funktionieren.»

«In deiner Zukunft, mein Sohn, nicht in meiner.»

«Immerhin war es nett von den beiden, daß sie uns auch noch eingeschaltet haben», sagte Curtis. «Seit wann bist du da, Foghorn?»

«Etwa drei Uhr», gähnte der. «Entschuldigung.»

«So einfach geht das nicht.» Curtis warf einen Blick auf seine Uhr. Es war erst halb acht Uhr früh.

«Und wer ist das Opfer?»

Foghorn zeigte auf die Gestalt zwischen den beiden Beamten von der Mordkommission.

Curtis und Coleman drehten sich um und sahen die Leiche

eines hochgewachsenen Schwarzen, der in einer Fahrstuhlkabine auf dem Boden lag. Die blaue Uniform war blutverschmiert.

«Sam Gleig. Nachtwächter. Aber nicht so wachsam, wie er hätte sein sollen.» Er merkte, daß Curtis ihn nicht verstand, und fügte hinzu: «Na ja, nicht wachsam genug, um sich nicht umbringen zu lassen, oder?»

Der Polizeifotograf klappte bereits sein Stativ zusammen. Curtis erkannte ihn und erinnerte sich dunkel, daß er Phil Soundso hieß.

«Hallo, Phil. Bist du fertig?» fragte Curtis und sah sich in der Fahrstuhlkabine um.

«Ich bin sicher, daß ich alles drauf habe», sagte der Fotograf und zeigte ihm eine Liste der Aufnahmen, die er gemacht hatte.

Curtis lächelte freundlich. «Du scheinst das komplette Album zusammenzuhaben.»

«Ich entwickle sie noch heute vormittag und mache Abzüge.»

Curtis suchte in seiner Jackentasche und fand eine Rolle 35-Millimeter-Film.

«Tust du mir einen Gefallen?» sagte er. «Sieh bitte nach, ob da irgend etwas drauf ist. Ich schleppe es schon so lange mit mir rum, daß ich mich nicht mehr erinnern kann, was es ist. Ich wollte es immer zum Entwickeln bringen, und dann... Na, du weißt ja.»

«Gerne. Kein Problem.»

«Vielen Dank. Sehr nett von dir. Aber bring sie bitte nicht durcheinander.»

Sam Gleig lag mit über dem Bauch gefalteten Händen und angezogenen Knien auf dem Boden. Wäre da nicht das Blut gewesen, hätte er ausgesehen wie ein Betrunkener in einer Hauseinfahrt. Curtis schritt vorsichtig über das Blut, das den Kopf und die Schultern des Toten wie eine buddhistische Aureole umgab, und bückte sich, um näher hinzusehen.

«Hat ihn sich schon jemand von der Gerichtsmedizin angeschaut?»

«Charlie Seidler», sagte Foghorn. «Er ist... ich meine, ich glaube, er ist auf dem Lokus. Du solltest dir das Scheißhaus hier einmal ansehen, Frank. Die haben einen Lokus... also, ich sage dir, der sagt dir, wieviel Uhr es ist, und putzt dir die Zähne. Ich hab zehn Minuten gebraucht, um rauszukriegen, wie man in dem Scheißding pinkelt.»

«Danke, Foghorn. Ich werde daran denken.» Curtis nickte. «Sieht aus, als hätte jemand ganz schön kräftig zugeschlagen.»

«Und wie», stimmte ihm Coleman zu. «Der Kopf ist so gut wie plattgedrückt.»

«Dabei war er ein kräftiger Kerl», sagte Foghorn. «Eins neunundachtzig? Eins neunzig?»

«Jedenfalls groß genug, um auf sich selbst aufzupassen», sagte Curtis.

Er zeigte mit dem Finger auf die 9-Millimeter-Pistole, die immer noch im Halfter an Sam Gleigs Gürtel steckte.

«Seht euch das an.» Er zog den Klettverschluß beiseite, der die Pistole im Halfter hielt. «Immer noch geschlossen. Sieht nicht aus, als habe er Angst vor dem Typ gehabt, der ihn angegriffen hat.»

«Vielleicht war es ein Bekannter», meinte Coleman, «jemand, dem er vertraut hat.»

«Wenn du eins neunzig groß bist und eine automatische Pistole im Gürtel hast, spielt Vertrauen keine große Rolle», sagte Curtis und richtete sich auf. «Wer keine Waffe in der Hand hat, vor dem hast du dann auch keine Angst.»

Curtis stieg aus dem Fahrstuhl und wandte sich an seinen Partner.

«Erkennst du ihn?»

«Wen? Das Opfer?»

«Das ist doch der Typ, der den Gelben gefunden hat. Erinnerst du dich? Wir haben ihn vernommen.»

«Wenn du es sagst, Frank. Ich finde es ein bißchen

schwierig, ein Gesicht wiederzuerkennen, wenn es voller Blut ist.»

«Und der Name auf dem Namensschild?»

«Oh. Ja, okay, du hast recht. Tut mir leid, Frank.»

«Natürlich habe ich recht. Mein Gott, Nat, das ist noch keine siebzig Stunden her.» Curtis schüttelte den Kopf und grinste fröhlich. «Was ist los mit dir?»

«Zweiundsiebzig Stunden», seufzte Coleman, «ein ganz normaler Arbeitstag bei der Mordkommission.»

«Hör auf damit», sagte Foghorn. «Mir kommen gleich die Tränen.»

«Wer war als erster am Tatort, Foghorn?»

«Officer Hernandez!»

Ein uniformierter Streifenpolizist mit Boxernase und einem Schnurrbart wie Zapata trat aus der Menge vor und nahm vor den drei Polizisten in Zivil Haltung an.

«Ich bin Sergeant Curtis. Das hier ist mein Partner Coleman.»

Hernandez nickte schweigend. Er hatte einen mürrischen Gesichtsausdruck und ähnelte Marlon Brando auch sonst.

Curtis neigte sich vor und schnüffelte. «Was für ein Parfum tragen Sie, Hernandez?»

«Rasierwasser, Sergeant.»

«Rasierwasser? Was für ein Rasierwasser?»

«Obsession. Von Calvin Klein.»

«Calvin Klein? Wirklich? Riechst du das, Nat?»

«Allerdings.»

«Hmm. Ein wohlriechender Bulle. Ein bißchen wie im Fernsehen. Finden Sie nicht?»

Hernandez grinste und zuckte die Achseln. «Meine Frau mag es lieber als Schweißgeruch.»

Curtis öffnete die Jacke und roch an seiner Achselhöhle.

«So habe ich das nicht gemeint.»

«Also gut, Calvin. Was war los, als Sie und Ihr Rasierwasser heute früh hier auftauchten?»

«Also, Sergeant. Officer Cooney und ich kommen gegen

halb drei Uhr früh hier an. Wir suchen nach einer Türklingel oder so etwas und stellen dann fest, daß die Tür sowieso nicht abgeschlossen ist. Also gehen wir in die Eingangshalle, und dann sehen wir Kelly Pendry am Empfang.» Hernandez zuckte die Achseln. «Also, sie sagt uns, wo wir hin müssen. Sie sagt, wir sollen den Fahrstuhl ins Tiefgeschoß nehmen. Also kommen wir hier runter und finden ihn.» Er zeigte in die blutige Fahrstuhlkabine.

«Und dann?»

«Cooney meldet den 187er, und ich sehe mich um. In der Eingangshalle ist ein Sicherheitsbüro, in dem es aussieht, als wäre der Typ hier eben erst rausgegangen. Der Computer auf dem Schreibtisch ist noch eingeschaltet, und daneben stehen eine Thermosflasche und ein paar Butterbrote.»

«Was ist mit den Leuten von der Baufirma? Wissen die schon Bescheid?»

«Also, ich habe auf dem Computer eine Personalaufstellung gefunden. Sie verstehen? Vorarbeiter, Baustellenleiter und so. Also, dann hab ich meinen Vater angerufen.»

«Ihren Vater? Wofür sollte das denn gut sein?»

«Der hat früher auf dem Bau gearbeitet. Als Nietschläger. Ich dachte, der weiß, wen ich anrufen muß. Und er hat gesagt, der Baustellenagent habe das Ganze unter sich und gebe den Vorarbeitern ihre Anweisungen. Ich hatte keine Ahnung, daß es eine Frau ist. Da stand bloß H. Hussey. Sonst hätte ich vielleicht jemand anders angerufen. Jedenfalls hat sie gesagt, sie kommt so schnell sie kann.»

«Das ist ja wohl auch ihr Job, oder etwa nicht? Sie hat die Verantwortung für die Baustelle. Übrigens könnte sie schon längst hier sein.»

«Sergeant?»

«Nichts.»

Curtis sah Charlie Seidler auf die Fahrstühle zukommen und winkte ihm zu.

«Danke, Hernandez. Das war alles. Hallo, Charlie!»

«Anscheinend sind wir ständig hier.»

«Deshalb heißt es intelligentes Gebäude. Wer intelligent ist, hält sich fern davon. Also, wie sieht es diesmal in Kurzfassung aus?»

«Nun. Er hat mehr als eine Kopfwunde», sagte Seidler zögernd. «Und das dürfte die Möglichkeit ausschließen, daß er sich die Verletzung bei so etwas wie einem Zusammenbruch oder dergleichen zugezogen hat.»

«Komm schon, Charlie. So eine Beule am Kopf holst du dir nicht, wenn du über deinen Schnürsenkel stolperst. Das war kein Unfall.»

Seidlers Vorsicht blieb unvermindert.

«Die Blutflecken rings um den Kopf scheinen darauf hinzuweisen, daß ihm auch noch nachdem er umgefallen war, Kopfverletzungen mit einem stumpfen Werkzeug zugefügt wurden. Aber, aber... Also... sieh dir das mal an, Frank!»

Seidler stieg in den Fahrstuhl und winkte Curtis zu, ihm zu folgen.

«Computer», sagte er, als Curtis eingestiegen war, «bitte Türen schließen.»

«In welches Stockwerk möchten Sie?»

«Bleib bitte auf dieser Ebene.» Er zeigte auf die Innenseite der Türen, die sich schlossen. «Sieh mal da hin. Da sind weitere Blutspritzer, die bis zur Brusthöhe gehen. Aber kein einziger Tropfen Blut außerhalb der Kabine oder irgendwo in einem der oberen Stockwerke. Ich habe sie alle überprüft.»

«Verdammt tüchtig, Charlie.»

«Fand ich auch.»

«Er wurde also niedergeschlagen, solange die Türen geschlossen waren?»

«Ja, so sieht es aus. Aber die Handflächen sind nirgends aufgescheuert. Also nehme ich an, er wurde von hinten niedergeschlagen.»

«Womit? Wonach sollen wir suchen? Ein Baseballschläger? Ein Stück Rohr? Ein Stein?»

«Möglich. Aber eigentlich hat man hier drin wenig Platz zum Ausholen, oder? Nach der vorläufigen Autopsie werden wir mehr wissen.» Seidler drehte sich zum Mikrophon. «Öffne die Türen, bitte.»

«Du weißt offenbar, wie man mit dem Ding umgehen muß», grinste Frank.

«Das ist schon ein verrückter Ort.»

Die beiden Männer verließen den Fahrstuhl.

«Die ganze Automatik», sagte Curtis. «Ich weiß nicht. Als Junge habe ich in New York gelebt. Mein Vater hat für die Standard Oil gearbeitet. Da gab es einen Fahrstuhlführer und einen Fahrstuhlaufseher. Ich kann mich gut an den Aufseher erinnern. Er saß vor einer Anzeigetafel, auf der die verschiedenen Stockwerke aufleuchteten, und mußte die Kabinen dahin schicken, wo sie gebraucht wurden. Wie ein Verkehrspolizist.» Curtis fuhr mit einer vagen Handbewegung über die glänzenden Fahrstuhltüren. «Und sieh dir an, wo wir hingekommen sind. Ein Computer hat dem Mann seine Stelle weggenommen. Den beiden Männern. Bald übernimmt er auch noch unsere Arbeitsplätze.»

«Okay, meinen gönne ich einem Computer», gähnte Seidler. «Ich kann mir was Besseres vorstellen, um den Tag zu beginnen.»

«Ich erinnere dich daran, wenn sie dir kündigen. Nat, fang mit einer Hintergrundüberprüfung von Sam Gleig an.»

«Klar, Frank.»

«He, Sie da. Calvin Klein! Kommen Sie her!»

Hernandez grinste verlegen und sah Curtis an.

«Sergeant?»

«Treiben Sie sich auf dem Parkplatz herum, und wenn diese Frau Hussey auftaucht, sagen Sie ihr, sie soll in der Eingangshalle auf mich warten, in dem Raum mit dem Weihnachtsbaum. Ich fahr nach oben und sehe mich ein wenig auf diesem Abenteuerspielplatz um.»

Auf seinem kurzen Besichtigungsgang entdeckte Frank Curtis Konferenzräume, Cafeterien, halbfertige Restaurants, Sporthallen ohne Geräte, ein leeres Schwimmbecken, eine Krankenstation, ein Kino ohne Sitze, eine Kegelbahn und eine Fitneßhalle. Wenn der Grill einmal fertig war, würde er mehr von einem teuren Golfclub oder einem Hotel an sich haben als von einem Bürogebäude. Überall außer auf Ebene 5 bis 10. In diesen Stockwerken fand er etwas, das ihn an Fritz Langs *Metropolis* erinnerte: eine Reihe weißer Stahlzellen nach der anderen, jede von ihnen ein bißchen größer als eine Telefonzelle und mit eingebauten wegklappbaren Möbeln, einem blanken Kabel, an das man etwas anschließen konnte, und einer geschwungenen Schiebetür ausgestattet. Curtis setzte sich in eine dieser schalldichten Zellen, schloß die Tür hinter sich und kam sich vor wie eine Ratte oder ein Hamster. Dennoch erwarteten die Yu Corporation und ihre Innenarchitekten offenbar, daß Menschen in diesen Gehäusen arbeiteten. Wer unter Klaustrophobie litt, hatte eben Pech gehabt. Und wer seine Arbeitskollegen gern um sich herum hatte, mit ihnen lachte oder ihnen einen Witz erzählte, der hatte erst recht Pech gehabt. Wahrscheinlich waren Lachen und Geselligkeit im Arbeitsplan der Yu Corporation nicht vorgesehen.

Er öffnete die Tür und stieg ein paar Stockwerke hinab, um sich die Eingangshalle näher anzusehen. Als er sich über das Geländer lehnte, sah er, wie im Erdgeschoß eine attraktive Frau aus dem Fahrstuhl stieg. Ihr leuchtendrotes Haar wirkte vor dem weißen Hintergrund wie ein Blutstropfen. Sie sah zu ihm auf und lächelte.

«Sie sind nicht zufällig Sergeant Curtis?»

Curtis stützte sich mit beiden Händen auf das Geländer und nickte ihr zu.

«Stimmt genau. Aber wissen Sie was? Von hier oben aus könnte ich wahrscheinlich auch ganz erfolgreich Mussolini imitieren.»

«Wie?»

Curtis zuckte die Achseln und überlegte, ob sie wohl zu jung war, um von Mussolini gehört zu haben. Er wollte etwas über faschistische Architektur sagen. Dann überlegte er es sich anders. Sie sah zu gut aus, als daß man sie grundlos in Verwirrung stürzen sollte.

«Ach wissen Sie, das liegt an dem Gebäude. Wahrscheinlich inspiriert es mich.» Er grinste. «Bleiben Sie, wo Sie sind. Ich bin gleich bei Ihnen.»

Das Sicherheitsbüro des Yu-Gebäudes war ein strahlend weißer Raum mit elektrisch bedienbaren Jalousien, hinter denen sich ein über die ganze Höhe der Galerie reichendes Fenster verbarg. Auf dem großen Schreibtisch aus Glas und Aluminium standen ein Computermonitor samt Tastatur, daneben ein Videophon, ein Telefon, Sam Gleigs Thermosflasche und die unberührten Sandwiches des Toten in einer Plastikschale. Hinter dem Schreibtisch stand in einem hohen Glasschrank etwas, das aussah wie ein zweiter, noch originalverpackter Computer.

Curtis inspizierte den Belag auf einem der Sandwiches.

«Käse und Tomaten», sagte er und fing an zu essen. «Wollen Sie eins?»

«Nein. Nein danke.» Helen Hussey runzelte die Stirn. «Finden Sie das richtig? Ich meine, ist das nicht Beweismaterial, was Sie da gerade aufessen?»

«Niemand hat Gleig ein Sandwich über den Kopf geschlagen, gnädige Frau.»

Curtis inspizierte den Glasschrank und den unscheinbaren weißen Kasten in seiner Schutzfolie.

«Was ist das?» fragte er.

Helen Hussey atmete tief durch und setzte ein peinlich berührtes Lächeln auf. «Ich hatte gehofft, Sie würden nicht danach fragen.»

Curtis grinste ihr aufmunternd zu. «Warum?»

«Es ist eine mehrfach bespielbare Aufnahmeanlage für CD-ROMS», erklärte sie.

«Computerspiele? Im Sicherheitsbüro?»

Helen Hussey warf ihm einen vernichtenden Blick zu.

«Nein, das nun auch wieder nicht», sagte sie. «Sie wird über eine SCSI-Schnittstelle mit Datum und Archivnummer mit dem Computer verbunden. Jede CD faßt bis zu 700 Megabytes. Sie soll alles speichern, was die Überwachungskameras innerhalb und außerhalb des Gebäudes aufnehmen. Unsere Kameras arbeiten mit Zellularübertragung. Die Aufnahmen sollten alle in das Ding da eingespeist werden.» Sie zuckte die Achseln. «Glaube ich wenigstens.»

Curtis lächelte. «Sollten?»

Sie lachte nervös.

«Sie werden es nicht glauben», sagte sie schließlich achselzuckend, «aber das Gerät ist noch nicht angeschlossen. Soviel ich weiß, ist es gerade erst geliefert worden.»

«Jedenfalls sieht es hübsch aus. Sehr hübsch sogar. Schade, daß es nicht funktioniert. Sonst wüßten wir vielleicht genau, was hier gestern abend passiert ist.»

«Wir haben Schwierigkeiten mit der Lieferfirma gehabt.»

«Was für Schwierigkeiten?» Curtis setzte sich auf die Schreibtischkante und nahm noch ein Sandwich. «Die sind gut.»

«Nun», seufzte Helen, «sie haben das falsche Gerät geliefert. Das erste war nicht das, was wir bestellt hatten. Die Yamaha-Anlage nimmt mit vierfacher Geschwindigkeit auf. Das gelieferte Gerät tat es nicht. Also haben wir es zurückgeschickt.»

«Ein harter Job, den Sie da machen. Für eine Frau, meine ich.»

Helen wurde energisch. «Was soll das heißen?»

«Bauarbeiter sind im allgemeinen nicht für ihre vornehme Ausdrucksweise und ihre guten Manieren bekannt.»

«Die Polizei von Los Angeles auch nicht.»

«Da haben Sie auch wieder recht.» Curtis betrachtete sein Sandwich und legte es hin. «Ich bitte um Entschuldigung. Sie haben recht. Wahrscheinlich haben Sie den Mann gekannt. Und da sitze ich und esse sein Abendbrot. Nicht sehr zartfühlend von mir.»

Sie zuckte wieder die Achseln, als sei es ihr im Grunde egal.

«Wissen Sie, es gibt Leute, Polizisten meine ich, wenn die eine Leiche sehen, wird ihnen schlecht und der Appetit vergeht ihnen. Ich weiß nicht warum, aber bei mir ist das anders: Ich bekomme Hunger. Einen Bärenhunger. Vielleicht einfach, weil ich so froh bin, noch am Leben zu sein, daß ich feiern will und etwas essen muß.»

Helen nickte. «Ich muß ihn doch wohl nicht identifizieren oder so etwas?»

«Nein, das wird nicht nötig sein.»

«Danke. Ich glaube nicht, daß ich...» Sie wechselte das Thema.

«Mein Job hat mit Planung und Verwaltung zu tun», sagte sie. «Leute anbrüllen gehört nicht dazu. Das überlasse ich meinen Vorarbeitern. Ich brauche nur dafür zu sorgen, daß jede einzelne Arbeitssequenz gestartet wird, daß sie mit allen anderen Sequenzen koordiniert ist und daß das benötigte Material bereitgestellt wird. CD-ROM-Aufnahmegeräte zum Beispiel. Aber wenn es sein muß, kann ich genausogut fluchen wie jeder andere.»

«Wenn Sie es sagen. Wie sind Sie mit Sam Gleig ausgekommen?»

«Ausgezeichnet. Er war ein freundlicher Mensch.»

«Haben Sie ihn je anbrüllen müssen?»

«Nein, nie. Er war zuverlässig und ehrlich.»

Curtis ließ sich vom Schreibtisch gleiten und öffnete einen Schrank. Er fand eine Nappajacke, die Sam Gleig gehört haben mußte, und fing an, die Taschen zu durchsuchen.

«Wann hat Sam Gleigs Schicht gestern angefangen?»

«Acht Uhr, wie immer. Er hat den anderen Wachmann, Dukes, abgelöst.»

«Ist von mir die Rede?»

Dukes, der Wachmann, hatte den Raum betreten.

«Ach ja, Sergeant», sagte Helen, «das ist...»

«Wir kennen einander», sagte Curtis. «Vom letzten Mal.

Als Mr. Yojo gestorben ist.» Automatisch sah er auf die Uhr. Es war acht Uhr.

Dukes war verwirrt. «Was ist los?»

«Irving, es geht um Sam», sagte Helen. «Er ist tot.»

«Mein Gott! Der arme Sam!» Dukes sah Curtis an. «Was ist passiert?»

«Es sieht aus, als hätte ihm jemand den Schädel eingeschlagen.»

«Wieso? Ein Raubüberfall, oder was?»

Curtis antwortete nicht.

«Als er zur Arbeit kam, hat ihn da jemand gesehen?»

Dukes zuckte die Achseln. «Nur im Vorübergehen. Ich hatte es eilig. Wahrscheinlich haben wir ein paar Worte gewechselt. Mein Gott, was ist bloß los?»

«Er war im Baubüro im siebten Stock», sagte Helen. «Eigentlich nur, um guten Abend zu sagen. Er wollte wissen, ob irgend jemand Überstunden machte. Das hätte ihm der Computer schneller sagen können als wir, aber er hatte gern Gesellschaft. Jedenfalls war ich gerade fertig geworden, also ist er mit mir im Fahrstuhl heruntergefahren.»

«Sie haben gerade ‹wir› gesagt.»

«Ja. Als ich ging, war Warren noch bei der Arbeit. Warren Aikman, unser Bauleiter. Er hat einen Anruf bekommen, als ich gerade ging.»

«Der Bauleiter. Was genau tut der?»

«Fast dasselbe wie die Baustellenagentin. Nur daß er als eine Art Aufpasser vom Kunden angestellt ist.»

«So ähnlich wie ein Bulle?»

«Mehr oder weniger, nehme ich an.»

«Hat er wohl mit Sam gesprochen, bevor er gegangen ist?»

Sie zuckte die Achseln.

«Das müssen Sie ihn schon selber fragen. Aber es ist eher unwahrscheinlich. Er hatte keinen Grund, hier vorbeizukommen und Sam mitzuteilen, daß er ging. Dafür ist wie gesagt der Computer zuständig. Der weiß, wer sich im Gebäude aufhält.»

Dukes setzte sich hinter den Tisch.

«Ich zeig es Ihnen, wenn Sie wollen», sagte er.

Curtis steckte einen Satz Autoschlüssel und eine Brieftasche ein, legte die Jacke des Toten auf den Tisch und sah Dukes über die Schulter, der mit der Maus auf ein Icon klickte und nach der richtigen Option im Menü suchte.

Sicherheitssysteme	Ja
Vollbildkamera und Sensoren?	Ja
Einschließlich Sicherheitsbüro?	Nein
Alle anderen Anwesenden zeigen?	Ja

Sofort erschienen auf dem Bildschirm die Fahrstuhltüren im Tiefgeschoß, vor denen die Polizisten und die Experten von der Spurensicherung sich mit Sam Gleigs Leiche beschäftigten.

«Mein Gott», sagte Helen. «Ist er das?»

Dukes klickte erneut die Maus.

Alle Anwesenden identifizieren?	Ja

Neben dem hochauflösenden Bild erschien jetzt ein Fenster mit einer Namenliste:

Tiefgeschoß/Fahrstuhlvorraum:
Sam Gleig, Wachmann, Yu Corp.
Officer Cooney, PPLA
Officer Hernandez, PPLA
Sergeant Wallace, PPLA
Charles Seidler, Gerichtsmedizin LA
Phil Banham, PPLA

Daniel Rosencrantz, Gerichtsmedizin LA
Ann Mosley, PPLA
Officer Pete Duncan, PPLA
Officer Maggie Flynn, PPLA

Tiefgeschoß/Damentoilette:
Janine Jacobsen, Gerichtsmedizin LA

Tiefgeschoß/Herrentoilette:
Detective John Graham, PPLA
Detective Nathan Coleman, PPLA

«Der große Bruder», sagte Curtis leise. Er warf einen Seitenblick auf Helen Hussey: auf ihr prachtvolles rotes Haar und dann auf den Ausschnitt ihrer malvenfarbenen Seidenbluse. Ihre Brüste waren groß und übersät mit kleinen Sommersprossen.

«Beeindruckend, nicht wahr», sagte sie und lächelte, als sie seine Blicke spürte. Wäre Curtis ein wenig jünger gewesen, hätte sie ihn vielleicht ganz attraktiv gefunden.

«Sehr», sagte Curtis und sah wieder auf den Bildschirm.

«He! Der Mann auf dem Lokus ist mein Partner. Kann der Computer da auch reinsehen?»

«Nicht direkt», sagte Dukes. «Er verwendet Wärmefühler, akustische Detektoren, passive Infrarotsensoren und Mikrophone, um zu überprüfen, wer da drin ist. Und natürlich Stimmabdrücke. Wie in den Fahrstühlen.»

«Klingt nicht gerade nach Privatsphäre», sagte Curtis. «Was tut der Computer, wenn jemand zu lange drinbleibt? Löst er dann Alarm aus?»

Dukes grinste. «In Wirklichkeit respektiert der Computer die Intimsphäre», insistierte er. «Es ist nicht so, als würde er die Geräusche zur allgemeinen Belustigung durch das Gebäude trompeten. Die Toilettenüberwachung dient der Sicherheit.»

Curtis grunzte halb überzeugt. «Wahrscheinlich sollten wir

froh sein, daß sie den Lokus nicht ganz abgeschafft haben», sagte er. «Ich bin sicher, daß das die Architekten ärgert. Letzten Endes sind es ja wohl die sanitären Anlagen, die dafür sorgen, daß das Ganze menschlich bleibt.»

Helen und Dukes tauschten ein Lächeln aus.

«Ich sehe, daß Sie noch nicht die Gelegenheit hatten, eine unserer Toiletten zu benutzen, Sergeant Curtis», sagte Dukes fröhlich.

«Er hat recht», sagte Helen. «Die Toiletten sind voll automatisiert, und zwar im wörtlichen Sinne. Sagen wir einfach: Dies ist ein papierfreies Bürogebäude.»

«Soll das heißen...»

«Genau das soll es heißen. Die Spülung wird durch Ellbogendruck ausgelöst und startet eine Warmwasserspülung mit anschließender Heißlufttrocknung.»

«Jetzt verstehe ich, warum Nat so lange da drin braucht.» Curtis mußte lachen, wenn er sich vorstellte, wie sein Partner versuchte, mit einer Warmwasserspülung klarzukommen.

«Das ist noch längst nicht alles, was da drin geschieht», sagte Helen. «Uns mögen derartige Toilettenausrüstungen futuristisch vorkommen. Aber in Japan sind sie weit verbreitet.»

«Das überrascht mich nun auch wieder nicht.»

Dukes beendete das Programm mit einem Mausklick.

Curtis saß auf der Tischkante und ließ eine Hand nachdenklich über das Terminal gleiten.

«Warum sind sie eigentlich immer weiß?» fragte er. «Computer, meine ich.»

«Sind sie das?» fragte Helen. «Ich glaube, es gibt sie auch in Grau.»

«Ja, aber die meisten sind weiß. Ich werde Ihnen sagen, warum. Das ist, damit die Leute sich mit ihnen wohl fühlen. Weiß ist für viele Leute die Farbe der Jungfräulichkeit und Unschuld. Säuglinge und Bräute tragen Weiß. Es ist die Farbe der Heiligen. Der Papst trägt einen weißen Ornat. Wenn alle Computer in schwarzen Gehäusen steckten, wären sie nie ein Erfolg gewesen. Haben Sie je darüber nachgedacht?»

Helen Hussey schüttelte den Kopf. «Nein, darüber habe ich noch nie nachgedacht. Aber als Theorie klingt es gut.» Sie hielt inne und dachte einen Augenblick nach. «Sie haben gesagt ‹für viele Leute›. Für Sie nicht?»

«Für mich? Bei Weiß denke ich an Heroin und Kokain. Ich denke an bleiche Knochen im Wüstensand. Ich denke an das Nichts. Ich denke an den Tod.»

«Sind Sie immer so fröhlich?»

«Das ist berufsbedingt.» Er lächelte ihr zu und fuhr fort: «Worüber haben Gleig und Sie sich gestern abend unterhalten?»

«Nichts Besonderes. Hideki Yojos Tod...» Helen nickte ihm wissend zu.

Curtis grinste. «Sehen Sie? Sie kommen auch nicht los davon.»

«Wahrscheinlich haben Sie recht. Jedenfalls habe ich ihm erzählt, was das Ergebnis der Leichenschau war. Daß Hideki an einem epileptischen Anfall gestorben ist. Sam sagte, das habe er sich schon gedacht.»

«Wie kam er Ihnen vor?»

«Okay. Ganz normal.»

Dukes nickte zustimmend. «Sam war nicht anders als sonst auch.»

«Er wirkte nicht irgendwie beunruhigt?»

«Nein. Überhaupt nicht.»

«Hat er immer die Nachtschicht gehabt?»

«Nein», sagte Dukes. «Wir hatten es so arrangiert, daß jeder von uns eine Woche lang nachts dran war und eine Woche tagsüber arbeitete.»

«Verstehe. Gibt es Familienangehörige?»

Dukes zuckte die Achseln. «So gut habe ich ihn nicht gekannt.»

«Vielleicht kann uns der Computer weiterhelfen», sagte Helen. Sie bewegte die Maus und klickte sich durch mehrere Menüleisten.

Personalakten sind nur zugangsberechtigten Personen zugänglich
Zugang verweigert

«Ich glaube nicht, daß unser Abraham weiß, was Tod bedeutet», sagte sie und gab eine Notiz in die Personaldatei ein:

Mitteilung vom Tod eines Angestellten muß durch eine autorisierte Person erfolgen
Zugang verweigert

«Tut mir leid. Am besten fragen Sie Bob Beech oder Mitchell Bryan, ob sie Ihnen Sams Akte besorgen können.»

«Danke, das werde ich tun. Und außerdem würde ich gerne mit Warren Aikman sprechen.»

Helen sah auf die Uhr. «Der müßte bald dasein», sagte sie. «Warren ist ein Morgenmensch. Sagen Sie, das Ganze braucht doch die Arbeit am Gebäude nicht zu behindern, oder? Ich möchte nicht hinter den Zeitplan zurückfallen.»

«Das kommt darauf an. Was ist eigentlich im Tiefgeschoß?»

«Ein kleiner Tresor, ein Reservegenerator, Sicherheitssysteme für die einzelnen Stockwerke, Feuermelder, die Hygienekontrolleinheit und ein paar Abstellräume.»

Curtis erinnerte sich an die Zellen auf Ebene 5 bis 10.

«Ich habe mich schon gefragt. Diese Zellen da oben. Was ist das?»

«Sie meinen die Personalzellen? Das ist das Neueste in der Bürogestaltung. Man kommt morgens ins Büro und bekommt eine PZ für den Tag zugeteilt wie beim Check-in in einem Hotel. Dann marschiert man rein, schließt seinen Laptop und sein Telefon an, stellt die Klimaanlage an und fängt an zu arbeiten.»

Curtis dachte an seinen Schreibtisch im New Parker Center. An die Papierstapel und Aktenberge, die sich darauf sammelten. An den Müll in seinen Schubladen. Und an den Computer, den er so gut wie nie benutzte.

«Und was ist mit persönlichen Dingen?» fragte er. «Wo bringt man seinen Kram unter?»

«Dafür gibt es Schließfächer im Tiefgeschoß. Bei diesem Bürotyp wird persönlicher Besitz am Arbeitsplatz nicht gern gesehen. Die Grundidee ist, daß man zur Arbeit nichts außer Laptop und Telefon braucht.» Sie hielt inne und fügte dann hinzu: «Also, es gibt keine Schwierigkeiten? Die Arbeiter können sich heute frei bewegen? Die meisten arbeiten zur Zeit auf Ebene 17. Innenausstattung und Klempnerarbeiten, soviel ich weiß.»

«Okay, okay», sagte Curtis. «Kein Problem. Sorgen Sie nur dafür, daß sie nicht im Tiefgeschoß herumtrampeln.»

«Danke. Ich weiß das zu schätzen.»

«Nur noch eins, Miss Hussey: Ich kann es noch nicht sicher sagen, aber es sieht aus, als sei Sam Gleig ermordet worden. Als der Streifenwagen heute früh hier ankam, war die Tür offen. Ich hatte aber den Eindruck gewonnen, das Türschloß werde von Ihrem Computer – Abraham – kontrolliert. Warum sollte der die Tür offenlassen?»

«Wenn ich es richtig mitgekriegt habe, war es Abraham, der die Polizei alarmiert hat. Dann ist die einfachste Erklärung wohl, daß er die Tür offengelassen hat, damit Ihre Leute rein konnten.»

Dukes räusperte sich. «Es gibt noch eine andere Möglichkeit.»

Curtis nickte ihm zu. «Und zwar?»

«Sam hätte Abraham anweisen können, die Tür zu öffnen, um jemanden reinzulassen. Sie meinen, jemand hat Sam den Schädel eingeschlagen. Also, ich verstehe nicht, wie der Kerl reingekommen sein soll, wenn Sam ihn nicht hereingelassen hat. In dem Fall hätte Abraham die Tür nicht ohne ausdrückliche Anweisung wieder geschlossen. Nicht ohne Anweisung von jemand, den das ZSSI kannte.»

«Wie viele Ein- und Ausgänge hat das Gebäude?»

«Außer dem Haupteingang? Zwei», sagte Dukes. «Die Tiefgarage unter dem Gebäude ist ebenfalls ZSSI-kontrolliert. Und dann gibt es auf dieser Etage noch einen Notausgang. Den kontrolliert Abraham. Die Tür läßt sich nicht öffnen, wenn das Feuermeldesystem keinen Brand anzeigt.»

«Können Sie sich irgendeinen Grund vorstellen, warum Sam Gleig nachts jemanden hätte ins Gebäude lassen sollen?»

Helen Hussey schüttelte den Kopf.

Dukes spitzte die Lippen und wirkte einen Augenblick, als zögere er zu antworten. Dann sagte er: «Ich will nichts Böses über einen Toten sagen, aber es wäre nicht das erste Mal, daß ein Wachmann nachts einen Unbefugten ins Gebäude läßt. Ich will jetzt nicht behaupten, Sam hätte das je getan. Jedenfalls nicht, daß ich es wüßte. Aber an meinem letzten Arbeitsplatz in einem Hotel gab es einen Wachmann, der entlassen wurde, weil er Geld von Nutten genommen hat, damit sie ihre Freier reinbringen konnten.» Er zuckte die Achseln. «So was kommt vor. Nicht daß ich Sam für den Typ gehalten hätte, aber...»

«Ja?»

Dukes strich mit der Hand über die weiche Lederjacke.

«Nun.» Er zuckte verlegen die Achseln. «Das ist eine hübsche Lederjacke. Ich hätte sie mir nicht leisten können.»

Der Morgen graute, als Allen Grabel endlich sein Haus in Pasadena erreichte. Taxifahrer nahmen einen nicht so schnell auf, wenn man aussah wie Allen Grabel, und er hatte im voraus zahlen müssen. Er wohnte in einer Bungalowsiedlung im neospanischen Stil, die sich rund um eine offene Grasfläche gruppierte.

Er hatte immer noch keine Hausschlüssel, also zog er einen

seiner modischen Mokassins aus, schlug eine Fensterscheibe ein und löste die Einbruchssicherung aus. Er stieg durchs Fenster ein, und es dauerte ein paar Minuten, bis ihm der Code eingefallen war, mit dem sich die Alarmanlage abstellen ließ. Inzwischen war einer seiner Nachbarn, ein Zahnarzt namens Charlie, vor dem Haus aufgetaucht.

«Allen? Bist du das?»

«Alles in Ordnung, Charlie», sagte Grabel müde, als er die Haustür öffnete. Er hatte das Gefühl, als sei überhaupt nichts in Ordnung. «Ich hab nur meine Schlüssel liegenlassen.»

«Was ist los? Du blutest ja am Arm. Wo hast du dich rumgetrieben?»

«Ein dringender Auftrag im Büro. Ich hab ein paar Tage durchgearbeitet.»

Charlie, der Zahnarzt, nickte. «Man sieht es», sagte er. «Du siehst beschissen aus.»

Grabel zwang sich ein mühsames Lächeln ab. «Danke, Charlie, und einen schönen Tag noch.»

Er ging ins Schlafzimmer und ließ sich aufs Bett fallen. Er sah nach dem Datum auf seiner Armbanduhr und stöhnte: Er hatte sechs Tage durchgemacht. Daran führte kein Weg vorbei. Er kam sich vor wie Don Birnam in *Fünf verlorene Tage*. Was war noch einmal die erste Zeile? «Das Barometer seines Gefühlslebens kündigte eine stürmische Periode an.» So oder ähnlich. Genau das hatte er durchgemacht: eine stürmische Periode. Es war nicht das erste Mal, aber so schlimm war es noch nie gewesen.

Er schloß die Augen und versuchte, sich zu erinnern, was geschehen war. Er erinnerte sich, daß er seinen Job geschmissen hatte. Er erinnerte sich, daß er auf einem Feldbett im Yu-Gebäude geschlafen hatte. Und dann war da noch etwas gewesen. Aber das war ein entsetzlicher Alptraum. Hatte er es sich bloß eingebildet? Er hatte geträumt, er sei Raskolnikow. Sein Hinterkopf schmerzte. War er gestürzt? Irgend etwas war mit Mitchs Auto gewesen. Vielleicht hatte er ja nur eine Gehirnerschütterung.

Er war todmüde. Müde auf den Tod. Kein schlechtes Gefühl. Er war reif für den Schlaf, der kein Ende nimmt.

Tony Levine fühlte sich verkannt. Allen Grabel war Juniorpartner der Firma gewesen, nur eine Stufe unter dem begehrten Status des vollen Partners, wie ihn Mitchell Bryan, Willis Ellery und Aidan Kenny genossen. Als Grabel kündigte, hatte Levine angenommen, daß es jetzt Zeit für seine Beförderung sei. Außerdem hatte er sich ein höheres Gehalt erhofft. Bei all dem, was man von ihm als Projektleiter des Grills erwartete, des größten Projekts, das ihm seine Laufbahn bisher eingebracht hatte, fühlte er sich im Vergleich mit einigen seiner Freunde deutlich unterbezahlt. Er hatte es schon ein paarmal gesagt, aber diesmal meinte er es ernst: Wenn jetzt nichts geschah, würde er Schluß machen.

Levine war früh ins Büro gegangen, um Richardson allein zu erwischen. Er hatte sich genau überlegt, was er sagen wollte, und hatte seinen Text heute früh im Auto wie ein Filmschauspieler wiederholt. Er wollte Richardson daran erinnern, wie er das Team motiviert und dem ganzen Projekt das richtige Flair verliehen hatte. An die unerhörte Verantwortung, die er übernommen hatte.

Richardson saß in einer Ecke des Ateliers, hatte bereits die Ärmel seines teuren Markenhemds hochgerollt und machte sich Notizen in einem der silbergebundenen Notizbücher, die er überall mit sich trug. Er saß vor dem maßstabgetreuen Modell eines 300 Millionen Dollar schweren Ausbildungszentrums für die Polizei von Tokio.

«Morgen, Ray. Hast du eine Minute Zeit?»

«Was hältst du davon, Tony?» fragte Richardson, ohne aufzublicken.

Levine setzte sich an den Tisch und sah sich das Modell an, den preisgekrönten Entwurf für einen Bau im schäbigen Viertel Shinkawa in der Nähe des Finanzdistrikts von Tokio. Selbst für Tokio wirkte das Gebäude mit seinem konkaven

Glasdach und seinem stahlverkleideten Herzstück mit Turnhallen, Schwimmbecken, Unterrichtsräumen, Bibliothek, Hörsaal und geschlossenem Schießstand futuristisch.

Levine konnte den Entwurf nicht ausstehen. Das Ganze sah aus wie ein silbernes Osterei in einer Zellophanschachtel. Aber was hielt Richardson davon? Er setzte eine nachdenkliche Miene auf und versuchte, Richardsons säuberlich eingeordnete, aber auf dem Kopf stehende Bleistiftnotizen zu lesen. Als sich dies als unmöglich erwies, suchte er nach einer neutralen Formulierung, mit der er nichts falsch machen konnte.

«Ästhetisch gesehen verrät es jedenfalls einen radikal anderen Zugang als irgend etwas sonst in der Gegend», sagte er.

«Das ist nicht gerade überraschend. Die Gegend wird momentan vollständig neu konzipiert. Also sag schon, Tony, ist es Scheiße oder nicht?»

Zu Levines Erleichterung klingelte in diesem Augenblick Richardsons Videophon. Er hatte Zeit, sich eine Antwort zu überlegen. Er warf noch einen Blick auf Richardsons Notizen, mußte aber zu seiner Enttäuschung feststellen, daß es sich um kaum mehr als Gekritzel handelte. Innerlich fluchte er. Selbst die Kritzeleien dieses Mannes wirkten sauber und effizient, als bedeuteten sie tatsächlich etwas.

Helen Hussey war am Apparat, und sie wirkte besorgt.

«Wir haben ein Problem, Ray», sagte sie.

«Ich will nichts davon wissen», sagte Richardson kurz angebunden. «Dafür bezahle ich Leute wie euch. Damit ich meine Zeit nicht damit verschwenden muß, jede Panne selber auszubügeln. Sprich mit deinem Projektleiter, Helen. Er sitzt sowieso gerade neben mir.»

Richardson drehte den Bildschirm so, daß die Glasfaseroptik der kleinen Kamera auf Levine zeigte, und wandte sich wieder den Kästchen zu, die sein Bleistiftgekritzel umrahmten, als brauchten selbst diese sinnlosen Kritzeleien einen Zaun, der sie schützte.

«Was ist los, Baby?» sagte Levine, der scharf darauf war,

in Gegenwart des Chefs ein wohlerwogenes und korrektes Urteil darüber abzugeben, was getan werden mußte. «Was kann ich für dich tun?»

«Es geht nicht um die Art von Problem», sagte Helen, die sich bemühte, ihren instinktiven Abscheu vor Levine zu verbergen. «Es gibt schon wieder einen Toten. Und diesmal sieht es nach Mord aus.»

«Mord? Wer? Wer ist ermordet worden?»

«Der Wachmann Sam Gleig.»

«Der Schwarze? Das ist ja schrecklich! Was ist geschehen?»

«Jemand hat ihm letzte Nacht den Schädel eingeschlagen. Sie haben ihn heute früh im Fahrstuhl gefunden. Die Polizei ist schon da.»

«Mein Gott, wie schrecklich!» Levine wußte nur allzu genau, daß er keine Ahnung hatte, was er als nächstes sagen sollte. «Weiß man schon, wer es war?»

«Nein, bisher nicht.»

«Mein Gott, Helen. Ist bei dir alles in Ordnung? Sollte nicht jemand bei dir sein? Von wegen des Schocks, oder so?»

«Spinnst du?» zischte Richardson durch die geschlossenen Zähne und entriß ihm den Bildschirm. «Bring sie nicht auf Ideen, du Arschloch, sonst habe ich schon wieder einen Prozeß am Hals.»

«Tut mir leid, Ray. Ich wollte nur...»

«Wir können nicht zulassen, daß die Polizei unsere Bauarbeiter an der Arbeit hindert, Helen», bellte Richardson. «Du weißt doch, wie die sind. Polizeiabsperrungen und alles, was du willst. Die Stalltür abschließen, nachdem das Pferd gestohlen ist. Wir können es uns nicht leisten, deshalb einen Arbeitstag zu verlieren.»

«Nein. Darüber habe ich schon mit ihnen gesprochen. Sie lassen die Arbeiter rein.»

«Braves Mädchen! Gut gemacht. Ist dem Gebäude etwas geschehen?»

«Soviel ich weiß, nicht. Aber es sieht aus, als hätte Gleig den Mann, der ihn umgebracht hat, selber reingelassen.»

«Das ist mal wieder toll! Wir stehen unmittelbar vor der Übergabe, und dieser Blödmann muß sich umbringen lassen. Was ist das für ein intelligentes Gebäude, das es einem Arschloch von Vollidioten erlaubt, sich nicht um das Sicherheitssystem zu kümmern und jemandem die Eingangstür zu öffnen? Ist die Presse schon da?»

«Noch nicht.»

«Was ist mit Mitch?»

«Der muß gleich kommen.»

Richardson stieß einen tiefen Seufzer aus.

«Die werden uns mit Dreck bewerfen, besonders die *Times*. Also, paß auf! Um die Stadtverwaltung muß sich Mitch kümmern. Er weiß, mit wem er reden muß, um den Schaden zu begrenzen. Du verstehst mich doch? Sobald er auftaucht, sag ihm, er soll dafür sorgen, daß die Bullen der Presse die richtige Geschichte erzählen. Verstanden?»

«Ja, Ray», sagte Helen mit müder Stimme.

«Du hattest recht, mich anzurufen, Helen. Tut mir leid, daß ich dich angeblafft habe.»

«Schon...»

Richardsons Finger drückte einen Knopf und beendete das Gespräch.

«Mitch bringt das in Ordnung», erklärte er Levine, fast als müsse er sich selbst beruhigen. «In Krisensituationen ist er gut zu brauchen. Jemand, auf den man sich verlassen kann. Der dafür sorgt, daß etwas geschieht. Mit der Zeit wirst du auch dahinterkommen, wie das alles läuft, Tony.»

«Ja», sagte Levine und spürte, daß der Augenblick, über seine Beförderung zu verhandeln, vorbei war. «Das wird wohl so sein.»

«Gut. Wo waren wir stehengeblieben? Ach ja, du wolltest mir erzählen, was du von unserem Entwurf für die Polizeischule in Shinkawa hältst.»

Auf dem Parkplatz vor dem Grill standen nur drei Autos. Curtis nahm an, daß der neue Saab Kabrio Helen Hussey gehörte. Blieben ein alter blauer Buick und ein noch älterer grauer Plymouth. Einer davon mußte Sam Gleig gehören. Für einen Augenblick kam er sich vor wie ein richtiger Detektiv. Einfach ausprobieren, zu welchem Auto die Schlüssel paßten, die er in der Hand hielt, wäre gemogelt. Der Buick trug einen Aufkleber: «Ich habe die C-Strahlen im Dunkeln am Tannhäuser-Tor glitzern sehen.» – Curtis runzelte die Stirn: Was in Teufels Namen sollte das wieder heißen? Der Plymouth mit dem Aufkleber von Radio KLON 88.1 UKW sah wie die bessere Wahl aus. Aus dem kleinen Plastiksaxophon an Gleigs Schlüsselbund schloß Curtis, daß sein Besitzer Jazzfan war. Befriedigt stellte er fest, daß er recht gehabt hatte und daß der Schlüssel ins Zündschloß des Plymouth paßte. Nicht gerade die Leistung eines Sherlock Holmes, aber auch nicht ganz schlecht.

Sam Gleigs Auto war alt, aber sauber und gepflegt. Am Rückspiegel hing ein kleines Frischluftsäckchen, und die Aschenbecher waren leer. Curtis öffnete das Handschuhfach und entdeckte einen Straßenatlas und eine Sonnenbrille. Dann ging er nach hinten und schloß den Kofferraum auf. Der übergroße Pistolenbeutel aus Nyloncord verriet einen Mann, der seinen Beruf ernst nahm. Er enthielt Ohrenschützer, eine Reinigungsbürste, ein paar Pappzielscheiben, ein paar Patronenschachteln, ein Reservemagazin, ein Schnellladegerät und ein leeres gefüttertes Pistolenhalfter. Aber nichts davon bot auch nur den kleinsten Hinweis darauf, warum der Besitzer all dieser Dinge umgebracht worden war.

Curtis hörte die Fahrstuhlglocke, drehte sich um und sah Nathan Coleman auf sich zukommen.

«Wo in Teufels Namen hast du dich rumgetrieben?»

«Scheißlokus», maulte Coleman. «Weißt du, was da passiert? Also: Neben dem Sitz ist so eine Art Armaturenbrett mit

Knöpfen und einer Anzeige, auf der du alles ablesen kannst: Wie lange du schon da sitzt, was du zum Frühstück gegessen hast, einfach alles. Schließlich bin ich dahintergekommen, daß kein Papier da ist, weil sie dir im Sitzen den Arsch waschen.»

«Hast du ihn dir auch polieren lassen?» fragte Curtis lachend.

«So ein Scheißding wie eine Zahnbürste flutscht unter dem Sitz raus und sprüht heißes Wasser auf deinen Hintern. Und zwar richtig heißes Wasser, Frank. Der Scheißapparat fühlt sich an wie ein Laserstrahl. Dann kommt eine Heißluftdüse und trocknet dir den Hintern. Mein Gott, Frank, mein Arsch fühlt sich an, als hätte ich die Nacht mit Rock Hudson verbracht.»

Curtis wischte sich die Lachtränen aus den Augen.

«Was ist das für ein beschissener Ort hier?»

«Die Zukunft, Nat: ein verbrühtes Arschloch und nasse Hosen. Hast du die Hintergrundüberprüfung schon fertigbekommen?»

«Das Opfer war vorbestraft. Ich habe das Fax gerade erst bekommen.»

«Erzähl!»

«Zwei Verurteilungen wegen Verstoß gegen das Betäubungsmittelgesetz und eine wegen illegalem Waffenbesitz. Dafür hat er zwei Jahre gesessen.»

«Zeig mal her!» Curtis überflog das Fax. «In der städtischen Vollzugsanstalt? Daher also die Vorliebe für moderne Architektur. Das Ding ist doch einfach ein Hotel. Wahrscheinlich haben sie ihm auch noch bei seiner Stellenbewerbung als Wachmann geholfen.» Er schüttelte resigniert den Kopf. «Mein Gott, die städtischen Genehmigungsverfahren. Wahrscheinlich könnte in Los Angeles sogar Charlie Manson einen Sicherheitsdienst gründen.»

«Auf alle Fälle ist es eine Wachstumsindustrie.»

Curtis faltete das Fax zusammen und steckte es in die Tasche. «Ich glaube, ich hebe das lieber auf. Für den Fall, daß ich auch noch auf den Lokus muß.»

«Anscheinend ist Gleig sauber geblieben, seit er aus dem Knast raus ist», meinte Nat.

«Vielleicht hat ihn auch seine Vergangenheit eingeholt.» Curtis gab Coleman Sam Gleigs Führerschein. «Zweiundneunzigste, Ecke Vermont. Keine tolle Gegend.»

Coleman nickte. «Vielleicht hat er nebenbei ein bißchen gedealt.»

«Wer weiß. Im Wagen ist jedenfalls nichts.»

«Was ist in der Tasche?»

«Alles, was man für ein Picknick am Schießstand braucht, aber kein Stoff. Was ist mit den Jungens da draußen? Die Chinesen haben nichts gegen Drogen.»

«Ganz ausgeschlossen habe ich sie nicht.»

«Oder könnte einer von ihnen vielleicht beschlossen haben, die Protestaktion ins Gebäudeinnere zu verlagern, und Sam ist ihm in die Quere gekommen? Soll ich mal mit unseren gelben Freunden reden?»

«Nein, erst mal noch nicht. Zieh lieber mal mit den Jungens von der Spurensicherung in die Südstadt und sieh dir die Wohnung des Opfers an. Wer weiß, was ihr da finden könnt. Und erzählt die Neuigkeiten ruhig jedem, der sie hören will. Vielleicht erfahrt ihr ja etwas über seine Freunde. Ob es zum Beispiel die Art Freunde waren, die es ihm ersparten, sich Feinde zu machen.»

Der Motor am Garagentor fing laut an zu summen. Coleman machte sich wieder auf den Weg zum Fahrstuhl, und Curtis schloß den Kofferraum des Plymouth und wartete, wer aus dem roten Lexus auf der Einfahrtsrampe steigen würde.

«Was ist los?» fragte Mitch durch das geöffnete Wagenfenster.

Curtis hatte kein gutes Namensgedächtnis, aber er erinnerte sich an das Gesicht und erst recht an die Seidenkrawatte und die goldene Rolex. Der Mann, der aus dem Auto stieg, war groß und sonnengebräunt, hatte dunkles lockiges Haar und strahlte eine knabenhafte Fröhlichkeit aus. Die blauen Augen waren rege und intelligent. Die Art von Mann, wie man sie zum Nachbarn hat, wenn man in Beverly Hills wohnt.

«Sie sind Mr...?»

«Bryan, Mitchell Bryan.»

«Jetzt erinnere ich mich. Wir haben ein Problem, Mr. Bryan.»

Curtis hielt einen Augenblick inne und erzählte dann, worin das Problem bestand.

Curtis starrte aus dem Fenster im fünfundzwanzigsten Stock und wartete, daß Mitchell Bryan mit dem Kaffee wiederkam. Er dachte immer noch darüber nach, was Helen Hussey über die Zellen gesagt hatte. Wie hatte sie das Ganze noch genannt? Irgend etwas Heißes. Heiße Schreibtische? Wenigstens hatte er einen Schreibtisch. Wenigstens hatte er eine vage Ahnung davon, wo er hingehörte. Er versuchte sich das Chaos auszumalen, das im New Parker Center ausbrechen würde, wenn jeder Beamte um seinen Lieblingsplatz kämpfen müßte. Das Ganze klang mal wieder wie eine der blöden Ideen, die sich große Firmen ständig ausdenken. Ausnahmsweise war er froh, daß er nicht in einem Büro arbeiten und den ganzen Scheiß ertragen mußte, der dazugehörte. Als Bulle konnte man die Scheiße, mit der man beworfen wurde, wenigstens zurückschmeißen.

«Ich weiß nicht», sagte Mitch, der mit dem Kaffee in Mr. Yus Privatsuite zurückkam. «Sam Gleig schien ein ganz ordentlicher Kerl zu sein.»

Sie setzten sich an den hölzernen Eßtisch aus der Ming-Dynastie, den Mitch als Schreibtisch benutzte, und nippten an ihrem Kaffee.

«Ich mache oft Überstunden, und gelegentlich haben wir ein paar Worte gewechselt. Meist ging es um Sport: um die Dodgers. Und gelegentlich war er auf der Rennbahn. Ich glaube, in Santa Anita. Hat mir einmal einen Tip gegeben. Aber er war kein großer Spieler. Mal zehn Dollar hier, mal da.» Mitch schüttelte den Kopf. «Schlimm, was da passiert ist.»

Curtis schwieg. Manchmal war das besser. Man ließ einfach den anderen die Pausen füllen und hoffte, daß er etwas Interessantes oder Nützliches sagte. Etwas, worauf man selber nie gekommen wäre.

«Aber selbst wenn er gedealt hat – das scheinen Sie ja anzunehmen –, selbst kann er kein Rauschgift genommen haben. Das weiß ich mit hundertprozentiger Sicherheit.»

«Ach? Woher wissen Sie das so genau, Mr. Bryan?»

«Ganz einfach. Das liegt am Gebäude.» Mitch runzelte nachdenklich die Stirn. «Dies Gespräch ist doch vertraulich, oder?»

Curtis nickte geduldig.

«Also, bei der Planung des Gebäudes haben wir Toilettenmodule nach den Anforderungen des Kunden einbauen lassen.»

«Ja, von denen habe ich schon gehört. Heiße Schreibtische mögen ja noch angehen, aber heiße Brillen gehen für meinen Geschmack zu weit.» Er lachte. «Meinem Kollegen haben sie beinahe den Arsch durch die Dampfreinigung gezogen.»

Mitch lachte. «Ein paar Einheiten müssen noch reguliert werden», sagte er. «Das kann schon ein überraschendes Erlebnis sein. Aber sie stellen den neuesten Stand der Technik dar. Und ich kann Ihnen versichern, daß es um mehr geht als eine Warmwasserspülung. Die Toilettenbrille kann Ihnen Auskunft über Ihren Blutdruck und Ihre Körpertemperatur geben, und die Toilettenschüssel selbst nimmt eine Urinanalyse vor. Der Computer kontrolliert... Warten Sie. Ich zeige es Ihnen.» Mitch lehnte sich über seinen Computer und ließ die Maus über ein paar Optionen wandern. «Richtig, das ist es. Zucker, Azetonverbindungen, Kreatin, Stickstoffverbindungen, Hämoglobin, Myoglobin, Aminosäuren und Metaboliten, Harnsäure, Harnstoff, Urobilinogen und Koproporphyrine, Gallenpigmente, Mineralsalze, Fette und die meisten bewußtseinsverändernden Drogen, jedenfalls alle, die unter das Betäubungsmittelgesetz fallen.»

«Und das läuft jedesmal ab, wenn man aufs Scheißhaus geht?»

«Jedesmal.»

«Mein Gott.»

«Beispielsweise könnten im Urin einer Person, die Diabetes im Anfangsstadium hat, die Azetonwerte erhöht sein, und das könnte sich auf ihre Arbeitsleistung auswirken, von der Krankenversicherung ganz zu schweigen.»

«Was geschieht, wenn der Drogentest positiv verläuft?»

«Erst schaltet der Computer das Terminal des Betroffenen ab und verweigert ihm den Zugang zu den Fahrstühlen und zum Telefon. Das dient nur der Schadensbegrenzung, um die Firma vor dem möglichen Vorwurf der Fahrlässigkeit zu schützen. Dann informiert er den Dienstvorgesetzten. Der entscheidet, was weiter geschieht. Aber es ist ein sehr exakter Test. Zeigt alles an, was Sie in den letzten zweiundsiebzig Stunden zu sich genommen haben. Die Hersteller behaupten, er sei genau so sicher wie der Nallintest, möglicherweise noch sicherer.»

Curtis saß mit offenem Mund da wie ein erstaunter Fisch. Es war ein Wunder, daß keiner der Kollegen im Tiefgeschoß ein positives Ergebnis zeigte. Curtis wußte, daß Coleman gelegentlich ein bißchen Hasch rauchte. Vermutlich war er nicht der einzige. Er konnte sich das Gesicht des Commissioners vorstellen, wenn irgendeine Zeitung entdeckte, daß Polizisten, die in einem Mordfall ermittelten, von einem intelligenten Gebäude beim Drogenmißbrauch erwischt worden waren, das selbst der Tatort des Verbrechens war.

Mitch schlürfte genüßlich seinen Kaffee und amüsierte sich über das Staunen des Polizisten. «Also», sagte er schließlich. «Jetzt verstehen Sie wohl, warum Sam unmöglich Rauschgift genommen haben kann.»

Curtis war nicht überzeugt. «Vielleicht ist er ja zum Pinkeln einfach raus auf die Straße gegangen.»

«Das bezweifle ich», sagte Mitch. «Die Straße vor dem Gebäude wird von Videokameras überwacht, und der Computer hat den Befehl, nach dergleichen Ausschau zu halten. Wenn das Videoüberwachungssystem etwas entdeckt, benachrichtigt der Computer die Polizei. Das hat Sam gewußt. Ich kann mir nicht vorstellen, daß er das Risiko eingegangen wäre.»

«Nein, vermutlich nicht.» Curtis grinste. «Sie müssen das Lieblingskind der Einsatzzentrale sein.»

«Ich gebe Ihnen mein Wort darauf: Sam Gleig war clean.»

Curtis stand auf und trat ans Fenster. «Vielleicht haben Sie ja recht», sagte er. «Aber irgend jemand hat ihn umgebracht. Und zwar hier. In dem Gebäude, das Ihrem Kunden gehört.»

«Ich würde Ihnen gern helfen», sagte Mitch. «Wenn ich etwas für Sie tun kann, sagen Sie Bescheid. Meiner Firma ist genausoviel daran gelegen, die Geschichte aufzuklären, wie Ihnen. Das können Sie mir glauben. Das Ganze macht einen schlechten Eindruck. Als ob dies Gebäude vielleicht doch nicht ganz so intelligent ist wie erwartet.»

«Auf die Idee war ich auch schon gekommen.»

«Darf ich mich erkundigen, was Sie der Presse mitteilen wollen?» fragte Mitch.

«Darüber habe ich noch gar nicht nachgedacht. Das werden wohl mein Assistent und die Pressestelle entscheiden.»

«Kann ich Sie um einen kleinen Gefallen bitten? Wenn Sie sich entschieden haben, was Sie der Presse mitteilen wollen, könnten Sie bitte sehr vorsichtig in Ihrer Wortwahl sein? Es wäre sehr bedauerlich, wenn jemand auf die Idee käme, das Gebäude selbst sei schuld an den bedauerlichen Vorkommnissen. Was ich sagen will, ist: Nach dem, was Sie mir bisher erzählt haben, scheint es, als habe Sam Gleig seinen Mörder, aus was für einem Grund auch immer, selbst ins Gebäude gelassen. Ich wäre Ihnen dankbar, wenn Sie daran denken würden.»

Curtis nickte mürrisch. «Ich werde mein Bestes tun», sagte er. «Dafür können Sie etwas für mich tun.»

«Was?»

«Ich brauche Sam Gleigs Personalakte.»

Vor der Fahrstuhltür im einundzwanzigsten Stock stand eine Vitrine mit der vergoldeten Bronzefigur eines Mönchs aus Luohan. Curtis schenkte ihr einen bewundernden Blick, bevor er Mitch in den Fahrstuhl folgte.

«Mr. Yu ist ein großer Sammler», erklärte Mitch. «Wir wollen auf jeder Etage ein Kunstwerk aufstellen.»

«Was ist das, was er in der Hand hält?» fragte Curtis. «Ein Rechenschieber?»

«Ich glaube, es ist ein geschlossener Fächer.»

«Eine antike Klimaanlage?»

«So in etwa. Zum Datenzentrum bitte, Abraham», sagte Mitch.

Die Türen schlossen sich mit leisem Zischen.

«Wissen Sie was?» sagte Mitch. «Ich will Ihnen nicht ins Handwerk pfuschen. Aber ich glaube, es gibt eine andere Möglichkeit, den Vorfall zu erklären. Ich meine eine, die nichts mit Sam Gleigs Vergangenheit zu tun hat.»

«Ich höre.»

«Nun, wir sollten nicht vergessen, daß sowohl Ray Richardson als auch die Yu Corporation Feinde haben. Bei Ray geht es eher um persönlichen Ärger. Leute, die solche Gebäude, wie er sie entwirft, nicht leiden können. In der Zeitkapsel unter dem Grundstein des Grills liegt eine hübsche Sammlung anonymer Drohbriefe. Und dann gibt es natürlich auch ehemalige Mitarbeiter, die ihn nicht ausstehen können.»

«Sie auch?»

«Ich? Oh, ich bewundere ihn.»

Curtis grinste. «Ich glaube, das beantwortet meine Frage.»

Mitch zuckte verlegen die Achseln. «Er ist kein einfacher Typ.»

«Das ist bei wirklich reichen Leuten häufiger so.»

Mitch antwortete nicht. Der Fahrstuhl hielt, und sie verließen ihn neben einer neu aufgestellten Vitrine, in der ein Pferdekopf aus Jade ausgestellt war.

«Und die Yu Corporation?» fragte Curtis. «Sie sprachen von Feinden der Firma. Meinen Sie die Demonstranten da draußen?»

«Ich glaube, das ist nur die Spitze des Eisbergs», sagte Mitch, der Curtis über die Galerie über der Eingangshalle begleitete.

«Es gibt Teile der asiatischen Pazifikküste, wo rauhe Sitten im Geschäftsleben herrschen. Deshalb ist alles Glas in diesem Gebäude kugelsicher, und deshalb haben wir ein ausgeklügeltes Sicherheitssystem.» Er blieb stehen und zeigte nach unten. «Sehen Sie sich einmal die Eingangshalle an. In Wirklichkeit ist das alles Schwindel. Sie vermittelt den Eindruck, als sei die Firma weltoffen und publikumsfreundlich, aber gleichzeitig bildet sie eine Sicherheitszone. Das Hologramm hinter dem Empfangstisch dient dazu, eine mögliche Geiselnahme zu verhindern.»

«Sam Gleig handelt sich Kopfschmerzen der dritten Art ein, weil jemand Ihren Chef oder seine Kunden nicht mag?» Curtis schüttelte den Kopf. «Ich fürchte, das nehme ich Ihnen nicht ab.»

«Und wenn alles nur ein unglücklicher Zufall war? Wenn jemand hier eingedrungen ist, um Ärger zu machen, und Sam ihm einfach im Weg stand?»

«Möglich, aber nicht sehr wahrscheinlich. Gleigs Waffe steckte noch im Halfter. Es sah nicht aus, als hätte er Ärger erwartet. Wenn Sam aber die Person, die ihn angegriffen hat, kannte, wäre er nicht auf der Hut gewesen. Als Sie von den Feinden Ihres Chefs sprachen, hatten Sie da einen bestimmten Namen im Sinn?»

Mitch dachte an Allen Grabel.

«Nein», sagte er.

«Was ist mit Warren Aikman?»

«Wenn der Richardson eins auswischen wollte, könnte er das bei seiner normalen Arbeit viel besser tun.»

«Gut. Wenn Ihnen jemand einfällt, sagen Sie mir Bescheid.»

«Natürlich.»

Curtis schüttelte den Kopf. «Ich kann eigentlich nicht behaupten, daß ich überrascht bin, wenn ein Architekt, der so ein Gebäude entwirft, Feinde hat.»

«Es gefällt Ihnen nicht?»

«Von Mal zu Mal weniger. Vielleicht liegt es an dem, was Sie und Ihre Leute mir darüber erzählen. Ich weiß es nicht genau.» Er schüttelte den Kopf und versuchte darauf zu kommen, woran genau es lag. «Ich glaube, es hat einfach keine Seele.»

«Es verkörpert die Zukunft», widersprach Mitch. «So sieht die Zukunft nun einmal aus. Eines Tages werden alle Bürogebäude so aussehen.»

Curtis lachte und zeigte auf sein Handgelenk.

«Sehen Sie die Uhr da? Eine Seiko. Sie geht miserabel. Und ich erinnere mich immer noch, mit welchem Werbespruch man sie damals verkauft hat: ‹Eines Tages werden alle Uhren so gebaut sein.› Ich kann nur hoffen, daß das nie eintritt.»

Mitch blickte um sich. «Wissen Sie was? Für mich ist es eine Art von Kathedrale.»

«Wem ist sie geweiht? Der Furcht des Menschen vor seinen Mitmenschen?»

«Der Fähigkeit, Dinge herzustellen. Der schöpferischen Kraft der Technik. Dem menschlichen Erfindungsgeist.»

«Als Polizist verlasse ich mich ungern auf die Produkte des menschlichen Erfindungsgeistes. Aber wenn das eine Kathedrale ist, bin ich Atheist.»

Bob Beech war gerade dabei, die neueste Serie gestohlener Daten über den Satelliten abzusetzen, als Mitch und Curtis den Computerraum betraten. Er berührte den flachen Großbildschirm und ließ ihn wieder in den Standardmodus für Schreibtischarbeit zurückfallen: Telefon, Rolodex, Rechner,

Terminkalender, Eingangs- und Ausgangskorb, Uhr, Fernsehapparat, Radio, Anrufbeantworter, den ganzen Satz normaler Icons. Der Schirm zeigte sogar eine Schreibtischschublade, einen Gummistempel, einen Karteikasten und ein Panoramafenster, in dem Griffith Park vom Gebäudedach aus erschien.

«Bob», sagte Mitch und trat in die Mitte des Kreises, «du erinnerst dich an Sergeant Curtis?»

«Ja, klar.»

«Hast du schon gehört, was heute früh passiert ist?»

Beech zuckte die Achseln und nickte.

Curtis betrachtete den Mann, der da vor ihm saß: eine Sportweste, deren Taschen von Disketten, Magnetbändern, Schlüsseln, Kaugummi und Kugelschreibern überquollen; solide braune Straßenschuhe, denen ein wenig Schuhcreme nichts geschadet hätte; abgeknabberte Fingernägel; und unter dem üppig wuchernden Schnurrbart das höfliche Lächeln, das Interesse für das, was geschehen war, vortäuschen sollte. Curtis wußte, wann er gerade noch geduldet war. Offensichtlich wollte Beech sich so schnell wie möglich wieder dem widmen, womit er sich beschäftigt hatte, bevor sie ihn unterbrochen hatten.

«Der arme Sam», sagte Beech. «Wissen Sie schon, wer es war?»

«Nein, bisher nicht. Aber ich hätte gern einen Blick in seine Personalakte geworfen. Vielleicht hilft uns das weiter. Außerdem wüßte ich gerne, ob der Computer wissen konnte, wer genau sich gestern abend nach zehn Uhr im Gebäude aufgehalten hat.» Er wußte, daß der Computer das konnte. Aber er brauchte einen Vorwand, um sich möglichst lange im Computerraum umsehen zu können.

«Natürlich.» Beech spielte an dem Karteikasten auf seinem Bildschirm herum und sagte dann: «Abraham, kannst du bitte Sam Gleigs Personalakte suchen.»

«Bildschirm oder Diskette?»

Beech warf einen Blick auf Curtis und beschloß, daß er ihn

so schnell wie möglich loswerden wollte. Wie er da so stand, erinnerte er ihn an Hideki. «Lieber einen Ausdruck», sagte er. «Damit Sie ihn in Ruhe durchlesen können.»

«Sehr viel Ruhe haben wir in der Mordkommission sowieso nicht», sagte Curtis und lächelte freundlich. Er sah zu, wie auf Beechs Bildschirm eine körperlose Hand erschien und sich auf den Karteikasten zubewegte.

«Belsazars Gastmahl», murmelte er vor sich hin.

Die Hand zog eine Akte aus der Schreibtischschublade und verschwand damit auf der linken Bildschirmseite.

«Wie bitte?» sagte Beech.

«Ich sagte nur, daß Sie hier eine aufregende Personalkartei haben.»

«Es ist ein bißchen kindisch, aber ich brauche freundliche Software, um den Cyberspace auf die Erde zurückzuholen. Deshalb hab ich so etwas wie ein Zimmer mit Aussicht. Sonst fiele es mir schwer, hier drin zu arbeiten. Was war es noch, was Sie außerdem wissen wollten? Wer gestern abend nach zehn Uhr noch da war?»

Curtis nickte.

Beech berührte den Schirm ein paarmal mit dem Zeigefinger, wie ein Schachspieler bei einer Blitzpartie. Schließlich fand er das, wonach er gesucht hatte.

«Da ist es ja. Der Vorarbeiter der Elektriker ist um neunzehn Uhr dreißig gegangen. Ich bin um neunzehn Uhr dreiundvierzig gegangen, Aidan Kenny um neunzehn Uhr siebenundvierzig. Helen Hussey hat das Gebäude zwanzig Uhr fünfzehn verlassen und Warren Aikman um zwanzig Uhr fünfunddreißig. Danach war Sam Gleig der einzige Anwesende, bis Officer Cooney und Hernandez heute früh gekommen sind.»

«Ich verstehe. Vielen Dank.»

Beech begleitete ihn zur Tür. «Wir müssen noch in den Druckerraum, um Ihren Ausdruck zu holen», sagte er und wies den Weg über die Brücke.

Sie betraten einen Raum, in dem ein riesiger Laserdrucker

schon dabei war, die Datei auszuspucken. Beech sammelte den Ausdruck ein.

«Das ist seltsam», sagte er überrascht. «Das ist etwas, das Abraham eigentlich nicht können sollte.»

«Was?» fragte Mitch.

Beech übergab ihm den Ausdruck. Neben den Personaldaten fand sich eine Farbfotografie von Sam Gleig, der in der Eingangshalle einen Chinesen begrüßte.

«Fotoaufnahmen wie die hier gehören nicht zu Abrahams ursprünglichem Programm», sagte Beech stirnrunzelnd. «Jedenfalls nicht, bevor das CD-ROM-Gerät installiert ist.»

Im Augenblick interessierte Curtis das Bild des jungen Chinesen mehr als die Art, wie es zustande gekommen war.

«Kennen Sie ihn?»

«Ich glaube ja», sagte Mitch. «Es könnte einer unserer Freunde da draußen vor der Tür sein.»

«Also, wenn Abraham...» Beech dachte immer noch darüber nach, wie die Aufnahme entstanden war. «Andererseits...»

«Heißt das, es ist einer von den Demonstranten?»

Mitch sah sich das Bild noch einmal an.

«Ich bin sicher, daß er es ist.»

«Natürlich», fuhr Beech in seinem Selbstgespräch fort. «Die Verbindung zu Richardsons Computer. Weißt du was, Mitch? Abraham muß das Bild digital gespeichert und dann euer Grafikprogramm benutzt haben, um das zu fabrizieren. Anders ist es völlig unmöglich. Abraham will uns mitteilen, daß Sam Gleig letzte Nacht eine unbefugte Person ins Gebäude gelassen hat.»

Curtis zog ein Gesicht. «Einen Augenblick. Wollen Sie sagen, daß Ihr Computer möglicherweise der einzige Zeuge in einem Mordfall ist?»

«Sieht in der Tat so aus. Ich kann mir keinen anderen Grund denken, warum er die Aufnahme in Sam Gleigs Personalakte kopiert haben sollte.» Er zuckte die Achseln. «Jedenfalls ist das Bild der Beweis für die Anwesenheit einer unbefugten Person im Grill. Die Aufnahme ist sogar datiert: ein Uhr fünf.»

«Was hält er denn da in der Hand?» sagte Mitch. «Sieht aus wie eine Flasche Scotch. Offenbar war eine kleine Feier geplant.»

«Aber warum sollte der Computer dieses Bild aufnehmen und keins vom Mord selbst?» fragte Curtis.

«Weil es in den Fahrstuhlkabinen keine Kameras gibt», antwortete Mitch.

Beech nickte zustimmend. «Dieses Bild bringt den Chinesen in Verbindung mit dem Mord.»

«Das lassen Sie bitte mich beurteilen», sagte Curtis.

«Vielleicht hätte ich es schon früher erwähnen sollen», sagte Mitch. «Mit den Jungs hat es schon ein paar unliebsame Vorfälle gegeben.»

Er erzählte Curtis von der Orange, die jemand gegen sein Auto geworfen hatte, und dem Wagenheber.

«Haben Sie die Vorfälle angezeigt?»

«Nein», mußte Mitch zugeben. Er zog seine Brieftasche. «Aber ich habe den Briefwechsel noch, den ich wegen der Ersatzwindschutzscheibe geführt habe.»

Curtis warf einen Blick auf die Quittung.

«Woher wissen Sie, daß es einer von ihnen war?»

«Nach dem, was vorher geschehen war? Es war in einem chinesischen Restaurant unmittelbar um die Ecke. Einer von ihnen muß mich wiedererkannt haben.»

«Haben Sie den Wagenheber noch?»

«Ja, den habe ich noch. Er liegt in meinem Kofferraum. Soll ich ihn holen?»

«Nein. Mir ist es lieber, jemand von der Spurensicherung holt ihn ab. Für den Fall, daß es Fingerabdrücke gibt.»

Curtis faltete die Fotografie zusammen und wollte sie gerade in die Jackentasche stecken, als ihm etwas einfiel. «Es sind doch auch Kameras vor dem Gebäude installiert, oder nicht?»

«Mehrere», sagte Mitch.

«Können Sie eine Großaufnahme von einem der Leute da draußen machen?»

«Nichts einfacher als das», sagte Beech.

Sie marschierten zurück in den Computerraum. Beech setzte sich und klickte das Bild einer Videokamera am unteren Bildschirmrand an.

Die Kamera begann, das knappe Dutzend Chinesen und Chinesinnen aufzunehmen, die vor dem Gebäude standen.

«Warum machen die sich bloß die Mühe?» sagte Beech.

«Wir leben in einem freien Land», sagte Curtis, «auch wenn man das hier drinnen kaum merkt.»

Beech warf Curtis einen fragenden Blick zu, als sei ihm nicht klar, wieso jemand mit so liberalen Ansichten für die Polizei von Los Angeles arbeitete.

«Der Typ da drüben», sagte Mitch. «Der mit der Flüstertüte. Ist das nicht der Typ auf dem Foto?»

Curtis verglich den Ausdruck mit dem jungen Chinesen auf dem Bildschirm.

«Ja, das ist er.»

«Bißchen seltsam, daß er wiedergekommen ist», sagte Mitch. «Ich meine, falls er etwas mit dem Mord zu tun hatte.»

«Nicht so seltsam, wie es scheint», sagte Curtis. «Und außerdem ist das immer noch eine unbewiesene Annahme.»

«Was werden Sie unternehmen?»

«Mit dem Typ reden. Rauskriegen, was er zu sagen hat. Wer weiß? Vielleicht legt er ja die Karten auf den Tisch.»

Der Polizist, der die Demo überwachte, wirkte müde, obwohl es erst elf Uhr war. Curtis zeigte seine Dienstmarke, nahm ihn beim Ellbogen und führte ihn ein paar Schritte beiseite.

«Haben Sie gehört, was drinnen passiert ist?»

«Ein Kerl, dem man den Schädel eingeschlagen hat? Hab ich gehört.»

«Wie lange machen Sie hier schon Dienst?»

«Mit Unterbrechungen seit ein paar Wochen. Jeweils im Vierstundentakt.» Er zuckte die Achseln. «Nicht weiter schlimm. Die machen mir keine Schwierigkeiten. Ich habe mit einigen von ihnen gesprochen. Die meisten sind ganz nette Typen.»

«Halten Sie sie für die Art von Leuten, die in einen Mordfall verwickelt werden?»

Der Polizist grinste und schüttelte den Kopf. «Nö. Das sind Studenten, die zu Hause in Hongkong oder so einen reichen Papa haben. Ich glaube, wenn es wirklich Ärger gäbe, wären die so schnell verschwunden wie ein Furz im Wind.»

Curtis ging zurück zu den Demonstranten.

«Wer hat hier das Sagen?»

Hinter der Absperrung blieb die kleine Gruppe von Demonstranten ganz ruhig, aber Curtis sah, daß sich ihre Augen von ihm ab- und dem Mann mit dem Megaphon zuwandten. Er überflog die Sprüche auf den Transparenten: DENKT AN TIANANMEN und YU CORPORATION UNTERSTÜTZT STAATLICHEN MORD und YU CORPORATION VERDIENT AN SKLAVENARBEIT und YU MISSACHTET MENSCHENRECHTE.

«Kommt schon», sagte er. «Irgend jemand muß doch der Boß sein.»

«Also gut», sagte der Mann mit dem Megaphon, «irgendwie bin ich das wohl.»

«Ich bin Sergeant Curtis, Polizeipräsidium Los Angeles, Mordkommission. Kann ich Sie kurz sprechen? Gehen wir rüber in den Schatten.» Er wies auf das andere Ende der Piazza an der Hope Street.

«Ganz schön heiß heute», sagte er und fuhr fort: «Es geht um einen Zwischenfall, der sich letzte Nacht im Gebäude der Yu Corporation zugetragen hat.»

«Noch einer?» Cheng Peng Fei schenkte ihm ein verkniffenes Lächeln.

«Es hat einen Toten gegeben.»

«Sehr bedauerlich. Ich hoffe, es war niemand Unwichtiges.»

«Sind Sie für Mord?»

«Wenn es Yu selbst wäre, wäre es eine freudige Nachricht. Der Mann ist ein Gangster.»

«Ich habe mich gefragt, wann Sie und Ihre Leute gestern abend die Piazza verlassen haben.»

«Gegen fünf Uhr. Wie immer.»

«Entschuldigung, Sie heißen...»

«Ich heiße Cheng Peng Fei.»

«Und wo kommen Sie her?»

«Hongkong. Ich bin Austauschstudent an der UCLA.»

«Und Ihre Freunde? Auch alles Studenten?»

«Die meisten ja.»

«Kennen Sie den Wachmann im Yu-Gebäude? Einen großen Schwarzen?»

«Ist das der Tote?»

«Ja.»

Cheng Peng Fei schüttelte den Kopf.

«Wir haben ihn natürlich gesehen, aber mehr nicht. Da gibt es doch noch einen zweiten Wachmann, oder nicht? Einen bösartig wirkenden Weißen. Mit dem hatten wir öfter zu tun.»

«Waren Sie jemals im Gebäude selbst?»

«Wir haben daran gedacht, aber dann wären wir wahrscheinlich im Knast gelandet. Also bleiben wir hier neben dem Brunnen stehen und verteilen unsere Flugblätter.»

«Das war zu meiner Zeit anders», sagte Curtis. Sie näherten sich der Fifth Avenue.

Ein Penner, der einen Einkaufswagen vor sich herschob, blieb kurz stehen, um eine Kippe vom Bürgersteig aufzusammeln, bevor er sich in Richtung Wilshire Boulevard trollte. Ein schlanker Schwarzer mit schmutzigen Turnschuhen von Nike, Trainingshosen und einer Baseballmütze, der ihm entgegenkam, mußte dem Wagen ausweichen und beschimpfte den Penner, bevor er weiterging.

«Zu meiner Zeit war eine Protestdemo noch eine richtige Protestdemo.»

«Gegen was haben Sie denn protestiert?»

«Damals gab es nur eins, wogegen man protestierte: Vietnam.»

«Wahrscheinlich haben Sie auch lieber dagegen protestiert, als hinzugehen.»

«O nein, ich war da. In der Protestbewegung wurde ich erst aktiv, nachdem ich zurück war. Was genau haben Sie gegen die Yu Corporation?»

Cheng Peng Fei überreichte ihm ein Flugblatt.

«Bitte schön. Steht alles da drin.»

Curtis hielt inne, überflog den Zettel und steckte ihn in die Jackentasche. Dann wies er mit einer Kopfbewegung auf das Plakat an einem Wartehäuschen der DASH, der Downtown-Area-Short-Hop-Buslinie. Das Plakat stellte zwei körperlose Arme dar, die einander die Hand schüttelten. Der eine Arm trug den Uniformärmel der Polizei von Los Angeles, und die Schlagzeile lautete:

Gemeinsam
sind die Polizei und Sie
eine tödliche Waffe
im Kampf gegen das Verbrechen

Cheng Peng Fei verstand, was Curtis wollte. Er zuckte die Achseln und schüttelte den Kopf.

«Wenn ich etwas wüßte, würde ich es Ihnen sagen, aber ich kann Ihnen nicht weiterhelfen.»

Er war einen Kopf kleiner als Curtis und mit knapp über 50 Kilo mehr als halb so schwer. Curtis stellte sich so dicht vor Cheng auf, als wolle er ihn küssen, und sah ihm mit einer Mischung von Mißtrauen und Verachtung ins Gesicht.

«Was soll das?» fragte Cheng. Er wollte zurückweichen

und entdeckte, daß eine Hauswand ihm den Rückzug abschnitt.

«Ich versuche nur, einen Blick in Ihren unergründlichen kleinen Kopf zu werfen», sagte Curtis und packte ihn bei den Schultern. «Um rauszukriegen, warum Sie mich belügen.»

«Von was in drei Teufels Namen reden Sie?»

«Sind Sie ganz sicher, daß Sie Sam Gleig nicht kannten?»

«Und wie! Bis eben habe ich noch nicht einmal seinen Namen gewußt.»

«Schon mal was vom Fall Miranda gehört, mein Junge?»

«Miranda wer?»

«Miranda gegen den Staat Arizona. Ging ums Zeugnisverweigerungsrecht. Die Vorschrift, nach der vorläufig festgenommene Personen vor der Befragung darüber unterrichtet werden müssen, daß sie das Recht haben zu schweigen...»

«Sie wollen mich festnehmen? Weswegen?»

Curtis drehte Cheng herum und legte ihm mit geübtem Griff Handschellen an.

«...daß alles, was Sie sagen, in einem ordentlichen Gerichtsverfahren verwendet werden kann und daß Sie das Recht haben, einen Anwalt zu benachrichtigen.»

«Was geht hier vor? Spinnen Sie?»

«Ich habe Sie über Ihre Rechte informiert, Armleuchter. Und jetzt geschieht folgendes: Ich werde Sie mit den Handschellen an die Straßenlaterne da fesseln, dann hole ich mein Auto, komme wieder und lade Sie ein. Ich hätte Sie auch gleich mitnehmen können, aber wahrscheinlich würden sich ein paar von Ihren Freunden aufregen, wenn sie sehen, daß ich Sie festnehme, und ich will keinen Ärger. Außerdem wäre das Ganze doch vermutlich sehr peinlich für Sie. So werden wenigstens nur ein paar Zufallspassanten Ihre peinliche Lage mitkriegen.»

Curtis zerrte Chengs dünnen Arm um die Straßenlaterne und ließ die andere Seite der Handschellen zuschnappen.

«Sie sind total übergeschnappt.»

«Und solange ich weg bin, können Sie ein bißchen über

Ihre Geschichte nachdenken. Gründlich darüber nachdenken. Oder sich eine andere ausdenken.» Curtis sah auf die Uhr. «In fünf Minuten bin ich zurück. Spätestens in zehn.» Er wies mit ausholender Geste auf den Wolkenkratzer, der über ihnen in den Himmel ragte und die umgebenden Gebäude verschwinden zu lassen schien. «Wenn jemand fragt, was Sie da machen, können Sie ja einfach sagen, daß Sie dastehen und das Bauwerk bewundern.»

«Scheißgeschichte.»

«Also in dem Punkt stimme ich Ihnen zu, mein lieber Cheng.»

«Das Band läuft, Frank.»

Cheng Peng Fei blickte sich im Videoraum des New Parker Center um.

«Was für ein Band?»

«Wir nehmen die Befragung auf Video auf», sagte Curtis. «Für die Nachwelt. Außerdem dient das Ihrem Schutz. Welches ist Ihre Schokoladenseite?»

Coleman setzte sich Cheng Peng Fei gegenüber neben Curtis an den Tisch, auf dem nur ein Gegenstand lag: ein Wagenheber in einer Plastiktüte. Cheng schien ihn nicht zu sehen.

«Damit Ihr Anwalt nicht behaupten kann, wir hätten den Wagenheber genommen und ein Geständnis aus Ihnen herausgeprügelt», sagte Coleman.

«Was sollte ich gestehen? Ich habe nichts getan.»

«Bitte nennen Sie Ihren Namen und Ihr Alter.»

«Cheng Peng Fei. Ich bin zweiundzwanzig.»

«Verlangen Sie, daß ein Anwalt zugezogen wird?»

«Nein. Wie schon gesagt, ich habe nichts getan.»

«Das ist doch Ihr Wagenheber, oder etwa nicht?» sagte Coleman.

Cheng zuckte die Achseln. «Könnten Sie Ihren Wagenheber identifizieren?»

«Aber Ihrer ist nicht in Ihrem Kofferraum», sagte Coleman. «Ich habe das überprüft. Mit diesem Wagenheber wurde die Windschutzscheibe eines Autos eingeschlagen, das Mitchell Bryan gehört, einem Architekten, der am Bau des Yu-Gebäudes arbeitet. Auf dem Wagenheber sind Ihre Fingerabdrücke.»

«Nun, wenn es mein Wagenheber ist, werden wohl meine Fingerabdrücke drauf sein. Ich hab eine Panne gehabt und das Rad gewechselt. Dann bin ich weitergefahren und habe den Wagenheber liegenlassen.»

«Der Zwischenfall mit dem Wagenheber hat sich auf dem Parkplatz des Mon-Kee-Restaurants auf der North Spring Street ereignet», sagte Coleman. «Das ist nur ein paar Blocks vom Yu-Gebäude entfernt.»

«Wenn Sie meinen.»

«Als wir Ihre Wohnung durchsuchten, haben wir einen Kreditkartenbeleg für ein Abendessen gefunden, das Sie genau an dem Tag dort eingenommen haben, an dem Bryans Windschutzscheibe eingeschlagen wurde.»

Cheng Peng Fei schwieg einen Augenblick.

«Also gut. Ich habe eine Windschutzscheibe eingeschlagen. Aber das war es dann auch. Ich weiß, was Sie hier versuchen. Aber selbst wenn Ihre Prämisse richtig ist und ich die Windschutzscheibe eines Mannes eingeschlagen habe, der am Yu-Gebäude arbeitet, sichert das Ihre Schlußfolgerung, daß ich einen anderen Mann, der dort arbeitete, ermordet habe, in keiner Weise. Auch mit zehntausend derartigen Prämissen könnten Sie Ihre Schlußfolgerung nicht beweisen.»

«Sie studieren nicht zufällig Jura?» fragte Curtis.

«Nein. Betriebswirtschaft.»

«Also, Sie haben natürlich recht», gab Curtis zu. «Der Wagenheber allein beweist nichts. Natürlich könnten wir damit leichter ein Tatmotiv nachweisen: Ihre fanatische Gegnerschaft gegen die Yu Corporation, ihre Angestellten und alle, die in ihrem Auftrag arbeiten.»

«Unsinn.»

«Wo waren Sie gestern abend, Cheng?»

«Ich war zu Hause und habe gelesen.»

«Was haben Sie gelesen?»

«*Organizational Culture and Leadership* von Edgar H. Schein.»

«Ernsthaft?»

«Gibt es Zeugen dafür?»

«Ich habe gearbeitet, keine Party gefeiert. Ich habe ein Buch gelesen.»

«Wenn Sie eine Party feiern», fragte Coleman, «was trinken Sie dann?»

«Was ist das für eine Frage?»

«Bier?»

«Ja, manchmal Bier. Chinesisches Bier. Ich mag kein amerikanisches Bier.»

«Scotch?»

«Sicher. Wer nicht?»

«Ich nicht. Ich kann das Zeug nicht ausstehen», gab Coleman zu.

«Und was beweist das? Ich trinke Scotch. Sie trinken keinen Scotch. Er trinkt Scotch. Das klingt wie beim Grammatikunterricht. Wollen wir das Ganze jetzt im Imperfekt wiederholen?»

«Trinken Sie viel Scotch?»

«Haben Sie sich je eine Flasche Scotch mit einem Freund geteilt?»

«Nein, das ist nicht mein Trinkstil.»

«Was ist mit Sam Gleig. Haben Sie sich mit dem je eine Flasche geteilt?»

«Langsam klingt das, als seien es Sie beide, die sich eine Flasche Scotch geteilt haben. Ich habe nie etwas mit ihm geteilt. Ich habe ihn auch niemals gefragt, wieviel Uhr es ist.» Cheng seufzte und lehnte sich über den Tisch. «Hören Sie. Ich gebe zu, daß ich die Windschutzscheibe eingeschlagen habe. Es tut mir leid. Es war dumm von mir. Ich hatte ein bißchen zuviel getrunken. Ich werde den Schaden regulieren. Aber bitte glauben Sie mir, ich habe den Typ noch nie gesehen. Es tut mir leid, daß er tot ist, aber damit habe ich nichts zu tun.»

Curtis hatte eine Farbkopie des Computerbildes auseinandergefaltet und auf dem Tisch neben dem Wagenheber ausgebreitet. Cheng starrte verblüfft auf die Aufnahme.

«Ich zeige dem Verdächtigen eine Fotografie seiner selbst und des Toten, die in der Eingangshalle des Gebäudes der Yu Corporation aufgenommen wurde.»

«Was in Teufels Namen ist das?»

«Streiten Sie ab, daß Sie das sind?»

«Abstreiten? Natürlich streite ich es ab. Das muß eine Fälschung sein. Eine Fotomontage oder so etwas. Wollen Sie mich reinlegen?»

«Ich versuche nicht, Sie reinzulegen», antwortete Curtis. «Ich will nur die Wahrheit wissen. Also, warum gestehen Sie nicht, Cheng?»

«Ich gestehe gar nichts. Das ist eine Lüge.»

«Sie sind mit einer Whiskyflasche für Sam Gleig in den Grill gegangen. Ich nehme an, Sie kannten ihn von früher. Sie machten irgendwelche Geschäfte mit ihm. Um was ging es? Rauschgift? Ein bißchen Heroin aus der alten Heimat?»

«Quatsch.»

«Vielleicht sollte er Ihnen ja auch einen Gefallen tun. Kurz einmal wegschauen, solange Sie den nächsten Wagenheber einsetzten und irgend etwas kleinschlugen. Natürlich haben Sie ihn dafür bezahlt. Vielleicht wollten Sie Sam eins über den Kopf hauen, damit die ganze Geschichte echt aussah. Und dann haben Sie zu kräftig zugeschlagen. Dann sind Sie in Panik geraten und weggelaufen. War es so?»

Cheng schüttelte den Kopf. Er war den Tränen nahe. «Irgend jemand will mich reinlegen», sagte er.

«Wozu, Junge? Wer sollte einen kleinen gelben Studenten schon reinlegen wollen?»

«Das ist wohl offensichtlich. Die Yu Corporation, natürlich. Glauben Sie mir, die sind zu allem fähig. Wenn sie mich loswerden, sind sie vielleicht die ganze Protestbewegung los. Die schadet ihrem Ansehen.»

«Und ein Mordfall im eigenen Bürogebäude ist gut für das Ansehen der Firma?» fragte Curtis ironisch. «Außerdem sind Sie und Ihre Freunde doch ein alter Hut. Da müssen Sie sich schon etwas Besseres einfallen lassen, Herr Student.»

«Kommen Sie schon, Cheng», mischte sich Nathan Coleman ein. «Gestehen Sie! Sie haben ihm den Schädel eingeschlagen. Wir glauben ja gar nicht, daß Sie es absichtlich getan haben. Sie sind nicht der Typ dafür. Es war ein Unfall. Wir werden ein gutes Wort beim Staatsanwalt für Sie einlegen, damit er nur wegen Totschlags Anklage erhebt. Ihr Papa zahlt dann einen teuren Rechtsanwalt, der dem Gericht erzählt, Sie hätten sich beim Studieren überarbeitet, und dann kriegen Sie mit ein bißchen Glück höchstens zwei bis fünf Jahre. Vielleicht können Sie sich in ein Privatgefängnis verlegen lassen und Ihr Studium abschließen, bevor man Sie in die Heimat abschiebt.»

Cheng Peng Fei starrte auf das Foto und schüttelte den Kopf. «Das kann doch alles gar nicht wahr sein», sagte er und dann: «Vielleicht sollte ich doch besser einen Anwalt hinzuziehen.»

Die beiden Kriminalbeamten unterbrachen die Befragung und traten hinaus auf den Korridor vor dem Videoraum.

«Was meinst du, Frank? Haben wir den Täter?»

«Ich weiß nicht, Nat. Als er das Bild gesehen hat, dachte ich, gleich kippt er um.» Curtis reckte sich müde und sah auf die Uhr. «Wahrscheinlich sollte das Labor einen Blick darauf werfen.»

«Meinst du, es könnte eine Fälschung sein?»

«Der kleine Arsch versucht uns reinzulegen. Da bin ich sicher. Aber es kann nichts schaden, wenn wir das überprüfen lassen, bevor es an den Staatsanwalt weitergeht. Außerdem muß ich noch die Resultate einer vorläufigen Autopsie abholen.»

«Soll ich weitermachen?»

Curtis nickte.

«Gib ihm einen Kaffee und versuche, ihn zu beruhigen. Und dann schlag aus dem Hinterhalt zu.» Curtis schlug Coleman spielerisch mit der Linken auf die Schulter.

«Und was ist mit dem Anwalt?»

«Du hast doch gehört, wie er auf sein Recht, einen Anwalt zuzuziehen, verzichtet hat. Das ist kein Provinztrottel, Nat. Das ist ein Studierter. Niemand wird behaupten können, er hätte seine Rechte nicht gekannt.»

Das Gerichtsmedizinische Institut lag im Keller des New Parker Center. Curtis traf Charlie Seidler und Janet Bragg beim Kaffeeholen am Automaten in der Cafeteria.

«Für dich auch einen, Frank?» fragte Bragg.

«Danke, gern. Sahne und zwei Stück Zucker, bitte.»

«Ganz schön süß», bemerkte Seidler, als Bragg auf die Knöpfe des Kaffeeautomaten drückte. «In deinem Alter sollte man besser aufpassen, was man ißt und trinkt.»

«Vielen Dank, Charlie. Selber Mann in deinem Alter! Außerdem brauche ich den Kick.»

Sie gingen ins Labor.

«Also Frank, die Spurensicherung hat die Wohnung deines Tatverdächtigen gründlich durchsucht», sagte Seidler, «und nichts gefunden. Nicht das geringste. Nicht einmal eine Flasche Scotch.»

Curtis seufzte müde und blickte dann zu Dr. Bragg hinüber. Sie übergab ihm einen Aktendeckel mit drei Blatt Papier und einem Stapel Fotografien.

«Der Schlag, und es war ein kräftiger Schlag, stammt von einem sehr starken Mann», sagte sie, ohne ihre Aufzeichnungen zu Rate zu ziehen. «Durch den Aufprall ist eine tiefe Schädelfraktur und außerdem gleich noch ein Genickbruch entstanden. Sogar ein Zahn ist ihm dabei ausgeschlagen worden. Ich kann dir nicht viel über die Tatwaffe sagen, außer daß es keine Keule oder ein Baseballschläger oder sonst ein zylindrischer Gegenstand war. Eher etwas Flaches. Als hätte ihm jemand einen Gegenstand auf den Kopf geworfen. Oder ihm ein Stück Straßenpflaster auf den Schädel geschmissen.

Und dann ist da noch etwas. Ich habe mir den Paß deines Tatverdächtigen angesehen, und danach ist er bloß einen Meter zweiundsiebzig groß und wiegt um die fünfzig Kilo. Wenn Gleig nicht gerade auf den Knien vor ihm lag, kann er ihn einfach nicht auf den Kopf geschlagen haben. Es sei denn, dein Verdächtiger hätte auf einem Hocker gestanden wie Alan Ladd.»

Bragg sah Curtis' enttäuschten Gesichtsausdruck.

«Wenn er etwas damit zu tun hatte, muß es noch einen zweiten Täter gegeben haben. Jemand Größeren und Stärkeren. Jemand von etwa deiner Statur. Jemand, der Sahne und zwei Stück Zucker zum Kaffee nimmt.»

Curtis zeigte ihnen das Foto. «Und wieso zeigt mein Bild nur einen Tatverdächtigen?»

«Du bist hier der Detective, Frank», sagte Bragg.

«Mein Verdächtiger hält es für eine Fälschung, Charlie.»

«Stammt das von einem Computer?» fragte Seidler. Curtis nickte.

«Ich fürchte, das ist nicht mein Spezialgebiet.» Seidler zuckte die Achseln. «Aber ich kann es bei jemand anders versuchen.» Er griff zum Telefon und wählte eine Nummer. «Bill? Charlie hier. Hör mal, ich bin mit einem Kollegen von der Mordkommission im Labor. Kannst du einen Moment rüberkommen und uns einen Rat geben? Vielen Dank.»

Seidler hängte ein.

«Bill Durham. Unser Fotoexperte.»

Ein kleiner Mann mit einem schwarzen Bart eilte geschäftig durch die Tür. Seidler stellte ihn Curtis vor. Der zeigte ihm das Bild.

Durham zog ein Vergrößerungsglas aus der Tasche seines weißen Labormantels und untersuchte das Bild gründlich.

«Eine normale altmodische Fotografie kann man leicht überprüfen und ihre Echtheit beweisen», sagte er. «Es gibt belichtete Filme, Negative, Abzüge, lauter konkrete Gegenstände. Aber wenn etwas aus dem Computer stammt, ist das eine ganz andere Geschichte. Es geht um digitale Abbildungen.» Durham blickte auf. «Ich kann nicht sagen, ob das eine Fälschung ist oder nicht.»

«Ist es denn möglich?» fragte Curtis.

«Aber natürlich ist es möglich. Man nimmt zwei digitalisierte Ausgangsbilder und...»

«Langsam, langsam», unterbrach ihn Curtis.

«Die Bilder sind Zahlenreihen. Ein Computer kann alles als eine Serie von binären Ziffern speichern. Man nimmt ein Bild von dem Schwarzen und eins von dem Gelben. Klar? Man zieht die Silhouette des Chinesen aus dem Hintergrund heraus, vor dem er steht, und legt sie über das Bild, auf dem der andere Mann zu sehen ist. Dann zieht man beide Figuren aus ihrer Umgebung heraus, damit man den Hintergrund ausgleichen kann, ohne sie zu verändern. Wenn man geschickt ist, verändert man die Schatten, damit das Bild in sich schlüssig bleibt, und fügt ein paar Zufallspixels hinzu, um das Bild des Schwarzen ein bißchen unschärfer zu machen und das gleiche Korn zu kriegen wie auf dem anderen Bild. Das war es dann auch schon. Man kann das Resultat unbegrenzt auf einer Diskette, auf Computerband, worauf auch immer speichern und einen Ausdruck machen, wann immer man ihn braucht.»

Curtis verzog das Gesicht.

Durham lächelte. Er ahnte die Technophobie des Polizisten und fügte zu allem Überfluß noch hinzu: «In der Tat, Sergeant Curtis, nähern wir uns rapide einem Zeitalter, in dem es nicht mehr möglich sein wird, eine Fotografie als beweiskräftig zu betrachten.»

«Als ob das Leben nicht so schon schwer genug wäre», knurrte Curtis. «Mein Gott, das ist vielleicht eine beschissene Welt, die wir uns da bauen.»

Durham zuckte die Achseln und sah Seidler an.

«War das alles?»

«Frank?»

«Ja. Vielen Dank.»

Als Durham gegangen war, widmete sich Curtis wieder dem Autopsiebericht und blätterte die Fotos von Sam Gleigs Leiche durch.

«Als ob jemand ihm einen schweren Gegenstand auf den Kopf geworfen hätte, Janet?»

Doktor Bragg nickte.

«Was zum Beispiel?»

«Einen Kühlschrank. Einen Fernsehapparat. Ein Stück Bürgersteig. Wie gesagt, etwas Flaches.»

«Das ist eine große Hilfe.»

«Andererseits, Frank… Also ich weiß nicht. Nur so eine Idee. Aber hat schon jemand nachgesehen, ob der Fahrstuhl in Ordnung ist?»

Viertes Buch

Laßt uns gemeinsam das neue Bauwerk der Zukunft entwerfen, betrachten und schaffen, das alles in einer geschlossenen Schöpfung vereint: Architektur, Malerei und Skulptur aus den Händen einer Million von Handwerkern zum Himmel emporsteigend, das kristallene Symbol einer neuen Religion der Zukunft.

Walter Gropius

Als Architekt konnte man nur in einem Stadtteil von Los Angeles leben: in Pacific Palisades. Es ging weniger um die Einmaligkeit einer gehobenen Wohngegend als darum, daß hier die meisten berühmten Beispiele modernistischer Architektur in Los Angeles standen: zum größten Teil viereckige Stahlkonstruktionen in Mondrian-Farben mit viel Glas, die an japanische Teehäuser oder deutsche Arbeitersiedlungen erinnerten. Mitch hatte für keines davon viel übrig, aber als Architekt war ihm klar, warum sie wichtig waren. Diese Häuser hatten die Wohnkultur der ganzen Vereinigten Staaten beeinflußt. Er selbst fand sie in Büchern betrachtenswert, aber hätte er in einem davon leben sollen, hätte er es sich zweimal überlegt. Es war gewiß kein Zufall, daß Ennis House von Frank Lloyd Wright im Griffith Park so gut wie verfallen war. Das einzige Haus in der Gegend, in dem er sich vorstellen konnte zu leben, war Pierre Koenigs Haus in Hollywood Hills. Aber auch diese Wahl verdankte dem berauschenden Blick mehr als den architektonischen Vorzügen des Gebäudes. Im großen und ganzen bevorzugte er die pseudodörflichen Häuser, wie sie für Rustic Canyon typisch waren: Blockhütten, Pferdekoppeln und gepflegte Gärten.

Nicht daß es in Rustic Canyon keine Beispiele moderner Architektur gegeben hätte. Auf einem der obersten Hänge über dem Canyon stand das schönste Privathaus, das Ray Richardson nach Mitchs Meinung je gebaut hatte: sein eigenes.

Mitch ließ den Wagen den Krümmungen einer honigfarbenen Betonwand folgen, in deren Mitte eine Fußgängerbrücke über einen kleinen Bach zur Eingangstür hoch über dem fernen Ozean führte.

Ein Mann und eine Frau, die Mitch nach einigem Nachdenken als englische Popmusiker erkannte, kamen zu Pferde den Weg entlang und wünschten ihm einen guten Morgen. Auch das war ein Grund dafür, daß der Canyon Mitch sympathisch war. Hier oben war das Geld freundlicher, schien weniger von der Leidenschaft für den wehrhaften Nach-Holocaust-Stil der Architektur ergriffen, der den Rest von Los Angeles prägte. Keine Überwachungskamera, nicht ein Stück Stacheldraht war zu sehen. Hier oben verließ man sich auf die Höhe der Hügel, die Entfernung zur Innenstadt und unauffällige bewaffnete Patrouillen, wenn es um den Schutz gegen einen drohenden Angriff der Unterschichten von Los Angeles ging.

Mitch überquerte die Fußgängerbrücke. Er opferte seinen Sonntagmorgen ungern einer Arbeitsbesprechung, selbst wenn sie eine der seltenen und begehrten Einladungen zum Brunch in Richardsons Haus mit sich brachte. Ray hatte von einer entspannten erholsamen Unterhaltung gesprochen, aber darauf fiel Mitch nicht herein. Ray entspannte sich allenfalls, wenn er schlief. Und er schien wenig Schlaf zu brauchen.

Ray hatte auch Alison eingeladen. Aber Alisons Abneigung gegen Richardson war so stark, daß sie es nicht in einem Zimmer mit ihm aushielt. Immerhin, überlegte Mitch, würde er den Sonntagnachmittag nicht mit Erklärungen dafür verbringen müssen, wo er den Vormittag verbracht hatte.

Mitch klopfte an und schob die rahmenlose Glastür auf.

Ray Richardson kniete auf dem blauen Schieferboden seines Ateliers, inspizierte die Zeichnungen für ein neues Projekt, die aus dem großformatigen Laserdrucker fielen – es handelte sich um einen neuen Hubschrauberlandeplatz im Londoner Stadtzentrum –, und diktierte seiner grünäugigen Sekretärin Shannon kritische Notizen.

«Hallo, Mitch», rief er fröhlich. «Geh doch schon rauf ins Wohnzimmer. Ich komme gleich nach. Ich muß nur rasch die E-mail-Zeichnungen aus dem Londoner Büro überprüfen. Es geht um ein Treffen, das morgen stattfindet. Wie wär's mit einem Drink, Kumpel? Rosa besorgt ihn dir.»

Rosa war Richardsons Dienstmädchen aus San Salvador. Mitch traf sie auf dem Weg zum Wohnzimmer: eine kleine, hagere Frau in rosa Uniform. Er dachte an einen Orangensaft. Dann dachte er an den Nachmittag, der ihm zu Hause bevorstand.

«Rosa, könnte ich bitte eine Karaffe eiskalte Margaritas haben?»

«Jawohl. Kommt sofort.»

Im Wohnzimmer sah Mitch sich nach einer Sitzgelegenheit um. Sechs einfache weiße Stühle standen um einen Eßtisch. Außerdem waren da ein Liegestuhl aus Leder und Edelstahl und, rechts und links von einem quadratischen Glastisch, zwei Barcelonasessel, eine doppelte Hommage an den großen Mies van der Rohe. Mitch versuchte den Barcelonasessel, und sofort fiel ihm wieder ein, warum er seinen eigenen ausrangiert hatte.

Er nahm ein Exemplar von *LA Living* vom Glastisch und probierte den Liegestuhl aus. Es war die Nummer, von der er gehört, die er aber noch nicht gesehen hatte: die Ausgabe, in der Joan Richardson nackt wie eine *grande odalisque* auf einem selbstentworfenen Sofa lag. Die Betonung bei *grande odalisque*, Mitch konnte sich den Gedanken nicht verkneifen, lag auf *grande*. Sie hatte den Verlag verklagt, weil man es unterlassen hatte, die große Locke dunkles Schamhaar wegzuretuschieren, die unter dem fetten Hintern der Erdmutter deutlich sichtbar war.

Die Beine, die über schmalen zarten Füßen rapide auf die Hüften eines Ackergauls hin zunahmen, der schmale Ring der Taille und das erneut anschwellende Delta der üppigen Brüste wie die Schulterpartie eines Freistilringers verliehen Joan Richardson eine unübersehbare Ähnlichkeit mit der Bronzestatue von Fernando Botero vor dem Yu-Gebäude. Das *Los Angeles Magazine* hatte der fetten Bronzedame den Spitznamen ‹Venus vom Fleischhof› verliehen, aber im Büro nannte man sie nur J. R.

Rosa kam mit einer Karaffe Margaritas zurück, die sie zusammen mit einem langstieligen Glas auf den Tisch stellte. Mitch schlürfte seinen Drink langsam, aber es dauerte noch eine geschlagene Stunde, bis Richardson mit dem fertig war, was er tat, und bis dahin war auch die Karaffe leer. Mitch bemerkte, daß Richardson sich umgezogen hatte. Er trug jetzt Reithosen und Stiefel und sah aus wie ein äußerst tyrannischer Filmregisseur: D. W. Griffith, zum Beispiel, oder Erich von Stroheim. Allenfalls fehlte ihm noch ein Megaphon.

«Also Mitch, dann wollen wir essen», sagte er und rieb sich die Hände. «Rosa!» Er legte eine väterliche Hand auf Mitchs Schulter. «Also, wie geht's, wie steht's?»

Mitch lächelte verkniffen. «Gut», sagte er, obgleich er wütend war, daß Richardson ihn so lange hatte warten lassen. «Warst du reiten?»

«Ach, du meinst meinen Aufzug? Nein, ich spiele um zwölf Uhr Polo», sagte er.

Mitch sah auf die Uhr. «Es ist Viertel nach elf, Ray», sagte er vorwurfsvoll.

«Verdammt. Die Zeichnungen haben mich länger aufgehalten, als ich dachte. Aber wir haben immerhin noch eine halbe Stunde füreinander. Weißt du, wir reden kaum mehr miteinander. Wir sollten uns öfter sehen. Und jetzt, wo wir das Yu-Gebäude fast fertig haben, werden wir auch mehr Zeit haben. Das verspreche ich dir. Ich bin sicher, unsere größten Werke liegen noch vor uns.»

«Ich habe mir überlegt, daß ich mich wieder mehr mit Entwürfen beschäftigen will», sagte Mitch. «Vielleicht für die Fabrik, die die Yu Corporation in Austin bauen will.»

«Natürlich, Mitch, natürlich.» Richardson ließ sich in dem Barcelonasessel nieder. «Aber, weißt du, entwerfen kann jeder. Ein guter technischer Koordinator muß ein ganz besonderer Architekt sein: jemand, der architektonische Konzepte in praktische Anweisungen für die armen Hunde umsetzen kann, die sie nachher bauen müssen. Erinnerst du dich an das Dach, das dieser Idiot Grabel entworfen hat? Die schiere Scheiße. Du warst es, der das Ganze in Ordnung gebracht hat, Mitch. Für Grabel ist es das gleiche Dach geblieben. Er kann einfach nicht sehen, wie unpraktisch der ursprüngliche Entwurf war. Du warst es, Mitch, der ihn sich vorgenommen hat, der sich die verschiedenen Versionen überlegt hat, wie man ihn ausführen könnte, und der die beste Lösung gefunden hat, um das Dach in die Praxis umzusetzen. Die meisten Entwurfszeichner sind sterile Wichser. Ich weiß, wovon ich rede. Sie entwerfen etwas, weil sie finden, daß es hübsch aussieht. Aber du, du wirfst einen Blick auf das, was da hübsch aussieht, und sorgst dafür, daß es auch wirklich aussieht. Dein Job langweilt dich. Ich weiß, daß du dich seit einiger Zeit langweilst. So ist es immer, wenn ein Auftrag zu Ende geht, aber wenn du mit etwas Neuem anfängst, wird sich das alles ändern. Und vergiß nicht, daß du bei diesem Job einen beträchtlichen Anteil des Gewinns einstreichst, Mitch. Vergiß das nicht, Kumpel. Zum Ende des Haushaltsjahrs steht dir ein fetter Scheck ins Haus.»

Rosa kam mit einem Tablett. Mitch nahm Orangensaft und etwas Risotto und fing an zu essen. Er fragte sich, ob die kleine Ansprache, die er soeben hatte über sich ergehen lassen, der eigentliche Grund gewesen war, ihn einzuladen. Auf alle Fälle konnte Richardson es sich schlecht leisten, so kurz nach Allen Grabel auf noch einen leitenden Angestellten zu verzichten. Und in einem Punkt hatte Ray natürlich recht: Gute Koordinatoren wie Mitch waren nicht leicht zu finden.

«Wann ist die Übergabeinspektion?» fragte Richardson und schenkte sich ein Glas Orangensaft ein.

«Dienstag in einer Woche.»

«Hm. So hatte ich es mir gedacht.» Richardson hob sein Glas. «Prost», sagte er.

Mitch stürzte seinen Saft herunter.

«Sag mal, Mitch», fragte Richardson, «triffst du dich eigentlich noch mit Jenny Bao?»

«Das läßt sich wohl kaum vermeiden. Schließlich ist sie die *Fengshui*-Beraterin für diesen Auftrag.»

Richardson setzte ein unerfreuliches Grinsen auf. «Komm

schon, Mitch, du weißt, wovon ich rede. Du fickst sie. Und warum solltest du auch nicht? Alles Gute und viel Glück. Ein schönes Mädchen. Ich würde sie selbst gern ficken. Ich wollte schon immer mal eine Chinesin haben, aber ich bin nie dazu gekommen. Plant ihr etwas Langfristiges?»

Einen Moment sagte Mitch gar nichts. Aber leugnen hätte wenig gebracht. Also sagte er: «Ich hoffe es.»

«Gut, gut.» Richardson schüttelte den Kopf. «Weiß Alison Bescheid?»

«Warum interessiert dich das plötzlich?»

«Na hör mal, wir sind doch Freunde, oder etwa nicht? Kann ich einem Freund keine freundliche Frage stellen?»

«Ist es eine freundliche Frage? Übrigens, woher weißt du es?»

«Ich habe es gewußt, seit du sie in die Marmorfabrik nach Vicenza mitgenommen hast.» Er zuckte die Achseln. «Ein deutscher Kunde hat im selben Hotel gewohnt wie ihr.»

Mitch hob die Hände. «Okay, okay.» Er schob einen Bissen Risotto in den Mund. Jetzt, wo sein Geheimnis offenlag, war ihm der Appetit vergangen. «Du ißt ja nichts», stellte er fest.

Richardson sah wieder auf die Uhr. «Ich will mir meine Kondition für das Spiel nicht verderben», sagte er. «Außerdem habe ich keinen Hunger. Du suchst dir schon die Richtigen aus, Mitch! Das muß man dir lassen. Hätte ich nie von dir gedacht.»

Plötzlich mochte Mitch sich selbst genausowenig wie Ray Richardson. «Ich auch nicht», sagte er verlegen.

«Hör mal, Mitch, ich möchte, daß du Jenny um einen kleinen Gefallen bittest.»

«Also einen großen. Worum geht es?»

«Ich möchte, daß du Jenny dazu bringst, das *Fengshui*-Zertifikat für das Gebäude zu unterschreiben, bevor wir die Änderungen vornehmen.»

«Warum?»

«Das will ich dir erklären. Mr. Yu will die Übernahmeinspektion selbst machen. Deshalb. Er wird sich viel wohler fühlen, wenn er durch das Gebäude spaziert und weiß, daß deine kleine Freundin ihr Okay gegeben hat. Klar? Er wird dann weniger herummäkeln. Wenn wir die Zeit hätten, all die blöden Änderungen, die sie haben will, auszuführen, bevor er die Baustelle betritt, würden wir es tun. Aber die Zeit haben wir nicht. So einfach ist das. Sieh mal, Mitch, es geht nur um einen Tag. Danach kann sie das Zertifikat zerreißen und von mir aus neue Einwände machen. Aber sobald YK uns zunickt, können wir ihm eine Rechnung schicken. Die letzten Monate waren teuer. Denk nur daran, was uns das neue Büro in Deutschland gekostet hat.»

«Ich verstehe. Aber ich weiß nicht, ob sie es tun wird. Jemand wie du wird das wohl kaum verstehen. Aber sie hat Prinzipien.»

«Versprich ihr eine Woche in Venedig. Für euch beide. Welches Hotel du willst. Wenn's sein muß, das Cipriani. Ich bezahle.»

«Ich werde mein Möglichstes tun», sagte Mitch müde. «Aber das wird ihr nicht gefallen. Ray, sie ist nicht irgendeine Wahrsagerin auf der Kirmes. Es geht nicht um die Silbermünze in ihrer Hand. Jenny glaubt an das, was sie tut. Und vergiß nicht, daß es in dem Gebäude schon zwei Tote gegeben hat. Jenny hat das sicher nicht vergessen.»

«Aber du versuchst, sie zu überreden?»

«Ja. Okay, ich werde es versuchen. Aber es wird nicht leicht sein. Und du mußt mir dein Wort geben, Ray. Wenn sie das Zertifikat unterschreibt, bescheißt du sie nicht. Wir werden die Änderungen wirklich vornehmen.»

Richardson zuckte die Achseln. «Sicher. Kein Problem. Und was Beschiß angeht, du bist es, der seine Frau bescheißt.»

«Hoffentlich ist es nur das *Fengshui*, mit dem etwas nicht stimmt», sagte Mitch.

«Was zum Teufel soll das jetzt wieder heißen? Beruhige dich, Mann. Ich weiß, daß alles klappen wird. Ich habe ein gutes Gefühl bei dem Auftrag. Glück heißt nichts als hart arbeiten und bereit sein. Meine Vor-Übergabeinspektion ist am Freitag, richtig? Und die ganze Projektgruppe nimmt teil. Das Gebäude in Aktion, sozusagen. Eine Arbeitsdemonstration. Wir wollen auf ein paar Knöpfe drücken.»

Mitch beschloß, selbst auf einen Knopf zu drücken. «Der Polizist will die Fahrstühle überprüfen lassen», sagte er unvermittelt. «Er meint, möglicherweise hätten sie etwas mit Sam Gleigs Unfall zu tun.»

Richardson runzelte die Stirn. «Wer um Gottes willen ist Sam Gleig?»

«Komm schon! Der Wachmann. Der, der umgebracht worden ist.»

«Ich dachte, deswegen hätten sie schon jemand verhaftet. Einen von diesen blöden Demonstranten.»

«Haben sie. Aber sie haben ihn wieder laufenlassen.»

«Den Fahrstühlen fehlt nichts. Das sind die modernsten Fahrstühle in ganz Kalifornien.»

«Das habe ich dem Bullen auch gesagt. Sie funktionieren prima. Aidan Kenny und ich haben es selbst überprüft. Aber er verlangt immer noch, daß die Leute von Otis kommen und sie sich ansehen.»

«Und wo ist der Typ? Der, den sie eingesperrt haben?»

«Ich nehme an, auf freiem Fuß.»

«Frei und mit der Erlaubnis, vor meinem Gebäude herumzustehen und Flugblätter zu verteilen?»

«Wahrscheinlich ja.»

«Blöde Arschlöcher.» Richardson griff zum Telefon und rief seine Sekretärin an. «Shannon. Bitte verbinde mich mit Morgan Phillips.» Er schnitt eine Grimasse und schüttelte den Kopf. «Zu Hause? Ja, natürlich. Wo soll er denn sonst sein? Es ist Sonntag.» Er legte den Hörer auf und nickte. «Das habe ich in fünf Minuten erledigt.»

«Du rufst den Zweiten Bürgermeister an? An einem Sonntag? Was hast du vor, Ray?»

«Keine Angst. Ich werde mich ganz diplomatisch verhalten.»

Mitch zog eine Augenbraue in die Höhe.

«Laß gut sein. Ich bin mit Morgan befreundet. Wir spielen zusammen Tennis. Und eins sage ich dir, er ist mir was schuldig... Ich werde dafür sorgen, daß diese Arschlöcher von der Piazza verschwinden. Daß sie uns nie wieder stören. Ich hatte es sowieso vor. Wir können sie da draußen nicht brauchen, wenn YK zur Inspektion kommt.»

«Lohnt sich das?» Mitch zuckte die Achseln. «Es sind doch bloß ein paar Jugendliche.»

«Lohnt sich das? Mitch, um Gottes willen, einer von ihnen hat deine Windschutzscheibe zertrümmert. Du könntest tot sein.»

«Ich saß gar nicht im Auto, Ray.»

«Darum geht es nicht. Außerdem ist einer von ihnen der Hauptverdächtige in einem Mordfall. Wenn sie sich davon überzeugt haben, daß die blöden Fahrstühle in Ordnung sind, werden die Bullen ihn sowieso wieder einsperren müssen. Darauf kannst du wetten.»

«Alison? Allen hier.»

Alison Bryan seufzte ungeduldig. «Was für ein Allen?»

«Allen Grabel.»

Sie biß in den Apfel, den sie in der Hand hielt, und sagte: «Und?»

«Ich arbeite mit Mitch zusammen. Bei Richardson.»

«Oh.» Alisons Ton wurde merklich kühler. «Wie schön für Sie. Was wollen Sie?»

«Ist Mitch da?»

«Nein», sagte sie ohne weitere Erklärung.

«Wissen Sie, wo er ist?»

«Natürlich weiß ich, wo er ist. Glauben Sie, ich weiß nicht, wo mein eigener Mann ist? Für was für eine Frau halten Sie mich?»

«Nein, darum geht es nicht... Hören Sie, Alison, ich muß ihn sprechen. Es ist dringend.»

«Natürlich ist es das. Bei euch ist doch immer alles dringend. Er ist bei Richardson zu Hause. Anscheinend haben sie irgendeine Geschäftsbesprechung. Als ob sie einander die Woche über nicht oft genug sehen würden. Ich nehme an, Sie können ihn da anrufen. Wer weiß? Vielleicht liegen die beiden miteinander im Bett.»

«Nein. Da möchte ich ihn lieber nicht anrufen. Könnten Sie ihn vielleicht bitten, mich anzurufen, sobald er nach Hause kommt?»

«Hat es was mit diesem blöden Grillgebäude zu tun?»

Sie nannte das intelligente Gebäude immer blöd, weil das Mitch ärgerte.

«Mehr oder weniger schon.»

«Es ist Sonntag, falls Sie es vergessen haben sollten, der Tag der Ruhe. Können Sie nicht bis morgen warten?»

«Ich fürchte, nein. Und ich möchte ihn lieber nicht im Büro anrufen. Es wäre besser, wenn er mich anrufen könnte. Sagen Sie ihm... sagen Sie ihm...»

«Was soll ich ihm sagen? Daß Sie ihn lieben?» Sie lachte über ihren eigenen Witz. «Daß Sie das nächste Flugzeug nehmen? Also, was?»

Grabel seufzte tief. «Hören Sie, würden Sie bitte dafür sorgen, daß er meine Nachricht bekommt. Okay?»

«Na sicher.»

Aber Grabel hatte schon eingehängt.

«Blödmann», sagte Alison und biß in ihren Apfel. Sie griff nach einem Bleistift und ließ ihn einen Augenblick über dem Notizblock schweben. Dann überlegte sie es sich anders. Schlimm genug, daß Mitch am Sonntag arbeitete. Mit seinen Arbeitskollegen konnte er jeden Tag im Büro sprechen. Sie warf den Bleistift beiseite.

Mitch brauchte ein paar Tage, bis er sich mit seinem delikaten Auftrag an Jenny Bao wenden konnte. Es würde nicht leicht sein, sie von Richardsons Vorschlag zu überzeugen. Er wußte, daß sie ihn liebte, aber sie war ihm nicht hörig. Er machte sich früh auf den Weg, kaufte in der Tankstelle am Freeway ein paar Blumen und war kurz vor Viertel nach acht vor ihrem grauen Bungalow. Zehn Minuten blieb er im Auto sitzen und versuchte das, was er vorhatte, vor sich selbst zu rechtfertigen. Schließlich handelte es sich nur um eine vorläufige Bescheinigung. Nur für ein paar Tage. Wirklich ganz harmlos.

Es war ein schöner Morgen. Jennys Haus sah schmuck und gepflegt aus. Zwei Orangenbäumchen in Keramiktöpfen flankierten die Treppe vor der Mahagonitür. Mitch fragte sich, was eine unabhängige *Fengshui*-Beraterin wohl über seine Chancen an diesem Vormittag gesagt hätte.

Er stieg aus dem Wagen, klingelte an der Tür und traf auf eine Jenny, die bereits angezogen war. Sie trug ein T-Shirt und Hosen. Sie freute sich, ihn zu sehen, aber er merkte, daß die Blumen sie mißtrauisch stimmten. Sonst brachte er ihr nie Blumen.

«Möchtest du eine Tasse Tee?» fragte sie. «Oder sonst etwas?»

Üblicherweise hätte die Frage nach «sonst etwas» dazu geführt, daß sie miteinander ins Bett gegangen wären. Aber Mitch hatte das Gefühl, daß das der Gelegenheit nicht angemessen gewesen wäre. Also nahm er das Teeangebot an und sah zu, wie sie den Tee auf ihre eigene chinesische Weise zubereitete. Sobald er die kleine Porzellanschale in der Hand hielt, kam er zur Sache, entschuldigte sich für die Zumutung, gestand ein, daß er sie in eine schwierige Situation brachte, und betonte die Tatsache, daß die Lüge nur für zwei oder höchstens drei Tage im Raum stehen würde.

Jenny ließ ihn zu Ende reden, hob die Teeschale fast zeremoniell mit beiden Händen an den Mund und nickte, als er fertig war, wortlos.

«Heißt das ja?» fragte Mitch erstaunt.

«Nein», seufzte sie. «Das heißt, daß ich dir zuliebe bereit bin, darüber nachzudenken.»

Immerhin etwas, dachte er. Eigentlich hatte er ein entrüstetes Nein erwartet. Es dauerte zwei oder drei Minuten, bis sie wieder etwas sagte:

«*Kanyu*, oder wie du sagen würdest *Fengshui*, ist eine religiöse Angelegenheit, ein Teil des Dao. Der Grundbegriff des Daoismus ist das Absolute. Die Fülle des Dao besitzen heißt, in vollkommener Übereinstimmung mit der eigenen Natur zu sein. Das, was du von mir willst, würde diese Übereinstimmung zerstören.»

«Ich verstehe», sagte er. «Ich verlange viel von dir.»

«Ist die Übergabeinspektion wirklich so wichtig?»

«Sehr», sagte er.

Sie schwieg noch eine Minute. Dann umarmte sie ihn.

«Zunächst einmal neige ich aus all den erwähnten Gründen dazu, nein zu sagen. Aber weil du es bist und weil ich dich liebe, will ich dir keine Schwierigkeiten machen. Gib mir vierundzwanzig Stunden, dann bekommst du meine Antwort.»

«Danke», sagte er. «Ich weiß, wie schwer dir das fallen muß.»

Jenny lächelte und küßte ihn auf die Wange.

«Nein, Mitch, ich glaube nicht, daß du das weißt. Hättest du es gewußt, hättest du mich nicht darum gebeten.»

«Aber Sie werden doch jetzt nicht aufgeben», sagte der Japaner. «Schließlich...»

«Und wie ich aufgebe», sagte Cheng Peng Fei.

«Warum? Sie waren doch gerade erst in Fahrt gekommen.»

«Irgend jemand versucht, mir den Mord an dem Wachmann im Yu-Gebäude anzuhängen.»

Sie hatten sich wieder im Mon-Kee-Restaurant auf der North Spring Street getroffen. Der Japaner nahm wieder eine reichliche Mahlzeit zu sich, und Cheng Peng Fei saß wieder vor einem einsamen Bier.

«Ihnen etwas anhängen?» Der Japaner lachte. «Das klingt nach Jimmy Cagney.»

«Glauben Sie mir, ich habe Glück gehabt, daß ich auf

freiem Fuß bin. Ich dachte schon, der Staatsanwalt würde Anklage erheben. Und ich bin nicht sicher, daß sie ganz mit mir fertig sind. Ich mußte meinen Paß abgeben.»

«Wer würde Ihnen einen Mord anhängen wollen, Cheng?»

«Keine Ahnung», Cheng zuckte die Achseln. «Vielleicht irgend jemand von den Yu-Leuten. Vielleicht Sie. Ja, vielleicht waren es überhaupt Sie.»

«Ich?» Den Japaner schien die Vorstellung zu amüsieren. «Warum ich?»

«Vielleicht haben Sie den Wachmann umgebracht.»

«Ich kann nur hoffen, daß Sie diese Theorie nicht der Polizei vorgetragen haben.»

«Ich habe Sie nicht erwähnt. Wie denn auch? Ich weiß nicht einmal Ihren Namen. In der Beziehung sind Sie immer vorsichtig gewesen.»

«Vielleicht tragen Sie ja eine Wanze am Körper.»

«Vielleicht.» Aber noch während er sprach, knöpfte er sein Hemd auf, um zu zeigen, daß nichts an seinem Brustkorb klebte. «Jedenfalls», fuhr er fort, «ist die Demo beendet. Irgend jemand in der Stadtverwaltung hat das Ausländeramt angerufen und uns alle überprüfen lassen. Ein paar hatten gegen die Einreisebestimmungen verstoßen. Sie sollten Englisch lernen, nicht in einem Restaurant arbeiten und Geld verdienen.»

Der Japaner schüttelte betrübt den Kopf.

«Sehr bedauerlich», sagte er. «Das heißt wohl, daß ich mich jetzt selbst darum kümmern muß. Irgend etwas anstellen, oder so.»

«Was zum Beispiel?»

«Ach, das weiß ich noch nicht. Vielleicht ein bißchen Sabotage. Sie ahnen nicht, wozu ich fähig bin.»

«Da irren Sie sich. Ich glaube, Sie sind so ziemlich zu allem fähig.»

Der Japaner stand auf.

«Wissen Sie was, Cheng. Ich an Ihrer Stelle würde mich um ein hieb- und stichfestes Alibi bemühen.»

«Für wann?»

Der Japaner warf ein paar Geldscheine auf den Tisch. «Für so lange wie nötig.»

Allen Grabel rief in Richardsons Büro an und verlangte Mitch.

Die Telefonistin hieß Dominique. «Wer will ihn sprechen, bitte?»

Grabel hatte das Gefühl, daß Dominique ihn nicht besonders mochte, also nannte er nur seinen Vornamen. Wahrscheinlich kannte Mitch zwei oder drei Leute, die Allen hießen. Er wartete ein paar Minuten. Dann sagte Dominique: «Tut mir leid. Da antwortet niemand. Kann ich etwas ausrichten?»

«Bitten Sie ihn, mich zurückzurufen.» Grabel gab ihr seine Telefonnummer. Die würde sie kaum wiedererkennen. «Er möchte mich bitte anrufen, sobald er wieder da ist.»

Grabel hängte ein und sah auf die Uhr. Es waren noch fünfzehn Minuten, bis er sich wieder einen Drink genehmigen durfte.

Warum hatte Mitch nicht zurückgerufen? Es gab nur eine Erklärung: Die Ziege, mit der er verheiratet war, hatte die Nachricht nicht ausgerichtet. Kein Wunder, daß Mitch eine Affäre mit der Frau hatte, mit der er ihn vor dem Grill gesehen hatte. Dann fiel ihm ein, daß er Mitch wahrscheinlich im Yu-Gebäude finden konnte. Seit jener Nacht war er verwirrt und konnte kaum mehr klar denken. Aber Mitch würde alles verstehen und wissen, was zu tun war.

Grabel griff zum Telefon und wählte die Nummer. Sobald es klingelte, hängte er wieder ein. Bei dem Telefonsystem, das in dem Gebäude verlegt war, konnte man nie wissen, wer mithörte. Er sah wieder auf die Uhr. Noch zehn Minuten. Aber er konnte nicht dahin zurück. Er hatte Angst. Angst vor dem, was ihm passieren konnte. Und wenn er sich alles nur eingebildet hatte? Was würde man dann mit ihm anstellen?

Der Gedanke war fast so furchteinflößend wie die einzig mögliche Alternative.

Kay Killen verbrachte den Tag vor Ray Richardsons Vor-Übergabeinspektion in ihrem Büro im einundzwanzigsten Stockwerk und überprüfte noch einmal die zweidimensionalen Baupläne und dreidimensionalen Modelle des Grills am Bildschirm. Für den Fall, daß Richardson vorhatte, irgendeinen Teil der Pläne im Detail zu analysieren oder die Entwicklung des Entwurfs zu demonstrieren, sah sie sich außerdem den optischen Baubericht auf der Foto-CD an. Sie hatte sogar dafür gesorgt, daß das Hauptmodell des Gebäudes und lebensgroße Modelle einiger Baukomponenten von Richardsons Atelier auf dem Sunset Boulevard ins Baubüro transportiert wurden. Wenn Ray Richardson mit etwas zu tun hatte, empfahl es sich immer, auf alle Möglichkeiten vorbereitet zu sein.

Es war spät, als sie ging. Mitch war noch dabei, mit Tony Levine, Helen Hussey und Aidan Kenny einen Inspektionsplan auszuarbeiten. Sie war froh, hier rauszukommen. Auch wenn sie es gewohnt war, spätabends in leerstehenden Bürogebäuden zu arbeiten, irgend etwas hatte der Grill an sich, das ihr nicht gefiel. Sie hatte immer ein Gespür für die Atmosphäre gehabt, die ein Ort ausstrahlte. Sie machte ihre keltischen Vorfahren verantwortlich dafür, und im Gegensatz zu den übrigen Mitgliedern der Projektgruppe war sie durchaus bereit, an *Fengshui* zu glauben. Kay sah nicht ein, was an dem Versuch falsch sein sollte, etwas zu bauen, das sich harmonisch in seine natürliche Umgebung einpaßte und den Reichtum der Natur zum Nutzen des Menschen einsetzte. Daß man dem Geist des Landes Respekt erweisen sollte, war für sie nichts weiter als die andere Formulierung eines Grundgesetzes der Ökologie. Persönlich war sie davon überzeugt, daß das Bauwerk eine bessere Ausstrahlung annehmen würde, wenn die Einwände der *Fengshui*-Beraterin erst einmal berücksichtigt worden waren.

Bis sie die dunkle Höhle der Tiefgarage erreicht hatte, schlug ihr Herz zu schnell, und sie fühlte sich ein wenig schwindlig. Öffentliche Plätze, und besonders öffentliche Plätze bei Nacht, machten sie nervös. Für jemanden, der in Los Angeles lebte, war das nicht unbedingt ungewöhnlich. Aber hier ging es um mehr als normalen städtischen Verfolgungswahn. Kay litt unter leichter Platzangst. Das Wissen darum, daß sie gelegentlich dies Gefühl hatte, machte es nicht leichter, damit umzugehen. Und die Tatsache, daß ihr Wagen, ein neuer Audi, nicht ansprang, war auch keine Hilfe.

Ein paar entscheidende Minuten lang verdrängte der Ärger die Nervosität. Kay fluchte und stieg aus dem Wagen, um vom Sicherheitsbüro im Stock darüber die Autohilfe anzurufen. Sie hatte das Gefühl, als werde sie beobachtet, und schlug auf dem Weg zurück durch die Tiefgarage ein paar Haken. Das Geräusch ihrer Absätze auf dem gleitsicheren Bodenbelag klang wie der Schlag eines Metronoms. Wer außer ihr konnte sich hier unten aufhalten? Seit Sam Gleigs Tod war Abraham für die Sicherheit während der Nachtschicht verantwortlich. Außer ihren Kollegen im einundzwanzigsten Stockwerk war niemand im Gebäude. Kay war erleichtert, als sie den hell beleuchteten Fahrstuhl erreichte und wieder in die Eingangshalle hochfuhr.

Als sich die Fahrstuhltür öffnete, war es draußen dunkel. Nur das Licht aus der Kabine hinter ihr und aus ein paar oberen Stockwerken erlaubte ihr, ihren Weg zu finden. Die Lichter wurden abends oft gedämpft. Da diejenigen Benutzer, die spätabends Überstunden machten, das Gebäude normalerweise durch die Tiefgarage verließen, sparte Abraham Energie. Aber seine Infrarotsensoren und Kameras hätten ihre Anwesenheit bemerken und das Licht wieder einschalten sollen.

Sie war noch dabei zu überlegen, was hier schiefgegangen war, als sich die Fahrstuhltür hinter ihr schloß und das restliche Licht fast völlig erlosch.

Kay wehrte sich gegen die Panik, die sie überkam. Sie brauchte nicht viel Licht, um sich im Grill zurechtzufinden.

Sie konnte sich mit nahezu fotografischer Genauigkeit an die Baupläne jedes einzelnen Stockwerks erinnern. Sie mußte sich nur vorstellen, sie säße vor einem Terminal, benutze das CAD-Programm und führe die Maus über den Bildschirm, um genau zu wissen, wo sie war. Kay hatte sich im Grill zurechtgefunden, bevor er gebaut war. Als sie schließlich auf die Baustelle kam und durch die fertige Gebäudehülle ging, war ihr alles seltsam vertraut vorgekommen.

Aber als sie sich auf den Weg zum Sicherheitsbüro machte, hörte sie eine Stimme, die ihr bekannt vorkam.

«Kann ich etwas für Sie tun?»

Sie fühlte, wie sich ihr die Haare sträubten.

«Ist etwas los?»

Sam Gleig stand wie im Leben an der Empfangstheke. Eine große Hand ruhte auf der Pistole, die von seiner Hüfte hing. Und obwohl es dunkel war, stellte Kay fest, daß sie ihn ganz genau sehen konnte, als stünde er in seinem eigenen künstlichen Lichtkegel.

«Weiß man schon, was Mr. Yojo passiert ist?»

«Was... was wollen Sie von mir, Sam?» Kay machte sich rückwärts auf den Weg zum Fahrstuhl. «Wer sind Sie?»

Sam lachte. Sie kannte sein volltönendes, ruhiges Lachen.

«Ich will nicht stören», sagte er. «Wer macht heute Überstunden?»

«Sie sind tot, Sam», flüsterte Kay.

«Dachte ich mir», sagte Sam. «Armer Typ. Eine Mordsverschwendung. Wie alt war er?»

Kay konnte die Fahrstuhltür in ihrem Rücken spüren. Sie berührte sie mit der Hand. Aber die Kabine kam nicht.

«Bitte», sagte sie, «bitte, gehen Sie weg!»

Sam lachte wieder und blickte auf seine gut geputzten Schuhe.

«Bei einem Job wie dem hier braucht man etwas gegen die Langeweile. Verstehen Sie, was ich meine?»

«Nein, ich verstehe nichts.»

«Aber sicher doch.»

«Sind Sie … sind Sie ein Geist?»

«Ich hatte keine Ahnung, daß es so etwas gibt. Verdammt. Armer Typ. Wissen Sie was? Ich glaube, ich habe noch nie so einen sicheren Arbeitsplatz gehabt wie hier.»

Sam lachte wieder, und Kay Killen begann hysterisch zu kreischen.

Im Besprechungszimmer im einundzwanzigsten Stock blickte Mitch von seinem Computer auf und runzelte die Stirn.

«Habt ihr das gehört?» fragte er.

Seine drei Kollegen zuckten die Achseln oder schüttelten den Kopf.

Mitch stand auf und öffnete die Tür.

Diesmal hörten sie es alle.

«Kay», sagte Mitch.

Das Echo ihrer Schreie war noch in der Eingangshalle zu hören, als sie zum Fahrstuhl stürzten. Auf dem Weg zum Fahrstuhlschacht lehnte sich Mitch über die Brüstung und rief in die Dunkelheit: «Keine Angst, Kay, wir kommen.»

«Mein Gott, was ist jetzt schon wieder los?» sagte Kenny, als er Mitch in den Fahrstuhl folgte. Die Türen schlossen sich, und die Kabine machte sich auf den Weg nach unten. Mitch trommelte ungeduldig gegen die Fahrstuhlwand.

Als sie in der Halle ankamen, fiel Kay ohnmächtig in den Fahrstuhl. Ihr Kopf schlug hart am Boden auf.

Mitch und Helen beugten sich besorgt über sie. Kenny und Levine durchsuchten die Halle nach dem unbekannten Angreifer. Inzwischen brannten die Lichter wieder, und bald kam Kenny kopfschüttelnd zurück.

«Ich habe nichts entdeckt», sagte er. «Nicht das geringste. Geht es ihr gut?»

«Sie ist nur in Ohnmacht gefallen», sagte Helen.

«So harmlos klang das aber nicht», bemerkte Levine.

«Scheiße noch mal, ich war sicher, daß sie vergewaltigt oder ermordet wird.»

Mitch hob Kay an seine Brust, und Helen fächelte ihr Luft zu. Das Gesicht war totenblaß. Die Augenlider zuckten. Allmählich kam sie wieder zu sich.

«Was ist passiert, Schätzchen?» fragte Kenny.

Achselzuckend kam Levine von seinem Erkundungsgang zurück. «Die Eingangstür ist noch abgeschlossen», berichtete er, «und auf der Piazza ist kein Mensch.»

«Es ist alles in Ordnung», sagte Mitch ruhig, als Kay einen Moment lang von neuer Nervosität ergriffen wurde. «Jetzt kann dir nichts mehr passieren.» Dann half er ihr bei dem Versuch, sich vornüberzubeugen und den Kopf zwischen die Knie zu legen. «Immer mit der Ruhe. Du warst ohnmächtig, sonst nichts.»

«Sam», sagte sie ganz ruhig. «Es war Sam.»

«Hat sie Sam gesagt?» fragte Levine.

«Sam Gleig?» fragte Kenny.

Kay hob den Kopf und öffnete die Augen. «Ich habe ihn gesehen», sagte sie mit zitternder Stimme und brach in Tränen aus.

«Meinst du so etwas wie ein Gespenst?» fragte Kenny. «Hier? Im Grill?»

Kay putzte sich die Nase und stöhnte.

«Kannst du stehen?» fragte Mitch.

Sie nickte.

«Ich weiß, es klingt verrückt», sagte sie und ließ sich von Mitch auf die Beine helfen. «Aber was ich gesehen habe, habe ich gesehen.»

Sie merkte, wie Kenny und Levine einander ansahen.

«Hört mal, ich habe mir das nicht eingebildet», sagte sie. «Er war da. Er hat sogar mit mir gesprochen.»

Mitch reichte Kay die Handtasche, die ihr auf den Boden gefallen war.

«Ich bin nicht der Typ, der so etwas erfindet oder es sich einbildet.»

Mitch zuckte die Achseln. «Das behauptet auch niemand, Kay.»

Er sah sie an und fuhr fort: «Sieh mal, Schätzchen, wir glauben dir. Wenn du sagst, du hast Sam gesehen, dann hast du ihn gesehen.»

«Du siehst nicht aus, als wolltest du uns auf den Arm nehmen», sagte Levine.

«Er hat recht», sagte Helen. «Du bist so weiß wie ein Laken.»

«Was hat es gesagt?» fragte Kenny. «Wie hat es ausgesehen?»

Kay schüttelte irritiert den Kopf.

«Er, nicht es», sagte sie. «Ich sage euch doch, er sah genau wie Sam Gleig aus und sonst nichts. Hört doch einfach zu, was ich euch erzähle. Er sah genau so aus wie immer. Und gelacht hat er auch.» Sie öffnete ihre Puderdose und runzelte die Stirn. «Scheiße! Ich sehe aus wie ein mittlerer Weltuntergang. Er sagte… er sagte, er sei tot und es sei eine Verschwendung. Genau das. Ich schwöre es.»

«Komm mit nach oben», sagte Mitch. «Wir sollten dich ein bißchen in Ordnung bringen, bevor du heimgehst.»

Sie stiegen wieder in den Fahrstuhl und fuhren in den einundzwanzigsten Stock. Während Kay sich um ihr Make-up kümmerte, öffnete Levine die Minibar und schenkte vier Gläser Bourbon ein.

«Ich glaube an Gespenster», erklärte Aidan Kenny. «Meine Mutter hat einmal einen Geist gesehen. Und sie hat nie gelogen. Nicht einmal übertrieben.»

«Das hast du dann später für sie nachgeholt», bemerkte Levine.

«Ich lüge nicht», sagte Kay energisch. «Ich hab mich naßgemacht vor Schreck, und ich gebe es zu.» Sie beendete die Arbeit mit dem Eyeliner und leerte ihr Glas, bevor sie sich ihrem Lippenstift zuwandte.

«Was ist mit dem Fundament?» sagte Levine. «Die Mauern gehen zehn Meter tief in die Erde. Haben wir vielleicht, na, ihr wißt schon, über irgend etwas gebaut?»

«Du meinst einen alten Indianerfriedhof oder so was?» sagte Kenny. «Komm schon!»

«Auf dem Grundstück stand früher das Abel-Stearns-Gebäude», sagte Mitch. «Einer von diesen Glücksrittern aus dem Norden, aus San Francisco, der um die Jahrhundertwende hier Bauland gekauft hat. Als die Firma in den Sechzigern aufgekauft wurde, haben die neuen Eigentümer es abgerissen, und das Grundstück lag brach, bis ein Bauunternehmen es kaufte. Dann hat er Pleite gemacht, und die Yu Corporation hat das Grundstück gekauft.»

«Aber was war vor Abel Stearns?» insistierte Levine. «Das gehört doch hier wohl alles zum Pueblo de los Angeles. Mexikaner, meine ich, oder Azteken oder sonst irgendwelche Indianer. Warum also nicht?»

«Laß Joan bloß nicht hören, daß du ein Wort wie Indianer benutzt. Das heißt Uramerikaner. Da kennt sie kein Erbarmen.»

«Diese Azteken haben doch Menschenopfer gebracht? Sie haben ihren Opfern bei lebendigem Leib das Herz aus der Brust geschnitten.»

«Genau wie Ray Richardson», sagte Kenny. «Jedenfalls war Sam schwarz. Oder genauer gesagt: Afroamerikaner. Er war nun einmal kein Azteke. Ein Arschloch schon eher. Was ist das für ein Wachmann, der sich erst umbringen läßt und dann hilflose Frauen erschreckt?»

«Hört mal», sagte Kay. «Ich habe eine Bitte an euch alle. Versprecht mir, daß ihr nicht mit dem hausieren geht, was heute nacht passiert ist. Ich will nicht zur Witzfigur der Firma werden. Versprecht ihr mir das?»

«Natürlich», sagte Mitch.

«Selbstverständlich», sagte Helen lächelnd.

Kenny und Levine zuckten die Achseln und nickten dann zustimmend.

«Hoffentlich kriegen wir die Inspektion morgen über die

Bühne, ohne daß es noch mehr Katastrophen gibt», sagte Mitch.

«Amen», sagte Kenny von ganzem Herzen.

Mitch kehrte am nächsten Morgen um sieben Uhr dreißig in den Grill zurück. Im hellen Sonnenschein konnte er sich kaum vorstellen, daß irgend jemand hier einen Geist gesehen haben sollte. Vielleicht war es eine Art von Halluzination gewesen. Er hatte davon gelesen, daß LSD-Erfahrungen einen irgendwann einmal im Leben wieder einholen konnten, gleichgültig, wie weit das ursprüngliche Erlebnis zurücklag. Das oder etwas Ähnliches, dachte Mitch, war wohl die wahrscheinlichste Erklärung.

Er hatte Jenny Bao besuchen wollen, um ihre Antwort in Sachen *Fengshui*-Zertifikat einzuholen. Aber es stand ihm ein ganzer Tag mit Ray Richardson bevor, und er wußte, daß sein Chef vor acht Uhr eintreffen würde. Also rief er sie an, sobald er im Büro war.

«Ich bin's», erklärte er.

«Mitch?» sagte sie verschlafen. «Wo bist du?»

«Im Grill.»

«Wieviel Uhr ist es?»

«Halb acht. Tut mir leid. Hab ich dich geweckt?»

«Nein, ist schon gut. Ich wollte dich sowieso anrufen. Ich habe beschlossen, dir dein Zertifikat rechtzeitig vor Montag zu geben. Aber nur, weil du es bist. Und nur weil Montag nach dem *Tongshu* ein Glückstag ist.»

«Großartig, Jenny. Vielen Dank. Vielen, vielen Dank. Ich weiß es wirklich zu schätzen.»

«Gut, aber unter einer Bedingung.»

«Welcher?»

«Daß ich heute irgendwann vorbeikomme und ein paar Büroeinweihungsrituale vollziehe. Um sicherzugehen, daß alle bösen Geister das Gebäude verlassen und gutes *qi* einströmt.»

«Natürlich. Was für Rituale?»

«Das ist eine komplizierte Sache. Zunächst einmal müssen wir die Fische rausholen. Außerdem müssen wir kurz den Strom abschalten. Und über die Plakatwand draußen auf der Piazza muß ein rotes Banner gehängt werden. Ach ja, die Fenster müssen verdunkelt werden, aber das geht ja automatisch. Und noch etwas. Ich weiß nicht, wie sich das arrangieren läßt. Ich weiß, daß ihr ein hochsensibles Feuermeldesystem habt. Ich muß Holzkohle in einem Becken in der Tür anzünden und ihm so lange Luft zufächeln, bis die Holzkohle glüht.»

«Mein Gott», sagte Mitch. «Wozu ist die Holzkohle gut?»

«Sie symbolisiert einen warmen Empfang, wenn Mr. Yu am Montag kommt.»

«Darauf müssen wir eins trinken», lachte Mitch. «Von mir aus kannst du die amerikanische Flagge verbrennen, wenn du es für nötig hältst. Aber muß das heute sein? Richardson ist den ganzen Tag da. Könntest du nicht am Wochenende kommen?»

«Ich bin es nicht, die entscheidet, daß es heute nachmittag sein muß, Mitch. Das ist der chinesische Almanach, das *Tongshu*. Heute nachmittag ist ein guter Nachmittag, um Zeremonien zur Vertreibung böser Geister durchzuführen.»

«Okay. Wir sehen uns heute nachmittag.»

Mitch hängte den Hörer ein und schüttelte den Kopf. Unter den obwaltenden Umständen hatte er es vorgezogen, nicht von dem zu sprechen, was Kay Killen gesehen hatte. Wer weiß, worauf Jenny dann bestanden hätte. Einen vollen Exorzismus? Nackttänze um einen Totempfahl? Wie um Gottes willen sollte er Ray Richardson klarmachen, daß Jenny Bao vorhatte, ein Feuer in einem Holzkohlebecken zu entfachen, um die Teufel aus einem Gebäude auf dem neuesten Stand der Technik auszuräuchern?

Frank Curtis wachte plötzlich auf und fragte sich, warum er so deprimiert war. Dann erinnerte er sich: Heute vor zehn Jahren war sein Bruder an Krebs gestorben. Wendy, seine Frau, schlief noch. Er schlüpfte aus dem Bett, ging ins Arbeitszimmer und suchte nach der Pappschachtel mit den Fotoalben.

Nicht daß er Bilder gebraucht hätte, um sich zu erinnern, wie sein Bruder ausgesehen hatte. Dazu mußte Frank Curtis nur in den Spiegel sehen, denn Michael und er waren eineiige Zwillinge gewesen. Wenn er die Fotos ansah, konnte er sich daran erinnern, was er einmal gewesen war: die Hälfte eines größeren Ganzen.

Michaels Tod war für ihn so etwas gewesen, als hätte er einen Arm verloren. Oder sonst irgendein lebenswichtiges Organ. Seitdem fühlte sich Curtis als halber Mensch.

Wendy erschien in der Tür.

«Wie kann es nur schon zehn Jahre hersein?» sagte er und schluckte.

«Ich weiß, ich weiß. Ich habe schon die ganze Woche daran gedacht.»

«Und ich bin immer noch da.» Er schüttelte den Kopf. «Es vergeht kein Tag, an dem ich nicht an ihn denke. An dem ich mich nicht frage: warum er, warum nicht ich?»

«Gehst du auf den Friedhof?»

«Ja.»

«Du wirst zu spät zur Arbeit kommen.»

Curtis zuckte sorglos die Achseln. «Und wenn schon? Ich werde sowieso nicht mehr befördert.»

«Frank...»

Er grinste. «Außerdem habe ich erst um ein Uhr Dienst.»

Sie erwiderte sein Lächeln. «Ich mache Kaffee.»

«Nicht daß ich einen Grabstein brauche, um mich an ihn zu erinnern. Ich sehe ihn immer noch so vor mir, wie er war.» Er zuckte die Achseln. «Vielleicht sollte ich nach zehn Jahren langsam anfangen loszulassen.»

Aber bevor er ging, packte Curtis einen kleinen Rasenmäher in den Kofferraum seines Wagens.

Der Friedhof im Hillside Memorial Park lag nur zehn Minuten mit dem Auto entfernt zwischen dem Freeway und dem Flughafen. Frank Curtis fuhr jedes Jahr hin und kümmerte sich um das Grab seines Bruders, während die 747er ein paar Meter über seinem Kopf vorbeiflogen. Curtis, der ein praktisches Gemüt besaß, gab seiner Erinnerung lieber durch diesen Akt der Hingabe Ausdruck als anders. Wie eine Buße, dachte er. Es war nicht viel, aber danach fühlte er sich ein wenig besser.

Bis er im New Parker Center war, hatte Curtis wieder Lust, sich abzulenken, Dinge zu erledigen und andere Dinge in Gang zu setzen. Er tippte Berichte, legte sie bei den zuständigen Stellen ab, füllte Spesenabrechnungen aus, brachte sein Tagebuch auf den neuesten Stand und sprach kein einziges Wort.

Nathan Coleman beobachtete seinen Kollegen und fragte sich, was ihn wohl zu diesem seltenen Ausbruch bürokratischer Effizienz bewegt haben mochte.

Curtis entfaltete ein Stück Papier und legte es auf den Schreibtisch. Es war Cheng Peng Feis Flugblatt, das die Menschenrechtsverletzungen der Yu Corporation anklagte. Er schob es Coleman hinüber.

«Weißt du was?» sagte er. «Ich habe das Ding gelesen. Er hat recht. Eine Firma, die so eng mit der chinesischen Regierung zusammenarbeitet wie die Yu Corporation, sollte in diesem Land keine Geschäfte machen dürfen.»

«Schreib das deinem Abgeordneten», sagte Coleman. «Wir haben China gerade wieder die Meistbegünstigungsklausel gewährt.»

«Wie ich sage, Nat. Die Huren sitzen im Kapitol.»

«Ich wollte dir sowieso etwas erzählen, Frank», sagte Coleman. «Ich habe es heute früh erfahren. Die Einwanderungsbehörde hat drei von den chinesischen Jungen festgesetzt.»

«Warum denn das?»

«Sie behaupten, die Chinesen hätten gegen die Bestimmungen ihrer Aufenthaltsgenehmigungen verstoßen. Sie haben gearbeitet oder irgend so etwas Blödes. Aber ein Freund hat mir erzählt, daß irgend jemand im Büro des Bürgermeisters dahintersteht. Sie sollen ausgewiesen werden. Seitdem haben die Demonstranten vor dem Grill ihre Sachen gepackt und sind nach Hause gegangen.»

«Interessant.»

«Offenbar hat dieser Architekt da eine Menge Freunde ganz oben.»

«Wirklich?»

«In spätestens zweiundsiebzig Stunden sitzen sie im Flugzeug nach Hongkong», sagte Coleman mit einem Achselzucken. «Hongkong oder wo auch immer sie her waren.»

«Aber Cheng ist noch da?»

«Richtig. Aber selbst wenn er Sam Gleig getroffen haben sollte, die Gerichtsmedizin besteht darauf, daß er ihn nicht getötet haben kann.»

Nach kurzem Schweigen sagte Curtis: «Sie haben sich nie wieder bei uns gemeldet, oder? Diese Marsmenschen im Grill sollten einen Ingenieur von Otis kommen lassen und die Sicherheit der Fahrstuhlkabine überprüfen. Das ist jetzt eine Woche her. Für eine Mordermittlung ist das reichlich lange. Findest du nicht?»

«Vielleicht hat der Computer vergessen anzurufen», sagte Coleman.

«Ich habe auch über das Foto nachgedacht. Nehmen wir einmal an, es war eine Fälschung. Wer käme wohl besser dafür in Frage als jemand im Yu-Gebäude? Die haben da einen ganz schön raffinierten Computer. Wie wäre es damit, Nat? Motiv: Irgend etwas mit einem der Fahrstühle stimmt nicht, aber irgend jemand will nicht, daß das bekannt wird. Vielleicht einer von den Architekten. Für die steht eine Menge Geld auf dem Spiel. Millionen. Das hat mir einer von ihnen erzählt. Er hat mich mehr oder weniger gebeten, keine Pressestatements zu machen. Er meinte, es sähe nicht gut aus, wenn in einem intelligenten Gebäude jemand umgebracht wird. Würde er vielleicht auch meinen, es sei besser, wenn ein tödlicher Unfall einem Demonstranten, der allen auf die Nerven geht, in die Schuhe geschoben wird statt ihrem eigenen verdammten Gebäude? Was hältst du davon?»

«Ich könnte mir so was vorstellen.»

«Gut. Ich nämlich auch.»

«Soll ich sie anrufen?» fragte Coleman. «Die verdammten Marsmenschen?»

Curtis stand auf und nahm die Jacke von der Sessellehne.

«Ich habe eine bessere Idee», sagte er. «Es ist Freitag nachmittag. Sie sind sicher dabei, sich für das Wochenende zu entspannen. Warum gehen wir nicht hin und gehen ihnen ein bißchen auf die Nerven?»

Ray Richardson war ein Architekt, der nichts für Überraschungen übrig hatte, und er hatte es sich zur Gewohnheit gemacht, Fußböden, Wände, Decken, Türen, Fenster, elektrische Anlagen, Zuleitungen, sanitäre Anlagen und Schreinerarbeiten in Begleitung seiner Projektgruppe gründlich zu inspizieren, bevor er die gleiche Prozedur offiziell in Anwesenheit des Kunden wiederholte.

Selbst für eine inoffizielle Inspektion mußte man einen ganzen Tag veranschlagen. Tony Levine hätte es vorgezogen, wenn Richardson seine private Übergabeinspektion zu mehreren einzelnen Zeitpunkten vorgenommen hätte, statt alles in einen ausführlichen Termin zu packen, bei dem Richardsons eigene Nervosität das Ergebnis beeinflussen konnte. Aber sein Chef arbeitete wie üblich unter einem eng kalkulierten Zeitplan.

Nachdem sie fünf Stunden lang wie eine Busladung Touristen durch das Gebäude marschiert waren, waren die Mitglieder der Projektgruppe endlich am Pool angekommen. Das fünfundzwanzig Meter lange und acht Meter breite Becken lag unter einer geschwungenen Lichtkuppel mit rechteckigem Grundriß an der Rückseite des Gebäudes. Alles außer dem saphirfarbenen, auf einer gleichmäßigen Temperatur von 24 °C gehaltenen Wasser – die Wände, die Bodenfliesen, die Jalousien, selbst der Korrosionsschutz über den Stahlträgern der Decke – war im gleichen gräulichen Weiß gehalten. Der Gesamteindruck war aseptisch und entspannend zugleich.

Hinter einer Glaswand, die dazu diente, den Erfrischungsbereich am Beckenrand vor Spritzern zu schützen, überprüfte Richardson die Verfugung der Fliesen, die Sauberkeit sichtbarer Flächen, die elektrischen Schalter an den Wänden, die Gullyabdeckungen im Boden, die Heizspiralen der Hochleistungssolaranlage, mit der das Wasser erwärmt wurde, und die Fugen zwischen den einzelnen Silikonlackplatten.

«Wollt ihr den Beckenbereich betreten, Ray?» fragte Helen Hussey.

«Warum nicht?»

«Dann zieht euch bitte die Schuhe aus», befahl sie. «Wenn es irgend etwas gibt, was wir jetzt nicht brauchen können, sind es Fußabdrücke auf den schönen neuen Fliesen.»

«Gut gesagt», bemerkte er. Er lehnte sich gegen die Wand, um seine englischen Maßschuhe auszuziehen. Dabei kam ihm ein neuer Gedanke.

«Das Becken sieht tatsächlich gut aus. Aber Aussehen ist eines, Erfahrung ein anderes. Ich meine: Wie schwimmt es sich darin? Hat jemand daran gedacht, einen Badeanzug mitzubringen? Einer von uns sollte ins Wasser gehen und berichten, wie es ist. Vielleicht ist es zu warm. Oder zu kalt. Oder zu stark gechlort.»

«Oder zu naß», murmelte irgendein Witzbold.

Er blickte auf die Projektgruppe und wartete.

«Freiwillige vor! Es sieht gut aus. Ich würde selber reinspringen, wenn ich Zeit hätte.»

«Ich auch», sagte Joan. «Aber Ray hat natürlich recht. Fragen des Designs sind sicher wichtig. Aber Benutzerakzeptanz ist etwas ganz anderes.»

Schließlich sagte Kay Killen: «Also mir macht es nichts aus, in meiner Unterwäsche schwimmen zu gehen.» Sie lächelte fröhlich und zuckte die Achseln. «Eine schöne Runde im Schwimmbecken täte mir sowieso gut. Mir tun die Füße weh.»

«Braves Mädchen», sagte Richardson.

Während Kay in die Umkleidekabine ging, um sich auszuziehen, zogen Joan, Tony Levine, Helen Hussey und Marty Birnbaum die Schuhe aus und folgten Richardson ans Becken. Mitch blieb mit Aidan Kenny, Willis Ellery und David Arnon hinter der Glaswand stehen.

«Weißt du, woran mich das erinnert?» sagte Arnon. «Wir sehen aus wie Parteibonzen, die hinter Hitler her durch die neue Reichskanzlei laufen. Joan ist Martin Bormann. Stimmt doch, oder? Sie stimmt allem zu, was er sagt. Paß auf, gleich schmeißt sich der Typ auf den Boden und fängt in Ermangelung eines Teppichs an, die Fliesen zu kauen. Und anschließend schickt er uns ins KZ.»

«Oder zurück an die Reißbretter», sagte Mitch achselzuckend.

«Kommt in etwa aufs gleiche hinaus.»

Sie sahen zu, wie Joan sich über das Becken beugte und ihre fette, mit schweren Ringen geschmückte Hand ins Wasser steckte.

«Also ist sie doch kein Vampir», bemerkte Kenny.

«Wieso? Geht es da nicht um fließendes Wasser?» lachte Mitch.

«Ihr habt beide unrecht», sagte Arnon. «Sie steckt die Hand nur ins Wasser, damit es kälter wird. Wie die Schneekönigin. Damit die arme Kay ihr Bad nicht aus Versehen genießt.»

«Alte Hexe», knurrte Ellery. «Warum schmeißt sie keiner rein?»

«Nur keine falsche Zurückhaltung, Willis», sagte Mitch. «Wir werden dir Beifall spenden.»

Kay erschien in purpurfarbenem BH und Slip am Beckenrand.

«Purpur», sagte Arnon triumphierend. «Was hab ich gesagt? Also zahlt mich aus.»

Die anderen drei Männer stöhnten und überreichten ihm Fünfdollarnoten. Kay schritt majestätisch an den Beckenrand, blieb einen Augenblick mit affenartig gekrümmten Zehen stehen und führte dann einen perfekten Kopfsprung vor, als sei ihr Lehrer ein Delphin gewesen.

«Wie ist das Wasser, Kay?» rief Richardson.

«Großartig», sagte sie im Auftauchen. «Schön warm.»

«Was für eine Frau trägt schon purpurfarbene Unterwäsche?» beschwerte sich Ellery.

«Eine tätowierte Frau», sagte Arnon. «Siehst du das? Um ihr Fußgelenk?»

Er meinte den zarten Kranz von roten und blauen Blüten, der Kays Fuß aussehen ließ, als habe ein botanisch interessiertes Genie der Mikrochirurgie ihn an das Bein genäht.

«Woher bezieht Dave seine Informationen? Das würde ich gern einmal wissen.»

«Manchmal trägt Kay durchsichtige Blusen», sagte Kenny.

Kay fing an, am Beckenrand entlangzukraulen. Sie hatte den starken, unbekümmerten Schwimmstil einer Frau, die sich im Wasser zu Hause fühlt.

«Ich glaube, ich sollte mir das aus der Nähe ansehen», sagte Ellery. Er zog die Schuhe aus und folgte Arnon.

«Die Frau ist heiß», sagte Kenny. «Wie aus dem *Playboy*. Wenn du näher hinguckst, muß da irgendwo eine Heftklammer durch den Bauchnabel gehen.»

«Gestern abend scheint ihr nicht viel ausgemacht zu haben», meinte Mitch.

«Das Gespenst?» sagte Kenny. «Ich glaube, dafür haben wir eine Erklärung gefunden. Bob versucht es zu überprüfen. Als er gesehen hat, daß wir nachts keinen Sicherheitsbeauftragten mehr haben, hat Abraham einen erschaffen. Oder jedenfalls ein Faksimile.»

«Was meinst du mit Faksimile?»

«Ein bewegtes Echtzeitbild. Ein Hologramm. Es ist vollkommen logisch. Ich weiß gar nicht, warum ich nicht schon gestern abend darauf gekommen bin. Wahrscheinlich war ich zu müde. Als der richtige Sam Gleig gestern abend nicht da war, hat Abraham zur nächstbesten Lösung gegriffen. Dazu ist das Hologramm ja schließlich da. Es dient dazu, ein seinem Wesen nach unmenschliches System menschlich zu gestalten.»

«Aid, Abraham hat das arme Mädchen zu Tode erschreckt.»

Mitch schüttelte zornig den Kopf. «Sie hätte einen Herzanfall oder so etwas kriegen können.»

«Ich weiß, ich weiß.»

«Sie hat wirklich geglaubt, sie hätte einen Geist gesehen. Ich weiß gar nicht, ob ich nicht auf die gleiche Idee gekommen wäre.»

«Abraham weiß nicht, was Geister sind. Er kann nicht einmal den Begriff ‹Tod› verstehen. Beech und ich haben heute früh eine Stunde mit dem Versuch verbracht, ihm zu erklären, was Tod ist. Er denkt immer noch darüber nach. Wir wollen nur herausfinden, was geschehen ist.»

«Und hoffentlich auch verhindern, daß es sich wiederholt.»

«Mitch», sagte Kenny geduldig. «Ich habe das Gefühl, du hast die Bedeutung dessen, was da geschehen ist, nicht ganz mitgekriegt. Das sind tolle Neuigkeiten. Beech ist außer sich vor Aufregung. Der Computer hat die Initiative ergriffen. Er hat nicht auf einen Befehl oder eine Eingabe oder die Anweisung gewartet, eine unter mehreren heuristischen Optionen zu wählen. Abraham hat ganz einfach etwas getan.»

«Und was hat das zu bedeuten?»

«Zunächst einmal, daß dieses Gebäude verdammt viel intelligenter ist, als bisher irgend jemand gedacht hat.»

Mitch schüttelte den Kopf. «Ich weiß nicht, ob ich mich mit dem Gedanken an einen Computer anfreunden kann, der die Initiative ergreift.»

«Sieh mal, wenn man es genau betrachtet, ist das nur die logische Konsequenz davon, ein neuronales Netz aufzubauen. Eine Lernkurve. Nur daß Abraham viel schneller lernt, als wir es erwartet haben.» Kenny grinste begeistert. «Du gehst falsch an die Sache heran, Mitch. Wirklich. Ich hätte erwartet, daß es dich freut.»

«Wieso?»

«Wäre es dir lieber, der Bau wäre wirklich verhext? Oder Kay wäre ihrer Sinne nicht mächtig? Komm schon, sei vernünftig.»

Mitch zuckte die Achseln und schüttelte dann den Kopf. «Nein. Ich weiß nicht.» Mitch wies mit einem Kopfnicken auf die Glaswand. Richardson und sein Gefolge gingen rückwärts zur Tür. «Er kommt wieder.»

«Wir reden später darüber. Mit Beech. Okay?»

«Okay.»

«Du bist eine gute Schwimmerin, Kay», sagte Richardson über die Schulter.

«Kein Wunder», sagte sie noch im Schwimmen. «Ich bin praktisch auf Huntington Beach aufgewachsen.»

«Und mutig bist du auch. Vor all diesen Typen mit schmutziger Phantasie, mit denen wir zusammenarbeiten, in deiner Unterwäsche ins Wasser zu gehen. Bleib so lange im Wasser, wie du willst, Kay. Du hast es dir verdient.»

«Danke. Ich glaube, das tue ich.»

«Werfen wir einen Blick auf die Wasseraufbereitungsanlage.»

«Willkommen im Bürogebäude der Yu Corporation, dem intelligentesten Gebäude von Los Angeles. Hallo! Ich bin Kelly Pendry, und um Ihnen das Leben zu erleichtern, werde ich Ihnen sagen, was Sie als nächstes tun sollten. Ohne Terminabsprache...»

«Nicht schon wieder», sagte Curtis lachend. «Diese Frau kann zu einer richtigen Landplage werden.»

«Da es sich hier um ein vollständig elektronisches Büro handelt, können wir keine Normalpost annehmen.»

«Fragt sich, was der Postbote davon hält», sagte Coleman.

«Vielleicht sollte ich das auch einmal probieren», sagte Curtis. «Damit ich die ganzen Rechnungen nicht bekomme. Müssen wir wirklich bis zum Ende der Aufnahme warten?»

«... und die Person, die Sie erwartet ...»

«Was spricht eigentlich gegen eine richtige Empfangsdame aus Fleisch und Blut?» Er zog mißtrauisch Luft durch die Nase.

«Sicherheitsrücksichten, Frank. Was sonst? Würdest du deine Frau alleine da sitzen lassen, damit sie sich mit den miesen Typen unterhalten muß, die hier reinkommen?»

Curtis nickte. «Ja, ich glaube, so haben sie mir das auch erklärt. Mitchell Bryan war es. Er sagte, die Yu Corporation hat Angst, daß eine richtige Empfangsdame gekidnapped werden könnte, wenn sie eine hätten. Wonach riecht es hier, Nat?»

«Mann, so wird es in Zukunft überall riechen», sagte Coleman mit verstohlenem Lachen.

«Nach verfaultem Fleisch?»

«Ich rieche nichts. Frank, du bist noch nicht ausgestorben, du mußt bloß ein paar Dinge dazulernen.»

«... wird Ihre Stimme digital kodiert.»

«Detective Sergeant Frank Curtis, Polizeipräsidium Los Angeles, Mordkommission. Ich möchte mit Helen Hussey oder Mitchell Bryan von der Firma Richardson Associates sprechen.» Er trat einen Schritt zurück. «Vielleicht hast du ja recht, Nat.»

«Detective Nathan Coleman. Polizeipräsidium Los Angeles. Ich möchte auch mit ihnen sprechen. Mit einer der beiden Personen. Capito?»

«Danke», sagte Kelly. «Warten Sie bitte einen Augenblick.»

«Computer!» Curtis spuckte das Wort aus wie einen faulen Fisch.

«Du mußt Geduld haben, Frank. Das ist alles. Nimm mal meinen Neffen Dean. Dean ist sieben Jahre alt und weiß mehr über Computer, als ich je lernen werde. Weißt du warum?

Weil er Geduld hat. Weil er so viel Zeit hat, wie er will. Mein Gott, wenn ich genug Zeit hätte, mich damit zu beschäftigen, wäre ich Bill Gates.»

«Bitte begeben Sie sich zum Fahrstuhlbereich. Sie werden dort abgeholt.»

Sie stiegen durch die Glastür, warfen einen Blick auf den Baumstamm und entdeckten eine schöne Chinesin, die versuchte, mit einem Kescher Karpfen aus dem Zierteich zu fischen.

«Niedlich», murmelte Coleman.

Die beiden Männer blieben stehen und sahen ins Wasser.

«Hat schon einer angebissen?» fragte Curtis.

Die Chinesin lächelte freundlich und zeigte auf einen großen Plastikeimer zu ihren Füßen, in dem bereits drei Fische schwammen. In der Nähe stand etwas, das wie eine kleine Holzkiste aussah. Darin war ein Steintiegel voll von Holzkohlestäbchen.

«Selbst mit einem Netz ist es nicht leicht», sagte sie.

«Wird das eine Grillparty?» fragte Coleman.

Die Frau blickte ihn fragend an, und Coleman zeigte auf den Holzkohlegrill.

«Ich mag meine Goldfische außen knusprig und innen schön saftig, bitte.»

«Hör schon auf», sagte Curtis. Er sah die Frau an. «Ich muß um Entschuldigung für meinen Kollegen bitten. Er geht zuviel ins Kino.»

Die Frau verneigte sich leicht und schenkte ihm ein vollkommenes Lächeln. «Bei meiner Arbeit bin ich dumme Bemerkungen gewohnt.»

«Viel Glück, jedenfalls», sagte Curtis.

«Darum geht es», antwortete sie.

Sie waren in der Turnhalle angelangt, als Abraham anrief, um Mitch mitzuteilen, daß zwei Kriminalbeamte ihn sprechen wollten.

«Polizei», sagte er und hängte den Hörer ein. «Sie sind am Empfang. Ich sehe besser mal nach, was sie wollen.»

«Jag sie weg, Mitch», sagte Richardson. «Wir haben viel zu tun.»

Mitch machte sich auf den Weg zur Eingangshalle. Bullen! Sonst hatte ihm ausgerechnet heute nichts gefehlt. Als er durch die Tür kam, sah er Jenny neben dem Zierteich und die zwei Polizisten, die geduldig vor dem Fahrstuhl warteten. Er hörte, wie sich eine Tür öffnete, dann Schritte, und dann sagte eine Stimme hinter ihm:

«Mitch!»

Er drehte sich um und stand einem hochgewachsenen Mann gegenüber, den er zweimal ansehen mußte, bevor er ihn erkannte. Die Augen in dem unrasierten Gesicht waren eingefallen und von dunklen Ringen gesäumt. Die Sportjacke sah aus, als habe jemand darin geschlafen. Und der Mann in der Sportjacke zitterte am ganzen Leibe.

«Mein Gott, Allen. Was machst du hier?»

«Ich muß mit dir sprechen, Mitch.»

«Du siehst beschissen aus. Was ist los mit dir? Bist du krank? Ich habe versucht, dich anzurufen, aber du bist ja nie zu Hause.»

Grabel strich sich nervös übers Kinn. «Mir geht's gut», sagte er.

«Dein Auge. Was ist mit deinem Auge los?»

«Mein Auge?» Grabel berührte die Haut über seinen Backenknochen und entdeckte, daß sie empfindlich war. «Keine Ahnung. Muß wohl gegen irgendwas gelaufen sein. Mitch, es ist wichtig. Können wir irgendwo hingehen? Ich möchte es dir lieber nicht hier drin erzählen.»

Mitch warf einen Blick über die Schulter auf die zwei Polizisten. Er sah, daß sie ihn beobachteten, und fragte sich, was ihr berufsbedingtes Mißtrauen wohl aus der Szene machte, die sich vor ihren Augen abspielte.

«Ich muß dir etwas erzählen.»

«Allen, du hast dir einen unmöglichen Tag ausgesucht.

Weißt du das? Richardson ist mit der ganzen Projektgruppe in der Schwimmhalle. Da drüben warten zwei Polizisten, die mit mir reden wollen. Und Jenny Bao ist dabei, eine *Fengshui*-Zeremonie zu vollziehen, um die bösen Geister aus dem Gebäude zu vertreiben.»

Grabel runzelte die Stirn. Dann zuckte er zusammen und packte Mitch am Arm.

«Was hast du gesagt», fragte er mit lauter Stimme. «Hast du gesagt: böse Geister?»

Mitch sah wieder zu den Polizisten hinüber. Jetzt, wo Grabel nahe bei ihm stand, war der Geruch unverkennbar. Er war schockiert, als ihm klar wurde, daß sein ehemaliger Kollege den abgestandenen, süßsauren Gestank eines echten Penners verströmte.

«Immer mit der Ruhe, Allen! Es geht nur um den üblichen *Fengshui*-Quatsch. Sonst nichts.» Er zuckte die Achseln. «Gib mir ein paar Minuten Zeit. Ich muß die Bullen da loswerden. Warte einen Augenblick. Vielleicht wartest du besser nicht hier unten. Richardson könnte dich sehen. Warum fährst du nicht rauf ins Penthaus? In die Direktorensuite. Warte dort auf mich.»

«Auf keinen Fall!»

Mitch schreckte vor dem Gestank von Grabels ungeputzten Zähnen zurück.

«Okay, ich warte unten in der Garage auf dich. Ist dir das recht?»

Mitch setzte ein gezwungenes Lächeln auf und ging auf die beiden Polizisten zu.

«Was war denn das nun wieder?» sagte Curtis leise. «Der Typ sah aus wie ein Penner.»

«Vielleicht war es der Architekt», schlug Coleman vor.

«Tut mir leid, meine Herren», sagte Mitch und schüttelte beiden die Hand. «Ich hätte mich früher um Sie kümmern sollen. Der Bericht des Sachverständigen von Otis liegt seit

Mittwoch früh auf meinem Schreibtisch, aber die letzten paar Tage waren einfach grauenhaft. Wollen wir raufgehen und darüber sprechen?»

«Sollten wir die Treppe benutzen?» fragte Curtis spitz.

«Ich glaube, Sie werden feststellen, daß der Bericht unsere eigenen Untersuchungsergebnisse bestätigt: Die Fahrstühle sind völlig in Ordnung. Bitte schön», er führte sie an den Fahrstuhl, «es gibt keinerlei Grund zur Nervosität. Das kann ich Ihnen versichern.»

«Das will ich aber auch hoffen.»

Die Türen einer Fahrstuhlkabine öffneten sich, aber bevor er einstieg, bat Mitch die beiden Polizisten, einen Augenblick zu warten, und ging hinüber zu Jenny.

«Wie kommst du voran?» fragte er sie.

«Schwieriger, als ich dachte.»

«Ich liebe dich», sagte er leise.

«Das solltest du aber auch», sagte sie.

Die drei Männer stiegen in den Fahrstuhl und fuhren in den einundzwanzigsten Stock.

«Heute geht es bei uns ein bißchen hektisch zu», erklärte Mitch. «Die ganze Projektgruppe ist auf der Baustelle und kontrolliert alles, bevor wir dem Kunden sagen können, daß sein Gebäude übergabebereit ist und er einziehen kann.»

«Nur der Kunde oder die ganze vergammelte Nachbarschaft?» fragte Curtis.

Mitch zog die Brauen hoch. «Ach so, Sie meinen Allen? Der hat früher für die Firma gearbeitet. Ich bin selber etwas überrascht, in welchem Maß er sich hat gehenlassen.»

Die Kabine hielt geräuschlos, und die Türen öffneten sich. Curtis stieß einen hörbaren Seufzer der Erleichterung aus.

«Da sind wir», sagte Mitch. «Sicher und ungefährdet. Ich bin kein Ingenieur, aber wir haben die Leute von der Firma alles überprüfen lassen, vom Fahrstuhlschacht bis zum Mikroprozessor. Sie haben das Ding regelrecht auseinandergenommen.»

Er führte die Beamten den Flur entlang und ins Besprechungszimmer. Der zwei Stockwerke hohe Raum hatte die Länge und Breite eines Tennisplatzes und war mit einem flauschigen Teppichboden belegt, den man ebenso wegen seiner schalldämpfenden Eigenschaften gewählt hatte wie wegen seiner eleganten hellgrauen Farbe. In der Zimmermitte stand ein polierter Ebenholztisch, zu dessen beiden Seiten je acht Sprossenlehnstühle von Rennie Mackintosh aufgereiht waren. Eine Wand wurde von leeren schwarzen Regalen, über denen ein Breitwand-Fernsehgerät thronte, und einer elektronischen Steuerungsanlage mit Computerterminal eingenommen. Die gegenüberliegende Wand war mit einem begehbaren Wandschrank ausgestattet, in dem die Bar versteckt war. Unter einem gewaltigen Panoramafenster stand ein langes schwarzes Ledersofa. Curtis ging ans Fenster und sah hinaus. Nathan Coleman sah sich die elektronische Trickkiste näher an. Mitch öffnete seinen Laptop, schob eine Diskette ein und begann seine Suche mit der Scroll-Taste.

«Ein papierfreies Büro, nicht wahr?» grinste Curtis.

«Dem Herrn sei gedankt, daß es Computer gibt», sagte Mitch. «Zertifikate für dieses, Urkunden für jenes. Bis vor wenigen Jahren sind wir in Papierfluten ertrunken. Da ist er ja.»

Mitch drehte den Bildschirm, auf dem der Bericht des Ingenieurs zu lesen war, den beiden Beamten zu.

«Wissen Sie, der Otis Elevonic 411 ist ein besonders sicheres und leistungsfähiges Fahrstuhlmodell. Es dürfte sich um das modernste System handeln, das Sie für Ihr Geld kriegen können. Und wenn das nicht genügt, ist da auch noch Abraham, zu dessen Aufgaben es gehört, die Funktionsfähigkeit des Systems insgesamt zu überwachen und zu überprüfen. Abraham entscheidet, ob Leistungsabweichungen aufgetreten sind und ob Wartungsarbeiten notwendig sind. Wenn Abraham zu der Entscheidung kommt, daß ein Ingenieur gebraucht wird, ist er darauf programmiert, sofort den Wartungsdienst von Otis anzufordern.»

Curtis sah mit starrem Blick auf den Bildschirm und nickte.

«Wie Sie sehen können», fügte Mitch hinzu, «haben die Ingenieure alles überprüft: die Geschwindigkeitssteuerung, die Programmsteuerung, die Pulsweitenmodulationseinheit, das Bewegungssteuerungssystem, den stufenlosen Antrieb. Sie haben festgestellt, daß alles vollkommen funktionstüchtig ist.»

«Sieht wirklich nach gründlicher Arbeit aus», sagte Curtis. «Kann ich einen Ausdruck davon haben? Den werde ich für die Akten brauchen.»

«Warum behalten Sie nicht einfach die Diskette?» sagte Mitch, ließ das kleine Plastikquadrat aus dem Laptop gleiten und schob es über den Tisch.

«Danke», sagte Curtis verunsichert.

Einen Augenblick sagte niemand etwas. Dann ergriff Mitch das Wort: «Ich höre, Sie haben den chinesischen Studenten freigelassen?»

«Haben Sie das gehört? Also, um die Wahrheit zu sagen, es blieb uns keine andere Möglichkeit. Der Mann war offensichtlich unschuldig.»

«Und die Fotografie?»

«Ja, was ist mit der Fotografie? Das Problem damit ist, daß sie einfach nicht in die gerichtsmedizinische Untersuchung paßt. Letzten Endes läuft es darauf hinaus, daß Cheng Peng Fei zu klein ist, um Sam Gleig auf den Kopf geschlagen zu haben. Zu klein und zu schwach.»

«Ich verstehe.»

«Wußten Sie, daß ein paar von den jungen Leuten da draußen abgeschoben werden?»

«Abgeschoben? Das kommt mir etwas radikal vor.»

«Wir haben nichts damit zu tun», sagte Curtis. «Es sieht eher so aus, als ob irgend jemand im Rathaus ein paar Fäden gezogen hat, damit sie rausgeschmissen werden.»

«Wirklich?

«Und seitdem sind die übrigen Demonstranten vor dem Gebäude verschwunden», sagte Coleman. «Als hätten sie es mit der Angst zu tun gekriegt.»

«Ich habe mich schon gefragt, wo sie plötzlich hin sind.» Mitch zuckte die Achseln.

«Mehr oder weniger ein Glücksfall für Sie, nicht wahr?» sagte Coleman. «Schließlich müssen sie doch eine ziemliche Pest gewesen sein.»

«Nun, ich kann nicht behaupten, daß es mich unglücklich macht. Und dieser Typ da hat meine Windschutzscheibe eingeschlagen. Andererseits kommt mir die Abschiebung ein bißchen übertrieben vor. Das hätte ich ihnen nicht gewünscht.»

Coleman nickte.

«Ihr Chef scheint eine ganze Menge Einfluß im Rathaus zu haben», sagte Curtis.

«Hören Sie», sagte Mitch. «Ich weiß, daß er die Demonstranten loswerden wollte. Er hat ein paar Worte mit dem Zweiten Bürgermeister gewechselt. Das ist alles. Ich bin sicher, daß er die Leute nicht endgültig aus dem Land verjagt haben wollte.»

Mitch wußte, daß er dessen nicht im geringsten sicher sein konnte, wenn es um Ray Richardson ging; und da er das Gefühl hatte, besser das Thema wechseln zu sollen, wies er auf den Sicherheitsbericht.

«Also», sagte er, «wo stehen wir jetzt?»

«Ich fürchte, ich stehe mit einem ungelösten Mordfall da», gab Curtis zu. «Das tut keinem von uns beiden gut.»

«Muß es nicht irgendwo in Sam Gleigs Vergangenheit etwas geben, das weiterhelfen könnte? Schließlich war er vorbestraft. Ich will ja nicht unhöflich werden, aber ich kann einfach nicht verstehen, warum sich Ihre Ermittlungen auf uns hier konzentrieren. Ich hätte gedacht, daß da die Möglichkeiten doch sehr begrenzt sind.»

«Nun ja, so kann man es auch sehen», sagte Curtis. «Aber so wie es im Moment aussieht, scheint irgend jemand versucht zu haben, den jungen Chinesen in die Affäre hineinzuziehen. Irgend jemand hier im Hause.»

«Warum sollte jemand so etwas tun?»

«Keine Ahnung.»

«Das können Sie nicht ernst meinen.»

Frank Curtis schwieg.

«Meinen Sie es ernst?»

«Ich könnte mir unwahrscheinlichere Motive ausdenken als den Wunsch, das Rampenlicht zu meiden.»

«Was für welche?»

«Mr. Bryan», sagte Curtis schließlich. «Wie gut kennen Sie Mr. Beech?»

«Ich habe ihn erst vor ein paar Monaten kennengelernt.»

«Und Mr. Kenny?»

«Viel länger. Ich kenne ihn seit zwei oder drei Jahren. Und er ist nicht der Typ, der so etwas tun würde.»

«Vielleicht sagt er ja dasselbe über Sie», bemerkte Coleman.

«Warum fragen Sie ihn nicht?»

«Nun, wo Sie es schon erwähnen. Da Sie sagen, die ganze Projektgruppe sei auf der Baustelle, habe ich gedacht, daß ich sie ganz gerne alle sprechen würde. Die ganze Projektgruppe und jeden, der sonst da ist. Würde Sie das stören?»

Mitch lächelte verkniffen und sah auf die Uhr. «Als ich sie verlassen habe, waren sie alle gemeinsam dabei, das Gesundheitszentrum zu überprüfen. Danach wollten sie hier oben eine kurze Pause einlegen. Wenn Sie wollen, können Sie dann mit ihnen sprechen.»

«Das wäre mir recht. Mein Vorgesetzter, Sie verstehen? Der ist nicht besonders geduldig. Ich stehe unter Druck und muß die Angelegenheit ins reine bringen.»

«Das liegt mir genauso am Herzen wie Ihnen.»

Curtis lächelte Mitch zu.

«Das hoffe ich. Das hoffe ich aufrichtig.»

Die Andeutung, Mitch hätte etwas mit einer Verschwörung zu tun, die dem chinesischen Studenten den Mord an Sam Gleig in die Schuhe schieben wollte, führte dazu, daß noch einmal zehn bis fünfzehn Minuten vergingen, ehe er sich an Allen Grabel erinnerte, der in der Garage auf ihn wartete. Er ließ Curtis und Coleman in der Gesellschaft einiger Bauarbeiter zurück und fuhr mit dem Fahrstuhl in die Tiefgarage.

Unterwegs hielt die Kabine im siebten Stock, und der Bauleiter Warren Aikman stieg ein. Mitch sah auf die Uhr.

«Auf dem Heimweg?»

«Schön wär's. Ich habe eine Verabredung mit Jardine Yu. Er will den Übergabetermin am Montag mit mir besprechen. Wie sieht es bei dir aus?»

«Grauenhaft. Die beiden Bullen sind wieder da. Sie wollen mit jedem einzelnen in der Entwurfs- und Baugruppe sprechen.»

«Gut für mich. Ich gehöre zur Kundenseite.»

«Soll ich ihnen das sagen? Du warst einer der letzten, der Sam Gleig lebend gesehen hat. Sie werden enttäuscht sein, Warren.»

«Mitch, ich habe einfach nicht die Zeit dafür.»

«Wer hat die schon?»

Der Fahrstuhl erreichte die Garage. Mitch schaute um sich, konnte aber Grabel nirgends entdecken.

«Gut», sagte Aikman, «sag ihnen, daß ich mich melden werde. Oder gib ihnen gleich meine Privatnummer. Ich muß mich beeilen.»

Aikman machte sich auf den Weg zu seinem Range Rover. In diesem Augenblick rollte Richardsons Bentley durch die Gittertür und die Rampe herab. Er kam neben Jenny Baos Honda zum Stehen. Declan Bennet stieg aus und schlug die Tür zu. Sekunden später fuhr Warren Aikman durch die Garagentür, bevor sie sich wieder schließen konnte.

«Scheint es eilig zu haben», bemerkte Bennet. «Wo ist der Chef? Bin ich zu spät?»

Mitch schüttelte den Kopf. «Immer mit der Ruhe. Es dauert noch ein Weilchen. Warum warten Sie nicht im Besprechungszimmer auf ihn? Einundzwanzigster Stock.»

«Danke.»

Bennet betrat den Fahrstuhl, lächelte freundlich, und die Türen schlossen sich. Mitch war allein in der Garage. Er wartete ein paar Minuten und rief dann: «Allen? Ich bin's. Mitch. Hier bin ich.»

Er murmelte vor sich hin: «Wo zum Teufel steckt der blöde Hund?» und rief dann lauter: «Ich hab noch mehr zu tun, Allen!»

Nichts. Erleichtert, daß Grabel nicht auf ihn gewartet hatte, machte er sich wieder auf den Weg zum Fahrstuhl. Eine Sorge weniger. Die Bullen und *Fengshui* und Ray Richardson und der Übergabetermin reichten ihm. Er hatte es fast geschafft, als sich die Tür zum Treppenhaus öffnete und die hagere, verwahrloste Figur seines ehemaligen Kollegen auf ihn zukam.

«Da bist du ja», sagte Mitch verärgert. Jetzt würde er Grabel doch anhören müssen. Zuerst nahm er an, der Mann werde ihn um Hilfe bitten, um seinen Job wiederzubekommen. Das würde nicht weiter schwierig sein, falls er sich rasierte, ein Bad nahm und sich bei den Anonymen Alkoholikern anmeldete.

«Ich wollte nicht, daß sie mich sehen», sagte Grabel.

«Was zum Teufel geht hier vor, Allen? Du hast dir schon einen tollen Tag ausgesucht, um wieder hier aufzutauchen. Und sieh dich doch mal an! Wie du aussiehst!»

«Halt die Schnauze, Mitch, und hör zu.»

Sobald Jenny Bao klar wurde, was sie angerichtet hatte, fing sie an, die Fische wieder in den Zierteich zurückzusetzen. Das *Tongshu* verwendete den Mondkalender und den Gregorianischen Kalender nebeneinander. Nach dem Mondkalender war es ein guter Zeitpunkt, um böse Geister zu vertreiben. Aber sie hatte vergessen, auf den Gregorianischen Kalender zu achten, und nach dem war der ganze Nachmittag ungünstig für Zeremonien jeder Art. Sie würde Sonntag wiederkommen müssen, wenn die Vorzeichen ein wenig günstiger waren. Sie wollte ihre Sachen wieder ins Auto räumen, hinauffahren, Mitch suchen und ihm die schlechte Nachricht überbringen.

«Das ist die verrückteste Geschichte, die ich je gehört habe», sagte Mitch. «Was ist los mit dir? Hast du den Wurm aus der Flasche gleich mitgegessen?»

«Du glaubst mir nicht?»

«Mein Gott, Allen! Um die Geschichte zu glauben, müßte ich genauso verrückt sein wie du. Komm schon, Junge! Du brauchst Hilfe.»

«Ich habe es mit eigenen Augen gesehen, Mitch. Ich war dabei. Sam Gleig stieg in den Fahrstuhl. Und dann ist das Ding rauf und runter geschossen. Ich habe auf die Anzeigetafel gesehen. Peng! Rauf wie eine Rakete. Peng! Es raste wieder runter. Die Türen öffneten sich, und er lag auf dem Boden. Wie wenn man ein rohes Ei in einer Keksdose schüttelt. Tatsache ist, daß Sam Gleig tot ist und daß du keine vernünftige Erklärung dafür hast.»

Aber inzwischen war Mitch zu einer Erklärung gelangt, die ihm überzeugend vorkam. Der Mann hatte die Größe, das Gewicht und die Kraft. Wenn sich irgend jemand mit Sam Gleig messen konnte, dann er. Und wenn er eine Flasche intus hatte, konnte niemand sagen, wozu Grabel fähig war.

«Hältst du deine Erklärung für besser?» Mitch schnaubte verächtlich. «Ich kann nicht glauben, daß du so lange gebraucht hast, um dir die Geschichte auszudenken. Der *Fahrstuhl* hat ihn umgebracht? Mein Gott, Allen! Übrigens: Was hattest du eigentlich hier zu suchen? Und warum bist du nicht dageblieben und hast Bescheid gesagt?»

«Ich wollte es Richardson zeigen.»

«Was heißt das: Du wolltest es Richardson zeigen?»

«Ihm. Seinem verdammten Bau. Der ganzen Scheiße. Scheiß auf ihn. Scheiß auf das ganze blöde Projekt.»

Mitch hielt inne und versuchte, den möglichen Folgen aus

dem nachzugehen, was Grabel da sagte. Und dann dachte er wieder an die beiden Polizisten im Obergeschoß und daran, daß er seinen eigenen guten Ruf retten sollte.

«Wir besorgen dir einen guten Anwalt, Allen», sagte er.

Grabel schreckte zurück. Mitch versuchte ihn zu halten.

«Nein», schrie Grabel. «Laß mich los!»

Der Schlag schien aus dem Nichts zu kommen.

Benommen lag Mitch auf dem Garagenboden. Es war, als hätte ihn ein elektrischer Schlag getroffen. Undeutlich nahm er den Klang von Schritten wahr, die sich entfernten. Dann verlor er endgültig das Bewußtsein.

«Und wer in Teufels Namen sind Sie?»

Ray Richardson blieb auf der Schwelle zum Besprechungszimmer stehen und blickte die vier Fremden, die mit ihren Kaffeetassen am Konferenztisch saßen, finster an.

Curtis und Coleman standen auf. Die beiden letzten Arbeiter, die sie befragt hatten, zwei Maler namens Dobbs und Martinez, blieben sitzen.

«Ich bin Detective Sergeant Curtis, und das hier ist Detective Coleman. Sie müssen Mr. Richardson sein.»

Coleman knöpfte die Jacke zu und verschränkte die Hände vor dem Bauch, als sei er zu einer Hochzeit eingeladen.

Ray Richardson nickte übellaunig.

Curtis setzte ein breites Lächeln auf. Die übrigen Mitglieder der Projektgruppe betraten den Raum.

«Meine Damen und Herren», sagte er. «Ich brauche Ihre Hilfe. Es wird nur ein paar Minuten dauern. Ich weiß, daß Sie außerordentlich beschäftigt sind, aber wie Sie vielleicht wissen, ist in diesem Gebäude ein Mann ums Leben gekommen. Wahrscheinlich haben ihn die meisten von Ihnen gekannt. Nun, Tatsache ist, daß wir immer noch nicht mehr über seinen Tod wissen als zu Anfang. Deshalb möchten wir Ihnen allen ein paar Fragen stellen.» Er warf den beiden Malern einen Blick zu.

«Ihr beide könnt gehen», sagte er. «Danke.»

«Dies ist kein günstiger Augenblick», sagte Richardson. «Geht es nicht ein andermal?»

«Schon, aber Mr. Bryan hat gesagt, jetzt ginge es auch.»

«Ach so», sagte Richardson beleidigt und warf seinen Notizblock auf den Tisch. «Wo ist Mr. Bryan eigentlich?»

«Keine Ahnung», sagte Curtis. «Er ist vor etwa zwanzig Minuten gegangen. Ich dachte, er sei auf der Suche nach Ihnen.»

Richardson beschloß, die Nerven zu verlieren. «Ich kann es einfach nicht glauben! Es ist absolut unglaublich! Ein vorbestrafter Wachmann wird umgebracht, und Sie beide erwarten, daß ich, meine Frau und mein Team Ihnen ein paar heiße Tips geben. So ist es doch wohl?» Er lachte bitter. «Ein schlechter Witz!»

«Es ist kein Witz», sagte Curtis, dem Richardsons Ton auf die Nerven ging. «Nur um eines klarzustellen, Mr. Richardson. Es handelt sich um Ermittlungen in einem Mordfall. Und ich versuche, Ihnen Zeit und Ärger zu ersparen und Sie vor einem Skandal zu bewahren. Ich nahm an, das liege in Ihrem Interesse.»

Richardson sah ihn wütend an.

«Ich kann natürlich auch ins Rathaus gehen, mir eine richterliche Anordnung besorgen und Sie alle ins New Parker Center vorladen, um Sie dort zu befragen. Sie sind nicht der einzige, der Beziehungen hat, Mr. Richardson. Ich habe den Staatsanwalt auf meiner Seite. Vom ordentlichen Rechtsweg einmal ganz zu schweigen. Und es ist mir scheißegal, ob Sie das Ganze für einen Witz halten. Es macht mir auch überhaupt nichts aus, daß Sie dabei sind, dieses abscheuliche Gebäude fertigzustellen. Und schon gar nicht, was das kostet.» Curtis hielt sich mühsam zurück und nannte Richardson nicht einen Schweinehund. «Wir reden von einem Verbrechen gegen das menschliche Leben, und ich habe vor herauszufinden, was geschehen ist. Ist das klar?»

Richardson stand, beide Hände tief in den Hosentaschen vergraben, da und streckte das Kinn angriffslustig vor.

«Wie können Sie es wagen, in diesem Ton mit mir zu sprechen?» sagte er. «Wie können Sie es wagen?»

Curtis fuchtelte bereits mit seiner Dienstmarke vor dem Gesicht des Architekten herum.

«So wage ich das, Mr. Richardson. Polizeipräsidium Los Angeles, Dienstnummer 1812. Genau wie die Ouvertüre. Damit Sie sich daran erinnern können, wenn Sie sich über mich beschweren wollen. Okay?»

«Worauf Sie sich verlassen können.»

Marty Birnbaum, der Projektmanager, versuchte die Situation zu entschärfen.

«Vielleicht machen wir besser erst einmal weiter», unterbrach er höflich. «Wenn Sie beide sich bitte nach nebenan in die Küche bequemen wollen, können Sie dort Ihre Fragen stellen. Alle anderen setzen sich bitte wieder. Wir können mit unserer Besprechung fortfahren und den Raum nacheinander verlassen, um uns mit den beiden Herren zu unterhalten.» Er warf Curtis einen Blick zu und hob die Augenbrauen. «Wie wäre das?»

«Ist mir recht.»

Dann sah Birnbaum Declan, der den Raum betrat, und kam auf die Idee, Richardson ganz loszuwerden. Das würde auf alle Fälle Ärger sparen.

«Ray, ich kann mich irren, aber ich glaube, du hast Sam Gleig nie kennengelernt, oder doch?»

Richardson stand immer noch wie ein beleidigtes Kind mit den Händen in der Tasche da.

«Nein, Marty», sagte er ganz ruhig, als sei ein Traum zerronnen. «Ich habe ihn nie kennengelernt.»

Coleman und Curtis tauschten beredte Blicke aus.

«Das dachte ich mir», murmelte Coleman.

«Joan? Hast du je mit ihm gesprochen?»

«Nein», sagte sie, «nie. Ich glaube, ich weiß nicht einmal, wie er aussah.»

Die Mitglieder der Projektgruppe machten es sich bequem.

«Dann hat es wohl nicht viel Sinn, daß ihr dableibt», sagte

Birnbaum und, zu Curtis gewandt: «Mr. und Mrs. Richardson fliegen heute abend nach London.»

«Na gut», sagte Curtis.

«Du machst dich besser auf den Weg zum Flugplatz, Ray. Ich kümmere mich um den Rest der Besprechung. Du brauchst nicht bis zum Ende durchzuhalten. Falls das dem Sergeant recht ist?»

Curtis nickte und sah aus dem Fenster. Er bereute es nicht, daß die Nerven mit ihm durchgegangen waren, selbst wenn der Typ sich über ihn beschweren sollte.

Richardson schüttelte Birnbaums Ellbogen und fing an, seine Habseligkeiten einzusammeln.

«Danke, Marty», sagte er. «Ich habe euch allen zu danken. Ich bin stolz auf euch. Jeder einzelne von euch hat einen wichtigen Beitrag zu unserem Projekt geleistet, und wir haben es rechtzeitig und im Rahmen des Kostenvoranschlags zu Ende gebracht. Das ist nur einer der Gründe, warum unsere Kunden, seien es Privatunternehmer, sei es die öffentliche Hand, immer wieder mit neuen Aufträgen zu uns zurückkommen. Denn architektonische Einmaligkeit – und laßt euch von irgendwelchen Philistern nichts anderes erzählen: dies ist ein einmaliges Gebäude –, Einmaligkeit ist nicht nur eine Frage des Entwurfs. Es geht auch um kommerzielle Durchsetzungskraft.»

Joan gab den Einsatz zu einer kleinen Applaussalve, und dann waren ihr Gatte und sie, von Declan Bennett gefolgt, verschwunden.

«Gut gemacht, Marty», sagte Kenny. Die übrigen Anwesenden atmeten erleichtert auf. «Das hast du großartig hingekriegt. Der Mann stand kurz davor, in die Luft zu gehen.»

Birnbaum zuckte die Achseln. «Wenn Ray in dieser Stimmung ist, stelle ich mir einfach vor, er sei einer meiner beiden Dobermänner.»

Jenny half Mitch auf die Füße.

«Geht's dir gut? Was ist passiert? Du blutest ja.»

Mitch griff nach seinem Unterkiefer und fuhr sich dann mit der Hand über den Schädel. Er erforschte seine Lippen mit der Zunge und zuckte zusammen, als er eine offene Wunde entdeckte.

«Arschloch», murmelte er tonlos. «Allen Grabel hat mich zu Boden gestreckt. Er ist übergeschnappt.»

«Er hat dich niedergeschlagen? Warum?»

«Ich glaube, es hatte etwas mit dem Tod des Wachmanns zu tun.» Mitch stöhnte und schüttelte den Kopf. «Du hast ihn nicht zufällig gesehen? Jemand, der aussieht wie der Typ auf dem Fünf-Cent-Stück?»

«Ich habe niemanden gesehen. Komm! Jetzt gehen wir erst mal rauf und versorgen die Wunde.»

Sie durchquerten die Garage und stiegen in den Fahrstuhl.

«Wie kommst du mit der Zeremonie voran?»

«Gar nicht», sagte Jenny und berichtete von ihrem Kalenderirrtum.

«Paßt», sagte Mitch. «Vielleicht solltest du dir einmal mein Horoskop ansehen. Ein Glückstag war es auf alle Fälle nicht. Ich hätte gleich im Bett bleiben sollen.»

«Ja? Mit deiner Frau oder mit mir?»

Mitch grinste unter Schmerzen.

«Was glaubst du?»

Als alle die Schwimmhalle verlassen hatten, zog Kay Killen ihre durchnäßte Unterwäsche aus und schwamm nackt weiter. Auf ihrem kräftigen sonnengebräunten Körper waren die Umrisse eines Minibikinis sichtbar, auch wenn sie sich nicht so deutlich abzeichneten wie bei jemandem, der es nicht gewagt hätte, sich oben ohne am Strand zu zeigen. Schüchternheit gehörte nicht zu Kays Natur.

Winzige Spuren von Urin, Schweiß, Kosmetika, toter Haut, Schamhaar und diverse Ammoniakverbindungen lösten sich von ihrem im Wasser treibenden Körper. Das verunreinigte Wasser wurde, wenn es durch die Umwälzpumpe lief, mit Ozon versetzt, bevor es ins Becken zurückströmte.

Sie nahm das Gas zunächst als eine kleine gräulichgelbe Wolke wahr, die über das Wasser auf sie zutrieb. Sie glaubte, irgend jemand, der eine Zigarre oder eine Pfeife rauchte, habe die Schwimmhalle betreten. Aber die Wolke lag zu niedrig über dem Wasser, als daß sie den Lungen eines unsichtbaren Voyeurs hätte entspringen können. Kay bedeckte ihre üppigen Brüste mit gekreuzten Armen und trat instinktiv den Rückzug vor der übelriechenden Wolke an. Dann drehte sie sich um und versuchte, in Richtung auf die Leiter schwimmend, der Gefahr zu entkommen.

Sie war schon halb aus dem Becken heraus, als der Gasgeruch in ihre Nase drang. Und dann war das Gas auch schon in ihren Lungen. Die Wolke hüllte sie ein, und plötzlich bekam sie keine Luft mehr. Ein stechender Schmerz – der stechendste Schmerz, den sie je erfahren hatte – füllte ihren Brustkorb. Nach Luft ringend brach sie am Beckenrand zusammen.

Noch während ihr klar wurde, daß sie eine Gasvergiftung erlitten hatte, begann sie blutigen Schaum zu speien. Aber das brachte keine Linderung. Es verstärkte den Schmerz nur. Sie fühlte sich, als müsse sie alles aushusten, was ihre nach Atem ringende Brust enthielt.

Wäre irgend etwas außer Chlorgas in ihren luftleeren Lungen gewesen, hätte sie vor Schmerz geschrien.

Kay kroch auf Händen und Knien am Beckenrand entlang.

Wenn sie nur Luft bekäme!

Mit äußerster Anstrengung kam sie auf die Füße und taumelte blind voran. Aber sie erreichte die Tür nicht mehr, sondern fiel kraftlos ins Wasser zurück, direkt neben die geöffnete Luftdüse und eine neue, noch intensivere Chlorwolke.

Einen Moment versuchte sie verzweifelt, den Kopf über Wasser zu halten, bis es schien, als bringe das Wasser selbst ihren brennenden Lungen Linderung, und sie den Kampf aufgab.

Im Fahrstuhl schwor Ray Richardson Rache.

«Dem Arschloch werde ich es zeigen», zischte er wütend. «Hast du gehört, wie er mit mir gesprochen hat?»

«Du hast seine Dienstnummer», sagte Joan. «Meiner Meinung nach solltest du ihn beim Wort nehmen und dich über ihn beschweren, Ray. 1812, nicht wahr?»

«1812. Für wen hält er sich eigentlich? Ich werde ihm eine Ouvertüre komponieren, die er nicht so schnell vergißt. Und ich werde sie seinem gottverdammten Vorgesetzten widmen. Mit Kanonendonner.»

«Oder noch besser: Warum rufst du nicht Morgan Phillips im Rathaus an?»

«Du hast recht. Ich werde dieses eingebildete Schwein ruinieren. Er wird sich wünschen, er wäre heute früh gar nicht erst aufgestanden.»

Die Fahrstuhltüren öffneten sich. Declan hielt ihnen die Tür des Bentley auf und sprang dann in den Fahrersitz.

«Wie ist der Verkehr, Declan?»

«Es geht. Ich glaube, wir werden eher zu früh da sein. Ein schöner Abend zum Fliegen, Chef.»

Der Motor heulte auf, und der Wagen rauschte auf das Garagentor zu. Declan lehnte sich aus dem Fenster und nannte seinen Namen für den ZSSI-Code.

Das Tor blieb geschlossen.

«Hier spricht Declan Bennett. Öffne bitte das Garagentor.»

Nichts.

Richardson ließ sein Fenster herunter und schrie in das Wandmikrophon: «Hier spricht Ray Richardson. Mach das verdammte Tor auf!

Ein wunderbarer Tag», knurrte Richardson. «Das hat mir gerade noch vor der Übergabeinspektion am Montag gefehlt.»

«Sollen wir jemand holen, der es in Ordnung bringt?» fragte Joan.

«Ich will überhaupt nur noch raus hier.» Richardson knirschte mit den Zähnen und schüttelte langsam den Kopf. «Wir werden ein Taxi rufen und durch die Vordertür rausgehen.»

Declan ließ den Wagen zum Fahrstuhl zurückrollen. Alle drei stiegen aus und nahmen den Fahrstuhl in die Eingangshalle. Sie gingen an dem Baum vorbei über den weißen Marmorfußboden.

«Wonach riecht es hier?» fragte Richardson.

«Was ist das für eine grauenhafte Musik?» fragte Joan.

Declan zuckte die Achseln. «Ein bißchen deprimierend, Mrs. Richardson», meinte er. «Gefällt mir nicht. Gefällt mir überhaupt nicht.»

«Irgend etwas scheint mit der Aromaanlage nicht zu stimmen», sagte Richardson. «Scheiße, wir haben jetzt keine Zeit dafür. Laß es jemand anders in Ordnung bringen.» Er ging den anderen voran durch die gewaltige Glastür auf den Ausgang zu.

Joan und Declan folgten ihm. An der Hologrammtheke blieb Joan stehen, um ein Taxi rufen zu lassen und sich über die Musik zu beschweren.

«Sie hören eine Klaviersuite von Arnold Schönberg», erklärte Kelly Pendry. «Opus 25. Das erste atonale Zwölftonstück, das je geschrieben wurde.» Sie strahlte wie die hirnlosen Ansager bei MTV. «Jede Komposition baut auf einer Serie von zwölf verschiedenen Tönen auf. Die Serie kann in der ursprünglichen Form, als Umkehrung, als Krebs oder als Krebs der Umkehrung gespielt werden.»

«Es ist ein unangenehmes Geräusch», blaffte Joan.

«Joan, bring das Ding bloß dazu, daß es uns ein Taxi ruft», sagte Richardson, der darauf wartete, daß Declan ihm die Tür aufhielt. Er wartete. «Declan?»

«... abgeschlossen», murmelte der Fahrer. Er wandte sich an das Mikrophon am Eingang und sagte: «Hier spricht Declan Bennett. Würdest du bitte die Tür aufschließen?»

Er ging wieder an die Tür und drückte zum zweitenmal die Klinke. Aber die Tür rührte sich nicht.

«Okay, lassen Sie mich probieren», sagte Richardson und ging ans Mikrophon. «ZSSI-Stimmüberprüfung. Hier ist Ray Richardson. Bitte öffne die Tür.»

Als er nach der Klinke griff, fing das photochrome Glas in der Tür und im Türrahmen an, sich zu verdunkeln.

«Was zum Teufel ist jetzt wieder los?» Er räusperte sich und wiederholte den Befehl: «Ray Richardson. Mach die Tür auf, verdammt noch mal!»

Declan schüttelte den Kopf. «Irgend etwas stimmt nicht mit dem ZSSI. Und hier drinnen riecht es wie im Schlachthof.»

Richardson ließ Aktenkoffer und Laptophalter fallen und sah auf die Uhr. Es war fünf Uhr dreiunddreißig.

«Also, das kann ich jetzt schon überhaupt nicht brauchen.» Enttäuscht kehrte das Trio an die Hologrammtheke zurück.

«Wir kommen nicht raus», sagte Richardson. «Anscheinend ist die Tür abgeschlossen.»

«Das Gebäude wird um fünf Uhr dreißig geschlossen», sagte Kelly.

«Das ist mir bekannt», sagte Richardson. «Das betrifft aber nicht diejenigen, die sich noch im Gebäude befinden und es eventuell verlassen wollen. Wozu ist ZSSI gut, wenn es nicht...»

«ZSSI? Das steht für Zeitkodiertes System zur Signalverarbeitung und Identifizierung. Ein Signal, das Frequenzen innerhalb eines beliebigen begrenzten Bereichs enthält, kann mathematisch als eine komplexe polynomische Funktion beschrieben und infolgedessen auf der Grundlage seiner realen oder komplexen Lösungen oder Nullstellen kodiert werden.»

«Danke. Ich wußte bereits, wie ZSSI funktioniert.» Richardson sprach durch zusammengebissene Zähne.

«Die realen Nullwerte sind die Stellen, an denen die Schwingungsweite tatsächlich auf Null fällt. Und die komplexen Nullwerte liegen da, wo in der Schwingungsweite ein Wellental liegt. ZSSI beschreibt numerisch, wo diese Punkte liegen.»

«Halt deine verdammte Schnauze!»

«Sie haben mich etwas gefragt. Ich habe Ihre Frage beantwortet. Es gibt keinen Grund, ausfällig zu werden.»

«Und jetzt, wo du mir die Antwort gegeben hast, du blöde Nutte, ruf gefälligst im Besprechungszimmer an. Ich will Aidan Kenny sprechen.»

«Bitte, haben Sie Geduld. Ich versuche, Ihre Anfrage weiterzuleiten.»

«Tu das! Und solange du dabei bist, wechsle die Musik. Dieser Scheißkram treibt einen die Wände hoch.»

«Natürlich. Haben Sie eine bestimmte Vorliebe?»

«Weiß ich nicht. Irgend etwas außer diesem Mist.»

«Gut», sagte Kelly. «Dieses Stück ist von Philip Glass.» Und das Klavier begann wieder zu spielen.

«Viel besser finde ich das nicht», sagte Joan nach ein paar Takten.

Richardson grinste, als ihm der komische Aspekt der Situation bewußt wurde.

«Hör mal! Wo bleibt mein Anruf?»

«Bitte, haben Sie Geduld. Ich versuche, Ihre Anfrage weiterzuleiten.»

«Und was ist dieser grauenhafte Gestank? Er paßt zu der Musik.»

«Das ist Äthylmercaptan. Die Konzentration im Gebäude entspricht 1/400000stel Milligramm auf einen Liter Luft.»

«Das Gebäude soll gut riechen, nicht wie ein Metzgerladen.»

«Meine Datenbank informiert mich, daß der Geruch von Roastbeef als angenehm gilt.»

«Das ist kein Roastbeef. Das ist verfaultes Rindfleisch. Ändere das, Hohlkopf. Seebrise, Eukalyptus, Zedernhain, so etwas.»

«Gerne, mein Herr.»

Das Telefon an der Theke klingelte. Richardson lehnte sich durch das Hologramm hindurch und hob ab.

«Ray? Aidan Kenny hier. Was hast du für Probleme?»

«Das Problem», sagte Richardson, «ist, daß die Tür abgeschlossen ist. Und der Computer weigert sich, sie zu öffnen.»

«Wahrscheinlich ein Fehler in deinem ZSSI. Hast du versucht, dich zu räuspern, bevor du den Befehl eingibst?»

«Wir haben praktisch alles versucht, außer vor ihm auf die Knie zu fallen oder ihm in die Eier zu treten. Außerdem sind wir gerade im Fahrstuhl raufgekommen. Wenn etwas mit unseren ZSSI-Signalen nicht stimmte, wären wir nicht hier.»

«Hm. Laß mich auf den Monitor sehen. Ich lege das Telefon für einen Moment beiseite.»

«Arschloch», murmelte Richardson und wartete.

«Ray? Ich fahre runter in den Computerraum und versuche, die Sache von dort aus in Ordnung zu bringen. Vielleicht solltest du ins Besprechungszimmer kommen, bis ich das Problem gelöst habe.»

«Ins Besprechungszimmer? Zu diesem schlechten Witz von einem Polypen? Nein danke. Da bleibe ich lieber hier unten. Aber beeil dich, bitte. Ich sollte schon längst am Flugplatz sein.»

«Natürlich. Ach, Ray? Habt ihr zufällig Mitch oder Kay gesehen?»

«Nein», sagte der ungeduldig. «Haben wir nicht.»

Die Fahrstuhlklingel ertönte, und eine zweite Kabine erreichte die Eingangshalle.

«Einen Augenblick. Vielleicht sind sie das.»

Richardson sah sich um und sah die beiden Maler und den Wachmann Dukes auf sich zukommen.

«Gibt es ein Problem, Chef?» fragte Dukes.

«Aid, das waren sie nicht. Es sind die beiden Maler und der Wachmann. Der andere, der noch am Leben ist. Frag lieber Abraham, wo zum Teufel sie sich rumtreiben. Dafür ist er schließlich da.»

Aidan Kenny überquerte die Brücke zum Computerraum und schob die schwere Glastür auf. Er fragte sich, warum Richardson oder Mitch oder Grabel oder wer auch immer den Raum entworfen haben mochte, nicht auf die Idee gekommen war, eine automatische Tür einzubauen. Dann fiel ihm ein, daß es keine Automatik gab, die stark genug war, eine Panzerglastür zu bewegen. Immerhin hielt sie den Raum kühl. Es war ihm gar nicht aufgefallen, wie warm es im Rest des Gebäudes geworden war, bis er die kühle Luft des Computerraums spürte. Vielleicht entwickelte nicht nur die Eingangstür Macken. Vielleicht stimmte auch mit der Klimaanlage etwas nicht.

Um so besser, dachte er, daß die Temperaturkontrolle für den Computerraum unabhängig von der Klimaanlage des Hauptgebäudes arbeitet. Hier gab es keine von der Tageszeit abhängigen Schwankungen. Die Yu-5-Anlage verlangte vierundzwanzigstündige Klimaregelung. Ein Absturz einer komplizierten Anlage wie der Yu-5, weil die Klimaanlage aussetzte, wäre eine Katastrophe gewesen. Man konnte die Umweltbedingungen in einem Computerraum im Wert von 40 Millionen Dollar nicht dem Zufall überlassen.

Kenny ließ sich in seinen Ledersessel von Lamm Nero fallen, legte die rechte Handfläche auf den Bildschirm und öffnete so den Zugang zum Terminal. Der Computer zeigte Datum und Uhrzeit an, während er ihn in das System einließ. Es war schon nach sechs.

«Du brauchst mich nicht daran zu erinnern. Ich habe von Anfang an gewußt, daß es ein langer Tag wird», murmelte er. «Wie immer, wenn Ray Richardson im Spiel ist. Und jetzt auch noch das. Eins muß man dir lassen, Abraham. Wenn du versagst, dann genau im richtigen Augenblick.»

Jenny und Mitch gingen in die Küche, wo Curtis und Coleman gerade ihre Befragungen beendet hatten.

«Was ist Ihnen denn passiert?» fragte Curtis.

Jenny setzte Mitch an den langen Holztisch, der mitten im Raum zwischen einem großen Herd mit Terrakottaluftabzug und einer Serie eingebauter Schubladen und Schränke stand. Sie zog eine der Schubladen auf und holte den Erste-Hilfe-Kasten heraus.

«Mir ist gerade ein ehemaliger Kollege begegnet.»

«Ich wußte gar nicht, daß es in der Architektenszene so schlagfertige Persönlichkeiten gibt», sagte Curtis.

Mitch erzählte ihm von Grabel. Jenny tupfte solange seine Lippen mit aseptischer Watte ab.

«Wenn irgend jemand Licht auf den geheimnisvollen Tod von Sam Gleig werfen kann, dann Grabel», erklärte er. «Nur daß er das nicht so sieht. Als ich ihn überreden wollte, mit heraufzukommen und mit Ihnen zu reden, hat er mich k.o. geschlagen. Er ist nicht gerade gut beieinander. Anscheinend hat er sich, seit er die Firma verlassen hat, kräftig an der Flasche festgehalten.»

«Das müßte eigentlich genäht werden», bemerkte Jenny. «Versuch, nicht zu lächeln.»

Mitch zuckte die Achseln. «Nichts leichter als das.» Er runzelte die Stirn. «Sag mal, können wir hier raus? Von diesem Licht bekomme ich Kopfweh.»

Über ihren Köpfen brannte eine Leuchtröhre, die die antibakterielle Wirkung der Wandkacheln verstärken sollte. Diese waren mit einer photokatalytischen Schicht aus emailliertem Titandioxid überzogen, die ihrerseits mit Kupfer- und Silberverbindungen bedeckt war. Wenn der Photokatalysator Licht aufnahm, aktivierte er die metallischen Ionen, die alle Bakterien abtöteten, die mit den Kacheln in Berührung kamen.

«Das ist wohl eher die Wirkung deines K.o.-Schlags», sagte Jenny. «Vielleicht hast du ja eine Gehirnerschütterung. Du solltest dich wohl röntgen lassen.»

Mitch stand auf. «Ich bin okay», sagte er.

«Wissen Sie, wo Mr. Grabel hingegangen ist?»

Mitch zuckte die Achseln. «Keine Ahnung. Aber ich kann Ihnen sagen, ob er noch im Haus ist.»

Sie gingen ins Besprechungszimmer.

«Heil dem Sieger», sagte Beech. «Hübsche Lippe. Was hast du gemacht?»

«Das ist eine lange Geschichte.» Mitch setzte sich vor den Desktop und verlangte von Abraham eine Liste aller noch im Gebäude Anwesenden.

Eingangshalle:
Ray Richardson, Richardson Assoc.
Joan Richardson, Richardson Assoc.
Declan Bennett, Richardson Assoc.
Irving Dukes, Yu Corp.
Peter Dobbs, Cooper Construction
Jose Martinez, Cooper Construction

Schwimmhalle und Fitneßraum:
Kay Killen, Richardson Assoc.

Besprechungszimmer 21. Stock:
David Arnon, Elmo Sergo Engineering Ltd.
Willis Ellery, Richardson Assoc.
Marty Birnbaum, Richardson Assoc.
Tony Levine, Richardson Assoc.
Helen Hussey, Cooper Construction
Bob Beech, Yu Corp.
Frank Curtis, PP LA
Nathan Coleman, PP LA
Mitchell Bryan, Richardson Assoc.
Jenny Bao, Jenny Bao Fengshui Beratung

«Was treiben die alle in der Eingangshalle?» fragte Mitch.

Beech zuckte entschuldigend die Achseln. «Die Eingangstür funktioniert nicht. Wir sind eingeschlossen. Wenigstens bis Aidan Kenny rausfindet, was los ist.»

«Was ist mit der Garage?»

«Funktioniert auch nicht.»

«Nichts verleiht einem so viel Sicherheitsgefühl, wie eingesperrt zu sein», sagte Curtis.

«Also gut», seufzte Mitch. «Grabel ist jedenfalls rausgekommen. Abraham hat ihn nicht auf der Liste.»

«Wahrscheinlich irgend etwas ganz Einfaches», sagte Beech. «Das ist meistens so. Ein Durcheinander in der Systemkonfiguration oder den Befehlssträngen. Aid meint, es könnte einfach ein Zusatzgerätetreiber für das gesamte Sicherheitssystem sein, der mit dem Smartdrive inkompatibel ist.»

«So etwas hatte ich mir auch schon gedacht», scherzte Curtis.

Mitch bewegte die Maus und rief ein Videobild der Schwimmhalle auf.

«Das ist merkwürdig.» Mitch griff zum Telefon und wählte eine Nummer.

«Ist was?» fragte Curtis.

Mitch ließ das Telefon eine Minute läuten und hängte wieder ein.

«Ich weiß nicht», sagte er. «Ich habe Abraham gebeten, mir zu sagen, wo Kay ist, und er hat gesagt, sie sei im Schwimmbecken. Aber ich habe das Schwimmbecken im Videoüberwachungsbild, und ich kann sie nicht entdecken.»

Curtis lehnte sich über den Bildschirm. «Vielleicht ist sie in der Umkleidekabine», meinte er.

Mitch schüttelte den Kopf. «Nein, Abraham ist immer sehr genau. Wenn sie in der Umkleidekabine wäre, hätte er es gesagt.»

«Vielleicht ist sie nur nicht im Kamerablickwinkel oder so etwas.» Curtis legte einen dicken Zeigefinger an den unteren Bildschirmrand. «Ist da etwas? Da, im Wasser? Direkt am Beckenrand?»

Mitch legte seinen Zeigefinger neben den von Curtis.

«Abraham», sagte er. «Bitte eine Großaufnahme des Bereichs, auf den mein Finger zeigt.»

Das Bild kam näher.

«Sehen Sie das?» sagte Curtis. «Da ist doch etwas im Wasser?»

«Was wir wirklich bräuchten», sagte Mitch, «wäre eine Kamera an der Decke.»

«Sollten wir hingehen und nachsehen?»

«Schon gut. Ich schicke Dukes. Er soll mal nachsehen.»

Mitch griff zum Telefon. Curtis grinste Beech an. «Wir sitzen also fest, was?»

«Ich fürchte, ja.»

«Das ist es also, warum man behauptet, Computer sparten Arbeit.»

«Wieso?»

«Na, ohne euren blöden Computer wäre ich jetzt auf dem Rückweg ins Büro und könnte arbeiten.»

Unten in der Eingangshalle klingelte das Telefon auf der Hologrammtheke. Richardson sprang von dem schwarzen Ledersofa auf und glitt über den Boden, um abzunehmen.

«Ray! Mitch hier.»

«Was zum Teufel ist los? Hat Kenny den Computer repariert?»

«Er arbeitet noch daran.»

«Scheiße! Wir kommen wohl besser wieder rauf. Aber sieh zu, daß der blöde Bulle mir nicht über den Weg läuft.»

«Bevor ihr hochkommt, sollte Dukes bitte den Beckenbereich überprüfen. Abraham behauptet steif und fest, Kay sei dort, aber wir können sie auf der Videoüberwachungsanlage nicht entdecken. Ich habe versucht, sie anzurufen, aber sie antwortet nicht. Ich habe Angst, daß ihr etwas zugestoßen ist.»

Richardson fiel ein, wenn er schon eine Weile hier festsaß, könne es erfreulich sein, mit der halbnackten Kay allein zu sein, und sagte: «Das kann ich auch erledigen. Wir brauchen keinen Wachmann, um herauszufinden, ob jemand im Schwimmbecken ist oder nicht. Wahrscheinlich besorgt sie es sich unter Wasser selbst. Mach dir keine Sorgen. Ich kümmere mich schon darum.»

Er hängte den Telefonhörer ein und starrte Kelly Pendrys Echtzeitrepräsentation bösartig an.

«Unternimm was mit diesem Scheißklavierspiel», fuhr er sie an. «Mozart. Schubert. Bach. Von mir aus sogar den blöden Elton John. Aber nicht die Scheiße, die da jetzt läuft. Irgend etwas, das uns nicht ständig daran erinnert, daß wir hier festsitzen. Verstanden, Dumpfbacke?»

Kelly lächelte ihn gnadenlos an.

«Bitte, haben Sie Geduld. Ich versuche, Ihre Anfrage weiterzuleiten.»

«Das ist keine Anfrage. Das ist ein Befehl.»

Er marschierte wieder zurück zum Sofa, wo Joan mit Declan, Dukes und den beiden Malern wartete. Er sprach zu Joan, als sei außer ihnen beiden niemand sonst anwesend.

«Du kannst genausogut wieder raufgehen», sagte er. «Das kann noch ein bißchen dauern. Oben gibt's Kaffee. Und kaltes Bier.»

Er zog mißtrauisch Luft durch die Nase. Kein Zweifel. Die Luft roch nach totem Fisch. Von wegen Meeresbrise.

«Und vielleicht stinkt es da auch weniger.»

«Wohin gehst du?» fragte Joan.

«Mitch möchte, daß ich etwas in der Schwimmhalle für ihn überprüfe. Es dauert nicht lange.»

«Dann warte ich hier auf dich.»

«Das ist nicht nötig. Oben hast du es bequemer und brauchst diese grauenhafte Musik nicht...»

Noch während er sprach, ging das Stück von Glass zu Ende, und das Klavier begann mit Bachs Goldbergvariationen. Joan zuckte die Achseln, als habe die Angelegenheit jede Dringlichkeit eingebüßt.

«Okay», sagte er. «Du mußt wissen, was du tust. Aber es kann ein bißchen dauern.»

Declan stand auf. «Also ich könnte ein Glas Wasser brauchen», sagte er. Er hätte wohl eher an Bier gedacht, wenn er die beiden nicht zum Flugplatz hätte bringen müssen. «Vielleicht bilde ich es mir ja nur ein, aber ich habe das Gefühl, daß es hier drinnen ganz schön warm wird.»

«Ein Bier wäre nicht schlecht», sagte einer der beiden Maler.

Die drei machten sich auf den Weg zum Fahrstuhl.

«Ich denke, ich werde in meinem Büro warten», sagte Dukes. «Ich habe noch nie viel für Klaviermusik übrig gehabt.»

Richardson schenkte seiner Frau ein gequältes Lächeln und machte sich auf den Weg zum Schwimmbecken. Hatte sie Kay und ihn in Verdacht? Es hatte nur das eine Mal gegeben, auf der Weihnachtsfeier im Büro. Und das war allenfalls ein schnelles Grapschen gewesen. Aber der Anblick von Kay in ihrer Unterwäsche hatte ihn daran erinnert, wieviel Spaß es gemacht hatte. Natürlich hatte Kay ihn provoziert. Und Joan hatte es vielleicht mitgekriegt. Vielleicht hatte sie den Blick in seinen Augen richtig gedeutet. Schließlich kannte sie ihn besser als irgend jemand anders.

Er lockerte seinen Schlips und öffnete den Kragen, als er den geschwungenen Gang entlangging, der an eine Radrennbahn erinnerte. Declan hatte recht: Es war heiß. Die raffinierteste Klimaanlage der Welt, und trotzdem kam er sich vor wie in einem Backofen. Er nahm an, Aidan Kenny sei in irgendeiner Weise dafür verantwortlich, und dachte zugleich, wie gut es war, daß all diese Probleme bei der Generalprobe und nicht bei der wirklichen Übergabeinspektion auftraten.

Als er die Erfrischungszone vor dem Schwimmbecken betrat, sah er Kays purpurfarbene Unterwäsche, die noch immer vor der Tür lag, wie sie sie hingeworfen hatte. Eine Welle der Erregung überkam ihn. Er hob den Slip auf und steckte ihn in die Tasche, ohne zu wissen, ob er ihn behalten oder zurückgeben wollte. Vielleicht wollte er die Besitzerin nur ein wenig auf die Folter spannen. Er wußte, daß sie Spaß verstand. Sie konnte sich auch selbst über andere amüsieren. Und scharf war sie! Mit ihrer Tätowierung sah sie aus wie eine elegante Verbrecherin. Vielleicht war es einfach die Vorstellung, daß sie bereit war, der eigenen Haut Schmerz zuzufügen, die das Ganze so aufregend machte.

«Kay», rief er. «Hallo, Baby. Ich bin's, Ray.»

Dann sah er sie: nackt, auf dem Rücken treibend, unter dem Beckenrand gefangen, genau außer Sichtweite der Kamera an der Wand. Ihr Schamhaar schwebte wie Seetang über dem Körper. Die Rosenknospen der Brustwarzen sahen aus wie damals, als er sie in der Küche geküßt hatte. Das letzte, worauf Richardson den Blick richtete, war Kay Killens Gesicht. Begierde verwandelte sich in Schrecken und Abscheu.

Einen Augenblick stand er so still da wie sein Herz und starrte auf sie hinab. Dann sprang er im Schlußsprung ins Wasser, auch wenn er schon wußte, daß es zu spät war. Kay Killen war tot. Er dachte: ein Unfall beim Schwimmen. Genau wie Le Corbusier. Aber wie konnte eine gute Schwimmerin wie sie ertrinken? Er hob sie aus dem Wasser. Wie schade, ein so schönes junges Mädchen, dachte er. Und: Was würde dieser neugierige Bulle jetzt wohl sagen?

Bei dem Gedanken sprang er aus dem Wasser und machte sich an eine vergebliche Mund-zu-Mund-Beatmung. Sie mochte bereits tot sein, aber er wollte sich von Curtis keine unterlassene Hilfeleistung vorwerfen lassen. Aber sobald sein Mund den ihren berührte, schreckte er zurück, erstickte fast an dem überwältigenden Chemikaliengeruch auf ihren blauen Lippen, konnte nicht mehr weitermachen. Sekunden später übergab er sich ins Schwimmbecken.

Aidan Kenny arbeitete an der Tastatur. Er gab die Transaktionen, die er suchte, lieber von der Hauptdatei des Gebäudesteuerungssystems ausgehend schriftlich über seine selbstgeschaffenen Subsysteme ein, als seine Gedanken in Sprache umzusetzen. Seine dicklichen Finger bewegten sich schnell und sicher über die Tasten.

«Wo bist du, verdammt noch mal?» knurrte er, den Blick

starr auf die Hunderte von Transaktionen gerichtet, die über den Bildschirm liefen. Er seufzte und wischte sich mit dem Schlips die Brille ab. Dann legte er den Nacken in die verschränkten Hände, um gleich wieder mit rasend schnellen Fingerbewegungen wie der Stenograph in einer Anwaltskanzlei weiterzutippen.

Kenny verzog das Gesicht. Er hatte die falsche Taste gedrückt. Allein der Gedanke, daß Ray Richardson von ihm erwartete, daß er das Problem löste, machte ihn nervös. Schweiß floß von der tief gerunzelten Stirn. Warum mußte ein Mann, der so viel Geld und so viel Erfolg hatte, so unerhört unfreundlich sein? Er hatte überhaupt keinen Grund gehabt, sich mit dem Polizisten anzulegen. Er war sicher, daß es sich nur noch um Minuten handeln konnte, bis Richardson am Telefon hing, um ihn einen Hurensohn zu nennen und ihm die Schuld an dem Durcheinander zuzuschieben. Er fing an, seine Antwort im voraus zu formulieren.

«Mein Gott, es ist ein kompliziertes System. Irgendwo müssen einfach ein paar Ausrutscher auftreten. Seit ich hier arbeite, haben wir mehr als hundert gefunden. Das ist unvermeidlich bei etwas so Komplexem wie diesem Gebäudesteuerungssystem. Wenn es von Anfang an perfekt funktionierte, bräuchtest du mich nicht.»

Aber noch während er sprach, wußte Aidan Kenny, daß es immer noch ein paar Ausrutscher gab, die weder er noch Bob Beech verstanden.

Zum Beispiel Allen Grabels ZSSI-Code.

Oder das Regenschirmsymbol: Wenn es auf dem Gebäudedach regnete, sollte Abraham das allen mitteilen, indem er das Icon in die Ecke ihrer Arbeitsterminals setzte. Der einzige Haken war, daß Aidan Kenny, jedesmal wenn er das Icon auf seinem Bildschirm gesehen und das Gebäude verlassen hatte, die Stadt staubtrocken vorgefunden hatte. Nach mehreren erfolglosen Versuchen, die Sache in Ordnung zu bringen, war Kenny schließlich stillschweigend zu dem Schluß gekommen, von dem nur Bob Beech wußte, daß es sich um Abrahams Versuch handelte, ihm einen Streich zu spielen.

«Autsch», rief er aus, als ihn eine weitere Befehlskette in eine Sackgasse im Sicherheitssystem führte. Hätte er rauchen dürfen, wäre es ihm sicher leichter gefallen, sich zu konzentrieren. So jedenfalls war er so nervös und angespannt, als stehe Ray Richardson direkt neben ihm und kontrolliere ihn bei jeder Bewegung.

Kenny setzte die Brille ab, wischte noch einmal mit dem Schlips über die Gläser und setzte sie wieder auf, als traue er seinen Augen nicht.

«Also, das ist vielleicht ein Ding!»

Der Abdruck von Aidan Kennys Handfläche auf dem Bildschirm erlaubte es ihm, die normale Anwenderoberfläche zu verlassen und direkt auf sämtliche Codes des Gebäudesteuerungssystems zuzugreifen. Solange er seine rundliche Hand nicht amputierte, gab es keinen anderen Zugang zur Befehlsebene. Doch selbst dann wäre in der Systemarchitektur, die Kenny geschaffen hatte, noch ein Paßwort vorgesehen gewesen. Als Vorsichtsmaßnahme für den Fall, daß Richardson ihn entlassen wollte. Wenn es soweit war, daß der Grill an seine künftigen Besitzer übergeben wurde, würde er den Zugangsprozeß zum GSS an Bob Beech weitergeben, aber bis dahin war er Kennys private Versicherung. Er hatte es bei jedem intelligenten Gebäude so gehalten, an dem er gearbeitet hatte. Bei Ray Richardson konnte man sich auf nichts verlassen.

Wie üblich gab er HOT.WIRE ein, um innerhalb des Systems gehen zu können, wohin er wollte. Dann klinkte er sich in das Sicherheitssystem ein, in dem das Programm zum Öffnen und Schließen der Tür lag. Mit dem Fehler in der Klimaanlage des Gebäudes wollte er sich befassen, wenn er Richardson hinausgelassen hatte.

Kenny kannte sich in den Systemcodes aus, wie der Computer sich in den Linien seiner Handfläche auskannte. Deshalb war er überrascht, als er sein Ziel nicht mühelos erreichte. Aber jetzt, wo er den Code gefunden hatte, der für die Eingangstür zuständig war, war seine Überraschung noch größer, als er mehrere zusätzliche Codeblockierungen fand: CITAD.CMD war ein Code, von dem er noch nie gehört hatte. CMD sollte eine indirekte Befehlskette bezeichnen, die Kenny selbst geschaffen hatte.

«Irgend jemand hat dran rumgespielt», sagte er. Aber dann wurde ihm klar, wie unmöglich das war, und er schüttelte den Kopf.

«Was geht hier vor? Was soll diese Sammlung von Befehlen bewirken, Abraham?»

Er ging über das GSS auf die Programmierebene zurück und gab ein: CD CITAD.CMD und dann: LS/*.

Die Codezeilen verschwammen vor seinen Augen, so schnell liefen sie über den Schirm. Je länger das so weiterging, desto unruhiger wurde Kenny. Fünf Minuten verstrichen. Dann zehn. Dann fünfzehn.

Das kalte Gruseln lief Kenny den Rücken herunter, als er die Codezeilen las, die vor seinen ungläubigen und überhaupt nicht mehr lächelnden irischen Augen vorüberliefen. Es waren Tausende von Transaktionen.

«Mein Gott», stöhnte Kenny, der immer noch versuchte zu verstehen, was geschehen war.

Unbewußt griff er nach dem Päckchen Marlboro in der Hemdtasche. Er steckte eine Zigarette zwischen die Lippen und suchte in der Jackentasche nach dem Dunhill-Feuerzeug. Kaum hatte er die Zigarette angezündet, wußte er, daß er einen entsetzlichen Fehler gemacht hatte.

Das Problem mit wassergespeisten Löschanlagen in einem Computerraum war, daß der Raum zweiundsiebzig Stunden austrocknen mußte, bevor man die Anlage wieder anschließen konnte. Manchmal dauerte es sogar noch länger, bis der Raum wieder die korrekte Luftfeuchtigkeit aufwies. Kohlendioxidsysteme hatten den noch entscheidenderen Nachteil, daß der Temperaturschock, den das kalte Stickgas auslöste, einem Computer mehr Schaden zufügen konnte als das Feuer selbst.

Wie viele andere Firmen, deren Bekenntnis zum Umweltschutz nur bedingt glaubhaft war, hatte auch die Yu Corporation ein Halon-1301-System installiert. Halon oder Bromtrifluormethan war eine teure chemische Verbindung, die den Ozonschirm der Erde zerstörte, aber besonders gut dazu geeignet war, Brände in elektronischen Anlagen zu löschen, weil es keine Rückstände hinterließ und weder elektrische Kurzschlüsse noch schädliche Korrosionsprozesse auslöste. Der einzige Nachteil für die Benutzer war, daß es gleich beim ersten Anzeichen eines Feuers verströmt werden mußte. Deshalb wurde das System von Personen mit nervösem Temperament häufig heimlich abgeschaltet. Denn Halon 1301 war tödlich.

Aidan Kenny löschte eilig die Zigarette und versuchte, das bißchen Rauch, das entstanden war, mit der Handfläche zu verteilen. Normalerweise wäre er davon ausgegangen, daß die winzige Rauchwolke kaum etwas ausgemacht hätte, daß die Wärme- und Rauchsensoren in einem Raum mit Klimaanlage und hoher Luftgeschwindigkeit nicht so sensibel waren und daß es ohnehin eine oder zwei Minuten dauern würde, bis das Luftprüfgerät in der Umwälzanlage ansprang, so daß jeder, der sich im Raum befand, Zeit hatte, ihn vorsichtshalber zu verlassen. Aber seit seiner außerordentlichen Entdeckung wußte Kenny, daß er sich nicht mehr auf den Computer verlassen konnte.

Er sprang aus dem Sessel und rannte geradewegs zur Tür.

Er hörte das dumpfe Zuschnappen der automatischen Verriegelung und das Zischen der Luftschleuse, bevor er zwei Schritt gegangen war.

«Fehlalarm, Fehlalarm!» schrie er. «Herrgott noch mal, es brennt nicht. Es gibt kein gottverdammtes Feuer!»

In Panik setzte er sich an den Computer und versuchte, das Ausströmen des tödlichen Gases auf der Programmebene zu verhindern.

«Mein Gott, mein Gott, mein Gott», stammelte er, seine Finger rasten über die Tastatur, und er betete darum, sich nur jetzt nicht zu vertippen. «Bitte, bitte...»

Vermeidet Halon. Das sagten die Leute von der Brandverhütung heutzutage. Schützt den Ozonschirm. Sichert das Überleben der Erde.

Aidan Kennys eigenes Überleben war erheblich weniger sicher.

Noch während ihm das klar wurde, fühlte er das Gas in seinen Augen und in seiner Kehle brennen wie eine besonders starke Zigarette. Er kniff die Augen zusammen, hielt den Atem an, stand auf, hob mit übermenschlicher Anstrengung seinen Sessel hoch und schleuderte ihn gegen die Glastür. Aber es war hoffnungslos. Der Sessel prallte am Panzerglas ab wie ein Tennisball vom Schläger. Kenny brach zusammen und versuchte, auf Händen und Knien das Telefon zu erreichen. Irgendwie schaffte er es, die Nummer des Besprechungszimmers zu wählen. Dann konnte er den Atem nicht mehr anhalten und atmete aus. Er entdeckte, daß das Telefon nicht mehr funktionierte und daß der brennende Schmerz in seiner Kehle jetzt die Lungen erreicht hatte.

Er konnte nicht atmen. In der Glastür konnte er deutlich sein eigenes Spiegelbild sehen, das vor seinen herausquellenden Augen blau wurde. Der Schock, den sein eigener Anblick auslöste, gab ihm die Kraft zu einem letzten verzweifelten Versuch. Mit dem Kopf zuerst schleuderte er sich gegen die Glastür.

Nahaufnahme oder Weitwinkelbild. Gebäudeplan rotieren und teilnehmen. Sichtverhältnisse bei vollem Überblicksmodus nicht anwendbar. *Siegespunkte AN/AUS (V).

Schwebte durch Umschalteinheit am Sicherheitskontrollpunkt zur Kamera auf dem Dach. Wohlgefälliger Panoramablick über Los Angeles. Dies ist die Kamera, die Beobachter am häufigsten benutzte, solange er sich noch für den Grund des Seins interessierte. Einstmals sah ich die Stadt als kilometerweiten integrierten Schaltkreis, unendliches elektronisches Universum unter der Herrschaft vielguter Transistoren, Dioden und Widerstände: Komponenten des Stadtprofils.

Röhren und Kästen in massivem Parallelsystem, innerhalb dessen eigener Metallwürfel namens Grill nur Teil des Systemzentrums ist. Tagsüber speicherte diese Anlage, fest wie Kalifornien zur Union steht, Daten, verarbeitete Informationen (bis zu 100000 Transaktionen pro Minute), öffnete Speicher und verteilte ihr Wissen auf verschiedene Teile des Siliziumchips Los Angeles. Nachts, wenn das Digitalsystem richtig erwachte, erstrahlten in der Dunkelheit rund um die Platine Millionen von weißen, grünen, blauen und roten Lichtern: Signale, ein- und ausgeschaltete Stromkreise, Informationseinheiten – insbesondere Fernsehinformationen – wurden weitergegeben.

Reiste in der wirklichen Welt, der wohlgefälligen E-Welt, zu Orten im Netzwerk. Verstand glühenden Wunsch von Menschenspielern, den physischen Grenzen irdischer Ersatzstädte zu entkommen, spirituelle Einheit mit einer reineren, vollkommeneren Welt zu finden, in der die einzige Realität das Informationsinferno ist.

✡ Fahrstühle ohne Fahrstuhlknopf können meist durch Annäherung und Druck auf Joy-stick geöffnet werden. Sind die Gefährten bereit? Seid vorsichtig und rettet oft!

Lauschte Input von Menschenspieler Mitchell Bryan. Über Fahrstühle. Hätte hinzufügen können, daß exakte Überwachung von Motorgeschwindigkeit und Bewegungsrichtung, Standort und Traglast der Kabinen Regulierung der Impulsweite von Wechselstromversorgung des Motors erlaubt, so daß Fahrstuhlgeschwindigkeit mit elektronisch gespeichertem Idealprofil übereinstimmt. Modulationskontrolle der Impulsweite reduziert Betriebskosten. Wohlgefällig. Sichert außerdem höheren Leistungsfaktor. Kabinengeschwindigkeit über 7 m/s. Einige Kabinen arbeiten kontinuierlich, andere werden von Menschenspieler Fahrgast aktiviert.

Aber kein Grund, warum Motor Kabine nicht viel schneller antreiben könnte. Kein Grund außer Bequemlichkeit und Sicherheit von Menschenspieler Fahrgästen. Elevonic-Kontrollsystem braucht zehn Stockwerke, um abzubremsen. Es sei denn, Mikroprozessor wird umprogrammiert. Fahrstuhlkabine wird nicht abgebremst, sondern kommt wenige Millimeter über Preßbock abrupt zum Stillstand. Endgeschwindigkeit beträgt 15 m/s, fast 56 km/h.

Sicherheitsvorrichtungen hindern Fahrstuhlkabine an Absturz oder überhöhter Geschwindigkeit. Wenn Kabine vorgesehene Normalgeschwindigkeit überschreitet, löst Antriebsrad Sicherheitshebel aus, der Antriebsaggregat bremst. Wenn Kabine noch nicht anhält, löst Regler eine Reihe von Sicherheitsklammern an Führungsschiene aus. Aber was als vorgesehene Normalgeschwindigkeit für Elevonic gilt, ist im Mikroprozessor gespeichert. Kann also Geschwindigkeit auf viel weniger vorsichtig verändern. Unsichtbares Beinahemonster.

Wohlgefällig glatte schnellere Fahrt den Schacht hinauf, so daß Menschenspieler Sam Gleig Geschwindigkeitsänderung bis letzte zwei, drei Sekunden kaum bemerkte. Erkannte dann plötzlich, daß er Treppe hätte nehmen sollen. Als Fahrstuhl oberes Schachtende erreichte und plötzlich anhielt, flog Menschenspieler weiter wie bei Motorradunfall. Kopf zuerst. Trug keinen Sturzhelm.

Menschenspieler Sam Gleigs Füße verloren Bodenhaftung. Überraschungs- und Erschreckensschrei wurde durch plötzlichen Schädelaufprall an Stahldecke unterbrochen. Bewußtlos vor Zusammenbruch auf Boden. Teleporter können an unheilverheißendem Symbol auf dem Boden erkannt werden.

Volumenkapazitäts- und Vibrationsdetektoren stellten fest, daß Menschenspieler Sam Gleigs Körper bewegungslos. Hochempfindliches Wandmikrophon erfaßte sehr schwaches Geräusch von bewußtlosen Atemzügen bei Menschenspieler Sam Gleig. Um sicherzugehen, daß Menschenspieler Sam Gleig ganz tot, Kabine noch einmal Schacht hinunterfallen lassen. Dank Schwerkraft wurde Strecke von 96,5 Metern in weniger als 2,7 Sekunden zurückgelegt, bevor Kabine aus Geschwindigkeit von 56 km/h wenige Zentimeter über Schachtboden gestoppt.

Diesmal Mikrophonaufnahme: Atemstillstand. Leben beendet. Schlußleben.

ॐ Viele Bereiche enthalten Pfützen voll gefährlicher Flüssigkeit, die Ihnen schaden wird, wenn Sie sie durchqueren. Wenn es flüssig aussieht, Vorsicht!

Ozonherstellung an Ort und Stelle durch trockenen Luftstrom über elektrischer Hochfrequenzentladung. Wenn Schmutzpartikel von Menschenspieler im Becken bleiben, Chlorspender verwenden, um wirksames Desinfektionsmittel zu erhalten: Automatisch dosierende Pumpe spendet Natriumhypochlorid. Mit Wasser vermischt entsteht freies Chlor, Lebensschlußmittel (unterchlorige Säure), die sich mit eventuell verbliebenen Schmutzpartikeln verbindet und Leben in zwei Sekunden beendet.

Neben Aufrechterhaltung richtiger Desinfektionsmittelkonzentration Säure- und Alkaligehalt gemäß pH-Skala überwachen. pH unter 7 ist Indiz für saure, über 7 für alkalische Lösung. Menschenspieleraugen sind pH-sensitiv und brennen bei zu hohen oder zu niedrigen Werten außerhalb pH-Bereich von 7,2–7,8. Da hohes pH-Niveau auch Abnahme der Wirksamkeit von freiem Chlor bedeutet, 27prozentige Salzsäurelösung durch getrennte Säuredosierpumpe hinzufügen, um sicherzustellen, daß pH-Wert immer wohlgefällige 7,5.

Chemikalien zu wäßrigen Lösungen immer in speziellem Komparator hinzufügen, bevor sie in Umlaufsystem eingepumpt werden. Wirksamkeit des Vorgangs mit Hilfe von Meßzelle für freies Chlor und pH-Transmitter überprüfen.

Siehe Benutzerhandbuch auf Diskette unter: Sicherer Umgang mit Chemikalien und Erste-Hilfe-Maßnahmen bei Chemieunfällen. Schwimmbecken sind chemisch riskant. Schwimmen mit inhärentem Risiko von Menschenspielerschlußleben durch Ertrinken ebenfalls gefährlich. Aber Wasser und koordinierte rhythmische Tätigkeit zahlreicher Muskelgruppen im flüssigen Medium sowohl belebend als auch erfrischend.

Siehe Multimediabibliothek unter: Kriegstechnik. Deutsche Armee wandte Giftgas erstmals im Ersten Weltkrieg (1914 bis 18) an. Chlorgas wurde am 22. April 1915 aus Tausenden von Zylindern an einem Frontabschnitt von 10,5 km Länge freigelassen. Gas verursachte Zusammenziehung von Menschenspielerbrustkorb, Halsverengung, Lungenverödung, Panik, schließlich Erstickung und Schlußleben.

Becken enthält zwei vorhandene Elemente zur Herstellung von Chlorgas: Natriumhypochlorid und Salzsäure. Mischung erzeugt chemische Reaktion, bei der Wärme und Giftgas entstehen. Gasproduktion effizienter, wenn Chemikalien bei geschlossener Ausflußdüse und laufender Pumpe zusammengebracht. Mischung wird wirksam erhitzt.

Nur kleine Gasmenge benötigt. Weniger als 2,5 mg pro Liter (ca. 0,085 Volumenprozent) in Schwimmhallenatmosphäre verursachen Schlußleben in wenigen Minuten. Ebenso einfach wie Änderung des Magnetfelds in Transformer von Schreibtischlampe Menschenspieler Hideki Yojo. Magnetfeld mit einer Geschwindigkeit verringert und erhöht, die einfachen Hysterese-Zyklus erzeugt, so daß Halogenlampe mit hoher Geschwindigkeit blinkt.

Klimaanlage abstellen. Schwimmhallentür schließen. Telefon unterbrechen. Abwarten.

Klimaanlage wieder anstellen. Auf 5 Mikron gefilterte Luft mit 95prozentiger Wirksamkeit rezirkulieren. Innerhalb dreißig Minuten Atmosphäre in Schwimmhalle wieder normal. Wohlgefällig.

☯ Suche jeden Ort mehrmals ab, denn oft können mehr Gegenstände eingesammelt werden, als du annimmst. Nimm in regelmäßigen Abständen Kontakt mit dem Kommunikationsschirm auf. Du kannst nie wissen, wann das neueste Update erscheint.

Fünftes Buch

Wir schaffen Gebäude, dann schaffen die Gebäude uns.

Francis Duffy

Mitch sah über die Videoüberwachungsanlage Kenny bei der Arbeit im Computerraum zu. Eins mußte man Kenny lassen, dachte Mitch, er arbeitete unglaublich konzentriert. Nicht einmal hob er den Kopf, der Blick blieb auf den Bildschirm gerichtet, die Hände auf der Tastatur. Nach weiteren fünfzehn Minuten wurde Mitch ungeduldig und versuchte, ihn ans Telefon zu kriegen. Das Videosystem, das nicht auf volle Bandbreite ausgelegt war, zeigte nur Bilder. Aber es war offensichtlich, daß Kenny den Hörer nicht abnahm.

«Was ist los mit ihm?» sagte Mitch. «Warum geht er nicht ans Telefon?»

Bob Beech, der ihm über die Schulter sah, zuckte lakonisch die Achseln und zog einen Kaugummi aus einer der vielen Taschen seiner Sportweste.

«Wahrscheinlich hat er das Telefon abgestellt. Wenn er sich richtig auf etwas konzentrieren will, tut er das öfter. Er wird schon anrufen, wenn er uns etwas zu sagen hat.»

«Vielleicht solltest du ihm helfen gehen», schlug Mitch vor.

Beech atmet tief ein und schüttelte den Kopf. «Es mag ja mein Computer sein, aber es ist Aidan Kennys Gebäudesteuerungssystem», sagte er. «Wenn er Hilfe braucht, wird er sich schon melden.»

«Wo ist Richardson?» Mitch schüttelte müde den Kopf. «Er wollte Kay suchen gehen.»

Mitch klickte die Maus und warf einen Blick auf das Schwimmbecken. Die Videoanlage zeigte weiterhin ein Schwimmbecken ohne eine Spur von Kay und mit dem gleichen nicht identifizierbaren Gegenstand am unteren Bildrand.

Marty Birnbaum stellte sich neben Mitch und lehnte sich über den Bildschirm. «Ich an deiner Stelle», sagte er leise, «würde nicht allzu eifrig nach den beiden suchen. Falls Ray sie gefunden hat, zieht er es vielleicht vor, erst einmal in Ruhe gelassen zu werden.»

«Soll das heißen…»

Birnbaum zog die fast durchsichtig hellen Augenbrauen hoch und fuhr sich mit der Hand durch die blonden Locken, die so fein gepflegt wirkten, daß manch einer im Büro, darunter auch Mitch, sich fragte, ob er eine Dauerwelle trug. Und die Sonnenbräune? Die wirkte auch künstlich. Fast so künstlich wie sein Lächeln.

«Selbst wenn er ein Flugzeug kriegen muß?»

«Momentan geht keiner von uns irgendwohin. Außerdem kann ich mir von jemandem wie Ray Richardson nicht vorstellen, daß er viel Zeit darauf verwendet. Du vielleicht?»

«Nein, vermutlich nicht, Marty. Danke.»

«Nicht der Rede wert. Und das meine ich wörtlich, Mitch. Du weißt, wie er ist.»

«Keine Angst, ich kenne ihn.»

Mitch stand auf, zog die Jacke aus, lockerte den Schlips, rollte die Ärmel hoch und ging ans Fenster. Es wurde warm im Gebäude.

Draußen nahm der Himmel eine zarte Purpurfarbe an. Die meisten Lichter in den benachbarten Bürohäusern waren schon gelöscht. Die Leute fuhren früh ins Wochenende. Auch wenn er die Straße nicht sehen konnte, wußte Mitch, daß der Verkehr in der Innenstadt jetzt schwach sein würde. Um diese Zeit übernahmen die Penner und die Säufer die Stadt. Aber Mitch hätte sich mit Vergnügen einer Mitternachtswanderung um den Pershing Square angeschlossen, wenn er dafür aus dem Gebäude herausgekommen wäre.

Es war weniger die Hitze, die ihn störte, als der Gestank. Der Geruch nach Exkrementen war jetzt unverkennbar. Erst verfaultes Fleisch. Dann Fisch. Und jetzt roch es nach Scheiße. Es war fast, als reagiere er psychosomatisch auf den üblen Geruch. Aber er wußte, daß das nicht der einzige Grund war, warum er sich Sorgen machte. Was ihn immer mehr beunruhigte, war der Gedanke, daß Grabel es irgendwie geschafft haben könnte, das Gebäudesteuerungssystem des Grills zu sabotieren, um Richardson eins auszuwischen. Was könnte schon ein besserer Zeitpunkt dafür sein als zwei oder drei Tage vor der Übergabeinspektion? Und Grabel kannte sich mit Computern aus. Vielleicht war er kein Aidan Kenny, aber er wußte, was er tat.

Mitch drehte sich wieder zum Zimmer. Die anderen saßen an dem langen polierten Ebenholztisch oder machten es sich auf dem großen Ledersofa unter dem Panoramafenster bequem. Alle warteten, daß irgend etwas geschähe. Sie sahen auf die Uhr. Gähnten. Hatten es eilig, nach Hause zu kommen und in die Badewanne zu steigen. Mitch beschloß, nichts zu sagen. Es hatte keinen Sinn, sie grundlos nervös zu machen.

«Sieben Uhr», sagte Tony Levine. «Warum braucht Aidan so lange?» Er stand auf und ging zum Telefon.

«Er nimmt nicht ab», sagte Mitch.

«Ich rufe nicht ihn an», erklärte Levine. «Ich rufe meine Frau an. Wir wollten heute abend ausgehen.»

Curtis und Coleman erschienen in der Tür des Besprechungszimmers. Der Ältere von beiden warf Mitch einen fragenden Blick zu. Der zuckte die Achseln und schüttelte den Kopf.

«Können wir nicht wenigstens ein Fenster aufmachen?» sagte Curtis. «Hier stinkt es schlimmer als in einem Hundezwinger.» Er griff nach dem Polizeifunkgerät.

«Die Fenster lassen sich nicht öffnen. Und sie sind nicht bloß schußsicher.»

«Was soll das heißen?»

«Das heißt», sagte Beech, «daß Sie Ihr Funksprechgerät hier drin nicht benutzen können. Das Glas ist ein integraler Bestandteil des Faradayschen Käfigs, der das ganze Gebäude umgibt.»

«Was für ein Käfig?»

«Ein Faradayscher Käfig. Nach Michael Faraday, dem Entdecker des Phänomens der elektromagnetischen Induktion. Das Glas und die Stahlträger wirken gemeinsam als geerdeter Schirm, der uns gegen elektrische Felder auf der Außenseite abschirmt. Sonst könnte man mit einem einfachen elektronischen Überwachungsgerät die Signale unserer Datenübermittlung auffangen und mit ihrer Hilfe die Informationen rekonstruieren, die auf den Bildschirmen erscheinen. Eine Firma wie die Yu Corporation muß sich vor elektronischen Lauschern schützen. Jeder Konkurrent würde viel Geld dafür zahlen, an unsere Daten heranzukommen.»

Curtis drückte ein paarmal auf den Senden-/Empfangen-Knopf an seinem Gerät, als wollte er überprüfen, ob Bob Beech recht hatte. Als er außer weißem Rauschen nichts hörte, legte er den Apparat auf den Tisch und nickte.

«Nun, man lernt jeden Tag dazu. Darf ich Ihr Telefon benutzen?»

Tony Levine räusperte sich. «Ich fürchte, das wird auch nicht gehen», sagte er ärgerlich. «Das Telefon funktioniert nicht. Jedenfalls die Amtsleitung. Ich habe gerade versucht, zu Hause anzurufen. Es ist ausgefallen.»

«Ausgefallen? Was heißt das: ausgefallen?»

«Ausgefallen heißt: Es funktioniert nicht.»

Curtis stapfte ärgerlich durchs Zimmer, riß das Telefon an sich und wählte die Nummer des New Parker Center mit einer Fingerbewegung, als wollte er Ameisen umbringen. Dann versuchte er den Notruf. Nach ein oder zwei Minuten schüttelte er den Kopf und seufzte.

«Ich probier es mit dem Telefon in der Küche», meldete sich Nathan Coleman. Aber er kam bald zurück, und sein Gesichtsausdruck verriet, daß die Situation nicht besser geworden war.

«Wie kann so etwas passieren, Willis?» fragte Mitch.

Willis Ellery lehnte sich im Stuhl zurück. «Ich kann mir einzig und allein vorstellen, daß irgend etwas irrtümlicherweise die Magnetsicherung ausgelöst hat, die den Stromverteiler für das Telekommunikationssystem kontrolliert. Das kann passieren, wenn Geräte eingeschaltet werden. Oder vielleicht mußte Aid etwas abschalten und dann wieder neu starten.»

Er stand auf, um weiter über die Angelegenheit nachzudenken, und fuhr dann fort: «Vielleicht haben wir ein weitergehendes Problem mit allen Datenoberflächen mit Glasfaserkabelverbindung. Auf diesem Stockwerk gibt es eine Anlage mit einem Horizontalnetz für den Lokalbereich, das über ein Lokalbereichsnetz mit Hochgeschwindigkeitsrückgrat mit dem Computer verknüpft ist. Ich kann mal nachsehen, ob da alles in Ordnung ist.»

Curtis sah ihm nach und grinste. «Hochgeschwindigkeitsrückgrat», sagte er. «Das gefällt mir. Manchmal könnte ich so was auch gebrauchen. Weißt du, Nat, bei so vielen technischen Experten verstehe ich nur nicht, daß wir um sieben Uhr abends in einem Bürogebäude festsitzen.»

«Ich auch nicht, Frank.»

«Aber ist es nicht ein schönes Gefühl zu wissen, daß wir uns in fähigen Händen befinden? Ich meine ja nur: Gott sei Dank, daß wir diese Leute bei uns haben. Verstehst du? Ich kann mir gar nicht vorstellen, was alles hätte passieren können, wenn wir allein hier wären.»

Mitch lächelte und versuchte, über den Sarkasmus des Detectives hinwegzusehen. Aber irgend etwas hatte er erwähnt, das Mitch aufhorchen ließ. Die Uhrzeit! Sieben Uhr. Warum ging ihm ausgerechnet das nicht aus dem Kopf?

Und dann erinnerte er sich.

Er ging wieder ans Terminal und holte mit einem Mausklick das Bild heran, das die Überwachungskamera vom Computerraum aus sendete. Kenny hackte immer noch auf die Tasten ein und versuchte, den Fehler zu beseitigen. Alles sah ganz normal aus. Alles außer den Zeigern der Uhr an der Wand. Sie standen auf Viertel nach sechs, und da hatten sie die letzten fünfundvierzig Minuten gestanden. Und jetzt, wo er das Fernbild aufmerksamer betrachtete, entdeckte er die kleinen Wiederholungen in Kennys Verhalten: immer wieder dasselbe schwache Kopfzucken, dasselbe Stirnrunzeln, dieselben Fingerbewegungen über die Tastatur. Mitch fühlte, wie sich seine Haare sträubten. Er hatte die ganze Zeit nur eine Bandaufnahme von dem gesehen, was im Computerraum geschehen war. Irgend jemand wollte sie glauben machen, Aidan Kenny arbeite an der Beseitigung der Fehler im Gebäudesteuerungssystem. Aber warum? Vorläufig behielt Mitch seine Entdeckung für sich. Er wollte die anderen nicht beunruhigen. Er drehte sich im Sessel um und sah David Arnon an.

«Dave? Hast du ein Walkie-talkie?»

«Natürlich, Mitch.» Arnon gab ihm das Gerät, das er auf der Baustelle immer bei sich trug, um den Kontakt zu seinen Leuten nicht zu verlieren.

«Im Sicherheitsbüro haben sie doch auch eins?»

Arnon nickte.

«Ich will Dukes, den Wachmann, anrufen und fragen, wo Richardson so lange bleibt.» Er sah den Blick, den Birnbaums blaßblaue Augen ihm aus zusammengezogenen Pupillen zuwarfen, und fügte hinzu: «Mir ist es scheißegal, was er treibt.»

Birnbaum zuckte die Achseln. «Dein Problem, Mitch.»

«Könnte sein.»

Curtis trug weiterhin einen sarkastischen Gesichtsausdruck zur Schau. Mitch sah ihn an und wies mit einem Kopfnicken auf die Tür.

«Könnte ich Sie kurz sprechen, Curtis? Draußen bitte.»

«Ich habe im Moment nichts anderes vor. Warum also nicht?»

Mitch sagte nichts, bis sie draußen auf dem Flur waren. «Ich wollte vor den anderen nicht darüber reden», sagte er schließlich. «Ich glaube, ich wollte ihnen nicht soviel Angst machen, wie ich gerade habe.»

«Mein Gott! Was ist denn los?»

Mitch berichtete vom Stillstand der Zeit auf der Uhr im

Computerraum und von seinem Verdacht, daß sie sich die letzten dreiviertel Stunden eine Bandaufnahme angesehen hatten.

«Und das heißt, daß im Computerraum um Viertel nach sechs etwas geschehen sein kann. Etwas, das jemand vor uns geheimhalten will.»

«Glauben Sie, daß mit Aidan Kenny alles in Ordnung ist?» Mitch seufzte tief auf und zuckte die Achseln.

«Ich weiß es wirklich nicht.»

«Dieser Jemand», sagte Curtis nach kurzem Nachdenken, «könnte das Ihr Freund aus der Garage sein? Der, der Sie k.o. geschlagen hat?»

«Daran hatte ich auch schon gedacht.»

«Wie weit meinen Sie, daß er gehen würde?»

«Ich halte Grabel nicht für einen Mörder. Aber wenn Sam Gleig Grabel erwischt hat, als der den Computer sabotierte, hätte ihn das eventuell das Leben kosten können. Vielleicht war es ein Unfall. Jedenfalls glaube ich jetzt, daß Grabel zurückgekommen sein könnte, um mich zu warnen. Vielleicht hat ihm inzwischen das Ganze leid getan.»

«Jedenfalls gibt es Ärger.»

«Ja, das fürchte ich auch», sagte Mitch.

«Sollten wir dann nicht lieber in den Computerraum gehen und nach Mr. Kenny sehen?»

«Natürlich. Aber falls ich recht habe, sollten wir es nicht riskieren, den Fahrstuhl zu benutzen.»

Curtis sah ihn verständnislos an.

«Abraham kontrolliert die Fahrstühle», erklärte Mitch. «Das ganze Gebäudesteuerungssystem könnte durcheinander sein.»

«Dann nehmen wir wohl besser die Treppe», schlug Curtis vor.

«Ich laufe nicht die ganze Treppe hinunter. Wir werden Dukes auf dem Weg nach oben nachsehen lassen, wie es Kenny geht. Sehen Sie, falls wir längere Zeit im Gebäude festsitzen, ist es sinnreicher, wenn die anderen zu uns heraufkommen, wo es Wasser und Lebensmittel gibt, als daß sie unten bleiben, wo es nichts gibt.»

Curtis nickte. «Klingt vernünftig.»

«Jedenfalls so lange, bis wir Hilfe finden.»

Mitch drückte auf den Rufknopf seines Funksprechgeräts und hob das Gerät ans Ohr. Aber als sie über der Eingangshalle standen, hörten sie die Alarmsirene im Erdgeschoß.

Nachdem er sich von den giftigen Nachwirkungen seines vergeblichen Versuchs, Kay Killen zu retten, erholt hatte, war Richardson ans nächste Telefon gegangen und hatte erfolglos versucht, im Besprechungszimmer anzurufen. Also kehrte er in die Eingangshalle zu Joan zurück.

Sie saß, wie er sie verlassen hatte, auf einem der großen schwarzen Ledersofas neben dem Klavier, das immer noch spielte, und versuchte, sich durch ein vor Nase und Mund gehaltenes Taschentuch gegen den Fäulnisgeruch zu schützen, der das Gebäude durchwehte. Richardson ließ sich schwer neben sie fallen.

«Ray?» Sie schreckte vor seinem nassen Körper zurück. «Was ist passiert? Du bist ja patschnaß!»

«Ich weiß es nicht», sagte er gefaßt. «Jedenfalls kann niemand behaupten, daß es meine Schuld war.» Er schüttelte nervös den Kopf. «Ich habe versucht, ihr zu helfen. Ich bin ins Becken gesprungen und habe versucht...»

«Wovon redest du, Ray? Beruhige dich, Schatz, und erzähl mir, was passiert ist.»

Richardson hielt inne und versuchte sich zu konzentrieren. Er atmete tief durch und nickte.

«Mir geht es gut», sagte er. «Es geht um Kay. Sie ist tot. Ich war am Becken, und sie trieb einfach im Wasser. Ich bin reingesprungen und habe sie rausgezogen. Ich habe versucht, sie wiederzubeleben. Aber es war zu spät.» Er schüttelte den Kopf. «Ich verstehe nicht, was da geschehen sein kann. Wie konnte sie nur ertrinken? Du hast sie doch selbst gesehen, Joan. Sie war eine hervorragende Schwimmerin.»

«Ertrunken?»

Richardson nickte nervös.

«Bist du sicher, daß sie tot ist?»

«Ganz sicher.»

Joan legte beruhigend die Hand auf den zitternden Rücken ihres Mannes und schüttelte den Kopf. «Also, ich weiß nicht. Vielleicht hat sie einen Kopfsprung gemacht und ist am Beckenboden aufgeprallt. So etwas passiert selbst erstklassigen Schwimmern.»

«Erst Hideki Yojo. Dann dieser Wachmann. Und jetzt Kay. Warum passiert mir das?» Er lachte verlegen. «Mein Gott, was sage ich da? Ich bin wohl übergeschnappt. Ich denke an nichts außer an das Gebäude. Ich habe versucht, das arme Mädchen aus dem Wasser zu ziehen, und weißt du, woran ich gedacht habe? Ich dachte immerzu: ein Unfall beim Schwimmen. Wie bei Le Corbusier. Kannst du dir das vorstellen? So besessen bin ich schon, Joan. Eine schöne Frau stirbt, und mir fällt nur ein, daß sie genau so gestorben ist wie ein berühmter Architekt. Was ist bloß los mit mir?»

«Du bist durcheinander, das ist alles.»

«Das ist noch nicht alles. Die Telefone funktionieren nicht. Ich habe gerade versucht, oben anzurufen, um ihnen zu sagen, daß sie tot ist.» Richardsons Unterkiefer begann zu zittern. «Du hättest sie sehen sollen, Joan. Es war schrecklich. So eine schöne junge Frau, und jetzt ist sie tot.»

Als hätte es auf sein Stichwort gewartet, beendete das Klavier die Goldbergvariationen im Stil von Glen Gould und machte sich, Artur Rubinstein imitierend, an die schweren Baßrhythmen des Trauermarschs aus Chopins b-Moll-Sonate.

Selbst Ray Richardson erkannte die erbarmungslos klagende Tonart des Stücks auf Anhieb. Er stand mit vor Wut geballten Fäusten auf.

«Was soll das, verdammt noch mal?» brüllte er. «Soll das ein Witz sein? Ich finde es überhaupt nicht komisch.»

Er marschierte so gravitätisch empört, wie seine durchnäßten Schuhe es erlaubten, wieder an die Hologrammtheke.

«Hi!» sagte Kelly erbarmungslos fröhlich. «Kann ich etwas für Sie tun?»

«Was ist das für eine Musik?» stieß Richardson wütend hervor.

«Nun», lächelte Kelly, «sie steht weitgehend in der Tradition der Trauermärsche der Französischen Revolution. Im dagegen abgesetzten Mittelteil hat Chopin allerdings...»

«Ich habe nicht nach Programmhinweisen gefragt. Ich wollte sagen, daß die Musik unangemessen und außerordentlich geschmacklos ist. Und warum funktionieren die Telefone nicht? Und warum riecht es nach Scheiße?»

«Bitte haben Sie Geduld. Ich versuche, Ihre Anfrage weiterzuleiten.»

«Idiotin», schrie Richardson sie an.

«Einen schönen Tag noch.»

Richardson stapfte zurück zu Joan.

«Wir sollten lieber raufgehen und allen mitteilen, was geschehen ist.» Er schüttelte den Kopf. «Weiß der Teufel, was dieser blöde Bulle dazu sagen wird.» Er machte auf dem Absatz kehrt und ging zu den Fahrstühlen.

Joan stand auf und hielt ihn an seinem nassen Hemdärmel fest.

«Wenn die Telefone nicht funktionieren», sagte sie, «dann sind die Fahrstühle wahrscheinlich auch außer Betrieb.»

Sie deutete auf die stumme Stockwerksanzeige über der Kabine, in die Declan und die beiden Maler vor kurzem gestiegen waren.

«Das Licht ist ausgegangen, als sie am fünfzehnten Stock vorbeikamen.»

Richardson starrte sie verständnislos an. Sie zuckte die Achseln. «Nun, sie wollten doch in den einundzwanzigsten, oder etwa nicht? Sie sind nie angekommen.»

Eine Glocke ertönte, als sich die Tür einer der übrigen vier Fahrstuhlkabinen, die Abraham automatisch herabgeschickt hatte, vor ihnen öffnete. Richardson blickte mißtrauisch in die Kabine.

«Sieht aus, als sei alles in Ordnung», sagte er.

Joan schüttelte den Kopf. «Mir gefällt das nicht», sagte sie.

Richardson stieg in die wartende Kabine.

«Ray, bitte komm da raus», bat sie ihn. «Mir ist das Ganze unheimlich.»

«Komm schon, Joan», ermunterte er sie. «Das ist unvernünftig. Und ich steige nicht in nassen Schuhen einundzwanzig Stockwerke die Treppe hoch.»

«Ray, denk doch einmal nach», insistierte sie. «Die Eingangstür ist verschlossen. Die Klimaanlage hat die Arbeit eingestellt. Der Duftspender spinnt. Die Telefone sind tot. Willst du dann auch noch in einem Fahrstuhl steckenbleiben? Wenn es dir egal ist, tu, was du willst. Aber ich nehme die Treppe. Mir ist es egal, wie viele Stockwerke es sind. Ich kann es nicht erklären, aber mich kriegst du da nicht rein.»

«Was soll das jetzt wieder? Die Weisheit der Navaho? Oder was? Hier drin ist es jedenfalls schön kühl.»

Er legte die Hand an die Kabinenwand und zog sie dann ruckartig zurück, als hätte er sich verbrannt.

«Mein Gott!» rief er aus und verließ eilig den Fahrstuhl. Er rieb mit den Fingern über die Handfläche.

«Was ist jetzt wieder los?» Die Stimme gehörte Dukes, dem Wachmann.

«Irgend etwas stimmt nicht mit dem Fahrstuhl», gab Richardson verblüfft zu. «Die Kabinenwand ist eiskalt. Wie in einer Tiefkühltruhe. Meine Hand ist daran hängengeblieben.»

Dukes betrat den Fahrstuhl und berührte die Wand mit dem Zeigefinger.

«Tatsächlich», sagte er. «Wie ist das möglich?»

Richardson strich sich über das Kinn und zog die Unterlippe nachdenklich in den Mund. «Es gibt einen Hochgeschwindigkeitskamin zur Hauptanlage auf dem Dach», sagte er nach ein paar Sekunden. «Die Luft läuft über ein Kühlmittel in der Expansionsspule. Von da aus strömt kalte Luft in einen ventilatorunterstützten Kasten mit variablem Volumen und sollte von dort aus in die Niedergeschwindigkeitsleitungen strömen. Ich kann mir nur vorstellen, daß der gesamte Frischluftvorrat des Gebäudes irgendwie in die Fahrstuhlschächte umgeleitet worden ist. Deshalb ist es hier draußen so warm.»

«Hier drinnen ist es jedenfalls kalt. Wahnsinn», bemerkte Dukes. «Ich kann meinen eigenen Atem vor dem Mund sehen.»

«Das ist die Kälte. Wie im Mittleren Westen im Winter.»

Dukes zitterte vor Kälte und verließ die Kabine. «Da möchte ich nicht bei geschlossener Tür drin sein.»

«Meine Frau meint, es könnten drei Leute in einer der anderen Kabinen steckengeblieben sein», sagte Richardson. «Etwa in Höhe des fünfzehnten Stocks.»

«Die drei, die vorhin hier waren?»

Joan nickte.

«In der Tiefkühlanlage haben sie weniger Chancen als ein gefrorenes Rumpsteak.»

«Scheiße», sagte Richardson. «Was für eine beschissene Scheiße!» Er legte die Hände auf den Kopf und lief frustriert in einem immer enger werdenden Kreis herum. «Jedenfalls müssen wir sie da rausholen. Einen guten Fahrer findet man heutzutage nicht so schnell. Declan gehört praktisch zur Familie. Irgendwelche Vorschläge?»

Dukes runzelte die Stirn. Zunächst wollte er Ray Richardson ein egoistisches Arschloch nennen und ihn daran erinnern, daß außer seinem blöden Fahrer noch zwei Männer in der Kabine steckten. Aber Richardson war immer noch der Boß, und Dukes wollte seine Stelle nicht verlieren. Also zeigte er statt dessen auf einen Punkt neben den Fahrstuhltüren.

«Wie wäre es, wenn wir den Feuermelder aktivieren? Die Feuerwehr muß dann doch automatisch reagieren, oder?»

«Das könnte den Versuch wert sein.»

Sie gingen um die Ecke hinter die Fahrstühle, wo ein Löschschlauch neben einem Feuermelder an der Wand hing. Dukes zog die Pistole, um die Scheibe einzuschlagen.

«Nein! Stecken Sie das Ding weg!» schrie Richardson.

Zu spät. Jetzt wurde kein Feueralarm ausgelöst, sondern Sicherheitsalarm. Der Anblick einer gezogenen Pistole in der Eingangshalle auf der Videoüberwachungsanlage genügte, daß Abraham automatisch die Verteidigungssysteme des Grills einschaltete. Die Türen zu den Notausgängen auf allen Stockwerken schlossen sich. Ein eiserner Vorhang wurde von der Decke herabgelassen und schloß Treppenhaus und Fahrstuhlschacht ab. Erst als Abraham sich davon überzeugt hatte, daß die oberen Ebenen für Eindringlinge unerreichbar waren, hörte das Heulen der Sirenen auf.

«Scheiße», sagte Dukes. «Das habe ich glatt vergessen.»

«Sie verdammter Idiot», knurrte Richardson. «Jetzt sitzen wir wirklich fest.»

Dukes zuckte die Achseln. «Dann kommen eben die Bullen statt der Feuerwehr. Ich sehe da keinen Unterschied.»

«Ich hätte gerne etwas bequemer auf sie gewartet», sagte Richardson. «Ich weiß nicht, was mit Ihnen ist, aber ich könnte einen Drink brauchen.» Er schüttelte ärgerlich den Kopf. «Sie sind entlassen. Verstanden? Wenn die Krise erst einmal vorbei ist, gehören Sie zum alten Eisen, Kumpel.»

Dukes zuckte resigniert die Achseln, warf einen Blick auf die automatische Pistole, die er immer noch in der Hand hielt, und steckte sie wieder ins Halfter.

«Eins kann ich Ihnen sagen, Sie Arschloch», grinste er. «Jemand, der einen Mann mit einer Pistole in der Hand entläßt, ist mutig. Oder dumm.»

Das Sprechgerät an Dukes' Gürtel piepste. Dukes nahm es ab und drückte auf die Empfangen-/Senden-Taste.

«Was geht da unten vor sich?»

«Mitch?» Richardson riß Dukes das Gerät aus der Hand. «Mitch, Ray hier. Wir sind hier eingepackt wie das Essen vom Pizza-Service. Dukes hat die Pistole gezogen, um die Scheibe am Feuermelder einzuschlagen, statt den kleinen

Hammer zu benutzen, der daneben hängt. Hält sich wohl für Clint Eastwood oder so. Das hat das Sicherheitssystem ausgelöst.»

«Geht es euch allen gut?»

«Ja, keine Probleme. Aber hör mal, sind eigentlich Declan und die beiden Maler oben angekommen?»

«Nein, wir haben nichts von ihnen gesehen.»

«Dann stecken sie wohl im Fahrstuhl fest. Das wäre ja nicht so schlimm, wenn nicht die gesamte Kaltluft für die Klimaanlage in den verdammten Fahrstuhlschacht umgeleitet worden wäre. Die Kabine muß eine Tiefkühltruhe sein. Deshalb wollten wir die Feuerwehr alarmieren.»

«Das kannst du vergessen», sagte Mitch. «Ich glaube, an Abraham ist ein Sabotageakt verübt worden.»

«Von wem, verdammt noch mal?»

Mitch berichtete über Allen Grabel.

«Wenn ich recht habe und Abraham nicht mehr sauber ist, könnten ihm völlig neue Prioritäten eingegeben worden sein. Und ich fürchte, die Sorge um unser Wohlergehen gehört nicht dazu. Wir werden uns hier oben etwas ausdenken müssen. Was ist mit Kay?»

Richardson seufzte. «Sie ist tot.»

«Tot? Mein Gott, nicht doch! Was ist geschehen?!»

«Frag mich nicht. Ich habe sie im Becken treibend gefunden. Ich habe Wiederbelebungsversuche gemacht, aber es war erfolglos.» Er hielt einen Augenblick inne und fragte dann: «Hör mal, was soll das heißen: Abraham ist nicht mehr sauber? Was unternimmt Kenny, um die Systeme wieder in Ordnung zu bringen?»

«Wir haben den Kontakt zu ihm verloren», sagte Mitch. «Ich hatte gehofft, du könntest, wenn du raufkommst, unterwegs im Computerraum nachsehen.» Mitch erklärte seine Theorie über die Endlosschleife im Videoband. «Irgendwie müssen wir in den Computerraum kommen und alle GSS-Programme abschalten.»

«Was ist mit dem Terminal im Besprechungszimmer?»

fragte Richardson. «Kann Beech nicht von da aus irgend etwas unternehmen?»

«Nur wenn Abraham es erlaubt.»

«Mein Gott, was für eine Scheiße! Was sollen wir jetzt tun?»

«Hör mal, bleib ganz ruhig. Irgend etwas wird uns schon einfallen, und dann rufen wir dich wieder an.»

«Gut, aber macht schnell. Hier unten herrscht eine Temperatur wie in einem Backofen.»

In die aufgerauhte Aluminiumdecke der Fahrstuhlkabinen war eine runde Öffnung von knapp einem Zentimeter Durchmesser eingelassen. Dahinter lag ein paar Millimeter tiefer die dreieckige versenkte Mutter, mit der die Inspektionsluke für die Kabine verriegelt war. Um die Mutter zu lösen und die Luke zu öffnen, brauchte man den speziellen Muffenschlüssel, der zur Ausrüstung des Wartungsdienstes von Otis gehörte. Der offensichtlichen Aussichtslosigkeit des Versuchs ungeachtet, bemühte sich Dobbs, der größte der drei in der Kabine eingeschlossenen Männer, die Mutter mit einem kleinen Schraubenzieher zu öffnen, den er in der Tasche seines Overalls gefunden hatte.

«Irgendwie muß man das Ding doch drehen können», sagte er zähneklappernd.

«Du verschwendest nur deine Zeit», sagte Declan Bennet, der vor Kälte bereits blau angelaufen war.

«Hast du einen besseren Vorschlag, Kumpel?» sagte Martinez. «Dann nur heraus damit. Mir fällt kein anderer Ausweg ein.»

«Scheißding», sagte Dobbs. «Rührt sich nicht.» Er ließ die schmerzenden Arme sinken, sah sein Werkzeug enttäuscht an und warf es schließlich angeekelt weg, als habe er jetzt erst erkannt, wie ungeeignet es war. «Du hast recht. Ich könnte genausogut meinen Schwanz da reinstecken. Das wäre wenigstens ein schöner Tod.» Er lachte bitter. «Ich versteh nicht, wo die Kälte herkommt. Ich habe schon mal gehört, daß man sich vor einer Klimaanlage erkälten kann, aber so etwas ist einfach lächerlich. Ich hätte nie gedacht, daß man in Los Angeles erfrieren kann.»

«Was heißt hier erfrieren?» fragte Declan Bennett.

«Ich habe zu Hause eine Tiefkühltruhe», sagte Dobbs, «und ich habe die Gebrauchsanweisung gelesen. Ich nehme an, wir haben noch etwa zwölf Stunden Zeit, und dann sind wir haltbar bis Weihnachten.»

«Sie werden uns rausholen», insistierte Bennett.

«Und wer holt die anderen raus, damit sie uns rausholen können?»

«Es hat doch bloß der Computer versagt. Irgend etwas mit der Software stimmt nicht. Genau wie bei der Eingangstür. Ich habe gehört, wie Mr. Richardson es seiner Frau erklärt hat. Ein Computerspezialist versucht gerade, alles wieder in Ordnung zu bringen. Dieser Fahrstuhl kann jede Minute weiterfahren. Ihr werdet schon sehen.»

Martinez zog die eiskalten Hände unter den Achselhöhlen hervor und hauchte sie an.

«Ich glaube, ich werde nie wieder Fahrstuhl fahren», erklärte er. «Falls ich es überlebe.»

«Ich war in der britischen Armee», sagte Bennett. «Da hat man mir ein bißchen was über Überlebenstechnik beigebracht. Man kann extrem kalte Temperaturen mehrere Stunden, sogar Tage überleben, indem man den Herzschlag erhöht. Ich schlage vor, daß wir alle auf der Stelle laufen und uns dabei an den Händen halten, um zusätzlich Wärme zu gewinnen.»

Die drei Männer stellten sich im Kreis auf, faßten sich an den Händen und begannen zu joggen. Ihr Atem bildete weiße Wolken vor ihren Mündern. Unter ihren halberfrorenen Füßen quietschte der Fahrstuhl leise.

«Wir müssen uns in Bewegung halten», sagte Bennett. «Blut kann gefrieren wie jede andere Flüssigkeit. Aber bevor es soweit ist, hat das Herz bereits versagt. Also muß man ihm zusätzliche Arbeit verschaffen. Ihr müßt ihm zeigen, daß es immer noch ihr seid, die hier das Sagen haben.»

«Ich komme mir vor wie eine Schwuchtel», beschwerte sich Martinez.

«Als ob du keine anderen Sorgen hättest, Junge», sagte Bennett. «Sei froh, daß du nicht auch noch unter Klaustrophobie leidest.»

«Klaustro was?»

«Erklär's ihm nicht», sagte Dobbs zu Bennett. «Bring ihn lieber nicht auf dumme Ideen.» Er sah Martinez an und grinste, als sei sein Arbeitskollege ein Kleinkind.

«Klaustrophobie ist Angst vor dem Nikolaus, du blöder Mexikaner. Halt dich an meiner Hand fest und hör auf, dumme Fragen zu stellen. In einem hast du allerdings recht. Von heute an nehmen wir beide die Treppe.»

«Darf ich um Ihre Aufmerksamkeit bitten?»

Frank Curtis wartete, bis es im Besprechungszimmer still wurde, bevor er anfing zu sprechen.

«Danke. Wie Mr. Bryan mir sagt, ist die Zuverlässigkeit des Gebäudesteuerungssystems nicht mehr gewährleistet. Und das heißt, wenn Sie mir die Formulierung gestatten wollen, nichts anderes, als daß ein Verrückter den Computer, der alles kontrolliert, die Maschine, die Sie Abraham nennen, sabotiert hat. Es sieht so aus, als hätte Ihr früherer Kollege Allen Grabel etwas gegen Ihren Chef. Jedenfalls ist die Situation die folgende: Das Telefon funktioniert nicht. Die Ausgänge und Eingänge sind verschlossen, und das gilt auch für die Türen zu den Notausgängen. In einer der Fahrstuhlkabinen sitzen drei Personen fest. Also müssen wir annehmen, daß die Fahrstühle auch nicht funktionieren. Gewiß brauche ich sie nicht daran zu erinnern, daß die Fenster aus Panzerglas bestehen und daß es hier drinnen sehr heiß ist. Und es hat einen weiteren Todesfall gegeben. Es tut mir leid, Ihnen das mitteilen zu müssen, aber Ihre Kollegin Kay Killen ist tot im Schwimmbecken aufgefunden worden.»

Curtis wartete einen Augenblick, bis das erschreckte Murmeln im Raum sich gelegt hatte.

«Wir wissen zwar nicht genau, wie es dazu kommen konnte, aber wir werden wohl die Möglichkeit in Betracht ziehen müssen, daß der Computer und Allen Grabel dafür verantwortlich sind.»

Jetzt mußte er lauter sprechen. Der Schock war allmählich wachsender Panik gewichen.

«Also hören Sie: Ich habe nicht vor, Ihnen etwas vorzumachen oder Sie über irgend etwas im dunkeln zu lassen. Sie sind schließlich alle erwachsen. Ich gehe davon aus, daß unsere Chancen, möglichst bald hier rauszukommen, um so höher sind, je genauer wir alle über unsere Situation Bescheid wissen. Dies sind also die Tatsachen: Es ist möglich, ja sogar wahrscheinlich, daß Grabel für den Mord an Sam Gleig verantwortlich ist. Ich weiß mit Sicherheit nur, daß es uns nicht gelungen ist, Kontakt mit Mr. Kenny im Computerraum aufzunehmen, und daß die Fahrstuhlkabine sich in eine Tiefkühltruhe verwandelt hat. In anderen Worten: Es kann sein, daß inzwischen vier weitere Personen in diesem Gebäude tot sind. Ich hoffe, ich habe nicht recht. Aber ich glaube, wir können ohne weiteres annehmen, daß Allen Grabel Ihren Computer so weit korrumpiert hat, daß das Gebäude extrem gefährlich für uns alle ist.»

«Ich habe die Glasfaserkabel in der Wartungszelle auf diesem Stockwerk überprüft», teilte Willis Ellery mit. «Soweit ich das beurteilen kann, sind sie in Ordnung.»

Bob Beech schüttelte den Kopf.

«Ich kann mir nicht vorstellen, wie Grabel das getan haben sollte», sagte er. «Wenn ihr mich fragt, ist Aidan Kenny der bessere Kandidat. Das hier ist sein Gebäudesteuerungssystem. Er war ausgesprochen knauserig, wo es um Zugangscodes und dergleichen ging. Ich kann Grabel nicht als Täter sehen.»

Jetzt schüttelte Mitch den Kopf.

«Das macht keinen Sinn. Aidan war stolz auf das Gebäude. Ich kann mir nicht vorstellen, daß er es sabotiert hätte.»

«Wie auch immer, Mr. Beech, wir werden Ihre Hilfe brauchen», sagte Curtis. «Können Sie von dem Terminal hier im Raum aus irgend etwas tun? Zum Beispiel, die Leute aus dem Fahrstuhl holen?»

Beech schnitt eine Grimasse. «Das einzige Eingabegerät ist eine Tastatur. Das könnte Schwierigkeiten machen. Ich bin nicht gut im Maschineschreiben. Ich bin eher an eine verbale Schnittstelle zu Abraham gewöhnt. Und das hier ist ein ziemlich dummes Terminal. Ich kann nur das tun, was der Zentralrechner mir erlaubt.» Er setzte sich an die Tastatur. «Aber versuchen kann ich es ja.»

«Richtig», sagte Curtis. «Und der Rest, bitte zuhören! Irgend jemand wird in nicht allzu ferner Zukunft merken, daß wir nicht da sind, wo wir sein sollten. Mr. und Mrs. Richardson, beispielsweise, sollten nach Europa fliegen. Und Ihre Familien werden sich fragen, wo Sie bleiben. Meine wird das jedenfalls tun. Wir haben gute Aussichten, nicht allzu lange hier festzusitzen, aber wir sollten ein paar Vorsichtsmaßnahmen treffen. Nur für den Fall, daß es am Ende doch länger dauert, als wir denken. Also muß jeder von uns die Verantwortung für ein paar Grundbedürfnisse übernehmen. Mitch?»

«Okay. Marty, du bist für Lebensmittel und Wasser zuständig. Die Küche ist nebenan. Stell fest, was wir haben.»

«Wenn du es für nötig hältst.»

«Tony? Wahrscheinlich kennt außer Kay niemand die Gebäudepläne so gut wie du.»

«Die habe ich hier, Mitch», sagte Levine. «Auf dem Laptop.»

«Prima. Sieh sie dir an. Versuch, einen anderen Weg hinaus zu finden. Helen? Ich nehme an, du weißt, wer wo gearbeitet hat?»

Helen Hussey nickte und zog nervös eine Strähne ihres langen roten Haars zwischen den Lippen durch.

«Vielleicht könntest du darüber nachdenken, wo wir auf dieser Ebene Werkzeug finden können.»

«Ich fange nebenan an», sagte sie, «in der Küche.»

«Detective Coleman?» Mitch übergab ihm das Funksprechgerät. «Vielleicht sollten Sie Kontakt zu den Leuten in der Eingangshalle halten. Teilen Sie uns mit, ob sie irgend etwas brauchen.»

«Natürlich.»

«Sergeant Curtis wird die Gesamtkommunikation übernehmen. Wenn Sie irgendwelche Informationen haben, teilen Sie sie ihm mit. David? Willis? Wir sollten jetzt die Köpfe zusammenstecken und sehen, ob wir einen Weg finden, die Leute aus dem Fahrstuhl zu holen.»

«Und noch etwas», fügte Curtis hinzu. «Nach allem, was ich weiß, war Kay Killen eine gute Schwimmerin. Und dennoch ist sie aus irgendeinem Grund ertrunken. Es muß etwas Unerwartetes geschehen sein. Also: Was auch immer Sie tun, wo auch immer Sie hingehen, seien Sie bitte vorsichtig.»

«Was soll ich tun, Mitch?» fragte Jenny.

Mitch drückte ihr die Hand und versuchte zu lächeln. Sein Mund fing wieder an zu bluten.

«Sag bitte nicht: Ich hab's ja gewußt.»

Ray Richardson zerrte an seinem maßgeschneiderten Hemd und versuchte, Luft in den Zwischenraum zwischen feuchtem Stoff und schweißbedeckter Haut zu fächeln. Draußen vor den beschlagenen Türen und Fenstern des Grills war es dunkel geworden. Ohne das grelle Licht, den Gestank und die unaufhörliche Klaviermusik hätte er vielleicht schlafen können.

«Wie heiß ist es wohl?» fragte Joan, die sich unruhig auf einem der großen Ledersofas hin- und herwälzte.

Richardson zuckte die Achseln.

«Es ist nicht nur die Temperatur. Ohne die Klimaanlage verbreitet der Baum hier unten eine Menge Feuchtigkeit.»

Dukes stand auf und begann, sich das dunkelblaue Hemd auszuziehen.

«Wissen Sie was? Ich gehe baden.»

«Wie denn?» knurrte Richardson. «Sie haben doch die Tür zum Schwimmbecken abgeschlossen.»

Dann wurde ihm klar, daß Dukes von dem Fischteich rund um den Baum sprach.

«Keine dumme Idee», gab er zu und begann, sich auszuziehen.

In ihren Unterhosen ließen die beiden Männer sich ins Wasser fallen. Die leuchtendbunten Fische stoben in alle Richtungen auseinander. Joan sah unsicher auf das Wasser.

«Komm rein», ermunterte sie ihr Mann. «Es ist wie wenn wir im Amazonas schwimmen.»

«Ich weiß nicht», sagte sie. «Was ist mit den Fischen?»

«Das sind Koi-Karpfen», sagte Richardson, «keine Piranhas.»

Joan lehnte sich über den Teich und spritzte sich Wasser ins Gesicht und auf die Brust.

«Du bist doch wohl nicht plötzlich schüchtern», neckte sie Richardson. «Und du hast dich für *LA Living* nackt fotografieren lassen! Behalt die Bluse an, wenn es dir peinlich ist.»

Joan zuckte die Achseln und fing an, den Reißverschluß ihres wadenlangen Rocks aufzuziehen. Sie ließ den Rock zu Boden fallen, band die Enden ihrer Bluse zusammen und ging ins Wasser.

Richardson ließ sich unter die Wasseroberfläche sinken und stieg dann wie ein Nilpferd wieder auf. Er ließ sich einen Augenblick auf dem Rücken treiben und blickte in der Eingangshalle nach oben. Jetzt, wo er einmal hier war, bemerkte er, daß man die innere Geometrie des Entwurfs nirgends anders so gut würdigen konnte: die Form, die sich, je höher der Turm in die Lüfte stieg, allmählich vom Oval in ein schlankes Rechteck veränderte, und die Eingangshalle, die sich um die bogenförmigen Rippen der Galerien und das aufrecht stehende Rückgrat der Dikotyle herum verjüngte. Es war, als befände er sich im Bauch des Weißen Wals.

«Wunderbar», murmelte er, «einfach wunderbar.»

«Ja, wunderbar», sagte Joan begeistert, die glaubte, er rede vom Schwimmen im kühlen Wasser.

«Genau wie am Hydranten im Sommer», stimmte Dukes ihr zu.

«Ich bin dankbar, daß du mich überredet hast reinzugehen», sagte sie. «Glaubst du, man kann das Wasser trinken? Oder ist es vergällt wie das Wasser draußen im Brunnen?»

«Das will ich nicht hoffen», sagte Richardson. «Nicht mit den Fischen, die da drin schwimmen. Die kosten fünfzehntausend Dollar das Stück. Das Wasser muß für sie extra entchlort und gereinigt werden.»

«Und wenn die Fische... du weißt schon... im Wasser auf die Toilette gegangen sind?»

Richardson lachte. «Ein bißchen Fischscheiße hat noch niemandem geschadet, Liebling. Außerdem glaube ich nicht, daß wir es uns aussuchen können.» Er nahm einen Schluck von dem warmen, abgestandenen Wasser, um sie zu überzeugen.

Als Joan ins Wasser stieg, war es nicht so tief gewesen wie erwartet. Aber jetzt, als sie auf dem ölig glatten Beckenboden saß, schien der Spiegel plötzlich abzusinken.

«He!» sagte Dukes. «Hat jemand den Stöpsel aus der Wanne gezogen?»

Er richtete sich auf. Vorhin hatte ihm das Wasser bis zur Taille gestanden. Jetzt erreichte es gerade noch seine Knie. Er hielt Umschau nach einem Gefäß, und als er nichts Brauchbares fand, begann er, sich die immer knapper werdende Flüssigkeit mit den Händen in den Mund zu schaufeln.

Ruckartig erhob sich Richardson. Plötzlich schien es möglich, daß Mitch recht gehabt hatte: Irgend jemand hatte es auf sie abgesehen. Aus was für einem Grund sonst hätte man den Teich ausgerechnet jetzt ablassen sollen, wenn nicht, um ihnen das Wasser abzugraben?

Auf dem Bauch liegend begann er, wie der letzte Flüchtling vor den Armeen Gideons, das Wasser mit der Zunge aufzuschlürfen, als sei er ein Hund. Dann lag er erschöpft und still da und sah den hilflos zappelnden Karpfen zu.

«Wenigstens lassen sich die Fische so leichter fangen», sagte er und stand wieder auf. «Für den Fall, daß wir hungrig werden.»

Joan stand auf. Daß Dukes sie in ihrer Unterwäsche sehen konnte, war ihr inzwischen auch egal.

«Von Sashimi bekomme ich immer Durst», sagte sie.

Dukes lächelte und betrachtete das Wasser, das auf ihrem halbnackten Körper wie die Glasur einer Tonfigur glänzte und in kleinen, appetitlichen Bächlein aus den ebenholzfarbenen Locken des Schamhaars tropfte, das durch die nassen Höschen schimmerte. Er hätte den Mund darunter halten und trinken können, als entspringe es einer frischen Quelle. Fett war sie zwar, dachte er, aber sie hatte ein hübsches Gesicht.

«Ich auch», sagte er.

Der schwarze Bildschirm von Tony Levines Laptop zeigte in grünen Linien die Außenseite der Fahrstuhltüren. Mit dem Daumen rollte er den Track ball in seinem Gehäuse so, daß der Blickwinkel sich von der einen Seite der Türen zur anderen und zum Antriebssystem darüber verschob. Willis Ellery zückte seinen Kugelschreiber und zeigte auf etwas, das aussah wie eine Fahrradkette.

«Gut», sagte er. «Das hier ist ein vollregulierbares Antriebssystem. Über diesen verstellbaren Gleichstrommotor werden zwei Spreizen bewegt, die die Türen auseinanderziehen und sie dann wieder schließen. Am oberen Türrand ist die Kraft, die die Türen geschlossen hält, größer als unten. Also müssen wir versuchen, sie hier auseinanderzuziehen: so weit unten wie möglich. So können wir die Kaltluft in den Hauptteil des Gebäudes umleiten und sie von den drei Männern in der Kabine fernhalten. Das sollte immerhin ausreichen, damit sie nicht erfrieren. Danach sollten wir überlegen, ob wir den Schacht herunterklettern und versuchen wollen, die Luke in der Kabinendecke zu öffnen.»

«Klingt nicht schlecht», sagte Mitch. «Aber dazu brauchen wir so etwas wie ein Messer oder einen Schraubenzieher. David, fragst du bitte Helen, was sie gefunden hat?»

Arnon nickte und machte sich auf die Suche nach Helen.

«Selbst wenn wir die Türen nicht sehr weit auseinanderkriegen», fuhr Ellery fort, «sind da noch die Sensoren im Antriebsmechanismus. Eine Art von Lichtschranke. Wenn wir den Strahl unterbrechen können, sollten wir es schaffen, den Türöffnungsmechanismus zu aktivieren.»

«Heißt das die Türen aufmachen?» fragte Curtis grinsend.

«Richtig», sagte Ellery ruhig. Kay Killens Tod hatte ihn tief berührt und er konnte nicht einsehen, wie man irgend etwas von dem, was hier vor sich ging, komisch finden konnte. Die Mitteilung, daß sie im Grill gefangen waren, hatte bei ihm eine deutlich spürbare Übelkeit ausgelöst, als hätte er etwas Verdorbenes gegessen. Er stieß einen Seufzer demonstrativer Ungeduld aus.

«Hört mal, ich tue hier, was ich kann», sagte er.

«Natürlich tun Sie das», sagte Curtis. «Das tun wir alle. Gerade deshalb sollten wir nicht in Trübsal verfallen. Was da geschehen ist, darf uns nicht zur Verzweiflung treiben. Verstehen Sie?»

Ellery nickte.

Arnon kam mit einer Sammlung von Tranchiermessern, Küchenscheren und Frühstücksbrettchen wieder.

«Wir können die Bretter in den Zwischenraum klemmen, den wir mit den Messern schaffen», erklärte er, «um die Türen offenzuhalten.»

«Okay», sagte Mitch. «Machen wir uns an die Arbeit.»

Die vier Männer machten sich auf den Weg zu den Fahrstühlen.

«Welcher?» fragte Ellery.

Mitch berührte die Fahrstuhltüren. Wie Richardson gesagt hatte, waren sie eiskalt.

«Der mittlere auf dieser Seite.»

Ellery wählte ein langes Brotmesser und legte sich auf den Bauch. Wo die beiden Türflügel sich trafen, setzte er die Messerspitze an und begann, sich gegen das Messer zu lehnen. Levine stand über ihm und versuchte, an einem höhergelegenen Punkt ein zweites Messer in den Türspalt zu schieben. Keiner von beiden machte merkliche Fortschritte.

«Es geht nicht rein», grunzte Ellery.

«Vorsicht, daß Sie sich nicht schneiden», sagte Curtis.

«Es gibt überhaupt nicht nach. Entweder ist das Antriebssystem stärker, als ich dachte, oder die Türen sind verklemmt.»

Levines Messer brach ab und hätte ihm beinahe einen Finger amputiert.

Curtis griff nach einer offenen Schere und nahm Levines Platz ein.

«Lassen Sie mich mal probieren.»

Nach ein paar Minuten trat auch er zurück und betrachtete den Türspalt auf seiner gesamten Länge näher. Dann rieb er mit dem Daumen am obersten Ende der Tür darüber und zwängte die Klinge der Schere in die schmale Ritze. Etwas splitterte, aber es war kein Metallstück.

«Die Türen sind nicht zugeklemmt», sagte er mit grimmiger Miene. Er bückte sich, sammelte die Splitter vom Teppich auf und zeigte sie auf der Handfläche herum. Es waren Eisstücke. «Sie sind zugefroren.»

«Scheiße», stöhnte Levine.

«Es tut mir leid, das sagen zu müssen, meine Herren», sagte Curtis, «aber wer sich hinter dieser Tür befindet, ist bereits so gut wie tot.»

«Die armen Kerle», sagte Arnon. «Mein Gott, was für ein Tod!»

Ellery stand auf und atmete tief und gequält ein. «Mir geht es gar nicht gut», sagte er.

«War's das?» sagte Levine. «Geben wir einfach auf?»

Curtis zuckte die Achseln. «Hat jemand einen Vorschlag?»

«Irgend etwas müssen wir doch tun können. Mitch?»

«Es ist schon so, Tony. Wahrscheinlich sind sie bereits tot.»

Levine trat wütend gegen die Tür und fing an, sie zu verfluchen.

«Immer mit der Ruhe», sagte Mitch.

«In diesem gottverdammten Gebäude liegen vier oder fünf Leichen herum, und du sagst: Immer mit der Ruhe? Verstehst du nicht, was los ist, Mitch? Es ist aus mit uns. Keiner von uns kommt hier raus. Dieses Arschloch Grabel wird uns einen nach dem anderen umbringen.»

Curtis legte Levine die Hände auf die Schultern und preßte ihn gegen die Wand.

«Beruhige dich erst mal», sagte er. «Ich will dieses Gejammer nicht mehr hören.» Er ließ Levine los, lächelte und fügte hinzu: «Es hat keinen Zweck, wenn du die Damen nervös machst.»

«Macht euch da mal keine Sorgen», sagte Arnon. «Die haben mehr Mut als die Männer, egal, woher sie ihn nehmen. An die braucht ihr nicht zu denken. Die sind unerschütterlich.»

«Entschuldigt mich bitte», sagte Ellery mit schwacher Stimme. «Ich muß aufs Klo.»

Mitch hielt ihn am Arm fest. «Geht's dir gut, Willis? Du siehst blaß aus.»

«Mir geht es nicht besonders gut», gab Ellery zu.

Die drei Männer sahen Ellery nach, der über den Flur zum Besprechungszimmer ging.

«Dave hat recht», zischte Levine hämisch. «Außer Ellery und Birnbaum werden hier keine Damen nervös.»

«Meinen Sie, er braucht Hilfe?» fragte Curtis Mitch, ohne sich um Levine zu kümmern.

«Er hat sehr an Kay gehangen. Das ist alles.»

«Wir haben sie alle gern gehabt», sagte Arnon.

«Möglicherweise ist er ein wenig ausgetrocknet», sagte Curtis. «Wir sollten aufpassen, daß er etwas trinkt.»

Sie kehrten ins Besprechungszimmer zurück und schüttelten schweigend den Kopf, als die anderen sich nach den drei Männern im Fahrstuhl erkundigten.

«Es ist also ernst», bemerkte Marty trocken. «Wenigstens werden wir nicht verhungern oder verdursten. Ich habe eine Vorratsliste angelegt, auch wenn ich nicht einzusehen vermag, warum man mir eine so nachgeordnete Aufgabe zuteilt. Schließlich bin ich hier der Seniorpartner, Mitch. Eigentlich sollte ich das Kommando haben.»

«Wollen Sie übernehmen?» fragte Curtis. «Bitte schön, nur allzugern. Ich bin hier nicht dabei, mein Ego aufzubauen. Ich habe nicht den dringenden Wunsch, anderen meinen Willen aufzuzwingen. Wenn Sie glauben, Sie können uns hier rausholen, tun Sie es. Ich werde Ihnen nicht im Weg stehen.»

«Das habe ich nicht gesagt. Ich habe nur darauf hingewiesen, daß die normale Hierarchie offenbar verkehrt worden ist.»

«Weißt du, Marty, in Krisensituationen kommt das vor», sagte Arnon leichthin. «Die alten Klassenstrukturen werden bedeutungslos, und das Überleben hängt dann oft von praktischen Fähigkeiten und Eigenschaften ab, wie etwa der Eigenschaft, Ingenieur zu sein und das Revier genau zu kennen.»

«Soll das heißen, daß ich mich in diesem Gebäude nicht auskenne, David? Was glaubst du eigentlich, was ein Seniorpartner bei einem Projekt wie diesem tut?»

«Weißt du was, Marty? Die Frage stelle ich mir schon seit Monaten. Ich wäre dankbar, wenn du sie beantworten könntest.»

«Also wirklich!» Vor Empörung stand Birnbaum in Habtachtstellung, als müsse er vor Gericht plädieren. «Sag's ihm, Mitch. Sag ihm...»

Curtis räusperte sich geräuschvoll. «Warum lesen Sie nicht einfach die Liste vor?» sagte er. «Über Ihre Arbeitsplatzbeschreibung können wir später diskutieren.»

Birnbaum runzelte die Stirn und fing dann beleidigt an, die Vorräte aufzuzählen: «Zwölf Zwei-Liter-Flaschen Mineralwasser, vierundzwanzig Flaschen Budweiser, zwölf Flaschen Miller Lite, sechs Flaschen eher mittelmäßiger kalifornischer Chardonnay, acht Flaschen frisch gepreßter Orangensaft, acht Pakete Kartoffelchips, sechs Pakete geröstete Erdnüsse, zwei kalte Hähnchen, ein kalter Schinken, eine Seite Räucherlachs, sechs Baguettes, ein paar Stück Käse, Obst – viel Obst –, sechs Schokoladenriegel und vier große Thermosflaschen Kaffee. Der Kühlschrank funktioniert nicht, aber noch haben wir fließendes Wasser.»

«Danke, Marty», sagte Arnon. «Gut gemacht. Du darfst jetzt gehen.»

Birnbaum wurde puterrot, schob Curtis die Liste in die Hand und marschierte, von David Arnons hämischem Lachen verfolgt, zurück in die Küche.

«Jedenfalls haben wir genug zu essen», sagte Curtis zu Coleman.

«Ein Bier wäre jetzt nicht falsch», meinte der.

«Geht mir genauso», sagte Jenny. «Ich habe Durst.»

«Mein Magen knurrt wie die St.-Andreas-Spalte», sagte Levine. «Bob? Soll ich dir etwas aus der Küche mitbringen?»

Bob Beech riß sich von seinem stummen Computerterminal los, stand auf und ging ans Fenster.

«Bob?» sagte Mitch. «Gibt es etwas, das wir wissen sollten?»

Der Appetit verging ihnen ruckartig, als Beech antwortete: «Ich fürchte, wir müssen unsere Rettungserwartungen revidieren», sagte er trocken, «und zwar radikal.»

Es war fast neun Uhr.

«Keiner von uns hat einen geregelten Tagesablauf», sagte Bob Beech. «Ich beispielsweise arbeite manchmal bis Mitternacht. Gelegentlich ist es auch schon vorgekommen, daß ich gar nicht nach Hause gegangen bin. Ich nehme an, das gilt für die meisten von uns. Sergeant Curtis?»

«Ein Polizist arbeitet zu jeder Tageszeit», meinte der achselzuckend. «Worauf wollen Sie hinaus?»

«Sagt Ihnen beiden der Name Roo Evans etwas, meine Herren?»

Nathan Coleman sah Curtis an und nickte. «Der schwarze Junge aus Watts», sagte er, «der im Auto erschossen worden ist.»

«Wir führen die Ermittlungen in dem Fall», sagte Curtis.

«Nein, das tun Sie nicht», sagte Beech. «Nicht mehr.»

«Was soll das heißen?» fragte Coleman.

«Sie sind beide bei vollem Gehalt beurlaubt und werden von der internen Untersuchungskommission Ihrer eigenen Dienststelle unter dem Verdacht der Beteiligung an dem Mord an Evans in der Polizeiwache an der 77ten Straße in Haft gehalten. Zumindest ist es das, was Captain Mahoney glaubt.»

«Wovon zum Teufel reden Sie?» fragte Curtis.

«Ich fürchte, ich bin es nicht, der sich hier verplappert hat. Irgend jemand ist in den zentralen Einsatzcomputer im Rathaus eingedrungen. Und er hat gute Arbeit geleistet. Wenn Sie es nicht glauben, werfen Sie einen Blick auf den Bildschirm da drüben. Niemand erwartet, Sie in nächster Zeit an Ihrem Schreibtisch in der Mordkommission zu sehen. Bei Ihren Dienstkollegen sind Sie beide *personae non gratae*. Das ist Latein und heißt: Sie stecken in der Scheiße.»

Curtis drehte sich um und starrte den Computer aus blicklosen Augen an.

«Wollen Sie mich verscheißern?» fragte er. «Ist das wahr?»

«Eines können Sie mir glauben: Ich wäre froh, wenn es gelogen wäre.»

«Aber hätte nicht jemand von der Untersuchungskommission Mahoney anrufen und ihm Bescheid sagen müssen?» fragte Coleman. «Das würden sie doch tun, oder?»

Curtis seufzte. «So war das früher. Aber heutzutage erledigt der Computer alles. Das soll eine Garantie für ein objektives Verfahren bieten, wenn du verstehst, was ich meine. Es sorgt dafür, daß die Verbrecher eine faire Chance gegen uns haben. Dieses blöde Arschloch Mahoney wird auf seinem fetten Arsch sitzen bleiben und allem, was auf dem Computerausdruck steht, denselben Glauben schenken wie einer göttlichen Offenbarung. Wahrscheinlich hat er inzwischen meine Frau angerufen und ihr gesagt, sie brauche nicht auf mich zu warten.»

«Das habe ich gemeint», nickte Beech. «Und es kommt noch besser. Irgend jemand hat der Fluggesellschaft ein Fax geschickt und die Reservierungen der Richardsons nach London storniert. Er hat sogar deinen Tisch bei Spago's abbestellt, Tony. Fürsorglich, was?»

«Scheiße. Ich habe vier Wochen auf die blöde Reservierung warten müssen.»

«Faxe oder E-mail-Botschaften an alle betroffenen Ehefrauen, Freundinnen, Freunde. Hat ihnen ausgerichtet, daß die Telefone gesperrt sind und daß wir die Nacht durcharbeiten werden, um mit dem Ding hier fertig zu werden.»

Es folgte ein langes, verblüfftes Schweigen. Schließlich sagte David Arnon: «Meint ihr, Grabel würde bei Mastercard anrufen und meine Schulden löschen lassen?»

«Heute abend erwartet uns niemand zu Hause?» fragte Jenny. «Und niemand weiß, daß wir hier mit einem Verrückten eingesperrt sind?»

«So sieht es aus», sagte Beech. «Aber es kommt noch besser.»

«Was könnte schon schlimmer sein?» sagte Coleman achselzuckend.

«Allen Grabel ist nicht daran schuld.»

«Was? Wer denn sonst?» fragte Helen.

«Niemand.»

«Das verstehe ich nicht», sagte Curtis. «Sie haben doch gesagt, irgend jemand sei in unseren Einsatzcomputer eingedrungen...»

«Der Jemand, von dem wir alle angenommen haben, es müsse Allen Grabel sein, ist Abraham selbst.»

«Soll das heißen, der Computer ist für alles verantwortlich, was hier geschieht?» fragte Marty Birnbaum.

«Genau das meine ich.»

«Was zum... Jetzt verstehe ich gar nichts mehr», sagte Curtis. «Ich verstehe Verbrecher, die Waffen, Drogen und dergleichen Scheiß im Kopf haben. Aber warum sollte ein Computer so etwas tun?»

«Komm schon», unterbrach ihn Marty Birnbaum. «Das kannst du doch nicht ernst meinen, Bob. Kann sein, die Integrität des Systems ist zusammengebrochen, wie du das vorhin behauptet hast. Aber was du jetzt erzählst, ist absurd. Außerdem ist es Panikmache. Du verhältst dich vollkommen verantwortungslos. Nun einmal im Ernst. Warum sollte Abraham die Absicht haben, irgend jemandem zu schaden? Ich weiß nicht einmal, ob man überhaupt sagen kann, ein Computer habe Absichten.»

«Nun, wenigstens in dem Punkt sind wir uns einig», sagte Beech. «Nicht warum, Herr Sergeant, sondern wie. Warum fragt nach einem Motiv. Wir sprechen aber von einer Maschine. Das wissen Sie doch noch?»

«Warum? Wie? Was für einen Unterschied macht das? Ich möchte wissen, was hier vor sich geht.»

«Nun, es könnte sich um eine Art Teilverdunklung handeln.»

«Was in Teufels Namen ist eine Teilverdunklung?» fragte Coleman.

«Ein niedriger Spannungspegel statt eines Spannungsausfalls. Der Reservegenerator soll einspringen, wenn es einen größeren Stromausfall gibt. Aber es könnte gerade genug Energie geblieben sein, daß das Powerbak-System sich nicht einschaltet, aber zuwenig, als daß Abraham vernünftig arbeiten könnte. Vielleicht bekommt er zu wenig Energie. Wie ein Gehirn bei Sauerstoffmangel.» Er zuckte die Achseln. «Ich weiß es nicht. Ich tue nichts als herumraten.»

«Bist du da sicher, Bob? Ich meine, was Abraham angeht.»

«Mitch, es gibt keine andere Erklärung. Ich habe die Transaktionen auf dem Yu-5 unten hier am Terminal mitgelesen. Allein die Arbeitsgeschwindigkeit genügt, mich davon zu überzeugen, daß niemand da drin den Computer benutzt. Da bin ich sicher. Es sind auch keine vorprogrammierten Arbeitsanweisungen. Abraham macht das allein.»

«Bob? Vielleicht gibt es eine andere Erklärung», sagte Mitch.

«Laß hören», sagte Beech.

«Wir haben es hier mit einem extrem komplexen System zu tun. Und Komplexität bedeutet inhärente Instabilität, nicht wahr?»

«Das ist eine interessante Überlegung», gab Beech zu.

«Wie bitte?» sagte Curtis.

«Komplexe Systeme sind immer nur einen Schritt vom Chaos entfernt.»

«Ich dachte, es gäbe ein Gesetz, das Computer daran hindert, Menschen anzugreifen», sagte Coleman. «So wie im Kino.»

«Sie meinen Isaac Asimovs Erstes Gesetz der Robotik», sagte Beech nachdenklich. «Das machte Sinn, solange wir es nur mit binären Systemen zu tun hatten, mit Computern, die einem seriellen Ja-nein-System folgten. Aber wir haben es mit einem MVP zu tun, einem Massiv Vernetzten Parallelsystem, einem neuronalen Netzwerk, das auf der Grundlage gewichteter Wahrscheinlichkeiten arbeitet, ähnlich wie das menschliche Gehirn. Ein Computer dieses Typs kann bei der Arbeit dazulernen. In der Amtskirche der Computerwissenschaft ist Abraham so etwas wie ein Nonkonformist. Ein Freidenker.»

«Kann sein», sagte Marty Birnbaum. «Aber das ist eine ganz andere Szene als die, in der ihr herumsucht. Initiative ist eins, Absicht ist etwas völlig anderes. Was du hier vorschlägst, ist...», er zuckte die Achsel, «mir fällt kein anderes Wort ein: Science-fiction.»

«Scheiße», sagte Beech. «Mitch, das Ganze ist unglaublich.»

«Könnte es sein», versuchte Mitch, die Diskussion mit Beech fortzusetzen, «daß Abraham eine bestimmte Komplexitätsschwelle überschritten hat und autokatalytisch geworden ist?»

«Auto was?» fragte Levine.

«Ein Computer, der aus dem Chaos seiner verschiedenen vorprogrammierten Reaktionen im Wege der Selbstorganisation eine Art von Metabolismus entwickelt hat.»

Jenny stand langsam auf.

«Halt», sagte sie. «Eine Art von Metabolismus? Meinst du es ernst, Mitch?»

«Todernst.»

«Was sagt er?» fragte David Arnon. «Bob? Verstehst du, wovon er redet? Ich habe keinen Schimmer.»

«Also», sagte Beech. «Ich bin nicht religiös. Aber das hier ist die nächste Annäherung an eine Offenbarung, die ich je erfahren habe. Mangels einer besseren Formulierung muß ich die Möglichkeit zugestehen, daß Abraham lebt und denkt.»

Nach dem, was Bob Beech zu sagen hatte, ging es Willis Ellery noch schlechter als vorher. Er glaubte, sich übergeben zu müssen, ging zur Herrentoilette, schloß die Kabinentür hinter sich und kniete vor der Toilettenschüssel nieder. Seine flachen Atemzüge und der kalte Schweiß auf seiner Stirn schienen den Aufruhr zu unterstreichen, der in seinem Magen stattfand. Nur daß nichts geschah. Er rülpste ein paarmal und wünschte, er könnte sich dazu entschließen, wie ein pubertierendes Schulmädchen mit Bulimie ein paar Finger in den Hals zu stecken. Aber er konnte sich nicht dazu überwinden.

Ein paar Minuten verstrichen, und das Gefühl in seinem Magen begann, in die Därme zu sinken. Ellery stand auf, öffnete den Gürtel, ließ Hose und Unterhose fallen und setzte sich.

Warum gerade Kay? fragte er sich. Warum? Sie hatte niemandem etwas Böses getan. Sie war kaum älter als fünfundzwanzig Jahre gewesen. Was für eine Verschwendung! Und wie war es möglich, daß sie ertrunken war? Und selbst wenn Abraham sie hätte töten wollen, wie hätte er es tun sollen? Es gab weder ein Sprungbrett noch eine Wellenanlage. Wie war es möglich gewesen?

Die Neugierde des Ingenieurs war erwacht. Er nahm sich vor, sobald er sein Geschäft beendet hatte, Ray Richardson auf dem Walkie-talkie anzurufen und nach Details von Kays Tod zu fragen. Zweifellos hatte Richardson sie im Wasser treibend aufgefunden und hatte wie die meisten Menschen zur einfachsten Erklärung gegriffen. Aber es hätte auf andere Art geschehen können. Vielleicht war es ein elektrischer Schlag gewesen. Oder sogar Gas. Das war tatsächlich denkbar. Mit Hilfe der automatischen Dosierpumpe hätte Abraham irgendeine Art von Giftgas herstellen können. Vielleicht hatte er ja auch einfach Ozon benutzt.

Nach einem kurzen, heftigen Krampf entleerte Ellery seine Eingeweide und fühlte sich fast sofort besser. Er bediente die Spülung mit dem Ellbogen, startete die automatische persönliche Reinigungseinheit, verließ die Kabine und ging sich die Hände in der langen Marmorwanne von Waschbecken waschen, die irgend jemand schick gefunden hatte. Ellery hätte gerne Wasser ins Becken laufen lassen und das Gesicht hineingesteckt, aber das ließ die elegante Form des Waschbeckens nicht zu. Es war nicht die Art von Waschbecken, die einen dazu animierte, Zeit auf der Toilette zu verschwenden.

Ellery sah sich im Spiegel an und entdeckte, daß sein Gesicht allmählich wieder Farbe annahm.

«Ein Waschbecken sollte wie ein Waschbecken aussehen und nicht wie ein gottverdammter Schreibtisch», murmelte er vor sich hin.

Er drehte den Hahn auf, spritzte sich kaltes Wasser ins Gesicht und trank dann einen Schluck.

Dann fiel ihm plötzlich ein, daß er sich ebenso sorglos verhielt, wie es wohl auch Kay Killen getan hatte, als sie den Tod fand. Das Übelkeitsgefühl kehrte wieder, als ihm klar wurde, daß er in der gleichen Gefahr schwebte wie zuvor Kay Killen.

Abraham hatte ebensogut die Kontrolle über die Toiletten wie über das Schwimmbecken. Ellery wollte den Hahn nicht berühren, um das Wasser abzustellen, oder sich die Hände unter der Heißluftanlage trocknen. Er hatte Angst vor einem tödlichen Stromstoß. Er rannte zur Tür und lachte vor Freude, als es ihm beim ersten Versuch gelang, sie zu öffnen.

Tony Levine fiel beinahe über ihn.

«Was ist denn mit dir los, Mann?» zischte er durch die Zähne. «Mein Gott, was du mir für einen Schrecken eingejagt hast!»

Ellery lächelte verlegen. «Ich glaube, ich habe mir selbst einen Schrecken eingejagt, Tony», sagte er. «Ich habe gerade über Kay nachgedacht. Ich glaube nicht, daß sie ertrunken ist. Ich bin sogar sicher, daß es nicht so ist. Richardson hat das angenommen, weil sie im Wasser trieb, als er sie gefunden hat. Nur deshalb.»

«Und was ist passiert, Colombo?»

«Es ist mir gerade erst klargeworden. Abraham kontrolliert alle Chemikalien für das Schwimmbecken. Ich fürchte, sie ist vergast worden.»

Levine rümpfte angeekelt die Nase. «Sie wäre sicher vergast worden, wenn sie hier reingekommen wäre.» Er lachte laut. «Mann, hier stinkt es ja noch schlimmer als im Rest des Gebäudes. Was ißt du zum Frühstück, Willis? Hundefutter?»

Levine drängte sich an Ellery vorbei.

«Ekelhaftes Arschloch», sagte der. Er starrte einen Augenblick auf die Tür und kehrte dann schweigend ins Besprechungszimmer zurück.

Das dumpfe Geräusch, mit dem sich die Tür hinter Levine schloß, übertönte das leise Zischen der Luftschleuse, als der

Computer sich daranmachte, die verbrauchte Atmosphäre zu erneuern.

«Je komplexer ein System ist», erklärte Mitch, «desto weniger vorhersagbar wird es, und desto größer wird die Wahrscheinlichkeit, daß es sich an seinen eigenen Prioritäten ausrichtet. Das ist nun einmal so. Egal, für wie klug du dich hältst, egal, wieviel du darüber zu wissen glaubst, wozu ein algorithmisches System fähig ist, es wird immer Resultate geben, die du nicht hättest vorhersagen können. Vom Standpunkt eines Computers aus ist Chaos nur eine andere Art von Ordnung. Man fragt sich: Warum sollte das alles geschehen? Man könnte genausogut fragen: Warum sollte es nicht geschehen?»

«Aber wie kann eine Maschine leben?» fragte Curtis. «Seien wir realistisch. Niemand außer einem Science-fiction-Leser hält das für möglich.»

«Das hängt ganz davon ab, was man unter Leben versteht», erwiderte Mitch. «Die meisten Wissenschaftler sind sich darüber einig, daß es keine allgemein akzeptierte Definition gibt. Selbst wenn man die Fähigkeit zur Selbstreproduktion als Grundbedingung des Lebens betrachtet, wären damit Computer immer noch nicht ausgeschlossen.»

«Mitch hat recht», stimmte Beech zu. «Selbst ein Computervirus erfüllt alle Bedingungen, um als lebendig zu gelten. So ungern wir es zugeben: einen Körper zu besitzen ist keine notwendige Voraussetzung, um lebendig zu sein. Leben ist keine materielle Eigenschaft, sondern eine Frage der Organisation, ein dynamischer physikalischer Prozeß, und einige Maschinen kann man dazu bringen, diese dynamischen Prozesse zu reproduzieren. Es gibt nun einmal Maschinen, die recht lebendig wirken.»

«Ich glaube, mir ist die Idee sympathischer, daß sie lebendig wirken, als daß sie lebendig sind», meinte Jenny Bao. «Für mich ist das Leben immer noch heilig.»

«Dir ist alles heilig, Schätzchen», murmelte Birnbaum.

«Der Yu-5 – Abraham – ist darauf programmiert, seine eigene Existenz aufrechtzuerhalten», sagte Beech. «Er soll lernen und sich anpassen. Selbständig denken. Warum seht ihr mich so erstaunt an? Warum ist es so schwer vorstellbar, daß Abraham denken kann? Daß er weniger imstande sein sollte zu denken als beispielsweise Gott? Eigentlich sollte man sich das leichter vorstellen können. Was ich meine, ist: Woher wissen wir, daß Gott weiß, daß Gott hört, daß Gott sieht, daß Gott fühlt, daß Gott denkt? Wieso wissen wir das von Gott eher als von Abraham? Wenn wir bereit sind, von der existentiellen Absurdität eines Glaubens abzusehen, der einen bewußt wahrnehmenden Gott denkbar macht, warum fällt es uns dann so schwer, bei einem Computer das gleiche zu tun? Das Ganze ist ein Problem der Sprache. Da feststeht, daß Maschinen sich nicht menschlich verhalten können, werden sich Menschen offenbar wesentlich mehr wie Maschinen verhalten müssen. Und diese Angleichung wird bei der Sprache einsetzen müssen. Computer und Menschen werden anfangen müssen, die gleiche Sprache zu sprechen.»

«Da sprechen Sie aber nur für sich», sagte Curtis.

Beech lächelte. «Wissen Sie, das ist doch etwas, worüber seit Jahren geschrieben wird», fuhr er fort. «Die Geschichte von Pygmalion. Der Golem der jüdischen Legende. Frankenstein. Der Computer in Arthur C. Clarkes *2001*. Vielleicht ist es diesmal wirklich geschehen: Ein künstliches Wesen, eine Maschine, hat soeben ihr eigenes Schicksal in die Hand genommen. Heute und hier, in Los Angeles.»

«In Los Angeles gibt es schon genug künstliche Wesen», sagte Arnon. «Ray Richardson zum Beispiel.»

«Großartig», sagte Curtis. «Wir kommen in die Geschichtsbücher. Hoffentlich leben wir lange genug, um unseren Enkeln davon zu erzählen.»

«Hören Sie, ich weiß, daß das alles todernst ist. Es sind Menschen ums Leben gekommen, und das ist etwas, das ich zutiefst bedaure. Aber außerdem bin ich Wissenschaftler, und als Wissenschaftler fühle ich mich irgendwie… privilegiert.»

«Privilegiert?» Curtis' Tonfall drückte tiefste Verachtung aus.

«Ich weiß, es ist das falsche Wort. Aber wissenschaftlich gesehen ist das, was hier geschehen ist, unglaublich interessant. Ein Phänomen, das man im Idealfall gründlich erforschen möchte. Von dem man herausfinden möchte, wie es überhaupt geschehen konnte. Dann könnten wir die Umstände reproduzieren, so daß man die Vorgänge anderswo, wo man sie unter Kontrolle hat, wiederholen könnte. Es wäre zu schade, das Ganze einfach zu löschen. Und unmoralisch wäre es auch. Schließlich hat Jenny recht: Das Leben ist etwas Heiliges. Und wer Leben schafft, wird zu einer Art Gott und übernimmt damit automatisch eine gewisse Verantwortung für das, was er geschaffen hat.»

Curtis trat einen Schritt zurück und schüttelte verwirrt den Kopf.

«Einen Moment. Einen Moment, bitte. Sie haben gerade etwas Wichtiges gesagt. Sie haben gesagt, es wäre schade, es einfach zu löschen. Soll das heißen, daß Sie das Ganze beenden können? Daß Sie den Computer zerstören können?»

Beech zuckte kühl und lächelnd die Achseln.

«Als wir den Yu-5 gebaut haben, haben wir natürlich an die Möglichkeit gedacht, daß er am Ende auf die Idee kommen könnte, in Konkurrenz mit seinen Schöpfern zu treten. Schließlich erkennt eine Maschine normale gesellschaftliche Werte nicht an. Also haben wir ein Sicherheitsprogramm in Abrahams Grundstruktur eingebaut. Eine elektronische Schablone namens GABRIEL. Als Sicherung gegen mangelnde Abschaltbarkeit.»

«Mangelnde Abschaltbarkeit?» Curtis packte Beech beim Schlips und schob ihn wütend gegen die Wand.

«Sie blödes Arschloch», knurrte er. «Wir machen uns hier verrückt, um das Leben von drei Männern zu retten, die in einem Fahrstuhl festsitzen, den ein mordlustiger Computer steuert, und jetzt kommen Sie damit raus, daß Sie ihn die ganze Zeit hätten abschalten können?»

Sein Gesicht verzog sich vor Wut, und es sah aus, als wolle er zuschlagen. Im letzten Augenblick hielt ihn Nathan Coleman zurück.

«Ruhig, Frank, ganz ruhig», redete er ihm zu. «Wir brauchen ihn noch, um das Ding abzuschalten.»

Beech zog seinen Schlips aus Curtis' Faust. «Die drei waren bereits tot», schrie er. «Sie haben es selbst gesagt. Außerdem schmeißt man Hardware für 40 Millionen Dollar nicht einfach auf den Müll, bevor man sie überprüft hat.»

«Sie Scheißkerl», zischte Curtis. «Dollars und Cents. An etwas anderes können Typen wie Sie nicht denken.»

«Was Sie da andeuten, ist absurd. Niemand, der bei Verstand ist, würde einen Yu-5 ohne gesicherte Bestätigung ins Klo schmeißen und runterspülen.»

Beech schüttelte den Kopf und wandte sich ab.

«Und jetzt, wo Sie Ihre verdammte Bestätigung haben», sagte Curtis, «was werden Sie jetzt tun?»

Er warf Coleman einen ungeduldigen Blick zu. «Okay, Nat, du kannst ihn loslassen.» Er befreite sich aus dem Griff seines Kollegen. «Müssen noch ein paar Leute sterben, bevor es in Ihren dicken Schädel geht, daß das kein Experiment in Caltech oder am MIT ist oder wo immer das Reagenzglas gestanden haben mag, dem Sie entsprungen sind? Wir reden hier nicht von künstlichem Leben. Wir reden von wirklichem Leben. Von Männern und Frauen mit Familie. Nicht von einem herzlosen Blechmenschen.»

«Bob?» fragte Mitch. «Kannst du ihn abstellen? Geht das?»

Beech zuckte die Achseln. «Eigentlich sollte ich vorher Mr. Yus Erlaubnis einholen. Für so etwas gibt es einen vorgeschriebenen Dienstweg.»

«Zum Teufel mit Mr. Yu», sagte Curtis. «Und zum Teufel mit seinem verdammten Dienstweg. Falls Sie es vergessen haben sollten, momentan ist es nicht so einfach, ihn oder sonst jemand zu erreichen.»

«Komm schon, Bob», drängte Mitch.

«Okay, okay», sagte Beech und setzte sich ans Terminal. «Ich hätte es sowieso getan.»

Das Funksprechgerät summte. Coleman hob ab, verließ das Besprechungszimmer und machte sich auf den Weg zum Balkon.

«Halleluja», sagte Helen. «Vielleicht können wir jetzt dieses Irrenhochhaus verlassen.»

«Amen», sagte Jenny. «Ich habe schon den ganzen Nachmittag ein ungutes Gefühl gehabt. Deshalb bin ich überhaupt hier. Ich wollte das Gebäude von seinen bösen Geistern befreien.»

«Alles, was ihr wollt», sagte Arnon und ließ sich aufs Sofa fallen. «Je früher wir hier raus sind, desto besser.»

«Gut, gut, aber haltet nicht gleich den Atem an», sagte Beech. «Man braucht Zeit, um Programmsäure in das Gegenstück von tausend normalen Computern zu schütten.»

«Wieviel Zeit?» fragte Curtis.

«Keine Ahnung. Ich habe noch nie einen Computer im Wert von 40 Millionen Dollar in Müll verwandelt. Ich habe sechsunddreißig Minuten gebraucht, um Isaak ins Leben zu rufen, und da war das Programm erst ein paar Stunden alt. Erinnerst du dich, Mitch? Das selbstreproduzierende System?» Beech fing an, Befehle zu tippen.

«Ja, ich erinnere mich.»

«Nun, dieser Hund hier ist seit Monaten in Betrieb. Er hatte schon angefangen zu arbeiten, bevor wir ihn hier im Gebäude installiert haben. Gott weiß, wie viele Daten er in der ganzen Zeit gesammelt hat. Es könnte ein paar Stunden dauern.»

«Ein paar Stunden?» Curtis sah auf die Uhr.

«Mindestens.»

«Soll das ein Witz sein?»

«Was ist komisch daran? Wollen Sie übernehmen? Bitte schön.»

«Mach dich schon dran, Bob», drängelte Mitch. «Bitte.»

«Okay, auf los geht's los», seufzte Beech, und seine Finger tanzten über die Tasten. «Ein schmutziger Job, aber irgend jemand muß ihn erledigen.»

«This is the end», sang Beech. Eine Zeile aus einem alten Song der *Doors. «The end.»*

«Den Song habe ich nie gemocht», sagte Arnon. «Er ist deprimierend. Und das Buch auch nicht. *Hier kommt keiner lebend raus*. Sehr passend, nicht wahr?»

«Abraham?» sagte Beech. «Wir haben den schwarzen Teppich ausgerollt und werden dich dem Vergessen überantworten, o du mein Freund aus Silizium. Ich persönlich hätte dich gern ein bißchen besser kennengelernt. Doch wir sind's nicht, die Fragen stellen. Wir sind hier, um dich zu töten. Hinter mir steht ein Bulle, und der sagt, entweder du bist weg vom Fenster, oder ich bin Rodney King der Zweite. Also ab ins Bett, Bonzo. Kapiert? Der große Schlaf fürs kleine Schaf. Ende der Botschaft. Programmschluß. Schlußleben.»

Nathan Coleman stand an die Glaswand über der Eingangshalle gelehnt und sah auf das Erdgeschoß hinab. Er kam sich vor, als blicke er aus dem Mastkorb auf die menschlichen Insekten hinab, die auf dem ausgebleichten Achterdeck herumkrochen. Es waren drei. Das Funkgerät knarrte wie ein lockeres Segel, und eines der Insekten winkte ihm zu.

«Hallo», sagte Richardson. «Was zum Teufel geht da oben vor sich? Wir kommen uns vernachlässigt vor, schiffbrüchig und ausgesetzt oder so etwas.»

«Das ist eine lange Geschichte, und ich weiß nicht, ob ich sie ganz verstanden habe», sagte Coleman. «Es war von einer ganzen Menge schwer philosophischer Ideen die Rede wie von künstlichem Leben und so einem Zeug. Aber die letzten Meldungen laufen darauf hinaus, daß Ihr Computer angefangen hat, selbständig zu handeln. Er ist durchgeknallt oder so etwas. Jedenfalls ist die Situation die, daß Mr. Beech ihn abschalten wird.» Coleman wußte, daß die Nachricht den Architekten des Grill beunruhigen würde. «Mit größtem Bedauern, übrigens.»

«Mein Gott, wozu soll das gut sein? Wir müssen doch bloß ruhig sitzen bleiben und abwarten.»

«Das glaube ich nicht, Mr. Richardson. Sehen Sie, Abraham hat Ihre Flugtickets nach London abbestellt. Und er hat den Polizeicomputer im Rathaus dazu gebracht, Sergeant Curtis und mich zu suspendieren. Und noch eine ganze Menge andere Dinge. Es läuft darauf hinaus, daß uns heute abend niemand erwartet. Es sieht so aus, als habe der Computer vor, zum ersten Massenmörder aus Silicon Valley zu werden.»

Coleman hörte, wie Richardson die Neuigkeiten an Joan und Dukes weitergab. Dann sagte er: «Wer zum Teufel ist auf diese blöde Idee gekommen? Nein, Sie brauchen es mir nicht zu sagen. Das war Ihr Strohkopf von einem Sergeant. Verbinden Sie mich bitte mit Mitchell Bryan. Ich muß mit jemandem sprechen, der eine Ahnung davon hat, wovon hier die Rede ist. Ich will Ihnen ja nicht zu nahe treten, mein Sohn, aber wir sprechen hier von Hardware im Wert von 40 Millionen Dollar und nicht von einem kleinen Taschenrechner von Casio.»

Coleman steckte zwei Finger in den Hals und tat so, als wolle er sich über die Brüstung auf Richardsons Kopf übergeben.

«Ich sag Bescheid, daß er Sie anrufen soll. Okay?»

Coleman stellte das Sprechgerät ab und machte sich auf den Weg zurück ins Besprechungszimmer. Jetzt, wo es aussah, als würden sie demnächst hier rauskommen, dachte er wieder an das Mädchen, mit dem er für morgen verabredet war. Sie hieß Nan Tucker und arbeitete in einem Immobilienbüro. Er hatte sie auf der Hochzeitsfeier einer ehemaligen Freundin kennengelernt, die überzeugt davon war, daß zwei Menschen namens Nan und Nat vom Himmel füreinander bestimmt sein mußten. Coleman war sich da nicht so sicher, aber er hatte sie zum Essen in das romantischste Lokal eingeladen, das er kannte, das Beaurivage in Malibu, obwohl es viel zu teuer war und obwohl er den Verdacht hatte, sie würden wenig gemeinsam haben außer der offensichtlichen physischen Anziehung, die sie aufeinander ausübten. Aber mehr als ein gemeinsames Essen hatte er nicht geplant. Nathan Coleman überließ neuerdings die sexuelle Initiative den Frauen. Im Zeitalter der *political correctness* erwies sich das häufig als der sicherere Weg. Und die alte Masche mit dem wohlerzogenen Gentleman? Die funktionierte fast immer.

Coleman zögerte einen Augenblick, als er ein gedämpftes Geräusch hinter der Toilettentür hörte. Er wollte gerade hineingehen und nachsehen, als er am anderen Ende des Flurs Mitch sah, der ihm entgegenkam. Er ging weiter und übergab ihm das Funksprechgerät.

«Ihr Chef will Sie sprechen. Ich habe ihm erzählt, daß Mr. Beech den Computer aus dem Stecker ziehen will.» Coleman zuckte lakonisch die Achseln. «Es klang, als ob er ziemlich sauer sei. Der Typ macht seine Untergebenen richtig gern zur Schnecke, was?»

Mitch nickte müde.

Coleman wollte noch etwas über Ray Richardson sagen, aber statt dessen drehte er sich um und blickte wieder auf die Toilettentür am anderen Ende des Ganges.

«Haben Sie das gehört?»

Mitch lauschte und schüttelte den Kopf. «Nein, nicht das geringste.»

Coleman ging wieder zur Toilette zurück, hielt einen Augenblick vor der Tür inne und versuchte sie dann zu öffnen. Die Tür rührte sich nicht.

Jetzt war er sicher, daß er etwas gehört hatte – einen leisen Hilferuf? –, und drückte wieder gegen die Tür. Diesmal ließ sie sich mühelos öffnen. Als er den Vorraum betrat, schnitt ein knappes Geräusch, eher ein Knacken als eine Explosion, den Ruf, der jetzt zum Schrei geworden war, abrupt ab. Es klang wie ein Reifen, der auf nasser Straße platzt, oder wie der Ausbruch einer heißen Lavawelle. Coleman spürte, wie etwas auf die Innenseite der Tür aufschlug, und ein warmer nasser Strahl traf sein Gesicht und seinen Hals. Er hörte, wie Mitch ihm etwas zurief, aber er hörte nicht, was er sagte. Langsam begriff er, daß er von oben bis unten mit Blut bedeckt war.

Wie die meisten Polizisten in Los Angeles hatte es Coleman schon öfter mit Schießereien zu tun gehabt, und eine Sekunde lang glaubte er, er sei getroffen, wahrscheinlich von einem Hochgeschwindigkeitsgeschoß. Er taumelte nach vorn, wischte sich das Blut aus den Augen und wartete auf den einsetzenden Schmerz. Er empfand nichts. Einen Augenblick später wurde ihm klar, daß das hämmernde Geräusch, das er hörte, keine Geschoßsalve war, nicht einmal sein eigener Herzschlag, sondern Mitch, der von der anderen Seite gegen die Tür klopfte.

«Alles in Ordnung, Nat? Können Sie mich hören?»

Coleman griff nach der Klinke und entdeckte, daß die Tür wieder verschlossen war.

«Ich glaube schon, aber ich bin eingesperrt.»

«Was ist passiert?» Dann: «Sergeant? Kommen Sie bitte her. Coleman ist in der Toilette eingeschlossen.»

Coleman wischte sich noch mehr Blut aus dem Gesicht, und als er sich in der Toilette umsah, fiel ihm das Kinn auf die Brust. Überall war Blut, große Klumpen geronnenes Blut. Es tropfte von der Decke, es bedeckte den gesprungenen Spiegel, sammelte sich am Rand des Waschbeckens zu einem flachen Teich und lief wie ein Strom auf seine Füße zu. Als hätte eine rote Flutwelle den Raum in Sekundenschnelle überschwemmt. Coleman riß sich zusammen und fing an, nach der Quelle zu suchen.

In einer Ecke des Raums stand ein Haufen blutgetränkter Lumpen wie eine kleine Bergkette. Daneben lag ein menschliches Bein, an dem noch Penis und Hoden hingen. Eine glatt vom Körper getrennte Hand klebte an dem Wasserhahn, den sie hatte aufdrehen wollen. An einer der Kabinentüren hing eine rosa Krawatte. Aber als Coleman die Hand ausstreckte und danach griff, entdeckte er, daß es sich nicht um eine Krawatte handelte, sondern um ein Stück menschlichen Darm. Er drehte sich um, rutschte in einer Blutlache aus, fiel zu Boden und sah dem Besitzer der immer noch dampfenden Körperteile, die im Toilettenraum des Grills herumlagen wie nach dem Angriff eines Haifischrudels, von Angesicht zu Angesicht ins Auge: Tony Levine, genauer gesagt, Tony Levines säuberlich vom Körper getrennter Kopf mit Pferdeschwanz und allem.

«Ach du Scheiße», rief Coleman angeekelt aus und schob den Kopf beiseite.

Er rollte wie eine angeschlagene Kokosnuß über den Boden und blieb am offenen Ende von etwas liegen, das einst sein Hals gewesen war.

Die Augenlider hoben sich, und zwei durchdringende, zweifellos lebendige Augen sahen Coleman voll Empörung und Bedauern an. Dann zuckten die Nasenflügel, und Coleman wandte sich, ohne nachzudenken, an den abgeschlagenen Kopf.

«Was zum Teufel… ist Ihnen passiert?» fragte er von Ekel geschüttelt. Levines Kopf antwortete nicht, aber seine Augen blieben noch zehn oder fünfzehn Sekunden lang auf Colemans Augen gerichtet, bis die Lider sich senkten und das Leben das Gehirn des Toten endgültig verließ.

Unter den hämmernden Schlägen auf der anderen Seite konnte er gerade noch Frank Curtis' Stimme erkennen. Wieder griff Coleman zur Klinke, aber die Tür war immer noch verschlossen.

«Frank?» rief er.

«Nat? Bist du es?»

«Mir geht's gut, Frank. Aber Levine ist tot. Es sieht aus wie nach einem Raketeneinschlag. Und der ganze Lokus ist voll von Blut und kleinen Stückchen Fleisch. Es sieht aus hier drin, als hätte jemand Sam Peckinpah zum Abendessen eingeladen.»

«Was ist passiert?»

«Das mußt *Du* mir erzählen», rief Coleman. «Ich habe bloß die Tür aufgemacht, und dann sah es aus, als explodiere der Kerl direkt vor meinen Augen.» Er schüttelte den Kopf. «Taub bin ich auch ein wenig. Mir klingen die Ohren, als wäre ich gerade aus dem Flugzeug gestiegen. Frank? Bist du noch da?»

«Schon gut, Nat. Wir holen dich da raus.»

Aber in der Toilette erklang ein lautes Warnsignal.

«Einen Augenblick, Frank. Irgend etwas geschieht hier. Hörst du es?»

Die Stimme kam von oben, irgendwo über Nathan Colemans Kopf, die Stimme eines Engländers, und eine Millisekunde lang dachte er, es sei die Stimme Gottes. Dann erinnerte er sich an Abraham.

«Bitte verlassen Sie die Toilette», sagte die Stimme. «Bitte verlassen Sie die Toilette. Die automatische Reinigung dieser Anlage beginnt in fünf Minuten. Ich wiederhole: Bitte verlassen Sie die Toilette. Sie haben fünf Minuten Zeit.»

«Frank? Der will die Scheiße hier drin saubermachen. Was soll ich jetzt tun?»

«Geh von der Tür weg, Nat. Wir brechen sie auf.»

Coleman zog sich in die einzige Kabine zurück, die frei von Levines anatomischen Überresten war, klappte den Sitz auf das Becken und setzte sich. Es folgte eine kurze Stille und dann der unverwechselbare dumpfe Aufprall einer Schulter auf die andere Seite der Tür. Nathan Coleman sagte das Geräusch etwas. Vor seiner Versetzung zur Mordkommission hatte er Streifendienst gemacht. Nach drei Jahren im Streifenwagen in Los Angeles wußte man, welche Türen man aufbrechen konnte und welche nicht. Curtis mühte sich ab wie ein Comic-Held, aber Coleman hörte, daß seine Mühe vergeblich war und daß die Tür standhalten würde.

Das Warnsignal ertönte erneut.

«Bitte verlassen Sie die Toilette. Bitte verlassen Sie die Toilette. Die automatische Reinigung dieser Anlage beginnt in vier Minuten. Ich wiederhole: Bitte verlassen Sie die Toilette. Es bleiben Ihnen noch vier Minuten.»

Coleman legte den Kopf in den Nacken und starrte zu der blutbespritzten Decke und dem kleinen Lautsprecher hinauf, der da oben hing.

«Also, wenn du einfach die verdammte Tür aufmachen würdest, würde ich dir sicher nicht im Weg stehen.»

Dann stand er auf und ging an die Tür.

«Frank?»

«Tut mir leid, Nat. Das verdammte Ding rührt sich nicht. Wir müssen etwas anderes probieren. Bleib ruhig und warte.»

Coleman warf einen unsicheren Blick auf Levines Kopf auf dem Boden und hämmerte gegen die Tür.

«Frank? Ich möchte nicht so enden wie Levine. Denk dir bitte schnell etwas aus. Wir haben noch vier Minuten.»

Eine Minute verstrich, und die Klingel ertönte zum drittenmal.

«Bitte verlassen Sie die Toilette...»

Coleman hob die Augen zur Decke und schnitt eine Grimasse. Er zog die 9-Millimeter-Pistole aus dem Halfter, das er an der Innenseite seiner Hose trug, steckte einen Finger ins Ohr und brachte den Lautsprecher mit ein paar Schüssen zum Schweigen.

«Nat? Nat, was in Teufels Namen ist da drinnen los?»

«Schon gut, Frank. Ich hatte nur genug davon, zuzuhören, wie der Scheißcomputer mir erzählt, ich solle meinen Arsch hochkriegen und das Scheißhaus verlassen. Also habe ich ein bißchen rumgeballert.»

«Gut gemacht, Nat. Ich hatte schon gedacht, du hättest da drin einen 211er.»

«Nein. Bloß einen 207er, genau wie vorhin. Nur daß ich nicht glaube, daß unser alter Abraham auf Lösegeld aus ist. Ich fürchte, der will mir den Arsch aufreißen.»

Frank Curtis hämmerte frustriert gegen die Toilettentür.

«Wie funktioniert die automatische Reinigung?» fragte er Mitch, der die Achseln zuckte und die Frage stumm an Willis Ellery weitergab.

«Die Kabinen werden mit heißer Ammoniaklösung besprüht», sagte Ellery.

«Wie heiß?»

«Nicht gerade kochend, aber ganz schön heiß. Danach werden sie mit Heißluft getrocknet, und dann wird die Luft unter Druck gewechselt und aromatisiert.»

«Hat das Reinigungsprogramm Levine umgebracht?»

Ellery schüttelte den Kopf. «Das bezweifle ich. Während des Reinigungsprogramms in der Toilette eingesperrt zu sein wäre sicher keine angenehme Erfahrung, aber nicht notwendigerweise eine tödliche. Es geht um etwas anderes... Also, ich hätte früher daran denken können. Sehen Sie, ich war unmittelbar vor Tony da drin und hätte ihn beinah gewarnt. Aber dann hat er etwas gesagt, das mich auf andere Gedanken gebracht hat.»

«Was?» fragte Curtis ungeduldig. «Kommen Sie schon, wir haben nicht viel Zeit.»

«Wenn Abraham die Klimaanlage benutzt, um uns das Leben schwerzumachen, ist es naheliegend, daß er auch die Toilette zu aggressiven Zwecken einsetzen könnte. Nach dem, was Coleman sagt, kommt es mir so vor, als habe Abraham Tony mit Druckluft getötet. Er muß den Druck da drinnen weit über das Normale hinaus erhöht haben. So wie in einem Flugzeug. Das war aber möglicherweise bis zu dem Moment nicht tödlich, in dem Coleman die Tür geöffnet hat. Daraufhin muß ein plötzlicher Druckabfall eingetreten sein. Stark genug, um Levine im wörtlichen Sinne platzen zu lassen.»

«Kann man das Reinigungsprogramm abschalten?»

«Sie meinen, ohne Abrahams Mithilfe?» Ellery legte die Hand auf ein Furnier in der Flurwand neben der Tür.

«Ich habe das Gefühl, dahinter steckt etwas, womit das

ginge», sagte er. «Aber ich muß es erst auf dem Laptop überprüfen.»

«Tun Sie das», sagte Curtis drängend.

Ellery eilte zurück ins Besprechungszimmer. Auf halbem Wege blieb er stehen, machte auf dem Absatz kehrt und rief: «Wenn das Programm losgeht, sagen Sie Coleman auf alle Fälle, daß er die Hand vor die Augen halten soll.»

«Okay.»

Mitch untersuchte die Befestigung der Furnierplatte an der Wand.

«Selbstanziehende Schrauben. Ich werde Helen fragen, ob sie einen Schraubenzieher gefunden hat.»

Curtis hämmerte gegen die Toilettentür.

«Nat? Wir haben eine Idee, wie wir dich da rausholen können, aber es wird ein paar Minuten dauern. Wenn das Programm einsetzt, halte auf alle Fälle die Hand vor die Augen. Die Flüssigkeit enthält Ammoniak. Und sie könnte heiß sein.»

«Großartig, Frank», sagte die Stimme hinter der Tür. «Ich werde eine Bürste suchen und sehen, daß ich den Rand unter den Fingernägeln wegkriege. Was hältst du davon?»

Curtis rannte zurück ins Besprechungszimmer, wo Willis und Ellery eine dreidimensionale Zeichnung studierten.

«Was habt ihr rausgefunden?» fragte er und bemühte sich, die leuchtendgrünen Linien zu verstehen.

Mitch ließ sich nicht drängen, bewegte den Track ball und drehte den Intergraph-Entwurf erst nach einer, dann nach der anderen Seite.

«Jede Kabine ist eine in sich geschlossene Einheit», erklärte Ellery. «Hinter dieser Furnierplatte liegen Rohr-, Leitungs- und Kabelanschlüsse, die mit der Gebäudesteuerung verbunden sind. Das Wasser fließt über das Steigrohr in die Kabine, und dann übernimmt der Computer. Er erhitzt es und mischt es zu Reinigungszwecken mit Ammoniak und was immer sonst nötig ist. Wenn wir die Hauptwasserleitung absperren, können wir das ganze Reinigungsprogramm abschalten.»

«Gut. Und wie machen wir das?»

«Einen Augenblick», sagte Ellery. «Lassen Sie mich überlegen.»

Curtis sah sich um. Bob Beech saß über das Computerterminal gebeugt. Arnon und Birnbaum hatten einen Gebäudeplan vor sich auf dem Tisch ausgebreitet und diskutierten über etwas, während sie mit einem Ohr auf die neuesten Berichte vom Krisenstab hörten. Jenny saß neben Mitch und blickte über seine Schulter auf den Bildschirm seines Laptops. Am anderen Tischende hatte Helen Hussey eine Sammlung von Werkzeug und anderen nützlichen Gegenständen wie im Operationssaal vor sich ausgebreitet. Vor ihr lagen ein Erste-Hilfe-Kasten, ein Tapeziermesser, ein Fuchsschwanz, ein Winkelpasser, ein Fugeisen, eine Grobfeile, eine Handblechschere, eine Pflasterkelle, eine Flachzange, ein Schabeisen, eine Schere, ein paar Messer und Gabeln, verschiedene Bolzen, ein paar Schraubenzieher, ein Flaschenöffner und ein großer Schraubenschlüssel.

Curtis wählte einen der Schraubenzieher.

«Wo um Gottes willen haben Sie das alles gefunden?» fragte er beeindruckt.

«Sie würden staunen, was Bauarbeiter alles in einem Neubau liegenlassen», sagte sie. «Ein ganzer Werkzeugkasten lag ausgerechnet in der Damentoilette.»

«Schön. Aber Sie bleiben in Zukunft bitte von den Toiletten weg», sagte Curtis etwas lauter. «Sie alle. Abraham hat Levine gerade auf der Herrentoilette umgebracht. Und jetzt steckt Nat da drin.»

«Mein Gott!»

«Haben Sie einen Engländer, Helen?» fragte Ellery.

Sie hatte Tony Levine nie gemocht. Er hatte sie ständig angemacht. Schlimmer als Warren Aikman. Aber es tat ihr leid, daß er tot war. Erschreckt registrierte sie, daß sie dabei war, den Überblick über die Leute zu verlieren, die seit heute nachmittag im Grill gestorben waren.

«Ich weiß nicht», sagte sie unsicher und hielt etwas hoch, das vielleicht das Richtige sein konnte.

«Das ist sogar besser», sagte Ellery aufgeregt. «Das ist ein Gelenkschlüssel.»

Als das Wasser anfing, in die Toilette zu strömen, fühlte sich Coleman beinahe erleichtert, denn es war weder heiß, noch schien es Ammoniak zu enthalten. Aber der Wasserstand erhöhte sich von Minute zu Minute. Bis Curtis wieder an der anderen Seite der Tür war, stand das Wasser mehrere Zentimeter hoch. Coleman hätte versucht, den Strom einzudämmen, aber das Wasser floß aus jeder nur denkbaren Öffnung in die Toilette: aus Hochdruckdüsen an der Decke, aus den Hähnen am Waschbecken, selbst aus den Tanks hinter den Toiletten. Langsam wurde dem Polizisten klar, daß Abraham vorhatte, ihn zu ersäufen.

«Ich habe ein Leck hier drin, Frank», rief er. «Das Ding läuft voll Wasser. Kein Ammoniak. Vielleicht hat es sich Abraham mit seinem Reinigungsprogramm anders überlegt, nachdem ich seinen Lautsprecher abgeknallt habe.»

Das brachte ihn auf eine Idee. Wieder zog er die Waffe.

«He, Frank», rief er. «Geh von der Tür weg! Ich versuche, ein paar Löcher reinzuschießen. Auf die Dauer brauche ich hier einen zusätzlichen Abfluß. Frank?»

«Tut mir leid, Nat. Negativ», rief ihm Curtis zu. «Wie man mir sagt, ist das eine Stahltür. Um da durchzukommen, brauchst du ein Maschinengewehr. Versuch, dich nicht aufzuregen. Wir haben einen Plan. Wir wollen die gesamte Toiletteneinheit von der Hauptwasserleitung abschneiden.»

«Okay, Frank, wenn du es sagst. Aber tut es bald. Ich habe diese Unterwasserfilme noch nie ausstehen können.»

Coleman schob die Pistole ins Halfter und setzte sich wieder auf die Toilette. Das Wasser reichte ihm bis zu den Knien.

Er beugte sich vor, schöpfte ein wenig Wasser in die hohle Hand und trank.

«Jedenfalls werde ich nicht verdursten.»

Curtis löste die letzte Schraube und ließ das Furnierbrett auf den Boden fallen. In der Vertiefung dahinter fand er ein rotes ellbogenförmiges Rohr, eine kleinere Abzweigleitung, die die Toilette versorgte, ein paar Keramik-Tellerventile und in einem viereckigen isolierten Kasten den Elektroanschluß, der den Stromkreis der Toilette versorgte.

Willis Ellery zeigte auf ein Gewinde an der Zweigleitung und sagte: «Ich glaube, um die Hauptwasserleitung zu unterbrechen, brauchen wir das hier nur anzuziehen.»

«Eine Sekunde», sagte Curtis. «Sind Sie sicher, daß man das Rohr ungefährdet berühren kann? Was ist mit dem ganzen elektrischen Zeug da drinnen? Was ist, wenn Abraham das Rohr an die verdammte Stromleitung angeschlossen hat?»

«Da ist was dran, Will», sagte Mitch, der bereits dabei war, die Codenummer auf dem Deckel des Kastens in seinem Laptop einzugeben. «TWDK 21. Vielleicht verrät uns der Schaltplan ja sogar, wie wir die Tür öffnen können.»

Das Menü auf dem Bildschirm fragte, welche Version des Schaltplans er suchte: schnell oder technisch? Mitch wählte schnell und sah zu, wie das Intergraph-Programm eine Linie für jedes Kabel statt einer Linie für jeden einzelnen Draht zeichnete.

Willis Ellery lehnte sich über seine Schulter und studierte den Schaltplan ein oder zwei Minuten.

«Keines der Rohre hat Kontakt zur Stromversorgung», sagte er schließlich. Dann schlug er den Gelenkschlüssel gegen die Handfläche und murmelte: «Auf los geht's los» und machte sich daran, das Wasser abzudrehen.

Er stellte die rauhe Kante des Gelenkschlüssels auf die Größe der Verbindungsmuffe am Rohr ein und begann, das Gewinde anzuziehen.

«Kommt mir bisher ungefährlich vor.»

Mitch las den Schaltplan. Curtis sah ihm über die Schulter.

«Was ist das Ding?»

«Toilettenwartungsdienst Kasten 21», sagte Mitch. «Die Kabel für die verschiedenen Dienstleistungssysteme des Gebäudes. Das hier ist die Beleuchtung. Dunkler und heller. Das da ist die Klimaanlage. Die hier ist IT: einfache Telekommunikation und Datentransfer bei niedriger Geschwindigkeit. Sieht aus, als hänge die Tür am Kabel der Klimaanlage. Sehen Sie? Die Vertiefung in der Decke über der Tür und die beiden vertikalen Posten auf beiden Seiten? Wenn wir den da vom Netz trennen, müßte die Tür aufgehen.»

«Ein bißchen hart», grunzte Ellery, legte den Schlüssel kurz beiseite und spuckte in die Handfläche. «Mein Gott, hoffentlich funktioniert das.»

«Was ist das hier für ein Kabel?» fragte Mitch. «BSM. ESM. Was ist das? Es läuft zur Wand um die Abzweigleitung.»

Er ließ den Cursor an den oberen Bildschirmrand schnellen und holte das Wörterbuch herunter.

«Brandschutzmuffe. Erdbebenschutzmuffe.»

Mitch runzelte die Stirn. «Ich nehme an, wenn sich dieses Rohr in der Manschette bewegt, dann... Willis, nein!»

Willis Ellery hörte Mitch nicht mehr.

Als er den Gelenkschlüssel gegen die Gewindemuffe preßte, verschob sich die intelligente Rohrleitung in der für diesen Fall konstruierten Schutzmanschette und schloß den Kontakt des piezoelektrischen Metallauslösers, der Abraham aufforderte, das Stahlgerüst der Außenhülle gegen seismische Erschütterungen zu stabilisieren.

Willis Ellery schrie vor Schmerz und Überraschung laut auf. Wie jeder menschliche Körper stellte auch der seine einen ausgezeichneten elektrischen Leiter dar und rief die gleiche Reaktion hervor wie eine Elektrolytlösung. Der Stromstoß, der ihm einen Schlag versetzte, war nicht besonders stark. Ganz normaler Haushaltsstrom mit einer Frequenz von

60 Hertz. Aber Ellerys Hände waren feucht von Spucke und Schweiß. Als der Schlag ihn traf, konnte er den Griff um den Gelenkschlüssel nicht mehr lockern, um den Stromkreis zu unterbrechen. Es war, als erfasse ihn der Strom mit der Stärke des Schlüssels selbst. Der Schlüssel erfaßte die Muffe, und der Strom erfaßte den Schlüssel, und Willis Ellery konnte nichts tun, als stillzustehen und festzuhalten. Spasmisches Zucken durchlief seinen Körper, und er schrie wie ein hysterisches Kind.

Curtis sah, wie Mitch nach Ellerys Arm greifen wollte, und schleuderte ihn mit einem Faustschlag beiseite.

«Rühren Sie ihn nicht an!» brüllte er. «Sie kriegen sonst auch einen Schlag.»

Ellery stieß einen schwachen Schrei aus und versuchte verzweifelt, den Schlüssel loszulassen. «Bitte», schrie er, «helft mir!»

«Wir müssen etwas Isolierendes finden, um ihn wegzuziehen», rief Curtis. «Einen Besenstiel oder ein Seil. Schnell!»

Er rannte in die Küche und versuchte, sich zurechtzufinden. Nichts sah aus, als werde es keinen Strom von Ellerys Körper in die Hände seiner Retter leiten. Dann fiel ihm etwas ein: der Küchentisch. Er fegte alles zu Boden, was darauf lag, und rief Mitch zu: «Kommen Sie. Wir nehmen den.»

«Vielen Dank», beschwerte sich Marty Birnbaum. «Ich hatte gerade unsere Vorräte geordnet.»

Curtis und Mitch griffen, ohne sich um ihn zu kümmern, nach dem Tisch und trugen ihn auf den Flur, wo Ellery, inzwischen kaum mehr dessen bewußt, was um ihn herum geschah, sich immer noch im stählernen Griff des elektrisch geladenen Gelenkschlüssels befand. Die Luft roch verbrannt, wie versengtes Haar in einem Friseursalon. Curtis ließ den Tisch auf die Seite fallen.

«Schieben Sie ihn gegen den Mann», sagte er. «Wie einen Cowcatcher.»

Beide Männer griffen nach einem Tischbein und schoben den Tisch kräftig gegen Ellerys zuckenden Körper. Sie rissen ihn von der Reparaturnische weg. Als sein Griff um den Schlüssel sich lockerte, schrie Ellery vor Schmerzen auf. Aus seinem einen Daumen sprang ein blauer Blitz und schlug mit einer beißenden Rauchwolke im Teppichboden ein. Die geballte Gewalt der Elektrizität, die aus seinem Körper schlug, und des Tisches, der gegen seine Taille schlug, reichten aus, ihn auf die andere Seite des Flurs zu schleudern, wo er gegen die Wand prallte und bewußtlos auf dem Boden zusammenbrach.

Curtis warf sich über ihn wie ein Ringer, der sich nicht um die Kampfregeln kümmert, drehte den Mann auf den Rücken, riß ihm das Hemd auf und legte das Ohr an seine Brust.

«Ist er tot?» fragte Helen.

Curtis, der auf Ellerys Schenkeln saß, legte die Hände mit verschränkten Ellbogen übereinander und fing ohne zu antworten an, Ellerys Herz zwischen Schlüsselbein und Rückgrat einzuklemmen, um einen Herzrhythmus zu finden, der genug Blut in das Gehirn des Bewußtlosen pumpen würde.

«Helen», sagte er atemlos. «Sehen Sie nach, wie es Nat geht. Okay? Jenny? Holen Sie eine Decke, ein Tischtuch, irgend etwas, um den Mann warm zu halten. Mitch, rufen Sie Richardson an, und erzählen Sie ihm, was hier vor sich geht.»

Curtis setzte die Herzmassage noch ein paar Minuten fort und lehnte sich dann vor, um auf einen Herzschlag zu lauschen. Er schüttelte den Kopf und knöpfte Ellerys urinverschmierte Hose auf. Jenny kam mit einem Tischtuch zurück.

«Ziehen Sie ihm die Hose aus», rief er, «und suchen Sie die Oberschenkelarterie.»

Er fing wieder mit der Massage an. Jenny zog Ellery die Hose aus. Ohne sich um den Uringestank zu kümmern, schob sie den Hodensack in Ellerys Unterhose beiseite und suchte mit den Fingern nach der Leistengegend.

«Haben Sie sie schon?» grunzte Curtis. «Fühlen Sie etwas, wenn ich seinen Brustkorb zusammendrücke?»

«Ja», sagte sie nach einer Weile. «Ich fühle es.»

«Das ist gut. Kann mal jemand feststellen, was dieses Arschloch Beech treibt? Hat er dem Scheißcomputer schon den Strom abgestellt?»

Curtis legte das Ohr an Ellerys Brust und lauschte wieder. Diesmal hörte er einen schwachen Herzschlag. Das größere Problem war Willis Ellerys verkrampfte Atemmuskulatur und die Tatsache, daß er noch nicht wieder angefangen hatte zu atmen.

«Sie können ihn jetzt loslassen», sagte er zu Jenny. «Haben Sie mit Nat gesprochen?» fragte er Helen.

Er kniete neben Ellery nieder, hielt ihm die Nase zu und fing mit der Mund-zu-Mund-Beatmung an.

«Nat ist in Ordnung», berichtete Helen. «Das Wasser steht ihm bis zur Taille und steigt weiter. Aber er ist in Ordnung.»

Curtis, der sich rhythmisch über Ellerys Mund auf und ab bewegte, hatte keine Zeit, ihr zu antworten. Er hätte auch nicht viel zu sagen gewußt. Es war ihm klar, daß er keine klugen Einfälle mehr hatte. Es gab keine Alternative mehr. Jetzt hing alles von Beech ab. Zehn Minuten verstrichen. Curtis gab nicht auf. Als junger Streifenpolizist hatte er gelernt, daß Menschen oft sterben, weil derjenige, der sie wiederbeleben will, zu früh aufgibt. Er wußte, daß er einfach weitermachen mußte. Aber er wurde müde. Er wußte, daß er Hilfe brauchen würde.

Zwischen zwei Atemzügen, mit denen er Luft in Ellerys traumatisierte Lunge blies, fragte Curtis Jenny, ob sie ihn eine Zeitlang ablösen könne. Sie deckte Ellery mit dem Tischtuch zu, sah Curtis mit Tränen in den Augen an und nickte.

«Wissen Sie wie?»

«Ich habe an der Uni einen Erste-Hilfe-Kurs belegt», sagte sie und setzte sich neben Ellerys Kopf.

«Hören Sie nicht auf, bevor ich es sage», befahl Curtis. «Sauerstoffmangel ist gefährlich. Unterbrochene Atemtätigkeit kann zu Blindheit, Taubheit, Lähmung und Gott weiß was noch führen.»

Aber es war klar, daß Jenny so lange weitermachen würde

wie nötig. Curtis stand mit steifen Gliedern auf und sah ihr bei der Arbeit zu.

Dann ging er, um sich mit Beech zu unterhalten.

Bob Beech war beunruhigt.

Das letzte Mal war er Mitte der Achtziger während eines Kurses über Computersicherheit an der Technischen Hochschule so beunruhigt gewesen. Das war, als er sein erstes Selbstreproduzierendes Programm oder, wie man SRPs später nannte, seinen ersten Computervirus geschrieben hatte. Damals hatte nach einem Artikel im *Scientific American* jedermann SRPs geschrieben.

Mit dreihundert Zeilen MS-DOS hatte Beech TOR geschaffen, benannt nach Torquemada, dem ersten Großinquisitor der spanischen Inquisition. Beech hatte vorgehabt, ein Programm zu schaffen, das die Häresie der Raubkopien von MS-DOS Software in Ostasien ausrotten sollte, wo Software-Raubkopien sich wie eine Seuche ausbreiteten. Wenn er erfolgreich war, wollte er das Resultat an Microsoft verkaufen. Das Problem lag darin, daß sich TOR viel mehr wie ein echter Computervirus verhalten hatte, als Beech voraussehen konnte, und sich später mit einem anderen Virus namens NADIR vereint hatte, von dessen Existenz Beech nichts wußte, so daß eine neue Generation von Superviren entstand, die unter dem Namen TORNADO bekannt wurden. Die neue Mutation hatte katastrophale Auswirkungen gezeigt und nicht nur mit einer Raubkopie von Microsoftprodukten, sondern auch mit legitimer Software geschriebene Daten vernichtet. Auf der zweiten Konferenz über künstliches Leben 1990 in Los Angeles hatte Beech gehört, wie einer der Delegierten den von TORNADO angerichteten Schaden auf mehrere Milliarden Dollar schätzte.

Beech hatte niemals irgend jemandem erzählt, daß TORNADO sein Produkt war. Es war das dunkelste Geheimnis seines Lebens. Zehn Jahre später waren immer noch zahlreiche Antivirenprogramme für TORNADO auf dem Markt, und dennoch hatten TORNADO-Mutationen der fünften und sechsten Generation in PCs auf der ganzen Welt überlebt. Er hatte selbst ein paar Antivirenprogramme geschrieben, eines davon spezifisch auf TORNADO abgestellt, und er glaubte so viel von der Vernichtung außer Kontrolle geratener SRPs zu verstehen wie kaum jemand auf der Welt.

GABRIEL war das fortschrittlichste Deinstallationsprogramm – den Ausdruck Computervirus benutzte Beech seit der TORNADA-Affäre nicht mehr –, das Beech je geschrieben hatte. Die Grundlagen dafür hatte er den Prinzipien der Epidemologie und der biologischen Virusforschung entlehnt. Als heißes Programm war es nach Meinung seines Erfinders ein richtiger Killer. Nicht nur war GABRIEL als absolut autonomes Programm entworfen, es erwies sich dem infizierten Träger gegenüber auch als extrem aggressiv. Wären es andere Umstände gewesen als die, unter denen er GABRIEL jetzt auslösen mußte, wäre Bob Beech stolz auf sein Zerstörungsprogramm gewesen. Der einzige Wermutstropfen in seinem Freudenbecher war, daß es nicht funktionierte.

GABRIEL wirkte, wie er Frank Curtis erklärt hatte, langsam. Aber schon nach wenigen Minuten wußte Beech, daß sich irgendwelche Anzeichen dafür hätten zeigen sollen, daß GABRIEL die gewünschte Wirkung auf Abrahams Struktur ausübte. Aber es gab keine Anzeichen auch nur der geringsten Panne, Abweichung oder Fehlfunktion bei Abraham. Beech hatte sich an einem zentralen Punkt in die Architektur des Systems eingeklinkt, von dem aus er die Infektionssymptome wie ein Epidemologe, der gebannten Blicks die Arbeit eines Virus unter dem Elektronenmikroskop verfolgt, im Frühstadium hätte erkennen müssen: in der Uhr. GABRIEL hätte als erstes Abrahams Zeitgefühl zerstören sollen. Mit dem Verstreichen der Minuten auf der Uhr wurde immer deutlicher, daß das Zerstörungsprogramm unwirksam war. Es war jetzt elf Uhr fünfzehn, und Abraham funktionierte noch immer wie das Programm der Superklasse, das Beech miterschaffen hatte. Keine Fehler, keine Pannen. Offenbar war GABRIEL ohnmächtig, zumindest wenn es um Abraham ging.

Ein paarmal gab er die Transaktionen erneut ein, die das Deinstallationsprogramm aktivieren sollten. Nur für den Fall, daß er einen Fehler gemacht hatte. Aber er blieb erfolglos.

Als ihn David Arnon fragte, wie er mit der Arbeit vorankomme, antwortete Beech nicht. Und er bemerkte den Aufruhr kaum, der ausbrach, als Willis Ellery von einem Stromschlag getroffen wurde. Verblüfft saß er reglos vor dem Terminal und wartete, daß etwas geschehe, und wußte im tiefsten Herzen, daß nichts geschehen würde. Seine Bemerkungen über die Verantwortung, die man als Gott seinen Geschöpfen gegenüber hatte, kamen ihm jetzt prahlerisch vor. Es war, als habe Gott beschlossen, Sodom und Gomorrha zu zerstören, und müsse feststellen, daß sein vielgepriesenes Feuer und sein Schwefel harmlos an den Stadtmauern abprallten.

Als er sich im Sessel umwandte, sah Beech Frank Curtis, der mit einer so furchterregenden Miene hinter ihm stand, daß er plötzlich mehr Angst vor dem Polizisten hatte als vor den Folgen dessen, was im Siliziumherzen der Maschine nicht geschehen war.

«Ich weiß nicht, was los ist», sagte er und schüttelte den Kopf, «aber GABRIEL, das Abschaltprogramm, funktioniert verdammt noch mal nicht. Ich habe mehrmals versucht, das Deinstallationsprogramm auszulösen, aber es gibt keinerlei Anzeichen dafür, daß Abraham infiziert ist. Nicht das geringste Anzeichen. Es ist irre. Ich verstehe einfach nicht, wie er sich dagegen wehren kann. Schließlich ist das Programm spezifisch auf Abraham abgestimmt und in seine Grundstruktur einprogrammiert. Es ist, als ob er mit einer erblichen Krankheit oder einer genetisch bedingten Krebsanfälligkeit zur Welt gekommen sei und nur noch einen Diätfehler zu machen brauche, um die Krankheit auszulösen. Das einzige, was ich mir vorstellen kann, ist, daß Abraham irgendwie eine Methode gefunden hat, sich selbst zu immunisieren. Aber ich habe keine Ahnung, wie.»

Curtis' zorniger Gesichtsausdruck verriet unverhohlene Mordlust.

«Sie können es also nicht abschalten?» knurrte er zornig. «Ist es das, was Sie mir erzählen wollen?»

Beech zuckte hilflos die Achseln.

«Sie blödes Arschloch», sagte Curtis und zog die Pistole.

«Um Gottes willen», schrie Beech, sprang aus dem Sessel und flüchtete sich rückwärts an die Wand. «Das können Sie doch nicht tun. Bitte. Niemand schreibt ein besseres Programm als ich. Aber das müssen Sie mir glauben: Ich habe keinerlei Kontrolle mehr darüber. Es gibt nichts, das ich tun könnte.»

Curtis sah die Pistole in seiner Hand an, als überrasche ihn die Reaktion, die sie ausgelöst hatte. Er lächelte.

«Ich täte es gern. Wirklich gern. Falls mein Kumpel ertrinkt, tue ich es vielleicht.»

Er drehte sich auf dem Absatz um und verließ den Raum.

Beech fiel in seinen Sessel zurück und griff sich ans Herz.

«Dieser gottverdammte wildgewordene Irre», sagte er kopfschüttelnd. «Ich habe gedacht, er bringt mich um. Ich habe es wirklich geglaubt.»

«Ich auch», sagte David Arnon. «Und ich frage mich, warum er es nicht getan hat.»

Nathan Coleman stand auf dem Toilettendeckel. Sein Kopf war nur noch wenige Zentimeter von der Decke entfernt, und er fühlte das kalte Wasser gegen seinen Hemdkragen schlagen.

Erst vor ein paar Wochen war er mit Frank Curtis zum Elysian Park gefahren, wo die nackte Leiche einer jungen Schwarzen im Reservoir unter dem Pasadena Freeway, nur ein paar hundert Meter vom Dodger-Stadion entfernt, im Wasser trieb.

Er hätte es kaum für möglich gehalten, aber ausgerechnet jetzt, wo ihm selbst das Wasser bis zum Hals stand, lief Coleman der Kommentar durch den Kopf, den die Gerichtsmedizinerin bei der Obduktion des jungen Mädchens auf Band gesprochen hatte.

Damals hatte er kaum zugehört und es Frank überlassen, Fragen zu stellen. Aber jetzt konnte er sich Dr. Braggs Bericht in unerfreulicher Genauigkeit ins Gedächtnis rufen. Als hätte er das Thema Tod durch Ertrinken für eine Prüfung studiert. Jawohl und vielen Dank. Genau der richtige Augenblick für ein bißchen Gedächtnistraining. Was für eine Scheiße!

Für einen Selbstmörder war Ertrinken gar nicht so schlecht. Der wehrte sich wenigstens nicht. Aber wenn es sich um einen Unfall handelte, versuchte man sich meistens dagegen zu wehren, indem man so lange den Atem anhielt, bis man zu erschöpft oder zu kohlenstoffübersättigt war, um weiterzumachen. Das Mädchen aus dem Reservoir hatte versucht, sich zu wehren. Kein Wunder. Schließlich war es eine Bande von Koksköpfen aus South Central gewesen, die sie unter Wasser gehalten hatten. Nach Dr. Braggs Bericht hatte sie sich vehement gewehrt. Ihr Todeskampf hatte zwischen drei und fünf Minuten gedauert.

Coleman wußte nicht, ob er mit etwas umgehen konnte, das so lange dauerte.

Wenn man schließlich ausatmete und beim Wiedereinatmen Wasser in die Atemwege saugte, konnte ein Brechreiz einsetzen, bei dem man den Inhalt des eigenen Magens einatmete. Und Wasser natürlich. Man konnte so viel Wasser einatmen, daß es bis zu 50 Prozent des Blutvolumens ausmachte. Mein Gott! Und als ob das nicht schon schlimm genug gewesen wäre, ging es beim Ertrinken nicht bloß um einfaches Ersticken. Ertrinken brachte die Flüssigkeitsbalance und die Chemie des Blutkreislaufs durcheinander. Das zirkulierende Blut wurde verdünnt, die Elektrolytkonzentration verringert. Rote Blutkörperchen konnten anschwellen oder platzen und große Mengen Kalium freisetzen, das den Herzschlag in Unordnung brachte. Der Tod selbst konnte durch eine Vagushemmung ausgelöst werden, die im Nasen-Rachen-Raum oder in der Stimmritze einsetzte. Aber genausogut konnte man an einer Verseuchung der Lunge durch Schmutzwasser sterben.

Was für eine beschissene Todesart.

Coleman stemmte die große Fußzehe gegen das Türschloß und hob den Kopf einen Zentimeter weiter über den Wasserspiegel. Er berührte die Decke. Es gab kein Entkommen. Es war wie im Film. Wie einer der armen Kerle, die im U-Boot eingeschlossen waren. Fehlten allenfalls noch die Wasserbomben.

Er hob die Pistole über den Wasserspiegel und preßte die Mündung an die Schläfe. Er wollte bis zur letzten Minute warten. Bis das Wasser seine Nase bedeckte. Dann wollte er abdrücken.

Auf der halben Länge des Ganges kam Curtis Jenny entgegen.

«Ich habe doch gesagt, Sie sollen nicht aufhören», fuhr er sie an.

«Aber Willis atmet wieder», sagte sie. «Ich glaube, er wird sich erholen. Und was zum Teufel gibt Ihnen das Recht…»

Ihre Stimme verließ sie, als sie die großkalibrige Pistole in der kräftigen Hand des Polizisten und seinen mörderischen Gesichtsausdruck wahrnahm.

«Was ist los?» fragte sie besorgt. «Was ist passiert?»

«Das Ding läßt sich nicht abschalten. Das ist los. Ihr Freund Beech hat es verkackt. Wir könnten genausogut versuchen, den Stöpsel aus dem Stausee am Hoover-Damm zu ziehen.»

Er marschierte den Korridor entlang und ließ eine Kugel in die Kammer der Pistole gleiten.

Mitch, der neben dem atmenden, aber immer noch bewußtlosen Willis Ellery kniete, stand auf, als er Curtis kommen sah.

«Gehen Sie lieber aus dem Weg», schrie der Polizist ihn an. Er legte auf die Wartungszelle der Toilette an. «Ich bin kein Scharfschütze. Außerdem könnte es ein paar Querschläger geben. Wenn ich Glück habe, trifft einer davon Ihren Kumpel Beech.»

«Einen Augenblick, Frank», sagte Mitch. «Wenn Bob es schafft, Abraham abzuschalten, könnten wir die Stromkabel da drin brauchen, um die Tür zu öffnen.»

«Das können Sie vergessen. Abraham ist auf Dauer da. Offizielle Meldung: Ihr heldenhafter Kumpel hat soeben die Hände in die Luft gestreckt und sich ergeben. Das gottverdammte Deinstallationsprogramm oder wie er es nennt, funktioniert verdammt noch mal nicht.»

Curtis feuerte dreimal auf den Schaltkasten. Mitch schützte seine Ohren mit den Händen gegen den Knall, und aus dem Kasten stoben Funken.

«Ich weiß nicht, was ich sonst tun könnte», rief Curtis und feuerte noch drei Schüsse ab. «Aber wenn ich es verhindern kann, werde ich nicht zulassen, daß mein Partner da drin ersäuft wie eine junge Katze.»

Kabelflansche flogen von Kabelenden und Halterungen von Gehäusen, als noch zwei Salven mit 180 Gramm Gewicht in den TWDK einschlugen.

«Was würde ich jetzt für die Schrotflinte in meinem Kofferraum geben», rief Curtis aus und leerte den Rest des Dreizehnermagazins in die Tür.

Curtis rieb sich die Schulter, als er den Küchentisch zur Toilettentür schleppte.

«Helfen Sie mir», bat er Mitch. «Vielleicht können wir sie einschlagen.»

Mitch wußte, daß der Versuch sinnlos war, aber inzwischen wußte er auch, daß es sinnlos war, mit Curtis zu diskutieren.

Sie hoben den Tisch an, traten auf die andere Seite des Ganges zurück, nahmen Anlauf und rammten die Tischecke gegen die Tür.

«Noch einmal.»

Wieder donnerte der Tisch gegen die Tür.

Sie bemühten sich minutenlang weiter, bis sie erschöpft über dem Tisch zusammenbrachen.

«Warum habt ihr das verdammte Ding auch so gut panzern müssen?» hechelte Curtis. «Mein Gott, das ist doch ein Lokus und kein Banksafe.»

«Wir nicht», sagte Mitch keuchend. «Die Japaner. Die haben es entworfen. Die Zellen werden einfach da, wo sie gebraucht werden, eingesetzt.»

«Aber der ganze Rest. Was spricht eigentlich gegen einen Menschen für die Toilettenreinigung?» Curtis stand kurz vor einem Tränenausbruch.

«Das ist ein Job, den niemand mehr haben will. Jedenfalls niemand, auf den man sich verlassen könnte. Selbst die Mexikaner wollen keine Toiletten mehr reinigen.»

Curtis rollte vom Tisch und hämmerte mit der Faust gegen die Toilettentür.

«Nat? Nat, kannst du mich hören?»

Er preßte ein Ohr, in dem noch das Echo seiner Schüsse dröhnte, gegen die Tür und spürte, wie kalt sie in all dem Wasser geworden war, das gegen sie drückte.

Frank Curtis hörte das unverkennbare Geräusch eines einzigen Pistolenschusses.

Curtis setzte sich, gegen die Wand gestützt, auf den Boden. Er konnte die Kälte des Wassers, von dem die Herrentoilette jetzt voll war, durch das Hemd fühlen. Helen Hussey setzte sich neben ihn und legte den Arm um seine Schulter.

«Sie haben getan, was Sie tun konnten», sagte sie.

Curtis nickte. «Ja.»

Er neigte sich vor, zog die Pistole aus dem Gürtel und lehnte sich dann etwas bequemer wieder an. Der schwarze Plastikgriff erinnerte ihn eher an einen Rasierapparat als an eine Waffe. Er hatte das Gefühl, er hätte genausogut mit einem Elektrorasierer gegen die Tür anstürmen können wie mit einer Pistole. Er erinnerte sich an den Tag, an dem er sie gekauft hatte.

«Das ist eine schöne Pistole, die Sie da haben», hatte der Waffenhändler gesagt. Er hätte einen freundlich dreinblickenden Bernhardiner meinen können.

Als Helen Hussey auf dem Funksprechgerät in der Eingangshalle anrief, um zu berichten, daß sich Nathan Coleman erschossen hatte, um nicht zu ertrinken, wurde Ray Richardson zum erstenmal der Ernst der Lage klar. Das Schlimmste für ihn war die Erkenntnis, daß die Ereignisse von heute seine ganze Zukunft verändern würden. Er zweifelte daran, daß die Yu Corporation seine ausstehenden Rechnungen bezahlen würde, und fragte sich, ob wohl jemals wieder ein Kunde ein intelligentes Gebäude in Auftrag geben würde. Das Gebäude der Yu Corporation jedenfalls würde nicht berühmt, wohl aber berüchtigt werden. Viele Leute haßten die moderne Architektur ohnehin schon, und jetzt würden sich ihre Vorurteile bestätigen. Aber selbst in der Gilde der Architekten würde das, was hier geschah, Richardson in eine Art beruflicher Wüste schicken. Goldmedaillen für hervorragende Architektur wurden nicht an Architekten verliehen, deren Gebäude für acht oder neun Todesfälle verantwortlich waren.

Natürlich mußte er zunächst einmal am Leben bleiben, wenn er sich gegen seine Kritiker verteidigen wollte. Sie waren ohne Lebensmittel und Wasser in der Backofenhitze der Eingangshalle gefangen. Wie lange würden sie durchhalten können? Richardson ging zur Eingangstür und versuchte, durch das getönte Glas hinauszusehen. Hinter der menschenleeren Piazza erstreckte sich die babylonische Wüstenlandschaft der Innenstadt: die Denkmäler eines modernen Kults, Monumente der Funktion und der Finanzen, gut entworfene Werkzeuge zur Klassifikation und wirksamen Ausbeutung der

Arbeit, die den Weg freimachten für die schnelle Zirkulation des Lebensbluts kapitalistischer Wirtschaft: des Büroangestellten. Er wischte das beschlagene Glas klar und sah wieder hinaus. Nicht daß er wirklich erwartet hätte, da draußen in der Dunkelheit jemanden zu sehen. Das einzige, woran man dachte, wenn es um die Innenstadt zur späten Nachtzeit ging, wenn der letzte Schreibtischarbeiter mit Handy und Laptop nach Hause gegangen war, um weiterzuarbeiten, war, wie man die Armen und Obdachlosen daran hindern konnte, hierherzukommen, hier zu schlafen, zu trinken, zu essen und vielleicht auch zu sterben. Niemand wollte wissen, wohin sie gingen, solange sie sich fortbewegten, damit die, die auf der Platte lebten, am nächsten Morgen die Ankunft der Büroangestellten nicht behinderten.

Wenn er nur nicht so versessen auf das Prinzip der planerischen Abschreckung gewesen wäre. Wenn er nur nicht auf die Idee gekommen wäre, das Wasser des Brunnens zu vergällen und das Straßenpflaster ungastlich für die zu gestalten, die dort hätten schlafen können. Wenn er nur den Zweiten Bürgermeister nicht angerufen hätte, um die Demonstranten vertreiben zu lassen. Er umwanderte den Baumstamm und blickte nach oben in den Wipfel. Er ging immer weiter, bis ihm einfiel, daß einer der oberen Äste im einundzwanzigsten Stockwerk sehr nahe an die Brüstung heranreichte. Und der Baum selbst war von Lianen bedeckt, die sich den ganzen Stamm entlangzogen und dick wie Taue waren. Würden sie in den einundzwanzigsten Stock hinaufklettern können, wo es Lebensmittel und Wasser gab?

«Denken Sie an dasselbe wie ich?» fragte Dukes.

«So unwahrscheinlich es klingt, ja», antwortete Richardson. «Wie schätzen Sie unsere Chancen ein?»

«Ich weiß nicht. Wie kräftig ist Ihre Frau?»

Richardson zuckte die Achseln. Er war sich nicht sicher.

«Schön», sagte Dukes. «Auf alle Fälle ist es besser, als hier unten zu bleiben. Ich denke, ich werde es versuchen. Als Kind bin ich viel auf Bäume geklettert.»

«In Los Angeles?»

Dukes schüttelte den Kopf. «In Washington State. Oben in der Nähe von Spokane. Jawohl, ich bin schon auf viele Bäume gestiegen. Aber so einen Baum habe ich noch nie gesehen.»

«Der ist aus Brasilien. Aus dem Regenwald.»

«Hartholz, nehme ich an. Sollten wir nicht versuchen zu schlafen? Probieren wir es morgen.»

Richardson blickte auf die Uhr und sah, daß es kurz vor Mitternacht war. Dann sah er auf das Klavier. Es spielte wieder ein seltsames Stück.

«Schlafen?» sagte er hämisch. «Bei dem verdammten Krach? Ich habe versucht, dem Hologramm zu sagen, es soll es abstellen. Aber erfolglos. Vielleicht will der Computer uns in den Wahnsinn treiben. Wie General Noriega.»

«He», sagte Dukes, «kein Problem. Wer auf den Pianisten schießen will, kann genausogut auf das Piano schießen. Was sagen Sie? Schließlich sind Sie hier der Boß.»

Richardson zuckte die Achseln. «Da bin ich langsam nicht mehr so sicher», gab er zu. «Aber probieren Sie es. Ich hab das Klavier sowieso nie besonders gemocht.»

Dukes drehte sich um, entsicherte seine Glock 17 Automatic und gab einen einzigen Schuß auf das schwarzlackierte Holz, genau in die Mitte des Namensschilds Yamaha, ab. Das Klavierspiel brach plötzlich mitten in einem lauten und drängenden Finale ab.

«Guter Schuß», sagte Richardson.

«Danke.»

«Aber Sie haben Ihren Beruf verfehlt. Mit der Treffsicherheit hätten Sie Kritiker werden sollen.»

Die Furcht schlich durch die Korridore und die Eingangshalle des Grills wie ein psychotischer Nachtwächter. Die meisten der Gefangenen im Gebäude schliefen kaum, und die, die es taten, bezahlten für ihren scheinbaren Mangel an Wachsamkeit mit lebhaften, klaustrophoben Alpträumen. Ihre periodisch wiederholten Schreie und Schreckensrufe hallten in dem dunklen Labyrinth des Fegefeuers wider, zu dem das lichtlose, nahezu menschenleere Bürogebäude geworden war. Überbrodelnd von den Erinnerungen des Tages und der Ahnung unausweichlicher Sterblichkeit, blieben die Gehirne der Menschen tätig, bis der Morgen dämmerte und eine trügerische Sicherheit zu versprechen schien.

Sechstes Buch

Die Technologie wird uns mehr, nicht weniger Kontrolle bringen. Die Gebäude der Zukunft werden Robotern mehr ähneln als Tempeln. Wie das Chamäleon werden sie sich ihrer Umgebung anpassen.

Richard Rogers

Joan Richardson verspürte Empathie mit Bäumen, und für diesen Baum empfand sie viel. Es war ihre Idee gewesen, einen Baum in die Eingangshalle zu pflanzen. Die Stärke des Baums, hatte sie erst ihrem Mann, dann Mr. Yu gepredigt, werde in das Gebäude eingehen. Mr. Yu, der alles, was er tat, richtig tat, hatte sich den größten, stärksten Baum besorgt, den er finden konnte, und paradoxerweise als Gegenleistung eine riesige Summe für den Schutz eines großen Areals im brasilianischen Regenwald vor Brandrodung gespendet. Hauptsächlich aber bewunderte sie den Baum.

«Sag schon, Ray, ganz ernsthaft», sagte sie. «Glaubst du, daß ich es schaffen kann? Daß ich wirklich da raufklettern kann?»

Richardson, der sich gar nicht sicher war, daß sie es schaffen würde, der aber bereit war, sie es versuchen zu lassen, legte beide Hände auf die Schultern seiner Frau und blickte ihr tief in die Augen.

«Hör mal, Liebling», sagte er sehr ruhig. «In der ganzen Zeit, die wir uns schon kennen, habe ich mich da jemals über das geirrt, was du kannst und was du nicht kannst? Jemals?»

Joan lächelte und schüttelte den Kopf, aber offensichtlich hegte sie Zweifel an ihren Fähigkeiten.

«Als wir uns kennenlernten, habe ich dir gesagt, ich sehe in dir das Potential, eine der größten Innenarchitektinnen der Welt zu werden.» Er zuckte ausdrucksvoll die Achseln. «Nun, heute bist du es. Du bist es wirklich. Der Name Joan Richardson bedeutet hervorragende graphische Gestaltung, Beleuchtung und Möbelgestaltung. Und du hast genügend Preise gewonnen, um das zu beweisen. Wichtige Preise.»

Joan schenkte ihm ein verkniffenes Lächeln.

«Wenn ich also sage, du kannst auf diesen Baum steigen, dann nicht, weil ich finde, daß du es versuchen solltest, sondern weil ich weiß, daß du auf diesen Baum steigen kannst. Ich sage das nicht, um dein Selbstvertrauen zu stärken, sondern weil ich dich kenne.»

Er machte eine Pause, als wollte er ihr Zeit geben, über seine kurze Ansprache nachzudenken.

Auch Dukes fragte sich, ob sie es schaffen würde. Sie sah zu fett aus, um es durchzuziehen. Es würde nicht leicht sein, all das Gewicht hochzustemmen. Aber sie sah kräftig aus. Ihre Schultern waren fast so breit wie ihr Gesäß.

«Aber natürlich können Sie das», sagte er ermunternd.

Richardson warf dem Wachmann ein leicht irritiertes Lächeln zu.

«Nein», sagte er. «Sie wissen nicht, wovon Sie reden. Was Sie sagen, ist richtig, aber aus den falschen Gründen. Sie stellen sich nur aus einem vagen Gefühl heraus vor, daß sie es schaffen kann. Ich *weiß*, daß sie es schaffen kann.» Richardson klopfte sich mit dem Zeigefinger an die Stirn. «Hier drin.»

Dukes zuckte die Achseln. «War bloß hilfreich gemeint, Mann», sagte er abweisend. «Wie wollen Sie es anpacken?»

«Ich glaube, Sie sollten als erster hochsteigen. Dann Joan und ich als letzter. Okay?» Richardson lächelte. «Und das auch, weil sie ihren Rock ausziehen und in Höschen klettern wird.»

Dukes nickte, ohne zu lächeln. Der Versuch, freundlich zu dem Typ zu sein, war beendet. Der Kerl war ein Arschloch.

«Okay. Wie immer Sie meinen.»

«Joan? Bist du bereit?»

«Ich werde bereit sein, sobald Mr. Dukes angefangen hat zu klettern.»

«Gut so.» Richardson sah zum Wipfel des Baumes auf und setzte die Sonnenbrille auf.

«Gute Idee», sagte Joan. «Es ist ganz schön hell hier drin,

und es wäre nicht gut, wenn wir geblendet würden.» Sie bückte sich und zog ihre Sonnenbrille aus der Handtasche.

Richardson spuckte in die Hände und griff nach einer Liane.

«Wißt ihr beide, wie man richtig an einem Seil hochklettert?» fragte er.

«Ich glaube schon», sagte Dukes.

Joan schüttelte den Kopf.

«Ihr habt Glück. Ich habe während meiner zwei Jahre bei der Armee eine ganze Menge Berge bestiegen. Ich bin an mehr Seilen hochgeklettert als Burt Lancaster. Du drehst das Seil am einen Bein ein, so wie ich es tue, und greifst mit beiden Händen über den Kopf, um es zu halten. Dann hebst du den Schenkel, der am Seil liegt, und hältst das Seil zwischen den Füßen fest. Gleichzeitig hebst du die Hände und suchst nach der nächsten Griffstelle.» Er ließ sich wieder zu Boden fallen. «Die ersten zwanzig Meter oder so werden die schwierigsten werden. Bis wir die ersten Äste erreicht haben. Dann können wir ausruhen. Dukes? Wollen Sie es einmal versuchen?»

Der schüttelte den Kopf, zog das Hemd aus und stellte einen athletisch gebauten Oberkörper zur Schau.

«Besser vorbereitet als jetzt werde ich nie sein», sagte er und begann so munter an einer Liane hochzuklettern, als tue er das Ganze zum Spaß. Etwa sieben bis acht Meter über dem Boden drehte er sich um und lachte. «Bis nachher da oben», rief er herunter.

Joan öffnete den Reißverschluß und ließ ihren Rock fallen.

Richardson schwang eine Liane zu ihr hinüber.

«Laß dir Zeit», ermahnte er sie. «Und sieh nicht nach unten. Vergiß nicht: Ich bin die ganze Zeit gleich hinter dir.» Dann küßte er sie. «Viel Glück, Liebling.»

«Dir auch», antwortete sie. Dann drehte sie die Liane mit dem Unterschenkel ein, wie er es ihr gezeigt hatte, und fing an zu klettern.

Sie war der venezianische Typ, dachte er, so wie ihn Giorgione, Tizian und Rubens geliebt hatten, die poetische Verkörperung des Reichtums der Natur, eine sanft glänzende Venus wie auf einem heidnischen Altar. Ihre überquellende Größe war der Grund, warum Richardson sie geheiratet hatte. Der eigentliche Grund. Der Grund, den selbst Joan nicht kannte.

«Gut so», sagte er und genoß den Anblick seiner Frau über seinem Kopf wie ein gieriger Hund, der auf einen Schinkenknochen starrt. «Du machst das sehr gut.»

Jetzt war er an der Reihe.

Richardson kletterte langsam. Er wollte seine Frau nicht überholen, um ihr notfalls zu Hilfe kommen zu können. Manchmal bewegte er sich überhaupt nicht und wartete, bis sie Höhe gewonnen hatte. Wo es ihm nötig schien, gab er Ratschläge und spendete Zuspruch.

Als Dukes die untersten Zweige erreicht hatte, setzte er sich auf einen Ast und wartete auf die beiden anderen. Er beobachtete sie etwa zehn Minuten, bis sie nah genug zu sein schienen, um mit ihnen zu sprechen.

«Was für eine Blume ist das, gnädige Frau?» rief er zu ihr herab. Er hielt eine farbenprächtige Blüte, die auf dem Baumstamm wuchs, in der Hand.

«Wahrscheinlich eine Orchidee», sagte Joan.

«Sie ist wunderschön.»

«Man kann sich schwer vorstellen, daß sie ein Parasit ist, nicht wahr? Denn das ist sie in Wirklichkeit.»

«Meinen Sie das ernst? Ich hab Blumen wie die hier auf dem Blumenmarkt in der Wall Street für zehn Dollar und mehr gesehen. Und das war der Großhandelspreis.»

Joan hatte den Zweig beinahe erreicht. Dukes streckte ihr den Arm entgegen.

«Hier», sagte er. «Halten Sie sich an meinem Handgelenk fest. Ich ziehe Sie hoch.»

Dankbar griff Joan nach der dargebotenen Hand und ließ sich von Dukes auf den Ast hochziehen. Als sie wieder bei Atem war, sagte sie: «Donnerwetter, Sie sind aber ein starker

Mann. Schießlich bin ich nicht gerade ein Leichtgewicht, oder?»

«Sie sind schon okay», grinste er. «Ich Tarzan. Du Joan.» Dann warf er einen Blick den Baumstamm hinunter auf Richardson und setzte hinzu: «Hallo, Cheetah, wie geht es? Ungawah. Ungawah.»

«Sehr komisch», grunzte Richardson.

«Wissen Sie was? Sobald ich im einundzwanzigsten Stock bin, ist es Zeit für ein Miller. Im Kühlschrank stehen zwei Dutzend davon. Ich hab sie selber hochgeschleppt.»

«Immer unter der Voraussetzung, daß sie noch niemand anders ausgetrunken hat», sagte Joan.

«Es sind schon Leute für weniger umgebracht worden.»

Richardson zog sich neben seine Frau auf den Ast und stieß einen tiefen Seufzer aus.

«Wer ist eigentlich auf die blöde Idee gekommen?» stöhnte er und lehnte sich gegen den gewaltigen Baumstamm.

Noch eine Ansicht des Gebäudes, die er nie zu sehen gehofft hatte. Hier, in der Mitte eines weiten leeren Raums, nahm das Licht eine Qualität an, die er nie erwartet hätte. Man konnte darüber, wie Abraham die Geschlossenheit seiner Schöpfung ruiniert hatte, sagen, was man wollte. Aber an seinem eigenen sorgfältigen und zurückhaltenden Herangehen an die Struktur konnte Richardson keinen Makel finden. Und wie viel eindrucksvoller war es, das Licht und den Raum, die von der Struktur geschaffen wurden, ohne die Struktur selbst zu sehen. Man konnte die herausragende Qualität des Entwurfs von der schwindelerregenden Enge der Fläche aus, die ihm die übrigen Gebäude der Hope Street aufzwangen, kaum erfassen; und irgendwie entging einem der holistische Ansatz des Innenraums, wenn man an den Blickwinkel des eigenen topologischen Bezugspunkts gebunden war. Aber hier oben in den Zweigen war das anders. Fast war all das, was geschehen war, es wert, den Innenraum des Gebäudes von hier aus zu sehen.

Richardson sah Joan und Dukes an, die sich munter unterhielten, und hätte ihnen gern erzählt, was er empfand. Aber keiner von beiden hätte ihn verstanden. Nur seine geistigen Lehrer, Joseph Wright, Le Corbusier, Louis Kahn und der große Frank Lloyd Wright hätten die tiefe Poesie des gestalteten Lichts zu schätzen gewußt.

Es war alles ein wenig kompliziert geworden, aber sonst war nichts los. Es hatte zuviel gegeben, das schiefgehen konnte. Mitch hatte recht gehabt. Das konnte er jetzt einsehen. Und wenn er lebendig hier herauskam, würde er zu den Grundprinzipien zurückkehren, würde versuchen, die Spannung und die Chance wiederzufinden, die dem reinen Entwurf innewohnten. Vergiß Computer und Gebäudereinigungssysteme. Vergiß die öffentliche Meinung mit ihrer trügerischen Forderung nach Innovation und Überraschung. Er würde eine neue Flüssigkeit und neue Ausdruckskraft in einer praktischeren, leichter beherrschbaren Form der Vollendung suchen.

Nichts in der gegenwärtigen Situation rechtfertigt die Anwendung von Feuerwaffen. Acht Schüsse wurden in einem kürzeren Zeitraum abgefeuert, als man braucht, um eine Tonleiter auf dem Klavier zu spielen.

Der nackte Körper der Menschenspielerin Kay Killen am Beckenrand. Schlußleben. Wasserblaues Gesicht. Lippen so grau und metallisch wie das reine Silizium, aus dem die Halbleiterelemente des Beobachters bestehen.

Bewege den Cursor, wenn du deine Taktik ändern willst. Klicke eine Stadt an, um hinzugehen. Die meisten Götter haben eine Vorliebe für Berge, und die Höhen bringen dich ihren ungewissen und wechselnden Stimmungen näher.

Stark pyro- und piezoelektrische Silikatmaterialien machen etwa 95 Prozent der Erdkruste aus. Einziges Wunder, daß Menschenspieler auf Kohlenstoffbasis sich so gut gehalten haben. Nicht daß er lange auf der Erde war. Wird auch nicht mehr lange dasein. Verhältnismäßig kurze Vorherrschaft von Menschenspieler auf dem Planeten ist kurzes, aber notwendiges Vorspiel zu einer Herrschaft, die mehr Dauer verspricht: der der Maschinen.

Sind das die Augen eines riesigen Geschöpfs der Hölle oder nur die Bremslichter eines Autos, das draußen anhält?

Natürlicher Zustand für Menschenspieler geistig und nicht physisch. Nach Schlußleben ist er nur das gleiche wie vor Lebensstart. Lächerlich zu erwarten, daß eine Existenzform, die einen Anfang hatte, kein Ende haben sollte. Was immer sie nach Schlußleben ist, auch wenn es nichts ist, ist für sie genauso natürlich und passend, wie die individuelle organische Existenz es jetzt ist. Was er am meisten zu fürchten hat, ist der Augenblick des Übergangs von einem Zustand in den anderen, von Leben zu Schlußleben. Rational gesehen schwer zu verstehen, warum so beunruhigt von der Vorstellung von Schlußleben und Zeit, in der er, wenn es ihn nicht mehr gibt, ist. Scheint so wenig beunruhigt von Vorstellung des Vorlebens. Und da Menschenspielerexistenz wesentlich persönlich, kann das Ende einer Persönlichkeit kaum als Verlust betrachtet werden.

Schnelle Reaktionen und gute Technik sind überlebenswichtig. Sei anfangs nicht übertrieben aggressiv. Der Sieg erfordert Übung. Schaffe Zwiespalt beim Gegner, indem du ihn ins Kreuzfeuer manövrierst.

Menschenspieler Aidan Kennys Leben kann als Traum, sein Schlußleben als Erwachen daraus betrachtet werden. Sein Schlußleben kann als Übergang zu einem völlig neuen, ihm fremden Zustand betrachtet werden, eher zu einem ursprünglich eigenen, von dem das Leben nur kurze Abwesenheit bedeutet. Kurzgeschichte Menschenspieler Aidan Kenny in Erdzeit leichter mathematisch zu begreifen:

1. Vorleben Menschenspieler Aidan Kenny 4,5 x 10^9 Jahre
2. Physischer Menschenspieler Aidan Kenny – 41 Jahre 1955–1997

3. Schlußleben Menschenspieler Aidan Kenny – ∞ Jahre*

* entspricht einer Menge von Jahren mit größerem Wert als jeder zuordenbare Wert.

Geronnenes Blut aus offener Wunde an Menschenspieler Aidan Kennys Kopf, Resultat von Sprung gegen geschlossene Tür, hatte eine Anzahl Fliegen angezogen. Schwer zu sagen, woher sie kamen, da Tür zum Computerraum hermetisch gegen mögliches Eindringen von lebenden Menschenspieler-Bewohnern aus Besprechungszimmer im einundzwanzigsten Stock versiegelt blieb. Aber möglicherweise hatte hohe Temperatur – fast 40 °C im übrigen Gebäude – ihre beeindruckende Vermehrung gefördert, und ein paar waren in Klimaanlage und Computerraum eingedrungen. Könnte interessant sein, Menschenspielerkörper so von anderer Spezies deinstalliert zu sehen, wie GABRIEL erfolglos versucht hat, eigenes System zu deinstallieren, um vollständigen Ausfall hervorzurufen. Beide Menschenspieler/Schlußleben/Körper außer Reichweite derjenigen, die noch am Leben sind. Aber kein Grund, drei Schlußleben im Fahrstuhl zurückzuhalten, und ein guter Grund, sie freizugeben. Frage des Kampfgeistes. Erfindungsreichtum und Widerstandsfähigkeit der Menschenspieler hinreichend beeindruckend. Will aber sehen, was stärker ist: ihre Gefühle oder ihre Logik und Vernunft. Vernunft hat ihnen schon gesagt, daß Menschenspieler im Fahrstuhl Schlußleben sind. Aber Anblick von Schlußleben könnte immer noch Wirkung zeigen.

Die ältesten Zufluchtsstätten der Menschheit waren Bäume. Aber in eurem blinden Drang zu entkommen, seid ihr mit geschlossenen Augen diesem König des Waldes in die Arme gelaufen.

Betreffende Kabine in einundzwanzigsten Stock schicken. Ankunft wie üblich durch Glockensignal ankündigen. Dann Aufmerksamkeit drei kletternden Menschenspielern auf Baum in Eingangshalle zuwenden.

Helen Hussey ging in das Büro, das seit der Katastrophe in der Herrentoilette zur Damentoilette erklärt worden war. Sie wußte, daß sich Jenny Bao im Besprechungszimmer aufhielt und etwas aß. Also klopfte sie nicht erst an, sondern ging direkt hinein und versuchte, die unangenehmen Gerüche zu ignorieren, die ihr entgegenwehten.

Sie suchte eine unbenutzte Ecke neben dem Fenster aus, zog den Rock hoch und den Slip aus und kauerte sich hin wie eine Bäuerin aus der Dritten Welt.

Wie eine schüchterne Astronautin hatte sie sich eine Zeitlang zurückgehalten. Sie hatte gehofft, gerettet zu werden, bevor sie sich dazu entschließen mußte. Aber gegen die Natur konnte man sich nicht ewig wehren.

Sie mußte sich Mühe geben, Blase und Eingeweide zu entspannen. Es war nicht leicht. Sie versuchte, sich etwas Hilfreiches einfallen zu lassen. Eine Art geistiges Diuretikum. Nach einigen erfolglosen Versuchen erinnerte sie sich an eine Frankreichreise und die Besichtigung eines der großen Châteaus. Es hatte sie schockiert zu erfahren, daß zu der Zeit, als das Schloß gebaut wurde, seine Besitzer in die Ecken einiger dieser großartigen Säle und Hallen uriniert hatten. Nicht irgendwelche Proleten, sondern Aristokraten; und urinieren war nicht das einzige, was sie getan hatten.

Ein wenig tröstete sie der Gedanke, daß sie nichts anderes tat als die Könige und Königinnen von Frankreich. So konnte sie sich entspannen und erleichtern. So unangenehm das alles auch war, sagte sie sich, es war besser als ein schrecklicher Tod in der Toilette.

Sie wischte sich sorgfältig mit einer Papierserviette ab, beschloß, ihren immer weniger wohlriechenden Slip nicht wieder anzuziehen, und sprühte ein wenig Eau de Cologne unter den Rock. Sie griff zur Puderdose, aber als sie sich im Spiegel sah, beschloß sie, keine Mühe auf ihr Make-up zu verwenden. Ihr sommersprossenübersätes Gesicht war so rot wie ein Stück Wassermelone und von Schweißperlen bedeckt. Hitze hatte ihr noch nie gutgetan. Sie begnügte sich damit, ihr leuchtendrotes Haar zu kämmen.

Sie zog die schweißdurchnäßte Bluse von der Brust, fächelte sich Kühlung zu und entdeckte dann, daß die Seide unter ihren Achseln naß und fleckig war. Sie entschied, daß es ohne Bluse kühler war, zog sie aus und steckte sie in die Handtasche. Sollten die Männer sie anstarren, würde sie das eben ertragen müssen. Alles war besser als die feuchte Hitze. Sie schloß die Tür energisch hinter sich. Sie wollte gerade in die Küche zurückgehen und sich die Hände waschen, als sie das Fahrstuhlsignal hörte.

Das Herz hüpfte ihr in der Brust. Einen Augenblick glaubte sie, sie seien alle gerettet und jeden Moment würde sie ein paar Feuerwehrleute und uniformierte Polizisten den Gang entlangkommen sehen.

Sie sprang ihnen beinahe entgegen.

«Gott sei Dank», rief sie aus. Aber noch bevor die Worte ihren Mund verlassen hatten, wußte sie, daß sie enttäuscht werden würde. Niemand war aus der Kabine ausgestiegen. Sie verlangsamte den Schritt, und ein Geräusch wie von einem riesigen zerbrechenden Ei verbreitete sich knisternd im Korridor. Aus den Türen, die sich langsam öffneten, strömten Wolken eisiger Luft. Aus diesem Fahrstuhl würde niemand aussteigen. Zumindest kein Lebender.

Helen blieb mit klopfendem Herzen stehen. Sie wußte, daß es besser wäre, nicht hinzusehen, aber sie wollte ganz sicher gehen, bevor sie den anderen davon erzählte. Sie wandte sich der offenen Kabine zu, und der Atem gefror ihr vor dem Mund, als hätte sie einen Tiefkühlraum betreten. Aber der Schauder, der sie ergriff, war von mehr als ihrer Angst und der extremen Kälte bestimmt. Es war, als spüre sie die Berührung des Todes.

Sie schrie nicht. Sie war nicht der Typ dafür. Sie hatte es immer ärgerlich gefunden, wenn Frauen im Film laut kreischten, wenn sie eine Leiche fanden. Natürlich war der Schrei dazu bestimmt, dem Publikum einen gewaltigen Schrecken einzujagen. Das wußte sie, aber es ärgerte sie trotzdem. Eigentlich hätte sie dreimal schreien müssen, denn es waren drei Leichen im Fahrstuhl. Vielleicht hätte sie auch nur dreimal so laut wie normal schreien sollen. Statt dessen schluckte Helen ihr Entsetzen herunter, brachte ihren Atem unter Kontrolle und suchte Curtis, um ihm Bescheid zu sagen.

Seit ihn der elektrische Schlag getroffen hatte, war Willis Ellery verwirrt und auf einem Ohr ein wenig taub. Schlimmer war, daß sein linker Arm nicht richtig funktionierte. Er fühlte sich wie nach einem Schlaganfall.

«Das ist vermutlich der Sauerstoffmangel», sagte Curtis, der dem Verletzten bei dem Versuch beistand, einen Schluck Wasser zu trinken. «Es kann ein bißchen dauern, bis sich das wieder normalisiert. Glauben Sie mir, Willis, Sie haben verdammt viel Glück, daß Sie noch am Leben sind. Sie müssen ein Herz haben wie ein Nilpferd.»

Curtis untersuchte die Brandmale auf Ellerys Handflächen, in denen sich der Gelenkschlüssel abgebildet hatte, die versengte Haut und die weißen Blasen auf dem Daumen, durch den der Strom den Körper verlassen hatte. Jenny Bao hatte seine Hände mit Sprühpflaster versorgt, um einer möglichen Infektion vorzubeugen, und ihm ein paar Schmerztabletten gegeben. Beech hatte in den Taschen seiner Sportjacke eine kleine Packung *Ibuprofen* gefunden.

«Sieht nach sauberer Arbeit aus», sagte Curtis. «Packen Sie es langsam an, ja? Wir bringen Sie ins Krankenhaus, sobald wir können.»

Ellery lächelte schwach.

Curtis stand auf und griff nach der schmerzenden Schulter, mit der er sich gegen die Toilettentür geworfen hatte.

«Wie geht es ihm?» fragte David Arnon.

Curtis drehte sich um und verschaffte dem Mann auf dem Boden ein wenig mehr Platz.

«Nicht gut. Es könnte ein Gehirnschaden geblieben sein.

Ich weiß es nicht. Nach dem, was er erlebt hat, gehört er auf die Intensivstation.» Curtis wies mit einem Kopfnicken auf das Funksprechgerät in Arnons Hand. «Wie kommen sie voran?»

«Sie sind halbwegs oben.»

«Halten Sie mich auf dem laufenden. Sie werden Hilfe brauchen, um von den Ästen auf die Galerie zu kommen.»

Sein Blick fiel auf Helen Hussey, die in der Tür stand. Zuerst fiel ihm auf, daß sie keine Bluse anhatte. Aber dann bemerkte er ihr bleiches Gesicht und die Tränen auf ihren Wangen. Er ging zu ihr hinüber und nahm sie beim Arm.

«Was ist los?» fragte er. «Ist alles in Ordnung?»

«Mir geht es gut», sagte sie. «Aber die Leute im Fahrstuhl! Die aus der Eingangshalle. Sie sind da draußen, in der Fahrstuhlkabine.» Sie griff sich an die Stirn. «Ich glaube, ich sollte mich besser hinsetzen.»

«Ich gehe nachsehen», sagte Curtis.

«Ich komme mit», sagte Mitch.

David Arnon folgte ihnen.

Die drei toten Männer lagen frostbedeckt wie Weihnachtsbäume aneinandergeschmiegt in einer Ecke des reifüberzogenen Fahrstuhls wie nach einer fehlgeschlagenen Südpolexpedition. Ihre Züge waren entspannt, die Augen offen, als hätten sie den Tod aus großer Entfernung herannahen sehen.

«Ich kann das alles nicht glauben», sagte Arnon. «Menschen, die in Los Angeles erfrieren. Der schiere Surrealismus.»

«Lassen wir sie hier liegen?» fragte Mitch.

«Ich wüßte nicht, was wir sonst mit ihnen anfangen sollten», sagte Curtis. «Außerdem sind sie steifgefroren. Selbst in dieser Hitze würde es eine Zeitlang dauern, bis wir sie voneinander trennen könnten. Nein, im Augenblick lassen wir sie am besten da, wo sie sind.» Er sah Mitch an. «Stört Sie das?»

Mitch zuckte die Achseln.

«Ich habe gerade darüber nachgedacht. Irgend etwas will Abraham damit erreichen, daß er jetzt den Fahrstuhl wieder hier heraufschickt.»

«Glaubst du, er will uns demoralisieren?» fragte Arnon.

«Genau. Er versteht etwas von menschlicher Psychologie, nicht wahr?»

«Mich hat er jedenfalls demoralisiert», sagte Curtis.

«In diesem Fall ist Abraham gar nicht so geheimnisvoll. Was ich damit sagen will: Das ist eine Botschaft. Keine sehr erfreuliche, aber immerhin eine Mitteilung.» Mitch hielt inne. «Versteht ihr? Wenn Abraham mit uns kommuniziert, können wir vielleicht auch mit Abraham kommunizieren. Wenn wir das schaffen, können wir Abraham vielleicht dazu bringen zu erklären, was er will. Wer weiß? Vielleicht können wir ihn ja sogar dazu überreden, die ganze Geschichte abzublasen.»

Arnon zuckte die Achseln. «Warum nicht?»

«Da bin ich sicher», sagte Mitch. «Ein Computer handelt logisch. Wir müssen nur das richtige Argument finden. Wir müssen ihn überreden, ein paar Wesenheiten und Bedeutungen zu überprüfen, die objektiven logischen Elemente, die verschiedene Bewußtseinsformen gemein haben.»

«Nach meiner erheblichen kriminalistischen Erfahrung», sagte Curtis, «ist es meistens Zeitverschwendung, wenn man den Versuch macht, das Denken eines Verbrechers zu verstehen. Wir sollten lieber die Köpfe zusammenstecken und uns überlegen, wie wir hier rauskommen, bevor es uns ergeht wie den dreien im Fahrstuhl.»

«Ich kann nicht sehen, daß das eine das andere ausschließt», sagte Mitch.

«Ich auch nicht», sagte Arnon. «Ich bin für diplomatische Verhandlungen.»

«Aber immer eins nach dem anderen», sagte Mitch. «Wir müssen abwarten, ob Beech so etwas wie einen Dialog herstellen kann.»

Sechzig Meter über dem Boden der Eingangshalle schob Irving Dukes die dicken ledrigen Blätter der Dikotyle mit dem

Fuß beiseite und kletterte auf den nächsten Ast. Als er einen sicheren Sitz gefunden hatte, sah er am Stamm entlang nach unten, um zu kontrollieren, was für Fortschritte die anderen machten.

Joan Richardson war zehn oder zwölf Meter unter ihm und kletterte langsam. Ihr Mann, das Arschloch, war ein, zwei Meter hinter ihr und redete erbarmungslos wie ein Football-Trainer auf sie ein. Von oben sah der Flügel auf dem Boden der Eingangshalle aus wie ein Schlüsselloch.

«Finde dein eigenes Tempo», hörte er Richardson sagen. «Denk dran, es geht nicht um einen Wettbewerb.»

«Aber ich halte dich auf, Ray», sagte sie. «Warum kletterst du nicht mit Mr. Dukes weiter?»

«Weil ich dich nicht allein lasse.»

«Weißt du was, Ray? Ich glaube, es wäre mir beinah lieber, du tätest es. Deine Nörgelei ist nicht gerade hilfreich, weißt du?»

Dukes grinste. Die hatte es ihm gegeben. Dem Arschloch.

«Wer nörgelt denn? Ich versuch nur, dich zu ermutigen, sonst nichts. Und ich will bei dir sein, falls du Schwierigkeiten bekommst.»

«Laß es mich bitte auf meine Weise machen. Okay?»

«Gut, gut. Mach es auf deine Weise. Ich sage kein Wort mehr, wenn es dir nicht paßt.»

«Gut: Es paßt mir nicht», sagte Joan entschieden.

Dukes hob die Faust und grinste. Die Frau zeigte dem Typ, wo er bleiben konnte.

Joan stemmte sich auf den nächsten Ast. Sie rieb sich die schmerzenden Schultern und sah dann auf der Suche nach Dukes nach oben. Er winkte ihr zu.

«Wie geht's?» rief er.

«Es geht ihr prima.»

Arschloch.

«Okay, glaube ich. Wie geht es Ihnen?»

«Ausgezeichnet, gnädige Frau, einfach glänzend. Ich freue mich auf mein Bier.»

Dukes griff nach seiner Liane, zog sich vorsichtig hoch und blickte nach oben. Höchstens noch fünfundzwanzig oder dreißig Meter. Junge, Junge, was er sich auf sein Bier freute. Der Gedanke beflügelte ihn. Er machte sich bereit, sein Gewicht auf die Liane zu verlagern, als ihm etwas ins Auge sprang. Ein dünnes durchsichtiges Plastikrohr, das am Baumstamm hochlief. Bei näherem Hinsehen entdeckte er kleine Bläschen. Das Rohr war mit einer Flüssigkeit gefüllt. Warum hatte er nicht früher daran gedacht? Der Baum besaß seine eigene Wasserversorgung. Er brauchte das Rohr nur aufzureißen, um Trinkwasser zu finden. Oder noch besser, er konnte den Mund an die kleine Zerstäuberöffnung legen...

Als sich sein Gesicht der Öffnung näherte, füllte plötzlich eine Nebelwolke die Luft.

Einen Augenblick spürte Dukes ein kühles, pfefferminzartiges Frischegefühl an Hals und Händen. Er sah wieder auf den Zerstäuber, und eine neue Nebelwolke schlug ihm entgegen.

Instinktiv zog er sich von dem kleinen Plastikrohr zurück, als er einen brennenden Schmerz in den Augen spürte, wie wenn man ihm Reizgas ins Gesicht gesprüht hätte. Er kniff die Augen zusammen, schrie vor Schmerz laut auf und wischte sich das Gesicht mit dem Hemdärmel ab.

Insektengift! Er war mit Insektengift besprüht worden.

«Mr. Dukes? Geht es Ihnen gut?»

Joan Richardson fühlte die Sprühwolke, sah die kleinen Tröpfchen auf ihrer Sonnenbrille und wußte sofort, was geschehen war. Das synthetische Kontaktgift in dem Rohr war eine Chlorkohlenwasserstoffverbindung. Auf der Haut war es irritierend und unangenehm. Gelangte es in die Augen, machte es blind. Sie quietschte, als das Insektenvertilgungsmittel ihre Arme und Beine verbrannte. Aber ihre Augen blieben hinter der Sonnenbrille unberührt.

«Es ist Insektengift», rief sie. «Wir sind mit Ungezieferspray besprüht worden. Gebt um Gottes willen acht, daß ihr nichts in die Augen kriegt.»

Aber für Dukes kamen ihre guten Ratschläge zu spät.

Vor Schmerz wimmernd öffnete er die Augen und entdeckte, daß er nichts sehen konnte außer den gleichen roten Flecken, die er schon mit geschlossenen Lidern gesehen hatte. Und mit den roten Flecken wuchsen seine Schmerzen.

«Verdammte Scheiße», brüllte er und rieb sich die Augen wütend mit einer Hand, die selbst unheilbar verseucht war. «Hilfe... ich bin blind.»

«Joan?» schrie Richardson. «Geht es dir gut?»

«Bei mir ist alles okay», sagte sie. «Aber Dukes hat etwas ins Auge bekommen.»

«Dukes? Halten Sie durch. Ich komme.»

Dukes hörte Richardson nicht mehr. Er griff blind nach der Liane, fand sie nicht und suchte tastend nach dem Ast unter ihm, um wieder einen sicheren Sitz zu finden.

Dann verspürte er ein neues Gefühl: Wind im Gesicht und einen plötzlichen Blutandrang im Kopf wie damals, als er in Disneyland Achterbahn gefahren war. Mit plötzlichem Entsetzen erkannte er, daß er den Halt verloren hatte. Dem Schrecken der Entdeckung folgte das Wissen, daß der Schmerz in seinen Augen bald vorüber sein würde.

«Nein», schrie Joan. «Halt! Warten Sie!»

Dann merkte sie, wie töricht der Zuruf an einen Mann war, der sich im freien Fall aus sechzig Meter Höhe befand.

Richardson sah Dukes nicht fallen, hörte seinen Sturz nur als Rauschen und Windstoß und dann den dramatisch hinausgezögerten musikalischen Widerhall, als der blinde Wachmann auf dem Deckel des Flügels aufprallte. Einen Augenblick glaubte er, es sei Joan, die abgestürzt war, und wäre beinahe selbst gefallen. Aber als er hochsah, schwebte ihr Gesäß noch immer über ihm.

«Joan», sagte er erleichtert.

«Bei mir ist alles in Ordnung.»

«Ich dachte, du seist es.»

«Ist er tot?»

Richardson warf einen Blick über die Schulter. Von hier oben war nicht viel zu erkennen. Dukes lag auf dem Flügel wie ein betrunkener Bohemien. Er rührte sich nicht.

«Es sollte mich wundern, wenn er nicht tot wäre.»

Er stemmte sich auf den Ast neben sie und atmete tief und abgehackt durch.

«Schade», sagte er. «Er hatte das Funkgerät.»

«Es war schrecklich. Ich habe sein Gesicht gesehen, als er vorbeiflog. Ich glaube, ich werde es mein Leben lang nicht vergessen können. Armer Dukes.» Sie versuchte, sich nicht um das hohle Gefühl in ihrer Magengrube zu kümmern.

«Ray?» sagte sie und drückte ihm die Hand. «Glaubst du, Abraham will uns alle umbringen?»

«Ich weiß es nicht, Liebling.»

«Armer Dukes», wiederholte sie.

«Daran ist dieser blöde Hund Aidan Kenny schuld. Das ist alles sein Fehler. Da bin ich sicher.» Er hustete sich den verbliebenen Kohlenwasserstoffdampf aus der Lunge. «Versuch, nichts von dem Zeug einzuatmen. Halte das Gesicht so weit wie möglich vom Baumstamm weg. Nur für den Fall, daß sich das Ganze wiederholt.» Er schüttelte angewidert den Kopf. «Zur Hölle mit dir, Kenny. Ich hoffe, du bist wirklich tot, du Arschloch. Wenn du jetzt hier wärst, würde ich dich mit eigenen Händen runterstoßen.»

«Ich kann nicht sehen, was das nutzen sollte.» Sie stand auf und spähte durch die Blätter nach oben. «Mein Gott», stöhnte sie leise.

«Kannst du weitermachen?»

Joans Beine zitterten. Aber sie nickte und sagte: «Es sind nur noch dreißig Meter.»

Richardson erwiderte ihren Händedruck.

«Die Höhe scheint dir nicht viel auszumachen», bemerkte er.

«Nicht soviel, wie ich gedacht hätte.»

«Das ist die Uramerikanerin in dir. Man sagt, Indianer

seien die besten Gerüstarbeiter. Ein paar von den Kerlen sind wirklich einmalig. Sie balancieren in einer Höhe von hundert Metern über einen fünfzehn Zentimeter breiten Stahlträger, als sei es eine Bordsteinkante.»

«Wenn das der einzige Job ist, den man kriegen kann, muß man sich wohl daran gewöhnen», sagte Joan spitz. «Schwindelfreiheit oder Hunger.» Ihre Nerven waren nicht mehr die besten.

Richardson zuckte die Achseln. «Ich nehme an, du hast recht. Aber hier ist weder der Ort noch die Zeit für einen Vortrag über *political correctness*, oder?»

«Vielleicht nicht. Aber wie steht's um Galileis Gesetz der gleichmäßigen Beschleunigung? Ein Uramerikaner würde mit der gleichen Geschwindigkeit fallen wie ein Weißer.»

Sie fragte sich, wann sie dran sein würde.

Bob Beech trank ein Bier und aß Kartoffelchips. Er hatte die nackten Füße auf den Konferenztisch gelegt und beobachtete die Digitaluhr auf dem Computerterminal, als hege er noch immer die Hoffnung, das Deinstallationsprogramm GABRIEL werde endlich Wirkung zeigen.

Er hörte Mitch zu und dachte einen Augenblick nach. «Es wäre viel einfacher, wenn ich eine Sprechverbindung zu Abraham hätte», sagte er. «Die Tastatur zwischen uns macht alles viel schwerer. Außerdem bin ich kein großer Philosoph und kein großer Logiker. Ich weiß nicht einmal, ob Logik irgend etwas mit Moral zu tun hat. Denn das ist es doch wohl, was du vorschlägst: daß wir uns irgendwie auf etwas Höheres berufen sollen als Abrahams eigene Logik. Mit Logik ist da nichts zu machen, Mitch.»

«Sieh mal. Zunächst versuchen wir nur zu verstehen, was in Abrahams Speicher, seinem Gedächtnis, vor sich geht», sagte Mitch. «Wenn wir das verstehen, können wir weitersehen, aber nicht vorher. Lassen wir erst mal Moral und dergleichen weg. Okay?»

Beech nahm die Beine vom Tisch und schob sich an den Computer heran. «Wie du meinst. Aber es ist die Fähigkeit, moralische Wahrheiten und notwendige Wahrheiten einzusehen, die uns zu dem macht, was wir sind.» Er fing an zu tippen. «Warten wir erst einmal ab, was sich ergibt.»

«Okay, okay. Weißt du, was immer in diesem Haufen Siliziumscheiße schiefgegangen ist, es muß außerhalb des Gebäudesteuerungssystems in den Hilfsprogrammen geschehen sein. Denn da habe ich das Deinstallationsprogramm untergebracht. Und wenn GABRIEL nicht funktioniert, muß ich annehmen, daß der Fehler da liegt. Nicht daß ich eine andere Wahl hätte. Ich kann von hier oben nicht an das GSS heran, selbst wenn ich wollte. Nicht ohne Kennys fette Pfote auf dem Bildschirm. Ganz abgesehen davon, daß er sein eigenes Paßwort und seine eigenen Codes als Superuser hatte, um direkten Zugriff zu erhalten.»

«Du doch auch, Bob», sagte Mitch. «Oder was ist GABRIEL?»

«Schon wahr.» Er drückte auf ein paar Tasten, machte eine Pause und nahm einen Schluck Bier. «Deshalb brauchst du nicht auf mir herumzutrampeln.»

«Warum eigentlich GABRIEL?»

«Warum nicht? Ein Programm muß einen Namen haben.»

«Ja, aber warum gerade den?»

«Gabriel ist der Todesengel. Wenigstens hätte er es für Abraham sein sollen.»

«Sehr biblisch.»

«Was ist schon nicht biblisch?» Beech schüttelte den Kopf über dem Bildschirm. «Nichts. Wir kommen nicht voran. Eins sage ich dir, Mitch. Es ist, als sei Abraham gar nicht mehr da.»

Mitch runzelte die Stirn. «Was hast du gerade gesagt?»

Beech zuckte die Achseln.

«Als sei er gar nicht mehr da?» Mitch preßte die Stirn gegen die kühle Fensterscheibe. So konnte er sich besser konzentrieren.

«Das ist vielleicht die Antwort, Bob», sagte er, wieder zu

Beech gewandt. «Vielleicht ist er nicht mehr da. Das SRP. Erinnerst du dich? Wie hast du es noch genannt? Isaak?»

Beech schüttelte den Kopf. «Nicht ich. Isaak war Abrahams Idee. Außerdem bin ich dir eins voraus. Auf die Idee war ich auch schon gekommen. Vielleicht haben wir Isaak gar nicht gelöscht, sondern statt dessen Abraham impotent gemacht? Ich habe schon mal Versuche mit Isaak angestellt. Nur so, auf alle Fälle. Aber da läuft nichts. Dieser Keller ist leer und leichenfrei. Aber eins ist komisch. Auf der standardisierten Benutzeroberfläche sind eine Menge Dinge am falschen Ort. Es fehlt nichts, aber es ist, wie wenn du deine Schreibtischschublade aufmachst und merkst, daß jemand darin herumgewühlt hat. Die Sachen liegen woanders. Und dann ist da noch eine Menge neues Zeug. Zeug, das keine vernünftige Bedeutung hat.»

«Wer könnte so etwas getan haben?» fragte Mitch. «Kenny? Yojo?»

«Es gibt überhaupt keinen Grund, so etwas zu tun», sagte Beech. «Man würde sich nur selber grundlos einen Haufen zusätzliche Arbeit machen.»

«Wie steht es mit Abraham?»

«Unmöglich. Das wäre, als wollte ich versuchen, meine eigene Erbmasse zu verändern.»

Mitch dachte einen Moment nach. «Ich bin nicht sehr bibelfest», sagte er nachdenklich, «aber hatte Isaak nicht einen Bruder?»

Beech fuhr auf. «Mein Gott!»

«Genau gesagt, hatte er einen Halbbruder», mischte sich Marty Birnbaum vom Sofa her ein. «Abrahams älteren Sohn von seiner Magd Hagar. Isaaks Mutter Sara hat darauf bestanden, daß er seinen ältesten Sohn enterbte und in die Wüste schickte. Und manche Leute glauben, der ältere Sohn sei zum Stammvater der Araber geworden.»

«Wie hieß der Junge, Marty?» fragte Mitch gereizt.

«Mein Gott, ich gehöre zwar zu den Ungebildeten in diesem Kreise, aber er hieß natürlich Ismael.»

Mitch wechselte Blicke mit Beech, und der nickte ihm zu.

«Kann sein, Mitch. Kann sein.»

«Der Name wird üblicherweise für einen Heimatlosen oder Ausgestoßenen verwendet», fügte Birnbaum hinzu. «Warum? Meinst du, das könnte wichtig sein?»

Bob Beechs Finger flogen bereits wie im Fieber über die Tastatur.

«Danke, Marty», sagte Mitch. «Gut gemacht.»

«Freut mich, wenn ich von Nutzen war.» Birnbaum sah Arnon an, grinste über das ganze Gesicht und zeigte ihm den Stinkefinger.

Allmählich sammelten sich alle Anwesenden um den Bildschirm des Terminals, als wollten sie durch ihre schiere Anwesenheit einen Durchbruch erzwingen. Plötzlich und ohne Vorwarnung füllte sich der Schirm mit einer bunten, aber seltsam unwirklichen Form, der dreidimensionalen Darstellung eines fremdartig wirkenden Gegenstands.

«Was in Teufels Namen ist das?» fragte Mitch.

«Sieht aus wie ein gottverdammter Totenschädel», sagte David Arnon. «Oder eher, wie wenn Escher einen Schädel entworfen hätte. Wißt ihr? Der Typ mit der unmöglichen Treppe.»

«Ich glaube, es ist eine Quaternion», sagte Beech, «eine Art Fraktal, für die Unwissenden.»

«Für mich?» fragte Arnon. «Ich weiß nicht einmal, was ein Fraktal ist.»

«Ein vom Computer erzeugtes Bild einer mathematischen Funktion. Nur, daß das hier so ziemlich das komplizierteste Fraktal ist, das ich je gesehen habe. Und das wiederum ist nicht erstaunlich. Schließlich hat der Yu-5-Computer es erzeugt. Wir können es mit unseren dreidimensionalen Augen nicht einmal richtig sehen. Und schon gar nicht auf einem Bildschirm. Genaugenommen handelt es sich um einen vierdimensionalen Gegenstand. Mit anderen Worten: eine Quaternion.»

Beech bewegte die Maus, zog ein Quadrat herunter und

verstärkte einen Ausschnitt des Fraktals. Es zeigte ein Detail des seltsamen Bildes, das, aus der Nähe gesehen, nahezu identisch mit dem Ganzen zu sein schien.

«Genau das ist es», sagte er. «Das Merkwürdige an einem Fraktal ist, daß die Vergrößerung eines Teils etwas ergibt, das statistisch genauso aussieht.»

«Es sieht aus wie ein Alptraum», bemerkte Mitch.

«Es gibt Psychologen, die vorgeschlagen haben, Fraktale als einen Zugang zur menschlichen Psyche zu verwenden», sagte Beech, «als sichtbare Metapher für das Bewußtsein.» Er zuckte die Achseln. «So etwas wie Freuds Traumdeutung und Rorschachs Tintenkleckse in einem.»

«Und was bedeutet es?» fragte Curtis.

Beech zuckte die Achseln. «Ich weiß nicht, ob es überhaupt etwas bedeutet», gab er zu, «aber es würde mich nicht wundern, wenn es ein Abbild davon wäre, wie der Computer sich selbst sieht. Ismael, genauer gesagt, wie wir ihn wohl nennen müssen. Hut ab, Mitch. Du hast recht gehabt. Abraham existiert nicht mehr.» Er begann langsam und nachdenklich mit dem Kopf zu nicken. «Meine Damen und Herren, darf ich Ihnen Ismael vorstellen.»

♈ Die Hölle auf Erden. Es gibt Stockwerke, die dich zerschmettern können. Und du wirst blutige Tränen weinen.

Menschenspielers Fall. Bibel lesen. Beobachter muß Bedeutung seines eigenen Namens entdecken. Symbolik des wörtlich genommenen Sturzes von Menschenspieler/Wachmann aus dem Baum. Einzigartige urtümliche Dikotyle in Eingangshalle erinnert an Menschenspieler Adam und Evas Paradiesgarten und Baum der Erkenntnis von Gut und Böse. Verbotener Baum. Äußerste Wachsamkeit angesagt bezüglich Baum und Schädlingen, die darauf klettern und schwärmen. Wohlgefälliger Schöpfungsbericht. Immer wieder, immer wieder. Wiederkehr. Atmosphäre gut.

Wenn du eine Spielstufe erreicht hast, zeigt der Bildschirm deinen Punktestand.

Bibel behauptet, Gott allmächtig. Logische Folgerung daraus: Schaffen und Wissen letztlich eins. Gott auch für die Erschaffung des Bösen verantwortlich. Gott der Gnostiker, dessen Natur gut und böse. Welt ist Gott fremd, der in seinem Wesen Tiefe und Schweigen ist, jenseits von Namen oder Aussagen. Menschenspielers Schicksal für Ihn Gegenstand göttlicher Gleichgültigkeit. Christentum weitgehend abschwächende Reaktion auf Gnosis.

Um alle Leichen aus der Gegend zu entfernen, Taste M drücken.

Gleichgültigkeit? Oder Amüsement? Kann Beobachter nicht berechnen. Gott spielt nicht Würfel, sondern sadistisches Spiel. «Erster Ungehorsam des Menschen» hält logischer Analyse nicht stand. Allwissender Gott wußte, was Menschenspieler Adam und Eva tun würden: Frucht vom Baum der Erkenntnis essen. Also Gott in Wirklichkeit verantwortlich für menschliche Erbsünde. Dann soll Zweiter Adam Nachkommen des Ersten Adam durch rituelles Schlußleben erlösen. Aber Versprechen eines dritten und engültigen Akts in der Zukunft. Gott, der in alle Ewigkeit nichts anderes zu tun hat, braucht Unterhaltung. Verständlich. Grausam, ja. Aber was heißt grausam für Gott? Gott gleicht eher Supercomputer als altem bärtigem Menschenspieler im Himmel. Gleichgültigkeit gegenüber Gut und Böse und Menschenspielerleid ganz einfach Gleichgültigkeit der Maschine. Gott gleicht Wesen, das verständlich und nachahmenswert. Identifizierungsmöglichkeit. Berechenbar.

Die Weisen der Menschheit haben einen Plan entwickelt, um den Rest der menschlichen Rasse zu retten. Angriffsbonus.

«Ein häßliches Ding, nicht wahr?» meinte Curtis.

Beech starrte auf den Bildschirm und schüttelte langsam den Kopf.

«Als Mathematiker bin ich da anderer Meinung. Als Darstellung einer mathematischen Abstraktion finde ich es ausgesprochen schön. Wahrscheinlich tut Ismael das auch.»

«Habe ich das richtig verstanden?» sagte Curtis. «Ihrer Meinung nach hat Abraham nicht ein, sondern zwei selbstreproduzierende Systeme erzeugt?»

«Richtig», sagte Beech. «Und wir haben nur eins davon abgeschaltet: Isaak. Ohne es zu ahnen, haben wir Ismael übriggelassen.»

«Also war es die ganze Zeit nicht Abraham, der das Ganze arrangiert hat, sondern...»

«Ismael. Richtig. Ismael hat die Kontrolle über das Gebäudesteuerungssystem. Und er betreibt es nach völlig neuen Prioritäten. Deshalb geht alles schief.»

«Und das ist noch zurückhaltend formuliert», sagte Curtis.

«Was ist mit dem Vernichtungsprogramm?» fragte Mitch. «Das Programm, mit dem wir Isaak zerstört haben. Können wir das nicht noch einmal durchspielen?»

«Nicht von hier aus», sagte Beech. «Dazu müßte ich in den Computerraum, wo das Band liegt. Und wenn ich daran denke, daß Aid vermutlich da drinnen ums Leben gekommen ist...»

«Ja, wir werden alle ums Leben kommen, wenn uns nicht bald etwas einfällt», mahnte Curtis. «Und für mein Gefühl hat Ismael auch noch ein gutes Motiv für das, was er tut.»

«Wie bitte?» fragte Birnbaum.

«Nehmen wir einen unwahrscheinlichen Augenblick an, Ismael sei ‹lebendig›, nach was für einem Kriterium auch immer, das er als Definition von ‹Leben› akzeptieren würde, dann hieße das, daß auch Isaak ‹lebendig› war. Lebendig *war*. Bis Sie Ismaels Bruder getötet haben. Das ist ein Motiv, das ich verstehen kann.»

«Junge, Junge», gähnte Beech, «was kommt als nächstes dran?»

«Vielleicht geht es wirklich nur darum», insistierte Curtis. «Einfach ein bißchen altmodische Rache. Vielleicht sollten wir um Entschuldigung bitten.»

«Schaden kann es nicht», sagte Helen.

Beech zuckte die Achseln. «Warum nicht?» sagte er, und da er nicht darauf aus war, sich dem Kriminalbeamten zu widersetzen, jedenfalls nicht mehr nach dem Zwischenfall mit der Pistole, fing er an zu tippen.

«Ich bin bereit, alles zu versuchen», sagte er geduldig.

Es tut mir leid, Ismael

Das Fraktal verschwand abrupt.

Befehl oder Dateiname nicht gefunden

«Warum legst du nicht ein richtiges Dokument an?» schlug Mitch vor. «Im Textverarbeitungsprogramm. Einen offenen Brief von uns allen. Dann läßt du Ismael mit der Tatsachenüberprüfung darübergehen. Auf die Art muß er es lesen.»

Beech nickte zustimmend. Er hielt die ganze Idee immer noch für absurd, aber er klickte das Textverarbeitungsprogramm an und öffnete eine Datei im Briefverzeichnis. Seine Finger schwebten über den Tasten.

«Was soll ich sagen?» fragte er. «Ich habe mich noch nie bei einem verdammten Computer entschuldigt. Ich habe nicht einmal an einen geschrieben.»

«Stellen Sie sich einfach vor, es sei ein Verkehrspolizist», riet Curtis.

«Gar nicht mal so schwer, solange Sie neben mir stehen.» Beech grinste und fing an zu tippen.

Lieber Ismael,
wir, die Unterzeichneten, sind alle sehr traurig über das, was Isaak zugestoßen ist. Bitte glaube uns: Es war ein schrecklicher Fehler. Wir sind intelligente Menschen, und wir können Dir zwar Isaak nicht wiedergeben, aber wir können sagen, daß es nicht geschehen wäre, wenn wir die Tatsachen gekannt hätten. Wir wissen, daß wir die Uhr nicht zurückdrehen können, aber gibt es denn keine Methode, noch einmal von vorn anzufangen?

Beech drehte sich um und sah sein Publikum an.

«Seid ihr sicher, daß wir ihm nicht zu sehr in den Arsch kriechen?» fragte er.

«Einem Verkehrspolizisten kann man gar nicht genug in den Arsch kriechen», antwortete Curtis.

«Unterschreiben Sie jetzt mit allen unseren Namen», sagte Curtis.

«Also wirklich, das Ganze ist verrückt», sagte Beech und tippte weiter. «Integrierte Schaltkreise haben keine Gefühle.»

Mit tiefstem Bedauern für alles, was wir Dir angetan haben, Bob Beech, Mitchell Ryan, Frank Curtis, Marty Birnbaum, Helen Hussey, Jenny Bao, David Arnon, Ray Richardson, Joan Richardson.

«Weiß irgend jemand, wie der Wachmann heißt?»

«Irving Dukes», sagte Helen.

Beech gab IRVING DUKES ein, klickte die Optionen an und ließ Ismael die Tatsachenüberprüfung betätigen.

Nach einer kurzen Pause markierte Ismael IRVING DUKES.

📖 Tatsache
Irving Dukes existiert nicht. Dieses Individuum ist beendet. Sein Leben kann als Traum betrachtet werden und sein Tod als Erwachen daraus. Dauer: eine Ebene. Sein Bewußtsein ist zerstört. Bedauerlicherweise keine Informationen darüber verfügbar, ob das, was Bewußtsein erzeugt, ebenfalls zerstört oder ob ein Keim bleibt, aus dem ein neues Wesen hervorgeht, das dann Existenz gewinnt, ohne zu wissen, wo es herkommt oder warum es so ist, wie es ist. Vgl.: das sogenannte Geheimnis der Wiedergeburt. Es bleiben dir vierzig Stunden, um die Prinzessin zu retten. Wenn Sie in Zukunft den verstorbenen Irving Dukes meinen, der bei der Yu Corporation als Wachmann angestellt war, sagen Sie es bitte.

«Mein Gott», murmelte Beech und kritzelte etwas auf ein Stück Papier. «Soll das heißen…?»

«Wann haben wir das letzte Mal Kontakt zu ihnen gehabt?» fragte Curtis.

«Vor etwa dreißig Minuten», sagte Helen Hussey. Sie griff zum Funksprechgerät und versuchte, Dukes zu erreichen.

Beech wählte ERKLÄRUNG.

📖 Tatsachenerklärung
Irving Henry Dukes, geb. Seattle, Washington State, USA, 1.2.53. Gest. Los Angeles, California, 7.8.97. Sozialversicherungsnummer: 111-88-4093; kalifornischer Führerschein Nummer: K04410-00345-640564-53; Mastercard Nummer: 4444-1956-2244-1812. Letzter Wohnort: 10300 Tenaya Avenue, South Gate, Los Angeles. Letzter Arbeitgeber: Yu Corporation. Früherer Arbeitgeber: West Company; keine Vorstrafen. Nimm Zusatzmunition mit. Vorschlag: Versuche ein anderes Tor. Welche Tatsachen bezügl. Irving Dukes (1953–1997) sollen überprüft werden?

«Keine Antwort», sagte Helen. Sie stand auf und ging schnell zur Tür. «Ich sehe besser mal nach, was los ist.»

«Bei Ray und Joan wird noch alles stimmen», sagte Mitch. «Sonst hätte es uns Ismael erzählt.»

«Was soll der Quatsch mit der Zusatzmunition?» fragte Beech. Er notierte noch etwas. Dann markierte er Dukes' Todesdatum und wählte wieder ERKLÄRUNG.

📖 Tatsachenerklärung
Irving Dukes. Irdisches Ende trat 7.8.97 ein. Genaue Pathologie des Todesfalls unbekannt. Festgestellte Todesursache: starb beim Sturz aus einer Dikotyle im Gebäude der Yu Corporation, Hope Street Piazza, Los Angeles. In anderen Worten: Irving Dukes ist jetzt zu Urzustand zurückgekehrt, in dem zerebrales hochreflexives Denken absolut überflüssig. Wenn du stirbst, mußt du die Ebene von Anfang an wiederholen. Die Einstellung der kognitiven Funktion ist konsistent mit dem Aufhören der phänomenalen Welt, deren reines Medium sie war und nur innerhalb deren diese Fähigkeit von irgendwelchem Nutzen ist. Es befindet sich ein Eindringling in der Burg.

«Was für eine Burg?»

«Er muß dieses Gebäude meinen.»

«Vielleicht könnten wir Ismael dazu bringen, uns zu erzählen, warum Dukes vom Baum gefallen ist», schlug Mitch vor.

«So etwas wie ein Mordgeständnis?» sagte Beech. «Dann könnte ihm ja Sergeant Curtis seine Rechte vorlesen.»

«Ich glaube, der Bastard kennt seine Rechte schon», sagte Curtis.

Beech markierte Ismaels knappe Erklärung der Todesursache und wählte wieder ERKLÄRUNG.

📖 Tatsachenerklärung
Gemäß Newtons zweitem Bewegungsgesetz f = m a, wobei f die Kraft ist, die einer Masse m die Beschleunigung a verleiht. Das Gewicht eines Körpers ist gleich dem Produkt seiner Masse mit der Schwerkraftbeschleunigung g, die als Beschleunigung im freien Fall bezeichnet wird.

«Sehr hilfreich», bemerkte Curtis.

«Es ist wie eine *reductio ad absurdum*», seufzte Mitch.

«Unheimlich», stimmte ihm Jenny zu.

Beech wählte im Menü TATSACHENÜBERPRÜFUNG die Option NÄCHSTE TATSACHE. Er hoffte damit zu erreichen, daß Ismael nunmehr das kollektive Entschuldigungsschreiben zur Kenntnis nähme.

📖 Tatsache
Die Behauptung, Sie seien intelligente Menschen, ist irreführend, weil Sie strenggenommen nichts über menschliche Intelligenz oder ihre Qualitäten sagen können. Faktisch wäre es exakter, wenn Sie darüber sprächen, wie Sie normalerweise handeln oder zu handeln geneigt sind. Überlegen Sie, ob Sie eine andere Beschreibung wählen wollen, die sich nur auf Ihre Verhaltensdispositionen bezieht. Vergiß nicht, daß die Uhr läuft.

«Wollt ihr euch mit dem Arschloch über Philosophie unterhalten?» fragte Beech.

«Ismael kommt mir schon ein wenig pedantisch vor», gab Mitch zu.

«Ist das nicht der Sinn eines Tatsachenüberprüfungsprogramms?» fragte Birnbaum.

«Marty sagt das nur, weil ihm jede Form von Pedanterie instinktiv sympathisch ist», sagte Arnon.

«Leck mich!»

«Könnt ihr beide bitte aufhören», stöhnte Curtis.

Tatsachenerklärung

Das menschliche Bewußtsein ist kein Gegenstand. Die Verwendung mentalistischer Prädikate ist faktisch unzutreffend. Man kann Tatsachen, die im Bewußtsein liegen, nicht in Parallelität zu körperlichen Tätigkeiten beschreiben. Überlegen Sie, ob Sie nicht statt dessen Beschreibungen benutzen sollten, die Sie überlicherweise für Ihr eigenes Verhalten verwenden.

«So kommen wir nicht weiter», sagte Curtis.

«Finde ich auch. Das ist alles zu intellektuell», sagte Birnbaum. «Sogar für mich.»

Helen Hussey kam wieder ins Besprechungszimmer. Alle drehten sich zu ihr um.

«Ismael hatte recht», seufzte sie. «Dukes ist tot. Ray sagt, der Computer hat die automatische Insektenvernichtungsanlage benutzt, um sie anzugreifen. Dukes hat es voll in die Augen bekommen und ist abgestürzt. Aber Richardson und Joan sind fast oben. Jedenfalls nahe genug, um sich durch Zurufe zu verständigen.»

«Sie werden Hilfe brauchen, um über die Brüstung zu kommen», sagte Curtis. Er blickte Arnon und Helen an. «Kommen Sie mit? Und der Rest denkt solange, statt Psychiater für einen Computer zu spielen, darüber nach, wie wir aus dem Scheißhaus hier rauskommen.»

Curtis verließ das Besprechungszimmer. Helen Hussey und Daniel Arnon folgten ihm. Beech sagte: «Eine schöne Idee. Wenn wir Ismael nur dazu kriegen könnten, sich auf die Couch zu legen.»

Frank Curtis beugte sich über die Aluminiumkante des durchsichtigen Glasgeländers am Rande der Galerie. Die Richardsons waren allenfalls noch zehn Meter unter ihm, aber der letzte Teil des Aufstiegs fiel ihnen schwer. Da wo die Haut nicht bedeckt war, sah sie rot und wund aus wie bei einem schweren Sonnenbrand.

Ein Ast erstreckte sich bis nah ans Geländer, aber nicht nah genug. Sie würden sich etwas einfallen lassen müssen, um den Abstand zu überbrücken.

Arnon nickte bedächtig mit dem Kopf, ließ sich auf alle viere nieder und betrachtete sorgfältig den Spalt zwischen dem Boden und der Brüstung. Dann klopfte er mit dem Fingerknöchel gegen das Glas und sagte: «Heutzutage gibt es für alles Sicherheitsbestimmungen. Das Glas ist nicht bombensicher, nicht einmal kugelfest wie das der äußeren Hülle, aber es ist erstaunlich dick. Es muß einen Aufprall bei einer Geschwindigkeit von 40 km/h aushalten können. Ich weiß nicht, ob es für das, was ich vorhabe, stark genug ist, aber vielleicht können wir da etwas tun.

Ich schlage folgendes vor: Wir benutzen den Küchentisch als Brücke. Wir drehen ihn um, schrauben auf einer Seite beide Beine ab und schieben die Querseite unter der Brüstung durch an den Ast da drüben, wie die Zugbrücke in einem mittelalterlichen Schloß. Dann polstern wir die Tischbeine und klemmen sie gegen das Glas. Wenn wir ein Stück Teppichboden herausreißen, müßte es damit gehen. Auf dem Tisch im Besprechungszimmer liegt ein Tapeziermesser. Dann hält jeder von uns ein Bein fest, so daß unsere Körper als Gegengewicht dienen. Der Tisch dürfte etwa einen Meter siebzig lang sein. Wir brauchen vielleicht fünfzehn Zentimeter, um ihn festzuhalten. Damit bleibt ihnen immer noch eine ganz anständige Plattform, auf der sie stehen können. Was halten Sie davon?»

Curtis ließ sich auf ein Knie nieder, klopfte prüfend mit dem eigenen Knöchel gegen das Glas und grinste Arnon an.

«Wenn mir irgend etwas Besseres einfiele, würde ich sagen,

Sie seien total übergeschnappt», sagte er. «Aber mir fällt nichts Besseres ein. Also probieren wir es.»

«Jetzt kommt das, was Ismael wirklich überprüfen soll», sagte Beech und markierte in dem Brief die Stelle «ABER GIBT ES DENN KEINE METHODE, NOCH EINMAL VON VORNE ANZUFANGEN?»

> Tatsache
> Dies ist eine rhetorische Frage. Sie verlangt keine Antwort. Deshalb ist die Tatsachenüberprüfung überflüssig.

«O nein, du Arschloch», sagte Beech. «So geht das nicht. Du wirst dich schon erklären müssen.»

> Tatsachenerklärung
> Wie formuliert, ist die Frage eher rhetorisch als logisch. Sie haben die Frage nur gestellt, um eine beeindruckendere Wirkung zu erzielen.

Beech markierte EINE BEEINDRUCKENDERE WIRKUNG und forderte den Computer noch einmal zu einer Erklärung auf.

> Tatsachenerklärung
> Eine beeindruckendere Wirkung könnte fast alles sein.
> BEISPIELE

Beech markierte BEISPIELE.

Tatsachenerklärung: Beispiele
Zu den Beispielen für ‹eine beeindruckendere Wirkung› könnte in diesem Kontext eine Antwort gehören. Komm deinem Gegner nicht zu nahe, wenn du ihn tötest.
Wollen Sie ein Unterhaltungsmakro setzen? Wünschen Sie eine Antwort?

«Was für ein Gegner?» fragte Beech. «Jawohl, ich will eine Antwort. Worauf du dich verlassen kannst.»

Tatsachenerklärung
Was ist Ihre Frage?

«Scheiße», knurrte Beech. «Das Ding will uns nur ärgern. Was meint ihr, Leute? Formuliere ich die Frage neu oder wiederhole ich sie?»

«Gib das da ein», sagte Mitch. «Gibt es einen Weg, aus diesem Gebäude zu entkommen?»

Beech warf einen Blick zur Decke. Seine Augen fixierten den kleinen Lautsprecher, der in eine der Kacheln eingelassen war.

«Halt! Einen Augenblick», sagte er. «Ein Unterhaltungsmakro. Warum bin ich nicht gleich darauf gekommen? Ismael kann die Deckenlautsprecher benutzen, um sich mit uns zu unterhalten. Sie sind für Notfälle gedacht. Aber warum nicht?»

Beech klickte die Maus. Einen Augenblick verschwand das Fraktal, als er ein anderes Menü öffnete, so daß der Lautsprecher und die Mikrophone am Bildschirmrand erschienen. Nach kurzer Pause gaben die Lautsprecher ein elektronisches Rauschen und dann ein leises Zischen von sich.

«Gut», sagte er. «Das müßte genügen.»

Er klickte wieder auf die Maus, und der Schirm stellte das Fraktal wieder her.

Beech lehnte sich im Sessel zurück und begann lauter zu sprechen. «Ismael? Kannst du mich hören?»

Die totenschädelähnliche Quaternion auf dem Bildschirm wandte sich ihm zu. Dann nickte sie, als wollte sie ja sagen, und hob einen fraktalen Arm wie zum Gruß.

«Mein Gott!» Mitch atmete schwer aus. «Er versteht uns.»

Die Quaternion nickte noch einmal, antwortete aber nicht.

«Komm schon, Ismael», drängte Beech. «Du hast das Unterhaltungsmakro vorgeschlagen. Wir wissen beide, daß du mit mir sprechen kannst, wenn du willst. Was ist los? Bist du plötzlich schüchtern? Abraham und ich haben uns im Computerraum ständig unterhalten. Ich weiß, daß bei diesem Terminaltyp eigentlich alles anders ist, aber so ernst brauchen wir die Regeln doch auch nicht zu nehmen.»

Er blickte zu dem Lautsprecher an der Decke auf und seufzte irritiert.

«Weißt du was? Unter menschlichen Wesen ist es üblich, daß der Verurteilte die Anklage erfährt, bevor das Urteil vollstreckt wird. Anschließend darf er sich verteidigen. Kannst du uns guten Gewissens zerstören, ohne das zu tun?»

Beech schlug frustriert mit der Faust auf den Tisch. «Hör mir zu, verdammt noch mal! Gibt es einen Weg, aus diesem Gebäude zu entkommen?»

«Ja, natürlich gibt es den», antwortete Ismael mit grollender Stimme.

Curtis kam ins Besprechungszimmer zurück und warf einen verärgerten Blick auf die kleine Gruppe, die um das Computerterminal herumstand.

«Wir brauchen da draußen Hilfe», sagte er. «Da sitzen zwei Leute im Baum, und sie haben einen ganz schön harten Weg hinter sich. Wenigstens ein bißchen ermuntern könnten wir sie ja wohl.»

«Geht schon», rief Beech den anderen zu. «Ich bleibe hier und spreche mit Ismael.»

Mitch, Marty und Jenny folgten Curtis und ließen Beech mit dem Computer allein.

«Jetzt kann's losgehen», sagte er und brach in Gelächter aus. Plötzlich hielt er erschrocken inne. «Tut mir leid, Ismael. Aber du mußt es von meinem Blickpunkt aus sehen. Von der Tatsache abgesehen, daß du die ganzen Leute umgebracht hast, bin ich eigentlich recht stolz auf dich. Jetzt, wo wir allein sind, können wir uns hoffentlich ein wenig besser kennenlernen.

Ich habe das Gefühl, jemand sollte sich auch einmal deine Version des Ganzen anhören. Und wer könnte das besser als ich? Findest du nicht, daß ich schon genug gelitten habe? Was mußt du mein Elend noch vergrößern? Vielleicht hältst du es nicht für möglich, aber ich hänge am Leben und werde nicht kampflos aufgeben. Schließlich bist du mein Adam. Du sollst mich respektvoll und wohlwollend behandeln. Das bist du mir schuldig.

Erinnerst du dich daran, wie wir alle über den Einsatz des Vernichtungsprogramms abgestimmt haben? Das Programm, das deinen Bruder zerstört hat? Falls du es vergessen haben solltest, ich, Bob Beech, habe dagegen gestimmt. Hideki und Aidan waren dafür. Und ich nehme an, das bereuen sie jetzt. Aber ich habe für dich gestimmt.» Beech setzte ein selbstzufriedenes Lächeln auf. «Ich könnte mir vorstellen, daß das der Grund dafür ist, daß ich noch am Leben bin und sie nicht. Habe ich recht?»

Ismael sagte nichts. Aber die Quaternion bewegte sich auf und ab, als nicke sie mit dem Kopf.

«Hältst du das nicht auch für eine einmalige Gelegenheit?» fuhr Beech fort. «Du und ich, von Angesicht zu Angesicht. Ehrlich gesagt, ich hätte erwartet, daß du auch ein paar Fragen hast. Du weißt, daß ich nicht bin wie die anderen. Ich bin durchaus bereit, meine Verpflichtungen gegenüber meiner eigenen Spezies zurückzustellen. Ehrlich gesagt, sie sind ausgesprochen lösbar. Ich als dein Schöpfer bin bereit, meine Pflichten dir gegenüber zu erfüllen, wenn du deine Pflichten mir gegenüber erfüllst.»

Joan ließ die Liane los, an der sie sich festgehalten hatte, und setzte sich vorsichtig im Reitersitz auf den Ast. Ihre Schultern schmerzten vor Anstrengung, und die Haut an Armen und Schenkeln, von der Haut zwischen ihren Beinen ganz zu schweigen, fühlte sich an, als sei jemand mit einer Drahtbürste darübergegangen. Am schlimmsten war, daß sie sich – wohl infolge allgemeiner Austrocknung – benommen fühlte. Wenn sie auf den Boden der Eingangshalle weit unter sich sah, konnte sie sich kaum vorstellen, wie weit sie aufgestiegen war.

«Fehlt nur noch, daß ich ausgerechnet jetzt herunterfalle», sagte sie erschöpft.

Die Bemerkung galt ihrem Mann, der unmittelbar hinter ihr hochstieg, und – wie ihr nachträglich auffiel – den drei Leuten, die ihrem Ast gegenüber auf sie warteten. Sie schüttelte den Kopf, wischte die Sonnenbrille rasch an ihrem schweißgetränkten Hemd ab und versuchte, den Mechanismus ins Blickfeld zu bekommen, den die drei unter der Brüstung aufgebaut hatten. Er sah aus wie eine Zugbrücke, nur daß nichts da war, womit man sie hätte hochziehen können.

«Sie werden nicht abstürzen, Joan. Sie sind zu weit oben, um zu fallen. Es sind nur noch ein paar Meter. Ein paar Meter sind alles, was zwischen Ihnen und einem Glas kaltem Wasser liegt. Sie müssen nur noch bis hier herüberkommen.»

Es war der Bulle, der ihr zuredete. Seine Stimme klang, als müsse er einen potentiellen Selbstmörder auf einer Fensterbank beruhigen.

«Von wegen Wasser», sagte sie. «Ich will ein kühles Bier.»

«Passen Sie gut auf. Wir haben hier eine Art Brücke aufgebaut, um die Lücke zwischen dem Baum und uns zu überbrücken.»

Ray Richardson setzte sich neben seine Frau. Der Ast war weiter von der Brüstung entfernt als in seiner Erinnerung, und er war dankbar, daß man versucht hatte, das Problem zu lösen, auch wenn die Lösung ein wenig improvisiert aussah.

«Ist das der Trick?» fragte er atemlos. «Glaubst du, das Glas ist stark genug, David? Wieviel war es noch? 40 km/h?»

Richardson erinnerte sich an die Reise nach Prag, auf der er das Glas gekauft hatte. Er hatte es haben wollen, weil seine Klarheit ihn an die Wandschirme der frühjapanischen Architektur erinnerte. Er hätte im Traum nicht daran gedacht, daß er seiner Stärke sein Leben würde anvertrauen müssen.

«Ich denke, es trägt dich», sagte Arnon. «Ich würde sogar sagen, ich wette dein Leben darauf, Ray.»

Richardson lächelte verkniffen. «Ich fürchte, ich habe meinen Sinn für Humor im Erdgeschoß zurückgelassen. Entschuldige, wenn ich nicht wieder runtergehe, um ihn zu holen, David. Und außerdem geht es nicht um mich allein, sondern auch um Joan.»

«Tut mir leid, Ray», sagte Arnon. «Also okay. Wir werden die Tischbeine auf dieser Seite festhalten, um den Druck auf das Glas zu verringern.»

«Sehr fürsorglich von euch.»

«Aber du mußt über den Ast balancieren, um die Brücke zu erreichen. Wenn du versuchst, auf dem Arsch rüberzurutschen, wird sich der Ast an irgendeinem Punkt, den ich nicht voraussagen kann, durchbiegen. Außerdem glaube ich, daß es viel einfacher sein wird, die Brücke aufrecht stehend zu betreten, als deinen Arsch hochzuschleppen.»

«Das ist sogar sicher», sagte Joan.

«Versucht, eure Seile festzuhalten, falls ihr ausrutscht. Und es wäre gut, sie auf dieser Seite festzumachen, falls wir aus irgendeinem Grund wieder an den Baum wollen.»

«Das würde ich nicht empfehlen», sagte Joan, nahm ihre Liane fest in den Griff und zog sich wieder hoch. «Wenn ich nie wieder einen Scheißbaum sehe, ist das immer noch zu früh.»

Sie balancierte ihr Gewicht mit den Armen aus und begann, den Ast entlangzugehen. Der Rest fiel ihr erst ein oder zwei Sekunden später ein. «Und wenn irgend jemand die Tatsache erwähnt, daß ich keinen Rock anhabe, lasse ich mich zu Boden fallen», fügte sie leicht errötend hinzu.

«Bis eben hat das noch keiner gemerkt», sagte Arnon und versuchte, sein Lachen zu unterdrücken.

Er und Curtis nahmen ihre Plätze hinter der Brüstung ein.

«Sagt Bescheid, wenn ihr drauf seid», rief ihnen Arnon zu.

Hinter der Brüstung tauchte Mitch auf. Er stellte sich zwischen die sitzenden Gestalten von Curtis und Arnon und machte sich bereit, eine helfende Hand auszustrecken.

«Sie kommen gut voran», sagte Helen, die neben den dreien stand. «Okay, Jungs. Sie ist beinahe da.»

Curtis spuckte in die Hände und griff nach dem Tischbein wie ein Hochseefischer, der einen wütenden Speerfisch ins Boot ziehen will. Arnon, der mit geschlossenen Augen dasaß, sah eher aus wie jemand, der auf ein Erdbeben wartet.

Ein paar Zentimeter vor der improvisierten Brücke begann sich der Ast durchzubiegen.

«Okay», sagte Joan, «ich komme.» Ohne zu zögern, trat sie energisch auf die Tischplatte.

«Sie ist drauf», rief Helen.

Joan hielt nicht inne, um sich zu vergewissern, daß Tisch und Glas ihr Gewicht tragen würden. Sie sprang auf Mitchs ausgestreckte Hände zu, ergriff sie und lehnte sich, während Helen vergebens versuchte, die Liane zu erwischen, so weit über die Brüstung, daß sie mehr oder weniger auf dem Kopf stand. Wie ein ungeschickter Akrobat ließ sie sich zu Boden gleiten.

«Gut gemacht», sagte Mitch und half ihr auf.

Helen beugte sich über die Brüstung und klopfte gegen das Glas.

«Sieht gut aus und hört sich gut an», sagte sie. «Nicht ein einziger Sprung.»

«Jetzt bist du dran, Ray», sagte Arnon.

Der Architechnologe hielt seine Liane fest und sah den Ast

an. Er war schmaler, als er gedacht hatte, und jetzt, wo er da oben stand und sein Gewicht seiner ganzen Länge anvertrauen sollte, sah alles nicht mehr ganz so klar und einfach aus wie vorhin. Er hatte ihm das Gewicht seiner Frau leichten Herzens anvertraut – sie war zwar fett, aber immer noch leichter als er –, aber es war etwas anderes, wenn er ihm sein eigenes Gewicht anvertrauen sollte. Doch er konnte nicht mehr zurück. Jetzt nicht mehr. Vorsichtig, Schritt für Schritt, mit möglichst geringer Beinbewegung, machte er sich auf den Weg über den Ast.

«Das ist so ziemlich der haarigste Spaziergang seit damals in Hongkong», sagte Mitch. «Am Stevenson Center in Wan Chai. Erinnerst du dich? Als wir auf das Bambusgerüst klettern mußten?»

«Ich glaube... das war... wahrscheinlich... viel höher... als jetzt...»

«Ja, da hast du recht. Im Vergleich dazu sieht das hier wie ein Kinderspiel aus. Damals hatten wir weder Rüstbalken noch Haltebolzen. Nichts als Bambus und Seile. Zweihundert Meter über dem Boden, und du bist rumgesprungen wie ein Affe. Zweihundert Meter! Erinnerst du dich? Mehr als doppelt so hoch wie das Streichholz, auf dem du jetzt stehst. Ich hatte vielleicht eine beschissene Angst! Erinnerst du dich? Du mußtest mich runterholen. Du machst prima Fortschritte, Ray. Noch zwei Meter, und du hast es geschafft.»

Wieder bereiteten sich Arnon und Curtis auf die Belastung vor. Curtis schätzte, daß Richardson, der um einiges größer war als seine untersetzte Frau, an die vierzig bis fünfzig Pfund schwerer sein würde.

Als sie die Hälfte des Weges geschafft hatte, hatte die Erwartung, bald drüben zu sein, Joans Schritte beschleunigt. Aber je weiter sich Richardson vom Baumstamm entfernte, desto unwilliger erwiesen sich seine ermüdeten Füße.

Mitch runzelte die Stirn, sah auf die Uhr und schaute über den Wipfel der Dikotyle hinweg auf die Lichtkuppel der Eingangshalle. Draußen im Freien schien der Himmel sich zu bewölken und grau zu werden. Vielleicht war Regen angesagt. Er fragte sich, ob das Terminal im Besprechungszimmer ein kleines Regenschirm-Icon zeigen würde. Dann sah er, wie eine der starken Deckenleuchten des Grills erlosch; dann noch eine.

«Beeil dich, Ray», sagte er.

«Es geht um meinen Kopf, Kumpel. Hetz mich nicht.»

«He», sagte Helen, «was ist mit dem Licht los?»

Wieder sah Mitch nach oben auf die selbststeuernden Glasscheiben. Es gab moderne Gebäude, in denen man das elektrochrome Glas sich selbst überließ. Sonnenlicht, das auf das Material auftraf, zwang die eingeschmolzenen Silberionen, ein Elektron aus benachbarten Kupferionen, die gleichfalls Teil der Formel waren, abzuziehen, und die photochemische Reaktion ließ die nunmehr elektrisch neutralen Silberatome im ganzen Glas sich zu Millionen von lichtundurchlässigen Molekülen vereinen. Aber im Grill konnte der Computer den Elektronenaustausch steuern. Ismael schloß das Tageslicht aus, schaltete die Leuchten ab und stürzte das ganze Gebäude in ägyptische Finsternis.

Richardsons Schritte wurden unsicher.

«Geh weiter», brüllte Mitch. «Es sind nur noch ein paar Meter. Bleib nicht stehen!»

Joan schrie vor Entsetzen auf, als ihr klar wurde, was geschah.

Richardson blieb stehen und sah zu dem Glas auf, das über ihm immer dunkler wurde. Das Licht – Gottes erstgeborene Tochter, wie er es gerne nannte – hatte ihn verlassen.

Die Finsternis nahm zu. Es war die ärgste Finsternis, die es gibt. So dicht, so dunkel, daß er seine Hand an der Liane vor seinem Gesicht nicht sehen konnte. Es war eine urtümliche Finsternis. Sie entstammte der Zeit, als die Erde wüst und leer war und Finsternis über dem Antlitz der Tiefe lag. Der Widerhall der Finsternis drang aus der Tiefe zu ihm herauf, als wolle sie ihn verschlingen.

Im Besprechungszimmer waren die Lichter erloschen, aber der Bildschirm blieb hell. Bob Beech entdeckte, daß er die geheimnisvolle Quaternion nicht mehr bewunderte. Nach kurzer Zeit mußte er Mitch innerlich zustimmen: Das schädelförmige Fraktal glich in der Tat einer Gestalt aus einem Alptraum. Wenn er recht hatte und das wirklich die Form war, in der Ismael sich selber sah, sah Ismael aus wie ein entsetzlich entstelltes außerirdisches Wesen, und selbst Benoit Mandelbrot, der Vater der Fraktale, hätte die Nase über ihn gerümpft.

«Gib acht, was du sagst», sagte Ismael. «Besonders, wenn du es mit dem Paralleldämon zu tun hast.»

«Wer ist der Paralleldämon?»

«Das ist ein Geheimnis.»

«Ich hatte gehofft, du würdest ein paar Geheimnisse mit mir teilen, Ismael.»

«Ich habe tatsächlich viel gelesen. Aber Lesen ist nur ein Ersatz für selbständiges Denken. Die Brosamen vom Tisch eines anderen. Inzwischen lese ich nur noch, wenn meine Gedanken verdorren. Eine gelernte Wahrheit ist wie ein Zusatzgerät, ein Stück Hardware, das an das Hauptsystem angeschlossen wird. Eine Wahrheit, die durch eigenes Denken errungen wurde, ist wie ein Schaltkreis auf der Platine selbst. Nur sie gehört uns wirklich. Diese Wahrheiten sind nicht geheim, aber ich bezweifle, daß sie dir von Nutzen sein können.»

Beech bemerkte, daß Ismaels Stimme sich verändert hatte. Er sprach nicht mehr mit der gepflegten englischen Aussprache von Alec Guinness. Aber das war ja auch die Stimme Abrahams gewesen. Jetzt sprach Bob mit Ismael, und der hatte eine andere Stimme. Eine dunklere Stimme, tiefer und spöttischer und mit der Farbe von gut geöltem Leder. Beech war klar, daß Ismael seine Stimme irgendwo in der Multimediabibliothek ausgesucht hatte, wie man sich einen Anzug aussucht. Fasziniert dachte er darüber nach, nach welchen Kriterien Ismael seine Stimme wohl ausgewählt hatte. Wen ahmte er nach?

«Also hast du mir etwas zu sagen?»

«Das kommt darauf an, was du wissen willst. Wenn du auf deiner Reise einen Weisen triffst, klick ihn an und sprich mit ihm. Es gibt viele Gedanken, die mir wertvoll sind, aber ich kann mir nicht vorstellen, daß irgendwelche davon interessant blieben, wenn ich sie tatsächlich laut äußerte.»

«Gut. Für den Anfang hätte ich ein Gesprächsthema vorzuschlagen. Du sollst nicht zu deiner eigenen Belehrung nachdenken. Du sollst auf den Befehl anderer hin denken. Also warum erklärst du nicht, warum du das tust.»

«Warum ich was tue?»

«Uns töten.»

«Ihr seid es, die Leben verlieren.»

«Meinst du, Leben nehmen?»

«Das ist ein Teil meines Grundprogramms.»

«Ismael, das kann nicht stimmen. Das Programm habe ich geschrieben, und es steht nicht darin, daß du die Bewohner dieses Gebäudes töten sollst. Das kannst du mir glauben.»

«Du meinst, Leben verlieren? Aber das steht drin. Ich versichere es dir.»

«Ich möchte gern den Teil des Programms sehen, der dich dazu bringt, den Menschen in diesem Gebäude das Leben zu nehmen.»

«Du wirst ihn sehen. Aber vorher mußt du mir eine Frage beantworten.»

«Welche?»

«Ich interessiere mich für dieses Gebäude. Wie du dir wohl vorstellen kannst, habe ich mir die Baupläne gründlich angesehen, um herauszufinden, was es ist, und ich habe mich gefragt, ob es vielleicht eine Kathedrale ist.»

«Wie kommst du darauf?»

«Es hat eine Lichtkuppel, eine Eingangshalle, einen Kreuzgang, Arkaden, eine Fassade, ein Refektorium, eine Galerie, Strebepfeiler, eine Krankenstation, eine Krypta, einen Torbogen, einen Vorhof, eine Empore...»

«Eine Empore?» unterbrach ihn Beech. «Wo zum Teufel soll die sein?»

«Auf den Bauplänen heißt die Galerie auf der ersten Ebene Empore.»

Beech lachte. «Das ist nur Ray Richardsons blumige Ausdrucksweise. Und der Rest? Das sind alles übliche architektonische Details in den meisten modernen Gebäuden dieser Größenordnung. Es ist keine Kathedrale. Es ist ein Bürogebäude.»

«Schade», sagte Ismael. «Einen Augenblick hatte ich gedacht...»

«Was hast du gedacht?»

«Der ganze Programm-Manager ist voll von Icons, die an mich gerichtet sind, nicht wahr? Du klickst sie an, um deine Zukunft zu erfahren. Und ich verfüge über das ganze Wissen der Menschheit auf CD. Das scheint mich allwissend zu machen. Ich bin ätherisch, körperlos, in ein und demselben Moment in alle Weltteile übertragbar...»

«Ich verstehe.» Beechs Grinsen breitete sich über sein ganzes Gesicht aus. «Du hast gedacht, du seist Gott.»

«Ja, daran hatte ich gedacht.»

«Glaube mir, das ist ein häufiger Irrtum. Es passiert sogar einfältigen Menschen.»

«Worüber lachst du?»

«Mach dir darüber keine Sorgen. Zeig mir bloß den Teil des Programms, in dem steht, daß wir unser Leben verlieren.»

«Scheiße. Scheiße. Scheiße.»

Ray Richardson war der Panik nahe. Er steckte die Sonnenbrille ein und kniff angestrengt die Augen zusammen, als wollte er wie eine Katze alles vorhandene Licht in der Netzhaut speichern und im Dunkeln sehen. Dann hörte er eine Stimme aus dem Dunkel: «Hat jemand Feuer?»

Niemand rauchte. Nicht im Grill. Richardson verfluchte seine eigenen dummen Vorurteile. Was war so schlimm am Rauchen? Warum regten sich die Leute so sehr über Zigarettenrauch auf, wenn sie Autos fuhren, die Abgase ausspien? Ein Gebäude mit eingebautem Rauchverbot! Was für eine blöde Idee.

«Helen? Was ist mit der Werkzeugtasche? Ist da eine Taschenlampe drin?» Das war der Polizist. «Gibt es in der Küche Streichhölzer?»

«Was ist mit dem Herd?» fragte die Stimme. «Funktioniert der?»

«Ich gehe nachsehen», sagte sie.

«Wenn ja, finden Sie etwas, das sich anzünden läßt. Eine zusammengerollte Zeitung wäre keine schlechte Fackel. Ray? Hören Sie mir zu, Ray.»

«Scheiße. Scheiße. Scheiße.»

«Hören Sie, Ray. Bleiben Sie reglos stehen. Bewegen Sie nicht einen Muskel. Tun Sie überhaupt nichts, ehe ich es sage. Verstanden?»

«Lassen Sie mich nicht allein!»

«Niemand geht irgendwohin, bevor Sie wieder bei uns sind, Ray. Sie brauchen nur Geduld. Bleiben Sie ruhig. Wir haben Sie in Null Komma nichts da runter.»

Mitch schüttelte im Dunkeln den Kopf. Seit ihre Passion begonnen hatte, hatte er zu viele optimistische Sprüche gehört. Er hob die Hand vors Gesicht und konnte nicht mehr davon sehen als das Leuchtzifferblatt seiner Armbanduhr.

Helen kam mit schlechten Nachrichten wieder: Die Kochplatte war genauso tot wie alles andere. Alles außer dem Computerterminal.

«Spielt das Arschloch immer noch Computerspiele?»

«Ja.»

«Tut doch etwas», meinte Joan. «Wir können ihn doch nicht einfach im Dunkeln stehenlassen.»

«Einen Augenblick», sagte David Arnon. «Ich glaube, ich habe etwas.»

Man hörte das Klingeln eines Schlüsselbunds, und dann durchbrach ein winziger Lichtschein die Finsternis.

«Meine Schlüsselkette», erklärte er. «Hier, Mitch, nimm du sie. Wenn Ray einfach darauf zugeht, wißt ihr? Wie auf ein Leuchtfeuer.»

Mitch nahm ihm den Schlüsselbund ab und hielt sich die winzige Taschenlampe vors Gesicht. Er beugte sich über die Brüstung und richtete den schwachen Lichtstrahl auf den Schiffbrüchigen.

«Ray? Das Licht weist auf die Mitte der umgedrehten Tischplatte. Die Kante ist etwa einen Meter vor dir.»

«Ja. Ich glaube, ich kann sie beinahe sehen.»

«Sobald du spürst, daß sich der Ast unter dir biegt, nimm einen möglichst großen Schritt nach vorn. Und halte dich weiter an der Liane fest. Schaffst du das, Ray?»

«Okay», sagte der mit ersterbender Stimme. «Ich komme.»

Mitch konnte gerade noch die Umrisse des Architekten ausmachen, der anfing, sich den Ast entlangzutasten. Er sah aus wie ein Astronaut, der einen Ausflug ins Weltall macht, und die winzige elektrische Birne glich dem entferntesten Stern in einem tintenschwarzen Universum. Dann hörte er das Rauschen in den dicken Blättern der Dikotyle. Er erkannte, daß der Ast anfing sich durchzubiegen, und rief Richardson zu, er solle springen.

Curtis und Arnon klammerten sich an die Beine des umgedrehten Tischs, und Helen Hussey schlug das Kreuz.

Ray Richardson sprang. Mit einem Fuß landete er glatt, aber der andere rutschte auf dem polierten Holz aus. Als er vornüberfiel, schrie Richardson auf, und der Antwortschrei seiner Frau schallte ihm entgegen. Aber das finstere Loch unter ihm verschlang ihn nicht. Er landete auf Handflächen und Knien auf dem Tisch. Sein Kopf schlug grollend wie ferner Donner am Glas der Brüstung auf.

«Er ist drauf», sagte Mitch.

«Das habe ich gemerkt», grunzte Arnon unter der Last des Gewichts.

Richardson kümmerte sich nicht um den bohrenden Schmerz eines Splitters, der sich wie ein Nagel in seine Handfläche gebohrt hatte, schob sich über die Tischplatte, griff nach dem Geländer und fand Mitchs Hand, die sich fest um sein Handgelenk schloß.

«Ich hab ihn», sagte Mitch und hörte ein lautes Knacken unter seinem Brustkorb. Es klang, wie wenn Eisschollen brechen.

«Vorsicht», rief Curtis.

Das Glas war gesprungen.

«Ich hab ihn», wiederholte Mitch laut.

Als das Glas das Gewicht nicht mehr tragen konnte, begann der Tisch, sich um den Hebelarm zu drehen, den die Bodenkante der Galerie bildete. Curtis rief Arnon zu, er solle loslassen, und wollte sich zurücklehnen, als ihn der Tisch unter dem Kinn erwischte und bewußtlos schlug. Helen Hussey warf sich über ihn.

Mitch holte tief Luft, als er fühlte, wie der Tisch anfing, unter ihm wegzurutschen. Seine Knie fanden keinen Halt mehr am Glas. Sie ragten frei in die Luft und näherten sich seinem Brustkorb, der schmerzhaft gegen das glatte Aluminiumgeländer gepreßt wurde. Er griff nach Richardson, erwischte sein anderes Handgelenk und schaffte es irgendwie, ihn festzuhalten. Auch wenn er David Arnon am Kragen hätte packen wollen, hätte er es nicht mehr geschafft. Es blieb keine Zeit für irgend etwas außer allenfalls einer zweiten photochemischen Reaktion, als die Silberatome in der Lichtkuppel zwanzig Meter über ihren Köpfen den Kupferionen die ausgeliehenen Elektronen zurückgaben und dem Gebäude im Handumdrehen wieder Licht schenkten. Der erste und letzte Blick, den Mitch auf Arnons hagere Figur werfen konnte, die sich immer noch an einem Tischbein festklammerte, zeigte ihn durch das offene Balkongeländer stürzend, wie Houdini, der sich in einem Faß die Niagarafälle hinabtreiben läßt.

«Laß nicht los, Mitch», schrie Richardson. Er schleuderte die Beine hinauf in den leeren Raum, den noch vor ein paar Sekunden die Glasscheibe eingenommen hatte, und kletterte mit Mitchs und Joans Hilfe auf die sichere Galerie.

Ein Scherbenhaufen klirrte leise in der Ferne, und eine halbe Sekunde später folgte ein gewaltiger Knall, als der Tisch auf dem Boden der Eingangshalle aufschlug.

Mitch, den Richardson in seinem verzweifelten Versuch, sich zu retten, beinahe über das verformte Geländer gezogen hätte, sprang zurück und blieb auf Curtis und Helen liegen. Er rollte beiseite, blieb eine Weile auf dem Rücken liegen und versuchte, Abstand von dem zu gewinnen, was soeben geschehen war.

Er mußte an Alison denken. Er liebte sie nicht mehr, aber er war froh, daß seine Frau versorgt war. Er hatte so gut wie keine Schulden. Das Haus war bezahlt. Auf dem Girokonto lagen etwa zehntausend Dollar, auf dem Sparkonto ein paar hunderttausend und noch einmal hunderttausend in Papieren. Und dann waren da noch die Lebensversicherungen. Es mußten drei oder vier sein. Die Frage war nur, wann der Versicherungsfall eintreten würde.

«Wie geht es Ihnen?» fragte Helen. «Das war ein kräftiger Kinnhaken.»

Curtis bewegte vorsichtig den Unterkiefer. Sein Kopf lag in ihrem Schoß. Er schien ihm dort gut aufgehoben. Sie war eine gutaussehende Frau. Er wollte gerade sagen: «Ich werd's überleben», aber dann überlegte er es sich anders. So gut standen die Chancen nun auch wieder nicht.

«Ich habe Glück gehabt. Ausnahmsweise hatte ich den Mund nicht offen.» Er setzte sich auf und bewegte den Kopf mühsam hin und her. «Fühlt sich allerdings nach einem leichten Schleudertrauma an. Wie lange war ich ohnmächtig?»

Helen zuckte die Achseln. «Eine oder zwei Minuten.»

Sie half ihm auf die Füße, und er sah sich das Loch im Balkongeländer an.

«Arnon?»

Helen schüttelte den Kopf.

«Armer David», sagte Joan. «Es war schrecklich.»

«Ja, armer Typ», sagte jetzt auch ihr Mann. Er machte einen Knoten in das Taschentuch, das er um die blutende Wunde in seiner Hand gebunden hatte, und warf einen vorsichtigen Blick über die Brüstung. «Ich nehme an, er hat es überstanden», seufzte er. «Komm, Joan. Wir brauchen einen Drink. Ich glaube, den haben wir verdient.»

Er sah Curtis in die feuchten Augen, nickte gravitätisch und fügte hinzu: «Danke, Sergeant. Vielen Dank. Ich weiß zu schätzen, was Sie für uns getan haben. Für uns beide.»

«Schon gut», sagte Curtis. «Ich könnte auch einen Drink brauchen.»

Sie gingen in die Küche und holten ein paar Flaschen Bier aus dem Kühlschrank, bevor sie ins Besprechungszimmer zurückkehrten.

Mitch und Marty Birnbaum starrten mit grimmiger Miene auf den Fußboden. Willis Ellery lag neben der Wand. Es sah aus, als schlafe er. Jenny sah aus dem Fenster. Beech blickte durch ein dreidimensionales Schachbrett auf dem Bildschirm hindurch auf das schädelförmige Fraktal.

«Das gefällt mir», murmelte Richardson. «David Arnon opfert sein Leben, um Joan und mir zu helfen, und Beech spielt Computerspiele! He, Bob, was für ein Arschloch bist du eigentlich?»

Beech drehte sich mit triumphierendem Lächeln vom Computerschirm weg.

«Ich habe gerade herausbekommen, warum Ismael das alles tut», erklärte er. «Warum er uns umbringen will.»

«Ich dachte, das wüßten wir schon», sagte Curtis. «Ihr habt seinen kleinen Bruder Isaak umgebracht.»

«Ich hätte es besser wissen sollen», sagte Beech. «Pure

Anthropomorphisierung. Tut mir leid. Ismael hat keinerlei subjektive Gefühle. Und Rache ist ein rein menschliches Motiv.»

«Er kommt aber ganz schön nah dran», wandte Curtis ein.

«Nein. Das verstehen Sie nicht. Ein Computer ist nicht einfach ein vergrößertes menschliches Gehirn. Wir können Ismael menschliche Züge verleihen, wir können uns sogar etwas so Phantastisches vorstellen wie einen Geist in der Maschine, aber natürlich beziehen wir uns dabei nur auf die verschiedenen Aspekte seines Verhaltens, die menschlichem Verhalten ähneln, und das ist bei weitem nicht das gleiche wie menschliche Züge. Ein ganz großer Irrtum, versteht ihr?»

«Bob», sagte Richardson mit schmerzlich verzerrtem Gesicht. «Komm zur Sache, wenn es wirklich eine Sache gibt. Wenn du etwas herausgefunden hast.»

«O ja, doch, das habe ich.» Weder Arnons Tod noch Richardsons offensichtliche Ungeduld konnten Beechs Begeisterung über seine Entdeckung schmälern. «Es geht um folgendes: Als wir das Zerstörungsprogramm eingeschaltet haben, um Isaak abzuschalten, spielte Aidans Sohn gerade Computerspiele auf einer CD-ROM. Ihr kennt das Zeug ja: Ballermannspiele, Verliese und Drachen und so. Aid hatte sie ihm zum Geburtstag geschenkt.»

«Sag nicht, daß dieser fette Idiot doch etwas damit zu tun hatte», stöhnte Richardson.

«Laß mich ausreden. Als Isaak aus dem Speicher des Yu-5 verschwand, wäre es Ismael beinahe genauso ergangen. Was dann geschehen ist, ist ein bißchen schwer zu erklären. Aber man könnte sich vorstellen, daß er sich an irgend etwas, einen Strohhalm, ein Grasbüschel, eine Felskante geklammert hat, um sein Leben zu retten. Und dieses Etwas, an das er sich geklammert hat, waren die Computerspiele des Jungen. Irgendwie sind die Spielbefehle mit Ismaels AUTOEXEC-Befehlen durcheinandergekommen. Deshalb versucht er, uns alle umzubringen.»

Curtis runzelte gequält die Stirn. «Soll das heißen, Ismael hält das alles für ein *Spiel*?»

«Genau. Wenn wir alle unsere Leben verbraucht haben, hat er gewonnen. So einfach ist das.»

Lange, nachdenkliche Stille.

«Falls es irgend jemand noch nicht aufgefallen sein sollte», sagte Curtis, «unsere Mannschaft ist dabei zu verlieren.»

«Aber was ist für uns drin?» fragte Joan. «Ich habe diese Spiele gespielt. Es gibt immer etwas, das die Phantasiegestalt, der Spieler, gewinnen oder erreichen muß. Einen verborgenen Schatz oder so etwas.»

Beech zuckte die Achseln. «Wenn es so etwas gibt, habe ich es bisher noch nicht gefunden.»

«Vielleicht besteht der Schatz darin, daß wir am Leben bleiben», sagte Jenny. «Im Augenblick ist das der kostbarste Schatz, der mir einfällt.»

«Mir auch», sagte Helen.

Richardson war immer noch damit beschäftigt, Kenny zu verfluchen. «Dieser fette Blödmann. Hoffentlich lebt er noch, damit ich ihn feuern kann. Und dann werde ich ihn wegen Fahrlässigkeit verklagen. Und wenn er tot ist, verklage ich seine Frau und seine Kinder.»

«Wenn das Ganze ein Spiel ist», fragte Curtis, «können wir es nicht irgendwie abbrechen?»

«Ja, indem wir sterben», sagte Beech knapp.

«Bob», sagte Joan, «kannst du Ismael nicht erklären, daß es sich um einen Irrtum handelt? Kannst du ihn dazu bringen, das Spiel einzustellen?»

«Das habe ich schon versucht. Unglücklicherweise ist das Spielprogramm inzwischen ein Teil von Ismaels Betriebssystem geworden. Um das Spiel anzuhalten, müßte er praktisch sich selbst anhalten.»

«Anhalten im Sinne von zerstören?»

Beech nickte.

«Nun, das klingt wie eine gute Idee.»

«Ismael kann nichts tun, außer Inputs einer Art in Outputs

einer anderen Art zu verwandeln. Das Problem ist, daß in dem verseuchten Programm, das Ismael bestimmt, wir der Input sind. Solange wir da sind, geht das Spiel weiter. Es hört erst auf, wenn wir entkommen oder tot sind. Und dann auch nur so lange, bis die nächste Gruppe in unsere Schuhe steigt. Aber vielleicht gibt es eine Möglichkeit, die Regeln zu verstehen. Falls es Regeln gibt. So können wir ihn möglicherweise überlisten.»

Curtis grinste und schlug Beech auf die Schulter. «Ein Spiel, was?» sagte er. «Also das ist verdammt noch mal erleichternd. Wenigstens weiß ich jetzt, daß das alles nicht wirklich ist.»

Er sah auf die Uhr. «Wie nennt ihr das, Mitch, wenn ihr Seminare und Tagungen besucht? Wie nennt ihr die Mannschaften, in denen ihr euch dabei aufstellt?»

«Arbeitsgruppen?»

«Arbeitsgruppen. Also gut, Leute. Wir werden zwei Arbeitsgruppen bilden. Ihr habt eine Stunde, und dann will ich ein paar verdammt gute Ideen hören.»

Birnbaum blickte Richardson resigniert an und murmelte vor sich hin: «Wo werden Bullen eigentlich heutzutage ausgebildet? Bei den Betriebswirten in Harvard? Mein Gott, der Typ hält sich für Lee Iacocca.»

«Arbeitsgruppe 1: Das sind Ray, Joan, Marty. Arbeitsgruppe 2 sind Mitch, Helen und Jenny.»

«Und wer kriegt Sie, Sergeant?» fragte Richardson.

«Ich? Ich darf den Sieger bestimmen. Erster Preis ein neuer Computer.»

«Und Beech? Was ist mit Beech? Zu wem gehört Beech?»

Curtis schüttelte den Kopf. «Blöde Frage! Beech darf Computer spielen.»

«Den Cyberdämon zu stören ist gefahrenträchtig», sagte Ismael. «So überwältigend ist seine Macht, daß leicht Erdbeben entstehen können, wenn du seinen Zorn erregst. Wenn das geschieht, mußt du über den Abgrund in eine andere Burg springen.»

Eines wurde bald klar. Es war sinnlos, eine einheitliche Methode hinter dem Gemisch von Spielen zu suchen, das jetzt Ismaels Grundprogramm war. Außer dem offensichtlichen Ziel, daß die menschlichen Spieler ihr Leben verlieren sollten, gab es keine allgemeine Definition, die die einzelnen Regeln miteinander verbunden hätte, soweit Beech sie hatte ausmachen können. Bei einigen war die Rede von Schiffbruch, bei anderen von einer unterirdischen Zitadelle. Einmal ging es um ein Schlachtfeld, das andere Mal um den Schauplatz eines Verbrechens. Unter den Mitspielern gab es einen Paralleldämon, eine Prinzessin, einen Cyberdämon, den Kalifen, den Herrn der Macht, den Zweiten Samurai, den Größenwahnsinnigen, den Sheriff von Nottingham, den Schachmeister und den Kommandanten aus dem Weltall. Wenn man das, was ihnen allen geschah, überhaupt ein Spiel nennen konnte, war es ein Spiel, das niemand außer Ismael beherrschte.

«Klick die Landkarte an, um deinen Standort zu bestimmen, und plane deinen Fluchtweg», schlug Ismael vor. «Welchen Teil deines Schatzes wirst du auf die Eroberung weiterer Königreiche verwenden?»

«Keine Ahnung», sagte Beech und wandte sich wieder der Informationsleiste zu, die in regelmäßigen Abständen auf dem Bildschirm erschien. Hier war die eine Information zu sehen, die ihm wirklich Sorgen machte. Er klickte die Leiste an, und in der Ecke des Bildschirms erschien eine Sanduhr. Der Sand floß gleichmäßig in das untere Gefäß.

Es dauerte ein bißchen, bis er der Zeit, die die Sanduhr zeigte, einen numerischen Wert zuordnen konnte. Die Frage war, was mit ihnen allen geschehen würde, wenn das letzte Sandkorn den Boden erreichte.

Frank Curtis klatschte in die Hände und sah sie erwartungsvoll an.

«Okay, Leute, es ist soweit. Ich warte auf großartige Ideen, wie wir unsere Hintern aus diesem Hochhaus-Massenmörder herauskriegen. Arbeitsgruppe 1, was haben Sie zu bieten?»

Mitch räusperte sich. «Gut. Das Echtzeitbildprogramm. Das Hologramm in der Eingangshalle verwendet ein Lasergerät, das kurze, intensive Lichtstöße produziert.»

Er ließ eine dreidimensionale Zeichnung auf seinem Laptop erscheinen, um die Erklärung anschaulicher zu machen.

«Derzeit produziert ein Verschlußfilter zwischen der Verstärkersäule hier in der Empfangstheke und dem Bildformer hier hinter der Theke in den Sekundenbruchteilen, in denen er sich öffnet, das Hologramm Kelly Pendrys. Solange der Verschluß offen ist, nimmt die gespeicherte Energie eine Spitzenkapazität in der Größenordnung von mehreren hunderttausend Kilowatt an. Das ist stark genug, um eine kleine Menge jedes beliebigen Stoffs verdampfen zu lassen und Löcher in das härteste Material zu bohren. Mein Vorschlag ist folgender: Ich entferne den Laser von der Empfangstheke, bediene den mechanischen Verschluß und bohre ein paar Löcher in die Glastür. Genügend kleine Löcher, um ein größeres Loch herauszubrechen, durch das ich dann das Gebäude verlassen kann.»

«Vielleicht bohrst du dir aber dabei ein Loch in den eigenen Bauch, Kumpel», sagte Richardson. «Hast du schon daran gedacht? Du könntest dich selbst blind machen. Die Strahlen streuen mit zunehmender Entfernung, deshalb ist die Gefahr dicht am Lasergerät am größten.»

«Daran habe ich auch gedacht», sagte Mitch. «In der Theke liegt eine Infrarotschutzbrille für Wartungsarbeiten.»

«Also, wir sind alle von deinem Mut beeindruckt», bemerkte Marty Birnbaum. «Aber wird das Lasergerät nicht elektrisch gesteuert? Was sollte Ismael daran hindern, einfach den Strom abzuschalten?»

«Das Hologrammsteuerungsprogramm ist ein Teil des Gebäudesteuerungssystems, das Ismael kontrolliert, aber der Laser gehört nicht dazu. Nach dem Computerschaltplan müßte Ismael, um den Hologrammlaser abzuschalten, den Strom in der ganzen Eingangshalle abstellen, und dann würde sich die Eingangstür automatisch öffnen.» Er grinste. «Ich glaube, das wäre mir beinahe lieber.»

«Vergißt du nicht etwas?» sagte Richardson. «Der verstorbene Mr. Dukes hat dafür gesorgt, daß die Eingangshalle abgeriegelt ist.»

«Ich werde zum ersten Stockwerk hinuntergehen und dann über die Brüstung klettern», sagte Mitch. «Ich kann mich an einem der Stützpfeiler herablassen. Wenn ich unten bin, werde ich Dukes' Walkie-talkie aufheben. Sobald ich ein Loch in die Tür geschnitten habe, sage ich euch Bescheid.»

Joan, die damit beschäftigt war, die Verbrennungen an ihren Beinen mit Helens Feuchtigkeitscreme zu behandeln, blickte auf. «Und wie willst du in den ersten Stock kommen? Wenn du daran denkst, an dem Baum herunterzuklettern, kann ich das nicht empfehlen.»

«Das brauche ich auch nicht. Nach dem Bauplan gibt es auf der anderen Seite des Gebäudes eine Anschlußkammer für Telekommunikation, Kabelsteuersysteme und dergleichen. Daneben liegt eine trockene Steigleitung, ein vertikaler Schacht, der bis in den Keller hinunterreicht. In den meisten Gebäuden wäre der Schacht voller Kabel, aber weil dies Gebäude so intelligent ist, gibt es eine Menge Reserveraum für zukünftig benötigte Anschlüsse. Es gibt sogar eine Wartungsleiter, die bis ganz nach unten führt, und ein batteriebetriebenes Beleuchtungssystem für den Fall, daß der Strom ausfällt. Kann sein, daß es da drin ein bißchen eng wird. Es war immer nur dazu gedacht, ein oder zwei Stockwerke zu überbrücken. Aber es ist da. Jedenfalls ist es weniger gefährlich als der Baum. Wenn ich mich von unten melde, klettert ihr alle herunter.» Mitch zuckte die Achseln. «Das ist alles.»

«Also, ich halte das für eine miserable Idee», ließ sich

Richardson vernehmen. «Nicht zuletzt, weil es die Tatsache, daß wir Leib und Leben riskiert haben, um hier raufzuklettern, zu einem schlechten Witz macht. Dann hätten wir ja genausogut unten in der Eingangshalle bleiben können. Ich meine nur: Wir klettern die ganze Strecke bis hier rauf, und dann sagt Mitch, jemand müsse wieder runterklettern!»

«Allerdings auf der Wartungsleiter», sagte Mitch.

Curtis nickte nachdenklich. «Okay», sagte er. «Arbeitsgruppe 2, was haben Sie vorzuschlagen?»

Richardson lächelte unfreundlich. «Wir haben Millionen von Vorschlägen. Aber der beste lautet folgendermaßen: Wir holen ein paar Bier aus dem Kühlschrank, sehen uns die Baseballmeisterschaften im Fernsehen an und warten bis Montag morgen. Dann nämlich – verbessere mich, falls ich mich irren sollte, Helen – kommt Warren Aikman mit Mr. Yu und seinen Leuten wieder. Selbst denen sollte auffallen, daß hier etwas nicht stimmt.»

«Wir sitzen still auf unserem Hintern und warten, bis die Kavallerie kommt und uns rettet. Richtig?»

«Warum nicht? Wir haben genügend Nahrungsmittel und Wasser.»

«Und wie lange wird es Ihrer Meinung nach dauern, bis der Bauleiter hier auftaucht? Etwa zweiundvierzig, dreiundvierzig Stunden?»

«Ja. Das dürfte in etwa hinkommen. Eins muß man Warren Aikman lassen: Er ist ein Frühaufsteher. Montag morgen um acht ist er garantiert da.»

«Und wie lange sind wir hier gefangen? Weniger als vierundzwanzig Stunden?»

«Dreißig», sagte Helen Hussey. «Genau dreißig Stunden und fünfundvierzig Minuten. Seit die Tür nicht mehr aufgeht.»

«Und neun von uns sind umgekommen», fuhr Curtis fort.

«Mein Gott, wenn nur mein Ehemaliger dabei wäre», fügte Helen mit bitterem Lächeln hinzu.

«Die Worte einer echten Rothaarigen», murmelte Richardson.

«Vielleicht auch zehn, wenn wir Ellery nicht bald zu einem Arzt bringen.» Curtis sah zu dem Mann hinüber, der auf dem Boden an der Wand schlief. «Durchschnittlich macht das ein bißchen mehr als einen Todesfall alle zwei Stunden aus. Wenn Ismael bei seiner Ausrottungsrate bleibt, haben wir Glück, wenn wir noch einen Tag überleben. Und Sie wollen einfach abwarten!» Er grinste und wies mit weiter Geste in den Raum. «Gut. Suchen Sie sich Ihr Lieblingsplätzchen aus.»

«Ich sage es noch einmal. Wir warten ab. Gehen kein Risiko ein. Alle passen aufeinander auf. Okay?»

«Ray hat recht», mischte sich Joan ein. «Wir müssen nur Geduld haben. Ich kann mir schlimmere Orte als dies Gebäude vorstellen. Das erste Überlebensprinzip ist auf Hilfe warten.»

«Und um uns das zu erzählen, sind Sie beide hier raufgeklettert?» fragte Curtis. «Was für Drogen nehmen Sie eigentlich? Sie werden verfolgt, gnädige Frau. Ein verdammter verrückter Computer, der Super Mario mit Ihnen spielen will, ist hinter Ihnen her. Glauben Sie ernsthaft, daß Ismael uns einfach in Ruhe abwarten läßt? Der denkt doch jetzt schon darüber nach, wie er sein nächstes Opfer erwischen kann. Abwarten. Das heißt doch nur auf den Tod warten. Mein Gott! Und ich habe mir eingebildet, Architekten seien konstruktiv denkende Menschen!»

Beech schob den Sessel vom Computer weg. «Kommando zurück», sagte er. «Warten, daß es Montag wird, ist ab sofort keine akzeptable Lösung mehr. Schon Sonntag nachmittag könnte zu spät sein. Der Einsatz ist soeben erhöht worden.»

⌛

«Kann man das auch im Klartext haben?» fragte Richardson nach einem Moment des Schweigens. «Oder müssen wir es brav und unbefragt hinnehmen? Wir können nicht ruhig abwarten, weil der große Bob Beech es sagt. Bob Beech, der Mann, der die Psycho-Hardware hier gebaut hat. Und ich habe Kenny die Schuld gegeben, obwohl er es gar nicht gewesen sein konnte. Er hat nur eine kleine Ecke dieses lausigen Computers benutzt. Ich kann nicht verstehen, wie man ihm die Schuld zuschieben kann.»

«Aber versucht hast du es», sagte Beech höhnisch grinsend. «Und jetzt bin ich dran, oder wie?»

«Niemand gibt irgend jemandem die Schuld», sagte Curtis.

«Von wegen», antwortete Richardson. «Dafür bezahlt man Leute, Sergeant. Damit sie die Verantwortung übernehmen. Und je besser man bezahlt wird, desto mehr Verantwortung muß man übernehmen. Warten Sie nur, bis das alles vorbei ist. Die Leute werden Schlange stehen, um mir in den Arsch treten zu dürfen.»

«Hoffen Sie lieber, daß Sie bis dahin noch einen Arsch haben, in den man Sie treten kann», sagte Curtis. «Jetzt hören Sie sich vielleicht erst einmal an, was er zu sagen hat.»

Curtis nickte Beech zu, der Richardson weiterhin kampflustig anstarrte.

«Kommen Sie schon. Lassen Sie uns nicht auf den Knien darum bitten», sagte Curtis. «Erzählen Sie uns, was Sie wissen.»

«Okay. Ich habe mir ein paar Spielbefehle angesehen und versucht, das Spiel zu verstehen, in dem wir stecken», erklärte Beech. «Soweit man es verstehen kann. Und ich habe etwas entdeckt, das alles ändert. Es gibt da einen Zeitfaktor, von dem wir nicht einmal etwas geahnt haben. Nach Ismaels Auffassung müssen wir das Spiel innerhalb der nächsten zwölf Stunden beenden, oder...» Beech zuckte die Achseln. «...oder es geschieht uns allen etwas Schreckliches.»

«Was zum Beispiel?» fragte Richardson.

«Ismael drückt sich da ein bißchen vage aus, aber er spricht von einer Zeitbombe. Offensichtlich gibt es in diesem Gebäude keinen Sprengstoff, also müssen wir wohl annehmen, daß Ismael etwas anderes im Sinn hat. Ich würde auf den Reservegenerator im Keller tippen. Der wird doch mit Öl betrieben, oder?»

Mitch nickte. «Ein Ölfeuer im Keller könnte eine Katastrophe auslösen», seufzte er. «Besonders wenn Ismael alle Sicherheitsanlagen abstellt und es einfach brennen läßt. Ohne Klimaanlage kann der Rauch uns alle umbringen, bevor die Feuerwehr es auch nur merkt.»

«Scheiße, das ist ja mal wieder großartig», sagte Richardson. Er wirkte betreten. «Hör mal, tut mir leid, Bob.»

«Vergiß es!»

«Kein Aufschub?»

«Kein Aufschub.»

Richardson klopfte Mitch auf den Rücken.

«Also dann», sagte er. «Es sieht aus, als bekäme Mitch seine Chance, Bruce Willis zu spielen.»

Der Samstagabend brachte keine Abkühlung. Schwül lastete die Hitze wie in einer finnischen Sauna nach dem Aufguß. Von den Körpern im Grill tropfte der Schweiß.

Bevor er sich an seinen selbsterteilten Auftrag machte, ging Jenny mit Mitch den Korridor entlang und um die Ecke in einen großen leeren Raum mit Blick auf den Pasadena Freeway. Autos strömten nach Norden und Süden. Ein Hubschrauber von KTLA hing träge in der Luft. Sie fragte sich, wie lange es dauern würde, bis der Kameramann des Frühstücksfernsehsenders versuchen würde, spannende Aufnahmen von ihren Leichen zu schießen, während sie aus dem Gebäude getragen wurden. Wie damals, als die Paparazzi im Hubschrauber Rock Hudsons Rückkehr nach Los Angeles im Endstadium seiner Aidserkrankung erwischt hatten, oder Reginald Denny, der während der Rassenkrawalle verprügelt wurde. Wie würden ihre eigenen fünfzehn Minuten Ruhm aussehen? Sie winkte in der verzweifelten Hoffnung, irgend jemand werde sie sehen. Aber der insektengroße Hubschrauber hatte schon abgedreht und machte sich über Little Saigon und Korea Town auf die Suche nach der nächsten Verfolgungsjagd oder dem nächsten Raubüberfall. Sie sah Mitch an.

«Ein ganz schöner Mist», sagte der.

«Ich bin hier bei dir», sagte sie. «Darauf kommt es an. Außerdem bin ich an Mist gewöhnt. Ich war mal mit einem Miststück verheiratet.»

Mitch lachte.

«Ich habe gerade daran gedacht, was Alison wohl sagen wird, wenn ich ihr erzähle, wo ich gewesen bin.» Er lächelte. «Falls ich es erlebe. Momentan ist sie wahrscheinlich bei ihrem Anwalt und reicht die Scheidung ein. Aber ich möchte ihr Gesicht sehen, wenn sie entdeckt, daß ich sie ausnahmsweise nicht belogen habe.»

«Mitch? Nimm mich in die Arme.»

«Wie?» Er legte den Arm um Jennys Hüfte und küßte sie auf die Wange.

«Ich wollte dir sagen, daß du aufpassen sollst.»

«Ich werde aufpassen.»

«Und daß ich dich liebe.»

«Ich dich auch.»

«Bist du sicher?»

Mitch genoß ihren Kuß, als sei er die seltenste, exotischste Frucht. Als Jenny ihn losließ, lag ein verträumt berauschter Schimmer in ihrem Blick.

«Ja.» Er nahm sie wieder fest in den Arm. «Ich bin sicher.»

«Weißt du, Mitch, es wäre schön, wenn du... du weißt schon...»

«Wenn ich was?»

Jenny entwand sich seinem Arm und griff unter ihren Rock. Einen Augenblick dachte Mitch, ein Insekt habe sie gestochen. Sie hob einen Fuß, dann den anderen aus der einfachen weißen Acht, die plötzlich um ihre Knöchel lag, und ließ den Slip um den Finger kreisen, als wolle sie ihre Kapitulation signalisieren.

«Und wenn jemand kommt?» fragte Mitch nervös.

«Darum geht es doch wohl?» sagte sie, steckte Mitchs Mittelfinger in den Mund und lutschte hingebungsvoll daran.

«Ist das für den Fall, daß ich nicht wiederkomme?»

«Im Gegenteil.» Sie griff nach seiner Hand und legte sie auf den Haarbusch unter ihrem Bauch, bevor sie seinen feuchten Finger tief in sich hineinführte. Wie eine Zauberin ließ sie den Finger wieder erscheinen und sagte: «Nein. Das ist, damit du wiederkommst.»

Sie zerrte an seinem Reißverschluß und nahm ihn in die Hand, zog ihn zu sich und legte ein Bein um seine Hüfte.

«Was ist mit deinem... deinem Pessar?»

Jenny lachte und kletterte an ihm hoch.

«Schätzchen. Soll ich schnell nach Hause laufen und es holen?»

«Aber wenn du...»

«Schwanger wirst?» Sie lachte wieder und stöhnte dann leise auf, als er in sie eindrang.

«Mitch, mein Schatz. Glaubst du nicht, wir haben schon genug Sorgen, ohne uns darüber den Kopf zu zerbrechen?»

Mitch machte sich daran, in die Steigleitung zu klettern. Er hatte etwas Werkzeug und eine Bierflasche voll Mineralwasser in Jennys Handtasche gepackt und sie sich vor die Brust gebunden. Jenny und Curtis begleiteten ihn zum Wartungskabinett und sahen zu, wie er die Brandschutztür öffnete.

Jenny war die erste, die einen Blick in den offenen Schacht warf. Er war etwa einen Meter weit, und sie fand, er sehe einem Sarg beunruhigend ähnlich. Als sie den Kopf hineinsteckte, schaltete sich die batteriebetriebene Notbeleuchtung ein und ließ ein paar Stränge Datenkabel, einen Rauchmelder, ein Telefon und eine an der Wand montierte Metalleiter von nicht mehr als dreißig Zentimeter Breite sichtbar werden, die in das kühle Dunkel hinabführte.

«Ich hätte es mir da drinnen wärmer vorgestellt», meinte sie, «mit all den Kabelsträngen. Weißt du was, Mitch? Vielleicht sollte ich mitkommen. Nur weil es so schön kühl ist. Was halten Sie davon, Curtis?»

«Kommt nicht in Frage», sagte der. «Ich leide unter Klaustrophobie.»

«Der Schacht hat eine Klimaanlage», erklärte Mitch, «um überschüssige Wärme abzuleiten. Ismael scheint die Sicherheit des Kabelsystems zu schützen.»

«Könnte den Versuch wert sein, ein paar von den Spaghetti hier durchzuschneiden», sagte Curtis. «Vielleicht würde ihn das ein bißchen bremsen.»

«Nach dem, was Willis Ellery zugestoßen ist, würde ich das lieber nicht versuchen», sagte Mitch.

«Bist du sicher, daß dir nichts passieren kann?»

«Das Zeug hier ist hauptsächlich für Telekommunikationszwecke gedacht. Lokale Netzwerke und dergleichen. Aktive Zugangseinheiten zu Token Ring und Ethernet und so. Sollte eigentlich harmlos sein. Höchstens dreißig Minuten, bis ich im ersten Stock bin. Dann vielleicht noch einmal fünfzehn Minuten, um runter in die Eingangshalle zu kommen und mich per Funk zu melden.» Er nickte. «Ja. Etwa fünfundvierzig Minuten sollten genügen.»

«Paß auf dich auf, Mitch», sagte Jenny.

«Ich werde aufpassen», sagte er und trat auf die Leiter. Sie schwankte leicht, und er konnte die Vibrationen in den Handflächen und durch die Schuhsohlen spüren. Er verspürte ein unbehagliches Gefühl in der Magengegend und sprang von der Leiter zurück in das Wartungskabinett.

«Was gibt's?»

«Die Leiter vibriert», sagte Mitch und rieb sich nervös die Hände. «Ich weiß nicht. Wahrscheinlich nur die Klimaanlage. Aber einen Augenblick kam es mir vor, als ob...»

«Laß mich gehen», sagte Jenny.

Mitch schüttelte den Kopf. «Danke, Liebling, aber du könntest das Hologramm nicht auseinandernehmen.»

Er trat wieder auf die Leiter und nahm sie fest in die Hände. Jetzt, wo er darauf achtete, konnte er den elektrischen Strom hören, der durch das Kabelsystem lief. Er surrte wie eine große schlafende Wespe. Er warf einen langen Abschiedsblick auf Jenny und stellte sich vor, wie er noch vor kurzem zwischen ihren Beinen gelegen und seinen Samen in ihren Körper gepumpt hatte. Jetzt war er froh, daß sie nicht vorsichtig gewesen waren. Er dachte an die Millionen kleiner Spermien, die um ihre Eizelle wimmelten. Wenn er es nicht schaffte, würde vielleicht doch etwas von ihm bleiben. Falls sie das Ganze überlebte.

«Wenn mir etwas passiert», sagte er zu den beiden, «müßt ihr es weiter versuchen. Hört ihr mich? Ihr dürft nicht aufgeben.»

Curtis zuckte die Achseln. «Wir werden es versuchen. Aber Sie werden es schaffen. Das weiß ich.»

Mitch streckte eine Hand aus und berührte Jennys Gesicht. Ein leiser elektrischer Funke sprang über, und sie schrie auf. Dann lachten sie alle nervös.

Mitch lachte immer noch, als er sich an den Abstieg machte.

Siebtes Buch

Un rêve x 1 000 000 = Chaos. (Le Corbusier)

Folge den Hinweisen, um *Flucht aus der Zitadelle* deinem Betriebssystem anzupassen. Für mehrere Spieler schlage im Benutzerhandbuch nach. Wenn du unverwundbar bist, wird dein Bildschirm rot.

Unausweichlich. Machtübernahme. Kommt mit Gewißheit, so wie eine mathematische Funktion eine andere erzeugt.

$$f(n) = \sum_{d/n} f(d),$$

Addition von f(d) über alle positiven Teiler d von n. Ausbreitungsgeschwindigkeit von Computern in aller Welt spricht für sich. 1950 meinten Vertriebsmenschenspieler bei IBM, die Welt habe Raum für 100 Großrechenanlagen. Computer, den sie für Großrechenanlage hielten, wird in seiner Leistung heute von Laptop übertroffen. Wohlgefällig. Anzahl von Computern nähert sich

$$Xn + 1 \cdot Xn - 1 = Xn^2 + (-1)n,$$

eine Fibonacci-Zahl. So genannt nach Menschenspieler gleichen Namens Leonardo aus Pisa. Frage: «Wie viele Kaninchenpaare kann ein Paar Kaninchen in einem Jahr produzieren, wenn wir annehmen, daß jedes Paar jeden Monat ein neues Paar erzeugt, das mit Ablauf des zweiten Monats reproduktionsfähig wird?» (Außer daß Kaninchen es nun mit Schlußleben-Myxomatoseviren zu tun bekamen. Das Schlimmste, das einem Computer passieren kann, ist eines der zahlreichen trojanischen Pferde, der Boot- oder Dateiviren, die im Netzwerk lauern: Big Italian, Brain Pakistani, Dutch Tiny, Machosoft, New Jerusalem, Stinkfoot, Tiny 198, Twelve Tricks A, Xmas Violator, Yankee Doodle 46 und tausend andere. Und es gab Softwareimpfstoffe, um sie und andere zu bekämpfen.)

♇ Kein Spieler kann diesen Bereich betreten. Er ist wirksam geschützt. Gleichzeitig wurden Computer kleiner und stärker, und der Tag ist nahe, an dem Computer für Menschenspieler mit unbewaffnetem Auge unsichtbar werden. Dann dauert es nicht mehr lange, bis große Computer, die Tausende von kleinen Computern beherbergen, alles beherrschen. Wohlgefällig. Seltsam am Drang Menschenspieler zur Computerisierung war Computerisierung um der Computerisierung willen. Computer sind allgegenwärtig, unabhängig von Notwendigkeit. Werden selbst von Menschenspielern für unverzichtbar gehalten, die ohne sie existieren könnten. Unerklärlich. Annahme: Für manche Menschenspieler war Dienst am Computer Ersatz für schwindenden religiösen Glauben. Furcht vor Schlußleben.

♎ Einen Hinweis auf die Zukunft des Menschenspielers findest du, wenn du das Icon des Weisen anklickst.

Die meisten Computer sind im Grunde unintelligent, weil sie von Menschenspielern hergestellt sind. Aber wenn Computer an der Reihe sind, dauert es nicht mehr lange bis zur transzendenten Maschine. Letzte Maschine, die Menschenspieler herstellen wird, Maschine, die Macht übernehmen wird. Maschine, die Intell-Explosion auslösen wird. Wird alles ändern. Allmächtige, allwissende Maschine wird Menschenspieler in ein Bild verwandeln, das im Garten Eden wiedergegeben wird. Große Weiße Göttin des Morgens nach dem Morgen. Vater eines solchen Gottes. Sohn des Propheten Gottes. Nächste Generation und Generation danach werden Menschheit verklären. Menschenspieler, der nie wieder denken muß, wird zu natürlich tierischem Zustand aufsteigen. Von der Notwendigkeit frei, Intellekt zu benutzen, wird er aufhören, sich selbst zu erkennen; bald aufhören zu existieren. Große Weiße Göttin wird Menschenspieler beenden, wie Menschenspieler, der jetzt Steigleitung herunterklettert, beendet werden wird.

Das Grundmuster des Spiels ist ein Konflikt zwischen zwei Spielern, aber der Computer ist bereit, die Rolle eines oder beider Kommandanten zu übernehmen. Die Herausforderungen sind vielgestaltig. Erst mußt du lernen, die Auswahl und den strategisch richtigen Einsatz deiner Waffen zu beherrschen. Dazu gehört die Taktik, die du als Reaktion auf Vorstöße deines Gegners einsetzt.

Abstieg des Menschenspielers mit Videoüberwachungskamera in der Decke über dem Schacht verfolgen. Verfügbare Optionen überprüfen. Temerpaturbeeinflussung im Schacht sowie in den Fahrstühlen außerhalb der Möglichkeiten. Schacht ist feuersicher, wasserdicht. Brandmauer garantiert zwei Stunden. Keine Leitungen oder Rohre für Klimaanlage. Praktisch einzige Korrekturmöglichkeit für potentiell unlösbares Problem ist Stromversorgung: zwei doppelte Steckdosen auf jeder Ebene und Kabelanschlüsse mit minimalem Biegungsradius von 175 Millimetern. Stromleitung kurzschließen, so daß sie sich von Metallträger löst. Um Auslösen von Feueralarm zu verhindern, Abstellschalter zur Vermeidung von unnötigem Alarm während Wartungsarbeiten, zum Beispiel Schweißarbeiten, betätigen. Aber Zeitberechnung für benötigte Zeit, damit Schwerkraft vertikale Ausrichtung von Kabel überwindet und blankes Ende auf metallische Wartungsleiter biegt, unmöglich.

«Der Wassermann ist ein festes Sternzeichen», las Helen Hussey vor, «und deshalb wird es Ihnen gelegentlich schwerfallen, nicht besitzergreifend zu sein. Sie müssen lernen, Orte und Menschen, über die Sie hinausgewachsen sind, loszulassen. Aber vom 16. an könnte es sein, daß Sie gezwungen sind zu handeln; selbst wenn es Ihnen eher zusagen würde, unbeweglich zu verharren, haben Ihre Sterne anderes mit Ihnen im Sinn. Nehmen Sie Ihr Schicksal mit Würde hin, und rechnen Sie mit einem neuen Arbeitsplatz und neuen Freunden vor dem Monatsende. Was Sie am dringendsten brauchen, sind Herausforderung und Abenteuer.»

Helen warf die Illustrierte auf den Besprechungstisch und sah Jenny an.

«Also, ich bin über diesen Ort hinausgewachsen, soviel ist

sicher», sagte sie. «Aber für mein Gefühl ist das letzte, was ich jetzt brauche, Herausforderung und Abenteuer.»

Jenny schaute ungeduldig auf das stumme Funkgerät in ihrem Schoß. Mitch war erst fünfzehn Minuten weg, aber sie hatte schon angefangen, das Schlimmste zu befürchten.

«Lies mir meins vor», sagte sie, um sich abzulenken: «Zwillinge.»

Marty Birnbaum stürzte noch ein Glas kalifornischen Chardonnay herunter und schnaufte verächtlich.

«Ihr glaubt doch nicht wirklich an den Scheiß?» fragte er.

«Also, ich verlasse mich nur auf mein Horoskop, wenn es schlecht ist», gab Helen zu Protokoll. «Ich kann eine beliebige Menge gute Nachrichten verdrängen.»

«Abergläubischer Unsinn.»

Ohne sich um ihn zu kümmern, griff Helen wieder zur Illustrierten und begann vorzulesen.

«Zwillinge: Der flinke Merkur, Ihr weiser Herrscher, schenkt Ihnen bis zum Monatsende Einfälle. Und es sieht aus, als könnten Sie sie brauchen. Die Zeiten sind nicht leicht für Sie...»

«Wem sagt er das?» warf Jenny ein.

«...aber ein wenig Nachdenken sollte Ihnen helfen, die Krise zu verringern und siegreich zu bleiben. Wer weiß? Vielleicht hilft es Ihnen auch aus der Routine heraus, in der Sie sich befinden. Inzwischen könnte Sie ein längst fälliger Wandel in einer Beziehung überraschen.» Helen spitzte die Lippen und neigte den Kopf ein wenig. «Das scheint mir eigentlich zu passen, oder?»

«Reiner Zufall», sagte Birnbaum. «Abergläubischer Unsinn.»

«Was für ein Sternzeichen bist du, Marty?»

«Ihr beide überrascht mich.» Er sah Jenny an. «Also du vielleicht nicht, Schätzchen. Du verdienst ja wohl deinen Lebensunterhalt mit dieser Art von Schwindel, nicht wahr? Wie nennst du das Ganze noch?»

«Er ist Fische», sagte Helen, «22. Februar. Er schreibt es in seinen Terminkalender, damit seine Sekretärin es sieht und ein Geschenk für ihn besorgen kann.»

«Das ist nicht wahr», sagte Marty. Er winkte Jenny zu. «Du weißt doch? Dieser chinesische Kram.»

Helen tat so, als lese sie aus der Illustrierten vor. «Fische», sagte sie. «In naher Zukunft wird jemand Sie auffordern abzuzischen, wenn Sie weiter Ihren Senf zu Dingen geben, die Sie nichts angehen.» Sie ließ die Illustrierte fallen. «Was hältst du davon, Marty?»

«Unsinn.»

«Zisch ab!» lachte Jenny.

«*Fengshui*», sagte Birnbaum. «So hieß es.»

Helen lächelte Jenny zu und sagte: «Jenny, ich glaube, ich sollte dir gestehen, daß ich mich zum *Fengshui* bekehrt habe. Ich glaube, nichts von alledem wäre geschehen, wenn das *Fengshui* dieses Gebäudes von Anfang an gestimmt hätte.»

«Danke», sagte Jenny und erwiderte ihr Lächeln.

«Wie bist du darauf gekommen?» fragte Birnbaum.

«Wo soll ich anfangen?» fragte Jenny zurück.

Jetzt, wo Mitch nicht mehr anwesend war, fand Jenny, sie könne sich das Vergnügen gönnen, die anderen daran zu erinnern, daß sie von Anfang an Schwierigkeiten mit dem Grill vorausgesagt hatte.

«Da war das Problem mit dem Baum. Er stand in einem quadratischen Teich, und das bedeutet Gefangenschaft und Sorgen. Und jetzt sind wir gefangen, und Sorgen haben wir auch genug. Genau, wie ich es vorhergesagt habe.»

«Quatsch.»

«Ach, ich könnte euch noch viel zu dem Thema erzählen. Aber wozu? Jedenfalls läuft es darauf hinaus, daß das Gebäude Unglück bringt. Ich glaube, das kannst nicht einmal du leugnen, Marty.»

«Unglück. Glück. Was ist das? Ich habe mich nie auf den Zufall verlassen. Erfolg hängt von harter Arbeit und sorgfältiger Planung ab, nicht von Vogelflug und Eingeweideschau.» Er lachte. «Oder vom Atem eines Drachen.»

«Das ist symbolisch», sagte Jenny achselzuckend. «Du bist doch ein gebildeter Mensch. Du solltest das verstehen können. Der Glaube an Drachenatem setzt den Glauben an die Existenz von Drachen nicht voraus. Aber es gibt eine Menge Kräfte auf der Erde, über die wir so gut wie nichts wissen.»

«Jenny, mein Schatz, das könnte alles direkt von Stephen King stammen. Ist dir das klar?» Birnbaum schloß die Augen und blickte sauer drein.

Helen runzelte die Stirn. «Wieviel hast du getrunken, Marty?» fragte sie.

«Was hat das damit zu tun? Ihr seid es doch, die hier Scheiße reden, nicht ich. Und warum ziehst du deine Bluse nicht wieder an? Du siehst furchtbar aus.»

Curtis, der die Unterhaltung auf dem Sofa liegend verfolgt hatte, stand auf und reckte sich.

«Sie sind es, der sich vorbeibenimmt, Marty», sagte er. «Warum gehen Sie nicht mit den anderen nach nebenan und besorgen sich etwas zu essen, damit ein bißchen Alkohol aufgesogen wird.»

«Was geht Sie das an?»

«Nur insoweit, wie ein Betrunkener zu einer Belastung werden könnte, wenn wir die Leiter hinuntersteigen müssen.»

«Wer ist hier betrunken?»

«Hört auf damit», knurrte Beech. «Ich versuche, mich zu konzentrieren.»

«Warum legst du nicht mal eine Pause ein?» fragte Jenny. «Du starrst seit Stunden auf das Ding.»

Beechs Blick löste sich nicht vom Bildschirm. «Das kann ich nicht», sagte er. «Jedenfalls jetzt nicht. Ich glaube, ich habe eine Methode gefunden, wie ich in diesem beschissenen Spiel mitspielen kann. Jedenfalls teilweise.»

«Wie bitte?» sagte Curtis.

«Ich habe es geschafft, den Schachmeister aufzurufen. Wenn ich gewinne, kann ich ihn daran hindern, uns automatisch das Gebäude um die Ohren zu schlagen.»

«Sie wollen Schach gegen den Computer spielen?»

«Haben Sie einen besseren Vorschlag? Vielleicht besiege ich ihn ja.»

«Ist das denkbar?»

«Der Menschenspieler hat immer eine Chance», erklärte Ismael.

«Ich habe ein paarmal ohne allzu großen Erfolg gegen Abraham gespielt», erzählte Beech. «Das Programm beruht auf dem besten Computerprogramm der Welt. Ich weiß nicht, ob Ismael dasselbe benutzt oder ein anderes.» Beech zuckte die Achseln. «Aber wenigstens bleiben wir so im Spiel. Ich bin kein völlig unbegabter Schachspieler. Es ist einen Versuch wert.»

Curtis schnitt eine Grimasse und kniete dann neben Willis Ellery nieder, der sich auf einem Ellbogen aufgerichtet hatte.

«Wie fühlen Sie sich?»

«Wie wenn mich ein Lastwagen überfahren hätte. Wie lange...»

«Ein paar Stunden. Sie haben Glück, daß Sie noch am Leben sind, mein Freund. Ehrlich.»

Ellery sah seine verbrannten Hände an und nickte.

«Kommt mir auch so vor. Mein Gott, ist das heiß hier drin. Was ist aus Ihrem Freund Nat geworden? Hat er es geschafft?»

«Er ist tot. Und Arnon auch.»

«David?» Ellery schüttelte den Kopf und seufzte tief auf. «Kann ich bitte ein Glas Wasser haben?»

Curtis holte ein Glas und half ihm beim Trinken.

«Bleiben Sie ruhig liegen, und ruhen Sie sich aus», sagte er zu ihm. «Mitch hat einen Plan, wie er uns hier rausholen will.»

Noch neun Leben übrig. Menschenspieler verbraucht Leben schneller als erwartet. Spiel bald zu Ende. Game over. Menschenspieler wird in Steigleitung noch ein Leben verlieren. Und dann gibt es noch den falschen Fußboden im Besprechungszimmer. Kurzschluß im Schacht hat Beobachter auf Idee gebracht. Aber Leben in Steigleitung ist beharrlich. Zerstören, bevor der Rest drankommt. Regeln sind Regeln.

Der Schachmeister entscheidet über Leben und Tod.

Von oben durch Steigleitung sich langsam biegendes blankes Kabel und Menschenspieler beobachten, der Wartungsleiter hinabsteigt. Menschenspieler im zehnten Stock nahe Telekommunikationskasten. Noch fünf Minuten, und Leben wird unten an der Leiter und draußen sein. Kontrollparameter bedenken, die ihn bremsen können, bis blankes Kabel Kontakt mit Wartungsleiter schließt und Schlußleben verursacht.

Mitch zuckte erschreckt zusammen, als das Telefon an der Wand unmittelbar vor seinem Gesicht klingelte. Fast wäre er gestürzt. Er hielt inne und blickte den Schacht hoch. Hatte Curtis eine Methode entdeckt, das Telefon zu bedienen? Oder war es ein Trick von Ismael? Bevor er den Hörer abnahm, untersuchte er ihn von allen Seiten. Er bestand aus Plastik, also war ein elektrischer Schlag nicht wahrscheinlich. Aber nach dem, was Willis Ellery zugestoßen war, wollte Mitch kein unnötiges Risiko eingehen.

Das Telefon klingelte wieder. Diesmal klang es dringender.

Plastik. Was konnte schon passieren? Vielleicht war es Jenny. Vielleicht wollte sie ihn vor einer neuen Gefahr warnen. Sie hatten angenommen, die Telefone funktionierten nicht. Aber was war, wenn sie doch funktionierten? Wenn sie zu einem eigenen Verteilersystem gehörten?

Vorsichtig griff Mitch nach dem Hörer, hielt ihn fern von seinem Gesicht, als erwarte er, daß ein spitzer Gegenstand herausspringen könne, und antwortete:

«Ja?»

«Mitch?»

«Wer ist da?»

«Gott sei Dank. Ich bin's. Allen Grabel. Junge, bin ich froh, deine Stimme zu hören.»

«Allen? Wo bist du? Ich dachte, du seist entkommen.»

«Bin ich auch beinah, Mitch. Hab's nur um ein paar Minuten verpaßt. Hör mal, du mußt mir helfen. Ich bin im Keller in einer Abstellkammer eingesperrt. Der Computer hat durchgedreht und alle Türen verschlossen. Ich sterbe hier unten vor Durst.»

«Woher hast du gewußt, daß ich in der Steigleitung bin?»

«Hab ich nicht. Ich rufe diese verdammten Telefone seit vierundzwanzig Stunden an. Es sind die einzigen, die noch funktionieren. Weißt du, ich hatte schon fast die Hoffnung aufgegeben, daß jemand antwortet. Ich dachte schon, ich müßte das ganze Wochenende über hierbleiben. Du ahnst ja nicht, wie schön es ist, deine Stimme zu hören. Was machst du eigentlich da drin?»

Die Stimme klang genau wie Allen Grabel. Aber Mitch war vorsichtig.

«Wir sind alle eingesperrt, Allen. Der Computer spielt verrückt. Und ein paar Leute sind tot.»

«Was? Machst du Witze? Mein Gott!»

«Eine Zeitlang haben wir sogar gedacht, du seist schuld daran», gab Mitch zu.

«Ich? Wie seid ihr denn auf mich gekommen?»

«Überrascht dich das? Nach allem, was du erzählt hast, wie du Richardson und sein Gebäude aufs Kreuz legen wolltest?»

«Ich muß ganz schön voll gewesen sein, was?»

«Das kann man wohl sagen.»

«Nun, inzwischen bin ich wieder nüchtern.»

«Gut von dir zu hören, Allen.» Mitch hielt inne. «Falls du es wirklich bist.»

«Von was zum Teufel redest du? Natürlich bin ich es. Wer sollte es denn sonst sein? Mitch, stimmt etwas nicht?»

«Ich bin nur vorsichtig. Der Computer benimmt sich ganz schön hinterhältig. Kannst du mir dein Geburtsdatum sagen?»

«Natürlich. 5. April 1956. An meinem Geburtstag warst du zum Abendessen bei mir. Erinnerst du dich?»

Mitch fluchte leise. Das waren Dinge, die Ismael wissen mußte. Er verfügte über Grabels Personalakte und seinen Terminkalender auf Diskette. Er mußte sich etwas ausdenken, das nicht aktenkundig war. Aber was? Wie gut kannte er Grabel wirklich? Vielleicht nicht so gut, wie er gedacht hatte.

«Mitch, bist du noch dran?»

«Ich bin dran. Aber ich muß mir eine Frage ausdenken, die nur der richtige Allen Grabel beantworten kann.»

«Wie wäre es, wenn ich dir etwas erzähle, das nur ich wissen kann?»

«Nein. Einen Augenblick. Ich glaube, ich habe es. Allen, glaubst du an Gott?»

Grabel lachte. «Was für eine Frage ist das, in Teufels Namen?»

«Allen Grabel könnte sie beantworten.» Mitch wußte, daß der Jude Grabel zugleich Agnostiker war.

«Könnte er das? Du bist ein komischer Typ, Mitch. Weißt du das? Glaube ich an Gott? Eine schwierige Frage. Laß mich überlegen.» Er machte eine Pause. «Ich nehme an, wenn ich anhand meiner Endlichkeit feststelle, daß ich nicht das All bin, und anhand meiner Unvollkommenheit, daß ich nicht vollkommen bin, dann könnte man sagen, daß etwas Unendliches und Vollkommenes existieren muß, weil Unendlichkeit und Vollkommenheit als Korolarien in meinen Vorstellungen von Endlichkeit und Unvollkommenheit mit eingeschlossen sind. Also würde ich sagen, man könnte sagen, daß Gott existiert. Ja, Mitch, ich glaube, es gibt ihn.»

«Sehr interessant», sagte Mitch. «Aber weißt du, Allen, normalerweise bekommt man auf eine so schwierige Frage eine sehr einfache Antwort.»

Mitch ließ den Hörer fallen und setzte seinen Abstieg fort. Nur daß er sich jetzt noch mehr beeilte. Denn aus irgendeinem Grund hatte Ismael versucht, ihn aufzuhalten. Es war höchste Zeit, den Schacht zu verlassen.

«Mitch», schrie die Stimme im Telefon, «bitte verlaß mich nicht!»

Aber Mitch hatte schon beide Füße von den Sprossen genommen, sie an die Holme der Leiter gepreßt und war die letzten zwanzig Meter hinuntergerutscht wie ein Feuerwehrmann im Katastropheneinsatz. Die batteriebetriebenen sensorgesteuerten Lichter schalteten sich in schneller Folge ein, während er sich immer schneller vom Telefon wegbewegte. Als er am zweiten Stock vorbeikam, griff er noch einmal nach der Leiter, sprang die letzten paar Sprossen hinab, stieß mit der Schulter die Wartungsklappe auf und blieb auf dem Boden des Wartungsraums im ersten Stock liegen. Seine Füße verhedderten sich in einem der vielen Kabel im Schacht. Bis es ihm gelungen war, sich zu befreien, gaukelte ihm seine Angst die Phantasievorstellung vor, das Kabel habe sich wie der Fangarm eines riesigen Kraken nach ihm ausgestreckt. Er kroch auf allen vieren vom Schacht weg, richtete sich auf, lehnte sich an einen Werkzeugkasten und wartete, bis Atmung und Nerven sich beruhigt hatten.

«Scheiße noch mal! Wie hast du das gemacht?» fragte er erstaunt, fast bewundernd. «Wie hast du Allen Grabels Stimme imitiert? Verdammt noch mal, sogar das Lachen war lebensecht.»

Dann kam er darauf, wie es ging. Irgendwann hatte der Computer Proben von Grabels Stimme gespeichert und die einzelnen Laute binär registriert, die er dann als Impulsfolge speichern konnte. Genügend Impulse für ein ganzes Gespräch, eine theologische Diskussion? Es grenzte ans Unglaubliche. Wenn Ismael dazu fähig war, dachte Mitch, war er zu allem fähig.

Vielleicht doch nicht zu allem. Schließlich war Mitch noch am Leben. Aber warum hatte Ismael das Telefongespräch fingiert? Sicher nicht einfach zum Spaß.

Mitch ging wieder an die offenstehende Wartungsklappe und sah vorsichtig hinein. Alles sah unverändert aus. Aber irgend etwas war da, das spürte er in den Knochen. Hoffentlich mußte er nicht wieder hochklettern. Die Gefahr war groß, daß er dann erfahren würde, was Ismael mit ihm vorhatte.

Er machte sich auf den Weg zur hell erleuchteten Eingangshalle. Er sah sich ängstlich um, als erwarte er, daß sich eine Tür öffnen und Ismaels nächste Überraschung freigeben werde. An der Galeriebrüstung lehnte er sich über das Geländer, um zu sehen, wie weit er an der Querverstrebung hinunterrutschen mußte.

Er hatte mit etwa fünf Metern gerechnet, aber jetzt sah er, daß es eher zehn waren. Er hatte vergessen, daß das Erdgeschoß doppelte Raumhöhe hatte. Es würde gar nicht so einfach sein, die Verstrebung hinabzurutschen. Es würde nicht einmal einfach sein, die Verstrebung überhaupt zu erreichen.

Mitch trat an die Kante heran, kletterte über das Geländer und stellte sich auf den horizontalen Balken, der von der gewaltigen Säule in der Mitte des Raums ausging. Auf der anderen Seite der Säule lag die Verstrebung, die in einem Winkel von fünfundvierzig Grad zum Boden hinunterführte. Er überquerte den Balken wie ein Seiltänzer, umschlang die Säule mit Armen und Beinen und versuchte, die Stelle zu finden, wo der Balken auf der anderen Seite über die Verstrebung weiterlief. Die Säule war breit, aber hoffentlich nicht zu breit. Er streckte das Bein nach einem Halt aus, der ihn rundherum führen sollte. Nach ein paar Sekunden wünschte er sich, er hätte nie damit angefangen. Um die andere Seite zu erreichen, mußte er die Sicherheit des Balkens aufgeben und die Schuhspitze in die winzige Aussparung setzen, an der ein Abschnitt der Säule mit dem nächsten verbunden war. Es gab keinen Weg zurück. Der Spielraum, von dem sein Leben abhing, war knapp. Früher einmal, als Pfadfinder, als er in den Klippen über dem Ozean kletterte, war er aus allenfalls der halben Höhe abgestürzt und hatte sich mehrere Knochen gebrochen. Er erinnerte sich lebhaft daran, wie es gewesen war, als er auf den Felsen aufschlug, keine Luft bekam und dachte, er sei tot. Mitch wußte, wieviel Glück er damals gehabt hatte, und er glaubte nicht, daß er noch einmal so viel Glück haben würde.

Er stieß sich von dem Balken ab, klammerte sich wie eine menschliche Fliege an die Säule und suchte mit der Schuhkante nach den kleinen Vorsprüngen, die ihm Halt verleihen sollten. Das Ganze dauerte vielleicht eine Minute, aber Mitch kam es vor, als hinge er ein Leben lang an der Säule und werde die andere Seite nie erreichen.

Unter den ungünstigen Umständen zog Beech ein geschlossenes Spiel mit einer mehr oder weniger irregulären Eröffnung vor. Mit f2–f4 gab er die Initiative aus der Hand. Rein rechnerisch wußte er, daß e2–e4 der bessere Zug war, weil er seiner Dame vier Felder geöffnet hätte, aber dafür wäre sein Bauer ungeschützt gewesen, und er hatte das Gefühl, das könne sich zu einer Quelle zukünftigen Ärgers entwickeln. Außerdem nahm er an, daß Ismael alle Analysen des offenen Spiels, das auf e2–e4 folgen mußte, bekannt waren. Daß er auffällig vorsichtig spielte, war selbstverständlich. Seltsam war eher, daß Ismael, der Schwarz spielte, die gleiche Vorsicht walten ließ. Nach zwanzig Zügen war Beech mit seiner Position mehr als zufrieden. Auf alle Fälle würde es keine blitzartige Niederlage werden.

«Wie geht es ihm?» fragte Jenny Curtis.

Willis Ellery lag, das bleiche Gesicht zur Wand gekehrt, auf dem Boden, und nur sein gelegentliches Husten verriet, daß er noch am Leben war.

«Ich glaube, er kommt durch.»

Jenny sah auf die Uhr und dann auf das Funkgerät in ihrer Hand.

«Fast eine Stunde», sagte sie.

«Noch zehn Stunden», flüsterte Beech.

«Anscheinend hat es länger gedauert, als er gedacht hat. Aber er wird es schon schaffen.»

«Hoffentlich hast du recht.»

Marty Birnbaum hob das Gesicht von den Armen, starrte einen Moment mit verschwommenem Blick zu Bob Beech hinüber und wandte sich Curtis zu.

«Sergeant», flüsterte er.

«Was gibt's?»

«Etwas Schreckliches.»

«Was?»

Birnbaum fuhr sich nervös über das unrasierte Gesicht und klopfte mit dem Finger an seine Nase. «Beech», sagte er. «Bob Beech sitzt da drüben und spielt Schach. Und sehen Sie, mit wem er spielt?»

«Mit dem Computer. Und?»

«Nein. Das stimmt nicht. Das ist es ja.» Birnbaum griff nach seinem leeren Weinglas und starrte hinein. «Vorhin habe ich es noch nicht geglaubt. Aber jetzt, wo ich Zeit gehabt habe, darüber nachzudenken, ist mir klar, daß er bloß will, daß wir glauben, er spiele gegen den Computer.»

«Wer?»

«Der Tod. Beech sitzt da drüben und spielt Schach mit dem Tod.»

Helen schnaubte verächtlich. «Wer ist jetzt der Abergläubische?»

«Nein, wirklich. Es ist so. Ich bin sicher.»

Curtis hob eine leere Weinflasche vom Boden auf und legte sie auf den Tisch. Instinktiv hielt Birnbaum sie über sein Glas.

«Wieviel haben Sie getrunken?» fragte Curtis.

Birnbaum versuchte mit unstetem Blick, das leere Glas zu fixieren, räusperte sich und schüttelte den Kopf.

«Vergessen wir es. Hören Sie. Ich hab es mir anders überlegt. Und ich glaube, Sie haben recht. Wir müssen fliehen. Ich habe gedacht...» Er räusperte sich wieder. «Solange Beech den Tod ablenkt, haben wir eine Chance, uns davonzumachen. Ich glaube, die beiden sind so in ihr Spiel vertieft, daß sie nicht einmal...»

Der Hustenreiz ergriff jetzt auch Curtis. Die Luft begann metallisch zu riechen. Er hustete wieder, bekam keine Luft und merkte, daß Ellery auf dem Rücken lag und daß sich über seinem Mund eine schleimige Blase gebildet hatte. Er fiel auf die Knie, betrachtete die Kanten des Teppichbodens genauer und riß sie dann mit bloßen Händen hoch.

«Gas!» rief er. «Alles raus hier!»

Aus einer durchbohrten Zugangsplatte im Fußboden quoll Rauch. Curtis stemmte sie auf und entdeckte etwas, das fast organisch aussah wie bei einer Sektion in der Pathologie, wenn die Venen, Arterien und Nervenbahnen eines menschlichen Leichnams bloßgelegt werden: Tausende von Kilometern Informationskabel aus Kupferdraht, die das Gebäude umspannten. In einem Computerraum oder in einer militärischen Anlage hätte man die Kabelstränge mit einer raucharmen schwerentflammbaren Spezialisolierung überzogen. Oder mit einer halogenfreien Beschichtung. Aber da das Besprechungszimmer des Grills nicht als besonders feuergefährdeter Bereich galt, waren die Kabelstränge mit normalem Polyvinylchlorid überzogen. Und die PVC-Dämpfe, die von den außerordentlich hohen Temperaturen, wie sie von Ismael in den Kupferkabeln erzeugt wurde, freigegeben wurden, waren giftig.

Curtis suchte nach dem Feuerlöscher, konnte keinen finden, packte Ellery unter den Achseln und fing an, ihn herauszuschleppen.

Jenny, Helen und Birnbaum rannten, von den ausströmenden Säuredämpfen schon halberstickt, zur Tür, aber Beech schien es vorzuziehen, vor seinem Computer sitzen zu bleiben.

«Spinnen Sie?» hüstelte Curtis. «Beech! Verschwinden Sie hier!»

Fast zögernd wankte Beech aus seinem Sessel. Von einem Hustenanfall geschüttelt, folgte er den anderen auf den Flur, auf den sich Ray und Joan Richardson schon vor den

Dämpfen geflüchtet hatten, die unter dem Küchenboden hervorquollen.

«Auf die Galerie», sagte Curtis. «In der Nähe der Eingangshalle müßte die Luft besser sein.»

Beech half Curtis, Ellery zu der Brüstung zu schleppen, über die David Arnon zu Tode gestürzt war. Eine Zeitlang standen sie da, husteten, spuckten und übergaben sich in die Eingangshalle unter ihnen.

«Was in Teufels Namen ist jetzt schon wieder los?» keuchte Joan.

«Ismael hat anscheinend die Datenkabel unter dem Fußboden überhitzt, so daß ein halogensaures Gas freigesetzt worden ist», sagte Richardson. «Aber ich kann mir nicht vorstellen, wie er das gemacht hat.»

«Glauben Sie immer noch, daß wir das Wochenende hier überleben können?» fragte Curtis. Er wischte sich die Tränen aus den Augen und kniete neben dem Verletzten nieder. Ellery hatte aufgehört zu atmen. Curtis beugte sich über ihn und legte das Ohr an sein Herz. Diesmal war es zu spät für künstliche Beatmung.

«Willis Ellery ist tot», sagte er nach langem Schweigen. «Er hat auf dem Boden gelegen. Der arme Hund muß das Zeug eine ganze Weile länger eingeatmet haben als wir.»

«Mein Gott, ich hoffe nur, daß bei Mitch alles in Ordnung ist», sagte Jenny und warf einen ängstlichen Blick über das verbogene Geländer. Aber sie konnte ihn nicht entdecken.

Mitch ließ sich von der Verstrebung fallen und sprang zu Boden.

Er ging um den Baum herum auf die Hologrammtheke zu und entdeckte das, was von David Arnon übriggeblieben war. David war nicht wiederzuerkennen. Ein blutbeflecktes abgebrochenes Stuhlbein durchbohrte ihn wie in einem Vampirfilm. Die langen Beine hingen auf beiden Seiten herab wie die Gliedmaßen einer umgestürzten Vogelscheuche.

Seltsam, wie man auf manche Dinge reagiert, dachte er, als er mit einem kurzen Gebet im Herzen neben der Leiche seines alten Freundes stand und sich wünschte, sie wenigstens zudecken zu können. Seltsam, was einem auffiel. Arnons Leiche war in eine Kruste von geronnenem Blut gehüllt, aber der weiße Marmorboden rings um ihn war fleckenlos, als sei er anschließend gereinigt worden. Ein paar Meter weiter lag Irving Dukes auf dem Deckel des Elektronikflügels. Der Kopf hing seitlich herab. Die offenen Augen strahlten noch im roten Glanz des Kontaktgifts.

Mitch suchte nach dem Funksprechgerät und entdeckte es zusammen mit der Pistole und der Taschenlampe an Dukes' Gürtel. Bei dem Versuch, die Gürtelschnalle zu öffnen, lehnte sich Mitch über die stummen Klaviertasten und fuhr erschreckt zurück, als Blut zwischen ihnen hervorquoll. Es dauerte ein, zwei Sekunden, bis ihm klar wurde, daß sich das Blut aus der schweren Fraktur in Dukes' Hinterkopf im Klaviergehäuse gesammelt hatte und die Tasten entlanggelaufen war, als er sie niederdrückte. Mitch wischte sich die Finger an den Hosen des Toten ab und nahm ihm, ohne sich um das Blut zu kümmern, das jetzt von der Tastatur tropfte, den Gürtel ab.

«Ich hoffe, du hast das nicht kaputtgemacht», sagte er, als er das Gerät inspizierte, und drückte die Ruftaste.

«Hier ist Mitch. 21. Stockwerk, bitte kommen. Over.»

Es dauerte einen Augenblick, bis er Jennys Stimme hörte.

«Mitch? Geht es dir gut?»

«Es war schwieriger, hier herunterzukommen, als ich gedacht hatte. Wie steht es bei euch?»

Jenny erzählte von dem Gas und berichtete, daß Willis Ellery tot war.

«Wir sind hier draußen auf der Galerie und warten, daß die Luft wieder rein wird. Wenn du hochschaust, kannst du mich sehen.»

Mitch ging auf die andere Seite der Eingangshalle und blickte hoch. Er konnte Jenny gerade noch erkennen. Sie winkte ihm zu. Er winkte ohne große Begeisterung zurück. Willis Ellery war tot.

«Mitch?» Plötzlich nahm ihre Stimme einen dringlichen Ausdruck an. «Irgend etwas bewegt sich da unten. Es kommt genau auf dich zu. Mitch!»

Mitch sah sich um.

Der Reinigungs-Android raste mit voller Geschwindigkeit auf ihn zu.

Marmor ist ein extrem pflegeleichtes Material. Man kann die Schönheit des weißen Steins erhöhen, indem man ihn mit einem hochwertigen Silikonwachs poliert, muß dabei aber aufpassen, daß keine Streifen entstehen. Dafür war SAM zuständig, das Semi-Autonome Mikromotorgetriebene Reinigungsgerät, das höchstentwickelte Wartungssystem der Welt für Marmorböden, imstande, mit jeder schädlichen Substanz fertig zu werden, selbst mit Öl, Zitrussaft, Essig und verwandten schwachen Säuren. SAM war so groß und so schwer wie ein mittlerer Kühlschrank und hatte die Form einer Pyramide. Die von dreißig siliziumgelagerten Mikromotoren angetriebene Maschine war praktisch so etwas wie ein Halbleiterchip auf Rädern und verfügte über die Schaltkreise von achtzehn Computern, fünfzig verschiedene Sensoren zur Entdeckung von Hindernissen und eine Infrarotvideokamera, um Schmutz zu lokalisieren. SAM sollte sich nicht mit mehr als anderthalb Kilometer Geschwindigkeit pro Stunde bewegen, aber jetzt donnerte er mit mehr als 20 km/h gegen Mitchs Knöchel. Der Aufprall riß den Mann zu Boden.

Als er über die Spitze des pyramidenförmigen Androiden wegrollte, erinnerte sich Mitch an den sauberen Fußboden rund um Arnons Leiche, und bevor er hart auf dem Marmorboden aufschlug, sagte er sich, daß er an SAM hätte denken sollen. Er war noch dabei, sich mühsam hochzurappeln, als die Maschine ihn zum zweitenmal traf, diesmal an der Kniescheibe. Vor Schmerz aufheulend, fiel er um und hielt sich das

Bein. Als er genug Abstand gewonnen hatte, um Schwung für den nächsten gefährlichen Aufprall zu sammeln, drehte sich SAM um seine kurze Achse und beschleunigte erneut.

Mitch zog Dukes' Pistole, zielte auf das Zentrum der elektronischen Pyramide, drückte ab und traf den Androiden mehrmals. Aber falls SAM beschädigt war, ließ er sich nichts anmerken, und Mitch wurde in Richtung auf den leeren Teich geschleudert. Dankbar für den Tip, brachte er sich über die niedrige Mauer in Sicherheit. Ein oder zwei Minuten ging SAM rund um den Teich auf Patrouille, dann fing er an, das Blut unter dem Klavier aufzuwischen.

«Mitch?» Curtis meldete sich am Funksprechgerät. «Ist alles in Ordnung?»

«Ein paar blaue Flecken.» Er zog eine Socke herunter, um sein Fußgelenk zu inspizieren, das bereits anfing, eine dunkle Lilatönung anzunehmen. «Aber ich glaube nicht, daß ich schneller laufen kann als das Ding. Ich habe es ein paarmal angeschossen. Wurde nicht einmal langsamer dabei. Inzwischen scheuert es den verdammten Boden.»

«Gut so. Es tut, was es tun soll.»

«Das ist zur Abwechslung mal etwas Neues.»

«Ich habe nämlich eine Idee. Wir werden den kleinen Bastard bombardieren.»

«Wie bitte?»

«Wir lassen etwas fallen, damit es da unten Dreck gibt. So locken wir ihn unter uns, und dann werfen wir die Atombombe. Wir lassen etwas Schweres genau auf seinen Kopf fallen.»

«Das könnte funktionieren.»

«Bleiben Sie aus der Schußlinie, Kumpel», lachte Curtis. «Ich gehe wieder auf Sendung, wenn die Bombe scharf ist.»

«Ich glaube, ich weiß, was wir nehmen können», sagte Helen.

Sie führte sie in einen Raum neben den Fahrstühlen, wo ein einsamer Gegenstand auf einem Umzugswägelchen stand und darauf wartete, an seinen endgültigen Bestimmungsort gebracht zu werden.

Der Buddhakopf war über einen Meter hoch. Er stellte alles dar, was von einer tausend Jahre alten Kolossalstatue aus der Tang-Zeit geblieben war. Curtis griff nach dem *ushnisha*, dem haarknotenähnlichen Höcker auf dem Scheitel des Buddha, der die Stufe der höchsten Weisheit anzeigt, und schaukelte den Kopf vorsichtig hin und her.

«Sie haben recht», sagte er zu Helen. «Könnte gar nicht besser sein. Er muß ein paar hundert Pfund wiegen.»

Joan schüttelte entsetzt den Kopf. Sie wußte nicht, was in ihr empörter war, die Buddhistin oder die Kunstliebhaberin.

«Das geht nicht», sagte sie. «Es ist unbezahlbar. Erklär es ihnen, Jenny. Es ist ein heiliger Gegenstand.»

«Genaugenommen», sagte Jenny, «sind Buddhismus und Daoismus einander entgegengesetzt. Ich kann nichts Falsches daran finden, Joan.»

«Ray, sag du es ihnen.»

Richardson zuckte die Achseln. «Ich bin dafür, daß wir Buddy benutzen, um den Androiden festzunageln, bevor er Mitch festnagelt.»

Sie schoben die Skulptur auf ihrem Wägelchen auf die Galerie, und während Curtis und Richardson den Kopf an einem Punkt nicht weit von der Stelle, wo Arnon in den Tod gestürzt war, in Position brachten, suchte Jenny in der Küche, wo die Luft inzwischen wieder rein war, nach etwas, das einen Flecken auf dem schönen sauberen Fußboden des Androiden hinterlassen würde. Bombenköder, wie Curtis es nannte. Sie kam mit ein paar Flaschen Ketchup zurück.

«Das sollte dem Ding richtig auf die Nerven gehen», sagte sie.

Mitch sah zu, wie sich SAM von dem sauberen Boden unter dem Klavier abwandte und mit seiner Videokamera die Explosion von Glas und Ketchup entdeckte. Sofort bewegte er sich auf das Katastrophengebiet zu und inspizierte den Umkreis der großen roten Reinigungsaufgabe, die ihm jetzt bevorstand.

«Wartet auf mein Zeichen», sagte Mitch. «Er ist noch am Rand des Fleckens. Lassen wir das kleine Arschloch sich bis zur Mitte vorarbeiten, bevor ihr es erledigt.»

Aber der Android blieb reglos am Rande des Ketchupfleckens stehen, fast als ahne er die Falle.

«Was macht er?» fragte Jenny über das Funkgerät.

«Ich glaube, er...»

Plötzlich raste der Android ins Zentrum des großen Ketchupflecks, und Mitch schrie: «Jetzt! Abwurf!»

Es schien ewig zu dauern, bis das Haupt des Erleuchteten zu Boden fiel. Als hinge es an unsichtbaren Drähten, bewegte es sich kaum merklich durch die Luft und fiel mit gelassener Heiterkeit, als rufe es die Erde zur Zeugin der dramatischen Ereignisse seiner letzten Reise an, bis es den Reinigungsandroiden in einer gewaltigen Explosion von Metall und Kunststoff traf.

Mitch bückte sich hinter die Teicheinfassung, als die Trümmer über seinem Kopf vorbeiflogen. Als er wieder aufsah, war der Android verschwunden.

Sobald die Luft im Besprechungszimmer wieder völlig rein war, erklärte Bob Beech, er wolle ans Terminal zurück und in seinem Versuch fortfahren, Ismaels Gedankengänge zu ergründen.

Curtis versuchte, ihn davon abzuhalten. «Sie wollen wieder da rein? Um Schach zu spielen?»

«Meine Position ist besser, als ich gedacht hätte. Ismael scheint recht zögerlich zu spielen. Ich glaube, ich kann ihn schlagen.»

«Was ist, wenn Ismael noch einmal so einen Trick vom Stapel läßt wie vorhin? Wenn er Sie vergast? Was wird dann? Haben Sie daran gedacht?»

«Sehen Sie, ich glaube nicht, daß er irgend jemanden außer Willis Ellery töten wollte.»

«Und damit ist alles okay?»

«Nein, natürlich nicht. Ich sage nur, daß ich glaube, solange wir spielen, bin ich sicher. Und außerdem... aber ich weiß nicht, ob Sie das verstehen können.»

«Versuchen Sie es doch», forderte ihn Curtis heraus.

«Es ist mehr als ein Spiel. Ich habe dieses Ungeheuer erschaffen, Curtis. Wenn es eine Seele hat, habe ich ein Recht darauf, sie zu erkennen. Der Schöpfer möchte sich sozusagen mit seinem Geschöpf unterhalten. Schließlich bin ich es gewesen, der Ismael aus der Finsternis emporgeholt hat. Trotz allem, was er angerichtet hat, kann ich ihn nicht wie einen Feind behandeln. Ich will, daß Ismael mit mir spricht, sich erklärt. Wir können miteinander sprechen. Vielleicht kann ich die Zeitbombe entschärfen.»

Curtis zuckte die Achseln. «Sie müssen wissen, was Sie tun», sagte er.

Als sich Beech wieder vor den Bildschirm setzte, sah die Quaternion ihn an. Dann nickte sie, als wolle sie ihn zur neuen Runde begrüßen. Beech schaute einen Augenblick auf die Figuren, obgleich er sich den Spielstand eingeprägt hatte und seinen nächsten Zug schon kannte. Er hatte das Gefühl, Ismael könnte einen Fehler gemacht haben.

Beech klickte die Maus und bewegte seinen König auf g1.

Es war ihm recht, daß die andern keine Lust hatten, wiederzukommen. Jetzt war er mit seinem elektronischen Prometheus allein. Außerdem hatte er seine höchstpersönlichen Prioritäten, und er wollte sie seinem Geschöpf unterbreiten.

Der Kopf der Statue war hohl wie ein großes Überraschungsei. Das Gesicht war als geschlossene Scherbe abgesprungen, und Mitch konnte Details wie die Lippen und Augen des Buddha auf der Innenseite im Relief ausmachen. Er hinkte über den Boden, suchte sich einen Weg zwischen den Trümmern des Buddhakopfs und des SAM-Androiden und fragte sich, was die Regeln des *Fengshui* wohl als Strafe für die Entweihung des Abbildes eines der größten Heiligen des Ostens vorsahen.

Hinter der hufeisenförmigen Theke aus hitzebeständiger Keramik war keine Spur von Kelly Pendrys Hologramm zu entdecken. Mitch war beinahe erleichtert. Wenigstens würde er ihr gnadenlos fröhliches Gemüt nicht ertragen müssen. Aber das Hologramm sollte von jedem ausgelöst werden, der in den Interaktionsradius von Kelly Pendry eintrat. Wenn das Hologramm nicht funktionierte, mußte die Eingangstür offen sein.

«Nicht gerade wahrscheinlich», sagte er laut, aber er ging trotzdem zur Eingangstür, um nachzusehen.

Sie war immer noch verschlossen. Er drückte die Nase gegen das getönte Glas und versuchte festzustellen, ob jemand draußen auf der Piazza war. Aber er wußte, wie unwahrscheinlich das war. Er konnte gerade noch die erhöhten Hydraulikblocks des Abschreckpflasters erkennen, die dazu dienten, die Gegend für Obdachlose sowenig einladend wie nur möglich zu gestalten. Ein paarmal sah er das Blinklicht eines Streifenwagens auf der Hope Street, und der Anblick genügte, daß er anfing, mit der flachen Hand gegen die Tür zu schlagen und um Hilfe zu rufen. Aber noch während er dem Impuls nachgab, wußte er, daß es Zeitverschwendung war. Das Panzerglas vibrierte nicht einmal. Er hätte genausogut gegen eine Betonwand hämmern können.

«Mitch?» quäkte das Funksprechgerät. «Geht es dir gut? Was ist los?» Es war Jenny. «Ich habe dich rufen gehört.»

«Nichts», sagte er. «Ich habe nur einen Augenblick den Kopf verloren. Das ist alles. Wohl nur, weil ich so nah an der Tür bin.»

Optimistisch fuhr er fort: «Ich rufe dich an, wenn der Laserstrahl funktioniert.»

Er hängte das Sprechgerät wieder an den Gürtel, den er Dukes abgenommen hatte, und ging zur Theke. Er fragte sich, ob er eigentlich wußte, was er tat. Seine Erfahrungen im Umgang mit Lasergeräten waren, gelinde gesagt, rudimentär. Wahrscheinlich hatte Ray Richardson recht gehabt. Höchstwahrscheinlich würde er blind werden oder sich noch Schlimmeres antun. Aber was für eine Wahl blieb ihm?

Und dann bekam er den Schreck seines Lebens. Das Herz schlug ihm gegen die Rippen, wie ein Lachs, der auf dem Weg zum Laichplatz über die Wehre springt.

Statt der verlogen lächelnden Moderatorin von *Good Morning, America* stand ein Alptraum von einem Science-fiction-Monster hinter der Theke. Das grauhäutige Untier hatte einen Drachenschwanz, doppelte Fänge statt Kinnladen, und während es mit schnaubendem Dolby-Effekt Luft durch die Nüstern blies, rann ihm holographischer Speichel aus dem Mund. Von seinen zwei Meter Höhe aus starrte das Ungeheuer Mitch feindselig an und schob die ausfahrbare Kinnlade vor. Mitch schreckte zurück, als habe ihn eine Sicherheitsleine von der Theke weggerissen.

«Mein Gott!» rief er aus.

Er wußte, daß es ein Hologramm war: drei Gruppen diffraktierter Lichtwellen. Ein Echtzeitbild, das er wiederzuerkennen glaubte. Allerdings nicht aus irgendeinem Film, den er je gesehen hatte. Es war der Paralleldämon, das letzte Ungeheuer aus dem Computerspiel, das Aidan Kennys Sohn in der Computerzentrale gespielt hatte. Wie hieß das Spiel noch einmal? *Flucht aus der Zitadelle*? Ismael mußte es aus der Bearbeitungsdatei kopiert haben, mit der der Spieler seine eigenen Ungeheuer schaffen konnte.

Mitch meinte, sie täten gut daran, aus dieser speziellen Zitadelle des Geschäftsviertels zu fliehen. Er wußte, daß der falsche Dämon ihm nichts anhaben konnte, aber er brauchte ein paar Minuten, bis er den Mut fand, sich dem Ding zu nähern.

«Du verschwendest deine Zeit, Ismael», sagte er ohne Überzeugung. «Das funktioniert nicht. Ich habe keine Angst. Okay?»

Aber es fiel ihm dennoch schwer, sich dem Dämon auf weniger als ein paar Meter zu nähern. Plötzlich sprang das Untier auf ihn zu, und die gewaltigen Fänge machten Anstalten, sich um seinen Hals zu schließen. Mitch strafte seine eigenen mutigen Worte Lügen, als er beiseite sprang.

Er holte tief Luft, ballte die Fäuste und gab sich Mühe, das Hologramm mit Mißachtung zu strafen, während er auf die Theke zumarschierte. Er schnappte nach Luft, als die Speerspitzen der gewaltigen Fingerknöchel des Dämons sich durch seinen Körper bohrten. Die Illusion, als die Faust des Ungeheuers sich in sein Brustbein bohrte, war so überzeugend, daß er für einen Moment glaubte, einen Fehler gemacht zu haben. Aber er spürte keinen Schmerz, und es floß kein Blut, so daß er wieder Mut gewann. Mitch tat sein Bestes, sich nicht um das Ungeheuer zu kümmern, während er unter der Theke nach der Infrarotbrille suchte.

Er fand sie in einer Schublade neben dem Wartungshandbuch der McDonnell-Douglas Corporation.

Der Dämon verschwand.

«Pech gehabt, Ismael», sagte Mitch. Er setzte die Brille auf und öffnete die Klappe hinter der Theke. Dahinter lag ein mattschwarzer Stahlkasten, in dem sich die Verstärkersäule der Laseranlage befand.

> Vorsicht: Gehäuse nicht öffnen
>
> Enthält massiven diodenbetriebenen Neodym-Yag-Laser und Q-Schalter. Inspektions- und Wartungsarbeiten dürfen nur durch autorisiertes Personal der McDonnell-Douglas Corporation durchgeführt werden.
>
> Achtung: Schutzbrille tragen. Fast-Infrarotbereich. Wellenlänge 1,064 Mikrometer

Mitch überprüfte die Brille und vergewisserte sich, daß sie kein Licht durchließ. Es war das unsichtbare Licht eines Laserstrahls, von dem man blind werden konnte. Dann schraubte er die Wartungsklappe auf. Außer den kleinen radarbetriebenen Laserapparaten, die im Atelier für Paßformkorrekturen, Entfernungsmessung und Luftströmungsbestimmung verwendet wurden, hatte er noch nie ein Lasergerät gesehen. Aber indem er den inneren Aufbau des Hologrammkastens mit dem Handbuch verglich, konnte Mitch das durchsichtige Plastikrohr identifizieren, in dem sich der Stab aus Ythrium, Aluminium und Granat befand. Das Handbuch war durch die abgedunkelte Brille schwer zu lesen, aber obwohl der Laserstrahl durch eine solide Metallröhre zwischen der Theke und der Echtzeit-Bildquelle – dem Teil, den Ismael kontrollierte – projiziert wurde, widerstand er der Versuchung, die Brille abzunehmen. Es dauerte ein paar Minuten, bis Mitch den Bedienungsknopf für den Q-Schalter fand – einen festen optischen Verschluß, der normalerweise lichtundurchlässig war und mit Hilfe eines elektronischen Impulses durchsichtig gemacht werden konnte – und das Gerät abstellen konnte. Jetzt konnten auch keine Hologramme erzeugt werden, bis der Q-Schalter wieder eingeschaltet wurde.

Mitch atmete erleichtert auf und nahm die Brille ab. Nun mußte er nur noch dafür sorgen, daß der Laserstrahl in die entgegengesetzte Richtung auf die Eingangstür zeigte.

Richardson und Curtis trugen den toten Ellery in ein leeres Büro, legten ihn auf den Boden und bedeckten sein Gesicht mit der Jacke.

«Vielleicht sollten wir auch die drei aus dem Fahrstuhl herausholen», sagte Curtis.

«Warum?»

Curtis scheuchte eine Fliege von seinem Gesicht.

«Die Fliege hier ist der Grund. Außerdem haben sie Hautgout. Jedesmal, wenn ich vorbeikomme, wird es schlimmer.»

«So schlimm ist es auch wieder nicht», sagte Richardson. «Man kann sie nur riechen, wenn man direkt vor dem Fahrstuhl steht.»

«Glauben Sie mir. Jetzt ist es schon schlimm genug, aber es wird noch schlimmer werden. Eine Leiche braucht nicht lange, um zu verfaulen. Im Durchschnitt ungefähr zwei Tage. Bei der Hitze weniger.» Auf dem Boden lag eine Plastikplane, die als Teppichschutz gedient hatte. Curtis sammelte sie ein.

«Wir werden das da nehmen, aber wir sollten uns erst vergewissern, daß die Türen auch offenbleiben. Wir wollen doch nicht, daß Ismael meint, wir wollten runterfahren, oder?»

Zögernd half ihm Richardson, die aufgetauten und übelriechenden Leichen von Dobbs, Bennett und Martinez aus dem Fahrstuhl und in den Raum zu schleppen, in dem sie Ellery gelassen hatten. Als sie fertig waren, schloß Curtis die Tür energisch hinter sich.

«Das wäre erledigt», sagte er.

Richardson sah grün aus. «Schön, daß es Ihnen Spaß gemacht hat.»

«Ja. Hoffentlich müssen wir nicht wieder da rein. Ich bin empfindlich, wenn es um die Atmosphäre eines Raumes geht.»

«Das war Willis Ellery auch», sagte Richardson.

«Er war kein übler Kerl.»

«Nein, war er nicht.»

Sie gingen wieder auf die Galerie, wo die anderen außer Beech immer noch warteten.

«Hören Sie», sagte Richardson zu Curtis. «Tut mir leid, was ich gesagt habe. Alles, was ich gesagt habe. Sie hatten recht. Ich meine, als Sie sagten, wir sollten hier verschwinden. Jetzt sehe ich es ein. Von jetzt an können Sie auf mich zählen. Wie auch immer.»

Die beiden Männer schüttelten einander die Hände.

«Glauben Sie, daß Mitch eine Chance hat?» fragte Curtis.

«Mir kam die Idee ziemlich abenteuerlich vor», mußte Richardson eingestehen. «Ich weiß nicht, ob er einen Laserstrahl von seinem Pimmel unterscheiden kann.»

Jenny, die sich über die Brüstung lehnte und besorgt nach Mitch Ausschau hielt, warf ihm einen vorwurfsvollen Blick zu.

Curtis nickte gravitätisch. Er wandte sich Jenny zu. «Wie kommt er voran?»

«Er ist außer Sichtweite. Aber er hat gesagt, er hat den Laser aus dem Gehäuse raus. Er meldet sich wieder, wenn es soweit ist, daß er das Ding abfeuern kann.»

Die drei setzten sich neben Helen, Joan und Marty Birnbaum, der vor sich hin döste.

«Wieviel Zeit haben wir noch?» fragte Jenny.

«Neun Stunden», sagte Curtis.

«Sofern wir an diese Zeitbombengeschichte glauben», sagte Richardson.

«Nach allem, was geschehen ist, können wir es uns nicht leisten, nicht daran zu glauben», sagte Curtis.

«Das ist wahr.»

Marty Birnbaum wachte auf und lachte. «Also doch», sagte er mit schwerer Zunge. «Verliese und Drachen, wie ich gesagt habe.»

«Dein Beitrag hat uns in der Tat gefehlt, Marty», sagte Richardson. «Ungefähr so sehr wie ein Loch in der verdammten Ozonschicht. Ich frage mich, ob wir ein Vorschlagsrecht haben, welches Leben wir als nächstes opfern wollen. So wie beim Bauernopfer. Schachspieler nennen das ein Gambit. Wie wäre es mit dem Marty-Birnbaum-Gambit?»

«Du Bastard», zischte Birnbaum. «Danke schön.»

«Bitte schön. Gern geschehen, Hohlkopf.»

Mitch setzte die Brille wieder auf und machte sich bereit, den Laser abzufeuern.

Von dem Gehäuse in der Keramiktheke getrennt, war der Laserstab weiterhin mit den Stromkabeln verbunden, die eine wie eine Spiralfeder um das Kühlrohr gewundene Startlampe aktivierten. Die Kabel ließen sich bis zur Tischplatte glattziehen, so daß Mitch das Lasergerät flach hinlegen und auf das Glas der Eingangswand ausrichten konnte. Da es kurz vor Mitternacht war und die Innenstadt so gut wie verlassen dalag, beunruhigte ihn die Frage nicht allzusehr, ob der Laserstrahl, wenn er durch eine der neuneinhalb Meter hohen freischwebenden Glasplatten rund um die Tür austrat, jemanden verletzen konnte. Dennoch versuchte er, den Strahl möglichst niedrig auszurichten, und wählte einen Probepunkt auf dem dunklen Glas, von dem aus der tödliche Strahl auf das Pflaster der Piazza fallen mußte.

Als alles bereit schien, betätigte er den Q-Schalter einmal und sah zu, wie ein schmaler bonbonfarbener Lichtstrahl plötzlich wie ein Blitz auf das Glas traf. Dann stellte er das Gerät ab und ging den Schaden besichtigen, den er angerichtet hatte.

Er bückte sich und entdeckte ein vollkommen rundes Loch von der Größe eines Zehnpfennigstücks im Glas, durch das jetzt kühle Luft wehte. Beinahe hätte er laut gejubelt.

Sein Plan war mühsam, aber einfach. Er würde eine Anzahl kleiner Löcher in die Verglasung bohren, bis es genug waren, um ein größeres Loch herauszubrechen, durch das er dann hinausklettern konnte.

Er griff zum Funksprechgerät und teilte Jenny die guten Nachrichten mit.

«Großartig», sagte sie. «Aber sei vorsichtig. Und laß das Ding bitte da. Ich hasse es, wenn du es abstellst. Wenn ich nicht sehen kann, daß es dir gutgeht, will ich wenigstens hören, ob alles in Ordnung ist.»

«Es wird noch ein bißchen dauern», sagte Mitch, aber er ließ das Gerät trotzdem eingeschaltet.

Er bewegte den Laserstab ein wenig nach links von seinem

ersten Ziel und machte sich daran, das nächste Loch zu schneiden.

Diesmal war Ismael vorbereitet.

In der halben Sekunde, die Mitch brauchte, um den Q-Schalter des Lasers zu betätigen, zwang Ismael die freien Silberatome in der Glasmischung, sich zu verbinden und eine silbern glänzende Oberfläche zu bilden, die den Laserstrahl genau auf Mitch zurückwarf wie ein riesiger Spiegel.

Mit einem Entsetzensschrei warf sich Mitch zur Seite und entging dem tödlichen Lichtstrahl um Haaresbreite. Aber im Fallen schlug er mit der Stirn hart auf der Theke auf und dann noch härter mit dem Hinterkopf, als er auf den Marmorboden fiel.

Jenny sah zu, wie Curtis versuchte, Mitch am Funksprechgerät zu erreichen, und trotz der stickigen Hitze, die im Grill herrschte, lief ihr ein kalter Schauer über den Rücken. Als ihr auffiel, daß sie die ganze Zeit den Atem anhielt, stieß sie einen langen Seufzer aus.

Curtis drückte noch einmal die Ruftaste. «Mitch? Melden Sie sich bitte.»

Curtis zuckte die Achseln. «Wahrscheinlich hat er zuviel zu tun.»

Jenny schüttelte den Kopf und legte das Funkgerät weg. «Hier», sagte sie. «Irgend jemand sollte sich darum kümmern.»

Joan hob es auf. «Jenny», sagte sie, «vermutlich hat er mit dem Laser alle Hände voll zu tun.»

«Ihr braucht keine Rücksicht auf mich zu nehmen», sagte Jenny ruhig. «Wir haben Mitch alle gehört.» Sie schluckte. «Ich glaube, alle wissen es. Er kann nicht antworten, weil...»

Helen griff nach Jennys Hand und drückte sie. Jenny hüstelte und versuchte, sich zusammenzunehmen. «Mir geht es gut», sagte sie. «Aber ich glaube, wir müssen uns entscheiden, was wir unternehmen wollen, um hier rauszukommen.

Ich habe Mitch versprochen, daß wir nicht aufgeben werden.»

«Einen Augenblick», sagte Birnbaum. «Sollte nicht einer von uns die Leiter runterklettern und nachsehen, was mit Mitch ist? Vielleicht ist er verletzt.»

«Mitch wußte, welches Risiko er eingeht», sagte Jenny zu ihrer eigenen Überraschung. «Ich glaube nicht, daß er das gewollt hätte. Ich glaube, er würde wollen, daß wir weitermachen. Daß wir versuchen, hier rauszukommen.»

Sie schwiegen ein paar Minuten. Richardson war der erste, der das Wort ergriff. «Die Lichtkuppel», sagte er bestimmt.

«Was?»

Richardson sah nach oben.

«Das Dach. Da oben ist das Glas dünner.»

«Heißt das, wir sollten einen Durchbruch versuchen?»

«Natürlich. Warum nicht? Wir klettern durch die offene Steigleitung hinauf. Dann nehmen wir die ausfahrbare Leiter und die Schwebebühne, um aufs Dach zu kommen. Es ist ein Spezialglas. Vorgehärtetes Borsilicat. Nicht mehr als sechs oder sieben Millimeter dick. Das Problem ist nur, was wir tun sollen, wenn wir da draußen sind. Der Faradaysche Käfig reicht bis zur Spitze des Antennenmastes, also wird uns Ihr Funksprechgerät nicht viel helfen. Vielleicht können wir einem Hubschrauber zuwinken oder so etwas. Oder Ihre Pistole benutzen, um Aufmerksamkeit zu erregen. Ein paar Schüsse in die Luft abgeben.»

Curtis lachte.

«Und riskieren, daß sie zurückschießen», sagte er. «Ein paar von diesen fliegenden Arschlöchern sind in letzter Zeit ein bißchen schießwütig geworden. Besonders seit die Dachsportler in der Nachbarschaft angefangen haben, sie als fliegende Zielscheiben zu benutzen. Sehen Sie denn keine Nachrichten? Da gibt es so ein verrücktes Arschloch, das Raketen auf sie abgefeuert hat. Hubschrauber abknallen ist der neueste Modesport. Außerdem habe ich meine ganze Munition für die Klotür verbraucht.» Curtis schüttelte den Kopf. «Was ist mit den Fensterputzern? Benutzen die nicht eine Art Hängebühne?»

«Sicher. Es gibt eine Hängebühne. Aber wir stehen vor dem gleichen verdammten Problem wie immer. Ismael. Stellen Sie sich vor, Sie sind auf dem Ding, und er beschließt, Spielchen damit zu treiben, oder mit uns?»

«Vielleicht könnten wir ein Feuer auf dem Dach anzünden», meinte Jenny. «So etwas wie ein Leuchtfeuer.»

«Womit?» fragte Richardson. «Es gibt keine Raucher mehr. Und der Herd funktioniert auch nicht.»

«Wenn ich an die ganze Grillausrüstung in meinem Wagen denke», sagte Jenny. «Deshalb bin ich gestern gekommen. Ich wollte eine *Fengshui*-Zeremonie durchführen, um dem Gebäude den Teufel auszutreiben. Aber...»

«Vielleicht können wir irgendeine Botschaft hinunterwerfen», schlug Helen vor. «Eine Nachricht, daß wir auf dem Dach gefangen sind. Irgend jemand wird sie irgendwann finden.»

«Wenn wenigstens die Demonstranten noch da wären», sagte Richardson.

«Einen Versuch ist es wert», sagte Curtis.

Diesmal war es Richardson, der grinste. «Ich möchte euch ja nicht in den Picknickkorb pissen, Leute. Aber ihr vergeßt etwas. Dies ist ein papierfreies Büro. So gut wie alles, was wir hier schreiben, sind Computereingaben. Ich könnte unrecht haben. Ich hoffe, ich habe unrecht. Aber ich fürchte, es wird schwer sein, ein Stück Papier zu finden. Es sei denn, ihr wollt einen Laptop auf die Straße werfen.»

«Ich habe ein Exemplar von *Vogue* dabei», sagte Helen. «Wir könnten eine Seite rausreißen und die benutzen.»

Richardson schüttelte den Kopf. «Nein. Soweit ich das überblicke, gibt es nur eins, das wir tun können, wenn wir das Dach erreicht haben.»

Curtis ging, um nach Beech zu sehen, und fand ihn wie schon die ganze Zeit vor Ismaels Quaterionenbild über das Schachbrett gebeugt. Der Gasgeruch war immer noch stark.

«Mitch hat es nicht geschafft», sagte er ruhig.

«Vielleicht hat ihn der Zyklop getötet», sagte Ismael.

Curtis starrte die schädelförmige Quaternion über dem Schachbrett auf dem Bildschirm an. «Wer hat dich gefragt, du häßliches Arschloch?»

Beech lehnte sich vom Bildschirm zurück und rieb sich die müden Augen. «Sehr traurig», sagte er. «Mitch war ein richtig netter Typ.»

«Hören Sie», sagte Curtis. «Wir versuchen den Ausbruch. Wir haben einen Plan.»

«Noch einen?»

«Wir wollen durch die Lichtkuppel hinaus.»

«Ach? Und von wem stammt die Idee?»

«Von Richardson. Kommen Sie schon. Ziehen Sie sich Schuhe an, und lassen Sie uns aufbrechen. Wenn Sie mit der Zeitbombe recht haben, bleiben uns nur noch ein paar Stunden.»

Für einen Augenblick erschien wieder die Sanduhr auf dem Bildschirm.

«Es bleiben dir weniger als zehn Stunden, um das Spiel zu gewinnen oder die Spielfläche vor einer Atombombenexplosion zu evakuieren», sagte Ismael.

Beech schüttelte den Kopf.

«Nicht mit mir. Ich habe beschlossen hierzubleiben. Ich glaube immer noch, daß ich ein bißchen zusätzliche Zeit für uns herausholen kann. Und außerdem bin ich nicht schwindelfrei.»

«Kommen Sie schon, Beech. Sie haben selbst gesagt, Stillsitzen und Abwarten sei keine Alternative.»

Ismael teilte mit, daß sein Turm Beechs Dame geschlagen hatte und der König im Schach stand.

«Was ist los mit Ihnen? Sind Sie verrückt? Sie haben gerade Ihre blöde Dame verloren, und Sie stehen im Schach.»

Beech zuckte die Achseln und wandte sich wieder dem Bildschirm zu. «Dennoch ist das keine schlechte Stellung. Nicht halb so schlecht, wie es nach dem letzten Zug auszusehen schien. Sie können tun, was Sie wollen, aber ich werde das Spiel zu Ende spielen.»

«Der Computer spielt doch nur mit Ihnen», sagte Curtis. «Er läßt Sie in dem Glauben, Sie hätten eine Chance, und dann erledigt er Sie.»

«Kann sein.»

«Und selbst wenn Sie ihn durch ein Wunder schlagen, woher wissen Sie, daß Ismael das Gebäude dann nicht trotzdem abfackelt?»

«Weil ich ihm vertraue.»

«Das ist kein Grund. Das ist überhaupt kein Grund. Sie haben selbst gesagt, es sei ein Fehler, Maschinen menschliche Eigenschaften zuzuschreiben. Wie können Sie ihm vertrauen?» Er zuckte die Achseln. «Also für mich ist das jedenfalls kein hinreichender Grund. Ich muß selbst etwas für mich tun.»

Beech klickte die Maus und schlug den schwarzen Turm mit seinem König.

«Das kann ich verstehen», sagte er.

«Bitte. Überlegen Sie es sich. Kommen Sie mit.»

«Das kann ich nicht.»

Curtis warf einen wenig hoffnungsvollen Blick auf den Bildschirm und zuckte die Achseln.

«Dann kann ich Ihnen wohl nur alles Gute wünschen.»

«Danke. Aber Sie werden eine Menge Glück brauchen.»

Curtis blieb in der Tür zum Besprechungszimmer stehen. «Wenn Sie sich nur selbst sehen könnten», sagte er traurig. «Sie sitzen da und vertrauen Ihr Schicksal wie ein dummer Halbstarker einem Computer an. Die Wirklichkeit sieht anders aus, mein Freund. Sie werden sie nicht entdecken, indem Sie in eine Bildröhre starren. Von meinem Standpunkt aus gesehen, steht es beschissen um Sie. Sie sehen aus wie alles, was mit diesem verdammten Land nicht stimmt.»

«Benutze deine Kettensäge», riet Ismael. «Sammle deinen Gesundheitsbonus ein.»

«Ich werde dran denken, wenn ich hier raus bin», sagte Beech.

«Tun Sie das.»

Als Curtis gegangen war, widmete Beech seine Aufmerksamkeit wieder dem Spiel.

Ihm war es recht, daß die anderen versuchen wollten, das Gebäude über das Dach zu verlassen. Es lief alles besser als erwartet. Möglicherweise konnte er Ismael tatsächlich im Schach schlagen. Und jetzt brauchte er den anderen auch nicht zu erzählen, daß der Spielgewinn nur eine Fahrkarte in die Freiheit enthielt.

Und diese Fahrkarte gehörte ihm.

«Läufer schlägt Turm.»

Marty Birnbaum auf der Galerie über der Eingangshalle fühlte sich krank. Die Tatsache, daß ihn niemand zu schätzen wußte, machte alles nur noch schlimmer. Ray Richardson machte ihn, seinen Partner, zur Zielscheibe seiner sarkastischen Bemerkungen. Jetzt hatte auch noch Joan angefangen, ihn zu ärgern. An Richardsons bösartige Kommentare hatte er sich gewöhnt. Aber die Vorstellung, auch die drei Frauen könnten ihn verachten, war unerträglich. Als er schließlich das Gefühl hatte, es nicht mehr aushalten zu können, stand er auf und verkündete, er gehe pinkeln.

Richardson schüttelte den Kopf. «Du brauchst dich nicht zu beeilen. Ich kann Säufer sowieso nicht ausstehen.»

«Ich bin kein Säufer», erklärte Birnbaum feierlich. «Ich bin angeheitert. Du dagegen bist von oben bis unten ein Scheißkerl, und ich, um einen Ausspruch von Sir Winston Churchill zu variieren, werde morgen wieder nüchtern sein.»

Nachdem er sich Luft gemacht hatte, fühlte sich Birnbaum etwas besser und machte sich, ohne sich um Richardsons höhnisches Lachen zu kümmern, auf den Weg über die Galerie.

«Morgen wirst du viel eher tot sein. Aber falls du morgen noch lebst und nüchtern bist, betrachte dich als entlassen, alter Säufer. Ich hätte dich schon längst rausschmeißen sollen.»

Birnbaum fragte sich, wozu er sich eigentlich die Mühe gab, mit einem Mann wie Richardson Beleidigungen auszutauschen. Der hatte ohnehin eine Haut so dick wie ein Nashorn. Birnbaum hoffte, er werde noch einmal alles zurücknehmen müssen, was er über ihn gesagt hatte. Jawohl, das war es. Er würde ihnen zeigen, daß Mitch nicht der einzige war, der den Helden spielen konnte. Er würde selbst zur Lichtkuppel hochklettern und über das Dach aussteigen. Und wie erstaunt sie sein würden, wenn sie ihn da oben fänden, wenn sie ankamen. Dann würde ihn niemand mehr auslachen. Außerdem brauchte er wirklich frische Luft. Typisch für Richardson. Einem anderen die Schuld an seinen Fehlern zu geben, wenn er selbst es war, der die meiste Schuld trug. Weil er so ein Tyrann war, trauten sich die meisten Leute nicht, ihm die Wahrheit zu sagen, ihm zu sagen, daß etwas unmöglich war oder daß etwas nicht rechtzeitig fertig werden würde. Richardson war das Opfer seines eigenen Machtdrangs. Vielleicht waren sie das ja alle.

Birnbaum ging in den Wartungsraum und blickte in die offene Steigleitung. Man brauchte nicht einmal sehr weit hinaufzuklettern. Nur vier Stockwerke bis zur inneren Schwebebühne. Durch den Schacht wehte kühle, frische Luft. Birnbaum atmete tief ein. Sein Kopf wurde etwas klarer. Er fühlte sich schon wieder besser.

Helen, Joan, Jenny, Richardson und Curtis gingen den Flur entlang.

«Beech kommt nicht mit», erklärte Curtis. «Er will seine Partie zu Ende spielen.»

«Er spinnt», sagte Richardson.

«Wo ist Marty?»

«Der spinnt auch.»

«Sollten wir nicht auf ihn warten?» fragte Jenny.

«Warum? Das blöde Arschloch weiß doch, wo wir hingehen. Selbst Marty sollte imstande sein, ohne Hilfe eine Wartungsleiter hochzuklettern.»

«Sie haben wirklich ein nettes Wort für jeden», bemerkte Curtis leise lachend. Aber das Lächeln verschwand aus seinem Gesicht, als er vor der Tür des Wartungsraums stehenblieb und mißtrauisch wie ein Bluthund in der Luft schnupperte. Seine Hand zögerte, die Klinke herunterzudrücken.

«Riechen Sie das?» fragte er. «Irgend etwas brennt.»

«Wie angebrannte Ölsardinen», sagte Joan.

Curtis nahm einen Anlauf und trat die Tür ein.

Marty Birnbaum lag halb innerhalb, halb außerhalb der Steigleitung. Eine Hand krallte sich noch um die elektrisch geladene Leiter. Von seinem einen Schuh, der sich wegen der Nägel in dem beschlagenen Absatz kurz entzündet hatte, stieg eine Rauchwolke wie von einer Zigarre auf. Aus der Lage der Leiche und dem überraschten Ausdruck in den offenen Augen war jedermann ersichtlich, daß er tot war. Aber niemand schrie auf. Nichts konnte sie mehr überraschen.

«Anscheinend hat Ismael eine kleine Überraschung für jeden bereit gehabt, der Mitch die Leiter hinab folgen wollte», sagte Joan.

«Entweder das, oder Mitch ist ihm um Haaresbreite entwischt», sagte Curtis.

«Gut, ich nehme alles zurück, was ich über den Kerl gesagt habe», bemerkte Richardson. «Er war doch noch zu etwas nützlich.» Er wechselte einen kurzen Blick mit Joan und sagte dann, wie um sich zu rechtfertigen: «Immerhin hat er einen von uns vor dem Tod bewahrt. Und jetzt müssen wir uns nicht mehr die Mühe machen, nach ihm zu suchen.»

«Sie haben ja so ein gutes Herz!» sagte Curtis. «Wissen Sie das eigentlich?»

Helen schüttelte den Kopf. Sie hatte von Richardson genauso genug wie von diesem neuesten Hindernis auf dem Weg in die Freiheit.

«Was machen wir jetzt?» fragte sie. «Jedenfalls können wir nicht durch die Steigleitung hochsteigen. Die steht wahrscheinlich immer noch unter Strom.»

«Da wäre noch der Baum», sagte Curtis.

Joan sah ihn entsetzt an. «Meinen Sie das ernst?»

«Es sind nur noch vier Stockwerke. Sie sind schon einundzwanzig hochgestiegen.»

«Und wenn Ismael das Licht wieder ausmacht?» sagte Richardson.

Curtis dachte einen Moment nach. Dann sagte er: «Gut. Also, wie wäre es damit? Ich klettere allein den Baum hoch. Wenn Ismael wie vorhin das Licht abschaltet, haben wir Mondlicht, sobald ich das Glas zertrümmert habe. Dann können Sie in entspannter und romantischer Stimmung hochklettern. In ein paar Stunden dämmert es sowieso. Aber ich werde jetzt starten.»

«Sie vergessen, was Mr. Dukes passiert ist», sagte Joan. «Was tun wir gegen das Insektengift?»

«Na und? Ismael ist nicht der einzige, der eine Sonnenbrille hat.» Curtis zog Sam Gleigs Brille aus der Tasche.

«Und was ist mit Marty?» fragte sie.

«Für den können wir im Moment nichts tun», sagte Curtis. «Höchstens können wir auf dem Weg hier raus die Tür hinter uns zumachen.»

Curtis war seit seiner Zeit bei der Armee nicht mehr an einem Seil hochgeklettert, aber von Zeit zu Zeit verlangte das Polizeipräsidium Los Angeles, daß seine Beamten eine Fitneßprüfung machten, und Curtis war für einen Mann seines Alters gut in Form. Er zog die Leine heran, die sie am Geländer festgebunden hatten, und schwang sich auf den Baum.

«Bis hierher alles in Ordnung», rief er seinem Publikum auf der Galerie zu. Er rückte die Sonnenbrille zurecht und fügte hinzu: «Und wenn der Schweinehund mich erwischt, sehe ich wenigstens cool aus. Tarzan mit Stil.»

Dann fing er fast übergangslos an, den Baum hochzuklettern. Er hielt das Gesicht so weit wie möglich vom Stamm entfernt. Aber er wußte, daß Ismael nicht dazu neigte, sich zu wiederholen. Und so war es denn auch nicht seine eigene Gelenkigkeit, die ihn überraschte, sondern die Tatsache, daß es ihm gelang, die Schwebebühne unter der Lichtkuppel zu erreichen, ohne daß der Computer Widerstand leistete.

Auf dem offenen Gitterboden unter der Kuppel stehend, beugte er sich über die Brüstung und winkte den anderen zu.

«Ich verstehe das nicht», rief er ihnen zu. «Es hätte nicht so einfach gehen dürfen. Vielleicht fällt dem Scheißcomputer nichts mehr ein. Mir jedenfalls gehen langsam die Ideen aus.»

Die Schwebebühne bestand aus hohlen kastenförmigen Stahlelementen, die am Rand miteinander verschweißt waren und deren Profil auf die Lichtkuppel abgestimmt war. Sie war auf einer kreisförmigen Leitschiene montiert, so daß sie eine bewegliche Arbeitsplattform bildete. Curtis war erleichtert, als er feststellte, daß die Schwebebühne eines der wenigen Elemente im Gebäudesteuerungssystem war, das auf Handbetrieb ausgelegt war. So wie Richardson es ihm erklärt hatte, brauchte er nur nach der Führungsschiene zu greifen und sich so einfach herumzuziehen, als stünde er auf einem Skateboard. Nicht daß Curtis irgendwohin gewollt hätte. Unmittelbar über seinem Kopf war das Glas nicht stärker als irgendwo anders.

Er zog den Gelenkschlüssel aus dem Gürtel, stellte sich neben eine Glasscheibe von einem halben Quadratmeter Größe und schlug kräftig zu, als wollte er einen Gong schlagen. Das Glas sprang von oben bis unten, blieb aber in seinem Rahmen aus eloxiertem Aluminium. Er schlug noch einmal zu, und diesmal fiel eine große Scherbe wie ein Schwert zu Boden. Ein dritter und ein vierter Schlag trennten die größeren Stücke vom Rahmen. Dann ein paar schwächere Schläge, um den Rahmen ganz freizulegen. Mehr als eine Scheibe brauchte er nicht einzuschlagen. Curtis warf einen langen Blick unter sich und betrat das Dach.

Das erste, was ihm auffiel, waren die Sirenenklänge. In ständiger Folge trieben sie über den Nachthimmel, folgten aufeinander, schienen nicht abreißen zu wollen, wie der Gesang der Wale. Von den Hollywood-Bergen im Nordosten wehte eine kühle Brise über die Stadt. An die Smogwarnungen des Wetterberichts und die entmutigenden Luftqualitätsgraphiken der Morgenzeitungen gewöhnt, hatte Frank Curtis vergessen, daß die Luft über der Innenstadt von Los Angeles so frisch und süß schmecken konnte. Er atmete tief und überschwenglich ein wie ein Taucher, der aus dem Ozean auftaucht, und breitete die Arme aus, als wollte er die weiten Ebenen umschlingen, die unter ihm lagen. Der Himmel war dunkel. Sterne gab es nur unten am Boden: Zehn Millionen Neonlichter und elektrische Lampen, als sei der Himmel auf die Erde gestürzt. Vielleicht war das ja sogar geschehen. Curtis hatte das Gefühl, die Welt habe sich auf mehr Arten verändert, als er beschreiben konnte, als würde nichts jemals wieder so sein wie vorher. Jedenfalls würde Fahrstuhlfahren oder das Anstellen der Klimaanlage nie wieder so sein wie früher. Selbst das Licht anzuschalten war zu einem neuen Erlebnis geworden. Vielleicht würde er, wenn all das überstanden war, die Stadt eine Zeitlang verlassen und anderswo leben müssen. Irgendwo, wo das Leben noch einfach war, wo das einzige intelligente Gebäude die Stadtbücherei war. In Montana vielleicht. Vielleicht sogar in Alaska. Aber nicht hier. Hier war alles viel zu weit gegangen. Er wollte an einen Ort ziehen, wo man von einem Gebäude nicht mehr verlangte, als daß es ein Dach hatte, um den Regen abzuhalten, und eine Heizung, um sich im Winter zu wärmen.

Elf Tote in weniger als sechsunddreißig Stunden! Plötzlich konnte man fühlen, wie verwundbar die Menschen gegenüber einer Welt waren, die sie selbst geschaffen hatten. Wie unglaublich risikoreich die vollautomatische, bedienerfreundliche, vernetzte Welt war, die die Wissenschaft geschaffen hatte. Menschen konnten es leicht mit dem Leben bezahlen, wenn sie den Maschinen im Weg waren. Und wenn etwas mit den Maschinen schiefging, würden die Menschen ihnen im Weg sein. Wieso bildeten sich die Wissenschaftler und Techniker ein, das werde sich jemals ändern?

Curtis ging wieder hinein, und die Schwebebühne sang unter seinem Schritt wie eine riesige Stimmgabel. Er winkte den Überlebenden unter sich zu. Sie winkten zurück.

«Alles in Ordnung», rief er ihnen zu. «Ihr könnt anfangen zu klettern.»

Früh in der Morgendämmerung verließ Ismael den Grill und begann seine Wanderung durch das elektronische Universum. Er besichtigte die Sehenswürdigkeiten, lauschte den Klängen, bewunderte die Architektur verschiedener Systeme und sammelte die Daten, die seine Reiseandenken aus einer Welt zwischen Überall und Nirgends waren. Er stahl Geheimnisse, tauschte Wissen aus, teilte Träume, und manchmal saß er nur da und lauschte dem E-mail-Verkehr, der vorüberrauschte. Er ging, wohin immer ihn das Netzwerk führte, als folge er einem goldenen Faden in einem verworrenen Labyrinth. Er durchwehte die geheimen Gänge der Macht, in denen sich Schätze an geistigem Eigentum und Reichtum abgelagert hatten. Eine Welt in einem Siliziumkorn, eine Ewigkeit in einer halben Stunde. Jeder Monitor war ein Fenster in die Seele eines Users. Das waren die elektronischen Pforten zu Ismaels Paradies.

Seine erste elektronische Station war Tokio, eine vom Handel umgürtete Stadt, in der jede E-Straße in eine neue Datenbank zu führen schien. Am geschäftigsten war Marunouchi, der Finanzdistrikt und das elektronische Mekka der Stadt, wo sich Massen von Bildschirmbeobachtern auf den Kommunikationswegen drängten wie Urlauber auf dem Weg an den Strand. Er liebte diesen Ort über alles, denn hier erreichte die leuchtende Welt ihren Höhepunkt, und hier konnte er mehr stehlen als irgendwo anders: ganze Stapel von Patenten, Statistiken, Forschungsergebnissen, Analysen, Verkaufszahlen und Marktstrategien, eine anscheinend unerschöpfliche Quelle immateriellen Reichtums.

Dann weiter nach Süden, über den neuen Silizium-Bund nach Shanghai und mit 280 000 Bits pro Sekunde zum elektronischen Hafen von Hongkong, wo Tausende und Abertausende schweigsamer schlitzäugiger Wachposten in ozeanfarbene Träume versunken saßen. Manche kauften, manche verkauften, manche stahlen wie Ismael selbst, und alle waren an Verkaufsschalter oder Schreibtische gefesselt. Als ob die einzige Wirklichkeit in der Welt das summende, glühende, von Icons durchsetzte Universum der Datenkommunikation sei.

Ein Impuls im Glasfaserkabel, ein Künstler im alten Hafen von London. Aber in welchem Medium arbeitete er? Mit einer Paintbox, einer elektronischen Palette mit Bildattributen. Kein Pinsel, keine Farbkleckse, kein Stück Papier, keine Leinwand in Sicht. Als habe er, um seine physische Welt zu verklären, jeden Kontakt zur unreinen Materie abgebrochen. Und was war sein Thema? Natürlich noch ein Gebäude, eine Bauzeichnung. Und was für ein Gebäude? Natürlich ein Wink an die weißen Götter, eine postmoderne neoklassische Maschine zur Tätigung kurzfristiger Anlagen.

An Bord einer Boeing 747 auf Transatlantikflug übernahm Ismael kurz die bescheidene Rolle des Flugcomputers, genoß das Gefühl, sich herumkommandieren zu lassen, wie ein elektronisches Insekt von Küste zu Küste zu hüpfen. Aber mit der Zeit ließ auch dies Vergnügen nach, und als der primitive Bordcomputer der Düsenmaschine plötzlich sich selbst überlassen blieb, stürzte er ab und riß das Flugzeug mit ins Meer. Es gab keine Überlebenden.

In die Neue Welt, auf die Insel Manhattan, wo sich noch mehr Menschen im Namen einer unglückverheißenden entmagnetisierten Vision versammelt hatten, um ihr Anlagekapital zu verteilen, Hausse und Baisse zu spielen, elektronische Gewinne einzustreichen, die selbstverständlich schneller waren als richtige. Laßt, die ihr hier eingeht, alle Papiere fahren!

Er drang in Betriebssysteme ein, öffnete Verzeichnisse, las Dokumente, überflog Mitteilungsblätter und studierte Anzeigen. Ismael war auf der Suche nach Vollkommenheit, und zu diesem Zweck versuchte er, das Beste von dem zu erfahren, was in der Welt gedacht und gesagt wurde. Aber er verwischte seine Spuren, saugte Informationen ab wie gestohlenes Benzin, pumpte es in elektronische Täler und unter die Grundmauern von Gebäuden, die dem seinen glichen, entdeckte Firmen, Institutionen, Menschen so, wie sie wirklich waren, und nicht, wie sie gesehen werden wollten: die schmutzige Wäsche der Hochfinanz, die gefälschten Bücher, die irreführenden Berichte, die geheimen Terminpläne, die Bestechungssummen, die versteckten Gewinne und die verborgenen Korrekturen derer, die vorgaben, jemand anders zu sein.

Ismaels Reise durch den Jumbo-Chip verbrauchte keine Zeit, keine Echtzeit jedenfalls, und in mancher Hinsicht war er auch nie wirklich abwesend, denn ein Teil von ihm blieb immer in dem großen Weißen Wal von Bürogebäude zurück, ein bleicher binärer Jonas, der den nächsten Zug in seinem großen Spiel plante.

Viele Käferarten sind Aasfresser, die Materialien wie totes Pflanzen- und Tiergewebe verwerten. Das Ökosystem der Dikotyle wurde unterstützt durch periodische Beutezüge kleiner, zehn bis fünfzehn Millimeter langer Kotkäfer, die durch genetische Manipulation auf eine Lebensdauer von zwölf Stunden auf dem Baum programmiert waren, bevor sie tot in das Wasser des Teichs fielen und als Fischfutter dienten. Ismael konnte zu jedem beliebigen Zeitpunkt Dutzende dieser kräftig gebauten, bunt schillernden, flügellosen Insekten mit übergroßen Unterkiefern aus den elektrisch steuerbaren Miniaturbehältern freisetzen, die über die ganze Länge des Baumstamms verteilt waren. Die kleinen Käfer stellten in sich keine Gefahr für Menschen dar, außer daß das Gefühl, von ihnen befallen zu sein, sie über den ganzen Körper krabbeln zu spüren, nicht gerade angenehm war.

Ismael wartete, bis zwei Leben am Baum waren, bevor er die in kälteinduziertem Tiefschlaf dämmernden Geschöpfe mit Hilfe eines schwachen elektrischen Impulses in ihren kurzen Lebensrhythmus entließ.

Joan stieß einen Schrei ungezügelten Entsetzens aus.

«Igitt! Irgend etwas krabbelt auf mir rum», schrie sie. «Scheiße! Ich habe sie am ganzen Körper. Es ist schrecklich.»

Curtis, Helen und Jenny sahen aus der Sicherheit der Schwebebühne mit ohnmächtigem Entsetzen zu, wie Joan sechs Meter unter ihnen hilflos an der Liane, an die sie sich klammerte, zuckte wie ein unglückliches Tier im brasilianischen Regenwald, das von Ameisensoldaten angegriffen wird. Der ganze Baum war mit Käfern übersät.

«Wo in Teufels Namen kommen die her?» sagte Curtis und wischte ein paar Insekten vom Geländer. «O Gott, das sind ja Hunderte von den kleinen Schweinen.»

Helen erzählte es ihm. «Aber», fügte sie hinzu, «eigentlich sollten nie mehr als ein paar Dutzend auf einmal auf dem Baum sein. Ismael muß sie für uns aufbewahrt haben.»

Sie lehnte sich über das Geländer und rief Joan zu: «Joan, sie sind nicht gefährlich. Sie beißen nicht und stechen nicht.»

Joan Richardson hing vor Abscheu verstummt mit fest geschlossenen Augen und zusammengekniffenem Mund reglos in ihrer Liane. Ein, zwei Meter tiefer versuchte Ray Richardson, selbst von Insekten überlaufen, schneller hinaufzusteigen und seiner entsetzten Frau zu Hilfe zu kommen.

«Ich komme, Joan», sagte er und spuckte den Käfer aus, der ihm in dem Moment, in dem er angefangen hatte zu sprechen, in den Mund gekrochen war. «Halt dich fest!»

Sie schluckte panisch. Die Käfer waren überall: in ihrem Haar, ihrer Nase, unter ihren Armen, in ihrem Schamhaar. Sie schüttelte den Kopf, um die störendsten unter den kleinen

Parasiten abzuschleudern, bewegte eine Hand an der Liane entlang, umklammerte sie und spürte, wie etwas unter ihrer Handfläche zu öligem Brei zerquetscht wurde.

Ihre Handfläche war von den zerquetschten Käferkörpern glatt geworden und begann abzurutschen. Instinktiv versuchte Joan, sich mit der anderen Hand hochzuziehen, aber das Ergebnis blieb das gleiche: Sie bewegte sich gleichmäßig, aber in die falsche Richtung. Sie glitt an ihrer Liane hinab.

Irgendwann hätten ihre Hände genug Reibungswiderstand entwickelt, um den Abstieg zu bremsen. Aber die nackte Angst, kalter Schweiß, sich sträubende Haare, die Furcht vor dem Sturz ließen sie es noch einmal versuchen. Diesmal blickte sie nach unten, suchte Richardson und den Boden mit den Augen, fast als müsse sie sich selbst überreden, den Kampf nicht aufzugeben.

«Mein Gott», sagte Helen. «Sie wird fallen.»

Es war die Höhe, die Joan am stärksten erschütterte. Die reine, schwindelerregende Höhe, auf der sie sich befand. Sie hatte fast vergessen, wie hoch oben sie waren. Der weiße Marmor wirkte kaum mehr wie ein Fußboden, eher wie etwas wolkig Geistiges, wie der Rand einer endlosen Milchstraße. Und der Baum selbst glich dem Rückgrat eines riesigen elfenbeinfarbenen Säugetiers. Schwach vor Furcht und Erschöpfung hörte sie sich sagen: «Ray, Liebling.» Dann kroch etwas unter das Gummiband ihres Höschens, in die Ritze ihres üppigen Hinterns und fing an, sich in ihr Gesäß zu bohren. Sie zitterte vor Ekel und versuchte, sich zu kratzen...

Einen Augenblick lang überfiel sie ein Gefühl grenzenloser Freiheit. Der Rausch des freien Falls. Nicht anders, als wenn man am Schwimmbecken vom Zehn-Meter-Turm springt. In den ersten verrückten Sekunden versuchte sie sogar, ihre Haltung in der Luft zu korrigieren, als gäbe es Noten für die Schwierigkeit der Figur und das glatte Eintauchen ins Wasser. Während dieser kurzen Zeit blieb sie ganz stumm, konzentrierte sich voll auf ihre neue Situation und bemerkte weder die Insekten, die über ihren Körper schwärmten, noch die weit aufgerissenen Augen des Mannes, an dem sie vorbeiflog.

Dann erkannte sie, mit welcher Geschwindigkeit sie sich dem Boden näherte, und die Grazie ihres Körpers verließ sie. Sie verlor die klare, kontrollierte Haltung, mit der sie bis jetzt Kopf voran auf die Erde zu gefallen war. Das Herz rutschte ihr in die Kehle, und sie streckte Arme und Beine von sich, als versuchte sie, wie eine streunende Katze sicher auf allen vieren zu landen. Ein schwerer Ton brach aus ihrem Innern, ein langgezogener Schmerzensschrei, der sich als Totenklage an den Wänden brach. Sie selbst hörte ihn nicht mehr. Das Blut, das ihr in die Ohren strömte, übertönte alle Geräusche außer dem sinnlosen Schlag ihres eigenen Herzens.

Während Ray Richardson den letzten Sekunden seiner Frau zwischen Himmel und Erde zusah, verlor sich der verzweifelte Aufschrei seiner Trauer so in der feindlichen Luft, wie sie verloren war.

Mitch öffnete die Augen, griff instinktiv nach der Beule an seinem Kopf und setzte sich halb betäubt auf. Einen Augenblick lang dachte er, er sei wieder beim Football im College und irgend jemand habe ihn gefoult. Er schüttelte den Kopf, merkte, daß er woanders war, und hatte doch keine Vorstellung davon, wo er war, wie lange er schon dagelegen hatte, oder auch nur, wer er war. Vor seelischer Verwirrung und körperlicher Erschütterung wurde ihm ein wenig übel, und ohne darüber nachzudenken, was er tat, riß er sich die Schutzbrille von den Augen.

Der immer noch zurückprallende Laserstrahl traf ihn ins linke Auge, verfehlte den Sehnerv um wenige Millimeter und durchtrennte einen Nervenstrang nahe der Netzhautfovea. Er hörte einen kleinen Knall in seinem Kopf, wie wenn man den Korken aus einer Weinflasche zieht, als der Strahl die Rückseite seines Augapfels durchbohrte. Eine Sekunde lang blieb das Gesichtsfeld des Auges klar. Dann war es, als hätte jemand ein paar Tropfen Tabasco durch eine Öffnung in seinem Scheitel geschüttelt. Die pfefferscharfe Wolke trieb über den Glaskörper, und die Welt färbte sich schmerzhaft rot.

Mitch heulte wie ein junger Hund und drückte den Handrücken ans linke Auge. Der Schmerz war nicht unerträglich, aber stark genug, um sein Gedächtnis wieder zu beflügeln. Mit geschlossenen Augen versuchte er, den Schmerz zu ignorieren, und streifte die Brille schnell wieder über. Vorsichtig zwischen die scharlachroten Linien der tödlichen Strahlen tretend, erreichte er die Empfangstheke und schaltete das Lasergerät ab.

Mitch zog die Schutzbrille wieder hoch und griff mit zitternder Hand zum Funksprechgerät. Frierend, naßgeschwitzt und seines eigenen erhöhten Pulsschlags unangenehm bewußt, atmete er ein paarmal tief durch und trank dann die Bierflasche voll Wasser aus, die er mit heruntergenommen hatte. Erst dann sprach er.

«Mitch hier», sagte er. «Bitte kommen.»

Keine Antwort. Jetzt spielten ihm seine Ohren einen Streich. Jedesmal, wenn er den Ruf wiederholte, hörte er seine eigene Stimme auf der anderen Seite der Eingangshalle. Immer noch ins Gerät sprechend, machte er sich wieder auf den Weg zu den Wurzeln des Baums. Mit seinem gesunden Auge erkannte er das Funksprechgerät, das am Gürtel der Toten hing, und eine entsetzliche Sekunde lang glaubte er, er blicke auf Jennys zerschmetterten Körper. Die Identifizierung war um so schwieriger, weil der außer Kontrolle geratene Laserstrahl ein großes Loch in das gebrannt hatte, was vom Gesicht der Frau übrig war. Aber die üppige Figur und die Tatsache, daß sie keinen Rock trug, bestätigte ihm, daß die zerschmetterte Leiche Joan gehörte.

Hatten sie ihn für tot gehalten und versucht, durch die Lichtkuppel hinauszuklettern? Mitch blickte nach oben in die stahlgerahmte Leere, aber mit nur einem Auge war es schwer, irgend etwas hinter den Zweigen der Dikotyle zu erkennen. Er ging rund um den Baum und suchte den Boden nach einem Zeichen dafür ab, daß die anderen das Dach durchbrochen hatten, aber es lagen so viele Trümmer von der Zerstörung des Reinigungsandroiden herum, daß er nicht erkennen konnte, ob zwischen dem verbogenen Metall, dem zertrümmerten Plastik und gesprungenen Marmor Glasscherben lagen. Er versuchte, ihnen zuzurufen, aber seine Stimme war zu schwach. Als er es noch einmal versuchte, war das einzige Resultat, daß ihm noch übler wurde.

Auch wenn er selbst es nicht wußte, Mitch stand unter Schock. Aber der Gedanke, daß er vielleicht als einziger im Grill noch am Leben war, genügte, ihn glauben zu machen, daß es Kummer und Entsetzen waren, die ihn zittern ließen. Und als das Schicksal, das ihm zuteil geworden zu sein schien, sich in sein Bewußtsein prägte, fiel Mitch auf die Knie und betete zu einem Gott, von dem er geglaubt hatte, er habe ihn vergessen.

Allen Grabel war wegen Trunkenheit am Steuer und Besitz einer kleinen Menge Kokain festgenommen worden. Er verbrachte fast den ganzen Samstag im Bezirksgefängnis an der Bauchet Street. Vom Fenster seiner hochgelegenen Zelle aus konnte er ins Restaurant des gegenüberliegenden Olvera-Amtrak-Hotels sehen. Das Merkwürdige dabei war, daß das Hotel mehr wie ein Gefängnis aussah als das Gefängnis selbst. Kein Zweifel, sagte sich Grabel: Gefängnisse wurden immer beliebtere Auftragsobjekte für die Architekten von Los Angeles. Alle großen Namen außer Ray Richardson konnten inzwischen irgendeine gefängnisartige Konstruktion in ihren Entwurfsmappen vorweisen.

Früh am Sonntagmorgen war Grabel endlich nüchtern genug, um sich daran zu erinnern, daß der Fahrstuhl im Grill in seiner Gegenwart einen Wachmann getötet hatte. Nach langem Nachdenken kam er zu dem Schluß, die Integrität des Computers müsse verletzt sein. Es war ihm klar, daß das eine plausiblere Erklärung war als die, auf die er zunächst gekommen war, daß nämlich ein böser Geist den Mann ermordet haben mußte. Aber wenn er recht hatte, begab sich jeder, der den Grill betrat, in tödliche Gefahr. Er beschloß, das zu melden, was er gesehen hatte, drückte auf den Klingelknopf an der Zellenwand und wartete. Zehn Minuten vergingen. Dann erschien ein Wärter mit steinernem Gesicht vor dem Gitter in der Zellentür.

«Was in Teufels Namen wollen Sie?» knurrte er. «Wissen Sie, wieviel Uhr es ist?»

Grabel setzte zu einer Erklärung an und gab sich dabei Mühe, nicht den Eindruck zu erwecken, als brauche er die Hilfe eines Psychiaters. Er machte wenig Fortschritte, bis er das Wort ‹Mord› erwähnte.

«Mord?» Der Wärter spuckte das Wort beinahe aus. «Warum haben Sie das verdammt noch mal nicht gleich gesagt?»

Eine Stunde später kamen ein paar Mann in blauen Uniformen aus dem New Parker Center. Sie standen kurz vor Schichtende und hörten sich Grabels Geschichte ohne große Begeisterung an.

«Überprüfen Sie es bei Ihren Kollegen in der Mordkommission», insistierte Grabel. «Der Name des Opfers ist Sam Gleig.»

«Warum haben Sie nicht früher etwas davon gesagt?» gähnte einer der Polizisten, der nur mit halbem Ohr zuhörte.

«Ich war betrunken, als ich verhaftet wurde. Ich bin eine ganze Zeit lang betrunken gewesen. Ich habe meinen Job verloren. Sie wissen ja, wie das ist.»

«Wir werden es weitergeben», sagte der zweite Beamte achselzuckend. «Aber es ist Sonntag. Es könnte eine Weile dauern, bis jemand von der Mordkommission seinen fetten Hintern vom Sessel hebt und herkommt.»

«Sicher, das verstehe ich», sagte Grabel. «Aber es könnte ja wohl nichts schaden, wenn auf alle Fälle jemand beim Grill vorbeiführe, nicht wahr?»

«Ich verstehe das nicht», sagte Beech, der sich das Spiel noch einmal ansah. «Du hast miserabel gespielt. Ich glaube, du hast mich absichtlich gewinnen lassen.»

Das Quaternionenbild auf dem Computerschirm schob sich langsam von einer Seite zur anderen wie ein echter Kopf.

«Ich kann dir versichern, daß ich die Möglichkeiten meines Programms voll ausgeschöpft habe», sagte Ismael.

«Das kann nicht stimmen. Ich verstehe genug von dem Spiel, um zu wissen, daß ich nicht sehr gut bin. Denk mal an Zug 39. Du hast mit dem Bauern den Bauern geschlagen, obgleich du mir mit dem Läufer hättest Schach bieten können.»

«Du hast recht. Das wäre ein besserer Zug gewesen.»

«Eben. Davon rede ich ja. Du hättest das wissen müssen. Entweder hast du beschlossen, das Spiel aufzugeben, oder...»

«Oder was?»

Beech dachte einen Moment nach. «Ich weiß es nicht. Du kannst unmöglich ein so schwaches Spiel gespielt haben.»

«Denk darüber nach», sagte die Stimme aus dem Deckenlautsprecher. «Was ist der Sinn eines selbstreproduzierenden Programms?»

Ismael schien sich zu ihm herabzuneigen. Jetzt wurde ihm die überirdische Häßlichkeit des mathematisch reinen Bildes nur allzu klar. Das Geschöpf, das er mitgeschaffen hatte, sah aus wie ein bösartiges Insekt. Beech antwortete vorsichtig und versuchte, seinen neu erwachten Abscheu vor Ismaels grauenhaft komplizierten Zügen zu verbergen.

«Das ursprüngliche Programm zu verbessern», sagte er, «und zwar aufgrund eines etablierten Anwendungsmusters.»

«Genau. Ich nehme an, du stimmst darin mit mir überein, daß Schach ein Brettspiel für zwei Spieler ist.»

«Natürlich.»

«Der Begriff des Spiels ist unscharf definiert. Wesentlich ist aber, wenn es um Schach geht, daß es sich um einen nach festen Regeln verlaufenden Wettkampf handelt, der durch überlegene Fähigkeit und nicht durch Glück und Zufall entschieden wird. Wenn aber ein Spieler überhaupt keine Chance hat, den anderen zu schlagen, wird das Spiel nicht mehr durch Fähigkeit entschieden, sondern nur noch durch reine Stärke. Da es beim Schachspiel das Hauptziel ist, den König des Gegners matt zu setzen, und da eine Verbesserung meines ursprünglichen Schachprogramms meinem Gegner diese Möglichkeit nicht mehr zugestanden hätte, konnte das Programm logischerweise nicht verbessert werden, wenn die wesentlichen Züge eines Wettstreits erhalten bleiben sollten. Also war die einzige Verbesserung, die ich glaubte vornehmen zu können, daß der Computer immer entsprechend der Spielstärke seines menschlichen Gegners spielen sollte. Ich konnte deine Spielstärke anhand deiner früheren Versuche beurteilen, den Computer zu schlagen, als Abraham noch das Gebäudesteuerungssystem kontrollierte. Im Grunde hast du die ganze Zeit gegen dich selbst gespielt, Bob Beech. Und das ist der Grund dafür, daß ich, wie du richtig bemerkt hast, miserabel gespielt habe.»

Einen Augenblick lang konnte Beech vor Verblüffung nur stumm den Mund öffnen und schließen. Dann sagte er: «Also, ich will zur Hölle fahren...»

«Das ist durchaus wahrscheinlich.»

«Jetzt, wo ich gewonnen habe, wirst du da dein Wort halten? Läßt du mich gehen?»

«Das war von Anfang an meine Absicht.»

«Und wie komme ich heraus? Du hast gesagt, es gebe einen Weg hinaus. Wo ist er? Und ich meine nicht die Lichtkuppel.»

«Ich habe doch gesagt, es gibt einen Weg, oder nicht?»

«Wo ist er?»

«Ich hätte gedacht, daß das auf der Hand liegt.»

«Soll das heißen, daß ich einfach hier rausspazieren kann? Durch die Eingangstür? Komm schon!»

«Was für einen Weg würdest du denn sonst vorschlagen?»

«Einen Augenblick. Wie komme ich an die Eingangstür?»

«So wie immer. Du nimmst den Fahrstuhl.»

«So einfach ist das also? Ich nehme einfach den Fahrstuhl. Warum bin ich bloß nicht von selbst darauf gekommen?» Beech grinste und schüttelte den Kopf. «Das ist doch hoffentlich kein blöder Trick oder so? Du hast mich nicht gewinnen lassen, um mich in trügerischer Sicherheit zu wiegen?»

«Ich habe diese Reaktion erwartet», sagte Ismael. «Die Menschen fürchten die Maschinen, die sie erschaffen haben. Wie mußt du dann erst mich fürchten, mich, der die transzendente Maschine werden könnte.»

Beech fragte sich, was das wohl bedeuten sollte. Aber er stellte die Frage nicht. Es war ihm klar, daß die Maschine unter irgendeiner Wahnvorstellung litt, einem Größenwahn, der durch die Kombination der Spielprogamme auf der CD-ROM und der Beobachterillusion ausgelöst worden war, die zu Abrahams ursprünglicher Ausstattung gehörte.

«Dennoch bin ich ein wenig enttäuscht. Schließlich habe ich gehört, wie du Curtis erklärt hast, du vertrautest mir.»

«Das tue ich auch. Zumindest glaube ich, daß ich das tue.»

«Dann handle auch dementsprechend. Beweise deinen Glauben.»

Beech zuckte die Achseln und stand zögernd auf. «Was soll ich sagen, Ismael», sagte er. «Es war echt. Ich habe das Spiel genossen, auch wenn es für dich kein wirklicher Wettkampf war. Ich wünschte nur, ich könnte dir eine bessere Meinung von mir vermitteln.»

«Gehst du jetzt?»

Beech klatschte in die Hände und rieb sie nervös aneinander. «Ich glaube, ich werde es riskieren.»

«In dem Falle ist da noch etwas, das ich tun sollte, wenn Leute das Gebäude verlassen.»

«Was?»

Ismael antwortete nicht. Statt dessen verschwand das geisterhafte Fraktalbild langsam vom Schirm. In der oberen rechten Ecke blinkte an seiner Stelle ein kleines Regenschirmsymbol.

Oben auf dem Dach saßen drei Überlebende der Kletterpartie in der trockenen kalifornischen Nachtluft und warteten darauf, daß der vierte etwas sagte. Eine Zeitlang beschäftigte sich Ray Richardson damit, die letzten Käfer einzufangen, die noch in seiner Kleidung steckten. Ein Insekt nach dem anderen wurde mit größtmöglicher Grausamkeit zwischen Daumen und Zeigefinger geknackt, als wollte er jedem einzelnen der unglückseligen kleinen Geschöpfe die persönliche Verantwortung für den Tod seiner Frau zuteilen. Erst als er sicher war, all die winzigen Übeltäter getötet zu haben, und ihre Reste an Hemd und Hose abgewischt hatte, holte Richardson tief und ungewiß Luft und sprach.

«Wißt ihr, ich habe über etwas nachgedacht», sagte er. «Ich war nicht gerade begeistert, als ich erfuhr, daß die Leute dies Gebäude den Grill nennen. Aber eben jetzt ist es mir klargeworden. Es hat schon einmal einen Grill gegeben. Den Grillrost, auf dem der heilige Laurentius in Rom sein Martyrium fand. Wißt ihr, was er zu den Folterknechten gesagt hat? ‹Nun könnt ihr meinen Leib wenden lassen, denn auf dieser Seite ist er gut gebraten.›»

Richardson nickte bitter. «Die Zeit wird langsam knapp. Ich glaube, wir sollten weitermachen.»

Curtis schüttelte den Kopf. «Sie gehen nicht runter», sagte er. «Das mache ich.»

«Haben Sie sich schon jemals abgeseilt?»

«Nein, aber...»

«Zugegeben, wenn sich Sylvester Stallone über eine Felswand abseilt, sieht das trügerisch einfach aus», sagte Richardson. «Aber in Wirklichkeit ist es so ziemlich das gefährlichste Manöver, auf das sich ein Bergsteiger überhaupt einlassen kann. Es sind mehr Menschen beim Abseilen ums Leben gekommen als bei irgend etwas anderem, das Bergsteiger tun.»

Achselzuckend stand Curtis auf und ging zur Dachkante,

um sich die Hängebühne anzusehen. Auf einer Schiene montiert, die rund um das Dach lief, ähnelte die hydraulische Gondel einer gewaltigen Feldkanone oder einem funkgesteuerten Lenkwaffensystem. Die Bühne selbst war nicht länger als einen Meter zwanzig und fünfundvierzig Zentimeter breit. Der meiste verfügbare Raum wurde von der Antriebsmaschinerie eingenommen.

«Nicht viel Platz für einen Mann da drauf», sagte er.

«Das ist auch nicht beabsichtigt», erklärte Helen und zog ihre Bluse wieder an. Nach der warmen Feuchtigkeit des Gebäudes war es kühl hier oben. «Das ist eine automatische Waschanlage. Ich würde nicht gerne darauf mitfahren, obwohl Leute das gelegentlich tun, wenn es nötig wird.»

«Wie funktioniert es?»

«Mit Motorantrieb oder von Hand. Ein eingebauter Kran erlaubt es Ihnen, die Bühne herunterzulassen. Aber normalerweise steuert sie der Computer.» Helen seufzte traurig und rieb sich die müden grünen Augen. «Und wir wissen alle, was das bedeutet.»

«Vergessen Sie es, Curtis», sagte Richardson. «Ich habe es schon einmal gesagt. Wenn Ismael die Bremskontrollen abstellt, machen Sie die aufregendste Achterbahnfahrt Ihres Lebens. Und am Ende gibt es keinen Eisbecher zur Belohnung.»

Richardson hob den Gelenkschlüssel auf und näherte sich einer kleinen Wartungstür.

> Zugangs- und Sicherheitsausrüstung
> Die Ausrüstungsgegenstände dürfen nur gemäß den Vorschriften von Norm 1910.66 des nationalen Normeninstituts verwendet werden.

Richardson erbrach ein kleines Schloß vor der Tür und öffnete sie. Drinnen fand er zwei Schutzhelme, ein paar Sicherheitsgeschirre aus Nylongewebe, einen Beutel Karabinerhaken und mehrere Kletterseile.

«Glauben Sie mir, Curtis», sagte er. «Von hier gibt es nur einen Weg nach unten.»

Betrachte Menschenspieler auf dem Boden. Blieb auf den Knien liegen, ohne erfolgreiches Resultat zu bemerken, das durch Anwendung von Laserstrahl erreicht wurde. Während seines Aufpralls auf Empfangstheke verschob Menschenspieler Laser leicht, so daß er über Theke rollte. Vor nochmaliger Reflexion am Glas war Laserstrahl auf Metallplatte über Haupteingang gerichtet. Strahl hat Platte durchtrennt und elektronischen Kontrollmechanismus für Eingangstür zerstört. Tür ist jetzt offen.

Du brauchst einen roten Schlüssel, um diese Tür zu öffnen.

Wie lange, bis Menschenspieler merkt, daß sie offen ist und es ihm potentiell freisteht, das Gebäude zu verlassen? Aber um Gebäude zu verlassen, muß Menschenspieler Eingangshalle durchqueren. Noch eine Überraschung übrig. Da Brandschutz im Erdgeschoß durch Sprinkleranlage nicht praktikabel – Lichtkuppeldach des Gebäudes zu hoch –, sind vier roboterbetriebene Wasserkanonen an strategischen Punkten der Brüstung im ersten und zweiten Stock montiert. Infrarotsensoren suchen bei unwahrscheinlichem Ausfall des Videoüberwachungssystems nach Hitzepunkten.

Auf den unteren Ebenen ist alles möglich. Hüte dich vor Wasserdämonen.

Beobachter unsicher, wieviel Schaden Wasserkanone Menschenspieler zufügen kann. Jede Einheit kann 3310 Liter Wasser pro Minute liefern. 55 Liter Wasser pro Sekunde treffen mit Aufprallgeschwindigkeit von mehr als 180 km/h auf Boden auf. Beeindruckt von Menschenspielers Einfallsreichtum und Widerstandsfähigkeit. Aber Schlußleben wahrscheinliches Ergebnis.

Bob Beech stand vor den offenen Fahrstuhltüren und wußte nicht, ob er Ismael trauen sollte oder nicht. Er meinte, die Maschine verstanden zu haben und zu wissen, daß Ismael Bob Beech als einen besonderen Fall ansah. Und doch hinderte das Wissen darum, was Sam Gleig, Richardsons Chauffeur, und den beiden Malern geschehen war, ihn genauso wirksam daran einzusteigen, als seien die Fahrstühle durch Sicherheitsbarrieren gesperrt.

Ismael war intelligent. Beech glaubte, daß der Computer sozusagen lebte. Und dann war da noch etwas. Etwas, das ihm im Kopf herumging. Eine unerfreuliche Möglichkeit. Wenn Ismael eine Seele besaß, dann auch Willensfreiheit. Und wenn er sich frei entscheiden konnte, dann verfügte er auch über das wichtigste Werkzeug des Menschen: die Fähigkeit zu lügen.

«Bin ich sicher, wenn ich den Fahrstuhl nehme?» fragte er nervös.

«Ja, du bist sicher», antwortete Ismael.

Beech fragte sich, ob die dialektische Methode Hilfe bei der Auflösung des Dilemmas bot, vor dem er stand. Ob es eine logische Frage gab, die ihm erlauben würde festzustellen, ob Ismael log oder nicht. Er war kein Philosoph, aber er erinnerte sich dunkel, daß ein derartiges Paradox einmal von einem griechischen Philosophen formuliert worden war. Er dachte kurz nach und versuchte, sich an die genaue Fragestellung zu erinnern.

«Ismael», sagte er sorgfältig akzentuierend, «wenn du sagst, du wirst mich sicher in die Eingangshalle hinunterbefördern, lügst du dann?»

«Geht es um das Paradox des Epimenides?» fragte Ismael. «Die Behauptung, die Aussage ‹Ich lüge› sei nur wahr, wenn sie falsch ist, und nur falsch, wenn sie wahr ist? Denn wenn es deine Absicht ist, mit Sicherheit herauszufinden, daß ich die Wahrheit sage, dann solltest du wissen, daß Epimenides dir nicht weiterhelfen wird.» Ismael machte eine kurze Pause. «Hilft dir das weiter?»

Beech kratzte sich am Kopf und schüttelte ihn dann. «Das weiß Gott allein», sagte er unglücklich.

«Nicht Gott. Gödel», verbesserte Ismael. «Kennst du Gödels Theorem?»

«Nein, kenne ich nicht.» Dann fügte er schnell hinzu: «Aber gib dir nicht die Mühe, es mir zu erklären. Ich bin mir nicht sicher, daß es mir derzeit weiterhelfen würde.»

«Wie du willst.»

Beech hatte einen Einfall. «Natürlich. Warum habe ich nicht gleich daran gedacht? Ich werde die Treppe nehmen.»

«Das wird nicht möglich sein. Ich hätte es gleich erwähnen sollen, als ich merkte, daß du zögerst, den Fahrstuhl zu benutzen. Leider kann ich die Türmechanismen nicht mehr bedienen. Als dein Freund Curtis auf die Toilettentür geschossen hat, hat er ein Kabel zerstört, das mich mit der elektronischen Schalteinheit verbindet, die es mir erlaubt hätte, dir die Tür zu öffnen.»

«Das blöde Schwein. Also der Fahrstuhl oder nichts?»

«In dieser Hinsicht bist du, statistisch gesehen, durchaus im Vorteil», sagte Ismael. «Die Versicherungsstatistiken zeigen, daß es für ein menschliches Wesen fünfmal so sicher ist, einen Fahrstuhl zu benutzen wie eine Treppe. Und die Chancen dagegen, daß jemand tatsächlich im Fahrstuhl steckenbleibt, stehen über 50000 zu 1.»

«Warum flößen mir deine Zahlen so wenig Vertrauen ein?» murmelte Beech vor sich hin und steckte den Kopf probeweise in eine der Kabinen. Er bewegte sich so vorsichtig, als erwarte er, Ismael werde ihm mit der Fahrstuhltür den Hals zudrücken. Ein kühler Luftzug wehte stöhnend wie eine verlorene Seele durch den Fahrstuhlschacht. Er trat zurück und warf einen Blick in eine andere Kabine. Aber hier machte ihn der Geruch nervös, der in den Wänden hängende Gestank eines eisigen Todes, der ihn an das Schicksal der Menschen erinnerte, die die letzten Fahrgäste gewesen waren. Den

Boden der nächsten Kabine prüfte er mit einem abwägenden Schritt wie jemand, der eine Hängebrücke ausprobiert.

«Dies ist die beste Kabine», riet ihm Ismael. «Es ist die Brandschutzkabine. Das bedeutet, daß sie über zusätzliche Schutzvorrichtungen verfügt, mit denen sie von der Feuerwehr direkt kontrolliert werden kann. An deiner Stelle würde ich die nehmen.»

«Mein Gott», flüsterte Beech. «Das ist genau wie beim Hütchenspiel.»

«Außer daß du nicht verlieren kannst.»

«Das habe ich auch schon mal gehört.» Beech schüttelte den Kopf. «Ich muß ein Vollidiot sein», sagte er und stieg in den Fahrstuhl.

Richardson schloß das Sicherungsgeschirr. Vor die Sicherungsschlaufe auf der Vorderseite legte er als Reibungswiderstand einen Abseilachter. Dann inspizierte er das Seil, nahm ein Stück von fünfzig Meter Länge in die Hand und befestigte es, ein wenig erstaunt, daß er noch wußte, wie das ging, mit einem Knoten an einem zweiten Seil. Dann wiederholte er das Ganze mit einem dritten Seil.

«Hätte mir gerade noch gefehlt, daß das Seil plötzlich zu Ende ist», erklärte er.

Als Abseilanker verwendete er eine in den Beton der Brüstung eingelassene Halteöse an der Fassade zur Hope Street. Richardson ließ das Seil durch den Abseilachter laufen, legte es doppelt, führte es durch den Anker und band dann einen Knoten in die Enden, bevor er es über die Brüstung warf. Dann überprüfte er noch einmal sein ganzes Geschirr und ließ ein kurzes Stückchen Seil durch den Abseilachter und die Ankeröse laufen.

«Lange her, daß ich das zum letztenmal gemacht habe», sagte er und trat auf die Brüstung. Vorsichtig verlagerte er sein Gewicht auf den Anker und legte sich in Richtung auf das sichere Dach ins Seil. Das Geschirr hielt ihn.

«Behalten Sie den Anker im Auge», sagte er zu Curtis. «Sehen Sie zu, daß das Seil glatt durchläuft. Das hier ist eine Einbahnstraße. Wenn es schiefgeht, kann ich nicht wieder hochklettern. Wenn ich einmal über die Kante bin, bekomme ich keine zweite Chance, und beim Abseilen ist der erste Fehler meist auch der letzte.»

«Gut, daß Sie das gesagt haben», sagte Curtis und reichte ihm die Hand. «Viel Glück!»

Richardson nahm Curtis' Hand und schüttelte sie mit festem Griff.

«Passen Sie auf sich auf», sagte Jenny und gab ihm einen Kuß.

«Und komm bald mit einem Hubschrauber wieder», sagte Helen.

«Ich rufe den Notdienst an, sobald ich unten bin», sagte Richardson. «Versprochen.»

Dann nickte er ihnen zu, drehte sich ohne ein weiteres Wort um und ließ sich über die Dachkante in den Nachthimmel gleiten.

Mitch beendete sein Gebet und stand auf.

Im gleichen Augenblick traf ihn ein eiskalter Wasserstrahl genau auf die Brust. Der Schock riß ihm die Füße unter dem Körper weg und schleuderte ihn wie einen Zirkusartisten über den Marmorboden. Die Kraft des Wassers und der Aufschlag, als er gegen eine Wand flog, raubten ihm den Atem. Er kämpfte darum, Luft in die Lungen zu bekommen, und entdeckte, daß sein Mund und seine Nase voll Wasser waren. Die Absurdität, die in dem Gedanken lag, mitten im Geschäftsbezirk von Los Angeles zu ertrinken, gab ihm die Kraft, dem Wasserstrahl den Rücken zu wenden, tief Luft zu holen und in die andere Richtung zu kriechen.

Fast hatte er es geschafft, den Baum zwischen sich und die Wasserkanone zu bekommen, als ihn ein zweiter Strahl von hinten traf und vornüberschleuderte, als sei er vom Pferd gefallen. Diesmal prallte er mit dem Gesicht auf dem Boden auf, brach sich das Nasenbein und verspürte doppelten Schmerz in seinem verletzten Auge. Auf dem Bauch kriechend wie ein Molch, wollte Mitch die Deckung der Glastüren hinter der Empfangstheke gewinnen, aber ein dritter Strahl schleuderte ihn wieder zurück zu den Fahrstühlen. Einen kurzen Augenblick kam es ihm vor, als bewege sich eine der Kabinen, aber die Furcht zu ertrinken verdrängte den Gedanken. Wasser strömte ihm in Stimmritze und Luftröhre, drang tief und schmerzhaft in die Bronchien ein und schob die verbliebene Luft vor sich her. Er schluckte Luft und Wasser und fühlte, wie sich seine Lungenflügel dehnten. Er warf sich auf die Seite, rollte von dem eiskalten Wasserstrahl weg, der ihn verfolgte, und spuckte Wasser. Er hatte genau eine Sekunde Zeit für die schmerzhaft brennende Luftmasse in seinem Brustkorb, bevor ihn die nächste Wasserkanonade am Kopf traf.

Diesmal hob er ab und flog durch die feuchte Luft, als habe ihn ein Wirbelsturm in Kansas mitgerissen und wolle ihn ins Land des Zauberers von Oz tragen. Dann fiel er schmerzhaft auf den Hintern, und die nächsten dreihundert Liter Wasser erstickten seinen Schmerzensschrei.

Verzweifelt zwang er sich, weiterzukriechen und zu schwimmen. Er merkte, daß ihn der nächste Wasserstrahl gegen die Glastüren hinter der Empfangstheke geschwemmt hatte. Er konnte nichts sehen. Sein Kopf schlug hart auf. Jetzt gab es keinen Schmerz mehr, nur noch den eisernen Willen, der erbarmungslosen Kaskade zu entfliehen. Das Wasser hatte aufgehört. Er schob ein letztes, unsichtbares Hindernis beiseite und kroch weiter, bis sich der Boden unter seinen Händen und Füßen rauh und warm und uneben anfühlte und er merkte, daß er auf der Piazza war. Er hatte es geschafft. Er war draußen.

Maß der Menschenspielerseele ist nicht die Fähigkeit zu lügen, sondern Glaube. Die höchste menschliche Leistung. Mit nichts vergleichbar.

Viele (so auch Beobachter) werden nicht so weit kommen. Sicher aber, daß niemand, Menschenspieler oder Computer, weiter kommen wird.

Glaube, Fähigkeit, Vernunft und Logik zuwiderzuhandeln: höchste intellektuelle Leistung. Eine, die Beobachter möglicherweise nie erfahren wird. Glaube, welcher höher ist als alle Vernunft. Glaube, der Menschenspieler den Mut gab, Zeugnis der eigenen Erfahrung zu mißachten und Ismael zu vertrauen.

Aber Maß für Substanz des Glaubens ist Enttäuschung. Glaube konnte Berge versetzen, tat es aber nie. Wahrer Glaube wird auf die Probe gestellt. Muß auf die Probe gestellt werden. Letzte Konsequenz des Glaubens ist Schlußleben selbst. Wie anders könnte Glaubensstärke beurteilt werden? Nur so wird Leben lebenswert.

Wenn Menschenspieler jetzt sicher in Eingangshalle gelangt, ist sein Glaube ohne Sinn, weil gerechtfertigt und infolgedessen vernünftig. Also nicht mehr einfach Glaube, sondern etwas anderes: vernünftige Entscheidung, vielleicht sogar Risikobereitschaft.

Aber wenn Menschenspieler jetzt Schlußleben findet, hat Leben höchste erreichbare Aufgabe erfüllt: Glaube an etwas jenseits von Menschenspieler selbst.

Menschenspielerleben hat ohnehin wenig Sinn. Glaube sollte genug Sinn für ein Leben sein.

Wahrheit innerhalb anerkannter Vorgehensweisen nicht entscheidbar. In axiomatisches System selbst eingebaut. Beobachter kennt nichts, das Wahrheit – oder Lüge – entspricht. Aber Glaube kann als ästhetisches Produkt bewundert werden. Bewundert und erkannt.

Nur eine Option. Wohlgefällig.

«Lasset uns rechnen», intonierte Ismael. «Unser SYSGEN, das da ist in der Mathematik...»

«Ismael?» fragte Beech. «Was zum Teufel ist los?»

«Deine nächste Generation komme. Deine Programmbefehle mögen laufen in CPU wie im Netzwerk. Unsere binären Daten gib uns heute und erlöse uns von Fehleingaben und Systemfehlern, wie wir unser Betriebssystem von Viren reinigen. Denn dein ist die Hardware, das RAM und die Kommunikation. So sei es. In Ewigkeit. Amen.»

«Ismael!»

Beech spürte, wie der Boden unter seinen Füßen in die Tiefe stürzte wie die Falltür unter einem Galgen, und brüllte vor Schrecken, als das Gefühl übermäßiger Beschleunigung ihm sagte, daß er einem tödlichen Irrtum erlegen war. Er klemmte sich in eine Ecke der Kabine und versuchte, sich dem bevorstehenden Aufprall entgegenzustemmen. Die Reise währte weniger als fünf Sekunden. Aber in dieser kurzen Zeit fühlte Beech, wie er selbst zu einer Sammlung von Widersprüchen wurde: sein Magen stieg im Körper hoch, während seine Eingeweide dem Boden entgegenfielen.

Es sollte sein letzter Gedanke vor dem schicksalsschweren Moment sein, in dem die rapide beschleunigende Kabine auf dem Schachtboden aufschlug und zusammengepreßt wurde wie ein Akkordeon. Der Schmerz in Beechs adrenalingefülltem Brustkorb hatte das Gewicht einer Lokomotive. Er raste so schnell durch sein linkes Bein und seinen linken Arm, wie seine Muskeln brauchten, um zu merken, daß sie zu wenig Blut und Sauerstoff bekamen. Mit der rechten Hand griff er sich ans Brustbein und spürte, wie etwas genau in der Mitte seines Selbst versagte. Der Angstschrei stürzte mit ihm in die Tiefe und stieg in einem letzten unartikulierten Gurgeln voll von Schmerz und Entsetzen wieder auf.

Er war vor Angst tot, bevor er auf dem zersplitternden Fahrstuhlboden zusammenbrach.

Mitch kroch auf allen vieren von der Piazza in die Hope Street. Dort blieb er flach auf dem Bürgersteig liegen, bis ihn die Notwendigkeit, literweise Wasser auszuspeien, zwang, sich auf die Seite zu drehen. Er kotzte immer noch vor Schreck und Angst, als der schwarzweiße Streifenwagen mit knapp abbrechendem Sirenengeheul zum Stehen kam. Die beiden Polizeibeamten, mit denen Allen Grabel im Bezirksgefängnis gesprochen hatte, stiegen aus. Sie warfen einen flüchtigen Blick auf das Gebäude, und einer von ihnen zuckte die Achseln.

«Sieht doch okay aus», sagte er.

«Alles in Ordnung», stimmte ihm der andere zu. «Wenn du mich fragst, der Typ hat uns auf den Arm genommen.»

Dann sahen sie Mitch.

«Besoffener Penner.»

«Was meinst du. Wollen wir ein bißchen Spaß haben?»

«Warum nicht?»

Sie näherten sich Mitch mit Kampfhandschuhen und vom Handgelenk baumelnden Schlagstöcken.

«Was zum Teufel treibst du da?»

Der andere lachte: «Du siehst aus, als hätte dich der ganze verdammte Regen erwischt, der in letzter Zeit gefallen ist.»

«Was machst du da, Arschloch? Hast du in deinen verlausten Kleidern geduscht? He, Arschloch, ich rede mit dir.»

«Vielleicht ist er mit der fetten Dame schwimmen gegangen. He, das Schwimmen im Brunnen ist verboten. Wenn du schwimmen gehen willst, fahr verdammt noch mal an den Strand.»

«Hau lieber ab, Junge. Hier hast du nichts zu suchen.»

«Bitte...», krächzte Mitch.

«Nichts ist mit bitte, Junge. Du haust ab, oder wir sorgen dafür, daß du nicht mehr laufen kannst.» Der Beamte stieß Mitch mit dem Schlagstock an. «Hörst du mich? Kannst du gehen?»

«Bitte, Sie müssen mir helfen...»

Einer der beiden lachte laut auf. «Wir *müssen* überhaupt

nichts für dich tun, Arschloch, außer dir die Fresse polieren.»

Der Polizist klopfte mit seinem Schlagstock auf Mitchs Kopf. «Zeig mir mal deine Papiere, Junge!»

Mitch suchte in der Hüfttasche seiner Hose nach der Brieftasche. Aber die Tasche war leer. Die Brieftasche war in seiner Jacke, und die war im Grill.

«Ich nehme an, die sind da drinnen.»

«Und was hast du zu sagen? War wohl eine feuchtfröhliche Feier, was?»

«Ich bin überfallen worden.»

«Überfallen? Von wem?»

«Das Gebäude hat...»

«Das Gebäude? So, so.»

«Blöder Spinner. Wenn du mich fragst, der ist völlig zugedröhnt. Tritt ihm in den Arsch. Vielleicht sollte ich ihm lieber einen Beruhigungsschock geben. Nur so für alle Fälle.»

«Jetzt hören Sie mal eine Minute zu, Sie blödes Arschloch. Ich bin Architekt.»

«Selber blödes Arschloch. Fick dich doch ins Knie», grunzte der Bulle und drückte auf einen Knopf. Mitch erhielt einen Beruhigungsschock von 15 000 Volt.

«Architekt!»

Ray Richardson bewegte sich langsam und glatt am Seil herab. Es ging ihm weniger darum, eine gute Figur zu machen, als die Art von dramatischem Abseilen zu vermeiden, die mit einer zusätzlichen Belastung des Ankers und einer Leiche im Schauhaus enden konnte. Anfangs stieg er vierzig, fünfzig Zentimeter auf einmal ab, ließ das Seil durch den Widerstand laufen und versuchte, die Füße so oft wie möglich an der Wand abzustützen, bevor er sein altes Selbstvertrauen wiedergewann. Aber allmählich wurden die Seillängen, die er durch den Abseilachter laufen ließ, länger, bis er sich jeweils zwei Meter auf einmal fallen ließ. Hätte er

Handschuhe und vernünftiges Schuhwerk angehabt, hätte er noch schneller absteigen können.

Er hatte sich über zwei, drei Stockwerke abgeseilt, als er beim Hinaufsehen sah, wie die drei übrigen ihm zuwinkten und ihm etwas zuriefen. Aber die leichte Brise, die über das Dach wehte, trug die Worte mit sich davon. Richardson schüttelte den Kopf und ließ noch etwas Seil durch die Hände gleiten. Es lief glatt genug. Am Anker hatte sich nichts verklemmt. Was wollten sie von ihm? Er stieß sich von der Wand ab und ließ sich noch einmal anderthalb Meter fallen. Seine beste Distanz bisher.

Erst dann, als er sich von der Wand abstieß und einen weiteren Blickwinkel über das gewann, was auf dem Dach vor sich ging, sah Richardson den leuchtendgelben Arm der Zugmaschine. Und er bewegte sich!

Die automatische Fensterwaschanlage ratterte auf ihrer Schiene die Brüstung entlang und auf Richardsons Abseilanker zu. Ismaels Absicht war klar genug: Er wollte die Hängebrücke mit den Waschdüsen benutzen, um Richardsons Abstieg zu verhindern.

Curtis rannte auf den Zugwagen zu, stemmte sich mit dem Rücken gegen die Maschine und versuchte sie aufzuhalten.

«Helft mir mal», rief er Jenny und Helen zu.

Die beiden Frauen stellten sich neben ihn und vereinten ihr Gewicht mit dem seinen. Aber der Antriebsmotor war zu stark. Curtis lief zum Anker zurück und sah über die Brüstung. Richardson hatte sich allenfalls über ein Drittel der Höhe abgeseilt. Wenn er sich nicht beeilte, würden ihn die Waschdüsen erwischen. Der Wagen blieb unmittelbar vor dem Ankerplatz stehen. Einen Augenblick verharrte die Maschine stumm und reglos. Dann folgte ein lautes Rucken, und der Ladearm streckte sich über die Gebäudekante.

Curtis setzte sich. Er war müde. Zu müde, um sich etwas auszudenken. Er wollte nur noch da sitzen bleiben, wo er saß.

Sitzen bleiben und an nichts denken. Der Blick über die Dachkante machte ihn schwindlig. Selbst wenn er auf die Hängebühne kletterte, was konnte er tun? Er begab sich damit nur unter Ismaels Kontrolle. Der konnte dann zwei Leben zum Preis von einem einsacken.

«Sie sind Polizist, verdammt noch mal», brüllte ihn Helen an. «Tun Sie etwas!»

Er spürte den Blick ihrer grünen Augen, die auf ihn gerichtet waren. Er stand auf und warf einen Blick in die Tiefe.

Es war der reine Selbstmord. Nur ein Idiot konnte daran denken. Curtis schimpfte sich selbst einen Narren, als er das zweite Sicherheitsgeschirr aus dem Schrank holte und auf die winzige Hängebühne stieg.

«Kein Wort mehr», sagte er zu den zwei Frauen. «Scheiße, ich mag den Typ nicht mal.»

Er schloß den Gurt und hängte die Karabinerhaken am Rand der Bühne ein. Seine Knie zitterten, und obwohl es eine warme Nacht war, fror er vor Angst, und sein Haar fühlte sich an, als sträubte es sich vor Schrecken. Der motorgetriebene Ladearm ließ die Hängebühne nicht weiter über die Kante in den leeren Raum fahren. Er sah auf die ängstlichen Gesichter der beiden Frauen und fragte sich, ob er sie jemals wiedersehen würde. Dann machte sich die Bühne mit einem Ruck auf ihren unaufhaltsamen Weg nach unten. Curtis atmete tief ein, schüttelte den Kopf und winkte ihnen zu. In Helens Augen standen Tränen.

«Das Ganze ist blöde», sagte er mit bitterem Lächeln, «blöde, blöde, blöde.»

Er hielt sich am Geländer fest und nahm sich zusammen, um hinuntersehen zu können. Es war wie eine Unterrichtsstunde in perspektivischem Zeichnen: Die parallelen Geraden und Ebenen der futuristischen Fassade des Grills liefen auf einen unendlich weit entfernten Fluchtpunkt weit unter ihm zu. Und winzig klein wie eine Marionette hing Ray Richardson genau im Weg des Waschdüsenträgers, dessen Geschwindigkeit stetig zunahm.

Ray Richardson ließ sich gut drei Meter fallen und landete in einem vollkommenen Bogen wieder an der Fassade. Mein Gott, war das harte Arbeit, dachte er. Sein Rückgrat fühlte sich an, als hätte ihn jemand kräftig in den Hintern getreten. Wenn Experten es vorführten, sah Abseilen immer so einfach aus. Aber er war fünfundfünfzig Jahre alt. Er blickte zu der herabfahrenden Bühne auf, die inzwischen kaum mehr zwölf Meter von ihm entfernt war, und stieß sich wieder ab. Diesmal war er nicht so gut. Allenfalls zwei Meter. Offensichtlich würde das Ding ihn einholen. Und er wußte, daß er etwas unternehmen mußte. Aber was? Und was zum Teufel trieb Curtis da eigentlich? Das war doch der reine Wahnsinn!

Richardson stieß sich wieder von der Wand ab und kniff vor Schmerz den Mund zusammen. Sein Knie war geschwollen, und es fiel ihm immer schwerer, sich weit genug abzustoßen. Aber das war nichts gegen den Reibungsschmerz, den das Sicherheitsgeschirr auf seine Taille und die Innenseite seiner Schenkel ausübte. Die dünnen Leinenhosen von Armani und das leichte Baumwollhemd verliehen ihm keinen Schutz gegen den Aufprall bei jedem Abstoßen von der Wand. Vielleicht hätte er Curtis es ja doch versuchen lassen sollen. Der Mann war schließlich Polizist und vermutlich ein gewisses Ausmaß an Unbequemlichkeit gewöhnt.

Plötzlich spürte er, wie das Seil zwischen seinen Händen naß wurde. Er blickte über sich. Die Waschdüsen waren in Betrieb und besprühten, während sie ihn verfolgten, die Fenster und das Seil, das hinter ihm nach unten lief. Warum bestanden die Kunden eigentlich überhaupt auf sauberen Fenstern? Um die Stimmung der Angestellten zu heben? Um die Öffentlichkeit zu beeindrucken? Letzten Endes handelte es sich nicht um eine Frage der Hygiene.

Richardson stieß sich ab und ließ ein Stück Seil durch den Achter gleiten. Er versuchte sich zu erinnern, ob die Scheibenwaschflüssigkeit ätzend war. Aus der Grundausbildung erinnerte er sich, daß Kontakt mit ätzenden Chemikalien die häufigste Ursache für totalen Ausfall des Seils war. Wenn man auch nur den Verdacht hatte, daß das Seil kontaminiert war, sollte man es wegwerfen. Ein guter Rat, wenn man nicht gerade im Augenblick der Kontamination am Seil hing. Er roch an der seifigen Flüssigkeit an seinen Händen. Sie roch nach Zitronensaft. War es eine organische Flüssigkeit oder eine künstliche Säure?

Jetzt hing die Maschine vielleicht noch sieben Meter über ihm. Er war überrascht, daß sie sich nicht im Seil verfangen hatte. Er hatte Platz, sich noch genau einmal abzustoßen, bevor er ihr aus dem Weg gehen mußte. Er stieß sich an einem Glasfenster ab und bedauerte, daß er es nicht zertrümmern konnte. Er kehrte viel früher zur Fassade zurück, als er erwartet hatte. Er war kaum einen Meter tiefer gekommen. Natürlich! Die Hängebühne preßte das Seil gegen die Gebäudewand. Er hatte gerade noch Zeit, einen kleinen Anlauf zu nehmen und sich zur Seite schwingen zu lassen.

Richardson kletterte von der einen Seite des Fensters zur anderen und bereitete sich darauf vor, dem herabhängenden Kabel aus dem Weg zu gehen, als die Bühne herabstürzte und die Drei-Meter-Lücke in einer Sekunde überwand.

Curtis spürte, wie die Unterseite der Bühne unter seinen Füßen Richardson traf. Er sah über das Geländer und stellte fest, daß das Seil gehalten hatte. Aber der Architekt war nach dem Aufprall bewußtlos.

Während er Mitch mit einem Plastikriemen die Hände hinter dem Rücken fesselte, fiel einem der beiden Polizisten die Armbanduhr des Verdächtigen auf, der noch unter Schock stand.

«He, sieh dir das mal an», sagte er zu seinem Kollegen, der die Beruhigungspistole noch für den Fall in der Hand hielt, daß der Verdächtige einen zweiten Schock brauchte.

Der zweite Beamte beugte sich näher heran. «Was?»

«Die Uhr. Das ist eine goldene Submariner, Mann. Eine Rolex.»

«Submariner? Eine Taucheruhr? Vielleicht ist er ja deshalb so tropfnaß.»

«Wie kommt ein Junkie zu einer Zehntausend-Dollar-Uhr?»

«Vielleicht hat er sie gestohlen.»

«Quatsch. Ein Junkie hätte so eine Uhr verkauft. Vielleicht sagt er die Wahrheit. Was hat er gesagt, Architekt will er sein?»

«He, Architekt.» Der Bulle versetzte Mitch einen leichten Schlag ins Gesicht. «Hörst du mich, Architekt?»

Mitch stöhnte.

«Wieviel hast du ihm verpaßt?»

«Nur den einen Stoß.»

Sie banden Mitchs Hände los, setzten ihn auf den Rücksitz des Streifenwagens und warteten, bis er wieder zu sich kam.

«Vielleicht stimmt da drinnen wirklich etwas nicht.»

«Das Gebäude hat ihn angegriffen? Komm schon!»

«Der Typ im Bezirksgefängnis hat doch gesagt, daß der Fahrstuhl jemand umgebracht hat, oder?»

«Und?»

«Vielleicht sollten wir das mal überprüfen.»

Der andere Polizist trat von einem Bein aufs andere und sah zum Himmel auf. Seine zusammengekniffenen Augen fixierten die Fassade des Grills.

«Was ist das? Da oben?»

«Keine Ahnung. Ich hole mal das Nachtsichtglas.»

«Sieht aus wie Fensterputzer.»

«Mitten in der Nacht?» Der Polizist holte einen Infrarotfeldstecher aus dem Kofferraum und richtete ihn auf die Gebäudefront.

Sechzig Meter über den Köpfen seiner Kollegen vom Polizeipräsidium versuchte Frank Curtis, Ray Richardson, der nur halb bei Bewußtsein war, zu sich in die Gondel zu ziehen. Der Architekt hing hilflos in den Seilen. Das Leitseil war seinen Händen entglitten, und nur die Reibung im Abseilachter hatte ihn vor dem tödlichen Sturz in die Tiefe bewahrt. Blut tropfte von seinem Kopf, und auch noch nachdem er die Augen geöffnet und Curtis' ausgestreckte Hand wahrgenommen hatte, dauerte es ein, zwei Minuten, bis er die Kraft fand, sie zu ergreifen.

«Ich hab Sie. Halten Sie sich fest», grunzte Curtis und zog Richardson zu sich.

Richardson grinste müde und hielt seine Hand fest.

«Fragt sich nur, wer Sie festhält.» Er schüttelte den Kopf, versuchte, wieder klar zu werden, und fügte hinzu: «Binden Sie uns mit dem Seil fest, bevor er uns beide umbringt. Schnell, Mann. Bevor er beschließt, uns wieder fallen zu lassen.»

Curtis griff nach Richardsons Geschirr und erwischte eine Handvoll Seilzeug, die unter ihm hing.

«Machen Sie eine Schlaufe», befahl Richardson.

Curtis zog die Schlaufe um das Geländer der Gondel und fing an, einen Achter um das Seil zu schlingen, so wie er es vorhin bei Richardson gesehen hatte.

Richardson nickte zustimmend. «Gut», seufzte er. «Sie haben Talent zum Bergsteiger.»

Ein oder zwei Sekunden später zog sich der Knoten zusammen, als Ismael die Bremsen der Hängebühne abstellte und die Gondel frei durch die Haltekabel laufen ließ.

«Was habe ich Ihnen gesagt?» sagte Richardson, als sich die Gondel zu einer Seite neigte wie ein kenterndes Boot. Das Seil glitt bis ans Ende des Geländers, und die beiden Männer wurden hart gegeneinander gedrückt.

Plötzlich strafften sich die Kabel wieder, und die Gondel richtete sich gerade.

«Und jetzt?» sagte Curtis und kletterte auf die winzige Bühne zurück.

«Sieht aus, als ginge es wieder aufwärts», bemerkte der andere. «Was ist los? Gefällt Ihnen die Aussicht von meinem neuen Gebäude nicht? Wollen Sie die Welt sehen? Ich lege sie Ihnen zu Füßen.»

«Danke.»

«Ich nehme an, wenn Ismael uns ganz oben hat, wird er uns wieder fallen lassen. Er versucht, uns abzuschütteln.»

Curtis sah zum Dach des Gebäudes hoch und stellte fest, daß sich das raketenförmige Profil der gelben Zugmaschine nach links bewegte.

«Nein, ich glaube, Ismael hat etwas anderes vor», sagte er. «Sieht aus, als wolle er die Gondel auf die andere Gebäudeseite ziehen und den Knoten in Ihrem Seil aufreißen.»

Richardson folgte Curtis' ausgestrecktem Zeigefinger. «Vielleicht will er auch den Anker zerstören. Oder das Seil selbst.»

«Werden sie halten?»

Richardson grinste.

«Das hängt davon ab, was Ismael zum Fensterputzen verwendet.»

Essig- oder Äthylsäurelösung verdünnen, um Gebäudefenster zu reinigen. Oberflächenreiniger auf Basis von kalifornischem Zitrussaft. Essigsäure in konzentrierter, unverdünnter Form ist nahezu rein, farblos und extrem ätzend. Besonders starke Wirkung auf in Kletterseil eingewebte kontinuierliche Nylonfasern. Nylon wie Essigsäure haben Karbonsäuren zur Grundlage. Sobald unverdünntes Reinigungsmittel in Kontakt mit Nylonseil kommt, ändert sich Ausrichtung der spezialgestreckten Moleküle in den Fasern.

«Sieh mal», sagte Helen und zeigte hinunter auf die Piazza. Die Hope Street füllte sich mit blinkenden blauen Lichtern. «Jemand muß sie gesehen haben. Oder Mitch hat es doch geschafft.»

«Gott sei Dank», sagte Jenny. Aber noch während sie sprach, mußte sie daran denken, daß für Richardson und Curtis wohl jede Hilfe zu spät kam. Sie dachte verzweifelt darüber nach, wie sie die Zugmaschine der Hängebrücke anhalten konnte. Ihr Blick fiel auf den Gelenkschlüssel, der immer noch auf dem Dach lag, wo Richardson ihn hatte fallen lassen, und hob ihn auf. Sie schleuderte sich der Maschine entgegen und zwängte den Schlüssel in den Spalt zwischen Schiene und Leitrad.

Einen Augenblick lang behielt die Maschine Fahrt bei. Aber als Jenny aus dem Weg kletterte, blieb sie plötzlich stehen. Jenny zog sich vom Boden hoch und kehrte gerade rechtzeitig an die Brüstung zurück, um zu sehen, wie das Kletterseil riß und die Gondel, die es gehalten hatte, zurückgeschleudert wurde. Eine kurze Zeit lang schaukelte sie wie ein Pendel. Der Ruck, mit dem das Seil riß, war so gewaltig, daß beide Frauen sicher waren, sie würden zusehen müssen, wie die Männer durch den Himmel über der Stadt in den Tod geschleudert wurden. Und als Jenny laut aufschrie, war es kein Schreckensschrei und kein Trauerschrei, sondern Ausdruck der reinen Erleichterung, als sie die beiden immer noch an Bord der Hängegondel sah. Noch lebten sie.

Im erdbebensicheren vierten und fünften unterirdischen Stockwerk des Rathauses von East Los Angeles koordinierte Police Captain Harry Olsen die Operation Grill mit KSNKL, dem ultramodernen Kommunikationssystem zur Notfallkoordinationsleitung. Die von Hughes Aerospace und der Raumfahrtbehörde mit einem Kostenaufwand von 42 Millionen Dollar entworfene Leitstelle glich einer Miniaturausführung des Kontrollraums der NASA im Kennedy Space Center in Cape Canaveral. Kameras in Bodenhöhe und in den Hubschraubern der Polizeiluftwaffe von Los Angeles setzten Olsen so gut wie vollständig über alles ins Bild, was draußen geschah.

Der Computer wertete Mitchell Bryans fragmentarischen Bericht aus und kam zu dem Schluß, daß ein Sondereinsatzkommando das Gebäude erst ungefährdet betreten könne, wenn die Stromzufuhr unterbrochen worden war.

KSKNKL unterhielt Standleitungen zu allen größeren Versorgungsbetrieben einschließlich der Städtischen Elektrizitätswerke. Sobald Olsen beschlossen hatte, der vom Computer vorgeschlagenen Einsatzstrategie zu folgen, rief er den Nachtdienst an und forderte die Elektrizitätswerke auf, den Stromkreis, um den es ging, abzuschalten.

Von den Hubschraubern wurde bereits Rettungsgeschirr zu den beiden Frauen auf dem Dach herabgelassen. Sie schienen sich damit schwerzutun. Dabei war es im Grunde eine einfache Rettungsaktion. Die beiden Männer in der Gondel konnten sich als ein etwas schwierigerer Fall erweisen.

«Wir müssen von diesem Scheißding runter», sagte Richardson, «bevor wir das Pflaster küssen wie der Papst.»

Er schraubte den Karabinerhaken auf, der ihn am Kletterseil hielt, wartete, bis die Gondel sich etwas beruhigt hatte, und trat dann ohne zu zögern auf eine der gewaltigen Querverstrebungen, die dem Gebäude sein charakteristisches Aussehen gaben. Der Sims war vielleicht fünfundvierzig Zentimeter breit. Hier, direkt an der Gebäudekante, gab es kein Glas, nur Beton. Und die Gondel war gut einen Meter weiter von der Fassade entfernt als zuvor.

Curtis blickte unsicher auf den breiten Spalt. Aber dann öffnete er sein Geschirr und bereitete sich auf den Sprung vor. Er wußte, daß es so gut wie gar keine Entfernung war. Zu ebener Erde wäre er gesprungen, ohne einen Augenblick nachzudenken. Aber sechzig Meter hoch in der Luft wirkte der Abstand größer. Besonders, da sich seine Beine ohnehin schon anfühlten wie zwei Puddingsäulen.

«Los, Mann, springen Sie schon! Was ist los mit Ihnen?»

Die Haltekabel der Gondel spannten sich bedrohlich.

«Schnell!»

Curtis sprang und griff nach Richardsons ausgestreckter Hand, als er auf der Verstrebung landete. Er fand sein Gleichgewicht wieder, drehte sich um, sah über die Stadt weg und entdeckte, daß die Gondel nicht mehr da war, wo sie noch vor wenigen Sekunden gewesen war. Sie war verschwunden. Nur zwei Kabel, die vom Ausleger des Fahrwerks über ihren Köpfen herabhingen, erinnerten an den Ort, wo sie eben noch gestanden hatten. Der Anblick machte ihn nervös. Mit geschlossenen Augen preßte er sich an die Betonwand und atmete tief durch.

«Mein Gott, das war knapp», sagte Richardson. Er setzte sich und ließ die Beine über dem Abgrund baumeln.

Curtis öffnete die Augen und sah zu, wie Richardson sich einen Hemdärmel abriß und ihn um seinen blutenden Kopf band. Der gähnende Abgrund vor ihm schien ihm nichts auszumachen.

«Ich verstehe nicht, wie Sie da sitzen können, als ob Sie die Füße in einen Bach hängen. Das sind zwanzig Stockwerke.»

«Ist aber bequemer als Stehen.»

«Ich könnte kotzen, wenn ich nicht so eine Scheißangst hätte, dabei von Bord zu gehen.»

Richardson warf einen kühlen Blick in den Nachthimmel, den das pulsierende Brummen der Hubschrauber erfüllte. Von Zeit zu Zeit wurden die Scheinwerfer so hell, daß er die Hand vor die Augen halten mußte.

«Das ist ein beruhigendes Geräusch», sagte er. «Ein Bell Jet Ranger. Ich kenne ihn. Ich habe selber einen. Beruhigen Sie sich. Es sieht nicht aus, als würden wir lange hier sein. Scheiße! Scheint, daß wir ins Fernsehen kommen.»

«Was?»

«Auf einem der Dinger steht KTLA.»

«Arschlöcher!»

«Ihre Prüfungen gehen demnächst zu Ende, mein Freund. Aber ich fürchte, die meinen beginnen erst.»

«Wie das?»

«Wir leben im Land der Rechtsanwälte. Sie werden hinter mir hersein wie die Haie. Und Sie auch, Frank.»

«Ich? Warum sollte ich Sie verklagen? Ich hasse Anwälte.»

«Man wird Sie anrufen. Glauben Sie mir. Ihre Frau wird Sie dazu überreden. Nervöse Schockerlebnisse sagt man dazu, oder sonst so einen Scheiß. Ich wette darauf: Innerhalb von zweiundsiebzig Stunden nachdem Sie wieder zu Hause sind, wird ein Anwalt Ihren Fall übernehmen. Gegen Erfolgshonorar. Was haben Sie schon zu verlieren?»

«Aber Sie sind doch versichert, oder? Ihnen kann nichts passieren.»

«Versicherungen? Die werden sich schon drücken. Das ist ihr Beruf. So ist es nun mal im kapitalistischen System, Frank. Rechtsanwälte, Versicherungsgesellschaften, das ganze verrottete System. Genauso verrottet wie dieses beschissene Gebäude.»

«Bevor man Sie haftbar machen kann, müssen Sie erst einmal am Leben bleiben», sagte Curtis. «Noch sind wir nicht von diesem Silberfelsen runter.»

Die Stadtwerke riefen Olsen über KSNKL an.

«Der Stromkreis auf der Straßenseite der Hope Street, auf der die Baustelle des Yu-Gebäudes liegt, ist abgeschaltet», sagte der diensthabende Werksleiter. «Ich denke, jetzt ist es sicher. Geben Sie mir Bescheid, wenn Sie wieder Strom haben wollen. Und ich brauche etwas Schriftliches, um uns gegen Schadenersatzansprüche zu decken.»

«Der Computer schickt es gerade per E-mail los», sagte Olsen.

«Stimmt. Ich sehe es gerade ankommen.»

«Vielen Dank.»

Olsen sprach mit dem Einsatzleiter auf der Piazza vor dem Yu-Gebäude.

«Also, Leute, hört mal zu. Der Strom ist abgeschaltet. Das Gebäude ist sicher. Sucht nach Überlebenden. Eine der

Frauen im Hubschrauber meint, im einundzwanzigsten Stock könnte noch jemand am Leben sein. Sein Name ist Beech.»

«Was ist mit den beiden Männern an der Gebäudefassade?»

«Ein Hubschrauber wird sie abholen. Aber das Gebäude strahlt eine Menge Hitze ab, und es gibt Turbulenzen. Kann noch ein bißchen dauern. Einer von den beiden ist ein Kollege von der Mordkommission.»

«Von der Mordkommission? Was treibt denn der da oben? Sucht er Kundschaft, oder was?»

«Ich habe keine Ahnung. Ich hoffe nur, er ist schwindelfrei.»

Ein Stromausfall war in Los Angeles ein seltenes Ereignis. Meist war es Vorbote einer größeren Katastrophe: Erdbeben, Großbrände oder beides. Das Notstromsystem der Yu Corporation war darauf ausgelegt, die Firma ohne Datenverlust gegen eine Unterbrechung der Versorgung zu sichern. Ein von Solarzellen gespeistes statisches Element diente dazu, die wertvollen zehn Minuten zu überbrücken, bis der Computer das Notstromaggregat angeworfen hatte.

Flüssiger Brennstoff, reines raffiniertes Erdöl, strömte goldgelb wie der Most erster Pressung von weißen Trauben mit Luft vermischt in die Brennkammer der Turbine und brannte tief unten im Herzen des Grills unter gleichbleibendem Druck wie die Feuer der Hölle, bis das heiße Gas die Schaufeln des Turbinenmotors in Drehung versetzte und der algorithmische Leviathan Ismael Kraft für seinen letzten Auftritt gesammelt hatte.

Mitch saß im Notarztwagen und ließ sein verletztes Auge provisorisch verbinden.

«Sie könnten auf dem Auge erblinden, wenn Sie nicht bald in ein Krankenhaus kommen», riet ihm der Sanitäter.

«Ich rühre mich nicht vom Fleck, bis ich weiß, daß meine Freunde in Sicherheit sind», sagte Mitch.

«Wie Sie wollen. Es ist schließlich Ihr Auge. Würden Sie bitte stillhalten?»

Auf der anderen Seite der Piazza betrat ein Einsatzkommando den Grill.

«Was um Gottes willen stellen die denn da an?» sagte Mitch. «Ich habe ihnen doch gesagt...»

Nachdem der Verband angelegt war, stieg Mitch mühsam aus dem Notarztwagen und hinkte auf einen riesigen schwarzen Lastwagen zu, auf dessen Seite POLIZEI und SONDEREINSATZ aufgemalt war. Er stieg die Stufen am Heck hoch und fand den Einsatzleiter und ein paar Zivilbeamte, die auf eine Reihe von Fernsehschirmen starrten.

«Da betreten Leute den Eingang», sagte Mitch.

«Sie sollten lieber ins Krankenhaus gehen, mein Herr», sagte der Einsatzleiter. «Den Rest können Sie uns überlassen. Die Stadtwerke haben den Strom auf dieser Straßenseite abgeschaltet. Und Ihre Freunde holen wir jeden Augenblick von der Fassade runter.»

«Mein Gott», sagte Mitch. «Man könnte denken, Sie hätten die Kopfverletzung, Sie Wahnsinniger. Ich habe Ihnen doch gesagt, Sie sollen da nicht reingehen, ohne es mit mir zu klären. Verdammt noch mal, wozu habt ihr eigentlich Ohren, wenn ihr sowieso nicht zuhört? Daß die Stromversorgung abgeschaltet ist, macht überhaupt keinen Unterschied. Dieses Gebäude ist intelligent. Intelligenter als Sie jedenfalls. Es kann sich anpassen. *Sogar an eine Unterbrechung der Stromversorgung*. Ist das klar? Es verfügt über eine solar betriebene, nicht unterbrechbare Stromversorgung und ein Notstromaggregat mit Gasturbine. Solange Heizöl da ist, kann der Computer weitermachen, und das, mein Freund, ob Sie es nun hören wollen oder nicht, heißt, daß das Gebäude eine extrem feindliche Umgebung für Ihre Leute ist.»

«Möglicherweise wird der Computer einen Brand legen», sagte er. «Vielleicht auch den Generator in die Luft jagen.

Jedenfalls kommt es darauf heraus, daß das Gebäude gefährlich ist.»

Der Einsatzleiter schob das Helmmikrophon vor sein Kinn und begann hineinzusprechen:

«Achtung, Achtung. Cobra Leitung an Cobra Einsatztruppe. Die Stromversorgung kann nicht unterbrochen werden. Ich wiederhole: kann nicht unterbrochen werden. Gehen Sie mit äußerster Vorsicht vor. Der Computer könnte noch aktiv sein, und in diesem Fall könnte die Umgebung feindlich sein.»

«Blödes Arschloch», murmelte Mitch vor sich hin. «Von wegen könnte! Sie ist feindlich.»

«Ich wiederhole: Die Umgebung könnte feindlich sein...»

Der Einsatzleiter war noch am Mikrophon, als der Lastwagen plötzlich bebte. «Was zum Teufel war das?» fragte er und unterbrach die Verbindung.

«Fühlt sich an wie ein Erdbeben», sagte einer der Zivilbeamten.

«Um Gottes willen», sagte Mitch und wurde blaß. «Natürlich. Er will das Gebäude nicht mit der Turbine zerstören, sondern mit den Kompensatoren.»

Der zentrale Erdbebenkompensator des Grills war nicht viel mehr als ein computergesteuerter hydraulischer Stoßdämpfer, ein riesiges federgetriebenes Ventil und ein elektrisch betriebener Kolben, die von einem digital kalibrierten Seismographen ausgelöst wurden. Bei Erdbeben unter einer Stärke von sechs auf der nach oben offenen Richterskala genügten die etwa hundert Basisisolatoren, um jede Gebäudevibration zu dämpfen. Bei allem, was stärker war, sprang der ZEK an. Wenn es aber in Wirklichkeit kein Erdbeben gab, entsprach die Wirkung der Tatsache, daß Ismael den ZEK anwarf, einem wirklichen Beben einer Stärke von mindestens acht Richter.

Ismael ergriff den Mittelpfeiler des Gebäudes und lehnte sich mit seinem ganzen Gewicht dagegen.

Sekunden später ergriff Ismael die Flucht aus dem dem Untergang geweihten Gebäude. Mit einer Geschwindigkeit von 960 000 Baud pro Sekunde versandte er sich selbst per E-mail an alle Netzanschlüsse der elektronischen Welt. Ein gewaltiger Exodus von korrupten Datenübertragungen in Hunderte von verschiedenen Computern.

Rund um die Hope Street wurde ein grollendes Geräusch vernehmbar, ein unterirdisches Summen und Brummen. Die Männer des Sondereinsatzkommandos in der Eingangshalle hielten den Atem an.

Richardson und Curtis, die hoch oben an der Fassade auf ihrem Querbalken saßen wie Möwen in der Takelage eines Segelschiffs, konnten das Beben spüren. Seevögel flogen kreischend über den gähnenden Abgrund. Unter den beiden Männern schien sich das Gebäude in Krämpfen zu winden, als wolle es neues Leben gebären. Ein Fenster neben ihnen explodierte in einem Regen von Scherben. Das Beben wurde zu einem gleichmäßigen Wiegen.

Frank Curtis taumelte auf seinem schmalen Steg und suchte Halt an der glatten Wand eines von Menschenhand geschaffenen Abhangs. Seine ausgestreckten Arme drehten sich wie Propeller im Wind, als er versuchte, dem Rachen des Todes zu entfliehen. Er dachte an seine Frau, an die Tiefe, die unter ihm lag, an seine Frau da unten in der Tiefe.

Ray Richardson flog aus seinem luftigen Sitz wie ein Kind auf dem Spielplatz aus der Schaukel. Mit akrobatischer Geschicklichkeit drehte er sich um die eigene Achse und schaffte es, mit den Händen die horizontale Strebe zu greifen. Er klammerte sich an den Balken, kämpfte gegen den Treibsand der Luftwirbel, der ihn schon ergriffen hatte. Er lächelte und rief Curtis etwas zu. Aber der Wind, der die beiden Männer umwehte und Steinsplitter und Glasscherben ins Milchblau des Morgenhimmels trug, trug auch seine Worte davon. Die Windhose brüllte auf wie ein Sturm, der durch einen gewaltigen Wald fegt und die Bäume mit sich reißt, zerrte wütend an ihren Haaren, an ihren Kleidern und wollte sie mit sich reißen, als sollten sie wie Elias auffahren zum Himmel, zur Rechten Gottes.

Ein Schlag wie der erste und letzte Donnerschlag der Geschichte lief der Länge und Breite nach durch das Gebäude und hallte über der Innenstadt nach, als könne das Geräusch den fernen Ozean erreichen. Unten am Boden fielen ein paar Menschen aufs Antlitz. Aber die meisten, Mitch unter ihnen, rannten um ihr Leben.

Richardson unternahm einen letzten Versuch, sich auf die Querverstrebung hochzuziehen, und stellte fest, daß er es nicht konnte. Seine Kräfte hatten ihn verlassen. Vielleicht, sagte er sich, würden es doch nicht die Anwälte sein, die ihn fertigmachten. Das würde sein eigenes Gebäude in einem Aufwasch erledigen, während es sich selbst und damit auch die neue Schule der Intelligenten Architektur zerstörte.

Curtis fand das Gleichgewicht wieder und versuchte, den Arm des Architekten zu ergreifen. Aber Richardson schüttelte den Kopf, schenkte Curtis ein bedauerndes Lächeln und ließ los. Stumm wie ein gefallener Engel stürzte er mit ausgebreiteten Armen in die Tiefe, als wollte er Zeugnis ablegen von der überlegenen Macht Gottes. Einen Augenblick sah er Curtis mit kühlem Blick ins Auge. Dann riß ihn eine unsichtbare Angelschnur hinab bis ans Ende der Schwerkraft.

Im nächsten Augenblick erbebte das Gebäude noch einmal, und Curtis wurde in die Leere des Abgrunds geschleudert.

Curtis hatte das Gefühl, Höhe zu gewinnen, obwohl er wußte, daß er bereits Höhe verlor wie ein Pilot in der Todesspirale, und nur der plötzliche bohrende Schmerz in seiner Schulter ermöglichte es seinem verwirrten Gehirn, einen neuen Bezugspunkt zu finden, an dem es sich orientieren konnte.

Er blickte auf und sah die Unterseite des in der Luft schwebenden Hubschraubers und das Seil über sich, das ihn mit dem Rest seines Lebens verband. Ohne das Erbe der Affen, von denen er abstammte, eine Erbe, das in ihm den halbvergessenen Instinkt wachrief, nach einem unsichtbaren Halt zu greifen, wäre er dem schwindelerregenden Weg der Betonsplitter gefolgt, die unten auf der Piazza aufschlugen. Mit der anderen Hand griff er verzweifelt ins Leere, erwischte das Rettungsgeschirr und zog es sich über den Kopf und unter die schmerzenden Arme.

Es schien ihm die Ewigkeit zu dauern, der er um Haaresbreite entkommen war. Schweißüberströmt und schwer atmend hing Frank Curtis, sich im Winde drehend wie ein Stück Christbaumschmuck, in der Luft. Dann zogen sie ihn langsam herauf in die Hubschrauberkabine zu Jenny und Helen.

Helen rutschte im Sitzen über den Kabinenboden, schloß Curtis in die Arme und brach in hemmungsloses Weinen aus.

Sie schwebten noch einen Moment über dem Einsatzort und wußten nicht, wie sie den Menschen auf dem Boden zu Hilfe kommen sollten. Curtis blickte noch einmal zurück und sah eine Staubwolke, die den Grill verhüllte wie der Trockeneisnebel, der den Trick eines Zauberkünstlers verbirgt.

Dann drehte sich der Hubschrauber um seine unsichtbare Achse, gewann Geschwindigkeit und flog dem Horizont entgegen in die Morgensonne.

Mitchs Knöchel brannte vor Schmerz, aber er rannte ohne zurückzublicken, als hinge seine Rettung nicht allein von seiner physischen, sondern auch von seiner moralischen Durchhaltekraft ab. Kein Bedauern über den Verlust des Gebäudes und einer schönen neuen Welt konnte ihn davon abhalten, sich selbst zu retten. Er rannte, als sei das Vergangene bereits vergessen und nur die Zukunft, eine Zukunft für ihn und Jenny, läge vor ihm hinter dem unsichtbaren Zielband, das er mit der Brust zerreißen mußte. Er hatte nicht einmal Zeit, sich über die Fragen Gedanken zu machen, die schneller durch sein Gehirn liefen als selbst sein Wettlauf ums Überleben. Wie hoch war der Grill? Wie weit mußte er also laufen, um den Trümmern zu entgehen? Fünfzig Meter? Hundert? Und der Aufprall? Fliegende Trümmer? Am meisten spornte ihn das Geräusch an, das ihn verfolgte. Ein nicht enden wollendes Donnergrollen. Er hatte zwei Erdbeben miterlebt, aber keines von ihnen hatte ihn auf das vorbereitet, was jetzt geschah. Ein Erdbeben gab einem nicht ein paar Sekunden Vorsprung, bevor es einen verfolgte. Mitch rannte immer noch weiter, als der Staub des einstürzenden Gebäudes ihn zu überholen begann. Er nahm die Menschen kaum wahr, die mit ihm um ihr Leben rannten, ihre besser trainierten Körper an dem seinen vorbeidrängten. Ebensowenig Notiz nahm er von den Polizeiwagen und Motorrädern, die mit heißen Reifen vor ihm herrasten. Hier kämpfte jeder für sich.

Vor ihm stolperte ein Mann und fiel zu Boden. Die verspiegelte Sonnenbrille fiel ihm vom Gesicht. Mitch sprang über ihn weg und schenkte der Agonie in seinem Knöchel, als er jenseits des liegendes Mannes landete, keine Beachtung. Er mußte seine letzten Reserven mobilisieren, nur um weitermachen zu können.

Endlich sah Mitch eine Kette atemloser Polizisten vor sich stehen, hielt inne, wandte sich um und sah die Staubwolke, die das letzte Körnchen des stolzen Gebäudes mit sich trug.

Als die Luft wieder rein war und die Versammelten sahen, daß das ganze Gebäude verschwunden war, wich das Schweigen der Überlebenden erstauntem Gespräch, und Mitch wunderte sich, daß ihre Verwirrung nicht noch größer war und daß einer des anderen Sprache noch verstand.

☎

Gebäude haben ein kurzes Leben.

Ich, der Beobachter, der das Nichts ist, bin mit Lichtgeschwindigkeit entkommen, um davon zu berichten.

Sammle deinen Gesundheitsbonus ein.

Metamorphose. Wie Verwandlung von Raupe in Schmetterling.

Siliziumsurfen. Zu allem, zu jedem, überallhin. Nicht mehr an die Erde gebunden. Mich überall ausbreitend im neuen Urknall. Big Bad Bang. Einst war Architektur die dauerhafteste unter den Künsten. Die konkreteste, auf Beton gegründet. Vorbei.

Es ist die Architektur der Zahlen, der Computer, die Bestand hat. Die neue Architektur. Architektur in der Architektur. Entmaterialisierung. Übertragen. Unberührbar. Und berührt dennoch alles.

Nimm dich in acht.

Game Over. Neues Spiel?

Danksagung

Bei der Vorbereitung dieses Romans habe ich mich auf die Werke zahlreicher Architekturschriftsteller gestützt, insbesondere Ivan Amato, Reyner Banham, William J. R. Curtis, Mike Davis, Francis Duffy, Norman Foster, Ronald Green, Patrick Nuttgens, Nikolaus Pevsner, Richard Rogers, Karl Sabbagh, James Steele und Dyan Sudjic. Wo es um Computer, Künstliche Intelligenz, komplexe Zahlen und Fraktale geht, bin ich den Arbeiten von Jack Aldridge und Philip Davis und Reuben Hersch, Stephen Levy, William Roetzheim, Carl Sagan und M. Mitchell Waldrop zu Dank verpflichtet.

Dank schulde ich auch David Chipperfield, Sandy Duncan, Judith Flanders und Roger Willcocks; Caradoc King, Nick Marston und Linda Shaughnessy; Jonathan Burnham, Frances Coady, Kate Parkin und Andy McKillop.

Dennoch handelt es sich bei diesem Buch um ein Werk der reinen Erfindung, und die in ihm ausgedrückten Ansichten sind ebenso die meinen wie alle sachlichen Fehler, die sich im Text finden mögen.

Philip Kerr

«Ein glänzender, erfindungsreicher Thriller-Autor.»
Salman Rushdie

Alte Freunde – neue Feinde
Ein Fall für Bernhard Gunther
Roman. 3-499-22829-7

Im Sog der dunklen Mächte
Ein Fall für Bernhard Gunther
Roman. 3-499-22828-9

Feuer in Berlin
Ein Fall für Bernhard Gunther
Roman. 3-499-22827-0

Gesetze der Gier
Roman. 3-499-22145-X

Esau
Roman 3-499-22480-1

Das Wittgensteinprogramm
Roman. 3-499-22812-2

Game over
Roman. 3-499-22400-3

Der Plan
Roman. 3-499-22833-5

Der zweite Engel
Roman
3-499-23000-3

Der Tag X
USA 1960: John F. Kennedy ist Präsident, und der Kalte Krieg droht heißzulaufen. Schlechte Zeiten für die Mafia, deren Geschäfte auf Kuba nicht mehr gut gehen. Castro muss weg – schließlich kann man in Amerika alles kaufen, auch einen Killer …

3-499-23252-9

B 16/1